suhrkamp taschenbuch 3093

»Das Buch ist großartig und kühn ... In der fulminanten Übersetzung von Berthold Zilly hat *Krieg im Sertão* bald 100 Jahre nach seinem Erscheinen nichts von seiner Schönheit und seinem Schrecken eingebüßt.« *Focus*

Das Leben im Sertão im brasilianischen Hinterland ist hart, die Menschen arm und der Tradition verhaftet. Innerhalb weniger Jahre hatten sich dort seit 1893 etwa 20000 Menschen um den volkstümlichen und charismatischen Wanderprediger António Conselheiro (der Ratgeber) versammelt und fern von den großen Städten der Küstenregion die Ansiedlung »Canudos« im Staat Bahia gegründet. Die Gläubigen gerieten schnell in Konflikt mit der Regierung dieses Staates, und schließlich entsandte die brasilianische Zentralregierung in den Jahren 1896 und 1897 nach und nach vier militärische Expeditionen zu den »Rebellen«. Die ersten drei Kriegszüge scheiterten kläglich, erst die vierte Invasion – die Armee der Regierung hatte sich inzwischen mit modernsten europäischen Feuerwaffen ausgerüstet – zerschlug den Widerstand und endete mit einem beispiellosen Massaker an den »unzivilisierten Sertanejos«.

Euclides da Cunha (1866-1909) hat als Journalist und Augenzeuge diesen gräßlichen Krieg im Sertão beobachtet und mit seinem grandiosen Buch der Nachwelt überliefert. 1902 war dieser »Glücksfall in der Literatur Amerikas« (*Mario Vargas Llosa*) erstmals in Brasilien erschienen, knapp 100 Jahre später erschien diese Geschichte des Leidens und der Leidenschaft in deutscher Übersetzung und wurde von der Kritik begeistert aufgenommen.

Euclides da Cunha
Krieg im Sertão

Aus dem brasilianischen Portugiesisch übersetzt
und mit Anmerkungen, Glossar
und einem Nachwort versehen von
Berthold Zilly

Suhrkamp

Die Originalausgabe erschien 1902 unter dem Titel
Os Sertões. Campanha de Canudos
in Rio de Janeiro.
Umschlagfoto: Markus Kirchgessner/Bilderberg

suhrkamp taschenbuch 3093
Erste Auflage 2000

Druck: Ebner Ulm
Printed in Germany
Umschlag nach Entwürfen von
Willy Fleckhaus und Rolf Staudt

1 2 3 4 5 6 – 05 04 03 02 01 00

Inhalt

Vorbemerkung

Geschrieben in den seltenen Mußestunden eines aufreibenden Berufes, hat vorliegendes Buch, anfangs lediglich als Geschichte des Feldzugs von Canudos gedacht, jeden Tagesbezug verloren, da es zu einer Verzögerung seines Erscheinens gekommen ist, die zu begründen und entbehrlich scheint. Wir haben ihm daher eine andere Gestalt gegeben, indem wir das zunächst beherrschende Ausgangsthema zum bloßen Fallbeispiel einer übergeordneten Fragestellung machten.

Wir beabsichtigen, wie unzulänglich auch immer, unter den Augen künftiger Historiker, die bedeutsamsten Merkmale der gegenwärtigen Mischrassen des brasilianischen Sertão zu skizzieren. Und wir tun es, da die Unbeständigkeit dieser Rassen, komplexer Gebilde aus mannigfachen und unterschiedlich verknüpften Faktoren, im Verein mit ihrer beklagenswerten Geistesverfassung und den historischen Wechselfällen, sie möglicherweise zu vergänglichen Erscheinungen macht und ihren baldigen Untergang besiegelt – angesichts der steigenden Anforderungen der Zivilisation und der heftigen Konkurrenz der Einwandererströme, die neuerdings tief in unsere Heimat vordringen.

Der unerschrockene *jagunço*, der biedere *tabaréu* und der einfältige *caipira* werden bald Figuren sein, die verblassenden oder erloschenen Überlieferungen angehören.

Erste Ergebnisse verschiedenartiger Kreuzungen, waren sie vielleicht dazu bestimmt, Ansätze einer großen Rasse zu bilden. Doch fehlte ihnen eine Phase des Innehaltens und des Gleichgewichts, die ihnen der Schnellschritt, den die Völker im letzten Jahrhundert erreicht haben, nicht mehr vergönnt. Nachzügler heute, werden sie morgen vollends aussterben.

Die Zivilisation wird in den Weiten des Sertão dank jener unerbittlichen »treibenden Kraft der Geschichte« vorrücken, die Gumplowicz,[1] größer als Hobbes, mit einem genialen

Geistesblitz hinter der unausweichlichen Zermalmung der schwachen Rassen durch die starken erspähte.

Der Feldzug von Canudos hat daher unstreitig die Bedeutung eines ersten Angriffs in einem womöglich langen Kampfe. Diese Feststellung wird keineswegs dadurch entkräftet, daß wir es waren, die ihn führten, Söhne desselben Bodens wie unsere Gegner, denn wir – ethnisch undefiniert, ohne einheitliche nationale Traditionen, am Rande des Atlantiks schmarotzerhaft von den in Europa erarbeiteten zivilisatorischen Grundlagen lebend und von der deutschen Industrie bewaffnet – spielten in jener Unternehmung die sonderbare Rolle unbewußter Söldner. Ferner sind wir von jenen außerordentlichen Landsleuten, mit denen uns der gemeinsame, teilweise unbekannte Boden kaum vereint, durch eine historische Koordinate gänzlich geschieden – die Zeit.

Jener Feldzug mutet an wie ein Rückfall in die Vergangenheit.

Und er war – im vollen Sinne des Wortes – ein Verbrechen.

Prangern wir es an.

Und erzeigen wir uns, soweit es unsere Geistesstärke erlaubt, der großartigen Auffassung Taines vom ehrlichen Erzähler würdig, der die Geschichte ins Auge faßt, wie sie es verdient:

»... er empört sich gegen die Halbwahrheiten, die Halbfalschheiten sind, gegen jene Autoren, welche kein Datum und keine Ahnentafel antasten, aber Stimmungen und Sitten verfälschen, welche den Grundriß der Ereignisse bewahren und ihre Farbe verändern, welche die Tatsachen wiedergeben und die Seele entstellen: Er empfindet unter Barbaren barbarisch, und römisch unter Römern.«[2]

São Paulo – 1901 Euclides da Cunha

Das Land

I.

Vorbemerkungen

Das zentralbrasilianische Hochland fällt im südlichen Küstenverlauf jäh, steil und tief zum Meere ab. Stolz überragt es die Fluten; und landeinwärts pflanzt es sich in Hochplateaus fort, die den Kämmen der von Rio Grande bis Minas[1] sich ziehenden Seekordilleren ebenbürtig sind. Doch nordwärts verliert es allmählich an Höhe, während es von den dortigen Ausläufern ostwärts zur Küste in Absätzen oder mehrfachen Stufen absteigt, die es seiner ursprünglichen Größe entkleiden und weit ins Hinterland drängen.

Wer daher am Fuße des Hochlands der Küste nach Norden folgt, kann beträchtliche Reliefveränderungen beobachten: zunächst die geschlossene und beherrschende Gebirgskette, die es gürtet, hochragend über der vorgelagerten Strandlinie; sodann, auf dem Meeressaum zwischen Rio de Janeiro und Espírito Santo, ein aufgewühltes Küstenrelief, entstanden aus der zersprengten Mächtigkeit der Gebirge, zu schwindelnden Graten sich türmend und von Buchten zernagt, zu Meerbusen sich weitend und in Inseln zerfallend und in kahle Riffe zerberstend – Trümmerstätte des Kampfes, der dort seit Urzeiten tobt zwischen Land und Meer; danach, jenseits des 15. Breitengrads, die Milderung aller Schroffheiten, Höhenzüge, deren Kämme sich runden, deren Abhänge sich mäßigen und in Hügel zerfallen, deren Umrisse am sich weitenden Horizont verschwimmen, bis schließlich der Küstenstrich von Bahia erreicht ist und der Blick, ledig der Gebirgswände, die bislang ihn abwiesen oder hemmten, frei gen Westen schweift, ins Innerste jenes Landes von grenzenloser Weite taucht, das langsam aufsteigt zu ferne wogenden Hochebenen …

Diese geographische Fazies spiegelt die Morphogenese des großen Festlandmassivs.

Eine eingehendere Analyse anhand eines beliebigen Schnittes von Süd nach Nord durch das Becken des Rio São Francisco[2] würde dies veranschaulichen.

Man sieht in der Tat, daß drei ungleiche geologische Formationen kaum erforschten Alters sich abwechseln oder in diskordanten Schichtungen sich verschränken, wobei die Vorherrschaft einiger oder die Verknüpfung aller die wechselnden physiognomischen Züge des Landes prägen. Die zuerst erscheinenden mächtigen Gneis- und Granitmassen bilden, aus dem äußersten Süden Brasiliens kommend, ein unermeßliches Amphitheater und heben die bewunderungswürdigen Landschaften empor, die den unvorbereiteten Blick der Fremden so sehr entzücken und betören. Von Anfang an dem Meeresufer folgend, schreiten sie in aufeinanderfolgenden Ketten ohne seitliche Ausläufer bis zu den Küstenstrichen von São Paulo fort, als eine langgestreckte Stützmauer für die zentralbrasilianischen Sedimentformationen. Das Land gebietet über den Ozean, von der stolzen Höhe der Steilwände herab; und wer diese ersteigt, wie den Aufgang zu einer majestätischen Tribüne, billigt alle überschwenglichen Beschreibungen – vom Gongorismus eines Rocha Pita[3] zu den inspirierten Schwärmereien eines Buckle –, welche dieses Land einen gesegneten Erdstrich nennen, wo die Natur ihre großartigste Werkstätte aufgeschlagen habe.

Denn wahrhaftig, in dreifacher Hinsicht – astronomisch, topographisch, geologisch – wirkt kein anderer so sehr dem Leben zugeneigt.

Hat man, unter dem gleißenden Licht des Wendekreises, von der Küste kommend, die Gebirgsketten überwunden, erblickt man west- und nordwärts ausgedehnte Hochplateaus, deren Aufbau aus waagerechten Schichten tonigen Sandsteins, unterbrochen von Kalkaufwölbungen oder Gängen aus basischem Eruptivgestein, ihre unvergleichliche Üppigkeit ebenso erklärt wie ihre geebneten und weiten Flächen. Das Land zieht den Menschen unwiderstehlich an, reißt ihn buchstäblich mit der Strömung der Flüsse fort, die vom Rio Iguaçú bis zum Rio Tietê[4] ein äußerst eigenartiges Gewässernetz bilden und von der Küste ins Hinterland fließen, als entsprängen sie in den Meeren und führten ihre ewigen Kräfte den Tiefen der prachtvollen Wälder zu. Mühelos graben sie in jene Schichten gleichgerichtete Furchen, ohne tiefeingeschnittene Talsohlen, und verleihen allen Landen bis jenseits des Rio Paraná den Charakter flachwelliger Ebenen von ungeheurer Weite.

Weiter ostwärts dagegen, zwischen dieser sanften Westabdachung und der nach Nordost sich wendenden Küste, zeigt die Natur ein anderes Gesicht.

Hart meißelt sie sich in die festen Platten der anstehenden Gneise; und die Ausläufer der Hochebenen verwerfen sich zu einer Falte zu Füßen des Mantiqueira-Gebirges, durch die sich der Rio Paraíba zwängt, oder lösen sich in Ableger auf, die, nachdem sie die schroffen Gipfel mit dem Itatiaia-Gebirge in ihrer Mitte geschultert haben, die alpinen Landschaften der Küste bis ins Herz von Minas tragen. Doch läßt sich beim Vordringen in diesen Staat, unerachtet des Getümmels der Gebirge, durchweg eine langsame Senkung nach Norden beobachten. Wie diejenigen auf den Hochplateaus von São Paulo und Paraná bekunden auch alle anderen Wasserläufe diese unmerkliche Absenkung, wenn sie windungsreich dahinfließen und mühsam die anhaltende Gegnerschaft der Gebirge meistern: Der Rio Grande durchbricht mit der Wucht seiner Strömungen die Serra da Canastra, und eine Strecke weiter klaffen, ausgerichtet auf den Meridian, die tiefen Erosionstäler des Rio das Velhas und des Rio São Francisco. Gleichzeitig schwinden, hat man die Aufgipfelungen zwischen Barbacena und Ouro Preto[5] hinter sich gelassen, selbst die höchsten Erhebungen der ursprünglichen Formationen, überlagert von komplexen Serien metamorphischer und mit reichen Adern durchsetzter Schiefer in den sagenumwobenen Goldgefilden.

Der andersartige geologische Aufbau zeitigt noch imposantere Naturbilder als die vom Meeressaum. Die Landschaft bleibt alpin. Der Charakter des Gesteins, wie er am Rand der Quarzithügel oder an den Gipfeln, zu denen die Platten aus Itakolumit gebieterisch sich türmen, zum Vorschein kommt, prägt belebend alle Erhebungen von den Massiven zwischen Ouro Branco und Sabará bis zum Diamantendistrikt und nordostwärts zu den sich dahinziehenden Hochplateaus, die den Höhen der Serra do Espinhaço ebenbürtig sind; und dieses Gebirge, der bildkräftigen Namengebung durch Eschwege zum Trotz, ragt wenig zwischen jenen landschaftsbeherrschenden Höhenrücken hervor. Von dorther schäumen, in Katarakten stürzend oder in wiederholten »Schnellen« springend, alle Flüsse ostwärts zu Tale, die vom Rio Jequitinhonha bis zum Rio Doce den unteren Absätzen des Hochplateaus entgegenstreben, angelehnt an die Serra dos Aimores; und westwärts senden ihre ruhigen Wasser jene Flüsse, die zum Einzugsgebiet des Rio São Francisco gehören; in seinem Tal, hat man südwärts die bemerkenswerten Kalkformationen des Rio das Velhas mit den eingesprengten Seen sowie den Schlundlöchern und unterirdischen Bächen hinter sich gelassen, wo die Höhlen des von Lund[6] entdeckten vorgeschichtlichen Menschen liegen, treten andere Veränderungen in der Oberflächengestalt hervor.

Tatsächlich fallen die früheren Schichten, die wir den Granitgesteinen aufgelagert sahen, ihrerseits ab, so daß sie sich unter andere, jüngere schieben, die aus dicken Sandsteinschichten bestehen.

Ein neuer geologischer Horizont tritt als eigentümlicher und interessanter Zug hervor. Ihn kennzeichnet, obgleich noch wenig erforscht, eine bedeutsame Reliefstruktur, denn die im Süden beherrschenden Kordilleren versinken hier in eine merkwürdige Grabstätte, zugedeckt von den mächtigen jüngeren Schichten, die sie einschließen. Das Land jedoch bleibt erhöht, dehnt sich zu weiten Ebenen oder, anders gesagt, es erhebt sich zu Scheingebirgen, die oben flach sind und aufgrund der Abtragung steil an den Rändern abstürzen, mit ihrem breitgesteckten Rücken aber einem waagerechten Horizont sich einfügen, nur im Osten unterbrochen von den Gipfeln ferner Gebirgsketten, welche die Küste säumen.

So läßt sich eine allgemeine Tendenz zur Abflachung feststellen.

Denn dort, wo die Hochflächen des Hinterlandes und die tiefliegenden Formationen des Erdaltertums zusammentreffen, schließt die Gebirgsregion von Minas bruchlos an das weite Tafelland des Nordens an.

Die Serra do Grão-Mogol, die an die Grenzen Bahias stößt, ist das erste Musterbeispiel jener großartigen, kordillerenähnlichen Hochplateaus, von denen gedankenlose Geographen so leicht sich verwirren lassen; und die anderen Gebirge der Umgebung, von der dichtbenachbarten Serra do Cabral bis zur nach Goiás reichenden Serra da Mata da Corda weisen die gleichen Formen auf. Die sie zerteilenden Erosionsgräben sind aufschlußreiche geologische Schnitte. Sie legen in der Vertikale, von unten nach oben, dieselben Gesteinsschichten bloß, die wir beim ausgedehnten Streifzug an der Oberfläche aufeinanderfolgen sahen: unten in den Talsenken die zerfallenen granitischen Ausläufer, als vereinzelte Höcker; auf halber Höhe, schräg gelagert, die jüngeren Schieferplatten; hoch oben, ihnen aufgelagert oder in Monoklinaltälern die Flanken umlaufend, die Sandsteindecken, die weithin vorherrschen und den Kräften der Witterung ihre staunenswerte Bildbarkeit zu den wunderlichsten Formen darbieten. Ohne Höhenkämme sind die größten Gebirge nichts weiter als hochgelegene Ebenen, weite Tafeln, die jäh an Abbruchkanten enden, den Meißelschlägen der Sturzregen auf den durchlässigen und lockeren Boden ausgesetzt. Die dort seit Urzeiten wirkenden kräftigen Gießbachfluten, die anfangs in wechselnden Betten abflossen, haben diese nach und nach vertieft, zu Rinnen gekehlt, die zu Tobeln und Cañons wurden, bis die Wildwasser jene erhöhten Ebenen mit Steilhängen und Abgründen säumten. Und je nach dem

Widerstand des bearbeiteten Materials entstanden unterschiedliche Landschaftsbilder: Hier ragen starr über die waagerechte Fläche die letzten Fragmente der begrabenen Gesteine, treten als Schroffen auf, deren Höhe kaum an den uralten »brasilianischen Himalaya« erinnert, abgetragen in steter, durch alle Zeitalter fortschreitender Verwitterung; eine Strecke weiter, noch wunderlicher, staffeln sie sich zu unregelmäßigen Reihen kolossaler Menhire oder zu riesigen Kreisen, die mit ihren Haufen übereinandergetürmter Felsblöcke wie zersprengte Mauern zyklopischer Amphitheater wirken; oder anderswo, auf den Oberkanten der Steilwände, schräg liegend und die Ebenen überragend, die sie beidseitig säumen, gemahnen sie an nicht paßgerechte Bogensegmente, Überreste des ungeheuerlichen Gewölbes der einstigen, zerfallenen Kordillere ...

Doch mancherorts verschwinden jene Gebirgsfragmente vollkommen.

Weite Hochflächen dehnen sich dort. Ersteigt man die Lehnen, auf denen sie ruhen wie waagerecht hängende Tafeln, so findet man, in einigen Hundert Metern Höhe, ausgedehnte Landstrecken, die mit sanften Rundungen nach allen Richtungen fortwogen, grenzenlos, meeresgleich. Es sind die herrlichen Gefilde der *campos gerais*, die auf welligen Hochplateaus sich breiten – riesige Bühnen, auf denen das derbe Volk der *vaqueiros* den Rindern nachreitet ...

Durchqueren wir jene Gebiete.

Eine Strecke weiter, von Monte Alto[7] an, teilen sich diese natürlichen Landschaftsformen. Die Sandsteinserie zieht sich hart nach Norden weiter bis zum sandigen Plateau des Açuruá-Gebirges, tut sich mit dem Kalkstein zusammen, der die Gefilde am Saum des großen Stromes belebt, und verschmilzt mit den fernen Umrissen der von Spalten zerschnittenen Höhen, die im phantastischen Profil von Bom Jesus da Lapa so schön hervortreten; wohingegen nordostwärts, dank den intensiven Abtragungen – denn die Serra Geral stellt sich dort wie ein Schutzwall den Passaten entgegen und nötigt sie zu sintflutartigen Regenfällen – wiederum die alten Formationen auftauchen.

Die Gebirge entsteigen der Versenkung.

Das Diamantengebiet taucht auf, nunmehr in Bahia, dasjenige von Minas in allem wiederaufnehmend als seine Nachbildung oder vielmehr Fortführung, ist es doch dieselbe, dorther kommende Formation, die schließlich die Sandsteindecken durchbricht und mit denselben alpinen und zerrissenen Konturen emporragt, in Felsgruppen, die vom Tromba-Gebirge ausstrahlen oder nordwärts in den Huron-Schiefern der Parallelketten des Sincorá-Gebirges[8] hervortreten.

Von hier an jedoch zerbröckelt die Achse der Serra Geral bis zur Unkenntlichkeit. Sie zerfällt. Die Kordillere bäumt sich mit ihren Vorsprüngen und Schlüften auf, denen schäumend, in Kaskaden, die Quellbäche des Paraguaçú gegen Osten entstürzen; und ein Gewirr von gekrümmten Bergketten, gering an Höhe, aber unendlich an Zahl, überzieht kreuz und quer den Ozean der *campos gerais*. Der topographische Charakter wandelt sich, spiegelt die ungehemmte Wucht der Elemente, die dort seit Jahrtausenden zwischen den eingestürzten Gebirgen sich tummeln; und die bisher allmähliche Abdachung der *planaltos* beschleunigt sich nunmehr zu einer beträchtlichen Absenkung. Diese enthüllt der Rio São Francisco, wenn er mit scharfer Biegung gegen Morgen sich kehrt und dabei den durchgängigen Wandel der Gegend anzeigt.

Die Landschaft wird niedriger und schroffer.

In einem Gewirr von regellos verstreuten Hügeln fällt sie zu den unteren Terrassen ab. Als letzter Sproß jenes Hauptgebirges faßt die Bergkette von Itiúba einige seiner ziellosen Ableger zusammen und verschmilzt die nördlichen Ausläufer des Furna-, des Cocais- und des Sincorá-Gebirges. Einen Augenblick lang wirft sich das Gebirge auf, zerfällt aber sogleich in alle Richtungen: nordwärts, wo es die vierhundert Kilometer langen Stromschnellen ab Sobradinho verursacht; südwärts, wohin es in verstreuten Bruchstücken bis hinter Monte Santo[9] reicht; und ostwärts, unter den Hochplateaus von

Jeremoabo sich hinziehend, bis es im wundersamen Wasserfall von Paulo Afonso[10] zutage tritt.

Und der Beobachter, der nach dieser Wegstrecke die Gefilde hinter sich läßt, worin im schönsten Kontrast die Weite der *campos gerais* und die Aufgipfelung der Gebirge sich abwechseln, hält, wenn er jene Stätte erreicht, verwundert inne …

An der Schwelle des Sertão

Er steht auf einem Absatz des Festlandmassivs, an seinem nördlichen Rande.

Umschlossen wird dieses auf einer Seite, nach zwei Quadranten hin, vom Halbkreis des Rio São Francisco und auf der anderen Seite vom windungsreichen Lauf des Itapicuruaçú, der, im rechten Winkel zur ursprünglichen Richtung, gleichfalls sich nach Südosten wendet. In der Mitte, fast parallel zwischen beiden, mit dem gleichen bemerkenswerten Gefälle zur Küste, gewahrt man den Lauf eines anderen Flusses, des Vaza Barrís – von den Tapuios Irapiranga geheißen –, der im Abschnitt zwischen Jeremoabo und den Quellgebieten Ausgeburt einer Kartographenlaune ist. In der Tat, auf dem unerhörten Stufenland, worüber das *planalto* sich schluchtenreich zum Meere oder zum Tal des São Francisco flußab von Paulo Afonso senkt, gibt es keine ausgewogenen Geländeformen für ein normales Gewässernetz. Dort herrscht die chaotische Entwässerung der Sturzbäche, die jenem Winkel von Bahia eine wilde, einzigartige Fazies aufprägt.

Terra incognita

Der Ankömmling begreift, warum es bis heute über einen so ausgedehnten Landstrich, der beinahe so groß ist wie Holland (9° 11′-10° 20′ Breite und 4°-3° Länge), an genauen und ausführlichen Nachrichten mangelt. Auf unseren besten Karten mit ihren spärlichen Hinweisen findet sich ein vielsagender weißer Fleck, ein Hiatus, *Terra incognita*, wo gewagte Striche einen zweifelhaften Fluß oder eine vermutete Gebirgskette andeuten.

Denn nach Überquerung des Itapicurú im Süden ließen sich die vorgerücktesten Scharen der Siedler in winzigen Weilern nieder – Maçacará, Cumbe oder Bom Conselho –, gegen die das verwahrloste Monte Santo sich wie eine Stadt ausnimmt. War das Itiúba-Gebirge im Südwesten erstiegen, verteilten sie sich auf die Dörfer an seinem Rande, unbedeutenden Wasserläufen folgend, oder auf die vereinzelten Viehfazendas, Siedlungen, deren allervorgeschobenste ein obskures verfallenes Nest war – Uauá; von Norden und Osten kommend, hielten sie an den Ufern des Rio São Francisco inne, zwischen Capim Grosso und Santo Antônio da Glória.

Von Osten her tat sich nur eine jahrhundertealte Kleinstadt hervor, Jeremoabo, äußerster Vorposten der Durchdringung jenes Gebietes, das die Wanderungswellen von der Küste Bahias ins Hinterland stets zu meiden suchten.

Die eine oder andere Schar durchzog es, eilig, fluchtartig, ohne Spuren zu hinterlassen.

Keine ließ sich dort nieder. Keine vermochte es. Die fremdartige Gegend, weniger als vierzig brasilianische Meilen von der einstigen Hauptstadt[11] entfernt, war dazu bestimmt, unsere vierhundertjährige Geschichte hindurch in völliger Vergessenheit dahinzudämmern. Denn während die aus dem Süden kommenden *bandeirantes* an ihrem Rande innehielten, dann mit einem Schwenk den Flanken des Itiúba-Gebirges entlang nach Pernambuco und Piauí und bis Maranhão vorstießen, suchten die von Osten kommenden Glücksritter, durch die unüberwindliche Schranke der Paulo-Afonso-Fälle abgewiesen, über den Paraguaçú und andere südwärts gelegene Flüsse nach günstigeren Zugängen. Die Gegend dazwischen überließ man sich selbst, als unzugänglich, unerforscht.

Denn auch wenn sie letztgenannte, kürzere Route einschlugen, waren sie zutiefst bestürzt über den befremdlichen Anblick jenes Landes, das mit unvermuteten Veränderungen aufwartete.

Hatten sie den Meeressaum hinter sich gelassen und hielten stracks nach Westen, so erlahmte oder verfiel nach wenigen Meilen der Reiz der abenteuerlichen »Einfälle«[12] ins Hinterland, und der Glanz des üppigen Küstenstreifens verblich. Gleich nach Camaçarí sind die alten Formationen vereinzelt von tertiären Flächen überlagert, im Wechsel mit winzigen, bei Alagoinhas von Sandböden überzogenen Kreidebecken, die von den weiter östlich, bei Inhambupe[13] gelegenen Kalkaufwölbungen kaum durchbrochen sind. Die ringsum sich wandelnde Vegetation spiegelt die wechselnden Bodenformationen mit der Genauigkeit eines Abgusses. Die Wälder lichten sich oder verkümmern. Schließlich verschwinden sie, nachdem sie schüttere Ableger zu den Höhen der Gebirge entsandt haben; und auch diese werden immer seltener, bilden da und dort Inseln oder dringen wie ein Kap in die entblößten Ebenen der *campos gerais* vor, wo eine eigentümliche Flora – krummgewachsene Sträucher, durchsetzt mit hochroten Bromelien – weite Strecken beherrscht, kaum gebändigt von der kräftigen Vegetation, die um Pojuca auf dem fruchtbaren *massapé* der verwitterten Kreideschichten gedeiht.

Danach erscheinen wieder die lebensfeindlichen Tertiärschichten über den älteren, die allerdings hernach im gesamten Umkreis von Serrinha vorherrschen. Die Anhöhen von Lopes und Lajedo ragen gleich ungestalten Pyramiden aus abgerundeten und glatten Blöcken empor; und diejenigen, die auf sie folgen beiderseits der Hänge des Saúde- und Itiúba-Gebirges bis Vila Nova da Rainha und Juazeiro, zeigen die gleichen Umrisse mit ihren aufgerissenen Lehnen, die das zerbrochene Skelett der Gebirge freilegen.

Der Beobachter hat den Eindruck, er umwandere die zersprungene Abbruchkante eines Hochplateaus.

Er beschreitet in der Tat einen drei Jahrhunderte alten Weg, einen geschichtsträchtigen Pfad, auf dem die derben Waldläufer der Kolonialzeit bei ihren Streifzügen ins Hinterland vorstießen.

Niemals wichen sie davon ab.

Niemals änderte seinen Verlauf die spätere Zivilisation, auch nicht, als sie neben die Fußstapfen des *bandeirante* die Schienen einer Eisenbahnstrecke legte.

Wenn daher der Weg auf seiner Länge von hundert Meilen zwischen Bahia und Juazeiro zahllose Abzweigungen nach Westen und Süden aufweist, so hatte er vom mittleren Abschnitt an niemals ein nennenswertes Gegenstück in östlicher oder nördlicher Richtung.

Die Siedlerscharen, die ihn beschritten, um nach Piauí, Pernambuco, Maranhão und Pará zu gelangen, teilten sich in Serrinha, entsprechend den unterschiedlichen Zielregionen. Und ob sie nun weiter nach Juazeiro zogen oder rechter Hand den königlichen Heerweg nach Bom Conselho einschlugen, der sie seit dem 17. Jahrhundert nach Santo Antônio da Glória und Pernambuco führte – stets umgingen sie, stets mieden sie jene unheimliche und trostlose Gegend, scheuten ihre peinigende Durchquerung.

So kam es, daß jene beiden Einfallslinien, die den Rio São Francisco an weit voneinander entfernten Stellen kreuzten – in Juazeiro und in Santo Antonio da Glória –, seit alters eine Wüste einfaßten.

Unterwegs nach Monte Santo

Wer dennoch sich erkühnt, diese zu durchqueren, und von Queimadas nordostwärts aufbricht, wird anfangs nicht überrascht sein. Der mäandrisch gewundene Itapicurú nährt einen lebhaften Pflanzenwuchs, und die steinigen Böschungen des Rio Jacuricí schmücken sich mit einem Streifen von Gehölzen. Das Gelände, sandig und flach, erlaubt ein bequemes und rasches Fortkommen. Beiderseits des Weges erstreckt sich flachwelliges Tafelland. Der Fels, in waagerechten Platten zutage tretend, verursacht geringe Unebenheiten, wenn er den Boden und seine dünne Sanddecke durchbricht.

Später jedoch erblickt man Landstrecken, die allmählich arider werden.

Hat man den schmalen Streifen der *campos cerrados*, der Baumsavannen längs dem letztgenannten Fluß, durchzogen, ist man mitten im *agreste*, im »rauhen Land«, wie die dortigen *matutos* sich anschaulich ausdrücken: Bäumchen fast ohne Halt auf dem kargen Erdreich, mit verworrenen Krüppelzweigen, zwischen denen einsame Säulenkakteen starr und schweigend ragen, was dem Ganzen den Anblick eines Wüstensaums verleiht. So bildet sich die Fazies jenes unwirtlichen Sertão allmählich und eindrucksvoll heraus ...

Steigt man auf eine beliebige Bodenwelle, enthüllt er sich oder läßt sich in der Ferne erahnen, als trübseliges, gleichförmiges Panorama, auf welchem eintönig, ohne einen sonstigen Farbschimmer, das zerglühte Graubraun der *caatingas* dämmert.

Andere, weniger karge Landschaften treten immerhin dazwischen; und an jenen Stellen, wo die Verwitterung des Granits *in situ* Tonböden hervorbrachte, umstehen die grünenden Kronen der *ouricurí*-Palmen – kurze Intervalle in der allgemeinen Aridität – die Ufer der *ipueiras*. Diese »toten Weiher«, nach der treffenden Etymologie des indianischen Wortes, bezeichnen dem Wanderer die unumgänglichen Rastplätze. Und gemeinsam mit den *cacimbas* und den *caldeirões*, wo der Boden zu Felstöpfen sich öffnet, sind sie seine einzige Labsal auf der höchst beschwerlichen Reise. Wahre Oasen, bieten die Tümpel gleichwohl nicht selten einen düsteren Anblick – in Senken zwischen kahlen Hügeln gelegen, umstanden von *mandacarús*, nackten und traurigen Säulenkakteen, die wie Gespenster von Bäumen anmuten; oder in der Mulde eines Hochplateaus, dank einer schwarzgrünen Decke aus einzelligen Algen deutlich abgehoben vom staubigen und graubraunen Boden.

Manche dieser Gewässer bezeugen den Eingriff der Söhne des Sertão. Am Ufersaum finden sich, als Stauwehre zwischen den Hängen, mörtellose Gemäuer aus rohen Steinen. Sie wirken wie Bauwerke eines unbekannten Volkes. Gemeinsames Erbe derer, die dort unter den Härten des grausamen Klimas sich plagen, stammen sie für gewöhnlich aus ferner Vergangenheit. Angelegt wurden sie von denen, die als erste die Fährnisse eines Vorstoßes in jene Gebiete auf sich nahmen. Unzerstörbar bestehen sie fort, denn der Sertanejo, wie sehr er auf leichtes Gepäck bedacht sei, versäumt doch niemals, unterwegs einen Stein für die lückenhaften und schwankenden Mauern aufzuheben und dorthin mitzunehmen.

Doch läßt man jene Stätten hinter sich – unzulängliche Nachbildung übriggebliebener römischer Talsperren in Tunesien –, betritt man wiederum ausgedörrte Sandflächen. Und beim eiligen Vormarsch, vor allem in jenen Abschnitten, wo Bodenwellen gleichgeformt und gleichentfernt immerzu aufeinanderfolgen, überkommt auch den geschwindesten Wanderer das Gefühl, auf der Stelle zu treten. Eintönig enthüllen sich ihm die gleichen Bilder, vor einem unveränderlichen Horizont, der beim Voranschreiten zurückweicht. Selten, wie etwa beim winzigen Dorfe Cansanção,[14] schmückt sich eine breite Aufwölbung fruchtbaren Landes mit einem grünenden Pflanzenkleid.

Ärmliche Behausungen tauchen auf, etliche verlassen von den Viehtreibern, die erschrocken vor der Dürre flohen; andere liegen in Trümmern; sie alle verschärfen mit ihrer äußersten Armseligkeit den schwermütigen Anblick der Landschaft …

Bei Quirinquinquá jedoch beginnt das Gelände unruhiger zu werden. Das kleine Anwesen steht bereits auf einer ausgedehnten Granitanhebung, und hält man nordwärts Ausschau, erkennt man andersgeartete Landschaften, ein Auf und Ab von Tälern und Gebirgen, deren Gipfel sich in der Ferne verflüchtigen. Die Bergkette von Monte Santo, deren Profil vollkommen den Rundungen zuwiderläuft, mit denen der illustre Martius[15] sie gezeichnet hat, steigt lotrecht vor dem Betrachter empor, als mächtiges Ganggebirge aus weißem Quarz mit bläulichen Tönungen, das über der Gneismasse des Untergrunds sich auftürmt. Gebieterisch über der südostwärts ausgebreiteten Niederung ragend, mit einem nahezu geradlinigen Kamm, wirkt die riesenhafte Steilwand dieser *serra* mit den durch Winderosion freigelegten Schichtenlinien wie die Außenmauer eines monumentalen Befestigungswerkes. Sie gipfelt in einem himmelhohen First, der 13° nordostwärts streicht, hoch über der Kleinstadt zu seinen Füßen. Ringsum eröffnet sich ein weiter Horizont. Man gewahrt, daß die Erhebungen, während sie nach Süden und Osten abnehmen, vor allem in nördliche Richtungen gebieterisch ausgreifen.

Drei Meilen weiter, am Rande dieser metamorphischen Aufgipfelung, liegt das Gehöft Caldeirão; wer es erreicht und hinter sich gelassen hat, tritt endlich ein ins Innere des ausgebrannten Sertão ...

Erste Eindrücke

Es ist eine eindrucksvolle Landschaft.

Die Strukturbedingungen der Erdkruste haben sich dort mit den höchst gewaltsam von außen wirkenden Kräften zusammengetan, um staunenswerte Reliefs zu entwerfen. Die für kontinentales Wechselklima typischen Sturzgüsse, die, langwährende Sonnenscheinperioden jäh unterbrechend, auf jene Hänge prallen, haben längst schon all ihre verwitterten Bestandteile hinweggerissen und die ältesten Schichten jener letzten Verästelungen der Gebirge bloßgelegt: Alle kristallinen Spielarten, die rauhen Quarzite und die Tonschiefer und die Kalksteine, die sich abwechseln oder verflechten und hart bei jedem Schritt hervortreten, kaum von kümmerlicher Flora bedeckt – alles das fügt sich zu Landschaftsbildern, deren hervorstechender Zug die Geschundenheit ist.

Denn was darin sich abzeichnet – in der Rissigkeit des Bodens, in der Schleifung der fast entblößten Hügel, in der Verkrümmtheit der Trockenbetten episodischer Bäche, in der Enge der Schluchten und im fast konvulsivischen Krampf einer welken Flora mit ihrem Gewirr verstümmelter Äste –, ist gleichsam das Martyrium des Landes, das von den unsteten Elementen bei jeglicher Witterung grausam mißhandelt wird. Zum einen befördert die äußerste Lufttrockenheit im Sommer die schlagartige nächtliche Abstrahlung der Wärme, welche die den Sonnengluten ausgesetzten Gesteine gespeichert haben, und zwingt ihnen den Pendelschlag von jähem Anstieg und Absturz der Temperaturen auf; daher ein Hin und Her von Schrumpfen und Dehnen, das sie längs der Schichten mit dem geringsten Widerstand spaltet und öffnet. Zum andern beschleunigen die Regenfälle, die unversehens den sengenden Zyklus der Dürre beschließen, diese langfristigen Vorgänge.

Die Kräfte, die das Land bearbeiten, greifen es in seinem innersten Gefüge ebenso wie an der Oberfläche an, ohne je beim Zerstörungswerk innezuhalten, im unwandelbaren Wechsel der beiden einzigen Jahreszeiten der Region sich ablösend.

Sie zerlegen es in den brennenden Sommern, tragen es ab in den gußreichen Wintern. Sie reichen von der molekularen Zersetzung, die lautlos wirkt, bis hin zur ungeheuren Wucht der Gewitter. Sie verbünden und ergänzen sich. Und je nachdem, ob die eine oder die andere Kraft überwiegt oder ob die beiden sich zusammentun, bietet die Natur einen anderen Anblick. Die gleichen Gneishöcker – wunderlich zersprengt mit fast geometrischen Spaltflächen, quaderähnlich –, die vielerorts auftreten und in jener menschenleeren Ödnis mitunter die Illusion erwecken, man stoße plötzlich auf majestätische Burgruinen, finden sich eine Strecke weiter inmitten eines Gewirrs von Klippen, die unsicher auf schmalen Sockeln stehen, zur Seite geneigt, schief und schwank, gleich wackeligen *loggans*[16] oder eingestürzten großen Dolmen; und dahinter verschwinden sie unter Stapeln von Felsblöcken, ein vollendetes Bild jener »steinernen Meere«, die den Regionen mit exzessivem Klima so eigentümlich sind. Am Fuße der Hügel, von denen es ringsumher wimmelt – Reste uralter zernagter Hochplateaus –, liegen hingeschüttet, bald in einer Reihe wie auf alten Gletscherbahnen, bald regellos verstreut, dicke Schichten von Kieseln und geborstenen Platten, die ebensolche Gewalteinwirkung zeigen. Die Kanten der Bruchstücke, wo eingesprengt in den Quarz noch Feldspatkristalle sich erhalten haben, sind weitere Zeugnisse dieser physischen, mechanischen Kräfte, welche – die Gesteine zertrümmernd, ohne ihre Grundbestandteile zu zersetzen – den langsam wirkenden chemischen Faktoren normaler Verwitterung vorausgeeilt sind.

So begegnet man auf Schritt und Tritt dem schneidenden Grundzug äußerster Rauheit. Teilweise mildern ihn Niederungen mit feuchtem Untergrund, Becken früherer Seen, nunmehr geschrumpft zu morastigen Tümpeln, welche die Rastplätze der Viehtreiber anzeigen. Sie werden freilich durchzogen von fast stets versiegten, trogartigen Bächen, die nur in den kurzen Regenzeiten sich füllen. Vollgestopft zumeist mit dichtgestapelten Blöcken, zwischen denen, außer bei plötzlichen Hochwassern, dünne Rinnsale fließen, sind diese Trockenrinnen ein getreues Ebenbild der Wadis, welche die Sahara säumen. In ihnen kommen, gewöhnlich senkrecht zu den Uferböschungen geschichtet, dunkelblaue Talkschiefer mit glänzenden Plättchen zum Vorschein, welche das Licht metallisch funkelnd zurückstrahlen – und darüber liegen, große Areale bedeckend, weniger widerständige Schichten roten Tones, durchzogen von Quarzadern, welche diskordant seine Lagerung unterbrechen. Letztere Formationen, vielleicht silurischen Ursprungs, bedecken, je weiter man nordostwärts schreitet, die übrigen gänzlich und nehmen regelmäßigere Umrisse an. Sie erklären die Entstehung der flachen *tabuleiros*, die, mit ihrer widerstandsfähigen Vegetationsdecke aus *mangaba*-Bäumen, bis Jeremoabo sich fortziehen.

Nordwärts hingegen sind die Schichten stärker geneigt. Immer wieder tauchen kahle Hügel auf mit abschüssigen, in Schluchten zerteilten Hängen, die von periodischen Gießbächen untergraben werden; und auf ihren Kuppen erkennt man, aneinandergereiht, wie Metallplättchen geformt, die gleichen Quarzeinsprengsel, bloßgelegt durch die Verwitterung der sie einfassenden Schiefergesteine.

Im grellen Licht des Sertão gleißen jene überaus schrundigen Hügel blendend, sinnverwirrend, in glutheißem Geflimmer.

Die beständigen Abtragungen allerdings durchbrechen die Stetigkeit dieser Schichten, die im übrigen anderwärts unter Kalksteinformationen verschwinden. Doch das Gesamtbild wandelt sich kaum. Der trümmerartige Anblick letzterer stimmt gut zu dem der anderen Geländeformen. Und dort, wo sie flach sich am Boden hinziehen, ganz und gar wehrlos gegen die zersetzende Säure der sturmgepeitschen Regengüsse, sind sie geschröpft und durchsiebt von runden Aushöhlungen und tiefen Hohlkehlen, die, winzig, aber zahllos, mit ihrer dichten Folge von scharfen Kanten und spitzen Ecken und eisenharten Fußangeln das Gehen unmöglich machen.

Dieserart folgen, welchen Pfad auch immer man einschlägt, wenig hochragende, aber schroffe Erhebungen aufeinander, zwischen denen die Wege sich hindurchwinden, wofern sie nicht viele Meilen weit den leeren Rinnen versiegter Bäche folgen. Und wie unbewandert der Beobachter auch sein mag – wenn er die majestätischen Fernblicke hinter sich läßt, die südwärts sich darbieten, und sie mit den erschütternden Schauplätzen jener geschundenen Natur vertauscht, so drängt sich ihm hartnäckig der Eindruck auf, den jüngst emporgehobenen Grund eines früheren Meeres zu betreten und in jenen spröden Bodenformen einen Abguß vom Aufruhr der Wellen und Strudel zu finden …

Die Suggestion ist verlockend. Bereitwillig folgt man einem romantisch angewehten Naturforscher* in der Vorstellung, dort hätten lange Zeit hindurch, im Tertiär, des Meeres Wogen und Ströme getobt.

Denn unerachtet der spärlichen Daten, Grundlage für solch eine »rückwärtsgewandte Prophezeiung« – wie Huxley[17] elegant formuliert –, die imstande wäre, den Zustand jener Zone in ferner Vergangenheit zu schildern, stützen alle von uns zusammengetragenen Merkmale diese gewagte Auffassung.

Weitere Umstände bestärken sie: die sonderbare Entblößung des Landes; die auffällige Reihung der zerstückelten Gesteine, die als sichtbare Höhenlinien die Flanken der Gebirge säumen; die Hänge der Tafelflächen, die am Ende lotrecht abstürzen, an Steilküsten erinnernd; sowie in gewisser Hinsicht die Überreste pliozäner Fauna, welche die *caldeirões*, die Felstöpfe, zu Massengräbern von Mastodonten machen, voll auseinandergerissener und zersplitterter Wirbel, als wäre dort das Leben jählings von den aufrührerischen Kräften eines Kataklysmus überfallen und ausgelöscht worden.

Hinzu kommt eine Mutmaßung über einen früheren Zustand, die auf positiven Daten beruht. Tatsächlich haben die Forschungen Frederick Hartts rings um Paulo Afonso das unleugbare Vorhandensein von Kreidebecken ergeben; und da ihre Leitfossilien von derselben Art sind wie die in Peru und Mexiko gefundenen und altersgleich mit denen, die Agassiz in Panama entdeckte, fügen sich alle diese Bausteine zur Schlußfolgerung, zur Kreidezeit habe ein weiter Ozean über der heutigen Landbrücke zwischen beiden Amerikas gewogt und den Atlantik mit dem Pazifik verbunden. So bedeckte er einen großen Teil der nördlichen Staaten Brasiliens und brandete an die oberen Terrassen der *planaltos*, wo

* Emmanuel Liais.

ausgedehnte Ablagerungen ein höheres Alter anzeigen, das mittlere Paläozoikum.

Damals ragten die höchsten Zinnen unserer Kordilleren, aus den auftauchenden großen Inseln sich erhebend, im Norden nur wenig über die unendliche Einsamkeit der Fluten …

Die Anden gab es nicht; und der Amazonas war ein breiter Kanal zwischen den Hochlanden von Guayana und denen des Kontinents, die er inselgleich sonderte. Südwärts bildeten das Massiv von Goiás – das älteste der Welt, nach der schönen Darlegung von Gerber – sowie das Massiv von Minas und ein Teil des Hochlands von São Paulo, wo der Vulkan von Caldas[18] in voller, glutsprühender Tätigkeit war, den Kern des künftigen Kontinents …

Denn langsam vollzog sich eine allgemeine Hebung: die Granitmassen stiegen im Norden an und zogen die Gesamtheit der Landflächen in einer langsamen Drehung mit sich, deren Achse Emmanuel Liais sich zwischen Bolivien und den Hochplateaus von Barbacena dachte. Gleichzeitig, zu Beginn des Tertiärs, vollzieht sich der wundersame Vorgang der Andenhebung; neue Lande tauchen aus den Wassern empor; der amazonische Kanal wird auf einer Seite versperrt und verwandelt sich in den größten der Ströme; die verstreuten Archipele breiten sich aus und verknoten sich in Landbrükken und verschmelzen; die Umrisse der Küsten, größer geworden, runden sich ab; und langsam schließt Amerika sich zusammen.

Die Landmassen im äußersten Norden von Bahia, bisher auf die vereinzelt aus den Wassern ragenden Quarzitklippen von Monte Santo und die Gipfel des Itiúba-Gebirges beschränkt, wuchsen damals in stetigem Anstieg. Bei dieser allmählichen Anhebung aber blieb, während die höchstgelegenen und soeben enthüllten Landgebiete sich mit Seen überzogen, die Abdachung jener Gebirge bis zur halben Höhe eingetaucht. Die Hänge umbrandete ein ungestümer Wellengang, von welchem derjenige an unserer heutigen Küste ein schwacher Nachhall ist. Und noch lange beutelte die Meeresströmung, während das übrige Land, im Süden, sich schon ausgestaltet erhob, jenen nördlichen Winkel von Bahia, den sie, die Kliffs zernagend und zerstoßend, alle gelockerten Steine umherwirbelnd und westwärts reißend, meißelte, bis er gänzlich emportauchte, der allgemeinen Aufwärtsbewegung jener Lande folgend, gleich einer gestaltlosen Anhäufung eingestürzter Gebirge.

So setzte sich das Wüstenklima dort in offenkundigem Widerspruch zu den topographischen Gegebenheiten durch: auf einer Abdachung, wo nichts an die abflußlosen Senken der klassischen Wüsten gemahnt.

Man glaubt, dieses erwachende Land bereite sich noch immer auf das Leben vor: Die Flechte bekämpft noch immer den Fels, um fruchtbare Erde zu schaffen. Und in zähem Ringen mit den Unbilden des Klimas treibt eine ungemein hartnäckige Flora ihr Wurzelgeflecht voran, so daß sie die Sturzbäche teilweise hindert, alle Ansätze von Krume auszuwaschen und fortzuschwemmen – diese vielmehr nach und nach vermehrt bei der Eroberung des trostlosen Landstrichs, dessen Konturen sie mildert –, ohnmächtig indes, den unbarmherzigen Sonnenbränden und den wilden Wasserfluten, die den Boden abtragen, Einhalt zu tun.

Daher die schmerzliche Empfindung, die uns überwältigt, wenn wir jenen unbekannten Teil des Sertão – nahezu eine Wüste – durchmessen, sei er zwischen den Falten nackter Bergketten eingezwängt oder dehne er sich eintönig zu weiten Ödflächen …

II.

Ausblick von der Höhe des Monte Santo

Späht man vom Gipfel der Serra de Monte Santo fünfzehn Meilen in die Runde, erkennt man wie auf einer Reliefkarte den orographischen Aufbau des Landes. Und man sieht, daß die Bergketten, statt in der Mitte zwischen den Flüssen Vaza-Barrís und Itapicurú sich ostwärts zu erstrecken und deren Wasserscheide zu bilden, vielmehr nach Norden vorrücken.

Das gilt für die Serra Grande und die Serra do Atanásio, die, anfangs getrennt verlaufend, nordwestwärts die eine und nordwärts die andere, schließlich zur Serra do Acarú verschmelzen, wo periodisch die Quellen des Bendegó und seiner kurzlebigen Zuflüsse sprudeln. Die vereinten Gebirge verbünden sich mit der Serra de Caraíbas und der Serra do Lopes, werden von ihnen wiederum aufgesaugt, woraus das Cambaio-Massiv entsteht, von wo die kleinen Höhenzüge des Coxomongó und des Calumbí ihren Ausgang nehmen und nordwestwärts die turmhohen Zinnen des Caipã. Derselben Tendenz gehorchend, rückt das Aracatí-Gebirge am Saum der Tafelebenen von Jeremoabo mit Unterbrechungen nordwestwärts vor, vom Tal des Vaza-Barrís bei Cocorobó durchschnitten, wendet sich gegen Abend und teilt sich in die es fortführenden Serras de Canabrava und Poço de Cima. Alle diese Bergketten beschreiben schließlich eine elliptische, im Süden durch einen Hügel, die Favela-Höhe, geschlossene Kurve um eine geräumige, wellige Ebene, wo die Siedlung Canudos stand; und weiter nordwärts zerstreuen sich abermals jene Gebirge und verlieren an Höhe, bis sie in den erhöhten Plateaus am Ufer des Rio São Francisco enden.

So scheint jene Abschrägung der *planaltos*, wandert man nordwärts dem vom Rio Parnaíba[19] ausgekerbten Hochplateau entgegen, sich noch einmal ruckartig aufzutürmen – eine Störung für das gesamte Einzugsgebiet des São Francisco unterhalb der Einmündung des Patamoté, die das Land mit namenlosen, selbst bei günstigstem Maßstab kartographisch nicht erfaßbaren Sturzbachrinnen überzieht und dem Vaza-Barrís eine martervolle Gekrümmtheit aufzwingt, von welcher er sich ab Jeremoabo mit seiner Hinwendung zur Küste befreit.

Dieser Wasserlauf hat keine eigentlichen Zuflüsse. Er fügt sich nicht dem Gefälle der Landschaft. Die einmündenden Bäche, der Bendegó und der Caraíbas, die in ihren rücksichtslos ausgehobelten Betten kurzzeitige Fluten wälzen, spiegeln nicht die Einsenkungen des Geländes wider. Ihr Dasein ist so flüchtig wie die Regenzeiten. Eher sind es Entwässerungskanäle, aufs Geratewohl von den Sturzwassern aufgerissen, von eiligen Strömungen, die, den allernächsten Unebenheiten des Geländes sich anbequemend, nicht selten in Widerstreit mit den großräumigeren Reliefformen treten. Es sind Bäche, die aufwärts fließen. Plötzlich füllen sie sich, treten über die Ufer, vertiefen ihr Bett, setzen sich über den Widerstand des unebenen Geländes hinweg; etliche Tage lang wälzen sie sich zum Fluß, dann verschwinden sie, bieten erneut den Anblick windungsreicher Gräben, geröllübersät und trokken.

Der Vaza-Barrís selbst, ein quellenloser Fluß, auf dessen Sohle Gräser sprießen und Herden weiden, hätte einen anderen als den jetzigen Lauf, wenn eine ganzjährige Strömung in stetiger Arbeit ihm ein ausgeglichenes Profil verschaffte. Als geologischer Faktor spielt er eine revolutionäre Rolle. Meistens ist er »zerschnitten«, wie das Volk sagt, in Pfützen zerfallen oder ausgetrocknet, einer breiten, staubigen und kurvenreichen Landstraße gleich; und wenn er bei Hochwasser anschwillt, »dickwanstig« wird, die Wildwasser sammelt, die von den Hängen herabrauschen, wälzt er wochenlang lehmige, aufgerührte Fluten zu Tale, bald bis zu gänzlicher Leere versiegend, »versickernd« wie es im portugiesischen Flußnamen heißt, der die ursprüngliche indianische Benennung vorteilhaft ersetzte.[20] Er ist eine Flutwelle, die von den Itiúba-Bergen herabstürzt, ihre Kraft in den drangvollen Talengen vervielfacht und schnell zwischen Steilufern oder Gebirgsmauern bis Jeremoabo dahinströmt.

Wir haben gesehen, wie die umgebende Natur mit seinem grausamen Gebaren wetteifert, in sprödes Gelände ihn einzwängt, ohne die prächtigen Szenarien der Gebirgsketten, der Tafelebenen oder endlosen Hochplateaus, vielmehr als Mischlandschaft, in welcher sich diese Naturräume zu einem bestürzenden Wirrwar verschränken: Ebenen, die sich aus der Nähe als von Wasserrissen zerklüftete Hügelreihen entpuppen; Buckel, die im Kontrast zu den Niederungen hoch erscheinen und die ihre Umgebung um wenige Dutzend Meter überragen; und Tafelflächen, die beim Nähertreten die chaotische Schroffheit wild klaffender Schlünde zeigen. Nichts mehr erinnert an die schöne Wirkung der allmählichen Abtragungen, welche die Hänge modellieren, die Horizonte weiten und die *campos gerais* ins Unendliche ausbreiten, ausgehend von den hohen Kordilleren, was den Gemälden der Natur das berückend Erhabene eines Ausblicks verleiht, wo Himmel und Erde zu einem fernen und staunenerregenden Farbengeflimmer verschmelzen …

Indessen, ein unverhofftes Bild erwartete den Reisenden, der nach dieser Überquerung scheinbarer Erdbebentrümmer die letzten Hügelwellen vor Canudos erklomm.

Ausblick von der Favela-Höhe

Er betrat die Kuppe des Favela-Hügels;[21] ließ das Auge schweifen, um mit einem Blick das Land in seiner Gänze zu erfassen. Und nichts mehr erinnerte ihn an die geschauten Landschaftsbilder. Vor ihm lag die Antithese des bislang

Gesehenen. Dort drunten waren die gleichen Erhebungen und der gleiche Boden, durch und durch aufgewühlt, unter dem rauhen Gewand der Steinhalden und entrindeten Dornenwälder. Doch das Zusammenspiel so vieler regelloser und harter Züge – die verschlungenen Kerben der Wasserrisse, die Furchen der Abgründe, die Einbrüche der Höhlungen – bot dem Wanderer einen gänzlich neuen Ausblick. Und beinahe verstand er, daß die leichtgläubigen Hinterwäldler in ihrer treuherzigen Einbildung glaubten, »daß dort der Himmel ist ...«

Die Siedlung vor und unter dem Betrachter stand auf demselben gestörten Boden, der die Umgebung prägte. Doch von diesem Punkt gesehen, erweckten die zahllosen kurzen Hügelreihen, die in geringer Höhe und in allen Richtungen gleichförmig verliefen, dank der die Hänge mildernden und einebnenden Ferne, beim Betrachter die Illusion einer gewellten und weiträumigen Ebene.

Ringsum ein majestätisches Oval von Gebirgsketten ...

Die Serra da Canabrava im Nordosten, von gewölbtem und einfachem Profil; die näher gelegene Serra do Poço de Cima, steiler und höher; gegen Osten die Serra de Cocorobó mit ihrem Gewoge von Höhen und Mulden, in Randschroffen sich auflösend; die geradlinigen Abdachungen des Calumbí im Süden; die Zinnen des Cambaio gegen Westen; und nordwärts die unruhigen Konturen des Caipã – sie alle verbinden und verknüpfen sich zu einer sanft geschwungenen Linie, einer ungeheuren, geschlossenen Kurve.[22]

Wenn der Betrachter in der Ferne jene stolz emporragenden Zinnen sah, fast auf seiner Höhe und ihm den Horizont verdeckend, so hatte er den erhebenden Eindruck, auf einem himmelhohen Plateau zu stehen, einem unvergleichlichen Ödfeld, das den Gebirgen auflag.

In der zerfurchten Ebene dort unten waren die kleinen Wasserläufe fast nicht erkennbar, die schweifend sich schlängelten ...

Ein einziger ließ sich deutlich unterscheiden, der Vaza-Barrís. Er durchschnitt die Ebene, in Mäandern gewunden. Eingezwängt in eine dieser Kehren, erblickte man eine größere Senke, umrahmt von Hügeln. Und was sie anfüllte und ganz übersäte mit einem Wirrwarr zahlloser Dächer, war eine maßlose Ballung von Hütten …

III.

Das Klima

Aus diesen kurzen Hinweisen geht hervor, daß die geologischen und topographischen Merkmale ebenso wie die übrigen physischen Faktoren sich gegenseitig beeinflussen und prägen, so daß nicht zu sagen ist, welche die vorherrschenden sind.

Wenn einerseits die erdgeschichtlichen Gegebenheiten stark auf die äußeren Faktoren des Klimas einwirken, so haben diese ihrerseits zur Verschärfung jener beigetragen – und beide halten zäh an dieser Wechselwirkung fest. Aus diesem immerwährenden Ringen, aus diesem Teufelskreis ergibt sich die Besonderheit des örtlichen Milieus. Sie in all ihren Merkmalen zu erfassen ist unmöglich. Uns gebricht es an den selbstverständlichsten Beobachtungen, aufgrund der sprichwörtlichen Gleichgültigkeit, die wir den Angelegenheiten unseres Landes mit der trägen Bequemlichkeit satter Bettler entgegenbringen.

Kein Pionier der Wissenschaft hat bisher die Unbilden jenes Winkels des Sertão genügend lange ertragen, um seine Eigenart begrifflich zu erfassen.

Martius, der dort vorüberzog, kam vorwiegend in der Absicht, den am Ufer des Bendegó-Baches niedergegangenen Meteoriten in Augenschein zu nehmen, der schon seit 1810, dank F. Mornay und Wollaston, den europäischen Akademien bekannt war.[23] Als er durch die wilde Gegend vordrang, die er *desertus australis* taufte, achtete er kaum der Landschaft mit ihrem absonderlichen Pflanzenkleid, *silva horrida* in seinem erschrockenen Latein. Seine Vorgänger und Nachfolger eilten, vom Stachel der Hundstagshitze getrieben, hastig über dieselben Pfade, fluchtartig. So kommt es, daß jener immerfort gemiedene Sertão bis zum heutigen Tage unbekannt ist und es noch lange bleiben wird.

Die folgenden Hinweise sind vage Mutmaßungen. Wir

querten den Sertão beim Auftakt zu einem brennenden Sommer, und da wir ihn nur in dieser Jahreszeit sahen, sahen wir ihn von seiner schlimmsten Seite.[24] Was wir schreiben, ist mit diesem Makel des einmaligen Eindrucks behaftet, beeinträchtigt im übrigen durch ein Milieu, das wegen kriegsbedingter Gefühlsaufwallungen die Abgeklärtheit des Denkens trübte. Darüber hinaus vermitteln die Angaben eines einzigen Thermometers und eines fragwürdigen Aneroidbarometers – das äußerst dürftige wissenschaftliche Rüstzeug, das uns dort zu Gebote stand – nicht einmal ungefähre Aufschlüsse über Klimazonen, die mit den geringfügigsten topographischen Veränderungen wechseln und zu abweichenden Erscheinungen in benachbarten Gebieten führen. Das Klima von Monte Santo zum Beispiel, dem von Queimadas beim ersten Vergleich schon weit überlegen, ist grundverschieden von dem der nördlich angrenzenden Landstriche, ohne den fließenden Übergang, den man angesichts seiner Mittellage erwarten dürfte. Die Nähe der Gebirgsmassen verleiht Monte Santo eine Stetigkeit, die mitten auf dem Festland an Seeklima gemahnt: eine Wärmeskala, die nur geringfügig ausschlägt; ein Firmament von unwandelbarer Klarheit und völliger Durchsichtigkeit der Lüfte; und vorherrschende Winde – der Südost im Winter und der Nordost im Sommer –, die sich mit seltener Pünktlichkeit ablösen. Freilich ist dieses Klima inselgleich gesondert. Nach allen Seiten verläßt es der Wanderer in einer Tagesreise. Wendet er sich nordwärts, überfallen ihn heftigste Veränderungen: die Temperaturen steigen; das Blau des Himmels trübt sich; die Lüfte werden dunstig; und dann brausen die Sturmwinde ziellos aus allen Richtungen – unter heftiger Ausdörrung der schutzlosen Böden, die dort sich erstrecken. Gleichzeitig spiegelt sich das exzessive Landklima im Thermometer, das aberwitzige Ausschläge verzeichnet und, bereits im Oktober, von tagsüber 35 °C im Schatten in die Kälte der Morgenfrühe abstürzt.

Mit fortschreitendem Sommer verschärft sich das Ungleichgewicht. Maxima und Minima streben gleichermaßen auseinander, bis auf dem Höhepunkt der Dürre die Stunden im unerträglichen Wechsel von sengenden Tagen und eisigen Nächten vergehen.

Die entblößte Erde, im unablässigen Widerstreit zwischen ihrer Fähigkeit zur Aufnahme und der zur Abgabe von Wärme, speichert in ihren Gesteinen die Sonnengluten und entledigt sich ihrer auf dieselbe Weise, schlagartig. Alle 24 Stunden erglüht und erkaltet sie. Von der Sonne gegeißelt, saugt das Land ihre Strahlen auf und wirft sie zurück und verstärkt sie und streut sie zu einem blendenden Flimmern: Von den Spitzen der Berge bis zu den Tiefen der Schluchten entbrennen hell die Feuerspäne der geborstenen Silikate, ein zitterndes Funkenmosaik; dicht über dem Boden vibriert die Atmosphäre in heftigsten Wallungen wie über offenen Schmelzöfen, so daß man deutlich das Dehnen und Brodeln der erhitzten Luftsäulen gewahrt; und das beispiellose Gleißen des Tages geißelt die schweigende Natur, in deren Schoß das blattlose Gezweig der niedergeworfenen Flora reglos, mit der Lautlosigkeit eines anhaltenden Krampfes, dahinsiecht.

Die Nacht bricht herein, jählings, dämmerungslos – ein Sprung der Finsternis über den Saum der Abendröte –, und all diese Hitze entweicht in übermächtiger Strahlung fort in den Raum, so daß die Temperatur mit einem Mal fällt, bestürzend, ins Bodenlose …

Gleichwohl kommt es zu grausamen Abwandlungen. Vom Nordost herangetrieben, hängen dichte Wolken, zu Haufen geballt, bei Tagesausklang über den glühenden Sanden. Die Sonne sinkt, und die Quecksilbersäule bleibt unverändert, oder vielmehr, sie steigt. Brennend fällt die Nacht ein. Die Erde strahlt einer dunklen Sonne gleich, denn man spürt ein schmerzhaftes Stechen wie von unsichtbaren Funken; doch all dieses Glühen strömt wieder zur Erde, zurückgeworfen von den Wolken. Das Barometer fällt, wie kurz vor dem Sturm; und beinahe stockt der Atem in diesem unerträglichen Feuerhauch, wenn alle von der Sonne entzündete Glut in einer einzigen Nachtstunde zusammenströmt.

Diese Erscheinung tritt, ein durchaus verständlicher Widerspruch, niemals in den sommerlichen Fieberanfällen der Dürrezeit auf, wenn ein Wechsel glühheißer Tage und bitterkalter Nächte herrscht, der alle Bedrängnisse der leidgeprüften Sertanejos verschärft.

Mit der gleichen beispiellosen Wechselhaftigkeit wie die übrigen die Erde bearbeitenden Kräfte wehen dort zumeist die Winde, aufgewühlt kreiselnd, in mächtigen Wirbeln. Und in den Monaten, da er auffrischt, gräbt der Nordostwind überall Spuren seiner Richtung ein.

Diese Turbulenzen aber legen sich für etliche Monate, wenn drückende Windstillen herrschen – reglose Lüfte unter der gleißenden Ruhe der verätzenden Tage. Unsichtbar wirkt dann der Auftrieb erhitzter Dämpfe, welcher der Erde die spärliche Feuchte aussaugt; und dauern die Windstillen an, als bedrückendes Vorspiel der Dürre, erreicht die Lufttrockenheit die abnormsten Werte.

Eigenartige Hygrometer

Ihre Beobachtung verdanken wir nicht der Strenge klassischer Meßverfahren, sondern unerwarteten und absonderlichen Hygrometern.

Als wir eines Tages, Ende September, die Umgebung von Canudos durchstreiften, um dem Einerlei eines schwachen, pausenreichen und dumpfen Geschützfeuers zu entgehen, stießen wir beim Hinabschreiten eines Hanges auf ein unregelmäßiges Amphitheater, eine rings von Hügeln umschlossene Talsenke. Kleine Sträucher, in Gebüschen wuchernde grünende *icós*, durchsetzt mit schimmernd blühenden *palmatórias* verliehen dem Gelände den vollkommenen Anschein eines alten, verwahrlosten Gartens. Daneben ein einziger Baum, eine hochgewachsene *quixabeira*, die kümmerliche Vegetation überragend.

Die untergehende Sonne warf den Baumschatten lang auf

die Erde, und in seinem Schutze ruhte – die Arme weit ausgebreitet, das Gesicht dem Himmel zugekehrt – ein Soldat.

Dort ruhte er ... seit drei Monaten.

Beim Sturmangriff vom 18. Juli war er gefallen.[25] Der Kolben des Mannlicher geborsten, Koppel und Mütze seitwärts geschleudert, die Uniform in Fetzen – dies alles besagte, daß er einem kraftvollen Gegner im Nahkampf erlegen war. Gefällt hatte ihn ohne Zweifel der heftige Hieb, der seine Stirn gespalten und schwarzen Schorf darauf hinterlassen hatte. Bei der Beerdigung der Toten, Tage später, hatte man ihn übersehen. So entging er dem kaum ellentiefen Massengrab, in das man, zum letzten Mal in Reih und Glied vereint, die im Kampf gefällten Kameraden warf. Das Schicksal, das ihn seinem nunmehr verwaisten Zuhause entriß, gewährte zuletzt ihm eine Vergünstigung: es bewahrte ihn vor der düsteren Gleichmacherei der widerwärtigen Grube und ließ ihn an jener Stätte seit drei Monaten ruhen – die Arme ausgebreitet, das Antlitz den Himmeln, den brennenden Sonnen, den hellen Mondnächten, den funkelnden Sternen zugewandt ...

Und er war unversehrt. Nur eingefallen. Zur Mumie geworden, hatte er seine Gesichtszüge bewahrt, so daß er einem ermatteten Krieger täuschend ähnlich sah, der in ruhigem Schlummer Erquickung suchte, von jenem gütigen Baum beschattet. Kein einziger Wurm – dieser gewöhnlichste unter den tragischen Zergliederern der Materie – hatte sein Gewebe besudelt. Ohne abstoßende Verwesung kehrte er in das Getriebe des Lebens zurück, kaum merklich ausgezehrt. Er war ein Gerät zum unwiderleglichen, suggestiven Nachweis äußerster Trockenheit der Lüfte.

Die an jenem selben Tag verendeten Pferde muteten an wie ausgestopfte Museumsstücke. Nur daß ihr Hals ein wenig länger und schmaler als gewöhnlich war, die Beine dürr und der Brustkorb eingeschrumpft und hart.

Am Eingang zum Feldlager von Canudos sah man eines,

das von allen anderen sich auffallend abhob. Es hatte einem Tapferen gehört, dem Fähnrich Wanderley, und war mitsamt dem Reiter tödlich getroffen worden. Doch als es schwerverletzt und zappelnd den Steilhang hinabglitt, blieb es, Halt suchend, auf halber Höhe zwischen den Klippen stecken. Beinahe senkrecht stand es da, die Vorderhufe fest auf einen Felsvorsprung gestemmt – und verharrte dort einem Fabeltier gleich, hochaufgerichtet über der Halde, als wollte es mit einem Bogensprung zum letzten Vorstoß des erlahmten Sturmangriffs ansetzen, mit allen Anzeichen der Lebendigkeit, besonders wenn die unwirschen Böen des Nordosts die wallenden Haare von Schweif und Mähne flattern ließen …

Wenn jene Windstöße plötzlich herabstürzten und sich mit den aufsteigenden Luftsäulen zu kreiselnden Wirbeln verbanden, winzigen Zyklonen gleich, spürte man die Ausdörrung der verglühten Umgebung noch stärker: Jedes lose Sandkorn auf dem rissigen und harten Erdboden verstrahlte, einem Hitzefokus gleich, in alle Richtungen den lautlosen Brand der Erde.

Überdies traten, in den langen Kalmen, bizarre optische Erscheinungen auf.

Wer von der Kuppe der Favela-Höhe, wenn die Sonne senkrecht stach und die gestaute Luft die Natur ringsum erstarren ließ, nach den kahlen Landstrecken in der Ferne spähte, der suchte vergeblich den Boden.

Der verzauberte Blick verlor seinen Halt, gestört von der Unstetheit der ungleich erhitzten Luftschichten, als träfe er auf ein riesenhaftes, körperloses Prisma, und vergeblich suchte er den Fuß der – gleichsam schwebenden – Gebirge. Da erblickte man nördlich der Canabrava-Berge, in der endlosen Weite unruhiger Ebenen, ein sinnverwirrendes Auf und Nieder, eine sonderbare Dünung ferner Wogen, das wundersame Trugbild eines Meerbusens, weit und schimmernd unter dem niederstürzenden und sich brechenden und wieder emporschnellenden Licht, in einem diffusen, grellen Geflimmer …

IV.

Die Dürren

Der Sertão von Canudos ist eine abgekürzte Physiogeographie der Sertãogebiete des Nordens.[26] Er faßt sie zusammen, bündelt in verkleinertem Maßstab ihre beherrschenden Aspekte. Er ist gewissermaßen ihr gemeinsames Kernland.

In der Tat bewirkt die halbinselförmige Ausbuchtung Nordbrasiliens mit dem Kap von São Roque im äußersten Osten, daß die küstenfernen, rückwärtigen Grenzen von sechs Staaten – Sergipe, Alagoas, Pernambuco, Paraíba, Ceará und Piauí – in jenem Sertão zusammenlaufen, ihn berühren oder bis auf wenige Meilen sich ihm nähern.

So ist es natürlich, daß dort die klimatischen Unbilden all jener Staaten mit derselben Heftigkeit auftreten, vor allem ihre schroffste Erscheinungsform, deren Name der größte Schrecken unserer dort sich plackenden rohen Landsleute ist – die Dürre.

Diese ausführlich zu erörtern, ersparen wir uns, und somit den Bericht vom Scheitern der besten Köpfe beim Versuch, durch Herumtasten zwischen einer Unzahl komplexer und flüchtiger Faktoren ihre Entstehung zu ergründen. Schildern wir jedoch anhand einer unumstößlichen Zahlenreihe dieses unerbittliche Verhängnis.

In der Tat beginnen und enden die Zyklen der Dürre – denn darum handelt es sich im strengen Sinne des Fachbegriffs – nach einem so bemerkenswerten Rhythmus, daß sie an das Walten eines noch unbekannten Naturgesetzes denken lassen.

Enthüllt wurde diese Regelmäßigkeit zuerst vom Senator Tomás Pompeu,[27] der eine als solche recht aufschlußreiche Darstellung entwarf, worin die Dürren des 18. und des 19. Jahrhunderts sich sonderbar parallel zueinander verhalten, und man darf vermuten, daß geringfügige Unstimmigkeiten nur auf Beobachtungsfehlern oder Unzulänglichkeiten der mündlichen Überlieferung beruhen.

Jedenfalls fördert die bloße Betrachtung der Jahreszahlen derart häufige Übereinstimmungen zutage, daß man die Einwirkung des Zufalls ausschließen darf. So stehen, nur um die größten Dürren zu nennen, denen von 1710-1711, 1723-1727, 1736-1737, 1744-1745, 1777-1778 im 18. Jahrhundert diejenigen von 1808-1809, 1824-1825, 1835-1837, 1844-1845, 1877-1879 im 19. Jahrhundert gegenüber.

Diese Übereinstimmung, von fast makelloser Spiegelbildlichkeit, bei welcher der eine Zeitraum ein Abdruck des anderen zu sein scheint, wird noch verstärkt durch die Deckungsgleichheit der langen, erquicklichen Perioden, welche in beiden Jahrhunderten den Gang der Verheerungen hemmten.

In der Tat, wenn im vorletzten Jahrhundert das längste Interregnum 32 Jahre währte (1745-1777), so gab es im vergangenen eines von absolut derselben Dauer und, was über die Maßen bemerkenswert ist, mit genauester Entsprechung der Daten (1845-1877). Forscht man gründlicher nach, kommen, mit der mathematischen Strenge von sich enthüllenden Unbekannten, weitere stetige und positive Tatsachen zum Vorschein. Man stellt eine selten gestörte Abfolge der Plagen fest, deren Intervalle nur wenig – zwischen neun und zwölf Jahren – schwanken und daher zuverlässige Vorhersagen erlauben.

Indessen, dieser äußersten Klarheit der unmittelbaren Daten zum Trotz, bleibt das Problem, das sich auf die allersimpelste arithmetische Formel bringen läßt, nach wie vor unlösbar.

Von diesem nur selten gestörten Gleichmaß beeindruckt, das er ein wenig gewaltsam auf elf Jahre fixierte, kam ein Naturforscher, der Baron von Capanema,[28] auf den Gedanken, in außerirdischen Vorgängen, die sich ja durch unverbrüchliche Periodenfolge auszeichnen, nach ihrem fernen Ursprung zu forschen. So fand er in der Regelhaftigkeit, mit der die Sonnenflecken intermittierend auftreten und verschwinden, eine vollkommene Entsprechung.

Tatsächlich wechseln jene dunklen Zonen – bisweilen ausgedehnter als die Erde –, die schwarz im gleißenden Kranz der Sonnenfackeln daliegen und langsam mit der Umdrehung der Sonne wandern, zwischen höchster und niedrigster Intensität innerhalb einer Periode, die zwischen neun und zwölf Jahren schwankt. Und da die geniale Intuition eines Herschel längst den beträchtlichen Einfluß der Sonnenflecken auf die zur Erde abgegebene Wärmemenge aufgedeckt hatte, drängte sich dieser Zusammenhang unabweisbar auf, gestützt auf verschiedene geophysikalische Tatsachen, die sich zu einer einzigen Wirkung bündelten.

Man brauchte lediglich das Minimum der Fleckentätigkeit, die ein Schutzschild gegen die Strahlung des großen Gestirns ist, mit dem Höhepunkt der Dürre auf dem gemarterten Planeten zu vergleichen, um beide Perioden als deckungsgleich zu erkennen.

In diesem Punkte jedoch ist die ins Auge gefaßte Theorie ungeachtet ihrer überaus bestechenden Form gescheitert: Selten fallen die Daten des sommerlichen Paroxysmus im Sertão mit denen der Fleckenarmut zusammen.

Indessen spricht der Fehlschlag dieses Versuches weniger gegen eine Verknüpfung beider Erscheinungen, die von so bemerkenswerten Umständen nachgerade erzwungen wird, als vielmehr gegen die Suche nach einer einzigen Ursache. Denn das Problem, mit seiner den konkreten Sachverhalten eigenen Vielschichtigkeit, ist vornehmlich von näherliegenden, maßgeblicheren Sekundärumständen geprägt, die, vielgestaltig und kontinuierlich von der Bodenbeschaffenheit bis zur geographischen Gliederung, sich endgültig und systematisch erst dann bestimmen lassen, wenn eine umfassende Beobachtungsreihe die vorherrschenden Faktoren des Sertão-Klimas festzustellen erlaubt.

Wie dem auch sei, der beschwerliche Witterungshaushalt der Staaten des Nordens steht in Funktion verworrener und flüchtiger Faktoren, deren noch ungeklärte Gesetzmäßigkeit örtlichen, bodenbedingten Störungen sowie weiträumigeren, der geographischen Gliederung geschuldeten Vorgängen unterliegt. Die daher rührenden Luftströmungen machen das Klima unausgeglichen und wechselhaft.

Von erheblichem, vielleicht beherrschendem Einfluß ist der Nordostmonsun, ausgelöst durch den starken Sog zu den Hochebenen im Landesinnern, die mit ihrer gewaltigen Ausdehnung bis hin nach Mato Grosso[29] bekanntlich im Sommer eine kräftige Tiefdruckzone bilden und den lebhaften Nordostwind anziehen, der zwischen Dezember und März auf die nördlichen Küsten trifft. Die Oberflächengestalt des Landes selbst befördert in eigenartiger Weise den Wind in seinem raschen Zug über die kahlen Hochplateaus, die mit ihrer heftigen Rückstrahlung seinen Taupunkt erhöhen, die Aussichten auf Regen mindern und den Luftstrom weitertreiben, so daß er alle über den Meeren aufgenommene Feuchte ungeschmälert zu den entlegensten Winkeln des Kontinents oberhalb der Quellen der großen Flüsse mitführen kann.

In der Tat erleichtert die Reliefverteilung des Sertão, geringfügige Abweichungen nicht gerechnet, mit ihren nordostwärts ausgerichteten Bergketten, parallel zum herrschenden Monsun, dessen Durchzug. Sie kanalisiert ihn; stellt ihm keine feindseligen Steigungen entgegen, die ihn stauten, zum Aufsteigen zwängen, seine Abkühlung mit nachfolgender Kondensation und Regenbildung hervorriefen.

Einer der Gründe für die Dürren liegt also in der topographischen Gliederung beschlossen.

Die gegeißelten Lande des Nordens ermangeln einer hohen Gebirgskette, die, senkrecht zur erwähnten Windrichtung verlaufend, ein *dynamic cooling*[30] hervorbrächte, wie eine sinnfällige Bezeichnung lautet.

Ein natürlicher Sachverhalt von übergeordneter Bedeutung veranschaulicht diese Hypothesen.

So treten die Dürren immer zwischen zwei Daten auf, die von der Erfahrung der Sertanejos als 12. Dezember und 19. März bestimmt wurden. Außerhalb dieses Zeitraums hat kein einziges Mal eine Dürre geendet. Hält sie so lange an, dauert sie unweigerlich das ganze Jahr über fort, bis jene Zeitspanne aufs neue anhebt. Unter diesen Umständen und in Ansehung dessen, daß in ebendieser Frist der langgestreckte Kalmengürtel, der langsam um den Äquator schwingt, lotrecht über jenen nördlichen Staaten schwebt und seinen Saum bis zu den Grenzen Bahias schiebt – könnten wir ihn uns, für den vorliegenden Fall, nicht in der Rolle eines Gebirges denken, das, von Ost nach West verlaufend und vorübergehend eine beklagenswerte Reliefverteilung nachbessernd, dem Monsun entgegenträte, ihn zum Stillstand, zum Aufstieg, zu nachfolgender Abkühlung und augenblicklicher Tropfenbildung mit sintflutartigen Platzregen brächte, die im genannten Zeitraum unversehens den Sertão in der Tat überschütten?

Dieses Fortspinnen von Mutmaßungen hat seinen einzigen Nutzwert im Hinweis darauf, wie viele entlegene Faktoren an einer Frage beteiligt sind, die zweifach uns angeht, ob ihrer höheren Bedeutung für die Wissenschaft und ob ihrer tieferen Auswirkung auf die Geschicke eines weiten Gebietes unseres Landes. Diese Überlegung rückt den Einfluß der bislang unnützerweise ins Feld geführten Passate in den Hintergrund, und sie wird in gewisser Hinsicht von der Intuition des Sertanejos selbst bestätigt, für den der hartnäckige Nordost – der »Dürrewind«, wie er ihn beredterweise getauft hat – gleichbedeutend ist mit der Fortdauer eines unheilbaren und tiefgrausamen Zustands.

Die erquicklichen Zeiten kommen unversehens.

Nach zwei oder drei Jahren, wie 1877-1879, wenn die Sonneneinstrahlung die kahlen Hochplateaus kräftig aufgeheizt hat, erzeugt die Heftigkeit dieses Vorgangs selbst eine Gegenkraft. Schließlich fällt allenthalben der Luftdruck beträchtlich. Immer mächtiger und geschlossener erhebt sich die Barriere aufsteigender erhitzter Luftmassen, die denen, die von der Küste herbeiströmen, den Weg versperren. Und wenn die beiden aufeinanderprallen, lösen sie gewaltige Wirbelstürme aus, steigen auf, verfinstern unter zuckenden Blitzen in Minutenschnelle das gesamte Firmament und zergehen sogleich in kräftigen Schauern über den ausgebrannten Wüsten.

Dann scheint der Schutzwall der aufsteigenden Luftsäulen sichtbar zu werden, welche das Phänomen durch ihren gewaltigen Zusammenstoß mit dem Nordost entfesseln.

Nach Auskunft zahlreicher Zeugen erreichen die ersten aus großer Höhe herabstürzenden Güsse nicht den Boden. Sie werden abgewiesen, verdunsten auf halbem Wege in den siedend emporwallenden Luftschichten und kehren zu den Wolken zurück, um wiederum Tropfen zu bilden und erneut sich herabzustürzen und aufs neue zurückzusteigen; bis sie endlich den Boden berühren, den sie anfangs nicht befeuchten, da sie, rascher noch als zuvor, in die Atmosphäre zurückströmen, mit so geschwinder Verdunstung, als wären sie auf weißglühende Bleche gefallen; um abermals zu fallen und zu steigen, in schnellem und stetigem Austausch, bis endlich die ersten Rinnsale zwischen den Steinen rieseln, die ersten Gießwasser von den Steilhängen stürzen, um schon anschwellende Wildbäche in den Schluchten zu speisen und sich strudelnd in reißenden Achen zu sammeln, die sich ihrerseits zu lehmigen, zufällige Rinnen aushobelnden Flüssen vereinigen, den Abdachungen folgend, mit reißender Strömung, worin die Äste entwurzelter Bäume eilig forttreiben; und alle wälzen und brechen sich in demselben Gewoge, in demselben Chaos aufgewühlter, dunkler Fluten …

Sofern dem plötzlichen Überfall regelmäßige Niederschläge folgen, macht der Sertão eine Verwandlung durch und lebt wieder auf. Nicht selten jedoch ziehen die Wolken mit der schnellen Drehung eines Zyklons vorüber. Die rasche Entwässerung des Geländes und die Verdunstung, die bald um so heftiger einsetzt, lassen ihn erneut veröden und verdorren. Und die in seine glühende Atmosphäre vordringenden Winde verdoppeln ihr Wasseraufnahmevermögen und saugen allmählich, Tag für Tag, die geringfügige Bodenfeuchte auf – und eröffnen aufs neue den unaufhaltsamen Zyklus der Dürren …

Die ›caatingas‹

In solchen Zeiten erschöpft die Durchquerung des Sertão den Wanderer mehr als die einer kahlen Steppe.

Diese immerhin gewährt ihm das erhebende Gefühl eines weiten Horizonts und den freien Blick über die Ebenen.

Die *caatinga* hingegen erdrückt ihn, versperrt ihm die Sicht, überfällt und betäubt ihn, fesselt ihn mit ihrem Dornennetz; sie zieht nicht an, sie stößt ihn zurück mit ihren nesselartigen Blättern, mit den Dornen, mit den zu Spießen gesplitterten Ästen; und so dehnt sie sich vor ihm Meile um Meile, ein unwandelbar trostloser Anblick: entlaubte Bäume, mit krummen und dürren, verdrehten, verschränkten Ästen, die steif in die Höhe ragen oder gewunden über den Boden kriechen, als hätte die todgeweihte Flora unter der Marter heftig um sich geschlagen …

Obschon sie nicht den Artenmangel der Wüsten kennt – kümmerliche Mimosen oder abweisende Wolfsmilchgewächse über einer welken Grasdecke – und sich reich an unterschiedlichen Pflanzen erweist, scheinen ihre Bäume insgesamt einer einzigen Familie mit nur wenigen Gattungen anzugehören, auf beinahe stets die gleiche Art beschränkt und nur in der Größe unterschieden, da alle die gleiche Gestalt besitzen, das gleiche Aussehen dahinsiechender, fast stammloser Gewächse, deren Zweige dicht über dem Boden austreten. Denn in begreiflicher Anpassung an die engen Rahmenbedingungen des unwirtlichen Milieus entwickeln sich selbst jene Pflanzen, die in den Wäldern so vielgestaltig gedeihen, hier nur mühsam in engen Grenzen und gestalten sich nach nur einem gemeinsamen Muster. Sie verwandeln sich, streben in langsamer Metamorphose einer winzigen Anzahl von Typen zu, mit Eigenschaften, die ein Höchstmaß an Widerstand erlauben.

Dieser Widerstand behauptet sich, zäh und unbeugsam.

Der Kampf ums Dasein, der in den großen Wäldern als unaufhaltsamer Drang zum Licht zutage tritt – so daß die Sträucher zu Lianen sich strecken, die geschmeidig, langgezogen, auf der Flucht vor der Tiefe der Schatten eher an Sonnenstrahlen als an Jahrhundertstämmen emporranken –, dieser Kampf hat hier einen völlig anderen Charakter, er ist geheimnisvoller, ist eigenartiger, ist erschütternder. Die Sonne ist der Feind, den es zu meiden, zu überlisten oder zu bekämpfen gilt. Und um sie zu meiden, so spürt man, wie wir unten zeigen werden, waltet in der todwunden Flora eine Tendenz zur Selbstbeerdigung, bei der die Stengel sich in den Boden eingraben. Da dieser jedoch seinerseits spröde und hart ist, ausgedörrt durch die Drainage des Gefälles oder abgetötet von der Saugkraft der Gesteinsschichten, welche die von der Sonneneinstrahlung bewirkte Verdunstung ergänzen, tragen auch die robustesten Pflanzen – zwischen zwei ungünstigen Milieus, glühendem Luftraum und rauhem Gelände – in ihrer völlig anormalen Erscheinung alle Stigmata dieser lautlosen Schlacht.

Die Leguminosen, anderswo von stolzer Höhe, werden hier zu Zwergen. Zugleich erweitern sie ihre Laubkronen, um durch Vergrößerung der Oberfläche mehr von der spärlichen Luftfeuchte aufzufangen. Sie sorgen dafür, daß die Hauptwurzeln verkümmern, wenn sie auf den undurchdringlichen Untergrund stoßen, und daß an ihrer Statt die Nebenwurzeln strahlenförmig ausgreifen, zwischen denen sie ganglienförmige, safthaltige Knollen bilden. Die Blätter lassen sie schrumpfen. Sie heften sie, steif und hart wie Metallspäne, an die Zweigspitzen, um die sonnenbestrahlte Fläche zu verringern. Mit einer schützenden Haut umkleiden sie die Früchte, die mitunter fest sind wie Zapfen. Mit den unfehlbar aufspringenden Kapseln, die wie unter dem Druck von Stahlfedern bersten, geben sie sich großartige Vorrichtungen zur Ausbreitung der Samen, die sie verschwenderisch über den Boden verstreuen. Und alle diese Bäume haben, ohne jede Ausnahme, im allerlieblichsten Blütenduft* einen ungegenständlichen Schutzwall, der in kalten Nächten über ihnen aufsteigt und sich wölbt, um jähe Temperaturstürze abzuhalten, ein unsichtbares und bezauberndes Zelt, das sie beschirmt …

So gerüstet, steht der Baum bereit, sich des grausamen Klimas zu erwehren.

Über den Sertão fährt die Brennschere der Dürren; in den glosenden Lüften erstirbt das Leben; der Boden, ausgeglüht, wird zu Stein, reißt auf; der Nordostwind braust über die Ödflächen; und gleich einem stacheligen Büßergewand überzieht die *caatinga* das Land mit Dornengezweig … Doch die Pflanze, in all ihren Funktionen eingeschränkt, »übersommert« mit verborgener Lebenskraft, nährt sich von den Vorräten, die sie in den friedsamen Zeiten angelegt hat, und durchsteht die Sommerhitze, bereit zur Verklärung in der betörenden Pracht des Frühlings.

Manche Bäume, in begünstigten Lagen, überlisten die Unbilden noch besser, dank einer schlechthin einzigartigen Vorkehrung.

Vielfach sieht man, zu *caapões* versammelt oder im Gestrüpp vereinzelt, Bäumchen von wenig mehr als einem Meter Höhe, mit dicken und breiten, schimmernden Blättern, eine lachende Blütenfülle inmitten allgemeiner Trostlosigkeit. Es handelt sich um den Zwerg-*cajú*, den für die trockenen Hochplateaus typischen *anacardium humile*, von den Einge-

* Siehe die schönen Darlegungen von Tyndall.[31]

borenen *cajuí* genannt. Hackt man die Erde rings um diese merkwürdigen Pflanzen auf, zeigen sie Wurzeln, die eine verblüffende Tiefe erreichen. Diese Bäume lassen sich nicht entwurzeln. Ihre absteigende Achse wird dicker, je tiefer man gräbt. Schließlich stellt man fest, daß sie von Gabelungen ausgeht, bis hinunter zu einem einzigen kräftigen Stamm in großer Tiefe.

Es sind dies keine Wurzeln, es sind Äste. Und die zierlichen Bäumchen, die verstreut oder in Gebüschen auftreten und mitunter große Areale bedecken, gehören zu einem einzigen, gewaltigen, vollauf unterirdischen Baum.

Von den Hundstagen gegeißelt, von den Sonnenstrahlen gezüchtigt, von den Gießbächen zernagt, von den Winden zerzaust, scheint die Pflanze unter den Schlägen dieser feindseligen Elemente sich zu ducken und auf die geschilderte Weise Deckung zu suchen, unsichtbar im Boden, über den sie nur die höchsten Triebe der majestätischen Krone erhebt.

Andere, ohne diesen Aufbau, wappnen sich auf andere Art.

Die Wasser, die in den wild dahinrollenden Sturzbächen oder zwischen den fallenden Schichten der Schiefergesteine entschwinden, halten sich lange in den Blütenscheiden der Bromelien und lassen sie aufleben. In der Mitte des Sommers ist ein *macambira*-Stengel für den dürstenden Hinterwäldler ein Glas kristallklaren, reinen Wassers. Die grünenden *caroás* mit ihren sieghaft erhobenen Blüten; die *gravatás* und wilden Ananasgewächse, die sich zu undurchdringlichen Dickichten verflechten, nehmen die gleiche Form an, sinnreich geschaffen für jene lebensfeindlichen Gegenden. Ihre schwertförmigen, glatten und glänzenden Blätter, wie die der meisten Pflanzen des Sertão, begünstigen die Taubildung der spärlichen vom Wind herangewehten Dämpfe, so daß sie die allerschlimmste Gefahr für das Überleben der Pflanze abwenden, hervorgerufen von der starken Verdunstung durch das Laub, welche die spärliche Wasseraufnahme durch die Wurzelfasern aufwiegt und übertrifft.

Weitere, anders ausgestattete Pflanzen sind zu nennen, mit neuen Zurüstungen, aber ebenso widerstandsfähig.

Die überall heimischen Feigenkakteen und sonstige Kaktusgewächse gehören zu Saint-Hilaires Kategorie der pflanzlichen Quellen.[32] Als klassische Arten der Wüstenflora, widerstandsfähiger als die übrigen, behaupten sie sich, wenn neben ihnen die Bäume allesamt wie vom Blitz getroffen dahinsinken, unerschütterlich und vielleicht noch lebensfrischer als zuvor. Angepaßt an barbarische Klimazonen, verschmähen sie die milden, in denen sie welken und verkümmern. Hingegen scheint das lodernde Umfeld der Wüsten dem Kreislauf der Säfte in ihren schwellenden Blattsprossen besser zu bekommen.

Die *favelas*, noch namenlos in der Wissenschaft – den Gelehrten unbekannt, den Hinterwäldlern nur allzu vertraut –, vielleicht eine künftig *cauterium* genannte Gattung der Leguminosen, besitzen in den behaarten Blättern erstaunliche Vorrichtungen zur Kondensierung und Absorption der Luftfeuchte sowie zur Verteidigung. Einerseits ruft ihre Oberfläche durch nächtliche Abkühlung tief unter die Temperatur der Luft, der Trockenheit unerachtet, geringe Niederschläge in Form von Tau hervor; die Hand, die andererseits sie anfaßt, faßt auf ein glühendes Blech von unerträglicher Hitze.

Andere Arten, die im Gegensatz zu den genannten für eine erfolgreiche Abwehr minder gewappnet erscheinen, weisen womöglich noch interessantere Vorkehrungen auf; sie tun sich zusammen und verwandeln sich, eng umschlungen, in gesellige Pflanzen. Einzeln zur Gegenwehr außerstande, üben sie Disziplin, nehmen Aufstellung, schließen die Reihen. Dazu gehören alle Cäsalpinien wie etwa die *catingueiras*, die dort, wo sie auftreten, sechzig Prozent der *caatingas* ausmachen; des weiteren die *alecrins-dos-tabuleiros* und die *canudos-de-pito*, strauchartige Heliotropen mit hohlem, weißgesprenkeltem Schaft und Blütenähren, dazu bestimmt, dem legendärsten aller Dörfer den Namen zu leihen …

In Humboldts Verzeichnis der geselligen Pflanzen Brasiliens kommen sie nicht vor, und es mag sein, daß die *catingueiras* in anderen Klimazonen einzeln gedeihen. Im Sertão verbünden sie sich. Und dank der engen Solidarität zwischen ihren Wurzeln, die ein dichtes Geflecht im Untergrund bilden, halten sie das Wasser, halten sie die verwitternden Böden fest und schaffen schließlich in langer Mühsal das ackerbare Erdreich, aus dem sie sprießen, denn mit Hilfe der Kapillarität des unauflöslichen und vielmaschigen Netzes von Wurzelfasern bezwingen sie die unersättliche Saugkraft der Sande und der fallenden Schichten. Und sie leben. Leben ist das treffende Wort – denn dieser Vorgang weist über die Passivität des bloßen Vegetierens hinaus ...

Gleichen Charakters sind die *juazeiros* mit ihren tiefgrünen, selten abgeworfenen Blättern, die sinnreich geformt sind gegen die machtvollen Kräfte des Lichtes. Monate und Jahre gehen glühend ins Land. Der Boden verarmt zu äußerster Sprödigkeit. Doch in diesen grausamen Zeiten – wenn die Sonnengluten sich verschärfen, mitunter begleitet von Bränden, welche die Sturmwinde durch heftiges Reiben trockener und halb entrindeter Zweige spontan entfachen – wiegen sie über dem ringsum verschmachtenden Leben ihr grünendes Laub, gleichgültig gegen die Jahreszeiten, immerblühend, die Wüstenei mit Goldblüten sprenkelnd, die heiter vom Graubraun der verdorrten Kümmerflora abstechen – sattgrünen, festlichen Oasen ähnlich.

In manchen Zeiten aber steigern die Elemente ihre Schroffheit derart, daß sie die *juazeiros* entblättern: Längst ist die Sohle der Brunnen rissig geworden, und der verhärtete Grund der Tümpel zeigt, unförmigen Prägestempeln gleich, alte Spuren von Rinderherden; und der Sertão ist vollends ungeeignet zum Leben geworden.

Über solcher *nature morte* erheben nur noch die schlanken und schweigenden Riesenkakteen senkrecht ihre runden Schäfte, in vielkantige und gleichförmige Säulen sich teilend, makellos symmetrisch gleich riesigen Kandelabern. Und wenn an den Abenden, die auf jene Einöden rasch sich senken, ihre großen roten Früchte im Zwielicht der Dämmerung deutlich aufscheinen, wecken sie die anrührende Illusion gewaltiger Leuchter, wahllos in den Boden gesteckt, über die Hochplateaus verstreut, voll brennender Kerzen …

Sie prägen die launische Flora in der Mitte des Sommers.

Diese *mandacarús (cereus jaramacaru)*, die eine ansehnliche Höhe erreichen, selten in Gruppen auftreten, einsam aus dem chaotischen Pflanzenwuchs herausragen, sind zunächst eine anziehende Neuheit. Ihre Wirkung beruht auf Kontrast. Straff und aufrecht stehen sie da, in Siegerpose, während allenthalben die Flora darniederliegt. Das Auge, vom peinigenden Anblick der Massen abgefallener, knorriger Äste verstört, erholt und kräftigt sich, wenn es über die geradlinigen und regelmäßig geformten Stengel jener Kakteen gleitet. Nach einiger Zeit aber werden sie zur bedrückenden Plage. Alles überziehen sie mit unerträglicher Monotonie, wenn sie stetig, gleichförmig, identisch alle, alle von demselben Wuchs, mit gleichem Abstand aufeinanderfolgen, in beispielloser Ordung über die Wüste verteilt.

Die *xiquexiques (cactus peruvianus)* sind eine kleinwüchsigere Art, in eine Vielzahl dornenstarrender Äste zerteilt, krumm und kriechend, übersät mit strahlend weißen Blüten. Sie bevorzugen spröde und heiße Standorte. Sie sind die klassischen Bewohner der brennenden Sandböden. Ihnen behagt das versengende Lager aus sonnengepeitschten Granitplatten.

Ihre unzertrennlichen Gefährten in diesem Habitat, das selbst die Orchideen meiden, sind die *cabeças-de-frade*, unansehnliche und mißgestaltete Melokakteen von abgeplatteter Kugelform, geriffelt, deren Scheitelpunkt, wo die stacheligen Rippen zusammenlaufen, von einer einzigen, hochroten Blüte bedeckt ist. Unbegreiflicherweise auf nacktem Gestein sich haltend, bieten sie in Größe, Gestalt und Verbreitung tatsächlich den sonderbaren Anblick abgeschlagener, blutiger Köpfe, wahllos hingeschleudert, in tragischer Unordnung. Ein haarfeiner Spalt im Fels hat ihnen erlaubt, die lange Kapillarwurzel bis zu jener Tiefe zu treiben, wo sich allenfalls, geschützt vor Verdunstung, Feuchtigkeitsreste halten.

Und die weitverzweigte Familie, die alle erdenklichen Erscheinungsformen annimmt, sinkt allmählich herab zu den kriechenden *quipás*, die, stachelig und allerunterwürfigst, sich auf dem Erdboden verflechten wie eine Matte aus schneidendem Espartogras, und zu den Rhipsaliden, die sich gleich grünen Vipern um die Äste ranken und sich in Gesellschaft der schwächlichen epiphytischen Kakteen von grünlicher Blässe mit den Saugwurzeln am Stamm der *ouricurí*-Palme festklammern, auf der Flucht vor dem barbarischen Boden, unterwegs zur so friedvollen Palmenkrone.

Hie und da eine weitere Kakteenart: die *palmatórias-do-inferno*, schrumpfblättrige Opuntien, teuflisch mit Stacheln gespickt, im hellen Karminrot der von ihnen sich nährenden Koschenillen; mit schimmernden Blüten besetzt, welche die feierliche Traurigkeit jener Lande heiter aufbrechen …

Sonstige Arten sind kaum unterscheidbar für den, der an den gleißend hellen Tagen durch die Einöden zieht, zwischen Bäumen ohne Blatt und ohne Blüte. Die gesamte Flora ist, wie auf einem abgeholzten Waldstück, in ein unbeschreibliches Wirrwar verstrickt. Dies ist die *caatanduva* – »kranke Waldung« in der Sprache der Eingeborenen –, schmerzvoll niedergesunken auf ihr furchtbares Dornenlager!

Erklimmt man einen beliebigen Erdhügel und läßt die Augen in die Runde schweifen, stört sie das nämliche trostlose Panorama: die Vegetation in den letzten Zügen liegend, krank und gestaltlos, erschöpft, in schmerzvoller Starre …

Es ist die *silva aestu aphylla*, die *silva horrida* des Martius, die in den prächtigen Schoß der tropischen Natur eine wüstenartige Lücke reißt. Jetzt begreift man die Wahrheit des paradoxen Satzes von Auguste de Saint-Hilaire: »Dort herrscht die ganze Schwermut des Winters unter dem glühenden Licht und der Gluthitze des Sommers!«

Der grelle Schein der langen Tage lodert über dem reglosen Land und belebt es nicht. Quarzeinsprengsel leuchten aus dem Kalkstein der Hügel, die wahllos über die Einöden verstreut sind, weiß schimmernd wie Eisschollen. Und von den dürren Zweigspitzen erstarrter Bäume hängen schaukelnd die weißlichen Tillandsien herab, die an zerfaserte Schneeflocken gemahnen und allem den Anblick einer frostkalten Landschaft geben, deren Pflanzenreich unter dem Eis überwintert …

Unwetter

Doch irgendwann im März, bei Tagesausklang, an einem jener kurzen und dämmerungslosen Abende, die sogleich in Nacht versinken, funkeln die Sterne zum ersten Mal lebhaft.

Mächtige Wolken versperren die fernen Horizonte und zeichnen imposante Konturen wie von schwarzen Gebirgen.

Sie steigen allmählich, schwellen an, ziehen langsam gewaltige Kreise in großer Höhe; während die Winde über den Ebenen toben, die Äste rüttelnd und biegend.

In Minutenschnelle verdunkelt, wird das Firmament von sich überstürzenden, zahllosen Blitzen durchzuckt, welche die schwarze Grundierung des Gewitters tief durchschneiden. Dröhnend hallen die mächtigen Donnerschläge wider. Dick und einzeln auf den Boden platzende Regentropfen verdichten sich bald zu einem sintflutartigen Wolkenbruch …

Wiederauferstehung der Flora

Und auf dem Rückweg findet der Wanderer zu seiner Verblüffung keine Wüste mehr.

Aus einem Boden, den die Amaryllen mit einem Blütenteppich überziehen, ersteht die tropische Flora im Triumph wieder auf.

Die Verwandlung wird zur Apotheose.

Die runden *mulungús* am Rand der vollen Brunnen prangen im Purpur ihrer breiten, roten Blüten, ohne auf ihre Blätter zu warten; die hochgewachsenen *caraíbas* und *baraúnas* am Ufer der angeschwollenen Bäche belauben sich wieder; es rascheln und rauschen voller Schößlinge die *marizeiros* im sanften Windhauch; farbenprächtig, die schroffen Zerklüftungen mildernd, treten die *quixabeiras* mit ihren kleinen Blättchen hervor und ihren Früchten, die aussehen wie Onyxperlen; kräftiger grünend, drängen die *icó*-Bäume sich in den Auen, unter den freudig wogenden Wipfeln der *ouricurís*; es wogen geschmeidig, die Landschaft belebend, die Ebenen überziehend, die Abhänge rundend, die blühenden Gesträuche des *alecrim-dos-tabuleiros* mit seinen dünnen und biegsamen Stengeln; die *umburanas* erfüllen mit ihrem Wohlgeruch die Lüfte, läutern sie mit ihrem dichten Laubwerk; und als Krönung der allgemeinen Wiedergeburt – weniger dank ihrer Größe als dank ihrem anmutigen Wuchs – erheben die *umbuzeiros* ab zwei Metern Höhe ihre ringförmig ausstrahlenden Äste in großer Zahl.

Es ist der heilige Baum des Sertão. Dem *vaqueiro* ein treuer Geselle in seinen kurzen glücklichen Stunden und langen bitteren Tagen. Herausragendstes Beispiel für das Anpassungsvermögen der Flora des Hinterlands. Einstmals vielleicht von kräftigerem und höherem Wuchs, ist er nach und nach unter dem Wechsel von flammenden Sommern und sturzwasserreichen Wintern geschrumpft, hat dem Charakter des Milieus gemäß sich verändert, sich entwickelt, bis er für den Widerstand gerüstet war und schließlich zur Gegenwehr überging, so daß er den langen Dürren trotzt und in den elenden Zeiten sich behauptet, dank der in erquicklicheren Tagen gesammelten Lebensenergie und dank der in den Wurzeln reichlich verwahrten Vorräte.

Und diese teilt er mit dem Menschen. Jener Sertãostrich – derart steril, daß hier selbst die Karnaubapalmenhaine zur Seltenheit werden, die ein so gütiges Geschick über die umliegenden Lande bis weit nach Ceará verbreitet hat – wäre ohne den *umbuzeiro* gänzlich unbesiedelt. Für den unglücklichen *matuto* jener Gegend ist er das gleiche wie die *buriti*-Palme für den Garauno-Indianer der Llanos.

Er speist ihn und lindert seinen Durst. Liebevoll und freundschaftlich nimmt er ihn auf in seinen Schoß, wo seine gewundenen und verschränkten Äste wie gemacht sind zum Aufspannen der schaukelnden Hängematten. Und beim Anbruch der glückvollen Zeiten schenkt er ihm die köstlich schmeckenden Früchte für die Zubereitung der *umbuzada*, des althergebrachten Erfrischungsgetränks.

Das Vieh gelüstet es nach dem säuerlichen Saft seiner Blätter, selbst in den Tagen des Überflusses. Dann strafft sich der Wuchs des *umbuzeiro*, so daß er seine scharf umrissene, rundliche Krone höher trägt, vollkommen waagerecht über dem Boden, in einer den größeren Rindern erreichbaren Höhe, gleich Zierpflanzen, die der Pflege tüchtiger Gärtner anvertraut sind. So gestutzt, ähneln sie großen Kugelkappen. Sie beherrschen den Sertão in seinen glücklichen Zeiten, wie es die schwermütigen Säulenkakteen in den Fieberanfällen des Sommers tun.

Die *juremas*, Lieblingsbäume der *caboclos* – liefern sie ihnen doch unentgeltlich ihr berauschendes Haschisch für ein unschätzbares Getränk, das ihnen nach langen Fußmärschen neue Kraft schenkt und ihre Mattigkeit im Nu verscheucht, gleich einem Zaubertrank –, wuchern in Hecken fort, als undurchdringliche, hinter winzigen Blättern getarnte Verhaue; die seltenen *marizeiros* belauben sich wieder – jene geheimnisvollen Bäume, welche die Wiederkehr des Regens und der herbeigesehnten »grünen Zeit« und das Ende der »mageren Zeit«* vorhersagen, wenn mitten in der geißelnden Dürreperiode ihre ausgedörrte Rinde einzelne Wassertropfen absondert; die *angicos* ergrünen wieder; blondgelb erstrahlen die in Gruppen stehenden *juazeiros*; und die *baraúnas* mit

* »Grüne Zeit« und »magere Zeit« – Ausdrücke, mit denen die Hinterwäldler die Regen- und Dürrezeiten benennen.

ihren Blütentrauben und die *araticuns* am Ufer der Moraste ... Doch davon abgehoben, verstreut über die Hochplateaus oder Hügelwellen, stehen die *umbuzeiros*, geschmückt mit hellweißen Blüten und knospenden Blättern, die in flüchtigen Übergängen von einem fahlen Grün zum lebhaften Rosa der jungen Triebe changieren, Bäume, die mehr als andere das Auge locken und die das prächtigste Wahrzeichen des betörenden Panoramas sind.

Und der Sertão ist ein Paradies ...

Gleichzeitig erwacht die widerstandskräftige Tierwelt der *caatingas* zu neuem Leben: Durch die feuchten Niederungen stürmen die scheuen *caititús*; durch die verlassenen Pflanzungen brechen rudelweise, mit laut klappernden Kinnladen, die rotbeinigen *queixadas*; über die hochgelegenen Tafelflächen eilen scharenweise, mit den Sporen unter den Flügeln einander antreibend, die pfeilschnellen Nandus; und die *seriemas* rufen klagend, und die *sericóias* singen helltönend auf den Grasinseln am Saume der Moraste, wohin der Tapir zum Trinken kommt, einen Augenblick innehaltend in seinem rücksichtslosen, unbeirrbar geradlinigen Lauf durch die *caatinga*, deren Bäume er knickt; und selbst die Pumas, wenn sie die pfiffigen, paarweise in den Felshöhlen sich bergenden *mocós* erschrecken, springen munter im Gesträuch umher, bevor sie scheuen Hirschen oder abgeirrten Kälbern tückisch auflauern ...

Sonnenaufgänge ohnegleichen folgen aufeinander, wenn das entbrannte Morgenrot den Purpur der Korallenbäume nachfärbt, die Rinde der *umburanas* violett umgürtet, die mannigfarbigen Blütenkränze der Bignonien heller aufleuchten läßt. Die Lüfte beleben sich mit hurtigem, schwirrendem Flügelschlag. Sonderbare Trompetentöne lassen sie erzittern. In aufgeregtem Fluge durcheinanderstiebend, ziehen die heimkehrenden Wildtauben in Schwärmen vorüber, und in wirrem Gewimmel flattern die schrillen *maritacas* umher ... indessen glücklich, seiner Kümmernisse uneingedenk, der Landmann, den Trampelpfaden folgend, die wohlgenährte Rinderherde treibt und dazu seine Lieblingsweise anstimmt.

So fließen die Tage dahin.

Ein, zwei, sechs beglückende Monate gehen ins Land, ein Geschenk aus dem Füllhorn der Erde; bis lautlos, unmerklich, in fluchbeladenem Rhythmus, Blätter und Blüten sich lösen, ganz allmählich, und fallen und die Dürre erneut sich einzeichnet in das tote Gezweig der laublosen Bäume …

V.

Eine bei Hegel unerwähnte geographische Kategorie[33]

Fassen wir zusammen; beschließen wir unsere hingeworfenen Zeilen.

Hegel hat drei geographische Kategorien für grundlegende Daseinsbedingungen aufgestellt, die gemeinsam mit anderen den Menschen prägen und zu ethnischen Differenzierungen führen:

Die Steppen mit ihrer verkümmerten Vegetation samt den weiten, trockenen Ebenen; sodann die fruchtbaren, reichlich bewässerten Täler; und endlich die Küstenstriche und Inseln.

Die Llanos in Venezuela, die Savannen, die das Tal des Mississippi weiten, die unermeßlichen Pampas und selbst die Atacama-Wüste am Fuße der Anden – eine weite Terrasse voller Wanderdünen – gehören fraglos zur ersten Kategorie.

Unerachtet der langen Sommer, der fürchterlichen Sandhosen und der plötzlich hereinbrechenden Überschwemmungen schließen sie das Leben nicht aus.

Doch binden sie den Menschen nicht an die Erde.

Ihr rudimentärer Pflanzenwuchs aus Gramineen und Zypergräsern, der in den Regenzeiten kräftig wiederaufsprießt, ist ein Ansporn zum Viehzüchterdasein, zur Entstehung wandernder Hirtengesellschaften, die, schnellfüßig und beweglich, wie sie sind, unter ständigem Auf- und Abbau der Zelte jene flachen Lande durchziehen und nach dem ersten Flimmern des Sommers zerstieben.

Es sind Landschaften ohne Anziehungskraft. Stets offenbaren sie die gleiche, bedrückend eintönige Szenerie, deren einzige Abwechslung die Farbe ist: ein regloser Ozean, ohne Wogen und ohne Strände.

Sie haben die Fliehkraft der Wüste; sie weisen ab, entzweien, zerstreuen. Der Menschheit verweigern sie den Hochzeitsbund von Pflug und Furche. Sie sind eine ethnische Scheidewand wie die Kordilleren und das Meer oder die Steppen der Mongolei, über die in aberwitzigem Galopp die wilden Horden der schweifenden Tataren stürmen.

Die Sertãogebiete des Nordens freilich, die ihnen beim ersten Hinschauen gleichkommen, haben im Verzeichnis des deutschen Philosophen keinen Platz.

Durchquert man sie sommers, scheinen sie der ersten Abteilung anzugehören; durchquert man sie winters, muten sie an wie ein fester Bestandteil der zweiten.

Barbarisch steril; wunderbar üppig ...

Mitten in der Dürre ist der Sertão tatsächlich die Wüste. Wenn aber die Trockenzeit nicht so lange währt, daß sie den überaus leidvollen Exodus erzwingt, stellt sich der Mensch gleich den Bäumen dem Kampf, von den in den Tagen der Fülle gespeicherten Vorräten zehrend; und in diesem grausamen, anonymen, schrecklich unbeachteten Ringen, verloren in der Einsamkeit der Hochplateaus, läßt die Natur ihn keineswegs ganz im Stich. Sie hilft ihm weiter in den Stunden der Verzweiflung, wenn die letzten Brunnen versiegen.

Bei Anbruch der Regenzeit macht, wie wir sahen, das Land phantastische Wandlungen durch, die es von der vorherigen Trostlosigkeit abheben. Die Trockentäler werden zu Flüssen, die kahlen Hügel zu plötzlich ergrünenden Inseln. Mit einem Blütenteppich überzieht die Vegetation die klaffenden Wasserrisse und verkleidet die Schroffheit der Abbrüche und rundet die lose aufgestapelten Felsblöcke zu Erdhügeln, so daß die großen, von Talgründen unterbrochenen Hochplateaus in sanfteren Linien zu den Tafelflächen übergehen. Die Temperatur nimmt ab. Mit dem Rückzug der Sonnengluten endet die anormale Trockenheit der Luft. Neue Tönungen beleben die Landschaft: Die Durchsichtigkeit des Äthers läßt die zartesten Linien in allen Spielarten der Form und der Farbe hervortreten.

Die Horizonte weiten sich. Das Himmelsgewölbe, ohne

das dunkle Blau der Wüsten, wird tiefgründiger im Angesicht der zu neuem Leben sich entfaltenden Erde.

Und der Sertão ist ein fruchtbares Tal. Ein unermeßlicher, herrenloser Obsthain.

Dies alles findet ein baldiges Ende. Zurück kommen die quälenden Tage, die erstickende Atmosphäre, die Steinwerdung des Bodens, die Kahlheit der Flora und – in den Jahren, da die Sommer ohne dazwischentretende Regenzeit aufeinanderfolgen – die entsetzliche Erstarrung der Dürre.

Die Natur gefällt sich im Spiel der Antithesen.

Der Sertão erfordert somit eine eigene Abteilung in Hegels Übersicht: die fesselndste und ausdrucksreichste von allen, die zwischen den ungemein fruchtbaren Tälern und den allertrockensten Steppen eine vermittelnde Stellung einnimmt.

Betrachten wir, die Bedeutung des Sertão als Faktor ethnischer Sonderung späteren Seiten überlassend, seine Rolle im Haushalt der Erde.

Die Natur erschafft normalerweise keine Wüsten. Sie bekämpft sie, drängt sie zurück. Sie dehnen sich gleichwohl – als unerklärliche Lücken – bisweilen unter jenen Breiten, die eigentlich für die äußerste Fülle des Lebens stehen. Die Wüsten vom klassischen Typ der Sahara – eine allgemeine Bezeichnung für die öde Region, die vom Atlantischen zum Indischen Ozean reicht, über Ägypten und Syrien sich fortzieht, alle erdenklichen Aspekte annimmt, von der riesigen afrikanischen Senke über das glutheiße arabische Plateau von Nedjed bis zu den Sanden der persischen *bejabans* – sind dermaßen unlogisch, daß der größte aller Naturforscher die Genese besagter Wüste im ungestümen Walten eines Kataklysmus[34] vermutete, im Hereinbrechen des Atlantiks, dessen aufgewühlte Fluten mit unwiderstehlichen Wirbeln über Nordafrika sich ergossen hätten, um es wütend niederzuwalzen und zu entblößen.

Dieser Humboldtschen Erklärung, wiewohl nur eine glänzende Hypothese, kommt eine höhere Bedeutung zu.

Als die Hitze aus dem Erdinnern abklingt und die Klimazonen ihr Gleichgewicht finden, schreitet vom äußersten Norden und vom äußersten Süden, von den unbewohnbaren Polen her, die Vegetation zur Linie der Tagundnachtgleiche[35] vorwärts. Dort liegen die Gebiete der Üppigkeit par excellence, wo die Sträucher anderer Zonen zu Bäumen werden; und das Klima, mit sanften Übergängen zwischen den beiden einzigen Jahreszeiten, sorgt für ein Gleichmaß, welches die Entwicklung einfacher, direkt den Schwankungen des Milieus unterworfener Organismen befördert. Das astronomische Verhängnis, das die Schiefe der Ekliptik für die Erde bedeutet und das sie im Vergleich zu anderen Planeten biologisch benachteiligt, ist kaum bemerkbar in jenen Breiten, wo ein einziges Gebirge vom Fuß bis zur Kammlinie alle Klimate der Welt vereint.

Indessen verläuft durch jene Gebiete, die gedachte Scheidelinie zwischen den Halbkugeln kreuzend, der Wärmeäquator, auf einer höchst gestörten, heftig schlingernden Bahn, an den sonderbaren Stellen abreißend, wo das Leben unmöglich ist; er zieht sich von den Wüsten zu den Urwäldern, von der Sahara, die ihn nach Norden drängt, zum üppig reichen Indien, nachdem er die Südspitze des bitterarmen Arabiens gestreift hat; er durchzieht den Pazifik als langer Strich – ein bruchstückhafter Kranz von wüsten und strauchlosen Inseln – und säumt sodann, langsam südwärts gleitend, das Wunderland der amazonischen Hyläa.

Von höchster Aridität zu höchster Üppigkeit.

Die Morphologie der Erde nämlich verletzt die allgemeinen Klimagesetze. Doch immer dann, wenn diese von der geographischen Fazies nicht völlig zurückgedrängt sind, wehrt sich die Natur. In einem lautlosen Ringen, das den Rahmen historischer Erfahrung sprengt, denjenigen aber tief bewegt, der es in seinem vieltausendjährigen Verlauf beobachtet, wandelt sich die Erde, stets gehemmt von den widrigen Kräften, doch zäh, unbezwinglich, in unbeirrbarer Entwicklung, wandelt sich, einem organischen Wesen gleich, durch Einlagerung neuer Substanzen – gleichgültig gegenüber den Elementen, die an ihrer Oberfläche toben.

Wenn daher die weiten, auf ewig verdammten Senken wie diejenigen Australiens unfruchtbar bleiben, so werden anderswo die Wüsten zum Verschwinden gebracht.

Die Hitze selbst beschert ihnen letztendlich ein Tief, das Regen heranführt; und die lockeren, von den Winden geriffelten Sande, die dem unscheinbarsten Gewächs den Halt geraume Zeit verwehren, kommen nach und nach zur Ruhe, gefangen von den Wurzelfasern der Gräser; der unwirtliche Boden und der sterile Fels zerfallen dank dem unmerklichen Wirken der Flechten, welche die Ansiedlung der empfindlichen *lecidea* vorbereiten; und schließlich entstehen die baumlosen Plateaus, die spärlich bewachsenen Llanos und Pampas, die Savannen und die lebensvolleren Steppen Mittelasiens, in einem Crescendo, das immer neue Phasen wunderbarer Verklärungen zeigt.

Wie man eine Wüste macht

Nun, die Sertãogebiete des Nordens bezeichnen vielleicht, dem natürlichen Kriterium der geringeren Unfruchtbarkeit zum Trotz, einen einzigartigen regressiven Entwicklungsstand.

In einer Rückschau, bei der gewiß die Phantasie gegen den Ernst der Wissenschaft aufbegehrte, haben wir weiter oben uns vorgestellt, wie jene geologisch jungen Lande aus einem weiten tertiären Meer emportauchten.

Von dieser absolut ungesicherten Hypothese abgesehen, steht jedoch fest, daß komplexe Umstände ihnen ein stetiges Klima mit einer dadurch begünstigten, lebendigeren Flora bis heute verwehrt haben.

Mehrere dieser Umstände haben wir bereits umrissen.

Einen erwähnenswerten geologischen Agenten haben wir bisher allerdings ausgelassen – den Menschen.

In der Tat geht dieser nicht selten gewalttätig gegen die Erde vor und hat, namentlich bei uns, zu allen Zeiten der Geschichte die Rolle eines erschreckenden Wüstenmachers gespielt.

Es begann mit einem unheilvollen Vermächtnis der Eingeborenen.

Im urtümlichen Landbau der Waldbewohner gab es ein grundlegendes Hilfsmittel – das Feuer.

Sie beschnitten die Bäume mit den scharfen *djis*, Beilen aus Diorit, schichteten die Äste, sobald sie verdorrt waren, zu Holzstößen und entzündeten sie zu prasselnden *caiçaras*, die unter dichten Rauchschwaden um sich griffen, von den Winden geschürt. Zwischen den Palisaden aus verkohlten Stümpfen steckten sie das eingeäscherte Gelände ab, wo vormals üppiger Urwald gewesen war. Sie bestellten es. In der folgenden Jahreszeit wiederholten sie das Verfahren, bis jener Fleck Erde, vollkommen ausgelaugt, als unbrauchbar aufgegeben wurde – *caapuera* geworden, »abgestorbener Wald« nach der entlarvenden Etymologie in der Sprache der Tupí[36] –, künftig unheilbar steril, denn bemerkenswerterweise waren die Pflanzenfamilien, die auf dem ausgeglühten Boden nacheinander sich einstellten, stets von strauchartigem, verkrüppeltem Wuchs, gänzlich verschieden von dem der ursprünglichen Bewaldung. Der Eingeborene schritt weiter zu neuen Abholzungen, neuen Brandrodungen, neuen Waldpflanzungen, welche den Umfang der Verwüstungen um neue *caapueras* vermehrten und die er wiederum aufgab, um anderswo andere zu schaffen. Die verkümmernden Brachflächen waren außerstande, den Witterungseinflüssen zu trotzen, und verschlimmerten so, in dem Maß wie die Rodungen um sich griffen, die Härten des sie geißelnden Klimas und zeigten, durchsetzt mit Krüppelgehölzen und erstickt unter Zwerggesträuchen, hier das krankhafte Erscheinungsbild der unheimlichen *caatanduva*, dort die konvulsivisch zuckende Wildheit der fahlen *caatinga*.

Dann kam der Kolonialherr und übernahm dasselbe Vorgehen. Er trieb es noch schlimmer, als er im Landesinnern, jenseits des schmalen Streifens von Zuckerrohrplantagen an der Küste, in großem Maßstab zur Weidewirtschaft überging.

Seit Anbruch des 17. Jahrhunderts hat man den in Form von *sesmarias* überreichlich verschenkten Sertão gerodet, um ungeheure Triften anzulegen, gemeinschaftliche Weiden ohne Grenzlinien, die endlos über die Hochflächen der *chapadas* sich dehnten.

Die Entwaldung besorgte wiederum das ungehindert, ohne Schneisen lodernde Feuer, das sich weite Strecken unterwarf, ungestüm dank den heftigen Böen des Nordostwinds. Mit dem Feuer verbündete sich auch der gewinnsüchtige und hitzige *bandeirante*, der dem Waldbewohner und dem Golde nachspürte. Eingetaucht in die Tiefen eines überwältigenden Pflanzenreichs, das ihm die Sicht verfinsterte und die Hinterhalte des Tapuio-Indianers und die Verstecke des gefürchteten Pumas gefährlich verschattete, zerriß er die Flora, zerschnitt sie mit Bränden, um die Horizonte auftauchen und deutlich hervortreten zu lassen, so daß über den kahlen Ödflächen die Gebirge emporstiegen, die dem Streiftrupp beim Vormarsch die Richtung angaben und als Wegmarke dienten.

Tief verletzte er die Erde, wenn er sie im Tagebau aufbrach; er machte sie unfruchtbar mit dem Abraum der Schürfgruben, schlug sie wund mit der Spitzhacke, so daß Regenfluten sie verwüsteten; und landauf, landab hinterließ er die großen *catas*, Gruben, deren zerwühlte Tonerden in kräftigem Rot durch die Einöden schimmern und wo die bescheidenste Pflanze nicht mehr gedeiht, für immer unfruchtbar, leer und trübselig, ein Anblick, der das Bild gewaltiger toter, eingestürzter Städte heraufbeschwört …

Diese wüsten Unsitten durchziehen unsere ganze Geschichte. Noch in der Mitte des 19. Jahrhunderts bedienten sich, wie ältere Bewohner der Ortschaften am Rio São Francisco bezeugen, die Glücksritter, die, mit unentbehrlichen

Wasservorräten in Lederbeuteln beladen, um 1830 vom linken Flußufer westwärts aufbrachen, desselben unheimlichen Pfadsuchers, der ihnen die Richtung wies, die Wege ebnete und das Land verheerte – des Waldbrandes. Monatelang erblickte man am westlichen Nachthimmel den blutroten Widerschein der Feuersbrünste.

Man stelle sich vor Augen, welche Folgen ein solches Verfahren zeitigen mußte, unverändert durch die Jahrhunderte betrieben ...

Schon die Kolonialregierung hatte sie vorausgesehen. Seit 1713 ergingen immer neue Erlasse zur Eindämmung der Brandrodungen. Und als die berüchtigte Dürre von 1791-1792, die »große Dürre«, wie sie noch heute im Munde der alten Sertanejos heißt, den ganzen Norden heimsuchte, von Bahia bis Ceará, da scheint die Regierung des Mutterlandes sie den oben aufgezeigten Übelständen zugeschrieben zu haben, denn sie verordnete als einzige Abhilfe sogleich ein strenges Rodungsverbot.

Lange Zeit war dies ihre beherrschende Sorge. Das zeigen uns der königliche Brief vom 17. März 1796, der einen Richter zum Schutz der Wälder ernannte, sowie der vom 11. Juni 1799, der verlangte, »man möge dem unbedachten und maßlosen Eifer der Siedler (von Bahia und Pernambuco) Einhalt gebieten, die letzthin Waldungen mit Stumpf und Stiel verwüstet haben ... welche vormals in solcher Fülle vorhanden waren und sich heute nur noch in beträchtlicher Ferne finden ...«

Vortreffliche Worte über ebendas Gebiet, von dem wir eine blasse Beschreibung geben.

Es sind andere von gleicher Aussagekraft überliefert. Entziffert man alte Wegbeschreibungen von Waldläufern[37] des Nordens, unerschrockener Bezwinger der *caatingas*, die es den *bandeirantes* des Südens gleichtun wollten, so bemerkt man auf Schritt und Tritt einen nachdrücklichen Hinweis auf die Wildheit jener Landstriche, deren Hochplateaus sie nach den »Silberminen« des Melchior Dias Moréia absuchten –

wobei sie fast alle den Sertão von Canudos streiften und in Monte Santo haltmachten, dem damaligen *Piquaraça* der Tapuios. Und sie sprechen von den »kalten Gefilden« – gewiß des Nachts aufgrund der intensiven Abstrahlung des entblößten Bodens –, durch die sie mühsam ihre Pfade schlugen, »und meilenweit zogen wir durch die *caatinga*, wo es weder Wasser noch die wasserhaltige *caravatá*-Pflanze gab, so daß wir uns mit Wurzeln des *umbuzeiro* und Stengeln des *mandacarú* behelfen mußten«.*

Schon damals spielten, wie man sieht, jene Pflanzen eine sprichwörtliche Rolle, auf die unsere heutigen Sertanejos noch zurückgreifen.

Denn das Übel ist alt. Als Komplize der Wetterunbilden, des Nordosts, der Saugkraft der Gesteinsschichten, der Hundstagshitze, der Winderosion, der plötzlichen Unwetter – wurde der Mensch zu einer unheilvollen Komponente im Kräftespiel jenes zerstörerischen Klimas. Hat er es nicht erzeugt, so hat er es doch verändert, verschlimmert. Der Abtragung durch die Stürme gab er zum Gehilfen die Axt, der Sonnenglut zur Ergänzung den Waldbrand.

Er hat – vielleicht – die Wüste geschaffen. Aber noch kann er sie abschaffen und so seine vergangenen Fehler wiedergutmachen. Die Aufgabe ist nicht unerfüllbar, wie ein historischer Vergleich erhellt.

Wie man die Wüste abschafft

Wer die Hochebenen Tunesiens zwischen Béja und Bizerte am Saum der Sahara durchquert, stößt immer noch an Talausgängen auf Reste römischer Bauten, meist quer zum eigenwilligen und verschlungenen Lauf der Wadis. Alte Trümmerhaufen, durchsetzt mit Quadern und Rundblöcken, zum Teil bedeckt mit Wildwasserschotter aus zwanzig Jahrhunderten, sind sie ein Vermächtnis der großen Kolonisatoren, von deren klugem

* Brief des Pedro Barbosa Leal an den Grafen von Sabugosa.[38]

Wirken sie ebenso künden wie von der barbarischen Sorglosigkeit der Araber, die an ihre Stelle traten.

Als die Römer das Werk der Zerstörung Karthagos vollendet hatten, nahmen sie die um vieles bedeutendere Aufgabe in Angriff, die feindselige Natur zu bezwingen. Und sie hinterließen dort ein herrliches Wahrzeichen ihrer welthistorischen Expansion.

Mit sicherem Blick erkannten sie das Erzübel der Region, deren Unfruchtbarkeit weniger vom Mangel an Niederschlägen rührt als von ihrer überaus mißlichen Verteilung, bedingt durch die topographischen Reliefverhältnisse. Sie sorgten für Abhilfe. Der Regenhaushalt, ungeheuer ergiebig zu gewissen Jahreszeiten, wenn er dort höhere Niederschlagsmengen ausschüttet als in anderen, fruchtbaren und üppigen Ländern, war, ebenso wie in den Sertãogebieten unseres Landes, nicht allein nutzlos, sondern unheilvoll. Die Regenflut stürzte auf die schutzlose Erde, entwurzelte die kaum im verhärteten Boden haftende Vegetation; gurgelte einige Wochen lang in den überquellenden Wildbächen und überschwemmte die Niederungen; und sie verrann alsbald, nach Norden, nach Osten die Steilhänge hinab zum Mittelmeer strömend, und ließ nach flüchtiger Wiederbelebung den Boden entblößter und unfruchtbarer zurück als zuvor. Die Wüste schien von Süden her auf dem Vormarsch, um alles Land zu beherrschen und die letzten Erhebungen zu erobern, die dem Ansturm des Samums[39] nicht gewachsen waren.

Die Römer drängten die Wüste zurück. Sie bändigten die Sturzbäche, stauten die heftigen Schnellen, und jene gewalttätige Macht, zäh bekämpft und eingedämmt, gab nach, gänzlich bezwungen durch ein Netz von Talsperren. Auch ohne planmäßige, äußerst aufwendige Bewässerungsanlagen gelang es ihnen, die Wasser zu längerem Verweilen auf der Erdoberfläche anzuhalten. Die Gießbachschluchten wurden durch Wehre zu stockenden Ganglien gestaut, die Täler durch Sperrmauern in eine Folge von Becken geteilt, und die abgeriegelten Wadis schwollen zwischen den Hügeln an und bewahrten geraume Zeit die bisher ungenutzten großen Wassermassen oder führten sie, überquellend, in Seitenkanälen zu nahe gelegenen, tieferen Landstücken, wo sie in Rinnen und Abzugsgräben sich verzweigten, in alle Richtungen fließend und den Boden tränkend. So schuf dieses System von Stauseen, neben anderen Vorzügen, den Grundriß zu einer allgemeinen Bewässerung. Mehr noch, alle jene Wasserflächen, zahlreich verstreut und nicht auf einen vereinzelten großen Stausee beschränkt wie der von Quixadá,[40] der ebenso stattlich wie nutzlos ist, waren der Verdunstung ausgesetzt und wirkten sich am Ende verbessernd auf das Klima aus. Und Tunesien – vorzeiten zwar angesteuert von den Lieblingssöhnen der Phönizier und Stammvätern der Karthager, dennoch bisher weiter nichts als ein von Händlern und wandernden Numidiern bevölkerter Küstenstrich, wo gewölbte Zeltdächer gleich kieloben gestrandeten Schiffen weiß im Sande schimmerten –, Tunesien also erlebte schließlich eine Verwandlung und wurde zum klassischen Agrarland der Antike, zur Kornkammer Italiens, zum – fast ausschließlichen – Weizenlieferanten der Römer.

Heutzutage übernehmen die Franzosen weitgehend ihre Verfahren, ohne monumentale und aufwendige Gemäuer zu benötigen. Mit Hilfe von Pfahlwänden zwischen mörtellosen Mauern aus Stein und Erde, Verschanzungen gleich, stauen sie die am günstigsten gelegenen Wadis und graben durch ihre Uferböschungen, bis zum Saum der sie begleitenden Gebirge, Kanäle für die Bewässerungsnetze der umliegenden Fluren.

Dieserart halten die Wildfluten inne, kommen zur Ruhe, verlieren die geballte Wucht der heftigen Hochwasser, verteilen sich schließlich, besänftigt, durch Tausende von Sielen kreuz und quer über die Gräben. Und der historische Landstrich, befreit von der Apathie des untätigen Muslims, verwandelt sich und gewinnt die antike Physiognomie zurück. Frankreich rettet die Überreste des stattlichen Erbes der römischen Zivilisation nach ihrem jahrhundertelangen Verfall.

Nun, sobald man, und sei es ohne besondere Präzision, die Reliefkarte der Sertãogebiete des Nordens zeichnet, wird man erkennen, daß diese zu ebensolchem Versuch sich eignen, mit gleicher Erfolgsgewißheit.

Der Gedanke ist nicht neu. Aufgebracht hat ihn vor längerer Zeit schon, in denkwürdigen Sitzungen des Polytechnischen Instituts von Rio de Janeiro im Jahre 1877, der prachtvolle Verstand des kaiserlichen Rates Beaurepaire Rohan,[41] angeregt vielleicht durch ebendas oben aufgezeigte Modell.

Von allen damals geführten Diskussionen, in denen die besten wissenschaftlichen Geister der Zeit sich befehdeten – vom soliden Erfahrungsschatz eines Capanema bis hin zur herausragenden Denkkraft eines André Rebouças –, war dies das einzig Praktische, Machbare, wahrhaft Nützliche, was blieb.

So dachte man sich prächtig gemauerte Zisternen aus, Myriaden artesischer Brunnen, durch die Hochplateaus gebohrt; kolossale Speicher oder ungeheure Auffangbecken für die gesammelten Wasservorräte; weitläufige Stauseen, gleichsam Kaspische Meere aus der Retorte; und schließlich – als wollte man das völlige Scheitern der Ingenieurskunst vor dem Übermaß des Problems besonders deutlich machen – ungeheure Destillieranlagen für die Wasser des Atlantiks! …

Der bescheidenste Vorschlag jedoch, unmittelbarer Ausfluß einer historischen Lektion, angeregt durch das grundlegendste aller Vorbilder, drängt jene anderen in den Hintergrund. Ist er doch nicht nur der zweckmäßigste, sondern offenkundig auch der vernünftigste.

In der Tat, unter den Bestimmungsfaktoren der Dürre spielen Struktur und Gestaltung des Bodens eine beträchtliche Rolle. Deren Einfluß, wie mächtig die vielschichtigen und entfernteren Ursachen, die wir oben umrissen haben, auch seien, leuchtet ein, sobald man bedenkt, daß die Saug- und Verdunstungskraft des bloßliegenden Geländes, das Fallen der es durchziehenden Schichten und die Schroffheit der topographischen Reliefs sowohl die versengende Glut der Sommer als auch die heftige Abspülung der Sturzfluten verschlimmern. Nach langen Sonneneinstrahlungen von plötzlichen Überschwemmungen heimgesucht, kaum geschützt durch eine hinfällige Vegetation, welche die Hitze versengt und das Wildwasser entwurzelt – läßt sich daher die Erde allmählich von einem ausgeprägten Wüstenklima erobern.

Die starken Unwetter, die den lautlosen Brand der Dürren löschen, bereiten trotz der von ihnen eingeleiteten Wiederbelebung in mancher Hinsicht größeren Schicksalsschlägen den Weg. Sie entblößen rücksichtslos das Land, überlassen es immer schutzloser den nachfolgenden Sommern, zerklüften es zu schroffen Konturen, prügeln es und machen es unfruchtbar; und wenn sie abziehen, lassen sie es kahler zurück als zuvor, unter den alles ausbrennenden Sonnen. Der Witterungsablauf ist ein jammervolles Wechselspiel, gleichsam ein Teufelskreis von Katastrophen.*

So kommt als einzige Gegenmaßnahme die Korrektur der natürlichen Geländeformen in Frage. Läßt man diejenigen Faktoren der Plage beiseite, die dem Verhängnis astronomischer oder geographischer Gesetze geschuldet und menschlichem Handeln entzogen sind, bieten sie die einzigen erwägenswerten Eingriffsmöglichkeiten.

* »... erwähnenswert ist das starke Gefälle des Sertão zum Meere hin ... Sobald in diesen steinigen, vegetationsarmen Tafellanden ein Regen niedergeht, fließen die Wasser unverzüglich durch Rinnen oder Gräben ab, wobei sie wahre Lawinen verursachen, die alles, was ihnen im Wege steht, zerstören ...« I. Joffily, *Notas sobre a Paraíba* [Bemerkungen über Paraíba].[42]

Das Verfahren, das wir in einem kurzen historischen Rückblick dargestellt haben, macht gerade aufgrund seiner Einfachheit ausgeklügelte Techniken entbehrlich.

Das heutige Frankreich übernimmt es unverändert, indem es die Grundrisse uralter Bauten zu neuem Leben erweckt.

Wenn man bedachtvoll ausgesuchte Täler in geringen Abständen sperrte, soweit der Sertão sich erstreckt, so hätte dies zwangsläufig dreierlei Folgen: Die ungestüme Entwässerung des Bodens würde samt ihren beklagenswerten Folgen erheblich gemildert; an den Talrändern bildeten sich dank dem Netz von Bewässerungsrinnen fruchtbare Anbauflächen; und das wechselvolle Klima würde ausgeglichener, da die zahlreichen kleinen Stauseen mit ihrer gleichmäßigen Verbreitung und ihrer ausgedehnten Verdunstungsfläche im Laufe der Zeiten natürlicherweise die mäßigende Wirkung eines Binnenmeeres ausübten, was von größter Tragweite wäre.

Kein anderer Ausweg kommt in Betracht. Zisternen, artesische Brunnen und seltene, weit voneinander entfernte Stauseen wie derjenige von Quixadá sind von unschätzbarer örtlicher Bedeutung. Sie sollen für gewöhnlich die äußerste Folge einer Dürre lindern – den Durst; was es im Sertão des Nordens aber zu bekämpfen und zu schlagen gilt, ist – die Wüste.

Das Martyrium des Menschen ist dort der Widerschein einer größeren, umfassenderen Tortur, die den gesamten Haushalt des Lebens prägt.

Es entspringt dem uralten Martyrium des Landes …

Der Mensch

I. Komplexität des ethnologischen Problems in Brasilien. Vielfalt des natürlichen Milieus. Widerschein der Milieuvielfalt in der Geschichte. Wirkung des Milieus in der frühesten Entwicklungsphase unserer Rassen. Die Bevölkerungsentwicklung im brasilianischen Norden.

II. Genese des *jagunço.* Historische Rolle des Rio São Francisco. Der *jagunço,* mutmaßlicher Seitenverwandter des *paulista.* Der *vaqueiro,* Mittler zwischen dem *bandeirante* und dem Priester. Ortsgründungen der Jesuiten in Bahia. Umstände, welche die Herausbildung einer Mischrasse im Sertão begünstigen, im Unterschied zu den Kreuzungen an der Küste. Ein ärgerlicher Exkurs. Eine starke Rasse.

III. Der Sertanejo. Ungleichartige Typen: der *jagunço* und der *gaúcho.* Der *vaqueiro.* Unbewußte Leibeigenschaft. Die *vaquejada.* Der »Ausbruch« der Rinderherde. Überlieferungen. Die Dürre. Vereinzelung in der Wüste. Mischreligion. Geschichtliche Faktoren der Mischreligion. Wechselvolle Frömmigkeit des Sertanejo. Pedra Bonita. Monte Santo. Die heutigen Missionen.

IV. Antônio Conselheiro, lebendes Zeugnis des Atavismus. Ein bäurischer Gnostiker. Ein Mann von verkehrter Größe, natürlicher Vertreter des Milieus, aus dem er stammt. Vorgeschichte der Familie Maciel: Fehden zwischen den Maciéis und den Araújos. Ein verheißungsvoll begonnenes Leben. Erste Rückschläge. Der Absturz. Wie man ein Ungeheuer macht. Pilgerschaft und Martyrium. Gerüchte und Legenden. Die Predigten. Die Lehren eines Montanisten. Prophezeiungen. Ein Häretiker des 2. Jahrhunderts inmitten der Neuzeit. Versuchte Gegenmaßnahmen der Behörden. Legenden. Hedschra im Sertão.

V. Canudos – Vorgeschichte. Ursprünglicher Anblick. Schwindelerregendes Wachstum. Innere Ordnung der *urbs.* Vielgestaltige Bevölkerung. Banditenpolizei. Das Gotteshaus. Straße zum Himmel. Die Gebete. Absonderliche Zusammenkünfte. Warum nicht gegen die Republik predigen? Eine fehlgeschlagene Mission. Fluch gegen das Lehmhütten-Jerusalem.

I.

Komplexität des ethnologischen Problems in Brasilien

Aufgrund der gegenseitigen, wechselnd intensiven Beeinflussung dreier ethnischer Elemente ist die Genese der brasilianischen Mischrassen ein Problem, das die gescheitesten Köpfe noch lange herausfordern wird.

Nur seine Umrisse sind bekannt.

Indessen hat die anthropologische Forschung in Brasilien Namen aufzuweisen, die unserem Geistesleben zu großer Ehre gereichen. Die Studien über die Frühgeschichte der Ureinwohner bieten Musterbeispiele subtiler Beobachtung und brillanter kritischer Urteilsbildung, durch die, den wunderlichen Erfindern der Aleutischen Landbrücke zum Trotz, die Bodenständigkeit der amerikanischen Rassen endgültig gesichert erscheint.

Bei diesem schönen Bemühen, das im tiefschürfenden paläontologischen Werk von Wilhelm Lund seine Krönung fand, ragen des weiteren hervor: der Name eines Morton, die geniale Intuition eines Frederick Hartt, die unbeugsame wissenschaftliche Denkart eines Adolf Bernhard Meyer, die seltene Geistesschärfe eines Trajano de Moura sowie die Gelehrtheit vieler anderer, deren Arbeiten die von Nott und Gliddon stützen, wenn sie in allgemeiner, doch abschließender Weise Amerika als eine von der großen asiatischen Lebenswiege gesonderte Schöpfungsstätte bestimmen. Eigenständig unter den Rassen tritt der *homo americanus* auf.[1]

Der Hauptaspekt der Fragestellung wurde somit geklärt. Ob sie nun einer Kreuzung aus dem »Menschen der Lagoa Santa« mit dem frühgeschichtlichen Menschen der *sambaquís* entstammen oder, stark verändert durch nachmalige Vermischungen und Umweltfaktoren, von irgendeiner aus dem Norden eingefallenen Rasse sich herleiten, aus der die im

Entdeckungszeitalter so zahlreichen Tupís hervorgegangen sein sollen – unsere Waldbewohner mit ihren hervorstechenden anthropologischen Merkmalen darf man als aussterbende Spielarten alter, autochthoner Rassen unseres Landes betrachten.

Nachdem die Urgeschichte der eingeborenen Bevölkerung solcherart erhellt war, konzentrierten die Forschungen sich auf die Bestimmung ihrer eigentümlichen Psyche; und wiederum bündelten sie sich zu einer Reihe gesicherter Schlußfolgerungen.

Wir brauchen sie nicht wiederaufzunehmen. Abgesehen von unserer mangelnden Zuständigkeit, würden wir vom gesteckten Ziel beträchtlich abweichen.

Die beiden anderen, fremdbürtigen Bevölkerungselemente haben keine derartigen Definitionsversuche ausgelöst. Der Bantuneger oder Kaffer in seinen verschiedenen Ausprägungen war auch in dieser Hinsicht unser ewiges Stiefkind. Erst in jüngster Zeit hat ein beharrlicher Forscher, Raimundo Nina Rodrigues,[2] die eigentümliche und bemerkenswerte Religiosität des Negers einer sorgfältigen Analyse unterzogen. Welcher afrikanische Stamm auch immer hierher verpflanzt wurde – er brachte gewiß die vorherrschenden Eigenschaften des *homo afer* mit, eines Sohnes der ausgeglühten und barbarischen Landstrecken, wo die natürliche Auslese in stärkerem Maße als sonstwo wild und gewaltsam vor sich geht.

Was den dritten, den aristokratischen Faktor unserer *gens* betrifft, den Portugiesen, der uns mit der quecksilbrigen Denkart des Kelten verbindet, so ist er seinerseits, trotz der komplexen Verschmelzung, woraus er hervorgeht, vollständig beschrieben.

Wir kennen also die drei wesentlichen Bevölkerungselemente und, wenn auch unvollkommen, das sie differenzierende physische Milieu sowie, in allen ihren Erscheinungsformen, die historischen Umstände, widrige und günstige, die auf diese Gruppen eingewirkt haben. Betrachtet man freilich alle Abwandlungen und alle Zwischenstufen dieser Verflechtung anthropologischer Typen – deren körperliche und seelische Eigenschaften ungleichen Entwicklungsstadien entsprechen und die dem Einfluß eines vielgestaltigen Milieus mit verschiedenen Klimaten ausgesetzt sind, was zu abweichenden Erscheinungsformen und gegensätzlichen Lebensbedingungen führt –, so darf man behaupten, daß wir in unserer Erkenntnis bislang wenig vorangekommen sind. Alle Variablen einer verwickelten Formel haben wir aufgezeichnet und somit ein schwerwiegendes Problem zum Ausdruck gebracht; doch längst nicht alle Unbekannten haben wir ermittelt.

Denn offensichtlich genügt es in unserem Falle nicht, den Bantuneger, den Guaraní-Indianer und den Weißen in eine Reihe zu stellen und auf sie pauschal das anthropologische Gesetz von Broca[3] anzuwenden. Dieses ist abstrakt und unflexibel. Es sagt uns nicht, welche Reagenzien den Einfluß der zahlreicheren oder der stärkeren Rasse dämpfen können und welche Umstände ihn möglicherweise abschwächen oder tilgen, wenn statt der diesem Gesetz zugrundeliegenden Zweierverbindung drei verschiedene Faktoren zusammenkommen, die den Wechselfällen der Geschichte und der Klimate unterworfen sind.

Es ist eine Regel, die uns beim Erkunden der Wahrheit nur die Richtung weist. Wie bei allen Gesetzen ändert sich seine Wirkung je nach dem Druck der objektiven Gegebenheiten. Doch selbst wenn jemand in absonderlicher Gedankenlosigkeit es anwendete, ohne die erwähnten Einflüsse im mindesten zu berücksichtigen, so hätte er damit das Problem durchaus nicht vereinfacht.

Dies läßt sich unschwer zeigen.

Sehen wir von zahlreichen Störfaktoren ab und betrachten wir jeweils für sich die drei konstituierenden Elemente unseres Volkskörpers mit ihren ursprünglichen Eigenschaften.

Sogleich erkennen wir, daß sie selbst unter dieser günstigen Hypothese kein einheitliches Resultat ergäben, wie es für binäre Verbindungen typisch wäre, wo in einem spontanen Verschmelzungsprozeß die Charaktere sich addierten oder zusammengingen, um einem einheitlichen Zwischentypus zuzustreben. Hingegen führt, im einfachsten Falle, die unvermeidliche ternäre Verbindung zu drei weiteren, jeweils binären. Die Ausgangselemente gehen keineswegs zusammen, vereinen sich nicht; sie vermehren sich; zeugen eine gleiche Anzahl von Untergliederungen, die ohne jede Reduktion an ihre Stelle treten, in einem Vermischungswirrwarr, dessen charakteristischste Ergebnisse die folgenden sind:* der *mulato*; der *mameluco* oder *curiboca*; der *cafuzo*. Es kommt lediglich zu einer Verschiebung und Verwicklung der ursprünglichen Fragestellungen, und zwar aufgrund von Reaktionen, welche die Zahl der Faktoren nicht reduzieren, sondern vermehren. So rücken diese Unterkategorien an die Stelle der Elementarrassen, was die Untersuchung hemmt und erschwert, insofern als jene, entsprechend den wechselnden Blutanteilen, in zahllose Abstufungen zerfallen.

Der Brasilianer, ein abstrakter Typus auf der Suche nach sich selbst, könnte, sogar in dem oben erwähnten günstigsten Falle, nur aus einer Durchmengung von erheblicher Komplexität hervorgehen.

Theoretisch wäre er der *pardo*, der Typus des Braunhäutigen, in den die wiederholten Vermischungen des Mulatten, des *cariboca* und des *cafuzo* einmünden.

Bedenkt man jedoch die historischen Bedingungen, die in den verschiedenen Landesteilen bis heute verschiedene Auswirkungen hatten, die sehr ungleichen Klimate mit ihren unterschiedlichen Folgen für die unterschiedlichen Rassen und deren mehr oder minder starke Vermischung in den verschiedenen Regionen, und berücksichtigt man überdies

* Jeweils die Nachkommen von Negern und Weißen; Weißen und Tupí-Indianern (*cari-boc*, der vom Weißen Stammende); Tupí-Indianern und Negern. Das Wort *mameluco* oder besser *mamaluco* umfaßt als Allgemeinbegriff jedes Halbblut, wenngleich es vornehmlich die zweite Gruppe bezeichnet. *Mamã-ruca*, aus der Mischung gezogen. Von *mamã* – mischen, *ruca* – ziehen.

das Eindringen – durch Waffengewalt in der Kolonialzeit und durch Einwanderung in unseren Tagen – anderer Völker, weder damals noch jetzt ein einheitlicher Vorgang, so ersieht man deutlich, wie überaus zweifelhaft, wo nicht absurd der Realitätsgehalt jenes aufkommenden Typus – des *pardo* – ist.

Wie dem auch sei, diese kurzen Überlegungen machen die Meinungsverschiedenheiten verständlich, die unter den Anthropologen unseres Landes herrschen. Im allgemeinen haben sie die mühsame Aufgabe, bei ihren Forschungen auf diese komplexen Verhältnisse einzugehen, vernachlässigt und stets ihr Augenmerk über Gebühr auf das angebliche Vorwalten ethnischer Eigenschaften gerichtet. Üben diese auch einen starken Einfluß aus, den wir nicht in Abrede stellen, so wurden sie unter uns doch überschätzt und haben zum Aufkommen einer wissenschaftlichen Halbbildung geführt, die sich in nicht nur gewagten, sondern fruchtlosen Phantastereien ergeht. Übermäßiger Subjektivismus scheint die Gemüter jener unter uns zu erfüllen, die seit neuestem über so ernsthafte Dinge sich den Kopf zerbrechen – mit einer Leichtfertigkeit, die etwas Empörendes hat, bedenkt man die Tragweite des Themas. Von Anbeginn schließen sie die objektiven Gegebenheiten des Milieus und der Geschichte weitgehend aus.

Sodann verrühren und verknüpfen und verschmelzen sie die drei Rassen nach augenblicklichem Gutdünken. Und sie fällen bei dieser träumerischen Alchemie eine Reihe fiktiver Niederschläge aus.

Etliche behaupten von vornherein, mit fragwürdiger Autorität, die nachrangige Bedeutung des physischen Milieus und dekretieren vorsorglich das beinahe völlige Aussterben des Ureinwohners, ebenso wie den sinkenden Einfluß des Afrikaners nach dem Verbot des Sklavenhandels; und so sehen sie den schließlichen Triumph des Weißen voraus, der zahlreicher und stärker sei, Endglied einer Stufenfolge, dem der Mulatte, die immer mehr verblassende Erscheinungsform des Negers, ebenso zustrebe wie der mestizische *caboclo*, in welchem die Merkmale des Eingeborenen rascher noch verschwänden.

Andere lassen ihren Chimären freier die Zügel schießen. Den Einfluß des *caboclo* blähen sie auf; und sie errichten Luftschlösser, die unter dem leisesten Stoß der Kritik zusammenbrechen; Phantasieprodukte, denen es keineswegs an Versmaß und Reim gebricht, da sie mit dem schwungvollen Rhythmus der Poeme eines Gonçalves Dias[4] in die Wissenschaft eindringen.

Wieder andere machen es sich allzu einfach. Sie übertreiben den Einfluß des Afrikaners, der vielerorts in der Tat imstande ist, dem Sog der höheren Rasse zu widerstehen. Der Mulatte tritt in den Vordergrund. Ihn proklamieren sie zum charakteristischsten Typus unserer ethnischen Auffächerung.

So plätschert die Diskussion beliebig und fragwürdig dahin.

Der Grund liegt unseres Erachtens darin, daß diese Forschungen im wesentlichen sich auf die Suche nach einem einzigen ethnischen Typus beschränkt haben, wiewohl es zweifellos deren viele gibt.

Wir haben keine rassische Einheit.

Wir werden sie womöglich niemals haben.

Uns ist aufgegeben, in ferner Zukunft eine historische Rasse herauszubilden, sofern eine langdauernde Existenz als eigenständige Nation es uns gestattet. In dieser Hinsicht stellen wir die natürliche Ordnung der Dinge auf den Kopf. Unsere biologische Evolution erfordert zu ihrem Schutz die Evolution der Gesellschaft.

Wir sind zur Zivilisation verdammt.

Entweder wir schreiten fort, oder wir gehen unter.

Die Feststellung ist gesichert.

Sie stützt sich keineswegs nur auf die Heterogenität der Abstammung. Ein anderer, ebenso gewichtiger Umstand erhärtet sie: ein physisches Milieu von äußerster Weiträumigkeit und Vielgestaltigkeit, ergänzt durch – daraus großenteils hervorgegangene – wechselnde historische Situationen.

So mag es nicht unnütz sein, ihm einige Augenblicke der Aufmerksamkeit zu widmen.

Vielfalt des natürlichen Milieus

Entgegen der Ansicht, die heißen Länder reichten bis zum 30. Breitengrad, ist Brasilien weit davon entfernt, vollauf diesem Kriterium zu genügen. In zweifacher Hinsicht, astronomisch wie geographisch, ist jene Grenzziehung eine Übertreibung. Sie geht nicht nur über die gängige theoretische Scheidelinie der Tropen, den Wendekreis, hinaus, sondern läßt die natürlichen Reliefs außer acht, welche die Witterungseinflüsse mildern oder zuspitzen, insofern sie äquatoriales Klima unter hohen Breitengraden ermöglichen oder gemäßigtes zwischen den Wendekreisen. Alle Klimakunde, deren große Linien sich von den kosmischen Gesetzen herleiten, entspringt vornehmlich der Vertrautheit mit den nächstliegenden und besonderen natürlichen Ursachen. Ein Klima ist gleichsam die physiologische Umsetzung einer geographischen Lage. Aus dieser Begriffsbestimmung schließen wir, daß unser Land, eben aufgrund seiner natürlichen Gliederung, kein einheitliches Klima haben kann.

Neueste meteorologische Forschungen – die einzig verläßlichen – belegen dies. Sie unterteilen unser Staatsgebiet in drei voneinander klar geschiedene Zonen: die eindeutig tropische, die von den nördlichen Gliedstaaten bis zum Süden Bahias reicht, mit einer mittleren Jahrestemperatur von 26 °C; die gemäßigte, die von São Paulo über Paraná und Santa Catarina bis Rio Grande reicht, zwischen den Isothermen von 15 °C und 20 °C; und die subtropische, als Übergangszone, die das Hinterland und den Norden einiger Staaten umfaßt, von Minas Gerais bis zum nördlichen Paraná.

Dies sind, deutlich abgesteckt, die Scheidelinien zwischen den drei verschiedenen Habitaten.

Selbst innerhalb dieser mehr oder minder zuverlässig

abgesteckten Räume treten Abstufungen auf, die sie weiter auffächern.

Skizzieren wir die Varianten mit raschen Strichen.

Der orographische Aufbau Brasiliens – mächtige emporgehobene Gesteinsmassen, die längs der Küstenlinie und senkrecht zum Südostwind verlaufen – führt zu ersten Differenzierungen innerhalb eines Großteils der östlich gelegenen Landstrecken, was eine bedeutsame klimatische Anomalie hervorruft.

In der Tat verstößt das Klima dort, völlig beherrscht von der geographischen Fazies, gegen seine sonstigen Gesetzmäßigkeiten. Seine astronomische Bedingtheit, definiert durch die Breitengrade, tritt vom Wendekreis zum Äquator hinter den störenden Sekundärfaktoren zurück. Bestimmend für das Klima sind – abnormerweise – die Längengrade.

Der Sachverhalt ist bekannt. Auf dem langgestreckten Küstenstreifen von Bahia nach Paraíba lassen sich, folgt man einem der Breitengrade westwärts, spürbarere Veränderungen beobachten, als wenn man einen der Meridiane nordwärts begleitet. Übergänge in Klima und Landschaftsbild, in letzterer Richtung unmerklich, treten in ersterer deutlich zutage. Vom Süden bis weit nach Norden prangt die gleiche üppige Natur veränderungslos in den ausgedehnten Waldgebirgen, welche die Küste säumen, und sie vermittelt dem flüchtigen Blick des Fremden die Vorstellung eines weiten Landstrichs voll Lebenskraft und Fruchtbarkeit. Gleichwohl verdecken nördlich des 13. Breitengrades die Wälder riesige unfruchtbare Flächen, deren Kahlheit von den Unbilden eines Klimas zeugt, wo Thermometer und Hygrometer umgekehrt proportional sich verhalten und zu maßlosen Werten auseinanderstreben.

Dies offenbart ein kurzer Abstecher westwärts, ausgehend von einem beliebigen Punkt an der Küste. Der Zauber des wunderschönen Trugbilds zerstiebt. Die Natur verarmt, entkleidet sich der großen Waldungen, entsagt den Aufgipfelungen der Gebirge, verödet und verflacht – und wandelt sich zu den ausgedörrten und barbarischen Sertãostrecken, wo kurzlebige Flüsse sich winden und nackte Hochplateaus endlos aufeinanderfolgen und den Schauplatz abgeben für die leidvollen Szenen der Dürre.

Der Kontrast ist überwältigend.

Im Abstand von weniger als fünfzig Meilen liegen völlig entgegengesetzte Regionen, die entgegengesetzte Lebensbedingungen schaffen.

Unversehens betritt man die Wüste.

Und sicherlich stießen die Menschenfluten, die in den ersten beiden Jahrhunderten der Landnahme an die Meeresufer des Nordens brandeten und westwärts ins Hinterland vordrangen, beim Zug durch die schütteren und welken *caatingas* auf ernsthaftere Hindernisse als bei der wechselvollen Querung von Meer und Gebirge. Der Fehlschlag der von Bahia ausgehenden Expansion, die doch derjenigen aus São Paulo in der Erkundung der verborgensten Winkel des Landes vorausging, belegt dies auf anschauliche Weise. Gleiches gilt jedoch nicht für die Gebiete südlich des Wendekreises.

Dort pflanzt sich der geologische Aufbau der Landschaft, Grundlage ihrer bemerkenswerten Oberflächengestaltung, unverändert über weite Strecken landeinwärts fort, wo er die gleichen günstigen Bedingungen schafft, die gleiche Flora, ein durch die Höhenlage erheblich verbessertes Klima sowie den gleichen belebenden Anblick der Natur.

Die granitene Kordillere ist eine mächtige Schutzmauer, die lotrecht zum Meere abfällt, doch binnenwärts mit sanfter Neigung in weite, flachwellige Ebenen übergeht.[5]

Sie bildet den schroffen und steilen Absturz der *planaltos*.

Die Szenerien auf diesen Hochebenen erweisen sich, ohne die übermäßig beherrschenden Gebirgssilhouetten, als besonders üppig und weiträumig. Die Erde bekundet jene *manageability of nature*, von der uns Buckle[6] erzählt, und das Klima, gemäßigt warm, wetteifert in seiner Milde mit dem herrlichen Witterungsablauf in Südeuropa. Es wird nicht mehr – wie weiter nördlich ausschließlich – vom Südost geprägt. Der von den Hochplateaus des Landesinnern wehende Nordwest beherrscht vielmehr die gesamte unermeßliche Zone, die sich von den Hochlanden der Staaten Minas Gerais und Rio de Janeiro bis Paraná erstreckt und São Paulo einschließt.

Bereits diese grobe, nur obenhin skizzierte Gliederung verweist auf eine wesentliche Verschiedenheit zwischen Süd und Nord, die sich absolut unterscheiden im Hinblick auf die meteorologischen Verhältnisse, die Reliefverteilung und die Übergänge zwischen Küste und Hinterland.

Bei eingehenderer Analyse werden wir noch tiefgreifendere Besonderheiten aufdecken.

Betrachten wir die bezeichnendsten Phänomene und verzichten wir auf weitschweifige Erläuterungen. Weiter oben sahen wir, daß der Südost als hauptsächlicher Klimaregulator der Ostküste in den südlichen Staaten durch den Nordwest und hoch im Norden durch den Nordost ersetzt wird. Diese Winde nun überlassen ihrerseits im Herzen der *planaltos* dem Südwest das Feld, der wie ein kräftiger Hauch der Pampawinde durch Mato Grosso fegt, wo er maßlose Ausschläge des Thermometers zeitigt, die Unausgewogenheit des Festlandklimas verschärft und die zentralbrasilianischen Gebiete einem gewaltsamen Wetterregiment unterwirft, verschieden von denen, die wir soeben mit raschen Strichen dargestellt haben.

Tatsächlich bestätigt die Natur in Mato Grosso Buckles übertreibende Schilderungen. Hier treffen sie zu, eine hervorstechende Ausnahme. Nirgendwo sonst gibt es ähnliches. Alle grandiose Wildheit, alle unvorstellbare Üppigkeit im Verein mit der äußersten Gewalttätigkeit der Elemente, die der herausragende Denker in vorschneller Verallgemeinerung ganz Brasilien zuschrieb – dort liegen sie offen zutage, auftrumpfend in prächtigen Szenerien. Betrachtet man diese Merkmale – und sei es mit dem kalten Blick des Naturforschers, dem an effektvollen Beschreibungen wenig gelegen ist –, erkennt man, daß jenes anormale Klima der Inbegriff unserer Milieuvielfalt ist.

Im Spiel der Antithesen kommt kein anderes Klima dem von Mato Grosso gleich. Alles bietet den Anblick größter Milde: das Land dem Leben zugetan; die fruchtbringende Natur hochaufgerichtet in der sieghaften Apotheose strahlender und ruhiger Tage; und die Erde strotzend vor phantastischem Pflanzenwuchs, satt, wohlbewässert von Flüssen, die nach allen vier Himmelsrichtungen fließen. Doch diese anmutige Üppigkeit birgt paradoxerweise den Keim zu Katastrophen, die – stets in unabänderlichem Rhythmus von den gleichen unfehlbaren Vorboten angekündigt – im Sommer mit der Unwiderruflichkeit eines ehernen Gesetzes hereinbrechen.

Kaum vermögen wir sie darzustellen. Geben wir eine Skizze.

Haben einige Tage lang heiße und feuchte Böen aus Nordost geweht, halten die Lüfte inne, verharren eine Zeitlang reglos. »Die Natur fällt gleichsam in Trance, schreckgelähmt; nicht einmal die Wipfel der Bäume schwanken; die Wälder in ihrer beängstigenden Ruhe muten an wie starre Objekte. Die Vögel, die zu fliegen aufgehört haben, suchen in ihren Nestern Zuflucht und verbergen sich.«*

Doch wendet man das Auge gen Himmel – nicht eine Wolke! Hell wölbt sich das Firmament, nur noch erleuchtet von einer verfinsterten Sonne, als herrschte eine Eklipse. Der Luftdruck indessen sinkt allmählich, in beständigem Abstieg begriffen, und erstickt das Leben. Für einige Augenblicke schwärzt eine dichte Quellwolke mit dunkelkupfernen Rändern den südlichen Horizont. Gleich darauf weht von dort eine Brise, die rasch sich beschleunigt, mit kräftigen Stößen. Die Temperatur fällt binnen weniger Minuten, und Minuten später schütteln Wirbelstürme heftig das Land. Blitze zucken, Donnerschläge dröhnen aus den nunmehr heftig aufbrausen-

* Dr. João Severiano da Fonseca, *Viagem ao Redor do Brasil* [Rundreise durch Brasilien].[7]

den Himmeln, und alsbald ergießt sich ein Wolkenbruch auf jene weiten Gebiete, wo er, mit einem einzigen Wasserschwall, das undeutliche *divortium aquarum* auslöscht, alle Quellbäche der Flüsse zusammenführt und ihre Betten ununterscheidbar in den Fluten versinken läßt …

Ein plötzlicher Überfall. Der Kataklysmus bricht ungestüm herein, mit der wirbelnden Spirale eines Zyklons. Häuser werden abgedeckt, knarrend legen sie sich auf die Seite, krachend splittern die uralten *carandá*-Bäume; Hügel werden zu Inseln; Niederungen zu Seen …

Und eine Stunde darauf erstrahlt triumphierend die Sonne am makellos reinen Himmel! In den tropfnassen Baumkronen jubiliert die ausgelassene Vogelschar; sanfte Brisen beruhigen die Lüfte – und der Mensch verläßt den Unterschlupf, wo er zitternd Zuflucht suchte und besieht die Verheerungen inmitten der allgegenwärtigen Wiedergeburt des Lebens. Die Stämme und Äste der von den Blitzen gespaltenen, von den Unwettern verkrümmten Bäume, die verwüsteten Katen mit den herabgerissenen Strohdächern, die letzten lehmigen Fluten der überbordenden Bäche, die wie von Büffelherden niedergetrampelten Gräser und Kräuter auf den Weiden – das ist alles, was an den zerschmetternden Überfall der Plage erinnert.

Tage später wälzen die Winde sich von neuem träge ostwärts; und wieder beginnt die Temperatur zu steigen; nach und nach nimmt der Luftdruck ab; und stetig wächst das Unbehagen, bis in den reglos gewordenen Lüften der furchtbare Ableger des Pampawindes erneut sich regt und brüllend das Unwetter in wirbelnden Rodeos wiederaufersteht – Teil der gleichen unheilvollen Szenerie, des gleichen Zyklus, des gleichen Teufelskreises der Katastrophen.

Weiter nördlich herrscht ein Klima, welches dazu im Gegensatz steht, das von Pará. Die Brasilianer anderer Breitengrade verstehen es kaum, ungeachtet der erhellenden Beobachtungen eines Bates.[8] Laue Morgenstunden, 23 °C warm, die unversehens auf regenreiche Nächte folgen; Tage, die gleich strahlenden Apotheosen hereinbrechen und unverhoffte Wandlungen enthüllen: Bäume, tags zuvor noch kahl, zeigen sich blütenübersät; morastige Pfuhle verwandeln sich in Wiesen. Und gleich darauf, im winzigen Kreislauf von vierundzwanzig Stunden, ein gänzlicher Umschwung: schweigende Wälder, von verglühten und welken Blättern notdürftig bekleidete Äste; verödete und stumme Lüfte; jüngst aufgeblühte, nunmehr verwitwete Zweige, deren Blütenblätter sich lösen und abgestorben zur Erde fallen, die in regloser Starre daliegt, unter der entnervenden Schwüle der 35 °C im Schatten. »Anderntags geht wolkenlos die Sonne auf, und dergestalt schließt sich der Kreislauf – Frühling, Sommer und Herbst an einem einzigen tropischen Tag.«*

Die Stetigkeit eines solchen Klimas verhindert die Wahrnehmung der Jahreszeiten, die freilich der Stundenlauf eines einzigen Tages wie ein Inhaltsverzeichnis zusammenfaßt, ohne daß die durchschnittliche Tagestemperatur über das ganze Jahr hinweg um mehr als 1 °C oder 1,5 °C schwankte. So bleibt das Leben im Gleichmaß unverrückbarer Stetigkeit.

Indessen, eine Strecke westwärts, am oberen Amazonas, prägen andersgeartete Erscheinungen ein neues Habitat. Und dieses macht unleugbar selbst den Söhnen jener Regionen die Akklimatisierung zur Beschwernis.

Dort, mitten im heißen Sommer, wenn die letzten von Osten kommenden Windstöße sich verflüchtigt haben, in den reglosen Lüften erstorben, weicht das Thermometer dem Hygrometer bei der Bestimmung des Klimas. Die Existenzen treiben dahin mit dem leidvollen Wechsel von Hoch- und Niedrigwasser der großen Ströme. Deren Anstieg verbreitet immerzu Schrecken. Der angeschwollene Amazonas springt über die Ufer, läßt in wenigen Tagen den Pegel um siebzehn Meter in die Höhe schnellen; ergießt sich in weite Überschwemmungsgebiete, in *furos*, in *paranamirins*, die zu einem höchst verschlungenen, binnenmeergleichen Gewässernetz

* Draenert, *O Clima do Brasil.*[9]

sich verknüpfen, von starken Strömungen durchzogen, aus denen inselhaft die grünenden *igapós* emportauchen.

Das Hochwasser ist Stillstand des Lebens. Gefangen in den Maschen der *igarapés*, wartet der Mensch, der Fatalität mit einer stoischen Geduld ohnegleichen begegnend, auf das Ende jenes paradoxen Winters mit seinen hohen Temperaturen. Das Niedrigwasser ist der Sommer. Es läßt die Bewohner ihr rudimentäres Gewerbe wiederaufnehmen, das einzig vereinbare mit einer Natur, die aufs widersprüchlichste in Erscheinung tritt und die Stetigkeit einer jeglichen Anstrengung vereitelt.

Ein solches Klima führt zu unverhohlenem Schmarotzertum. Der Mensch trinkt die Milch des Lebens aus den wohlgefüllten Gefäßen an den Kautschukbäumen.

In diesem eigentümlichen Klima aber treten, verglichen mit anderen Regionen, weitere Anomalien auf, die es zusätzlich belasten. Nicht genug mit dem Wechsel von Überflutung und Austrocknung, der regelmäßig wie Systole und Diastole in der größten Schlagader der Erde pulsiert. Weitere Umstände machen alle Versuche des Fremden, sich wirklich zu akklimatisieren, sinnlos.

Oftmals fahren mitten in der Hochwasserzeit, im Mai oder April, an einem schwülen und hellen Tag, durch die glühende Atmosphäre des Amazonas bitterkalte Windstöße aus dem Süden.

Sie sind wie ein Frosthauch der Antarktis ...

Das Thermometer tut alsbald einen einzigen, tiefen Sturz, urplötzlich. Tagelang herrscht ein unerträglicher Zustand.

Die pfiffigen »Hausierer«, die, von Gewinnsucht angestachelt, bis dorthin vordringen, und selbst die abgehärteten Ureinwohner ziehen sich schlotternd in die *tejupás* zurück, die Feuerstellen umringend. Die Arbeiten ruhen. Wiederum tritt eine Zäsur zwischen alle Betätigungen. Es entvölkern sich jene weiten, überfluteten Einöden; es sterben die Fische in den Flüssen vor Kälte; es sterben die Vögel in den schweigenden Wäldern, oder sie ziehen fort; es verwaisen die Nester; selbst die Raubtiere werden unsichtbar, verkriechen sich in die entlegensten Schlupfwinkel – und jene wunderbare Natur des Äquators, durch und durch modelliert von prächtiger Sonnenkraft, zeigt das grausamste Abbild polarer, düsterer Trostlosigkeit. Es ist die Zeit der »Kühle«.

Doch beschließen wir diese rasche Skizze.

Die Sertãogebiete des Nordens zeigen ihrerseits, wir sahen es oben, neue Klimaverhältnisse, neue biologische Anforderungen. Dort tritt der gleiche Wechsel von friedsamen und schmerzbringenden Jahreszeiten womöglich noch härter hervor, in anderen Ausprägungen.

Bedenken wir nun, daß diese unterschiedlichen Klimaerscheinungen keine Ausnahmefälle sind, sondern sämtlich, von den Stürmen im Mato Grosso bis zu den zyklischen Dürren des Nordens, mit der Regelhaftigkeit eherner Naturgesetze auftreten, so werden wir der Auffassung beipflichten, daß unser physisches Milieu in höchstem Maße vielgestaltig ist.

Daher die Irrtümer jener, die beim Studium der uns eigenen Physiologie sich darauf beschränken, die Wirkung des tropischen Klimas zu verallgemeinern. Diese entfaltet sich zweifellos, und zwar mit einer Pathologie *sui generis*, auf beinahe dem gesamten Küstenstreifen des Nordens und in einem Großteil entsprechender anderer Staaten, bis hin nach Mato Grosso. Die feuchte Hitze der amazonischen Gebiete zum Beispiel bedrückt und erschöpft den Menschen. Sie formt gebrechliche Konstitutionen, deren sämtliche Lebensäußerungen an der ständigen Unausgewogenheit kranken, die zwischen der Triebhaftigkeit der stark erregten peripheren Funktionen und der Apathie der zentralen Funktionen herrscht: ausgezehrte Verstandeskräfte, abgestumpft unter dem Aufruhr der Leidenschaften; anfällige Nervenfunktionen, den überscharfen Sinnen zum Trotz und kaum gebessert oder wiederhergestellt von dem in unzureichender Hämatose verarmten Blut …

Daher all die Idiosynkrasien einer ungewöhnlichen Physiologie: Die Lunge, die wegen verminderter Leistung schrumpft und bei der notwendigen Ausscheidung von Kohlenstoff von der Leber abgelöst wird, welche ihrerseits schwer an der Überlastung des Lebens trägt; Organismen, die vom ständigen Wechsel zwischen hitziger Exaltiertheit und entnervender Apathie zerrüttet sind, ohne die Quecksilbrigkeit, ohne den energischen Muskeltonus der kraftvollen und sanguinischen Temperamente. In einer solchen Umwelt führt die natürliche Auslese zu schwerwiegenden Beeinträchtigungen der zentralen Hirnfunktionen, zu einer höchst schädlichen gegenläufigen Progression von intellektueller Entwicklung einerseits und körperlicher andererseits, was unweigerlich den Triumph der triebhaften Regungen besiegelt und auf ein Anpassungsideal abzielt, das nichts als ein Maximum an organischer Stärke und ein Minimum an geistiger Festigkeit hervorbringt. Die Akklimatisierung bedeutet eine regressive Evolution. Der Typus verfällt in stetiger Auszehrung, die sich auf seinen Nachwuchs bis hin zum völligen Erlöschen überträgt. Wie der Engländer auf Barbados, auf Tasmanien oder in Australien erlebt der Portugiese am Amazonas, meidet er die Blutsmischung, nach wenigen Generationen einen tiefgreifenden Wandel seiner körperlichen und geistigen Wesenszüge, angefangen bei der Haut, die unter den Sonnenstrahlen und durch die unvollständige Aussscheidung des Kohlenstoffs sich kupfern färbt, bis hin zum Temperament, das, seiner ursprünglichen Vorzüge beraubt, verkümmert. Die unterlegene Rasse, der rohe Wilde, beherrscht ihn; mit dem Milieu im Bunde besiegt er ihn, erdrückt ihn, vernichtet ihn im furchtbaren Zusammenwirken mit dem Sumpffieber, den Leberkrankheiten, den zehrenden Fieberanfällen, den versengenden Hundstagsgluten und den malariaverseuchten Bruchlandschaften.

Solches aber gilt nicht für große Teile Zentralbrasiliens und für den gesamten Süden.

Selbst im größten Teil der Sertãolande des Nordens bringt die trockene Hitze, von den kräftigen Luftbewegungen aus östlichen Richtungen gemildert, lebhaftere Einstellungen hervor und tut eine gedeihlichere Wirkung.

Und wendet man sich nach Süden, findet man in einer Region, die vom nördlichen Minas südwestwärts bis Rio Grande reicht, unvergleichlich vorteilhaftere Lebensbedingungen:

Eine mittlere Jahrestemperatur, die im harmonischen Wechselspiel der Jahreszeiten zwischen 17 °C und 20 °C schwankt; regelmäßigere Niederschläge, die vorwiegend im Sommer fallen und in einer den Feldkulturen günstigen Weise sich auch auf Herbst und Frühling verteilen. Kommt der Winter, hat man durchaus den Eindruck eines europäischen Klimas. Es weht ein bitterkalter Südwest, der den Sprühregen schüttelt und das feine Nieseln zerreißt; der Schnee verziert die Scheiben mit einem gestickten Saum; die Moore gefrieren, und der Rauhreif leuchtet weiß auf den Fluren.

Widerschein der Milieuvielfalt in der Geschichte

Diese Milieuunterschiede spiegeln sich auf bemerkenswerte Weise in unserer Geschichte.

Betrachten wir diese unter allgemeinen Gesichtspunkten, ohne die störende Wirkung belangloser Details, sehen wir schon in der Kolonialzeit ungleichartige Verhältnisse sich anbahnen.

Als das Territorium in Lehen verwandelt und unter den glücklichen Empfängern aufgeteilt war und als landesweit die Besiedlung mit den gleichen Bevölkerungselementen einsetzte, überall unter der gleichen Indifferenz des Mutterlandes, das immer noch die letzten Luftschlösser des »wundersamen Indiens« suchte, tat sich bereits eine gähnende Kluft zwischen Norden und Süden auf. Die Schlüsselereignisse beider Regionen brauchen wir nicht in Erinnerung zu rufen. Sie gehören zwei verschiedenen Geschichtssträngen an, worin entgegengesetzte Bewegungen und Tendenzen ihren Niederschlag finden. Zwei im Entstehen begriffene Gesellschaften, einander entfremdet durch rivalisierende Schicksale – völlig gleichgültig gegen die Lebensart der je anderen, beide indessen unter ein und derselben Verwaltung sich entwickelnd. Im Süden zeichneten sich neue Tendenzen ab, größere Arbeitsteilung, größere Tatkraft beim Volke, das vielseitiger war, lebhafter, tüchtiger und wagemutiger, kurzum, eine breite fortschrittliche Bewegung. Dies alles kontrastierte mit den zuweilen glänzenderen, doch stets auch unfruchtbareren Aufwallungen im Norden – vereinzelte, unzusammenhängende *capitanias*, stets dem gleichen Schlendrian unterworfen, gestaltlos und träge, eng an die Erlasse des fernen Hofes gekettet.

Im Norden ist die Geschichte theatralischer, doch minder bedeutsam.

Es treten Helden auf, deren Statur jedoch nur im Kontrast zur Umgebung Größe ausstrahlt; herrliche Kapitel, voller Schwung, doch bruchstückhaft, richtungslos, geschrieben von den drei – einander völlig fremden – konstituierenden Rassen des Landes.

Selbst in der Glanzzeit, während des Kampfes gegen die Holländer, liegen die Verbündeten im Feldlager deutlich voneinander geschieden unter ihren jeweiligen Zelten, die Neger des Henrique Dias, die Indianer des Camarão und die Lusitaner des Vieira. Kaum geeint im Krieg, trennen sie sich im Frieden. Das Drama von Palmares,[10] die Überfälle der Urwaldbewohner, die Geplänkel an der Schwelle des Sertão zersprengen das zeitweilige Zusammengehen wider den Bataver.

Festgehalten an der Küste, zwischen dem unzugänglichen Sertão und den Meeresfluten, wäre der Hintersasse der Kolonialzeit beinahe auf uns gekommen, unveränderlich unter der Schwerfälligkeit eines stumpfsinnigen Zentralismus, der den Fehler beging, in ein neues Land das geistige Klima einer alten Gesellschaft zu verpflanzen.

Glücklicherweise überwältigte ihn die ungestüme Welle der *bandeirantes* aus dem Süden.

Hier, in einer weniger abweisenden natürlichen Umwelt, verlieh die raschere Akklimatisierung den Ankömmlingen größere Tatkraft. Aus der Einschmelzung der einheimischen Stämme gingen die halbblütigen Eroberer des Sertão hervor, die kühnen *mamelucos*. Der *paulista* – ein Name, der in historischer Bedeutung die Söhne von Rio de Janeiro, Minas Gerais, São Paulo und den weiter südlichen Gebieten meint – trat als ein selbständiger, abenteuernder, rebellischer, freiheitsdurstiger Typus auf, der ganzen Haltung nach ein Beherrscher des Landes, der aufbegehrend die ferne Bevormundung abschüttelte, vom Meer und den Galeonen sich abwandte, in die unbekannten Weiten des Hinterlandes vorstieß und so das unerhörte Epos der *bandeirantes* begründete …

Dieser großartige Aufbruch spiegelt den Einfluß der Umweltbedingungen. Anfangs war keinerlei Unterschied zwischen den Kolonisatoren in Nord und Süd. In beiden Regionen herrschten die gleichen Elemente vor, die Duarte Coelho[11] zur Verzweiflung brachten.

»Hierzulande sind die Leute schlimmer als die Pest …«

Im Süden aber wurde die noch vorhandene Lebenskraft derer, die soeben das unerbittliche Meer überquert hatten, von keinem entnervenden Klima zersetzt; aus der Kraft der Erde selbst erwuchs den Ankömmlingen neuer Auftrieb; sie zerfaserten sich nicht in schwierigen Anpassungen. Sie wandelte sich zum Besseren. Der Mensch fühlte sich stark. Nachdem er den Schauplatz seiner großen Unternehmungen verlagert hatte, brauchte er nur den unwegsamen Sertão mit ebender Kühnheit anzugehen, die ihn zur Umsegelung Afrikas getrieben hatte.

Im übrigen – diesen Gesichtspunkt möchten wir betonen, auf die Gefahr hin, unsere Miniaturgeschichtsschreiber vor den Kopf zu stoßen – enthob ihn die Reliefanordnung der Sorge um die Verteidigung jener Küste, wo die Habgier des Ausländers an Land ging.

Die Serra do Mar erhebt sich mit mächtiger Silhouette in unserer Geschichte. Lotrecht über dem Atlantik, zieht sie sich gleich einem gigantischen Festungswall dahin. An ihren Steilwänden prallte der kriegerische Eifer der Cavendish und der Fenton[12] kraftlos ab. Der Ankömmling aus Portugal fühlte sich, wenn er oben auf dem Kamm seine Blicke ganz den Hochflächen zuwandte, in Sicherheit. Er stand auf kaum übersteigbaren Zinnen, die ihn über den Ausländer ebenso hinaushoben wie über das Mutterland. Nachdem das Gebirge – hochaufgefaltet wie der Felsgürtel eines Kontinents – überstiegen war, bildete es eine ethnische und historische Scheidewand. Es tilgte die Vorliebe für das Küstenland, wie sie unausrottbar im Norden herrschte, beließ ihr im Süden nur den schmalen Streifen von Mangrovensümpfen und Nehrungen, der alle Begierden dämpfte. Und hoch über den Flotten, unerreichbar in den Tiefen der Wälder, lockten die geheimnisvollen Minen …

Mehr noch, das eigentümliche Relief des Seegebirges macht es zu einem Kondensator ersten Ranges, da es die ozeanische Feuchte in Niederschläge verwandelt.

Die Flüsse, die über seine Lehnen abfließen, entspringen gewissermaßen am Meer. Sie wälzen ihre Fluten in eine der Küste entgegengesetzte Richtung. Tief tauchen sie ins Binnenland ein, geradewegs dem Sertão entgegen. Den Ankömmling reizen sie unwiderstehlich zu den »Einfällen«, den Streifzügen durch die Wildnis.

Die Erde lockt den Menschen, ruft ihn an ihren strotzenden Busen, bezaubert ihn mit ihrem herrlich schönen Anblick, reißt ihn nach einer Weile unwiderstehlich fort mit der Strömung der Flüsse.

Dies macht den Lauf des Rio Tietê so überaus bedeutungsvoll, des hauptsächlichen Wegweisers in diesem Gebiet. Während auf dem Rio São Francisco, dem Parnaíba, dem Amazonas und überhaupt allen Wasserläufen, die ostwärts zur Küste fließen, der Zugang zum Hinterland der Strömung abgetrotzt werden mußte oder an den Wasserfällen, die von den Terrassen der *planaltos* stürzten, ins Stocken kam, führte der Tietê die Eindringlinge ohne Ruderschlag zum Rio Grande und von dort zum Paraná und zum Paranaíba. Der Tietê war das Einfallstor nach Minas Gerais, Goiás, Santa Catarina, Rio Grande do Sul, Mato Grosso, nach ganz Brasilien. Auf diesen Wegen des geringsten Widerstandes, welche die Routen der kolonialen Expansion am klarsten anzeigen, wurden die *bandeirantes*, anders als im Norden, nicht auf Schritt und Tritt gehemmt durch die Unfruchtbarkeit der Erde und die ungreifbare Barriere der unbarmherzigen Ödflächen.

So lassen sich die Abweichungen und Gegensätze zwischen den Zeitläuften in beiden Landesteilen mühelos aus ihrer physischen Verschiedenheit erklären, besonders auf dem Scheitelpunkt der kolonialen Krise, im 17. Jahrhundert.

Als die holländische Herrschaft, mit dem Zentrum in Pernambuco, ihren Einflußbereich auf die gesamte Ostküste ausdehnte, von Bahia bis Maranhão, und als unsere drei Ursprungsrassen, solidarisch verbunden, dem gemeinsamen Feinde denkwürdige Gefechte lieferten, bekundete der Südbrasilianer, an jenem Widerstand vollkommen unbeteiligt, in seiner Auflehnung gegen die Erlasse des Mutterlandes sein gänzliches Zerwürfnis mit den Verteidigern des Nordens. Beinahe war er ein ebenso gefährlicher Feind wie der Bataver. In São Paulo tummelte sich ein seltsames Volk von aufsässigen Mestizen, das anderen Bestrebungen Raum gab, von anderen Zielen sich leiten ließ, auf der Suche nach neuen Horizonten die lähmenden Erlasse und Bullen beherzt mit Füßen trat. Offen befehdeten sie die portugiesische Krone, als sie hartnäckig die Jesuiten bekämpften. Diese – vertreten durch Ruiz de Montoya in Madrid und Díaz Taño in Rom[13] – prangerten, ohne auf den Holländer einzugehen, den *bandeirante* als den gefährlicheren Widersacher an.

In der Tat, während in Pernambuco van Schkoppes Truppen der Regierung Moritz von Nassaus den Weg bereiteten,[14] schürzte sich in São Paulo der Knoten zum düsteren Drama von Guaíra.[15] Und als die Restauration in Portugal mit der wiedergewonnenen Unabhängigkeit von Spanien den Abwehrkampf gegen den holländischen Eindringling auf ganzer Linie befeuerte und die erschöpften Streiter aufs neue zusammenführte, vertieften ihre Landsleute im Süden die Spaltung der Geschicke, indem sie, unter Ausnutzung eben dieses Umstandes, im Eintagskönigreich des Amador Bueno offen ihre Selbständigkeit zur Schau stellten.

Kein größerer Gegensatz findet sich in unserer Geschichte. Er bringt ihre wahrhaft nationale Dimension zum Ausdruck. Wenig erkennen wir davon am prunkvollen Hof der Statthalter in Bahia, das eine Hochburg der Gesellschaft Jesu war, dank dem Privileg der Seeleneroberung – kasuistische Verbrämung des Monopols auf indianische Arbeitskraft.

In der Mitte des 17. Jahrhunderts spitzt sich der Gegensatz zu.

Die Männer des Südens schwärmen ins ganze Land aus. Ihre äußersten Vorstöße führen sie in Äquatornähe. Bis zum letzten Viertel des 18. Jahrhunderts folgt die Besiedlung den verschlungenen Pfaden der *bandeirantes*. Welle auf Welle zogen die großen Kriegerkarawanen dahin, unentwegt, mit der Schicksalshaftigkeit eines Naturgesetzes, da sie tatsächlich ein Energiegefälle zum Ausdruck brachten – Menschenfluten, die nach allen Himmelsstrichen losbrachen, die in die Erde selbst eindrangen, sie allerorten durchsuchten, nach der Entdeckung sie ein zweites Mal entdeckten, ihren funkelnden Schoß voller Bodenschätze freilegten.

Jene *sertanistas*, die abseits der Küste, wo die Dekadenz des Mutterlandes und alle Makel einer heillos zerrütteten Nation sich spiegelten, bis in die fernsten Winkel des Landes von Pernambuco bis zum Amazonas vorstießen, glichen einer anderen Rasse, so verwegen war ihre Kühnheit und so zäh ihre Widerstandskraft gegen Rückschläge.

Wenn die Überfälle des barbarischen Eingeborenen Bahia oder Pernambuco oder Paraíba bedrohten und die *quilombos*, letzte Zuflucht des aufrührerischen Afrikaners, in den Wäldern sich ausbreiteten, dann erwies sich, wie die grobschlächtige Ilias von Palmares bezeugt, der Südbrasilianer als klassischer Bezwinger solcher Gefahren, als gesuchtester Auftragnehmer für die Bewältigung großer Hekatomben.

Denn der Sohn des Nordens hatte kein physisches Milieu, das ihn mit gleicher Energiemenge wappnete. Andernfalls wären *bandeirantes* auch von Osten und Norden ins Hinterland eingefallen, und das eingeborene Bevölkerungselement, erdrückt von konzentrischen Vorstößen, wäre spurlos verschwunden. Doch der Siedler des Nordens prallte bei seinen Streifzügen nach Westen oder Süden alsbald auf die widrige Natur. Eilends wich er zur Küste zurück, ohne den Wagemut der Herrennaturen, die auf jedwedem freundlichen Stück Erde sich in ihrem Elemente fühlen, ohne das Draufgängertum, zu dem im Süden die üppigen, wegsamen Gefilde selbst verlockten. Die im Norden in der zweiten Hälfte des 16. Jahrhunderts begonnenen Erkundungen von Sebastião Tourinho am Rio Doce, von Bastião Álvares am Rio São Francisco und Gabriel Soares im Norden von Bahia bis zu den Quellen des Paraguaçú blieben, obschon hernach durch die angeblichen Silberminen des Belchior Dias kräftig beflügelt, ein blasser Abglanz der ungestümen Vorstöße eines Anhangüera oder eines Pascoal de Araújo im Süden.[16]

Eingezwängt zwischen Zuckerrohrplantagen und Sertão, zwischen Meer und Wüstenei, in einer vom Klima verschärften Einschließung, verloren die Nordbrasilianer alle Selbstsicherheit und diesen Geist der Auflehnung, der so bedeutungsvoll alle Seiten im Geschichtsbuch des Südens durchweht.

Ein solcher Gegensatz hat sicherlich keine vorrangig ethnischen Ursachen.

Nachdem der Einfluß des natürlichen Milieus auf unsere Geschichte somit umrissen ist, läßt sich sein Einfluß auf unsere ethnische Entwicklung ableiten.

Wirkung des Milieus in der frühesten Entwicklungsphase unserer Rassen

Kehren wir zum Ausgangspunkt zurück.

Mag das Milieu die Rassen nicht hervorbringen, so hat es doch in unserem besonderen Falle in den verschiedenen Landesteilen die Mischungsverhältnisse zwischen den drei Grundbestandteilen der Bevölkerung ungemein aufgefächert. Gerade mit dieser Verschiedenheit der Anpassungsbedingungen hat es der Entstehung unterschiedlicher Subrassen den Weg geebnet. Im übrigen – ein heute unbestreitbarer Sachverhalt – wirken die äußeren Lebensbedingungen prägend sogar auf schon etablierte, mit den Errungenschaften einer höheren Kultur gewappnete Gesellschaften, wenn sie Wanderungen von historischer Tragweite unternehmen. Gilt dies für fertig ausgebildete Rassen, die, wenn sie neue Klimazonen betreten, geschützt sind vom Umfeld einer Zivilisation, dem Blutplasma dieser großen Gemeinschaftsorganismen – was sollen wir dann von unseren eigenen Verhältnissen sagen, die davon gänzlich verschieden sind? In diesem Falle geht ganz offensichtlich das Nebeneinander der ethnischen Charaktere mit einer tiefgreifenden wechselseitigen Übertragung von Wesenszügen einher, und die lange Phase des entsprechenden Wandels erweist sich als Periode der Schwäche für die Eigenschaften der sich kreuzenden Rassen, was die relative Bedeutung des Milieus verstärkt. Um so leichter kann dieses dem verschmelzenden Volkskörper seine Merkmale gleichsam einprägen. Ohne eine allzu gewagte Parallele zu ziehen, dürfen wir behaupten, daß die Umweltfaktoren auf diese komplexen biologischen Vorgänge nachdrücklicher einwirken als auf die chemischen Vorgänge der Materie.

Zur Hitze und zum Licht, die auf beiden Ebenen wirken, treten also die Gliederung der Landschaft, die Besonderheiten des Klimas und jener unleugbare Einfluß, jene gewissermaßen katalytische, geheimnisvolle Kraft, die den verschiedenen Erscheinungen der Natur entströmt.

Letztere sind, wie wir sahen, in der Intensität ihrer Wirkung weit von der behaupteten Gleichförmigkeit entfernt. Sie haben, das lehrt die Geschichte, unsere ethnischen Schichten unterschiedlich verteilt und eine ungleichmäßige Rassenmischung herbeigeführt.

Den anthropologischen Typus Brasiliens gibt es nicht.

Die Bevölkerungsentwicklung im brasilianischen Norden

Halten wir jedoch in diesem verworrenen Gemenge nach dem flüchtigen Trugbild einer einheitlichen Subrasse Ausschau, wie kurzlebig sie auch sei. Suchen wir, außerstande, unsere entstehenden Rassen zu unterscheiden, Zuflucht bei unserem ursprünglichen Thema. Klären wir rasch die Vorgeschichte des *jagunço*.

Wie wir sahen, war die Bevölkerungsentwicklung im brasilianischen Norden sehr verschieden von der im Süden. Die historischen Umstände, großenteils aus den physischen Umständen hervorgegangen, haben von Anbeginn unterschiedliche Verbindungen zwischen den Rassen gezeitigt, bis in unsere Tage hinein.

Der Gang der Besiedlung, von Maranhão bis Bahia, bezeugt dies.

Er ging schleppend vonstatten. Als die Portugiesen im Norden landeten, brachten sie keineswegs die Lebenskraft geballter Einwandererschübe mit, großer Heerscharen von Eindringlingen, zahlreich genug, um trotz der Lösung von der heimischen Scholle sämtliche in langer geschichtlicher Lehrzeit erworbenen Vorzüge zu bewahren. Vielmehr kamen sie verstreut, verteilt auf kleine Schiffsladungen von Verbannten oder Kolonisten wider Willen, ohne die mannhafte Unbekümmertheit der Konquistadoren.

Noch blendete sie das Morgenland.

Brasilien war das Land des Exils; eine riesige Strafkolonie, mit der man die Ketzer und die Rückfalltäter schreckte, alle jene, die dem »also sterbe er« der düsteren Gerichtsbarkeit jener Zeiten verfallen waren. So steht in der Frühzeit der Kolonisierung die geringe Anzahl der Besiedler im Gegensatz zur Weite des Landes und zur Größe der eingeborenen Bevölkerung. Die Instruktionen an den Hauptmann Fragoso de Albuquerque, der im Jahre 1615 gemeinsam mit dem spanischen Botschafter in Frankreich den Waffenstillstandsvertrag mit La Ravardière aushandeln sollte,[17] sind in diesem Zusammenhang aufschlußreich. Dort heißt es: »Die brasilianischen Lande sind keineswegs unbesiedelt, da dort mehr als dreitausend Portugiesen leben.«

In ganz Brasilien – mehr als hundert Jahre nach der Entdeckung ...

Wie Aires de Casal[18] bemerkt, »wuchs die Bevölkerung so langsam, daß in der Zeit des Untergangs von König Dom Sebastião (1580) noch keine größere Niederlassung als die auf der Insel Itamaracá bestand, die etwa zweihundert Bewohner und drei Zuckermühlen hatte«.*

Als Jahre später Bahia dichter bevölkert wurde, herrschte immer noch ein krasses Mißverhältnis zwischen dem europäischen Bevölkerungsanteil und den beiden anderen, und zwar in Gestalt einer vollkommenen arithmetischen Progression. Nach Auskunft von Fernão Cardim lebten dort 2000 Weiße, 4000 Neger und 6000 Indianer. Das Übergewicht des bodenständigen Elementes bleibt über lange Zeit erkennbar. Bei den ersten Mischlingen muß daher sein Anteil groß gewesen sein.

Die Fremdlinge, die auf jene Gestade den Fuß setzten, kamen im übrigen wie gerufen für eine solche umfassende Vermengung. Als Männer des Krieges, ohne Heimstatt, ans freizügige Lagerleben gewöhnt, oder als wüste Verbannte und Abenteurer lebten sie alle nach der Maxime des *ultra aequinoctialem non peccari*, wie es bei Barlaeus[19] heißt. Das Konkubinat mit den Indianerinnen artete bald in offene

* *Corografia Brasílica* [Landschaftsbeschreibung Brasiliens], S. 195.

Zügellosigkeit aus, von der sogar der Klerus nicht freiblieb. In seinem berühmten Brief an den König (1549) kennzeichnet Pater Nóbrega den Sachverhalt trefflich, wenn er, den Sittenverfall mit offenherzigem Realismus schildernd, feststellt, das Landesinnere sei voller Christensöhne, die sich nach Heidenart vermehrten. Er hielt es für angezeigt, daß man Waisenmädchen oder sogar »liederliche Frauen« nach Brasilien schickte, »denn alle fänden hier Ehemänner, da dies ein großes und reiches Land ist«. Mithin vollzog sich die erste Vermischung, gleich zu Anfang und auf gründliche Weise, zwischen dem Europäer und dem Urwaldbewohner. »Von früh an«, heißt es bei Aires de Casal, »wurden die Tupiniquins, gutmütige Wilde, zum Christentum bekehrt und verschwägerten sich mit den Europäern, so daß zahllose im Lande geborene Weiße von Tupiniquins abstammen«.

Hingegen spielten die Afrikaner, obgleich sogar im Mutterland stark vertreten, im ersten Jahrhundert eine untergeordnete Rolle. Vielerorts waren sie gering an Zahl. Nur wenige von ihnen lebten, wie jener zuverlässige Chronist erzählt, in Rio Grande do Norte, »wo die Indianer trotz ihrer Wildheit längst zurückgedrängt sind und ihre Nachkommen dank der Verbindung mit Europäern und Afrikanern die Klassen der Weißen und Braunhäutigen seither vergrößert haben«.

Diese Textstellen sind aufschlußreich.

So darf man ohne jede Voreingenommenheit behaupten, daß der Untergang des Indianers im Norden, wie schon Varnhagen[20] meinte, eher auf wiederholte Vermischung denn auf wirkliche Ausrottung zurückgeht.

Zudem ist bekannt, daß die frühen Empfänger der *capitanias* darauf bedacht waren, größtmöglichen Nutzen aus dem Bündnis mit dem Eingeborenen zu ziehen und seine Anhänglichkeit zu gewinnen. Dieses Vorgehen spiegelte die Absichten der Monarchie. Das zeigen uns die königlichen Briefe, die immer wieder, von 1570 bis 1758, trotz »einer nie unterbrochenen Folge von Zögerlichkeiten und Widersprüchen«,* als Palliativ gegen die Habgier der späteren Kolonisten ergingen, die nach der Versklavung des Wilden trachteten. Einige dieser Briefe, wie der von 1680, trieben den Schutz bis zu der Anordnung, den Eingeborenen seien Landstücke zu gewähren, »selbst solche, die schon anderen auf dem Wege der *sesmaria* zugeteilt wurden«, in Anbetracht dessen, daß besagte Indianer als »natürliche Herren des Landes« zu begünstigen seien.

Zu diesem anhaltenden Bemühen um Eingliederung des Ureinwohners trug die Gesellschaft Jesu bei, die, im Süden zu Kompromissen genötigt, im Norden eine Vormachtstellung einnahm. Ungeachtet etwaiger verwerflicher Absichten, vollbrachten die Jesuiten dort ein Werk, das ihnen zur Ehre gereicht. Zumindest waren sie Gegenspieler des gewinnsüchtigen Siedlers. Angesichts des unsinnigen Ansturms der Verruchtheit auf die Barbarei stellte sich jenen Vielgescholtenen eine würdige Aufgabe. Sie leisteten Erhebliches. Sie waren die einzigen disziplinierten Menschen ihres Zeitalters. Wie chimärisch ihr Versuch, das Bewußtsein des Ureinwohners auf die Abstraktionshöhe des Monotheismus zu heben, auch war, er hatte das Verdienst, den Wilden langfristig, bis zum opportunen Einschreiten Pombals,[21] an unsere Geschichte zu binden.

Der Gang der Missionen im Norden, im gesamten Gebiet von Maranhão bis Bahia, zeigt vor allem das allmähliche Bestreben, ins Kerngebiet des Sertão, von den Ausläufern der Serra de Ibiapaba bis zu denen der Serra de Itiúba, vorzudringen, gewissermaßen als Ergänzung zum fieberhaften Ausschwärmen der *bandeirantes.* Verbreiteten diese das Blut der drei Rassen ausgiebig über die neuentdeckten Landstriche und bewirkten, trotz der von ihnen ausgelösten Wirren, eine umfassende Durchmischung, so verschmolzen die Reduktionen, Schwerpunkte apostolischer Anziehungskraft, die Hütten zu Dörfern, führten die Sippen zusammen, einten die

* João Francisco Lisboa.[22]

Stämme. Als die Missionare, in mehrhundertjähriger Anstrengung, tief in die Sertãolande eindrangen, retteten sie teilweise diesen Faktor unseres rassischen Gefüges. Etliche Historiker, verwundert über das massenhafte, vom Ende des 16. bis ins 19. Jahrhundert (1850)[23] nie unterbrochene Hereinströmen des Afrikaners und vom Gedanken erfüllt, dieser sei der beste Bundesgenosse des Portugiesen in der Kolonialgesellschaft gewesen, überschätzen seinen Einfluß auf die Herausbildung des Sertanejo im Norden. In Wahrheit ist es – trotz dieser Invasion von Besiegten und Unglücklichen und ihrer außerordentlichen Fruchtbarkeit und ihres im ausgeglühten Afrika vervollkommneten Anpassungsvermögens – fraglich, ob ihr Einfluß tief in den Sertão hineingereicht hat.

Gewiß war das afro-lusitanische Zusammenleben alt, älter sogar als die Entdeckung Amerikas, da es bereits im 15. Jahrhundert, mit den Berbern und den Wolof des Gil Eanes und Antão Gonçalves[24] eingesetzt hatte. Im Jahre 1530 sprenkelten über zehntausend Neger das Straßenbild von Lissabon, und ebenso verhielt es sich andernorts. In Évora stellten sie die Mehrheit gegenüber den Weißen.

Die Verse eines Zeitgenossen, Garcia de Rezende, legen davon Zeugnis ab:

So viele Sklaven holt man her,
Im Lande mehren sie sich sehr,
Die Unsern aber schiffen sich ein,
Und sollte künftig dies so sein,
Werden wir weniger, sie aber mehr.

So vollzog sich die Genese des Mulatten außerhalb unseres Landes. Die erste Blutsmischung mit dem Afrikaner erfolgte im Mutterland. Bei uns nahm sie naturgemäß zu. Die unterworfene Rasse freilich sah sich hier aufgrund ihrer gesellschaftlichen Lage aller Entfaltungsmöglichkeiten beraubt. Ein kraftvoller Menschenschlag, an äußerste Ergebenheit gewöhnt, ohne die Widersetzlichkeit des Indianers, hatte der

Neger von Anfang an die ganze Bürde des kolonialen Lebens auf seinen Schultern zu tragen. Er war das Lasttier, zu unausgesetzter Arbeit gezwungen. Die alten Verfügungen darüber, »wie man sich solcher Sklaven oder Tiere entledigt, die krank oder lahm sind«, enthüllen die ganze Roheit der Epoche. Zudem – ein unstrittiger Sachverhalt, den wir nicht genug betonen können – drängten sich die zahlreichen Sklaveneinfuhren an der Küste zusammen. Eine lange schwarze Borte säumte das Meeresufer von Bahia bis Maranhão, verbreiterte sich aber kaum landeinwärts. Selbst im offenen Aufruhr schien der unterwürfige Neger, nunmehr zum furchteinflößenden Rebellen geworden und in den *quilombos* zusammengerottet, das Innerste des Landes zu meiden. Palmares mit seinen dreißigtausend entflohenen und aufständischen Sklaven lag schließlich nur wenige Meilen entfernt von der Küste.

An dieser hatte die Üppigkeit der Erde zwei der Bevölkerungsgruppen seßhaft gemacht und den Eingeborenen entlassen. Der ausgedehnte Zuckerrohranbau, aus Madeira eingeführt, hatte den Sertão der Vergessenheit überantwortet. Schon vor der Invasion der Holländer* gab es von Rio Grande do Norte bis Bahia hundertundsechzig Zuckermühlen. Und danach erlebte diese Art der Landnutzung einen raschen und weit verbreiteten Aufschwung.

Der afrikanische Teil der Bevölkerung blieb gewissermaßen in den ausgedehnten Zuckerrohrpflanzungen des Küstensaums stecken, an den Boden gekettet, was zu einer völlig anderen Rassenmischung führte als im entlegenen Hinterland der *capitanias*. Dort schweifte frei der Eingeborene, untauglich zur Arbeit und immerzu aufrührerisch, oder in Reduktionen mühsam gezähmt von der Beharrlichkeit der Missionare. Die Negersklaverei im Norden absorbierte, einem Ableitungsmittel gleich, den Eigennutz der Pflanzer und lenkte ihn ab von der Jagd auf Indianer. Somit hatten die Missionare

* Diogo de Campos Moreno, *Livro que Dá Razão do Estado do Brasil* [Buch, das vom Staat Brasilien Bericht erstattet].[25]

bei ihren Katechisierungsbemühungen dort freiere Hand als im Süden. Selbst in den *bandeirantes*, als sie die nördlichen Landstriche erreichten und ihre verwegenen Streifzüge endigten, erlosch die alte Kampfeslust.

Manche, wie Domingos Sertão, gaben ihr Abenteurertum auf, um Viehzucht zu treiben, angelockt von den Gewinnaussichten der *fazendas de criação*, die sie auf jenen gewaltigen Besitzungen anlegten.

So entstand ein grundlegender Unterschied zwischen der Rassenmischung im Sertão und derjenigen an der Küste.

Tatsächlich geht – beide Male mit dem weißen Element als dem gemeinsamen Nenner – aus letzterer vorwiegend der Mulatte, aus ersterer der *curiboca* hervor.

II.

Genese des ›Jagunço‹

Die Beweisführung ist positiv. Es hat eine sonderbare Bewandtnis mit dem Ursprung der Sertãobevölkerung, den wir weniger im nördlichen als im subtropischen Brasilien sehen.

Umreißen wir ihn; und um nicht über Gebühr bei dem Thema zu verweilen, verlassen wir für kurze Zeit den Schauplatz des historischen Dramas von Canudos und folgen wir geschwind dem Lauf des Rio São Francisco, »der großen Straße der brasilianischen Zivilisation«, wie die geglückte Formulierung eines Historikers* lautet.

Auf vorstehenden Seiten haben wir im raschen Überblick gesehen, daß dieser Strom die ungleichartigsten Regionen durchfließt. Sein ausgedehntes, im Quellgebiet weites Becken entwässert mit einem vielmaschigen Netz von Zuflüssen halb Minas Gerais, ein Gebiet voller Berge und Wälder. Danach verengt sich das Tal, wenn der Fluß in seinem mittleren Lauf die herrlichen Gefilde der *campos gerais* durchmißt. Im Unterlauf, von Juazeiro abwärts, eingezwängt zwischen Steilhängen, die ihn abschüssig und gewunden machen bis zum Meer, wird der São Francisco arm an Zuflüssen, die zudem fast alle kurzlebig sind, und durchschneidet – mit einer einzigen, Hunderte von Kilometern langen Stromschnelle bis Paulo Afonso – die wüste Gegend der *caatingas*.

In dieser Dreigeteiltheit ist er ein Schaubild unseres Weges durch die Geschichte, deren wechselnde Erscheinungsformen er gleichzeitig spiegelt.

Er ist das Gegengewicht zum Einfluß des Tietê.

Während dieser mit seinem der kolonisatorischen Durchdringung unvergleichlich günstigeren Verlauf zum bevorzugten Einfallstor der *bandeirantes* wurde, welche vor allem die »Verschickung«, also die Versklavung der Heiden im Sinn

* João Ribeiro, *História do Brasil.*[26]

hatten, war der Rio São Francisco, im Quellgebiet Brennpunkt der Jagd nach Bodenschätzen, an seinem Unterlauf Schauplatz der Missionen und im mittleren Teil das klassische Land der Viehzucht, des einzigen Erwerbszweigs, der sich dort mit den wirtschaftlichen und gesellschaftlichen Zuständen der Kolonie vereinbaren ließ.

Seine Ufer betraten gleichermaßen der *bandeirante*, der Jesuit und der Viehtreiber.

Wenn künftig eine ergiebigere Quellenlage die Rekonstruktion des Lebens in der Kolonialzeit vom 17. bis zum Ende des 18. Jahrhunderts gestattet, wird der letzterwähnte, der *vaqueiro*, bisher gänzlich verkannt, vielleicht den Ehrenplatz einnehmen, den ihm seine Rolle in unserer Bevölkerungsentwicklung zuweist. Tapfer und furchtlos wie der erste, geduldig und zäh wie der zweite, hatte der Viehtreiber einen zusätzlichen Vorzug, der den beiden anderen fehlte – die Bindung an den Boden.

Die Scharen der *bandeirantes*, ihre zweierlei Rollen bald trennend, bald verquickend – als Aggressoren der Erde und des Menschen, als Jäger des Goldes und der Sklaven –, erkundeten unermeßliche Gebiete, welche sie nicht besiedelten und unter Umständen öder als zuvor hinterließen, wenn sie über Sippenhäuser und Schürfgruben weiterhasteten.

Die Geschichte dieser Streifzüge, bisweilen ebenso unentwirrbar wie die vorsätzlich dunklen Angaben ihrer Wegbeschreibungen,[27] zeigt das Nacheinander und Ineinander dieser beiden einzigen Verlockungen, die abwechselnd den Ausschlag gaben, je nach dem Naturell des Abenteurers und der größeren oder geringeren Ausführbarkeit der geplanten Unternehmung. Unter ständigem Schwanken zwischen diesen beiden Zielsetzungen ergab sich ihre wahrhaft nützliche Leistung – das Unbekannte zu erkunden – als zwangsläufige Begleiterscheinung, als unvermeidliche Folge, deren niemand achtete.

Seitdem nun mit Glimmers Expedition (1601) das trügerische Wunschbild des »Smaragdgebirges« zerflossen war, das seit Mitte des 16. Jahrhunderts, ständiger Fehlschläge unerachtet, nacheinander Bruzzo Spinosa, Sebastião Tourinho, Dias Adorno und Martins Carvalho an die Bergflanken der Serra do Espinhaço gelockt hatte, und seitdem im Norden das »verzauberte Reich«, ersonnen von der romantischen Phantasie eines Gabriel Soares, sich aufgelöst hatte, wurde ein Großteil des 17. Jahrhunderts überschattet von den finsteren Sklavenjägergeschichten, die sich vor allem um die brutale Heldengestalt des Antonio Raposo rankten. Denn fast zur gleichen Zeit waren, auf ewig unerreichbar, die Luftschlösser des geheimnisvollen Sabarabuçú und der »Silberminen« versunken; bis – erneuert von den halbherzigen Erkundungszügen eines Pais Leme, der die von Glimmer beschrittenen Pfade einer fast hundertjährigen Vergessenheit entriß, beflügelt von den Goldkörnern, die 1693 Arzão auf den Spuren von Tourinho und Adorno fand – die »Einfälle« in die Wildnis, zunächst mit Bartolomeu Bueno in Itaberaba und Miguel Garcia in Ribeirão do Carmo, wieder zu vollem Leben erwachten und die *bandeirantes,* von der alten Begierde erneut getrieben, ausgehend vom Distrikt Ouro Preto, kraftvoller denn je über das ganze Land sich ergossen.

In diesem Zeitraum, da scheinbar nur die Bekämpfung des Batavers an der Küste und die schreckenverbreitenden Wellen der *bandeirantes* im Innern des Hochlands zu bemerken sind, entstand in der Gegend um den mittleren São Francisco eine nennenswerte Besiedlung, deren Früchte erst später hervortraten.

Historische Rolle des Rio São Francisco

Die Anfänge liegen im Halbdunkel. Sie gehen zurück auf »Einfälle« der *bandeirantes*, die der Suche nach den Minen von Moréia galten und die, wiewohl namenlos und unscheinbar, offenkundig bis zur Regierungszeit von Lencastre[28] andauerten und den Gebirgen von Macaúbas, jenseits Paramirim, immer neue Scharen von Besiedlern zuführten.* Die kürzesten Verbindungen, senkrecht zur Küstenlinie, waren durch die Steilwände der Gebirgsketten abgeschnitten oder durch dichte Wälder versperrt, und so nahm man den Umweg über den Rio São Francisco. Da der große Strom den Erkundern lediglich an zwei Stellen Einlaß gewährte, an der Quelle und an der Mündung, so daß er die Männer des Südens den Männern des Nordens entgegenführte, wurde er von Anbeginn zum ethnischen Vereiniger, zu einem langen Bindestrich zwischen den beiden Gesellschaften, die einander nicht kannten. Denn die Ankömmlinge, gänzlich verschieden nach Heimat und Abkunft, ob es nun die Paulistaner des Domingos Sertão waren oder die Bahianer des Garcia d'Ávila oder die Pernambucaner des Francisco Caldas mit dessen kleinen Heeren aus verbündeten Tabajara-Indianern oder selbst die Portugiesen des Manuel Nunes Viana, der von seinem Landgut Escuro bei Carinhanha aufbrach, um die königstreuen *emboabas* in den Kampf gegen die Empörer im Diamantendistrikt am Rio das Mortes zu führen – sie alle, einmal angekommen im Herzen jenes Sertão, kehrten selten in ihre Heimat zurück.[29]

Die Landschaft, überquellend und wegsam zugleich, entschädigte sie für das zerronnene Trugbild der gierig gesuchten Minen. Ihr eigentümlicher geologischer Aufbau mit einer entsprechenden Topographie, worin die Bergketten, letzte Sporne und Ausläufer der Seekordilleren, zu weiten Tafelländen sich sänftigen; ihre komplexe und mannigfaltige Flora, worin Wälder, weniger ausgedehnt und undurchdringlich als diejenigen des Küstensaums, sich abwechseln mit dem *mimoso* der ebenen Grasfluren und dem *agreste* der rauhen und kahlen Hochplateaus, die alle unversehens aus den Weiten der

* Brief des Obersten Pedro Barbosa Leal an den Grafen Sabugosa aus dem Jahre 1725. Siehe F. A. Pereira da Costa, *Em Prol da Integridade do Território de Pernambuco* [Für die Integrität des Territoriums von Pernambuco], und Pedro Taques, *Nobiliarquia Paulistana* [Die vornehme Gesellschaft von São Paulo].

caatingas auftauchen; die besondere hydrographische Gliederung jenes Landes mit Nebenflüssen, die, fast symmetrisch nach Westen oder Osten gerichtet, es einerseits mit der Küste, andererseits mit dem Kerngebiet der *planaltos* verbinden – alle diese Umstände gaben wertvolle Anstöße zur Verschmelzung der verstreuten Bevölkerungselemente, zogen sie an, schmiedeten sie zusammen. So entsprang die dortige Weidewirtschaft einer gebieterischen Einflüsterung der *campos gerais*.

Dazu fehlte nicht einmal – neben der einzigartigen Fruchtbarkeit des mit Naturweide überzogenen Bodens – eine lebenswichtige Grundlage, das Salz, unentgeltlich vorhanden in den brackigen Senken der »Salzlecken«.*

Derart begünstigt, entstand die weiträumige Viehzuchtregion, die schon im anbrechenden 18. Jahrhundert west- und nordwärts vom nördlichen Minas bis Goiás, bis Piauí, bis an die Grenzen von Ceará und Maranhão sich erstreckte und ostwärts bis zu den Höhenzügen der *lavras baianas*, der Bergbauzone von Bahia. Jene Landschaft am mittleren São Francisco, eigenständig und kraftvoll besiedelt und herangewachsen, jedoch unscheinbar, geringgeschätzt von den zeitgenössischen Chronisten, blieb völlig vergessen nicht nur vom fernen Mutterland, sondern selbst von den Statthaltern und Vizekönigen. Sie warf weder Steuern noch sonstige

* »Alle Tiere suchen diese Orte begierig auf, nicht nur Säugetiere, sondern auch Vögel und Reptilien.
Das Vieh leckt den Boden, tief in die Pfützen eingesunken, schlürft genußvoll jenes Wasser und frißt den Lehm.« Escragnolle Taunay.[30]
Über die Gegenden flußauf von Barra do Rio Grande sagt Aires de Casal:
»Es sind etliche Weiher in größerer oder geringerer Entfernung vom Fluß, alle mit mehr oder weniger brackigem Wasser, an deren Ufern die Sonnenhitze das Salz wie Rauhreif erscheinen läßt.
Filtert man das Wasser dieser Weiher (selbst wenn es süß ist) in mit Erde gefüllten und fein durchlöcherten Holz- oder Ledertrögen und setzt es in Tabletts der Sonne aus, so entstehen binnen acht Tagen Kristalle, weiß wie Meersalz.
Fast all dieses Salz wird ins Zentrum von Minas Gerais verkauft.«
Corografia Brasílica, II., S. 169 [Landschaftsbeschreibung Brasiliens].

Einkünfte ab, welche die Begehrlichkeit der Krone gereizt hätten. Indessen bot sie, im Gegensatz zur Umtriebigkeit des Küstenstrichs und zum Glücksrittertum des Minenbezirks »das nahezu einzige Bild der Ruhe in unserer Kultur«.* Die meisten der dort zu Reichtum gelangten Viehzüchter stammten, von den seltenen Siedlergruppen aus Bahia und Pernambuco abgesehen, aus dem Süden, gehörten zu demselben feurigen und kraftvollen Menschenschlag wie die *bandeirantes*.

DER ›JAGUNÇO‹, MUTMASSLICHER SEITENVERWANDTER DES ›PAULISTA‹

Zahlreich waren, wie man den wertvollen Aufzeichnungen des Pedro Taques[31] entnehmen kann, die Familien aus São Paulo, die in unablässigen Wanderungswellen jenen abgelegenen Erdenwinkel aufsuchten; und so teilt man die Auffassung eines scharfblickenden Geschichtsschreibers, wonach »das Tal des São Francisco, übrigens schon seit dem 17. Jahrhundert von Paulistanern und ihren Nachkommen stark besiedelt, später gewissermaßen zu ihrer fast alleinigen Kolonie geworden ist«.** Daher leuchtet es ein, daß Bartolomeu Bueno, als er Goiás entdeckte, zu seiner Verwunderung auf unübersehbare Spuren von Vorgängern stieß, namenlosen Pionieren, die gewiß von Sonnenaufgang gekommen waren, über die Serra de Paranã; und daß, als im Jahre 1697 der Zyklus der Goldgräbereien mächtiger denn je wieder einsetzte und sich die unruhigen und lärmenden Wellen der Zuwanderer den Osthang der Serra do Espinhaço hinunter bis ins Tal des Rio das Velhas wälzten, es die Scharen der »Bahianer« waren – eine Bezeichnung, die sich, analog dem Ausdruck »Paulistaner«, für den Siedler aus dem Norden

* João Ribeiro.
** Dr. João Mendes de Almeida, Notas Genealógicas, p. 258 [Genealogische Anmerkungen].

eingebürgert hatte –, die wohl am tatkräftigsten vorwärtsdrängten, die wohl vor den übrigen die Minen von Caeté[32] entdeckten und von einem Ende zum andern durchpflügten, so daß sie in umgekehrter Richtung zu den übrigen Goldsuchern vorrückten, gleich einer Gegenflut aus dem Norden.*

Der ›vaqueiro‹, Mittler zwischen dem ›bandeirante‹ und dem Priester

Denn früh schon bildete sich im Tal des mittleren São Francisco eine Rasse von Mischlingen, identisch mit jenem beherzten Menschenschlag der *mamalucos*, wie er in São Paulo entstand. Und wir versteigen uns zu keiner maßlos kühnen Hypothese, wenn wir behaupten, daß dieser außerordentliche Typus des Paulistaners, der im Süden aufkam und bald verfiel – so vollständig, daß er selbst in dem Landesteil, dessen Namen er trägt, untergegangen ist –, am großen Strome wieder aufgelebt sei und dort, unangefochten durch Wanderung und Vermischung, bis in unsere Tage die mannhafte und abenteuernde Wesensart der Altvordern unverfälscht bewahrt habe.

Dort nämlich blieben die Ankömmlinge gänzlich geschieden vom Rest Brasiliens, abgesperrt im Osten durch die Gebirgsmauern der Serra Geral, zurückgehalten im Westen durch die Weiten der *campos gerais*, die bis Piauí sich fortdehnen und die der Sertanejo noch heute grenzenlos wähnt.

* Bei Professor Orville Derby[33] heißt es: »Laut Antonil gingen die Entdeckungen in der Gegend von Caeté jenen am Rio das Velhas oder bei Sabará voraus, und in diesem Falle ist zu vermuten, daß ihre Urheber Bergleute aus Ouro Preto in Minas Gerais waren, die das Gebiet westlich der Quellen des Rio da Santa Bárbara aufsuchten, oder auch Bahianer, die von Norden kamen. Die Bedeutung gewisser Bahianer für die Ereignisse von 1709 sowie Antonils Hinweis auf den Hauptmann Luís do Couto, der mit drei ›sehr bergbaukundigen‹ Brüdern von Salvador nach jenen Gefilden zog, legen letztere Hypothese nahe«, etc. *Os Primeiros Descobrimentos de Ouro em Minas Gerais* [Die ersten Goldfunde in Minas Gerais].

Solche Umgebung zog sie an und schirmte sie ab.

Die »Einfälle« der Waldläufer und Abenteurer aus beiden Richtungen der Nord-Süd-Linie, einer Streuung der Siedler hinderlich, förderten vielmehr die Verknüpfung der entgegengesetzten Landesteile, verbanden sie räumlich und zeitlich. Jene urwüchsige Gesellschaft stellte im Hinterland die an der Küste teilweise noch fehlende Tuchfühlung zwischen den siedelnden Gruppen her und erschien in der Mitte zwischen den Nordbrasilianern, die für die Selbständigkeit des entstehenden Vaterlandes kämpften, und den Südbrasilianern, die dessen Territorium erweiterten; jene mittlere Gesellschaft also, die den beiden andern fette Rinderherden lieferte, stromauf durch das Tal des Rio das Velhas oder stromab bis zum Quellgebiet des Parnaíba, war, verkannt und vergessen, der starke Kern unserer werdenden Nation.

Die ersten *sertanistas*, welche diese Gesellschaft gründeten, nutzten, nachdem sie den Wilden auf ganzer Linie überwältigt, eingefangen und versklavt hatten, seine Veranlagung für das neue Gewerbe, das sie ergriffen.

Es folgte die unausweichliche Vermischung. Und bald erschien eine Rasse von *curibocas*, reinen Mestizen fast ohne Beimischung schwarzen Blutes, heutzutage leicht erkennbar als Normaltypus der Bewohner des Sertão. Sie entsprangen einer rohen Umarmung zwischen Siegern und Besiegten. In einer aufgewühlten und abenteuerdurstigen Gesellschaft wuchsen sie heran, auf ergiebiger Erde; und sie durchliefen, die ererbten Eigenschaften erweiternd, eine rauhe Schule der Kraft und des Wagemuts in jener unendlichen Weite der *campos gerais*, wo heute noch der Jaguar unbehelligt brüllt und der pfeilschnelle Nandu umherschweift, oder später auch in den Bergketten mit ihren vom Tagebau aufgerissenen Flanken, als ihnen die Fundstätten von Bahia diese Ablenkung von der Mühsal des Viehtreibens boten.

Die Entwicklung ihres Charakters nachzuzeichnen wäre langwierig. Als die Abenteurernatur des Siedlers und die Hitzigkeit des Eingeborenen verschmolzen waren, kamen die Mischlinge in die Obhut des natürlichen Milieus, das dank seiner Insellage die Wahrung überkommener Eigenschaften und Gebräuche begünstigte – von geringfügigen Änderungen abgesehen, die den neuen Lebenserfordernissen geschuldet sind. Dort leben sie noch heute mit ihren typischen Kleidern, ihren uralten Bräuchen, ihrer merkwürdigen Treue zu weit zurückreichenden Überlieferungen, mit ihrer bis zum Fanatismus getriebenen Frömmigkeit, ihrem übersteigerten Ehrgefühl und ihrer wunderbaren Folklore mit Reimen aus drei Jahrhunderten.

Diese alte und kräftige Rasse, in ihren Wesenszügen unverrückbar und beständig selbst in den schlimmsten Krisen, wenn die Ledertracht des *vaqueiro* zum geschmeidigen Harnisch des *jagunço* wird, hervorgegangen aus überallher zusammengeströmten Elementen, doch verschieden von den übrigen Rassen des Landes – diese Rasse also ist unbestreitbar ein anschauliches Beispiel für die Wichtigkeit der Umwelteinflüsse. Verbreitet über die angrenzenden und nahe gelegenen Sertãogebiete von Goiás, Piauí, Maranhão, Ceará und Pernambuco, besitzt sie einen völlig eigenständigen Charakter, der selbst in ihren Ortsgründungen zutage tritt. Alle Dörfer, Marktflecken und Städte, die heute ihr Siedlungsgebiet beleben, sind gleichartigen Ursprungs, deutlich abgehoben von dem der weiter nördlich und südlich gelegenen Ortschaften.

Wurden die Niederlassungen im Süden nahe den Bergwerken oder neben den Schürfgruben errichtet und im äußersten Norden, jenseits einer langgezogenen Linie von der Serra de Itiúba zur Serra da Ibiapaba, an der Stelle früherer Missionsdörfer, sind sie dort, am mittleren São Francisco, allesamt aus früheren Rindergutshöfen hervorgegangen.

Die Nennung der allzuvielen Beispiele ersparen wir uns. Wer die Ortschaften am São Francisco von den Quellen bis zur Mündung vor seinem Auge vorüberziehen läßt, erlebt die Abfolge der drei genannten Siedlungstypen.

Der Wanderer verläßt die alpinen Regionen, deren Städte,

wie Adlerhorste auf den Gebirgszügen gelegen, die unvergleichliche Kühnheit der *bandeirantes* bezeugen; sodann durchmißt er die weiten *campos gerais*, unermeßliche Arenen für die rauhe, starke und freiheitsdurstige Gesellschaft der Viehtreiber; und schließlich erreicht er die wenig begehrten nördlichen Landstrecken – brachgelegt von den Dürren, auserwählt für den langsamen und mühseligen Gang der Missionen …

Das bestätigen, zum Abschluß dieses flüchtigen Vergleichs, die Grundrisse der Jesuitensiedlungen in dem von uns soeben abgesteckten Gebiet.

Ortsgründungen der Jesuiten in Bahia

In der Tat sind die dortigen Ansiedlungen, ganz im Unterschied zu denen anderer Regionen, aus alten Indianerdörfern hervorgegangen, welche die gestrenge Politik des Ministers Pombal im Jahre 1758 den Patres entriß. Wenn wir uns auf die noch heute bestehenden beschränken, im näheren Umkreis jener Örtlichkeit, wo fünf Jahre zurück das Lehmhütten-Troja der *jagunços* stand, so finden wir selbst auf so engem Raum die passendsten Beispiele.

In der Tat, auf diesem ganzen Areal, das allzu freigebige königliche Landschenkungen in die Hand einer einzigen Familie brachten, der Garcia d'Ávila (Casa da Torre),[34] liegen uralte Ansiedlungen. Von Itapicurú de Cima nach Jeremoabo und von dort den Rio São Francisco entlang bis zum Sertão von Rodelas und Cabrobó rückten seit dem frühen 17. Jahrhundert die Missionen langsamen Ganges vor, spürbar bis in unsere Tage hinein.

Sie haben keinen Historiker gefunden.

Dieses außerordentliche Unternehmen spiegelt sich heute in nur wenigen Urkunden, zu spärlich, um seinen Fortgang lückenlos nachzuzeichnen. Die vorhandenen Quellen allerdings sind für den besonderen Fall, der uns beschäftigt, aufschlußreich. Sie besagen unmißverständlich, daß, während der Neger sich im allgemeinen Getriebe des Küstenlands plagte, der Eingeborene in Reduktionen seßhaft wurde, aus denen später Städte werden sollten. Die wohlberechnete Fürsorglichkeit der Jesuiten und die ungemeine Selbstlosigkeit der Kapuziner und Franziskaner gliederten die Indianerstämme unserem nationalen Leben ein; und als bei Anbruch des 18. Jahrhunderts die Paulistaner bis Pambú und Jacobina[35] vorstießen, erblickten sie zu ihrer Überraschung Pfarrkirchen, die dort bereits den Mittelpunkt von Gemeinwesen bildeten. Pambú, zweiundzwanzig Meilen von Paulo Afonso flußauf gelegen, war 1682 unter die Verwaltung des Mutterlandes gekommen. Ihm stand ein Kapuziner vor, der Stammesfehden schlichtete und in tiefer Demut über die sanftmütigen Häuptlinge herrschte. Mit derselben Ausschließlichkeit überwog auch in Jacobina die eingeborene Bevölkerung aus der uralten Mission von Saí.

Jeremoabo wird schon 1698 als Gerichtsort genannt, was auf erheblich frühere Gründung schließen läßt. Dort vermischte sich die eingeborene Bevölkerung ansatzweise mit der afrikanischen, der *canhembora* mit dem *quilombola*.* Dieser bescheidene Flecken, damals unvergleichlich belebter als heute, lenkte nicht selten die Aufmerksamkeit von João de Lencastre auf sich, des Generalstatthalters von Brasilien, insbesondere, wenn es zu einer Verschärfung der Zwistigkeiten unter den indianischen Häuptlingen kam, die mit – durchaus amtlichen – Hauptmannspatenten versehen waren. Im Jahre 1702 stellte die Mission der Franziskaner jene Gegenden unter ihre Zucht, die erfolgreicher war als die Drohungen der Regierung. Eintracht breitete sich unter den Stämmen aus; und der Zustrom von Wilden zur Kirche war derart, daß

* *Quilombola*, der flüchtige Neger in den Quilombos. *Canhembora (canybora)*, entflohener Indianer. Es besteht eine sonderbare Übereinstimmung in Form, Bedeutung und Klang der beiden Wörter, von denen das eine in Afrika, das andere in Brasilien entstand und die das gemeinsame Elend zweier der Herkunft nach so entfernter Rassen bezeichnen!

an einem einzigen Tag der Pfarrer von Itapicurú 3700 Katechumenen taufte.*

In der Nähe stand, ebenfalls uralt, das Missionsdorf Maçacará, wo im Jahre 1687 der reich begüterte Garcia d'Ávila eine Kompanie seines Regiments unterhielt. Südlich davon waren weitere Missionen zu sehen: Natuba, ebenfalls ein ziemlich altes Dorf, von den Jesuiten errichtet, Inhambupe, der Bau der Pfarrkirche eine lange Auseinandersetzung zwischen den Patres und dem erwähnten reichen Inhaber der *sesmaria* auslöste; Itapicurú, 1639 von den Franziskanern gegründet.

Weiter nördlich wurde die Besiedlung seit Beginn des 18. Jahrhunderts mit denselben ethnischen Gruppen in verstärktem Maße fortgesetzt, unmittelbar gefördert durch das Mutterland.

In der zweiten Hälfte des 17. Jahrhunderts erschien im Sertão von Rodelas die Vorhut der *bandeirantes* aus dem Süden. Domingos Sertão bildete auf seinem Landgut von Sobrado den Mittelpunkt eines munteren Landlebens. Das Wirken dieses rauhen Waldläufers in jener Gegend hat bisher nicht die verdiente Würdigung gefunden. Fast am Schnittpunkt der *capitanias* des Nordens, gleich nahe bei Piauí, Ceará, Pernambuco und Bahia, schaltete und waltete dieser derbe *landlord* der Kolonialzeit auf seinen fünfzig Viehgütern nach der draufgängerischen und unruhigen Art der *curibocas*. Bei aller unter seinesgleichen üblichen Zurschaustellung eines plumpen Feudalismus – so machte er den einfachen Pächter zum Vasallen und den friedsamen Tapuio zum Leibeigenen – verbündete sich der *bandeirante*, kaum hatte er jene Landstriche erreicht und seinen Traum von Macht und Reichtum verwirklicht, mit seinem zähen und demütigen Gegenspieler, dem Priester, dessen integrative Rolle er teilte. Förderte doch im Norden das Mutterland unbeirrt des letzteren Anstrengungen. Längst hatte sich die Grundregel durchgesetzt, den

* José Freire de Monterroyo Mascarenhas, *Os Orizes Conquistados* [Die eroberten Orizen-Indianer].

Indianer mit Hilfe des Indianers selbst zu bekämpfen, dergestalt, daß jedes Katechumenendorf ein Bollwerk gegen die Überfälle der frei lebenden und unzähmbaren Urwaldbewohner bildete.

Gegen Ende des 17. Jahrhunderts gründete Lencastre mit bekehrten Eingeborenen die befestigte Siedlung Barra, am Rio São Francisco, um den Plünderungen der Acaroazes und Mocoazes zu wehren. Flußabwärts folgten die Reduktionen und Missionsposten in Nossa Senhora do Pilar, Sorobabé, Pambú, Aracapá, Pontal, Pajeú und so fort.[36] Somit ist unverkennbar, daß es gerade in dem Teil des Sertão von Bahia, der mit dem der übrigen Staaten des Nordens besonders eng zusammenhängt – also im gesamten Umkreis des Sertão von Canudos –, seit der Morgenröte unserer Geschichte zu einer starken Besiedlung kam, deren Hauptbeteiligter, der Ureinwohner, mit dem Weißen und dem Neger verschmolz, ohne daß der Zustrom dieser beiden das unleugbare Übergewicht des erstgenannten zu tilgen vermochte.

Die Ortsgründungen nach Vertreibung der Jesuiten übernahmen dasselbe Muster. Seit dem Ende des 18. Jahrhunderts haben in Pombal, in Cumbe, Bom Conselho, Monte Santo und anderswo unentwegte Missionare, allen voran der herrliche Apolônio de Todi,[37] das mühselige Apostelamt bis in unsere Tage fortgeführt.

Diese ganze Bevölkerung nun, vergessen im tiefsten Sertão, ist dort bis heute verblieben, hat frei von äußeren Einflüssen sich fortgepflanzt, inselgleich, und konnte eben deshalb bei der Kreuzung ein Höchstmaß an Vereinheitlichung erzielen, die das Auftreten eines klar umrissenen, in sich geschlossenen Mischlingstypus erklärt.

Während tausend störende Ursachen die Rassenmischung im Küstenstrich, der von Einwanderungen und Kriegen geschüttelt wurde, verwirrten und an anderen wichtigen Plätzen des Landes im Gefolge der *bandeirantes* plötzlich andere Hemmnisse auftauchten, blieb dort, im Umkreis von Canudos, die eingeborene Bevölkerung vorherrschend, verbündet mit den wenigen entflohenen Negern und justizflüchtigen oder abenteuerhungrigen Weißen.

Umstände, welche die Herausbildung einer Mischrasse im Sertão begünstigen, im Unterschied zu den Kreuzungen an der Küste

Deuteln wir nicht an der Geschichte herum. Abkapselung und Fortbestehen der autochthonen Bevölkerung hatten überaus mächtige Ursachen. Zeigen wir sie auf.

Da waren zunächst die großzügig vergebenen Landstrecken, die *sesmarias*, welche das Gesicht unseres bornierten Feudalismus am dauerhaftesten prägten.

Die Grundbesitzer, deren klassische Vertreter die Erben von Antônio Guedes de Brito[38] sind, wachten eifersüchtig über ihre weitläufigen, unabgegrenzten Latifundien und warfen sich zu Herrschern über das Land im Umkreis auf. Kaum, daß sie den Einfluß der Krone litten. Der Bau von Kapellen oder Pfarrkirchen auf ihren Ländereien gab ständig Anlaß zu Streitigkeiten mit den Patres; und mochten diese letztendlich obsiegen, so gerieten sie doch in mancher Hinsicht unter die Gewalt der großen Machthaber. Diese erschwerten den Zuzug neuer Siedler oder Konkurrenten und verwandelten die Viehgüter, die rings um die neugebildeten Gemeinden verstreut lagen, in mächtige Anziehungspunkte für die dort entstehende Mischlingsrasse.

Diese also entwickelte sich fern dem Einfluß anderer Bevölkerungselemente. Dem Hirtendasein sich widmend, in das sie aus Veranlagung sich eingewöhnten, entfalteten die braunhäutigen Mestizen und Zambos, unmittelbare Vorfahren der heutigen Viehtreiber, gänzlich gesondert von den Bewohnern des Südens und der gründlich kolonisierten Küste, allmählich eine eigene Physiognomie. Sie wuchsen gleichsam in einem anderen Land auf.

Der königliche Brief vom 7. Februar 1701 war eine nachträgliche Maßregel, um die Isolierung zu verstärken. Unter Androhung schwerer Strafen untersagte er jeglichen Verkehr zwischen jenem Teil des Sertão und dem Süden, den Minen von São Paulo. Nicht einmal Handelsbeziehungen wurden geduldet, verboten war der einfachste Warentausch.

Zu diesen Gründen für die Entstehung des Sertanejo im äußersten Norden tritt ein anderer: das physische Milieu der weiten Sertãogebiete zwischen dem Lauf des Vaza-Barrís und dem des Parnaíba im Westen.

Wir haben ihre eigentümliche Physiognomie gesehen: die aggressive Flora, das unbarmherzige Klima, die periodischen Dürren, den unfruchtbaren und rissigen Boden kahler Gebirgszüge, die inselgleiche Absonderung des Landes zwischen der Pracht des majestätischen *araxá** im Herzen der brasilianischen *planaltos* und den großen Waldungen, die den geschwungenen Küstenverlauf begleiten und säumen. Diese unwirtliche Gegend, selbst vom Tupí mit dem vielsagenden Ausdruck *pora-pora-eima*** belegt, der im Namen einer Bergkette an ihrem östlichen Rande erhalten ist (Borborema), war das Rückzugsgebiet des Tapuio. Vom Portugiesen, vom Neger und vom Tupí mit vereinten Kräften geschlagen, vor der Überzahl zurückweichend, fanden die unbezähmbaren Cariris[39] einen eigenartigen Schutz in jenem harten Schoß der Erde, der, zerschrammt von Unwettern, verhärtet vom spröden Felsgerippe, ausgedörrt von Sonnengluten, geschwürartig Dornengestrüpp und *caatingas* hervortreibt. Dort, in der Leere der Hochplateaus, wo im übrigen keinerlei Spur der begehrten Erze auftauchte, verliefen sich und erlahmten die verwegenen Vorstöße der *bandeirantes*. Die geheimnisvolle Gegend, von den Indianern *tapui-*

* Nach Couto de Magalhães setzt sich dieses schöne Wort zusammen aus *ara*, Tag, und *echá*, sehen, erblicken. *Araxá* – Ort, von wo man zuerst die Sonne erblickt; im weiteren Sinne Hochflächen der Plateaus im Hinterland.

** Menschenleerer, unfruchtbarer Ort.

retama* genannt, war auf den Stoizismus der Missionare vorbereitet. Die sich verzweigenden, endlosen Pfade zeichneten den langsamen, mühseligen und schmerzensreichen Zug der Apostel vor. *Bandeirantes,* die dorthin gelangten, brachen sogleich ihre Zelte ab und zogen fort, eilig, fluchtartig, anderen Gefilden entgegen.

Sie schreckte dieses Land, das für die großen und lautlosen Schlachten des Glaubens geschaffen war. Sie verließen es, und nichts bewog sie zur Wiederkehr; so ließen sie den Heiden in Frieden.

Daher, wie eine treffende Beobachtung zeigte, das bis heute fortbestehende Übergewicht von Ortsnamen aus der Tapuio-Sprache, die dort, abweichend von anderen Gegenden, dem Sog des Portugiesischen und des Tupí widerstanden. Beschränken wir uns auf die Umgebung von Canudos, um Beispiele für diesen sprachlichen Sachverhalt anzuführen, der eine historische Besonderheit so deutlich wiedergibt.

»Setzt man über den São Francisco in südlicher Richtung, betritt man erneut eine ob des unbarmherzigen Himmels unwirtliche Region; und man durchwandert das hochgelegene Einzugsgebiet des Vaza-Barrís, bis man die verstreuten und flacheren Plateaus von Bahia erreicht, die hinter dem Wasserfall von Paulo Afonso, hinter Canudos und Monte Santo zu den Gebirgen von Itiúba, Tombador und Açuruá führen. Dort, auf diesem Abschnitt des vaterländischen Bodens – beiläufig: der unwirtlichsten einer –, wohin vorzeiten die Stammesreste der verfolgten Orizes, Procás und Cariris sich flüchteten, tauchten als Ortsbezeichnungen wiederum die barbarischen Tapuio-Namen auf, die zu verdrängen weder dem Portugiesen noch dem Tupí gelang.

So findet man auf den Landkarten der Gegend, mit derselben Häufigkeit wie Angaben zu den Reliefformen, Namen wie Pambú, Patamoté, Uauá, Bendegó, Cumbe, Maçacará, Cocorobó, Jeremoabo, Tragagó, Canché, Xorroxó, Quincuncá, Conchó, Centocé, Açuruá, Xiquexique, Jequié, Sin-

* *Tapui-retama*, Region der Tapuio-Indianer.

corá, Caculé oder Catolé, Orobó, Mocujé und andere, ebenso barbarisch und befremdlich.«*[40]

Es versteht sich, daß große Teile der Bevölkerung des dortigen Sertão, ähnlich wie die des mittleren São Francisco, in ihrer Blutmischung überwiegend auf den Tapuio zurückgehen. Und sie blieben in dieser Verbannung, wo sie auf engem Raume drei Jahrhunderte lang, bis in unsere Zeit, vollständig dem eigenen Schicksal überlassen sich entwickelten, ganz und gar unbeteiligt an unseren Zeitläuften, und die althergebrachten Überlieferungen unverfälscht bewahrten. Wer daher heute jenen Landstrich durchquert, beobachtet eine bemerkenswerte Gleichförmigkeit im Aussehen der Bewohner: Gesichtszüge und Körperbau schwanken geringfügig um ein einziges Urbild und erwecken den Eindruck eines unveränderlichen anthropologischen Typus, schon auf den ersten Blick unterschieden von der Erscheinungsvielfalt des Mischlings an der Küste. Denn während dieser sämtliche Farbschattierungen aufweist und seine Gestalt noch unbestimmt bleibt, der wechselnden Abstammung entsprechend, scheint der Mensch des Sertão aus einem Guß zu sein, da er beinahe stets dieselben körperlichen Merkmale zeigt, dieselbe Hautfarbe, mit kleinen Abstufungen vom bronzefarbenen Mestizen zum dunkelbraunen Zambo; das Haar entweder strähnig und hart oder leicht gewellt; den gleichen athletischen Wuchs; wie auch dieselben seelischen Eigenschaften, die in demselben Aberglauben, in denselben Lastern und in denselben Tugenden sich äußern.

Die Gleichförmigkeit, unter all diesen verschiedenen Gesichtspunkten, ist beeindruckend. Der Sertanejo des Nordens ist unbestreitbar der Typus einer schon ausgebildeten ethnischen Subkategorie.

* Teodoro Sampaio, *Da Expansão da Língua Tupí e do seu Predomínio na Geografia Nacional* [Von der Ausbreitung der Tupí-Sprache und ihrer Vorherrschaft in der Geographie des Landes].

Erlauben wir uns einen Exkurs …

Die Vermischung sehr verschiedener Rassen hat in den meisten Fällen nachteilige Folgen. Nach den Erkenntnissen des Evolutionismus treten, selbst wenn eine höhere Rasse das Ergebnis mitprägt, Stigmata der niederen aufs nachdrücklichste zutage. Die extreme Blutmischung ist ein Rückschritt. Der Indoeuropäer, der Neger und der brasilianische Guaraní oder Tapuio bezeichnen Entwicklungsstadien, die einander entgegenstehen; und ihre Kreuzung verdrängt nicht nur die Vorzüge des ersten, sondern befördert in den beiden letztgenannten das Wiederaufleben primitiver Eigenschaften. Aus diesem Grunde ist der Mischling – ein Bindestrich zwischen den Rassen, kurzlebiges Einzelschicksal, worin sich uralte Strebungen veschiedener Rassen verdichten – fast immer ein unausgeglichener Mensch. Foville[41] stellt ihn durchweg mit dem Hysteriker auf eine Stufe. Im vorliegenden Falle jedoch ist die nervliche Unausgeglichenheit unheilbar: Es gibt keine Therapie für diesen Zusammenprall antagonistischer Tendenzen, von plötzlich einander zugesellten Rassen, die im Organismus eines Individuums verschmelzen. Undenkbar, daß zwei oder drei Völker, die über lange Zeiträume, gegen welche die jüngste Geschichte nur ein Augenblick ist, aufs heftigste auseinanderstrebten, plötzlich zueinanderfänden oder daß unterschiedliche Gemütsarten sich vereinbaren ließen und Differenzierungen, hervorgegangen aus einem langfristigen Ausleseprozeß, binnen kurzem rückgängig zu machen wären. Wie bei algebraischen Summen, lassen sich die Eigenschaften der zusammengestellten Elemente nicht ohne weiteres addieren; sie subtrahieren sich oder heben sich auf, entsprechend dem positiven oder negativen Vorzeichen. Und der Mischling – Mulatte, Mestize oder Zambo – ist weniger ein mittlerer Typus, er ist ein Herabgekommener, ohne die körperliche Spannkraft der wilden Vorfahren, ohne die geistige Überlegenheit der höherstehenden Ahnen. Im Kontrast zu seiner möglichen Fruchtbarkeit offenbart der Mischling zuweilen außerordentliche Fälle seelischer Hybridität: Funkelnde Geister, jedoch labil, unruhig, unstet, so daß sie vorübergehend blenden und alsbald verlöschen, eingeholt von der Fatalität der Vererbungsgesetze, hinabgezogen auf die niedrigere Stufe der minderbegünstigten Rasse. Außerstande zur Herstellung jedweder Solidarität zwischen den gegensätzlichen Abstammungen, spiegelt der Mischling ihre unterschiedlichen Hauptattribute im beständigen Spiel antithetischer Kräfte. Und wenn er – durchaus kein seltener Fall – umfassender Verallgemeinerungen oder komplexester Abstraktionen sich als fähig erweist, so überlagert all diese Geisteskraft – von Ausnahmefällen abgesehen, deren Besonderheit unsere Auffassung bestätigt – eine unausgebildete Sittlichkeit, hinter der man die impulsive Automatenhaftigkeit der niederen Rassen erahnt.

Denn an dieser staunenswerten Konkurrenz der Völker – die sämtlich in einem Kampf ohne Waffenpause sich fortentwickeln, wobei gewisse Eigenschaften von der Auslese kapitalisiert und von der Vererbung gespeichert werden – beteiligt sich das Halbblut als Eindringling. Es hat nicht gekämpft, ist keine Bündelung historischer Anstrengungen, ist etwas Zerstreuendes und Zersetzendes; plötzlich taucht es auf, ohne eigenständige Charakterzüge, schwankend zwischen widerstreitenden Einflüssen disharmonischer Erbteile. Der Hang zurück zu den Ursprungsrassen prägt seine Unstetigkeit, ist der unbewußte Hang zu einer Situation des Ausgleichs. Die Naturgesetze scheinen durch ihr eigenes Kräftespiel das sie verletzende anormale Produkt allmählich auszulöschen, indem sie es in seinen Herkunftsgruppen aufgehen lassen. So hegt der Mulatte eine unüberwindliche Verachtung für den Neger und strebt mit sehnlichster Beharrlichkeit nach Verbindungen, die seine Nachkommenschaft vom Stigma der dunklen Stirn befreien; der Mestize wird zum unerbittlichen *bandeirante*, der voll Ingrimm über die erschrockenen Eingeborenen herfällt.

Diese Tendenz ist bezeichnend. In gewisser Weise stellt sie die fortlaufende Evolutionsreihe wieder her, die von der Vermischung unterbrochen wurde. Die höhergeartete Rasse wird zum fernen Ziel der niedergedrückten Mischlinge, die durch eben diese Suche dem Trieb zur Selbsterhaltung und Verteidigung gehorchen. Denn die Gesetze der Entwicklung der Arten sind unverletzlich; und wenn alle Klugheit der Missionare bis heute nicht vermocht hat, die Denkart des Wilden an die einfachsten Vorstellungen einer höheren Geistesbildung heranzuführen, wenn keine Mühe hinreicht, den Afrikaner, wiewohl der Fürsorge bester Lehrmeister anvertraut, auch nur annähernd auf das intellektuelle Durchschnittsniveau des Indoeuropäers zu heben – denn jeder Mensch ist vor allem andern eine Integration der Strebungen seiner Rasse, und sein Gehirn ein Erbteil –, was soll man dann von der Normalität eines anthropologischen Typus halten, der unversehens auftritt und so gegenläufige Tendenzen in sich vereint?

Eine starke Rasse

Sorgfältige Beobachtung indessen zeigt, daß beim Sertanejo des Nordens dieser Antagonismus der Tendenzen gemildert ist und die physischen Merkmale des aufkommenden Typus weitgehend beständig sind.

Dieser Sachverhalt scheint das eben Gesagte zu entkräften, ist aber im Gegenteil ein schlagender Beweis für seine Richtigkeit.

In der Tat ist nicht zu leugnen, daß die anormale Wesensart von Mischlingen aus sehr unterschiedlichen Rassen großenteils auf die höheren Lebensverhältnisse des höheren ethnischen Elements zurückgeht, die dem Halbblut eine mühevolle und schwierige Anpassung aufbürden. Und die Überforderung durch das geistige und moralische Gewicht einer Zivilisation führt zwangsläufig zur Unausgeglichenheit.

Das gespaltene, unstete, aufgewühlte Naturell des Mischlings deutet gleichsam auf ein tiefinneres, mächtiges Verlangen nach Abstoßung aller Eigenschaften, die sein Leben in einer fortgeschritteneren und komplexeren Umwelt behindern. Es spiegelt – im kleinen – dieses lautlose und fürchterliche Ringen, das nichts anderes ist als der Kampf ums Dasein der Rassen, ein erschütternder und ewiger Kampf, nach dem schönen Axiom von Gumplowicz die treibende Kraft der Geschichte. Der bedeutende Grazer Professor sah ihn allerdings nicht unter dem erwähnten Gesichtspunkt. Die Wahrheit indessen ist die, daß, wenn jedes starke ethnische Element »das ihm begegnende schwächere Element der eigenen Bestimmung zu unterwerfen sucht«, es in der Rassenmischung einen Störfaktor findet. Die unaufhaltsame Ausbreitung seines gleichstämmigen Lebenskreises, solchermaßen genarrt, wird jedoch nur verzögert. Sie endet nicht. Der Kampf wird ein anderer, wird folgenschwerer. Von der primitiven, offenen Ausrottung der niederen Rasse mit Hilfe des Krieges geht der Kampf zu ihrer allmählichen Ausschaltung über, zu ihrer langsamen Einverleibung, zu ihrer Auflösung in der Vermengung. Und im Verlaufe dieses Schrumpfungsprozesses sind die entstehenden Mischlinge – verschiedenartig, in allen Abstufungen der Hautfarbe, der Gestalt, des Charakters auftretend, ohne eindeutige Züge, ohne Tatkraft und zumeist lebensuntüchtig – letztlich weiter nichts als die unvermeidlichen Versehrten jenes Ringens, das fast unmerklich durch die Zeitläufte fortdauert.

Denn in diesem Fall vernichtet die starke Rasse die schwache nicht mit Waffengewalt, sie zermalmt sie mittels der Zivilisation.

Dieser nun entzogen sich unsere derben Landsleute aus dem Sertão des Nordens. Ihre Vernachlässigung durch das übrige Land war für sie von gedeihlicher Wirkung. Sie ersparte den Sertanejos die unendlich mühsame Anpassung an ein höheres gesellschaftliches Stadium und bewahrte sie zugleich vor dem Abgleiten in die Irrungen und Laster der fortgeschrittenen Milieus.

Ihre Verschmelzung vollzog sich unter Verhältnissen, die den niederen Ausgangsrassen entgegenkamen. Der vornehmste der ethnischen Faktoren, der ihnen die zivilisierenden Tendenzen vermittelte, nötigte sie nicht zur Zivilisation.

Dieser Sachverhalt unterscheidet die Rassenmischung im Sertão grundlegend von derjenigen an der Küste. Es sind unterschiedliche Formationen, wo nicht durch die Ausgangselemente, so durch die Milieubedingungen. Der Gegensatz zwischen beiden springt beim flüchtigsten Vergleich ins Auge. Der Sertanejo übernimmt vom Wilden weitgehend die Vertrautheit mit dem physischen Milieu, das seinen starken Organismus nicht beugt, sondern stählt, während er in Charakter und Sitten von den übrigen Ursprungsrassen nur jene Eigenschaften an den Tag legt, die zu seinem frühen gesellschaftlichen Entwicklungsstand am besten passen.

Er ist der Rückständige, nicht der Entartete. Gerade weil die historischen Wechselfälle ihm in der heikelsten Phase seiner Entwicklung die Überforderung durch eine erborgte Kultur ersparten, bereiteten sie ihn darauf vor, diese dereinst zu erobern.

Seine psychische Evolution, wie langwierig sie notgedrungen auch sei, hat nunmehr die sichere Grundlage eines physisch ausgereiften und starken Typus. Jene Kreuzungsrasse erweist sich als eigenständig und in mancher Hinsicht als ursprünglich, da sie alle ererbten Eigenschaften eben durch ihre Neuverknüpfung umwandelt, dergestalt, daß sie, dem Zustand der Wildheit eines Tages entwachsen, das zivilisierte Leben gerade deshalb erringen kann, weil sie nicht plötzlich darauf stieß.

Ihr Auftreten ist folgerichtig.

Im Gegensatz zur absonderlichen Verkehrtheit in den Küstenstädten, wo hochkomplexe Aufgaben auf kaum ausgebildeten Organismen lasten, sie noch vor Abschluß ihrer Entwicklung erdrücken und entkräften, tritt im Sertão die organische Integrität des Mischlings fest und kraftvoll in Erscheinung, unbelastet von fremden Beimengungen, imstande, sich zu entfalten, sich zu differenzieren, auf neue und anspruchsvollere Geschicke sich einzustellen, denn diese Konstitution ist eine zuverlässige körperliche Grundlage späterer geistiger Höherentwicklung.

Doch beenden wir diese wenig reizvolle Abschweifung.

Fahren wir fort, indem wir unser Augenmerk unmittelbar auf die eigentümliche Gestalt unserer zurückgebliebenen Landsleute richten. Und zwar ohne Methode, anspruchslos, unter Verzicht auf wohlklingende ethnologische Neologismen.

Uns fehlten gleichermaßen die Zeit und die Fähigkeit zur Verstrickung in psycho-geometrische Phantasiegebilde, die man heute in einer Art philosophischem Materialismus auf die Spitze treibt, wenn man den Gesichtswinkel der *jagunços* mißt oder ihre *norma verticalis* zeichnet.[42]

Würden wir uns auf die imaginären Linien einer solchen psychischen Topographie, mit der schon so viel Mißbrauch getrieben wurde, einlassen, verstünden wir die *jagunços* vielleicht nicht besser. Seien wir schlichte Protokollanten.

Geben wir unverkürzt alle Eindrücke wieder, wirkliche oder eingebildete, die wir hatten, als wir, eine Militäreinheit auf ihrem geschwinden Vormarsch begleitend, plötzlich an einer Wegbiegung vor uns im Sertão jene eigenartigen Unbekannten zu Gesicht bekamen, die dort – sich selbst überlassen – seit drei Jahrhunderten leben.

III.

Der Sertanejo

Der Sertanejo ist, vor allem andern, der Starke. Er zeigt keineswegs die rachitische Auszehrung der neurasthenischen Mischlinge des Küstenstrichs.

Seine Erscheinung indessen erweckt auf den ersten Blick den gegenteiligen Eindruck. Ihm fehlen die makellose Wohlgestalt, die ungezwungene Gewandtheit, der vollkommene Körperbau des Athleten.

Er ist ungeschlacht, ungelenk, krumm. Dieser Herkules-Quasimodo verrät die typische Häßlichkeit der Schwachen. Sein kraftloser, haltungsloser, beinahe schaukelnder und torkelnder Gang erscheint wie die Fortbewegung ausgerenkter Gliedmaßen. Diesen Eindruck verschlimmern die zumeist geduckte Haltung und der Ausdruck von Trübseligkeit, die ihm einen Zug von bedrückender Demut verleihen. Bleibt er, zu Fuß unterwegs, stehen, lehnt er sich unweigerlich gegen die erstbeste Wand oder Türrahmung; ist er zu Pferd und hält er an, um zwei Worte mit einem Bekannten zu wechseln, läßt er sich sogleich in einen der Steigbügel gleiten und ruht sich aus, im Sattel zusammengesunken. Beim Gehen, selbst wenn er sich sputet, beschreiben seine Schritte keine gerade und feste Bahn. Er eilt dahin mit diesem schlotternden Gang, der in den Mäandern der Sertãopfade seinen geometrischen Ausdruck zu finden scheint. Und wenn er beim Fußmarsch, gleichviel aus welchem Anlaß, innehält, etwa um sich eine Zigarette zu drehen, Feuer zu schlagen oder mit einem Freund einen Schwatz zu halten, so fällt er augenblicklich, fällt im buchstäblichen Sinne in die Hocke und bringt eine ganze Weile in solcher Stellung von schwankendem Gleichgewicht zu, wobei der Rumpf auf den Fersen und der ganze Körper auf den Zehen ruht, mit einer ebenso lächerlichen wie ergreifenden Unbefangenheit. Er ist der immerfort Ermattete.

In allem legt er eine unausrottbare Trägheit an den Tag, eine immerwährende Schlaffheit der Muskeln: in der schleppenden Sprechweise, im unbeholfenen Gebärdenspiel, im ungeraden Gang, im schmachtenden Rhythmus der *modinhas*, im ständigen Hang zu Reglosigkeit und Stillstand.

Indessen, all dieser Schein von Müdigkeit trügt.

Nichts ist verblüffender, als ihn plötzlich schwinden zu sehen. In Sekundenschnelle spielen sich in jenem schwächlichen Organismus grundlegende Wandlungen ab. Es genügt ein beliebiger Zwischenfall, der ihm die Weckung seiner schlummernden Energien abverlangt. Der Sertanejo wird ein anderer. Er richtet sich auf, kehrt neue Formen hervor, neue Züge in Statur und Gebärde; und das auf stämmige Schultern gegründete Haupt ragt höher empor, erhellt vom furchtlosen, energischen Blick; und die unvermittelte Freisetzung nervlicher Spannkraft rückt augenblicklich alle Erscheinungen seiner gewohnten körperlichen Erschlaffung zurecht; und die Allerweltsfigur des unbeholfenen Dörflers bietet unversehens den herrischen Anblick eines kupferhäutigen, mächtigen Titans, in einer verblüffenden Entfaltung außergewöhnlicher Kraft und Behendigkeit.

Dieser Gegensatz springt auch bei flüchtigster Betrachtung ins Auge. In jeder Phase, in jeder Lebenslage des Sertanejo enthüllt er sich – stets als frappanter Wechsel zwischen entfesseltem Ungestüm und anhaltender Apathie.

Einen linkischeren, uneleganteren Reiter kann niemand sich vorstellen; ohne Straffheit, die Beine eng an den Tierleib gepreßt, den Oberkörper nach vorn gebeugt und schaukelnd der Gangart der kleinen Sertãopferde sich überlassend, die, unbeschlagen und geschunden, zäh und schnell sind wie wenige. Wenn er in solch nachlässiger Haltung, gemächlich, im Schritt, gleichauf mit den träge trottenden Rinderherden, über die Hochplateaus reitet, verwandelt der schläfrige Viehtreiber seinen »Renner« fast in die verweichlichende Hängematte, worin er zwei Drittel seines Daseins zubringt.

Kaum aber ist ein »aufmuckendes« Rind vor ihm in die

»knorrästige« *caatinga* entwichen und kaum hat sich in der Ferne eine Handvoll Rinder verlaufen, so sieht man ihn, augenblicklich umgewandelt, die Zähne der großen Sporenrädchen dem Pferd in die Weichen drückend, pfeilschnell davonstieben und in die unentwirrbaren Labyrinthe der *juremas* eintauchen.

Bei diesem barbarischen *steeple chase* haben wir ihn beobachtet.

Nichts vermag sein Ungestüm zu hemmen. Was immer ihm vor die Augen kommt, Schluchten, Steinhaufen, halbverbranntes Geäst, Dornengebüsche oder steile Bachufer – nichts bringt ihn von der Verfolgung des verirrten Farren ab, denn »wo das Rind durchkommt, kommt auch der Viehtreiber mit seinem Pferd durch« ...

An den Rücken des Tieres geschmiegt und mit ihm verwachsen, dank dem festen Druck seiner Schenkel, erschafft der Sertanejo die bizarre Gestalt eines plumpen Kentauren: Unvermutet erscheint dieser auf Lichtungen, taucht ins mannshohe Gesträuch, setzt über Gräben und Tümpel, jagt steile Hügel hinauf, bricht hurtig durch schrammendes Dornendickicht, galoppiert mit verhängten Zügeln über die weiten und kahlen *tabuleiros* ...

In solchen Augenblicken tritt seine kräftige Konstitution aufs vollkommenste zutage. Es ist gewissermaßen der kraftvolle Reiter, der seinem kleinen und zart gebauten Reittier Stärke verleiht, wenn er mit den behelfsmäßigen Zügeln aus *caroá*-Fasern seine Haltung strafft, es zwischen den Sporen trägt, es zur Eile treibt – mit kurzgehaltenen Steigbügeln, angewinkelten Beinen, vorgeschobenen Knien, den Rumpf auf den Sattel gedrückt –, »die Nase auf der Spur« des flüchtigen Jungrindes: Bald duckt er sich blitzschnell unter einem Ast, der ihn beinahe vom Sattel fegt, bald springt er mit akrobatengleicher Behendigkeit ab, an der Mähne des Tieres festgekrallt, um einem im letzten Augenblick bemerkten Baumstamm auszuweichen und gleich darauf mit einem Satz sich in den Sattel zu schwingen – und immerzu im Galopp, über Stock und

Stein, in der Rechten den langen Hütestab mit Eisenspitze und Lederknauf, den er nie verliert, den er nie im unentwirrbaren Lianengeschlinge losläßt und der in der Hand eines andern allein schon ein ernsthaftes Hemmnis beim Durchkommen wäre …

Ist jedoch das Scharmützel ausgefochten und das überwältigte Rind der Herde wieder einverleibt, dann sieht man ihn, erneut zusammengesunken im plumpen Ledersattel, anmutlos und träge wie zuvor nach der langsamen Gangart des Reittiers dahinschwanken, mit dem traurigen Anblick eines ermatteten Invaliden.

Ungleichartige Typen:
der ›Jagunço‹ und der ›Gaúcho‹

Der Gaucho des Südens, träfe er ihn jetzt, würde mitleidig auf ihn herabschauen.

Der *vaqueiro* des Nordens ist seine Antithese. In Haltung, Gebärde, Redeweise, in Wesensart und Lebensgewohnheiten sind sie durchaus nicht gleichzusetzen. Der Gaucho, Sohn der endlosen Weiten der Pampas, auf unbeschwerte Galoppjagden eingestellt und an eine liebevolle, ihn entzückende Natur gewöhnt, ist zweifellos die ritterlichere und einnehmendere Erscheinung. Der Kampf ums Dasein hat für ihn nicht die gleiche barbarische Härte wie für den Sertanejo. Nichts weiß er von den Schrecknissen der Dürre, von den mörderischen Kämpfen mit der ariden, ausgedörrten Erde. Ihn bedrücken nicht die periodisch sich erneuernden Szenen des Elends und der Verwüstung, das erschreckende Bild der absoluten Verarmung des ausgeglühten Bodens, ausgezehrt von den wild herabbrennenden Äquatorsonnen. Er bangt nicht um die Zukunft, die im Sertão eine stete Drohung inmitten der ruhigen Stunden des Glückes ist und dieses schwankend und flüchtig macht. Kaum ins Leben getreten, liebt der Gaúcho die strahlende Natur, die seine Lebensgeister beflügelt; zu Abenteuern aufgelegt, frohgemut, redegewandt, unbekümmert, tapfer und prahlerisch – so geht er durchs Leben und sieht in der Arbeit einen Zeitvertreib, der ihm auf den flachen Grasfluren die »Hals-über-Kopf-Rennen« und das Bezwingen großer Entfernungen erlaubt, die Schultern in den unentbehrlichen Poncho gehüllt, der gleich einem festlich entrollten Banner im Winde flattert.

Seine Kleidung ist im Vergleich zu dem derben Aufzug des *vaqueiro* ein Festgewand. Die weiten Pumphosen, sinnreich zugeschnitten auf das Bedürfnis nach Bewegungsfreiheit beim Zureiten des Jungpferds, sei es im gestreckten Galopp oder im wütenden Bocksprung, werden von keinem Dorngesträuch einer *caatinga* zerrissen. Nie kommt ihm sein prächtiger Poncho dadurch abhanden, daß er zwischen den abgebrochenen Zweigen knorriger Bäume sich verfinge. Und wenn er im unbändigen Lauf seines feurigen Rosses über die Grashügel stürmt, angetan mit seinen breiten, hochschäftigen Stiefeln, an denen die Rädchen der silbernen Sporen klirren, mit seinem leuchtendroten Halstuch aus Seide, mit seinem ungeheuer breitkrempigen, verformbaren Sombrero und seinem Lederhalfter am Gürtel, woraus Pistole und Messer blitzen – so tritt er als heiterer und starker Sieger auf. Sein Pferd, unzertrennlicher Gefährte in diesem ein wenig romanesken Dasein, ist fast ein Luxusgegenstand. Das zeigt sein raffiniertes und prunkvolles Zaumzeug. Auch ein abgerissener Gaucho auf einem wohlaufgezäumten »Flitzer« wirkt stattlich, wirkt in höchstem Maße korrekt. Ohne jede Mißhelligkeit kann er an einem Festtag durch die Dörfer reiten.

Der ›vaqueiro‹

Der *vaqueiro* jedoch, der Viehtreiber des Nordens, wuchs unter entgegengesetzten Umständen auf, im selten durchbrochenen Wechsel von glücklichen und grausamen Stunden, von Wohlsein und Elend – unter einer Sonne, die als immerwährende Drohung über seinem Haupte hängt und im Rhythmus der Jahreszeiten immer wieder Unheil und Verheerung herabschleudert.

Die Jugend durchlebte er als unregelmäßige Folge von Katastrophen. Er wurde zum Mann, fast ohne ein Kind gewesen zu sein. Von klein auf überfiel ihn, die festlichen Stunden der Kindheit mit Bitternissen durchsetzend, das Gespenst der Dürre im Sertão. Früh sah er sich der mühseligen Seite des Daseins gegenüber. Er ist ein zum Leben Verdammter. Er hat begriffen, daß er in einen Krieg ohne Waffenruhe verstrickt ist, der ihn gebieterisch zur Sammlung aller Kraftreserven zwingt.

Er wurde stark, gewitzt, geduldig und tüchtig.

Frühzeitig rüstete er sich zum Kampf.

Seine Erscheinung erinnert auf den ersten Blick an einen abgekämpften Krieger vergangener Jahrhunderte. Seine Kleidung ist ein Harnisch. In das Wams aus Ziegen- oder Kalbsleder gehüllt; in die gleichfalls lederne Weste gezwängt; mit den ebenso aus Leder gefertigten Beinlingen, die, knapp geschnitten und enganliegend, bis zu den Leisten reichen, am Knie mit Polstern aus Sohlleder verstärkt; des weiteren durch Handschuhe und Füßlinge aus Hirschleder geschützt – in solchem Aufzug mutet er an wie ein grobschlächtiger Kämpe des Mittelalters, den es in unsere Zeit verschlagen hat.

Dieser Harnisch jedoch, der seiner rotbraunen Färbung halber aus geschmeidiger Bronze zu bestehen scheint, funkelt nicht, schimmert nicht unter der stechenden Sonne. Er bleibt matt und staubig, der Waffenrock eines Kämpfers siegloser Schlachten …

Der selbstgemachte Sattel ähnelt dem der Gauchos aus Rio Grande do Sul, ist jedoch kürzer und tiefer nach innen gewölbt, ohne dessen prächtigen Zierat. Das Zubehör besteht aus einer festen Decke aus Ziegenleder, welche die Kruppe des Pferdes schützt, einem Panzer für dessen Brust sowie aus Wülsten für die Kniegelenke.

Diese Ausrüstung für Mensch und Pferd ist zugeschnitten

auf das natürliche Umfeld. Anders gewandet vermöchten beide nicht unversehrt über schrammende *caatingas* und Steinhalden zu stürmen.

Nichts jedoch ist einförmiger und häßlicher als diese eigentümliche Gewandung, die nur eine Farbe kennt, das Rotbraun des gegerbten Leders – ohne jede Abwechslung, ohne einen einzigen andersfarbigen Streif. Nur dann und wann, beim seltenen »Hemdensturm« und anderen Festen, wenn der Hinterwäldler bei Wettgesang und Gitarrenklängen die Stunden der Mühsal vergißt, taucht eine Neuheit auf – eine augenfällige Weste aus dem Fell von Puma oder Wildkatze mit nach außen gekehrter, gescheckter Behaarung, oder auch eine hellrote, heitere Bromelienblüte am Lederhut.

Dergleichen ist jedoch ein seltenes, flüchtiges Zwischenspiel.

Sind die Stunden der Lustbarkeit vorüber, verliert der Sertanejo alle ausgelassene Fröhlichkeit – der er beim *sapateado* sattsam sich überließ, wenn das dürre Getrappel der Sandalen mit dem Klirren der Sporen und dem Klingen der Tamburine zusammenstieß und das vibrierende *rasgado* der Gitarren rhythmisch begleitete – und verfällt erneut in die gewohnte Haltung, stumpf, anmutlos, hölzern, merkwürdiger Ausdruck äußerster Entkräftung und Abmattung.

Nichts ist leichter erklärlich als dieser beständige Gegensatz zwischen extremen Bekundungen kraftvoller Behendigkeit und langen Intervallen der Apathie.

Vollkommene psychische Übersetzung der physischen Faktoren seiner Heimat, hat der Sertanejo des Nordens eine rauhe Schule von Schicksalsschlägen durchlaufen, auf die unvermittelt zu stoßen und unverzüglich zu reagieren er früh gelernt hat.

Er verbringt sein Leben zwischen Hinterhalten, plötzlichen Anschlägen einer unbegreiflichen Natur, gegen die er nicht eine Minute der Rast sich gönnt. Dieser Streiter ist immerzu angeschlagen und erschöpft, immerzu kühn und stark; unablässig rüstet er sich für ein Gefecht, in dem er weder siegt noch sich besiegen läßt; von äußerster Ruhe wechselt er zu äußerster Lebhaftigkeit, von der trägen und bequemen Hängematte in den harten Sattel, der ihn blitzschnell über die schmalen Trampelpfade fortreißt, hin zu den schattigen Viehverstecken. Mit diesen widersprüchlichen Verhaltensweisen spiegelt er getreu die ihn umgebende Natur, die, Spielball der Elemente, ohne merklichen Übergang von einer Jahreszeit zur andern wechselt, von höchster Üppigkeit in den Regenzeiten zur Kargheit der Wüsten, die unter dem gleißenden Licht der flammenden Sommer entbrennen.

Der Mensch ist unstet wie die Natur. Dies leuchtet ein. Leben heißt sich anpassen. Sie formte ihn nach ihrem Bilde: barbarisch, ungestüm, schroff …

Der Gaucho, der wackere Lassoreiter, ist zweifellos unnachahmlich bei kriegerischen Attacken, wenn er unter dem schrillen Klang der Fanfaren mit eingelegter Lanze über die Pampas stürmt, fest im Steigbügel; wenn er tollkühn sich ins Kampfgewühl wirft; wenn er mit Triumphgeschrei in den Strudel des degenblitzenden Gemenges eintaucht, wenn er sein Pferd in ein Geschoß verwandelt und die feindlichen Karrees durchstößt und den Gegner mit den Stollen der Hufeisen fortreißt oder wenn er jäh in dem Treffen fällt, in das er sich mit stolzer Todesverachtung gestürzt hat.

Der *jagunço* ist auf weniger theatralische Weise heroisch, ist zäher, ist standfester, ist gefährlicher, ist kraftvoller, ist härter.

Selten stellt er eine so romaneske und glanzvolle Figur vor wie jener. Er nähert sich dem Gegner mit der festen Absicht, ihn zu vernichten, auf welche Weise auch immer.

Er ist auf unscheinbare und langwierige Fehden eingestellt, ohne begeisterten Überschwang. Sein Leben muß er sich mühsam erringen, in tagtäglicher Plackerei. Er hütet es wie ein wertvolles Kapital. Die geringfügigste Muskelanspannung, die leiseste Nervenreizung sind ihm zuviel, wenn er des Resultates nicht gewiß ist. Beim Faustkampf geht er mit kühler Berechnung vor. Beim »Messerzücken« unterläuft ihm kein Fehlhieb. Beim Zielen mit der langen Vogelflinte oder der plumpen Donnerbüchse »schläft er im Anschlag« …

Der Gaucho, schlägt sein stürmischer Angriff fehl und stürzt der angefallene Gegner nicht zu Boden, erweist sich als höchst verwundbar in einer Situation der Unterlegenheit oder Ungewißheit.

Anders der *jagunço.* Er weicht zurück. Der Rückzug aber macht ihn noch fürchterlicher. Er treibt ein dämonisches Versteckspiel. Von Stund an erwartet er, das Gewehr im Anschlag, den Gegner mit unauslöschlichem Haß, verborgen im Zwielicht der Hinterhalte …

Dieser Kontrast der Wesensarten tritt in normalen Zeiten deutlicher noch hervor.

So ist jeder Sertanejo Rinderhirt. Abgesehen vom rudimentären Ackerbau der Schwemmlandpflanzungen längs der Wasserläufe zur Erzeugung von Getreide für den dringendsten Eigenbedarf, ist Viehzucht hier der dem Menschen und der Erde am wenigsten unangemessene Erwerbszweig.

Doch vergebens sucht man auf den Fazendas des Sertão das festliche Treiben der *estâncias* des Südens.

Das *rodeio*, das Zusammentreiben des Viehs, ist für den Gaucho ein tagtägliches Fest, von dem die spektakulären Reitturniere lediglich eine Erweiterung bilden. Sei es im engen Korral, sei es im freien Gelände, beim Sammeln des herbeiströmenden Viehs oder beim Verfolgen störrischer Rinder über Gräben und Moräste, die Lassoreiter, Aufseher und Knechte, die das unbändige Fohlen mit der Wurfschlinge festhalten oder den verwilderten Stier in rasenden Galoppjagden zu Boden reißen, seine Beine mit den pfeifenden Riemenkugeln jäh umwindend, als wären sie beim »Ringewerfen« auf dem Jahrmarkt – sie sprengen dahin im Jubel und Trubel einer stürmischen Lustbarkeit. Bei den ruhigeren Verrichtungen, wenn sie die zusammengetriebenen Tiere brandmarken, ihre Wunden heilen, die zur Herstellung von Dörrfleisch bestimmten aussondern, die zahmen Kälber von der Herde trennen, die ungebärdigen Jungpferde heraussuchen, die zu den Sporenrädchen der Zureiter verdammt sind, dann röstet dasselbe Feuer, worin die Brandeisen erglühen, die Fleischstücke samt Schwarten für die derben Festmahle und läßt zugleich das Wasser brodeln für den bitteren Mate-Aufguß.

Satt und abwechslungsreich verläuft ihr Leben.

Unbewusste Leibeigenschaft

Im Norden liegen die Dinge anders. Die *fazendeiros* des Sertão, im Gegensatz zu den *estancieiros* des Südens, leben an der Küste, weit von ihren ausgedehnten Besitzungen entfernt, die manche von ihnen niemals sahen. Sie haben ein historisches Laster geerbt. Ebenso wie die reich begüterten *sesmeiros*, die Empfänger der kolonialen Landzuteilungen, verzehren sie schmarotzerhaft die Einkünfte aus ihren Ländereien, deren Grenzen fließend sind. Die *vaqueiros* sind ihre hörigen Knechte.

Und diese, dank einem ungeschriebenen Vertrag, der ihnen einen gewissen Prozentsatz der Erträge zuerkennt, bringen dort ihr Dasein hin, namenlos, sie werden geboren, leben und sterben auf demselben Stück Land – irgendwo zwischen Trampelpfaden und Viehverstecken im Dornendickicht; und zeit ihres Lebens hüten sie treu die Herden, die nicht ihr eigen sind.

Der eigentliche Besitzer, fernab lebend, kennt ihre unvergleichliche Treue. Er überwacht sie nicht. Wenn es hochkommt, weiß er ihre Namen.

Haben sie sich verdungen, so errichten die Sertanejos, angetan mit ihrer eigentümlichen Ledertracht, ihre Hütte aus lehmbeworfenem Astgeflecht neben einem Wasserloch, so geschwind, als schlügen sie Zelte auf, und sie schicken sich, uneigennützig, in eine Leibeigenschaft, die sie nicht ermessen.

Was sie als erstes tun, ist das ABC und alle Regeln jener Kunst zu erlernen, in welcher sie schließlich Meister sind: die »Eisen« ihrer und der benachbarten Fazendas zu erkennen. Darunter versteht man die in allen erdenklichen Spielarten vorkommenden Zeichen, seien sie bloße Buchstaben oder phantasievoll gezeichnete Monogramme, die man den Rindern glühend ins Kreuz tätowiert und durch kleine Kerben an den Ohren ergänzt. Mit dem Brandzeichen versehen, ist das Tier gesichert. Mag es Verhaue durchbrechen und im Sertão sich verlaufen. Unauslöschlich trägt es den Hinweis mit sich, der es zu seiner angestammten *solta** zurückführen wird. Denn dem Rinderhirten genügt es nicht, die Brandeisen seiner Fazenda auswendig zu kennen, er prägt sich auch die der umliegenden ein. Mitunter gelingt es ihm dank einer außerordentlichen Gedächtnisleistung, sich nicht nur Stück für Stück die seiner Obhut anvertrauten Tiere zu merken, sondern auch die der Nachbarn, unter Einschluß von Stammbaum und besonderen Verhaltensweisen und Namen und Alter und so fort. Taucht also auf seinem *logrador* ein fremdes Stück Vieh auf, bringt er es stracks dem Eigentümer zurück, sofern er das Brandmal kennt. Andernfalls behält er das zugelaufene Tier und behandelt es wie alle übrigen. Doch weder bietet er es auf dem jährlichen Markte feil, noch setzt er es je bei der Arbeit ein; er läßt es vor Altersschwäche sterben. Es ist nicht sein eigen.

Wenn es eine Kuh ist und diese kalbt, so markiert er das Junge mit demselben unbekannten Brandzeichen, das er mit bewundernswerter Vollendung nachbildet; und ebenso verfährt er mit ihrem gesamten Nachwuchs. Jedes vierte Kalb aber behält er für sich. Es ist seine Entlohnung. Mit dem unbekannten Dienstherrn trifft er dieselbe Abmachung wie mit dem eigenen. Und diesen merkwürdigen Vertrag, den niemand vorgeschlagen oder aufgesetzt hat, hält er gewissenhaft ein, ohne Richter und ohne Zeugen.

* *Solta*, ein nicht eingezäunter Weidegrund, »Auslauf«, oft weit entfernt von den Anwesen. Man spricht von *logrador*, »Spazierweg«, wenn die Weide näher gelegen und saftiger ist.

Des öfteren geschieht es, daß ein Brandmal erst nach vielen Jahren entziffert wird und der glückliche Viehzüchter statt der einen Kuh, die ihm abhanden gekommen und längst vergessen ist, eine Handvoll Rinder erhält, allesamt ihre Nachkommen.

Dies mutet märchenhaft an, ist jedoch im Sertão ein häufiges Vorkommnis.

Wir erwähnen es als ein gewinnendes Merkmal der Redlichkeit des *matuto*. Diese ist den großen Eigentümern von Land und Vieh bekannt. Sie alle unterhalten mit dem Viehtreiber denselben Teilpachtvertrag, dessen einzige Klausel ihm, als Entgelt für alle Sorgfalt und Mühe, ein Viertel der Erträge des Landguts zuspricht. Und sie wissen, daß dieser Anteil niemals übertreten wird.

Die Abrechnung erfolgt am Ende der Regenzeit, für gewöhnlich ohne die Anwesenheit des begünstigteren Vertragspartners. Diese ist eine entbehrliche Formalität. Gewissenhaft sondert der *vaqueiro* die Mehrheit der Jungtiere, die seinem Herrn gehören und denen er das Zeichen der Fazenda einbrennt, von dem vierten Teil, den wenigen, die ihm selbst zustehen. Diese markiert er mit seinem persönlichen Zeichen; und er behält oder verkauft sie. Dem Gutsherrn legt er brieflich genauestens Rechenschaft über alle Vorgänge auf dem Anwesen ab,* die er bis in die geringfügigsten Einzelheiten ausbreitet; sodann fährt er fort in seiner rastlosen Arbeit.

Diese, obschon zuzeiten beschwerlich, ist von denkbar einfachster Art. Rationelle Weidewirtschaft kennt man im Norden nicht. Die Rinder leben und vermehren sich aufs Geratewohl. Die im Juni gebrandmarkten Jungrinder zer-

* Beim Briefschluß widerstrebt ihm die übliche Floskel: »Ihr ergebenster Freund und Diener«; statt dessen unterschreibt er treuherzig: »Ihr Freund und Rinderhirt F.« Mitunter, wenn er ein Unglück, den Verlust einer Herde, meldet, ist er von einer aufrüttelnden Prägnanz: »Mein Herr und Freund. Ich teile Ihnen mit, daß Ihre Herde ›zum Teufel‹ ist. Dabei haben nur vier Rindviecher ›ins Gras gebissen‹. Die übrigen sind ›weggedonnert‹!«

streuen sich mit dem übrigen Viehbestand in der *caatinga*. Dort werden sie von schlimmen Seuchen dezimiert, insbesondere von der »Lähme« und dem »Zeckenfieber«, welche die *vaqueiros* kaum zu lindern suchen. Ihre Regsamkeit erschöpft sich in entfesselten Galoppjagden über die Trampelpfade. Und wenn Geschmeißwunden unter den Herden wüten, wissen sie dagegen ein besseres Mittel als Quecksilber: das Gebet. Das erkrankte Tier brauchen sie nicht einmal zu sehen. In die Himmelsrichtung, in der es sich aufhält, sprechen sie Gebete und ziehen auf dem Boden unentwirrbare kabbalistische Linien. Oder, was noch unwirklicher anmutet, sie heilen es durch Besprechen seiner Fährte.

So bringen sie die Zeit in fruchtloser Betriebsamkeit hin.

Selten durchbricht ein Zwischenfall, eine heitere Abwechslung ihr einförmiges Leben.

Solidarisch, wie sie alle sind, leisten sie einander Hilfe in allen Lebenslagen. Ist einem von ihnen ein widerspenstiges Rind entlaufen, ergreift er die *guiada*,* schwingt sich auf seinen Renner, und schon sieht man ihn bei der Suche, über die Fährte gebeugt, den mit Buschmessern gehauenen Pfaden folgend. Bleibt die Unternehmung erfolglos, bittet er seinen nächsten Nachbarn um »Weidehilfe«, ein für jene bäurische Kavallerie typischer Ausdruck, und so reiten sie dahin, zu zehnt, zu zwanzig, behende, geräuschvoll, herzlich, und »preschen« querfeldein, fliegen die Abhänge hinauf und hinunter, pirschen durchs Dickicht der *caatinga*, bis das »Viech« am Ende des Wettrennens »zur Räson gebracht ist« und »klein beigibt« oder gewaltsam zu Boden geschleudert ist, bezwungen von eisernen Fäusten, die seine Hörner umklammern.

* Bezeichnung für den mit einer Eisenspitze bewehrten langen Hütestab, den Treibstachel, auch *aguilhada* genannt.

Diese solidarischen Anstrengungen treten am sinnfälligsten in der Arbeit der *vaquejada* zutage – im wesentlichen das Zusammentreiben und anschließende Sondern der Herden, die, zu verschiedenen benachbarten Landgütern gehörend, weit und breit auf einem einzigen, riesigen Weidegrund gemeinsam sich tummeln, ohne Zaun und ohne Graben.

Man veranstaltet sie im Juni und Juli.

An einem mehr oder weniger zentral gelegenen Ort, dem *rodeador*, zumeist in einer flachen und unbewachsenen Niederung, trifft sich das Hirtenvolk der Nachbarschaft. Hier verabreden sie die Einzelheiten ihrer Unternehmung. Einem jeden werden die Aufgaben zugeteilt, die ihm bei dem mühsamen Strauß obliegen. Und augenblicklich sprengen sie über die weite Arena auseinander und fallen in die umliegende *caatinga* ein, die ledergepanzerten Athleten.

Die Szene hat etwas vom wilden und erschreckenden Getümmel einer dahinjagenden Tatarenhorde.

In Minutenschnelle sind die Sertanejos verschwunden, eingetaucht ins umgebende Buschwerk. Eine Zeitlang liegt der Viehsammelplatz verödet da …

Mit einem Male erdröhnt in der Nähe ohrenbetäubendes Getrappel auf steinigem Grund, das Knacken brechender Zweige, das krachende Stoßen von Hörnern; knäuelartig quillt eine Staubwolke empor; unversehens fällt dicht gedrängt eine Anzahl Rinder in die Lichtung ein; gleich danach, auf seinem Pferd, das wie angewurzelt stehenbleibt, der Viehtreiber, straff im Steigbügel …

Nur einen Bruchteil des Bestandes bringt er mit. Er übergibt die Tiere den Gefährten, die dort zurückbleiben, um sie zu »flankieren«; dann sprengt er in scharfem Galopp davon, um die Suche zu erneuern. Unterdessen tauchen etwas weiter andere auf, und wieder andere in immer neuer Folge, aus allen Richtungen, im gesamten Umkreis des Sammelplatzes, auf dem es vor lauter Gerenne immer lebhafter und turbulenter zugeht: hörnerstoßende, den Boden aufscharrende Rinder und tänzelnde Pferde, unter deren wirrem Getrappel die Ebenen erzittern, einem lange rumorenden Erdbeben gleich. Seitab in der *caatinga* plagen sich die weniger glücklichen *vaqueiros* mit den widerspenstigen Farren. Der freilebende Bulle, der umherschweifende Jungstier scheut für gewöhnlich die Musterung. Tief taucht er in die *caatinga* ein. Der Viehtreiber folgt ihm, heftet sich ihm an die Fersen, spürt ihm nach bis in die entlegensten Tobel. Er läßt nicht locker, bis der Augenblick für die entscheidende Tat gekommen ist: Es gilt den Ausreißer mit einem jähen Vorstoß plötzlich einzuholen; schleunigst nach einer Seite sich in den Steigbügel fallen zu lassen, um, mit einer Hand die Mähne des Pferdes umklammernd, mit der andern den Schwanz des dahinjagenden Rindes zu ergreifen und es mit übermächtigem, seitlichem Ruck schwer zu Fall zu bringen. Darauf legt er ihm Fußschlinge oder Ledermaske an und führt es gebunden oder mit verdeckten Augen zum Sammelplatz.

Dort empfangen ihn mit lautem Hallo die Gefährten. Er erzählt von seiner Großtat. Sie erzählen sich von ihren Großtaten, und so tauschen sie ihre heldenhaften Erlebnisse aus, mit einer Fülle von ad hoc gefundenen Beiwörtern, die sich steigern vom spröden »schneidig« zum lang und heiser tremolierten »halsbrecherisch«.

Schließlich, bei Tagesausklang, die letzte Arbeit: das Zählen und Sondern der eingefangenen Tiere. Dann gehen sie auseinander, ein jeder zu seiner Fazenda, deren Rinder er vor sich hertreibt. Und durch die Einöde hallte der schwermütige, einförmige Singsang des *aboiado* …*

Indessen stehen ihnen, wie mühevoll diese Plackerei auch war, schlimmere bevor.

* *aboiar* – der Rinderherde vorsingen, die Rinder singend vorantreiben; es sind traurige und wenig abwechslungsreiche Volksweisen, die beim Führen und Beruhigen der Rinder von Nutzen sind und großen Einfluß auf sie ausüben, wenn sie voller Wehmut unterwegs gesungen werden. Juvenal Galeno, *Lendas e Canções Populares* [Volkstümliche Sagen und Lieder].

Langsam trottet die Herde dahin, im Rhythmus jenes traurigen und schwerfälligen Singsangs. Linkisch im Sattel, die Beine gespreizt, überschaut der *vaqueiro* die geeinte, um den Nachwuchs vergrößerte Herde, und immer wieder überschlägt er den zu erwartenden Gewinn: den Anteil, der dem Gutsherrn, und den, der ihm selbst kraft getroffener Vereinbarung zusteht. An Ort und Stelle zählt er die für den Markt bestimmten Tiere; betrachtet hier einen alten Ochsen, den er seit zehn Jahren kennt und aus alter Freundschaft nie auf den Markt gebracht hat; dort ein hinkendes dürres Kalb, in dessen Weiche ein spitzer Dorn steckt, der herauszuziehen ist; eine Strecke weiter läuft, mit verbundenen Augen und herausfordernd gehobenem Kopf, der ungebärdige Farre, den er in der *caatinga* bezwang, indem er ihn packte und »durch Schwanzruck« niederwarf, und der nur durch das Gedränge der anderen Tiere zu lenken ist. Ein wenig dahinter erblickt er den prachtvollen, dank dem ehrerbietigen Abstand der übrigen Rinder frei dahintrabenden, kraftstrotzenden Bullen, mit seinem mächtigen Nacken und seiner Büffelstatur der Neid der ganzen Umgebung, dessen feste und kurze Waffen, geborsten, gestutzt und voller Erde, wie sie sind, an die fürchterlichen Hörnerstöße bei Kämpfen erinnern, die er mit seinen starken Nebenbuhlern auf den Weiden ausfocht; und weiter schweift sein Blick, nach allen Seiten, über andere Rinder, die er alle kennt, die alle, eines wie das andere, ihm einen Zwischenfall, irgendeine Einzelheit seines schlichten, urwüchsigen Daseins ins Gedächtnis rufen.

Geordnet und langsam ziehen die Tiere des Weges, unter der schwermütigen Weise des *aboiado*, der sie anscheinend beruhigt und einwiegt mit seinem monotonen Kehrreim:

Ê cou mansão …
Ê cou … ê cão! …

hallt es wehmütig über die stummen Ödflächen …

Mit einem Male jedoch durchwogt ein Schauer, furcht ein jähes Beben jene Hunderte glänzender Rücken. Augenblicklich steht alles still. Da stoßen, verheddern, verkeilen sich und heben sich wildstochernd in der Luft und senken und verwirren sich Tausende von Hörnern. Der Erdboden erzittert; und die Herde »bricht aus«.*

Die Herde stürmt davon.

Nichts erklärt mitunter einen solchen Vorfall, der übrigens nichts Ungewöhnliches ist und der die Treiber zur Verzweiflung bringt.

Der belangloseste Zwischenfall kann ihn auslösen – der plötzliche Tiefflug einer *araquã* oder das flinke Huschen eines *mocó*. Eines der Rinder scheut und überträgt in einer schlagartigen nervösen Entladung seinen Schreck auf die gesamte Herde. Es ist ein einziger, fürchterlicher Ruck, der jäh sie vorwärtsschleudert und aufgeregt, wirr verknäult, kopflos dahinschießen läßt, jene massigen Tiere mit ihren ansonsten so trägen und schwerfälligen Leibern.

So jagen sie dahin: unmöglich, sie aufzuhalten oder einzuholen. Die *caatingas* werden niedergewalzt, Bäume umgerissen und geknickt, so daß Splitter und Reiser krachend fliegen; ein Gewimmel von Hörnern überschwemmt mit einemmal die Niederungen; es dröhnen, die Steine zerstoßend und zerbröselnd, Sturzfluten von trampelnden Hufen über die Halden; dumpf rollt über die Tafellande das unheimliche und anhaltende Grollen fernen Donners ...

In Minutenschnelle werden langjährige, mühsam bestellte Äcker zuschanden, zerstampft zu Haufen von Erdklumpen; flache *ipueiras* verkommen zu aufgewühlten Schlammpfuhlen; Behausungen werden eingerissen und niedergetrampelt,

* Die Verben *estourar* (platzen), *arrancar* (ausreißen) oder auch *arribar* (volkstümlich: sich davonmachen), mit der Viehherde als Subjekt, sind im brasilianischen Norden Synonyme und vielleicht ausdrucksstärkere Bezeichnungen für ein Vorkommnis, das in den Pampas *disparada* genannt wird, das plötzliche Durchgehen, Ausbrechen, Davonstieben der Herde.

von den entsetzten Bewohnern verlassen, die seitwärts fliehen, weg von dem geradlinigen Geländestreifen, auf dem die wilde Meute daherjagt – Tausende von Leibern, die ein einziger unförmiger, ungeheuerlicher, unbeschreiblicher Leib sind, der eines phantastischen Tieres, das in wahnwitzigem Lauf dahinschießt. Und zu diesem Getümmel stößt, die lebendige Lawine umkreisend oder voll Ungestüm auf die Bahn ihrer Zerstörungen sich werfend, in atemberaubendem Ritt über Schluchten, Gräben, Hügel und Gesträuche setzend, mit eingelegtem Stachelstock, mit verhängten Zügeln und losen Steigbügeln, in den Sattel gepreßt, an die Mähne geklammert: der Viehtreiber!

Mittlerweile sind die Gefährten zur Stelle, die von weitem den Ausbruch der Herde vernommen haben. Der Strauß hebt aufs neue an: neue Anstrengungen, neue Vorstöße, neue Heldenstücke, neue Risiken und neue Gefahren, die zu leisten, zu bestehen und zu überwinden sind, bis daß die Riesenherde, weniger dank der Mühe der sie einholenden und abdrängenden Viehtreiber als vielmehr durch Ermattung, allmählich erschlafft und schließlich innehält, vollständig abgehetzt.

Man bringt sie wieder auf den Pfad zur Fazenda; und aufs neue hallen traurig durch die Einöden die schwermütigen Töne des Hirtensingsangs.

Überlieferungen

Die Viehtreiber kehren zur Rasthütte zurück, wo sie, in Hängematten sich wiegend, einander von den dramatischen Höhepunkten der Rinderjagd oder von großartigen Jahrmarktabenteuern erzählen, damit beschäftigt, die Zeit in des Wortes wahrster Bedeutung totzuschlagen, während sie hin und wieder an dem überaus köstlichen *umbú*-Trank sich laben oder die unvergleichliche Delikatesse des *jerimum* mit Milch genießen.

In günstiger Jahreszeit, wenn die Anpflanzungen auf dem Schwemmland gedeihen und Futtergräser wie *panasco* und *mimoso* auf den ausgedehnten Weidegründen sprießen und nichts auf die nahende Dürre deutet, kultivieren sie die Faulheit in den wohltuenden Armen des Müßiggangs. In den Kleinstädten der Umgebung besuchen sie Reiterturniere und Maurenspiele, anachronistische Volksbelustigungen, welche die Sertãogemeinden seit drei Jahrhunderten unverändert, mit stets demselben Ablauf wiederaufführen. Dazu gehört die exotische *encamisada,* »Hemdensturm«, merkwürdigstes Beispiel für das Festhalten an ältesten Traditionen. Uralter Nachhall längst vergangener Zeiten mit ihren nächtlichen Überfällen und Angriffen auf die arabischen Burgen der Iberischen Halbinsel, wo dieser Brauch vollkommen in Vergessenheit geriet und sogar seine Bezeichnung nur mehr als ungewöhnlicher Archaismus* vorkommt, ist diese aufwendige und fesselnde Lustbarkeit, dargeboten bei Laternen- und Fackelschein, das höchste Entzücken der festfreudigen Buschbewohner – mit den langen Umzügen von Männern zu Fuß, die in weiße Gewänder oder nach Art der Muselmanen gekleidet sind, und von Männern zu Pferde, auf seltsam herausgeputzten Tieren, die alle unter Geplänkeln und Scheingefechten hurtig vorüberziehen.

Nicht alle freilich können daran teilnehmen. Fehlen den Sertanejos die Mittel, sich weit von ihren Behausungen zu entfernen, stürzen sie sich in die üblichen Zerstreuungen. In neuer Ledertracht suchen sie die lärmenden *sambas* und *cateretês* auf, sowohl die Ledigen – oftmals *famanazes no desafio*, bekannte Stegreifsänger mit ihrem *machete*, einer Art Zwerggitarre unter dem Arm, die hell zum *choradinho* oder *baião* erklingt – wie auch die Verheirateten, die ihre ganze »Verpflichtung« mitbringen, die Familie. Die Gäste werden mit dröhnenden Böllersalven begrüßt, und da im Innern der

* *Encamisada* – (veraltet) Nächtlicher Überfall, bei dem die Truppen sich mit langen Hemden verkleideten. Cândido de Figueiredo, *Novo Dicionário da Língua Portuguesa.*

Festlauben gewöhnlich der Platz für so viele nicht ausreicht, richtet man im Freien, auf einer sauber gefegten und mit Zweigen geschmückten Fläche, den mit Baumstümpfen, Stämmen und einigen wenigen Hockern möblierten, doch riesigen, mond- und sternenbeschienenen Tanzboden her. *Despontam o dia*, »sie eröffnen das Tagewerk« mit einigen kräftigen Zügen Branntwein, von ihnen *teimosa*, »der Hartnäckige« genannt. Und lautstark setzt das lebhafte Getrappel der *sapateados* ein.

Ein *cabra destalado*, ein »kecker Landmann«, *ralha na viola*, »schlägt die Gitarre«. Mit langsamen, geschmeidigen Bewegungen tanzen schmachtend die hübschen *caboclas*, man sagt, sie *serenam na danca*. »Forsch und flott« wirbelt der junge Sertanejo.

In den Pausen werden die »Herausforderungen«[43] ausgetragen.

Zwei urwüchsige Sänger treten als Widersacher an. Die munter hüpfenden Verse vermählen sich zu oftmals köstlichen Vierzeilern.*

Bei Gott, es sind keine Scherze!
Bereitet euch vor zum Applaus!
Ich fordre die ganze Erde
Zum Sängerstreit heraus!

* *Famanaz no desafio* – bekannter Stegreifsänger.
Choradinho und *baião* – volkstümliche Tänze im Norden.
Despontar o dia – den ersten Schluck irgendeines Getränkes zu Beginn der Festveranstaltung zu sich nehmen.
Destalado, brabo e corado, bala e onça, destabocado und ähnliche Wörter sind gebräuchliche Bezeichnungen für einen tatkräftigen, geschickten Menschen usw.
Serenar na dança – sehr ruhig und langsam tanzen, ohne ein Geräusch mit den Füßen zu machen.
Ralhar na viola – auf gekonnte Weise laut spielen.
In der Bezeichnung *teimosa*, »der Eigensinnige«, für Zuckerrohrschnaps steckt eine bewunderungswürdige Philosophie. Keine paßt besser zur Verlockung, die das Getränk für jene tapferen Männer darstellt und zu ihrem nie erfüllten Wunsch, es zu meiden.

Der Gegner pariert sogleich, indem er den letzten Vers der Strophe aufnimmt:

Zum Sängerstreit heraus?
Mein Freund, hier singt ein Könner,
Bekannt im Sertão als Meister,
Und dieser gewinnt den Strauß!

So beginnt der Kampf, der dann erst endet, wenn einer der Barden bei einem schwierigen Reim sich verhaspelt und ins Stocken gerät, nervös die Zwerggitarre zupfend, und die Umstehenden mit schallendem Gelächter seine Niederlage begrüßen. Und im Fluge gleitet die Nacht dahin bei dieser Belustigung, die alle mitreißt, bis »der erste Lichtstreif hervorbricht« und in den Tümpeln die *sericóias* singen, dem vergnügten Völkchen das Zeichen zum Aufbruch.

Ist das Fest vorüber, kehren die Viehhirten zur harten Arbeit oder bequemen Hängematte zurück.

Jahraus, jahrein brechen manche von ihren ruhigen Hütten zu fernen Gegenden auf. Sie setzen über den Rio São Francisco; tauchen westwärts ein in die ausgedehnten *campos gerais*, endlose Hochebenen, wo die Grenzen zwischen dem Becken des genannten Stromes und dem des Rio Tocantins in Sumpflandschaften zerfließen, deren Wasserläufe gleichermaßen zum São Francisco und zum Tocantins, gegen Morgen und gegen Abend sich wenden; und weiter dringen die *vaqueiros* vor nach Goiás oder nordwärts bis in die Gebirgsketten von Piauí.

Sie ziehen aus, um Vieh zu kaufen. Jene abgelegenen, schäbigen und obskuren Flecken, deren vorgeschobenster Porto Nacional[44] ist, beleben sich vorübergehend, dank dem Zug der »Bahianer«. Sie sind die Herrscher über die Märkte. In ihrem Lederharnisch, den Treibstachel schwingend, reiten sie, stattliche Gesellen auf ihren ungestümen Pferden, in jene Dörfer ein mit der schneidigen Verwegenheit glückhafter Triumphatoren. Und nach ihrer Heimkehr – wofern sie bei der gefahrvollen »Querung« der einförmigen Ödflächen nicht die Richtung verlieren und auf immer verschollen bleiben – nehmen sie ihr altes monotones und urtümliches Leben wieder auf …

Die Dürre

Plötzlich eine tragische Wendung.

Die Dürre zieht herauf. Der Sertanejo ahnt sie und sagt sie voraus, dank dem eigentümlichen Rhythmus, mit dem die Geißel sich anbahnt.

Indessen flieht er nicht sogleich, räumt vielmehr Schritt für Schritt das Land, in das die von Ceará her ausstrahlende Höllenglut eingefallen ist.

Buckle verweist in einem denkwürdigen Passus auf die Anomalie, daß der Mensch sich niemals an die Naturkatastrophen seiner Umgebung gewöhne. Kein Volk wird durch Erdbeben in größere Schrecken versetzt als das peruanische, wiewohl die dortigen Kinder, kaum zur Welt gekommen, von der schwankenden Erde in der Wiege geschaukelt werden.

Doch unser Sertanejo ist eine Ausnahme von der Regel. Die Dürre schreckt ihn nicht. Sie gehört zu seinem peinvollen Leben, umrahmt es mit fürchterlichen Szenerien. Stoisch tritt er ihr entgegen. Den überlieferten Qualen zum Trotz, die er aus zahllosen entsetzlichen Episoden kennt, klammert er sich mit aller Macht an die Hoffnung auf einen Widerstand, der unmöglich ist.

Mit den dürftigen Hilfsmitteln eigener und von den Vätern überkommener Beobachtungen, worin praktische Erfahrungen mit Hirngespinsten des Volksglaubens sich mengen, hat er stets dem Übel nachgeforscht, um es zu erkennen, auszuhalten und zu bewältigen. Mit ungewöhnlicher Gelassenheit wappnet er sich zum Kampf. Zwei oder drei Monate vor der Sommersonnenwende befestigt und verstärkt er die Stauwehre, oder er reinigt die Brunnen. Er bereitet die Ackerflächen vor und zieht Furchen auf den schmalen Streifen bestellbarer Erde längs der Bachläufe. So ist er für den Anbau schnellwachsender Pflanzen nach den ersten Regenfällen gerüstet.

Sodann versucht er, die Zukunft zu entschleiern. Er hebt die Augen zum Firmament, späht fortwährend in alle Himmelsrichtungen und forscht nach den geringfügigsten Anzeichen im Gelände …

Da zeigen sich ihm die Symptome der Plage in ihrer Verkettung, in ihrer unverrückbaren Abfolge, gleich Vorboten einer zyklischen Krankheit, des furchtbaren Wechselfiebers der Erde. Eilig ziehen im Oktober die »*cajú*-Regen« durchs Land, Spritzer, die in den glühenden Lüften rasch und spurlos verfliegen; und die *caatingas* – hie und da zunächst, endlich überall – verfärben sich mit welkenden Bäumen, deren graue Tupfer immer zahlreicher und größer werden, gleich der Asche unsichtbar schwelender Brände; und der Boden wird rissig; und langsam fällt der Wasserspiegel in den Brunnen … Zugleich bemerkt er, daß die Tage, glühend schon in der Morgenröte, in sengender Hitze verlaufen, wogegen die Nächte immer kälter werden. Mit der Gier eines Schwammes saugt die Atmosphäre dem Sertanejo den Schweiß von der Stirn, während sein Lederharnisch, nunmehr ohne die ursprüngliche Geschmeidigkeit, immer härter auf die Schultern drückt, knochentrocken, steif, als wäre er ein Bronzepanzer. Und an den tagtäglich kürzeren, dämmerungslosen Abenden schaut er betrübt den ersten Schwärmen der Zugvögel nach, hoch in den Lüften, die sich aufmachen zu anderen Klimazonen …

Das ist das Vorspiel zu seinem Unglück.

Immer deutlicher sieht er es nahen, mit einem Crescendo bis Dezember.

Er ist auf der Hut: mustert besorgt die Rinder in ihren schattigen Gehölzen; durchstreift die ausgedehnten Weideplätze; sucht zwischen den verödenden Hochplateaus die freundlicheren Talgründe auf, wohin er die Herden treibt.

Und ergeben wartet er auf den Dreizehnten besagten Monats. An diesem Tage nämlich vergönnt ihm ein uralter Brauch, durch Befragen der Vorsehung die Zukunft zu ergründen.

Es ist die althergebrachte Santa-Luzia-Probe. Am 12. Dezember legt er, wenn es dunkelt, im Freien sechs Salzkristalle nebeneinander aus, deren Abfolge von links nach rechts für die sechs kommenden Monate steht, Januar bis Juni. In der Morgenröte des 13. nimmt er sie in Augenschein: Sind sie unversehrt, weissagen sie Dürre; ist nur das erste gelöst und in eine klare Perle verwandelt, steht mit Sicherheit Regen im Januar bevor; ist es das zweite, dann im Februar; sind es die meisten oder alle, wird es unfehlbar einen ersprießlichen Winter geben.*

Diese Probe ist wundervoll. Wenngleich mit dem Makel des Aberglaubens behaftet, hat sie eine positive Grundlage und ist annehmbar, geht man davon aus, daß sie Rückschlüsse auf eine höhere oder niedrigere Luftfeuchtigkeit und demzufolge auf eine größere oder geringere Wahrscheinlichkeit atmosphärischer Tiefs erlaubt, die Regenwolken anziehen können.

Gleichwohl, selbst nach dieser Probe, so altüberliefert sie ist, zaudert der Sertanejo noch. Nicht immer sinkt ihm der Mut, und sei die Prophezeiung noch so düster. Geduldig wartet er die Tagundnachtgleiche des Frühjahrs ab, um die Elemente definitiv zu befragen. Drei lange Monate harrt er voll Bangigkeit aus, und am Sanktjosefstag, dem 19. März, hält er nach einem neuen Fingerzeig Ausschau, dem letzten.

Dieser Tag ist dem Sertanejo ein Querschnitt der nachfolgenden Monate. Er skizziert ihm, auf zwölf Stunden zusam-

* »Es wird berichtet, daß man diese Probe in Ceará einst vor den Augen des Naturforschers George Gardner anstellte; dieser Gelehrte jedoch, der aufgrund seiner meteorologischen Untersuchungen zu einem anderen Ergebnis als die Heilige gekommen war, habe in seinem verqueren Portugiesisch ausgerufen: *Non! Non! Luzia mentiu …«* [zu deutsch etwa »No! No! Luzia hat gelogen«].
Sílvio Romero, *Estudos sobre a Poesia Popular no Brasil* [Studien zur Volkspoesie in Brasilien].[45]

mengedrängt, alle bevorstehenden Wetterverhältnisse. Regnet es an diesem Tage, wird der Winter Regen bringen; durchmißt aber die Sonne glühend das wolkenlose Firmament, sind alle seine Hoffnungen zunichte.

Unentrinnbar naht die Dürre.

Vereinzelung in der Wüste

Nun wird der Sertanejo ein anderer. Nicht länger ist er der unverbesserlich Träge oder der heftig Ungestüme, der immerzu im Galopp über Trampelpfade jagt. Er wächst über seine Schlichtheit hinaus. Geduldig und zäh, mit der souveränen Gelassenheit der Starken, faßt er das unaufhaltsame Schicksal fest ins Auge; und setzt sich zur Wehr. Die Geschichte des Heldentums kennt im Sertão der Nachwelt auf immer verlorene, staunenswerte Tragödien. Unmöglich, sie zu vergegenwärtigen oder sie auszumalen. Sie gehen aus einem Kampf hervor, den niemand schildert – dem Aufstand der Erde wider den Menschen. Dieser betet zunächst, die Augen himmelwärts erhoben. Sein erster Beistand ist der Glaube. Die wundertätigen Heiligenfiguren auf dem Arm, die Kreuze hochaufgerichtet, die Tragegestelle geschultert, die flatternden Heilig-Geist-Fahnen[46] hochgehalten – so ziehen sie dahin, über die kahlen Ebenen, ganze Familien, nicht mehr nur die Starken und Gesunden, sondern selbst die hinfälligen Greise und lahmenden Siechen, Schultern und Kopf mit Feldsteinen beladen, die Heiligen von einem Ort zum andern schleppend. Tagelang hallen monoton durch die Einöden die trübseligen Litaneien der langsam einherschreitenden Bittprozessionen. Nächtelang flackern über die Hochplateaus die wandernden Kerzen der Büßer ... Doch die Himmel bleiben unselig heiter; die Sonne schleudert Blitze zur Erde; beängstigend greift die Erstarrung der Dürre um sich. Der Hinterwäldler betrachtet seinen erschrockenen Nachwuchs, schaut bekümmert nach den hinfälligen Rindern, die auf dem Grund der ausgetrockneten *ipueiras* sich sammeln oder weiter entfernt in Gruppen träge umherirren und, den Nacken gebeugt, den Kopf am Boden, unter klagendem Gebrüll »nach Wasser schnüffeln«; und ohne im Glauben nachzulassen, ohne an der ihn zermalmenden Vorsehung zu verzweifeln, rüstet er sich, zu den üblichen Tageszeiten die gewohnten Gebete murmelnd, zum letzten Opfergang. Mit Picke und Hacke rückt er dem Erdreich zu Leibe, um in tieferen Schichten das von der Oberfläche gewichene Naß zu suchen. Bisweilen wird er fündig; ein andermal, nach unsäglichen Strapazen, stößt er auf eine Felsplatte, die alle aufgewendete Mühe zunichte macht; und wieder andere Male, der häufigste Fall, muß er mitansehen, wie ein dünnes unterirdisches Rinnsal ein oder zwei Tage, nachdem er es aufgespürt hat, versiegt, vom Erdboden aufgesogen. Hartnäckig folgt er ihm und treibt den Minenschacht tiefer und tiefer, auf der Suche nach dem flüchtigen Schatz. Schließlich kehrt er abgekämpft an den Rand des selbstgeschaufelten Grabes zurück, einem ausgegrabenen Toten ähnlich. Doch da eine ungewöhnliche Genügsamkeit ihm erlaubt, tagelang mit wenigen Handvoll *paçoca*, geröstetem Maniokmehl, auszukommen, läßt er den Mut so rasch nicht sinken.

Dort liegt ja, rings um ihn her, die *caatinga*, seine wildwachsende Vorratskammer. Er durchstöbert sie, zerhackt die *mandacarús*, die durststillenden Säulenkakteen, oder die frischen Triebe der *juazeiros*, die den ausgehungerten Rindern als Futter dienen; die Stengel der *ouricurí*-Palme schlägt er ab und zerreibt sie, knetet und backt das Ganze zu einem schauderhaften Brot, dem *bró*, das die Hungernden trügerisch sättigt und ihre Bäuche aufbläht; er füllt die Gestelle in seiner Küche mit *coquilho*-Nüssen; reißt die verdickten Wurzeln der *umbú*-Bäume heraus, die seine durstigen Kinder laben, während er selbst sich mit dem herben Saft aus den Sprossen des *xiquexique*-Kaktus begnügt, der die Stimme dessen, der ihn trinkt, heiser macht oder ganz verstummen läßt; und er bürdet sich ein Übermaß an Arbeiten auf, sucht unentwegt nach allen erdenklichen Auskunftsmitteln, um – stark und liebevoll, wie er ist – sich zu wehren und mit seiner übermenschlichen Energie dem geschwächten Nachwuchs und den ihm anvertrauten Herden Beistand zu leisten.

Seine Anstrengungen aber bleiben vergeblich.

Die Natur bekämpft den Sertanejo nicht nur mit der Wüste. Sie bevölkert sich, umgekehrt zur Flucht der *seriemas*, die zu anderen »Tafellanden«, und der *jandaias*, die zur fernen Küste fortfliegen, mit einer grausamen Fauna. Myriaden von Fledermäusen verschlimmern die »magere Zeit«, stürzen sich auf das Vieh und raffen es dahin. Überall kriechen Klapperschlangen, um so zahlreicher, je heißer die Sommerglut, raselnd durch das versengte Gesträuch.

Des Nachts umschleicht der tückische und räuberische Puma, der ihm die Kälber und Jungrinder reißt, sein ärmliches Gehöft.

Ein weiterer Feind, den es zu bezwingen gilt.

Mit einem brennenden Holzscheit stürzt der Sertanejo auf den verödeten Platz vor dem Haus, um ihn zu erschrecken und zu verscheuchen. Und weicht das Tier nicht zurück, greift er es an. Doch nicht mit der Schußwaffe, denn er weiß, daß der Puma, ist die Kugel fehlgegangen oder nicht tief genug eingedrungen, »sich auf den Pulverqualm stürzt« und dann unbesiegbar ist.

Der Kampf mit der blanken Waffe ist ergreifender. Der geschwächte Athlet, den Gabelstock in der Linken und das Messer in der Rechten, reizt und provoziert das Untier zu einem mächtigen Satz, unterläuft es und durchbohrt es mit einem einzigen Stoß.

Nicht immer jedoch kann er das abenteuerliche Heldenstück wagen. Ein absonderliches Leiden vervollständigt sein Unglück – die Hemeralopie. Diese Scheinblindheit ist paradoxerweise eine Reaktion auf das Licht, eine Wirkung der hellen und heißen Tage, der gleißenden Firmamente, des lebhaften Wallens glühender Luftschichten über der nackten Erde. Das Auge ist übersättigt. Kaum versinkt im Westen die

Sonne, vermag das Opfer nichts mehr zu sehen. Es ist blind. Die Nacht umfängt es, jählings, bevor sie das Land verhüllt. Und anderntags in der Frühe lebt sein Augenlicht wieder auf, entfacht vom ersten Schimmer am östlichen Horizont, um des Abends erneut zu verlöschen, in schmerzvollem Wechsel.

Mit dem Augenlicht kehrt seine Tatkraft zurück. Noch gibt der Sertanejo sich nicht geschlagen. Um Durst und Hunger seiner Kinder zu betäuben, bleiben ihm noch die *mangarás*, die zarten Stengel wilder Ananasgewächse. Mit solch barbarischen Delikatessen gaukelt er ihnen Mahlzeiten vor.

Er macht sich auf zu den Weideplätzen, nunmehr zu Fuß, denn der bloße Anblick seines Pferdes bricht ihm das Herz. Dort angekommen, besieht er den Ruin des Landguts: gespenstische Rinder, die aus unerfindlichen Gründen noch am Leben sind, unter abgestorbenen Bäumen zusammengesunken oder ihr eingefallenes Gerippe mühsam auf dürren Beinen aufrecht haltend oder träge und unsicher trottend; Rinder, die seit Tagen verendet und unberührt daliegen, selbst von den Geiern verschmäht, da die eingedorrte Haut der Kadaver ihren Schnabelhieben trotzt; trübsinnige Rinder, die eine Lichtung mit rissigem Boden umstehen, wo einst ihre bevorzugte Tränke war; und – was den Viehhirten am meisten schmerzt – die noch nicht gänzlich entkräfteten Rinder, die vertrauensvoll auf ihn zukommen und ihn umringen, mit langgezogenem und traurigem Brüllen ihn anflehen, als weinten sie.

Und nicht ein Säulenkaktus erhebt sich weit und breit; abgefressen sind die letzten grünen Zweige der *juazeiros* ...

Unweit aber verschränken sich undurchdringliche *macambira*-Hecken. Ein letzter Notbehelf. Mit seinem Feuerzeug steckt er die ausgedörrten Blätter in Brand, um sie durch rasches Abflämmen von den Dornen zu befreien. Und wenn die Rauchschwaden sich knäueln und in der glasklaren Luft verfliegen, sieht man von allen Seiten, schwerfällig stolpernd wie lahmende Tiere, die mageren Hungerrinder zur letzten Futterstelle kommen ...

Schließlich sind alle Mittel ausgeschöpft, und die Lage bleibt unverändert. Nicht der leiseste Fingerzeig auf baldige Regenfälle. Keineswegs schwitzt die Rinde der *marizeiros*, was ein Vorzeichen wäre. Mit ungebrochener Stärke braust der Nordost über die Hochflächen, im knarrenden Geäst der *caatinga* langgezogen heulend und pfeifend; und vom wolkenlosen Himmelsgewölbe schüttet die gleißende Sonne die unlöschbaren Brände der Sommerhitze aus. Der Sertanejo, von Schicksalsschlägen überwältigt, beugt sich am Ende.

Eines Tages kommt die erste Schar der »Dürreflüchtlinge« vorüber. Voll Bestürzung sieht er, wie die Bejammernswerten den Platz vor seiner Behausung queren und an der nächsten Wegbiegung in einer Staubwolke entschwinden. Tags darauf eine weitere Schar. Und weitere folgen. Der Sertão entvölkert sich.

Da widersteht er nicht länger. Er gesellt sich einem jener Haufen zu, die dort einherziehen, die Pfade mit Gebeinen säumend, und so zieht er mit im unendlich dornenvollen Exodus zur Küste, zu den fernen Gebirgen, irgendwohin, wo das Urelement des Lebens, die Sonne, ihm nicht den Tod bringe.

Er erreicht jene Orte. Er ist gerettet.

Monate gehen ins Land. Die Plage hat ein Ende. Da taucht er wieder auf. Übermächtig ist die Sehnsucht nach dem Sertão. Er wandert zurück. Frohgemut kehrt er heim, mit frischer Kraft, ein Lied auf den Lippen; uneingedenk aller Heimsuchungen, zurück zu den flüchtigen Stunden eines zerbrechlichen, unsteten Glücks, zurück zu den langen Tagen anhaltender Nöte und Prüfungen.

Mischreligion

Derart vereinzelt in einem Land, das nichts von ihm weiß, in offenem Kampf mit der Umwelt, die seinem Organismus und Temperament ihre außergewöhnliche Rauheit offenbar eingeprägt hat, nomadisch oder wenig seßhaft, wie er ist, fehlt dem Sertanejo eigentlich noch die organische Fähigkeit, sich einer höheren Zivilisationsstufe anzuverwandeln.

Die Enge seines Wirkungskreises hat seine psychische Höherentwicklung verzögert. Religiös gesehen befindet er sich in der Phase eines unbegriffenen Monotheismus, durchsetzt mit einem überspannten Mystizismus, worin die Fetischverehrung des Afrikaners und des Indios nachwirkt. Er ist der Urwüchsige, Kühne und Starke, doch zugleich der Leichtgläubige, der ohne weiteres von den unsinnigsten Ausgeburten des Aberglaubens sich hinreißen läßt. Deren Analyse würde die Verschmelzung unterschiedlicher emotionaler Entwicklungsstufen zutage fördern.

Seine Religion ist – wie er selbst – eine Mischung.

Auf dieselbe Art, wie er die physischen und physiologischen Merkmale der Ursprungsrassen in sich vereint, faßt er auch ihre seelischen Eigenschaften zusammen. Er ist ein Abriß des Lebens dreier Völker. Und seine absonderlichen Einbildungen bringen die nämliche gewaltsame Annäherung ungleichartiger Tendenzen zum Ausdruck. Sie zu beschreiben erübrigt sich. Da sind die haarsträubenden Geschichten vom mutwilligen und boshaften *caapora*, einem Kobold, der in schaurig-hellen Mondnächten auf einem störrischen *caititú*-Eber über die öden Hochflächen galoppiert; die Geschichten von den diabolischen, einbeinigen *sacís* mit ihrer roten Mütze, die in gespenstischen Freitagnächten den verspäteten Wanderer überfallen, vereint mit den Werwölfen und den nachtwandlerischen *mulas-sem-cabeça*, den in kopflose Maultiere verwandelten Priesterliebchen; die Geschichten von allen möglichen Geistererscheinungen, von den Lockungen des Widersachers, des Teufels, jenes unseligen Sendboten himmlischen Zorns auf Erden; ferner die Bittgebete an St. Campeiro, einen Heiligen *in partibus infidelium*,[47] von den Sertanejos selbst kanonisiert, dem sie auf den Weiden Kerzen anzünden, damit er beim Wiederauffinden verlorener Gegenstände behilflich sei; die okkultistischen Segenssprüche zur Heilung von

Tieren, zum »Besprechen« und »Bannen« des Wechselfiebers; alle erdenklichen Spukgesichter, alle phantastischen Erscheinungen, alle abstrusen Prophezeiungen wahnhafter Messiasgestalten; und die gottgefälligen Wallfahrten; und die Missionskampagnen; und die Bußübungen – all diese komplexen Äußerungen einer unbestimmten Frömmigkeit sind erklärbar.

Geschichtliche Faktoren der Mischreligion

Unschwer ließen sich die genannten Erscheinungen als Mischung von Glaubensrichtungen kennzeichnen. Offen zutage liegen der Anthropomorphismus des Wilden, der Animismus des Afrikaners und, darüber hinaus, sogar die Gemütsart der höheren Rasse aus dem Zeitalter der Entdeckung und Landnahme.

Dieser letztere Aspekt ist ein bemerkenswerter Fall von historischem Atavismus.

Betrachten wir die religiösen Gärungen im Sertão und die sonderbaren Wanderprediger und Messiasgestalten, die immer wieder ihn durchziehen, jene von Geißelungen zermarterten Asketen, die ihre stets zahlreiche Gefolgschaft aufhetzen, mitreißen, beherrschen, um den Verstand bringen – dann kommt uns spontan die kritischste Phase der portugiesischen Seele in den Sinn, als, seit dem späten 16. Jahrhundert, das erstaunlichste der Völker, nachdem es kurzzeitig im Mittelpunkt der Geschichte gestanden, unversehens in raschen Verfall geriet, den die orientalische Prachtentfaltung am manuelinischen Hofe[48] nur mühsam verbrämte.

Die eigentliche Besiedelung unseres Landes setzte unter König Dom João III. ein, just auf dem Höhepunkt umfassender geistiger Zerrüttung, als »alle Schrecknisse des Mittelalters im iberischen Katholizismus sich kristallisierten«.

Eine schwere Erblast ungereimter Hirngespinste, im Küstenstrich durch Einwirkung anderer Glaubensrichtungen und anderer Rassen erloschen, hat im Sertão sich unverändert erhalten. Sie kam mit den leicht zu beeindruckenden Scharen, die nach Brasilien strömten, sobald im Morgenland der Traum vom indischen Wunder zerronnen war.[49] Die religiöse Inbrunst jenes wilden Mystizismus, der die Ankömmlinge erfüllte, war ein Abglanz der rotglühenden Scheiterhaufen der Inquisition, die damals auf der Pyrenäenhalbinsel wüteten. Sie gehörten demselben Volk an, das in Lissabon, qualvoll besessen von Wundererwartungen und befallen von plötzlichen Sinnestäuschungen, über dem Königspalast unheilverkündende Totenladen schweben sah, geheimnisvolle Flammenzungen, Rotten von Mauren in weißen Burnussen, die prozessionsartig dahinschritten, kämpfende Paladine hoch in den Lüften ... Es war derselbe Menschenschlag, der nach Alcácer-Quibir,[50] mitten in der Zeit der »nationalen Auszehrung«, nach einem drastischen Wort von Oliveira Martins, angesichts des bevorstehenden Zusammenbruchs keine andere Rettung wußte als das höhere Elixier messianischer Hoffnungen.

In der Tat, betrachten wir die heutigen Wirren im Sertão und ihre Anstifter, die wahnerfüllten Messiasgestalten, fallen uns unweigerlich die aufrüttelnden Propheten des damaligen Iberiens ein – der »König von Penamacor« oder der »König von Ericeira«, die, zum Martyrium bereit, über den Saum der Gebirge wanderten und zu derselben Verstiegenheit, zu demselben Wahn, zu derselben krankhaften Träumerei die leichtgläubigen Volksmengen mitrissen.

Dieser historische Bogen spannt sich über drei Jahrhunderte. Doch er paßt exakt, vollständig, fugenlos. Die Zeit ist stehengeblieben für die bäurische Gesellschaft des Sertão, die, abgekoppelt vom allgemeinen Gang der menschlichen Evolution, noch immer die geistige Atmosphäre jener Schwärmer atmet, die in ihrer Narretei einem Bandarra oder Miguelinho nachliefen. Hierzulande fehlt nicht einmal, um die Analogie zu vollenden, die politische Mystik des Sebastianismus. In Portugal erloschen, behauptet er sich bis zum heutigen Tage auf sonderbar eindrucksvolle Weise in den Sertãogebieten des Nordens.

Doch greifen wir nicht vor.

Wechselvolle Frömmigkeit des Sertanejo

Diese atavistischen Überreste fanden in unserm Milieu einen günstigen Nährboden und führten zu einer Psychologie besonderer Art.

Der Mensch des Sertão, das zeigt unsere Skizze, lebt, mehr als jeder andere, in Funktion des ihn umgebenden Landes. Er ist eine abhängige Variable im Zusammenspiel der Elemente. Die Einsicht, zu schwach zu sein, um diese zu bezwingen, verstärkt seine beständige Anrufung des Wunderbaren, seine Erniedrigung zum einfältigen Mündel der Gottheit. In erquicklicheren Gefilden wäre das Bedürfnis nach übernatürlicher Bevormundung weniger gebieterisch. Im Sertão jedoch verzahnen sich gewissermaßen die inneren Triebkräfte mit den wechselvollen äußeren Lebensumständen, und aus dieser Verschränkung ergibt sich, analog dem von uns bereits beobachteten Gegensatz zwischen überspanntem Ungestüm und zermürbender Apathie, ein Nebeneinander von fatalistischer Gleichgültigkeit gegen die Zukunft und religiöser Überspanntheit. Die Unterweisungen der Missionare konnten sich den allgemeinen Tendenzen ihrer Epoche nicht ganz entziehen. Daher läßt in aufgewühlten Zeiten das unfertige Bewußtsein der Hinterwäldler, gleich einem Palimpsest, unter den herrlichen Idealen eines unbegriffenen Katholizismus alle Stigmata eines niederen Entwicklungsstadiums durchscheinen.

Denn selbst in Perioden der Normalität ist seine Frömmigkeit unbestimmt und schillernd. So wie die Haussa-Neger, unter Anverwandlung des gesamten Joruba-Rituals[51] an die christliche Liturgie, das abwegige, aber selbst in der Hauptstadt von Bahia alltägliche Phänomen zustande bringen, an kirchlichen Zeremonien nach der Satzung ihrer Götzen teilzunehmen, eilen die Sertanejos, unglückliche Erben uralter Laster, aus den weihevollen Messen schnurstracks zu den wilden Festmahlen der afrikanischen *candomblés* oder indianischen *poracês*. Es verwundert nicht, daß ihre unbestimmte Religiosität verblüffende Antinomien aufweist.

Wer die Familie des Sertanejo bei einbrechender Nacht im Dämmerlicht der Öllämpchen vor dem plumpen Gebetsschrein oder dem höchst armseligen Heiligenbild betrachtet, wie sie für die Seelen der geliebten Toten betet oder Erbauung für das dornenreiche Leben sucht, den entzückt dieses Bild.

Der Totenkult ist eindrucksvoll. An abgelegenen Orten, weitab von den Siedlungen, bestattet man die Verstorbenen am Wegesrand, damit sie nicht gänzlich verlassen seien, damit sie stets von den Vorüberkommenden in ihre Fürbitten eingeschlossen werden, damit diese stets an dem Kreuz eine Blume, einen Zweig, ein flüchtiges, doch stets erneuertes Andenken niederlegen. Und der dahinsprengende *vaqueiro* zügelt sein Pferd mit einem Ruck vor dem schlichten Mahnmal – ein Kreuz auf geschichteten Steinen –, dann zieht er entblößten Hauptes langsam vorüber und betet für das Seelenheil jemandes, den er vielleicht nie gesehen hat, der vielleicht sein Feind war.

Die Erde ist ein unerträglicher Ort der Verbannung, der Tote immer ein Glückseliger.

Das Ableben eines Kindes ist ein Festtag. Gitarren erklingen in der Hütte der armen Eltern, die unter Tränen frohlocken; ausgelassen wirbelt der Samba; laut erschallen die Verse der wettstreitenden Stegreifsänger; derweilen nebenan, zwischen zwei Karnaubakerzen, blumenumkränzt, das »Engelchen«[52] aufgebahrt liegt und mit einem letzten erstarrten Lächeln höchste Beglückung darüber ausstrahlt, daß es zu den Himmeln, zur ewigen Glückseligkeit heimkehrt – die beherrschende Sorge jener einfältigen und urwüchsigen Seelen.

Doch weist das Bild der in mancher Hinsicht so anziehenden Frömmigkeit auch abstoßende Züge auf, bestialische Verirrungen, die sie verunstalten oder besudeln.

Pedra Bonita

Die religiösen Wirrungen im Sertão, von Maranhão bis Bahia, haben noch keinen Geschichtsschreiber gefunden. Wir können sie nicht einmal skizzieren. Greifen wir aus einer Vielzahl einschlägiger Begebenheiten aufs Geratewohl eine heraus.

In der Gegend von Pajeú, in Pernambuco, bilden die letzten Ausläufer der Granitformationen des Küstenstrichs in der Serra Talhada bizarr geformte Erhebungen, die, majestätisch das Umland beherrschend, ein weites Amphitheater bilden, betretbar nur durch eine enge Klamm zwischen senkrechten Wänden. In jener Senke ragt, einer riesigen Kanzel gleich, ein einzelner Felsblock empor, Pedra Bonita.

An diesem Orte spielten sich im Jahre 1837 Szenen ab, die an die schaurigen Riten der Aschanti[53] erinnern. Ein Mestize oder Zambo, ein religiöser Schwärmer, rief dorthin alles Volk der Umgebung zusammen, und hoch auf dem Felsen stehend, verkündete er tiefüberzeugt die baldige Heraufkunft des verwunschenen Reiches von König Dom Sebastião. Sobald der Fels, den er bestiegen, zertrümmert sei, nicht durch Hammerschläge, sondern durch die Wunderkraft von Kinderblut, das man darüber als Sühneopfer verspritzen müsse, werde der große König inmitten seiner funkelnden Heerschar auf den Plan treten, um unerbittlich die Undankbaren unter den Menschen zu strafen, diejenigen aber mit Reichtümern zu überhäufen, die zur »Entzauberung« beigetragen hätten.

Ein neurotischer Schauer durchzuckte den Sertão ...

Der Irregeleitete fand ein fruchtbares Milieu für die Ausbreitung seines Wahnes. Den grausigen Altar umdrängten Mütter, die ihre Kindlein emporhielten, im Streit um den Vortritt bei der Opferung. In Strömen sprudelte das Blut den Felsen herab und sammelte sich ringsum, und zwar, wie damalige

Zeitungen behaupteten, in solchen Mengen, daß, nachdem man der schaurigen Posse ein Ende gesetzt hatte, der Aufenthalt an diesem verseuchten Orte unmöglich war.

Andererseits stehen solchen Verirrungen ebenso eindrucksvolle Begebenheiten anderer Art entgegen. Willenlos ist das Gemüt des *matuto* den es schüttelnden Einflüssen ausgeliefert. Ihnen folgend, schwankt es zwischen äußerster Bestialität und höchster Selbstaufopferung.

Wir sahen es soeben irregeleitet durch den Fanatismus. Sehen wir es nun geläutert durch den Glauben.

Monte Santo

Monte Santo ist ein legendenumrankter Ort.

Als im 17. Jahrhundert das Hinterland wegen der jüngst entdeckten Bodenschätze einen mächtigen Sog auf den Küstenstrich auszuüben begann und die Abenteurer in den Sertão des Nordens eindrangen, um die Bergketten bei Jacobina zu erreichen, vom Glanz der »Silberminen« betört und der rätselhaften Route des Belchior Dias Moréia nachspürend, da verweilten sie lange in Monte Santo. Der einsame Gebirgszug – in den eigenwilligen Wegbeschreibungen der *bandeirantes* Piquaraçá geheißen – beherrschte den ganzen Horizont und wies den ortsunkundigen Scharen die Richtung.

Außerdem lockte er sie um seiner selbst willen mit unwiderstehlicher Kraft.

An einer seiner Flanken nämlich erblickte man, von Zyklopenhand mit großen, aneinandergefügten Felssteinen geschrieben, sonderbare Buchstaben – ein A, ein L und ein S –, flankiert von einem Kreuz, so daß man glauben mochte, eben hier, und nicht weiter westlich oder südlich, liege das ersehnte Eldorado.

Doch vergeblich durchstreiften die Nacheiferer des listigen Muribeca[54] das Gebirge, so daß sie schließlich mit ihren Truppen, bestehend aus befriedeten Potiguara-Indianern und musketenbewehrten Fremdlingen, anderen Himmelsgegenden sich zuwandten …

Jene *serra* entschwand aufs neue zwischen den von ihr beherrschten Hochplateaus …

Am Ende des 18. Jahrhunderts jedoch entdeckte sie ein Missionar – Apolônio de Todi. Von dem alten Missionsort Maçacará herüberkommend, war dieser größte Apostel des Nordens vom Anblick des Gebirges, das er »dem Kalvarienberg von Jerusalem ähnlich« befand, so ergriffen, daß er sogleich die Errichtung einer Kapelle ins Auge faßte. Sie war der Anfang des primitivsten und großartigsten Heiligtums, das die Frömmigkeit schuf.

Ausführlich beschreibt der Priester Beginn und Verlauf der Bauarbeiten sowie die bereitwillige Unterstützung, die ihm von den Bewohnern der näheren Umgebung zuteil wurde. Er schildert die Schlußzeremonie, die erhabene und gemessene Prozession, die den Berg erklomm, geschüttelt von heftigen Sturmböen, die aus den Ebenen aufstiegen und die Fackeln löschten; und endlich die Bußpredigt, worin er das Volk ermahnte, »es möge an den heiligen Festtagen die heiligen Stätten aufsuchen, alldieweil es in solchem Mangel an geistlichem Beistand lebte«.

»Und dann«, so schließt er seinen Bericht, »sagte ich ihnen, einer plötzlichen Eingebung folgend, sie sollten dieses Gebirge nicht länger ›Serra de Piquaraca‹ nennen, sondern ›Serra de Monte Santo‹«.

Und so entstand das wundersame Heiligtum, ein Baudenkmal, das die Natur und der Glaube errichteten, höher als die höchsten Kathedralen der Erde.

Die Bevölkerung des Sertão vollendete das Werk des Missionars.

Wer heute den langgezogenen, über drei Kilometer führenden Kreuzweg emporsteigt, an dem in Abständen fünfundzwanzig steinerne Kapellen stehen, mit Gemälden von den »Leidensstationen« darinnen, der ermißt die Ausdauer und Zähigkeit der aufgewendeten Anstrengungen.

Jener von bekrönten Mauern geschützte, bald gepflasterte, bald stufig in den gewachsenen Fels gehauene oder schräg emporsteigende, weißleuchtende Fußsteig aus Quarzit, über den seit hundert Jahren die Litaneien der Fastenprozessionen hallen und bereits Legionen von Büßern geschritten sind, ist ein Wunderwerk roher und kühner Ingenieurskunst. Anfangs geht er das Gebirge mit schroffer Neigung an, mit einer Steigung von etwa zwanzig Grad. Beim vierten oder fünften Kapellchen macht er eine Kehre nach links und setzt sich mit geringerer Steile fort. Eine Strecke weiter, nach der größten der Wegrandkapellen – eine höchst beachtenswerte, auf einem Felsvorsprung am Abgrund ragende Klause –, wendet sich der Weg nach rechts und strebt mit sanfter Schrägung aufwärts zur Kammlinie. Dieser folgt er durch einen kurzen Sattel. Hierauf steigt er unvermittelt an, in gerader, steiler Linie den schroffen Gipfel bezwingend, bis zur Spitze des »Kalvarienberges«!

Dem Beobachter bieten sich, je höher er steigt, an den Kreuzwegstationen, wo er atemlos innehält, Fernblicke von immer größerer Erhabenheit: zunächst auf der Stufe der Tafelebenen und Hochplateaus, die aus weiten Niederungen hervortreten; sodann auf der Stufe der fernen Bergketten, die in allen Himmelsgegenden sich staffeln; und endlich, ist der Gipfel erreicht, die Vogelperspektive über die Gebirgsketten hinweg – der unendliche Raum, die seltsame Empfindung unermeßlicher Höhe, gesteigert durch den Anblick des winzigen Städtchens tief unten, kaum erkennbar mit seinem chaotischen Dächergewirr.

Und wenn in der Karwoche die Familien der Umgebung hier zusammenströmen und die Gläubigen dieselben Berghänge ersteigen, über die vordem mit flackernder Begierde die habgierigen Abenteurer schweiften, so erkennt man, daß Apolônio de Todi, klüger als Muribeca, das Geheimnis der großen steinernen Buchstaben zu entziffern wußte und das wunderbare Eldorado entdeckte, die überreiche Fundgrube, verborgen in der Wüste …

Leider fand der Apostel keine Nachfolger. Von seltenen Ausnahmen abgesehen, ist der heutige Missionar ein überaus schädlicher Akteur, der bei den *tabaréus* alle Störungen des emotionalen Gleichgewichts verschlimmert. Von der Hoheit seiner Vorgänger weit entfernt, übt er eine negative Wirkung aus: Er zerstört, erstickt und verdirbt das Gute, das in jene schlichten Gemüter von den ersten Glaubensboten eingesenkt wurde, deren Begabung und staunenswerte Kunst der Seelenläuterung ihm fehlen. Der Missionar von heute geht umgekehrt vor: Er rät und tröstet nicht, sondern schreckt und flucht; er betet nicht, sondern wettert. Er ist grob und tückisch. Er lauert in den Falten seiner dunklen Kutte wie im Schatten eines Hinterhaltes, bereit zum Anschlag auf die unbedingte Gutgläubigkeit seiner Zuhörer. Besteigt er die Kanzel in einer der Kirchen des Sertão, entwirft er nicht das erhebende Bild vom Himmelreich; er vergegenwärtigt die gräßliche, flammenspeiende Hölle, in einem widerwärtigen Kauderwelsch, das er mit den Gebärden eines Irren und den Fratzen eines Possenreißers unterstreicht.

Er ist lächerlich, und er ist furchterregend. Er hat die absonderliche Gabe melodramatischer Narreteien. Torheiten kommen ihm mit tragischem Ernst über die Lippen.

Den biederen Sertãobewohnern stellt er nicht etwa die rechtschaffene und höhere Seite des Lebens vor Augen – er kennt sie nicht; vielmehr wütet er in allen Tonlagen gegen die Sünde; zeichnet mit groben Pinselstrichen Höllenqualen; überschüttet das niedergeschmetterte Publikum mit einem Schwall von Bußforderungen, überläßt sich weitschweifigen, nicht enden wollenden Wortergüssen, nimmt seine gewohnte Prise Schnupftabak und beschwört Katastrophen herauf, bald die Tabaksdose, bald die Büchse der Pandora öffnend …

Und er verblendet den gutgläubigen Sertanejo, verblendet, verängstigt, vergiftet ihn.

Greifen wir ein einziges Beispiel heraus, das letzte.

Im Jahre 1850 wurde der Sertão des Carirí durch die Plünderungen der sogenannten »Nachtgänger« erschüttert, die Raubzüge in großem Stil unternahmen.

Mit diesem Ausdruck bezeichnete man »Büßergesellschaften«, die sich des Abends an einsamen Wegscheiden um geheimnisvolle Kreuze scharten und die wie von Sinnen, von grauenhafter Flagellantenschwärmerei ergriffen, einen Bußgürtel aus Dornen und Brennesseln anlegten oder sich anderen Selbstkasteiungen unterwarfen. Eines Tages strömten jene Unruhegeister plötzlich aus der Hauptkirche von Crato,[55] in wildem Durcheinander, aufgelöst – jammernde Weiber, verzagte Männer, zitternde Kinder –, um die mit Strenge auferlegten Geißelungen anzutreten. In dem Gotteshaus hatten jüngst gekommene Wanderpriester den baldigen Weltuntergang prophezeit. Gott hatte gesprochen – in schlechtem Portugiesisch, in schlechtem Italienisch, in schlechtem Latein –, denn er war der Zuchtlosigkeiten auf Erden überdrüssig …

Und die Schwarmgeister zogen quer durch den Sertão, bettelnd, wehklagend, betend, in würdelosem Faulenzertum, und da die öffentliche Mildtätigkeit sie nicht alle unterhalten konnte, verlegten sie sich endlich auf – Raub.

So mußte es kommen. Die Anstifter des Verbrechens zogen weiter, um andere Orte ins Unglück zu stürzen, und die Justiz hatte alle Mühe, dem beginnenden Bandenunwesen Einhalt zu tun.*

* In *Memória sobre o Estado da Bahia* [Denkschrift über den Staat Bahia], einer amtlichen Publikation aus dem Jahre 1893, wird die Gründung von Monte Santo in allen Einzelheiten geschildert.
Zu Pedra Bonita siehe das Buch von Araripe Júnior, *O Reino Encantado* [Das verzauberte Reich], wo die Begebenheit, brillant in Romanform gebracht, in allen ihren erschütternden Aspekten ausgemalt wird.

IV.

Antônio Conselheiro, lebendes Zeugnis des Atavismus

Es ist nur natürlich, daß die tieferen Lagen unserer ethnischen Schichtung in einer ungewöhnlichen Faltung an die Oberfläche traten – in der Gestalt des Antônio Conselheiro …

Das Bild ist höchst präzise.

Ebenso wie der Geologe aus Fallen und Streichen[56] der verstümmelten Schichten einstiger Formationen das Profil eines abgetragenen Gebirges rekonstruiert, kann der Historiker die Umrisse jenes Mannes, der für sich genommen bedeutungslos war, nur dann ermessen, wenn er die psychische Verfaßtheit der Gesellschaft betrachtet, die ihn erschuf. Isoliert gesehen, geht der »Ratgeber« in der Masse der landläufigen Nervenkranken unter, läßt sich irgendeiner Spielart fortschreitender Psychose zuordnen. Im Kontext seines Milieus jedoch flößt er Schrecken ein. Er ist ebenso eine Diathese wie eine Synthese. Die einzelnen Abschnitte seines Lebens sind möglicherweise nicht die sukzessiven Stadien eines schweren individuellen Leidens, sondern enthalten vermutlich in geraffter Form die Hauptaspekte eines schlimmen gesellschaftlichen Gebrechens. So kam es, daß dieser Unglückliche, der in ärztliche Obhut gehörte, von einer höheren Macht getrieben, mit einer Zivilisation zusammenstieß und in die Geschichte einging, anstatt in die Heilanstalt zu gehen. Denn für den Historiker war er kein Verwirrter. Er verkörperte die Integration von Charakterdifferentialen, die fließend, undeutlich, kaum erkennbar sind, wenn sie verstreut in der Menge bleiben, die aber bestimmt und kraftvoll hervortreten, wenn sie sich in einer Einzelperson zusammenfinden.

Alle Vorstellungen eines naiven Aberglaubens, vom barbarischen Fetischismus bis zu den Verunstaltungen der katholischen Lehre, alle triebhaften Tendenzen der niederen

Rassen, die in der Zuchtlosigkeit des Sertãolebens sich frei entfalten können, haben sich in seinem wilden, überspannten Mystizismus verdichtet. In der Gärung, woraus er hervorging, war er Treibender und Getriebener zugleich. Seine im Übermaß beeindruckbare Gemütsart führte dazu, daß er, anfangs beinahe passiv aufgrund ebenjener morbiden Empfänglichkeit eines von Schicksalsschlägen Gezeichneten, lediglich den Aberglauben seiner Umgebung einsog; doch später wirkte dieser Aberglaube verstärkt auf ebendas Milieu zurück, von dem er ausgegangen war, nur daß er jetzt vom wahnerfüllten Bewußtsein des Conselheiro ausging.

Schwerlich wird man hier eine Scheidelinie zwischen individuellen und kollektiven Tendenzen ziehen können: das kurze Leben dieses Menschen ist ein flüchtiges Kapitel im Leben seiner Gesellschaft …

Ersterem nachgehen heißt gleichzeitig letzteres überfliegen; beidem zusammen nachgehen heißt die vollständigste Wechselwirkung zwischen ihnen beobachten.

Wenn er in die Runde schaute, konnte der falsche Apostel, den sein maßloser Subjektivismus für das Aufbegehren gegen die natürliche Ordnung anfällig machte, gleichsam die Formel seiner eigenen Geistesstörung wiederfinden. Er war kein Unverstandener. Die Menge feierte ihn als natürlichen Repräsentanten ihrer höchsten Strebungen. Weiter ging er deshalb nicht. In Wahnsinn verfiel er nicht. Gegen das beständige Absinken zum tiefsten Punkt der Kurve, zur gänzlichen Umnachtung, gab das Milieu ihm seinerseits einen Halt, korrigierte ihn, veranlaßte ihn, seinen überspanntesten Vorstellungen unzerreißbare Zügel anzulegen, brachte eine gewisse Ordnung in seine Verwirrung, eine unzerstörbare Stimmigkeit in alle seine Handlungen und eine außergewöhnliche Beherrschtheit in alle seine Leidenschaften, dergestalt, daß er auf seiner langjährigen, asketischen Wanderschaft durch den aufgewühlten Sertão in Haltung, Wort und Gebärde die Ruhe, Hoheit und überlegene Entsagung eines Apostels der Antike ausstrahlte.

Seine schwere Krankheit läßt sich nur mit dem Begriff der Paranoia fassen, wie Tanzi und Riva[57] sie definierten.

Seine abseitige Gedankenwelt war stets, und im Grunde ausschließlich, von seiner ethnischen Herkunft durchdrungen. Er war ein seltenes Zeugnis des Atavismus.

Die krankhafte Veranlagung, die ihm eine willkürliche Interpretation der objektiven Verhältnisse eingab und seine Beziehungen zur Außenwelt deformierte, erscheint im wesentlichen als eine mentale Regression auf frühere Stufen der Menschheitsgeschichte.

Ein bäurischer Gnostiker

Ohne die durchaus entbehrliche Einmischung eines Arztes würde ein Anthropologe ihn für normal befinden, ihm selbstverständlich eine gewisse Höhe menschlicher Geistesbildung attestieren und ihn, in vergangene Zeiten zurückblickend, einer längst überwundenen Evolutionsphase zuordnen. Er würde alles das, was der Mediziner als klaren Fall systematischen Deliriums im Stadium des Verfolgungs- oder Größenwahns diagnostizieren müßte, als Inkompatibilität mit den höheren Ansprüchen der Zivilisation bezeichnen – als handgreiflichen Anachronismus, als Wiederaufleben längst überholter psychischer Eigenschaften. Die typischsten Züge seines seltsamen, bei uns aber völlig natürlichen Mystizismus waren in unserer Zeitrechnung schon einmal landläufige Merkmale der Frömmigkeit. Wir haben sie bereits im Vorbeigehen kennengelernt, und zwar, ganz abgesehen vom Einfluß der minderen Rassen, in einer angstgeschüttelten Periode der portugiesischen Geschichte.

Um sie in einen größeren Zusammenhang zu stellen, brauchen wir uns nur der Frühzeit der Kirche zuzuwenden, in der allenthalben die Gnosis als zwangsläufiges Übergangsphänomen zwischen Heidentum und Christentum auftrat, in der Spätphase der römischen Welt, als die lateinische Literatur des Abendlandes, noch vor der Invasion der Barbaren, plötzlich verfiel, notdürftig ersetzt durch das Werk der pedantischen Sophisten und Schriftgelehrten von Byzanz.

In der Tat, die phrygischen Montanisten,[58] die schlangenbeschwörenden Ophiten, die schimpflichen Adamiten, die Manichäer, doppelgesichtig zwischen dem aufkommenden christlichen Ideal und dem alten Buddhismus, die Markosjünger, die entsagungsfreudigen Enkratiten, die ihr Fleisch mit Geißelungen abtöteten, alle jene Sekten, in welche die aufkeimende Religion sich spaltete, mit ihren hysterischen Gelehrten und hyperbolischen Bibelauslegungen – sie alle wären heutzutage verabscheuungswürdige Fälle von Wahnsinn. Ehedem waren sie normal. Trefflich verbanden sie sich mit allen Tendenzen jenes Zeitalters, da die Narreteien eines Alexander Abnoticus das Rom des Mark Aurel mit phantastischen Prozessionen aufwühlten, mit Mysterienspielen, mit der schaurigen Opferung von lebend in die Donau gestürzten Löwen, mit den imposanten Feierlichkeiten unter dem Vorsitz des Philosophen auf dem Kaiserthron …

Die Geschichte wiederholt sich.

Antônio Conselheiro war ein bäurischer Gnostiker.

Wie treffend diese Gleichsetzung ist, werden wir später sehen.

Ein Mann von verkehrter Grösse, natürlicher Vertreter des Milieus, aus dem er stammt

Obige Bezeichnung mag auf ihn, den gefühllosen Paranoiker, nicht zur Gänze passen. Die offen regressive Gedankenwelt, die sein zerrüttetes Wesen prägte, ist sicherlich ein bemerkenswertes Beispiel geistigen Verfalls, hat ihn aber – unverstanden, unausgeglichen, zurückgeblieben, aufrührerisch, wie er war – in seinem Wirkungskreis nicht isoliert.

Sein Milieu, im Gegenteil, stärkte ihn. Er war der Prophet, der Sendbote des Himmels, durch wunderbare Fügung geläutert, doch allen menschlichen Fährnissen ausgesetzt, dem Leiden und dem Tode unterworfen, und nur mit diesem einen Auftrag gekommen: den Sündern den Weg des Heils zu weisen. Mit dieser Rolle eines Abgesandten des Himmels hat er sich stets begnügt. Weiter ging er nicht. Er war der ins harte Joch gespannte Knecht; so zog er über die Wege des unwirtlichen Sertão, schleppte jahraus, jahrein sein hinkendes Knochengestell dahin, von jener fixen Idee getrieben, doch in allen seinen Handlungen gewissermaßen bei klarem Verstande, beeindruckend durch seine nie erschütterte Festigkeit und unbeirrbar im Verfolgen eines gesteckten Ziels.

Sein labiles Bewußtsein oszillierte um jene gedachte Mittellinie, die, wie Maudsley[59] beklagt, zwischen gesundem Menschenverstand und Wahnsinn nicht klar zu ziehen ist.

In dieser Unbestimmtheit blieb er stehen, an den fließenden Grenzen der Verrücktheit, in dem psychischen Bezirk, wo Missetäter und Helden, glänzende Reformer und abgefeimte Unholde sich tummeln, wo Genies und Degenerierte in Tuchfühlung sind. Darüber ging er nicht hinaus. Hätte die straffe Disziplin einer gesitteten Gesellschaft ihn zurückgedrängt, wäre in der Auflehnung dagegen seine Neurose zum Ausbruch gekommen, und sein unterdrückter Mystizismus hätte die Vernunft zermalmt. Dort im Sertão, wo die Neurose im Einklang mit der Gefühlswelt seiner Umgebung stand und der Mystizismus alle um ihn sich scharenden Seelen ergriffen hatte, wurden beide zur Normalität.

Dasselbe gesellschaftliche Umfeld, das die mystische Psychose dieses Individuums ausgebildet hatte, setzte ihr Grenzen, ohne sie zu unterdrücken, hielt sie in einem Zustand heilsamer Ausgewogenheit. Daher gehorchte der zu offener Empörung gegen die natürliche Ordnung neigende Geist dem einzigen Appell, für den er empfänglich war. Er kristallisierte sich in einer Atmosphäre gemeinschaftlicher Irrungen und Afterweisheiten heraus.

Seine Biographie ist Abriß und Kompendium des Lebens

der Sertão-Gesellschaft. Sie erklärt den ursächlichen Zusammenhang der Krankheit, die ihn befiel. Geben wir einen kurzen Überblick.

Vorgeschichte der Familie Maciel: Fehden zwischen den Maciéis und den Araújos

»Die Maciéis, die im Sertão zwischen Quixeramobim[60] und Tamboril eine zahlreiche Sippe von tüchtigen, tatkräftigen, verständigen und tapferen Hirten und kleinen Viehzüchtern bildeten, wurden durch das verhängnisvolle Gesetz jener Zeiten in die großen Kriminalfälle von Ceará verstrickt, und zwar in einen Familienkrieg. Ihre Gegenspieler waren die Araújos, eine begüterte Sippe, die mit einigen der ältesten Familien im Norden dieser Provinz verschwägert war.

Sie lebten in derselben Gegend und hatten ihren hauptsächlichen Wohnsitz in dem Dorfe Boa Viagem, etwa zehn Meilen entfernt von Quixeramobim.

Eine der blutigsten Fehden des Sertão von Ceará entspann sich zwischen diesen Lagern, die, ungleich an Vermögen und politischer Stellung, beide über zahlreiche, in wilder Gewalttätigkeit geübte Kämpfer verfügten.«

So eröffnet der gewissenhafte Chronist* seinen kurzen Bericht über die Genealogie des Antônio Conselheiro.

Die verbrecherischen Taten, auf die er Bezug nimmt, sind nur eine Episode unter den beinahe ständigen Raubzügen, die zum friedlosen Leben im Sertão gehören. Nach dem gleichen Muster spielen sich tausend andere ab, an denen immer wieder die maßlose Selbstherrlichkeit der Dorfgewaltigen und ihre schändliche Ausbeutung der angeborenen Tapferkeit des Sertanejo ins Auge springen. Diese Familienfehde war nur ein Fall unter so vielen anderen, die immer wieder in jener Gegend ausbrechen und endlos fortdauern und selbst

* Oberst João Brígido dos Santos.

die Nachkommen verstricken, welche die Zwistigkeiten der Großeltern zu den ihrigen machen, so daß daraus eine fast physiologische Anlage entsteht und Haß und Vergeltung erblich werden.

Der Anlaß der Fehde war nichtig: angebliche Diebstähle der Maciéis am Eigentum der zahlreichen Sippe der Araújos.

Alles sprach dafür, daß die Anschuldigung aus der Luft gegriffen war. Die Maciéis waren »kräftige, sympathische, stattliche, rechtschaffene und hilfsbereite Menschen«, die in der ganzen Gegend ein beneidenswertes Ansehen genossen.

Dem Araújo da Costa und einem seiner Verwandten, Silvestre Rodrigues Veras, war jedoch die unbemittelte Familie ein Dorn im Auge, die es an Einfluß mit ihnen aufnehmen konnte, ohne durch riesige Ländereien und große Rinderherden dazu berufen zu sein. Als vermögende Viehzüchter, Herren über Wohl und Wehe, an eigenmächtige Gerichtsbarkeit gewöhnt, kamen die Araújos überein, die Frevler exemplarisch zu strafen. Und da diese mannhaft bis zur Tollkühnheit waren, riefen die Angreifer die Prätorianergarde ihrer Pistolenreiter zusammen.

So gerüstet, begannen sie ihre verbrecherische Expedition nach Quixeramobim.

Doch wider alle Erwartung kehrten sie bald darauf zurück, als Besiegte. Unter Aufbietung ihrer gesamten Verwandtschaft hatten die Maciéis, kecke und draufgängerische Gesellen, der gedungenen Rotte die Stirn geboten und sie kräftig zurückgeschlagen, niedergeworfen, in Schrecken gesetzt.

Dies geschah im Jahre 1833.

In die Schranken gewiesen, mühsam ihre Wut und Enttäuschung bezähmend, verlegten sich die Provinzgewaltigen, deren törichtes Auftrumpfen so herbe zu Fall gekommen war, nunmehr auf rücksichtslosere Methoden. Damals herrschte, ebenso wie heute, kein Mangel an berüchtigten Gewalttätern, die ihren Wagemut feilboten. Die Araújos gewannen zwei der besten: José Joaquim de Meneses, einen wüsten Pernambucaner, weithin verrufen wegen seiner blutigen Fehde mit der berühmten Familie Mourão, sowie einen fürchterlichen *cangaceiro*, Vicente Lopes, aus Aracatiaçú. Kaum war die ungestüme Rotte, der die Söhne und Schwiegersöhne des Silvestre sich anschlossen, vereint, brach sie zu ihrer verbrecherischen Unternehmung auf.

Kurz vor dem Anwesen der Maciéis überkam jedoch die Meuchelmörder – trotz ihrer zahlenmäßigen Überlegenheit – Furcht vor dem zu erwartenden Widerstand. Sie forderten ihre Gegner zur Übergabe auf und sicherten ihnen auf Ehrenwort Schonung ihres Lebens zu. Die Umzingelten, überzeugt, nicht lange standhalten zu können, willigten ein. Sie ergaben sich. Das Wort der Banditen galt jedoch nur so viel, wie es gelten konnte. Die Gefangenen, die unter Bedeckung und in Handschellen nach Sobral zum Gefängnis gebracht werden sollten, wurden gleich am ersten Tage der Überführung niedergemacht. Dabei starben, neben anderen, das Oberhaupt der Familie, Antônio Maciel, und ein Großvater von Antônio Conselheiro.*

Doch einem Onkel des letztgenannten, Miguel Carlos, gelang die Flucht. Da ihm die Hände gefesselt und überdies die Beine unter dem Pferdeleib zusammengebunden waren, ist sein Entkommen unerklärlich. Ernsthaftigkeit und Ehrlichkeit des Chronisten indessen verbürgen die Tatsache.**

Damit hatten die Araújos ihren gefährlichsten Gegner entfliehen lassen. Sie setzten ihm nach. Wohlbewaffnet, wohlberitten hefteten sie sich ihm schleunigst an die Fersen, in einer barbarischen Hetzjagd, als folgten sie der Spur eines grimmigen Pumas. Dem Flüchtenden, einem ausgezeichneten Pfadsucher, den eine Schwester begleitete, gelang es jedoch eine Zeitlang, den von Pedro Martins Veras angeführten Verfolger-

* Manuel Ximenes sagt in seinen Erinnerungen über diese beiden Unglücklichen, nicht einmal ihre Feinde, die ihre Söhne beschuldigten, hätten schlecht von ihnen gesprochen; und er zieht sogar die Beteiligung der letztgenannten an den erwähnten Diebstählen in Zweifel.

** Manuel Ximenes, *Memórias.*

trupp zu täuschen; und bei einem Anwesen namens Passagem, nahe Quixeramobim, verbarg er sich erschöpft in einer leerstehenden, mit *oiticica*-Zweigen gedeckten Hütte.

Dort spürten ihn seine Verfolger binnen kurzem auf. Es war neun Uhr morgens. Nun entspann sich ein ungleicher und furchtbarer Kampf. Der tollkühne Sertanejo, trotz Übermüdung und Fußverrenkung, bot der anstürmenden Horde die Stirn und streckte sogleich einen gewissen Teotônio zu Boden, einen berüchtigten Unruhestifter, der sich weiter als die übrigen vorgewagt hatte. Dieser stürzte quer über die Schwelle, so daß die Tür nicht mehr zu schließen war. Als Miguel Carlos' Schwester den Leichnam fortzerren wollte, wurde sie niedergeschossen. Pedro Veras persönlich hatte sie getötet, doch er büßte seine Heldentat auf der Stelle, aus nächster Nähe von einer Ladung Blei getroffen. Der Tod ihres Anführers ließ die Angreifer für einige Augenblicke zurückweichen, lange genug für den Belagerten, um rasch die Tür zu verriegeln.

Dies getan, wurde die Hütte zu einem Bollwerk. Jede Minute krachte aus den Ritzen der Wände ein Flintenschuß. Den Halunken fehlte der Mut zum Sturmangriff; doch sie verfielen auf eine grausame Feigheit. Sie steckten das Blätterdach in Brand.

Die Wirkung war prompt. Nach Atemluft ringend, beschließt Miguel Carlos, aus seinem lodernden Schlupfwinkel auszubrechen. Alles Wasser aus einem Tongefäß schüttet er auf die Rückwand der Kate, um die Flammen vorübergehend niederzuhalten, und mit einem Satz über die Leiche der Schwester wagt er, die Flinte unter dem Arm und das *parnaíba*-Messer in der Faust, einen Ausfall gegen den Ring der Angreifer. Er durchbricht ihn und taucht in die *caatinga* ein …

Über eine Weile verlobte sich einer der Araújos mit der Tochter eines reichen Viehzüchters aus Tapaiara; und am Tage der Vermählung, kurz vor der Kirche, brach er von einer Kugel getroffen zusammen, zum Entsetzen der Hochzeitsgäste und zur Verzweiflung der unglückseligen Braut.

Unbeirrbar lauerte die Rache des Sertanejo …

In seinem berechtigten und abgrundtiefen Groll hatte dieser nunmehr eine Mitstreiterin, Helena Maciel, eine andere Schwester, die »Nemesis der Familie«, nach dem Wort des erwähnten Chronisten. Miguel Carlos' Leben war eine Abfolge gefährlicher Zusammenstöße, die oftmals unbekannt blieben, sofern die fruchtbare Einbildungskraft der Hinterwäldler sie nicht ausmalte. Immerhin ist verbürgt, daß er die Maschen aller ihm gelegten Hinterhalte zerriß und daß so mancher Späher, der ihm unvorsichtigerweise nachstellte, in Quixeramobim seinem Messer zum Opfer fiel.

Weiter heißt es in besagter Chronik:

»Dort hatte Miguel Carlos anscheinend Gönner, welche die Hand über ihn hielten. Jedenfalls ging ihr Schützling, seiner bewegten Vergangenheit zum Trotz, in der Kleinstadt ein und aus.

Eines Abends, als er am Eingang zum Kaufladen des Manuel Procópio de Freitas stand, sah er einen Mann eintreten, der Branntwein verlangte. Da er ihn für einen Späher hielt, äußerte er die Absicht, ihn an Ort und Stelle zu töten, doch vom Ladenbesitzer daran gehindert, folgte er dem Verdächtigen bis zum Ortsausgang und erstach ihn am Palha-Bach.

Eines Morgens endlich verließ er das Haus des Antônio Caetano de Oliveira, Ehemann einer Verwandten, welches fast am Ende des Hauptplatzes liegt, um in dem Fluß, der hinter dem Hause fließt, ein Bad zu nehmen, nahe der Klamm, die zu dem kleinen Cotovelo-Platz führt. An dieser Stelle war auch die Mündung des Palha-Baches, der jenen Platz beinahe kreisförmig umfloß und in der Winterszeit ein herrliches Band gestauten Wassers bildete. Miguel Carlos, ebenso wie zahlreiche Gefährten, war schon ausgekleidet, als eine Schar von Feinden auftauchte, die, im dichten Gebüsch aus *mata-pasto* hokkend, ihm aufgelauert hatten. Die Badenden, Unbeteiligte wie auch Verwandte von Miguel Carlos, rissen die im

Sande abgelegten Kleider an sich, zogen sie im Laufen an und machten sich auf die Flucht. In Unterhosen und mit gezücktem Messer rannte Miguel Carlos ebenfalls fort, auf den rückwärtigen Teil eines Hauses zu, das der Einmündung des Palha-Baches beinahe gegenüberliegt und im Jahre 1845 von Manuel Francisco da Costa bewohnt wurde. Dem Fliehenden gelang es, die Gartenpforte, aus Stöcken gefertigt, zu öffnen, doch als er sie schließen wollte, streckte ihn ein Schuß der verfolgenden Meute nieder. Nach anderen Aussagen geschah dies, als er durch das Loch in der Umzäunung eines Schwemmlandackers kroch, der dort in der Nähe lag. Er rang mit dem Tode, die Hand um das Messer gekrampft, als Manuel de Araújo, der Bandenchef, Bruder des einst ermordeten Bräutigams, ihn am Bein zerrte und ihm das Messer in den Leib stieß. Der todwunde Miguel Carlos parierte auf der Stelle gleichfalls mit einem Messerstich, und zwar in die Halsschlagader, so daß beide, jener über diesen gestürzt, augenblicklich starben! Helena Maciel, wie eine Furie zum Kampfplatz geeilt, trat das Gesicht des Mörders ihres Bruders mit Füßen und äußerte sich befriedigt über des letzteren Todesumstände, da er seinem Feind ein solches Ende bereitet habe!

Es heißt, die Meuchelmörder hätten die Nacht davor im Hause des Inácio Mendes Guerreiro aus der Sippe der Araújos verbracht, der Postmeister in dem Städtchen war. Angeblich kamen sie mit dem Auftrag, die Maciéis festzunehmen, tatsächlich aber mit dem Vorsatz, sie umzubringen.

Helena ließ sich durch diesen Schicksalsschlag nicht entmutigen. Nemesis der Familie, opferte sie den Manen ihres Bruders einen weiteren Feind. Sie war es, die – wie sie etliche Jahre danach zu bekennen wagte – André Jacinto de Sousa Pimentel auf viehische Weise prügeln ließ, einen Jüngling aus einer angesehenen Familie der Kleinstadt, den sie verdächtigte, die Araújos, mit denen er verwandt war, auf ihrem Landgut in Boa Viagem über das Kommen und Gehen von Miguel Carlos auf dem laufenden gehalten zu haben. Die Mißhandlung löste beim Opfer eine Herzschwäche aus, an deren Folgen, unter gräßlichen Qualen, der Unglückliche starb, der tatsächlich an jenem jüngsten Anschlag der Araújos mitschuldig war.

Der Umstand, daß die Tat von Soldaten eines dem Fähnrich Francisco Gregório Pinto unterstellten Kommandos begangen wurde, eines ungehobelten Menschen niederer Herkunft und Bildung, mit dem Pimentel verfeindet war, nährte lange Zeit hindurch das Gerücht, jener übel beleumdete Offizier sei der Urheber des Verbrechens gewesen.

Helena hatte Stillschweigen gewahrt.

Unzählige namenlose Opfer forderte dieser Krieg im Sertão, raffte Parteigänger beider Familien zuhauf dahin und als letzten der Maciéis Antônio Maciel, Bruder von Miguel Carlos, umgebracht in Boa Viagem. Noch lange war Miguel Carlos' Tapferkeit in aller Munde, und ihm und seinen Verwandten galten Achtung und Hochschätzung aller zeitgenössischen Zeugen der unerschöpflichen Tatkraft dieser Familie, aus der so viele wackere Männer hervorgegangen waren, die es mit solchen Gewalthabern wie denen von Boa Viagem und Tamboril aufgenommen hatten.«*

Lassen wir es damit bewenden.

Ein verheissungsvoll begonnenes Leben

Über die Rolle, die Vicente Mendes Maciel, Vater von Antônio Vicente Mendes Maciel, dem späteren »Ratgeber«, in dieser beklagenswerten Fehde spielte, ist nichts Genaues bekannt. Seine Zeitgenossen schildern ihn als einen »Mann

* Oberst João Brígido, *Crimes Célebres do Ceará. Os Araújos e Maciéis.* [Aufsehenerregende Verbrechen in Ceará. Die Araújos und die Maciéis.]

von aufbrausender Art, doch vortrefflichem Charakter, ein wenig exzentrisch und argwöhnisch, doch von solcher Tüchtigkeit, daß er es als Analphabet zu einem umfänglichen Stoffhandel brachte, dessen gesamte Buchführung er im Kopf erledigte, ohne selbst über seine Schuldner Schriftstücke aufzubewahren«.

Unter der Zucht eines Vaters von sprichwörtlicher Rechtschaffenheit und herber Wesensart genoß Antônio eine Erziehung, die in mancher Rücksicht ihn von den Familienunruhen abschirmte. Noch lebende Augenzeugen schildern ihn als einen stillen und schüchternen Jüngling, ohne die frohgemute Begeisterung jener, welche die ersten Sprossen der Lebensleiter erklimmen; in sich gekehrt, Scherzen abhold, verließ er selten das väterliche Geschäft in Quixeramobim und ging gänzlich in den Obliegenheiten eines gewissenhaften Handlungsgehilfen auf, so daß er das hochgestimmte Lebensalter eines Zwanzigjährigen unausgefüllt vorüberziehen und entschwinden ließ. In seiner Umgebung machten alle erdenklichen Geschichten und Sagen die Runde, nach Art der Sertãoerzähler mit Übertreibungen durchwirkt, und ihre Helden waren oftmals seine eigenen Verwandten, deren überkommene und außergewöhnliche Beherztheit ihm immer wieder vor Augen trat. Die Suggestivkraft dieser Erzählungen aber fand in der herben Vernünftigkeit des alten Maciel ein entschiedenes Korrektiv und beunruhigte keineswegs das Gemüt des jungen Mannes. Vielleicht erhielt sie sich latent und wartete nur darauf, unter günstigeren Umständen sich zu entfalten. Fest steht, daß Antônio Maciel, als sein Vater im Jahre 1855 verstarb, zwanzig Jahre nach den oben erwähnten tragischen Begebenheiten, seine ruhige und überaus ordentliche Lebensweise fortsetzte.

Vor die Aufgabe gestellt, über das Wohlergehen dreier lediger Schwestern zu wachen, bewies er ungewöhnliche Selbstlosigkeit. Erst als er sie verheiratet hatte, ging er seinerseits einen Ehebund ein, der ihm allerdings zum Verhängnis wurde.

Damals begann der dramatische Abschnitt seiner Existenz. Für seine schwerwiegende Erbbelastung war seine Frau eine zusätzliche Bürde, die ein verheißungsvoll begonnenes Leben aus dem Gleichgewicht bringen sollte.

Ab 1858 verraten alle seine Handlungen eine Wesensveränderung. Seine seßhafte Lebensweise gibt er auf. Die Unverträglichkeit der Temperamente oder, was wahrscheinlicher ist, das erzböse Naturell seiner Frau untergraben seine Lebenssituation.

Binnen weniger Jahre lebt er in verschiedenen Kleinstädten und Dörfern. Er betätigt sich in verschiedenen Berufen.

In all dieser Ruhelosigkeit jedoch gewahrt man das Ringen eines charaktervollen Menschen, der sich nicht entmutigen läßt. Inzwischen mittellos, sucht Antônio Maciel, in dieser vorbereitenden Phase seines Lebens, der Zerrüttung seiner Familienverhältnisse zum Trotz, nach jedem Umzug am neuen Wohnort sogleich eine Anstellung, irgendeinen redlichen Broterwerb. Im Jahre 1859 zieht er nach Sobral, wo er eine Stelle als Handlungsgehilfe annimmt. Freilich hält es ihn dort nicht lange. Er übersiedelt nach Campo Grande, wo er das bescheidene Amt eines Schreibers beim Friedensrichter versieht. Wenig später wechselt er nach Ipú. Beim dortigen Gericht wird er Rechtspfleger oder Armenanwalt.

In alledem erkennt man bereits einen Hang zu weniger anstrengenden Berufen, die immer weniger Ausdauer erfordern, ein zunehmendes Abrücken von der ursprünglichen Disziplin, die deutliche Tendenz zu unsteteren und nutzloseren Tätigkeiten, das allmähliche Abgleiten hin zu blanker Herumtreiberei. Mit der häuslichen Eintracht kam ihm auch die frühere Seelenruhe abhanden.

Dennoch zeigt ihn dieser Lebensabschnitt von edlen Regungen erfüllt. Die in seiner Umgebung wogenden Parteienkämpfe hätten ihm eine Abenteurerlaufbahn eröffnet, wenn er wie so viele andere als Söldner sich in die Wahlkämpfertruppe irgendeines Stimmeneroberers eingereiht hätte, wobei ihm das traditionelle Ansehen seiner Familie zugute gekommen wäre. Solchen Händeln aber ging er stets aus dem Weg. In seinem fortgesetzten Niedergang erkennt man jemanden, der zwar Terrain verliert, doch nur langsam zurückweicht, und der sich wehrt, trotz quälender Erschöpfung.

Der Absturz

Plötzlich trifft ihn ein heftiger Schlag. Die schiefe Ebene seines Lebens führt jäh in einen entsetzlichen Abgrund. In Ipú verläßt ihn seine Frau, entführt von einem Polizisten. Das ist der Schlußakt. Niedergeschmettert vor Scham, entweicht der Unglückliche in die Tiefen des Sertão, in abgelegene Landstriche, wo niemand ihn kennt, in die Obhut völliger Namenlosigkeit.

Er zieht in den Süden von Ceará.

In Paus Brancos, auf dem Weg nach Crato, verletzt er eines Abends, in einem Anfall von Halluzinationen, einen Verwandten, der ihm Unterkunft gewährt hat. Die kurzen polizeilichen Ermittlungen werden bald auf persönliches Betreiben des Opfers eingestellt, das den Täter für nicht schuldig erklärt. Das Gefängnis bleibt ihm erspart. Weiter zieht er nach Süden, aufs Geratewohl, in Richtung Crato. Und er entschwindet …

Zehn Jahre gingen ins Land. Der unglückliche junge Mann aus Quixeramobim war völlig vergessen. Nur dann und wann erinnerte man sich seines Namens und des unrühmlich beendeten Lebensabschnitts, in dem ein Lovelace[61] auf dem Kasernenkothurn, ein Polizeifeldwebel, die Hauptrolle gespielt hatte.

Dank diesem – einigermaßen lächerlichen – Vorfall blieben in seiner engeren Heimat allenfalls flüchtige Spuren seines Andenkens erhalten.

Er war gewissermaßen gestorben.

... Und in Bahia trat der düstere Anachoret auf den Plan, mit schulterlangem Haar, ungepflegtem und wallendem Bart, eingefallenem Antlitz, stechendem Blick, in seinem blauen, groben Gewand eine gespenstische Gestalt, gestützt auf den klassischen Stab, der den langsamen Schritt der Pilger begleitet ...

Über sein Leben in dieser langen Zeitspanne ist nichts bekannt. Ein alter, in den letzten Kriegstagen in Canudos gefangengenommer *caboclo* sagte mir darüber mancherlei, doch vage, ohne genaue Daten, ohne charakteristische Einzelheiten. Im Sertão von Pernambuco hatte er ihn kennengelernt, ein oder zwei Jahre nach seinem Weggang aus Crato. Den Worten dieses Zeugen entnahm ich, daß Antônio Maciel schon in jungen Jahren die Einbildungskraft der Sertanejos lebhaft beschäftigte. Ohne festes Ziel, ein Umherirrender, tauchte er in den Orten jener Gegend auf. Mit keinem Wort erwähnte er seine Vergangenheit. Er sprach in kurzen Sätzen und einsilbigen Wörtern. Unstet wanderte er umher, von einem Rastplatz zum andern, ohne auf Gefahren für Leib und Leben zu achten, nährte sich karg und sporadisch, nächtigte unter freiem Himmel am Wegesrand, lebte eine anhaltende und strenge Buße ...

Für jene schlichten Gemüter wurde er bald zu einer übernatürlichen oder »spukigen« Erscheinung. Näherte sich jener sonderbare Greis von wenig mehr als dreißig Jahren einer Herberge für Maultiertreiber, brachte er die Stegreiflieder und festfrohen *violas* zum Verstummen.

Dies war natürlich. Immer wieder entstieg er den von Kobolden bevölkerten Hochplateaus – verwahrlost und ausgemergelt, in ein abgetragenes, relieflos am Körper hängendes Gewand gehüllt, stumm, schattengleich ...

So wandelte er vorüber, andern Gefilden entgegen, und ließ die abergläubischen *matutos* sinnierend zurück.

Am Ende beherrschte er sie, ohne es zu wollen.

Im Schoß einer primitiven Gesellschaft, die aufgrund ihrer ethnischen Eigenschaften und des Einflusses übelgesinnter »Heiliger Missionen« das Leben vorwiegend unter dem Gesichtspunkt unbegreiflicher Wunder begriff, umkränzte ihn sein geheimnisumwitterter Lebenswandel bald mit einem außergewöhnlichen Nimbus, der die Überspanntheit seines Gemüts verschlimmert haben mag. Allmählich scheint alle Autorität, die er – ohne Berechnung – ausstrahlte, auf ihn selbst zurückgewirkt zu haben. Alle Mutmaßungen oder Legenden, die sich alsbald um ihn rankten, machten sein Umfeld zu einem günstigen Nährboden seiner Geisteszerrüttung. Dort trat ihm seine eigene Wahnhaftigkeit in entäußerter Form entgegen. Ihr Widerschein war die tiefe Bewunderung und grenzenlose Hochachtung, die man ihm zollte und die ihn zum unbedingten Schiedsrichter aller Zwiste und Streitigkeiten machten, zum bevorzugten Ratgeber in allen Entscheidungen. Die Menge ersparte ihm die qualvolle Erkundung seines Gemütszustandes, die Mühsal jener beängstigenden Fragen und jener überspannten Selbstbeobachtung, woraus in zerrütteten Hirnen die Tollheit erwächst. Die Menge formte ihn nach ihrem Bilde. Er war ihr Geschöpf. Sie erweiterte sein Leben über die Maßen und belastete es mit den Irrungen zweier Jahrtausende.

Sie bedurfte eines Dolmetschs ihrer unbestimmten Sehnsüchte und eines Anführers auf den rätselhaften Pfaden zu den Himmeln …

Der Verkündiger trat auf den Plan, ungeheuerlich und dennoch willenlos.

Jener Gebieter über die Menge war ihre Marionette. Er handelte passiv wie ein Schatten. Doch dieser vereinte die Unaufgeklärtheit dreier Rassen.

Und er wuchs so gewaltig, daß er die Geschichte verdunkelte …

Aus dem Sertão von Pernambuco wechselte Antônio Maciel in den von Sergipe und tauchte 1874 in der Stadt Itabaiana auf.

Dort erschien er wie anderswo auch: unbekannt und beargwöhnt, aufsehenerregend ob seines wunderlichen Aufzugs – ein blauer, gürtelloser Überwurf, ein Hut mit breiter, heruntergebogener Krempe, Sandalen. Auf dem Rücken ein ledernes Felleisen, worin er Papier, Feder und Tinte mitführte sowie zwei Bücher, *Missão Abreviada* und das »Marianische Stundenbuch«.[62]

Er lebte von Almosen, wobei er alles verschmähte, was über den täglichen Bedarf hinausging. Zum Nächtigen suchte er eine abgelegene Rasthütte auf. Von einer Bettstatt wollte er nichts wissen, ihm genügte eine harte Pritsche oder, wo nicht vorhanden, der nackte Boden.

So streifte er geraume Zeit umher, bis er im Sertão des nördlichen Bahia erschien. Immer höher stieg sein Ansehen. Er zog nicht länger allein des Weges. Auf seiner ziellosen Wanderschaft folgten ihm die ersten Gläubigen. Er hatte sie nicht gerufen. Aus eigenem Antrieb kamen sie, glücklich, mit ihm gemeinsam die Tage der Prüfungen und Drangsale zu durchleben. Für gewöhnlich war es niedrigstes und zwielichtiges Volk, arbeitsscheu, gescheiterte Existenzen, herumlungerndes und diebisches Gesindel.

Einer der Sektierer trug das damals einzige Heiligtum dieser winzigen aufkeimenden Glaubensgemeinschaft: einen plumpen Betschrein aus Zedernholz, mit einer Christusfigur darinnen.

Wenn sie halt machten unterwegs, befestigten sie ihn am Ast eines Baumes; und kniend beteten sie. Beim Einzug in einen Weiler oder Flecken hielten sie ihn triumphartig hoch und sangen im Chor Litaneien dazu.

So erschien der »Ratgeber« eines Tages, im Jahre 1876, im Städtchen Itapicurú de Cima. Schon eilte ihm ein großer Ruf voraus.

Das bezeugt ein aufschlußreicher Bericht, der damals in der Hauptstadt des Kaiserreichs erschien:

»Im Sertão des Nordens ist ein Individuum aufgetreten, das sich Antônio der Ratgeber nennt und dank seinem geheimnisvollen Äußeren und seiner asketischen Lebensweise mächtigen Einfluß auf die unwissenden und einfältigen Gemüter der unteren Volksklassen ausübt. Er hat sich Bart und Haupthaar wachsen lassen, hüllt sich in eine baumwollene Tunika und nährt sich kümmerlich, fast eine Mumiengestalt. Von zwei Nonnen begleitet, bringt er seine Zeit damit zu, Rosenkränze und Litaneien zu beten und Predigten zu halten und der versammelten Menge Ratschläge zu geben, wofern die Pfarrer es ihm erlauben; und dank der Erweckung frommer Gefühle schart er das Volk um seine Person und lenkt es nach seinem Belieben. Er erweist sich als ein kluger, aber ungebildeter Mann.«*

Diese unbedingt wahrheitsgemäßen Angaben in einem Jahrbuch, das Hunderte von Meilen entfernt gedruckt wurde, zeigen die Bekanntheit an, die ihm mittlerweile zugewachsen war.

Gerüchte und Legenden

Indessen wäre die Kleinstadt Itapicurú beinahe zum Schlußpunkt seiner außergewöhnlichen Laufbahn geworden. In demselben Jahre wurde er ebenda, zur Bestürzung seiner Gefolgsleute, unversehens verhaftet. Der Grund war eine fälschliche Anschuldigung, in mancher Hinsicht nahegelegt von seiner sonderbaren Lebensweise und seinen früheren häuslichen Wirrnissen: man warf ihm vor, er habe seine Ehefrau und sogar seine Mutter ermordet.

Es war dies eine haarsträubende Mär.

* Almanach Laemmert, aus dem Jahre 1877.

Besagte Alte, so erzählte man sich, sei aus Abscheu gegen ihre Schwiegertochter darauf verfallen, diese zu verderben. Also habe sie ihrem Sohn eröffnet, man betrüge ihn, und als dieser verblüfft nach Beweisen fragte, habe sie sich anheischig gemacht, sie ihm unverzüglich beizubringen. Sie soll ihm geraten haben, eine Reise vorzutäuschen, in Wirklichkeit aber in der Nähe zu bleiben, denn am Abend werde er den Verführer seiner Frau und Beschmutzer seiner Ehre in seine Wohnung eindringen sehen. Diesem Ratschlag folgend, sei der Unglückliche fortgeritten, habe jedoch nach einer halben Meile das Pferd gewendet, um auf Schleichwegen zurückzukehren und in einem bedachtvoll ausgesuchten Versteck sich auf die Lauer zu legen, von wo er gut beobachten und auf der Stelle eingreifen könnte.

Dort habe er, nach stundenlangem Warten, tatsächlich tief in der Nacht einen Schatten erspäht, der dem Hause zustrebte, vorsichtig herantrat und eines der Fenster erklomm. Zum Einsteigen habe er ihm keine Zeit gelassen, vielmehr mit einem Schuß ihn niedergestreckt.

Hals über Kopf in die Wohnung gestürzt, habe er mit einer zweiten Kugel seine treulose Gattin im Schlaf erschossen.

Darauf sei er zu dem getöteten Mann zurückgeeilt, um zu sehen, wer er sei ... Zu seinem Entsetzen habe er seine eigene Mutter erkannt, die sich um ihres teuflischen Planes willen solcherart verkleidet hatte.

In demselben Augenblick habe er, von Grausen erfüllt, besinnungslos alles im Stich gelassen und sei ziellos in die Weiten des Sertão entflohen ...

Die Volksphantasie begann, wie man sieht, sein Leben romanhaft zu überhöhen, mit einem kräftigen Einschlag origineller Tragik.

Wie dem auch sei, soviel ist gewiß, daß im Jahre 1876 der Arm des Gesetzes sich seiner bemächtigte, zu einem Zeitpunkt, da er schon am Abschluß seiner geistigen Entwicklung angelangt war, ganz und gar versunken in dem wahnhaften

Traum, aus dem er nicht mehr erwachen sollte. Unbeugsam ging der Asket aus der harten Zucht eines fünfzehnjährigen Büßerdaseins hervor. In dieser von den Kirchenvätern so gepriesenen Schule des Martyriums hatte er es zur Meisterschaft gebracht. Hinter ihm lagen die grausamen Lehrjahre des Hungers, des Durstes, der Strapazen, der verdrängten Ängste und tiefen Nöte. Kein Schmerz war ihm fremd. Seine ausgedörrte Haut warf Falten wie ein zerknitterter und brüchiger Lederpanzer auf abgestorbenem Fleisch. Er hatte sie mit Hilfe des Schmerzes selbst betäubt, hatte sie kasteit und zerschnitten mit Büßerhemden, die härter waren als Geflechte aus Espartogras; er hatte sie an Felssteinen unterwegs geschrammt, in der Gluthitze der Dürre versengt, in der feuchtkalten Nachtluft versteift, eingeschläfert in den flüchtigen Ruhepausen auf den peinigenden Nachtlagern der *caatingas* …

Oftmals hatte er den Tod gestreift, wenn er die anhaltenden Fastenübungen mit einem asketischen Raffinement betrieb, das Tertullian[63] in Staunen gesetzt hätte, jenen düsteren Verfechter der allmählichen Abtötung der Materie »durch Erleichterung vom Blute, von jener schweren und lästigen Bürde der fluchtbegierigen Seele …«.*

Wer diese Schule der Bitternisse durchlief, sah in jenem Haftbefehl einen belanglosen Vorfall. Er nahm ihn gleichmütig hin. Seinen Gefolgsleuten verbot er, ihn zu verteidigen. Er stellte sich. Man verbrachte ihn nach der Hauptstadt von Bahia. Seine befremdliche Erscheinung: das erstorbene, maskenhaft starre Antlitz, ohne Blick und ohne Lächeln; die gesenkten Lider über tiefen Augenhöhlen; und sein höchst seltsamer Aufzug; und seine widerwärtige, leichenhafte Gestalt in dem langen Überwurf, der wie ein schwarzes Totenhemd anmutete; und die strähnigen, staubbedeckten, schulterlangen Haare, die sich mit seinem struppigen, ungepflegten, bis zur Taille fallenden Bart verfilzten – alles reizte die öffentliche Neugier.

* Siehe sein Werk *De Ieiunio* [Über das Fasten].

Schmährufe und Bekreuzigungen der erschrockenen Rechtgläubigen und schreckensstarren Betschwestern begleiteten ihn durch die Straßen von Salvador da Bahia.

Erstaunt verhörten ihn die Untersuchungsrichter.

Sie beschuldigten ihn weit zurückliegender Verbrechen, begangen in seiner Heimat. Verhör und Beschuldigungen nahm er schweigend auf, ohne das geringste Murren, in marmorne Empfindungslosigkeit gehüllt.

Seine Bewacher hatten, wie man später erfuhr, unterwegs ihn feige verprügelt. Er äußerte nicht die leiseste Klage.

Ruhig verharrte er im überlegenen Gleichmut eines Stoikers. Allerdings – dieses merkwürdige Detail verdanken wir einer unverdächtigen Gewährsperson – bat er am Tage seiner Einschiffung nach Ceará die Behörden, ihn von der schaulustigen Menge fernzuhalten, das einzige, was ihn verdroß.

Bei der Ankunft in seiner Geburtsstadt, als die Haltlosigkeit der Beschuldigung sich herausstellt, wird er in Freiheit gesetzt. Und selbigen Jahres taucht er aufs neue in Bahia auf, inmitten seiner Jünger, die allezeit auf ihn gewartet haben.

Diese Wiederkehr – die er bei seiner Verhaftung angeblich auf den Tag genau vorhergesagt hatte – erschien als ein Wunder.

Sie verdreifachte seinen Einfluß.

Eine Zeitlang durchstreift er nun den Sertão von Curaçá und weilt im Jahre 1877 vorzugsweise in Xorroxó, einem Flecken von wenigen hundert Seelen, zu dessen belebtem Wochenmarkt die meisten Bewohner jener Ufer des Rio São Francisco zusammenströmen. Dort kündet eine anmutige Kapelle noch heute von seinem Aufenthalt. Verdienstvoller vielleicht ist das von ihm gepflanzte Bäumchen am Ortseingang, das lange Zeit hindurch Gegenstand ungewöhnlicher Pflanzenvergötzung war. In seinem Schatten rastete der Pilger. Es war ein heiliges Gewächs. In seinem

Schatten suchten die wundergläubigen Kranken Genesung; seine Blätter waren ein unfehlbares Allheilmittel.

Für das Volk beginnt die lange Serie von Wundern, die der Unglückselige möglicherweise gar nicht im Sinn hatte ...

Von 1877 bis 1887 irrt er kreuz und quer durch die Sertãostrecken des Nordens und gelangt sogar bis zur Küste, in Vila do Conde (1887).

In der ganzen Region ist vermutlich kein größerer oder kleinerer Ort, wo er nicht erschienen wäre. Alagoinhas, Inhambupe, Bom Conselho, Jeremoabo, Cumbe, Mocambo, Maçacará, Pombal, Monte Santo, Tucano und andere haben ihn und seine Sippschaft von Anhängern kommen sehen. Fast überall hat er Spuren hinterlassen. Hier ein verfallener Friedhof, dessen Mauern er wieder aufgeführt hat; dort eine instandgesetzte Kirche, etwas weiter eine neuerrichtete Kapelle, anmutig wie immer.

Sein Einzug in die Ortschaften, an der Spitze der zerknirschten, schweigenden Menge, die fromme Bilder, Kreuze und Heilig-Geist-Fahnen emporhielt, war feierlich und eindrucksvoll. Die normalen Verrichtungen stockten. Werkstätten und Äcker verödeten. Dafür belebte sich das Markttreiben in dem Flecken, wohin die Bevölkerung der Umgebung zusammenströmte; und einige Tage lang, die örtliche Obrigkeit in den Schatten stellend, monopolisierte der wandernde, demütige Büßer die Macht, wurde selbst zur einzigen Obrigkeit.

Auf dem Platz des Ortes errichtete man laubgedeckte Spalierdächer, unter denen des Nachmittags die Gläubigen Rosenkränze beteten und Litaneien anstimmten; und bei großem Zulauf improvisierte man neben der Marktüberdachung, in der Mitte des Platzes, eine Tribüne, damit das Wort des Propheten in alle Richtungen ausgehe und alle Gottesfürchtigen erbaue.

Er stieg hinauf und predigte. Es war beängstigend, versichern noch heute lebende Zeugen. Eine barbarische und haarsträubende Beredsamkeit, die verstümmelte Auszüge aus dem »Marianischen Stundenbuch« aneinanderreihte, zusammenhanglos, unsinnig, mitunter verschlimmert durch höchst verwegene lateinische Zitate; abgehackte Sätze; ein unauflöslicher Wirrwarr aus engstirnigen Ratschlägen, platten christlichen Moralvorschriften und wunderlichen Prophezeiungen …

Er war närrisch, und er war entsetzlich.

Man denke sich einen Possenreißer, beflügelt von einer apokalyptischen Vision …

Sparsam mit Gebärden, sprach er geraume Zeit, die Augen zu Boden geschlagen, ohne die Menge eines Blickes zu würdigen, die gebeugt dem Kauderwelsch lauschte, das, ein Hohn auf den gesunden Menschenverstand, in ermüdendem Singsang langatmig dahinfloß.

Indessen lag ihm offenkundig an der Wirkung des einen oder anderen schneidenden Satzes. Er sprach ihn aus und verstummte, hob den Kopf, schlug jäh die Lider auf; nun gewahrte man seine tiefschwarzen und lebhaften Augen, sowie seinen Blick – ein stechendes Funkeln. Niemand wagte ihn anzuschauen. Überwältigt senkte ihrerseits die Menge die Augen, gebannt von der seltsam hypnotischen Kraft jenes fürchterlichen Wahnsinns.

Und bei solchen Anlässen vollbrachte der große Unglückselige sein einziges Wunder: es gelang ihm, der Lächerlichkeit zu entgehen …

In diesen Predigten, mit denen er den umherstreifenden Kapuzinermönchen der Missionskampagnen erfolgreich Konkurrenz machte, breitete er seine zusammenhanglose und verschwommene Glaubenslehre aus. Nun, wer sie vernommen hat, kann nicht umhin, aufschlußreiche historische Parallelen zu ziehen. Liest man erneut die denkwürdigen Seiten, auf denen Renan[64]* mit der elektrisierenden Kraft seines herrlichen Stils die eifernden Sektenführer der ersten Jahrhunderte vergegenwärtigt, dann sieht man ihre einstigen Abirrungen hier zur Gänze wiederaufleben. Keine vollkommenere Nachbildung ist vorstellbar – das gleiche Glaubensgebäude, die gleichen Heiligenbilder, die gleichen hyperbolischen Formeln, annähernd die gleichen Worte. Es ist dies ein vorzügliches Beispiel für die Übereinstimmung von Evolutionsstufen ungleichzeitiger Völker. Der Rückschrittler aus dem Sertão reproduziert die »Fazies« der Mystiker verflossener Zeiten. Wer ihn betrachtet, spürt die wunderbare Wirkung eines Fernblicks durch die Jahrhunderte ...

Er steht außerhalb unserer Zeit. Durch und durch gehört er zu jenen Nachzüglern der Geschichte, über die Fouillée in einem geglückten Vergleich bemerkt, sie seien wie »Wettläufer, die auf der Bahn der Zivilisation immer weiter zurückfallen«.[65]

Die Lehren eines Montanisten. Prophezeiungen.

Antônio Conselheiro ist ein Dissident vom Schlage eines Themison. Wie dieser empört er sich gegen die römische Kirche und schleudert ihr in seinen Schmähreden dasselbe Argument entgegen: Sie habe ihre Herrlichkeit vertan und stehe im Dienste Satanas. Die Moral, die er aufstellt, ist eine Interlinearversion der Moral des Montanus: die Übersteigerung der Keuschheit bis zum abgrundtiefen Ekel vor dem Weib, im Kontrast zur uneingeschränkten Billigung der freien Liebe, die fast zur Abschaffung der Ehe führt.

Die Moral, die der Mann aus Phrygien wie der aus Ceará gepredigt haben, geht vielleicht zurück auf die Verbitterung über eheliches Ungemach. Streng untersagen beide den Mädchen, sich herauszuputzen, sie wettern gegen Kleider, welche die Reize betonen, bekämpfen mit besonderem Nachdruck

* *Marc-Aurèle.*

den Luxus der Haartracht; und beide verhängen – höchst sonderbarerweise – gegen diese Sünde dieselbe Strafe: der Haardämon soll den eitlen Weibern mit hautzerfetzenden Dornenkämmen ausgetrieben werden.

Die Schönheit galt beiden als das versucherische Antlitz Satans. In dem unversöhnlichen Abscheu gegen sie ging der Ratgeber sogar über jedes Maß hinaus. Niemals mehr richtete er seine Blicke auf eine Frau. Selbst den alten Betschwestern, die auch den brünstigsten Satyr kaltgelassen hätten, drehte er den Rücken zu, wenn er mit ihnen sprach.

Diese Gemeinsamkeit tritt deutlicher noch hervor, wenn man die aberwitzigen Lehren des wahnhaften Sertão-Apostels mit denen der Montanisten vergleicht. Wie diese trat er in der Endzeit der Erde auf ... Der gleiche überspannte Millenarismus,[66] das gleiche Entsetzen vor dem Antichristen, der im allgemeinen Zusammenbruch des Lebens erscheinen werde. Der Weltuntergang stand bevor ...

All ihre Habe sollten die Gläubigen dahingeben, alles, was sie mit einem Anflug von Eitelkeit beflecke. Alle irdischen Güter seien der nahen Katastrophe verfallen, und sinnlose Vermessenheit sei es, sie festhalten zu wollen.

Den flüchtigsten Genüssen sollten sie entsagen und das Leben zu einem strengen Fegefeuer machen; und niemals sollten sie es mit dem Sakrileg eines Lächelns besudeln. Das Jüngste Gericht rücke näher, unentrinnbar.

Eine Reihe von Unglücksjahren wurde angekündigt:*

»... im Jahre 1896 werden der Herden tausend vom Strand in den Sertão ziehen; dann wird der Sertão Strand werden und der Strand wird Sertão werden.

Im Jahre 1897 wird es geben viel Futter und wenig Fährten und nur einen Hirten und nur eine Herde.

* Diese Prophezeiungen standen in zahlreichen kleinen Heften geschrieben, die in Canudos gefunden wurden.
Die im folgenden wiedergegebenen Auszüge wurden ebendort aus einem dieser Hefte abgeschrieben, das dem Sekretär des Oberbefehlshabers gehörte.

Im Jahre 1898 wird es geben viele Hüte und wenige Häupter.
Im Jahre 1899 wird alles Wasser Blut sein, und der Planet wird auftauchen im Osten mit dem Sonnenstrahl, so daß der Zweig an die Erde stoßen und die Erde irgendwo an den Himmel stoßen wird ...
Es wird regnen einen großen Sternenregen, und das wird sein das Ende der Welt.
Im Jahre 1900 werden die Lichter verlöschen. Gott sprach im Evangelium: ich habe eine Herde, die jenseits dieser Hürde umherläuft, und es tut not, daß sie sich sammele, denn es ist nur ein Hirte und nur eine Herde!«

Wie seine antiken Vorgänger erschien auch dieser Erwählte dank göttlichem Ratschluß auf Erden. Christus selbst hatte sein Kommen vorausgesagt, als

»zur neunten Stunde, da er am Ölberg ruhte, ihn einer der Apostel frug: Herr! Welches sind eure Zeichen für das Ende dieser Zeit? Er aber erwiderte: Es werden viele Zeichen sein auf dem Mond, auf der Sonne und auf den Sternen. Es wird auftreten ein Engel, gesandt von meinem gütigen Vater, der wird predigen vor den Toren, wird Siedlungen anlegen in den Wüsten, Kirchen und Kapellen errichten und Ratschläge geben ...«

In dieser wirrköpfigen Faselei eines religiösen Messianismus meldete sich der Messianismus der Rasse zu Wort und trieb ihn zum Aufstand gegen die republikanische Staatsordnung:

»Wahrhaftig, ich sage euch, wenn die Völker mit den Völkern streiten, Brasilien mit Brasilien, England mit England, Preußen mit Preußen, dann wird den Meereswogen König Dom Sebastião entsteigen mit all seinem Heere.

Seit Beginn der Welt ist er mit all seinem Heere verwunschen, und zum Kriege hat er es wieder aufgestellt.

Und als er verwunschen wurde, stieß er sein Schwert in den Fels bis zum Knauf, und er rief: Welt, lebe wohl!

Eher als bis zum Jahre tausendundsoviel oder zweitausend wirst du nicht wiederkommen.

An jenem Tage, wenn er mit seiner Heerschar hervortritt, wird er alle über die Klinge springen lassen, die in der Republik eines Amtes walten. Das Ende dieses Krieges wird sein in der Heiligen Kurie von Rom, und das Blut wird steigen bis zur hohen Versammlung …«

Ein Häretiker des 2. Jahrhunderts inmitten der Neuzeit

Das Prophetentum hatte, wie man sieht, in seinem Munde denselben Tonfall wie einst in Phrygien, von wo es zum Abendland vordrang. Es kündigte hier wie dort das göttliche Gericht an, das Verderben der Mächtigen, die Zermalmung der diesseitigen Welt, das tausendjährige Reich und seine Wonnen.

Sollte darin wahrhaftig kein höherer Zug des Judentums erkennbar sein?

Das läßt sich nicht verkennen. Im übrigen ist diese Rückwendung zum Goldenen Zeitalter der Apostel und der sibyllinischen Orakeldeuter[67] mit der dazugehörigen Wiederbelebung uralter Irrlehren, durchaus nichts Neues. Es ist der ständige Rückstrom des Christentums zu seiner jüdischen Quelle. Montanus wiederholt sich durch alle Zeiten der Geschichte, mehr oder wenig abgewandelt gemäß dem jeweiligen Volkscharakter; doch die gleiche Empörung gegen die kirchliche Hierarchie, der gleiche Hang zum Übersinnlichen, die gleiche Sehnsucht nach dem Himmelreich bringen immer wieder den ursprünglichen, träumerischen Charakter des frühen Christentums zum Ausdruck, bevor es von den kanonisierten Sophisten der Konzile verwässert wurde.

Wie seine Vorläufer war Antônio Conselheiro ein Schwärmer, der das Reich Gottes herbeisehnte – zunächst versprochen, dann immer wieder aufgeschoben und schließlich völlig vergessen von der orthodoxen Kirche des 2. Jahrhunderts.

Er gelangte nur bis zur Schwelle des mißverstandenen Katholizismus.

Versuchte Gegenmassnahmen der Behörden

Getreu der Sendung, der er sein Leben geweiht hatte, ordnete er nach den Moralpredigten Bußübungen an, die für gewöhnlich den betreffenden Ortschaften von Nutzen waren. Eingestürzte Gotteshäuser wurden wiederaufgebaut, verwahrloste Friedhöfe wiederhergerichtet, neue Bauten geschmackvoll aufgeführt. Die Maurer und Zimmerleute arbeiteten unentgeltlich; die Begüterten spendeten die nötigen Baustoffe; das Volk schleppte Steine. In frommer Geschäftigkeit regten sich tagelang die Arbeiter, denen die Löhne im Himmel gutgeschrieben wurden.

Und war das Werk vollbracht, zog der Erwählte weiter … wohin? Ziellos, auf dem erstbesten Pfade wanderte er fort durch die Weiten des Sertão, über die vielwegigen Hochplateaus, ohne selbst nach denen sich umzuschauen, welche ihm folgten.

Ein gefährlicher Gegenspieler ließ ihn unangefeindet, der Priester. Schenkt man dem Bericht* eines verläßlichen Zeu-

* »Als wir diesen Ort besuchten (Cumbe, im Jahre 1887), befand sich dort ein berühmter ›Ratgeber‹, ein kleines, brünettes Individuum von mestizischem Aussehen, mit langem, schwarzem Haupt- und Barthaar, angetan mit einem blauen Überwurf, allein in einem unmöblierten Hause wohnend, wohin die Betschwestern sich drängten und die Gaben strömten, von denen er sich ernährte …

… Das Volk pflegt in Massen zu den feierlichen Auftritten des Ratgebers zu strömen, dem es blinden Gehorsam leistet und auf dessen Wink es sich sogar jedweder behördlichen Anordnung widersetzen wird, weswegen die Pfarrer ihn anstandslos als ›Heiligen‹ gelten lassen, um so mehr, als er nichts dabei einnimmt und im Gegenteil die Taufen, Trauungen, Beichten und Kommunionen, Kirchfeste, Novenen befördert und alles, was sonst die reichen Einkünfte der Kirche ausmacht.«

Oberstleutnant Durval Vieira de Aguiar, *Descrições Práticas da Província da Bahia* [Zweckdienliche Beschreibungen der Provinz Bahia].

gen Glauben, so begünstigte oder erlaubte jener im allgemeinen die Ansprachen, durch die Antônio Conselheiro, ohne jeglichen Eigennutz, all jene Kulthandlungen beförderte, aus denen der Geistlichkeit ihre Einkünfte zufließen: Taufen, Kommunionen, Kirchenfeste und Novenen.

Die Seelsorger machten gute Miene zu den Ungereimtheiten des dämonenbesessenen Heiligen, der ihnen jedenfalls ein Zubrot zu ihrem kümmerlichen Gehalt verschaffte. Als der Erzbischof von Bahia im Jahre 1882 dessen inne ward, suchte er diese Lässigkeit, wo nicht kaum verhüllte Begünstigung, in einem Sendschreiben an alle Pfarrer zu unterbinden.

> »Uns ist zu Ohren gekommen, daß die Gemeinden im Innern unseres Erzbistums von einem Individuum genannt Antônio Conselheiro aufgesucht werden, der dem Volke, das zusammenströmt, um ihn zu hören, abergläubische Lehren und eine maßlos strenge Moral* verkündigt, wodurch er die Gewissen verstört und die Autorität der örtlichen Pfarrer nicht wenig schmälert. Wir weisen daher Euer Würden an, in Eurem Sprengel solcherlei Mißbrauch nicht zu dulden und den Pfarrkindern zur Kenntnis zu bringen, daß wir ihnen strengstens verbieten, zum Anhören solcher Predigten sich zu versammeln, alldieweil in der katholischen Kirche der heilige Auftrag zur Unterweisung der Völker ausschließlich den Geistlichen zusteht und ein Laie, wer er auch sei, selbst ein höchst unterrichteter und tugendhafter, dazu keine Ermächtigung hat.
>
> Möge dies immerhin dazu dienen, den Eifer noch mehr zu beflügeln, mit dem Euer Würden das Amt der Verkündigung versieht, damit Euern Pfarrkindern genügende Unterrichtung zuteil werde und sie nicht den Einflüsterungen jedweder Irrlehre erliegen, etc.«**

Die Mahnung der Kirche blieb folgenlos.

* Eine maßlos strenge Moral! ...

** Hirtenbrief des Erzbischofs Dom Luís vom 16. Februar 1882 an die Geistlichkeit von Bahia.

Unbehelligt setzte Antônio Conselheiro seine Apostelreise auf Abwegen fort, seine Irrfahrt durch den Sertão. Und als wollte er die Erinnerung an die erste Verfolgung, die er erleiden mußte, stets lebendig halten, kehrte er immer wieder nach Itapicurú zurück, dessen Polizeibehörde schließlich an die zuständigen Staatsorgane ein aufrüttelndes Schreiben richtete, worin es nach kurzer Darstellung der Vorgeschichte des Aufwieglers heißt:*

»... er hat in dieser Gegend sein Lager aufgeschlagen und ist gegenwärtig im Begriff, hiesigen Orts eine Kapelle auf Kosten des Volkes zu errichten.

Obschon der Bau von einigem, übrigens entbehrlichem Gewinn für die Ortschaft ist, wiegt dieser Nutzen dennoch nicht die damit verbundenen Auswüchse und Opfer auf, und in Anbetracht der Stimmung unter den Leuten ist die Befürchtung großen Unheils nur allzu berechtigt.

Um Eurer Exzellenz über Antônio Conselheiro Bescheid zu geben, genügt der Hinweis, daß Hunderte und Aberhunderte von Menschen ihn begleiten, die ihn anhören und eher seine Weisungen befolgen als die des Gemeindepfarrers.

Ihr Fanatismus ist grenzenlos, und so darf ich versichern, gestützt auf Tatsachen und ohne Furcht vor Irrtum, daß sie ihn verehren, als wäre er ein leibhaftiger Gott.

An den Tagen der Predigten, Rosenkränze und Litaneien schwillt die Menge auf tausend Personen. Beim Bau dieser Kapelle, für die ein Wochenlohn von hunderttausend Réis gezahlt wird, zehnfach mehr als angemessen, sind Männer aus Ceará beschäftigt, über die Antônio Conselheiro blindlings seine Hand hält, deren Ausschreitungen er duldet und verschleiert; und dieses Geld stammt aus den Taschen der Gutgläubigen und Unwissenden, die, nicht genug, daß sie nicht arbeiten, auch das wenige, was

* Amtsschreiben des Polizeikommissars von Itapicurú an den Polizeichef von Bahia, November 1886.

sie besitzen, verkaufen und die sogar stehlen, damit nicht der geringste Mangel herrsche, ganz zu schweigen von den eingenommenen Spenden, die für andere Bauvorhaben nach Xorroxó im Bezirk Capim Grosso weitergeleitet wurden.«

Und nach Erwähnung des jüngsten Zusammenstoßes mit den Fanatikern fährt er fort:

»Wegen eines Zerwürfnisses zwischen dem Pfarrer von Inhambupe und dem Haufen um Antônio Conselheiro ist dieser gerüstet, als gelte es eine Feldschlacht zu eröffnen, und angeblich wartet er darauf, daß der Pfarrer eine Ortschaft namens Junco aufsucht, um ihn zu ermorden. Man erschrickt, wenn man an jenen Übeltätern in einiger Entfernung vorübergeht, bewaffnet wie sie sind mit Prügeln, Messern, Buschmessern, Flinten; und wehe dem, der in den Ruch einer feindseligen Gesinnung gegen Antônio Conselheiro kommt.«

Dieser so aufrüttelnde Appell verhallte anscheinend ungehört. Keinerlei Maßregel wurde bis Mitte 1887 ergriffen, als die Diözese von Bahia sich aufs neue einschaltete und der Erzbischof den Präsidenten der Provinz[68] in einem Amtsschreiben um Maßnahmen ersuchte gegen »das Individuum Antônio Vicente Mendes Maciel, der durch das Predigen umstürzlerischer Lehren der Religion wie dem Staate großen Schaden zufügt, da er das Volk von seinen Pflichten abbringt und zum Mitwandern verleitet, indem er ihm einredet, er sei der Heilige Geist«, und so fort.

Auf dieses Begehren hin wandte sich der Präsident von Bahia an den kaiserlichen Minister mit dem Ersuchen um einen Platz für jenen Geistesverwirrten in der Nervenheilanstalt von Rio de Janeiro. Das Ansinnen schlug der Minister mit der denkwürdigen Begründung ab, in der betreffenden Anstalt sei kein einziger freier Platz vorhanden, worauf der Präsident wiederum den Kirchenführer brieflich über den großartigen Ratschluß der Regierung in Kenntnis setzte.

So begann und endete der Zyklus amtlicher Vorkehrungen während der Kaiserzeit.

Legenden

Der »Ratgeber« setzte seine verderbliche Missionsreise ungehindert fort und gewann in der Vorstellungswelt des Volkes immer mehr an Bedeutung.

Die ersten Legenden entstanden.

Wir werden sie nicht alle dokumentieren.

Er gründete die Siedlung Bom Jesus; und als, so erzählen sich voll Staunen die Leute, beim Bau der wundervollen Kirche, die heute dort steht, eines Tages zehn Arbeiter vergebens sich mühten, einen schweren Stützbalken aufzurichten, da sei der Erwählte auf den Träger gestiegen und habe alsdann nur zwei Männer ihn emporheben heißen; und was so viele nicht vermocht hatten, brachten diese beiden zuwege, behende, ohne jede Anstrengung ...

Ein andermal – diese merkwürdige Begebenheit habe ich von Menschen vernommen, die keineswegs dem Schwärmertum verfallen waren! – kam er nach Monte Santo und gab Weisung zu einer Prozession auf den Heiligen Berg, zur letzten Kapelle, hoch auf dem Gipfel. Die Zeremonie begann des Nachmittags. Langsam quoll die Menge den steilen Hang empor, immer wieder *benditos* anstimmend, zerknirscht an den Kreuzwegstationen verweilend. Er schritt voran, ernst und unheimlich, barhäuptig, das lange Haar vom kräftigen Wind gezaust, gestützt auf den unerläßlichen Wanderstab. Die Nacht sank hernieder. Die Fackeln der Büßer wurden entzündet, und die Prozession, nunmehr auf der Kammlinie auseinandergezogen, bildete eine Lichtstraße auf dem dunklen Höhenzug ...

Als er das Heilige Kreuz am Gipfel erreicht, läßt sich Antônio Conselheiro, nach Atem ringend, auf der höchsten Stufe der rohbehauenen Steintreppe nieder, und dort verweilt er statuengleich, die Himmel schauend, den Blick ins Sternenmeer getaucht …

Die erste Welle der heraufströmenden Gläubigen füllt alsbald den beschränkten Innenraum der Kapelle, während die übrigen im Freien verharren, kniend auf dem scharfkantigen Felsboden.

Dann erhebt sich der Gedankenversunkene. Kaum bezwingt er die Müdigkeit. Durch die ehrfürchtig vor ihm sich teilende Menge zieht er nun selbst in die Kapelle ein, gesenkten Hauptes, tiefdemütig und niedergeschlagen, schwer atmend.

Dicht vor dem Hauptaltar indessen hebt er sein bleiches, von wirren Haaren gerahmtes Antlitz. Da fährt durch die Menge ein Schauer des Entsetzens. Zwei blutige Tränen rollen langsam über das unbefleckte Antlitz der Allerheiligsten Jungfrau …

Diese und andere Legenden sind im Sertão noch heute in Umlauf. Das ist natürlich. Antônio Conselheiro, gewissermaßen ein Mann von verkehrter Größe, vereinigte in seinem krankhaften Mystizismus alle Irrtümer und abergläubischen Vorstellungen, die den Reduktionskoeffizienten unseres Nationalcharakters bilden. Wenn er das Volk des Sertão in seinen Bann zog, so nicht etwa deshalb, weil er es beherrschte, sondern weil er sich von dessen Verirrungen beherrschen ließ. Das Milieu war ihm förderlich, und so brachte er mitunter, wie wir sahen, die Absurdität zustande, sich nützlich zu machen. Er folgte der unausweichlichen Bestimmung uralter Triebkräfte, in deren Joch er bei allen Handlungen die unnachahmliche Milde eines Evangelisten bezeigte.

In der Tat, seine Neurose wurde gedämpft durch unerklärliche Sanftmut.

Eines Tages sieht der Priester einer Sertãogemeinde einen überaus mageren und abgezehrten Mann vor seine Tür treten: Eine alte Pilgergestalt, mit ungekämmten und schulterlangen Haaren, brustlangem Bart, nicht ohne das traditionelle Kruzifix, das zwischen den Rosenkranzperlen am Gürtel baumelt, und nicht ohne den staubigen und zerschlissenen Umhang und den Wasserschlauch und den langen Stab …

Der Pfarrer bietet ihm Speise dar, er nimmt aber nichts als ein Stück Brot; jener weist ihm eine Bettstatt zu, er schläft lieber auf einer Pritsche, ohne Decken, angekleidet, ohne auch nur die Sandalen zu lösen.

Anderntags bittet der höchst absonderliche Gast, der bisher einsilbig geblieben war, den Pfarrer um die Erlaubnis, aus Anlaß eines bevorstehenden Festes in der Kirche zu predigen.

»Bruder, Ihr seid nicht geweiht; die Kirche gestattet Euch nicht zu predigen.«

»So laßt mich den Kreuzweg beten.«

»Auch das kann ich nicht erlauben, ich selbst werde ihn beten«, entgegnete wiederum der Geistliche.

Da starrte ihn der Pilger eine Weile an, und wortlos zog er unter dem Gewand ein Tuch hervor. Er schüttelte den Staub von den Füßen und ging von dannen.

Es war der klassische, friedliche und ruhige Protest der Apostel.

Hedschra im Sertão

Die wachsende Ablehnung jedoch vergiftete sein Gemüt. Zum unumschränkten Herrscher geworden, ließ er sich durch die geringfügigste Widrigkeit erzürnen.

Eines Tages erschien er in Natuba, und in Abwesenheit des dortigen Pfarrers, mit dem er auf gespanntem Fuße stand, hieß er Steine zur Ausbesserung der Kirche herbeischaffen. Der Priester kommt zurück, gewahrt die Verletzung der geheiligten Bezirke, empört sich und beschließt, dem Unfug einen Riegel vorzuschieben. Er war ein praktisch denkender Mann, er appellierte an den menschlichen Eigennutz.

Es traf sich, daß die Gemeindeverwaltung Tage zuvor die Grundeigentümer zur Pflasterung des Gehsteigs vor ihren

Häusern verpflichtet hatte, und so überließ der Pfarrer ihnen dafür die schon zusammengetragenen Steine.

Diesmal begnügte sich der Ratgeber nicht damit, den Staub von den Füßen zu schütteln. Ihm kam der erste Fluch über die Lippen, vor den Toren der undankbaren Stadt; und so zog er fort.

Über eine Weile rief ihn, auf Bitten desselben Pfarrers, ein einflußreicher Lokalpolitiker herbei. Das Gotteshaus war im Begriff, in Trümmer zu fallen. Dickicht hatte den Friedhof ganz überwuchert; und die Gemeinde war mittellos. Beides wiederherstellen konnte nur jemand, der die gutgläubigen Dörfler so zu lenken wußte wie er. Der Apostel nahm die Einladung an. Doch er tat es unter selbstherrlichen Bedingungen, und er erinnerte mit einer Anmaßung, die sich schlecht mit seiner einstigen Friedfertigkeit vertrug, an die erlittene Kränkung.

Man machte ihn zunehmend böse.

Die Republik sah er mit finsteren Blicken, und folglich predigte er die Auflehnung gegen die neuen Gesetze. Seit 1893 beseelte ihn ein gänzlich neuer Kampfgeist.

Der Anlaß war wenig belangvoll.

Nach Einführung der kommunalen Selbstverwaltung verkündeten die Gemeinderäte im Hinterland von Bahia auf Anschlagtafeln, die dort seit alters die Rolle der Presse spielen, Verordnungen zur Erhebung von Steuern, neben anderen Bekanntmachungen.

Als diese Neuerung aufkam, weilte Antônio Conselheiro in Bom Conselho. Aufgebracht über diese Bedrückung, sann er auf sofortige Gegenwehr. An einem Markttag rief er das Volk zusammen und ließ es, unter aufrührerischem Geschrei und dem Getöse aufsteigender Raketen, die Anschlagtafeln auf dem Hauptplatz in ein großes Feuer werfen. Mit seiner Stimme das »Autodafé« übertönend, das die Behörden in ihrer Schwäche nicht unterbanden, predigte er offenen Aufruhr wider die Gesetze.

Bald jedoch bedachte er die Schwere dieses Vergehens.

Er verließ die Kleinstadt und schlug den Weg nach Monte Santo ein, nach Norden zu.

Der Vorfall schlug Wellen in der Hauptstadt von Bahia, von wo eine starke Polizeitruppe aufbrach, um den Aufwiegler festzunehmen und die unruhigen Haufen zu zerstreuen. Diese zählten damals nicht mehr als zweihundert Mann. Die Truppe holte sie in Masseté ein, einem kahlen und öden Ort zwischen Tucano und Cumbe, nahe den Bergketten von Ovó. Die dreißig wohlbewaffneten Polizisten überfielen voll Ungestüm die Schar der ausgemergelten Büßer, überzeugt, sie mit der ersten Salve auseinanderzujagen. Doch sie stießen, Aug' in Auge, auf unerschrockene *jagunços.* Von diesen vollständig aufs Haupt geschlagen, ergriffen sie die Flucht, an der Spitze der Truppführer selbst.

Dieses Geplänkel sollte unglücklicherweise später viele erweiterte Auflagen erleben.

Nach vollbrachter Großtat setzten die Frommen die Wanderung fort und begleiteten den Propheten in die Hedschra. Nicht länger suchten sie Ortschaften auf. Sie strebten in die Wüste.

Die Zerschlagung der Truppe bedeutete eine Warnung vor noch heftigeren Verfolgungen; und des Beistands der wilden Natur gewiß, rechneten sie auf einen Sieg, sofern sie den Strauß mit den erneuten Angreifern mitten in die *caatinga* verlegen könnten. Tatsächlich brachen diese ungesäumt von Bahia auf, eine Truppe von achtzig regulären Soldaten. Doch kamen sie nicht über Serrinha hinaus, wo sie kehrtmachten, ohne sich in den Sertão hineinzuwagen. Antônio Conselheiro indessen gab sich über diesen unerklärlichen Rückzug, der seine Rettung war, keinen Täuschungen hin. Das Lumpenpack seiner Getreuen, zu denen tagtäglich Dutzende von Proselyten stießen, zog er mit sich fort über die Pfade der Wüstenei, ein festes Ziel vor Augen.

Er kannte den Sertão. In zwanzigjähriger, unausgesetzter Wallfahrt hatte er ihn durchmessen. Er wußte von unbekannten Gebieten, aus denen man ihn nicht vertreiben würde. Er hatte sie vielleicht schon abgesteckt, aus Vorsorge gegen künftige Wechselfälle.

Unbeirrt lenkte er seine Schritte geradewegs nach Norden.

Die Gläubigen folgten ihm. Sie forschten nicht, wohin die Wanderung ging. Und so querten sie steile Bergketten, leblose Tafelebenen und kahle Hochplateaus, viele Tage hindurch, langsam, nach dem Rhythmus der Litaneien und der schleppenden Gangart des Propheten …

V.

Canudos – Vorgeschichte

Canudos, eine frühere Viehfazenda am Ufer des Vaza-Barrís, war um 1890 eine Wüstung mit etwa 50 Lehmkaten.[69]

Bereits im Jahre 1876, so berichtet ein Priester, der wie mehrere Amtsbrüder und namentlich der von Cumbe die ganz sich selbst überlassenen Menschen der Gegend in seelsorgerlicher Absicht aufgesucht hatte, hauste dort, um das damals noch blühende Landgut geschart, allerhand zwielichtiges und müßiges Volk, »bis an die Zähne bewaffnet, hauptsächlich damit beschäftigt, Branntwein zu trinken und an merkwürdigen Tonpfeifen mit einem Rohr von einem Meter Länge zu saugen«,* gefertigt natürlich aus den *canudos-de-pito* geheißenen Nachtschattengewächsen, von denen es am Flußufer wimmelte.

Schon vor der Ankunft des Ratgebers also barg das unscheinbare Nest mit dem leicht erklärlichen Namen, ebenso wie die meisten obskuren Weiler in den Tiefen unseres Sertão, viele Keime zu Aufruhr und Verbrechen. Als der Conselheiro jedoch 1893 dort eintraf, war es gänzlich im Verfall begriffen: die Hütten verwahrlost, die Unterkünfte leer; und hoch auf einem Ausläufer der Favela-Höhe, ohne Ziegeldach, eingestürzt bis auf die nackten Außenmauern – der einstige Herrensitz, die Alte Fazenda, in Trümmern …

Von jenem Jahr datieren Wiederbelebung und rasches Wachstum der Siedlung. Die provisorische Niederlassung arbeitsscheuer Hinterwäldler mit der schon vorhandenen alten Kirche in ihrer Mitte sollte sich rasch verwandeln und zum Lehmhütten-Troja der *jagunços* erweitern. Canudos war die heilige Stätte, von Gebirgsmauern umgürtet, unerreichbar für den Arm der vermaledeiten Regierung.

* Pfarrer Vicente Ferreira dos Passos, Seelsorger von Itú, damals von Jeremoabo. Handschriftliche Aufzeichnungen (1898).

Die überwältigende Topographie modellierte es in der Phantasie jener treuherzigen Menschen zur ersten – gewaltigen und hohen – Stufe des Aufgangs zu den Himmeln ...

Es nimmt nicht wunder, daß dort aus allen Richtungen immer neue Scharen von Siedlern aus den entlegensten Dörfern und Landstädten zusammenströmten.

Ein Zeuge* schreibt:

»Mehrere Ortschaften in diesem Gerichtsbezirk und denen der Umgebung und sogar im Staate Sergipe haben sich entvölkert, so mächtig war der Strom von Familien, die nach Canudos abwanderten, einem Ort, den Antônio Conselheiro zum Mittelpunkt seines Wirkens auserkoren hatte. Es schmerzte mitanzusehen, wie auf den Märkten eine ungewöhnliche Menge an Vieh – Pferde, Rinder, Ziegen etc. – feilgeboten wurde, und zwar zu Schleuderpreisen, desgleichen andere Güter wie Grundstücke, Häuser etc. Der sehnlichste Wunsch war der zu verkaufen, einiges Geld zu erlösen und nach Canudos zu ziehen, um es mit dem heiligen Ratgeber zu teilen.«

So verlegte man Haus und Herd.

Inhambupe, Tucano, Cumbe, Itapicurú, Bom Conselho, Natuba, Maçacará, Monte Santo, Jeremoabo, Uauá und andere nahe gelegene Orte ebenso wie Entre Rios, Mundo Novo, Jacobina, Itabaiana und andere, fernere Siedlungen entsandten immer neue Schübe von Übersiedlern. Die wenigen Reisenden, die in jenen Sertão sich wagten, stießen auf immer neue Scharen von Gottessuchern, die, mit Bündeln schwer bepackt, ihre plumpen Möbel, die Körbe und Gebetsladen zur auserwählten Stätte trugen. Diese anfangs losen Gruppen verdichteten sich unterwegs, schlossen sich mit anderen zusammen und kamen schließlich gemeinsam in Canudos an.

Die schwindelerregend wachsende Siedlung überzog die umliegenden Hügel.

Die primitive Bauweise erlaubte der obdachlosen Menge,

* Barão de Jeremoabo.[70]

bis zu zwölf Behausungen täglich zu errichten, und je weiter der Ausbau voranschritt, um so plastischer schien die kolossale Wüstung die Seelenverfassung der dorthin geflüchteten Gesellschaft räumlich abzubilden. Canudos war die Verkörperung jenes Massenwahns. Ein untrügliches Zeugnis, Corpus delicti der Verfehlungen eines Volkes.

Das Ganze ging planlos vor sich, ohne Sinn und Verstand.

Ursprünglicher Anblick

Die monströse *urbs* aus Lehmmauern veranschaulichte treffend die unselige *civitas* aus Irrungen. Die neue Ortschaft, die binnen weniger Wochen entstand, wirkte bereits verfallen. Sie wurde alt geboren. Aus der Ferne betrachtet – über die Hügel hingebreitet, die Mulden füllend, ein riesiges Areal überziehend, an Schluchten abbrechend, an Steilhängen sich aufbäumend –, bot sie den vollkommenen Anblick einer Stadt, deren Grundfläche durch ein Erdbeben erschüttert und rücksichtslos gefaltet wäre.

Straßen waren nicht zu erkennen. Statt dessen gewahrte man hoffnungslos labyrinthische, engste Gäßchen, die mühsam sich durch den chaotischen Wirrwarr planlos erstellter Hütten zwängten, mit Giebeln, die allen Himmelsrichtungen zugekehrt waren, und Firsten, die kreuz und quer verliefen, als wäre das Ganze fieberhaft, in einer einzigen Nacht, von einer Horde Irrsinniger aufgeführt worden.

Aus lehmbeworfenem Flechtwerk errichtet und in drei winzige Räume unterteilt, waren die Hütten eine plumpe Parodie des altrömischen Hauses: ein kümmerliches Vestibulum; ein Atrium, das zugleich als Küche, Eß- und Empfangszimmer diente; ferner seitlich ein Alkoven, ein stockfinsteres Gelaß, notdürftig erhellt durch eine schmale und niedere Tür. Mit einer zwanzig Zentimeter dicken Lehmschicht auf *icó*-Zweigen gedeckt, gemahnten sie an die Hütten der Gallier bei Cäsar. Sie bezeichneten den Übergang von der urzeitlichen Höhle zum Wohnhaus. Wenn Bauten in ihrer entwicklungsgeschichtlichen Ausprägung den Stand der menschlichen Persönlichkeit verkörpern, so drängte die lehmbedeckte Kate der *jagunços,* ebenso wie der Wigwam der Rothäute, den Betrachter zu beklagenswerten Analogieschlüssen. Hier wie dort die gleiche Unwohnlichkeit, die gleiche abscheuliche Armut, die in mancher Hinsicht weniger das Elend des Menschen als das Siechtum der Rasse anzeigt.

Hatte das Auge sich an das Halbdunkel jener winzigen Räume gewöhnt, gewahrte es unfehlbar einen seltsamen und plumpen Hausrat: eine rohgezimmerte Bank, zwei oder drei schemelartige Bänkchen, ebenso viele Zedernholzkisten oder auch Körbe, eine von der Decke hängende Ablage sowie die Hängematten. Das war alles Mobiliar. Weder Betten noch Tische. In den Ecken hingen ein paar unbedeutende Gerätschaften: der *bogó*, auch *borracha* genannt, eine Art Ledereimer zum Wasserholen; mehrere *caçuás*, flache Körbe aus Lianengeflecht, und die *aiós,* aus *caroá*-Fasern verfertigte Jagdtaschen. An der Rückwand des einzigen Schlafraums ein plumper Gebetsschrein. Dessen unbeholfene, groblinige Heiligenfiguren entsprachen mit ihren unverkennbar götzenartigen Zügen dem bäurischen Zuschnitt der ganzen Einrichtung, waren vergegenständlichter Ausdruck der Mischlingsreligion: verzerrte, afrikanisierte Darstellungen des heiligen Antonius von ungeschlachtem, fetischartigem Aussehen; hochheilige Madonnen, häßlich wie Megären …

Und schließlich die Waffen – auch sie ein Wiederaufleben früherer Entwicklungsstufen: das »Kaiman«-Buschmesser mit breiter und kräftiger Klinge; das *parnaíba*-Messer der *cangaceiros*, lang und spitz wie ein Degen; der Treibstachel, auch *guiada* genannt, ein drei Meter langer Hütestab mit Eisendorn, nicht den wohlgeformten Lanzen, sondern den alten Bauernspießen nachgebildet; die hohlen und halb mit Blei gefüllten Keulen, wuchtig wie zweihändige Schwerter; sodann die Armbrüste und die Gewehre.

Letztere waren in allen Spielarten vertreten, von der dünnläufigen Flinte für Vogelschrot über die »Echte aus Braga« für grobes Blei bis hin zur brutalen Donnerbüchse von der Art einer tragbaren Feldschlange, geeignet zum Verschießen von Kieselsteinen und Hornspitzen; von der leichten und langläufigen *lazarina* bis hin zur großkalibrigen Blunderbüchse mit Trichtermündung.

Weiter nichts. Weiter benötigten diese Menschen nichts. Canudos sah aus wie ein Mittelding zwischen einem Heerlager und einem riesigen afrikanischen Kraal. Das Fehlen von Straßen, die Dürftigkeit der Plätze, die, abgesehen von dem zwischen den Kirchen, nichts weiter waren als die gemeinsamen Flächen benachbarter Hausgärten, sowie der enge Zusammenschluß der Hütten machten die Siedlung gleichsam zu einer einzigen Behausung, die sich unendlich weit über die Hügel dehnte, dazu ausersehen, für eine kurze Spanne dem aufrührerischen Clan des Antônio Conselheiro Zuflucht zu bieten.

Ohne das leuchtende Weiß getünchter Wände und gekalkter Dächer, war sie aus größerer Entfernung unsichtbar. Man konnte sie mit dem Erdboden verwechseln. Erst aus der Nähe gab sie sich unverhofft zu erkennen, eingefaßt von einer Schleife des Vaza-Barrís, der sie von Ost bis Süd umschloß.

Den Rahmen bildete tote Natur:[71] trübselige Landschaften; kahle, immergleiche Hügel, die bis zu den fernen Gebirgsketten fortwogten, ohne einen Zipfel Wald, aufgebrochen von Platten aus Talkschiefer, nur selten von Bromeliengruppen spärlich bewachsen und anderwärts von schlanken und einsamen Kakteen überragt. Die höchste Erhebung war die südlich des Ortes gelegene Favela-Höhe, an deren Fuße, dem Kirchenplatz gegenüber, mehrere *quixabeiras* einen wilden Obstgarten bildeten. Auf halber Höhe sah man, einsam und verfallen, das frühere Gutshaus der Fazenda …

Auf einer Seite, nahe und gebieterisch, springt ein Ausläufer vor, der Morro dos Pelados,[72] und bricht jäh mit einem Steilhang zum Flusse hin ab, der sich von dort talauf hart nach

Norden wendet und mit seinem tief eingeschnittenen Bett das Dorf gleich einem Festungsgraben umschließt. In diesen münden steilwandige, von der heftigen Erosion gerissene Schluchten, durch die im Winter kurzlebige Fluten sich schäumend wälzen, zu Unrecht Flüsse geheißen: der Mucuím, der Umburanas und ein weiterer, dem spätere Begebenheiten den Namen »Vorsehungsfluß« verleihen sollten.

Schwindelerregendes Wachstum

Canudos, solcherart beinahe ringsumher vom Vaza-Barrís umschanzt, im Süden von den Ausläufern der Favela-Höhe bedrängt und im Westen von den noch höheren Bergrücken mit ihren Steilflanken beherrscht, gegen die der Fluß bei Hochwasser seine Fluten preßte, breitete sich daher ostwärts aus, dem flachwellig sich weitenden Gelände folgend. Die fernen Gebirge schlossen sich um den Ort zu einer fast durchgängigen Ellipse mit großem Achsenabstand zusammen. Gleich schmalen Pforten einer ungeheuren Festung boten die Talengen Durchlaß für die Wege ortsauswärts: für den nach Uauá, der von den schroffen Hängen der Caipã-Kette eingezwängt wurde; für den nach Jeremoabo, der sich durch die Engpässe der Serra de Cocorobó[73] wand; und für den Weg zum Cambaio-Gebirge, der steil die Flanken der Calumbí-Kette anging; und für den Weg nach Rosário.

Auf diesen Pfaden, die, von anderen verlängert, die entstehende Ortschaft mit dem tiefsten Sertão von Piauí, Ceará, Pernambuco und Sergipe verknüpften, strömten immer neue Karawanen von Glaubensbrüdern herbei. Aus allen Himmelsrichtungen kamen sie, mit all ihren Habseligkeiten beladen; und wenn sie nach der letzten Wegbiegung den schlichten Glockenturm der alten Kapelle erblickten, sanken sie auf dem schrammenden Boden in die Knie. Erreicht war das Ziel der Wallfahrt. Sie waren in Sicherheit vor der entsetzlichen Hekatombe, die der Verkünder prophezeite. Endlich betraten sie das gelobte Land, das heilige Kanaan, das der Gute Herr Jesus durch einen Gürtel aus Bergketten von der übrigen Welt gesondert hatte …

Die Ankömmlinge waren von der langen Wanderschaft ausgelaugt, aber glücklich. Sie lagerten sich nach Belieben auf den Geländebuckeln. Des Abends wurden Feuer zwischen den Ruheplätzen der Pilger entzündet, die dem Nachttau ausgesetzt waren. Ein funkelndes Lichterband umschloß die Siedlung; und einstimmig erschollen, zwischen Ruheplätzen und Häusern hin und herwogend, die Stimmen der bußeifrigen Menge, im klagenden Singsang der Marienlitaneien.

Im Morgengrauen machten sie sich voll geschäftigen Eifers an den Bau ihrer Hütten. Diese drängten sich zunächst um die Senke, in der die ursprüngliche Kirche stand, stiegen das sanfte Gefälle der kurzen Hänge zum Fluß hinab, begannen jedoch bald, in größerer Entfernung das zerfurchte Gelände da und dort zu sprenkeln.

Jene leichtgebauten Unterkünfte, vom dichten Kern der Häusermasse entfernt, schienen einem Verteidigungsplan zu gehorchen. In regelmäßigen Abständen säumten sie die Ortsausgänge. So flankierten sie, beiderseits des Vaza-Barrís errichtet, den Weg nach Jeremoabo talabwärts bis Trabubú und bis zum Macambira-Bach. Den Fluß überquerend und die Favela-Höhe umgehend, bildeten die neuen Behausungen Tupfer am Weg in Richtung Rosário. Sie zerstreuten sich über die zahllosen Hügel, die gegen Uauá sich ziehen. Umfriedet von undurchdringlichen *gravatá*-Hecken längs einem umlaufenden Graben, war eine jede von ihnen Heimstatt und Bollwerk zugleich. Mit ihrer Anordnung im Gelände bildeten sie unregelmäßige Befestigungslinien.

Um die barbarische Stadt nämlich lag von Anbeginn, ebenso zügig wachsend wie sie selbst, an allen Hängen ein furchtbarer Ring aus Schützengräben, die alle Wege bestrichen und flaches Gewehrfeuer in alle Richtungen erlaubten. Getarnt hinter undurchdringlichen *macambira*-Hecken oder Felsbrocken, waren sie aus der Ferne nicht zu erkennen. Ein von

Morgen sich nähernder Wandersmann mußte beim Anblick der über die Höhen verstreuten Hütten, winzig wie Schilderhäuschen, wähnen, eine lose Ansiedlung harmloser Rinderhirten vor sich zu haben. Wenn er unversehens auf die geschlossene Häusermasse stieß, so verblüffte ihn das, als wäre er in eine Falle geraten.

Wer aber von Süden kam, von Rosário oder vom Calumbí, und den Favela-Hügel oder die steilen Anhöhen am Rio Sargento emporstieg, dem mußte sich das Häusergewirr, einen Kilometer weiter nördlich klar erkennbar im Tal gelegen, sich so offen darbieten, daß er mit einem Blick seine Verteidigungsmöglichkeiten abschätzen konnte.

Diese waren scheinbar kläglich. Die Anlage des Dorfes schien die zerschmetternde Wucht von Sturmangriffen zu begünstigen, die wütend, mit der elementaren Macht eines Bergsturzes von den Steilhängen niederprasseln könnten. Der Feind, mühseliger Klettereien enthoben, würde es mit abwärts gerichtetem Feuer eindecken. Um es in seiner Gänze zu belagern und alle seine Zugänge zu beschießen, genügte eine einzige Geschützbatterie.

Nichtsdestoweniger verfügte Canudos über taktische Voraussetzungen vorzüglicher Art. Irgendein roh gebildeter Vauban[74] hatte sie erkannt …

Versperrte im Süden die Favela-Höhe, die von Klammen zerrissen zum Flusse abfiel, den Zugang, so im Westen eine Gebirgsmauer mit Graben. Tatsächlich bildete der daraufzuhaltende Vaza-Barrís, eingezwängt zwischen die letzten Häuser des Ortes und die Steilböschungen der hochragenden Hügel, bei seiner Kehre nach Norden gleichsam einen tiefen Cañon. Mit seiner scharfen Biegung umschloß er wie ein Wallgraben die Senke, worin die Ortschaft sich erhob, abgeriegelt im Osten durch die Hügelkette, im Westen und Norden durch die Steilabfälle höher gelegener Landstrecken, die von dort bis zu den äußersten Spornen der Bergketten des Cambaio und des Caipã fortwuchern, und im Süden abgeriegelt durch das Gebirge.

Canudos war eine Ruinenstätte in einem Kessel. Der Platz zwischen den Kirchen, dicht am Fluß, bezeichnete seine niedrigste Stelle. Von dort erstreckte es sich um eine nordwärts gerichtete Achse allmählich hügelan, auf einer schiefen Ebene, die von lebhafteren Erhöhungen flankiert wurde, gleich einem ansteigenden breiten Talgrund. Dort unten drängten sich die Hütten, füllten die ganze Niederung, erklommen weiter sich streuend die östlichen Berglehnen und sprenkelten, wie wir sahen, als winzige, vereinzelte Behausungen die Kuppen der von Schützengräben unterminierten Hügel. Die aufrührerische Herde jenes Seelenhirten zog sich – wie man sieht – keineswegs auf eine einsam ragende Anhöhe zurück, über den Horizonten thronend, hoch über den Angreifern. Sie verkroch sich. In jener herrlichen Gegend, wo die Kammlinien der Bergketten in die hochgelegenen Tafelflächen übergehen, hatte sie gerade jene Stätte auserkoren, die an ein riesiges Massengrab erinnert …

Innere Ordnung der ›urbs‹. Vielgestaltige Bevölkerung

Dort etablierte sich bald eine Ordnung, die von der Frömmigkeit des überspannten Apostels geprägt war.

Unter dem Joch seines Nimbus verschlimmerten sich für die Bevölkerung alle Lebensumstände einer niederen gesellschaftlichen Entwicklungsstufe. Statt der fehlenden Blutsverwandtschaft verlieh ihr die Geistesverwandtschaft die genaue Form eines Clans, dessen Gesetzgebung aus der Willkür des Oberhauptes und dessen Gerichtsbarkeit aus seinen unwiderruflichen Entschlüssen bestanden. Canudos reproduzierte die fragwürdige »Fazies« der barbarischen Horden der Frühgeschichte.

Der biedere Sertanejo verwandelte sich mit seiner Ankunft in den unerschrockenen und wilden Fanatiker. Er wurde aufgesogen von der kollektiven Psychose. Und schließlich heftete sich ihm die Bezeichnung an, die bis dahin den Streithähnen der Jahrmärkte, den Raufbolden der Wahlkampftumulte und den Plünderern der Städte vorbehalten war – *jagunço*.

So kam es, daß nach einiger Zeit die Bevölkerung, die aus den entgegengesetztesten Elementen bestand, vom inbrünstigen Gläubigen, der allen Annehmlichkeiten des Lebens in anderen Landstrichen entsagte, bis hin zum frei umherlaufenden Banditen, der dort mit geschulterter Flinte eintraf, um Gelegenheit zu neuen Ruhmestaten zu finden, zu einer homogenen Gemeinschaft wurde, zur dumpfen und rohen Masse, die zunahm, ohne sich zu entwickeln, ohne Organe und ohne Aufgabenteilung, die allein durch das mechanische Hinzutreten immer neuer Schübe von Ankömmlingen wuchs, als eine Art menschlicher Korallenstock. Es ist nur natürlich, daß diese Gesellschaft ungeschmälert alle Tendenzen des außerordentlichen Anführers in sich aufnahm, dessen schillernde Erscheinung – Heiliger im irdischen Exil, Götze aus Fleisch und Blut und lahmender Bonze – wie geschaffen war zum Wiederaufleben der Verfallsmerkmale dreier Rassen.

Blind übernahm die Menge alles, was jener sie lehrte, ganz und gar vom religiösen Traum umfangen; von krankhafter Sorge um das Leben im Jenseits besessen, endete ihre Vorstellung von der Welt an der Kammlinie der sie umschließenden Höhenzüge. Von Institutionen zur Sicherung einer irdischen Zukunft wollte sie nichts wissen.[75]

Solches war für die Gläubigen sinnlos. Canudos war der Kosmos.

Und auch das nur kurz und vorübergehend: Es war eine Zwischenstation, ein Halteplatz vor dem Ende, von wo man ungesäumt wieder aufbrechen würde, der letzte Rastplatz bei der Durchquerung einer Wüste – der des irdischen Lebens. In Canudos errichteten die unsteten *jagunços* zum allerletzten Mal ihre Zelte auf ihrer wundersamen Pilgerfahrt zu den Himmeln …

Nichts wollten sie von diesem Leben. Was daher ihre Besitzverhältnisse angeht, so trieben sie das Gemeineigentum der Beduinenstämme auf die Spitze: persönliche Verfügung nur über bewegliche Gegenstände und Häuser, absolute Gütergemeinschaft an Land, Weiden, Herden und den kärglichen Feldfrüchten, deren Eigentümer einen winzigen Anteil erhielten, während alles übrige der »Gesellschaft« zufiel. Die Neuankömmlinge übergaben dem Ratgeber neunundneunzig vom Hundert der mitgeführten Habe, darunter die dem gemeinsamen Sanktuarium zugedachten Heiligenfiguren. Sie schätzten sich glücklich über die Brosamen, die ihnen blieben. Diese waren ihnen übergenug. Der Prophet hatte sie gelehrt, die Todsünde auch des flüchtigsten Wohllebens zu fürchten. Freiwillige der Not und des Schmerzes, waren sie glückselig nach dem Maß der durchlittenen Prüfungen. In Lumpen sich sehend, sahen sie sich mit Wohlgefallen. Diese bis zur letzten Konsequenz getriebene Selbstverleugnung beraubte sie schließlich der schönen moralischen Eigenschaften, die ein langer Läuterungsprozeß unter den patriarchalischen Lebensverhältnissen des Sertão hatte entstehen lassen. Für Antônio Conselheiro – auch darin eiferte er historischen Vorbildern nach – war die Tugend gleichsam ein besserer Abglanz der Eitelkeit. Fast eine Gottlosigkeit. Der Versuch zur Hebung der irdischen Existenz bedeutete gewissermaßen Gleichgültigkeit gegen das bevorstehende überirdische Glück, Preisgabe des langersehnten wunderbaren Jenseits.

Dieses war nach seinem verkümmerten sittlichen Verständnis nur zu erringen um den Preis erduldeter Bitternisse.

Aus allen Katechismen, die er durchbuchstabiert hatte, war ihm ein einziger Lehrsatz erinnerlich geblieben:

»Selig sind, die da Leid tragen …«

Schmerz bis zum letzten war die letzte Ölung. Herbe Pein war die Generalabsolution, die unfehlbare Droge gegen das Gift der schlimmsten Laster.

Ob die Menschen ausschweifend oder tugendhaft lebten –

es war von geringem Belang.* Gern gestand er ihnen Verfehlungen zu, doch alle Unreinheiten und aller Bodensatz eines schandbaren Lebens mußten am Ende, Tropfen für Tropfen, als Tränen vergossen werden.

Als eines Tages ihm ein empörender Vorfall zu Ohren kam, die Besudelung einer unbedachten Jungfrau durch die Lüsternheit eines Wüstlings, äußerte er einen Satz von zynischer Grausamkeit, den die Sertanejos in der Folge nachsprachen, ohne seine Verruchtheit zu ermessen:

»Sie ist den Weg aller Weiber gegangen: unter dem Baum des Guten und des Bösen hindurch!«

So nimmt es nicht wunder, daß in Canudos bald die Promiskuität eines zügellosen Hetärentums einsetzte. Die unehelichen Kinder trugen, anders als die für ehrlos geltenden *bänklinge*[76] der Germanen, nicht den unauslöschlichen Schandfleck ihrer Abkunft auf der Stirn. Ihre Zahl war Legion.

Denn der Herrscher duldete die freie Liebe, wenn er ihr nicht gar Vorschub leistete. In den täglich erteilten »Ratschlägen« ließ er den Ehestand außer Betracht, gab den einfältigen Paaren keine Regeln an die Hand. Dies hatte seine Logik. Wenn die Tage dieser Welt gezählt waren, warum sie vergeuden mit dem Verkünden sinnloser Vorschriften, wo doch der bevorstehende Untergang binnen kurzem die innigsten Bande lösen, die Familien auseinanderreißen und alle Tugenden und alle Greuel in demselben Strudel vermengen würde? Dringend geboten war vielmehr, durch Prüfung und Martyrium sich auf das Ende einzustellen. Also predigte er die anhaltenden Fastenübungen, die Agonien des Hungers, die langsame Auszehrung des Lebens. Er gab ein Beispiel und ließ durch seine

* »Montanus ne prenait même pas la peine d'interdire un acte devenu absolument insignifiant, du moment que l'humanité en était à son dernier soir. La porte se trouvait ainsi ouverte à la débauche.« [Montanus machte sich nicht einmal die Mühe, eine Tat zu untersagen, da sie vollkommen belanglos geworden war, seitdem der Menschheit ihre letzte Stunde geschlagen hatte. Somit waren der Ausschweifung Tür und Tor geöffnet.] Renan, *Marc-Aurèle*, S. 215.

engsten Anhänger verlauten, er nähre sich Tag für Tag von einem Schälchen Maniokmehl. Einst, so wird erzählt, erhielt er Besuch von einem begüterten Sektierer aus der Umgebung. Er teilte mit ihm die karge Mahlzeit, und dieser – ein Wunder, das die ganze Siedlung erschütterte! – verließ das dürftige Gastmahl wohlgesättigt, vollgegessen, als käme er von einem üppigen Festschmaus.

Dies strenge Regiment war von doppelter Wirkung: Gerade durch die Schwächung der Gläubigen steigerte es die Reizbarkeit ihres krankhaft überspannten Nervensystems und stimmte sie ein auf die Drangsale der – vielleicht vorausgesehenen – Belagerungen. Dies war, vielleicht, die insgeheime Absicht Antônio Conselheiros. Nicht anders läßt sich begreifen, wie er dort Individuen dulden konnte, deren Wesensart seiner demütigen Milde entgegenstand.

Canudos war Schlupfwinkel berüchtigter Bluttäter. Zusammen mit den leichtgläubigen Hinterwäldlern und irregeleiteten Rinderhirten kamen finstere Messer- und Pistolenhelden. Und diese wurden bald die Günstlinge jenes sonderbaren Menschen, seine bevorzugten Adjutanten, Bürgen seiner unantastbaren Autorität. Gerade dieser Gegensatz machte sie natürlicherweise zu seinen besten Jüngern. Die absonderliche Sekte – ein Fall von geistiger Symbiose, worin das schöne Ideal des Christentums inmitten fetischistischer Abirrungen fratzenhafte Züge annahm – hatte ihre natürlichen Stützen in jenen grimmigen Täufern, welche die todbringenden Blunderbüchsen ebenso gut wie die Perlen der Rosenkränze zu handhaben wußten …

Banditenpolizei

Dank den kräftigen Armen jener Gehilfen beherrschte Antônio Conselheiro Canudos und züchtigte jene, die von den vorgezeichneten Pfaden abwichen. In dem paradoxerweise dort eingerichteten Gefängnis – von den *jagunços* »Staub«[77]

genannt – sah man tagtäglich, wie Menschen, denen das geringfügige Vergehen einiger Mordtaten unterlaufen war, andere einlieferten, die das abscheuliche Verbrechen verübt hatten, den Gebeten fernzubleiben.

Unerbittlich bei kleinen Verfehlungen, vollkommen tatenlos bei Kapitalverbrechen, war die Gerichtsbarkeit widersprüchlich wie alles übrige in diesem Clan, dessen Polizeiwesen in den Händen von Bluttätern lag. Indem die Justiz eine besondere Art von Kriminalität verfolgte, führte sie zu einer völligen Umwertung des Verbrechensbegriffs. Des öfteren übte sie große Härte und verhängte schwerste Strafen für leichte Verstöße.

So war der Genuß von Branntwein ein schweres Delikt. Wehe dem unverbesserlichen Alkoholiker, der dieses Verbot übertrat!

Es wird erzählt, eines Tages seien mehrere ahnungslose Maultierführer von Juazeiro nach Canudos gezogen, in der Ladung mehrere Fässer mit jener verpönten Flüssigkeit. Sie lockte der unfehlbare Gewinn. So brachten sie dem Hinterwäldler den ewigen Komplizen seiner müßigen Stunden. Kaum jedoch waren sie angekommen und hatten die wertvolle Fracht auf dem Kirchenplatz abgeladen, erlebten sie eine unangenehme Überraschung. Vor ihren Augen erbrach man mit Axthieben die Fässer und verschüttete die gotteslästerliche Konterbande. Und eilends kehrten sie zurück, herbe enttäuscht, denn in den Händen hatten sie statt des erhofften Gewinns den brennenden Schmerz von etlichen Dutzend Klatschenhieben, Spuren des bitteren Handschlags, mit dem jenes undankbare Volk sie begrüßt hatte.

Dieser Vorfall ist aufschlußreich. Dank gründlicher Erfahrung wußte der »Ratgeber« über alle Gefahren Bescheid, die von diesem inländischen Haschisch ausgingen. Er verbannte ihn weniger um der Bekämpfung eines Lasters willen als zur Vorbeugung gegen Ausschreitungen. Diesen jedoch waren außerhalb von Canudos Tür und Tor geöffnet. Mutwillige Banden stürzten sich auf die Umgebung. Alle erdenklichen Übergriffe waren gestattet, sofern sie den Besitzstand der Gemeinde vergrößerten. Im Jahre 1894 erreichten die Überfälle, von berüchtigten Pistolenhelden angeführt, alarmierende Ausmaße. Die Verwüstungen und Widersetzlichkeiten nahmen derart überhand, daß sie die Aufmerksamkeit der staatlichen Organe auf sich lenkten und sogar eine ebenso hitzige wie fruchtlose Debatte im Landtag von Bahia auslösten.

In weitem Kreis um Canudos wurden Landgüter verheert, Dörfer geplündert, Städte erobert! Eine verwegene Horde nahm die Kleinstadt Bom Conselho ein, stürzte sie in den Ausnahmezustand, verjagte die Vertreter der Obrigkeit, beim Amtsrichter angefangen, und als ergötzliches Zwischenspiel in diesem empörenden Raubzug mißhandelte sie den für Trauungen zuständigen Amtsschreiber, der sich mit Händen und Füßen der breiten Tonsur widersetzte, die ihm die höhnischen Sektierer ins Haar zu scheren suchten, zum Zeichen seiner Anmaßung priesterlicher Befugnisse.

Beutebeladen kehrten die Unruhestifter in ihre Siedlung zurück, wo niemand sie wegen der Übergriffe zur Rechenschaft zog.

Oftmals, so das einhellige Zeugnis der Sertãobewohner, stand hinter solchen Expeditionen eine andere Absicht. Manche Begüterte unter den Gläubigen hatten Anwandlungen politischen Ehrgeizes. Wahlkampfzeiten kamen heran. Die großen Urnenhelden, die gleich Tausenden von Akteuren überall in diesem Lande das Hirngespinst des allgemeinen Wahlrechts zur Herkuleskeule unserer nationalen Würde stilisieren, wandten sich also an den Ratgeber.

Canudos wurde damals vorübergehend zum Standquartier von Prätorianergarden aus Bravos, die auftragsgemäß in bestimmte Richtungen ausschwärmten, um mit Prügeln und Schüssen die Volkssouveränität zu festigen, die in dem siegreichen Stumpfsinn irgendeines Provinzfürsten ihren Ausdruck fand; oder um Sitzungsprotokolle zu zerreißen; oder um sich an den regelmäßigen Tumulten zu beteiligen, die gesetzlich vorgeschrieben sind unter der Bezeichnung »Wahlen«, einer unserer gewagtesten Euphemismen. Unsere erborgte Zivilisation bediente sich, wie eh und je, des Banditenunwesens im Sertão.

Nun, derlei Anschläge waren eine Schulung, waren nützlich, waren unerläßliche praktische Übungen zur Vorbereitung auf ernsthaftere Zusammenstöße. So verstand sie, vielleicht, der Ratgeber. Jedenfalls duldete er sie. Innerhalb der Siedlung allerdings verlangte er – nennen wir es so, da die Wörterbücher keinen Begriff für ein diszipliniertes Getümmel bieten – eine unumstößliche Ordnung. Dort blieben, harmlos, weil gebrechlich, seine treuesten Anhänger zurück: Frauen, Kinder, hinfällige Greise, arbeitsunfähige Kranke. Schmarotzerhaft lebten sie von der Fürsorge des Oberhauptes, ihres Schutzheiligen, den sie in Versen besangen, die seit mehr als zwei Jahrzehnten im Sertão kursierten:

Ein Licht kam aus dem Himmel
Geschickt von Jesus Christ.
Sankt Anton uns wiedererstanden
Und Befreier von Strafen ist!

Wer höret und nicht lernet,
Wer weiß und künden nicht will,
Des' wird beim Jüngsten Gerichte
Die Seele gar leiden viel!*

Diese altüberlieferten Vierzeiler riefen dem Unglücklichen die frühen Jahre seines gequälten Lebens ins Gedächtnis und weckten womöglich die letzten Regungen seiner Eitelkeit, der es schmeichelte, mit dem wundertätigen Heiligen par excellence in einem Atemzug genannt zu werden.

* Sílvio Romero, *Estudos sobre a Poesia Popular no Brasil* [Studien zur brasilianischen Volkspoesie]. Der Schriftsteller transkribierte diese Vierzeiler im Jahre 1879 und versah sie mit folgendem Kommentar: »Er war ein Missionar ganz eigenen Zuschnitts. Mit so bescheidenen Mitteln fanatisierte er die von ihm besuchten Ortschaften, wo ihn die Leute für den ›Wiedererstandenen heiligen Antonius‹ hielten.« Schon 1879! …

Jedenfalls öffnete Antônio Conselheiro den Elenden die Vorratskammern, die mit Almosen und Erzeugnissen gemeinsamer Arbeit wohlgefüllt waren. Er begriff, daß jene Masse, scheinbar unnütz, den lebenskräftigen Kern der Siedlung bildete. Es waren die Erwählten, selig über die schmutzstarrenden Kleiderfetzen auf ihren Schultern, über die zerschlissenen Armsünderhemden einer Buße, zu der ihnen das ganze Leben wurde; sie waren glücklich, weil ihr schwankender Gang, durch Krücken und Gelenksteife gehemmt, sie der Geschwindschritt dünkte auf dem Pfad zur ewigen Seligkeit.

Überdies erwartete sie am Ende der Reise die letzte Buße: der Bau des Gotteshauses.

Das Gotteshaus

Die alte Kapelle reichte nicht hin. Sie war klein und leicht gebaut. Kaum überragte sie die geduckten Hütten. Allzu deutlich spiegelte sie in ihrer äußersten Schlichtheit die ursprüngliche Reinheit der alten Religion.

Es war daher unabdingbar, ihr die monströse Trutzburg gegenüberzustellen, als wäre sie eine monumentale Gießform für die wehrhafte Sekte.

So nahm man die Errichtung der neuen Kirche in Angriff. Vom ersten Morgengrauen an, während die einen sich dem Feldbau widmeten oder die Ziegenherden hüteten oder aufbrachen, um in benachbarten Ortschaften »auf Beute zu gehen«, und die anderen ringsum sich als Wachposten verteilten und alle Ankommenden sorgfältig musterten, plagte sich das übrige Volk für den geheiligten Auftrag.

Das neue Gotteshaus wuchs dem alten gegenüber am andern Ende des Platzes empor. Es war viereckig und weitläufig und wuchtig. Die Außenwände, dick wie sie waren, muteten an wie Festungsmauern. Diesen absonderlichen Anblick sollte es geraume Weile behalten, bis die beiden hochragenden Türme, kühn in ihrer kunstlosen und fehlerhaften Gotik, ihm schließlich eine geläuterte Gestalt verliehen.

Denn die bewundernswerte Kathedrale der *jagunços* hatte jene schweigende Beredsamkeit der Bauwerke, von der Bossuet[78] uns erzählt …

Sie mußte werden, wie sie wurde. Sie mußte, ein drohender und unförmiger Koloß, aus äußerster menschlicher Schwäche erstehen, aufgetürmt von den verbrauchten Muskeln der Greise, von den kraftlosen Armen der Frauen und Kinder. Dazu paßte die Zwitterform von Heiligtum und Schlupfwinkel, von Festung und Gotteshaus, und so vereinte sie geschwisterlich in denselben Mauern, die später von Litaneien und von Kugeln widerhallen sollten, tiefste Andacht und tiefsten Haß.

Entworfen hatte sie der Ratgeber persönlich. Als alter Kirchenbaumeister übertraf er sich selbst bei diesem Monument, das seine Laufbahn beschließen sollte. Jene verblüffende, ostwärts gekehrte Fassade errichtete er ohne Maßzahlen, ohne Proportionen, ohne Regeln. Sie war in einem undefinierbaren Stil gehalten, mit plumpen Friesen und unmöglichen Voluten verblendet, deren fehlerhafte Kurven wahnwitzige Kapriolen schlugen; sie war zerschnitten von scheußlichen Spitzbögen, durchbrochen von Schießscharten; ungestalt und grob wie die Frontseite einer freigelegten Katakombengruft, gerade so, als verkörpere sie in Stein und Kalk die Zerrüttung jenes wahnhaften Geistes.

Der Bau war sein Meisterwerk. Dort brachte er die Tage zu, auf hohen Gerüsten und schwankenden Galerien. Das in der Tiefe wimmelnde Volk, geschäftig die Baustoffe hin und her tragend, sah oftmals mit Schaudern, wie er langsam über die wippenden, sich biegenden Planken schritt, kaltblütig, ohne ein Zucken im bronzefarbenen, strengen Antlitz, gleich einer wandelnden Karyatide an dem ungeheuerlichen Bauwerk.

An Arbeitskräften mangelte es nicht. Verstärkung und

Nachschub für diese Gesellschaft, die in der Wüste lagerte, rissen nicht ab. Etwa die Hälfte der Einwohner von Tucano und Itapicurú machte sich dorthin auf den Weg. Aus Alagoinhas, Feira de Santana und Santa Luzia kamen Hilfsgüter jeglicher Art; aus Jeremoabo, Bom Conselho und Simão Dias große Mengen Vieh.

Keineswegs waren die Ankömmlinge erschrocken über die Bilder, die ihnen entgegentraten. Sie sahen darin eine auferlegte Prüfung, eine Herausforderung für ihren unerschütterlichen Glauben.

Strasse zum Himmel

Die einfältigen Geschichten, die man sich im Sertão erzählte, hatten sie längst vor den betörend verführerischen Straßen zur Hölle gewarnt. Canudos, schäbiger Warteraum des Paradieses, armseliger Vorplatz des Himmelreichs, mußte so sein, wie es war – abstoßend, erschreckend, grauenhaft.

Indessen waren unter den Ankömmlingen viele, die eigenartige Hoffnungen nährten. »Die Werber dieser Sekte versuchen dem Volke einzureden, jeder, der seine Seele retten wolle, müsse nach Canudos kommen, weil anderswo alles von der Republik verseucht und verdorben sei. Dort jedoch müsse man nicht einmal arbeiten, denn es sei das Land der Verheißung, wo ein Fluß aus Milch und Honig fließe, dessen Böschungen aus köstlichem Maiskuchen bestünden.«*

Und sie kamen.

Den Vaza-Barrís fanden sie ausgetrocknet vor oder auch »dickwanstig«, wenn er bei Hochwasser nur lehmige Fluten zwischen den rissigen Flanken der Hügel dahinwälzte …

Das beglückende Trugbild zerstob ihnen; doch keineswegs ließen sie ab von ihrem beklagenswerten Mystizismus.

* Siehe den Bericht von Pater João Evangelista do Monte Marciano.

Wenn der Tag sich neigte, rief die Glocke die Frommen zur Andacht. Die Arbeiten ruhten. Die Menge stand gedrängt unter dem laubgedeckten »Spalierdach«. Sie ergoß sich über den Platz. Sie kniete nieder.

Durch die Lüfte hallte der Chor des ersten Gebets.

Rasch fiel die Nacht ein, fast unangekündigt von der Dämmerung des Sertão, die flüchtig ist wie die der Wüsten.

Es loderten die Feuer, die man rund um den Platz zu entzünden pflegte. Ihre flackernden Lichter umrahmten die ins Halbdunkel getauchte Szene.

Nach alter Sitte, oder vielmehr Laune des Antônio Conselheiro, war die Menge nach Geschlechtern streng geschieden. Und in jeder der beiden Gruppen fand sich ein unerhörter Wirrwarr von Gegensätzen.

Dort standen sie, gezeichnet von alten, spät gereuten Sünden, die Betschwestern – Ebenbilder der von den Kirchen verfolgten Hexen –, angetan mit ihrem schwarzen Umhang, der an das leinene Armsündergewand der Inquisition gemahnte; daneben die »ledigen Weiber«, ein Ausdruck, der im Sertão die allerschlimmste Bedeutung hat, liederlich und schamlos, aller Hemmungen ledig in der Herumtreiberei; sodann die »Jungfern-Mädchen« oder »Jungfern-Damen«, scheu und züchtig; sowie ehrbare Familienmütter – sie waren vereint in denselben Gebeten.

Welke Antlitze von Greisinnen, hagere Mannweiber, in deren Mund die Andacht sicherlich eine Todsünde war; ernste Gesichter einfacher Matronen; treuherzige Mienen leichtgläubiger Mädchen – sie alle mischten sich zu einem merkwürdigen Ganzen. Alle Lebensalter, alle Wesensarten, alle Hautfarben …

Zerzauste Mähnen tiefdunkler Negerinnen, glatte und harte Strähnen von Mestizinnen, skandalöse Haartrachten von Afrikanerinnen, braune und blonde Schöpfe reinblütiger Weißer wogten durcheinander, ohne ein einziges Band, ohne eine Spange, ohne eine Blume, ohne Netz oder auch nur den ärmlichsten Kopfputz. Die schlichten Gewänder aus Baumwolle oder bedrucktem Kattun, unkleidsam und fadenscheinig, ließen nicht die zaghafteste Koketterie erkennen: kein Wollschal, keine Mantille und kein farbiges Halstuch milderten das Einerlei der verschmutzten Kleidung, die fast nur aus zerschlissenen Röcken und Hemden bestand und die kaum die Brüste deckte, die übersät waren mit Rosenkränzen, Christusbildnissen, Kreuzen, Faustamuletten, Talismanen, Tierzähnen, geweihten Stoffanhängern, Reliquientäschchen voll »Heiliger Sprüche« – die einzigen Schmuckstücke, die Gnade fanden vor der asketischen Strenge des Verkünders. Hie und da, für kurze Augenblicke aus jenem zerlumpten Haufen hervorragend, leuchtete das eine oder andere herrliche Antlitz auf, worin – im eindrucksvollen Triumph über die Erbärmlichkeit und Dämmrigkeit der übrigen, garstigen Gesichter – die Züge jener unsterblichen Schönheit wiedererstanden, die der jüdische Menschenschlag unwandelbar durch die Zeiten bewahrt. Madonnen verschwistert mit Furien; schöne, tiefe Augen, aus deren Schwärze der mystische Irrsinn sprühte; wundervolle Stirnen, kaum entblößt unter den wirren Haaren – sie boten den Anblick grausamer Entweihung, wenn sie untergingen in jenem abscheulichen Pöbel, dem gleichermaßen die widerliche Ausdünstung schmutzstarrender Vetteln entströmte wie das schleppende Psalmodieren der Marienlitaneien, düster wie die Responsorien einer Totenklage.

Hin und wieder geben die fast erloschenen Feuer, unter Rauchschwaden zuckend, ein Knistern von sich, wenn sie von der Nachtbrise geschürt wieder aufflackern, und werfen ein jähes Schlaglicht auf die Volksmenge. In solchen Augenblicken kommt, dichter zusammengerückt, die beherzte Männerschar zum Vorschein, welche die nämlichen Gegensätze aufweist: derbe und starke *vaqueiros*, die, gesunkenen Helden gleich, den schönen Lederharnisch mit der schäbigen Uniform aus Segeltuch vertauschten; Rinderzüchter, einstmals begütert, die sich glücklich schätzen, ihre Herden und das muntere Treiben der Herbergen verlassen zu haben; und schließlich, weniger zahlreich, doch auffälliger, Tagediebe aller Schattierungen, Rückfalltäter aller Arten von Verbrechen.

Im gedämpften Lichtschein der Gluthaufen treten ihre ausdrucksvollen und mannigfaltigen Profile hervor. Einige sind schon weithin bekannt. Ihr Ruf verdankt sich waghalsigen Abenteuern, welche die Volksphantasie dichterisch überhöht und ausschmückt. Stellvertreter des demütigen Diktators, nehmen sie wohlbewaffnet die vorderen Plätze in der Versammlung ein. Doch in diesem Augenblick läßt nichts an ihrer Haltung und Gebärde die aufreizende Dreistigkeit erkennen, die ihnen als unverbesserlichen Streithähnen eigen ist.

Liegen sie auf den Knien, die Hände vor der Brust verschränkt, verliert sich ihr gehässiger und bösartiger Blick ins Kontemplative und Unbestimmte ...

José Venâncio, der Schrecken von Volta Grande, vergißt seine mehr als achtzehn Morde und den Popanz der gegen ihn anhängigen Gerichtsverfahren, wenn er zerknirscht die Stirn zur Erde beugt.

Ihm zur Seite kniet der wagemutige Pajeú, das harte Bronzegesicht von hervortretenden Narben durchzogen, den athletischen Brustkorb nur wenig gestrafft. Statuenhaft, mit gefalteten Händen, richtet er, wie die Pumas in mondheller Nacht, versunken den Blick zu den Himmeln. Gleich hinter ihm verharrt sein unzertrennlicher Adjutant, Lalau, in der gleichen tiefdemütigen Haltung, auf der geladenen Stutzbüchse kniend. Chiquinho und João da Mota, zwei Brüder, denen die Wachtrupps an den Zugängen von Cocorobó und Uauá unterstehen, werden zusammen sichtbar, wie sie in frommer Einfalt die Perlen des gemeinsamen Rosenkranzes durch die Finger gleiten lassen. Pedrão, ein stämmiger und roher Zambo, der mit dreißig ausgesuchten Männern die Hänge der Canabrava-Berge bewacht, ist nur mit Mühe auszumachen, im Hintergrund, dicht bei einem ihm ebenbürtigen Kampfhahn, Estêvão, ein untersetzter, unförmiger Neger, der, am ganzen Leib von Kugeln und Messerstichen tätowiert, dank einer seltenen Unverwundbarkeit Hunderte von Gefechten bestanden hat. Er ist der Bewacher der Cambaio-Berge.

Joaquim, genannt »Beinchensteller«, ein anderes Exemplar eines grimmigen *guerrilheiro*, der am Weg nach Angico Wache hält, sieht man Schulter an Schulter mit »Major« Sariema, einem Krieger von gefälligerem Wuchs, ohne festes Amt, furchtlos, aber unbeherrscht, wie geschaffen für plötzliche und verwegene Handstreiche. Sein Widerpart dem Aussehen nach ist der tragikomische Raimundo »Schiefmaul« aus Itapicurú, eine Art Galgenseiltänzer, das Gesicht zu einer Raubtierfratze verzerrt, wie von einem gräßlichen Trauma fixiert. An der Seite des flinken Chico »Laufvogel«, dem ein fliegender Spähtrupp anvertraut wurde, taucht ein Anführer der vordersten Linie auf, Norberto, prädestiniert zum Oberbefehl in den letzten Tagen von Canudos.

Zu nennen sind weiter Quinquim de Coiquí, ein selbstloser Frommer, der den ersten Sieg über die Regierungstruppen erringen sollte; Antônio »Feuerwerker« aus Pau Ferro, ein unermüdlicher Proselytenwerber; José Gamo; Fabrício de Cocobocó ...

Die Masse der übrigen Gläubigen wirft ihnen von Zeit zu Zeit – zwischen den von gräßlichen Betonungsfehlern wimmelnden Kyries – liebevolle, hoffnungsträchtige Blicke zu.

Der alte Macambira, von geringer Kampfeslust, »schlaffherzig« in der anschaulichen Redeweise der *matutos*, doch von teuflischer Findigkeit beim Aushecken unglaublicher Hinterhalte, ein altersschwacher Imanus,[79] doch nach wie vor gefährlich, streckt sich nieder, mit dem Gesicht zur Erde, neben ihm sein Sohn Joaquim, ein wagemutiger und furchtloser Junge, der hernach in einem prächtigen Heldenstück auftreten sollte.

Unberührt von der frommen Einfalt ringsum, gibt ein gerissener Ausbeuter, Vila-Nova, zu beten vor, während er Zahlen vor sich hinmurmelt. Und allen voran der Kommandant der Zitadelle und »Volksvorsteher«, der verschlagene João Abade, der mit Herrscherblick die kniende Menge umfaßt.

Inmitten dieser tragischen Profile eine komische Figur, Antônio Beato, der »Selige«, ein baumlanger Mulatte, spindeldürr, vom vielen Fasten ausgemergelt, einer der engsten Vertrauten des Ratgebers, halb Sakristan, halb Soldat, ein flintentragender Meßdiener, der überall späht, beobachtet, forscht, geschickt zwischen den Häusern hindurchschlüpft, alle Winkel der Siedlung durchstöbert und alle Augenblicke dem obersten Gebieter, der selten das Sanktuarium verläßt, die jüngsten Neuigkeiten zuträgt. Seine Ergänzung, fast seine Fortsetzung, findet er in José Félix, dem »Plappermaul«, der in gleicher Gunst beim Ratgeber steht, dessen Schließer und Haushofmeister er ist, Wächter der Kirchen, Vorgesetzter der blaugewandeten und mit Leinstricken gegürteten Betschwestern, die mit der Wäsche und der schmalen Verköstigung des Oberhirten betraut sind sowie mit dem Anzünden der Holzfeuer zu den abendlichen Betstunden.

Und dann eine wundervolle Gestalt, Manuel Quadrado, der auf alles ringsum mit einer ihn ehrenden Teilnahmslosigkeit schaute. Er war der Heiler, der Arzt. In dem zwielichtigen Haufen hatte endlich die Natur einen Getreuen, der, ungerührt von jener Wirrnis, sein Leben lang nach den natürlichen Arzeneien der Buschwälder forschte.

Die Gebete zogen sich meist in die Länge. Hatte man alle Tonleitern der Litaneien, alle Perlen der Rosenkränze, alle Reime der Segenssprüche hinter sich gebracht, stand noch die letzte Zeremonie der Kulthandlung aus, ihr verbindlicher Abschluß.

Es war das »Küssen« der Bilder.

Mit seiner Einführung in das fetischistische Ritual hatte der Ratgeber die Mutation des unverstandenen Christentums besiegelt.

Antônio Beatinho, der Altarhüter, ergriff ein Kruzifix, betrachtete es mit dem versunkenen Blick eines ekstatischen Fakirs, preßte es mit tiefer Verneigung an die Brust, drückte ihm einen anhaltenden Kuß auf und überreichte es mit einer matten Gebärde dem nächststehenden Gläubigen, der seine ehrfurchtsvolle Mimik unverändert übernahm. Darauf hielt er eine Madonna empor und wiederholte die gleichen Handlungen; darauf eine Figur des Guten Herrn Jesus. Und so kamen nach und nach alle Heiligen an die Reihe und fromme Stiche und Christusanhänger und Kreuze, die langsam der begierigen Menge übergeben wurden und eins nach dem andern durch alle Hände, zu allen Mündern, an alle Brüste wanderten. Man hörte das Schmatzen der ungezählten Küsse und, ihr dumpfes Geräusch im Crescendo übertönend, das Gesumme der halblaut gestammelten Gebete, des bang an die keuchende Brust geklopften mea culpa und der ersten erstickten Ausrufe, die man noch unterdrückte, um das feierliche Geschehen nicht zu stören.

Der Mystizismus des einzelnen aber ging allmählich in der kollektiven Neurose auf. Schrittweise griff die Erregung um sich, im Takt mit dem Weiterreichen der heiligen Reliquien, als erfasse der Aufruhr die Versammlung nach einem festgelegten Plan. Wenn schließlich die letzten der heiligen Figuren die Hand von Antônio Beatinho verließen, kamen die ersten bei den hintersten Reihen der Gläubigen an. Und es mehrten sich Rausch und Taumel in jenen schlichten Seelen. Die Gefühlsregungen der einzelnen schäumten über, flossen plötzlich ineinander, schwollen an, bezwungen durch die unwiderstehliche Ansteckung desselben Fiebers; und als wollten die übernatürlichen Kräfte, die der naive Animismus den frommen Bildern zuschrieb, schließlich in die Gemüter fahren und durch heftiges Schütteln ihr Gleichgewicht stören, wurde die Menge von übermächtiger Raserei befallen. Gellende Ausrufe tönten bald gottesfürchtig, bald wutentbrannt; unwillkürliche Bewegungen verzückter Schwarmgeister entluden sich; durchdringende Aufschreie gingen Ohnmachten voraus. Die speicheltriefenden Heiligenbilder gegen die Brust gepreßt, stürzten sinnentrückte Frauen unter den heftigen Zuckungen und Verrenkungen der Hysterie zu Boden, verängstigte Kinder brachen in Tränen aus; und von derselben Aura der Tollheit ergriffen, erbebte die mannhafte Schar der Kämpfer, unter dem Gedröhn und Geklirre und Geklapper der aneinanderstoßenden Waffen, Opfer des gleichen entsetzlichen Anfalls, worin der ungehemmte barbarische Mystizismus zum Ausbruch kam …

Plötzlich pflegte das Lärmen zu verebben.

Alle hielten keuchend an sich und hefteten die Blicke auf den äußersten Rand der Gebetslaube bei der Pforte zum Sanktuarium, wenn diese sich öffnete und die eigentümliche Gestalt des Antônio Conselheiro umrahmte.

Dieser ging auf ein Tischchen zu. Und er predigte …

Warum nicht gegen die Republik predigen?

Er predigte gegen die Republik, gewiß.

Der Antagonismus war unausweichlich. Ein Ableitungsmittel gegen die mystische Überreizung, eine zwangsläufige Spielart des frommen Wahns.

Doch dahinter stand nicht die blasseste politische Absicht: der *jagunço* vermag die republikanische Staatsform ebensowenig zu erfassen wie die monarchisch-konstitutionelle.

Beide sind ihm unzugängliche Abstraktionen. Spontan bekämpft er beide. Dem Menschen in seiner Entwicklungsphase ist einzig Priester- oder Kriegerherrschaft vorstellbar.

Halten wir an dieser Wahrheit fest: der Krieg von Canudos war ein Rückschritt in unserer Geschichte. Unversehens stand vor uns, wiederbelebt und bewaffnet, eine alte Gesellschaft, eine tote Gesellschaft, elektrisiert durch einen Verrückten. Wir kennen sie nicht. Konnten sie nicht kennen. Die Glücksritter des 17. Jahrhunderts freilich wären dort auf alte Bekannte gestoßen, ebenso wie die Schwärmer des Mittelalters in unserem Zeitalter bei den Dämonopathen von Verzegnis[80] oder den russischen Stundisten sich heimisch fühlen würden. Denn solche epidemischen Psychosen treten zu allen Zeiten und an allen Orten als offenkundige Anachronismen auf, unentrinnbare Gegensätze in der ungleichen Evolution der Völker, insbesondere dann, wenn eine umfassende zivilisatorische Bewegung ihre Führungsschichten kräftig voranstößt. So tauchen die überspannten »perfectionists« plötzlich unsinnigerweise inmitten des triumphierenden Industriewesens Nordamerikas auf.[81]

Bei uns ist dieses Phänomen womöglich noch leichter erklärlich.

Nachdem wir vierhundert Jahre auf dem endlosen Küstenstreifen im fahlen Widerschein der Zivilisation gelebt hatten, fiel uns plötzlich, wie eine unverhoffte Erbschaft, die Republik in den Schoß. Jäh stiegen wir auf, mitgerissen vom Aufwind der modernen Ideale und überließen ein Drittel unseres Volkes im Herzen des Landes einem jahrhundertelangen Schattendasein. Geblendet von einer erborgten Zivilisation, klauben wir, stumpfsinnigen Kopisten gleich, das Beste aus den organisch gewachsenen Gesetzbüchern anderer Nationen, und so haben wir, durch revolutionären Wandel und ohne die geringste Rücksicht auf die Bedürfnisse unserer eigenen Nation, die Kluft zwischen unserer Lebensart und derjenigen unserer unzivilisierten Mitbürger vertieft, die hierzulande fremder sind als die Einwanderer aus Europa. Denn von jenen Landsleuten trennt uns kein Meer, von ihnen trennen uns drei Jahrhunderte ...

Und als wir in unserer unbestreitbaren Sorglosigkeit zuließen, daß unter ihnen ein Nukleus von Besessenen entstand, gewahrten wir nicht die tiefere Bedeutung des Geschehens. Wir verkürzten seinen Sinn auf das enge Denkmuster parteipolitischer Voreingenommenheit. Verräterische Bestürzung ergriff uns angesichts jener ungeheuerlichen Verirrungen; und mit einem Schneid, der einer besseren Sache würdig gewesen wäre, berannten wir die Sertanejos in Bajonettangriffen, wodurch wir unsererseits in die Vergangenheit zurückfielen und mit einer ruhmlosen *entrada* in jenen unglücklichen Landstrichen die zugewachsenen Pfade der *bandeirantes* wieder freilegten …

In jenem Aufwiegler des Sertão, dessen Rebellion nur ein Aspekt des Aufruhrs gegen die naturgegebene Ordnung war, sahen wir einen ernsthaften Gegner, einen tatkräftigen Paladin der erloschenen Staatsform, fähig, die entstehenden Institutionen zum Einsturz zu bringen.

So war Canudos die Vendée …

Indessen, als man in den letzten Tagen der Siedlung die zerschossenen Hütten betreten durfte, beschlich die Sieger herbe Enttäuschung. Der hart erkämpfte Triumph hatte ihnen das Recht zum Durchsuchen der zertrümmerten Heimstätten gegeben. Nichts entging ihrer unersättlichen Neugier.

Was bei dieser unergiebigsten Plünderung, von der die Geschichte weiß, mit verstümmelten Heiligenfiguren und mit Rosenkränzen aus Palmensamen als prächtigsten Beutestücken, die Begehrlichkeit der Sieger am meisten reizte, waren Briefe, jedwede Schriftstücke und vor allen Dingen die unbeholfenen Verse, die man auffand. Diese armseligen Texte, deren barbarische Rechtschreibung mit naivsten Absurditäten wetteiferte und deren unregelmäßige, häßliche Handschrift das gemarterte Denken der *jagunços* abzulichten schien, resümierten den psychologischen Hintergrund des Kampfes. Ihr Wert war unermeßlich, eben weil sie wertlos waren. Sie enthielten die Predigten des Antônio Conselheiro; liest man sie, stellt sich heraus, wie harmlos sie letztlich waren, Spiegel der Geistestrübung eines Unglücklichen. Denn was darin anklingt, in jeder ihrer Zeilen, ist die immergleiche verschwommene und abstruse Frömmigkeit, so daß den auftretenden messianischen Tendenzen sehr geringe politische Bedeutung beizumessen ist. Der Empörer wütete gegen die staatliche Ordnung, weil er

das verheißene Reich der Wonnen nahe wähnte. Dessen Vorbotin war die Republik – Todsünde eines Volkes, schlimmste Ketzerei, die den flüchtigen Triumph des Antichristen bezeichnete. Die grobschlächtigen Poeten, die seine Narreteien in geleierten Vierzeilern reimten, ohne die kraftvolle Natürlichkeit der Stegreifdichtung des Sertão, hinterließen recht anschauliche Zeugnisse voll abgeschmackter Verse, die wir wortwörtlich abdrucken, denn wir meinen mit Renan, dieses Gestammel des Volkes enthalte, urwüchsig und aufschlußreich, eine zweite Bibel der Menschheit.
Zitieren wir aufs Geratewohl:

Es mußte Dom Pedro der Zweite
Fortziehn nach Portugal,
Die Monarchie war zu Ende,
Brasilien kam so zu Fall!

Die Republik war die Gottlosigkeit:

Es lästern in Gesetzes Schutz
Jene Ruchlosen frechen Mundes,
Wir halten Gottes Gesetz,
Sie das des Höllenhundes!

Die Obrigkeit wird gewählt,
Die Verruchten spotten des Bundes,
Den Gottes Gesetz uns geschenkt,
Er tilgt das Gesetz des Hundes!

Sie reden von Ehe gar viel,
Doch nur um das Volk zu belügen,
Sie wollen das ganze Volk
Mit der zivilen Ehe betrügen!

Die teuflische Regierung jedoch wird alsbald verschwunden sein:

Dom Sebastião ist gekommen,
Viel Ordnung er bringt und Ehr',
Das zivile Register er aufhebt,
Stellt wieder die Ehe her!
Der Antichrist ist geboren,
Zur Regierung Brasiliens bereit,
Der Ratgeber wird es hindern,
Der uns vom Bösen befreit!

Es besucht uns König Sebastião,
Gebieter des Erdenrundes,
Doch wehe dem armen Wicht,
Der folgt dem Gesetz des Hundes!*

»Das Gesetz des Hundes ...«[82]

Dies war das oberste Motto der Sekte. Darin lag ihr ganzes Programm beschlossen. Es erübrigt jeglichen Kommentar.

Sie waren wirklich ohnmächtig, jene bedauernswerten Empörer ...

Sie bedurften einer anderen Antwort, verpflichteten uns zu einem anderen Kampf.

Dennoch schickten wir ihnen als Gesetzgeber den Comblain-Karabiner; und als einziges, durchschlagendes, unanfechtbares und erzieherisches Argument – die Kugel.

Immerhin versuchte man es zuvor mit einer edleren und zugleich zweckdienlicheren Maßnahme.

* Die Originalhandschriften dieser Strophen, deren Schreibung wir teilweise abgeändert haben, sind in unserem Besitz.

Eines Morgens, im Mai 1895, erschien auf einem Sporn der Favela-Höhe, von zwei Begleitern flankiert, eine in jenen Landstrichen unbekannte Gestalt. Es war ein Kapuzinerprediger.

Er überschaute für einige Augenblicke die unermeßliche Siedlung zu seinen Füßen. Langsam schritt er hangabwärts.

Daniel dringt in die Höhle des Löwen ...

Folgen wir ihm.

In Begleitung seines Ordensbruders Caetano de São Leo sowie des Pfarrers von Cumbe quert Pater João Evangelista de Monte Marciano das Flüßchen und geht auf die ersten Hütten zu. Er betritt den Kirchenplatz, der überquillt von Menschen, »nahezu tausend mit Blunderbüchsen, Schrotpistolen, Buschmessern etc. bewaffnete Männer«; und er fühlt sich unversehens mitten in ein Beduinenlager versetzt. Doch läßt er, gewappnet mit der ruhigen Festigkeit der Apostel, keineswegs den Mut sinken. Gelassen zieht er an der Kapelle vorüber, vor deren Tür besonders dichte Menschenhaufen stehen. Dann biegt er in ein gewundenes Gäßchen ein und durchschreitet es, gefolgt von seinen Gefährten im Apostelamt. Unterdessen treten Hausbewohner verdutzt vor die Tür, um sie zu sehen, »mit unruhiger Miene und einem ebenso forschenden wie unheimlichen Blick, Ausdruck wirrer Gemütszustände und feindseliger Gesinnungen«.

Schließlich erreicht er das seit über einem Jahr verwaiste Haus des alten Pfarrers von Cumbe – denn so lange war dieser fortgeblieben, verstimmt über erlittene Schmähung – und erholt sich notdürftig von den Strapazen der Reise. Das Schauspiel der Unglücklichen, die er soeben bis an die Zähne bewaffnet fand, und das erschütternde Gesamtbild jener turbulenten Einsiedelei sind ihm nahegegangen.

Weitere unangenehme Eindrücke drängen sich ihm auf.

Binnen kurzem ziehen vor seiner Tür acht Leichen vorüber, die man ohne das geringste Zeichen religiöser Andacht zum Friedhof hinter der alten Kirche trägt: acht Hängematten aus *caroá*-Fasern, unter deren Last die Träger keuchend vorwärtseilen, eifrig bedacht, sich ihrer zu entledigen, als wäre in dieser unheimlichen Stadt der Tote ein Abtrünniger des Martyriums, des flüchtigsten Gedenkens nicht würdig.

Mittlerweile hatte die Nachricht von ihrer Ankunft sich herumgesprochen, ohne daß der Ratgeber den Sendboten der Kirche entgegengeschritten wäre. Unbekümmert widmete er sich weiterhin den Arbeiten am Wiederaufbau der alten Kapelle. Also suchten ihn die Priester auf.

Sie verlassen das Haus. Wiederum folgen sie der winkligen Gasse. Sie betreten den Platz, überqueren ihn, ohne daß ein feindseliger Anruf sie im mindesten belästigte, und als sie die Baustelle erreichen, »schließen die Menschenhaufen vor der Kapellentür die Reihen« und öffnen ihnen dann eine breite Gasse.

Aus der furchterregenden Zusammenrottung erschallt ein aufmunternder Friedensgruß: »Gelobt sei unser Herr Jesus Christus!«, worauf die übliche Antwort ergeht:

»Immerdar sei gelobt ein so guter Herr!«

Sie betreten das kleine Gotteshaus und stehen vor Antônio Conselheiro, der sie mit freundlicher Miene empfängt; und mit gewohnter Sanftmut entbietet er ihnen denselben friedvollen Gruß.

»Er trug eine blaue Tunika aus grobem Stoff, war barhäuptig und hielt einen Pilgerstab umfaßt. Die gänzlich ungepflegten Haare, die bis auf die Schulter fielen, der lange Bart, eher weiß als grau, die tiefen Augen, die er selten hob, um jemanden anzublicken, das längliche Antlitz von fast leichenhafter Blässe, das ernste Gebaren und die Büßermiene« – das alles machte auf die Ankömmlinge einen beklemmenden Eindruck.*

Ein nahezu herzlicher Empfang indessen stimmt sie wieder zuversichtlich. Entgegen ihren Erwartungen scheint der

* Man lese den »Bericht« von Pater Monte Marciano.

Ratgeber sich über den Besuch zu freuen. Er durchbricht seine gewohnte Zurückhaltung und hartnäckige Schweigsamkeit. Er unterrichtet sie über den Gang der Arbeiten, lädt sie zu einer Besichtigung ein und stellt sich ihnen bereitwillig als Führer durch die verschiedenen Teile des Bauwerks zur Verfügung. So ziehen sie alle dahin, langsamen Schrittes, angeführt von dem einsamen Greis, der damals hoch in den Sechzigern war und dessen schmächtige Gestalt, über den Stab gebeugt, schleppend voranging, alle Augenblicke von plötzlichen Hustenanfällen geschüttelt.

Der Mission konnte man keine günstigeren Präliminarien wünschen.

Jener Empfang war ein halber Sieg. Doch sollte ihn der Missionar durch sein Ungeschick verspielen. Als sie den Chor erreichten, dünkte ihn, da sie die im Abstand folgenden Gläubigen recht weit zurückgelassen hatten, die Gelegenheit für eine entscheidende Mahnung günstig.

Die Übereilung war nicht nur sinnlos, sondern schädlich. Der Mißerfolg stellte sich zwangsläufig ein.

> »... ich nutzte den Umstand, daß wir fast unter vier Augen waren, und sagte ihm, ich sei in vollkommen friedlicher Absicht gekommen und fände es also höchst befremdlich, dort nur bewaffnete Männer anzutreffen, und ich könne nicht umhin, das Zusammenströmen so vieler Familien an einem solch armseligen Ort zu verurteilen, wo sie, dem Nichtstun ergeben, in solcher Not und Verwahrlosung hausten, daß es täglich zu acht oder neun Sterbefällen komme. Deshalb wolle ich auf Geheiß und im Namen des Herrn Erzbischofs eine heilige Mission beginnen und dem Volke raten, auseinanderzugehen und zu Heim und Arbeit zurückzukehren, im Interesse jedes einzelnen und zum Wohl der Allgemeinheit.«

Dieser Starrsinn, diese kaum gezügelte Anmaßung, die jede diplomatische Klugheit an den scharfen Kanten des Dogmas zerschellen ließ, hätte keinesfalls die Billigung des heiligen

Gregors – des Großen – gefunden, der an den barbarischen Riten der Sachsen keinen Anstoß nahm. Es war eine leichtfertige Provokation.

»Während ich solches sprach, füllten sich Kapelle und Chor mit Menschen, die, noch bevor ich ausgeredet hatte, mit einer Stimme riefen:

›Wir wollen bei unserm Ratgeber bleiben!‹«

Ein Getümmel drohte. Doch wurde es abgewendet von der bewundernswerten Gelassenheit, von der – warum nicht christlich zu nennenden? – Sanftmut des Antônio Conselheiro. Der Missionar möge selbst das Wort haben:

»Jener brachte seine Leute zum Schweigen und sprach, zu mir gewandt:

›Zu meinem Schutze habe ich diese Bewaffneten um mich, denn Euer Hochwürden müssen wissen, daß die Polizei an einem Orte namens Masseté mich einstmals angriff und töten wollte, so daß es auf beiden Seiten Tote gab. Zur Zeit der Monarchie habe ich mich verhaften lassen, denn ich erkannte die Regierung an, heute jedoch nicht, denn die Republik erkenne ich nicht an.‹«

Mit dieser ehrerbietig und deutlich vorgebrachten Erklärung gab sich der Kapuziner nicht zufrieden, der zwar den Mut eines Glaubensfesten besaß, nicht aber den feinen Takt eines Apostels. In Anlehnung an den Ersten Petrusbrief erwiderte er:

»Mein Herr, wenn Ihr katholisch seid, so bedenkt, daß die Kirche Empörungen verurteilt, alle Formen menschlicher Ordnung anerkennt und lehrt, daß die Obrigkeiten die Völker lenken im Namen Gottes.«

Dies waren, fast ohne Abwandlung, auch die Worte des heiligen Paulus, mitten in der Regierungszeit des Kaisers Nero …[83]

Und er fuhr fort:

»So wird es überall gehalten: Frankreich, eine der bedeutendsten Nationen Europas, war viele Jahrhunderte lang eine Monarchie, ist seit zwanzig Jahren aber eine Republik;

und das ganze Volk, die dortigen Monarchisten nicht ausgenommen, gehorcht der Obrigkeit und den Gesetzen der Regierung.«

Mit diesen völlig nichtssagenden politischen Tiraden bezeichnet Pater Monte Marciano selbst, ohne die wirkliche Bedeutung des Aufruhrs im Sertão zu erahnen, die Ursachen seines Mißerfolgs. Schließlich entfaltete er ganz das absonderliche Gehabe eines militanten Eiferers, wozu ihm nur noch die Stutzbüchse des Pfarrers von Santa Cruz[84] unter den Falten der Soutane fehlte:

»Wir selbst, hier in Brasilien, vom Bischof bis zum letzten Laien, erkennen die jetzige Regierung an; wollt Ihr allein Euch nicht unterwerfen?

Das ist ein arger Gedanke; Ihr hängt einem Irrglauben an!«

Der Schlußsatz klang wie eine Zurechtweisung. Sogleich erscholl aus der Menge die hochfahrende Entgegnung:

»Euer Hochwürden sind im Irrglauben befangen und nicht unser Ratgeber!«

Noch einmal legte sich der kurz vor dem Ausbruch stehende Tumult, auf einen langsamen Wink des Conselheiro, der an den Missionar sich wendend sprach:

»Meine Leute entwaffne ich nicht, doch behindere ich auch nicht das heilige Missionswerk.«

Dieses begann also unter schlechten Vorzeichen. Dennoch nahm es bis zum vierten Tag einen friedlichen Verlauf und erfreute sich größten Zuspruchs: etwa fünftausend Teilnehmer, darunter bemerkenswerterweise alle waffenfähigen Männer:

»... sie trugen Blunderbüchsen, Schrot- und andere Pistolen, Flinten sowie Buschmesser, einen Patronengürtel um die Hüfte und eine Kappe auf dem Kopf, wie Männer, die in den Krieg ziehen.«

Auch der Ratgeber wohnte der Christenlehre bei, neben dem Altar stehend, aufmerksam und unbewegt wie ein gestrenger Aufseher, »und bisweilen entfuhren ihm mißbilligende Gebärden, von den Obleuten der Gemeinde mit lauten Protesten bestätigt«.

Diese indessen waren, wie es scheint, völlig harmlos. Allenfalls ging der eine oder andere von ihnen im Überschwang so weit, ein altes Priestervorrecht zu verletzen und die geistliche Beredsamkeit mit Zwischenrufen zu unterbrechen.

Als etwa der Missionar sich über das Fasten als Mittel zur Abtötung des Fleisches und Zügelung der Leidenschaften ausließ und zwar Genügsamkeit, doch keine anhaltenden Kasteiungen forderte, da »man beim Fasten zur Hauptmahlzeit durchaus des öfteren Fleisch essen und morgens eine Tasse Kaffee trinken kann«, da entriß ihm ein respektloser und ironischer Einwurf das Predigerwort:

»Hört, hört! Das ist doch kein Fasten, das ist ja Völlerei!«

Am vierten Missionstag jedoch, als der Kapuziner erneut ins untunliche Politisieren verfiel, verschlimmerten sich die Dinge. Es begann eine laute Hetzkampagne gegen »das Predigen dieses Freimaurers, Protestanten und Republikaners im Priestergewand«, gegen »diesen Büttel der Regierung, mit der er gemeinsame Sache macht, um der Armee den Weg zu bahnen, damit diese den Ratgeber im Handstreich verhaften und uns alle vernichten kann«.

Der Pater ließ sich von dem drohenden Aufruhr nicht einschüchtern. Er bot ihm die Stirn und schürte ihn voller Leichtsinn. In der nächstfolgenden Predigt behandelte er den Totschlag, sprach gewissermaßen vom Strick im Haus des Gehängten, ohne Scheu vor dem gewagten, gefährlichen Thema, und erging sich in unvorsichtigen Anspielungen, die wiederzugeben uns müßig erscheint.

Die Reaktion folgte auf dem Fuß. Ihr Anführer war João Abade, dessen Pfiff über den Kirchenplatz gellte und alle Gläubigen zusammenrief. Dies geschah am 20. Mai, dem siebenten Tag der Mission. Als alle versammelt waren, stürmten sie unter lärmenden Hochrufen auf den Herrn Jesus und den Heiligen Geist zu dem Haus, das die Besucher beherbergte, und gaben diesen zu verstehen, man bedürfe ihrer nicht für das ewige Seelenheil.

Die Mission war beendet. Abgesehen von »55 Trauungen unverheirateter Paare, 102 Taufen und über 400 Beichten«, war das Ergebnis gleich Null, oder vielmehr negativ.

Fluch gegen das Lehmhütten-Jerusalem

Der Missionar, »wie einstmals die Apostel an den Toren der Städte, aus denen man sie vertrieb, schüttelte den Staub von den Füßen« und rief das furchtbare Verdikt des göttlichen Gerichtes an ...

Dann brach er auf, stahl sich vorsichtig durch die Gassen, in Begleitung seiner beiden Unglücksgefährten ...

Er steigt den kehrenreichen Weg empor, der über die Hänge der Favela führt.

Auf der Höhe angelangt, hält er einen Augenblick inne ...

Zum letzten Mal betrachtet er das Dorf zu seinen Füßen ...

Eine plötzliche Wallung von Traurigkeit befällt ihn. Er vergleicht sich mit »dem göttlichen Meister vor den Toren Jerusalems«.

Doch er hat geflucht ...

Der Kampf – Vorgeplänkel

I. Hintergründe.
II. Anlässe des Kampfes. Uauá. Erstes Gefecht.
III. Vorbereitungen zum Gegenschlag. Kriegführung in den *caatingas*.
IV. Fragwürdige Selbstbestimmung.

I.

Hintergründe

Als die Befriedung des Sertão von Canudos zu einem Gebot der Stunde wurde, sah sich die Regierung des Staates Bahia bereits anderen Empörungen gegenüber. Die Stadt Lençóis war durch eine dreiste Mordbrennerbande überfallen worden, deren Raubzüge das gesamte Bergland der Lavras Diamantinas unsicher machten; den Flecken Barra do Mendes hatten andere Unruhestifter in ihre Gewalt gebracht; und die Ortschaft Jequié war zum Schauplatz aller erdenklichen Untaten geworden.

Das Übel war alt.

Jener Landstrich, den zahlreiche Bergketten von der Serra do Sincorá nordwärts bis zu den Ufern des Rio São Francisco durchziehen, war seit langem ein ausgedehnter Tummelplatz für die widersetzlichen Elemente des Sertão.

Mit reichen Bodenschätzen gesegnet, sind ihm just seine Reichtümer zum Verhängnis geworden. Seit zwei Jahrhunderten suchen ihn unstete Abenteurer heim, getrieben von der Gier nach märchenhaften Funden; was sie, Bergflanken und Quellbäche rastlos durchwühlend, anrichteten, war schlimmer noch als das Gelände unfruchtbar zu hinterlassen, durchsetzt mit eingefallenen Schürfgruben und überzogen mit der rauhen Decke der Abraumhalden: Ihrer schweifenden Nachkommenschaft und, gewissermaßen durch Ansteckung, den auf sie folgenden ungehobelten Viehhirten vermachten sie ihre liederliche, nutzlose Lebensart, die in jener ertragreichen Gegend ungehindert Platz griff, wo über lange Jahre Goldstaub und Rohdiamanten gängige Zahlungsmittel waren.

So kam es, daß sie, ohne das Bedürfnis, durch Feldbau die schlummernden Kräfte einer Erde zu wecken, auf der sie niemals seßhaft wurden und die sie als Goldgräber rastlos durchstießen, in ihrem umtriebigen Müßiggang das abenteuernde Naturell ihrer Ahnen beibehielten, jener frühen Wüstenmacher. Als nun allmählich der Flußkies immer unergiebiger und die Schächte immer tiefer wurden, blieb ihnen angesichts ihrer zügellosen Lebensweise kein anderer Ausweg als unverhohlenes Banditentum.

Der *jagunço*, der Plünderer der Städte, folgte auf den *garimpeiro*, den Plünderer der Erde. Und der Lokalpolitiker ersetzte als Machthaber den herabgesunkenen Gold- und Diamantenaufkäufer.

Dieser Wandel ist in erster Linie ein Musterbeispiel für einen milieubedingten Vorgang.

Zeigen wir rasch seine Merkmale auf.

Wir haben bereits gesehen, wie dort in der Kolonialzeit die unbändigen und tüchtigen *mamelucos* entstanden, so passend eingeschaltet zwischen den Wirbelsturm der *bandeirantes* und den ruhigen Gang der Missionen, als bewahrendes Element, Kern unserer beginnenden Nationwerdung, ausgleichende Kraft zwischen der aberwitzigen Suche nach Bodenschätzen und den träumerischen Utopien des Apostolats. Jene Mestizen nun, denen wir vielleicht die einzigen Ansätze nutzbringender Tätigkeit in jenen Zeiten verdanken, gerieten seit Beginn des 18. Jahrhunderts, als die Schürfgruben zwischen dem Rio das Contas und dem Ort Jacobina aufgetan wurden, unter den gefährlichen Einfluß von Leuten, die ihre mannhafte Wesensart, wo nicht verdarben, so doch in eine beklagenswerte Richtung lenkten. Tatsächlich machten die *mamelucos* im Umgang mit den habgierigen *sertanistas* einen tiefen Wandel durch. Als diese damals mit Feuer und Schwert von Osten ins Hinterland vordrangen, setzten sie den Eingeborenen in Angst und Schrecken und gründeten Siedlungen, deren Keimzelle im Gegensatz zu den schon bestehenden keine Rinderfazenda war, sondern die verkohlten Reste eines Indianerdorfs. Rücksichtslos durchkämmten sie den Sertão, lange Zeit diesseits der Gebirgsschranke, die von Caetite nach Norden verläuft; und als die erschöpften Minen Gerätschaften für eine intensivere Ausbeutung erheischten, fanden sie in den angrenzenden

Buschwaldgebieten zwischen Macaúbas und Açuruá weitere überreiche Gefilde, deren Schätze sie ins Innerste des Landes lockten.

Sie durchforschten diese Gegenden, bis sie an eine weitere Schranke stießen, den Rio São Francisco. Sie setzten über. Vor ihnen lag, so weit das Auge reichte, in die Hochplateaus eingegraben, jenes herrliche Tal des Rio das Éguas, derart goldhaltig, daß der Landrichter von Jacobina im Jahre 1794 an Königin Maria I. von Portugal[1] schreiben konnte: »Die dortigen Minen sind das Wertvollste, was jemals in den Besitzungen Eurer Majestät gefunden wurde.«

Dort berührten sie die Grenzen der Provinz Goiás.

Weiter drangen sie nicht vor. Ein bedauerliches Unternehmen hatte seinen Abschluß gefunden. Das Weideland war gerötet und besudelt von aufgeschütteter, zerwühlter Tonerde aus den Schürfgruben, die schollenübersät zurückblieben; und aus der athletischen Gestalt des Rinderhirten ging der unerschrockene *jagunço* hervor. Die Geschichte unseres Landes, die unter dem Unstern so vieler gesetzloser Helden steht, sah den Auftritt eines ihrer finstersten Akteure. Die Szene verwandelte sich: Neben der kernigen und friedlichen Hirtengesellschaft entstand eine andere, geprägt durch liederliches Nomadentum, stürmische Kampfeslust und durch eigenartigen, händelsuchenden Müßiggang.

Stellen wir uns vor, die Titanenbrust des Viehtreibers werde urplötzlich elektrisiert durch die beispiellose Quecksilbrigkeit des *bandeirante*. Herauskommen wird der *jagunço*.

Er ist ein aufschlußreiches Produkt der Geschichte. Als späte Kreuzung von Seitenlinien, die das Milieu bereits getrennt hatte, vereinigt er die wesentlichen Eigenschaften beider Ahnen – in einer doppelgesichtigen Lebensweise, die heutzutage zwischen dem mühseligen Zusammentreiben der Herden und räuberischen Überfällen hin und her wechselt. Und die Erde, jene unvergleichliche Erde, die selbst unter der Heimsuchung der Dürren, wie kahlgebrannt und verkümmert sie sei, mit ihren Salztümpeln seinen Herden immer noch das Überleben sichert, unterstützt ihn ebenso in seinen Bedürfnissen als Kämpfer: sie schenkt ihm allerorten den Salpeter zur Pulverherstellung sowie die Kugeln, kostbare Geschosse aus Blei und Silber, die in Hülle und Fülle ihm dort zuhanden sind, als silberhaltiger Bleiglanz im Açuruá-Gebirge ...*

Natürlicherweise hat seit Anfang des 18. Jahrhunderts die Geschichte der Ortschaften am Rio São Francisco einen dramatischen Verlauf genommen, Widerschein eines anormalen Zustands.** Und wiewohl in den erschütternden Berichten, die darüber vorliegen, Parteifehden und straflose Übergriffe einer unerträglichen Herrschaft von Ortstyrannen im Vordergrund stehen, so deuten all diese Wirren, die durchweg gerade an solchen Orten ausbrechen, wo das Gold- und Diamantenfieber einst besonders heftig wütete, auf den von uns skizzierten fernen Ursprung.

Geben wir Beispiele. Das ganze Tal des Rio das Éguas sowie, weiter nördlich, das des Rio Preto bilden die Heimat der unbändigsten und nutzlosesten Menschen unseres Landes.*** Dorther brechen sie, ihr Draufgängertum an die Machthaber der Umgebung verdingend, zu ihren abenteuerlichen Raubzügen auf, die stets in der Plünderung und Einäscherung von Dörfern und Städten im ganzen Tal des

* Siehe *Descrições Práticas da Província da Bahia* [Zweckdienliche Beschreibungen der Provinz Bahia], von Oberstleutnant Durval Vieira de Aguiar.

** Caetano Pinto de Miranda Montenegro, der 1804 auf dem Weg von Cuiabá nach Recife 670 portugiesische Meilen zurücklegte und dabei durch Barra do Rio Grande am Rio São Francisco reiste, schreibt in seinem Bericht an den Visconde de Anadia über jene Gebiete, daß »nirgendwo in den portugiesischen Besitzungen das Leben der Menschen unsicherer ist als hier«. (Buch 16, *Correspondência da Corte* [Briefwechsel des Hofes], 1804-1808)

*** »Wer am Rio São Francisco *jagunços* benötigt, läßt sie in dieser ihrer großen Brutstätte anwerben. Der Preis besteht aus einer Flinte nebst Munition; das übrige verschaffen sie sich mit Leichtigkeit selbst, entsprechend dem Ausmaß der Straflosigkeit, welche die Machtstellung des Auftraggebers ihnen gewährleistet.« Oberstleutnant Durval. *Idem*.

großen Stromes gipfeln. Flußaufwärts gelangten sie bereits 1879 bis Januária in der Provinz Minas Gerais, brachten die Stadt in ihre Gewalt und kehrten von dort nach Carinhanha zurück, dem Ausgangspunkt ihrer Unternehmung, mit vieler Beute beladen. Von dieser Kleinstadt nordwärts tritt die Geschichte der Verwüstungen immer deutlicher hervor, bis hin nach Xiquexique, berüchtigt für seine Wahlkämpfe zur Kaiserzeit.

Diese Geschichte läßt sich nicht auf einem Halbdutzend Seiten darstellen. Noch der obskurste jener Orte hat seine eigentümliche, unheilträchtige Überlieferung.

Einer von ihnen nimmt vielleicht in anderer Hinsicht eine Sonderstellung ein: Bom Jesus da Lapa. Es ist das Mekka der Sertanejos. Sein originelles Gesamtbild am Rio São Francisco, vor einer Bergkette mit stolzen Zinnen, die glockengleich widerhallen; die dort sich auftuende, bizarr geformte Grotte, einem spärlich erleuchteten Kirchenschiff ähnlich, voller Stalaktiten, die kandelaberartig von der Decke herabhängen; die von der Haupthöhle abzweigenden Gänge voll urzeitlicher Knochenanhäufungen; die anrührende Legende von dem Mönch, der dort in Gemeinschaft eines Jaguars lebte – alles das hat diesen Ort zum Lieblingsziel frommer Wallfahrten aus den verschiedensten Richtungen und fernsten Gegenden gemacht, aus Sergipe, Piauí und Goiás.

Unter den Opfergaben, die in beträchtlicher Fülle Boden und Wände des seltsamen Gotteshauses bedecken, gewahrt der Besucher neben Heiligenbildern und Reliquien ein finsteres Zeichen absonderlicher Frömmigkeit: Messer und Gewehre.

Der Flintenmann tritt dort ein, zerknirscht, barhäuptig. Den Lederhut trägt er in der Hand, die Waffe über den Rücken geschnallt. Er fällt auf die Knie, beugt die Stirn über den feuchten Boden aus schwitzendem Kalkstein. Und er betet. Lange grübelt er, indem er sich an die Brust schlägt, über seine alten Missetaten. Am Ende erfüllt er andächtig das Gelübde, das er getan hat, um den jüngsten Kampf zu seinen Gunsten zu wenden: er überreicht dem Herrn Jesus seine berüchtigte Donnerbüchse, in deren Kolben mehrere mit dem Taschenmesser geritzte Kerben die Zahl der Getöteten angeben. Befreit von Gewissensbissen, geht er davon, froh über den geleisteten Tribut. Aufs neue stößt er zur Bande. Er kehrt zu seiner fürchterlichen Lebensweise zurück.

Pilão Arcado, einstmals blühend und heute verödet, in der letzten Phase eines Niedergangs begriffen, der 1856 begann; Xiquexique, Schauplatz jahrzehntelanger Fehden zwischen Liberalen und Konservativen; Macaúbas, Monte Alegre und andere Orte samt den Landgütern der Umgebung – sie alle künden mit ihren eingestürzten oder zerschossenen Häusern von jener langjährigen Herrschaft der Zügellosigkeit.

Es sind dies Ortschaften, wo die Unordnung zum Normalzustand wurde, gestützt auf ein diszipliniertes Banditentum.

Das klingt paradox, trifft aber die Sache.

Denn tatsächlich herrscht unter den *jagunços* eine bemerkenswerte Ordnung. Eitel auf ihre Rolle als tapfere Söldner und verläßlich im Kampf für den sie befehligenden Lokalgewaltigen, beschränken sie ihre Ordnungsverstöße auf die Miniaturschlachten, die sie in militärischer Aufstellung eröffnen.

Die Plünderung der eingenommenen Siedlungen halten sie nach Kriegsbrauch für ihr gutes Recht, und darin werden sie von der Geschichte aller Zeiten freigesprochen.

Ansonsten kommt Raub nur selten vor, er gilt ihnen als Makel und würdeloser Schimpf. Der schmächtigste Bote, zur Küste unterwegs, mag unbewehrt und unversehrt das dortige Busch- und Savannenland durchqueren, seine *picuás* vollgestopft mit Diamanten und Goldkörnern. Nichts davon wird ihm bei seiner Ankunft fehlen. Der durchreisende Fremde, der mit den Parteihändeln nichts zu schaffen hat, bleibt ebenso unbehelligt.

Nicht selten geschieht es, daß ein dort seines Weges kommender Hausierer, dessen Tragtiere unter den wertvollen

Lasten wanken, wie angewurzelt stehenbleibt und zu zittern anfängt – unversehens hat er eine Schar *jagunços* erblickt, die an der nächsten Wegbiegung lagert.

Doch augenblicklich verfliegt seine Angst. Der oberste der Flintenmänner kommt auf ihn zu, grüßt ihn freundlich, redet ihn lächelnd an und witzelt heiter gestimmt über seine Erschrockenheit. Dann fordert er Tribut: eine Zigarette. Mit einem einzigen Schlag aufs Feuerzeug entzündet er sie; und den Händler läßt er ziehen, ungeschädigt an Leben und Vermögen.

Die häufigen Fälle dieser Art enthüllen einen bemerkenswerten Edelmut bei jenen auf Abwege geratenen Haudegen.

Etwa acht oder zehn Meilen von Xiquexique liegt ihre Hochburg, die Siedlung Santo Inácio, inmitten der Berge errichtet und bis zum heutigen Tage unerreichbar für alle Polizeiaufgebote.

Diesen gelingt die Befriedung der umkämpften Gebiete für gewöhnlich dadurch, daß sie den verfeindeten Lagern als neutrale Makler begegnen. Es handelt sich um eine diplomatische Vermittlungsaktion zwischen kriegführenden Mächten. Der bewaffnete Arm der Gerichtsbarkeit verhandelt mit den Verbrechern, wägt die Bedingungen beider Seiten gegeneinander ab, läßt sich auf Erörterungen ein, vermeidet jedes Ultimatum und ratifiziert am Ende regelrechte Friedensverträge, welche die Souveränitat und Straflosigkeit der Pistolenreiterherrschaft sanktionieren.

So wurden die erblichen Stigmata der gemischtrassigen Bevölkerung ausgerechnet durch die Lässigkeit der Rechtspflege fortlaufend verschlimmert.

Kein Wunder, daß sie im ganzen Tal des São Francisco überhandgenommen und nach Norden übergegriffen haben.

Denn der *cangaceiro** aus Paraíba und Pernambuco ist das

* Abgeleitet von *cangaço*, Gesamtheit der Waffen der Gesetzesbrecher. »Der Mörder ging zum Wochenmarkt unter seinem *cangaço*, sagen die Bewohner des Sertão.« Franklin Távora, *O Cabeleira*. [Eigenname eines Banditen, ursprünglich etwa: der Langschopf].

gleiche Produkt unter anderem Namen. Vom *jagunço* unterscheidet ihn allenfalls die völlig belanglose Verschiedenheit der Lieblingswaffe: die *parnaíba*, ein langes, spitzes Messer mit starrer Klinge, erfreut sich dort seit alters derselben Beliebtheit wie weiter südlich die trichtermündige Donnerbüchse. Die beiden verschwisterten Gesellschaften jedoch lebten lange in einer Abgeschiedenheit, die sie voneinander isolierte. Die *cangaceiros* bei ihren Vorstößen nach Süden und die *jagunços* bei ihren Vorstößen nach Norden gingen aufeinander zu, ohne sich zu vereinigen, getrennt durch den tiefen Graben des Rio São Francisco bei Paulo Afonso.

Der Aufstand im Gerichtsbezirk von Monte Santo sollte die beiden zusammenführen.

Der Krieg von Canudos entsprang der spontanen Konvergenz all dieser wirren, über die Weiten des Sertão verstreuten Kräfte.

II.

Anlässe des Kampfes

Ausgelöst wurde er durch einen belanglosen Zwischenfall.

Antônio Conselheiro hatte in Juazeiro einen Posten Bauholz erworben, den die elenden *caatingas* von Canudos ihm nicht zu liefern vermochten. Den Handel hatte er mit einem Vertreter der dortigen Stadtverwaltung abgeschlossen. Doch die vereinbarte Frist verstrich, ohne daß die Materialien, für Abschlußarbeiten an der neuen Kirche bestimmt, übergeben wurden. Alles deutet auf einen vorsätzlichen Vertragsbruch, begangen in der Absicht, einen langersehnten Zusammenstoß herbeizuführen.

In der Tat hatte der höchste Vertreter der Gerichtsbarkeit von Juazeiro mit dem Unruhestifter des Sertão eine alte Rechnung zu begleichen, seitdem dessen Anhänger bei einem Überfall auf Bom Conselho ihn, den damaligen Richter jenes Bezirkes, zur überstürzten Flucht gezwungen hatten.

Deswegen nutzte er eine Situation, die zur Vergeltung wie gerufen kam. Er wußte, daß sein Gegner die leiseste Provokation mit gleicher Münze heimzahlen würde. Tatsächlich erwiderte der Conselheiro die Vertragsverletzung mit der Drohung, gegen die schöne Ortschaft am Rio São Francisco anzurücken und die Hölzer mit Gewalt zu holen.

Der Vorfall trug sich im Oktober 1896 zu.

Hier unsere Chronik der Ereignisse, gestützt auf amtliche Schriftstücke:

»So standen die Dinge,* als Dr. Arlindo Leoni, Bezirksrichter von Juazeiro, mich durch Eiltelegramm wissen ließ, mehr oder weniger begründeten Gerüchten zufolge drohe jener blühenden Stadt binnen Tagen ein Angriff der Gefolgsleute des Antônio Conselheiro; weswegen er um

* Botschaft des Gouverneurs von Bahia an den Präsidenten der Republik – 1897.

geeignete Maßregeln ersuche, um die Bevölkerung zu schützen und ihre schon einsetzende Abwanderung zu verhindern. Ich antwortete ihm, aufgrund bloßer Gerüchte könne die Regierung keine Truppen in Marsch setzen, legte ihm allerdings nahe, die Zugangswege in einiger Entfernung um die Stadt überwachen zu lassen und mich über einen etwaigen Vorstoß der Banditen telegraphisch zu verständigen, da die Regierung von Bahia darauf eingerichtet sei, unverzüglich per Expreßzug die erforderlichen Truppen zu entsenden, um die Angreifer zurückzuwerfen und die Sicherheit der Stadt zu gewährleisten.

Da die in der Landeshauptstadt stationierten Polizeikräfte wegen der erwähnten Einsätze geschrumpft waren, forderte ich von dem kommandierenden General unseres Wehrbezirks hundert Mann reguläre Truppen an, die nach Juazeiro abrücken sollten, sobald mir die entsprechende Mitteilung des dortigen Bezirksrichters zugegangen sei. Wenige Tage später erhielt ich ein Telegramm, worin mir besagter Justizvertreter versicherte, die Anhänger des Antônio Conselheiro seien nur noch etwa zwei Tagesmärsche von Juazeiro entfernt. Dies brachte ich dem Herrn General zur Kenntnis, der meinem Ersuchen entsprechend die in Bereitschaft gehaltene Truppe unter dem Kommando des Oberleutnants Pires Ferreira im Expreßzug nach Juazeiro beorderte, wo sie im Benehmen mit dem Richter tätig werden sollte.

Dieser ausgezeichnete Offizier verständigte sich nach seiner Ankunft in Juazeiro mit dem erwähnten Amtsträger darauf, den Banditen entgegenzumarschieren, um ihrem Einfall in die Stadt zuvorzukommen.«

Schwerlich kann man sich belanglosere Beweggründe für derart folgenreiche Ereignisse denken. Vorstehendes Zitat macht immerhin deutlich, daß die Regierung von Bahia dieser Angelegenheit, deren Vorgeschichte sie ignorierte, nicht die gebührende Bedeutung beimaß.

Antônio Conselheiro war seit zweiundzwanzig Jahren, von 1874 an, im gesamten Hinterland des brasilianischen Nordens und sogar in den Küstenstädten wohlbekannt, bis wohin, ausgeschmückt mit fast legendenartigen Übertreibungen, die denkwürdigsten Begebenheiten seines romanhaften Lebens sich herumgesprochen hatten; tagtäglich hatte er seine Machtstellung über die Sertãobewohner erweitert; hinter ihm lag eine beispiellose, ein Vierteljahrhundert währende Pilgerschaft durch die entlegensten Winkel des Sertão, wo er stattliche Wahrzeichen seines Durchzuges hinterlassen hatte, die Türme Dutzender von ihm erbauter Kirchen; die Ortschaft Bom Jesus, fast eine Stadt zu nennen, war seine Gründung; von Xorroxó bis Vila do Conde, von Itapicurú bis Jeremoabo gab es nicht einen Flecken, nicht den obskursten Weiler, wo er nicht auf glühende Anhänger zählen konnte, wo man ihm nicht die Wiederherstellung eines Friedhofs, die Errichtung eines Gotteshauses oder das segensreiche Geschenk eines Stausees verdankte; seit geraumer Zeit hatte er dreist gegen die neue Staatsordnung aufbegehrt und straflos die kommunalen Erlasse der von ihm überfallenen Städte verbrannt und ihre Asche zertreten; im Jahre 1893 hatte er in Masseté eine starkes Polizeikontingent zerschlagen und eine weitere Truppe, die aus achtzig regulären Soldaten bestand und bis Serrinha vorgedrungen war, zur Umkehr gezwungen; im Jahre 1894 war er im Landesparlament von Bahia Gegenstand einer hitzigen Debatte gewesen, in deren Verlauf einem Abgeordneten, der die Behörden darauf hinwies, daß »weite Teile des Sertão von dem Individuum Antônio Conselheiro in Unruhen gestürzt werden«, von anderen Volksvertretern, darunter einem Priester, entgegengehalten wurde, es handele sich vielmehr um einen verdienstvollen Menschen, dessen Ratschläge strengster christlicher Orthodoxie gehorchten; der »Ratgeber« hatte die vom Erzbistum Salvador im Jahre 1895 entsandte seelsorgerische Mission gezwungen, unverrichteter Dinge umzukehren, und der Missionar, Pater João Evangelista, hatte in seinem aufrüttelnden Bericht bestätigt, in Canudos hielten sich – Frauen, Kinder, Greise und Kranke nicht gerechnet – tausend Männer auf, tausend kräftige, unerschrockene Männer, »bis an die Zähne bewaffnet«; und schließlich wußte man, daß Antônio Conselheiro ein weites Gebiet beherrschte, was den Zugang zur Zitadelle, worin er sich verschanzt hatte, erschweren mußte, denn seine Anhänger waren ihm bedingungslos ergeben, und abgesehen vom engen Kreis seiner Getreuen konnte er allerorten auf die erzwungene Komplizenschaft derer rechnen, die ihn fürchteten. Und man glaubte, um eine Stellung von solcher Größenordnung zu bezwingen, genüge eine Truppe von hundert Mann.

Im Bericht des Generals Frederico Solon,[2] Kommandant des 3. Wehrbezirks, heißt es dazu:

> »Am 4. November des vergangenen Jahres (1896) stellte ich, in sofortiger Erfüllung des erwähnten Befehls, dem Herrn Gouverneur von Bahia die von ihm persönlich angeforderten hundert Soldaten aus der hiesigen Garnison zur Verfügung, die gegen die Fanatiker von Canudos vorgehen sollten, wofür, wie er beteuerte, eine solche Truppenstärke mehr als ausreichend sei.
> Im Vertrauen auf die umfassende Kenntnis, die er von allen Vorgängen im Innern seines Bundeslandes haben mußte, handelte ich ohne Verzug; ich veranlaßte, daß der tapfere Oberleutnant Manuel da Silva Pires Ferreira vom 9. Infanteriebataillon sich umgehend bei ihm meldete, um seine Anweisungen und Instruktionen entgegenzunehmen, in deren Befolgung er am siebenten besagten Monats nach Juazeiro aufbrach, Endstation der Eisenbahnlinie am rechten Ufer des Rio São Francisco, mit dem Kommando über 3 Offiziere und 104 gemeine Soldaten aus besagter Einheit betraut, die lediglich eine kleine Sanitätsausrüstung mit sich führten, so daß ich kurz darauf einen Arzt mit weiteren zur Ausübung seines Berufes erforderlichen Hilfsmitteln auf den Weg schickte. Alles übrige oblag der Landesregierung von Bahia.«

Jene Handvoll Soldaten löste in Juazeiro, wo sie am Vormittag des 7. Novembers eintraf, Verwunderung aus.

Sie hemmte keineswegs die Flucht eines Großteils der Bevölkerung vor dem drohenden Überfall, sondern beschleunigte sie. Die Einwohner, mit den Verhältnissen wohlvertraut, erkannten sogleich, daß ein derart winziges Truppenkontingent die Negativwirkung erhöhter Anziehungskraft auf die anrückende Horde haben mußte.

Sie sahen die unvermeidliche Niederlage kommen. Und während die heimlichen Parteigänger des Ratgebers, die es im ganzen Umkreis gab, im voraus frohlockten, ersuchten einige redliche Männer den Anführer des Expeditionskorps, von einem Vormarsch abzusehen.

Schwierigkeiten bei der Beschaffung wesentlicher Teile der Marschausrüstung hielten die Truppe bis zur Abenddämmerung des 12. Novembers fest; und als sie schließlich aufbrach, war die Nachricht vom geplanten Angriff auf Canudos dortselbst gewiß schon eingetroffen.* Ohne die unentbehrlichen Hilfsmittel für eine 200 Kilometer lange Durchquerung unwegsamen und menschenleeren Geländes brach man auf, mit zwei in Juazeiro angeworbenen wegkundigen Führern.

So mußte der Befehlshaber gleich zu Beginn erkennen, daß der Marschrhythmus sich unmöglich auf ein kräfteschonendes Maß begrenzen ließ. Einerseits ist es im Sertão selbst vor dem Höhepunkt des Sommers ausgeschlossen, nach zehn Uhr morgens vollbepackt zu gehen, behangen mit Tornister und Feldflasche. Über die Tafelebenen schüttet der Tag sein flammendes, schattenloses Licht; die nackte Erde strahlt die hundstagsartigen Gluten vervielfacht zurück; und unter der verzehrenden Wirkung extremer Temperaturen beschleunigen sich auf bestürzende Weise alle Lebensfunktionen und verursachen plötzliche Schwächeanfälle. Anderer-

* Eine Merkwürdigkeit am Rande: Die Truppe rückte am Abend des 12. Novembers aus, um dies nicht am 13. zu tun, einem Unglückstag. Dabei schickte sie sich an, den abergläubischen Fanatismus zu bekämpfen.

seits läßt die Wegstrecke sich selten derart gliedern, daß man nur die Früh- oder Nachtstunden nutzen könnte. Zwangsläufig wird, der heftigen Sonneneinstrahlung zum Trotz, bis zum nächsten Brunnen an einer Raststelle der Viehhirten weitermarschiert.

Im übrigen gehören jene Gebiete, wie wir schon sahen, zu den unbekanntesten unseres Landes. Nur wenige Reisende haben bisher diesem überaus rauhen Tal des Vaza-Barrís die Stirn geboten, das von den Ostabhängen des Itiúba-Gebirges bis nach Jeremoabo sich unwirtlich und verödet dahinzieht mit seinen meilenweit auseinanderliegenden, bedeutungslosen Behausungen. Es ist der von den Dürren am schlimmsten verwüstete Teil Bahias.

Dazu im Gegensatz, erklärlich durch die Verteilung der Gebirgszüge, steht die Üppigkeit der umliegenden Landstriche: im Norden der prächtige Sertão von Curaçá, die ungemein fruchtbaren Niederungen, die das rechte Ufer des Rio São Francisco ostwärts bis Santo Antônio da Glória säumen; im Westen dehnen sich ertragreiche Böden rings um die Kleinstadt Vila Nova da Rainha. Diese Landstriche allerdings umgürten eine Wüste, die der fast ständig ausgetrocknete Vaza-Barrís durchquert, gleich einem gewundenen, langgezogenen Wadi.

Schlimmer als die zentralbrasilianischen *campos gerais* – wo die erfahrensten *pombeiros** bisweilen »schwankend werden«,** orientierungslos, verwirrt durch die Gleichförmigkeit der unendlichen Ebenen – wiederholen sich hier die Landstrecken, wenn sie ebenso gleichförmig und noch melancholischer als dort die barbarischsten Aspekte zeigen, verschärft durch eine entsetzliche Flora.

Die *caatinga* selbst verändert ihr Antlitz. Angemessener wäre vielleicht eine andere Bezeichnung für die Flora des Sertão, deren vielfältige Erscheinungsformen zu verschiedenen

* *Pombeiro* – Bote, Händler, Hausierer, Kerl.

** »Schwankend werden« – so sagt man von dem Reisenden, der im Einerlei der Hochplateaus die Richtung verliert.

Benennungen geführt haben, nämlich *caatanduva*, »übles Gehölz«,* dessen klassisches Verbreitungsgebiet hier zu suchen ist und das sich weit nach Osten und Süden dehnt, bis in die Nähe von Monte Santo.

Die kleine Expedition betrat diese Gegend gleich am zweiten Tag ihres Vormarschs, als sie, nach ihrem ersten Nachtlager zwei Meilen hinter Juazeiro, vierzig Kilometer wüster Strecke an einem Stück zu stapfen hatte, bis zu einem winzigen Tümpel, Lagoa do Boi geheißen, wo sich Reste von Wasser fanden. Von dort ging es weiter durch die Wüste mit kurzen Halten in Caraibinhas, Marí, Mocambo, Rancharia und anderen einsamen Rastplätzen oder Landgütern. Einige davon waren verödet. Die Hitze kündigte die Dürre an.

Teils um dieser zu entgehen, teils erschreckt von den alarmierenden Nachrichten, waren die wenigen Einwohner in nördlicher Richtung davongegangen, ihre Ziegen vor sich her treibend, die einzigen an das Klima und den Boden der Gegend angepaßten Haustiere.

Uauá

Erschöpft traf die Truppe in Uauá am 19. November ein, nach einem äußerst entbehrungsreichen Marsch.

Dieser Flecken – zwei Erdstraßen, die in einen unregelmäßig geformten Platz einmünden – ist der belebteste Ort in jenem Winkel des Sertão. Wie die meisten Nester, die sich eines großartigen Eintrags auf unseren Landkarten erfreuen, ist er eine Art Mittelding von Sippenhaus und Indianerdorf – eine unschöne Ansammlung von vielleicht hundert schlecht gebauten Häusern und schäbigen Lehmkaten, die einen gedrückten und trübseligen Anblick darbieten.

Vier Überlandwege führen dorthin – von Jeremoabo über Canudos, von Monte Santo, von Juazeiro und von Pata-

* *Caatanduva, cahiva*, übles Gehölz (*caa*, Busch, Gehölz; *ahiva*, schlecht, übel). Beaurepaire Rohan, *Dicionário de Vocábulos Brasileiros*.

moté –, auf denen samstags Scharen von Hinterwäldlern, zu unbemittelt für weite Reisen nach wohlhabenderen Ortschaften, dem Markte zustreben. An Festtagen betreten sie den Flecken wie die prächtige Hauptstadt eines der »großen Länder«:* angetan mit ihrem Feiertagsgewand oder einer neuen Ledertracht, stehen sie entgeistert vor den Auslagen zweier oder dreier Kaufläden und bestaunen unter dem Marktdach auf dem Dorfplatz die Erzeugnisse eines kümmerlichen Gewerbes, worunter feines Ziegenleder und Hängematten aus *caroá*-Faser sich wie Kostbarkeiten ausnehmen. An den übrigen Wochentagen, wenn nur der eine oder andere Verkaufsstand geöffnet ist und der Platz verödet daliegt, wirkt Uauá wie ausgestorben. An einem solchen Tage wurden die Bewohner, als sie die heißesten Stunden zu Hause abwarteten, durch schmetternde Fanfaren wachgerüttelt.

Es war die Truppe.

Sie marschierte durch die Gasse ein, die eine Verlängerung des Überlandweges bildet, und machte auf dem Dorfplatz halt. Es war ein großes Ereignis. Neugierig und scheu zugleich musterten die Dörfler die Soldaten – die staubbedeckt dastanden, in schwankender Aufstellung, die Gewehre mit den blitzenden Bajonetten geschultert –, als erblickten sie eine glänzende Armee.

Die Soldaten stellten die Waffen zu Pyramiden zusammen und bezogen Quartier.

Ein Sicherheitsring wurde gebildet: an den vier Ortsausgängen bezogen Wachposten Stellung, und Streifen wurden eingeteilt. Der so zum Waffenplatz gewordene obskure Flekken war allerdings nur als Durchgangsstation gedacht. Die Expedition würde, nach kurzer Rast, ungesäumt nach Canudos weitermarschieren, anderntags in der Frühe, am 20. des

* »Große Länder«: vieldeutiger Ausdruck, mit dem die einfachen Landbewohner die ihnen unbekannten Küstenregionen bezeichnen. Damit meinen sie Rio de Janeiro und Salvador da Bahia ebenso wie Rom und Jerusalem – Städte, die in ihrer Vorstellung nahe beieinander und vom Sertão sehr weit entfernt liegen. Es ist die übrige Welt, die gesamte Zivilisation, die sie fürchten und meiden.

Monats. Sie tat es nicht. Wie überall, kreuzten sich dort die entgegengesetztesten Nachrichten und machten eine Beurteilung der Lage unmöglich.

So wurde jener Tag mit nutzlosen Erkundigungen vertan und der weitere Vorstoß auf den folgenden verschoben, ein höchst fataler Zeitverlust. Nach Einbruch der Dunkelheit kam es zu einem Zwischenfall, der erst am nächsten Morgen offenkundig werden sollte: fast die gesamte Dorfbevölkerung war geflohen. Unbemerkt hatte sie ihre Behausungen verlassen und war in kleinen Gruppen heimlich durch die Lücken zwischen den vorgeschobenen Wachposten geschlüpft. Am plötzlichen Exodus nahmen selbst die Kranken teil, ganze Familien gingen davon, aufs Geratewohl, mitten durch die Nacht, und zerstreuten sich erschrocken über die kahlen Ebenen.

Dieser Vorfall hätte eine Warnung sein müssen. Uauá, ebenso wie die übrigen Orte im Umkreis, gehörte zum Machtbereich von Canudos. Antônio Conselheiro hatte dort ergebene Anhänger; und so waren diese, kaum hatte die Armee auf dem Dorfplatz haltgemacht, zur bedrohten Siedlung geeilt, wo sie in der Frühe des 20. Novembers eintrafen und Alarm schlugen ...

Die Massenflucht offenbarte, daß die Boten Zeit gehabt hatten, nach Uauá zurückzukehren und die Einwohner von dem Gegenangriff zu verständigen, den die Männer von Canudos beschlossen hatten. So hätten die Kämpfer freie Bahn.

Die Expeditionssoldaten freilich nahmen davon keine Notiz. Sie richteten sich auf den Weitermarsch am folgenden Morgen ein und überließen sich, ohne jede Ahnung vom Ernst der Lage, in ihren Quartieren sorgloser Nachtruhe.

Geweckt wurden sie von dem Feind, den sie zu überrumpeln gedachten. Im Morgengrauen des 21. zeichnete sich weit hinten in der Flußniederung die Heerschar der *jagunços* ab ...

Ferner Chorgesang brach das Schweigen einer noch schlaftrunkenen Gegend, langgezogen durch die trostlosen Einöden hallend. Unter dem schleppenden Singsang der Kyries und unter Gebeten wandelte der kriegerische Haufe daher und näherte sich Uauá. Der Zug gemahnte an die Bußprozessionen, mit denen die einfältigen *matutos* nach altem Brauch die Himmel zu besänftigen suchen, wenn anhaltende Sommerhitze die Plage der Dürre heraufbeschwört.

Der Fall ist einzigartig und verbürgt. Die Vorteile eines nächtlichen Handstreichs mißachtend, kamen die Sertanejos mit dem Frühlicht und kündigten sich von ferne an. Sie weckten den Gegner zum Kampf.

Auf den ersten Blick allerdings hatte ihr Aufzug nichts Kriegerisches. Friedenssymbole gingen ihnen voran: die Heilig-Geist-Fahne und neben ihr, getragen von den kraftvollen Armen eines stämmigen Gläubigen, ein großes Holzkreuz, hoch wie ein riesiges Altarkreuz. Die eigentlichen Kämpfer, bewaffnet mit alten Flinten, Hirtenspießen, Sicheln und Stangen, gingen in der Masse der wehrlosen Frommen unter, welche die Figuren und Bilder ihrer Lieblingsheiligen emporhielten sowie von den Altären mitgenommene getrocknete Palmzweige. Einige trugen, wie bei andachtsvollen Pilgerfahrten, Feldsteine auf dem Kopf und ließen Rosenkränze aus Palmkörnern durch ihre Hände gleiten. Die Ankunft der Soldaten setzten sie in eins mit den Plagen der Natur, von denen sie regelmäßig heimgesucht wurden. Singend und betend zogen sie der Schlacht entgegen, als verlangten sie nach der entscheidenden Prüfung für ihre gottesfürchtigen Seelen.

Es waren ihrer viele. Dreitausend, behaupteten später übertreibungsfreudige Gewährsleute, die ihre Anzahl womöglich verdreifachten. Doch die *jagunços* rückten ungeordnet vor. Ein bescheidener Zug Infanterie, über die umliegenden *caatingas* verteilt, um sie dort in Empfang zu nehmen, hätte sie in Minutenschnelle auseinanderjagen können.

In der Siedlung vor ihnen aber deutete nichts auf kampfbereite Gegner. Alles schlief.

Die Menge gelangte, wie es scheint, bis dicht an die vorgeschobene Postenkette. Und weckte sie. Die Wachen, aus dem Schlaf gerissen und verdutzt, feuerten aufs Geratewohl ihre Karabiner ab und rannten Hals über Kopf zu dem rückwärts gelegenen Dorfplatz, wobei sie einen Kameraden in der Hand der Angreifer zurückließen, den diese mit dem Messer zerstückelten. Nun brach das Getümmel aus: Soldaten stürmten betäubt über Platz und Straßen; kamen halbnackt aus Türen, sprangen aus Fenstern; kleideten und bewaffneten sich, während sie hin und her rannten und aufeinanderprallten. Sie nahmen keine Aufstellung. Kaum, daß in aller Eile, unter Führung eines Feldwebels, eine mangelhafte Schützenkette zustande kam. Denn sogleich waren auch die *jagunços* zur Stelle, mitten unter den Flüchtenden. Und es entspann sich ein gnadenloses Handgemenge, Mann gegen Mann, die Gegner ineinander verknäult, Schrotpistole gegen Revolver, Knüppel gegen Gewehrkolben, Buschmesser gegen Seitengewehr, mit einem enormen Druck auf die brüchige Verteidigungslinie, die binnen kurzem nachgab. Und die fanatisierte Meute stürmte – unter Hochrufen auf den »Guten Herrn Jesus« und auf den »Ratgeber« und zu den schrillen Tönen der Pfeifen aus *taquara*-Rohr, die wehende Heilig-Geist-Fahne hochgehalten, die Heiligenfiguren und Waffen emporgestreckt, dem kühnen Mestizen hintendrein, der das stattliche Holzkreuz vornüber geneigt wie einen Rammbock trug – wild über den Dorfplatz …

Diese Bewegung war Sache eines Augenblicks und blieb das einzige Manöver, das Augenzeugen als solches wahrnahmen. Den weiteren Kampfverlauf vermögen selbst seine Protagonisten nicht zu schildern. Es war der Hexenkessel eines lärmenden Jahrmarkts.

Die meisten Soldaten, in den Häusern verschanzt, durch deren Wände sie Schießscharten brachen, gingen eindeutig in die Defensive.

Das war die Rettung. Die Hinterwäldler, auf dem Dorfplatz um die hochheiligen Symbole geschart, wurden nunmehr vom Gewehrfeuer dahingemäht. In Massen brachen sie zusammen, und trotz ihrer zahlenmäßigen Überlegenheit neigte sich der Kampf zu ihren Ungunsten. Im Kugelhagel der Repetierwaffen feuerten sie einen Schuß aus ihrem Vorderlader gegen hundert aus dem Comblain. Während der Soldat sie mit dichten Salven belegte, mußten die *jagunços* in ihren Jagdtaschen wühlen, der Reihe nach Pulver, Baumwollpfropfen und Kugeln hervorholen für den langwierigen Prozeß des Ladens ihrer schwerfälligen Waffe, mußten dann den Ladestock in den weiten Lauf ihrer Blunderbüchse einführen, diese langsam mit jenen Zutaten füttern, das Ganze darinnen stopfen, als gelte es eine Mine zu präparieren, mußten dann Pulver auf die Pfanne schütten, endlich spannen und zu guter Letzt feuern; wobei sie das Heldenstück vollbrachten, zwei Minuten lang sich nicht von der Stelle zu rühren inmitten des verwirrenden Taumels der Schießerei ...

So ließen sie nach einer Weile von diesem aussichtslosen Unterfangen ab. Mit gezücktem Buschmesser und erhobenem Treibstachel und blitzender Sichel fielen sie ihre Gegner an.

Doch auch dieser wahnwitzige Ansturm brachte ihnen Verderben. Zusehends lichteten sich ihre Reihen, hoffnungslos im Nachteil gegenüber Feinden, die aus sicherer Deckung kämpften oder jäh in Fenstern erschienen, die sich zu Feuerstößen öffneten. In einem dieser Fenster wehrte sich geraume Zeit ein spät erwachter Fähnrich, fast unbekleidet, und zielte, den Karabiner auf die Brüstung gestützt, den Angreifern auf die Brust, ohne auch nur einmal zu fehlen; bis er schließlich tot auf die Bettstatt sank, auf der er genächtigt hatte und die zu verlassen ihm keine Zeit geblieben war.

So tobte das Gefecht etwa vier Stunden fort, mörderisch,

ohne berichtenswerte Vorkommnisse und ohne einen Anflug von taktischer Bewegung. Jeder kämpfte auf eigene Faust, je nach den Umständen. Im Hof des Hauses, wo er sich einquartiert hatte, widmete sich der Truppenführer der einzigen Aufgabe, die sich mit solchem Wirrwarr vereinbaren ließ: er teilte Patronen aus, die er mit vollen Händen, fieberhaft, aus den mit Axthieben aufgebrochenen Munitionskisten griff und über den Zaun warf.

Stets um die Heilig-Geist-Fahne geschart, die von Kugeln zerfetzt und rot wie ein Kriegsbanner war, zogen die *jagunços* durch die Gassen; umkreisten den Ort; kehrten immer wieder zum Dorfplatz zurück, stießen Verwünschungen und Hochrufe aus, setzten ihre eiligen und ziellosen Rundgänge fort. Im Verlauf dieser aufgeregten Umzüge gaben sie allmählich das Kämpfen auf und zerstreuten sich über die Umgebung, sei es, daß sie die Vergeblichkeit ihrer Anstrengungen einsahen, sei es, daß sie meinten, ihre Widersacher in die deckungslose Flußniederung locken zu können.

Wie dem auch sei, sie räumten nach und nach das Feld. Alsbald entschwand in der Ferne, ein Farbtupfer am Horizont der *caatinga*, die heilige Fahne, die sie zurück nach Canudos führten.

Die Soldaten verfolgten sie nicht. Sie waren erschöpft.

Uauá bot ein bejammernswertes Bild. An mehreren Stellen loderten Brände. Auf blutbespritzten Fußböden und Tresen, an Türschwellen, über Platz und Straßen verstreut, auf welche die Sonne herabstach – überall krümmten sich die Verwundeten und lagen hingestreckt die Toten.

Unter den letzteren waren etliche Dutzend Sertanejos – hundertfünfzig laut amtlichem Gefechtsbericht – eine unverhältnismäßige Zahl gegenüber den zehn Gefallenen der Expedition: ein Fähnrich, ein Feldwebel, sechs Gemeine und zwei Geländeführer, abgesehen von sechzehn Verwundeten. Dennoch nahm der Expeditionschef, mit immerhin noch siebzig einsatzfähigen Männern, von einer Fortsetzung des Unternehmens Abstand. Der Überfall hatte ihn entsetzt. Aus nächster Nähe hatte er die Tollkühnheit der Hinterwäldler erlebt. Mit Grauen erfüllte ihn sogar der Sieg – sofern das Geschehene sich so bezeichnen ließ, denn seine Folgen bedrückten ihn. Der Arzt der Truppe war irrsinnig geworden ... Der Anblick des Gemetzels hatte seinen Geist umnachtet. Hilflos stand er vor den Verwundeten, unter denen es einige schwere Fälle gab.

Der Rückzug war unter diesen Umständen dringend geboten, vor Einbruch der Nacht und vor einem erneuten Zusammenstoß, bei dessen bloßem Gedanken jene Sieger erschauderten. Ihr Entschluß war sogleich gefaßt. Kaum hatten sie die gefallenen Kameraden in der Kapelle von Uauá begraben, rückten sie unter heißglühender Sonne ab.

Es war wie eine Flucht.

Den Weg nach Juazeiro legte man in einem viertägigen Gewaltmarsch zurück. Und als die Rotte der Expeditionssoldaten dort eintraf – mit zerfetzter Uniform, verwundet, verstümmelt, zerschlagen –, da bot sie das Bild einer Niederlage. Die *jagunços* schienen ihnen auf den Fersen zu sein. In heller Aufregung nahmen die Einwohner ihren Exodus wieder auf. Auf dem Bahnhof standen alle Lokomotiven unter Dampf. Alle waffenfähigen und kampfwilligen Männer wurden einberufen. Und die Telegraphendrähte meldeten dem ganzen Land das Vorspiel des Krieges im Sertão ...

III.

Vorbereitungen zum Gegenschlag

Die Schlappe von Uauá erforderte einen entschiedenen Gegenschlag.

Dessen Vorbereitung allerdings krankte an unzeitigen Meinungsverschiedenheiten zwischen dem Oberkommandierenden der Bundestruppen in Bahia und dem Gouverneur jenes Staates. Im Gegensatz zur optimistischen Sicht des letzteren, der den Aufruhr im Sertão zu einem der üblichen Tumulte verharmloste, dem mit polizeilichen Mitteln beizukommen sei, betrachtete der General ihn als ernsthafteren Konflikt, der gegebenenfalls regelrechte Militäroperationen erfordere.

So kam es, daß die zweite Expeditionstruppe ohne verbindlichen Plan zusammengestellt wurde, ohne Klärung der Zuständigkeiten, ohne Abstimmung zwischen den beiden voneinander unabhängigen und ranggleichen Obrigkeiten. Sie bestand zunächst aus 100 Mann und 8 Offizieren des stehenden Heeres, sowie aus 100 Mann und 3 Offizieren der Sicherheitskräfte des Staates Bahia.

Dieserart aufgestellt, fuhr die Truppe am 25. November nach Queimadas ab, befehligt von einem Major des 9. Infanteriebataillons, Febrônio de Brito.

In einem gleichzeitigen Appell an die Zentralregierung forderte besagter General und Kommandant des Wehrbezirks Bahia ein verbessertes Militäraufgebot an: 4 Mitrailleusen vom Typ Nordenfelt, 2 Kruppsche Feldgeschütze sowie weitere 250 Soldaten, 100 vom 26. Bataillon in Aracajú und 150 vom 33. Bataillon in Alagoas.

Für all diesen Aufwand gab es triftige Gründe. Es häuften sich alarmierende Nachrichten, die von Tag zu Tag ein deutlicheres Bild von der Gefährlichkeit der Lage zeichneten. Mochten sie auch übertrieben sein, vermittelten sie doch eine

Ahnung von der zahlenmäßigen Stärke der Aufrührer und von den ernstzunehmenden Hindernissen auf dem Weg in die Wildnis, die ihnen Unterschlupf gewährte.

Diese Meldungen aber gingen in einer Unzahl widersprüchlicher Darstellungen unter, verschlimmert durch uneingestehbare Interessen einer verlogenen Politik, die zu erörtern wir uns ersparen, wenngleich man seinerzeit mit diesem fruchtlosen Aufrühren belangloser Kleinigkeiten viel Zeit vergeudete – während die Telegraphendrähte vom Rand des Sertão nach ganz Brasilien vibrierten und in Queimadas der Chef des neuen Expeditionskorps mit 243 Soldaten Gewehr bei Fuß stand.

Dürftig ausgerüstet und mit allen erdenklichen Schwierigkeiten ringend, unschlüssig angesichts gegenläufiger Nachrichten, bald entmutigt durch die scheinbare Unausführbarkeit des ganzen Unternehmens, bald von unverhoffter Hoffnung in die Erreichbarkeit des gesteckten Ziels beflügelt, brach der Expeditionsführer erst im Dezember von Queimadas nach Monte Santo auf, als 100 Mann Verstärkung von Salvador da Bahia her unterwegs waren.

Diesem Vormarsch lag bereits ein Feldzugsplan zugrunde.

Der Kommandant des Wehrbezirks Bahia hatte die Lage begriffen. Sein Plan sah vor, die Rebellen von zwei Seiten in die Zange zu nehmen, also nicht eine, sondern zwei Heeressäulen getrennt auf ein gemeinsames Ziel in Marsch zu setzen, unter dem gemeinsamen Befehl des Obersten Pedro Nunes Tamarindo vom 9. Infanteriebataillon. Dieser Plan trug den Umständen des Kampfes Rechnung: es galt vor allem andern, einen weiträumigen Belagerungsring zu bilden, die Aufständischen in Teilgefechten zurückzuschlagen und sie endlich durch Umfassungsbewegungen kleiner und speziell geschulter Trupps in die Enge zu treiben.

In der Tat könnten diese, frei von der Schwerfälligkeit großer Heerhaufen, auf die Schroffheiten des Geländes sich besser einstellen und gleichzeitig allen denkbaren Ursachen eines Mißerfolgs entgegenwirken. Wie originell im übrigen die Kampfmethode der Buschbewohner sein mag – jener ungreifbaren Freischärler mit ihrer verwirrenden Taktik des Auflauerns und Flüchtens –, sie erschöpft sich ganz in dieser Kreisbewegung. Sie kennt keine Entwicklung nach irgendeinem Plan, der den verstreuten Rotten das einigende Kraftzentrum eines festgelegten Kampfziels gäbe. Sie angreifen und in unterschiedliche Richtungen abdrängen heißt sie besiegen.

Dies hatten unsere Landsleute vergangener Jahrhunderte längst erkannt. Vertraut mit den wechselvollen Kämpfen im Sertão, verfügten sie über eine darauf zugeschnittene militärische Gliederung,* zwecks systematischer Aufstellung »irregulärer« Truppen, die ohne die Schwerfälligkeit festgefügter taktischer Einheiten und ohne korrekte Marschordnung in den dichten Wäldern und auf schroffem Gelände nach eigenem Ermessen vorgehen sollten, um die regulären Truppen zu unterstützen, zu verstärken und aufzuklären.

So kamen die Heldentaten zustande, mit denen unsere Geschichte im 17. und 18. Jahrhundert gespickt ist; die Unzahl niedergeworfener Revolten und zerschlagener *quilombos*, von jenen Miniaturarmeen sogenannter Buschhauptleute[3] erzwungen in bluttriefenden, namenlosen Gefechten. Den Afrikaner wie den Indio schlugen die *sertanistas* mit deren eigenen Waffen, getreu der immergleichen Regel, die sich auf eine paradoxe Formel bringen läßt: Getrenntheit macht stark.

Diese hätten wir, in ebensolcher Gefahr, beherzigen müssen. Zweifellos bedeutete das den Rückschritt zu einer primitiven Kriegführung. Doch zu dieser waren wir in jedem Fall gezwungen, wenn nicht von dem listigen und verwegenen *jagunço*, dann von der ihn schützenden abnormen Natur.

Sehen wir genauer hin.

* Siehe *Revista do Instituto Histórico e Geográfico Brasileiro*, As instruções régias de 24 de fevereiro de 1775 ao capitão-general das Minas [Die königlichen Instruktionen vom 24. Februar 1775 an den Oberbefehlshaber von Minas Gerais].

Die Doktoren in der Kunst des Tötens, die heutigentags in Europa empörenderweise in die Wissenschaft einbrechen, ihre Stille mit dreistem Säbelrasseln stören, Gesetze für die Kriegführung aufstellen und Schlachten in Gleichungen umsetzen, haben die Rolle der Wälder als eines wertvollen taktischen Faktors bei Angriff und Verteidigung trefflich dargestellt. Und die gelehrten Feldmarschälle – Krieger, die in der Hand statt der fränkischen Streitaxt heroischen Angedenkens den kalkulierenden Bleistift führen – würden laut auflachen, wenn ihnen jemand erzählte, den armseligen *caatingas* gebühre eine eindeutigere und ernster zu nehmende Rolle als den großen Urwäldern unseres Landes.

Denn letztere, ungeachtet ihrer Bedeutsamkeit für die Landesverteidigung – da sie entlang den Grenzen die Wucht der Invasionen brechen, rasche Truppenbewegungen hemmen und die Verlegung von Geschützen verhindern –, gehen im Verlauf der Feldzüge gewissermaßen zu einer neutralen Haltung über. Sie können unterschiedslos beide Kriegsgegner begünstigen und beiden dasselbe Halbdunkel für die Hinterhalte gewähren oder ihnen gleichermaßen alle Manöver und Entwicklungen erschweren, welche die Strategie für den Aufmarsch der Armeen vorsieht. In der finsteren Rechenaufgabe des Krieges sind sie eine Variable, der die entgegengesetztesten Wertigkeiten zukommen können.

Dagegen sind die *caatingas* ein unverbrüchlicher Bundesgenosse des aufrührerischen Sertanejo. Sie selbst beteiligen sich gewissermaßen am Kampf. Sie wappnen sich zum Gefecht, greifen an, verschränken sich zu einem undurchdringlichen Verhau gegen den Fremden, öffnen sich aber in vielwegigen Durchlässen für den Buschbewohner, der dort geboren und aufgewachsen ist.

So wird der *jagunço* ein Doppelwesen aus Thug[4] und *guerrilheiro*, unauffindbar …

Die *caatingas* verbergen ihn nicht nur, sie unterstützen ihn.

Eine Marschkolonne, die im Sommer derartiger Dornwälder ansichtig wird, ahnt nichts Böses. Auf den gewundenen Pfaden zieht sie leichten Fußes dahin. Und den Soldaten, die ihre Augen über das blattlose Dickicht schweifen lassen, kommt nicht einmal der Gedanke an den Feind. Der Sommerhitze trotzend und mit der bei längeren Märschen üblichen Ungezwungenheit schreiten sie voran, umfangen vom Stimmengewirr der Unterhaltungen, die auf ganzer Linie geführt werden, interpunktiert von Waffengeklirr, unterbrochen von kaum verhaltenem, heiterem Gelächter.

Denn nichts kann sie schrecken. Kein Zweifel, sollten die Gegner sich leichtfertigerweise mit ihnen anlegen, dann werden sie kurzerhand hinweggefegt. Diese kümmerlichen Äste da werden unter schnellen Bajonetthieben in Splitter zerfallen, und die dünnen Reiser können unmöglich die Wucht geschwinder Manöver hemmen. So marschieren sie dahin, von heroischer Gelassenheit erfüllt.

Plötzlich kracht seitwärts, in der Nähe, ein Schuß …

Die Kugel schwirrt vorüber oder streckt einen Soldaten tot zu Boden. In Abständen fallen weitere Schüsse, pfeifen langgezogen über die Truppe hinweg. Hundert, zweihundert Augen, tausend forschende Augen spähen voll Ungeduld in die Runde. Nichts sehen sie.

Das ist die erste Überraschung. Eine Welle des Schreckens durchfährt die Kolonne von einen Ende zum andern.

Und die Schüsse fallen weiterhin vereinzelt, doch hartnäckig und abgemessen, von links, von rechts, jetzt auch von vorn, und brechen schließlich von allen Seiten herein.

Da befällt die bewährtesten der Tapferen eine sonderbare Beklommenheit vor dem Feind, der sieht und nicht gesehen wird. Eilends formiert sich eine Kompanie zur Schützenkette, die sich von der Masse der auf dem schmalen Wege eingezwängten Bataillone nur mühsam lösen kann. Sie verteilt sich entlang dem Saum der *caatinga*. Ein Kommando ertönt, und ein Kugelhagel prasselt ohrenbetäubend ins Geäst …

Doch beharrlich, in unverändert langen Abständen, surren die Geschosse der unsichtbaren Feinde heran und treffen mitten in die Reihen der Soldaten.

Die Lage wird zusehends kritisch und erfordert durchgreifende Maßnahmen. Weitere Kampftrupps werden eingeteilt und auf der ganzen Länge des Weges gestaffelt postiert, in Erwartung des nächsten Befehls, und der Befehlshaber entschließt sich zu einem Angriff auf Unbekannte. Kobolde greift man an. Mit gefälltem Bajonett bricht die Truppe ungestüm durchs Buschwerk und trägt die Angriffe strahlenförmig vor. Zügig kommt sie vorwärts. Die Gegner scheinen nur noch zurückzuweichen. In diesem Augenblick enthüllt sich die furchtbare Gegnerschaft der *caatinga*.

Die Rotten hasten dorthin, von wo die Schüsse krachen, und stehen plötzlich vor einer biegsamen, doch undurchdringlichen Barriere aus *jurema*-Bäumen. Sie verfangen sich im Schlingpflanzengewirr, das sie umklammert, ihnen die Waffen entwindet und ihr Vordringen vereitelt. Sie umgehen es, wenden sich seitwärts. Man sieht gleichsam eine brennende Lunte: eine Bajonettreihe, die sich durchs dürre Unterholz frißt. Immer wieder blitzt sie auf unter den Sonnenstrahlen, welche die blattlosen Baumkronen wie ein Sieb passieren; bis sie weiter vorn zerfällt, funkenstiebend, geborsten beim Aufprall gegen die dichtgedrängten Hecken aus *xiquexique*-Kakteen, die festgefügt dastehen in Reih und Glied, einer Phalanx gleich, unüberwindlich, dornenstarrend …

Bestürzt umlaufen die Soldaten das Hindernis. Sie zerstreuen sich, irren durch ein Labyrinth von Ästen. Sie stürzen, die Füße gefangen in den sich zuziehenden Schlingen der kriechenden *quipás*; oder bleiben wie angewurzelt stehen, an den Beinen festgehalten von kräftigsten Fangarmen. Verzweifelt sträuben sie sich, bis ihre Uniformen zwischen den katzenkrallengleich gebogenen Stacheln der *macambiras* in Fetzen hängen.

Ohnmächtig fluchend lassen sie ihrer Wut und Enttäuschung freien Lauf, ebenso heftig wie unnütz erregt. Schließlich verkommt die lockere Kampfordnung zu heilloser Unordnung. Wahllos feuern die Soldaten, ohne zu zielen, mit einer Disziplinlosigkeit, die Opfer unter den eigenen Kameraden fordert. Verstärkungen eilen herbei. Die gleichen Schrecknisse wiederholen sich auf höherer Stufenleiter, in noch schlimmerer Unordnung und Verwirrung – während von allen Seiten, sie einkreisend, regelmäßig, blitzartig, sicher, furchtbar, wohlgezielt und unbeirrt die Geschosse des Gegners einschlagen.

Mit einem Male bleiben sie aus. Verschwunden ist der Feind, den niemand gesehen hat.

Gelichtet kehren die Trupps, nach vergeblichem Durchkämmen des Gesträuchs, zur Marschkolonne zurück. Sie sehen aus, als kämen sie von einem wüsten Handgemenge mit Wilden: die Kleider in Fetzen; die Waffen geborsten oder verloren; das Gesicht zerschnitten; humpelnd, verstümmelt; mühsam den höllischen Schmerz der Nesselgewächse bezwingend; von Dornen zerstochen.

Die Truppe ordnet sich wieder. Sie nimmt den Marsch wieder auf. In Zweierreihen wälzt sich die Kolonne fort über die Pfade des Sertão und zeichnet in das Grau der Landschaft den kräftigen Farbstrich der blauen Uniformen mit ihren roten Streifen sowie das helle Blitzen der wogenden Bajonette. Sie entfernt sich, verliert sich, entschwindet.

Minuten vergehen. Am Schauplatz des Geplänkels schlüpfen da und dort aus den Büschen fünf, zehn, höchstens zwanzig Männer. Flink und lautlos huschen sie zwischen den dürren Sträuchern hindurch.

Sie sammeln sich auf dem Weg. Einen Augenblick lang schauen sie der Truppe nach, deren Umrisse in der Ferne verschwimmen; dann stürzen sie fort, die noch erhitzte Flinte in der Hand, und folgen den Pfaden zu ihren Schlupfwinkeln.

Die marschierende Truppe läßt nunmehr größere Vorsicht walten.

Schwer lasten auf dem Gemüt der wortlos schreitenden Soldaten die beklemmende Macht des ungreifbaren Feindes und die peinigende Erwartung plötzlicher Überfälle. Der Kommandeur umgibt sie mit verbesserten Sicherheitsvorkehrungen: Mehrere Kompanien läßt er seitwärts ausschwärmen und die Flanken begleiten; der Vorhut um zweihundert Meter voraus, übernimmt eine Schwadron ausgesuchter Leute die Spitze der Kolonne.

Nach einer stark abschüssigen Wegstrecke aber tut sich vor ihnen eine Schlucht auf, die es zu überwinden gilt. Zum Glück sind die Böschungen, von Sturzfluten ausgewaschen, kaum bewachsen: spärliche Grasstoppeln; schlanke Kakteen, die hie und da zwischen Stapeln von Felsbrocken aufragen; abgestorbene, weißlich schimmernde *umbuzeiro*-Zweige, entrindet von der Dürre …

Die Vorausabteilung beginnt den Abstieg. Ihr folgen die ersten Bataillone. Langsam gleiten die Truppen den schroffen Hang hinab. Unten, den Windungen des engen Tales folgend, steht bereits die gesamte Vorhut, mit funkelnden, von der Sonne entzündeten Waffen, wie ein dunkler, blitzeschleudernder Wildbach …

Ein Schauer, ein krampfartiger, unwillkürlicher Ruck bringt sie jäh zum Stehen.

Der Knall einer Kugel hallt nach.

Diesmal kommen die Schüsse, bedächtig abgefeuert, von einer einzigen, hochgelegenen Stelle, als stammten sie von einem und demselben Schützen.

Disziplin hält die Reihen zusammen, erstickt die aufkommende Panik, und wie beim vorigen Male bildet man einen Stoßtrupp, der die Halde emporsteigt, dem Gewehrknall entgegen. Diesen aber läßt das wirbelnde Echo aus wechselnden Richtungen kommen; und die Schüsse, die unsichtbar bleiben, da die Pulvergase in den glühenden Lüften nicht kondensieren, fallen weiterhin langsam, erschreckend, zielsicher.

Endlich verstummen sie. Soldaten schwärmen aus und suchen die Hänge vergeblich ab.

Sie kehren erschöpft zurück. Die Hörner schmettern. Mit

einigen Leuten weniger setzt sich die Truppe wieder in Marsch. Und als die letzten Bajonettspitzen hinter der letzten Bodenwelle in der Ferne verschwinden, entsteigt einem Stapel von Felsblöcken – wie eine grauenhafte Karyatide eingestürzter Zyklopenbauten – ein bronzenes und hartes Antlitz, sodann eine Athletenbüste, ledergewandet und grobschlächtig; und die schroffen Steigungen leichtfüßig meisternd, entschwindet nach wenigen Augenblicken der unselige Jäger ganzer Bataillone …

Diese trotten völlig niedergeschlagen dahin. Erprobte Kämpfer werden fortan von kindischen Ängsten befallen. Ein Schauder durchfährt sie an jeder Wegbiegung, bei jedem dürren Knacken im Gesträuch. Die Truppe fühlt, daß gerade in ihrer Stärke ihre Schwäche liegt.

Als gestaltlose, ständig erschöpfte Masse stolpert sie durch die Ödnis, von Anschlägen aus dem Hinterhalt zermürbt, langsam ausgeblutet von dem Feind, der sie in Schrecken setzt und der das Weite sucht.

Der Kampf ist ungleich. Die Streitmacht gerät ins Hintertreffen. Der Mensch und das Land setzen ihr zu. Und wenn der Sertão im Feuerhauch der langen Sommer erglüht, läßt sich unschwer absehen, wem der Sieg gehört. Während der Minotaurus, ohnmächtig und machtvoll, hilflos trotz seiner stählernen Wehr mit Bajonetten als Greifvogelkrallen, seine Kehle ausdorren fühlt und bei den ersten Hungersymptomen immer mehr zurückfällt und vor der bedrohlichen, lebensfeindlichen Wüste die Flucht ergreift, bietet ebendiese aggressive Flora dem Sertanejo ihren freundlichen und zärtlichen Busen dar.

Dann, während des Übergangs zwischen der »grünen Zeit« und der »dürren Zeit«, wenn man die letzten Rinnsale im Schlamm der Tümpel und die letzten vergilbten Blätter im Gezweig der *baraúnas* findet und der Fremde erschrocken vor der drohenden Geißel flüchtet, zieht der Sertanejo frohgemut auf seinen langen Streifzügen über verschlungene Pfade, mit der Zielsicherheit dessen, dem jeder Fußbreit seiner unermeßlichen, dachlosen Heimstatt vertraut ist. Auch stört es ihn nicht, wenn die Tagereisen sich in die Länge ziehen, die Ansiedlungen auseinanderrücken, die Brunnen versiegen und in den Talsenken die Behelfshütten spärlicher werden, welche die ermatteten *vaqueiros* zur Siesta aufsuchen.

Alte Bekannte umringen ihn. Mit all den Bäumen dort ist er seit langem befreundet. Er kennt sie alle. Zusammen wurden sie geboren; wie Geschwister wuchsen sie auf; wuchsen an denselben Widrigkeiten, kämpften mit denselben Bitternissen, erlebten gemeinsam dieselben geruhsamen Tage.

Der *umbú* löscht seinen Durst und spendet ihm den dürftigen Schatten seiner letzten Blätter; der *araticum*, die grünleuchtende *ouricurí*-Palme, der elegante *marizeiro*, die *quixabeira* mit ihren winzigen Früchten – alle diese Bäume nähren ihn reichlich; die *palmatória*-Kakteen, durch raschen Brand von ihren zahlreichen Dornen befreit, die *mandacarús*, mit dem Buschmesser zerkleinert, oder die Blätter der *juazeiros* liefern Futter für sein Pferd; die letztgenannten schenken ihm ferner die Bedachung für seine Behelfsunterkunft; und die Fasern der *caroás* verarbeitet er zu geschmeidigen und haltbaren Stricken ... Und muß er trotz nächtlicher Stunde weiterziehen, wenn der im Dunkel ertrinkende Blick nichts weiter erspäht als das bläuliche Phosphoreszieren der *cunanãs*, die, phantastischen Girlanden gleich, von den Ästen der Bäume hängen, so braucht er nur einen grünen *candombá*-Zweig abzubrechen und anzuzünden und über den Pfaden zu schwenken, um mit dieser strahlenden Fackel die Pumas zu blenden und zu verscheuchen.

Die gesamte Natur beschützt den Sertanejo. Sie meißelt ihn zu einem unbezwinglichen Antäus.[5] Er ist ein bronzehäutiger Titan, der den Marschtritt der Heere ins Wanken bringt.

IV.

Fragwürdige Selbstbestimmung

Dies alles sollte der sich anbahnende Feldzug bestätigen – eine erweiterte Neuauflage bisheriger Kämpfe im gesamten Norden, die derartige Schwierigkeiten im voraus absehbar machten.

Die von General Solon geplanten Schritte zeugten also von einer präzisen Voraussicht solcher Ereignisse in jenem beispiellosen Krieg, dessen Regeln kein Jomini[6] dargelegt hatte, stellte er doch die selbstverständlichsten Lehrsätze der Feldherrnkunst auf den Kopf.

Mag der Vergleich auch hinken – Canudos war unsere Vendée.[7] Der *chouan* und die Heide ähneln durchaus dem *jagunço* und der *caatinga*. Der gleiche Mystizismus, Ursprung der gleichen politischen Gesinnung, die gleichen Tücken im Dienst der gleichen Verwegenheiten und die gleiche widrige Natur rechtfertigen die Erinnerung an jenen sagenhaften Winkel der Bretagne, wo eine Bauernerhebung Armeen, denen ein Siegeslauf durch ganz Europa bevorstand, zum Rückzug zwang und erst zurückwich vor den fliegenden Verbänden eines bisher namenlosen Offiziers, den »Höllenkolonnen« des Generals Turreau, die – gering an Zahl, doch wendig – den Aufrührern gerade ihre Schnellfüßigkeit abschauten, so daß sie sie endlich in sechzehn verschanzten Stellungen einzukesseln vermochten.

Die Lehren der Geschichte schlug man freilich in den Wind.

Denn von vornherein statuierte man den unfehlbaren Sieg über die unbedeutende Empörung im Sertão.

Wie die Regierung von Bahia erklärte, »sind die getroffenen Maßnahmen mehr als ausreichend zur Niederwerfung und Vernichtung des Fanatikerhaufens, und eine Verstärkung der Bundesstreitmacht ist für diesen Einsatz nicht erforderlich, da die Maßnahmen des Wehrbezirkskommandanten eher Vorsicht als Besorgnis anzeigen«; und außerdem »ist die Anhängerschaft von Antônio Conselheiro nicht besonders zahlreich und geht kaum über fünfhundert Mann hinaus«, und so fort.

Dem hielt das militärische Oberhaupt in Bahia entgegen, die staatliche Unterdrückung des Aufruhrs habe den Rahmen von Polizeieinsätzen überschritten, und es obliege ihm nicht länger, Verbrecher dingfest zu machen, »sondern die Wurzel jener moralischen Zersetzung auszumerzen, die in der Siedlung Canudos unter flagranter Mißachtung der Staatsautorität und der Institutionen zu beobachten ist«, wobei er hinzusetzte, die Bundesstreitmacht müsse stark genug sein, um der »Eventualität eines verlustreichen und schimpflichen Rückzugs« zuvorzukommen. Die Regierung von Bahia jedoch machte unter Ausnutzung des dehnbaren Artikels 6 der Verfassung vom 24. Februar der Auseinandersetzung ein Ende, indem sie das Schreckgespenst einer Gefährdung der Landeshoheit an die Wand malte und sich jede Einmischung verbat, da diese ihr Unvermögen zur Aufrechterhaltung der öffentlichen Ordnung im eigenen Hause bloßgelegt hätte. Der Landesregierung war entfallen, daß sie selbst verlautbart hatte, sie sei für die Niederschlagung der Empörung unzureichend gerüstet, und daß sie mit dem seinerzeitigen Ruf nach Bundeshilfe selbstverständlich ebendie Einmischung gutgeheißen hatte, von der sie jetzt nichts wissen wollte.

Spät besann man sich auf die Landeshoheit, die doch gerade von den Aufrührern straflos mit Füßen getreten wurde. Ansonsten täuschte sich niemand über die Vorgänge im Sertão. Hinter dem Wirrkopf an ihrer Spitze stand eine ganze Gesellschaft von Nachzüglern. Das geistige Klima des Sertão begünstigte die Übertragung und Ausbreitung der Neurose. Der Aufruhr, noch örtlich begrenzt, konnte zum Herd eines Flächenbrandes im gesamten Hinterland des Nordens werden. So offenbarte die Einmischung des Bundes eigentlich die tiefere Bedeutung bundesstaatlicher Prinzipien, nämlich das Zusammenwirken der Einzelstaaten in einer Angelegenheit, die nicht mehr nur Bahia, sondern ganz Brasilien betraf.

Ebendies geschah. Die Nation in ihrer Gesamtheit mischte sich ein. Doch über den Fähnlein, die aus allen Himmelsrichtungen herbeizogen, aus dem äußersten Norden, dem äußersten Süden, aus Rio Grande do Sul wie vom Amazonas, schwebte immerfort, unantastbar, das von den Exegeten der Verfassung beschwörend gehißte Banner der Landeshoheit von Bahia …

Um diese nur ja zu hüten, wurde der Chef der dortigen Bundestruppen,[8] der sich strikt gesetzestreu verhalten hatte, abberufen. Danach erst nahm die Truppe unter Major Febrônio – die bis dahin zwischen Queimadas und Monte Santo vor- und zurückmarschiert war und damit die Unschlüssigkeit der Regierung widergespiegelt hatte – ihren Vormarsch wieder auf, verstärkt durch besagte Polizeitruppe und gebunden an die Ratschlüsse der Regierung von Bahia.

Sinnlos hatte man kostbare Zeit vergeudet, die der Feind zu nutzen verstand, um sich für einen energischen Gegenschlag zu wappnen. Auf drei Meilen um Canudos machte er das Land zu einer Wüste. Nach allen Richtungen und an allen Wegen und in allen Orten ragten die verkohlten Überreste von Landgütern und Rasthütten auf, so daß die Hochburg der *jagunços* zur Insel inmitten eines weiten Kreises von Verheerungen wurde. Der Schauplatz war bereitet für ein erschütterndes Drama unserer Geschichte.

Überquerung des Cambaio

I. Monte Santo. Voreiliger Jubel.
II. Der unbegriffene Feldzug. Anmarsch auf Canudos.
III. Die Bergkette des Cambaio. Bollwerke *sine calcis linimento.* Erstes Treffen. Dramatische Episode.
IV. In Tabuleirinhos. Zweites Treffen. Die *Legio Fulminata* des João Abade. Ein neues Wunder des Antônio Conselheiro.
V. Rückzug.
VI. Prozession der Tragbahren.

I.

Monte Santo

Am 29. Dezember trafen die Expeditionsteilnehmer in Monte Santo ein.

Von Stund an sollte die Ortschaft des Paters Apolônio de Todi Berühmtheit erlangen als Basis für alle Operationen gegen Canudos. Sie war in der ganzen Gegend die am weitesten vorgeschobene Siedlung im Hinblick auf das Ziel des Feldzugs, außerdem diejenige mit der raschesten Verbindung zur Küste, über die Bahnstation von Queimadas.

Zu diesen Vorteilen gesellten sich weitere.

In einem früheren Kapitel sahen wir ihren anrührenden Ursprung.

Unerwähnt aber ließen wir, daß jener stoische Anchieta[1] des Nordens bei der Gründung des Ortes dessen begünstigte Lage klarblickend eingeschätzt hatte.

Wirklich hebt sich das Städtchen – zu Füßen des Höhenzugs errichtet, dem die einzige unversiegliche Quelle in weitem Umkreis entspringt – aus der umgebenden Kargheit inselgleich heraus. Das ergibt sich aus seiner topographischen Lage. Der Gebirgsstock aus Urgestein, der, am westlichen Ortsrand aufragend, von Süden nach Norden und dann nach Nordosten verläuft, ist gleichsam eine Sperre gegen die von der Küste einfallenden regelmäßigen Winde, ein ausgezeichneter Kondensator der spärlichen Dämpfe, mit denen sie noch gesättigt sind und die beim jähen Aufstieg an den Bergflanken abgekühlt werden. Die dadurch bedingten fast regelmäßigen Niederschläge erzeugen ein erträglicheres örtliches Klima, einen Steinwurf von den lebensfeindlichen Sertãogebieten entfernt, wohin die Winde weiterziehen, noch trockener geworden nach der Überquerung des Höhenzugs.

Während also ringsum sich trostlose Ebenen dehnen, ist die Landschaft im Radius einiger Kilometer um Monte Santo unvergleichlich lebensvoller. Kleine, der Dürre trotzende Wasserläufe durchziehen sie. In den Niederungen am Fuß der Berge gewahrt man Ansätze von Wäldern, einen Übergang der *caatingas* zu grünenden Baumsavannen; und der Rio de Cariacá mit seinen winzigen Zuflüssen, wiewohl periodisch gleich den übrigen der Umgebung, versiegt in der schlimmsten Dürre nicht ganz und gar: Er zerfällt, verkümmert zu einer Vielzahl von Wasserlöchern und kaum erkennbaren Rinnsalen zwischen dem Geröll, die gleichwohl den Einheimischen erlauben, der Plage zu widerstehen.

Es leuchtet ein, daß Monte Santo seit alters ein behaglicher Aufenthalt ist, mit Vorliebe von all denen aufgesucht, die in jenen wilden Sertão sich vorwagen. Nicht zum ersten Mal tauchte es in der Geschichte auf. Lange vor den jetzigen Ankömmlingen waren andere, wahrscheinlich unerschrockenere, gewiß aber interessantere Teilnehmer an Expeditionen dort gewesen, von ganz anderen Vorsätzen geleitet. Doch sowohl für die *bandeirantes* des 17. Jahrhunderts wie für die Soldaten unserer Tage bildete der auserwählte Ort eine flüchtige Zwischenstation, ohne den Glanz bedeutsamerer Ereignisse. Nichtsdestoweniger spielte er eine markante Rolle in der Geschichte der Durchstöberer des Sertão, die, geschieden durch entgegengesetzte Absichten und getrennt durch drei Jahrhunderte, ihre Wesensverwandtschaft – wie wir sehen werden – in den gleichen Haßgefühlen und den gleichen rücksichtslosen Vorstößen zeigen.

Hier hatte Belchior Moréia Dias, der Vater von Robério Dias, haltgemacht auf seinem wagemutigen Zug »vom Rio Real den Rio Itapicurú flußaufwärts zu den Bergketten von Jacobina, auf der Suche nach den Sertãogebieten von Maçacará«. An diese *entrada* knüpften sich andere Streifzüge, konfusen Wegbeschreibungen folgend, in denen immer wieder von jener Bergkette die Rede ist – wenn auch unter ihrem früheren Namen, Serra de Piquaraçá – als Wahrzeichen eines wohltuenden Gefildes inmitten abweisender Landstrecken.

So war Monte Santo gewissermaßen der erste Brennpunkt

des geschäftigen Treibens um die sagenhaften »Silberminen«, von den ergebnislosen Erkundungszügen eines Muribeca, der bis hierher und nicht weiter gelangt war »mit geringem Aufgebot und geringem Gewinn«, bis hin zu denen des unverdrossenen Pedro Barbosa Leal, der auf den Spuren Moréias viele Tage in jenem Gebirge zubrachte, wo unergründliche Zeichen im Fels vom Durchzug ebenso kühner Vorgänger zeugten.

Doch die Zeiten gingen dahin. Man vergaß den geheimnisumwitterten Höhenzug im Sertão, wo etliche das ersehnte Eldorado wähnen mochten, bis Apolônio de Todi ihn, wie wir sahen, in ein erhabenes und schmuckloses Heiligtum verwandelte.

Wer heutzutage auf dem Weg von Queimadas kommend durch kakteen- und felsstarrendes Gelände schreitet, und aus der Nähe von Quirinquinquá, zwei Meilen vor dem Ziel, die Serra de Monte Santo gewahrt, hält plötzlich inne: Er wendet das geblendete Auge gegen Nordost, und ihm ist, als erhöbe sich vor ihm aus dem Wabern der brodelnden Lüfte und der bannenden Kraft des Lichtes, zwischen dem hellen Firmament und den weiten Hochplateaus, eine sinnverwirrende und mächtige Luftspiegelung.

Das Gebirgsmassiv aus Quarzit, ein für die monumentalen Bauten der Erde so typisches Gestein, wirkt aus der Ferne noch höher dank den Niederungen, aus deren Mitte es sich erhebt. Seine Kammlinie entwirft es als aufsteigende Gerade. Seine Ostseite fällt senkrecht, einer Festungsmauer gleich, nach Monte Santo hinab. Dieses lehnt sich, auf einem kleinen Absatz gelegen, der Bergkette aufs demütigste an, beherrscht von ihrer stolzen Majestät.

Indessen führt durch ebendies Gebirge empor bis zum Gipfel, unten am Platz beginnend, die schönste der Dorfstraßen – die Via Sacra des Sertão, gepflastert mit blendend weißem Quarz, über die seit einem Jahrhundert zahllose Pilgerscharen gewandert sind. Die naive Frömmigkeit der *matutos* hat dort mit Tausenden von Stufen, die in Serpentinen von Hang zu Hang sich emporwinden, den hell leuchtenden Weg ins Silikat gemeißelt, mehr als zwei Kilometer lang, gleich einer Himmelsleiter …

Dieses Trugbild ist aus der Ferne überwältigend.

Man sieht, wie die weißen Kapellchen, die den Kreuzweg in Abständen tüpfeln, zunächst eine überaus schroffe Rampe erklimmen, sodann gewunden den sanfteren Hängen sich anschmiegen, immerzu emporstreben, über Abgründen errichtet, endlich sich in den Höhen verlieren, immer kleiner geworden, und nach und nach zergehen im makellosen Blau der Lüfte, bis hin zur letzten Kapelle hoch auf dem Gipfel.

Und wer von Queimadas kommend eine Halbwüste durchmißt, wo eine dürrästige Flora dahinsiecht – Sträucher, deren kümmerliche Reiser sich krampfartig winden, Disteln, die gleichsam mit würgenden Fangarmen Steine umklammern, Bromelien, die grausig-rote Blüten treiben –, der schreitet rascher aus, denn er sehnt sich nach den entzückenden Gefilden.

Dort angelangt, kann er sich schmerzlicher Ernüchterung nicht erwehren.

Der Weg führt bis zum Platz, einem abfallenden Viereck, von Gießbächen zerfurcht. In der Mitte die unfehlbare Marktüberdachung, auf einer Seite die kleine Kirche und auf der andern die einzige Zierde des Städtchens – ein Tamarindenbaum, vielleicht Jahrhunderte alt. Ringsumher niedere, alte Häuser und, sie überragend, ein einziges zweistöckiges Gebäude, das nachmalige Hauptquartier der Streitkräfte.

Jenes Geviert ist letztlich die Quintessenz von Monte Santo. Die dort beginnenden Sträßchen fallen teils zu einem breiten, morastigen Graben ab, teils führen sie zur fruchtbaren Niederung, und andere stoßen als Sackgassen gegen das Gebirge.

Dieses nun, aus der Nähe besehen, verliert einen Teil seines Zaubers. Seine Höhe scheint zu schrumpfen. Statt des ebenmäßigen Profils, das es von ferne darbietet, gewahrt man nun eine die Hänge überziehende Flora von unerklärlicher

Lebenskraft, im Fels verwurzelt, aus den Klüften zwischen den Schichten hervorsprießend, erhalten nur von der Wunderkraft des Lichtes. Die aus der Ferne so leuchtend weißen Kapellchen sehen nunmehr dürftig und ungepflegt aus. Und der zyklopische Steig mit den da und dort zerfallenden Steinmauern, den vielfach zerspaltenen Stufen, dem gekrümmten Verlauf, gemahnt an eine riesige geborstene Freitreppe. Der trübselige und ganz herabgekommene Flecken bietet das gleiche Bild der Verwahrlosung und verrät die Erschlaffung einer Rasse, die, von der Geschichte unbeachtet, zwischen Lehmmauern verdämmert. Nichts erinnert an den Charme der klassischen Dörfer. Die niederen, aneinandergelehnten Häuser, die dem Auf und Ab des Geländes folgen, haben alle dieselbe Form – ein geducktes Dach auf vier Mauern aus Lehm –, alle in demselben entsetzlich plumpen Stil gehalten, der schon bei den frühen Kolonisatoren so beliebt war. Einige der Behausungen mögen hundert Jahre alt sein. Schon die neuerrichteten, Zug um Zug und in allen Umrissen eine Kopie ihrer reizlosen Vorbilder, sind von Anbeginn alt.

So nimmt sich Monte Santo anmutlos aus inmitten einer Natur, die es – eine Parenthese inmitten jenes überaus herben Sertão – mit einer gefälligen und heiteren Landschaft umkränzt.

Der beginnende Feldzug sollte diesen Anblick verschärfen, sollte den Ort – schlimmer als das obskure Nest, das er bisher war – in eine riesige, geduckte Kaserne verwandeln, umgeben von Baracken.

Voreiliger Jubel

Dort bezogen Quartier: 543 Mann, 14 Truppenoffiziere sowie 3 Ärzte – die gesamte »erste reguläre Expedition« gegen Canudos. Es war dies ein zusammengewürfelter Heerhaufen, bestehend aus dem Kern von drei Bataillonen, dem 9., 26. und

33., ergänzt durch reichlich zweihundert Mann Polizeitruppen sowie eine kleine Artillerieabteilung mit zwei Kruppkanonen 7½ und zwei Mitrailleusen Nordenfelt.

Kleiner als eine Brigade, kaum größer als ein vollständiges Bataillon.

Die örtliche Obrigkeit indessen, durch den regierungsamtlichen Optimismus eingestimmt, bereitete den Kriegern einen triumphalen Empfang – vor der Schlacht. Der armselige Flecken putzte sich heraus, war nicht mehr wiederzuerkennen, schmückte sich mit Fahnen und Reisern, mit den farbigen Litzen der Uniformen und dem Gefunkel der Waffen als weiterer Zierde.

Es wurde ein Festtag. Die bestbesuchten Missionskampagnen und die lebhaftesten Jahrmärkte erstrahlten nie in solchem Glanz. Alles war überwältigend neu. Als die Rinderhirten von ihrem ermüdenden Tagewerk heimkehrten und zu ihrer Überraschung die Straßen voller Soldaten fanden, pflockten sie ihre »Renner« auf dem Platz im Schatten des Tamarindenbaums an und verbrachten geraume Weile mit dem Beschauen jener »Stücke«, von denen sie so viel gehört und die sie noch nie zu Gesicht bekommen hatten und die imstande waren, Berge zum Einsturz zu bringen und mit einem einzigen Schuß, stärker als tausend »Böller«, den ganzen Sertão erbeben zu lassen. Und jene Titanen, abgehärtet von den Unbilden des Klimas, erschauderten in ihrer Lederrüstung beim Betrachten der Wunderwaffen der Zivilisation.

Viele von ihnen stiegen kurz darauf in den flachen, lederbezogenen Sattel und ritten schreckensstarr hinaus in die *caatinga*. Einige wandten sich in gestrecktem Galopp nach Norden, nach Canudos. Niemand bemerkte sie. Im Trubel der Festlichkeiten blieben die schlauen Kundschafter des Antônio Conselheiro unerkannt – während sie alles ausspähten, beobachteten, erkundeten, die Mannschaften zählten, die gesamte Kriegsausrüstung in Augenschein nahmen, um dann hurtig zu verschwinden und fortzustürzen zum heiligen Dorf.

Andere blieben heimlich zurück und besahen sich alles voll grausamer Ironie, überzeugt, dem ergötzlichen Vorspiel eines leidvollen Dramas beizuwohnen. Der Prophet konnte nicht irren: Sein Sieg war unabwendbar. Er hatte es gesagt: Die Eindringlinge würden nicht einmal die Türme der hochheiligen Kirchen von Canudos zu sehen bekommen.

Auf verborgenen Altären entzündete man Kerzen, und das Gelächter der Soldaten und das Knallen ihrer Stiefel auf dem Pflaster und das Schmettern der Hörner und die begeisterten Hochrufe hallten von der Straße durch die Wände, drangen durch die Ritzen der Häuser und störten die dumpf gemurmelten Gebete der knienden Gläubigen ...

Beim Festbankett, im stattlichsten Haus des Ortes gegeben, wurde zur gleichen Zeit die schlichteste und ergreifendste Gattung der Redekunst zur Schau gestellt – die militärische Rhetorik, diese dem Soldatenstand eigentümliche Beredsamkeit, je rauher, desto ausdrucksvoller, mit ihren kurzen und abgehackten Sätzen, die wie Kommandos schmettern und worin die magischen Wörter – Vaterland, Ruhm, Freiheit –, in allen erdenklichen Tonlagen gesprochen, bereits den ganzen Rohstoff für dröhnende Perioden bilden. Die Rebellen werde man mit Feuer und Schwert vernichten. Gleich den Rädern von Shivas Wagen würden die Räder der Krupp-Kanonen über die weiten Hochplateaus rollen, über die hohen Bergketten rollen, über die ausgedehnten Tafelebenen rollen und überall blutgefüllte Spuren ziehen. Ein Exempel war zu statuieren, eine Lektion zu erteilen. Die verstockten Grobschädel, die zurückgebliebenen Halunken, die das Kapitalverbrechen begingen, stumpfsinnig an den ältesten Überlieferungen festzuhalten, benötigten einen kräftigen Denkzettel. Man mußte sie endlich der Barbarei, worin sie ein Schandfleck unserer Zeit waren, entreißen und auf der Stelle mit der flachen Klinge in die Zivilisation hineinprügeln.

Jawohl, zum Exempel werde es kommen. Davon war jedermann überzeugt. Das verkündeten die Unbeschwertheit, ja freudige Begeisterung der gesamten Einwohnerschaft, die lärmende und erregte Fröhlichkeit von Offizieren und Mannschaften, das ganze festliche Treiben am Vorabend der Kämpfe – ebendort, zwei Schritte vom Sertão entfernt, wo es von Hinterhalten wimmelte …

Am Nachmittag verteilten sich lärmende Gruppen über den Platz, zogen durch die Gassen, schwärmten in die Umgebung aus. Andere, durch das Neuartige einer ungewöhnlichen Aussicht angelockt, erklommen das Gebirge über den gewundenen Steig, den die weißen Kapellchen säumten.

An den Kreuzwegstationen hielten sie inne, um für den anstrengenden Aufstieg frische Kraft zu schöpfen. Neugierig studierten sie die Bilder und Stiche von Heiligen, die an den Wänden hingen, sowie die plumpen Altäre; dann stiegen sie weiter.

Auf dem »Heiligkreuzgipfel« angelangt, von den heftigen Böen des Nordosts geschüttelt, blickten sie in die Runde.

Dort vor ihnen lag er – der Sertão …

Flüchtige Beklemmung befiel die Zaghafteren unter ihnen, verging aber rasch. Ruhig kehrten sie in das Städtchen zurück, wo man die ersten Lichter entzündete, da eben die Nacht einfiel.

Unstreitig hatte der Feldzug unter günstigen Vorzeichen begonnen.

Monte Santo hatte die Sieger im voraus geehrt.

II.

Der unbegriffene Feldzug

Dieser Jubel war ein Fehler.

Unter dem Eindruck kriegerischer Zurüstungen, die etwas Parademäßiges hatten, hielten die Einwohner den Triumph für ausgemacht; die Truppe, von soviel spontaner Zuversicht angesteckt, machte sich ihrerseits diese Erwartungen zu eigen.

Die Niederlage der Fanatiker war von vornherein besiegelt.

Nun gehört zur erfolgreichen Kriegführung, mag dies auch paradox sein, durchaus die Besorgnis der Niederlage. Darin liegt der beste Ansporn für die Sieger. Die Militärgeschichte steckt voll merkwürdiger Gegensätze. Überhaupt ist der Krieg in jeder Hinsicht etwas Monströses und Unlogisches. In seiner gegenwärtigen Form ist er eine hochentwickelte Maschinerie. Doch nach wie vor beflecken ihn alle Kainsmale des ursprünglichen Banditentums. Über der Regelhaftigkeit der Strategie, den Vorschriften der Taktik, der Präzision der unheilbringenden Kriegsgeräte, über dieser Gipfelleistung einer finsteren Kunst, die das Zerplatzen eines Schrapnells auf eine kühle mathematische Formel bringt und die gewalttätige Bahn der Kugeln in unabänderlichen Parabeln festhält – über alldem walten nach wie vor unangefochten die rohen Instinkte des Urmenschen. Und diese sind, noch immer, die *vis a tergo*, die insgeheime Triebkraft aller Gefechte.

Die Gewißheit der Gefahr befeuert diese Roheiten. Die Gewißheit des Sieges dämpft sie.

Nun befand sich die Expedition nach einhelliger Auffassung auf dem sicheren Weg – zum Sieg. Die Einsicht in die Gefahr würde sie zu schneller Mobilisierung und zu einem Überrumpelungsangriff auf den Gegner veranlaßt haben. Die

Erfolgsgewißheit aber hielt sie zwei Wochen untätig in Monte Santo fest.

Analysieren wir den Sachverhalt. Der Expeditionschef hatte einen Großteil der Munition in Queimadas zurückgelassen, um den Vormarsch nicht weiter hinauszuzögern und einem weiteren Erstarken der Feinde zuvorzukommen. Er beabsichtigte also einen blitzartigen Überfall. Aufgebracht über die vorgefundenen Schwierigkeiten, darunter den beinahe vollständigen Mangel an Transportmitteln, entschloß er sich zu einem Eilmarsch nach dem Schlupfwinkel der Aufrührer, wenngleich mit nur so viel Munition, wie die Soldaten in ihren Patronentaschen mitführen konnten. Dieser Entschluß aber wurde nicht ausgeführt. Der hastige Abmarsch von der einen Ortschaft verdammte die Truppe zum widersinnigen Verweilen in der anderen. Dieser Stillstand in Monte Santo ließe sich allenfalls rechtfertigen, wenn der Befehlshaber in besserer Einschätzung der ernsten Lage ihn nutzte, um bessere Transportmittel zu beschaffen, und vor allem, um den zurückgelassenen Teil des Trosses aus Queimadas nachkommen zu lassen. Die dadurch erlangten Vorteile würden die Nachteile einer langen Rast überwiegen. Man gewönne an Schlagkraft, was man an Schnelligkeit verlöre. An die Stelle eines abenteuerlichen und waghalsigen Planes, der sich auf Angriff und Sturm beschränkte, träte ein langsameres und besser abgesichertes Vorgehen. Dies aber tat der Befehlshaber nicht. Er tat das Gegenteil: Als die Expedition nach langer Untätigkeit Monte Santo verließ, war sie noch schlechter ausgerüstet als bei ihrer Ankunft vierzehn Tage zuvor, weil sie abermals Teile des ohnehin sehr reduzierten Resttrosses zurückließ.

Allerdings liefen, den Verkündern eines leichten Sieges zum Trotz, beständig Meldungen über Anzahl und Hilfsmittel der Fanatiker ein. Angesichts abwegiger Schätzungen – sprachen die einen von höchstens fünfhundert, so verzehnfachten andere ihre Zahl auf fünftausend – war es angezeigt, einen vernünftigen Mittelwert anzunehmen. Zudem erhob sich ein Gemunkel aus vorsichtig geäußerten Beschuldigungen und verstohlen geraunten Warnungen, welche die Hypothese eines Verrates andeuteten. Einflußreiche lokale Machthaber wurden genannt, deren langjährige Verbindungen zum Ratgeber dringend vermuten ließen, daß sie ihn heimlich unterstützten, ihm Hilfsgüter sandten und ihn über die geringfügigsten Bewegungen der Angreifer auf dem laufenden hielten. Man wußte, daß die vorrückende Truppe, mochten die Feldzugspläne auch strengster Geheimhaltung unterliegen, vor sich und neben sich die geschickten Späher des Feindes zur Begleitung haben würde, von denen viele, wie sich später herausstellen sollte, sogar mitten in Monte Santo mit den Soldaten Tuchfühlung hatten. An eine Überrumpelung war unter diesen Umständen und nach so vielen verlorenen Tagen nicht zu denken. In Canudos würde man von der gewählten Anmarschroute rechtzeitig genug erfahren, um ihre unwegsamsten Abschnitte zu befestigen, so daß, wie schon im Falle von Uauá, der Zugang zur Siedlung ein Vorgeplänkel unterwegs voraussetzte. Daher war der Abmarsch von der Operationsbasis, so wie er stattfand, ein militärischer Kunstfehler. Die Expedition bewegte sich dem Kampfziel entgegen, als hätte sie einen Feldzug hinter sich. Beim Aufbruch ließ sie erneut einen Teil der Munition zurück, als erwartete sie, kläglich ausgerüstet in Queimadas, allerkläglichst ausgerüstet in Monte Santo, ihren Nachschub – in Canudos. Je näher sie dem Feinde rückte, um so mehr entwaffnete sie sich. Planlos zog sie gegen den Unbekannten ins Feld, gestützt allein auf etwas so Brüchiges wie unsern hitzigen Schneid.

Die Niederlage war unausweichlich.

Denn zu solchen Fehlentscheidungen kamen weitere, welche die völlige Unkenntnis des Krieges enthüllten.

Das bezeugt der Tagesbefehl über die Gliederung der angreifenden Truppen.

Knapp wie ein Allerweltsbefehl zur Einteilung von irgendwelchen Kontingenten, enthält er nicht die leiseste Angabe zu Aufstellung, Entwicklung und Manövertaktik der kämpfenden Einheiten unter Berücksichtigung verschiedenartiger Zwischenfälle, die sich leicht vorhersehen ließen. Kein Wort über die unausweichlichen Anschläge aus heiterem Himmel. Und schließlich nichts zur Verteilung der Truppen gemäß den Besonderheiten des Gegners und des Geländes. An einige Rudimente preußischer Taktik sich klammernd, die Eingang in unsere Heeresvorschriften gefunden haben, untergliederte der Befehlshaber das kleine Armeekorps in drei Marschsäulen, als führte er es über irgendeine strauchlose Ebene Belgiens, wo es säuberlich getrennt in Schützenlinie, Verstärkung und Reserve den Kampf eröffnen könnte. Ansonsten nichts, nur dieses Kleben an einigen starren Lehrsätzen klassischer Kriegführung.

Diese nun waren im vorliegenden Falle nicht anwendbar.

Nach von der Goltzens[2] triftiger Auffassung muß jede militärische Organisation ein wenig vom Temperament der jeweiligen Nation zum Ausdruck bringen. Vor die Wahl gestellt zwischen der unbezwinglichen Taktik der Preußen, bei der die mechanische Präzision des Feuerns alles ist, und der quirligen Taktik der Romanen mit ihrer degenschwingenden, ritterlichen Forschheit, sahen wir uns in ein gefährliches Ringen mit den flüchtigen Freischärlern verwickelt, deren Stärke sich gerade ihrer Schwäche verdankte, ihrer systematischen Flucht, ihrem verwirrenden Hin und Her von Vorstoß und Rückzug, ihren verstreuten und ausweichenden Bewegungen im Schoße der sie schützenden Natur. Attacken mit der blanken Waffe oder mit Gewehrgarben mußten gleichermaßen wirkungslos bleiben. Gegen solche Widersacher und in solchem Gelände war selbst die Andeutung einer Gefechtslinie unvorstellbar. Es bestand nicht einmal die Möglichkeit eines Gefechtes im strengen Wortsinne. Der Kampf, genauer gesagt, die Menschenhatz, die blutige Treibjagd rund um die monströse Wildgrube namens Canudos sollte sich auf wilde Attacken beschränken, auf trügerische Lauerstellungen, plötzliche Scharmützel, flüchtige Zusammenstöße, so daß die Annahme absurd wäre, unter diesen Umständen ließe sich ein

Gefecht in seinen Hauptphasen von Anfang bis Ende regelrecht entwickeln, vom heftigen einleitenden Kugelhagel bis hin zum wahnwitzigen Epilog des Bajonettangriffs. Angesichts der Faktoren Mensch und Landschaft bedurfte dieser Krieg der Überrumpelungsaktionen eines revolutionären und neuerungswilligen Strategen. Denn darin sollten, heillos sich vermengend und sich durchdringend, gleichzeitig alle von Haus aus verschiedenen Situationen vorkommen, in die eine kämpfende Truppe überhaupt nur geraten kann: Ruhe, Marsch, Gefecht. Die vorrückende Armee, darauf gefaßt, an jeder Wegbiegung auf den Feind zu treffen oder ihn urplötzlich mitten über die verblüfften Kolonnen herfallen zu sehen, war genötigt, die Ruhepausen in Gefechtsordnung abzuhalten.

Mit keinem Gedanken ging man auf derart unabweisbare Umstände ein. Der Kommandeur tat weiter nichts, als drei Marschsäulen zu bilden und vorzurücken, womit er gegen die feingesponnene Verschlagenheit der *jagunços* die träge Wuchtigkeit dreier Phalangen aufbot – wehrlose Männer mit großartigen Waffen. Nun muß jeder Truppenführer ein Stück weit Psychologe sein. Wie maschinenmäßig der Soldat von der Disziplin auch zugerichtet und jenem unseligen Ideal des Homunculus angenähert sein mag – ein Knochenbündel, zusammengehalten durch ein Bündel von Muskeln, unbewußte Kraftquellen an starren Hebelarmen, empfindungslos, temperamentlos, willenlos, im Takt der schmetternden Fanfaren automatengleich handelnd –, so verwandeln ihn doch die Emotionen des Krieges. Jeden Augenblick werden diese auf dem Marsch durch den Sertão geweckt. Unterwegs auf unbekannten Pfaden, umgeben von einer wilden und kargen Natur, wird unser Soldat, der im Angesicht des Feindes beherzt ist, von Mutlosigkeit und Ängsten befallen, wenn der Widersacher, ohne je zu erscheinen, ungreifbar aus dem Hinterhalt agiert. So war ein Schußwechsel bei den Vorausabteilungen, sonst eine nützliche Warnung an die nachfolgende Truppe, unter jenen anormalen Umständen eine Gefahr. Fast stets verwickelten sich die Einheiten, alle von demselben Schreck geschüttelt, in ein jähes Durcheinander und drängten instinktiv zurück zur Nachhut.

Selbstverständlich waren diese unausweichlichen Konstellationen vorauszusehen. Um sie zu entschärfen, müßten die verschiedenen Abteilungen mit größtmöglichem Abstand marschieren, wiewohl eine jede bei einem Überfall im ersten Augenblick ganz auf sich gestellt wäre. Eine solche Maßregel würde nicht nur ihren Kampfgeist beflügeln, da sie des sofortigen Beistands jener Einheiten gewiß sein durften, die, dem Feind nicht unmittelbar ausgesetzt, diesen ihrerseits attackieren und so die psychologische Wirkung seines Überfalls brechen konnten, sondern sie würde auch die Ausbreitung der Panik abwenden und der Truppe eine ungehinderte Entwicklung im Gelände ermöglichen. Wenn auch diese Vielzahl von Bewegungen den Verzicht auf einen einheitlichen Oberbefehl bedeutete, freilich ersetzt durch die wirkungsvollere Initiative der Anführer kleiner Einheiten, die eigenverantwortlich und den Umständen des Augenblicks entsprechend handeln könnten, war eine weitgehende Aufteilung der Marschsäulen das Gebot der Stunde. Das hieß die Kriegführung des Gegners paraphrasieren, seine Vorgehensweise übernehmen und auf solidere Grundlagen stellen, ihm mit der gleichen Streuung der Truppen begegnen, das einzige Mittel, den Ursachen von Mißerfolgen beizukommen, plötzliche Hinterhalte unbeschadet zu überstehen, die Fähigkeit zum Gegenschlag zu verbessern und letzten Endes den Sieg auf die einzig praktikable Weise herbeizuführen, nämlich als Summe wiederholter Teilangriffe.

Kurz, getrennt hätten die Truppen von der Operationsbasis abmarschieren müssen, um nach und nach die Fanatiker in die Enge zu treiben und sich in Canudos zu sammeln.

Immerfort taten sie das Gegenteil. Vereint in Kolonnen, rückten die Soldaten ab, in festgefügten Einheiten. Dichtgedrängt marschierten sie vorwärts über die Wege des Sertão. Unversehens sollten sie sich trennen – in Canudos …

Unter diesen ungünstigen Bedingungen brachen die Kolonnen am 12. Januar 1897 auf.

Sie nahmen den Weg durch die Bergkette des Cambaio.

Dieser ist der kürzeste und gebirgigste von allen. Anfänglich täuscht er, wenn er durch das Cariacá-Tal führt, durch einen Streifen fruchtbarer und schattenreicher Baumsavannen, Vorformen echter Wälder.

Nach einigen Kilometern aber wird er holpriger, löst sich auf in ein Gewirr von steinübersäten Fußpfaden und erweist sich um so weniger gangbar, je näher er dem Saum des Acarú-Gebirges kommt. Dort wendet er sich ostwärts und erklimmt die Bergkette in drei aufeinanderfolgenden Steigungen, bis hinauf zum Anwesen Lajem de Dentro, dreihundert Meter über dem Tal.

Bis dorthin wurden zwei Tage benötigt. Die Artillerie verzögerte den Vormarsch. Mit Mühe rollte man die Krupp-Kanonen bergauf, während die Pioniere weiter vorn den Weg instand setzten, ihn von Geröll und Baumstümpfen befreiten oder Umwegstrecken anlegten, um allzu steile Rampen zu meiden. So waren der Truppe, deren Erfolg von ihrer Beweglichkeit abhing, durch jene metallenen Kolosse Fußfesseln angelegt.

Jenseits von Lajem de Dentro und der Wasserscheide zwischen dem Itapicurú und dem Vaza-Barrís verliert der Weg an Höhe. Dennoch wird er beschwerlicher, da er durch zerklüftete Ausläufer führt, wo die kurzlebigen Zuflüsse des Bendegó entspringen. Dessen Einzugsgebiet zeichnet sich nunmehr ab als eine übergroße Kurve, zu der die Abdachungen dreier Bergketten, Serra do Acarú, Serra Grande und Serra do Atanásio sich verbinden. Die Truppe zog durch jenes abgrundtiefe Tal bis zu einem anderen Anwesen, Ipueiras, wo sie ihr Lager aufschlug. Dies war leichtfertig. Der von Schroffen umgebene Lagerplatz wäre dem konzentrischen Feuer des Feindes ausgesetzt gewesen, hätte dieser auf den Anhöhen

Stellung bezogen. Glücklicherweise stießen die *jagunços* nicht bis dorthin vor. So war die Truppe, als sie anderntags im ersten Morgengrauen geradewegs nordwärts Richtung Penedo weitermarschierte, einer überaus heiklen Lage entronnen.

Die Hälfte der Strecke war nunmehr zurückgelegt. Die Wege wurden schlechter, lösten sich in Fußsteige auf, schlängelten sich an Berghängen entlang, erklommen Rampen, fielen in Gießbachschluchten ab, stets ohne Baum und Schatten...

Bis Mulungú, zwei Meilen hinter Penedo, ebneten die Pioniere den Weg für die Artillerie, deren schleppendes Fortkommen die tägliche Marschleistung schmälerte.

Indessen war höchste Eile geboten. Die Gegend wurde verdächtig: Überreste von Lagerfeuern am Wegesrand und abgebrannte Behausungen kündeten von der Nähe des Feindes. In Mulungú, wo die Truppe abends biwakierte, wurden die Anzeichen vollends unübersehbar. Man schlug Alarm. Nahebei, im Schutze der Dunkelheit umherschleichend, waren die flüchtigen Umrisse von Spähern gesichtet worden. Die Soldaten schliefen in Waffen. Und in der Frühe des 17. Januars wurde die Expedition, mitten im Gebirge steckengeblieben, weit vor dem drei Tagesmärsche entfernten Ziel, von einer furchtbaren Tortur befallen.

Der Proviant ging zur Neige. Man schlachtete die beiden letzten Ochsen, für über fünfhundert Mann. Dies wog ebenso schwer wie ein verlorenes Gefecht. Schon beim Anmarsch nahm der Feldzug immer bedrohlichere Züge an, bevor auch nur ein einziger Schuß gefallen war. Der Weitermarsch nach dem nur wenige Meilen entfernten Canudos war unter diesen Umständen fast die Rettung. Es war der Kampf ums Überleben.

Zu allem Überfluß verschwand am Abend ein Großteil der in Monte Santo angeworbenen Treiber mit ihren Maultieren. Und unter dem Vorwand, für den dringend benötigten Nachschub zu sorgen, stahl sich der Truppenlieferant jenes

Ortes mit unbekanntem Ziel davon – auf Nimmerwiedersehen.

Einer indessen rettete die Ehre der Sertanejos, der Geländeführer Domingos Jesuíno. Er geleitete die Truppe weiter bis zum Anwesen Rancho das Pedras, wo sie kampierte.

Die Soldaten standen etwa zwei Meilen vor Canudos.

Wer des Nachts vom Lager nordwärts Ausschau hielt, mochte ein schwaches, entferntes Flackern erblicken, etliche schwankende Lichter, die aufblinkten und erloschen, in häufigem Wechsel, hoch oben, gleich rotschimmernden Sternen zwischen Nebelbänken. Sie bezeichneten die feindlichen Stellungen.

Diese traten im Morgengrauen achtunggebietend hervor.

III.

Die Bergkette des Cambaio

Vor der Truppe türmten sich die Felsmassen des Cambaio auf, wunderlich angeordnet, tief zerschnitten von langen, wie Burggräben umlaufenden Schluchten, ansteigend in Terrassen, die den unförmigen Mauerabsätzen eines verfallenen Festungswerkes von Titanenhand gleichsahen.

Der Schein ist vollkommen. In jenem Teil des Sertão sind dergleichen sonderbare Geländeformen verbreitet. Auf nichts anderem beruhen die Sagen von den »verwunschenen Städten« in Bahia, die nicht nur die Phantasie der Hinterwäldler beschäftigt, sondern auch ernsthafte Nachforschungen fachkundiger Männer ausgelöst haben, über die zu berichten hier unpassend wäre.*

Und derlei Sagen tue man nicht als Ausgeburten der blühenden Einbildungskraft von unbedarften Landbewohnern ab, haben sie doch chimärische Erwartungen ernsthafter Forscher geweckt, die dort sich umschauten, entsandt von der brennenden Wißbegier gelehrter Gesellschaften und Institute, in denen das merkwürdige Phänomen diskutiert wurde. Auch nüchterne Beobachter, die jenes eigentümliche Tal, auf sich allein gestellt, durchwanderten, haben immer wieder den Schritt gehemmt, verblüfft von dem Anblick »der durch Naturkräfte aufgetürmten Felsengebirge, die uneinnehmbare Festungen und Rückzugswerke von kunstähnlicher Vollendung bilden«.**

Mitunter steigert sich das Trugbild.

Gewaltige Nekropolen tauchen auf. Die Hügel, die sich als Gebilde aus spitzigen Felsspornen, Stapeln von Blöcken,

* Siehe u. a. Band 10 der *Revista do Instituto Histórico e Geográfico Brasileiro.*

** Oberstleutnant Durval Vieira de Aguiar, *Descrições Práticas da Província da Bahia.*

Reihen von Schroffen in bizarrer Verteilung herausstellen, ähneln wahrhaftig weitläufigen toten Städten, an denen der Buschbewohner ängstlich vorüberhastet, ohne dem dahinschießenden Pferd die Sporen in den Weichen zu lockern, im Glauben, darinnen wohne eine stumme und tragische Gesellschaft von »Seelen aus der anderen Welt« …

Dazu gehören die »Häuschen«, die man hinter Aracatí gewahrt, unweit des Wegs von Jeremoabo nach Bom Conselho, wie auch diejenigen, die allenthalben ringsum sich finden und die jener schwermütigen Landschaft einen sonderbar geheimnisvollen Zug verleihen.

Bollwerke ›sine calcis linimento‹[3]

Der Cambaio ist eines jener rohen Monumente.

Gewiß erkennt darin niemand die geometrischen Linien von Festungswällen oder Brustwehren mit vorspringenden Pfeilschanzen und umlaufenden Gräben. Die barbarischen Fluchtburgen des Cambaio waren schlimmer. Ihre Anlage stimmte zur Wesensart ihrer Verteidiger. Und von ferne, wo die Vorsprünge verschwimmen und die Schründe sich verlieren, weckt der Gebirgsstock beim Betrachter in der Tat den Eindruck, als stoße er unversehens auf die Außenwerke uralter Burgen, die das Gebirge am Fuße säumen, es absatzweise erklimmen und an seinen Hängen sich fortziehen. Sie muten an, als habe einstmals Angriff auf Angriff sie zertrümmert und geschleift, reduziert zu wüsten Quaderhaufen, zu einer ungeordneten Abfolge riesiger, halbkreisförmiger Reihen abgebrochener Plinthen und Türme und Pilaster, die von weitem den malerischen Anblick eingestürzter großer Kolonnaden bieten …

Denn der Cambaio ist ein Gebirge in Trümmern. Unförmig ragt er auf, zerspalten von dem regelmäßigen Ansturm plötzlicher Unwetter und heftiger Sonnengluten, zersprengt und geborsten, in einem langsamen Zerfall seit Urzeiten.

Der Weg nach Canudos weicht ihm nicht aus. Geradewegs geht er seine Flanken an, steigt schroff empor, zwängt sich zwischen Steilhängen hindurch, taucht schließlich, tunnelgleich, in die Enge einer Klamm. Diesen Weg schlug die Truppe ein.

In jener Morgenstunde gleißte das Gebirge. Die Sonnenstrahlen schossen auf die vielkantigen geborstenen Felsplatten nieder, brachen sich heftig zitternd, zerstoben über die Höhen hinweg und weckten, lebhaft aufblitzend wie funkelnde Waffen, den Anschein fieberhafter Truppenbewegungen, als rüste sich in der Ferne eine zahlreiche Streitmacht in eiligen Manövern zum Kampf. Die Feldstecher indessen wanderten vergeblich über die öden Hänge. An den Feind gemahnte allein die drohende Haltung der Landschaft. Er selbst war untergetaucht. An den Boden geschmiegt, in Geländefurchen geduckt, in Schründe eingezwängt – verstreut, reglos, lauernd –, den Finger am Hahn ihrer Flinte, so warteten die Sertanejos lautlos und probierten die günstigste Zieleinstellung, die Augen auf die noch fernen Marschkolonnen geheftet, die dort unten den sorgfältig das Gelände absuchenden Kundschaftern folgten.

Ihr Gang war schleppend. Sie drängten sich auf den ersten schroffen Steigungen, mit denen der Weg sich auf halber Höhe ins Gebirge einschnitt. Langsam zogen sie dahin, ohne jede Haltung, behindert von den Kanonen, an denen keuchende Soldaten beim Ziehen sich ablösten, um den Maultieren beizustehen, die solchen Steilwegen nicht gewachsen waren.

In dieser Lage überraschte sie der Feind.

Aus Verstecken, aus Spalten, aus vereinzelten Gebüschen, hoch aufgerichtet auf plumpen Festungsmauern oder quer über die Abhänge dahineilend – so tauchten die *jagunços* auf und schütteten jäh einen Kugelhagel herab.

Die gesamte Expeditionstruppe, von einem Ende zum andern, geriet unter das Feuer aus den Schanzen des Cambaio.

Den Überfall untermalte ein Geschrei, worin neben den üblichen Lebehochs auf den »lieben Herrn Jesus« und »unsern Ratgeber« Ausrufe von empörender Dreistigkeit ertönten, freche Schmähungen, darunter eine herausfordernde Wendung, die im Laufe des Feldzugs der Streitmacht beständig als höhnischer Kehrreim entgegenschallen sollte:

»Vorwärts, Ohnmacht der Regierung!«

Auf der ganzen Linie gab es ein Wanken. Die Vorhut stockte und schien im Begriff zurückzuweichen. Ein barsches Kommando jedoch gebot ihr Einhalt. Der Major Febrônio de Brito bahnte sich einen Weg durch die aufgeschreckten Kolonnen und sammelte sie zur Gegenwehr – zu einem in Anbetracht der ungünstigen Umstände überwältigenden und bewunderungswürdigen Gegenschlag. Die eilends gerichteten Kanonen nahmen die Hinterwäldler aus nächster Nähe unter Feuer, und diese, als sie erstmals jene mächtigen Waffen erblickten, die ihre Wirkung durch splitterndes Felsgestein verzehnfachten, ergriffen kopflos die Flucht und zerstoben in Windeseile.

Dieses Zurückfluten nutzte die Armee und ging sofort zum Gegenangriff über, zuerst die etwas mehr als hundert Mann vom 33. Infanteriebataillon. Stolpernd, über Felsplatten rutschend, sie umgehend oder überspringend, durch Spalten sich zwängend, wahllos nach vorne schießend, so berannten die Soldaten die Steigungen; und wenig später zog sich die Angriffslinie in gewundenem Auf und Nieder auseinander, mit dem 9. Bataillon am rechten und dem 16. Bataillon sowie der Polizei von Bahia am linken Ende.

In Minutenschnelle griffen die Kampfhandlungen um sich, und die Gefechtslinien brachen sich, wie zu erwarten, an den Hindernissen des Geländes. Es waren planlose Vorstöße. Von ihren Einheiten abgesprengt, Felsschroffen mit den Händen erklimmend, auf den Karabiner gestützt oder ihn mit den Zähnen am Riemen tragend – derart tumultuarisch drangen die Soldaten vor, ohne auch nur den leisesten Anschein von Kampfordnung, Kompanien und Bataillone durcheinandergewirbelt, Wogen von Menschen, die gegen die Höhen anwüteten, eine Brandung von Körpern, woraus Gewehrgarben knatterten, stählerne Funken sprühten und Donnerschläge krachten, übertönt von den schrillen Angriffssignalen.

Am unteren Ende der Rampe, wo die Artillerie zurückgeblieben war, zerrissen die Zug- und Lasttiere, von den Kugeln scheu gemacht, das Zaumzeug, schüttelten Tragkörbe und Fellkoffer ab und verschwanden im Galopp oder stürzten die steilen Böschungen abwärts. Mit ihnen entflohen die letzten Maultiertreiber, taub gegen alle mit gezogenem Revolver geschrienen Befehle, was den Wirrwarr verschlimmerte.

Hoch oben in einiger Ferne, auf dem Gebirgskamm, erschienen erneut die Sertanejos. Offenkundig waren sie in zwei verschiedene Gruppen von Kämpfern eingeteilt: die Behenden, die schnellfüßig auftauchten und verschwanden, und die Standfesten, die in den hochragenden Stellungen ausharrten. Diese, über die Angreifer hinausgehoben, täuschten auf findige Weise über die knappe Zahl ihrer Gewehre und über die zeitraubende Prozedur des Ladens hinweg. Dabei scharte sich eine Dreier- oder Vierergruppe um je einen Schützen, der die wenigen Flinten nacheinander abfeuerte, die seine unsichtbaren Gefährten unten im Schützengraben geladen hatten, dergestalt, daß, wurde der Flintenmann von einer Kugel niedergestreckt, umgehend einer der andern seine Stelle einnahm. Die Soldaten sahen jemand zusammenbrechen, doch auf der Stelle wieder auferstehen, schemenhaft im Pulverrauch – denselben Mann, der immer wieder auf sie anlegte. Von neuem nahmen sie ihn aufs Korn. Wiederum sahen sie ihn vornüber stürzen, von einer Kugel getroffen. Doch wiederum sahen sie, wie er sich aufrichtete, unverwundbar, erschreckend, fürchterlich, sahen, wie er ständig fiel und aufstand, der Geisterschütze.

Diese Kriegslist wurde bald von den winzigen Sturmtrupps durchschaut, die bis zu den höchstgelegenen Schützenständen vorstießen. Sie kamen dort weit auseinandergezogen an. Allein schon die Flüchtigkeit des Gegners und die Beschaffenheit des Geländes veranlaßten die Truppe zu einer passenderen taktischen Aufteilung, ein Umstand, der, zusammen mit der geringen Reichweite der gegnerischen Waffen, die Expedition das Geplänkel fast unbeschadet überstehen ließ. Die einzigen Hemmnisse beim Anstieg waren die Zerklüftungen des Bodens. Die Steilhänge dämpften die Wucht der Angriffe. Die *jagunços* warteten diese nicht ab. Überzeugt von der Unterlegenheit ihrer plumpen Bewaffnung, schienen sie nur zu wünschen, daß ebendort die meisten der Canudos zugedachten Kugeln abgefeuert würden, was auch geschah. Ein offenes Ringen vereitelten sie. In ihrer Mitte sah man, die kurze Flinte in der Hand, einen massigen und flinken Neger. Es war ihr Anführer, João Grande. Er entfesselte die Manöver und enthüllte dabei den Fintenreichtum eines in den Überfällen des Sertão wohlbewanderten Gewalttäters. Seine Art, sich zu bewegen, zu rennen, zu springen, wilde Haken zu schlagen, ahmten die aufrührerischen Sertanejos nach – in einem Hin und Her von Vorstoß und Rückzug, bald vereinzelt, bald zusammengerottet, entweder im Gänsemarsch oder in winzigen Gruppen zerstreut; so krochen und wälzten sie sich über Abhänge, kletterten bergauf und bergab, griffen an, flohen, brachen oftmals zusammen, zu Tode getroffen; andere, schwer verletzt, rollten abwärts bis vor die Füße der Soldaten, die ihnen mit dem Gewehrkolben den Garaus machten.

Mitunter verschwanden sie gänzlich.

Wahllos prasselten die Geschosse der Mannlicher gegen das starre Knochengerüst des Gebirges. Die vordersten Züge jedoch stiegen noch schneller die Böschungen empor und machten Geländegewinne, bis erneut ein jäher Ausfall des Gegners ihnen vorn den Weg versperrte oder sie von der Seite traf. Mancher Trupp blieb daraufhin stehen. Mancher wich sogar zurück, vom Schreck gelähmt, ohne Ermutigung durch kleinmütig gewordene Offiziere, über deren Namen zwar die amtlichen Berichte sich schonungsvoll ausschweigen, nicht aber die beißenden Kommentare der Kameraden. Die meisten jedoch erwiderten das Feuer. Sie durchbrachen den Kugelhagel und stürzten sich im Nahkampf auf die Fanatiker, deren Reihen sie lichteten und die sie in wilder Jagd über die Hügel zersprengten.

Schließlich befahl der rohe Anführer, so scheint es, seinen Leuten den Entscheidungskampf, Mann gegen Mann. Tollkühn erhob sich sein Gorillaprofil an der Spitze einer rasch zusammengezogenen Schar. Mit einer prächtigen, heroischen Schwenkung warf er sich auf die Artillerie. Eine explodierende Kartätsche aber schnitt ihm den Weg ab und zerfetzte ihn mitsamt seinen nächsten Gefolgsleuten, während die übrigen zu ihren Ausgangsstellungen zurückflohen, nunmehr umringt von den stürmenden Vortrupps. Mehreren von ihnen, aus Soldaten aller Einheiten zusammengewürfelt, gelang es schließlich, in die Schützengräben auf der äußersten Rechten zu springen, wobei sie den Offizier verloren, der sie bis dorthin geführt hatte, Venceslau Leal.

Nach dreistündigem Ringen war das Gebirge genommen. Der Sieg jedoch verdankte sich blindem Draufgängertum, verbunden mit äußerst mangelhafter Feuerdisziplin – und so ist es verständlich, wenn später der diesbezügliche Tagesbefehl die Verdienste der Unteroffiziere besonders würdigte. Der Feldwebel wurde zum Feldherrn. Die fliehenden *jagunços* waren Zielscheiben planloser Salven: Gruppen von Soldaten, führungslose Haufen, schossen ihre Karabiner aufs Geratewohl ab, mit der aufreizenden Großmäuligkeit und dem grausamen Frohlocken von Treibern auf dem Höhepunkt einer Wildschweinjagd.

Die *jagunços* liefen vor ihnen davon. Man setzte ihnen nach.

Unten rollte die Artillerie wieder an, von kräftigen Fäusten bergauf gezogen.

Die Überquerung war erkämpft; und die Verluste, die verschossene Munition nicht gerechnet, waren gering: vier Tote und wenig mehr als zwanzig Verwundete. Dagegen ließen die Sertanejos hundertfünfzehn Leichen zurück, wie eine sorgfältige Zählung ergab.

Dramatische Episode

Für sie war es eine Hekatombe. Diese gipfelte in einer tragischen Episode.

Das wüste Treffen fand einen theatralischen Abschluß.

Es geschah an einer Wegbiegung bei den letzten Ausläufern des Gebirges ...

Dort hing, über einer rauhen, zerklüfteten Böschung, schief und mit einer Kante den Boden kaum berührend, eine riesige Felsplatte, eingeklemmt zwischen zwei anderen und von ihnen durch die Reibung festgehalten, einem zerfallenen Dolmen ähnlich. Dieser Unterstand hatte als Brustwehr vorne eine Mauer aus gewachsenem Fels. Viele Sertanejos hatten sich dorthin geflüchtet – etwa vierzig an der Zahl, wie ein Augenzeuge dieser Szene berichtet* –, vermutlich jene, die einen letzten Rest Munition für ihre Stutzbüchsen besaßen.

Die fürsorgliche Natur bescherte den Besiegten ein letztes Rückzugswerk.

Sie nutzten es. Mit schwachem Feuer brachten sie ihre Verfolger einen Augenblick lang zum Stillstand, ebenso wie die Artillerie weiter hinten, die sich bereitmachte, die kleine Gruppe Tollkühner zu beschießen.

Die Beschießung beschränkte sich auf einen einzigen Schuß. Die Granate wich geringfügig vom eigentlichen Ziele ab und zerbarst in einer der Fugen, wo die Felsplatte eingeklemmt war. Sie erweiterte sie, öffnete sie von oben bis unten.

* Dr. Albertazzi, Arzt der Expedition.

Und der Riesenblock, aus der Verankerung gelöst, schlug schwer, mit dumpfem Prall, auf die Unglücklichen nieder und begrub sie.

Die Truppe setzte sich wieder in Marsch. Ihr voran, zunehmend erschöpft, wie das Nachlassen der Schüsse erkennen ließ, eilten die letzten Verteidiger des Cambaio nach Canudos. Schließlich entschwanden sie.

IV.

In Tabuleirinhos

Am Nachmittag erreichten die Marschsäulen Tabuleirinhos, beinahe am Saum der Fanatikersiedlung, ohne den Schwung der Verfolgung für den weiteren Vormarsch zu nutzen. Vom Waffengang geschwächt und seit dem Vortag ohne Verpflegung, vermochten sie kaum ihren Durst zu lindern mit dem unreinen Wasser des winzigen Teiches von Cipó, wo sie ihr Nachtlager aufschlugen. Dies aber taten sie mit der Laxheit der gehäuften Strapazen und womöglich auch in dem trügerischen Hochgefühl des jüngsten Triumphes. So ahnten sie nichts von den Streifengängen der *jagunços* ringsherum. Denn die Kunde vom Anmarsch der Armee war mit den Fliehenden nach Canudos gelangt; und um die Wucht der bevorstehenden Invasion zu brechen, hatten Verteidiger in großer Zahl sich dorther auf den Weg gemacht. Unauffällig drangen sie durch die *caatingas*, und sie näherten sich dem Lager.

Nachts umschlichen sie es. Unter der furchtbaren Wacht des Feindes schlief die Truppe ein ...

Zweites Treffen

Bei Tagesanbruch aber zeigte nichts seine Nähe an; und in aller Frühe angetreten, rüsteten sich die Marschkolonnen zum letzten Sturm auf die Hochburg der *jagunços*, die sie nach viertelstündigem Laufschritt über fortan baumloses und flaches Gelände erreichen würden.

Doch vor ihrem Aufbruch geschah ein kleines Mißgeschick. Ein Schrapnell war in der Seele eines der Geschütze steckengeblieben und widersetzte sich allen Bemühungen, es herauszuziehen. Daraufhin faßte man den denkbar vernünftigsten Entschluß: das Krupp-Geschütz in der vermutlichen Richtung von Canudos abzufeuern.

Ein solcher Schlag mit dem Klopfer gegen die Tore der Siedlung würde den unliebsamen und gefährlichen Besucher donnernd anmelden.

Wirklich löste sich der Schuß ... Augenblicklich wurde die Armee von allen Seiten überfallen! Die Episode von Uauá wiederholte sich. Anstelle der unzulänglichen Flinten mit Stöcken bewaffnet, mit Deichseln, mit Sicheln, mit Gabeln, mit langen Treibstacheln und breitschneidigen Buschmessern, drangen die Sertanejos, alle zugleich mit Gebrüll zur Stelle, auf die Truppe ein, als wäre der Geschützknall ein für den Anschlag verabredetes Zeichen gewesen.

Glücklicherweise hielten die Expeditionssoldaten, die bereits in Marschordnung standen, ihre Waffen schußbereit und schlugen daher sogleich mit schnellen und pausenlosen Salven zurück.

Doch die *jagunços* wankten nicht. Der Schwung ihres Ansturms hatte sie in die Lücken zwischen den Pelotons geworfen. Und erstmals konnten die Soldaten aus der Nähe die sonnverbrannten Gesichter jener bisher so scheuen Feinde sehen, die sonst geschwind über die Berge geeilt waren.

Das erste Opfer war ein Korporal des 9. Bataillons. Er starb und tötete zugleich.

Von seinem Bajonett durchdrungen blieb der *jagunço* liegen, der mit der Eisenspitze des Hütestabs ihn durchbohrt und gefällt hatte.

Die Angriffswelle rollte über beide Leichen hinweg.

Die Führung hatte ein kraftvoller Mestize übernommen, ein durch Sommersprossen verunziertes Bronzegesicht, eine Gladiatorengestalt, die das Kampfgewühl überragte. Dieser furchtbare Recke ist der Geschichte ein Unbekannter geblieben. Sein Name hat sich verloren. Nicht so die hochfahrende Schmähung, die er durch Geschrei und Geknalle schleuderte, als er auf die Kanone rechter Hand zustürzte und sie mit einen nervigen Armen umklammerte, wie wenn er er ein Untier würgte:

»Habt ihr gesehen, ihr Lumpenpack, was ein ganzer Kerl ist?!«

Erschrocken wich die Geschützmannschaft zurück, während das »Stück« schon rollte, mit den Händen fortgezerrt, zur Kriegsbeute geworden.

Eine Katastrophe bahnte sich an.

Dies erkannte der Befehlshaber, nach allem was man weiß, der beste Soldat seiner eigenen Expedition. Beherzt ermunterte er seine bestürzten Kameraden und warf sich, ihnen zum Vorbild, auf den feindlichen Haufen. Und es entspann sich ein mörderisches Ringen, Mann gegen Mann, ohne Waffen, mit bloßen Fäusten, beinahe lautlos: ein Wirbel aus verknäulten Körpern, woraus nur das Röcheln gewürgter Kehlen, das Ächzen keuchender Brustkästen, der Aufprall heftiger Stürze hervordrangen …

Die Kanone wurde zurückerobert und in ihre Ausgangsstellung gebracht. Die Lage wendete sich allerdings keineswegs zum Besseren. Kaum waren die *jagunços* abgeschlagen, deren plötzlicher Rückzug keine Flucht, sondern eine gefährliche Finte war, da wimmelten sie im schütteren Gehölz ringsum: hurtige, flüchtige, undeutliche Schemen, die zwischen dem lichten Astwerk auf- und niedertauchten. Wiederum verstreut und unerreichbar, überschütteten sie unter lautem Gedröhn ihre Widersacher mit plumpen Geschossen – Hornspitzen, Kieselsteine, Nagelspitzen – aus ihrem alten, längst antiquierten Todesarsenal.* So erneuerten sie immer wieder aus der Ferne den Zweikampf, bei dem sie Steinschloßflinten und großkalibrige Donnerbüchsen gegen die vernichtenden Mannlicher aufboten. Mit dieser Rückkehr zu ihrer gewohnten Kriegführung zogen die *jagunços* den Kampf unendlich in die Länge – für die Truppe eine weit größere Gefahr als der vorhergehende heftige Angriff, geriet

* Die Kenntnis der Vorfälle dieses Tages verdanke ich dem zuverlässigen Zeugnis des Herrn Dr. Albertazzi.

er doch auf grausam einförmige Weise, ohne Höhepunkte, zur zermürbenden Wiederholung immer der gleichen Vorgänge, bis zur vollständigen Erschöpfung des Eindringlings, der schließlich, wenn auch relativ unversehrt, entkräftet vom Dreinhauen und besiegt von ermüdenden, winzigen Siegen, in die tragische Mattigkeit eines Henkers verfallen sollte, der des Tötens überdrüssig ist, so sehr waren seine Fäuste durch die Vielzahl der ausgeteilten Schläge erschlafft und erlahmt, und seine Kräfte verbraucht durch aberwitzige Vorstöße ins Leere.

Die Lage wurde unhaltbar.

Den Invasionstruppen blieb ein letzter verzweifelter Ausweg: rücksichtslos vorrücken, das Kampffeld nach vorn verlagern und als Überfallene und Überfallende zugleich die Siedlung stürmen, an den Flanken bedrängt von den verwegenen Freischärlern und unterwegs, vor Erreichung des Zieles, unter Umständen aufgehalten von weiteren gegnerischen Verstärkungen. Doch könnte auf diesem Kampfmarsch von drei Kilometern Länge die Munition, beim fatalen Heldenstück vom Cambaio überreichlich verschossen, womöglich vollends ausgehen; andererseits war es undenkbar, auf eine verweifelte Notlösung zurückzugreifen und den Feldzug als Sturmangriff mit der blanken Waffe zu beschließen, was die ausgehungerten und zermürbten Soldaten physisch überfordert hätte, abgesehen von etwa siebzig Verwundeten, die hilflos in dem Wirrwarr umherstolperten.

Auch die Hypothese eines vorbereitenden Trommelfeuers kam ernsthaft nicht in Betracht: Die Artillerie verfügte nur noch über zwanzig Schuß.

Rückzug war das Gebot der Stunde, sofort und unausweichlich. Den inmitten des Kampfgewühls zusammengerufenen Offizieren setzte der Befehlshaber die Lage auseinander und stellte sie vor die Wahl zwischen den Alternativen des Dilemmas: den Kampf bis zur gänzlichen Aufopferung weiterführen oder ihn umgehend abbrechen. Letztere Option wurde unter der ausdrücklichen Bedingung angenommen, nicht eine einzige Waffe, nicht einen einzigen Verwundeten und nicht eine einzige unbestattete Leiche zurückzulassen.

Dieser Abzug indessen stand in krassem Gegensatz zu den handgreiflichen Ergebnissen des Kampfes. Ebenso wie am Vortag waren die beiderseitigen Verluste nicht im geringsten vergleichbar. Die Armee hatte diesmal lediglich vier Mann verloren, abgesehen von wenig mehr als dreißig Verwundeten, während die Gegner, deren Anzahl unbekannt blieb, erheblich dezimiert wurden.

Einer der Ärzte* kam bei flüchtigem Zählen auf mehr als dreihundert Leichen. Das trübe Wasser der Lagoa do Cipó war verfärbt, und die prall herabstechende Sonne hob ihre Oberfläche unheimlich vom Dunkelgrau der ausgebrannten Erde ab, gleich einem ungeheuren Fleck, aus Blut ...

Die ›Legio Fulminata‹[4] des João Abade

Der Rückzug war die Rettung. Doch ein Sturmangriff auf Canudos, hätte man alles auf eine Karte gesetzt, wäre vielleicht der Sieg gewesen.

Enthüllen wir – gestützt auf übereinstimmende Augenzeugenberichte – eine der sonderbaren Begebenheiten dieses Feldzugs. Eine Weile nach Ausbruch des Gefechts in Tabuleirinhos gerieten die Einwohner von Canudos unter dem Eindruck der heftigen Schießereien in helle Aufregung; und João Abade, der die Folgen voraussah, die das jähe Heranstürmen der Soldaten auf die verängstigte Schar der Betschwestern haben mußte, sammelte den Rest der kampffähigen Männer um sich, etwa sechshundert an der Zahl, um den Gesellen Verstärkung zu bringen. Auf halbem Wege jedoch wurde seine Kolonne unversehens von Kugeln ereilt. Die Soldaten, die zu diesem Zeitpunkt die ersten Angreifer auf dem Gefechtsfeld bei Tabuleirinhos beschossen, zielten so flüchtig, daß die meisten Projektile auf eine steile Flugbahn

* Dr. Edgar Henrique Albertazzi.

gerieten und die Waffen ihre größtmögliche Reichweite entfalteten. Alle diese verirrten Geschosse nun, die über die unmittelbaren Gefechtsteilnehmer hinwegflogen, sollten eine Strecke weiter niedergehen, mitten unter den Leuten des João Abade. Fassungslos sahen die *jagunços* ihre Gefährten zu Boden stürzen, wie vom Blitz getroffen; wohl vernahmen sie das leise Pfeifen der Kugeln, erspähten aber nicht den Feind. Die wenigen entrindeten Sträucher in der Runde schlossen einen Hinterhalt aus; die nächsten Hügel lagen kahl und öde da. Und doch schlugen die Kugeln unaufhörlich ein, hier, dort, seitlich, vorn, in der Mitte der überraschten Legion, die sie mit Toten übersäten – wie ein Regen lautloser Blitze … Abergläubisches Entsetzen verschattete bald die entschlossensten Gesichter. Entgeistert richteten sie ihre Blicke auf das blendende Firmament, das von den absteigenden Ästen der unsichtbaren Geschoßparabeln durchschnitten wurde; und dann hielt sie nichts mehr. Hals über Kopf eilten sie nach Canudos, wo sie bei ihrer Ankunft alles in Aufregung und Schrecken stürzten.

Eine Täuschung war ausgeschlossen: Der Feind, der über solche Maschinen verfügte, würde, den letzten Verteidigern der Siedlung auf den Fersen, binnen kurzem zur Stelle sein. Der Bann des Ratgebers war gebrochen. Besinnungslos vor Angst verlor das einfältige Volk auf der Stelle die Glaubensgewißheiten, die es bis dahin beseelt hatten. Scharen von Flüchtlingen mit ihren blindlings geschnürten Habseligkeiten unter dem Arm ertrotzten die Flucht, hasteten über Platz und Gassen, der *caatinga* entgegen, ohne daß die einflußreichsten Anführer sie zurückhalten konnten, während die Weiber, gänzlich aufgelöst, schreiend, schluchzend, jammernd, in einem unbeschreiblichen Tohuwabohu, wiewohl noch immer verzückt, unter Schwenken der Reliquienkästchen und unter Gebeten vor der Tür des Sanktuariums zusammenströmten und den Evangelienverkünder beschworen, vor sie zu treten.

Doch Antônio der Ratgeber, der schon in normalen Zeiten ihren Anblick mied, sonderte sich in dieser Bedrängnis vollends ab. Mit einer Handvoll Getreuer bestieg er die hohen Gerüste an der Neuen Kirche und ließ sodann die Leiter entfernen.

Der erregte Menschenhaufe blieb unten zurück, flehend, weinend, betend. Nicht eines Blickes würdigte ihn der scheue Apostel, als er mit unbewegter Miene über die knarrend sich biegenden Planken schritt. Er faßte das aufgewühlte Dorf ins Auge, wo die Glaubensdeserteure kopflos durcheinanderliefen, und rüstete sich zum unabänderlichen Martyrium …

Unterdessen traf die Kunde ein, die Truppe weiche zurück.

Es war ein Wunder. Das Getümmel endete mit einem Mirakel.

V.

Rückzug

Wirklich hatte der Rückzug begonnen.

Wenn die Hoffnungen auf einen erfolgreichen Ausgang zunichte sind, bleibt den glücklosen Heeren nur jenes Schwanken zwischen Untergang und Triumph, jener sieglose Kampf, in dem gleichwohl der Besiegte mit jedem Schritt, den er vorwärts zu tun imstande ist, einen Sieg erringt, wenn er unaufhaltsam über feindliches Gelände schreitet und an jeder Biegung den Weg sich mit Waffengewalt freikämpfen muß.

Der Rückzug des Majors Febrônio, kann er sich wegen des beschränkten Operationsgebietes auch nicht mit anderen denkwürdigen Taten messen, ist wegen seiner Begleitumstände eines der ergreifendsten Kapitel unserer Militärgeschichte. Seit nahezu zwei Tagen, zwischen denen die trügerische Feuerpause einer Nacht voller Schrecken lag, waren die Soldaten ununterbrochen in Gefechte verwickelt, ohne jede Verpflegung; etwa siebzig Verwundete schwächten ihre Reihen; eine große Anzahl Hinkender vermochte kaum die Waffen zu schleppen; die Gesünderen verließen die Kampflinie, um sich vor die Kanonen zu spannen oder sich unter der Last von Gewehrbündeln zu beugen oder auch Bahren mit Schwerverletzten und Sterbenden zu tragen – und vor dieser durcheinanderstolpernden Menge lag eine Wegstrecke von hundert Kilometern durch den wüsten Sertão, übersät mit Hinterhalten …

Als die *jagunços* die Absatzbewegung der Truppe gewahrten, hefteten sie sich an ihre Fersen.

An der Spitze stand nunmehr ein Halbblut von unübertrefflicher Tapferkeit und seltener Wildheit, Pajeú. Er war ein echter Zambo, und so verschränkten sich in seiner hitzigen Wesensart alle Tendenzen der rückständigen Rassen, von denen er stammte. Er war der vollkommene Inbegriff des urtümlichen Kämpfers – naiv, wild und furchtlos; schlicht und bösartig, roh und kindlich, tapfer aus Instinkt, ein Held, ohne es zu wissen –, ein prächtiges Beispiel atavistischer Regression, eine Spätform des grimmigen Steinzeitmenschen, der dort mit demselben Ungestüm auftrat, mit dem er vor Urzeiten am Eingang seiner Höhle die Feuersteinaxt geschwungen hätte …

Der fintenreiche Barbar verteilte seine Gesellen über die *caatingas*, um die Kolonnen zu flankieren.

Diese marschierten und kämpften zugleich. Nachdem sie bei einem letzten Zusammenstoß den Ring der Angreifer gesprengt hatten, zogen sie im Gänsemarsch über die Saumpfade, ohne bei dieser überaus heiklen Bewegung, der gefährlichsten eines jeden Krieges, die leiseste Beachtung taktischer Vorschriften erkennen zu lassen, ohne die klassische Staffelung der kämpfenden Einheiten, die ihnen eine gegenseitige Ablösung bei der Verteidigung ermöglicht hätte.

Denn die Truppe hatte ihr militärisches Gefüge ganz und gar verloren, war doch der Abstand zwischen Offizieren und Mannschaften durch die Gleichheit des Opfers eingeebnet. Während der Befehlshaber, dessen Kampfesmut ungebrochen war, zu den gefährdetsten Stellen eilte, während Hauptleute und Unteroffiziere, den Karabiner in der Hand, zusammen mit den Gemeinen sich in Angriffe stürzten, die ohne Kommandorufe vorgetragen wurden, führte wider alle Gepflogenheiten ein Feldwebel die Vorhut.

Unter solchen Umständen drangen sie wiederum in den schluchtenreichen Cambaio ein. Vor ihnen lag derselbe furchtbare Übergang, der bald sich durch Hohlwege wand, bald auf halber Höhe über Felsvorsprünge an Abgründen vorbeiführte, zwischen Steilwänden sich hindurchzwängte, aufs Geratewohl quer über Berglehnen angelegt war, auf seiner ganzen Länge von den hochgelegenen Schanzen beherrscht. Eine einzige Variante: Bäuchlings oder rücklings auf den Steinen liegend, halb aus den Klüften hervorlugend, über die Abhänge verstreut, waren die am Vortag getöteten *jagunços* zu sehen.

Ihre überlebenden Gefährten schlüpften nunmehr zwischen ihnen hindurch, gleich einem rächenden Schwarm von Dämonen inmitten einer gefallenen Schar von Gespenstern …

Nicht länger stürmten sie in dichten Haufen gegen die Marschkette an, um deren letzte Granaten herauszufordern; vielmehr eilten sie neben ihr über die Bergeshöhen dahin und überließen das Handeln fast ausschließlich ihrer entsetzlichsten Waffe – der Erde. Diese genügte ihnen. War dem Mestizen die Vogelflinte geborsten oder der Treibstachel im Gewühl abhanden gekommen, blickte er suchend um sich – und das Gebirge war ein einziges Waffenarsenal. Dort lagen vereinzelte oder zu wackeligen Haufen sich stapelnde Felsbrocken umher, bereit, ihr Energiepotential in gewaltigen Stürzen hangabwärts zu entfesseln. Er umschlang sie; setzte die untauglich gewordene Flinte als Brechstange ein; und die gelockerten Monolithe schwankten und fielen und rollten anfangs in ungewisser Richtung zwischen den Bodenfalten dahin und eilten dann immer schneller auf den abschüssigsten Bahnen hinunter und stürzten schließlich mit atemberaubenden Sprüngen in die gähnende Tiefe; und beim Aufprall gegen andere Steine sprengten sie diese in tausend Splitter, und alle flogen als grauenhafte Flachgeschosse über die Köpfe der entsetzten Soldaten hinweg.

Diese, weiter unterhalb, blieben verschont, da der Saumpfad selbst, der auf halber Höhe im toten Winkel verlief, ihnen Deckung bot gegen die Lawine aus Blöcken und Absprengseln. Die Strapazen des Marsches setzten ihnen mehr zu als der Feind. Die Sonne stand brennend im Zenit, und das grelle Licht der tropischen Tage, das auf die steinübersäte und entblößte Landschaft niederstürzte, flutete in alle Richtungen zurück, gleich lodernden Flächenbränden, die über die Berge um sich griffen.

Die gesamte Natur lag reglos in jener gleißenden Lichtfülle, unter der Fieberstarre der Sommerhitze. Selbst die Schüsse vermochten die Stille kaum zu brechen: Kein Echo hallte durch die verdünnten, atemverschlagenden Lüfte. Die Gewehre gaben ein dürres Knacken von sich, anstatt zu dröhnen; und die rohe Gewalt der Menschen wälzte sich dumpf durch das allumfassende Schweigen der Dinge …

Der Übergang zwischen den Schanzen hindurch ging langsam vonstatten.

Dabei griffen die Sertanejos nicht eigentlich an.

Mutwillig wie aufsässige Affen, schienen sie das Ganze in eine schmerzliche Lustbarkeit und ausgiebige Steinewerferei zu verwandeln. Mit wildem und lautem Spottgeschrei rannten sie über die Höhen. Die Krieger weiter unten zogen dahin wie glücklose Darsteller beim Epilog eines schlecht gespielten Dramas. All die Erschütterung zweitägiger Kämpfe und Nöte endete abrupt in einem schauerlichen Krawall. Schlimmer als die Gewehrsalven drangen ironische und erbitternde Schreie den Soldaten ans Ohr, unterbrochen von langen Pfiffen und gellendem Hohngelächter, als wäre eine lärmende Meute unverbesserlicher Gassenjungen hinter ihnen her.

So langten sie nach dreistündigem Marsch in Bendegó de Baixo an. Was sie rettete, war die ausgezeichnete Lage dieses Ortes, ein kurzer Höhenrücken, auf dem die Wegstrecke abflacht und eine wirksamere Verteidigung ermöglicht.

Dort kam es zum letzten Treffen, bei sinkender Nacht, im Zwielicht der flüchtigen Dämmerung des Sertão.

Es war kurz, aber fürchterlich. Zum letzten Male berannten die *jagunços* die Artillerie und setzten ihre Ehre darein, sie der Truppe zu entreißen. Die Mitrailleusen jedoch, die aus erhöhter Position das Feuer auf sie eröffneten, trieben sie zurück; und hinweggefegt vom Geschoßhagel, strömten sie, unter Zurücklassung von zwanzig Toten, in die Niederungen hinab und verloren sich im Dunkel …

Vorüber waren die Stunden der Heimsuchungen.

Eine glückliche Fügung ergänzte den Erfolg. Aufgeschreckt vielleicht von den Schüssen, stürmte ein Rudel verwilderter Ziegen ins Lager der Soldaten, fast zu derselben Zeit, als die Sertanejos abgeschlagen zurückfluteten. Es war eine herrliche Kurzweil. Vollkommen erschöpfte Männer rannten wie von Sinnen mit den schnellfüßigen Tieren um die Wette, welche die Truppe närrisch vor Freude umkreiste, nach zweitägigem unfreiwilligem Fasten die Wonnen des bevorstehenden Festgelages vor Augen; und eine Stunde später hockten sie um die Lagerfeuer und rissen die nur angerösteten Fleischstücke auseinander – zerlumpt, kotig, widerwärtig, so saßen die glücklosen Helden da, vom Schein der Gluten gerötet, wie eine ausgehungerte Kannibalenhorde beim barbarischen Schmaus …

Anderntags in der Frühe setzte die Truppe den Weg nach Monte Santo fort.

Nicht einer der Männer war unverletzt. Selbst diejenigen, welche die zusammengebrochenen Kameraden trugen, hinkten bei jedem Schritt, mit blutenden Füßen, von Dornen zerstochen und von Steinen zerschnitten. Einen primitiven Strohhut auf dem Kopf, die Uniform in Fetzen, zuweilen in tragischer Lächerlichkeit bemüht, die Blöße mit einem zerrissenen Mantel notdürftig zu decken, kaum imstande, den Schein einer Marschordnung zu wahren – so zogen sie in Monte Santo ein, gleich einer Schar von *retirantes*, die, von unbarmherzigen Sonnen geschlagen, vor Elend und Verwüstung fliehen.

Die Einwohnerschaft empfing sie schweigend.

VI.

Prozession der Tragbahren

An demselben Nachmittag belebten sich die Hänge des Cambaio aufs neue. Das Kampfgetöse war jedoch dem Singsang melancholischer Litaneien gewichen. Schwerfällig zog, Canudos entgegen, eine lange Prozession durchs Gebirge. Statt der Kämpfer waren die Beter gekommen, und sie schulterten plumpe Bahren aus Rundhölzern, mit Lianen vertäut, auf denen sie die Leichen der Glaubensmärtyrer heimtrugen.

Den ganzen Tag über hatte die gesamte Bevölkerung sich der grausigen Suche gewidmet. Alle Bodenvertiefungen hatte man durchforscht, alle zerklüfteten Felslabyrinthe, alle tiefen Schlüfte und alle engen Spalten …

Viele der Streiter waren, als sie an den Hängen zusammenbrachen und abwärts glitten, in Rinnen und Schründe gefallen; andere, kaum gehalten von den spitzen Felsnadeln, die ihre Kleider durchbohrten, baumelten über Abgründen; und ihre barmherzigen Genossen kletterten in die tiefen Schluchten hinab und erstiegen die Zinnen schroffer Klippen, um sie zu bergen.

Am späten Nachmittag war das Werk der Pietät vollbracht.

Wenige Leichen fehlten – die von der Truppe verbrannten.

Der Trauerzug war nun auf dem Weg nach Canudos …

Tief am Horizont ging die Sonne langsam unter, berührte mit ihrem schimmernden Kranz die fernen Hochplateaus, und ihr letzter Schein, hoch über den Schatten, die bereits in den Niederungen zusammenquollen, fiel auf die Höhen des Cambaio. Für wenige Augenblicke ließ er die Bergkette aufleuchten. Flüchtig streifte er den Leichenzug, der im Rhythmus der Gebete dahinwandelte. Dann glitt er unmerklich, zusammen mit den allmählich steigenden Schatten, aufwärts bis zum Kamm, wo er mit den letzten Strahlen die hehren Gipfel erglühen ließ. Diese funkelten noch eine kurze Weile, gleich gewaltigen, rasch entzündeten und rasch erloschenen Altarkerzen, ein Flackern im Zwielicht der Abenddämmerung.

Die ersten Sterne erglänzten. Schimmernd strahlte das Kreuz des Orion über dem nächtlichen Sertão …

Expedition Moreira César

I.

Oberst Antônio Moreira César und das Milieu, das ihn berühmt machte

Der neuerliche Mißerfolg der Regierungsstreitmacht, für jedermann unerwartet, fiel in eine kritische Phase unserer Geschichte.

Noch unter dem Eindruck der beklagenswerten Folgen eines blutigen Bürgerkriegs, der den Abschluß einer seit den ersten Tagen des neuen Staatswesens[1] nicht abreißenden Kette von Aufständen und Revolten gebildet hatte, war die brasilianische Gesellschaft des Jahres 1897 in hohem Maße anfällig für alle Kräfte der Auflösung und Revolution. Und wenn dereinst sich jemand erkühnt, ihre bemerkenswerte psychische Verfassung im Lichte aufschlußreicher Quellen zu bestimmen, so wird er die mangelnde Anpassungsfähigkeit des Volkes an die höhere Gesetzgebung des soeben errichteten politischen Systems herausarbeiten; wie wenn dieses, da es allzu weit dem Gang einer trägen Evolution vorauseilte, seine Hauptwirkung darin hätte, ein im monarchischen Marasmus verweichlichtes Land mit dem Ungeist heftiger Wirren zu überziehen und die Republik auf eine abschüssige Bahn zu stoßen, mit regelmäßigen Katastrophen als Ausdruck einer zyklischen Krankheit.

Der zivilen Regierung, seit 1894 im Amt, fehlte eine wesentliche Voraussetzung – eine organisierte öffentliche Meinung. Bei ihrem Antritt war das Land in Sieger und Besiegte gespalten. Und ohnmächtig stand sie vor einer Lage, die, weder offen revolutionär noch normal, gegen die extremen Zwangsmittel sich ebenso sträubte wie gegen die ruhige Einwirkung der Gesetze. Sie sah sich einer Gesellschaft gegenüber, die in Sprüngen vorrückte, von äußerster Schlaffheit zu äußerster Strenge, von unablässigen Verschwörungen zu wiederholten Belagerungszuständen, offenbar die Spiegelung einer tiefen

Kluft zwischen ihrem unvollkommenen geistigen und ihrem unbegriffenen politischen Aufbau.

Außerstande, die langsame Arbeit der Evolution zu überspringen, um das geistige Niveau auf die Höhe des politischen Anspruchs zu heben, ließ die Regierung den umgekehrten Vorgang zu: Die hehren demokratischen Grundsätze verloren allmählich ihre Geltung, wurden zerredet, verdreht, entleert.

Floriano Peixoto[2]

Nichts vermochte diesen Niedergang zu hemmen. Die voraufgegangene Militärregierung unter Marschall Floriano Peixoto hatte, der höchst spezifischen Umstände halber, denen sie unterworfen war, eine streitbare und gewalttätige Rolle gespielt. Doch bei der Niederschlagung der in mehreren Aufständen hervortretenden Unbotmäßigkeit hatte sie die gesellschaftliche Instabilität verschärft und gewissermaßen sich selbst geschädigt, da sie ganz offen gegen das eigene Programm verstieß. So hatte die Regierung, die doch aus der siegreichen Abwehr eines verfassungsfeindlichen Staatsstreichs hervorgegangen war, die Suspendierung von Verfassungsgarantien zur Methode gemacht; die Verfassung, die sie schützte und krampfhaft umarmt hielt, erdrosselte sie; das Gesetz, das sie zum Inbegriff all ihrer Zwecke erhob, dehnte sie bis zur Heiligung jeglicher Art von Verbrechen, so daß jener Begriff zur widersinnigen Losung eines Landes der Gesetzlosigkeit wurde. So betrieb der unbeugsame »Eiserne Marschall« – ohne Absicht vielleicht, denn seine eigentümliche Gestalt ist immer noch ein unauflösliches Rätsel – das Scheitern ebendieser Mission, der er sich verschrieben hatte. Wenn er, von übermächtigen Krisen umstellt, bedingungslos auf alle Hilfsmittel, auf alle Maßnahmen und auf alle Anhänger zurückgriff, woher sie auch kommen mochten, so handelte er ganz und gar an der öffentlichen Meinung der Nation vorbei, befangen in den Leidenschaften und Interessen einer Partei, worin sich bis auf verschwindende Ausnahmen lauter mittelmäßige Ehrgeizlinge zusammenfanden, die aus natürlichem Selbstbehauptungstrieb eine gebildetere Umgebung mit ihren strengen Anforderungen überall meiden. Und als der Marschall Floriano in den letzten Tagen seiner Amtszeit die Septemberrevolte[3] niederwarf, jenen Inbegriff aller vereitelten Aufstände und aller Unruhen der voraufgegangenen Jahre, da säte er den verborgenen, hochbrisanten Keim zu noch gefährlicheren Erhebungen.

Er schlug und schuf Empörer. Übergriffe bezwang er mit Übergriffen. Als er aus dem Präsidentenamt schied, nahm er nicht all jene mit, die ihn durch die hochdramatischen Krisen seiner Regierungszeit begleitet hatten. Zahlreiche Unruhestifter, durch die gründliche Schule der Ausschreitungen gestärkt, blieben zurück, verdrossen darüber, daß sie naturgemäß ins zweite Glied zurücktreten mußten. Noch erfüllte sie der unaufhaltsame Schwung einer Karriere, die allzu leicht und schwindelerregend gewesen war, um jäh zu stocken; sie suchten sie daher unter den neuen Verhältnissen fortzusetzen.

Nun erlebte man ein durchaus gängiges Phänomen der Massenpsychologie: Überrumpelt, wurde die träge und völlig unbeteiligte Mehrheit des Landes zum Transmissionsriemen aller verwerflichen Elemente, die jeder einzelne Bürger für sich genommen verabscheute. Einem instinktiven Muster folgend – gleichsam eine soziale Erbschaft jener uralten biologischen Veranlagung, die Scipio Sighele[4] uns so treffend als »psychischen Mimetismus« erklärt hat –, nahmen die wissenden, aber ängstlichen Mehrheiten teilweise denselben moralischen Habitus an wie die dreisten Dutzendmenschen, die sich an ihre Spitze drängten. Damals erschienen auf der Rednertribüne, in der Presse und auf den Straßen – vor allem auf den Straßen – Individuen, die in normalen Zeiten dem bloßen Druck der Lächerlichkeit erliegen würden. Ohne Ideale, ohne erhebendes Ziel vor Augen, befangen in einem engen

Gesichtskreis, worin eine fragwürdige Republikbegeisterung sich verquickte mit einem überlebten Nationalstolz und einem plumpen Abklatsch von Jakobinismus,[5] der dem historischen Vorbild wenig schmeichelte, begannen jene Aufwiegler von der frevelhaften Ausbeutung eines Leichnams zu leben. Die Grabstätte des Marschalls Floriano Peixoto wandelte sich zur Bundeslade des verstockten Aufrührertums, und der Name des großen Mannes wurde zum Schlagwort der Schläger.

Die sträfliche Zurückhaltung der denkenden Mehrheit des Landes war ein Freibrief für Übergriffe aller Art; und in einer Atmosphäre der Gleichgültigkeit gelang es allen hitzköpfigen Kleingeistern, jener zum Glück vergänglichen und kurzen Zeitspanne ihren Stempel aufzudrücken. Weder genügten ihnen die überkommenen Spaltungen, noch schreckte sie eine hoffnungslose Wirtschaftslage: eifrig strebten sie, jene zu vertiefen und diese bis zur Unlösbarkeit zu verschärfen. Und da die Armee, von der Bewegung für die Sklavenbefreiung bis hin zur Ausrufung der Republik, absonderlicherweise sich zum Element des Ausgleichs in den landesweiten Unruhen aufzuwerfen pflegte, wurde sie von ihnen emsig und leichtfertig hofiert, umschmeichelt, umworben.

Wenn es nun im gesamten Heere jemanden gab, der die ungewöhnliche Hartnäckigkeit des großen Bezwingers von Empörungen geerbt zu haben schien, so war es ein Oberst der Infanterie, Antônio Moreira César.

Der politische Fetischismus verlangte nach Götzen in Uniform.

Ihn erkor man zum neuen Abgott.

Moreira César

Und angesichts der Unglücksnachricht, welche die Gefährlichkeit des Krieges im Sertão besonders hervorhob, fand die Regierung niemanden, welcher der überaus gefährlichen Aufgabe besser gewachsen wäre. Ihn berief sie zum Anführer der Vergeltungsexpedition.

Die Tapferkeit des Ernannten war bereits legendär.

Unlängst aus Santa Catarina zurückgekehrt, wo er die Hauptrolle beim Epilog des Feldzugs gegen die Föderalisten von Rio Grande do Sul gespielt hatte, ging ihm ein einzigartiger Ruf voraus, aus Beifallsbezeigungen wie aus Hohnreden gespeist, gemäß der zwiespältigen und übertreibenden Urteilsweise jener Jahre, da, ausgelöst durch die Marinerevolte, die geringfügigsten Episoden des Bürgerkrieges zwischen der Bucht von Rio de Janeiro und dem äußersten Süden des Landes in frischer Erinnerung waren.

Die brasilianische Öffentlichkeit schwankte zwischen zwei Extremen, dem Draufgängertum eines Gumercindo Saraiva und der Selbstverleugnung eines Gomes Carneiro,[6] und bekundete darin die entgegengesetztesten Auffassungen über Sieger und Besiegte; und was man in dieser Unstetigkeit, diesem Wirrwarr, diesem feurigen Überschwang unserer fragwürdigen Erregbarkeit tatsächlich kultivierte, in allen Schattierungen, in allen Farben, in den verschiedensten Abwandlungen, war – eine Karikatur des Heldentums. Die für eine Viertelstunde unsterblichen Heroen, denen als höchste Weihe ein Schild an der Straßenecke winkte, traten jäh und unverhofft in die Geschichte ein, hin- und hergestoßen, verdutzten Eindringlingen gleich, von denen man nicht wußte, ob sie Banditen oder Heilige waren, und die, mit Lobeshymnen und Schmähungen überhäuft, unter glutvollen Dithyramben, diabolischen Spottreden und erbarmungslosen Invektiven aus dem Blutbad von Inhanduí hervorgingen, aus dem Gemetzel von Campo Osório, aus der denkwürdigen Umzingelung von Lapa, aus dem Schluchtengewirr am Pico do Diabo oder aus dem martialischen Idealismus der Kämpfe am Rio Itararé.[7]

Scharenweise traten Helden auf. Sie waren Legion. Umjubelt alle, alle verflucht.

Unter diesen aber nahm der Oberst Moreira César eine Sonderstellung ein.

Sein Anblick überraschte Bewunderer und Gegner zugleich.

Sein Äußeres minderte den Ruf, der ihm vorausging. Von schmächtiger Gestalt – ein abgezehrter Rumpf auf Säbelbeinen –, war er organisch untauglich für die von ihm gewählte Laufbahn.

Ihm fehlte die aufrechte und straffe Statur, physische Grundlage soldatischer Tapferkeit.

Zur beengenden Uniform, die er selten ablegte, gehörte ein Dolman, der für zarte Jünglingsschultern geschneidert war und der seine Haltung zusätzlich beeinträchtigte.

Eine ausdruckslose und kränkliche Physiognomie vervollständigte seine uneinnehmende und kleinwüchsige Erscheinung. Nichts, durchaus nichts verriet seine mehrfach bewiesene, erstaunliche Energie und beispiellose Furchtbarkeit, betrachtete man jenes Rekonvaleszentengesicht ohne jeden unverwechselbaren und entschiedenen Zug – bleich, langgezogen durch den die Stirnwölbung dehnenden Haarausfall und kaum erhellt durch einen erstorbenen, von steter Traurigkeit überschatteten Blick.

Es war ein Antlitz von wächserner Unbeweglichkeit, undurchdringlich aufgrund ebendieser Muskelschwäche. Die heftigsten Zornesausbrüche und der lebhafteste Frohsinn mußten von dem schlaffen Gewebe bis zur Unkenntlichkeit gedämpft werden und änderten nichts am feststehend teilnahmslosen und starren Ausdruck.

Die ihn zum ersten Mal sahen, hatten Mühe, in jenem Mann der langsamen und kühlen Gebärde, der höflichen und ein wenig schüchternen Umgangsformen den glänzenden Feldherrn oder den blutrünstigen Dämon zu erkennen, den sie sich ausgemalt hatten. Ihm fehlten die Wesenszüge des einen wie des andern. Denn vielleicht war er beides zugleich.

Die ihm zujubelten, waren ebenso im Recht wie jene, die ihn schmähten. In dieser einzigartigen Persönlichkeit prallten scheußliche Tendenzen und vortreffliche Eigenschaften unversöhnlich aufeinander, beide auf die Spitze getrieben. Er war beharrlich, geduldig, aufopfernd, loyal, unerschrocken, grausam, rachsüchtig, ehrgeizig. Eine vielförmige Seele, eingezwängt in einen höchst zerbrechlichen Organismus.

Diese Attribute allerdings überdeckte eine vorsichtige und methodische Zurückhaltung. Nur einer erkannte oder vielmehr enträtselte sie richtig, der Marschall Floriano Peixoto. Dazu befähigte ihn die Affinität gemeinsamer Anlagen. Er benutzte Moreira César zu gegebener Zeit, wie Ludwig XII. Bayard[8] benutzt hätte, wenn er der romanesken Tapferkeit des Ritters ohne Furcht und Tadel die Verschlagenheit eines Fra Diavolo hätte aufpfropfen können.

Von der Hoheit des ersteren war Moreira César weit entfernt und weiter noch vom moralischen Tiefstand des letzteren. Dennoch beginge man keine unzulässige Übertreibung, betrachtete man ihn als reduziertes Gemisch aus beiden Charakteren. Etwas Großes und Unfertiges haftete ihm an, als habe die staunenswerte Entwicklung des Berufenen innegehalten, ohne unter den ungewöhnlichen Gaben, mit denen sie ihn ausstattete, eine endgültige Auswahl zu treffen, und zwar ausgerechnet in der kritischen Phase seiner Festlegung als Held oder Unhold. So war sein Gleichgewicht gestört. In seinem Gemüt schlug äußerste Hingabe in äußersten Haß um, überlegene Ruhe in plötzliche Schroffheit und ritterliche Bravour in empörendes Barbarentum.

Er hatte das unstete und überspannte Temperament eines erwiesenen Epileptikers und verbarg die Nervenzerrüttung eines Schwerkranken hinter trügerischer Gelassenheit.

Indessen wurde seine Gemütsruhe nicht selten durchbrochen von den unwillkürlichen Folgen des Gebrechens, das später erst, ausgelöst durch heftige Gemütsbewegungen, in den Zuckungen der Anfälle ganz in Erscheinung trat. Und könnten wir ihn auf seinem Lebensweg begleiten, würden wir die fortschreitende Entfaltung seines Leidens beobachten, das ihm ebenso wie etlichen Unglücksgefährten ein originelles und interessantes Gepräge verlieh, gekennzeichnet durch eine nur allzu deutliche Abfolge von Handlungen, die nach immer kürzeren Intervallen der Ruhe auftraten und Bestimmungspunkte der unabänderlichen Kurve bildeten, auf der das biologische Verhängnis ihn fortriß.

In der Tat kursierten unter seinen Waffengefährten Berichte über frappante Zwischenfälle; und diese störten von Zeit zu Zeit, mit unerbittlicher Regelmäßigkeit, den Gang einer militärischen Karriere, die ansonsten geradlinig war wie wenige.

Es würde zu weit führen, alle diese Vorfälle in Erinnerung zu rufen, abgesehen von der Gefahr, daß wir übertriebene oder falsche Darstellungen wiedergeben könnten.

Lassen wir alle zweifelhaften Fälle beiseite, deren hervorstechender Zug allerdings tatsächlich äußerste Gewalttätigkeit war – hier ein Sanitätsoffizier, den er durch Hiebe mit der Reitpeitsche kränkte, dort ein argentinischer Offizier, den er mit einem ihm zum Glück rechtzeitig entwundenen Messer anfiel, eines mißverstandenen Wortes halber –, und schildern wir in aller Kürze die bekanntesten Fälle.

Besonders einer von ihnen veranschaulicht seine barbarische Energie.

Es war im Jahre 1884, in Rio de Janeiro. Ein Journalist, oder vielmehr ein Wahnwitziger, erregte, völlig unbehelligt von den laxen Strafgesetzen, durch unerträgliche Schimpftiraden in der Residenz des Kaiserreichs einen beständigen Skandal; und da ein Teil der ehrenrührigen Anzüglichkeiten, mit denen er alle Gesellschaftsklassen vom niedersten Bürger bis zum Monarchen gleichermaßen überschüttete, das Heer verunglimpfte, verfielen mehrere Offiziere unseligerweise auf die vernichtende und entsetzliche Lynchjustiz als letzte Instanz.

Es geschah, wie beschlossen. Und unter den mit der Urteilsvollstreckung betrauten Unteroffizieren – auf offener Straße, bei hellichtem Tage, im Angesicht der wohlbewaffneten Justiz, der die Comblains der gesamten Polizei zu Gebote standen – erschien einer ihrer Vorgesetzten, der Hauptmann

Moreira César, noch jung an Jahren, um die dreißig, dessen Dienstakte aufgrund mehrerer vorbildlich erledigter Aufträge wohlverdiente Belobigungen enthielt. Und er war der forscheste, der erbarmungsloseste, der allererste vielleicht, der auf das Opfer von hinten einstach, ausgerechnet zu einem Zeitpunkt, da es neben einem ranghohen Militär in einem Wagen Platz genommen und sich unmittelbar unter den Schirm der Gesetze begeben hatte ...

Das Verbrechen trug ihm die Versetzung nach Mato Grosso ein, dem tropischen Sibirien unseres Heeres, von wo er erst nach der Ausrufung der Republik zurückkam.

Wir sahen ihn damals.

Noch war er Hauptmann, und obschon er niemals den Degen im Kampf gezogen hatte, wirkte er wie ein Triumphator. In den noch schwankenden Tagen des neuen Staatswesens suchte die Regierung ihn offenbar als eine feste Stütze an sich zu binden, als den Mann für gefährliche Krisen und große Wagestücke. Wenn seine knabenhafte Gestalt durch Kasernen und Straßen wandelte, umfing ihn beifälliges und lobhudelndes Gemurmel voll Schmeicheleien über die Haupttaten seines Lebens, von denen jedoch die Akten dieser im Grunde harmlosen und ängstlichen Bürokratenseele nichts wußten, angefüllt mit Belobigungen für die Ausführung friedlicher Einsätze.

In aufschlußreichem Gegensatz zu seinem Ruf spricht aus den Dokumenten seiner Soldatenlaufbahn das Unkriegerische einer wechselvollen, aufgewühlten, ganz und gar turbulenten Existenz, in der nicht selten das Messer neben dem gänzlich jungfräulichen Degen aufblitzte.

Dieser verließ seine Scheide endlich in den letzten Jahren seines Lebens. Beim Ausbruch der Marinerevolte von 1893 bereits Oberst, da innerhalb von zwei Jahren dreimal befördert, wurde er von Marschall Floriano Peixoto mit unumschränkten Vollmachten nach Santa Catarina entsandt, um dem Flächenbrand Einhalt zu gebieten, der im Süden wieder aufgeflackert war und die angrenzenden Gliedstaaten bedrohte. Er ging; und nirgendwo sonst auf unserem Staatsgebiet lastete die eiserne Hand des Belagerungszustands so schwer und erdrückend wie dort.

Die Erschießungen, unter trauriger Schaustellung unverzeihlicher Roheit vollzogen, sprechen eine überdeutliche Sprache. So sehr erschütterten sie die öffentliche Meinung des Landes, daß nach Beendigung des Aufruhrs die soeben eingesetzte zivile Regierung vom Hauptverantwortlichen Rechenschaft über diese Vorfälle verlangte. Die Antwort, telegraphisch übermittelt, war prompt. Ein »Nein«, schlicht, dürr, dreist, schneidend, ein Pfeil mitten in den neugierigen Vorwitz der gesetzmäßigen Staatsorgane, ohne den Schnörkel, den Umschweif, den Abstrich auch nur der allerkürzesten Erläuterung.

Monate später beorderte man ihn nach Rio de Janeiro.

Mit seinem Bataillon, dem 7., bestieg er ein Handelsschiff; und auf hoher See verhaftete er, zur Überraschung der eigenen Kameraden, den Kapitän. Plötzlich hatte ihn – ohne den geringsten Anlaß – der Argwohn eines Verrats befallen, einer vorsätzlichen Kursabweichung mit dem Ziel, ihn und seine Soldaten zu verderben. Diese Handlung wäre absolut unerklärlich, verstünden wir sie nicht als eigentümlichen Aspekt der seelischen Zerrüttung, deren Opfer er war.

Seinem Nimbus indessen tat sie keinen Abbruch. Er machte sich zum unumschränkten Herrn über das von ihm befehligte Bataillon, gab ihm eine Mannschaftsstärke, welche das reguläre Soll bei weitem überstieg, einschließlich – ein offener Gesetzesverstoß – Dutzender von Kindern, denen die Waffen zu schwer waren; und in seiner Machtvollkommenheit organisierte er die beste Heeresabteilung, denn in seinen anhaltenden lichten Phasen bewies er unstreitig die seltenen, herausragenden Vorzüge eines klugen und auf Disziplin bedachten Vorgesetzten, ganz im Gegensatz zu seinen periodischen Anfällen von Überspanntheit.

Diese wurden schließlich immer offenkundiger und häufiger, in einem unaufhaltsamen Crescendo.

Zum Anführer der Expedition gegen Canudos ernannt, offenbarte er seine Leiden in einer Folge von unsinnigen Fehlentscheidungen, die endlich in eine Katastrophe mündeten.

Wir werden sie bald in zwei unmäßigen, ungestümen Affekthandlungen sehen: im willkürlichen Aufbruch von Monte Santo, der plötzlich, zur Bestürzung des eigenen Generalstabs, just am Vorabend des im Marschbefehl festgesetzten Tages begonnen wurde; sowie, drei Tage später, im Überfall auf die Hochburg der *jagunços*, mit über tausend vom meilenweiten Marschieren erschöpften Soldaten, just am Vortag des für den Sturmangriff anberaumten Datums.

Beide Entschlüsse, gleichartig als Erscheinungen derselben Neurose, wurden von Anfällen begleitet.

Sie waren ungemein aufschlußreich.

Alle merkwürdigen Vorkommnisse seines sprunghaften Lebens fügten sich, wie man schließlich sah, zu einer Kette von Symptomen, die eine einzige sichere Diagnose erzwangen …

Wirklich speist sich die Epilepsie aus Leidenschaften; sie wächst mit der Zunahme plötzlicher und heftiger Gemütsbewegungen; doch solange sie noch verdeckt oder nur als affektive Gestörtheit auftritt und das Bewußtsein schleichend unterminiert, scheint das offene Ausleben jener Gefühle ein heilsames Ableitungsmittel zu sein, das die Wirkungen der Krankheit lindert. So darf man ohne Übertreibung behaupten, daß in einem Verbrechen oder einer beispiellosen Heldentat oftmals der gleiche Mechanismus am Werk ist wie in einer Nervenattacke. Fällt man dem Mörder in den Arm oder verlegt man dem Helden beim glorreichen Sturmangriff jählings den Weg, so kann *ex abrupto* der Kranke in ihnen zum Vorschein kommen und dem epileptischen Anfall erliegen. Daher all diese unerwarteten, unfaßlichen oder grausamen Handlungen, mit denen das Opfer instinktiv das eigentliche Übel zu überlisten trachtet, weil es oft im Verbrechen einen Ausweg vor dem Wahnsinn sucht.

Nachdem ihm sein Zustand lange Zeit nur halb bewußt war – eine Reihe kurzer und flüchtiger Geistesstörungen, von niemandem bemerkt, von ihm selbst bisweilen unbemerkt –, spürt das Opfer, daß sein Leben immer mehr ins Schwanken gerät. Und es kämpft beharrlich. Die lichten Phasen werden ihm zu Ruhepunkten für sein strauchelndes Bewußtsein, das nach Möglichkeiten sucht, seine wachsende Unfähigkeit zur ausgewogenen Beurteilung der normalen Umgebung einzudämmen. Die Aussichten dafür indessen schrumpfen allmählich. Schließlich vermag der zerrüttete Verstand sich kaum der Außenwelt anzupassen und die Tatsachen aufeinander zu beziehen, die er, in fortgesetztem Niedergang begriffen, vermengt, verwirrt, verkehrt, verzerrt. Darauf fällt der Kranke in einen Dämmerzustand, wie ein treffender Ausdruck lautet, und er verdichtet in seinem Gehirn, gleich einer Summe aller früheren Geistesstörungen, das Potential des Irrsinns, labil, bereit zur Entladung in gewaltsamen Aktionen, die den Betreffenden ins Verbrechen oder, unter Umständen, in die Berühmtheit treiben.

In solchen Fällen ist es an der Gesellschaft, ihm die Zwangsjacke oder den Purpurmantel anzulegen. Denn das allgemeine Prinzip der Relativität gilt auch für die kollektiven Leidenschaften. Wenn ein großer Mensch dank der überwältigenden Ausstrahlung seines Genies einem großen Volk sich aufdrängen kann, so fasziniert der gefährliche Degenerierte mit gleichem Nachdruck die einfältigen Massen.

Bei uns jedenfalls hatte der Abhub der Gesellschaft die Oberhand. Kurzzeitig tonangebend waren sonderbare Persönlichkeiten; und aus ihrer Mitte ragte der Oberst Moreira César mit kräftigen Umrissen auf, als lasse die Nichtigkeit seines früheren Lebens seine grausame Tatkraft der jüngsten Zeit um so deutlicher hervortreten.

Noch ist es verfrüht, seine Höhe im Verhältnis zur Niedrigkeit seines Milieus zu bestimmen. Wenn es um die Beurteilung von Ereignissen geht, übernimmt die Zeit die Rolle des Raumes bei der Fokussierung von Bildern: Der Historiker bedarf eines gewissen Abstands zu den Tableaus, die er betrachtet.

Beschließen wir diesen gefährlichen Abschnitt ...

Erste reguläre Expedition

Oberst Moreira César nahm die Berufung an und schiffte sich am 3. Februar 1897 mit folgenden Truppen nach Bahia ein: mit dem von ihm selbst bislang kommandierten 7. Infanteriebataillon, das er dem Major Rafael Augusto da Cunha Matos unterstellte, mit einer Batterie des 2. Artillerieregiments unter Hauptmann José Agostinho Salomão da Rocha sowie einer Schwadron des 9. Kavallerieregiments unter Hauptmann Pedreira Franco.

Dies war der Kern der aus drei Waffengattungen bestehenden Brigade, die sogleich mit der von den Umständen erheischten Geschwindheit aufgestellt wurde, und zwar in Verbindung mit drei zusätzlichen, allesamt lückenhaften Einheiten: Es waren dies das 16. Bataillon aus São João d'El-Rei,[9] das sogleich von dort unter Führung des Obersten Sousa Meneses mit 28 Offizieren und 290 Gemeinen aufbrach; ein Bruchteil des 33. Bataillons mit etwa 140 Soldaten; sodann das 9. Infanteriebataillon unter Oberst Pedro Nunes Tamarindo sowie kleinere Polizeikontingente des Bundesstaates Bahia.

Der Befehlshaber der Expedition blieb nicht lange in Salvador. Kaum hatte er alle dort befindlichen Truppen zusammengeführt, setzte er die Fahrt nach Queimadas fort, wo am 8. Februar, nur fünf Tage nach Verlassen der Hauptstadt der Republik, das ganze Expeditionskorps versammelt war – annähernd 1300 Kombattanten, reichlich versorgt mit 15 Millionen Patronen und 70 Schuß Artillerie.

Die Truppenmobilisierung war, wie man sieht, ein Wunder an Schnelligkeit gewesen. Und schnell ging sie weiter. Nachdem man in Queimadas, der »1. Operationsbasis«, eine symbolische Garnison von 80 Kranken und 70 Kindern, die dem Gewicht der Tornister nicht gewachsen waren, unter dem Befehl eines Leutnants zurückgelassen hatte, zog das Gros der Truppe weiter zur »2. Operationsbasis«, nach Monte Santo, wo es am 20. des Monats bereit stand zum entscheidenden Vormarsch.

Die Ankunft jedoch war von bösen Vorzeichen überschattet. Tags zuvor war die Nervenkrankheit des Kommandeurs unter epileptischen Zuckungen ausgebrochen, mitten auf dem Weg, kurz vor dem Anwesen Quirinquinquá; und zwar mit solcher Heftigkeit, daß die fünf Sanitätsoffiziere einen Rückfall mit beklagenswerten Folgen voraussahen. Die wichtigsten Unterführer jedoch, wiewohl in Kenntnis einer Diagnose, welche die Entschlußkraft und das Verantwortungsbewußtsein des Oberkommandierenden angesichts der unerbittlichen Kampfbedingungen ernstlich in Frage stellte, entzogen sich vorsichtig und ängstlich der leisesten Erörterung des Problems.

Als der Oberst Moreira César sich dem Ziel des Feldzugs näherte, hatten die ihm selbst unterstellten Ärzte ihn aufgegeben.

Es leuchtet ein, daß die Operationen keineswegs mit der unentbehrlichen Klarsicht aufeinander abgestimmt wurden und daß sie vom ersten Schritt an unter allen erdenklichen Fehlern, unerklärlichen Lässigkeiten und Verstößen gegen die elementarsten Vorschriften litten, die schon in den vorausgegangenen Katastrophen mit aller Deutlichkeit hervorgetreten waren und sich bitter gerächt hatten. Keine der Entscheidungen trug den höchst spezifischen Umständen des Feldzugs Rechnung. Sie alle gehorchten ein und demselben Plan, der nichts weiter war als der Plan eines energischen Polizeikommissars: im Eilmarsch mit tausend Bajonetten in Canudos einfallen.

Und zwar binnen kürzest möglicher Frist. Die Militäringenieure Domingos Alves Leite und Alfredo do Nascimento, Oberleutnants am Generalstab, die der Brigade zugeteilt waren, bekamen eine Woche Zeit, um die unbekannte und abweisende Landschaft zu erkunden. In einer derart winzigen Spanne konnten sie unmöglich strategische Festpunkte aussuchen, die eine unerläßliche Operationslinie abgesichert hätten. Selbst die übliche Hast militärischer Geländevermessungen wurde von dieser überstürzten Mission bei weitem übertroffen, die zu phantasievollen Triangulationen genötigt war – mit bloßem Auge geschätzte Basen, erhebliche Abweichungen beim Anvisieren der verschwimmenden Gipfel der Höhenzüge, Entfernungen, die vom Schrittzähler am Stiefel eiliger Vermesser festgehalten wurden. Diese befragten die Einheimischen, auf die sie unterwegs vereinzelt stießen: Also notierten sie Wegstrecken in einem trügerischen Längenmaß, der brasilianischen Meile, deren Anzahl die Selbstgefälligkeit des an ausgedehnte Fußmärsche gewöhnten *matuto* gern übertrieb; ferner hoffnungslos wirre Richtungsangaben oder Kartenskizzen, bei denen fünf Grad Differenz eine mustergültige Genauigkeit bedeuteten; des weiteren Auskünfte zu Reliefgestalt, Bodenbeschaffenheit und Wasserstellen von zweifelhaftem Realitätsgehalt.

Die angefertigte Geländeaufnahme wurde dem Oberbefehlshaber unterbreitet, der sie ohne nähere Prüfung guthieß.

Sie war die Grundlage für die Wahl des neuen Anmarschwegs. Östlich der Route über den Cambaio verlaufend, allerdings auch neun oder zehn Meilen länger als diese, bot er, so meinte man, den Vorteil, die Gebirgszone zu umgehen. Von Monte Santo würden die Streitkräfte geradewegs auf den Flecken Cumbe zuhalten, nach Ostsüdost, würden, dort angekommen, sich stracks nach Norden wenden und, am Saum der Serra de Aracatí entlang, allmählich eine nordnordwestliche Richtung einschlagen, um bei dem Anwesen Rosário schließlich auf den alten Weg von Maçacará zu stoßen. Man dachte nicht daran, die gewählte Route in eine Operationslinie zu verwandeln; etwa, indem man zwei oder drei verteidigungsfähige Stellen aussuchte und durch Besatzungen sicherte, die, mochten sie auch winzig sein, Stützpunkte für den Abwehrkampf wären, falls es zu einem Mißerfolg, einem Zurückweichen oder gar zu einem Rückzug käme.

Niemand erwog im entferntesten die Möglichkeit eines Rückschlags. Die vorausgegangene Aufklärungsaktion war eigentlich nur ein Zugeständnis an Ladenhüter der Kriegskunst gewesen, genügte doch das scharfsichtige Auge des Geländeführers, des »Hauptmanns« Jesuíno, um den einzuschlagenden Weg zu erkunden.

Dieser Weg, soviel wußte man immerhin, würde auf langen Strecken *caatinga*-Gebiete queren, durch die man Schneisen schlagen mußte, sowie weite, vierzig Kilometer sich dehnende Sandflächen, die zu jener Jahreszeit, auf dem Höhepunkt der Sommerglut, unmöglich zu bewältigen waren, ohne daß die marschierenden Soldaten den Rücken unter Wasserlasten beugten, gleich den römischen Legionen in Tunesien. Um dem abzuhelfen, führten sie eine artesische Pumpe mit, als wüßten sie über die tieferen Schichten der Erde Bescheid, von der sie doch nicht einmal die Oberfläche kannten, und als hätten sie in ihren Reihen findige Wahrsager, die mit der Wünschelrute die genaue Stelle einer nutzbaren Wasserader zu bezeichnen wüßten. Weiter unten werden wir sehen, was diese Pumpe ausrichtete.

In Wahrheit freilich würde man ins Unbekannte marschieren, auf menschenleeren Pfaden, denn alle Durchquerungen jener Gegend beschränken sich üblicherweise auf den Abschnitt einer jahrhundertealten Verbindung zwischen Bom Conselho und Jeremoabo, welche die nördlich gelegenen unwirtlichen Tafelebenen meidet und in östlicher Richtung umgeht; und diese Ebenen, unmerklich zum Vaza-Barrís sich neigend, bilden auf der undeutlichen Wasserscheide zwischen diesem Fluß und dem Itapicurú gewaltige Sandflächen ohne das kümmerlichste Bächlein, da sie einem gierigen Schwamme gleich die heftigsten Wolkenbrüche einsaugen.

Ein langer und mit Fußangeln gespickter Marsch war abzusehen: 150 Kilometer, also wenigstens fünfundzwanzig Meilen, die angesichts der Unbewohntheit und Kargheit des Landes einer zehnfachen Weglänge gleichkamen. Selbstverständlich hätte man zumindest die sogenannte Operationsbasis sichern müssen, damit die Truppe in der Wüste nicht gänzlich vom Nachschub abgeschnitten wäre. Trotzdem erhielt Monte Santo, mit seinen erbärmlichen Verteidigungsbedingungen, beherrscht vom lotrecht ragenden Gebirge, von wo eine Handvoll Feinde es unbehelligt beschießen könnte, lediglich eine unzureichende, dem Obersten Meneses unterstellte Besatzung von wenigen Dutzend Soldaten. Während das Gros der Truppe nach Canudos vorrückte, wäre es den Gegnern ein leichtes, Monte Santo einzunehmen. Sie nutzten die Chance nicht. Doch stand zu vermuten, daß sie es tun würden, denn alle einlaufenden Berichte stimmten darin überein, daß die Sertanejos mit Macht sich zum Kampfe rüsteten.

Die Bevölkerung von Canudos wächst

Die Nachrichten trafen zu.

Canudos war innerhalb dreier Wochen ungeheuer gewachsen. Die Kunde vom jüngsten Triumph über die Expedition Febrônio de Brito, aufgebläht von denen, die sie weitererzählten, und schon mit zahlreichen Episoden romanhaft ausgeschmückt, hatte die letzten Bedenken jener Gläubigen zerstreut, die bisher vor dem Einzug ins *phalanstère*[10] des Antônio Conselheiro zurückgescheut waren.

Wie in den ersten Gründungstagen erschienen alle Augenblicke auf den umliegenden Anhöhen Pilgerscharen, die dem legendären Orte zustrebten – mit allem beladen, mit all ihrer Habe, oft auch mit Hängematten, in denen sieche Verwandte lagen, Sterbende, die nach der letzten Ruhe in jener hochheiligen Erde lechzten, oder auch Blinde, Lahme und Aussätzige, voller Hoffnung auf ein Mirakel, auf sofortige Heilung, auf eine schlichte Geste des verehrten Wundertäters. Es waren wie immer Leute jeglichen Schlages: kleine Viehzüchter, biedere und stämmige Rinderhirten, vermischt mit allen Spielarten der Landstreicherei des Sertão; einfältige Familienmütter in trauter Gemeinschaft mit unverbesserlichen und ausgelassenen Buhldirnen. Am Schluß dieser Prozessionen sah man unweigerlich Gestalten, die, ohne die angestimmten Litaneien mitzusingen, ungesellig und allein daherzogen, als seien sie Kundschafter – frei umherlaufende Banditen, unbeschäftigte Bravos, auf der Suche nach einer größeren Bühne für ihr abenteuerdurstiges Naturell und ihre ungestüme Verwegenheit. Im Laufe des Tages trafen von überall, aus Richtung Calumbí, Maçacará, Jeremoabo und Uauá, Lasttiere ein, hochbepackt mit Lebensmitteln aller Art, geradewegs nach Canudos gesandt von Anhängern, die aus der Ferne, aus Vila Nova da Rainha oder Alagoinhas, aus allen möglichen Ortschaften die Siedlung versorgten. Dort herrschten Überfluß und hohe Begeisterung.

Wie die ›Jagunços‹ die neue Expedition erwarten

Frühmorgens wurden die Aufgaben zugeteilt. An Arbeitskräften mangelte es nicht; es waren ihrer sogar zu viele. Wachen von je zwanzig Mann mit einem zuverlässigen Anführer wurden an verschiedenen Zugangswegen aufgestellt – in Cocorobó, an der Einmündung des Macambira-Baches, in der Niederung des Umburana-Baches und auf der Favela-Höhe –, um jene abzulösen, die dort die ganze Nacht auf dem Posten gewesen waren. Zu den kümmerlichen Pflanzungen, die beide Flußufer säumten, machten jene sich auf den Weg, die am Vortag bereits den Tribut des Gemeinschaftsdienstes entrichtet hatten. Andere strebten zu den Bauarbeiten an der Kirche; und wieder andere – die Verschlagensten und Gewitztesten – brachen zu entfernteren Zielen auf, nach Monte Santo, nach

Cumbe, nach Queimadas, mit heiklen Aufträgen, um über die neuerlichen Invasoren Erkundigungen einzuziehen, um mit den Glaubensbrüdern jener Ortschaften sich zu unterreden, die der Wachsamkeit der Behörden trotzten, um Waffen zu erwerben, Schleichgeschäfte einzufädeln, die letztlich reibungslos vonstatten gingen, um alles auszuspähen, verstohlen alles zu erkunden.

Frohgemut brach alles auf. Über die Wege zogen kleine Gruppen lärmend dahin, mit Waffen oder Arbeitsgeräten ausgerüstet, und sangen. Vergessen waren die voraufgegangenen Blutbäder. In vielen Gemütern keimte die Hoffnung auf, man werde sie endlich dem Frieden ihres schlichten Sertãolebens überlassen.

Die Anführer freilich gaben sich keiner Täuschung hin. Mit Vorsicht gewappnet, verständigten sie sich auf sofortige Verteidigungsmaßnahmen. In glühender Hitze sah man die Sertanejos da und dort, auf Anhöhen und an Wegesrändern, Steine rollen, schleppen und stapeln oder die Erde mit Haue und Spitzhacke in unablässiger Mühsal aufreißen. Sie legten Schützenlöcher an.

Dieses System war wegen der Schnelligkeit, mit der es errichtet wurde, ein Musterbeispiel provisorischer Schanzarbeit: Eine runde oder elliptische Grube wurde derart ausgehoben, daß der Schütze darin sich bequem verstecken und bewegen konnte, und man säumte sie mit kleinen Schutzwehren aus nebeneinandergesetzten Steinen, zwischen denen sich der Gewehrlauf durchstecken ließ. Die Talkschieferplatten, die mühelos in allen gewünschten Formen sich herausbrechen ließen, erleichterten die Arbeit. Sie erklären die außerordentliche Häufigkeit dieser fürchterlichen Lauerstellungen, die in regelmäßigen Abständen sich nach allen Richtungen ausbreiteten und die Erde rund um Canudos durchsiebten, so daß sie anmuteten wie die zahllosen Schießscharten einer ungeheuerlichen, mauerlosen Festung. Sie waren dergestalt im Gelände verteilt, daß sie die Möglichkeit schufen, die Pfade unter Kreuzfeuer zu nehmen, besonders dort, wo diese über weite

Strecken einem ausgetrockneten Bachbett folgten, was der schlagkräftigsten und beweglichsten Truppe den Durchzug aufs höchste erschweren mußte. Und da die Sertanejos voraussahen, daß die Armee, um jenen gefährlichen Abschnitten zu entgehen, sich seitwärts wenden und die sie flankierenden Schanzen berennen und einnehmen würde, errichteten sie in der Nähe, oberhalb der Abhänge, weitere und ebenso im Gelände angeordnete Feuerstellungen, die den abgedrängten Schützen Zuflucht gewähren und die Fortsetzung des Kampfes erlauben sollten. So würden die Angreifer, gleichviel, ob sie den Wegen folgten oder sie verließen, stets in einem Netz sich kreuzender Kugeln steckenbleiben.

Denn die Rebellen bedurften keinerlei Unterweisung für diese Zurüstungen. Das Gelände selbst war ein trefflicher Lehrmeister: Kleine Bergketten türmten sich zu Bastionen, Flüsse schnitten sich zu gedeckten Wegen und Festungsgräben ein, und allenthalben verflochten die *caatingas* sich zu natürlichen Verhauen. Die *jagunços* suchten die höchsten und laubreichsten unter den strauchigen Bäumen aus. Aus den inneren Zweigen, ohne das äußere Blattwerk anzutasten, flochten sie geschickt eine zwei Meter über dem Boden schwebende kleine Plattform, kräftig genug, um ein oder zwei unsichtbare Schützen, verborgen im Laub, bequem zu tragen. Ein uralter Brauch waren sie, jene eigenartigen Aussichtspunkte, von denen sie seit jeher den räuberischen Jaguaren aufzulauern pflegten. So fügten sich die indianischen *mutãs** in das System der Schützenlöcher und ergänzten es entscheidend.

Es gab noch wirksamere Verteidigungsanlagen. Die *jagunços* entdeckten einen Hügel, der oben mit großen, runden Felsbrocken bekränzt war. Sie durchstießen die mit Disteln und Bromelien zugewachsenen Spalten und Lücken zwischen den Felsen, machten sie zu schmalen, durch dichte *gravatá*-Hecken getarnten Luken, leerten sodann die Innenräume und wandelten schließlich bequem in den Gängen jenes ungefü-

* *Mutã* – Art Gestell, von wo man dem Wild auflauert; Hochsitz.

gen Bunkers, der die Wege und Niederungen beherrschte und von wo sie gefahrlos auf die entferntesten Ziele anlegen konnten.

Bei diesen Vorkehrungen blieb es nicht. Man überholte die Waffen. Canudos hallte wider vom schrillen Konzert der Ambosse, im Takt der Hämmer und Schlägel: man richtete und hämmerte die verbogenen Sicheln, spitzte und festigte die abgestumpften Eisendornstöcke, härtete die breiten Klingen der *facas de arrasto*, die lang sind wie Schwerter, versteifte die Bögen, die anmuten wie ein Zwischending von Eingeborenenwaffe und antiker Armbrust, setzte die klemmenden Schlösser alter Flinten und Schrotpistolen instand. Und aus glutheißen Baracken erscholl das metallische Dröhnen emsiger Waffenschmiede.

Das in den umliegenden Kleinstädten aufgekaufte Pulver reichte nicht hin; was ihnen fehlte, erzeugten die *jagunços* selbst; sie hatten Holzkohle, hatten Salpeter, den sie weiter nördlich beim Rio São Francisco an der Erdoberfläche gewannen, und sie hatten seit langem Schwefel. Der Explosivstoff geriet vorzüglich, dank seinem exakten Mischungsverhältnis, und konnte ohne weiteres mit dem bei der Jagd verwendeten Schießpulver konkurrieren.

An Geschossen mangelte es nicht. Der breite Rachen der Blunderbüchsen schluckte alles: Kieselsteine, Nagelstücke, Hornspitzen, Flaschenscherben, Steinsplitter.

Und schließlich mangelte es nicht an namhaften Kämpfern, deren unerhörte Abenteuer im ganzen Sertão die Runde machten.

Denn die allgegenwärtige Frömmigkeit, verbunden mit dem Hang zur Unruhestiftung, führte dort Menschen nicht nur aus Bahia zusammen, sondern aus sämtlichen angrenzenden Bundesstaaten. Unter den *jagunços* vom Rio São Francisco und den *cangaceiros* aus dem Carirí tummelten sich, in allen Spielarten, die altbekannten Streithähne des Sertão, nur dem Namen nach verschieden von den *calangros*, *balaios* oder *cabanos*[11] der betreffenden regionalen Empörungen.

Durch den ganzen Sertão war ein Aufruf gegangen …

Tagtäglich trafen neue, sonderbare Gestalten ein, die gänzlich unbekannt waren. Sie kamen »unter dem *cangaço*«: mit vollgepfropftem Kugelbeutel und wohlgefülltem Pulverhorn; die doppelläufige Schrotpistole in den Gürtel gesteckt, an dem das unentbehrliche *parnaíba*-Messer hing; die trichtermündige Flinte umgehängt. Ansonsten hatten sie nichts. Sie traten auf den Platz, ohne daß jemand sie nach ihrer Herkunft befragte, als wären sie alte Bekannte. Empfangen wurden sie vom verschlagenen João Abade, der, stand seine Händelsucht der ihrigen auch nicht nach, immerhin die Überlegenheit seltenen Scharfsinns und einen Anflug höherer Geistesbildung besaß, dank vielleicht dem Umstand, daß er die Oberschule einer der Hauptstädte des Nordens besucht hatte, von wo er nach dem Mord an seiner Verlobten, seinem ersten Verbrechen, geflohen war. Jedenfalls beherrschte und disziplinierte er die Ankömmlinge. Als »Straßenkommandant«, ein unverständlicher Titel angesichts jenes Labyrinths von Gäßchen, übte er in dem Dorf, das er nie verließ, eine unumschränkte Herrschaft aus, die er auf fünf Meilen in der Runde ausdehnte, wo seine hurtigen Streiftrupps immerzu auf Wachgängen waren.

Ihm gehorchte man bedingungslos. Bei jenen weitgespannten, mannigfaltigen und verschiedenartigen Verrichtungen, wo der biedere Hinterwäldler und der unverfrorene Übeltäter miteinander wetteiferten, griffen alle Anstrengungen beispiellos ineinander und galten alle Bestrebungen mit vollkommenem Gleichklang einem einzigen Ziel: der Abwehr der bevorstehenden Invasion.

Jedoch geriet, wie etliche Gefangene am Ende des Feldzugs enthüllten, die kriegerische Geschäftigkeit jäh ins Stokken, als ein plötzlicher Schauder die aufrührerische Herde erstarren ließ und an den Rand sofortiger Auflösung brachte: Die Kundschafter nämlich, ausgesandt, um den Anmarsch der Feinde auszuspähen, überbrachten, als sie aus den verschiedenen Richtungen heimkehrten, neben zuverlässigen

Auskünften über Zahl und Bewaffnung der Soldaten, die Kunde vom Ruf des neuen Befehlshabers.

Das fieberhafte Treiben der *jagunços* erlag einem Kollaps, ausgelöst durch ungeheures Entsetzen. Das Wuchern wildester Phantasien hatte die Fürchterlichkeit jenes Truppenchefs maßlos aufgebläht. Er war der Antichrist, gekommen, den unglücklichen Büßern die letzte Prüfung aufzuerlegen. Sie dachten sich ihn als Helden einer Vielzahl von Schlachten, die ein unbeholfener Poet des Sertão hernach in einem Gesang über den Feldzug auf vierzehn bezifferte; und sie malten die künftige Verwüstung ihrer Heime aus, Tage unsäglicher Martern und grimmigster Torturen. Canudos vertilgt durch Kugel und Feuer und Schwert ...

Sie gaben ihm einen finsteren Beinamen – »Kopfabschneider«.

Keine der anderen Expeditionen wurde, wie man später erfuhr, mit gleicher Beklemmung erwartet. Es kam sogar wiederholt zu Fahnenflucht, so daß sich vor allem die Reihen jener lichteten, die eigentlich die stärksten hätten werden sollen, die der gefährlichen Zuwanderer nämlich, die nicht um des Glaubens willen, sondern auf der Suche nach Händeln und Ausschreitungen kamen. Wenn die Patrouillen aus der Umgebung zurückkehrten, fehlten einige dieser unheimlichen Gesellen.

Doch diese Bewegung der Furcht erwies sich als Bewegung der Auslese. Sie befreite die Siedlung von den Kleingläubigen und Verzagten. Die große Mehrheit der wahrhaft Gläubigen blieb ergeben zurück.

Das Volk, wenn auch niedergedrückt, wandte sich an die letzte Instanz des religiösen Glaubens. Und nicht selten geschah es, daß die ganze Siedlung die klemmenden Waffen beiseite warf und zu langen Bußprozessionen über die baumlosen Ödflächen aufbrach.

Vorüber war mit einem Male der Zustrom von Pilgerscharen. Vorüber die fieberhafte Plackerei der Kriegsvorbereitungen. Die Spähtrupps, die täglich in aller Frühe nach verschiedenen Richtungen auszogen, sangen unterwegs nun keine lauten und jubelnden Lieder mehr; behutsam schlichen sie durchs Buschwerk, wo sie stundenlang ausharrten, schweigend und wachsam.

In dieser qualvollen Bedrängnis trat, zur Ermutigung der kräftigen, doch besorgten Kämpfer, die höchst gebrechliche Legion der zahlreichen Beter auf den Plan. Als es dunkelte und die Holzfeuer entzündet waren, betete die niederkniende Menge über die festgesetzte Zeit hinaus, unter dem Laubdach vereint.

Dieses war mit wohlriechenden Zweigen des *caçatinga*-Baums durchflochten, und an seinem Ende, bei der Tür des Sanktuariums, stand ein kleiner Tisch aus Araukarienholz, mit einem blütenweißen Tuch bedeckt.

Ihm näherte sich allabendlich, gegen Ende des Rosenkranzes, eine seltsame Gestalt.

Angetan mit einem langen blauen Überwurf aus grober Baumwolle, der ihm gürtellos, unschön und glatt am geschwächten Leib herabhing, den Rumpf gebeugt, die Stirn gesenkt und die Augen niedergeschlagen, erschien Antônio Conselheiro. Lange verharrte er still und stumm vor der schweigenden und reglosen Menge. Langsam hob er das ausgemergelte Antlitz, unversehens erleuchtet von einem funkelnden, starren Blick. Und er predigte.

Die Nacht sank vollends hernieder, und die Siedlung ruhte unter der Herrschaft des tiefdemütigen und fürchterlichen Evangelisten …

II.

Aufbruch von Monte Santo

Der Abmarsch der Truppen war für den 22. Februar vorgesehen. Wie üblich ließ man sie am vorhergehenden Nachmittag zur Musterung in Marschordnung antreten, um Waffen und Ausrüstung zu überprüfen.

Am folgenden Tage würde man aufbrechen, unwiderruflich. So hatte es der »Operationsbefehl« festgelegt.

Unter dieser Voraussetzung nahmen die Bataillone Aufstellung in einem Geviert, dessen Seiten die des Hauptplatzes von Monte Santo säumten.

Dort standen: das 7. Bataillon mit einem Effektivbestand über Normalstärke, vorübergehend dem Major Rafael Augusto da Cunha Matos unterstellt; das 9. Bataillon, das, leicht verringert, nun zum dritten Mal in den Kampf ging, befehligt von Oberst Pedro Nunes Tamarindo; Teile des 33. und des 16. Bataillons unter Führung von Hauptmann Joaquim Quirino Vilarim; die Batterie der vier Krupp-Geschütze des 2. Regiments, unter dem Kommando von Hauptmann José Salomão Agostinho da Rocha; eine Schwadron von fünfzig Reitern des 9. Kavalleriebataillons unter Hauptmann Pedreira Franco; Kontingente der Polizei von Bahia; eine Sanitätseinheit unter Führung von Dr. Ferreira Nina; sowie eine Pionierabteilung. Ausgenommen waren siebzig Mann vom 16. Bataillon, die unter dem Obersten Sousa Meneses als Garnison des Ortes zurückbleiben sollten.

Es waren insgesamt 1281 Mann, und jeder von ihnen hatte 220 Patronen in Munitionstaschen und auf Lasttieren, nicht gerechnet eine Reserve von 60 000 Schuß im allgemeinen Troß.

Die Musterung wurde abgehalten. Doch gegen jede Erwartung ertönte neben dem Oberkommandierenden statt des Kommandos zum Wegtreten und Bilden von Gewehrpyramiden das Horn mit dem Signal »Kolonne Marsch«.

Oberst Moreira César verließ im Galopp seinen bisherigen Standplatz und setzte sich sogleich an die Spitze des Zuges.

So begann, kurz vor Einbruch der Dunkelheit, der Marsch auf Canudos.

Dieses Ereignis kam ganz und gar unvermittelt. Doch man hörte nicht das geringste Murren in den Reihen der Soldaten. Die Verblüffung, die allen im Gesicht geschrieben stand, beeinträchtigte nicht den strengen Vollzug des Manövers. Es wirbelten die Trommeln bei der Vorhut; nacheinander setzten sich die Züge in Bewegung, defilierten in Zweierreihen vorbei und bogen ein in den schmalen Weg durch den Sertão; die Artillerie rückte ab; die Troßwagen begannen zu rollen ...

Eine Viertelstunde später sahen die Bewohner von Monte Santo in der Ferne, an der letzten Wegbiegung, die dritte Expedition gegen Canudos entschwinden.

Eine neue Route

Die Vorhut erreichte in drei Tagen Cumbe, ohne das Gros der Truppe, das erst mehrere Stunden später mit dem Befehlshaber eintraf, den ein erneuter epileptischer Anfall auf einem nahen Landgut festgehalten hatte.

Und im ersten Dämmerlicht des 26. Februars verließ die Truppe das zweieinhalb Meilen hinter Cumbe gelegene Cajazeiras, wo sie am Vorabend eingetroffen war, und hielt geradewegs nach Norden, dem mehr als drei Meilen entfernten Serra Branca entgegen.

Dieser Teil des Sertão, am Rande der kahlen *tabuleiros*, die bis Jeremoabo sich erstrecken, weicht erheblich von dem ab, den wir soeben flüchtig skizziert haben. Er ist weniger gebirgig und noch ausgedörrter. Immer seltener werden die schroffen Hügel, und es dehnen sich weitläufige Plateaus. Die weniger aufgewühlte Landschaft birgt aber Hindernisse, die vielleicht noch schlimmer sind. Der sandige und flache Boden, ohne Senken, wo die rettenden Wasserlöcher sich halten und der Sommerglut trotzen könnten, ist absolut steril. Und da selbst die stärksten Regenfluten, die in langen Abständen niedergehen, ihn kaum durchfeuchten, sondern flugs versickern, von den Sanden aufgesogen, ist dort die Pflanzendecke schütterer noch als anderswo, so daß der Dornbuschwald der *caatingas* in die Krüppelvegetation der *caatanduvas* übergeht.

Auf dem Höhepunkt der Sommerglut, von November bis März, ist die Verödung vollkommen. Wer dort sich hineinwagt, dem ist, als querte er einen riesigen Kahlschlag voll dürren, verschlungenen Reisigs, wo der Funke eines Feuerzeugs plötzliche Brände entfacht, sofern diese nicht zufällig von selbst ausbrechen, wenn in den heißen Mittagsstunden der Nordost die Äste hart aneinanderreibt. Dann vollendet sich die auslaugende Wirkung des Klimas, so daß in jenem Teil des Sertão – unbewohnt, selten durchmessen von eiligen Wanderern auf dem Weg von Jeremoabo nach Bom Conselho, in einem riesigen unregelmäßigen Kreis gelegen, der die Orte Cumbe im Süden, Jeremoabo im Osten, Santo Antônio da Glória im Norden, Monte Santo im Westen verbindet – allmählich eine Wüste entsteht.

Die Bäume werden spärlicher. Das gesamte Pflanzenreich beherrschen, stellenweise fast ausschließlich, welke Bäumchen, die allenthalben sich verschränken, die *mangabeiras*, das einzige Gewächs, das dort gedeiht und sich behauptet, dank dem schützenden Latex, der ihm erlaubt, nach Sonnenglut und Feuersbrunst die verkohlten Stümpfe mit Blüten und Blättern zu überziehen, sobald die günstige Jahreszeit wiederkehrt.

Die Expedition aber zog durch jenes Ödland in der unpassendsten Jahreszeit. Und sie mußte tüchtig ausschreiten – unter höchsten Temperaturen, welche die Soldaten erschöpften und nur wegen der extremen Lufttrockenheit nicht allzu sehr erhitzten –, wollte sie das jeweilige Etappenziel erreichen, wo ein Brunnen ihr haltzumachen erlaubte.

Die Durchquerung des Gebietes ging mühsam vonstatten. Das lockere und grundlose Gelände gab unter dem Tritt der Marschierenden nach; es hielt die Lafetten auf, ließ sie bis zur halben Speichenlänge einsinken; da und dort errichtete es federnde Dornenverhaue, durch die der Weg mit dem Buschmesser gebahnt werden mußte; und es verdoppelte die Gluthitze durch die heftige Rückstrahlung der Sande. So war die Truppe, als sie nachmittags Serra Branca erreichte, ausgezehrt und ausgedörrt. Acht Stunden lang war sie ohne Halt marschiert, mitten durch die wild herniederbrennende Sommersonne.

Für ihren unerträglichen Durst aber, Folge der nahezu völligen Entleerung der Adern durch Schweißabsonderung, fanden sie in jener Gegend, auf dem Grunde eines Erdlochs, nur wenige Liter Wasser.

Den Engpaß hatte man vorausgesehen, wie wir sahen. Man versuchte, das Rohr der artesischen Pumpe in den Boden zu treiben. Diese Aktion allerdings, deren Ergebnisse man voll Ungeduld erwartete, erwies sich als nutzlos. Sie war undurchführbar. Statt einer Pfahlramme, die das Niederbringen der Sonde erleichtert hätte, führte man ein Gerät für völlig entgegengesetzte Aufgaben mit, eine Hebewinde.

In Anbetracht dieses unerhörten Mißgeschicks blieb den Soldaten, ungeachtet der schon zurückgelegten Entfernung, keine andere Wahl als der sofortige Weitermarsch nach dem Anwesen Rosário, eine Strecke von sechs Meilen.

Die geschwächte Truppe rückte selbigen Nachmittags ab.

Die Nacht ereilte sie unterwegs, so daß sie bei Sternenschein auf den dornengesäumten Pfaden dahinzog.

Man kann sich vorstellen, was dieser Tagesmarsch von acht oder zehn Meilen Länge, ohne Rast, bedeutete: Mehr als tausend Mann, die beinahe torkelnd, von Durst gepeinigt, unter Waffen gebeugt, mitten in feindliches Territorium eindrangen. Das dumpfe Stapfen der Kolonnen, das Gerassel der Protzen und Lafetten, das Geklirre der Waffen hallten durch die lautlose Einöde, und dieses vereinzelte Getöse in der allgemeinen Stille übertönte das leise Knistern im Gesträuch.

Die Truppe wurde flankiert von den – neben den Pfaden dahinschleichenden – Spähern der *jagunços*.

Niemand gab auf sie acht. Von einem langen Marschtag entkräftet, hatten die Expeditionssoldaten, des Krieges uneingedenk, nichts als den ersehnten Rastort im Sinn. Blindlings trotteten sie weiter, auf Gedeih und Verderb der Umsicht und Redlichkeit der Geländeführer ausgeliefert.

Doch endlich hielten sie an, mitten auf dem Weg. Manch übermüdeter Soldat war weit hinten bei der Nachhut zurückgeblieben, und selbst die zähesten stapften mühsam voran. Es war ein kurzer Halt, eine trügerische Rast: Soldaten, die längs des Weges niedergesunken waren, Offiziere, die im Schlaf – sofern sie überhaupt schliefen – die Zügel der Pferde ums Handgelenk gewickelt hielten. Und als sie frühmorgens wieder aufbrachen, wurde ihnen klar, daß sie sich in der Gefahrenzone befanden. Erloschene Lagerfeuer auf Schritt und Tritt, teils mit noch warmer Asche; Reste von Mahlzeiten mit solchen Köstlichkeiten wie gerösteten *jabutí*-Schildkröten und Zickleinbraten; frische Spuren im Sande, die kreuz und quer sich in der *caatinga* verloren – dies alles zeigte ihnen, daß auch die *sertanejos* nächtens dort gewesen waren und auf vorsichtigen Streifgängen die Truppe ungesehen umkreist hatten.

In Porteira Velha schien die Vorhut die *jagunços* sogar überrascht und zu überstürzter Flucht genötigt zu haben. Bei der Feuerstelle hatten sie eine doppelläufige Pistole und den Stachelstock eines Hirten zurückgelassen.

Rosário wurde vor Mittag erreicht, während eines heftigen und kurzen Platzregens, zu jener Jahreszeit im Sertão durchaus keine Seltenheit. Jenes Anwesen, das im Verlauf des Feldzugs Berühmtheit erlangen sollte, sah ebenso aus wie alle anderen ringsumher: ein oder zwei kleine Häuser mit Ziegeldach, ohne Zimmerdecke und Fußboden; daneben ein Pferch aus Scheit- oder Rundhölzern; ein kahler Vorplatz mit mehreren kümmerlichen Bäumen; und nicht weit entfernt das Wasserloch oder der Tümpel, denen die Ortswahl sich verdankte.

Dort lagerte sich die Expedition. Sie war nun mitten in Feindesland. Und zum ersten Mal beschlichen sie, so scheint es, die bangen Ahnungen des Krieges.

Dies belegt ein bezeichnender Zwischenfall.

Am 1. März, just in einem Augenblick, da wiederum ein flüchtiger und heftiger Regen auf die ungeschützte Truppe niederging, wurde gellend Alarm geblasen. Sicherlich nutzte der Feind die Gunst der Stunde, um mit den tobenden Elementen sich zu verbünden, mitten im Unwetter über die Invasoren herzufallen, urplötzlich, und seine Waffen unter dem krachenden Donner abzufeuern, der die Lüfte erschütterte …

Rennend und stürzend, auf dem schlüpfrigen und aufgeweichten Boden ausgleitend, beim Hinundhergejage unter den niederpeitschenden Regenschauern zusammenstoßend, mühten sich Offiziere und Mannschaften, eine unmögliche Gefechtsordnung zustande zu bringen – während sie sich ankleideten, Koppel- und Degengehänge umschnallten, im Laufen nach den Waffen griffen und, taub für die widersprüchlichen Kommandos, auf gut Glück Kompanien und Züge zusammenstellten, in einem wildem Durcheinander. Und aus jenem Truppengewühl brach, schneidig und ungestüm, ein einzelner berittener Offizier hervor, ohne Ordonnanz, jagte im Galopp zwischen den verdutzten Soldaten hindurch und schoß auf dem Wege fort in der mutmaßlichen Richtung des Feindes, so daß der ihm nachsetzende Militäringenieur Domingos Leite kaum ihn einzuholen vermochte.

Der Reiter war Oberst Moreira César.

Zum Glück war der vermeintliche Feind, dem er sich in dieser sinnlosen Attacke entgegenwarf, ein Proviantkonvoi, auf den Weg geschickt von einem befreundeten Gutsbesitzer der Umgebung.*

Von diesem Zwischenfall abgesehen, verlief der Tag vollkommen friedlich, zumal am Nachmittag ein Kurier aus Monte Santo sowie Pferde für die Schwadron eintrafen, die bislang auf untauglichen Maultieren geritten war.

Und in der Frühe des 2. März marschierten die Bataillone weiter nach Rancho do Vigário, wo sie um 11 Uhr vormittags ankamen und im weitläufigen Pferch des verödeten Anwesens ihr Lager aufschlugen.

Die Wegstrecken waren nunmehr endgültig festgelegt und wohlweislich darauf berechnet, den Kräfteverschleiß der bisherigen Gewaltmärsche zu mindern: Die Truppe sollte den ganzen restlichen Tag über in Rancho do Vigário ausruhen und am 3. März nach Angico weitermarschieren, das, nur etwa acht Kilometer entfernt, für eine erneute Ruhepause und Übernachtung vorgesehen war. Nach ihrem Aufbruch am 4. würde die Expedition geradewegs auf Canudos zurücken, ein Marsch von wenig mehr als anderthalb Meilen. Da man mitten auf feindlichem Territorium stand, sicherte man das Lager ringsum durch Wachen und Streifen.

Oberst Moreira César zog sich in die angrenzende *caatinga* zurück, wo er sein Zelt errichten ließ. Den dort versammelten Unterführern verhehlte er nicht seine absolute Siegesgewißheit. Sie rieten ihm zu einer Reihe von Vorsichtsmaßregeln bei der Offensive, beispielsweise zu der vom

* Es handelt sich um den Obersten der Nationalgarde José Américo C. de Souza Velho, Eigentümer der Anwesen Caimbê und Olhos d'Água. Auf seinen Rat hin hatte die Expedition die Route gewählt.

Kommandeur des 7. Bataillons empfohlenen Modifizierung der bisherigen Marschordnung. Danach sollte die bisher einheitliche Marschsäule zweigeteilt werden, damit eine starke Vorhut Aufklärung und erste Gefechtshandlungen übernähme, während der andere Truppenteil später als Verstärkung eingriffe. Falls, aus welchen Gründen auch immer, die gegnerischen Kräfte sich als übermächtig erweisen sollten, würde man sich auf diese Weise die Möglichkeit eines geordneten Rückzugs nach Monte Santo offenhalten, wo die Truppe ihre Reihen vergrößern und sich neu formieren könnte.

Wider Erwarten lehnte der Anführer der Expedition den Vorschlag keineswegs ab. Die Truppe würde also am 3. März bei Tagesanbruch weitermarschieren, einem wohlüberlegten Plane folgend.

Auf dem Weg nach Angico

Gleichwohl marschierte sie nach Angico in derselben Ordnung, in der sie Cumbe verlassen hatte: vorneweg ein berittener Erkundungstrupp, mit einem Geländeführer, dem erfahrenen und tapfere Manuel Rosendo sowie der Pionierabteilung; dann hintereinander eine Schützenkompanie des 7. Bataillons unter Führung von Leutnant Figueira; der von Major Cunha Matos befehligte rechte Flügel des 7. Bataillons, der, mit seinem Versorgungstroß im Zentrum, zu mehreren nebeneinander marschierte; die 1. Artillerieabteilung des 2. Regiments, die unmittelbar Salomão da Rocha unterstellt war; der linke Flügel des 7. Bataillons unter Führung von Hauptmann Alberto Gavião Pereira Pinto; die 2. Artillerieabteilung des Oberleutnants Marcos Pradel de Azambuja; der rechte Flügel des 9. Bataillons unter dem Kommando von Oberst Tamarindo, vom linken Flügel unter Hauptmann Felipe Simões getrennt durch den dazugehörigen Troß.

Zur Nachhut gehörten die Sanitätsabteilung; ferner Kontingente des 16. Bataillons unter Hauptmann Quirino Vilarim; sowie der Gesamttroß unter Bewachung einer Polizeitruppe des Staates Bahia. Ganz am Ende folgte die Kavallerie.

Oberst Moreira César ritt bei der Vorhut, zwischen der Schützenkompanie und dem rechten Flügel des 7. Bataillons.

Um fünf Uhr morgens waren die Soldaten abmarschiert. Allmählich erreichten sie die eigentümliche Umgebung von Canudos: Die Landschaft wild aufgeworfen zu Hügelketten, die mit rachitischer Vegetation aus Disteln und Bromelien überzogen waren; zerschnitten von gewundenen Gießbachrinnen – eine immer zerklüftetere und abweisendere Erde, von den jüngsten Regenfällen noch nicht eingehüllt in ein frisches, kurzlebiges Pflanzenkleid, das Geröllhaufen und Schluchten verdecken würde.

Die Schauer vom Vortag, wie immer auf dem Höhepunkt des Sommers, waren spurlos vorübergegangen. Der ausgeglühte Boden, der sie aufgesogen oder abgewiesen hatte, lag nach wie vor ausgedörrt und spröde da. Ringsum, so weit der Blick über das wellige Hügelland reichte, über die Hochflächen, über die sie umgebenden Niederungen, über die Bergketten mit ihren zerschrundeten Flanken, überall boten die ebenso beeindruckenden wie eintönigen Landschaften das gleiche Bild: eine reglose Natur, in tiefe Starre verfallen, ohne eine einzige Blüte auf dem nackten Gezweig, ohne einen einzigen Flügelschlag in den stillen und klaren Lüften …

Die Marschkolonne, auf drei Kilometer auseinandergezogen, durchschnitt das Land als ein langer Strich, schwarz und gewunden.

Dicht vor ihr lagen, in nördlicher Richtung, die letzten Canudos umgürtenden Bergketten, ohne daß diese Annäherung an das Ziel des Feldzugs die Gemüter beunruhigt hätte.

In ihrer gewohnten, sicheren Gangart schritten die Soldaten ruhig dahin.

Aus der langgezogenen Brigade erhob sich ein undeutliches Gesumme aus Tausenden von halblaut gesprochenen Silben, da und dort unvermittelt durch heiteres Gelächter unterbrochen. Mit dieser eigenartigen Hochgestimmtheit, in der sie dem Feinde näher rückten, bezeigten unsere Soldaten ihren hervorstechendsten Charakterzug. Männer aller Hautschattierungen, Amalgame unterschiedlicher Rassen, werden sie offenbar unter dem Eindruck großer Gefahren und heftiger Gemütserschütterungen, nach welchem gruppenpsychologischen Gesetz auch immer, ganz und gar von kriegerischen Instinkten beherrscht: von der Unbekümmertheit, wie sie den Wilden eignet, von der Verkennung von Gefahren, der Geringschätzung des Lebens und dem fatalistischen Dahinstürmen in den Tod.

Sie gehen in die Schlacht wie in irgendeine lärmende Volksbelustigung. So unausstehlich sie im Frieden sind, der sie verweichlicht und schwächt und erschlafft; so unsäglich sie beim Parademarsch durch die Straßen dahintrotten, ohne Schneid, ohne Haltung, gebeugt unter der Last des grauenvoll gehandhabten Gewehrs – so sehr ist der Krieg ihr allerbestes Exerzierfeld und der Feind ihr beliebtester Exerziermeister; und diesen beiden gelingt es binnen Tagen, sie zu anderen Menschen zu machen, sie zu disziplinieren, sie zu stählen, ihnen durch die strapazenreichen Übungen der Märsche und Gefechte etwas zu vermitteln, was sie in den festfrohen Hauptstädten niemals gelernt haben: selbstbewußtes Auftreten, festen Schritt, treffsicheres Zielen, schnelles Feuern. Unter dieser Prüfung brechen sie keineswegs zusammen. Unnachahmlich, wie sie tagelang über die elendigsten Pfade marschieren. In den schlimmsten Bedrängnissen entfährt ihnen nicht das leiseste Murren; und niemand trotzt dem Hunger gleich ihnen, wenn sie viele Tage hindurch »von Luft leben«, um ihren bildhaften Jargon zu zitieren. Wir haben miterlebt, wie hohlwangige Draufgänger, kaum waren die entsetzlichsten Nöte ausgestanden, über das Martyrium scherzten und über die Misere lachten und spotteten.

Gewiß, keiner von ihnen betritt und verläßt das Schlachtfeld wie der preußische Soldat mit dem Schrittzähler am Stiefel; der unsrige ist unordentlich, ist aufsässig, ist ungestüm, ist ein heldenmütiger und schrecklicher Gassenjunge, der über den Gegner nicht nur mit Schüssen und Bajonetthieben herfällt, sondern ebenso mit anzüglichen und ironischen Redensarten. Daher taugt er nicht für das Entwickeln großer Truppenmassen zur Schützenlinie, wie man es aus den klassischen Feldzügen kennt. Ihn behindern die korrekten Aufstellungen. Ihn verwirrt die Mechanik des komplexen Manövers. Ihn peinigt der Zwang, im Rhythmus der Signalhörner zu kämpfen; und wenn er bereitwillig den großräumigen strategischen Bewegungen folgt und gleichmütig zu den heikelsten Einsatzorten vorrückt – sobald ihm der Feind vor die Säbelspitze kommt, will er nach eigenem Gutdünken kämpfen. Dann schlägt er sich mit ihm ohne Haß, doch mit großem Getöse, ein Prahlhans, der zwischen Stichen und Schüssen seine Späße macht, tollkühn sein Leben aufs Spiel setzt, verschwenderisch Tapferkeit ausschüttet. Bei alledem aber hält er die Augen fest auf die Anführer geheftet, die ihn lenken und von deren Energie allein er zu zehren scheint. Zeigen sie daher die geringste Unsicherheit, bricht jählings all seine Verwegenheit zusammen, und er verfällt augenblicklich in eine Erschlaffung, die mit unüberwindlicher Mutlosigkeit gepaart ist.

Nun standen damals für die Expeditionsteilnehmer alle Zeichen auf Sieg. Mit einem solchen Truppenführer war an Rückschläge nicht zu denken. So schritten sie wacker aus, voll Ungeduld darauf erpicht, mit dem flüchtigen Gegner handgemein zu werden. Unerhört, wie sie das Fell des Sertão-Bären im voraus verteilten. Sie malten sich Heldentaten aus, verblüffende Geschichten für die späteren gutgläubigen und ängstlichen Zuhörer, tragikomische Szenen – das alles würden sie da drinnen vollbringen, in der grauenhaften Wüstung, die vor ihnen lag, sobald sie dort mit der Schußwaffe aufräumten. Sie faßten abwegige Vorsätze und schmiedeten verfrühte Pläne, die alle mit dem naiven Vorspruch begannen: »Sobald ich zurück bin …«

Bisweilen entfuhr dem einen oder andern ein bizarrer Einfall, und dann ging durch das wirre Gemurmel eine Welle kaum verhaltenen Gelächters.

Zudem beflügelte sie der herrliche Morgen. Das schöne Firmament des Sertão wölbte sich – irisierend – über der Erde, mit zartesten Übergängen von der Bläue des Zenits bis zum blendenden Purpur im Osten.

Im übrigen mußten sie von dem Feind, der ihren Anmarsch bislang nicht behindert und der die günstigsten Gelegenheiten zur Abriegelung des Weges verschmäht hatte, ein einziges ernsthaftes Ungemach befürchten: daß sie die aufständische Siedlung verlassen vorfinden könnten.

Sie schreckte die vielleicht mögliche Enttäuschung: der Feldzug herabgekommen zu einem mühsamen militärischen Ausflug; die ruhmlose Heimkehr, ohne Abgabe eines einzigen Schusses.

III.

Pitombas. Der erste Zusammenstoss.

In dieser großartigen Stimmung näherten sie sich Pitombas.

Dort verläuft ein kleiner Bach, tief in den Boden eingegraben, der den Weg bald säumt, bald mit seinen Windungen kreuzt und zerschneidet. Schließlich verläßt ihn der Bach, noch vor der Häusergruppe, die seinen Namen trägt, indem er einen weiten Bogen schlägt, fast einen Halbkreis, dessen Sehne die Piste ist.

Dieses Wegstück beschritt nun die Truppe. Und kaum hatte die Vorhut seine Mitte erreicht, krachte eine Salve von einem halben Dutzend Schüssen.

Endlich stieß man auf den Feind.

Irgendein Streiftrupp, der die Expedition umkreiste oder ihr auflauerte, hatte die günstigen Geländeverhältnisse genutzt, um die Armee von der Seite anzufallen und, von den Uferböschungen gedeckt, durch das Bachbett sich unbehelligt davonzumachen.

Er hatte allerdings gut gezielt: Ein Unteroffizier der Schützenkompanie, der Fähnrich Poly, war tödlich getroffen, abgesehen von sechs oder sieben Soldaten. Die Angreifer hatten ihre Waffen leergeschossen und waren rechtzeitig dem Gegenschlag ausgewichen, der auf dem Fuße folgte.

Im Handumdrehen waren die Kanonen der Abteilung Salomão gerichtet, und schon detonierte ein Kartätschenhagel im niederen Buschwerk. Die Sträucher knickten um wie unter heftigen Sturmböen. Alles wurde niedergemäht.

Gleich darauf erdröhnten die Lüfte, in denen noch die Schüsse nachhallten, im triumphierenden Rhythmus einer Attacke, und der rechte Flügel des 7. Bataillons, der sich vom Gros der Marschsäule gelöst hatte, entwickelte sich zum Schützenschwarm und warf sich im Eilschritt dem Feinde hintendrein ins Gesträuch, durch das er mit dem Bajonett eine Schneise schlug.

Es war ein glorreiches und kurzes Vergnügen.

Der Gegner hatte sich dem Treffen entzogen. Minuten später kehrte die Abteilung unter Applaus zur Marschsäule zurück, während die Siegesfanfare, das alte »Ave-Maria«, lautstark geschmettert wurde. In einer Aufwallung ehrlicher Freude umarmte der Oberbefehlshaber den glücklichen Offizier, der dem Widersacher eine so wackere Abfuhr erteilt hatte, und sah im Zusammenstoß ein günstiges Vorzeichen. Beinahe war es schade um so viel kriegerischen Aufwand, ein so großes Aufgebot an Männern, eine so prächtige Inszenierung für einen Feldzug, der mit einem halben Dutzend Schüsse erledigt sein würde.

Die Waffen der *jagunços* waren lächerlich. Als Beute fanden die Soldaten an der Uferböschung eine sogenannte Specht-Flinte, eine leichtgewichtige und überaus dünnläufige Waffe. Sie war geladen. Oberst Moreira César, hoch zu Roß, wie er war, feuerte damit in die Luft. Ein harmloser Schuß, nur für Vögelchen gefährlich.

»Diese Leute sind unbewaffnet ...«, sprach er ruhig.

Dann ging es weiter, rascher als zuvor, in beschleunigter Gangart, während Verwundete und Ärzte in Pitombas zurückblieben, unter dem Schutz des Polizeikontingents und eines Teils der Kavallerie. Das Gros der Kämpfer verlor sich beim geschwinden Vormarsch bald in der Ferne. Der Bann des Feindes war ein für allemal gebrochen. Die Schützen und Plänkler an der Spitze erkundeten den Weg und drangen in die *caatingas* ein, um etwaige Späher aufzuspüren, das Gelände von mutmaßlichen Heckenschützen zu säubern und die nach Canudos Flüchtenden womöglich einzuholen.

Das Scharmützel hatte die Truppe elektrisiert. Sie stürmte nunmehr, unwiderstehlich vom Kampfe angezogen, im Schnellschritt vorwärts, von jenem hochgefährlichen Rausch umfangen, der den Soldaten zwiefach befeuert, durch die Überzeugung von der eigenen Kraft wie auch durch die schrankenlose Ermächtigung zu den schlimmsten Greueltaten.

Denn ein verfolgendes Heer wird von derselben impulsiven Mechanik getrieben wie ein fliehendes Heer. Panik und Tollkühnheit, äußerste Bestürzung und äußerster Wagemut verschmelzen in demselben Erscheinungsbild. Dieselbe Benommenheit und dasselbe hastige Dahinstolpern unter schlimmsten Beschwernissen und derselbe Taumel und dieselbe die Kolonnen schüttelnde Nervenüberreizung und dieselbe quälende Ungeduld treiben und täuschen ebenso heftig den Mann, der vor dem Tode flieht, wie den Mann, der töten will. Denn eine Armee ist, vor allem anderen, eine Menschenmenge, »eine Ansammlung heterogener Elemente, in welcher der bloße Funke einer Leidenschaft eine augenblickliche Metamorphose, gewissermaßen eine Urzeugung auslösen kann, aufgrund deren Tausende von unterschiedlichen Individuen zu einem einzigen Wesen verschmelzen, zu einem anonymen, unheimlichen Raubtier, das auf ein gestecktes Ziel mit unaufhaltsamer Sicherheit zugeht«. Allein die moralische Festigkeit des Truppenführers kann diese beklagenswerte Verwandlung aufhalten, wenn er, scharfsichtig und unnachgiebig, eine Leitlinie durchsetzt, die dem Tumult zu steuern vermag. Die großen Feldherren haben immer schon intuitiv erkannt, daß der erste im Krieg zu erringende Triumph darin besteht, dieses Umsichgreifen heftiger Erregungen und dieses Wechselbad der Stimmungen auszuschalten, die den Soldaten mit derselben Gewalt in die gefährlichsten Kämpfe treiben wie auch in die Flucht. Ein mit Zirkel und Lineal in die Landkarte eingezeichneter Feldzugsplan erfordert willenlose Seelen – Tötungsmaschinen –, die unbeirrbar sich auf vorgegebenen Bahnen bewegen.

Diesem düsteren Ideal jedoch standen die Soldaten des Obersten Moreira César fern, und dieser, anstatt die Aufgeregtheit einzudämmen, schickte sich an, ihr Vorschub zu leisten. Er selbst sollte zum Exponenten der Nervenüberreizung werden.

Indessen ergab sich eine Gelegenheit zur Normalisierung der Lage.

Sie erreichten Angico, den letzten vorgesehenen Rastplatz. Dort, so war im detaillierten Marschbefehl festgelegt, würden sie biwakieren. Am nächsten Morgen würden sie abrücken und nach zweistündigem Marsch über Canudos herfallen. Der Schwung jedoch, der die Truppe vorantrieb, beflügelte die draufgängerischen Neigungen des Anführers, der von dem Verlangen besessen war, sogleich mit dem Gegner handgemein zu werden.

Der Halt in Angico dauerte ein Viertelstunde, solange wie unbedingt nötig, um die Offiziere herbeirufen zu lassen, sie auf einer kleinen Bodenwelle über den ringsum keuchenden Bataillonen zu versammeln und ihnen, uneingedenk des Grundsatzes, daß mit erschöpften Soldaten nichts zu erreichen ist, den Vorschlag zu unterbreiten, man solle den Vormarsch auf der Stelle bis zur Hochburg der *jagunços* weiterführen:

»Meine Kameraden! Wie ihr seht, bin ich ernstlich erkrankt. Seit etlichen Tagen habe ich nichts mehr gegessen; doch Canudos liegt zum Greifen nahe … nehmen wir es im Sturm!«

Der Vorschlag wurde gebilligt.

»Auf zum Mittagessen in Canudos!« rief er.

Die Antwort der Soldateska war ein Jubelgeschrei.

Der Marsch ging weiter. Es war elf Uhr vormittags.

Die Schützenkompanie an der Spitze, die in aufgelöster Ordnung vorrückte, durchkämmte die Gehölze, aus denen von ferne sporadische Schüsse fliehender Gegner krachten, als hätten diese es einzig und allein darauf abgesehen, die Vorhut und die übrige Truppe anzulocken, eine listenreiche Strategie, ausgeheckt, um die Soldaten in so ungünstiger Verfassung mitzureißen – ermattet und erschöpft von einem sechsstündigen Marsch.

»Im Eilschritt marsch!«

Wie irrsinnig dieser Sturmlauf war, der kurz vor der Schlacht die Soldaten außer Atem brachte, geht unverkennbar aus einem Detail hervor: Um das Angriffstempo der Infanterie nicht zu hemmen, erteilte man ihr die Erlaubnis, sich der Tornister, Feldflaschen und Brotbeutel sowie aller sonstigen Ausrüstungsgegenstände bis auf Waffen und Patronen zu entledigen; die Kavallerie, welche die Nachhut bildete, sollte alles Zug um Zug einsammeln.

Bei diesem entfesselten Vorstoß erklommen sie das kleine Plateau der Umburana-Höhe. Canudos mußte ganz in der Nähe sein, in Reichweite der Artillerie. Die Truppe machte halt.

Zwei Visitenkarten an Antônio Conselheiro

Der Geländeführer Jesuíno wußte auf Befragen die Himmelsgegend von Canudos sicher anzugeben. Moreira César versetzte die Abteilung Pradel in Gefechtsbereitschaft und ließ, nach Einstellung des Visiers auf drei Kilometer, zwei Schüsse in die aufgezeigte Richtung abfeuern.

»Zwei Visitenkarten an den Conselheiro ...«, sprach er nahezu heiter, mit dem überlegenen Humor des Starken.

Der Satz fuhr wie ein Beben durch die Kolonnen. Beifall brandete auf. Fieberhaft setzte man die Offensive fort.

Die Sonne stach senkrecht vom Himmel. Die Bataillone, welche die letzten schroffen Strecken zu bezwingen hatten, waren in eine dichte und heiße Staubwolke gehüllt.

Jäh überraschte sie der Blick auf Canudos.

Sie standen auf der Favela-Höhe.

Dort endlich lag die gewaltige Wüstung, die zu erreichen den früheren Expeditionen nicht gelungen war.

Unversehens tauchte sie auf, vollständig, in einer weiten, flachwelligen Senke. Und im ersten Augenblick, bevor das Auge sich an jene riesige Ballung von Hütten gewöhnen konnte, die im unentwirrbaren Netz aus schmalsten Gäßchen steckten und teilweise den großen Platz säumten, wo die Kirchen sich gegenüberstanden, gewann der Beobachter den deutlichen Eindruck, unverhofft auf eine weitläufige Stadt zu stoßen. Wie ein breiter Festungsgraben umschloß sie, den Fuß der größeren Hügel zur Linken umspülend, der Vaza-Barrís, der dann seinen Lauf geradewegs nach Osten lenkte, wohin er langsam die ersten Hochwasserfluten wälzte. Die Häusermasse, die den Platz umdrängte, lockerte sich allmählich auf, zog sich auseinander, eroberte die Bühel in östlicher und nördlicher Richtung bis hin zu den letzten vereinzelten Behausungen in der Ferne, die verstreuten Wachhäuschen gleichsahen – und keine weiße Mauer, kein getünchtes Dach durchbrach das Einerlei jener gräßlichen Masse von fünftausend Katen, eingezwängt in eine Erdmulde. Deutlich hoben die beiden Kirchen sich ab. Die neue, zur Linken des Betrachters – noch unvollendet, mit bereits aufgeführten dicken und hohen Außenmauern, umhüllt von Gerüsten und Galerien, verkleidet zudem durch ein Gewirr von Sparren, Balken und Trägern, zwischen denen die steifbeinigen Kräne mit den schwankenden Flaschenzügen standen –, überragte gebieterisch die anderen Bauten und beherrschte die weite Talsenke. Großräumig, viereckig, fest gegründet im Erdboden mit ihren stattlichen, breiten Mauern aus wuchtigen und meisterlich verfugten Blöcken, zeigte der Bau den vollkommenen Anblick eines fürchterlichen Bollwerks. Von bescheidenerem Zuschnitt, nach der üblichen Bauweise der Kapellen des Sertão errichtet, stand ihr die alte Kirche gegenüber. Rechts davon lag, von einem plumpen Zaun umfriedet, mit kleinen, unbeholfenen Kreuzen übersät – ohne ein Beet, ohne einen Strauch, ohne eine Blume –, ein Totenacker mit flachen Gräbern, eine traurige *tibicuera*. Ihm gegenüber, jenseits des Flusses, zeichnete sich ein kleines, flaches Areal gegen die öden Hügelwellen ab: ein paar verstreute Bäume, kleine Hecken aus leuchtenden *palmatória*-Kakteen und das sattgrüne Laubwerk von sechs *quixabeiras* verliehen ihm das Aussehen eines verwilderten Gartens. Bis dorthin schob sich ein Ausläufer der Favela-Höhe vor, der am Fluß mit einem Steilabfall endete. Diese letzten Gebirgssporne trugen die passende Bezeichnung Morro dos Pelados, »Geschorener Hügel«, wegen der Kahlheit des Geländes. Folgte das Auge, ausgehend von der Favela-Höhe, der in Sprüngen dorthin sich senkenden Kammlinie, so gewahrte es auf halbem Wege ein verfallenes Gutshaus, die »Alte Fazenda«. Darüber, unterhalb der Favela, erhob sich ein mächtiger Absatz, die Mário-Höhe.

Und auf der höchsten Erhebung – die Truppe.

Als erste trafen die Vorhut des 7. Bataillons und die Artillerie ein, die eine wütende Attacke von rechts zurückschlagen mußten, während die übrige Infanterie die letzten Steigungen erklomm. Die Siedlung würdigten sie kaum eines Blickes. Die Kanonen wurden gefechtsbereit gemacht, als gerade die ersten Pelotons aufgelöst und keuchend heraufkamen, und eröffneten alle zugleich die Kanonade mit talwärts gerichteten Schüssen.

Das übergroße Ziel war nicht zu verfehlen. An mehreren Stellen sah man die Wirkung der ersten Geschosse: Sie detonierten in den Hütten und zerfetzten und zerbröckelten sie; wirbelten Lehmdächer und Balkensplitter durch die Luft; pulverisierten die Wände aus Luftziegeln;[12] entfachten die ersten Brände …

Binnen kurzem ballte sich über der zerschossenen Häusermasse eine dichte Wolke aus Staub und Rauch, die den Ort verhüllte.

Die nachrückenden Soldaten konnten ihn nicht mehr erkennen. Das feierliche Donnern der Artillerie ließ die Lüfte erbeben; lang anhaltend rollte es durch die Einöden im ganzen Umkreis, hallte ohrenbetäubend von den Gebirgen wider …

Doch Minuten später vernahm man deutlich, durch das Gedröhne der Explosionen hindurch, silberhelle, hastige Klänge. Dort unten läutete die Glocke der Alten Kirche und rief die Gläubigen zur Schlacht.

Diese war noch nicht entbrannt.

Von der leichten Flankenattacke einiger Freischärler gegen die Artillerie abgesehen, hatten die Sertanejos bisher keinerlei Widerstand geleistet. Die Truppen entwickelten sich auf der absteigenden Kammlinie, ohne durch eine einzige Salve gestört zu werden; und es begann die Beschießung, mit anhaltenden, ungezielten Rollsalven. Aus achthundert talwärts gerichteten Gewehren krachte ein Lauffeuer von Schüssen flach über die Hügellehne hinweg.

Wo die Rauchdecke aufriß, fiel ein Blick auf die Siedlung. Sie war ein aufgeschreckter Bienenstock: Unzählige verstreute Gruppen liefen kreuz und quer über den Kirchenplatz, rannten über die Flußböschungen, strebten den Kirchen zu, stürzten waffenschwingend aus den Gassen hervor, sprangen über die Dächer …

Einige Sertanejos schienen zu flüchten, weit hinten, am andern Ortsende, wo sie am Saum der *caatinga* dahineilten und zwischen den Hügeln entschwanden. Andere trugen eine unglaubliche Seelenruhe zur Schau, wenn sie gemächlich den Kirchenplatz überquerten, unbekümmert um den Aufruhr und um die Kugeln, die vom Gebirge herunterprasselten.

Eine ganze Kompanie des 7. Bataillons beschoß minutenlang einen *jagunço*, der auf dem Weg von Uauá daherkam. Dieser beschleunigte keineswegs seine Schritte. Mehrfach blieb er stehen. Man sah die unbeirrbare Gestalt in der Ferne sich aufrichten, die Truppe einen Augenblick lang beobachten und anschließend weiterschreiten, in aller Ruhe. Es war eine ärgerliche Herausforderung. Die verblüfften Soldaten feuerten nervös auf das sonderbare Wesen, dem es offenbar Vergügen bereitete, Zielscheibe eines ganzen Heeres zu sein. Einmal setzte er sich am Wegesrand nieder, anscheinend um Feuer zu schlagen und sich die Pfeife anzuzünden. Die Soldaten lachten. Die Gestalt erhob sich und tauchte allmählich zwischen den ersten Häusern der Siedlung unter.

Von dort war kein einziger Schuß gefallen. Das Durcheinander auf dem Platz war verebbt. Die letzten Nachzügler querten ihn. Kinder tragend oder hinter sich herziehend, waren die letzten Frauen zu sehen, wie sie dahineilten, dem Laubdach entgegen, um hinter den breiten Mauern der Neuen Kirche Schutz zu suchen.

IV.

Die Schlachtordnung

Endlich verstummte die Glocke.

Die Truppe begann den Abstieg, über die Lehnen auseinandergezogen und an den Steilhängen zusammengedrängt. Mit ihren Hunderten von Bajonetten sandte sie ein blendendes Gefunkel aus. Bei ihrer Betrachtung sprach der Oberbefehlshaber zu einem der Kompaniechefs des 7. Bataillons, neben dem er stand:

»Wir werden die Siedlung ohne einen weiteren Schuß erobern! … und zwar mit dem Bajonett!«

Es war ein Uhr mittags.

Nach dem Abstieg entwickelte sich die Infanterie zum Teil im Quixabeiras-Tal, zwischen dem 7. Bataillon zur Rechten, das entlang dem Lauf des Vaza-Barrís in Stellung gegangen war, und dem 9. sowie dem 16. Bataillon zur Linken, die in dem ungünstigen Gelände kaum auseinandergezogen waren. Die Artillerie in der Mitte, auf dem vorgeschobensten Sporn der Hügelkette und senkrecht über dem Fluß, der Kirche gegenüber und ebenso hoch wie ihr Dachgesims, wurde zum Angelpunkt dieser Zange, die im Begriff stand, sich zu schließen und den Ort von den Flanken her zusammenzudrücken.

Es war die rudimentärste aller Gefechtsordnungen: die einfache Parallelordnung, konzipiert für den seltenen Ausnahmefall einer offenen Feldschlacht, wenn die Überlegenheit des Angreifers an Zahl und Tapferkeit komplexere Manöver entbehrlich macht und auf homogenem Gelände allen kämpfenden Einheiten ein gleichzeitiges und gemeinsames Vorgehen ermöglicht.

Dort aber war diese Taktik unausdenkbar. Beiderseits der Angriffsfront mit dem Zentrum auf der Erhebung, wo die Kanonen standen, herrschten gegensätzliche topographische Verhältnisse: rechts ein kleines, waagerechtes Areal, das sich gut zum Sturmangriff eignete, da der Fluß an jener Stelle nicht nur seicht ist, sondern zwischen flachen Ufern dahinfließt; links dagegen schrofferes Gelände, das in steilen Böschungen abfällt, von der Siedlung getrennt durch den Fluß, der dort einen tiefen Graben bildet. Der flüchtigste Augenschein aber lehrte, daß die Bodenformen auf der äußersten Linken, völlig untauglich für einen raschen Vorstoß, andererseits ein taktisches Element ersten Ranges für eine Reservetruppe waren, die sich dort bereit hielte zu einem leichten Störmanöver oder zu einem Kampfeinsatz im richtigen Augenblick, je nach dem weiteren Gefechtsverlauf. So legte allein schon das Bodenrelief die schräge Gefechtsordnung nahe, entweder einfach oder auf einem der Flügel verstärkt, und außerdem statt des Simultanangriffs aller Einheiten den Teilangriff des rechten Flügels mit nachdrücklicher Unterstützung durch die Artillerie, die, wenig mehr als hundert Meter vom Feind entfernt, eine durchschlagende Wirkung erzielen mußte.

In einem solchen Falle wäre mit weiteren Überraschungen in diesem Kampfe nicht mehr zu rechnen, und sollte der Gegner plötzlich ungeahnte Abwehrkräfte aufbieten, so könnten die Verstärkungstruppen, außerhalb des Kampfgewühls operierend, ungehinderter vorgehen, den jeweiligen Gefechtsumständen entsprechend, und mit klarer Zielsetzung kampfentscheidende Manöver ausführen.

Oberst Moreira César jedoch mißachtete diese zwingenden Gegebenheiten und schien, indem er alle seine Leute zugleich in die Schlacht warf, weniger auf die Tapferkeit der Mannschaften und die Tüchtigkeit eines zuverlässigen Offizierskorps zu bauen als auf eine fragwürdige Hypothese: auf Verblüffung und Entsetzen unter den flüchtenden Sertanejos nach ihrer Überrumpelung durch Hunderte von Bajonetten. Deutlich genug enthüllte er dieses unverantwortliche Denken, worin die Unkenntnis elementarer Grundsätze der Kriegskunst einherging mit der Verdrängung jüngstvergangener Geschehnisse; und seine Fehleinschätzung gipfelte in der verhängnisvollsten aller denkbaren Angriffsordnungen.

Tatsächlich mußten die Bataillone, da sie von zwei entgegengesetzten Ortsrändern vorstießen und ein und dasselbe Ziel berannten, bald in geringer Entfernung sich gegenübertreten und untereinander die Kugeln wechseln, die eigentlich dem Feinde zugedacht waren. Hingegen würde die Artillerie, die anfangs Kirchen und Ortsmitte bombardieren konnte, nach und nach, je weiter die beiden Flügel vorwärtsdrängten, in ihrem Aktionsbereich beschnitten und endlich vollkommen lahmgelegt, gerade in der kritischen Phase des verallgemeinerten Kampfgetümmels zum Verstummen genötigt, um der Gefahr zu entgehen, die eigenen Kameraden zu treffen, die in jenem Hüttengewirr von den Gegnern nicht zu unterscheiden wären.

Derartige Mißlichkeiten vorauszusehen erforderte indessen keineswegs den Adlerblick eines alterprobten Strategen. Sie traten in den ersten Minuten des Gefechts zutage.

CANUDOS – EINE »FESTUNGSFALLE«

Der Kampf wurde heroisch eröffnet: Alle Soldaten setzten sich unter dem Fanfarengeschmetter aller Einheiten in Bewegung, als gleichzeitig, unter abermaligem Glockengeläut in der alten Kirche, heftiges Gewehrfeuer aus Wänden und Dächern der dem Flusse nächst gelegenen Behausungen hervorbrach und die Blunderbüchsen der in der Neuen Kirche verschanzten *guerrilheiros* mit einem einzigen Knall erdröhnten.

Vom Gelände begünstigt, ging das 7. Bataillon unter einem Hagel von Blei und Kieseln im Eilschritt bis zum Flußufer vor. Bald darauf, kaum war die gegenüberliegende Böschung erklommen, sah man die ersten Soldaten den Platz betreten, in losen Haufen, die keinerlei Gefechtsordnung erkennen ließen. Einige fielen dortselbst oder rollten ins Wasser, fortgeschwemmt von der Strömung, die sich mit Blutstreifen färbte. Die meisten aber rückten weiter vor, unter seitlichem und frontalem Beschuß. Links außen hatte ein Flügel des 9. Bataillons, nach hindernisreichem Vormarsch, auf der Rückseite der neuen Kirche Stellung bezogen, während das 16. Bataillon und der rechte Flügel des 7. in der Mitte einen Angriff vortrugen. Der Kampf entbrannte sogleich mit aller Heftigkeit, ging jedoch über diese waghalsige Offensive nicht hinaus. Es fehlte im weiteren Verlauf die einfachste Entwicklung oder koordinierte Bewegung der Truppen, woraus die Präsenz eines Anführers ersichtlich wäre.

Das Gefecht begann sich in gefährliche und nutzlose Plänkeleien aufzulösen, eine ruhmlose Vergeudung von Tapferkeit. Dies konnte nicht ausbleiben. Canudos, ein Geflecht aus verschlungenen, kreuz und quer verlaufenden Gäßchen von weniger als zwei Metern Breite, erweckte, aus lauter Lehmmauern bestehend, den trügerischen Anschein von Brüchigkeit. In Wahrheit übertraf es an Gefährlichkeit jede Zitadelle mit poligonalem Grundriß und dicken Kasematten. Weit geöffnet für alle Angreifer, die es mit dem Gewehrkolben zerstören konnten, mit der bloßen Faust seine Wände und Dächer einreißen oder es allenthalben durchstoßen konnten, hatte Canudos die Lockerheit und tückische Nachgiebigkeit eines ungeheueren Fangnetzes. Ein leichtes war es, den Ort zu überfallen, zu durchkämmen, zu überwältigen, zu zerschmettern, in Trümmer zu legen; überaus schwierig war es, ihn zu verlassen. Er ergänzte die gefährliche Taktik des Sertanejo und war fürchterlich, weil er keinen Widerstand leistete. Mitnichten setzte er die Festigkeit des Ziegelsteins den aufprallenden Sprenggranaten entgegen, die ohne zu explodieren aufgefangen wurden, wenn sie mit einem Schlage Dutzende von

Dächern durchbohrten. Canudos würde auch den kleinsten Angreifertrupp nicht zaudern lassen, der nur den Fluß zu queren brauchte, um von jeder beliebigen Seite über die Ortschaft herzufallen. Diese lud zu Überfällen ein, lud unwiderstehlich zu heftigen, ungestümen Angriffen ein, denn das Eindringen der vom nahe geglaubten Sieg berauschten Feinde, die sich bald zerstreuen würden, von den krummen Gäßchen getrennt, war ein furchtbarer Schachzug einer erstaunlichen Verteidigungsstrategie.

In der düsteren Geschichte heimgesuchter Städte sollte dem höchst bescheidenen Flecken im Sertão eine tragische Originalität zukommen.

Unversehrt – war Canudos höchst zerbrechlich. In Schutt und Asche – fürchterlich.

Es kapitulierte, um zu siegen, und enthüllte sich dem verblüfften Eroberer jäh als uneinnehmbare Trümmerstätte. Denn der stählerne Koloß des Heeres, kaum daß er den Ort erschüttert und zerschlagen, zermalmt und in einen formlosen Haufen von Luftziegeln und Rundhölzern verwandelt hatte, fühlte sich unversehens gefesselt, gefangen zwischen schwankenden Wänden aus Holzgeflecht und Lianengewinde, gleich einem unerfahrenen Puma, der ebenso kraftvoll wie vergeblich in den Maschen eines schlau gelegten Netzes zappelt.

Vielleicht war es das Weidwerk, das die *jagunços* zur Anlage der staunenswerten »Festungsfalle« angeregt hatte …

Die Truppen von Oberst Moreira César sorgten selbst dafür, daß diese über ihnen zusammenschlug.

Teilangriffe

Anfangs, gleich nach Überschreitung des Vaza-Barrís, stellte sich, ungeachtet einiger Verluste, der Sturmangriff als eine leichte Aufgabe dar. Ein von beherzten Leutnants mitgerissener Trupp unternahm einen kühnen Vorstoß auf die Neue

Kirche, ohne daß jedoch sein Wagemut sich im geringsten auszahlte, zumal er dabei zwei Offiziere und etliche Gemeine verlor. Andere jedoch umgingen jenes Widerstandsnest und stürzten sich auf die erstbesten Häuser am Flußufer, nahmen sie ein und steckten sie in Brand, während ihre Besatzung floh, um anderswo Deckung zu suchen. Die Soldaten setzten den *jagunços* nach. Und bei dieser wilden Verfolgungsjagd, gleich in den ersten Kampfminuten, zeichnete sich die einzige und verhängnisvolle Gefahr jenes monströsen Sturmangriffs ab: die Pelotons lösten sich auf. Sie verfingen sich in den engen Gassen, in die sie in Zweierreihen hineinstolperten. Sie bogen um Hunderte von Häuserecken, die eine nach der andern aufeinanderfolgten, passierten sie ohne jede Ordnung, die einen mit umgehängten Waffen, während die andern drauflosfeuerten, und nach und nach zerfielen sie in überall umherschweifende Haufen; und diese spalteten sich ihrerseits in verstörte Rotten, die immer mehr sich zerstreuten und entfernten und am Ende sich in Einzelkämpfer auflösten …

Der ferne Betrachter hatte ein merkwürdiges Schauspiel vor Augen, das plötzliche Verkriechen und Versinken der Bataillone in der konturlosen Häusermasse, aus deren Lehmdächern die Rauchschwaden der ersten Brände quollen.

So kam es, daß der Angriff sich binnen kurzem denkbar unmilitärisch gestaltete. Er zerfiel in winzige Teilgefechte an den Ecken, den Eingängen und im Innern der Häuser.

Diese wurden in wilder Hast gestürmt. Sie boten nicht das geringste Hindernis. Ein Stoß mit dem Gewehrkolben gegen Türen oder Wände öffnete sie sperrangelweit, riß sie auf, bahnte an allen Ecken und Enden breite Zugänge. Viele Häuser standen leer. In anderen sahen die Eindringlinge plötzlich eine Gewehrmündung auf ihre Brust gerichtet, oder sie brachen zusammen, aus nächster Nähe von Schüssen getroffen, die aus den Überresten der Wände krachten. Die nächst stehenden Kameraden eilten ihnen zu Hilfe. Es entspann sich ein Faustkampf, Mann gegen Mann, voll roher Gewalt, bis es den Soldaten dank ihrer Überzahl gelang, sich durch die schmale Hüttentür zu zwängen. Dort drinnen, in einem verborgenen Winkel kauernd, feuerte der in die Enge getriebene Bewohner seinen letzten Schuß auf sie ab und floh. Oder er harrte standhaft aus und verteidigte zäh sein bettelarmes Zuhause. Und jedesmal schlug er schrecklich zurück – ganz allein –, im Kampf gegen die siegreiche Meute, gegen die er kühn sich wehrte, mit allen zu Gebote stehenden Waffen: mit Messer und Kugel trieb er sie zurück, schwang gegen sie die Sichel, spießte sie auf mit dem Treibstachel, schleuderte ihr seinen kümmerlichen Hausrat entgegen und warf am Ende sich selbst, waffenlos, verzweifelt, keuchend den Angreifern entgegen, um den nächstbesten zu erwürgen, den er mit seinen kraftvollen Armen zu fassen bekäme. Ringsherum brachen Frauen wie von Sinnen in Weinkrämpfe aus und wälzten sich in den Ecken; bis er schließlich, von Bajonettstichen durchbohrt oder von Kolbenhieben zermalmt, zusammenbrach, von eisenbeschlagenen Stiefeln zertreten, der tollkühne Kämpfer.

Plündern vor dem Triumph

Derartige Szenen gab es zuhauf.

Fast immer, kaum hatte er ein Haus gestürmt, erlag der ausgehungerte Soldat dem Verlangen, endlich in Canudos zu Mittag zu essen. Er durchstöberte die hängenden Vorratsgestelle. Da gab es sonnengedörrtes Fleisch, Kürbisnäpfe voll *paçoca*, dem Maniokmehl des Sertanejo für kriegerische Zeiten, Jagdtaschen voll köstlicher *ouricurí*-Nüsse. In einer Ecke standen triefend die Ledereimer, randvoll mit kristallklarem und frischem Wasser. Die Versuchung war unwiderstehlich. In Minutenschnelle schlang er die Mahlzeit hinunter. Ein tiefer Schluck Wasser ergänzte sie. Mitunter jedoch bekam der Eindringling eine bittere und mörderische Nachspeise – eine Ladung Blei …

An der Tür überfielen ihn die *jagunços*. Und mit vertauschten Rollen entbrannte aufs neue das Handgemenge, bis er schließlich, von Messerstichen durchbohrt und von Stockhieben zerschlagen, zusammenbrach, von harten Ledersandalen zertreten, der unvorsichtige Kämpfer.

Etliche Soldaten verliefen sich im Gassengewirr. Einem fliehenden Sertanejo auf den Fersen, stießen sie immer wieder plötzlich an einer Häuserecke auf eine starke feindliche Rotte. Vor Verblüffung blieben sie wie angewurzelt stehen, kaum lange genug, um eine schlecht gezielte Salve abzufeuern; dann wichen sie zurück, schlüpften in Häuser, wo mitunter neue Angreifer lauerten; oder sie warfen sich kühn dem gegnerischen Haufen entgegen und zerstreuten ihn und zerstreuten dabei sich selbst – eine Neuauflage immer der gleichen Episoden. Sie alle beflügelte das Trugbild eines im Handumdrehen zu erringenden Sieges, für dessen deutliches Vorzeichen sie das allgemeine Tohuwabohu hielten, all die Bestürzung, all das Wehgeschrei und all das Entsetzen in dem aufgewühlten und jämmerlichen Dorf, das ebenso verschreckt war wie ein Rinderpferch nach dem Einfall wilder, heißhungriger Jaguare.

Im übrigen stieß der kämpferische Schwung der Soldaten auf keine unüberwindlichen Hürden. Das Gegenstück zu den tollkühnen *jagunços*, die an vielen Stellen ihre Wohnstätten verteidigten, waren das verängstigte Weibervolk, das, mit Bajonetthieben, Kugeln und Feuer aus den Häusern getrieben, kreischend und betend nach allen Seiten floh, und desgleichen eine Legion, deren Bewaffnung aus Krücken bestand – zitternde Greise, Krüppel aller Art, ermattete und hinkende Kranke.

Bei diesem entfesselten Gejage verliefen sich etliche Soldaten, befangen im Verfolgungsrausch, taumelnd im Labyrinth der Gassen; und auf der Suche nach ihren Kameraden gerieten sie erst recht immer tiefer in die Irre, bogen ziellos um tausend Ecken, am Ende verloren in der unermeßlichen, von Konvulsionen geschüttelten Siedlung.

An der Spitze seines Stabes auf dem rechten Ufer beobachtete der Expeditionsführer diesen Sturmangriff, über dessen Verlauf er sicherlich keine einzige Hypothese wagte. Die Truppe war in den tausend Schlupfwinkeln von Canudos gänzlich verschwunden. Dort drinnen brodelte lärmend das Chaos, ein Getöse aus Detonationen, Flüchen, gellenden Schreien, die das dumpfe Gestampfe der anstürmenden Soldaten übertönten. Zerstreute Gruppen, zersprengte Züge von Infanteristen, winzige Rotten von *jagunços* tauchten bisweilen unversehens auf der Freifläche des Platzes auf und tauchten sogleich wieder unter, kaum erkennbar zwischen den Rauchschwaden, verwickelt in ein Ringen Mann gegen Mann …

Nichts weiter konnte man erkennen. Die Lage war schließlich besorgniserregend.

Nichts deutete auf sinkenden Kampfesmut bei den Sertanejos.

Die Scharfschützen in der Neuen Kirche hielten entschlossen die Stellung und bestrichen fast ungestraft jede Stelle, da die Artillerie am Ende auf ihre Beschießung verzichtete, aus Sorge, bei abweichender Flugbahn der Granaten die eigenen, unsichtbaren Kameraden zu treffen; und deutlicher vernahm man nun die mitten durch den Gefechtslärm hallenden Glockenschläge der Alten Kirche.

Übrigens war nur die Hälfte der Siedlung vom Kampfgeschehen betroffen.

Die andere, zur Rechten gelegen, wo der Weg aus Jeremoabo endete, war verschont geblieben.

Weniger dicht bebaut, war sie weniger leicht zu erobern. Einen langgestreckten Buckel erklimmend, gestattete sie eine Verteidigung aus beherrschender Stellung und zwänge den anstürmenden Feind zu mühseligsten Klettereien. Also würde jener Teil der Siedlung, wäre auch der andere schon erobert, den Soldaten vielleicht noch größere Strapazen abverlangen.

Zwar fehlte das Gassengewirr, doch ermöglichten die freistehenden Häuser, deren Anordnung entfernt an ein Schachbrett gemahnte, ein vortreffliches Kreuzfeuer, so daß ein einziger Scharfschütze nach allen Richtungen freies Schußfeld hätte, ohne seine Stellung an einer Hausecke zu verlassen. Berücksichtigte man jenen Teil der Siedlung, wurde die Gesamtlage deutlich. Sie war überaus ernst. Selbst nach einem klaren Erfolg in der bisher umkämpften Zone würden die siegreichen, doch erschöpften Soldaten ohnmächtig jene Anhöhe berennen, die vom Kirchenplatz durch einen natürlichen Festungsgraben in Gestalt einer tiefen Sturzbachrinne getrennt war. Oberst Moreira César sah dies ein. Und als die Nachhut anrückte, die Polizeitruppe und die Kavallerieschwadron, befahl er jener, auf der äußersten Rechten vorzugehen, um den bisher verschonten Ortsteil anzugreifen und so die Offensive zu ergänzen, die sich ganz auf der linken Seite entwickelt hatte. Zu ihrer Unterstützung hatte die Kavallerie im Zentrum anzugreifen, zwischen den Kirchen.

Eine Kavallerieattacke in Canudos ...

Welch ein Aberwitz. Die klassische Truppengattung der flachen Ebenen, deren Stärke in der Wucht ihres Ansturms liegt, in ihrem unvermuteten Auftauchen nach pfeilschnellen Galoppjagden, sollte dort, eingekeilt zwischen Häuserwänden, im Defilee eine Attacke durch enge Korridore reiten ...

Die Schwadron – mit ihren abgehetzten Pferden, die auf schlaffen Beinen dahinstolperten – sprengte in einem kurzen Halbgalopp zum Fluß hinab, dessen Wasser immer wieder im Kugelhagel aufspritzte, und kam nicht weiter. Die Tiere scheuten und bockten. Von den Sporen zerstochen, mit dem flachen Degen gepeitscht, wateten sie kaum bis zur Mitte der Strömung, wo sie sich aufbäumten und kurbettierten, die Zügel zwischen die Zähne nahmen, in mächtigen Sätzen die Reiter abwarfen und wild durcheinander zurück zur Ausgangsstellung preschten. Die Polizeitruppe, nachdem sie den Vaza-Barrís, bis zu den Knien im Wasser, an einer Biegung weiter flußabwärts durchwatet hatte, hielt zaudernd inne, als sie das tiefe und schlüpfrige Bett der Gießbachrinne erblickte, die an jener Stelle von Nord nach Süd verlief, eine Trennlinie zwischen dem Hauptteil der Siedlung und dem zu stürmenden Außenviertel.

So blieb der Entlastungsangriff gleich nach den ersten Schritten stecken. Nunmehr verließ der Expeditionsführer seinen Gefechtsstand auf halber Höhe des Pelados-Hügels, zwischen der Artillerie und dem Areal der *quixabeira*-Bäume:

»Die Kerle da will ich in Schwung bringen ...«

Er ritt hinunter. Auf halbem Weg aber hielt er sein Pferd an. Er sank, während die Zügel ihm entglitten, über dem vorderen Sattelbogen zusammen. Eine Kugel hatte ihn in den Unterleib getroffen.

Sogleich umringte ihn sein Stab.

»Nicht der Rede wert, eine leichte Verwundung«, sagte er, um die besorgten Kameraden zu beruhigen. Er war auf den Tod verwundet.

Er saß nicht ab. Als er, von Leutnant Ávila gestützt, zu seinem vorigen Standort zurückritt, traf ihn ein weiteres Geschoß. Damit war er außer Gefecht.

An seine Stelle mußte nunmehr Oberst Tamarindo treten, dem man sofort den unseligen Zwischenfall meldete. Dieser aber konnte sich zu keiner Entscheidung aufraffen, da der Oberbefehl zu einem Zeitpunkt an ihn überging, als er, jenseits des Flusses, an der Rettung seines eigenen Bataillons verzweifelte.

Er war ein schlichter, gutmütiger und heiterer Mann, jeder Schaustellung von Bravourtaten abhold. Bei der Vollendung seines sechsten Lebensjahrzehnts hatte er einem sorglosen Ruhestand entgegengesehen. Mehr noch, zum Feldzug hatte man ihn gegen seinen Willen abkommandiert. Und hätte er auch die Statur zur Meisterung der Krise besessen – dort war nichts mehr auszurichten.

Die Polizei hatte bei ihrem Ansturm schließlich die Vorgehensweise der übrigen Angreifer übernommen, nämlich die Häuser zu überfallen und in Brand zu stecken.

In dem Wirrwarr gab es nicht die leiseste Spur eines taktischen Zusammenwirkens; ja, dieses war nicht einmal vorstellbar.

Dies war kein Sturmangriff. Es war ein tollkühnes Ankämpfen gegen eine gespenstische Barrikade, die immer undurchdringlicher wurde, je tiefer sie in Schutt und Asche sank, denn unter den Trümmern, welche die Gassen versperrten, unter den eingestürzten Dächern und zwischen den rauchenden Pfosten schlüpften sie um so leichter hindurch, unbehelligt, oder fanden sie noch uneinnehmbarere Schlupflöcher – die lauernden Sertanejos.

Überdies zog unausweichlich ein schlimmeres Ungemach herauf: die Nacht, die sich anschickte, die vom fünfstündigen Ringen erschöpften Kämpfer zu verschlucken.

Die Armee weicht zurück

Doch bevor sie hereinbrach, begann der Rückzug. Auf der linken Uferböschung erschienen vereinzelt, in kopflos rennenden Haufen, die ersten zurückgeworfenen Kontingente. Bald stießen andere dazu, in gleicher Auflösung begriffen, tauchten hinter den Ecken der Kirchen und zwischen den Hütten in Ufernähe auf: Soldaten und Offiziere durcheinander, angesengt und staubbedeckt, in zerfetzten Uniformen, rennend, die Flinten ungezielt abfeuernd, brüllend, erschrocken, benommen, taumelnd, auf der Flucht …

Dieser Rückstrom, der zur Linken begonnen hatte, griff alsbald bis zur äußersten Rechten um sich. Und die gesamte Kampflinie, zu ihren Ausgangsstellungen zurückgetrieben, wälzte sich, gewunden und von Schüssen zerrissen, die Uferböschung herunter.

Da ein Kommando fehlte, kämpfte jeder auf eigene Faust. Noch bildeten sich winzige Grüppchen, um die nächst gelegenen Häuser anzuzünden oder dem Gegner kurze Schußwechsel zu liefern. Andere jedoch, waffenlos und verwundet, begannen durch den Fluß zurückzuwaten.

Das war der Schlußakt.

Überstürzt räumten die Pelotons die letzten Stellungen, und ineinander verknäuelt, in einem unbeschreiblichen Tohuwabohu, von panischer Angst hypnotisiert, ergossen sie sich in die seichten Fluten!

Sich stoßend, die Schwerverwundeten niedertrampelnd, die Entkräfteten und Hinkenden rücksichtslos beiseite drängend, niederwerfend, ertränkend – so gelangten die ersten Gruppen ans rechte Ufer. Begierig, es zu ersteigen, klammerten sie sich an die spärlichen Grasbüschel, stützten sich auf ihre Waffen, ergriffen die Beine jener Glücklichen, die erfolgreich beim Klettern waren, und verwickelten sich erneut zu einem lärmenden Knäuel. Es war ein Gewimmel von Leibern, das ein schrilles und mißtönendes und anhaltendes Brüllen von sich gab, einem plötzlichen Hochwasser gleich, als träte der angeschwollene Vaza-Barrís unversehens über die Ufer, gurgelnd, brausend, tosend …

Das Ave-Maria

In diesem Augenblick unterbrach der Glöckner der Alten Kirche das Sturmgeläut.

Allmählich dunkelte es. Im fahlen Schein der Dämmerung erklangen harmonisch die ersten Töne des Ave-Maria …

Die *jagunços* warfen ihre Lederhüte oder blauen Mützen von sich und murmelten das übliche Gebet vor sich hin, nachdem sie noch schnell die letzte Salve abgefeuert hatten …

V.

Auf der Mário-Höhe

Nach Überquerung des Flusses sammelten sich die Soldaten bei der Artillerie. Sie waren nichts als eine aufgewühlte Menschenmenge, ohne die leiseste Spur von der Streitmacht, die zerfallen war und von der als kleinste Elemente nur fassungslose und kampfuntaugliche Männer übrigblieben, nunmehr ausschließlich von der Sorge beherrscht, wie sie dem bislang so sehnlich gesuchten Feind aus dem Wege gehen könnten.

Zu diesem hatte der Hügel, auf dem die Truppen zusammenströmten, einen allzu geringen Abstand, und er konnte Ziel eines nächtlichen Überfalls werden. Man mußte ihn unbedingt räumen. Ohne Marschordnung, die Kanonen hinter sich herschleppend, verlagerten sie ihren Standplatz sogleich auf die Mário-Höhe, vierhundert Meter weiter. Dort improvisierten sie ein mangelhaftes Geviert aus unverbundenen und lockeren Reihen, welche das Offizierskorps, die Verwundeten, die Lazarettwagen, den Artillerietrain und die Lasttiere einschlossen. In der Mitte ein verfallenes Gemäuer, die Alte Fazenda; und darinnen der Oberkommandierende, dem Tode nahe.

Das war nun die Expedition: ein Gewühl von Menschen, Tieren, Uniformen und Gewehren, in einer Gebirgsmulde zusammengedrängt …

Die Nacht war hereingebrochen, eine jener glutheißen, im Sertão aber häufigen Nächte, in denen jeder Stern, reglos und ohne Geflimmer, gleich einer Hitzequelle strahlt und die wolkenlosen Horizonte alle Minute aufblitzen wie von fernem Wetterleuchten …

Die Siedlung war nicht zu sehen. Einige flammenlose Glutherde, die unter dem Lehm der eingestürzten Wände und Dächer glommen, wie auch verstreute Lichter von trüben, flackernden Laternen, die langsam durch die Finsternis wanderten, als leuchteten sie traurigen Suchgängen, zeigten die Lage des Ortes an und bezeugten die Wachsamkeit des Feindes. Die Schüsse indessen waren verhallt, und nicht eine Stimme klang herauf. Nur die mächtigen Umrisse der Kirchen zeichneten sich vage im schimmernden Sternenlicht ab. Sonst nichts. Die dichte Häusermasse, die umliegenden Hügel, die fernen Gebirge waren in Nacht getaucht.

Die Unruhe im Feldlager stach gegen die friedliche Umgebung ab. Über hundert Verwundete und Verstümmelte, eingezwängt zwischen ihre Kameraden, wanden sich und schleppten sich dort umher, von Schmerz und Durst gepeinigt, von den Hufen der Pferde fast zertreten, die erschrocken wieherten und schwankten zwischen den ineinander verkeilten Wagen und Packen des Trosses. Unmöglich, die Verletzten in dem Dunkel zu versorgen, wo der kurze Schein eines Zündholzes unerhörter Leichtsinn gewesen wäre. Im übrigen reichten für eine so große Anzahl die wenigen Ärzte nicht hin, von denen einer – tot, verirrt oder gefangen – nachmittags verschwunden war, um niemals wiederzukommen.*

Überdies gebrach es an einer straffen Führung. Der neue Befehlshaber war der Verantwortung nicht gewachsen, er empfand sie als drückende Last. Vielleicht verwünschte er im stillen die launische Fügung, die ihn zum Zwangserben einer Katastrophe bestimmt hatte. Er faßte keine Entschlüsse. Einem Offizier, der ihn eindringlich auf die zugespitzte Lage ansprach, gab er mit traurigem Humor einen gereimten Spruch aus dem Norden als Antwort:

»Es ist die Zeit des *murici*
Denk an dich, an andere nie …«

Dies blieb sein einziger Tagesbefehl. Auf einem Trommelkasten sitzend, an seiner langen Pfeife saugend, vom krankhaften Stoizismus tiefer Mutlosigkeit erfüllt, antwortete Oberst Tamarindo auf alle Anfragen mit derlei Sprüchen oder mit

* Dr. Fortunato Raimundo de Oliveira.

Einsilblern, denn von dem Auftrag, den zermürbten Haufen neu zu ordnen, hatte er sich losgesagt, ebenso wie von dem Glauben an das Wunder, daraus neue Kampfeinheiten bilden zu können.

Gewiß, dort waren tapfere Mannschaften und ein aufopferungsbereites Offizierskorps. Der alte Kommandeur indessen ahnte, daß unter derartigen Umständen eine Ansammlung individueller Energien nicht deren Summe ergibt, und bedachte alle Gründe, die bei heftig erregten Massen stets die glänzendsten persönlichen Vorzüge beeinträchtigen. Er blieb gleichgültig, unberührt von der allgemeinen Beklommenheit, wodurch er das Kommando stillschweigend an jedermann übergab. Also trafen unentwegte Offiziere auf eigene Faust die dringendsten Vorkehrungen, brachten Ordnung in das notdürftige Geviert, worin Soldaten aller Abteilungen aufs Geratewohl sich mengten, regelten den Einsatz von Sanitätswagen und verteilten Tragbahren, richteten die gebeugten Gemüter wieder auf. Viele beflügelte sogar der Gedanke an einen Vergeltungsschlag, an einen erneuten Sturm im ersten Tageslicht, bei dem die gesamte Streitmacht mit aller Wucht über die Fanatiker herfiele, die zuvor ein heftigerer Bombenhagel als am Vortag zermürbt hätte. Und sie schmiedeten gemeinsam Pläne, die darauf abzielten, die Schlappe mit einem verwegenen Handstreich wettzumachen. Denn unbedingt mußte man den Sieg erkämpfen, selbst unter größten Opfern. Innerhalb dieses unzulänglichen Karrees, so meinten sie, lagen die Geschicke der Republik beschlossen. Gesiegt mußte werden. Als abscheulich, als empörend, als demütigend und beklemmend empfanden sie ihre lächerliche und schlimme Lage, dort, mitten unter modernen Geschützen, mit vorzüglichen Waffen in der Hand, auf randvollen Patronenkisten sitzend – eingepfercht von einer Bande aufsässiger Buschbewohner ...

Die Mehrheit freilich sah die Dinge nüchtern. Sie machte sich keine Illusionen. Ein flüchtiger Vergleich zwischen der Truppe, die vor Stunden eingetroffen war, begeistert und siegesgewiß, und derjenigen, die nunmehr dort sich wiederfand, geschlagen, wies ihr eine einzige Lösung – den Rückzug.

Ein anderer Ausweg kam nicht in Frage, nicht einmal ein Aufschub.

Um elf Uhr einigten sich die versammelten Offiziere in diesem Sinne, einstimmig. Ein Hauptmann der Infanterie wurde beauftragt, den Beschluß dem Obersten Moreira César zur Kenntnis zu bringen. Dieser focht ihn auf der Stelle an, schmerzlich überrascht; in ruhigem Ton zunächst beschwor er die unverbrüchlichen Grundsätze militärischer Pflichterfüllung und behauptete, es bestünden immer noch Voraussetzungen für einen erneuten militärischen Versuch, da mehr als zwei Drittel der Truppe einsatzbereit und ausreichend mit Munition versehen seien; sodann, in einem Crescendo von Wut und Verzweiflung, verwies er auf den Makel, der für immer seinen Namen beflecken würde. Schließlich verlor er die Fassung: um einer so ungeheueren Feigheit willen durften sie ihn nicht opfern …

Dennoch blieb man bei dem Beschluß.

Das hieß die Todesqual des unglücklichen Haudegens auf die Spitze treiben. Empört erteilte er seinen letzten Befehl: Von alledem sollten sie ein Protokoll aufsetzen und ihm darin Gelegenheit geben, seinen Protest zu erklären, der sein Ausscheiden aus dem Militärdienst einschließe.

Die bittere Rüge des von zwei Kugeln verwundeten Truppenführers stimmte das unverletzte Offizierskorps allerdings keineswegs um.

Es war von Hunderten durchaus noch kampffähiger Soldaten umringt, achthundert vielleicht; ihm standen noch zwei Drittel der Munitionsvorräte zur Verfügung, und es hatte eine beherrschende Stellung oberhalb des Feindes inne …

Doch der Krieg im Sertão begann in dieser Nacht den Zug des Geheimnisvollen anzunehmen, den er bis zuletzt behalten sollte. Überwiegend Mischlinge, ebenso geartet wie die Hinterwäldler, gerieten die Soldaten, durch den unerklärlichen

Rückschlag verunsichert, der den unbesiegbar geglaubten Anführer niedergestreckt hatte, in den Bann des Wunderbaren, ergriffen von übernatürlichem Entsetzen, das überspannte Kommentare noch verschlimmerten.

Der *jagunço*, roh und vierschrötig, verflüchtigte sich zum ungreifbaren Kobold. Die meisten Soldaten, selbst einige der beim jüngsten Angriff verwundeten, hatten keinen einzigen von ihnen zu Gesicht bekommen; andere, Teilnehmer an der voraufgegangenen Expedition, glaubten, verblüfft und bestürzt über diese unerhörte Wundererscheinung, zwei oder drei wiederauferstandene Anführer der Feinde gesehen zu haben, die, so beteuerten sie steif und fest, im Cambaio gefallen waren; und allen, selbst den Nüchternsten, begann etwas Übersinnliches an den Geister-Kämpfern aufzugehen, gegen die sie vergeblich angestürmt waren und die als beinahe unsichtbare, vereinzelte Schemen furchtbar zwischen den Ruinen auftauchten oder unversehrt durch die Gluten der lichterloh brennenden Katen huschten.

Die Soldaten nämlich stammten großenteils aus dem Norden und waren in einer Umgebung aufgewachsen, wo sie, in einem Atemzug mit den Märchenhelden ihrer Kindheit, den Namen Antônio Conselheiros hörten. Und seine absonderliche Legende, seine Wunder, seine beispiellosen Zauberwerke gewannen in ihren Augen – nunmehr – eine erdrückende Glaubwürdigkeit, dank der furchtbaren Beweiskraft dieser Katastrophe.

Mitten in der Nacht schwollen alle Ängste an. Die Wachposten, die in den lockeren Reihen des Geviertes eingenickt waren, schraken zusammen, plötzlich erwacht, unterdrückten nur mühsam Aufschreie der Bestürzung.

Ein unbestimmbares Grollen hatte die umgebende Stille verdrängt und kroch die Hänge herauf. Es war jedoch nicht das dumpfe Gestampfe von Angreifern. Es war schlimmer. Der Feind dort unten in der unsichtbaren Siedlung – betete.

Jene außerordentliche Friedsamkeit – traurige Litaneien, nicht mehr von Männerschreien, sondern von Frauenstimmen beherrscht, die aus den Trümmern des Schlachtfelds aufstiegen – war zu jener Stunde grauenerregend. Die Wirkung entsprang dem Kontrast. Die verballhornten, schmerzerfüllten Kyries, die das Gemurmel des bestürzten Kriegsvolks unterbrachen, waren schlimmer als barsche Herausforderungen. Unverkennbar besagten sie dies: Aussichtslos war der Kampf gegen Feinde, die der Glaube so geläutert hatte.

Der Rückzug war geboten.

Er gewann im Morgengrauen durch eine erschütternde Nachricht höchste Dringlichkeit. Oberst Moreira César war verstorben.

Dies gab den letzten Anstoß zur allgemeinen Entmutigung. Die Vorkehrungen zum Abzug verliefen ab sofort in einem unbeschreiblichen, tumultartigen Gedränge. Als daher im ersten, zuckenden Frühlicht eine aus Mannschaften aller Einheiten gebildete Truppe als Vorhut abrückte, gefolgt von Sanitätswagen, Maultieren, Lasten, Verwundeten und Tragbahren, darunter die mit dem Leichnam des glücklosen Befehlshabers, deutete nichts an jener Kolonne darauf, daß sie eine heikle Kriegsoperation zu bestehen hatte.

Der Rückzug war die Flucht. Beim Aufstieg über die schräge Kammlinie zur Favela-Höhe und beim Abstieg über die jenseitigen Hänge, dem Wege folgend, zog die Expedition sich weit in die Länge und zerstreute sich ohne jede Ordnung, ohne in Reih und Glied zu marschieren.

Als die Truppe dem Gegner den Rücken zuwandte, der dort unten lauerte, ohne sie beim Abzug zunächst zu behelligen, und von dem sie sich zu lösen suchte, setzte sie offenbar ausschließlich auf die Schnelligkeit des Rückmarschs. Sie hatte es versäumt, sich zu staffeln und so auf das Ineinander von Defensive und Offensive einzustellen, das solche kritischen Augenblicke eines Feldzugs kennzeichnet. Planlos stürzte die Armee auf den Wegen fort. Sie wich nicht zurück, sie floh. Nur eine Abteilung mit zwei Krupp-Kanonen unter dem Befehl eines tapferen Leutnants, verstärkt durch ein Kontingent Infanterie, hielt eine Zeitlang die Mário-Höhe, gleich einem Damm gegen die unausweichliche Verfolgung.

Als dieser selbstlose Truppenteil sich schließlich in Bewegung setzte, wurde er ungestüm angefallen. Dem Feinde kamen der Schwung seines Angriffs und das Wissen von der eigenen Furchtbarkeit zugute. Lärmend, unter begeisterten Hochrufen, griff er die Truppe in einer Umfassungsbewegung von allen Seiten an. Unten begann die Glocke Sturm zu läuten; aus der Neuen Kirche brachen Salven hervor, und auf dem Platz zusammengedrängt oder hügelaufwärts eilend, sah sich die gesamte Bevölkerung von Canudos diese dramatische Szene an, deren Tragik sie einen spöttischen und aufreizenden Kommentar hinzufügte: tausendfache Pfiffe, schrill, langgezogen, erbarmungslos ...

Wiederum endete ein schreckensvoller Akt des Kriegsdramas im Sertão mit einem unheilvollen Pfeifkonzert.

Die Schlußszene war kurz. Die letzte Abteilung Artillerie erwiderte einige Augenblicke lang das Feuer, dann rückte sie ihrerseits schwerfällig ab, um über den ansteigenden Kamm der Favela-Höhe den Rückzug anzutreten.

Zu spät. Soweit das Auge reichte, wurde die Expedition, über die Wege verstreut und auseinandergezogen, in ihrer ganzen Länge von den *jagunços* flankiert.

VI.

Rückzug. Auflösung. Flucht.

Es war ein wildes Davonlaufen.

Achthundert Mann verschwanden fluchtartig; ließen die Gewehre fallen; setzten die Bahren ab, auf denen Verwundete sich krümmten; warfen ihre Ausrüstungsteile fort; entwaffneten sich; schnallten das Koppel ab, um unbeschwert weiterhasten zu können; und sie rannten, rannten blind drauflos, rannten in Gruppen, in umherirrenden Haufen, rannten über Wege und Querpfade, rannten tief in die *caatingas* hinein, benommen, entsetzt, führungslos …

Zwischen den hingeworfenen Bündeln am Wegesrand war gleich nach Ausbruch der Panik – ein zutiefst betrüblicher Anblick! – die Leiche des Befehlshabers liegengeblieben. Sie wurde nicht verteidigt. Die Soldaten unterließen sogar den flüchtigsten Schein von Abwehr gegen einen Feind, den sie nicht zu sehen bekamen, den sie nur erahnten aufgrund der herausfordernd gellenden Schreie und der Schüsse eines Gewehrfeuers, das so unregelmäßig und dünn war wie das einer Jagd. Nach den ersten Kugeln stoben die Bataillone auseinander.

Nur die Artillerie am Schluß der Nachhut zog gemessen und geeint ihres Weges, beinahe feierlich, parademäßig, und hielt von Zeit zu Zeit inne, um die tückischen Dickichte zu bestreichen; dann rollte sie langsam weiter, unnahbar, schreckenverbreitend …

Die Auflösung der Truppe kam zum Stehen dank der stählernen Macht der Geschütze, deren winzige Mannschaft sich durch wundervolle Beherztheit hervortat, elektrisiert von der moralischen Stärke eines Tapferen.

Daher war sie nach einiger Zeit von immer mehr Verfolgern umringt.

So konnte sich die übrige Expedition in Sicherheit bringen. Die Artillerieabteilung hielt ihr den Rücken frei. Die vier Krupp-Kanonen von Salomão da Rocha waren wie ein Stauwehr; dort brandete und stockte und drängte und schwoll und brach sich und verebbte die brüllende Flut der *jagunços*.

Jenes heillose Drunter und Drüber, wo Wildheit und Feigheit sich zu einem abstoßenden Gesamtbild mengten, hatte unversehens ein Zwischenspiel von epischer Größe.

Die zunächst auf Distanz gehaltenen Sertanejos zogen nach und nach einen immer engeren Angriffsring um die beiden sie noch bekämpfenden Truppenteile, die schwerfällig vorankamen und bisweilen unvermittelt Kampfordnung einnahmen, um ihre Verfolger mit zerschmetternden Salven einzudecken.

Die explodierenden Granaten entzündeten die dürren Reiser des Gehölzes; und von dort vernahm man, zusammen mit dem Knistern von Bränden, deren Flammen vom gleißenden Morgenlicht überstrahlt wurden, gellende Wut- und Schmerzensschreie; und benommen vom Rauch aus den brennenden Verstecken taumelnd, kamen am Saum der *caatinga* die Sertanejos in Scharen zum Vorschein, dicht am Wege, und brüllten, rannten umher, feuerten Stutzbüchsen und Pistolen ab – entgeistert über diesen unerklärlichen Widerstand, unschlüssig, ob sie mit Wurfspießen und Messern die kleine Gruppe unbeugsamer Recken anfallen sollten.

Diese indessen kamen nur mühsam voran. Sie schmolzen zusammen. Einer nach dem andern fielen die Kämpfer der stoischen Mannschaft. Verletzt oder erschreckt, bockten die vorgespannten Maultiere, drängten in andere Richtungen, hinderten den Weitermarsch.

So stand die Batterie am Ende still. Die Kanonen blieben an einer Wegbiegung stecken ...

Oberst Tamarindo, zur Nachhut zurückgekehrt, wo er furchtlos und unermüdlich auf die Fliehenden einwirkte und in der Stunde der Katastrophe seinen früheren Kleinmut heldenhaft sühnte, mühte sich, als er diese erschütternde Szene gewahrte, vergebens um eine Hilfsaktion für die einzigen wahrhaften Soldaten, die nach Canudos gelangt waren. Zu diesem Zwecke ließ er mehrfach das Signal erschallen: »Abteilung kehrt! Halt!« Die Trompetentöne, zittrig von atemlosen Bläsern hervorgestoßen, verhallten ergebnislos. Oder vielmehr – sie beschleunigten die Flucht. In diesem Wirrwarr galt nur eine Losung: »Nichts wie fort!«

Vergeblich setzten einige Offiziere voller Empörung ihren entsicherten Revolver den Fliehenden auf die Brust. Durch nichts waren diese aufzuhalten. Sie liefen weiter, rannten, rannten unsinnig, rannten weg vor den Offizieren, rannten weg vor den *jagunços*; und wenn sie sahen, wie ihre Vorgesetzten, von den Feinden zu bevorzugten Zielscheiben erkoren, schwer verwundet zusammenbrachen, blieben sie ungerührt. Hauptmann Vilarim, der fast ohne jede Hilfe weitergefochten hatte, fand, als er tödlich getroffen niedersank, unter seinen Leuten keinen Arm, der ihn gestützt hätte. Selbst die Verletzten und Verstümmelten humpelten allein dahin, schleppten mühsam sich fort, die behenderen Kameraden verwünschend.

Die Hornsignale verhallten in diesem Getümmel, unhörbar, unnütz …

Schließlich verstummten sie. Ihr Ruf erreichte niemanden mehr. Die Infanterie war verschwunden …

Am Wegesrand sah man nur noch Ausrüstungsstücke verstreut umherliegen, Tornister und Gewehre, Koppel und Säbel, blindlings fortgeworfen wie wertloses Zeug.

Ganz allein, ohne eine einzige Ordonnanz, sprengte Oberst Tamarindo im Galopp verzweifelt vorwärts auf dem – nun verödeten – Weg, als wollte er eigenhändig die Vorhut noch aufhalten. So blieb am Ende die Artillerie ganz sich selbst überlassen, bevor sie Angico erreichte.

Da fielen die *jagunços* über sie her.

Dies war der Schlußakt. Hauptmann Salomão verfügte nur noch über ein halbes Dutzend ergebener Kämpfer. Von allen

Seiten trafen ihn die Schläge, und er fiel, von Sichelhieben zerschnitten, neben den Kanonen, die er nicht hatte im Stich lassen wollen.

Die Katastrophe war vollkommen …

Eine kleine Strecke weiter wurde Oberst Tamarindo, als er im Galopp über den Angico-Bach setzte, von einer Kugel aus dem Sattel geworfen. Der Militäringenieur Alfredo do Nascimento traf ihn noch lebend an. Hingestreckt auf der Uferböschung, flüsterte der alte Truppenführer dem herbeigeeilten Kameraden seinen letzten Befehl zu:

»Sagen Sie Cunha Matos Bescheid …«

Dieser Befehl war schwerlich ausführbar.[13]

Ein Arsenal im Freien

Die dritte Expedition, vernichtet, zersprengt, war verschwunden. Und da die meisten Flüchtenden die Wege mieden, gingen sie fehl, orientierungslos, irrten aufs Geratewohl durch die Wüste, wo viele von ihnen, darunter die Verwundeten, sich für immer verliefen, so daß sie, ganz sich selbst überlassen, dahinsiechten und umkamen. Einige der vom Wege Abgekommenen verschlug es nach Cumbe oder noch entfernteren Orten. Die übrigen erreichten anderntags Monte Santo. Oberst Souza Meneses, der Ortskommandant, hatte ihr Eintreffen nicht abgewartet. Kaum von der Katastrophe in Kenntnis gesetzt, war er spornstreichs nach Queimadas aufgebrochen, das er in einem einzigen Gewaltritt erreichte.

Unterdessen sammelten die Sertanejos die Beute ein. Auf und neben dem Wege lagen Waffen und Munition verstreut, dazwischen Uniformteile wie Dolmane und karmesinrot gestreifte Hosen, deren allzu auffälliger Besatz sie im Graubraun der *caatinga* zu einem Fluchthindernis machte. So hatte der größte Teil der Armee sich vor dem Feinde nicht nur entwaffnet. Er hatte sich entkleidet …

Daher fanden die *jagunços* zwischen Rosário und Canudos

ein kunterbuntes Freiluftarsenal, wo sie sich sattsam bedienen konnten. Die Expedition Moreira César schien nur ein einziges Ziel verfolgt zu haben: ihren Feinden das alles zu überlassen, ihnen all dieses moderne Kriegsgerät zu schenken und sie reichlich mit Munition zu versorgen.

Grausige Kurzweil

Die vier Krupp-Kanonen schafften die Sertanejos nach Canudos; und den in vorderster Linie kämpfenden Gefährten gaben sie anstelle der alten und umständlich zu ladenden Flinten die feuerkräftigen Mannlicher und Comblains in die Hand; und da Uniformen, Koppel und Mützen, alles, was den vermaledeiten Körper der Soldaten berührt hatte, die Haut der heiligen Kämpfer beflecken würde, ersannen sie dafür eine Verwendung von makabrer Grausamkeit.

Die jüngsten Ereignisse hatten ihre Wundergläubigkeit ebenso gesteigert wie ihre Wildheit. Der Nimbus des Soldaten war zerbrochen, und die Ruhmredigkeit der bäurischen Anführer tat sich an den belanglosesten Vorfällen gütlich. Die Streitmacht der Regierung war nun tatsächlich die »Streitohnmacht« der Regierung, eine ironische Wendung, die bis zum Ende des Feldzugs im Schwange bleiben sollte. Die *jagunços* hatten sie anrücken sehen – gewaltig und schreckenerregend –, wohlversehen mit Waffen, gegen die ihre eigenen plumpen Vorderlader Kinderspielzeug waren; sie hatten gesehen, wie die Streitmacht fürchterlich auf die Siedlung zurollte und sie anfiel und in sie eindrang und sie einäscherte und sie von einem Ende zum andern durchstieß; und sie erlebten, wie sie nach diesen tollkühnen Anläufen abzog und flüchtete und kopflos davonstürzte und überall auf den Pfaden Wehr und Waffen zurückließ.

Zweifellos war dies ein Wunder. Die Verwicklung der Ereignisse verwirrte sie und ließ nur eine Deutung zu: Ihnen stand offenkundig die höhere Macht der Gottheit zur Seite.

Und dieser Glaube, aus den erbarmungslosen Kämpfen gestärkt hervorgegangen, belebte, je mehr er anwuchs, alle barbarischen Instinkte der *jagunços* neu und verdarb ihre Wesensart. Davon zeugt eine absonderliche Handlung, eine schauerliche Kurzweil, die, der unseligen Religiosität der Aschanti[14] ähnlich, diesen Teil des Krieges beschloß.

Nachdem sie alles abgesucht, Munition und Waffen aufgelesen hatten, trugen die *jagunços* die weit verstreuten Leichen zusammen, enthaupteten sie, verbrannten die Rümpfe. Dann spießten sie die Köpfe beiderseits des Weges in regelmäßigen Abständen aneinander, so daß sie sich gegenüberstanden, mit dem Gesicht zum Pfad. Darüber, an den höchsten Büschen am Wegrand, hängten sie auf, was von den vielfarbigen Uniformen, Hosen und Dolmanen übriggeblieben war, ebenso wie Sättel, Koppel, hochrot gestreifte Käppis, Uniformjacken, Decken, Feldflaschen und Tornister.

Die *caatinga*, sonst welk und nackt, stellte sich unversehens in wunderlich farbiger Blütenpracht dar, im kräftigen Rot der Aufschläge, im ausgeblichenen Blau der Dolmane und im lebhaften Funkeln der baumelnden Degengehänge und Steigbügel.

Ein schmerzliches Detail vervollständigte diese grausame Inszenierung: Am Wegrand hing – gepfählt, auf einen dürren *angico*-Ast gespießt – die Leiche des Obersten Tamarindo.

Es war ein gräßlicher Anblick. Einer entsetzlich grausigen Puppe gleich, haltungslos, mit schlottrigen Armen und Beinen, an dem krummen, biegsamen Ast im Winde baumelnd, erschien er in der Ödnis wie eine dämonische Vision.

Lange blieb er dort …

Als drei Monate später neue Expeditionssoldaten nach Canudos zogen, gewahrten sie unverändert dieselbe Szenerie: Reihen von Totenschädeln, die am Wegesrand bleichten, umgeben von alten Kleiderfetzen, die zerrissen an den Zweigen der Büsche hingen, und an einer Stelle der stumme Protagonist eines grauenvollen Dramas – das Gespenst des alten Truppenführers …

Vierte Expedition

I. Unheilvolle Ereignisse. Canudos – eine krankhafte Disposition. Die Rua do Ouvidor und die *caatingas*. Abwegige Darstellungen. Heroische Lügen. Korporal Roque. *Levée en masse*. Pläne. Das Getrampel barbarischer Horden.

II. Truppenmobilisierung. Massierung in Queimadas. Gliederung der Expedition. Kritik. Verzögerungen. Es gibt keinen Feldzugsplan. Die Pioniertruppe. Anmarsch auf Canudos. Zwischenfälle. Bei Rosário. Ein furchterregender Geländeführer: Pajeú. Grausiges Wegstück bei Pitombas. Die Favela-Höhe. Feuergefecht. Das Feuergefecht geht weiter. Canudos. Eine gefangene Division.

III. Die Heeressäule Savaget. Die Höhenzüge von Cocorobó. Vor den Verschanzungen. Ein unerhörter Bajonettangriff. Der Durchbruch. Macambira und Trabubú. Ein unerwarteter Bote. Ein Feldzugsplan wird zuschanden.

IV. Eigenartiger Sieg. Beginn einer chronischen Schlacht. Notstand. Abenteuer der Belagerung: gefährliche Jagdpartien. Sinkender Mut. Überfall auf das Heerlager. Die »Schlächterin«. Die Haltung des Oberbefehlshabers. Erneuter Blick auf Canudos. Mutlosigkeit. Die Expedition wird elektrisiert.

V. Der Sturmangriff: Zurüstungen. Angriffsplan. Der Zusammenstoß. Die Kampflinie. Wieder ein unheilvoller Sieg. An den Flanken von Canudos. Telegraphische Triumphe.

VI. Auf den Wegen. Die Verwundeten. Erste zuverlässige Nachrichten. Verluste. Deutungen und Legenden. »Es lebe der Gute Herr Jesus!« Ein Zwischenfall epischen Zuschnitts.

VII. Besorgnisse. Die Brigade Girard. Absonderliches Heldentum. Unterwegs nach Canudos.

VIII. Neue Verstärkungen. Der Marschall Bittencourt. Ein herzzerreißender Anblick. Allzu prosaische Mitstreiter. Die Lage in Canudos.

I.

Unheilvolle Ereignisse

Die Nachricht von diesem Fiasko war ein noch größeres Unheil als dieses selbst.

Die vierte Expedition wurde in einem Klima heftiger nationaler Erschütterung vorbereitet, woraus sich Handlungen ergaben, die dem Ernst der Tatsachen Hohn sprachen. Anfangs war es Bestürzung, dann Überspanntheit, was die öffentliche Meinung ergriff, ein heftiges Gären von Mutmaßungen, um das unfaßliche Geschehen zu erklären und irgendeine Begründung zu finden für jene Zerschlagung einer zahlreichen, wohlausgerüsteten Streitmacht unter einem Befehlshaber solchen Ranges. In der gänzlichen Orientierungslosigkeit der Gemüter stellte sich sogleich, zunächst sporadisch und andeutungsweise, dann zu unumstößlicher Gewißheit verdichtet, der Gedanke ein, die aufwieglerischen *tabaréus* handelten nicht auf eigene Faust. Sie seien die Vorhut unbekannter Phalangen, die darauf lauerten, mit einem Schlage von allen Seiten über das junge republikanische Staatswesen herzufallen. Und da in den Hauptstädten, in der des Bundes und denen der Gliedstaaten, seit längerem ein halbes Dutzend Idealisten, verträumte und harmlose Umstürzler, erfolglos Propaganda für die Restauration der Monarchie betrieben, nahm man diesen Umstand zum Anlaß für die allerwidersinnigste Gegenmaßnahme.

Es bedurfte irgendeiner Erklärung für Geschehnisse solcher Tragweite. Man wurde fündig: Die Unruhen im Sertão waren erste Symptome einer weitverzweigten Verschwörung gegen die jungen Institutionen. Canudos war ein Coblentz[1] der Lehmhütten, ein Hort der Gegenrevolution. Hinter der ungehobelten Gestalt des Pajeú zeichnete sich das adelige Profil eines brasilianischen Braunschweig ab. Die Dynastie im Ruhestand, die der Braganças, hatte endlich ihren Monk gefunden: João Abade. Und Antônio Conselheiro – ein Messias der Jahrmärkte – hatte mit seinen zittrigen und gebrechlichen Händen die Geschicke eines Volkes an sich gerissen …

Die Republik war in Gefahr; vonnöten war die Rettung der Republik. Dieser Ruf beherrschte die allgemeine Erregung …

Übertreiben wir?

Zitieren wir wahllos aus einer Zeitung jener Tage.

Man dozierte: »Was das Ansehen der rechtmäßigen Obrigkeit mit einem Schlage erschüttert und den Stolz unseres Vaterlands auf seinen Ruf, seine Tradition und seine Stärke verletzt hat, ist die kriegerische Bewegung, die unter dem Mantel des religiösen Fanatismus im Eilschritt gegen die Staatsorgane selbst marschiert, so daß niemand sich länger über die Fehde hinwegtäuschen darf, welche die dem Kaiserreich Nachtrauernden sich anzuzetteln erdreistet haben, als sie ungeniert zu den Waffen griffen.«

Daraus schloß man: »Niemand verkennt zu dieser Stunde, daß der umstürzlerische Monarchismus mit der Republik auch die Einheit Brasiliens zerstören will.«*

Man erläuterte: »Die Tragödie vom 3. März, bei der zusammen mit Moreira César auch der vortreffliche Oberst Tamarindo und so viele ungemein bravouröse Offiziere unseres Heeres ihr Leben ließen, hat bestätigt, wie sehr die monarchistische Partei im Schutz der staatlichen Toleranz, ja sogar von dieser ungewollt ermuntert, an Dreistigkeit und Schlagkraft gewonnen hat.«**

Man behauptete: »Das ist die Restauration; man verschwört sich, man stellt eine kaisertreue Armee auf. Das Übel ist groß; das Heilmittel sei auf der Höhe des Übels. Die Monarchie bewaffnet sich? Der Präsident rufe die Republikaner zu den Waffen.«***

Und so fort. Derart profilierte sich die öffentliche Mei-

* *Gazeta de Notícias.*
** *O País.*
*** *O Estado de São Paulo.*

nung der Nation in der Presse. In der Presse und auf der Straße.

In der Hauptstadt der Republik riefen eifrige Bürger das Volk zusammen und gaben seiner patriotischen Besorgnis in einer geharnischten Entschließung Ausdruck:

»Das Volk von Rio de Janeiro, auf einer Kundgebung versammelt, in Kenntnis des schmerzlichen Rückschlags, den die Streitkräfte des Landes im Sertão von Bahia gegen den monarchistischen Potentatenklüngel erlitten haben, begrüßt, fest um die Regierung geschart, alle ihre künftigen Maßnahmen staatsbürgerlicher Wehrhaftigkeit zur Ehrenrettung der Armee und des Vaterlandes und erwartet sehnlichst die Niederschlagung des Aufruhrs.«

Dieselbe Leier überall. Überall die Besessenheit vom monarchischen Popanz, womit man zu einer Legion aufblähte, zu einer geheimnisumwitterten, lautlos im Dunkeln marschierenden Kohorte, was eine Handvoll Ewiggestriger war, versponnen und starrköpfig.

Auch der Präsident der Republik durchbrach seine gewohnte Abgeklärtheit:

»Wir wissen, daß hinter den Fanatikern von Canudos politische Kräfte am Werk sind. Doch wir sind gewappnet, und alle Mittel zum Sieg stehen uns zu Gebote, wie auch immer und gegen wen auch immer.«

Schließlich griff die Menge ein.

Übernehmen wir einen Bericht:

»Es war schon spät, und die Erregung der Volksmenge wuchs mit ihrem stetig anschwellenden Umfang; und in dieser allgemeinen Entrüstung erinnerte man sich der monarchistischen Zeitungen, und alles zog geschlossen, in einer plötzlichen Gefühlsentladung, zu den Redaktionen und Druckereien der Zeitungen *Gazeta da Tarde*, *Liberdade* und *Apóstolo*; und obwohl die Polizei sich beeilte, einem Anschlag auf diese Blätter zuvorzukommen, traf sie nicht früh genug ein, um ihn zu verhindern, so daß die Menge unter Hochrufen auf die Republik und das Gedenken an

Floriano Peixoto[2] die betreffenden Etablissements stürmte, sie völlig verwüstete und alles darin verbrannte.

Dabei zerschlugen und zerstörten sie alles, was ihnen in die Quere kam, und schleuderten darauf alle möglichen Gegenstände, Bücher, Papiere, Bilder, Möbel, Arbeitsgeräte, Schilder, Wandschirme und so weiter auf die Straße, von wo man sie gleich zum Platz São Francisco de Paula schleppte und zu einem Scheiterhaufen türmte, während andere Gegenstände als Berge von Gerümpel in der erwähnten Rua do Ouvidor liegenblieben.«*[3]

Canudos – eine krankhafte Disposition. Die Rua do Ouvidor und die ›caatingas‹

Doch brechen wir dieses nachträgliche Herumstochern in einem Scherbenhaufen ab. Ein weiteres Mal im Laufe unserer Erzählung verzichten wir auf eine eingehende Untersuchung von Begebenheiten, die sich dem höheren Maßstab der Geschichte verweigern. Die voraufgegangenen Zeilen haben nur diesen einen Zweck: in aller Kürze gleichartige Phänomene festzuhalten, die in verschiedenen Regionen auftreten und denen dieselbe wilde Roheit zugrunde liegt. Die Rua do Ouvidor war wie ein Seitenpfad der *caatingas*. Die Ausschreitungen des Sertão brachen jäh ins Innere der Zivilisation herein. Und im Grunde war der Krieg von Canudos nur ein Symptom. Das Übel war umfassender. Keineswegs beschränkte es sich auf jenen Erdenwinkel im Staate Bahia. Es hatte um sich gegriffen. Es drang in die Hauptstädte an der Küste ein. Der Mann des Sertão, roh und ledergewandet, hatte Partner, die womöglich noch gefährlicher waren.

Lohnt es, sie zu bestimmen?

Die ungeheure Macht der Vererbung bewirkt bei uns wie allerorten und zu allen Zeiten, daß Menschen, die in ein weiter fortgeschrittenes Milieu gestoßen wurden – behand-

* *Jornal do Brasil.*

schuht und mit dünnem Kulturfirnis überzogen –, durch und durch Steinzeitmenschen bleiben. Während der normale Gang der Zivilisation sie für gewöhnlich im Zaum hält und bändigt und fesselt und zermürbt und nach und nach vernichtet, indem er sie ins Halbdunkel eines unnützen Daseins abdrängt, dem sie mitunter von der Neugier wunderlicher Soziologen oder von psychiatrischen Forschungen entrissen werden, treten sie jedes Mal hervor und dringen anstößigerweise in die Geschichte ein, wenn eine tiefe Erschütterung in ihrem Umfeld die Verbindlichkeit der Gesetze lockert. Sie sind die schicksalshafte Kehrseite der Ereignisse, der unerläßliche halbdunkle Hintergrund für die bedeutenden Geschehnisse.

Keinen anderen Nutzen haben sie, keinen anderen Wert; sie zu analysieren ist zwecklos. Bei ihrer Untersuchung bleibt der schärfste Verstand stumpf, vergleichbar der Flintglaslinse, die mit wundervoller Brechung hellglänzende Objekte vergrößert, doch kläglich im Schatten versagt.

Verlassen wir sie; schreiten wir fort.

Zuvor jedoch halten wir eines fest: Die Krise im Sertão auf irgendeine politische Verschwörung zurückzuführen bedeutete eine mit Händen zu greifende Verkennung der natürlichen Bedingungen unserer Abstammung.

Der Fall, wir sahen es weiter oben, war vielschichtiger und bedeutsamer. Auf die zugrundeliegenden Gegebenheiten hatten die tatenlosen Schlafwandler, die von der Restauration des Kaiserreichs träumten, nicht den geringsten Einfluß. Die Unwissenheit darüber zeitigte größeres Unheil als die Zerschlagung der Expeditionen selbst. Es erwies sich, daß wir unseren derben, zurückgebliebenen Landsleuten wenig voraushatten. Diese handelten zumindest folgerichtig. In seiner räumlichen und zeitlichen Insellage konnte der jagunço, ein ethnischer Anachronismus, nichts anderes tun, als was er tat – schlagen, furchtbar einschlagen auf die Nation, die ihn fast drei Jahrhunderte lang verstoßen hatte und die ihn nunmehr in die Wunderwelt unseres Zeitalters holte, mitten in ein Geviert von

Bajonetten, um ihm den Glanz der Zivilisation im Mündungsfeuer der Gewehrsalven vorzuführen.

Er wehrte sich. Das war natürlich. Was überrascht, ist die dadurch ausgelöste Überraschung. Canudos war eine elende Wüstung, außerhalb unserer Landkarten gelegen, in der Ödnis verloren, eine unentzifferbare, verstümmelte und nicht numerierte Seite aus unserm Buch der Überlieferungen. Es legte nur eine Auffassung nahe, nämlich, daß ebenso wie die geologischen Schichten nicht selten Störungen und Inversionen erfahren, wodurch eine junge Formation unter eine ältere geschoben wird, auch die mentale Schichtung der Völker durcheinandergerät und sich umkehrt und sich faltet zu schroffen Mulden und Sätteln und in Verwerfungen aufbricht, an denen alte, längst verflossene Stadien der Menschheitsgeschichte zutage treten.

So gesehen war Canudos vor allem andern ein Lehrstück und hätte große Wißbegier entfachen können. Die gleiche Wißbegier, die den Archäologen überkommt, wenn er unweit einer schweizerischen Industriestadt auf die Reste eines Pfahldorfes stößt.

Was es bei uns entfachte, waren überwiegend Haßgefühle. Die tiefere Bedeutung des Ereignisses sahen wir nicht. Jenes überaus eigentümliche Emportauchen der Vergangenheit, das alle Verwerfungen unserer Evolution enthüllte, bot eine schöne Gelegenheit, diese Brüche zu untersuchen, zu korrigieren oder zu neutralisieren. Eine aufschlußreiche Lektion, die wir nicht verstanden.

In der ersten Stadt der Republik begnügten sich die Patrioten mit dem Autodafe einiger gegnerischer Zeitungen, und die Regierung begann zu handeln. Handeln hieß – Bataillone zusammenziehen.

Abwegige Darstellungen. Heroische Lügen. Korporal Roque

Die ersten Nachrichten von dem Unglück schürten für viele Tage die Unruhe im ganzen Land. Der Bericht von Major Cunha Matos[4] war äußerst mangelhaft, stellte kaum die wichtigsten Phasen des Feldzugs dar und zeugte, mit merkwürdigen Fehlern gespickt, lediglich von der aufgeregten Eloquenz, mit der er geschrieben worden war. Denen, die ihn lasen, drängte sich die Vorstellung einer Hekatombe auf, dramatisiert durch nachfolgende Meldungen. Und diese, unbestimmt wie sie waren, schürten immer mehr die Erregung und Neugier der Öffentlichkeit, rissen sie hin und her, und mit der Fülle widersprüchlicher Versionen lösten sie in den besorgten Gemütern eine unendliche Kette von Mutmaßungen aus.

Im Wirrwarr der Meinungen war es ausgeschlossen, den allerknappsten Überblick über die Sachlage zu gewinnen. Man ersann Begebenheiten mit dem vollkommenen Schein der Wirklichkeit, die begierig aufgenommen wurden, bis neue, davon abweichende an ihre Stelle traten und für einen Tag oder eine Stunde das öffentliche Bewußtsein beherrschten und bald von wieder anderen kurzlebigen Darstellungen verdrängt wurden. So kam es, daß in einem Klima wachsender Verunsicherung – von dem Gerücht, das im trauten Heime bänglich geflüstert wurde, bis zur schändlichen Lüge, die mit Getöse durch die Straßen scholl – Ängste und Besorgnisse zunahmen. Es war die beständige Drangsal quälender Zweifel. Nichts Zuverlässiges wußte man. Nichts wußten selbst die an der Niederlage Beteiligten. Im Hin und Her der Gerüchte nahm ein und dasselbe Ereignis die schillerndsten Farben an.

So hieß es, Oberst Tamarindo sei gar nicht gefallen; mit einer Handvoll treuergebener Kameraden habe er sich tapfer durchgeschlagen und sei auf dem Weg nach Queimadas. Dem lief eine andere Meldung zuwider: Er habe sich durchgeschlagen, liege aber schwer verwundet in Maçacará, wo er ganz entkräftet eingetroffen sei.

Sodann die traurige Auskunft: der unglückliche Offizier sei tatsächlich niedergemetzelt worden. Und so fort.

Alarmierende Vorstellungen waren in Umlauf: die Sertanejos seien keine »Bande fanatischer Frömmler«, sondern eine »wohlausgebildete, disziplinierte Armee« – erstaunlich gut mit Mauser-Karabinern ausgerüstet, ferner mit Geschützen, die sie sicher zu handhaben wüßten. Einige unserer Leute, darunter der Hauptmann Vilarim, seien von Granatsplittern zerrissen worden …

Unter so vielen Ungewißheiten erschien die Wahrheit bisweilen in heroischem Gewande. Der tragische Tod von Salomão da Rocha war eine Genugtuung für die Eigenliebe der Nation. Hinzu kam später, noch ergreifender, die Legende vom Korporal Roque,[5] welche die Volksseele zutiefst erschütterte. Ein schlichter Soldat, durch beispiellosen Heldenmut geläutert, hatte dem Gefecht das Glanzlicht aufgesetzt. Als Ordonnanz von Moreira César hatte der treue Kämpfer nach der Zerschlagung der Truppe neben dem Leichnam des Vorgesetzten am Wegesrand ausgeharrt und die verehrungswürdige Reliquie bewacht, die eine Armee im Stich gelassen hatte. Neben der Leiche des Truppenführers kniend, hatte er bis zur letzten Patrone gekämpft, bis er am Ende fiel, für einen Toten sich opfernd …

Und die wunderbare Szene, stark ausgeschmückt von der Phantasie des Volkes, wog schließlich fast die Schwere der Niederlage auf. Patriotische Spendenaktionen wurden ins Leben gerufen; feierliche öffentliche Ehrungen wurden ins Auge gefaßt; und unter einem Jubelchor aus volltönenden Artikeln und überschwenglichen Oden war der obskure Soldat im Begriff, in die Geschichte einzugehen, als er – geschlagen von dem Unglück, nicht gestorben zu sein – die Unsterblichkeit gegen das Leben eintauschte und mit den letzten überlebenden Nachzüglern in Queimadas eintraf.

Zu dieser Ernüchterung gesellten sich weitere, und zwar

in dem Maße, wie die Lage sich klärte. Nach und nach verminderte sich einerseits und verschlimmerte sich andererseits die Katastrophe. Die über dreihundert Toten der amtlichen Verlautbarungen erstanden wieder auf. Drei Tage nach dem Gefecht – drei Tage nur – befand sich in Queimadas, zweihundert Kilometer von Canudos entfernt, bereits ein Großteil der Expedition. Eine Woche später verzeichnete man die Anwesenheit von 74 Offizieren. Zwei Wochen darauf, am 19. März, hielten sich 1081 Armeeangehörige dort auf – gerettet.

Wir haben gesehen, wie viele ins Feld gezogen waren. Verzichten wir aufs Subtrahieren. Lassen wir sie, so dokumentiert, auf sich beruhen, diese unerbittlichen Zahlen.

Ihre ungemein negative Aussage dämpfte keineswegs den Feuereifer der Unterstützungsaktionen.

›Levée en masse‹. Pläne

Die Gouverneure, die Landesparlamente, die Gemeinderäte schnaubten weiterhin vor erschrecklicher Rachgier. Und alle Stellungnahmen, Varianten einer einzigen Botschaft, monoton in ihrem Gleichklang immer derselben hochtrabenden Satzperioden, beharrten ausschließlich auf einer Forderung, auf der Zermalmung der Feinde der Republik, die der monarchistische Honoratiorenklüngel bewaffnet habe. Wie in der Bundeshauptstadt verabschiedete auch in den übrigen Städten das Volk Entschließungen zum dramatischen Ernst der Lage und begrüßte alle Maßregeln staatsbürgerlicher Härte, welche die Regierung künftig ergreife, um dem Heer »und« – dieses Bindewort sagt mehr als hundert beredte Seiten – dem Vaterland Genugtuung zu verschaffen. Staatstrauer wurde angeordnet. In den Gemeinderäten der entlegensten Munizipien wurden feierliche Beileidsresolutionen zu Protokoll genommen. In allen Kirchen wurde für die Toten Andacht gehalten. Und um der allgemeinen Betrübnis eine zusätzliche religiöse Weihe zu geben, wiesen die Erzbischöfe die Welt- und Ordensgeistlichen an, in den Messen das *Pro pace* zu beten. In allen Kasernen meldeten sich eifrige Staatsbürger zu den Waffen. Alte Bataillone erstanden neu, wie das *Tiradentes*, das *Benjamin Constant*, das *Acadêmico* und das *Frei Caneca*,[6] gebildet aus feuererprobten Veteranen der Niederschlagung des voraufgegangenen Flottenaufstands;[7] und weitere wurden aus Patrioten aller Schattierungen aufgestellt, das Bataillon *Deodoro*,[8] das *Silva Jardim*, das *Moreira César* ... Damit nicht genug.

Im Hauptquartier des Heeres legte man Listen für Freiwillige aus, um die Lücken in mehreren Einheiten zu füllen. Der Präsident der Republik verkündete, äußerstenfalls werde er sogar die Kongreßabgeordneten zu den Fahnen rufen; und im poetisch-patriotischen Überschwang sandte der Vizepräsident dem Offiziersklub einen Brief, in dem er sich wacker erbot, den rächenden Degen zu gürten. Es wimmelte von genialen Plänen, seltenen, unvergleichlichen Ideen. Hochangesehene Ingenieure legten den Entwurf für ein Wunderwerk der Ingenieurskunst vor: eine Eisenbahnlinie von Vila Nova da Rainha nach Monte Santo, über das Itiúba-Gebirge hinweg, in dreißig Tagen zu erbauen, auf der, unversehens, triumphartig, der brüllende Chor der Lokomotiven mit Volldampf durch den wilden Sertão dahinbrausen werde.

Stand doch in Canudos das Schicksal der Republik auf dem Spiel ...

Alarmierende Berichte besagten: Dies war nicht einfach eine Hochburg grimmiger Banditen. Dort hielten sich Männer von seltener Tapferkeit auf – darunter namhafte Heeres- und Marineoffiziere, die seit der Septemberrevolte untergetaucht waren und die der Ratgeber in sein Gefolge berufen hatte.

Man versicherte, eines der Oberhäupter der Fluchtburg sei ein äußerst tüchtiger italienischer Ingenieur, der sein Handwerk vielleicht in den wild umkämpften Festungen Abessiniens erlernt habe. Man wußte sich außerordentliche Einzelheiten zu erzählen: In der Siedlung hielten sich so viele Menschen auf, daß die Abwesenheit von siebenhundert Fahnenflüchtigen erst nach etlichen Tagen aufgefallen sei. Und Schlag auf Schlag, unerbittlich, mehrten neue Nachrichten die zermürbende Last der Befürchtungen, welche die beunruhigten Seelen drückten. So seien Monte Santo, Cumbe, Maçacará und vielleicht auch Jeremoabo schon in der Hand der *jagunços*. Nach der Plünderung jener Ortschaften hätten die Invasoren sich südwärts gewandt, sich in Tucano gesammelt und neu organisiert, von wo sie, um neue Kontingente verstärkt, auf die Küste zumarschieren würden, auf die Hauptstadt von Bahia …

Die phantasierende Menge vernahm schon das dumpfe Getrampel barbarischer Horden …

Die Bataillone Moreira Césars waren die Legionen des Varus … Die Fliehenden wurden bedrängt von entsetzlichen Heerhaufen.

Gefährlich waren nicht nur die *jagunços*. In Juazeiro do Norte, in Ceará, versammelte ein unseliger Irrlehrer, der Padre Cícero,[9] Scharen neuer Sektierer, um dem Ratgeber zu Hilfe zu eilen. In Pernambuco verblüffte ein Wahnsinniger, José Guedes, bei seiner Vernehmung die Behörden mit dem gleichmütigen Stolz eines Propheten. In Minas zersprengte ein dreister Straßenräuber, João Brandão, die Eskorten von Maultierkarawanen und verschwand im Sertão des oberen Rio São Francisco, Lasttiere vor sich hertreibend, die hochbepackt mit Gewehren waren.

Der Hauch des Irrsinns erfaßte ebenso die südlichen Landesteile: der Mönch von Paraná trat auf, ein weiterer Teilnehmer an diesem aberwitzigen Wettlauf zur Geschichte und zur Heilanstalt.

Und all das waren, ganz unabweisbar, Machenschaften einer Verschwörung, die von langer Hand die republikanischen Institutionen untergrub. Die monarchistische Reaktion ging nun zu einer kriegerischen Haltung über, und in die ersten, höchst erfolgreich bestandenen Scharmützel schickte sie jene Vorhut von Nachzüglern und Irrsinnigen.

Die Regierung mußte schleunigst handeln.

II.

Truppenmobilisierung

Bataillone aus allen Gliedstaaten wurden in Bewegung gesetzt: das 12., 25., 30., 31., 32. Bataillon aus Rio Grande do Sul; das 27. aus Paraíba; das 34. aus Rio Grande do Norte; das 33. und 35. aus Piauí; das 5. aus Maranhão; das 4. aus Pará; das 26. aus Sergipe; das 14. und 5. aus Pernambuco; das 2. aus Ceará; das 5. und ein Teil des 9. Kavalleriebataillons sowie ein Artillerieregiment aus der Bundeshauptstadt; das 7., 9. und 16. Bataillon aus Bahia.

Der Kommandant des 2. Wehrbezirks, General Artur Oscar de Andrade Guimarães, nahm die ihm angetragene Leitung des Feldzugs an, nachdem er in einem telegraphischen Aufruf seine Sicht der Dinge dargelegt hatte: »Alle großen Ideen haben ihre Märtyrer; den uns aufgetragenen Opfergang scheuen wir nicht, denn es ist unser Bestreben, der kommenden Generation eine ehrenvolle, fest gegründete und geachtete Republik zu hinterlassen.«

Überall dieselbe Litanei: es galt, die Republik zu retten …

Massierung in Queimadas

Von allen Seiten strömten die Truppen nach Bahia. In der Hauptstadt jenes Staates trafen sie bataillonsweise ein und setzten unverzüglich ihre Fahrt nach Queimadas fort. Diese Maßnahme entsprach nicht nur der dringenden Notwendigkeit eines schleunigen Aufmarschs in jenem Ort, der zur provisorischen Operationsbasis wurde, sondern war auch aus einem anderen, ebenso schwerwiegenden Grund geboten.

Denn einem verbreiteten Vorurteil folgend, hegten die neuen Expeditionsteilnehmer einen absonderlichen Argwohn gegen die Stadt Bahia, der sie monarchische Gesinnungen unterstellten. Die Soldaten traten dort mit der aufreizenden Anmaßung von Triumphatoren in einer eroberten Festungsstadt auf. Der Ort, so stand von vornherein fest, war ein einziges großes Canudos. Die ehemalige Hauptstadt Brasiliens mit ihrem altertümlichen Aussehen, auf einer Anhöhe ragend, einst lange von batavischen und normannischen »Flibustieren« scharenweise berannt; den Zeitläuften zum Trotz die überkommenen Züge einer historischen Metropole des Atlantiks wahrend; zur Verteidigung erbaut mit ihren alten, zerfallenen Festungen, die verstreut auf den Hügeln lagen, mit ihren geschleiften Akropolen und zum Meer geöffneten Kanonenschießscharten; mit ihren vom Strande aufsteigenden, steilen Straßen, die sich dem Gebirge mit denselben Kehren anschmiegten wie einst die aus Holz und Lehm errichteten Schanzen des Tomé de Sousa;[10] und endlich mit ihren engen und verwinkelten Gassen, durch die heutigentags ein Fernão Cardim oder Gabriel Soares wandeln könnten, ohne nennenswerte Unterschiede zu bemerken – diese Stadt kam ihnen vor wie eine Vergrößerung jenes Fanatikernestes im Sertão. Was sie sahen, ergriff sie nicht, es ärgerte sie. Sie waren Kosaken in den Straßen von Warschau. Auf offener Straße bekam die verwunderte Bevölkerung beißende Bemerkungen von ihnen zu hören, vorgebracht mit ständiger Wichtigtuerei und untermalt vom schrillen Geklirr der Sporen und Degen. Diese grundlose Gehässigkeit schwoll tagtäglich an und äußerte sich schließlich in Ausfälligkeiten und Ausschreitungen.

Erwähnen wir einen einzigen Vorfall: Die Offiziere eines Bataillons, des 30., trieben ihre Hingabe an die Sache der Republik zu bilderstürmerischer Raserei. Bei hellichtem Tage versuchten sie, mit Hammerschlägen ein Wappenschild am Tor des alten Zollgebäudes zu zertrümmern, auf dem die kaiserlichen Insignien zu erkennen waren. Von so erbaulichem Beispiel bestärkt, erging sich die Soldateska ihrerseits in Krawallen und Raufhändeln.

Die patriotische Leidenschaft, verdorben wie sie war,

grenzte an Tollheit. Schließlich protestierten die Presse und die Jugend des Nordens, und überall, beredter als alle Appelle, meldete sich der Unmut des Volkes zu Wort, einem heftigen Ausbruch nahe.

Daher, als Präventivmaßnahme, bestiegen die eintreffenden Bataillone, kaum waren sie an Land gegangen, die Waggons der Estrada de Ferro Central, um sogleich nach Queimadas zu fahren. So standen dort binnen kurzem alle Einheiten, die nach Monte Santo marschieren sollten; und der Oberbefehlshaber konnte im Tagesbefehl zum 5. April die Gliederung der Expeditionstruppen bekanntgeben:

Gliederung der Expedition

»Mit dem heutigen Datum sind die meinem Befehl unterstellten Streitkräfte definitiv in der folgenden Weise gegliedert:

Das 7., 14. und 30. Infanteriebataillon bilden die 1. Brigade unter dem Befehl von Oberst Joaquim Manuel de Medeiros; das 16., 25. und 27. Bataillon derselben Truppengattung bilden die 2. Brigade unter Oberst Inácio Henrique Gouveia; das 5. Feldartillerieregiment sowie das 5. und 9. Infanteriebataillon werden als 3. Brigade von Oberst Olímpio da Silveira befehligt; das 12., 31. und 33. derselben Truppengattung sowie eine Abteilung Artillerie stehen als 4. Brigade unter dem Befehl von Oberst Carlos Maria da Silva Teles; das 34., 35. und 40. bilden die 5. Brigade unter dem Kommando von Oberst Julião Augusto de Serra Martins; das 26. und 32. Infanteriebataillon mit einer Abteilung Artillerie ergeben die 6. Brigade unter Oberst Donaciano de Araújo Pantoja.

Die 1., 2. und 3. Brigade wurden zu einer Heeressäule zusammengefaßt, die General João da Silva Barbosa befehligen wird, bis zu seinem Eintreffen vertreten vom kommandierenden Obersten der 1. Brigade; die 4., 5. und

6. Brigade haben eine weitere Heeressäule gebildet, und zwar unter dem Kommando von General Cláudio do Amaral Savaget.«

Kritik

Das Expeditionskorps war aufgestellt.

Der Tagesbefehl sagte nichts über den Aufmarschplan, vielleicht weil dieser längst bekannt war und wenig von dem vorhergehenden abwich. Er beschränkte sich auf die vorstehende Gliederung der Heeressäulen. Statt einer weiträumigen Einschließung, wofür jene sechzehn Truppenteile ausreichten, wenn sie sich an strategischen Punkten zusammenschlössen und einen immer engeren Ring um die Siedlung zögen, hatte man den Plan gefaßt, von zwei Seiten die Fanatiker anzugreifen, wobei die erste Heeressäule über Monte Santo und die andere, nach ihrer Aufstellung in Aracajú,[11] quer durch Sergipe und über Jeremoabo anmarschieren sollten.

Von diesen beiden Ortschaften sollten sie konzentrisch auf Canudos zurücken.

Frühere Darlegungen erübrigen eine eingehende Diskussion über den Wert eines solchen Planes – eine erweiterte Neuauflage voraufgegangener Fehler, mit einer einzigen Abwandlung: Statt einer würden nun zwei geballte Truppenmassen zugleich und geschlossen in die Falle des Sertão-Kriegs gehen. Und selbst wenn dies, sollten sich die günstigsten Hypothesen bewahrheiten, nicht geschehen sollte, war unschwer abzusehen, daß auch bei voller Einhaltung der im voraus festgelegten Routen ein zufriedenstellender Ausgang des Krieges fraglich war. Ein rasches Kartenstudium lehrte, daß die geplante Konvergenz der Truppen, sollte sie denn gelingen, keineswegs die Niederschlagung des Aufruhrs gewährleistete, nicht einmal um den höchsten und schmerzlichen Preis der Schlacht.

Die gewählten Anmarschwege über Rosário und Jeremoabo, die außerhalb von Canudos, an seiner weiträumigen Peripherie, zusammentrafen, waren für eine Umzingelung ungeeignet. Den aus einer einzigen Richtung, von Südosten her angegriffenen *jagunços* stünden im Falle einer Niederlage nach Westen und Norden alle Fluchtwege offen, der Weg durch den Cambaio, der nach Uauá sowie der durch die Várzea da Ema; der ganze weite Sertão des Rio São Francisco wäre ihr für jeden Verfolger unzugängliches Asyl, wo sie sichere Zuflucht fänden und den Vergeltungsschlag vorbereiten könnten. Nun grenzte die Annahme einer solchen Massenflucht allerdings an verwegensten Optimismus. Sehr wahrscheinlich würden die Sertanejos sich so verteidigen, wie sie es später tatsächlich taten, und würden, auf einer einzigen Flanke attackiert, beim Abwehrkampf die tausend Schlupflöcher auf allen andern Flanken so nutzen, wie sie sie dann tatsächlich nutzten, um mit der Außenwelt in Verbindung zu bleiben und für beliebigen Nachschub zu sorgen.

Diese Umstände waren leicht vorauszusehen und legten eine einzige Gegenmaßregel nahe: eine dritte Heeressäule, die, ausgehend von Juazeiro oder Vila Nova da Rainha, einen ähnlich langen Anmarschweg hätte wie die beiden andern, mit denen sie bei Canudos zusammenträfe, um allmählich dessen Zugangswege abzuriegeln und am Ende eine wirksame Blockade herbeizuführen.

Doch niemand machte sich Gedanken über die Unabdingbarkeit einer zusätzlichen Truppe. Dafür blieb keine Zeit. Ganz Brasilien lechzte nach Genugtuung für Armee und Vaterland …

Es galt zu marschieren und zu siegen. General Savaget brach gleich in den ersten Apriltagen nach Aracajú auf; und der Oberkommandierende, General Artur Oscar, traf in Queimadas bereits Anstalten zur Offensive.

Doch dazu sollte es erst zwei Monate später kommen, Ende Juni. Die Kämpfer, Soldaten und Patrioten, die auf der obskuren Station der Bahnlinie zum Rio São Francisco eintrafen, waren zum Abmarsch außerstande.

Der große Waffengang vom März war eine Selbsttäuschung gewesen. Wir hatten keine Armee im eigentlichen Sinne des Wortes, wozu, wichtiger als das Vorhandensein von einigen Tausend Mann mit Gewehren, eine administrative, technische und taktische Führung gehört, gestützt auf einen Generalstab, das eigentliche Vorbereitungsorgan der Feldoperationen, welches alle Dienstaufgaben zu koordinieren hat, von der Beförderung der Fahrzeuge bis zu den großen Entwürfen der Strategie.

Es fehlte an allem. In Ermangelung eines geregelten Nachschubs war es unmöglich, an einer provisorischen Operationsbasis, die immerhin mit der Küste durch eine Eisenbahnlinie verbunden war, ein Proviantmagazin einzurichten. Für etwa hundert Tonnen Munition bestanden keine ausreichenden Transportmöglichkeiten.

Und schließlich gab es keine Soldaten: Die Waffenträger, die dort dem Zug entstiegen, kamen weder von Schießständen noch von Truppenübungsplätzen. Die ankommenden Bataillone waren teilweise unter Kompaniestärke geschrumpft, hatten defektes Kriegsgerät und entbehrten der einfachsten taktischen Grundbegriffe. Man mußte also die Einheiten auffüllen, bewaffnen, einkleiden, munitionieren, exerzieren und instruieren.

Queimadas wurde zum Ausbildungslager und zur Pflanzstätte für Rekruten. Die Tage begannen gleichförmig dahinzufließen mit Aufmärschen und Manövern oder Zielübungen auf einem improvisierten Schießplatz in einer Schneise, die man durch die angrenzende *caatinga* geschlagen hatte. So erlahmte der kriegerische Enthusiasmus der ersten Tage, erschlaffte in der Langweiligkeit des Ortes, jenes herabgekommenen Capua,[12] wo Hunderte von wackeren Kämpfern gähnten, müßiggingen, auf der Stelle traten im Angesicht des Feindes …

Schließlich behalf man sich gegen den Mangel an Fuhrwerken durch Einschränkung der Bagage, und so rückte ein Bataillon nach dem andern in Richtung Monte Santo ab, wo die gleiche Lage herrschte. Bis Mitte Juni blieb es bei den gleichen Gefechtsübungen und bei der gleichen ungewissen Existenz von über dreitausend Mann in Waffen, die willig waren zum Kampf, doch unfähig zum Abmarsch und die – vermerken wir diesen beispiellosen Umstand – von den zufälligen Hilfsquellen eines armen und durch die vorigen Expeditionen verwüsteten Munizips sich nährten.

Mit Mühe wurde die Telegraphenleitung zwischen Monte Santo und Queimadas fertiggestellt, und zwar von der Pionierabteilung unter Oberstleutnant Siqueira de Meneses – die einzige nennenswerte Leistung in einem so langen, vergeudeten Zeitraum. Der Oberbefehlshaber, ohne Munitionskarren, von den grundlegendsten Hilfsgütern entblößt, stand unentschlossen vor der kampierenden Truppe; diese lebte kümmerlich von ein paar mageren Hungerrindern, die sie ringsum in den verdorrten Gesträuchen der Niederungen vereinzelt aufgriff. Der Quartiermeister hatte nicht einmal einen regelmäßigen Nachschub durch Maultierkonvois zustande gebracht, welche, von Queimadas kommend, die Operationsbasis mit Rationen für jeweils acht Tage versehen hätten. So war, als Anfang Juli die 2. Heeressäule sich von Sergipe her Jeremoabo näherte, in Monte Santo kein einziger Sack Maniokmehl vorrätig. Entbehrungen und gewisse erste Anzeichen von Hunger verdammten den Truppenteil, bei dem der Oberkommandierende General des ganzen Feldzugs weilte, zur Untätigkeit.

Dieser Stillstand entmutigte die Soldaten und beunruhigte die Nation. Zur Ablenkung der Gemüter und unter dem Vorwand, über tausend Konkurrenten um die knappen Nahrungsmittel auf einige Tage von Monte Santo zu entfernen, wurden zwei Brigaden auf sinnlose Erkundungsmärsche bis Cumbe und Maçacará geschickt. Es blieb die einzige Truppenbewegung, und sie hatte nicht einmal den Vorteil, die Ungeduld der Soldaten zu beschwichtigen.

Eine der beiden, die 3. Infanteriebrigade – soeben aus dem 5. und dem 9. Artilleriebataillon, einer Schnellfeuerbatterie sowie dem von der ersten Brigade detachierten 7. Bataillon gebildet –, unterstand dem Befehl eines im Kampfe unübertrefflichen Offiziers, dessen Temperament jedoch zu stürmisch war für die dort verbreitete Apathie. Und nachdem die Brigade mehrere Lasttiere, die zur aufständischen Siedlung unterwegs waren, erbeutet hatte, erreichte sie Maçacará, wo sie im Begriff stand, nicht zur Operationsbasis zurückzukehren, sondern auf sich allein gestellt in Richtung Rosário vorzurücken, dem Brennpunkt des Krieges entgegen. Mit diesem unbotmäßigen und waghalsigen Vorhaben, von dem ihn sein Offizierskorps nur mühsam abhielt, offenbarte Oberst Thompson Flores, wiewohl übersteigert von seinem reizbaren Temperament, die allgemeine Stimmung unter den Kombattanten. Sie alle waren aufgebracht über die Untätigkeit, worin der kriegerische Schwung der ersten Tage verebbt war.

Viele erschauerten bei dem Gedanken an die Enttäuschung, die sie befiele, wenn sie plötzlich die Nachricht von der Einnahme Canudos' durch General Savaget erhielten. Sie bedachten den Eindruck ihres Zauderns auf die Öffentlichkeit, die ungeduldig auf den Abschluß des Feldzugs wartete; und sie überlegten, welchen Nutzen der durch dreifachen Sieg beflügelte Gegner aus dieser dreimonatigen Waffenruhe ziehen mußte.

Letztere Überlegung gab den Ausschlag.

General Artur Oscar entschloß sich zum Handeln und verkündete im Tagesbefehl, den er am 19. Juni zum Abmarsch ausgab, »ich überlasse dem unparteiischen Urteil der Geschichte die Rechtfertigung der bisherigen Verzögerung«.

Ohne den in solchen Dokumenten üblichen Lakonismus prophezeite der General den unausbleiblichen Triumph über die Gefolgschaft des Antônio Conselheiro, des »Feindes der Republik«, und warnte die Truppen vor den Gefahren, die ihnen drohten, sobald sie den Sertão beträten, wo »der Feind sie bei der Nachhut und auf den Flanken anfallen wird«, inmitten jener »unseligen Gehölze«, die gespickt seien mit »Wegverhauen, Schützengräben, Überraschungen aller Art und mit allen erdenklichen Abscheulichkeiten des Krieges«.

Der alarmierenden Wortkunst unerachtet, hatte es jedenfalls mit diesen Angaben seine Richtigkeit. Die Erkundungen der Pionierabteilung betonten einhellig die besondere Unwirtlichkeit des Geländes, dessen topographische Merkmale den erfolgreichen Ausgang des Feldzugs an drei Bedingungen knüpften: wohlversorgte Truppen, unabhängig von der Verpflegung aus den kargen Landstrichen; größtmögliche Schnelligkeit; und die nötige Wendigkeit, um sich auf die Flexuren des unruhigen und rauhen Geländes erfolgreich einzustellen.

Drei grundlegende Erfordernisse, die sich ergänzten. Kein einziges wurde erfüllt. Der Mundvorrat betrug beim Abmarsch von Monte Santo – eine halbe Ration. Die Truppen würden einen tonnenschweren Hemmschuh mitschleppen, ein Belagerungsgeschütz. Und die in Viererreihen marschierenden Bataillone der einzelnen Brigaden hielten einen winzigen Abstand von wenigen Metern.

Immer noch war man von der Idee eines klassischen Feldzugs besessen. Dies erhellt aus den Anweisungen, die Tage zuvor an die Kommandeure der Truppenteile ergangen waren. Das Dokument, eine bloße Zusammenfassung alter Heeresvorschriften, die ein jeder von uns, selbst wenn wir Laien sind, in Vials Traktaten[13] nachlesen kann, enthüllt den Starrsinn, mit dem man die schlauen Guerrillabewegungen der *jagunços* in graphische Schaubilder zwängen wollte.

Der Expeditionsführer erging sich ausschließlich in Weisungen zur Marschordnung. Er vernachlässigte den wesentlichen Aspekt eines Feldzugs, bei dem es, vom rein taktischen Standpunkt, auf nichts weiter ankam als auf Ausnutzung des Geländes und blitzschnelle Beweglichkeit. Seine mangelhaft auseinandergezogene Truppe würde daher ohne Operationslinien ins Unbekannte vorstoßen, gestützt auf die vorausgegangenen flüchtigen Erkundungen sowie auf die hastige Befragung von Offizieren der früheren Expeditionen; doch nichts Praktisches findet sich in jenen Anweisungen, nichts über Sicherheitsvorkehrungen bei der Vorhut und an den Flanken. Dafür sorgte sich General Artur Oscar demonstrativ um die gemischte Ordnung, wonach die Abteilungen nach Ausbruch der Schlacht unter Einhaltung der vorgeschriebenen Abstände sich entwickeln sollten, als ob jede Brigade in hindernislosem Gelände ausschwärmen und nach geometrischem Muster vorgehen könnte – aufmarschiert in Schützenketten, Nachschub- und Verstärkungslinien, Reserveeinheiten –, mit der mechanischen, von den Koryphäen der Kriegskunst statuierten Präzision. Der Oberbefehlshaber zitierte in diesem Zusammenhang Ther Brun.[14] Er wollte keine Neuerung. Er ahnte nicht, daß der kühle und geniale Stratege, auf den er sich berief, im vorliegenden Falle nichts gegen die Verschlagenheit eines »Buschhauptmanns«[15] ausrichten könnte und die vorschriftsmäßigen Anordnungen im Hinblick auf die Sertão-Kriege als hochgradig wirklichkeitsfern bezeichnen würde, denn diese waren improvisierte Kriege, ohne festen Plan, ohne rechte Regel, von tausend Zufälligkeiten umlauert, wo jähe Zusammenstöße an allen Wegbiegungen und Hinterhalte überall im Gelände drohten.

Die Vorschriften, die er kopierte, fruchteten nichts, weil sie übergenau waren. Unvorhersehbares wollte er planen. Der

Kampf, der nichts als einen entschlossenen Anführer und ein halbes Dutzend kühner und gewitzter Feldwebel erheischte, sollte sich immer mehr in einem komplizierten hierarchischen Netz verfangen – etliche dichtgedrängte Bataillone, die auf gewundenen Pfaden steckenblieben und angesichts flüchtiger und mutiger Gegner nicht vom Fleck kamen. Des weiteren hemmte ihren Schritt der Stahlkoloß eines 32pfünders, eines Whitworth, das 1700 Kilogramm wog! Das entsetzliche Gerät, für unverrückbare Seefestungen gedacht, verstopfte den Weg, verlangsamte den Vormarsch, hielt die Troßwagen auf, lähmte alle geschwinden Manöver. Unbedingt aber mußte man den Sertão mit dem monströsen stählernen Popanz in Schrecken setzen, und sei es auf Kosten unerläßlicher Vorsichtsmaßnahmen.

Hier einige Beispiele: Schon beim Verlassen der Operationsbasis waren die Truppen in einer absolut unglaublichen Lage – auf halbe Ration gesetzt. Ihre ungenügend entwickelte Marschordnung konnte sie, wie wir in Kürze sehen werden, nicht vor Anschlägen schützen. Schließlich entbehrten sie einer wirksamen Vorhut und einer Flankendeckung, die sie vor Überraschungen bewahrte.

Die eingesetzten Flanqueure konnten nichts ausrichten. Sie mußten, neben dem Gros der Truppe, durchs Dickicht der *caatingas* marschieren, und diese lähmten ihren Schritt. In ihrer Stoffkleidung konnten die Soldaten kaum einige Meter weit in jene Dornbusch- und Bromeliengehölze sich vorwagen, ohne daß auf Schritt und Tritt ihre Uniformen hängenblieben, in Fetzen gerissen.

Freilich hätten sie sich mit einigem Bedacht gegen derlei Mißlichkeiten beim Vormarsch wappnen können. Eine angemessene Uniform hätte genügt. Die Tracht der Rinderhirten war vorbildhaft. Die Flanqueure hätten die *caatinga* im Lederharnisch des Sertanejo betreten müssen – bewehrt mit kräftigen Sandalen, »Fußschonern«, »Beinlingen«, denen die Dolche der *xiquexiques* nichts anhaben konnten, mit »Wams« und »Brustpanzer« zum Schutz des Oberkörpers und mit dem ums Kinn geschnallten Lederhut, was ihnen gestattet hätte, unbeschädigt in die Dornbuschwälder einzufallen. Ein oder zwei in dieser Weise ausgestattete und entsprechend geübte Einheiten hätten schließlich den *jagunços* ihre verblüffenden Schwenks und Entwicklungen abgeschaut, zumal in allen dortigen Bataillonen Söhne des Nordens standen, welche die Barbarenmontur keineswegs zum ersten Mal trügen.

Dies alles wäre nicht übermäßig originell. Abwegiger sind die europäischen Dolmane mit ihren helleuchtenden Schnüren und funkelnden Knöpfen inmitten des blattlosen Gezweigs der *caatinga*. Überdies, das bezeugen unsere bewundernswerten Landsleute aus dem Sertão, spendet jene absonderliche Gewandung, die unerachtet ihres derben Materials elegant sich den Körperformen anschmiegt, dem Träger offensichtlich Kraft und Festigkeit. Zwischen dem Menschen und den Unbilden des Wetters ist diese Kleidung eine ausgezeichnete Mittlerin. Sie mäßigt die Hitze im Sommer, mäßigt die Kälte im Winter; mildert das jäheste Auf und Ab der Temperatur; regelt den physiologischen Haushalt und bringt Athleten hervor. Sie verträgt sich mit den extremsten Wechselfällen des Krieges, verschleißt nicht und zerreißt nicht. Nach einem langen Gefecht ist die Uniform des erschöpften Kämpfers unversehrt, und so mag er auf Dornengesträuch sich betten. Wird plötzlich Alarm gegeben, richtet er sich auf, schlagartig, in Reih und Glied, ohne eine Falte in seinem geschmeidigen Panzer. Er marschiert durch heftigen Regen und zittert nicht vor Nässe; vor sich gewahrt er brennendes Weideland und durchschreitet es unbekümmert; er stößt auf einen reißenden Bach und durchwatet ihn, leichtfüßig, dank seinem undurchlässigen Gewande.

Doch hätte diese Uniform als abwegige Neuerung gegolten. Man scheute sich, der Epidermis des Soldaten die Lederhaut des *jagunço* überzustreifen. Die Expedition hatte höchst korrekt zu marschieren. Höchst korrekt und höchst verwundbar.

Als erste war, am 14. des Monats, die Pionierabteilung abgerückt, geschützt von einer Brigade. Vor ihr lag eine dornenvolle Aufgabe: die Wege des Sertão für den Vormarsch herrichten, sie begradigen oder verbreitern oder planieren oder durch Knüppeldämme und kleine Brücken zusammenfügen, um die von Schluchten zerschnittenen und über Hügel sich windenden Pfade für jene unzweckmäßige Artillerie passierbar zu machen – die Krupp-Batterien, mehrere Schnellfeuerkanonen und der grauenerregende 32pfünder, der allein schon eine befestigte und solide Fahrstraße benötigte.

Diese Straße wurde gebaut. Mit schönem Eifer und beispielloser Zähigkeit legte die Pioniertruppe sie an und führte sie bis zur Favela-Höhe, über eine Strecke von fünfzehn Meilen.

Die Pioniertruppe

Für diese bedeutende Leistung war einer verantwortlich – Oberstleutnant Siqueira de Meneses.

Niemand hatte bis dahin mit gleicher Hellsicht die Eigenart des Feldzugs erkannt oder war besser dafür gerüstet. Solide theoretische Bildung und ausgeprägte Beobachtungsgabe machten ihn zum alleinigen Geländeführer jener Tausende, die in der unbekannten und barbarischen Gegend sich vorwärtstasteten. Nahezu auf sich allein gestellt, von ein oder zwei Adjutanten begleitet, hatte er sie kreuz und quer durchstreift. Er kannte sie durch und durch. Unermüdlich und furchtlos, verblüffte dieser Streiter, der weitab vom Kasernenhof seine Ausbildung erfahren hatte, die rauhesten Kämpfer. Er sprengte über die weiten Hochplateaus, schweifte durch die Einöde voller Hinterhalte, beobachtend, prüfend und oftmals kämpfend. Bei seinen Erkundungsritten auf abgehetzten Pferden, die keinen müden Halbgalopp mehr zustande brachten, tauchte er in Schluchten ein, durchkämmte sie; erklomm die schroffen Hügel; und erschien in den Gebirgen, im Caipã, Calumbí und Cambaio, überall, besorgter um Notizbuch und Skizzenblock als um sein Leben.

Jene eigentümliche Natur zog ihn an. Ihre seltsame Flora, ihre geschundene topographische Fazies, ihre noch unerforschte geologische Struktur – dies alles bot sich seinen Augen dar, weitgedehnt in der Runde, eingeschrieben in eine aufgewühlte Seite aus dem Buch der Erde, die noch niemand gelesen hatte. Und der furchtlose Expeditionssoldat wurde nicht selten zum kontemplativen Denker. Ein Felsstück, ein Blütenkelch oder ein Bodenrelief entrissen ihn den Sorgen des Krieges und entführten ihn ins beschauliche Reich der Wissenschaft.

Ihn kannten die regierungstreuen Viehtreiber der Umgebung und schließlich auch die *jagunços* selbst. Sie verwunderten sich über den schmächtigen Mann mit der Physiognomie des Nazareners, den sie allerorten mit umgehängtem Karabiner und am Stiefel befestigtem Schrittzähler auftauchen sahen und der ihre Verschlagenheit durchkreuzte, vor ihren Hinterhalten durchaus nicht zitterte und den tragbaren Kompaß fehlerfrei ablas, mochten auch rings die Donnerbüchsen krachen.

Der Oberkommandierende hatte seine Vortrefflichkeit erkannt. Oberstleutnant Meneses war das Auge der Expedition. Einer Familie aus dem Sertão des Nordens entstammend, sogar mit nahen Seitenverwandten unter den Fanatikern in Canudos, war dieser fast blonde *jagunço* von schmächtiger Gestalt, physisch und psychisch verfeinert durch die moderne Kultur, unerschrocken und scharfsinnig zugleich, der beste Garant eines sicheren Marsches. Und die dafür gewählte Route überraschte selbst die Sertanejos.

Unter den nach Canudos führenden Wegen gab es zwei, den durchs Cambaio-Gebirge und den von Maçacará, die bereits von den früheren Expeditionen benutzt worden waren. Übrig blieb der durchs Calumbí-Gebirge, kürzer und über weite Strecken weniger ungangbar, ohne die hochgelegenen

Schanzen des ersteren oder die weiten Ödflächen des letzteren. Infolgedessen stand zu vermuten, die Truppe werde unweigerlich jenen Weg einschlagen. In dieser Annahme sicherten ihn die Sertanejos derart, daß seine Benutzung die Expedition in ein vollständiges Fiasko gestürzt hätte, weit vor Erreichung des Zieles.

Der von der Pioniertruppe entworfene Plan aber mied den Übergang übers Calumbí-Gebirge und verlegte den Anmarschweg nach Osten, so daß er die Ausläufer des Aracatí-Gebirges streifte.

Anmarsch auf Canudos

Nach dieser Seite hin rückten die Brigaden einzeln vor.

Die Artilleriebrigade, die am 17. des Monats von Monte Santo aufbrach, stieß schon nach den ersten Schritten auf ernsthafte Schwierigkeiten. Während die leichteren Kanonen zehn Kilometer zurücklegten und den Rio Pequeno erreichten, blieb das sperrige 32er Geschütz eine Meile zurück. Auf dem schlüpfrigen und vielerorts morastigen Wege mühte sich das zwanzigpaarige Ochsengespann schwerfällig voran, geleitet von unerfahrenen Fuhrleuten, die ebensowenig wie die Tiere mit dieser völlig neuen Transportaufgabe vertraut waren, wo auf Schritt und Tritt alle erdenklichen Hindernisse auftauchten, in den scharfen Wegbiegungen, beim Befahren der mangelhaften Knüppeldämme oder bei plötzlichen Unebenheiten, welche das tonnenschwere Ungetüm in Kipplage brachten.

Erst am Nachmittag des 19. Juni, nachdem man drei Tage für drei Meilen aufgewendet hatte, traf das verspätete Geschütz in Caldeirão Grande ein, was Gelegenheit zur Reorganisierung der Artilleriebrigade gab, die ebenso wie die 2. Infanteriebrigade mit dem 25. Bataillon unter Oberstleutnant Dantas Barreto als Vorhut am folgenden Morgen nach dem acht Kilometer entfernten Gitirana aufbrechen sollte, eine

Fortsetzung desselben zermürbenden und schwerfälligen Marsches.

Am gleichen Tage brach von Monte Santo der Oberkommandierende mit dem Gros der Heeressäule auf, das aus der 1. und 3. Brigade bestand, mit einer Iststärke von 1933 Mann.

Die gesamte Expedition mit ihren etwa dreitausend Soldaten rückte in der gleichen Art und Weise vor bis Aracatí, 46 Kilometer hinter Monte Santo: Die großen Einheiten marschierten bald isoliert, bald schlossen sie auf und zogen sich umgehend wieder auseinander, fielen mitunter allzu weit zurück, so daß die eilig dahinstürmende Vorhut immer mehr sich von der träge dahinrollenden Artillerie absetzte. Noch weiter hinten, am Ende der ganzen Truppe, folgte der allgemeine Versorgungstroß, der unmittelbar dem Quartiermeister, Oberst Campelo França, unterstellt war, gesichert von 432 Mann, dem 5. Polizeikorps von Bahia – der einzige den Umständen des Feldzugs angepaßte Truppenteil. Für diese unlängst aufgestellte Einheit hatte man Sertanejos aus den Gebieten beiderseits des Rio São Francisco angeworben. Doch war es ebenso wenig ein Polizeibataillon wie ein Linienbataillon. Jene zähen und tapferen, heiteren und prahlerischen *caboclos*, die hernach in den beklemmenden Tagen der Belagerung von Canudos im Kugelhagel der Rollsalven zum Klang der Zwerggitarren ausgelassene *modinhas* trällern sollten, waren ein Bataillon von *jagunços*. Sie bereicherten die unterschiedlichen regulären Truppen um den echten Zug der alten Reckenhaftigkeit, romantisch und brutal zugleich, wild und heldenhaft, ritterlich und erbarmungslos, wie die ersten Mestizen, die Pfadsucher der *bandeirantes*. Das urtümliche Naturell ihrer Rasse hatte in der Abgeschiedenheit der Hochplateaus sich unverfälscht erhalten, von äußeren Einwirkungen unberührt, und trat nun jäh in seiner ursprünglichen Gestalt hervor; ein bemerkenswertes Ineinander sich ausschließender Eigenschaften, worin eine wundervolle Naivität, eine bis zur Selbstaufopferung reichende Treue und ein bis zur Barbarei getriebenes Heldentum sich ununterscheidbar abwechseln und vermengen. Wir werden es weiter unten sehen.

Das 5. Polizeikorps und der Troß, die als letzte von Monte Santo aufbrachen, Nachzügler der Expedition, deren Mitte sie doch bilden sollten, beschlossen den Zug, ganz und gar isoliert. Ähnlich erging es den übrigen Bataillonen. Ungeachtet der festgelegten Marschordnung zeigte sich bald die Unmöglichkeit eines kurzfristigen Zusammengehens der Truppenteile im Falle einer Schlacht. Angewiesen auf die Arbeit der Pioniere, blieb der gesamte Artillerietrain mitunter von der übrigen Heeressäule lange abgeschnitten, gleichsam ein sperriger Klotz zwischen Vorhut und Haupttroß. Hätten daher die *jagunços* letzteren an sorgfältig ausgesuchten Stellen in einem verwegenen Handstreich angefallen, wären die zurückeilenden vorderen Einheiten beim Versuch, ihm zu Hilfe zu eilen, von den Geschützbatterien aufgehalten worden, die auf den schmalen Wegen steckenbleiben mußten.

Dies zeigt der detaillierte Nachvollzug des Marschverlaufs. Während das Gros der Heeressäule im Morgengrauen des 21. Juni von dem kaum mehr als eine Meile hinter Monte Santo gelegenen Rio Pequeno aufbrach und gegen 9 Uhr vormittags, nach zweistündigem Marsch, in Caldeirão Grande eintraf, hatte das 32er Geschütz am Schluß der Artillerie diesen Zwischenhalt schon verlassen, gesichert durch die Brigade Medeiros. Gegen Abend desselben Tages traf, ihnen weit voraus, die Brigade Gouveia in Gitirana ein, wo bereits die Pioniere weilten sowie General Artur Oscar, der sich allein dorthin begeben hatte, nur in Begleitung eines Kommandos aus zwanzig Soldaten der Kavallerie und des 9. Infanteriebataillons. Bedenkt man, wie weit der von Oberst Campelo França geführte und vom 5. Polizeibataillon bewachte Troß zurückgefallen war, wird deutlich, daß die Truppe sich über eine Wegstrecke von fast vier Meilen verteilt hatte, ein flagranter Verstoß gegen die ursprünglichen Instruktionen.

Als in der Frühe des 22. Juni General Barbosa, der den Rest des voraufgegangenen Tages über in Caldeirão geblieben war, nach Gitirana aufbrach, rückte von ebendort der Oberbefehlshaber ab, zusammen mit der 1. Brigade, dem 9. Bataillon der 3. Brigade, dem 25. der 2. Brigade, der Kavallerieschwadron von Major Carlos de Alencar und der Artillerie, und zwar in der vorgesehenen Marschfolge: vorneweg das 14. und das 30. Bataillon, in der Mitte Kavallerie und Artillerie; sodann zwei weitere Truppenteile, das 9. und das 25. Bataillon. Während nun der Oberbefehlshaber an jenem Tage schnell vorankam und binnen kurzem mit der Vorhut in Juá, 7600 Meter hinter Gitirana, eintraf, blieb die Artillerie ebendort stehen, um abzuwarten, bis die Pioniertruppe Schneisen gehauen und Erdarbeiten ausgeführt hätte; und da das Gros der Streitkräfte noch von Caldeirão her unterwegs war, teilten diese sich notgedrungen weiter auf, ein nachteiliger Umstand bei einem etwaigen Überfall, da sie auf derart große Abstände nicht vorbereitet waren, die sie von vornherein hätten einplanen müssen, nicht als Mangel an Mobilität, sondern als unerläßlichen taktischen Schachzug.

Die Brigaden sammelten sich schließlich am Abend des 22. Juni in Juá. Um 6 Uhr traf, gleich nach der Artillerie, die übrige Marschsäule ein, bestehend aus dem 5., 7., 15., 16. und 27. Infanteriebataillon. Es fehlte der Troß, der irgendwo unterwegs zurückgeblieben war.

Am Morgen des 23. machten beide Generäle sich nach dem 12 800 Meter entfernten Aracatí auf den Weg, mit den Bataillonen des Obersten Gouveia als Vorhut. Die Artillerie jedoch, mit den Bataillonen des Obersten Medeiros als Bedeckung, setzte sich erst am Mittag in Bewegung, nachdem die Pioniere, unterstützt von der Brigade Flores, höchst beschwerliche Erdarbeiten durchgeführt hatten.

Eingehend, bis in die geringfügigsten Einzelheiten haben wir einen Abschnitt des Marsches geschildert, um seine außergewöhnlichen Umstände zu veranschaulichen.

Nach dem Aufbruch von Juá und der Ankunft in Fazenda do Poço, einem gänzlich zerstörten früheren Gutshaus, enthüllte ein Zwischenfall, wie vertraut man mit dem Gelände war, in welchem man vorrückte.

Zwischenfälle

Anstatt sich rechts zu halten – auf die Fazenda do Sítio zu, die einem uns verbündeten, äußerst zuverlässigen Sertanejo gehörte, Tomás Vila-Nova –, schlugen die Pioniere einen Seitenweg zur Linken ein. Als sie schon weit vorangekommen waren, nach stundenlanger Arbeit, erkannte der Oberstleutnant Siqueira de Meneses die Unmöglichkeit, den Weg in der notwendigen Eile herzurichten. »Allzu beschwerlich waren die zu leistenden Erdbewegungen, das Dickicht der *caatinga*, die beiseite zu räumenden schweren Steinplatten, abgesehen von den schroffen Steigungen und Gefällestrecken für die Fahrzeuge.« Nun ließ er alle schon getane Arbeit liegen und begab sich zum Anwesen des Vila-Nova. Von diesem unterrichtet, ging er am Nachmittag an die Planierung des neuen Pfades, der zwar die Wegstrecke verlängerte, sich jedoch leichter befahrbar machen ließ. Erst gegen Abend rückte die Artillerie auf dieser Route vor, an dem Anwesen Pereiras vorüber. Um Mitternacht biwakierte man bei Lagoa da Laje, zwei Kilometer vor Aracatí, wo längst schon der Großteil der Marschsäule stand. Noch weiter zurückgeblieben, bei der dritten Brigade, war das schwerfällige 32er Geschütz, am Steilufer des Pereiras-Baches, dessen Überquerung die vorgerückte Nachtstunde hinderte.

Nun freilich ging es in die Gefahrenzone. An demselben Tage hatte in Lagoa da Laje das Wachkommando des Oberbefehlshabers, mit einem Fähnrich an der Spitze, mehrere Rebellen überrascht, die damit beschäftigt waren, das Ziegeldach des dortigen Hauses abzudecken. Es war ein kurzer Zusammenstoß. Die vom Beschuß überrumpelten Sertanejos flüchteten ohne Gegenwehr. Ein einziger blieb zurück. Er war auf dem Dach aus losen Ziegeln gewesen und sah sich beim Abstieg umstellt. Trotz einer Verwundung wehrte er sich, stürzte sich auf den nächststehenden Gegner, einen Gefreiten, warf ihn aus dem Sattel, entwand ihm den Karabiner, mit dessen Kolben er ihn niederschlug. Dann stellte er sich mit dem Rücken zur Wand und hielt die Soldaten in Schach, indem er die Waffe auf der Höhe ihrer Köpfe kreisen ließ. Doch von allen Seiten angegriffen, brach er zusammen, erschöpft und von Schnittwunden übersät. Sie töteten ihn. Es war das erste Heldenstück, allzu dürftig für so viele Krieger.

Weitere würden ihm folgen.

Am 24. wurde der Marsch beschwerlicher. Die Kolonne, die Aracatí erst mittags verließ, da sie die Ankunft der Nachzügler vom Vortag abwarten mußte, rückte, nunmehr vereint, auf Juetê zu – um sich erneut zu zerteilen.

Die Wege wurden immer schlechter.

Es erwies sich als notwendig, von den Erdarbeiten abgesehen, eine durchgehende Schneise auf einer Länge von mehr als einer Meile durch eine grausame *caatinga* zu schlagen, die auf jenem Abschnitt dem Ortsnamen indianischen Ursprungs alle Ehre macht.*

Der für diese denkwürdige Leistung Verantwortliche berichtet:**

»Zu *xiquexique*, *palmatória*, *rabo-de-raposa*, *mandacarú*, *croá*, *cabeça-de-frade*, *calumbí*, *cansanção*, *favela*, *quixabeira* und zur überaus achtungheischenden *macambira* gesellte sich der berüchtigte und gefürchtete *cunanã*, eine baumähnliche Liane mit zylindrischen Blättern, die im ganzen wie eine Gartenpflanze aussieht. Wenige Zentimeter über den Boden teilt sich der Stamm in viele Äste, die sich zu erstaunlicher Fülle verzweigen und eine mächtige Krone bilden, emporgehalten aus eigener Kraft oder gestützt auf mitten hindurchwachsende Pflanzen. Wie der

* *Ju-etê* – »Großer Dorn«; im weiteren Sinne: »Dornengestrüpp, großer Dornbusch«.

** Oberstleutnant Siqueira de Meneses. Artikel, die in der Zeitung *O País* unter dem Pseudonym Hoche erschienen.

cunanã die Fülle der Zweige emporreckt, an denen zylindrische Blätter mit acht Kannelüren und ebensovielen kurzen, messerscharfen Filamenten sitzen, ähnelt er einer riesigen Krake mit Tausenden von biegsamen und geschmeidigen Tentakeln, und nicht selten bedeckt er eine beachtliche Fläche und verstrickt sich mit der sonderbar rachitischen Vegetation dieser Gegenden zu einem undurchdringlichen Geflecht. Auch die scharfgeschliffenste Sichel unserer Kämpfer vom Polizeikorps und von der Pioniertruppe (letztere hießen im scherzhaften Jargon der Kameraden von der kämpfenden Truppe »Kulis«) konnte diese Pflanzen schwerlich mit wenigen Hieben durchtrennen, so daß sie dem Eifer, mit dem alle vorwärts drängten, unvermuteten Widerstand entgegensetzten. Und durch dieses Labyrinth besonderer Art mußten die Pioniere in wenigen Stunden sechs Kilometer Straße bahnen, die Artillerie auf den Fersen und von dieser ungeduldig vorangestoßen. Die gewaltige Anstrengung, welche die vortrefflichen und patriotischen Republikaner bei dieser Schwerstarbeit unternahmen, verhinderte nicht, daß die Nacht über sie hereinbrach, ehe sie eine Art Lichtung erreichten, von den Einheimischen Queimadas genannt, wo diese tückische Vegetation verschwand, als wäre sie hinweggescheucht. Bevor Verdrossenheit, Müdigkeit und Schläfrigkeit unsere geduldigen und fleißigen Soldaten übermannten, beschloß die erwähnte Pionierkommission, da es mittlerweile stockdunkel war, in regelmäßigen Abständen große Holzfeuer anzünden zu lassen, bei deren Schein die Werkleute an der guten Sache des Vaterlandes fortarbeiten könnten. Übrigens wurde die Pionierkommission zum damaligen Zeitpunkt repräsentiert durch ihren Kommandeur sowie die Oberleutnants Nascimento und Crisanto und durch die Fähnriche Ponciano, Virgílio und Melquíades; die beiden letzteren waren von der Polizei, die beiden davor genannten Anführer und Adjutant des Pionierkontingents, da Hauptmann Coriolano und Leutnant

Domingos Ribeiro weiter hinten durch andere Tätigkeiten beansprucht waren.

So wurde zur allseitigen Freude und Genugtuung zwischen acht und neun Uhr abends dieser letzte Abschnitt bis Queimadas fertiggestellt, von wo an, wie bereits bemerkt, der *cunanã* einer gutartigeren Vegetation das Feld überließ. Das 32er Geschütz, festgehalten durch Hemmnisse, welche die Dunkelheit verschlimmerte, blieb bis zum folgenden Tag auf der Schneise zurück, unter der Obhut des Ingenieurs Dr. Domingos Leite, der ab Rio Pequeno mit einer Mannschaft von »Kulis« angestrengt daran arbeitete, es Richtung Canudos zu schaffen.

Kurz nach 9 Uhr hatte die Pioniertruppe sich auf der Lichtung zusammengefunden und ein Biwak errichtet, als wolkenbruchartige Regenfälle niedergingen, die bis zum folgenden Tage anhielten und allen unangenehm waren, bei allen Verdruß und Mißmut auslösten. Dort biwakierte auch die Artilleriebrigade, das 16. und das 25. Infanteriebataillon, während das 27. beim Geschütz 32 verblieben war und auf der Schneise übernachtete. Großartig, ja prächtig war jenes Schauspiel, das alle lebhaft beeindruckte, die sahen, wie die Artillerie mit ihren blanken und funkelnden Metallflächen, stolz auf ihre überlegene Stärke, stattlich und gebieterisch wie eine Königin der Welt zwischen den phantastisch flackernden Feuern dahinzog, die gleichsam der Geist der Freiheit in der Wüste entzündet hatte, um ihr den Weg der Pflicht, der Ehre und des Ruhmes zu weisen.«

Währenddessen traf General Artur Oscar mit seinem Stab und dem Kavalleriekommando in Juetê ein, wo man nächtigte; und General Barbosa bewegte sich mit der 1. und 3. Brigade auf Rosário zu, eine 4700 Meter weiter vorn gelegene Fazenda.

Dort traf im Morgengrauen des folgenden Tages der Oberbefehlshaber ein; und später die übrige Truppe, die vorher noch die Steilufer des Rio Rosário hatte abböschen müssen, um der Artillerie den Übergang zu ermöglichen.

Bei Rosário. Ein furchterregender Geländeführer: Pajeú

Wiederum erschien der Feind. Doch kurz und flüchtig. Ein kleiner Trupp, um die Streitmacht auszuspähen. An ihrer Spitze stand Pajeú. Der berüchtigte Wegelagerer hatte auf den ersten Blick nur eine Erkundungsaktion im Sinn. Doch in Wahrheit verfolgte er, wie sich im nachhinein zeigte, einen klügeren Plan, nämlich den, aufs neue jenes Delirium der Vorstöße und jenen Aberwitz der Eilmärsche zu provozieren, die der vorausgegangenen Expedition so sehr geschadet hatten. Er fiel die Truppe mit einer raschen, flüchtigen Beschießung der Flanke an, während er gleichauf mit ihr schnellfüßig durch die *caatinga* glitt. Er entschwand. Tauchte eine Strecke weiter auf. Stürzte sich mit einem heftigen, jähen Handstreich auf die Vorhut, die an jenem Tag aus dem 9. Infanteriebataillon bestand. Stob urplötzlich, von wenigen Schützen verfolgt, vor ihnen auf dem Weg davon. Nur undeutlich waren die Angreifer auszumachen. Nach kurzem Schußwechsel verschwanden sie. Gefangen und verwundet blieb ein zwölf- bis vierzehnjähriger Mestize zurück, der in dem Verhör, dem man ihn unterzog, nichts offenbarte.

Die Truppe biwakierte in Rosário, ohne weitere Vorkommnisse.

Die Abteilungen hatten sich gesammelt, mit Ausnahme der 3. Brigade, die bis zum sechs Kilometer entfernten Baixas vorausgeeilt war.

Der Oberbefehlshaber schickte nunmehr einen Boten an General Savaget, um die frühere Vereinbarung zu bekräftigen, die das Zusammentreffen der beiden Heeressäulen am 27. Juni bei Canudos vorsah.

Am 26. rückten sie bis Rancho do Vigário vor, 18 Kilometer weiter, nach einem kurzen Halt in Baixas.

Sie waren ungefähr 80 Kilometer von Monte Santo entfernt. Mitten in einer Gefahrenzone. Der flüchtige Schußwechsel am Vortag deutete auf wahrscheinlich bevorstehende Kämpfe. Vielleicht durch ihre Erkundungszüge aufgeklärt, rüsteten sich die *jagunços* zu ernsthafteren Treffen. Angekündigt wurden diese, wie immer, in gewisser Weise von der Physiognomie der Erde, von der Beschaffenheit des Geländes, das von nun an immer unebener wurde, zu kahlen Buckeln sich aufwarf, bis hin zur Serra do Rosário, die nahe Baixas sich emporreckt, mit steilen Bergflanken und spärlichem Bewuchs.

Die Truppen schickten sich an, von Süden her die äußere Umwallung von Canudos zu erklimmen. Behutsam rückten sie vor. Nicht länger schmetterten die Fanfaren. Frühmorgens angetreten, marschierten die Bataillone bis zum Fuß der Bergkette; erstiegen sie; zogen abwärts durch die Klamm, die nach Rancho do Vigário führt.

Die gesamte Marschsäule unterteilte sich weiter, spaltete sich auf der ganzen Linie. Als die Vorhut in der Abenddämmerung die Rasthütte erreichte, begann die leichte Artillerie erst den Abstieg, während zugleich der schwerfällige 32pfünder, den sie in der Obhut der Pioniere hinter sich gelassen hatte, noch auf der rückwärtigen Seite träge aufwärts rollte, an den Rhythmus der Planierungen gebunden, die ihm die Serpentinen bahnten. Als die Nacht, und mit der Nacht ein von heftigen Böen gepeitschter Sturzregen, über die Expeditionssoldaten hereinbrach, hätten sie ohne weiteres von den *guerrilha*-Trupps ihrer Gegner auseinandergejagt werden können, die seit jeher mit dem Gelände vertraut waren. Doch diese zeigten sich nicht. Sie hatten anderswo eine günstigere Stellung bezogen, wie wir sehen werden. Unbehelligt ließen sie auch den Troß, der, hoffnungslos zurückgefallen, sich auf dem Weg nach Juetê befand. Die Zugtiere hatte man abgespannt und die Last von 53 Karren und 7 großen Ochsenwagen auf die nervigen Schultern der Sertanejos vom 5. Polizeibataillon verteilt.

Die Nacht verlief indessen ruhig. Anderntags, am 27. Juni, dem vereinbarten Datum der schreckeneinflößenden Vereinigung beider Heeressäulen – die im Triumphzug die Überreste der erstürmten Siedlung zertreten würden –, machte sich alles auf zum letzten Tagesmarsch. Und der eigentümliche Frohsinn, durchsetzt mit Ungeduld, Bangigkeit und glühender Begeisterung, der stets der Schlacht vorausgeht, ließ keinen Gedanken an die zurückgebliebenen Kameraden aufkommen.

Die abrückenden Brigaden vergaßen völlig den fernen Troß, der gänzlich ungeschützt war, denn die ihm angehörenden Soldaten, die teils unter schwerem Gepäck gebeugt daherschritten, teils den wenigen noch belastbaren Maultieren Hilfestellung leisteten, waren, selbst im Falle des leichtesten Zusammenstoßes, in der allerungünstigsten Lage.

Die Brigaden marschierten also ab. Den Anfang machte die des Obersten Gouveia mit zwei Geschützen; in der Mitte folgte die des Obersten Olímpio da Silveira sowie die Kavallerie; und dann nacheinander die des Obersten Thompson Flores und die des Obersten Medeiros. Auf zwei kleinen Behelfsbrücken überschritten sie den Angico-Bach. Allmählich zogen sie sich auseinander, so weit das Auge reichte, auf einer Länge von zehn Kilometern.

Vorneweg marschierte das 25. Bataillon, mit zwei Pelotons Flanqueuren zur Seite, die unnütz waren, da sie das Geäst mit dem Buschmesser kaum durchhauen konnten.

Grausiges Wegstück bei Pitombas

So wurden sie unversehens von den *jagunços* überfallen, noch bevor sie gegen Mittag Angico erreichten. Es war dies ein ernsterer Angriff, obschon er nicht die Bezeichnung Gefecht verdiente, die man ihm später gab. Pajeú hatte die Spähtrupps, die von dort an bis Canudos sich aneinanderreihten, zusammengezogen und die Armee von der Seite angefallen. Diese war, an einem kahlen Hang, eine gute Zielscheibe für das Steilfeuer der Sertanejos, die nur schemenhaft am Rand des Dickichts, weiter unterhalb, auszumachen waren; doch entschlossen feuerte die Streitmacht zurück und verlor nur zwei Soldaten, der eine tot, der andere verwundet. Und geordnet marschierte sie weiter, in ihrem gewohnten Schritt, bis zum denkwürdigen Anwesen Pitombas, dem Ort des ersten Zusammenstoßes zwischen Moreira César und den Fanatikern.

Die Stätte war schauerlich.

Auf Schritt und Tritt stieß man auf grausame Erinnerungsstücke: bereits entfärbte Uniformlappen, die an dürren Zweigspitzen baumelten; alte Sättel, Teile von Decken und Fetzen von Soldatenröcken auf dem Boden verstreut, zwischen Bruchstücken von Gebeinen. Links neben dem Weg, aufgehängt an einem Hauptast – einem Kleiderbügel für eine alte Uniform gleich –, das Gerippe des Obersten Tamarindo, kopflos, die Arme schlotternd, die skelettierten Hände in schwarzen Handschuhen ...

Ihm zu Füßen lagen der Schädel und die Stiefel.

Und vom Wegesrand bis ins tiefste Gesträuch begegneten den Soldaten weitere Unglücksgefährten: Skelette in staubigen und zerrissenen Uniformen, zu Boden gestreckt, in Rückenlage, in tragischer Formation, oder auch schief an den biegsamen Sträuchern befestigt, die, im Winde schwankend, sie gespenstergleich sich rühren ließen – alles das enthüllte eine wohldurchdachte dämonische Inszenierung der *jagunços*. Nichts hatten sie den Toten genommen, außer Munition und Waffen. Ein Gemeiner des 25. Bataillons fand in einem Tuch, das einem der Gefallenen um die entfleischte Wade gewickelt war, ein Bündel Geldscheine, die sich auf viertausend Reis beliefen – und die der Feind verschmäht hatte, ebenso wie andere ihm verabscheuungswürdige Wertgegenstände.

Die entsetzten Kombattanten hatten kaum Augen für diese Szenerie; denn der Gegner setzte seine Nadelstiche aus dem

Hinterhalt fort. Beim voraufgegangenen Treffen zurückgeworfen, nachdem ihn eine Kompanie des 25. Bataillons unter Hauptmann Trogílio de Oliveira rechts umgangen hatte, wich er, immer wieder angreifend, zurück.

Das 25. und gleich darauf das 27. Bataillon unter Henrique Severiano da Silva drängten ihn weiter zurück, bis nach Angico.

Es war Mittag. Die Schlacht schien unmittelbar bevorzustehen. An mehreren Stellen, seitlich und vorn, fielen vereinzelte Schüsse. Der Oberbefehlshaber traf die zweckmäßigsten Vorkehrungen, um den Gegner, der nach aller Wahrscheinlichkeit auftauchen würde, zurückzuschlagen und einzukreisen. Ein Reitertrupp unter dem Fähnrich Marques da Rocha, der seinem Generalstab angehörte und beauftragt wurde, das Buschwerk linker Hand zu durchkämmen, kehrte dort das Unterste zuoberst, jedoch vergeblich. Der Vormarsch ging weiter.

Zwei Stunden später, als der General über den Scheitel eines Hügels ritt, flammte der Angriff mit einem Male wieder auf. Man tat einige Schüsse mit den Krupp-Kanonen. Ein Wachtmeister der Kavallerie und mehrere Gemeine warfen sich tollkühn in die *caatinga*. Sie durchstöberten sie. Weiter ging der Marsch. Das 25. Bataillon an der Spitze, mit einer Aufklärungskompanie vorneweg und nacheinander gefolgt vom 27. und vom 26. Bataillon, erwiderte das dünne Gewehrfeuer und beschleunigte den Vorstoß.

Es wurde Abend. Die Vorhut erklomm die letzten schroffen Steigungen im Umburanas-Tal. Keuchend stieg sie höher, unbeirrbar. Wiederum schlug sie einen ernstzunehmenden Flankenangriff zurück.

Und sie bezwang das Gebirge.

Auf den letzten Schritten des Aufstiegs bot sich ihr eine schiefe Ebene dar, sanft geneigt zwischen zwei weitläufigen Bodenwellen, vorn durch mehrere kahle Hügel begrenzt.

Es war die Favela-Höhe.

Von jenem Standort gesehen, ist dieser sagenhafte Hügel ein Tal. Wer ihn ersteigt, gewinnt den unerwarteten Eindruck, eine Senke zu betreten.

Es ist, als wäre man abgestiegen. Alle Mühsal des beschwerlichen Aufgangs schlägt beim erschöpften Wanderer in herbe Enttäuschung um. Der Blick wird begrenzt durch Erhebungen aller Art. Statt einer fernen Kammlinie gewahrt man, in der Verlängerung des Weges von Rosário, eine Talsohle, eine langgestreckte Mulde, gewissermaßen eine übergroße Traufe, nach dreihundert Metern abgeriegelt von einer Anhöhe.

Dort angelangt, sieht man, daß ihre Flanken zernagt und zerfressen werden von tiefen Wasserrissen. Durch einen von ihnen drängt sich rechter Hand, eingezwängt in eine schmale Klamm mit schroffen und hohen, fast senkrechten Wänden, die an Überreste von Tunneln erinnern, besagter Weg mit starkem Gefälle. Linker Hand erstreckt sich eine andere Einsenkung, die an der sanften Lehne eines Hügels endet, der Mário-Höhe, und ihre größte Ausdehnung von Norden nach Süden hat; in ersterer Richtung stößt sie an einen anderen Buckel, welcher die Siedlung verdeckt, und in der anderen Richtung stürzt sie jäh in einen tiefen Schlund hinab zum Bett des Umburanas-Baches. Geradeaus gewahrt man, in geringerer Höhe, die Alte Fazenda. Dahinter fällt der kleine Höhenrücken des Serrote dos Pelados rasch und steil bis zum Vaza-Barrís hinab. Und nach allen Himmelsrichtungen – nach Osten bis zum Macambira-Tal und zur Kammlinie des Cocorobó-Gebirges, das der Weg nach Jeremoabo kreuzt; nach Norden zur ausgedehnten welligen Ebene hin; nach Westen zu den Betten der kleinen Flüsse, des Umburanas und Mucuím, nahe der Stelle, wo der Saumpfad durch den Cambaio beginnt –, nach allen Seiten also senkt sich das Gelände, das immer dieselbe Fazies zeigt, geprägt durch eine Unzahl von kleinen Büheln, die ein Gewirr von Kuppen und Einschnitten bilden. Es ist das getreue Abbild eines zerfallenden Gebirges, von Unwettern gegeißelt, von Schluchten zerklüftet, Jahr für Jahr von den Sturzregen vertieft, ohne den Schutz einer Vegetation, welche den Brand der Sommergluten und die Erosion der Wildwasser mildern könnte.

Denn dem Favela-Hügel, ebenso wie den übrigen Anhöhen jener Sertãostrecken, fehlt sogar das barbarische Pflanzenkleid der *caatinga.* Er ist kahl und rauh. Selten findet man Bäumchen, verdorrt und blattlos, höchst selten Säulenkakteen oder Bromelien auf dem harten Boden der Kuppe, in den Klüften zwischen den Schieferplatten, deren Schichtung offen zutage liegt und die, ohne die Hülle auch der dünnsten Oberflächenkrume, die innere Struktur des Bodens aufdecken. Wer indessen von Süden kommt, erblickt trotz der Blöße des Hügels nicht sogleich die Siedlung im Norden. Er muß, wie wir sahen, abwärts weitergehen, durch die sanft geneigte, breite Erdfalte, zu der das Gebirge sich trogartig furcht, durch einen Sattel zwischen zwei parallelen Hügelrücken.

Dorthin wandten sich, als es schon dunkelte, die Spitze der Heeressäule und eine Krupp-Batterie, gefolgt vom Rest der 2. Brigade sowie von der 3., während die erste mit dem Hauptteil der Truppe zurückblieb. Doch nach wenigen Schritten kamen sie zum Stehen. Die schwache Beschießung, die bis dahin die Expedition begleitet hatte, nahm im Verlauf des Anstiegs mit einem langen Crescendo zu und verwandelte sich am Ende, auf der Anhöhe, in einen wütenden Kugelhagel.

Und es entspann sich ein sonderbares, blutiges Gefecht.

Der Feind blieb unsichtbar – versteckt in allen sich bietenden Erdlöchern, verborgen in den gedeckten Schützengräben, mit denen die seitlichen Hänge unterhöhlt waren, und verhüllt von den ersten Schatten der einbrechenden Nacht.

Die beiden Kompanien des 25. Bataillons hielten dem Ansturm tapfer stand. Sie entwickelten sich zu Schützenlinien, die mit ungezielten Schüssen vorwärts gingen, während die beiden Brigaden vor ihnen eine Gasse bildeten, um die Batterie hindurchzulassen. Diese, mit aller Gewalt nach vorn geworfen, mehr von der Hand der Soldaten gezogen als von den erschöpften und verschreckten Maultieren, rollte mit großer Eile und lautem Getöse zwischen ihnen hindurch. Sie erklomm den vor ihr liegenden Hügel. Oben angekommen, wurden die Geschütze in Kampfstellung gebracht. Man entrollte die Nationalflagge. Ein Salut von einundzwanzig Granaten donnerte auf Canudos …

General Artur Oscar, hoch zu Roß bei den Geschützen, blickte zum ersten Mal auf die dort unten im hellen Mondschein sich abzeichnende, geheimnisumwitterte Stadt des Sertão; und er genoß den allerflüchtigsten Triumph auf der heftig beschossenen Anhöhe, wo er tollkühn sein Leben aufs Spiel setzte.

Denn die Lage war zum Verzweifeln ernst. Seine Streitmacht, an allen Flanken bekämpft, umstellt von einem Feind in erhöhter Position, war in einer schmalen Mulde zusammengedrängt, die jedwedes Manöver verhinderte.

Wäre die Truppe vollständig versammelt, gäbe es eine Lösung: kurzerhand weitermarschieren, den gefährlichen Durchbruch erzwingen und mit General Savaget sich vereinen, der nach einem von Kämpfen unterbrochenen Anmarsch in drei Kilometern Entfernung haltgemacht hatte. Es fehlte jedoch die 1. Brigade, die zum Schutz der Schnellfeuerbatterie und des 32er Geschützes zurückgeblieben war; des weiteren der noch schwerfälligere Troß, der in Angico geblieben war, zwei Meilen entfernt.

Jener Feldzugsplan hatte dahin geführt, wohin einzig er führen mußte. Die in sich geschlossene Expedition, die nach der ursprünglichen Gliederung sich nicht aufteilen durfte, da sie einer einheitlichen Führung unterstand und sich aus einem einzigen Troß versorgte, hatte sich just vor Erreichung des Marschziels aufgespalten. Infolgedessen war der irrwitzige Sturmlauf zur Favela-Höhe, beschlossen mit einem Königssalut auf Canudos, der allersinnloseste Triumph. Der Expeditionsführer bezeichnete ihn später als glänzenden Erfolg, der zur Flucht des Feindes und Eroberung seiner Stellung geführt habe. Indessen belegen alle nachfolgenden Ereignisse das unbezwingliche Verlangen der Truppe, ebendieser Stellung zu entkommen, und das hartnäckige Bestreben der *jagunços*, sie daran zu hindern.

Das Ganze war ein beispiellos ausgeklügelter Hinterhalt. Wer später über die Hänge der Favela-Höhe wanderte, konnte sich ein Bild davon machen. Sie waren unterminiert. Auf Schritt und Tritt bezeichnete eine runde, mäßig tiefe Grube mit einer plumpen, steinernen Schulterwehr ein Schützenloch. Es waren ihrer unzählige; und alle waren bedachtvoll derart angelegt, daß sie flach über den Boden hinweg freies Schußfeld zum Anmarschweg hatten und ihn unter Kreuzfeuer nehmen konnten.

Dies erklärte die unterwegs auf die Truppe verübten Anschläge sowie die Hartnäckigkeit, mit der die Sertanejos, durch die *caatinga* springend und laufend, die Expedition ab Angico einem harmlosen Gewehrfeuer ausgesetzt hatten, offensichtlich, um sie in eine bestimmte Richtung zu locken und von den so zahlreichen anderen Wegen fernzuhalten, die ebenfalls nach Canudos führten.

Die Kriegslist war von Erfolg gekrönt. Die Expeditionsteilnehmer, im Verfolgungseifer dem zersprengten und flüchtenden Widersacher vor ihnen auf den Fersen, waren leichtsinnig, ohne vorherige Aufklärung, in unbekanntes Gebiet vorgedrungen, wo sie einen listigen, schrecklichen Geländeführer hatten, von dem sie nichts ahnten – Pajeú …

Und in die Falle liefen sie obendrein mit einer solchen Triumphpose! Doch diese verging ihnen bald im Getümmel verknäulter Marschreihen, als in Erwiderung des nach einer Seite donnernden Geschützfeuers von einem Ende zum anderen und von oben nach unten ein blitzschnelles Wetterleuchten erschreckender, tödlicher Salven über die Hänge fuhr, die aus Hunderten von Schützenlöchern hervorbrachen, unterirdischen Minen gleich.

Es war eine massenhafte Beschießung. Die überrumpelten Bataillone wurden zu einer bestürzten, entsetzten und aufgeregten Masse: Hunderte von Männern stießen verwirrt gegeneinander, stolperten über ihre zusammenbrechenden Kameraden, von den krachenden Schüssen betäubt, vom Mündungsfeuer geblendet, an Ort und Stelle festgehalten, ohne einen Schritt in das unbekannte Gelände wagen zu können, über das die Nacht sich gesenkt hatte.

Im Gegenangriff die Halden zu beschießen war zwecklos. Die *jagunços* feuerten ohne eigenes Risiko, den Gewehrlauf auf den Rand der Gräben gestützt, in denen sie hockten oder lagen; und da die Möglichkeit ausschied, sie durch einen verzweifelten Bajonettangriff von den Hügeln zu vertreiben oder weiterzumarschieren und damit noch schlimmere Überfälle in Kauf zu nehmen und die Nachhut ihrem Schicksal zu überlassen, blieb den Soldaten nichts anderes übrig, als standhaft in ihrer gefährlichen Position die Morgendämmerung abzuwarten.

Diese einzig denkbare Lösung wurde vom Feind begünstigt. Der Angriff ebbte nach einer Stunde ab und hörte schließlich unerwartet auf. Die Brigaden biwakierten in Kampfformation. Die 2. Brigade entwickelte sich zu vorgeschobenen Linien, von der Mitte her nach rechts, wobei die 1. Brigade hinter ihr stand; die Artillerie bezog in der Nähe Stellung, auf dem vor ihr liegenden Hügel, und hatte rechts neben sich die Schnellfeuerbatterie mit dem 32er Whitworth in ihrer Mitte, das der Obhut des 30. Bataillons unter Oberstleutnant Tupí Caldas anvertraut war. General Barbosa, der dieses Bataillon übrigens einst als Oberst befehligt hatte, veranlaßte persönlich die Verlegung des Geschützes an diese gefährliche Stelle:

»Hiermit überantworte ich die Artillerie der Ehre des 30. Bataillons; und ich weiß, daß ich unbesorgt sein kann.«

Der Rest des 5. Regiments von Major Barbedo blieb zur

Linken verteilt, neben dem Kavallerieflügel des Majors Carlos Alencar. Nahe der Mulde bei der Mário-Höhe, ein Schwachpunkt der ganzen Stellung, dem spätere Ereignisse den Namen »Todestal« geben sollten, drängten sich die Bataillone von Oberst Flores zusammen. In einer weniger bestreichbaren Gießbachschlucht improvisierte man einen Verbandplatz. Dorthin schleppten sich 55 Verwundete, die zusammen mit den 20 herumliegenden Toten – denn sie fortzuschaffen war unmöglich – die Verluste des Tages auf 75 erhöhten, nach kaum mehr als einstündigem Kampf.

Man bildete einen Ring von Wachposten; und die Truppe – Kommandeure und Soldaten vermengt in äußerster Gleichmacherei – gab sich friedlicher Nachtruhe hin.

Das unverhoffte Verstummen des Feindes gaukelte ihr den Sieg vor. Voreilig feierten ihn die Musikkapellen der 3. Brigade, die bis zu später Stunde ein großes Repertoire an Märschen abspielten. Und herrlich ging der Mond über den schlafenden Bataillonen auf …

Doch die Stille war trügerisch. Die Sertanejos hatten den Zweck ihrer Kriegslist erreicht. Nachdem sie das Gros des Expeditionsheeres bis zu jener Stelle gelenkt hatten, war ihnen der restliche Truppenteil ausgeliefert, der gänzlich schutzlose, weit zurückgefallene Munitions- und Verpflegungstroß. Anderntags würden sie an zwei Stellen gleichzeitig angreifen, an der Favela-Höhe und bei Angico – und selbst wenn die Truppen, an ersterem Kampfplatz erfolgreich, gegen Canudos anstürmen sollten, kämen sie ohne Nachschub dort an und somit wehrlos.

Canudos

Dieser Umstand jedoch belastete nicht den Kampfgeist jener, die so überstürzt auf das Operationsziel zugeeilt waren.

Im Morgengrauen des 28. Juni betrachteten Offiziere und Gemeine, bei der beherrschenden Artilleriestellung versammelt, endlich die »Räuberhöhle«, so der pittoreske Ausdruck in den Tagesbefehlen des Oberkommandierenden.

Canudos war weiter gewachsen, bot aber, freilich in vergrößerter Form, den ursprünglichen Anblick: dieselbe rötliche Häusermasse, lehmgedeckt, die über die umliegenden Bühel mehr und mehr sich ausweitete, rund um den dicht besiedelten Kern, den die stark gewundene Schleife des Flusses umfing. Im Südwesten und Nordwesten von diesem umschlossen, im Norden und Osten von den welligen Höhenzügen eingefaßt, enthüllte die Siedlung im heller werdenden Morgenlicht die vollkommene Gestalt einer schwer zu erobernden Zitadelle. Es war offensichtlich, daß eine Heereseinheit, die ins Labyrinth der rings den Boden zerfurchenden Gräben geriete, gleichsam zwischen den schmalen Galerien eines kolossalen Festungswerkes marschieren würde. Ein offener Zugang war nirgends auszumachen.

Der Weg von Jeremoabo her, der zweihundert Meter vor der Stellung ins Trockenbett des Vaza-Barrís einmündete, führte auf beiden Seiten zwischen Schanzen hindurch, getarnt durch lange Hecken wildwuchernder *gravatás*. Der »heilige« Pfad von Maçacará – vom Ratgeber auf seinen früheren Wallfahrten südwärts beschritten –, der von jenen Hügeln, durch die der Umbúranas-Bach sich zwängt, talwärts führt, war gleichfalls ungangbar. Die Verbindungen von Uauá und von der Várzea da Ema im Norden waren frei, setzten aber einen weiten und gefährlichen Umweg voraus.

Die Neue Kirche, nahezu fertiggestellt, reckte ihre beiden hohen Türme gebietend über das demütige Häusergewirr und vervollständigte die Verteidigungsanlagen. Sie beherrschte alle Zugänge, bestrich die Kuppen aller Hügel, bestrich die Sohle aller Täler. Kein toter Winkel störte den zielenden Schützen hoch oben auf ihren breiten Mauerkronen, denen nur noch Schießscharten und Zinnen fehlten.

Das Gelände, das im Vorfeld des Favela-Hügels nordwärts zum Flusse unruhig und aufgewühlt abfällt, öffnet sich, wie wir sahen, linker Hand zu einer weiten Mulde, durch die man zur Mário-Höhe und dann, der abwärts geneigten Kammlinie folgend, zur Alten Fazenda gelangt.

In dieser Mulde stand die 3. Brigade, zu früher Stunde in Kolonnen angetreten.

Weiter rechts, in beherrschender Stellung, die Artillerie. Daneben die 2. und dann die 1. Brigade. Die Armee erwachte bereits in Kampfordnung. Aufgrund ihrer taktisch vorzüglichen Stellung jedoch oblag es der Artillerie, die Schlacht zu eröffnen und weitgehend zu tragen; denn ihren durchschlagenden, abwärts gerichteten Schüssen auf das eintausendzweihundert Meter entfernte Canudos traute man zu, binnen kurzem den vollständigsten Sieg herbeizuführen.

Die Hoffnungen richteten sich daher zunächst auf die Batterien des Obersten Olímpio da Silveira.

So groß war die Zuversicht, daß noch vor dem ersten Schuß, um 6 Uhr früh, zahlreiche Kämpfer anderer Truppengattungen sich um die Kanonen scharten und die Haltung unbeteiligter Zuschauer einnahmen, die einer schaurig dramatischen Szene entgegenfieberten: Canudos in Flammen unter einem Granatenteppich! Eine zusammengeschossene Einwohnerschaft in fünftausend zertrümmerten Hütten!

Wieder eine Illusion, die schmerzhaft zerstieben sollte …

Es fiel der erste Schuß, abgegeben vom Krupp-Geschütz auf der äußersten Rechten. Und er löste in der Tat einen atemberaubenden Theatercoup aus. Die *jagunços* hatten neben der Truppe geschlafen, über die zerklüfteten Halden verstreut; und ohne zum Vorschein zu kommen, umgaben sie die Armee sogleich mit einem Ring von Salven.

In seinem späteren Bericht sah sich der Expeditionsführer nach eigenem Bekenntnis außerstande, den gewaltigen, ohrenbetäubenden »Kugelregen« zu schildern, »der mit gräßlichen Pfeiftönen von den Hügeln herab- und aus den Niederungen heraufkam«. Der Kommandeur der 1. Heeressäule versicherte seinerseits in einem Tagesbefehl, in den fünf Jahren des Paraguaykrieges[16] habe er niemals dergleichen erlebt.

In der Tat bewiesen die Sertanejos eine überraschende Feuerdisziplin. Die vollen und überaus heftigen Rollsalven, die quer über die Hügel aufblitzten, wie von einer einzigen Lunte gezündet, richteten sich, nachdem sie die deckungslose Truppe überschüttet hatten, konzentrisch auf die Artillerie. Deren Reihen wurden gelichtet. Dutzende von Soldaten und die Hälfte der Offiziere fielen. Auf der in Minutenschnelle leergefegten Anhöhe harrte die zusammengeschmolzene Geschützbesatzung dennoch standhaft aus, und in ihrer Mitte ging ein alter Militär von überlegener und unbeugsamer Tapferkeit, ein kaltblütiger Haudegen, gleichmütig zwischen den Batterien hin und her, wie ein Ausbilder auf einem Schießplatz – der Oberst Olímpio da Silveira. Das war die Rettung. In einer so zugespitzten Situation wäre die Preisgabe der Geschütze der Untergang …

In allen Einheiten hatte man Alarm geblasen. Unwillkürlich, ohne vereinbarte Richtung und ohne Kommando nahmen dreitausend Gewehre zugleich die Hügel unter Feuer. Alles dies war eine Sache weniger Minuten, und nach wenigen Minuten zeigte sich auf dem beengten Raum, wo die Expedition vergebens sich rührte, die allerkläglichste Verwirrung.

Niemand besann sich. Alle handelten. Ungezielt, kopflos, ohne den nötigen Platz für energische Attacken oder einfachste Manöver schossen die zusammengedrängten Pelotons in hohem Bogen, um nicht die eigenen Kameraden niederzumetzeln, auf den unheimlichen Feind, der sie umringte, ungreifbar, anwesend überall und überall unsichtbar. In diesem Getümmel begann die 3. Brigade an der linken Flanke, bataillonweise in Kolonnen aufmarschiert, mit dem 7. Bataillon als Vorhut, hügelabwärts zur Alten Fazenda vorzurükken, von wo die heftigsten Salven ausgingen. Das Bataillon, das vier Monate zuvor ebendiese Strecke in wilder Flucht zurückgehastet war und am Wegrand die Leiche des Obersten Moreira César hatte liegen lassen, schickte sich an, jene Schmach zu sühnen. In Ergänzung dieses sehr besonderen Umstandes folgte ihm dichtauf ein Unglücksgefährte von damals, das 9. Bataillon. Major Cunha Matos befehligte die Vorhut. Die Besiegten des voraufgegangenen Feldzugs sahen die seltene Gelegenheit zur Vergeltung gekommen; und sie hatten in Oberst Thompson Flores einen Anführer, der in vieler Hinsicht dem unglücklichen Befehlshaber glich, der dort gefallen war. Er war ein Frontkämpfer von hohen Graden. Mochten ihm wesentliche Führungseigenschaften fehlen und namentlich jene Beherrschtheit, die fürs kaltblütige Planen von Manövern in der Hitze eines Gefechtes nötig ist, so besaß er doch in reichlichem Maße unerschütterlichen Wagemut und eine Art Verachtung für den stärksten und furchterregendsten Widersacher, was ihn im Kampfgewühl unübertrefflich machte. Dies belegt seine tollkühne Attacke. Er unternahm sie disziplinloserweise auf eigene Faust, ohne höhere Weisung, und zwar mit dem festen Vorsatz, in einem einzigen Anlauf dieselben Soldaten bis zum Kirchenplatz siegreich mitzureißen, die ebendort vor vier Monaten als Besiegte auseinandergelaufen waren. Seine Brigade ging also zum Angriff über, voll dem direkten Beschuß des verschanzten Feindes ausgesetzt; und nach etwa hundert Metern entwickelte sich die Vorhut zur Schützenlinie. Oberst Flores, der an ihrer Spitze geritten war, saß nunmehr ab, um persönlich die Feuerleitung zu übernehmen. Aus sinnlos übersteigerter Tapferkeit hatte er es verschmäht, von den Ärmelaufschlägen die Tressen abzureißen, die ihn zur bevorzugten Zielscheibe der *jagunços* machten mußten. Als kurz darauf der Vorstoß weiterging, brach er zusammen, mitten in die Brust getroffen, tot.

An seine Stelle trat Major Cunha Matos, der die unüberlegte Operation verdienstvollerweise fortsetzte, da das 7. Bataillon als einziges von allen in jenem Gelände nicht zurückweichen konnte. Sein Kommando jedoch war denkbar kurz. Er übergab es, alsbald von einem wohlgezielten Geschoß aus dem Sattel geworfen, an Major Carlos Frederico de Mesquita. Dieser wurde eine Strecke weiter ebenfalls niedergeschossen, so daß die Führung der Brigade an einen Hauptmann überging, Pereira Pinto. Die Bilanz war bestürzend: Das 7. Bataillon hatte in einer halben Stunde hundertvierzehn Gemeine und neun Offiziere verloren.

Um ein Drittel geschrumpft, löste es sich im Kugelregen allmählich auf. Gleiches Verderben wütete in den anderen Truppenteilen. Schnell, von Minute zu Minute, in unerbittlichem Rhythmus, wurden die oberen Dienstgrade in erschreckendem Ausmaß dahingemäht. Das 14. Infanteriebataillon, das den Schützenlinien auf der rechten Flanke zu Hilfe eilen wollte, verlor nach wenigen Metern seinen Kommandeur, Major Pereira de Melo. An seine Stelle trat Hauptmann Martiniano de Oliveira, der bald darauf aus der Kampfzone getragen wurde, von einer Kugel getroffen. Hauptmann Sousa Campos, sein Nachfolger, stürzte, kaum hatte er einige Schritte getan, tot zu Boden. Das 14. Bataillon kämpfte unter dem Befehl eines Oberleutnants weiter.

So erfaßte das Gemetzel alle Linien, und erschwerend kam hinzu, daß, wie man nach zweistündigem Waffengang ohne das mindeste taktische Zusammenwirken bemerkte, die Munition zur Neige ging. Die Artillerie, die mit dezimierter Besatzung in ihrer erhöhten Stellung mannhaft ausharrte, gab den letzten Schuß ab, und die Kanonade verstummte. Sie hatte die Hälfte ihrer Offiziere eingebüßt, darunter den stellvertretenden Kommandeur des 5. Regimentes, Nestor Vilar Barreto Coutinho.

Das Hauptquartier wurde von den Bataillonen mit immer dringenderen Munitionsanforderungen bestürmt.

Darauf beorderte man den Hauptmann Costa e Silva, Helfer des Quartiermeisters, zur Nachhut, um die Ankunft des Trosses zu beschleunigen. Zwei ihm auf der Stelle nachgeschickte Adjutanten kehrten nach einem Kilometer mit verhängten Zügeln um. Das Sperrfeuer unterwegs hatten sie nicht durchbrechen können. Die Nachhut war abgeschnitten. Und wenn das ganze Lärmen verstummt wäre, das Getöse der Waffen, das wirre Geschrei und das unentwegte Geknalle, wovon die Luft um die Kämpfer auf der Favela-Höhe erdröhnte, dann hätten sie den fernen Schußwechsel vernommen, den das 5. Polizeibataillon den *jagunços* zwei Meilen zurück zur gleichen Stunde lieferte.

Eine gefangene Division

Die gesamte erste Heeressäule war gefangengesetzt. Wie sonderbar dies auch anmuten mag: Für die Sieger gab es keinen Ausweg aus der eroberten Stellung. Der Oberkommandierende General gesteht es ein:* »Infolge des Angriffs auf den Troß und der Unterbrechung jeglicher Verbindung dorthin, wie mehrere Präzedenzfälle zeigten, war ich genötigt, eine Kavallerieabordnung zu General Cláudio do Amaral Savaget zu entsenden, um Munitionsnachschub anzufordern; doch auch in diesem Punkte wurden meine Absichten durchkreuzt, denn der Trupp vermochte das Sperrfeuer des Feindes nicht zu durchbrechen, der unsere rechte Flanke unter Beschuß nahm.«

Geschlagen auf der rechten Flanke, wo der Reitertrupp zurückgetrieben worden war, geschlagen bei der Nachhut, zu der zwei unerschrockene Adjutanten nicht hatten vordringen können, geschlagen auf der linken Flanke, wo die dritte Brigade, ruhmvoll sich opfernd, steckengeblieben war, und geschlagen bei der Vorhut, wo die Artillerie verstummt war, dezimiert und fast aller Offiziere beraubt, befand sich die Expedition vollkommen in der Gewalt des Feindes.

Ihr blieb ein über die Maßen fragwürdiger und höchst riskanter Ausweg: der Ausbruch aus jenem unheimlichen Tal am Favela-Hügel, das einem riesigen Massengrab glich – mit der Spitze des Bajonetts und der Schneide des Degens.

Gleichwohl unternahm man einen letzten Versuch. Ein Meldegänger machte sich heimlich auf den Weg, um durch die *caatingas* zur zweiten Heeressäule zu schleichen, die weniger als eine halbe Meile nördlich stand …

* Tagesbefehl Nr. 118.

III.

Die Heeressäule Savaget

Die Truppe des Generals Cláudio do Amaral Savaget hatte den Anmarsch in Aracajú begonnen. Als sie in der Nähe von Canudos haltmachte, hatte sie 70 Meilen zurückgelegt. In getrennten Brigaden war sie durch das Hinterland von Sergipe nach Jeremoabo gelangt, wo sie sich am 8. Juni sammelte und neu ordnete, um am 16. vereint auf das Operationsziel vorzurücken.

2350 Mann stark, unter Einschluß der Bemannung von zwei leichten Krupp-Kanonen, war sie frischen und festen Schrittes vorangekommen, wozu eine den Umständen besser angepaßte Marschgliederung beitrug.

Jener General beanspruchte durchaus nicht die volle und straffe Befehlsgewalt für sich selbst, was unzweckmäßig gewesen wäre, sondern teilte sie, ohne Beeinträchtigung der militärischen Disziplin, mit seinen drei unmittelbaren Untergebenen, den Obersten Carlos Maria da Silva Teles, Julião Augusto da Serra Martins und Donaciano de Araújo Pantoja, den Kommandeuren der 4., 5. bzw. 6. Brigade. Und der Marsch, den diese Offiziere bis zu den ersten Häusern von Canudos vollbrachten, zeichnet sich vor den übrigen aus.

Keine Instruktionen wurden im voraus erteilt. Kein Gedanke wurde daran verschwendet, auf den rauhen Kriegsschauplatz die Rechtwinkligkeit der Aufstellungen oder die Geradlinigkeit vorgefertigter Pläne zu übertragen. Den Feldzug begriffen sie, wie man ihn begreifen mußte: als ungeeignet für prächtige Kriegstheorien, deren Umsetzung eines geballten Formalismus bedarf, und als gänzlich angewiesen auf kleinräumiges und wildes Taktieren, den Überlegungen des Augenblicks folgend.

Zum ersten Mal bewältigten die Soldaten den Feldzug in angemessener Weise: in selbständige Brigaden unterteilt, um sich nicht zu zerstreuen; und beweglich genug für blitzschnelle Manöver und Schwenks, um sich gegen Überraschungen vorzusehen und sich auf das einzige gefaßt zu machen, was sie in diesem abenteuerlichen und regellosen Kriege füglich erwarten durften – das Unerwartete. Die drei Brigaden, flink, wendig und kraftvoll, von je eigenen Trossen versorgt, die ihre Beweglichkeit nicht hemmten, bereit, den riesigen Truppenkörper durch Teilung der Behendigkeit des Freischärlers und der Rauhigkeit des Geländes anzupassen, ersetzten den zahlenmäßigen Vorteil einer geschlossenen Marschsäule durch den der Raschheit und Durchschlagskraft von Entwicklungen auf begrenztestem Kampffeld, ohne die schwerfälligen Pyrrhuselefanten einer ebenso imposanten wie nutzlosen Artillerie.

An der Spitze marschierte die 4. Brigade, bestehend aus dem 12. Bataillon unter Oberstleutnant Sucupira de Alencar Araripe und dem 31. unter Major João Pacheco de Assís.

Befehligt wurde sie von Oberst Carlos Teles – die umfassendste militärische Begabung unseres Heeres in jüngster Zeit.

Jene überragenden Streiter aus Rio Grande do Sul – mannhaft, frohgemut und stark – hatten in ihm einen vollkommenen Vertreter, und er war, gleich ihnen vom Schlage eines Andrade Neves,[17] ebenso Anführer wie Soldat: wagemutig und besonnen, unerschrocken und vorsichtig, eine Mischung aus tollkühner Angriffslust und ruhiger Tapferkeit; und er verschmähte es keineswegs, im hitzigsten Treffen an der Seite des gemeinen Soldaten zu kämpfen, nachdem er freilich die Operation mit kühlem Kopf geplant hatte.

Der Feldzug gegen die Föderalisten im Süden hatte ihn mit einer beneidenswerten Aureole bekränzt. Seine Reckengestalt – gebieterische und vornehme Haltung, titanischer Wuchs, offener und redlicher Blick – war in der heldenhaftesten Episode jenes Krieges glänzend hervorgetreten, in der Belagerung von Bagé.[18]

Der Feldzug gegen Canudos sollte seine Berühmtheit mehren.

Er begriff ihn wie wenige. Er hatte die kriegerische Intuition der *gaúchos*.

Nachdem er seine Brigade übernommen hatte, um, von den anderen gesondert, nach Simão Dias zu marschieren, wo er am 4. Mai ankam, schmolz er sie um in eine kleine, den Erfordernissen des Krieges angepaßte Heeresabteilung.

Er drillte sie; er machte sie beweglicher; und da er den Soldaten, die aus der strengen Schule der Schlachtfelder von Rio Grande kamen, unmöglich eine andere Ausbildung geben konnte, suchte er, der widrigen Bodengestalt zum Trotz, der Brigade teilweise denselben Geschwindschritt zu geben, denselben ungestümen Angriffsschwung. Aus den Kompanien des 31. Bataillons wählte er 60 Mann aus, lauter erfahrene Reiter, entthronte »Monarchen der Pampa«, ungeeignet für den langsamen Tritt der Infanteriekolonnen. Aus ihnen bildete er eine Schwadron Lanzenreiter, die er dem Befehl eines Fähnrichs unterstellte. Dies war eine Neuerung; und scheinbar eine verfehlte. Die »kalte und lautlose« Waffe eines Dragomiroff,[19] geschaffen für die Galoppjagden und heftigen Zusammenstöße in den Steppen und in den Pampas, eignete sich beim ersten Hinschauen ganz und gar nicht für jenes schroffe und dornenstarrende Gelände.

Später allerdings erwies sich die Tragweite dieser Maßnahme.

Die ad hoc aufgestellten Lanzenreiter waren geübt, im Sturmritt über die »Stiergruben« der Grasebenen des Südens hinwegzusetzen.

Ebenso leicht übersprangen sie nun die Wasserrisse des Sertão. Sie leisteten wertvolle Aufklärungsdienste. Und später, als die beiden Heeressäulen in der Ödnis des Favela-Hügels sich vereinten, wurde ihnen die Lanze zum Treibstachel des *vaqueiro*, wenn sie das in der Nähe verstreute Vieh zusammentrieben, die einzige Nahrungsquelle für die geschwächte Truppe.

Wie segensreich diese Doppelfunktion war, erwies sich gleich nach dem Aufbruch der Kolonne Savaget von Jeremoabo nach Canudos. Ihre Marschroute war aufgeklärt.

Tage zuvor hatten zwanzig Soldaten jener Schwadron den Weg bis nahe der Siedlung ausgekundschaftet und festgestellt, daß er bis Serra Vermelha frei war, wo das Gelände bei den ersten Erhebungen von Cocorobó gebirgig wurde.

Mit einer Tagesleistung von zwei Meilen zog die Heeressäule am Vaza-Barrís entlang, vorbei an den kleinen Anwesen Passagem, Canabrava, Brejinho, Mauarí, Canché, Estrada Velha bis zu dem von Serra Vermelha, wo sie am 25. Juni anlangte, überzeugt, alsbald auf den Feind zu treffen.

Zum ersten Mal ließ eine Expeditionstruppe im Sertão sich nicht überraschen.

Die Höhenzüge von Cocorobó

Cocorobó, der Name nicht einer bestimmten, sondern einer Vielzahl von Bergketten, gemahnt an Überreste uralter Cañons, Erosionstäler oder Tobel, die der Vaza-Barrís in ferner Vergangenheit aushobelte, als er, unvergleichlich mächtiger als heute, vielleicht einem großen See entströmte, der die zerfurchte Ebene von Canudos bedeckte. Die Wassermassen wogten nach Westen, gestaut von den damals größeren Erhebungen zwischen der Favela-Höhe und dem Caipã-Gebirge, und von dort nach Norden, eingedämmt von den Höhenzügen Poço de Cima und Canabrava, und sie ergossen sich in schmalen Abflußrinnen nach Osten.

Die topographische Gestaltung reizt zu dieser geologischen Rückschau. Und wahrhaftig, die Höhenzüge, von Klammen zerschnitten, in kleine, schroffe Bergketten zerfallend, muten an wie Trümmer einer von den Hochwassern eingerissenen und gesprengten Talsperre. Scharfzackig steigen sie aus den Niederungen empor, wie ausgeschnitten, und den regellosen Silhouetten zum Trotz ermöglichen sie die Vergegenwärtigung ihrer ursprünglichen Fazies. Sie sind ein urzeitliches Gebirge. Von denselben Silurschichten geprägt, die wir anderwärts sahen, tritt der dortige Erdkern in dem Maße zutage, wie die Wildwasser die jüngeren Sedimentformationen abtragen. Und bei dieser Ausgrabung taucht das ursprüngliche Gebirge wieder auf und spiegelt in der Kühnheit seiner Höhenlinien die Macht der Elemente, die es seit unendlichen Zeiten bekämpfen. Denn an seinem Saume, wie am Favela-Hügel, geht selbst die zähe *caatinga* zugrunde; sie meidet es; läßt seine Flanken entblößt; und diese, bald von Felsblöcken übersät, bald lotrecht abstürzend wie Mauern, in deren Fugen kümmerliche Orchideen mühsam sich festklammern, oder aufgeworfen zu Klippen, zu jähen Schroffen, welche die Hänge zerklüften und mit Felsnadeln spicken bis hin zu den Höhen, wo sie sich zu einer gezahnten Gipfellinie reihen – diese Gebirgsflanken stehen im Gegensatz zu den flacheren Landstrecken in der Runde, nicht nur durch ihre Gestalt, sondern durch ihre innere Struktur.

Wer von Canudos nach Jeremoabo reist, gewahrt jedoch nur einen Durchlaß – die tiefe Bresche, durch die der Vaza-Barrís sich drängt und ostwärts fließt. Mit ihm zusammen dringt der Wanderer ein, da der Fluß der einzige Pfad ist, und seinem Trockenbett folgend, gewinnt er nach einigen Metern den Eindruck, durch einen schmalen Türspalt geschlüpft zu sein. Dann endet der Hohlweg. Abrupt treten die Steilhänge, die ihn bildeten, zurück; weiten sich bogenförmig, stehen einander spiegelbildlich gegenüber, so daß die konkaven Ausbuchtungen sich gleichsam zu einem riesenhaften Amphitheater fügen. Darinnen jedoch bleibt das Gelände unruhig; andere, niedrigere Hügel steigen in seiner Mitte auf; und der Durchlaß gabelt sich in zwei Schluchten, in deren rechte der Fluß sich mit einer Biegung einzwängt. Beide Talengen, die von wechselnder Breite sind und sich stellenweise bis auf zwanzig Meter verengen, spreizen sich mit sanfter Krümmung, den beiden Zweigen der Bergkette folgend; und streben mit ihnen nach dieser Trennung aufeinander zu, bis sie sich wieder vereinen und wieder einen einzigen Durchlaß für den Weg nach Jeremoabo bilden. Längs der beiden Schluchten stehen sich, vor diesem Zusammenschluß, über weite Strecken die Böschungen der mittleren Hügel und die Abhänge der äußeren, sie umschließenden und überragenden Erhebungen gegenüber, die in unzähligen Schroffen regellos aufragen oder Absätze bilden, deren aufsteigende Folge an die Ränge eines monströsen Kolosseums gemahnt.

Dies eine blasse Schilderung des Hohlwegs von Cocorobó, jener Erdspalte mit trichterförmigen Eingängen, die beide sich ihrerseits in zwei weitere Einschnitte von vielleicht noch größerer Unwegsamkeit unterteilen. An der scheinbaren Gabelung verdoppelt sich der Weg in zwei Durchgänge, die der Vaza-Barrís bei Hochwasser gleichermaßen durchflutet, so daß die Hügel in der Mitte zu Inseln werden – bis die beiden Arme sich wieder vereinigen und in eine flache, weite Niederung münden, die der Weg nach Jeremoabo geradewegs ostwärts durchmißt.

Wer folglich in der Gegenrichtung vom genannten Städtchen nach Westen wandert, trifft gleichfalls auf die Gabelung. Er schlägt einen der beiden Pfade ein, rechter oder linker Hand, bis er zu dem andern der beiden einzigen Ausgänge kommt. Er tritt hinaus. Doch beim Verlassen der mehrwegigen Klamm empfängt ihn keine flache Niederung wie am andern Ausgang. Der Boden, wenn auch weniger ausgeprägt als bisher, ist weiterhin aufgewühlt. Der Vaza-Barrís, in Mäandern gewunden, zieht sich eingezwängt zwischen immer neuen Hügeln dahin. Der ihn säumende oder in seinem Bett verlaufende Weg zerfällt in Seitenpfade, wellt sich, schlängelt sich um zahllose Anhöhen, überwindet Steigungen und Gefälle; und er kreuzt das Tal eines sporadischen Baches, benannt nach einem der Obleute der Sertanejos, der dort seine Behausung hatte: Macambira.

Weiter führt der Weg am Fluß entlang, bald auf dem einen, bald auf dem anderen Ufer, bis zum weniger als zwei Meilen entfernten Canudos.

Die Vorhut der anmarschierenden Truppe machte etwa fünfhundert Meter vor jener Barriere halt, am 25. Juni, kurz vor Mittag.

Die Schwadron der Lanzenreiter hatte den Feind entdeckt. Im Galopp war sie den kunstlosen Verschanzungen nahe gekommen und hatte sie plötzlich erblickt. Mit Gewehrfeuer in Empfang genommen, war sie, unter Verlust von zwei verletzten Soldaten, mit verhängten Zügeln umgekehrt, zur 5. Brigade, die an der Spitze der ganzen Kolonne stand und unverzüglich eines ihrer Bataillone, das 40., unter Major Nonato de Seixas, zur Schützenkette entwickelte, während die beiden andern, das 34. und das 35., sich zur Verstärkung bereit hielten. General Savaget, vom Zusammenstoß benachrichtigt, eilte in Begleitung der 4. Brigade herbei. Vierhundert Meter vor der Avantgarde blieb er stehen, um auf die 6. Brigade, die Artillerieabteilung und die Trosse zu warten, die noch etwa drei Kilometer zurück waren. Währenddessen leiteten die vorgeschobenen Einheiten, über achthundert Mann unter dem Befehl von Oberst Serra Martins, mit einer anhaltenden Beschießung den Angriff ein, bei dem das unregelmäßige Feuer der Schützenlinie und die Rollsalven der nächststehenden Verstärkungspelotons durcheinanderkrachten und die feindlichen Schüsse mit einem kräftigen Gegenfeuer erwiderten. Die *jagunços* hielten dem Stoß tapfer stand. »Ihre Kühnheit und Zähigkeit«, so heißt es im Gefechtsbericht des Oberkommandos, »wurden offenkundig gesteigert durch ihre ausgezeichneten Stellungen, von wo sie die Ebene in ihrer ganzen Ausdehnung und den Zugangsweg ein gutes Stück weit beherrschten, und so wichen sie keinen Fußbreit zurück, ertrugen und erwiderten den Angriff vielmehr mit Festigkeit und Nachdruck, indem sie die Unsern mit einem erbitterten Gewehrfeuer eindeckten, so daß wir gleich zu Anfang mehrere Leute durch Tod und Verwundung verloren.«

Es war, wie man sieht, eine detailgetreue Wiederaufführung der Szenen vom Cambaio und von der Favela.

Auf gleichartiger Bühne wiederholten die Sertanejos alle Peripetien des unseligen und monotonen Schauerdramas, dessen unsichtbare Protagonisten sie waren. Zusätzliche Erfahrung konnte sie nicht dazu bringen, ihr System zu ändern, sicherlich deshalb, weil dieses gerade dank seiner Vorzüglichkeit weder Korrekturen noch Ergänzungen vertrug. Aus sicherer Deckung, von der Höhe jener halbverfallenen Brustwehren, hatten sie die gesamte Truppe als Zielscheibe auf der baumlosen und flachen Ebene unter sich. Und ihre Geschosse lichteten zunächst die vorgeschobensten Reihen, mähten die Schützenkette dahin, schlugen in die Verstärkungen dahinter ein, griffen in hohen Flugbahnen weiter aus, rissen Lücken in die hintersten Züge der Nachhut; und sie erfaßten schließlich das gesamte Expeditionskorps.

Die heranfliegenden Kugeln bildeten keineswegs besonders dichte Salven. Treffgenauigkeit ersetzte fehlende Quantität. Ersichtlich stammten die Geschosse von Kämpfern, die mit den Patronen geizten, sie einzeln abzählten, ihren Stolz daran setzten, nur ja keine zu vergeuden, eine jede durch sorgfältiges Zielen zu nutzen. So kam es, daß nach einiger Zeit die wohlberechnete Beschießung, wogegen die achthundert Mannlichers furchtbar andröhnten, aufs grauenhafteste zu wirken begann.

Mit bewundernswerter Disziplin behauptete sich die 5. Brigade zwei Stunden lang ebendort, wo ihr Vormarsch ins Stocken geraten war, am Vaza-Barrís, durch das schüttere Buschwerk am Ufer gedeckt. Sie kam in dieser ganzen Zeit nicht einen Schritt voran. Auch dem flüchtigsten Blick offenbarten sich sogleich die Gefahren eines Sturmes auf die beiden Engpässe, die sich vor der Brigade auftaten und sie während des Angriffs zum Durchzug in kleinsten Abteilungen zwängen, was vermutlich den Verlust ihrer Stoßkraft gerade in der entscheidendsten Phase bedeutete. Andererseits waren die beiden Engen auf keine Weise zu umgehen. Zur Rechten wie zur

Linken erstreckten sich schroffe Gebirgsausläufer, durch die einen Nebenpfad zu suchen einen womöglich ausgedehnten Flankenmarsch voraussetzte, unter dem wachsamen Blick des Feindes, was jedweden Erfolg noch mehr in Frage stellen mußte.

General Savaget sah der hochgefährlichen Konstellation gefaßt ins Auge.

Ungeachtet seiner acht Bataillone mit ihrer großartigen Bewaffnung, war es ein ungleicher Kampf.

Nach einem Marsch ohne Zwischenfälle, abgesichert durch erfolgreiche Erkundungen, die Tag und Ort des Zusammentreffens mit der anderen Heeressäule festzulegen erlaubt hatten, mußte er nun seit zwei Stunden mitansehen, wie seine Leute mit gebundenen Händen dastanden, sich aufopferten, nichts ausrichteten – ohnmächtig dem Gewehrfeuer einer Rotte von Hinterwäldlern ausgeliefert. Die zugespitzte Lage erforderte konkrete, dem Augenblick entsprungene Pläne; aus dem Stegreif entworfene, im Handumdrehen vollzogene Strategien. In dieser Zwangslage jedoch und angesichts der Überlegenheit der feindlichen Positionen blieb der rettende Einfall aus. Die Überlegung des Augenblicks erschöpfte sich darin, allem Ungemach zu trotzen und das barbarische Feuer zu erwidern. Die Artillerieabteilung war mittlerweile herangekommen, und eine der Krupp-Kanonen wurde sogleich zu den vorgezogenen Linien abgeordnet.

Man bombardierte den Höhenzug. Die aus der Nähe abgefeuerten Granaten und Kartätschen, die seine Flanken direkt oder als Querschläger trafen, wirbelten Kugeln und Eisenspäne zusammen mit scharfkantigen Steinsplittern von den heftig beschossenen Halden durcheinander; und wenn sie zwischen Felsklippen zerplatzten, diese versetzten, umstürzten, unter Getöse die Hänge herabpoltern ließen wie plötzlich eingerissene Teile von Festungsmauern, schienen sie die gegnerischen Stellungen völlig zu entblößen. Doch sie bewirkten das Gegenteil. Sie entfachten heftigstes, verblüffendes, unerklärliches Gegenfeuer, das stärker und lebhafter als zuvor aus den geborstenen Schanzen hervorbrach. Mit Mühe hielten die vorgeschobenen Schützen ihm stand. Ihre Reihen lichteten sich. Die beiden Verstärkungsbataillone, die voll in den Kampf verwickelt waren, opferten sich nutzlos und hatten immer höhere Verluste zu beklagen. Das übrige Expeditionskorps, in zwei Kilometer lange Kolonnen rückwärts auseinandergezogen, war zur Tatenlosigkeit verurteilt.

Es war fast eine Schlappe.

Nach dreistündigem Feuergefecht hatten die Angreifer keinen Fußbreit Gelände gewonnen. Fünfhundert Meter vor den Gegnern hatten sie – Tausende von Augenpaaren, die auf die kahlen Hänge starrten – keinen einzigen von ihnen zu Gesicht bekommen. Von ihrer Anzahl hatten sie keine Vorstellung. Die höheren Erhebungen, die wie vorspringende Bastionen die Niederung überragten, schienen verödet. Die pralle Sonne geißelte sie blendend und glühend; man sah die geringsten Einzelheiten ihrer Bodengestaltung; Stück für Stück waren die wahllos verstreuten Felsblöcke abzuzählen, die dort teils unsicher auf schmalen Grundflächen standen, wie schwankende und beinahe kippende *loggans*, teils zu mächtigen Stapeln sich auftürmten; und man erkannte, büschelweise zwischen ihnen oder vereinzelt auf ihnen, die widerständigen Bromelien, *caroás* und *macambiras* mit ihren glänzenden, geradlinigen und langen Blütenscheiden, die wie Schwerter in der Sonne leuchteten; und man erblickte, weniger häufig, dünne und trostlose Kakteen; und weiter entfernt ein Gewirr von Gipfeln, ebenso verödet …

Und aus jener Trostlosigkeit, aus jener absoluten und überwältigenden Einsamkeit brach, die Berghänge erschütternd, »heftiges und pausenloses Gewehrfeuer hervor, als läge dort eine ganze Infanteriedivision!«*

* In: Tagesbefehl des Generals Savaget.

Die *jagunços* waren zweihundert oder waren zweitausend. Nie erfuhr man ihre genaue Zahl. Aufs neue trat den Expeditionssoldaten der rätselhafte, für immer unergründliche Charakter des Krieges vor Augen. Da ihnen auf diese Weise der Weg versperrt war, blieben nur extreme Lösungen: entweder unter Kämpfen langsam zurückweichen, bis sie außer Reichweite der feindlichen Kugeln wären; oder um das unpassierbare Wegstück einen Bogen schlagen und einen gangbareren Nebenpfad suchen, auf einem abenteuerlichen Umgehungs- und Flankenmarsch, der nur in einem Fiasko enden konnte; oder die Hügel geradewegs berennen und erobern. Dieser letzte Vorschlag war der heldenhafteste und der schlichteste. Er stammte von Oberst Teles. General Savaget machte ihn sich zu eigen. Wie er in einem amtlichen Bericht gesteht – widerwillig den fürchterlichen Gegner anerkennend, der ihn zum Stillstand brachte –, konnte er nicht hinnehmen, »daß zwei- oder dreihundert Banditen den Vormarsch der zweiten Heeressäule so lange aufhielten«. Der Umstand, daß er bei dieser Aktion kaum mehr als ein Drittel der Truppen eingesetzt hatte, war seine Rettung und ermöglichte ein waghalsiges Manöver, das sicherlich undurchführbar gewesen wäre, wenn alle Bataillone gleichzeitig angegriffen und sich von Anbeginn am Eingang der beiden Engpässe verknäult hätten.

Sein Plan war folgender:

> »Die fünfte Brigade, die von Anfang an ihre Stellung in den *caatingas* beibehielt, sollte auf der linken Flanke und vom Flußbett her angreifen, um den Feind von den Hügeln und Buckeln in der Mitte zu vertreiben; die vierte Brigade hingegen sollte, nachdem sie den Weg verlassen und in der Niederung sich zur Schützenlinie entwickelt hätte, auf der rechten Seite vorstoßen.«

Die Schwadron Lanzenreiter war für einen Vorstoß zwischen beiden Brigaden in der Mitte vorgesehen. Die sechste Brigade sollte sich nicht am Kampf beteiligen, sondern als Verstärkung bei der Nachhut bleiben und den Troß beschützen.

So stellten sich die fünf zum Angriff bestimmten Bataillone in senkrechter Gefechtsordnung auf, auf dem linken Flügel verstärkt, wo die vorgeschobenen Einheiten des Obersten Serra Martins in tiefgestaffelten Kolonnen aufmarschierten, während vierhundert Meter zurück die Brigade Teles nach rechts sich zur Schützenlinie entwickelte, mit der Lanzenreiterschwadron zu ihrer Linken.

Der Aufmarsch in seiner Gesamtheit zeigte auf der ebenen Fläche der Niederung den genauen Umriß eines überdimensionalen Hammers.

Und der Sturmangriff, der gleich darauf vorgetragen wurde – der Höhepunkt des ganzen Gefechtes –, war durchaus wie ein heftiger Schlag, ein einziger Stoß von tausendsechshundert Bajonetten gegen ein Gebirge.

Die Angreifer gingen alle gleichzeitig vor: Während die vorderen Pelotons die Hügel berannten und in das Nadelöhr des linken Hohlwegs drängten, überwand die vierte Brigade im Laufschritt, die Waffen umgehängt und ohne zu schießen, eilends den Raum zwischen sich und dem Feind, allen voran Oberst Carlos Teles. Dieser bemerkenswerte Offizier – der das Auftreten eines Osório mit dem ritterlichen Feuer eines Turenne[20] verband – durchmaß, wie stets während des ganzen Feldzugs, ohne den Degen zu ziehen, samt seinen Leuten den ganzen unter Beschuß liegenden Abschnitt des Kampffeldes.

Links von der 4. Brigade öffnete sich die Bergkette zum rechten der beiden Engpässe; und dorthinein galoppierte verwegen die Reiterschwadron. Die Brigade hingegen mied das Nadelöhr. Sie stürmte die Hänge. Die *jagunços* hatten mit dieser waghalsigen Schwenkung nicht gerechnet, die, den Widrigkeiten eines schwierigen Aufstiegs zum Trotz, geradewegs auf ihre eigenen Stellungen zielte. Zum ersten Male ließen sie sich von einer unerwarteten taktischen Kombination überraschen und verwirren, die sie nötigte, diejenigen Kämpfer an einen andern Kampfabschnitt zu werfen, die zur Sperrung der beiden schmalen Hohlwege abgestellt waren, durch die, wie sie anfangs meinten, die gesamte Truppe vorstoßen würde. Mit ihrem einzigartigen Bajonettangriff, eine steile und unwegsame Halde hinauf, sollte die 4. Brigade das Treffen entscheiden.

Es war ein großartiges Wagnis. Anfangs rückte sie in völliger Ordnung vor. Hell leuchtend zog sie sich als glitzernde Linie über Hunderte von Metern. Sie umbrandete den Fuß der Hügel, umfaßte sie und begann zu steigen. Bald wandte sie sich nach verschiedenen Richtungen; stieg schräg oder gewunden die Lehnen aufwärts; und nach und nach, auseinandergerissen, zerfiel sie in zahlreiche Teile. Die hoch oben lauernden Sertanejos setzten ihr zu; die Zerklüftungen des Geländes spalteten sie. Die Angriffslinie, allenthalben zerbrochen, zerstückelt in vorwärtstaumelnde Pelotons, verstreute sich tumultuarisch kreuz und quer über die Hänge der *serra* …

Dem Obersten Teles, der die Brigade auf der rechten Flanke des 31. Infanteriebataillons führte, wurde dabei das Pferd unter dem Sattel weggeschossen. Er schwang sich auf ein anderes; sammelte die verstreuten Haufen, worin schon Soldaten beider Bataillone sich mengten; flößte ihnen Mut ein; riß sie fort zum tapferen Ansturm auf die nächst gelegenen Schützenlöcher. Man fand sie verlassen vor, und auf dem Grund eines jeden lagen Dutzende noch warmer Patronenhülsen. Nach ihrer üblichen Taktik schlichen die *jagunços* vor den Soldaten her, wichen zurück, täuschten, bezogen alle Unebenheiten des Geländes ein, verlagerten die Kampfzone, zwangen ihren Feinden alle Beschwernisse einer nutzlosen Verfolgung auf. Binnen kurzem allerdings, als die ersten Stellungen genommen waren, sah man die 4. Brigade die Böschungen erklimmen, die den Hohlweg an jener Stelle einengen. Von dort hinunter stürzten die Toten und Verwundeten, einige bis auf den Grund der Klamm, in welche die sechzig Lanzenreiter und die Artillerieabteilung eingedrungen waren. Diese brachen sich am heftigen Feuer aus den Verschanzungen beiderseits des Flusses wie an einem Stauwehr, unweit der Gabelung der beiden Talengen. An den Böschungen linker Hand war die 5. Brigade, die ebenfalls ihre ursprüngliche Gliederung eingebüßt hatte, in einen ähnlich verworrenen Kampf verwickelt.

Es wurde ein fürchterliches Ringen. Fünf Bataillone schlugen zwischen den Anhöhen um sich, ohne merklichen Gewinn nach vierstündigem Kampf. Erheblich gestiegen war die Zahl der Verwundeten, die zurückgeworfen im Getümmel der Angriffe schwankten und zu Boden fielen oder, auf die Gewehre gestützt, über die Berglehnen irrten, von ihnen herabstiegen, zwischen den umherliegenden Toten hindurch, ohne Ziel.

Unten im engen Talgrund sah man, reiterlos in alle Richtungen stiebend, erschrocken wiehernd, die Pferde der Lanzenreiterschwadron, die ungestüm sich gegen die starke Verschanzung am Fluß geworfen hatte ...

DER DURCHBRUCH

In dieser heillosen Verwirrung erstürmten schließlich einige Züge des 31. Infanteriebataillons in einem beispiellosen Handstreich die höchstgelegenen Schützenstände auf der rechten Talseite. Und deren Besatzungen, abgeschnitten von den rückwärtigen Stellungen auf dem Höhenkamm, räumten unerwartet das Feld. Es war nicht das übliche erschreckende Zurückweichen; es war die Flucht. Dort bekam man die *jagunços* einen Augenblick lang zu sehen, zum ersten Mal: wie sie, über die Höhen verstreut, mit der Waffe in der Hand davonhasteten, abwärts rollten und glitten, verschwanden. Die Soldaten hefteten sich an ihre Fersen; und der Sturmangriff, überall sogleich erneuert und zu einer einzigen Vorwärtsbewegung anschwellend, weitete sich bis zum äußersten linken Flügel aus. Es war der Sieg. Minuten später drängten die beiden

Brigaden, in einem ungeheuren Durcheinander von Bataillonen, die im Laufschritt dahinstürmten, planlos durch die letzte und einzige Barriere des Engpasses.

Die zersprengten *jagunços* indessen fanden nach diesem ersten Fluchtimpuls zu ihrem unerklärlichen Widerstand zurück. Nach Räumung der Stellungen und Freigabe des gefährlichen Wegstücks empfingen sie aus der Ferne die Triumphatoren mit einer langsamen Folge von Schüssen.

General Savaget wurde, ebenso wie ein Adjutant und ein Teil seiner Eskorte, getroffen und vom Pferd geworfen, als er am Schluß der Heeressäule in die rechte der beiden Schluchten einbog und man von weitem schon das Triumphgeschrei der Vorhut vernahm. Wie immer beschnitten die Sertanejos den Erfolg, indem sie unerklärlicherweise aus einem für sie verheerenden Kampf wiederauferstanden. Geschlagen, ließen sie sich nicht zerschmettern. Aus den bisherigen Stellungen vertrieben, verschanzten sie sich in anderen, besiegt und bedrohlich, fliehend und mordend, wie einst die Parther.[21] Immerhin hatten sie eine ernstliche Schlappe erlitten, was allein schon daraus hervorgeht, daß sie der Kolonne, die sie ihnen beibrachte, hernach die Bezeichnung »Kerniges Bataillon« verliehen. Denn das Treffen von Cocorobó, anfangs hin- und herwogend, unentschieden während dreistündiger fruchtloser Schießereien und beendet mit einem vernichtenden Bajonettangriff, war in der Tat ein unerhörtes Wagestück, allenfalls zu rechtfertigen nicht mit der Gefechtsordnung der eingesetzten Truppen, sondern mit ihrer besonderen Veranlagung. In ihren Reihen überwog der Soldat aus Rio Grande do Sul. Und der unerschrockene *gaúcho*, mag er die anhaltenden Prüfungen des Krieges nur schwer ertragen, hat nicht seinesgleichen, wenn es gilt, sich in tollkühne Handstreiche zu stürzen.

Die Infanterie des Südens ist eine Sturmtruppe. Andere mögen sie überbieten an Treffsicherheit und Feuerdisziplin oder im komplexen Zusammenspiel der Manöver. Doch im Gefecht mit der blanken Waffe berennen jene zweifüßigen

Kentauren ihre Gegner so, als wollten sie den dahinschießenden feurigen Rossen der Pampas nacheifern. Und das Glück war ihnen hold bei dem staunenswerten Unternehmen, das sie mit einer Brillanz ohnegleichen ausführten.

Gegen Abend, als die Truppen jenseits der Schlucht ihr Lager aufgeschlagen hatten, zählte man die Verluste: hundertachtundsiebzig Mann waren außer Gefecht, davon siebenundzwanzig gefallen, einschließlich zweier gefallener und zehn verwundeter Offiziere.

Die 6. Brigade, die an der Kampfhandlung nicht teilgenommen hatte, wurde mit der Beerdigung der Toten beauftragt; ihr Lager schlug sie hinter den beiden anderen Brigaden auf, die eine weite, ebene Fläche oberhalb des Weges einnahmen.

Macambira und Trabubú

Von nun an war der Marsch von ständigem Kampf begleitet. Er ging langsam vonstatten. Den ganzen 26. Juni kostete die kurze Strecke bis zur Einmündung des Macambira-Baches in den Vaza-Barrís, wenige Kilometer hinter Cocorobó.

General Savaget gab nunmehr seinen Truppen bekannt, sie hätten am folgenden Tage, dem 27., wie vom Oberkommandierenden befohlen, am Ortsrand von Canudos zu stehen, wo alle sechs Brigaden sich vereinigen sollten, um gemeinsam die Siedlung zu stürmen. Diese mußte ganz in der Nähe sein. Schon erblickte man, über die Kuppen der Bühel verstreut, die strohgedeckten Hütten und ihre oben beschriebene eigentümliche Anlage: inmitten von Schützenlöchern oder Befestigungsgräben, die sich hinter Bromelienbüschen tarnten, Heimstätten und Rückzugswerke zugleich.

An jenem Tage drang die 2. Heeressäule auf den letzten Schritten ihres Marsches, mit der 6. Brigade als Vorhut und dem 33. Infanteriebataillon an der Spitze, in die Außenviertel der ungeheuren Zitadelle ein. Und als kaum zwei Kilometer zurückgelegt waren und das Gros der Kämpfer noch im Lager stand, wurden die Bataillone des Obersten Pantoja, von allen Seiten unter Beschuß, in schwere Kampfhandlungen verwickelt.

Auf der Stelle griff man zu einer Taktik, die am Vortag so erfolgreich gewesen war. Das 26., 33. und 39. Bataillon entwickelten sich zur Linie, fällten die Bajonette und warfen sich voll Ungestüm gegen die Lehnen der Bühel. Wild durcheinander hasteten sie aufwärts. Und ringsumher, nach allen Seiten, gewahrten sie andere Bühel, unzählige andere, die das schrundige Gelände übersäten, auf viele Kilometer in der Runde …

Von allen Kuppen, aus den darüber verstreuten Hütten krachten auf die Angreifer konzentrische Feuergarben. Das Schlachtfeld, von hier an unermeßlich, war wie geschaffen für die Kriegslisten des Gegners: Hatte man irgendeinen Buckel erstiegen, erblickte man Hunderte anderer, die zu erklimmen waren. Stieg man in eine Mulde hinab, geriet man in ein Labyrinth von Gießbachgräben. Die Angreifer würden sich mühsam über die windungsreichen Böschungen schlängeln müssen. Wenige Kilometer vor den Bataillonen lag – nur schemenhaft erkennbar, trübselig wie eine riesige verlassene Schürfgrube – Canudos …

An seiner Flanke war das Gefecht bereits ausgebrochen, und es wurde mit aller Erbitterung geführt.

Binnen kurzem sahen sich die drei Bataillone der Vorhut außerstande, es durchzuhalten: Aus den mit *jagunços* überfüllten Katen, aus allen über die Hügel verstreuten Schützenstellungen drangen konzentrische, zielgenaue Schüsse, die die Soldaten niedermähten.

Eine Kompanie des 39. Bataillons wurde gleich nach Beginn des Angriffs buchstäblich zerrieben, als sie auf eine jener wilden Bastionen stieß. Soeben hatte sie einen Geländebuckel erstiegen und vor einem breiten Graben haltgemacht, als aus den Ritzen der Hütte, die er umschloß, wütende Salven krachten, Volltreffer aus nächster Nähe. Die Kompanie verlor auf der Stelle ihren Chef, verlor gleich darauf nacheinander die beiden ihm nachrückenden Leutnants und eroberte schließlich, stark gelichtet, die Stellung, angeführt von einem Feldwebel.

Aufgrund dieses unvermuteten Widerstandes wurde die eine Brigade, von der maßlosen Weite des Kampfgebietes überfordert, durch die beiden übrigen verstärkt. Nacheinander rückten das 12., 31., 35. und 40. Bataillon zur Verstärkung vor. Mehr als tausend Bajonette, fast die gesamte Heeressäule, waren somit am Treffen beteiligt. Daraufhin wichen die *jagunços* zurück; und mit diesem langsamen Rückzug, von Bühel zu Bühel, von einem Punkt vertrieben, um an dem nächsten wiederaufzutauchen, nötigten sie ihre Feinde zu einem ständigem Auf und Ab, offenkundig mit dem Ziel, sie bis Canudos mitzureißen, wo die Soldaten von den Schießereien erschöpft und gerädert ankämen. Die Verteidiger griffen auf ihre immergleiche Taktik zurück. Das Gefechtsfeld begann unter den Füßen der Angreifer zurückzuweichen. Die jetzigen Bajonettattacken waren keineswegs glanzvoll wie die bei Cocorobó. Was sie stumpf machte, war die Geschmeidigkeit des Rückzugs der *jagunços*. Wenn die Pelotons die Anhöhen stürmten, fanden sie, oben angekommen, keinen einzigen Gegner mehr vor. Sogleich an diesem exponierten Punkt beschossen, der von den Erhebungen, zwischen denen er lag, gut bestreichbar war, eilten die Soldaten in kleinen Gruppen hastig abwärts und suchten im toten Winkel der Täler nach Deckung – um weiter vorn bei einem gleichen, kräftezehrenden Aufstieg sich den gleichen, gefährlichen Kugeln auszusetzen.

Die Truppen begannen, neben zahlreichen Gemeinen, hochrangige Offiziere zu verlieren. Der Kommandeur des 12. Bataillons, Oberstleutnant Tristão Sucupira, brach sterbend zusammen, als er der Vorhut zu Hilfe eilte. Der Chef des 33. Bataillons, Oberstleutnant Virgínio Napoleão Ramos, wurde verwundet und ebenfalls außer Gefecht gesetzt, ebenso wie Hauptmann Joaquim de Aguiar, stellvertretender Kommandeur derselben Einheit. Und viele, viele andere opferten sich in diesem mörderischen Kampf bei Macambira, so genannt nach einem Anwesen in der Nähe; denn das Gelände ließ keine taktischen Kombinationen zu, mit denen die blitzschnellen Finten des Gegners sich hätten parieren lassen, und daher ruhten alle Erfolgsaussichten allein auf der Beherztheit des einzelnen. Manche Offiziere, wie der Flügeladjutant des 32. Bataillons, mehr als einmal ernstlich verwundet, kämpften hartnäckig weiter, taub sogar gegen die Aufforderung der Kommandeure, sich aus den Feuerlinien zurückzuziehen. Diese erstreckten sich über eine Länge von drei Kilometern. Sie flammten auf über den Hügeln, krachten dröhnend in den Tälern und wogten auf Canudos zu …

Die Nacht gebot ihnen Halt. Das Expeditionskorps stand eine Viertelmeile vor der Siedlung. Geradeaus in der Ferne erschienen – hochragend, weißschimmernd im Grau der einfallenden Dunkelheit – die Türme der Neuen Kirche …

Endlich war das Ziel des Vormarschs über Jeremoabo erreicht. Die 2. Heeressäule hatte jedoch einen hohen Preis bezahlt: hundertachtundvierzig Mann außer Gefecht allein an diesem Tage, davon vierzig gefallen, einschließlich sechs gefallener und acht verwundeter Offiziere. Insgesamt beliefen sich die Verluste, die vorausgegangenen mitgerechnet, auf dreihundertsiebenundzwanzig Mann, für kaum drei Meilen Weges, von Cocorobó bis zum jetzigen Standort.

Doch alles verhieß einen lohnenden Ausgang. Die geplante Strecke hatte man in der vorgesehenen Zeit zurückgelegt: Minuten nach Aufschlagen des Biwaks vernahmen die Truppen des Generals Savaget auf der linken Flanke – ein die nächtliche Stille des Sertão zerreißendes und lange von den Ausläufern der Favela-Höhe widerhallendes Donnern – die Kanonade, die zu dieser Stunde von der Vorhut der ersten Heeressäule eröffnet wurde.

Am 28. Juni begann die zweite Heeressäule, zu früher Stunde vorgerückt und zwei Kilometer vor Canudos auf einem Plateau in Stellung gegangen, ihrerseits mit dem Artilleriebeschuß, während die beiden Bataillone der Brigade Carlos Teles zu einer raschen Aufklärungsaktion noch weiter vorstießen. Ein Reitertrupp unter Führung eines dem Heldentod Geweihten, des Fähnrichs Wanderley, erkundete das Gelände auf der linken Flanke bis zur Favela-Höhe, wo zu jener Tageszeit – um acht Uhr früh – das Geschützfeuer mit aller Heftigkeit wiedereingesetzt hatte.

Einen Steinwurf vom Oberkommando entfernt, stand die zweite Heeressäule bereit zum Sturm. Um dorthin zu gelangen, hatte sie siebzig Meilen weit den Sertão durchquert und den Marsch mit einem dreitägigen Kampf beendet.

Sie hatte sich gegen den Feind durchgesetzt; hatte sich auf den Ausnahmecharakter des Kampfes eingestellt; und der unaufhaltsame Schwung der bei Cocorobó eröffneten und bis hierher ungebrochenen Offensive würde sie vielleicht im Triumphzug weitertragen bis ins Zentrum von Canudos, mitten auf den Platz zwischen den Kirchen. Trotz ihrer Verluste war diese Heeressäule zuversichtlich und kampfstark. Der Tagesbefehl vom 26. Juni, in dem ihr Kommandeur den bevorstehenden Sturmangriff bekanntgegeben hatte, den sie gemeinsam mit den Kameraden der 1. Heeressäule vortragen würde, ist aufschlußreich.

Ausgegeben in Trabubú, nach Durchquerung der Engpässe, ist der Tagesbefehl gerade in seiner lakonischen Kürze bedeutungsträchtig. Die begeistert begrüßte Mitteilung bedient sich weniger, doch angemessener und ungekünstelter Worte:

»Feldlager auf dem Schlachtfeld von Cocorobó, 26. Juni 1897.

Kameraden! Soeben erhalte ich vom Herrn General Oberbefehlshaber eine Depesche, die mir meldet, daß wir uns morgen in Canudos umarmen werden. Selbstverständlich können wir uns dieser ehrenvollen Aufforderung nicht entziehen, die uns ein Anlaß berechtigten Stolzes und vollkommener Freude ist.«

Der ersehnte Zusammenschluß der Truppen, als konzentrischer Sturmangriff auf Canudos geplant, sollte freilich außerhalb dieses Brennpunkts des Krieges erfolgen.

Ein unerwarteter Bote

Zur allgemeinen Verblüffung der 2. Heeressäule, deren Soldaten auf die Favela-Höhe starrten, um die Bataillone der 1. Heeressäule die Nordhänge herabsteigen zu sehen, erschien im Feldlager ein Sertanejo, der im Namen des Oberbefehlshabers die Meldung von der bedrängten Lage jener Truppe und die Forderung nach sofortigem Entsatz überbrachte. Die Nachricht war unglaubwürdig und wirkte zunächst wie eine Kriegslist des Gegners. Der Mann wurde festgehalten, bis ein weiterer Bote sie bestätigen würde. Dieser, ein der Pioniertruppe zugeteilter Fähnrich ehrenhalber, ließ nicht lange auf sich warten. Der Oberkommandierende General sandte der 2. Heeressäule einen dringenden Hilferuf. Angesichts des neuerlichen Appells und der ihn ergänzenden Nachrichten setzte sich General Savaget, der zunächst nur eine Brigade samt Munition entsenden und die anderen zur Sicherung der eroberten Stellungen zurückbehalten wollte, mit einem Schwenk nach links in Bewegung, zusammen mit all seinen Leuten. Gegen elf Uhr traf er auf der Favela-Höhe ein, rechtzeitig zum Entsatz der belagerten Truppe.

Ein Feldzugsplan wird zuschanden

Damit jedoch war der gesamte Feldzugsplan auf den Kopf gestellt, und alle Anstrengungen, die der Anmarsch über Rosário ebenso wie der über Jeremoabo gekostet hatte, waren umsonst.

Der Zusammenschluß der beiden Heeressäulen ermöglichte immerhin die Abordnung eines Kontingents zur Wiedergewinnung des weit hinten festgehaltenen Trosses. Der Auftrag erging an Oberst Serra Martins, der auf der Stelle mit der 5. Brigade zur abgespaltenen Nachhut zurückeilte – ein gefährlicher Übergang von einem Gefecht zum andern –, bis nach Umburanas, wo er noch rechtzeitig eintraf, um die Zerschlagung des 5. Polizeibataillons zu verhindern und einen Teil der von hundertachtzig Tragtieren beförderten Lasten zu retten, die über die Wege zerstreut lagen, von den *jagunços* schwer in Mitleidenschaft gezogen.

Dieses geglückte Unternehmen freilich entspannte die bedrängte Lage der Truppe kaum. Flüchtig nur linderte es die Not. Bald festigte sich ein trostloser Zustand voll Widrigkeiten aller Art.

IV.

Eigenartiger Sieg

Der Tagesbefehl zum Einsatz vom 28. Juni nennt dieses Datum eine »von Schrecknissen schwarz umränderte, doch vom Ruhme durchduftete Seite«.

Doch der Rückschlag war eindeutig.

Keineswegs ließ die Geschichte sich täuschen vom Maulheldentum des Besiegten. Das »siegreiche Heer« – ein prächtiger Euphemismus, mit dem die amtlichen Berichte jenes Fiasko verbrämten – zeigte am Abend desselben Tages alle Merkmale eines geschlagenen Haufens. Die Triumphatoren, die keinen Schritt aus der eroberten Stellung riskieren durften, waren in eine kritische Phase des Feldzugs geraten: nach Verlust ihres kriegerischen Schwunges in erfolglosen Treffen oder fragwürdigen Siegen, die Niederlagen gleichkamen und die ebenso ihre Kraft wie ihre Stimmung zermürbten, sahen sie sich aufgelöst, zusammengehalten in gewisser Hinsicht allein durch den äußeren Druck ebendes Feindes, den zu überwältigen ihnen vorher so leicht erschienen war. Zum Heroentum waren sie nunmehr gezwungen. Desgleichen zum Mut, zur schreckdurchschauerten Tapferkeit, zum engen Bund mit dem Entsetzen. Eine ganz besondere Art von Besiegten kreiste die Soldaten ein: Gnadenlose, die ihnen an allen Punkten des ungreifbaren Belagerungsrings zusetzten und die, zu einer unbestechlichen Kontrollinstanz geworden, sämtliche Schlupflöcher für Deserteure verstopften. Gleichviel, ob es ihnen an Mannhaftigkeit gebrach oder nicht, unsere Soldaten konnten unmöglich dieser schlimmen Zwangslage entfliehen, wo Helden und Feiglinge sich gleichkamen.

Die Kriegsgeschichte, von so dramatischer Textur, daß sie bisweilen sich mit den eigenartigsten Antithesen schmückt, wimmelt von großartigen Verklärungen der Angst. Der Verfolgungseifer des Persers bewirkte die heldenhafte Zähigkeit des »Zuges der Zehntausend«;[22] das grausame Wüten der Kosaken schuf die Unsterblichkeit des Marschalls Ney.[23]

Dem haben wir ein ergreifendes Kapitel anzufügen – vergleichbar weniger durch die Großartigkeit des Tableaus als durch die Schärfe des Kontrastes –, denn die grimmige Hartnäckigkeit des *jagunço* läuterte die angeschlagenen Bataillone des Generals Artur Oscar. Dort standen sie also vereint, weil der steinerne Gürtel der Schützenstellungen sie umschloß, unerschrocken, weil ihnen der Rückzug abgeschnitten war; notgedrungen heldenmütig, eingepfercht und durch Kugeln festgenietet auf einem Fleckchen Erde …

Nicht einmal Ansätze zu einem wirklichen Feldlager waren in jener Ansammlung von Brigaden erkennbar. Es wurden keine Zelte aufgeschlagen, die auf der ohnehin beengten Fläche zuviel Platz beansprucht hätten. Die Kampfeinheiten blieben ungeordnet und ungegliedert. Die Truppe – fünftausend Soldaten, über neunhundert Verwundete und Gefallene, mehr als tausend Reit- und Zugtiere, Hunderte von Lasttieren, ohne Flankenschutz, ohne Nachhut, ohne Vorhut – hatte sich vollständig aufgelöst. Die erste Heeressäule hatte an jenem Tage 524 Mann verloren, zusammen mit den 75 des Vortages 599. Die zweite Heeressäule hatte beim Zusammenschluß mit der ersten bereits einen Fehlbestand von 327 Kombattanten. Das ergab insgesamt 926 Opfer. Hinzu kamen zahllose Übermüdete, vom Marschieren Erschöpfte, zahllose Halbverhungerte und eine große Mehrheit Kleinmütiger, die unter dem Eindruck der jüngsten Blutbäder standen und ringsum Kameraden unbestattet liegen sahen, die noch in der Frühe begeistert und kraftvoll aufgetreten waren:

Thompson Flores, gefallen beim verhängnisvollen Kommando über das 7. Infanteriebataillon; Tristão de Alencar Sucupira, der todwund mit der 2. Heeressäule angekommen war; Nestor Vilar, stellvertretender Kommandeur des zweiten Regiments, der mit mehr als zwei Dritteln der Artillerieoffiziere auf dem Feld geblieben war; Gutierrez, Offizier ehrenhalber, ein Künstler, den die finstere Ästhetik der Schlachten dorthin gelockt hatte; Sousa Campos, der eine Minute lang das 14. Bataillon befehligt hatte, und viele andere, Soldaten aller Dienstgrade, die überall umherlagen.

Eine ausgedehnte, weite Gießbachfurche zog sich der Länge nach durch die Talsohle und vertiefte sie. Und die über achthundert Schußverletzten darinnen fügten dem allgemeinen Tumult den herzzerreißenden Ausdruck unheilbarer Leiden hinzu. Jene Bodenfalte mit dem improvisierten Verbandplatz war gegenständlicher Ausdruck des gewaltigen Hiebes, der das Expeditionskorps durch und durch gespalten hatte. Beim Anblick dieses Bildes verzagten auch die Stärksten. Denn schließlich gab es nichts, was für diese Verluste entschädigte, nichts, was diesen Ausgang eines so reiflich geplanten Feldzugs erklärte. Die beiden siegesstolzen und vereinten Heeressäulen standen gelähmt und ohnmächtig vor dieser Wirklichkeit. Die Schriftzüge der hochtrabenden Tagesbefehle verblaßten. Die Truppen befanden sich im Brennpunkt der Kriegsoperationen – und konnten doch keinen Schritt vorwärts oder, schlimmer noch, keinen Schritt rückwärts tun. Verschwenderisch hatten sie über eine Million Kugeln verschossen; in allen Treffen hatten sie den Gegner zurückgeworfen – und empfanden ihn jetzt mit Sicherheit als bedrohlicher denn je, da er, ringsum verteilt, sie gefangenhielt und ihnen den Rückzug versperrte, nachdem er ihren Vorstoß vereitelt hatte.

Und wirklich deutete alles auf eine lückenlose Belagerung. Die 5. Brigade hatte, als sie der Nachhut zur Hilfe eilte, vierzehn Mann verloren. Das 5. Polizeibataillon 45 Mann. Beim Hin- und Rückmarsch über die schanzengesäumten Wege wurden die Soldaten unablässig beschossen.

Die Expedition war inmitten des Rebellengebietes abgeschnitten, ohne die geringste strategische Verbindung zur Operationsbasis in Monte Santo, es sei denn, man sähe den gefährlichen Pfad über Rosário, der von Hinterhalten wimmelte, als eine solche an. Und da die wiedereroberte Bagage aufs äußerste geschrumpft und zu mehr als der Hälfte den Sertanejos in die Hände gefallen oder unbrauchbar geworden war, hatte die Truppe Schießbedarf von in dieser Lage unschätzbarem Wert verloren und zugleich ihre Gegner mit ungefähr vierhundertfünfzigtausend Patronen ausgestattet, genug für eine unabsehbare Verlängerung ihres Abwehrkampfes. Mit dieser Munitionslieferung ergänzte sie die eigenartige Rolle der voraufgegangenen Expedition, die die *jagunços* mit Gewehren ausgerüstet hatte. Diese krachten jetzt von oben auf das Heerlager los. So erstatteten die Besiegten die empfangenen Kugeln zurück, unter wüsten Provokationen, die von den benommenen Siegern nicht beantwortet wurden.

Die Nacht brach herein, ohne daß der Kampf sich legte, ohne die mindeste Feuerpause, die den Truppen eine Korrektur ihrer Aufstellung ermöglicht hätte. Hellglänzender Mondschein enthüllte sie den zielenden *jagunços*; und diese bekundeten mit einer langsamen Folge von Schüssen ihre ringsum lauernde fürchterliche Wachsamkeit.

Ab und zu erwiderte irgendein Soldat disziplinlos das Feuer und schoß aufs Geratewohl in die Luft. Die übrigen, überwältigt von den Strapazen, zusammengesunken über den wahllos verstreuten Bündeln, hingestreckt auf dem harten Boden, lagen unnütz herum, die Gewehre umschlungen …

Beginn einer chronischen Schlacht

Am Abend des 28. Juni begann eine chronische Schlacht.

Von jenem Tag bis zum Abschluß des Feldzugs sollte die Truppe fortwährend im Alarmzustand leben.

Eine jammervolle Zeit der Torturen nahm ihren Anfang. In der Frühe des 29. Juni erwies sich der Mundvorrat der 1. Heeressäule als unzureichend für eine volle Tagesration der Soldaten, die bereits durch einwöchiges Darben entkräftet waren.

Die 2. Heeressäule, wenn auch besser verproviantiert,

hatte, nachdem sie ihre Verpflegung mit der ersten geteilt hatte, nicht mehr genug für die nächsten drei Tage. So griff man gleich zu Beginn dieser außergewöhnlichen Kriegsphase zu den letzten Reserven und schlachtete noch am selbigen Tage die fügsamen Ochsen, die das schwere 32er Geschütz bis dorthin gezogen hatten. Gleichzeitig stand man vor einer anderen, ungemein mühsamen Aufgabe: aus jenem Haufen von Männern und Bagagen eine Armee zu bilden, die aufgelösten Bataillone zu ordnen, die Brigaden wieder aufzustellen, Hunderte von Verletzten zu versorgen, die Toten zu beerdigen und die beschränkte Fläche von den überall verstreuten Gepäckstücken und Lasttieren zu räumen. Diese unerläßlichen Verrichtungen freilich gingen planlos vor sich, überstürzt, von keinem festen Willen geleitet. Die eigentlich sinnvolle Initiative der Kommandeure und selbst der niederrangigen Offiziere, die überall spontan sich einmischten, löste in diesem Falle unzählige Anordnungen für Sofortmaßnahmen aus. So kam es bald dahin, daß die Anstrengungen all dieser Menschen – die kreuz und quer gegeneinanderliefen, improvisierte Schützengräben aushoben, zu Scheinappellen antraten, Gepäckstücke und Leichen fortschleiften, die Maultiere beiseite führten, deren keilförmige Hufe für die am Boden kriechenden Verwundeten eine ständige Bedrohung waren – nicht gebündelt wurden und ins Leere gingen.

Dennoch ließen sich die Soldaten nicht völlig von der Verzweiflung übermannen.

Mit Tagesanbruch faßten sie wieder Mut; und so vielen aufschlußreichen Vorfällen zum Trotz ermaßen sie noch immer nicht ganz die wilde Beharrlichkeit der Sertanejos. Daher keimte wieder in den Gemütern der tröstliche Gedanke an ein baldiges Kriegsende, das eine machtvolle Beschießung durch die Artillerie erzwingen würde, begünstigt durch ihre vorteilhaften Stellungen oberhalb der Siedlung. Es lag auf der Hand, daß ein offen daliegender Sertãoflecken nur wenige Stunden lang dem abwärts gerichteten Trommelfeuer von neunzehn modernen Geschützen standhalten würde …

Doch der erste Schuß schlug in Canudos ein wie ein Kiesel in einen Bienenstock. Das bisher vergleichsweise ruhige Feldlager wurde, wie am Vortag, unversehens mit Salven überschüttet; und wie am Vortag erkannten die Belagerten, daß es beinahe unmöglich war, in die verschiedenen Richtungen zurückzuschießen und den gewaltigen Ring der Angreifer zu bestreichen. Darüber hinaus waren die Gewehrsalven unserer Leute, die, in eine Gebirgsmulde eingezwängt, steil und ungezielt feuern mußten, nicht nur unwirksam, sondern bedeuteten eine sinnlose Verschwendung der knappen Munition. Auch die Kanonade erwies sich als schlechterdings ergebnislos. Wenn die Granaten in den Häusern explodierten, durchlöcherten sie Wände und Decken, wurden aber von den brüchigen Schutzwehren aus Lehm gewissermaßen aufgefangen, so daß sie ohne nennenswerten Zerstörungsradius platzten oder vielfach als Blindgänger liegenblieben, weil der Zünder beim Aufprall nicht reagierte. Deshalb zielte man vorrangig wiederum auf die Neue Kirche, die aus der flachen Häusermasse herausragte, gleich einer erhabenen Bastion. Dort waren die *jagunços* in Stellung gegangen – hinter den Kranzgesimsen der Außenmauern, in der luftigen Höhe der Türme oder darunter in den offenen Spitzbögen der Fenster oder zu ebener Erde hinter den Grundmauern mit ihren Belüftungsluken, die schmal wie Schießscharten waren.

Auf dieses Ziel wurde das 32er Whitworth gerichtet, eigens herbeigeschafft, um die Kirchenmauern zu zertrümmern. Doch an diesem Tage brüllte das Ungetüm umsonst gegen sie an: seine Geschosse pfiffen über ihre Zinnen hinweg. Sie verloren sich im Hüttengewirr. Ein einziges schlug auf dem Vorplatz ein und ließ den Kalk von der Fassade rieseln. Die übrigen gingen fehl. Dieses katastrophale Debüt des Kolosses rührte hauptsächlich von der überstürzten Hast, mit der man ihn bediente.

Es herrschte eine neurotische Exaltation. Das mächtige Stück – die größte Dogge in jener Meute – wurde zum monströsen Fetisch, der uralte, primitive Wunschvorstellungen heraufbeschwor. Atemlos umdrängten es, voll banger Erwartung, Kämpfer jeglicher Art, die kaum an sich hielten vor Enttäuschung über die abweichenden Flugbahnen.

Selbst ein Arzt, Alfredo Gama, konnte nicht dem Drang widerstehen, es abzufeuern, was ihn sein Leben kostete. Die glühenden Gase, die dem stümperhaft abgedichteten Verschluß entströmten, entzündeten ein Pulverfaß in der Nähe, dessen Explosion ihn tötete und einäscherte, ebenso wie den Leutnant Odilon Coriolano samt mehreren Gemeinen.

Der Zwischenfall enthüllt, wie dort gekämpft wurde.

Natürlich blieb das Gefecht ergebnislos, so daß die Kanonade, dröhnend und harmlos, zur gewaltigen Ehrensalve für den Mut der Hinterwäldler wurde.

Als die Nacht hereinbrach, war man in keiner Weise vorangekommen. Jenes Fernduell hatte sich als unzweckmäßig erwiesen, während der Ring aus Feuergarben, nunmehr unübersehbar, allen Soldaten ihre Umzingelung vor Augen führte. Es war in der Tat eine regelrechte Belagerung – obschon verschleiert durch die Ausdünnung der feindlichen Linien, die locker, doch zahlenstark in einem Kreis von unbestimmtem Radius über die Berglehnen verliefen. Eine Brigade, ein Bataillon, ja selbst eine Kompanie wären imstande, durch Lücken zu schlüpfen oder sich durch die Linien mit einer Bajonettattacke hindurchzukämpfen; doch sobald sie stehenbliebe, sähe sie sich erneut umzingelt und auf den Flanken angegriffen, als wären die unerbittlichen Widersacher dem Erdboden entsprossen, um ihnen den Weg zu verlegen. Wieder einmal trat die unwandelbare Taktik der *jagunços* mit all ihrer Schrecklichkeit in jenem hinhaltendem Widerstand zutage, der alle Unebenheiten der schützenden Erde ausnutzte. Die geschmeidige Anakonda rang mit dem mächtigen Stier. War die Beute umklammert, lockerte sie zunächst die Ringe, gönnte ihr die Erschöpfung durch ungehinderte Bewegungen und die Ermüdung durch ungehemmten Lauf; dann zog sie sich zusammen und hielt die Beute wieder fest, schnürte sie ein mit immer engeren Schraubenwindungen, die sie aufs neue löste, um den Stier sich ein weiteres Mal durch Aufwühlen des Bodens mit den Hörnern verausgaben zu lassen; um schließlich erneut ihn an sich zu ziehen, zusammenzupressen, mitzuschleifen – bis zur vollständigen Entkräftung.

Die Rollen waren vertauscht. Die von der modernen Industrie mit Kriegsgerät Ausgerüsteten waren in materieller Hinsicht die Stärkeren und Gewalttätigeren, die durch die Schlünde ihrer Kanonen tonnenweise Stahl auf die Rebellen schleuderten, wogegen diese meisterhaft das Florett ihrer undurchschaubaren Kriegslisten führten. Gerne warfen die Sertanejos ihren Feinden den Köder nutzloser Siege hin, doch wenn diese Sieger, kaum hatten sie den Boden der *caatingas* mit Kugeln bepflastert, ihre Fahnen entrollten und die stillen Einöden mit ihren Morgenfanfaren erfüllten, pflegten die *jagunços,* in Ermangelung dieser Errungenschaften der Zivilisation, zu den Triumphhymnen der Armee mit den krachenden Schüssen ihrer Vorderlader den Takt zu schlagen …

Das Geschützfeuer vom 29. Juni hatte sie nicht wanken lassen. Im Morgengrauen des 30. wurde das gesamte Heerlager überfallen. Es war, wie immer, ein Schock, ein Schlag aus heiterem Himmel, ewige Wiederkehr der gleichen Vorgänge. Danach verkündete man wieder einmal einen Sieg. Die Feinde, die von allen Seiten heranfluteten, wurden nach allen Seiten zurückgeworfen. Doch Stunden später kehrten sie wieder und wurden erneut zurückgetrieben, um binnen kurzem nochmals zu kommen und aufs neue zurückgeschlagen zu werden – ein Hin und Her im rhythmischen Wechsel, gleich dem Kommen und Gehen einer Welle, die eintönig gegen Gebirgsflanken brandet. Die Artillerie verstreute, wie am Vortag, etliche Geschosse über die Dächer im Tal. Dorther und von den nahen Hügeln in der Runde kam ein dünnes Gewehrfeuer, das wie am Vortag, ohne die mindeste Variante, von morgens bis abends auf die Truppe niederging.

Ein unerträglicher Zustand hatte endgültig Platz gegriffen. Der Aufenthalt am Favela-Hügel war überaus mißlich, da er, von den täglichen, gänzlich unnützen Verlusten abgesehen, zusehends die Moral der Expedition zermürbte, ihren Ruf befleckte und ohnehin bald aus völligem Mangel an Munition unhaltbar würde. Der Abzug bedeutete das Verlassen einer Umzingelung, die mit all ihren Unwägbarkeiten gefährlicher war als eine offene Feldschlacht. Von einigen höheren Offizieren wurde daher die einzig ratsame, unabweisbare und dringliche Maßnahme vorgeschlagen: der sofortige Sturm auf die Siedlung.

> »Wie dem auch sei, am 30. Juni waren die Streitkräfte durchaus gefechtsbereit; nach einem mehrstündigen weiteren Trommelfeuer auf Canudos, so meinte man, ließe sich ein Angriff auf die Zitadelle vortragen. Dazu herrschte die größte Bereitwilligkeit unter den Kommandeuren der Heeressäulen, Brigaden und Bataillone sowie bei den unteren Offiziersgraden und bei den Mannschaften, die darauf brannten, den Vaza-Barrís zu erreichen, der in ihren Augen alles das im Überfluß bot, was ihr bedrängter, von allen Seiten bestreichbarer Standort ihnen vorenthielt, wo nicht einmal ausreichend Platz für zweitausend, geschweige denn für beinahe sechstausend Mann war.«*

Der Oberkommandierende General jedoch verschmähte diesen Ratschlag, und zwar

> »in der Annahme, aus Monte Santo werde in Bälde ein Konvoi mit Nahrungsmitteln eintreffen, wie ihm der Quartiermeister versichert hatte, und erst dann, nach dreitägiger Verpflegung mit vollen Tagesrationen, werde er die Bollwerke des Ratgebers stürmen«.

Diesen Konvoi jedoch gab es nicht. Am 30. Juni schickte man

* Oberst Dantas Barreto, *Última Expedição a Canudos.* [Die letzte Expedition nach Canudos].

eine Brigade unter Oberst Medeiros auf den Weg, die ihn in Baixas erwarten und von dort bis zum Feldlager geleiten sollte; als sie aber nichts davon sah, setzte sie den Marsch bis Monte Santo fort, ebenfalls unverrichteter Dinge. Und für das Heer, das schon beim Abrücken der Brigade unter den ersten Stichen des Hungers litt, brach nunmehr eine Periode unbeschreiblicher Entbehrungen an.

Abenteuer der Belagerung: Gefährliche Jagdpartien

Man lebte auf gut Glück, von der Hand in den Mund. Eigenmächtig, ohne die unter den obwaltenden Umständen entbehrliche Förmlichkeit irgendeiner Erlaubnis, brachen die Soldaten, allein oder in kleinen Gruppen, zu gefährlichen Streifzügen durch die Umgebung auf, wo sie die seltenen Mais- oder Maniokäcker plünderten, halbwilde Zicklein jagten, die dort seit Kriegsbeginn sich selbst überlassen umherirrten, und wo sie Rinder einfingen. Diese Jagdpartien ließen sich weder verhindern noch verbieten. Sie waren der letzte Notbehelf. Vom 2. Juli an wurden Lebensmittel – Maniokmehl und Salz, weiter nichts – nur noch an die Kranken ausgegeben. Die Jagdzüge waren daher unumgänglich, trotz höchster Gefährlichkeit. Und die Soldaten, die sich dazu erkühnten – in der Ledertracht des *jagunço*, dem sie die abgefeimte Verschlagenheit ebenso abschauten wie den vorsichtigen Schleichgang, bei dem sie jede Geländefurche zur Deckung nutzten –, ließen sich auf äußerst waghalsige Abenteuer ein.

Die Episoden dieser obskuren und schreckensvollen Phase des Krieges lassen sich nicht im einzelnen darstellen. Der halbverschmachtete Expeditionsteilnehmer irrte, die Patronentasche vollgepropft, unter so vielen Vorsichtsmaßregeln über die Plateaus, als ginge er auf die Löwenjagd. Er tauchte in die wildwuchernden Gebüsche ein, brach sich einen Weg durch das knorrige Unterholz, das mit schneidenden *gravatás* durchsetzt war. So verbrachte er – mit hellwachen Augen und Ohren für die unscheinbarsten Silhouetten und die unscheinbarsten Geräusche – Stunde um Stunde bei dieser kräftezehrenden Suche …

Mitunter war die Mühe vergeblich. Niedergeschlagen und mit leeren Händen kehrte er des Abends zum Lager zurück. Andere, glückloser noch, tauchten gar nicht mehr auf, irregegangen in jenen Ödlanden; oder getötet in irgendeinem blutigen Kampf, von dem man niemals erfahren wird. Denn die *jagunços* legten schließlich Fallstricke aus, denen die Sonntagsjäger, ihren Feinden an Verschlagenheit keineswegs ebenbürtig, nicht auszuweichen wußten.

So geschah es nicht selten, daß der ausgehungerte Kriegsmann, nach Stunden vergeblicher Mühe, endlich das Klingen von Glöckchen vernahm, die man im Sertão den Ziegen anzuhängen pflegt, Vorboten des ersehnten Wildbrets, und so schöpfte er wieder frische Hoffnung.

Für einen Augenblick waren die Strapazen vergessen. Noch behutsamer als bisher pirschte er voran, um die schreckhafte Beute nicht zu verscheuchen, und schlug sich abseits der einsehbaren Trampelpfade tief ins Gesträuch. In Schlangenlinien glitt er langsam vorwärts, den Schellentönen entgegen, die hell und deutlich durch die Stille der Hochebenen drangen. Er schlich weiter, bis er sie aus der Nähe hörte … und war glücklich, wenn er, mochte es auch eine schmerzliche Enttäuschung sein, sie erneut aus der Ferne vernahm, undeutlich, unerreichbar, quer zu den verschlungenen Pfaden. Denn er ahnte nichts von den Gefahren, in die er mitunter hineintappte: Nahebei, im Schutz der *caatinga*, lockte anstelle des scheuen Tieres, finster und tückisch, der *jagunço,* der seinerseits den Soldaten suchte. Das Gesicht am Boden, das Flintenschloß dicht am Bart, schob er sich kriechend durch das Gesträuch, sacht und leise, und ließ bei jeder Bewegung das Glöcklein erklingen, das er sich selbst um den Hals gebunden hatte – statt der Ziege erschien der grausame Ziegenhirt. Die Jagdbeute jagte den Jäger. Dieser, unerfahren, wie er war, wurde für gewöhnlich von einem wohlgezielten Schuß zu Boden gestreckt, es sei denn, er schösse als erster auf die in letzter Sekunde bemerkte Silhouette.

Oder zuweilen fand eine Gruppe von Ausgehungerten auf der Rückseite eines Hügels ein geschlossenes Gatter. Darin eingesperrt mehrere Rinder, ein listig ausgelegter Köder und die Einfriedung eine große Falle. Angesichts dieser unverhofften Entdeckung ließen die Soldaten nur kurz die Augen forschend kreisen. Mit einem Sprung setzten sie über den Zaun, stürzten sich auf die Rinder, schlachteten sie mit einem Stich in den Nacken oder mit der Kugel ... und stoben auseinander, betäubt, aufgeschreckt, eingekreist von einem Gewehrfeuer, das von den schlau in der Nähe errichteten Ansitzen kam ...

Im Lager waren oftmals dichte und anhaltende Schießereien zu hören, wie das Echo von Kämpfen.

Für diese Abenteuer wurden schließlich Regeln aufgestellt. Der tägliche Dienstplan, am Vortag bekanntgegeben, teilte die Bataillone zu den Jagdzügen ein. Diese waren regelrechte Ausfälle aus einer bedrängten Zitadelle. Ruhmlose allerdings. Ein tristes Ausrücken ohne Fahnen und ohne Trompeten durch die unfruchtbaren Einöden. Die feindlichen Linien gaben vor ihnen nach, dünn gesät, unsichtbar, trügerisch. Die abkommandierten Abteilungen glitten durch ihre Lücken. Lange durchkämmten sie das Gelände, dessen verwelkte Flora bereits den Anbruch der regenlosen Jahreszeit spiegelte. Sie erhielten ein Halbdutzend Schüsse von körperlosen Gegnern, die unsichtbar blieben ...

Erschöpft und entmutigt kehrten sie um.

Nur die Lanzenreiterschwadron war einigermaßen erfolgreich. Täglich unternahm sie lange Streifzüge durch die Umgebung. Auf ihren übermüdeten Gäulen, die unter den Sporen lahmten, vollbrachten die *gaúchos* Kunststücke als Lassoreiter. Ohne Rücksicht auf Entfernungen und Gefahren durchritten sie die unbekannte Gegend; und nachdem sie die scheuen Rinder im vollen Lauf zu Boden gerissen hatten, trieben sie die durcheinandertrappelnde Herde allabendlich in ein Gehege seitwärts vom Lager. Die Feinde störten sie bei der Treibjagd. Zu der Mühe, die scheuen Tiere einzufangen, kam diejenige, sie vom Auseinanderlaufen bei plötzlichen Überfällen abzuhalten. Und wenn die Soldaten bei diesen kurzen und heftigen Scharmützeln die aufgeregten, nach allen Seiten drängenden Rinder festhielten und zugleich mit ihrem Kavalleriestutzen die Anschläge aus dem Hinterhalt abwehrten und beim Queren einer Mulde verdutzt in eine Falle gerieten, jäh von oben beschossen, und dennoch niemals die unruhigen Beutetiere aufgaben, sondern sie umkreisten, vorwärtsstießen und am seitlichen Entkommen hinderten – dann vollbrachten sie Wunder an Reitkunst und Tapferkeit.

Das täglich herbeigeschaffte Vieh – acht bis zehn Stück – war jedoch nur ein Notbehelf für jenen Minotaurus mit seinen sechstausend Mägen. Zudem war das Fleisch, salzlos und ohne die geringste Zutat in brackigem, fragwürdigem Wasser gekocht oder auch am Spieß geröstet, beinahe ungenießbar. Es konnte einem sogar den Hunger verschlagen.

Die kleinen Mais- und Bohnenäcker im Schwemmland und die Maniokpflanzugen, die anfangs die Fadheit dieses Wildbrets mildern halfen, waren bald erschöpft. Es wurde erforderlich, andere Nahrungsquellen zu erschließen.

Gleich den unglücklichen *retirantes* griffen die Soldaten zurück auf die Gaben der segensreichen Flora. Sie gruben die Wurzeln der *umbuzeiros* in der Nähe aus, entrissen ihnen die prallen Knollen, lasen die Nüsse der *ouricurís* auf oder zerschnitten die weichen Stengel der *mandacarús* und nährten sich auch von anderen Kakteen, die ihren Hunger und Durst betäubten. Freilich genügten ihnen diese Notbehelfe nicht, die den weniger Erfahrenen sogar gefährlich wurden. Mehrere starben am Gift des rohen Manioks und anderer Wurzeln, die ihnen unbekannt waren.

Schließlich ging selbst das Wasser aus, und seine Beschaffung wurde zu einem hochgefährlichen Unterfangen. Nicht selten lag bäuchlings in den seichten Rinnsalen des Umburanas-Tales, von einer Kugel durchbohrt, ein durstiger Soldat.

Jeder verstreichende Tag verschärfte diese Nöte. Am 7. Juli wurde die Lebensmittelzuteilung an die Kranken eingestellt.

Und diese Unglücklichen, angeschossen, verstümmelt, zerschlagen, fiebergeschüttelt, waren hinfort auf das ungewisse Almosen ihrer eigenen Kameraden angewiesen …

Sinkender Mut

In dem Maße, wie diese Vorgänge sich zuspitzten, lösten sie andere aus, die ebenso bedenklich waren. Die Manneszucht lockerte sich; die Geduld der Soldateska ging zur Neige. Beleidigendes und trotziges Gemurre, gegen das die Offiziere sich taub stellten, da sie es nicht zum Schweigen bringen konnten, kam da und dort auf, ununterdrückbar, unvermeidbar wie das Kollern der leeren Gedärme.

In aufreizendem Gegensatz dazu schienen die in allen Kämpfen geschlagenen Feinde reichlich mit Lebensmitteln versehen, so daß sie von den überfallenen Nachschubkonvois nur die Munition gebrauchten. Die 5. Brigade stieß eines Tages in der Gegend von Baixas, am Wegesrand kurz vor Angico, auf halbverkohlte Mantelsäcke voller Dörrfleisch, auf Berge von Mehl, Kaffee und Zucker, vermengt mit der Asche von Feuern, worin man sie verbrannt hatte. Damit bekundeten die Sertanejos unmißverständlich ihren wilden Kampfesstolz, denn eigentlich waren sie keineswegs üppig genug versorgt, um sich eine solche Handlungsweise leisten zu können. Gewöhnt allerdings an eine Genügsamkeit ohnegleichen, hatten die derben Streiter, die in freundlichen Zeiten einen ganzen Tag lang mit drei Handvoll *paçoca* und einem Schluck Wasser auskamen, im Krieg ihre disziplinsteigernde Enthaltsamkeit verfeinert und demonstrierten eine unvergleichliche Widerstandskraft.

Diese hatten unsere Soldaten nicht, konnten sie nicht haben. Anfangs reagierten sie gut. Dem Hunger gewannen sie eine humoristische Note ab. Sie suchten Zerstreuung bei den gefährlichen Jagdabenteuern oder beim Aufspüren der schäbigen Reste auf den verwahrlosten Äckern. Wenn Alarm geblasen wurde, stürzten sie zu den Feuerlinien, ohne daß der Nahrungsentzug ihrer Verwegenheit Abbruch tat. Doch dann erlahmten ihre Kräfte. Zur physischen Zerrüttung trat die peinigende Ungewißheit der Zukunft. Alle hingen vom Los eines einzigen Truppenteils ab, der 1. Brigade, die sich auf die Suche nach dem Versorgungstroß gemacht hatte und von der man nichts mehr hörte. Jeder Tag, der ohne Nachricht von ihrer Rückkehr verstrich, ließ den Mut der Soldaten noch tiefer sinken. Im übrigen wurde die gnadenlose Hartnäckigkeit der Angriffe unerträglich. Nicht eine Stunde ruhten die Waffen. Plötzliche Anschläge brachen nachts, morgens, tagsüber herein, jedesmal unerwartet, unberechenbar und neuartig; und sie richteten sich bald gegen die Artillerie, bald gegen eine der Flanken, bald, gefährlicher noch, gegen alle Heeresteile zugleich. Dann gellten die Trompeten, die gesamte Truppe nahm schwankend Aufstellung, fast ohne die geringste taktische Gliederung, und focht eine Zeitlang nervös. Die Angreifer wurden zurückgeworfen. Mit einem Mal verfiel die Truppe in die frühere Reglosigkeit. Doch der Gegner blieb dort, wenige Schritte entfernt, in unheimlicher Tuchfühlung mit den Siegern. Der Angriff war vorüber. Doch alle Minute, mit unerbittlicher Präzision, fuhr eine Kugel mitten unter die Bataillone. Die Schüsse änderten nach und nach ihre Richtung, durchliefen allmählich alle Linien, von einer Flanke zur anderen, mit einer weiten und qualvollen Drehung, kamen und gingen, langsam, zogen allmählich einen Schreckenskreis, als erfülle ein einzelner Schütze, von einer fernen Anhöhe herab, die barbarische Pflicht, Scharfrichter einer ganzen Armee zu sein. Und er war es. Die tapferen Krieger, noch atemlos von den Scharmützeln, denen sie sich unerschrocken stellten, erschauderten schließlich unter dem Pfeifen jener vereinzelten

Geschosse, die von ungefähr auf die gewaltige Zielscheibe zuflogen und unter Tausenden von Männern den einen oder andern zum Opfer erkoren …

ÜBERFALL AUF DAS HEERLAGER. DIE »SCHLÄCHTERIN«

So vergingen die Tage in einem Wechsel von kurzen, erbitterten Zusammenstößen und langen, von Schüssen zerrissenen Phasen der Ruhe …

Bisweilen endeten die Überfälle, gegen jede Erwartung, nicht auf der Stelle. Mit einem erschreckendem Crescendo erschütterten sie alle Linien, als wären sie Vorboten einer Schlacht. Bei einem solchen Angriff, am 1. Juli, stießen die Sertanejos mitten ins Feldlager vor, bis zum Kern der Geschützbatterien. Der Haß auf die Kanonen, die Tag für Tag ihre Kirchen zerschossen, trieb sie zu dieser unvorstellbaren Großtat, bei der sie das mächtigste der Geschütze, das 32er Whitworth, von ihnen »Schlächterin« genannt, erbeuten oder zerstören wollten. Freilich waren es wenige, die sich dazu erkühnten. Nicht mehr als elf, angeführt von Joaquim Macambira, dem Sohn des alten Rädelsführers gleichen Namens. Doch gegen die winzige Schar formierten sich ganze Bataillone. Unter Hörnerklängen trug man in dichten Reihen Bajonettangriffe gegen sie vor, als habe man es mit einer Legion zu tun, bis alle *jagunços* dahinsanken, außer einem einzigen, der auf wundersame Weise durch die aufgeregten Reihen entkam.

Die Truppe durfte sich erneut einen wenig schmeichelhaften Sieg an die Fahnen heften und lernte die Unerschrockenheit des Gegners noch höher achten.

Dessen Vorherrschaft wuchs von Tag zu Tag. In immer größerer Nähe entdeckte man den langsam sich schnürenden Ring von Schützengräben, die linker Hand den Weg zur Alten Fazenda versperrten, rechter Hand die Fleischhauerei der Armee bedrohten und die kleine Weidefläche der Zug- und Reittiere beschnitten und rückwärts von Rosário her näher kamen. Die Stoßtrupps, die man zur Eroberung und Zerstörung dieser Linien abkommandierte, eroberten und zerstörten sie ohne weiteres. Mit geringen Verlusten oder gänzlich unversehrt kamen sie zurück. Und Tags darauf erwartete sie die gleiche Aufgabe, denn über Nacht, und immer näher, waren die bedrohlichen Verschanzungen wiederaufgebaut worden.

Während man so die Tage zubrachte, waren die Nächte der Beerdigung der Toten vorbehalten, eine nicht allein traurige, sondern gefahrvolle Pflicht, bei der nicht selten der Totengräber zum Begrabenen wurde, wenn er selbst zwischen Leichen zusammenbrach und ins Massengrab stürzte, das er mit eigenen Händen ausgehoben hatte.

Es versteht sich, daß eine Woche nach Eroberung der Favela-Höhe die Mutlosigkeit allgemein wurde. Erschlaffung auf der ganzen Linie. Selbst die Artillerie, als die Wirkungslosigkeit der Kanonade und die Notwendigkeit sparsamen Umgangs mit der knappen Munition deutlich wurde, gab an manchen Tagen nur zwei oder drei Schüsse ab, zwischen denen lange Pausen lagen.

Die Haltung des Oberbefehlshabers

Man wartete auf die rettende Brigade. Wenn der Feind ihr durch einen Handstreich – wozu er durchaus die Gelegenheit hatte, wiewohl am Ende nicht die Klugheit – den Weg bei Rosário oder Angico abschnitte, wäre die Expedition verloren. So die allgemeine Überzeugung. Die Truppe war in einer Verfassung, die ihr noch eine matte Verteidigung ihrer Stellung erlaubte, doch längstens für weitere acht Tage. Nur die Autorität einer Reihe von Unterführern bewahrte sie vor völliger Auflösung. In einigen Brigaden gelang es, den aufkommenden Disziplinverfall zu meistern und die persönliche

Ergebenheit der Soldaten gegenüber den Kommandeuren zu erhalten.

General Artur Oscar, der sich auf das Verbleiben an dieser Stelle versteift hatte, anfangs geblendet durch die Fata Morgana eines nahenden Versorgungskonvois, rechtfertigte sich nunmehr mit der absoluten Unmöglichkeit jeder Ortsveränderung.

Damit demonstrierte er seine einzige hervorstechende militärische Fähigkeit: die Neigung, sich in einmal eroberten Stellungen festzusetzen. Diese Eigenschaft stand im Gegensatz zu anderen Zügen seines Charakters. Von stürmischem Temperament und lärmender Offenherzigkeit, den Kriegerberuf von der Seite der Ritterlichkeit und des Draufgängertums nehmend, trotz aller Tapferkeit beinahe prahlerisch beim Erzählen atemberaubender Heldentaten, unnachahmlich beim Aushecken von Überraschungsangriffen, in den kritischsten Augenblicken stets zu einer zündenden Redensart aufgelegt, welche die Lage mit heroischer Heiterkeit kraftvoll kommentiert, in einer farbsprühenden und scharfzüngigen und erregten Sprache, immerfort alle unbezähmbare Ungeduld und allen Schwung eines reizbaren und starken Temperaments hervorkehrend – macht dieser General im Krieg, in dem für solche bemerkenswerten Anlagen eigentlich förderlichsten Umfeld, eine Wandlung durch, und zur Verblüffung derer, die ihn kennen, verfolgt er nunmehr eine einzige Taktik: die der Unbeweglichkeit.

Er widersteht; er überlegt nicht.

Unwandelbar unbeweglich vor dem Feind, stört er diesen nicht mit wohlgeplanten Ausfällen und stürmischen Angriffen; er setzt ihm die hemmende Kraft der Trägheit entgegen.

Er will ihn ermüden, nicht bekämpfen; erschöpfen, nicht besiegen.

Beim Führen der Expedition konzentrierte er sich ganz auf die Erreichung des Marschziels: von Anbeginn sorgte er sich ausschließlich um die letzte Phase des Kampfes, unter Hintansetzung aller Zwischenphasen und Voraussetzungen;

und seine eigenwillige Offensive, ohne Operationsbasen und Nachschublinien, sah die Möglichkeit eines Mißerfolgs, die etwaige Notwendigkeit eines Rückzugs, gar nicht vor.

Er hatte nur einen Plan – Canudos erreichen. Alles übrige war zweitrangig. Mit sechstausend Bajonetten an den Ufern des Vaza-Barrís würde er unter allen Umständen die Partie gewinnen, komme was da wolle. Er würde nicht zurückweichen. Er beherzigte, nachdem er eines der Verben ausgetauscht hatte, das klassische Römerwort:

Er kam, er sah, er blieb.

Wenn er am 28. Juni aufgrund einer zu spät korrigierten Fehlentscheidung, der Zurücklassung des Trosses, am Sturm auf Canudos gehindert war, so hätte er ihn, nach Auskunft seiner besten Berater, am 30. unternehmen müssen. Er unternahm ihn nicht. Und das, obschon die beiden Heeressäulen endlich vereinigt waren und Canudos in Reichweite der Mannlicher vor ihnen lag. So ergänzte er den einen Fehler durch den andern, indem er in einer unhaltbaren Lage ausharrte, aus der es, wenn der launische Gang der Dinge es nicht anders fügte, womöglich kein Entrinnen mehr gab.

Trotzdem ließ er den Mut nicht sinken. Er teilte das allen gemeinsame Schicksal, ergeben, stoisch, unbeugsam, unbeweglich …

»Bloß keine weichen Knie! …« war sein Lieblingssatz, den er gerne hinausschleuderte, um wie mit einem Degenhieb den Faden mutloser Kommentare oder entmutigender Hypothesen abzuschneiden.

Doch in Fesseln geschlagen durch eine absonderliche Belagerung, deren Linien sich bei allen Ausfällen elastisch weiteten und danach sich überall gleich wieder schlossen, erschöpft von der Anstrengung, den Gegner zurückzudrängen, ohne ihn je zu überwältigen, in einer prekären Lage, die sich spürbar verschärfte – unter diesen Umständen würde die Truppe nicht lange widerstehen. Ihr schwanden die Kräfte. Schon äußerte sich in bitteren Anspielungen dumpfer Groll gegen jene, die man verantwortlich glaubte für alles Ungemach. Bei diesen Widersetzlichkeiten erkor man sich damals wie später den Quartiermeister zum Sündenbock. Er allein sei schuld, behauptete die allgemeine Gehässigkeit. Man bedachte nicht, daß dieser unlogische Vorwurf ganz auf den Oberbefehlshaber zurückfiel, dessen Freisprechung eine schwerere Schuld voraussetzte: die Vernachlässigung seiner unbedingten Eigenverantwortung als Truppenführer.

In der Tat genoß der Quartiermeister, wie sein langes Verbleiben im Amte zeigt, das volle Vertrauen seines Vorgesetzten. So widmete er sich auf der Favela, in der Hand den fieberhaft geführten Rechenstift, mit dem er gegen die allgemeine Ungeduld focht, fruchtlosen Beschäftigungen: er addierte, subtrahierte, multiplizierte und dividierte; stellte Gleichungen über den Hunger auf; diskutierte verblüffende Lösungen mit imaginären Saumtieren; berechnete das Differential des transzendenten Elends; konstruierte wunderbar abstrakte Formeln über Säcke voll Mehl und Manteltaschen voll Dörrfleisch; dachte sich Nachschubkarawanen aus …

Dies war seine ganze Arbeit. Von der ersten Brigade hatte man keine Nachricht. Die täglich nach Baixas ausgesandten Bataillone fanden auf den verlassenen Wegen nicht einmal eine Spur ihrer Existenz. Eines der Bataillone, das 15., befehligt vom Hauptmann Gomes Carneiro, führte am 10. Juli, bei der Rückkehr von einem erfolglosen Einsatz, als Gipfel der Lächerlichkeit einen Ochsen als Beute mit, einen einzigen mageren, vom Hunger verzehrten, auf dürren Beinen schwankenden Ochsen – ein Scheffel Fleisch für sechstausend Hungernde …

Erneuter Blick auf Canudos

Und über alledem eine niederdrückende Eintönigkeit … Die unveränderte Abfolge der gleichen Szenen, die immer wieder zur gleichen Zeit in der gleichen Weise auf der gleichen Szenerie sich abspielten, vermittelte den erschöpften Soldaten den unbestimmten Eindruck eines Stillstands in der Zeit.

Abends oder tagsüber, in den seltenen Augenblicken einer Feuerpause, zerstreuten sich manche Kämpfer beim Betrachten der unantastbaren Siedlung. Vorsichtig sah man sie quer über die Abhänge durchs Gelände gleiten, Umwege in Kauf nehmen, um hinter einer Deckung zu irgendeinem abgeschirmten Aussichtspunkt zu gelangen, von wo sie Canudos unbehelligt beobachten könnten. Ihre Augen verirrten sich anfangs im Gewühl der Hütten, die dort unten sich abzeichneten. Und sie zählten: tausend, zwei-, drei-, vier-, fünftausend Häuser! Fünftausend Häuser oder mehr! Sechstausend womöglich! Fünfzehn- oder zwanzigtausend Seelen – verborgen in jener babylonischen Wüstung ... unsichtbar! Dann und wann ein Schemen, der über eine schmale Gasse huschte, im Laufschritt, oder eine Sekunde lang, undeutlich und flüchtig, am Rande des großen, leeren Platzes erschien und sofort verschwand. Weiter nichts. Ringsum das geheimnisvolle Panorama einer biblischen Landschaft: die unendliche Schwermut der kahlen, öden, baumlosen Hügel. Ein wasserloser Fluß, der sich dazwischen hindurchwand, wie eine langgezogene, staubige Landstraße. In der Ferne, alles überragend, die Wellenlinie der ebenso wüsten Bergketten, die scharf sich abhoben gegen die helle Grundierung des Horizonts, der jene sonderbare Szenerie einem gewaltigen Rahmen gleich umschloß.

Es war eine Vision. Als wollte die Erde gewisse Stätten für die immergleichen Dramen herrichten, lag dort eine Gegend, die auf geheimnisvolle Weise das einstige Edom[24] heraufbeschwor, jenen sagenumwobenen Landstrich an den südlichen Ufern des Asphaltsees, für alle Zeiten zur Leblosigkeit verdammt durch die Verwünschungen der Propheten und die sengende Glut aus den Ebenen Arabiens ...

Die Siedlung – eine »feste Stadt«, wie der Psalmdichter sagt – machte die Illusion vollkommen.

Bei anbrechender Nacht erhob sich von dort unten – in nachhallenden, volltönenden Schwingungen, die langsam durch die Stille der Einöden wogten, von den fernen Gebirgen zurückfluteten und in vielstimmigem Echo verklangen – das Geläut zur Begleitung des Ave-Maria …

Von diesen ruhigen Tönen und Stimmen geweckt, brüllten die Kanonen auf der Favela-Höhe. Die Flugbahnen der Granaten kreuzten sich über dem schlichten Glockenturm. Um diesen herum zerplatzten die Schrapnells. Doch nach und nach, mit halbminütigen Unterbrechungen durch das Geläut, breiteten sich die leisen Gesänge friedsam aus, den Akkorden des Angriffs zum Trotz. Und in den geheiligten Pausen wich der unerschütterliche Glöckner um keine Sekunde von seinem Rhythmus ab. Nicht einen Ton ließ er aus.

Kaum jedoch war die fromme Pflicht erfüllt und das Echo des letzten Schlages verklungen, läutete dieselbe Glocke mit schrillen Tönen Sturm. Ein Flammenstreif lief über die Dachgesimse der Kirche. Einer brennenden Lunte gleich fiel er auf die Siedlung, erfaßte den Platz, loderte fort zum Saum der Hügel, erklomm sie; und ein heftiger Gegenangriff prasselte dröhnend auf die Truppe. Das Bombardement wurde zum Schweigen gebracht. Stille senkte sich beschwichtigend auf beide Lager. Da hörten die Soldaten, vage und geheimnisvoll, gedämpft durch die dicken Wände des halbzerstörten Gotteshauses, den melancholischen Rhythmus der Gebete …

Mutlosigkeit

Dieser beispiellose Stoizismus beeindruckte und überwältigte die Soldaten; und da der gleiche Aberglaube und die gleiche naive Frömmigkeit in ihrer eigenen Seele nur notdürftig überwunden waren, zauderten sie schließlich vor einem Gegner, der mit der Vorsehung im Bunde stand.

Sie trauten ihm außergewöhnliche Kräfte zu. Selbst den Kugeln, mit denen er schoß, sagte man absonderliche Wirkungen nach. Angeblich zerplatzten sie in der Luft mit einem trockenen, kräftigen Krachen, als zersprängen sie in zahllose Splitter. So entstand das in der Folgezeit geflissentlich kolportierte Märchen von den Explosivkugeln der *jagunços.* Alles sprach dafür. Selbst wenn man von der Hypothese ausging, die Knacklaute rührten von den unterschiedlichen Ausdehnungskoeffizienten der Metallbestandteile des Geschosses, insofern der Bleikern sich schneller ausweitete als der Stahlmantel, blieb die beispiellose Art der Verletzungen ungemein vielsagend: hatte die Kugel aufgrund ihres winzigen Kalibers eine kaum erkennbare Einschußstelle, so zerfetzte sie beim Austritt Gewebe und Knochen und hinterließ ein klaffendes Loch. Diese Tatsachen festigten bei der Soldateska, die das zugrundeliegende physikalische Gesetz nicht erkannte, die Überzeugung, der Gegner sei erschreckend gut gerüstet und lasse sie nunmehr seine raffinierte und gnadenlose Wildheit fühlen.

Es kam zu ersten Desertionen. Zu Desertionen, die Akte des Heroismus waren, schier unfaßbare, hochgefährliche Abenteuer unter den wachsamen, unnachsichtigen Augen des Feindes. Am 9. Juli verließen 20 Mann vom 33. Bataillon ihre Kameraden und tauchten in der Wüste unter. Und einer nach dem andern folgte diesem Beispiel, Tag für Tag, Soldaten, die der Fangschuß des *jagunço* weniger schreckte als die langsame Agonie der Truppe.

Alle Gemüter hatten den beständigen und verzehrenden Wunsch, endlich das unheimliche Gelände an der Favela zu verlassen.

Diejenigen Bataillone, die zu Einsätzen da und dorthin ausrückten, erfüllten ihre zurückbleibenden Kameraden mit Neid. Man neidete ihnen die Gefahren, die Hinterhalte, die Kämpfe. Mindestens gab es für sie die Hoffnung auf zufällige Beute. Für eine Weile entflohen sie dem elenden Anblick, den das Feldlager bot.

Wie in den schlimmen Zeiten sagenhafter Einschließungen, von denen alte Chroniken wissen, erfuhren die alltäglichsten

Nahrungsmittel eine phantastische Teuerung: eine *umbú*-Wurzel oder ein Stück Rohzucker wurden gehandelt wie köstliche Delikatessen. Eine gewöhnliche Zigarette galt als epikureischer Genuß.

Mitunter war von Rückzug die Rede. Das dumpfe Gerücht, von einem namenlosen Verzweifelten einem Kameraden als bängliche Frage zugeflüstert, griff schleichend und hinterhältig unter den Bataillonen um sich, wo es teils heftige Scheltreden und Proteste auslöste, teils vieldeutiges und verfängliches Schweigen. Doch der Rückzug war undurchführbar. Eine leichte Brigade mochte ungestraft die Umgebung durchkämmen, da- und dorthin etliche Schüsse abfeuern und zurückkehren. Nicht so die ganze Armee. Sollte sie es versuchen – mit der Schwerfälligkeit, die ihr die Artillerie, der Sanitätszug und die Bürde von über tausend Verwundeten auferlegten –, wäre die Katastrophe vollkommen.

Ausharren war, trotz allem, die letzte und einzige Möglichkeit.

Sollte allerdings die 1. Brigade weitere acht Tage ausbleiben, wäre auch diese Chance hinfällig. Die *jagunços* durchbrächen schließlich, bei einem ihrer Überfälle, die Feuerlinien der vollständig erschöpften Soldaten …

Die Expedition wird elektrisiert

Am Nachmittag des 11. Juli indessen tauchte unverhofft ein berittener Viehtreiber im Feldlager auf, von drei Kavalleristen bewacht. Er überbrachte ein Schreiben des Obersten Medeiros, worin dieser sein Kommen ankündigte und Truppen zur Bedeckung des von ihm mitgeführten großen Trosses anforderte.

Dies elektrisierte die entkräftete Expedition.

Die Wirkung der Nachricht war unbeschreiblich. Von einem Flügel zum andern durchlief die verheißungsvolle Neuigkeit die ganze Truppe und riß sie mit; und die eingefallenen Gesichter der Kämpfer verklärten sich, ihre gebeugte Haltung straffte sich, und von unermeßlichem Frohmut erfüllt, der sie zu Umarmungen trieb, zu Schreien, zu lautstarken Ausrufen, liefen sie fieberhaft kreuz und quer. Die Fahnen wurden entrollt. Die Trompeten schmetterten den Weckruf. Die Musikzüge aller Einheiten traten an. Hymnen erschollen …

Der rauhe, ledergewandete Viehtreiber auf seinem schweißnassen und keuchenden »Renner«, den langen »Stachelstock« einer Lanze gleich in der Hand, betrachtete verdutzt dies alles. Sein stämmiger, athletischer Wuchs stach ab gegen die ausgemergelten Leiber, von denen es ringsum wimmelte. Er mutete an wie ein kraftvoller Gladiator inmitten aufgeregter Buschmänner.

Die brausende Flut der Jubelrufe wogte bis zur Gießbachrinne, wo der Verbandplatz lag. Die Kranken und Sterbenden ließen ab von ihren Wehklagen – und verwandelten sie in Hurra-Rufe …

Der steife Nordost ließ die Fahnen wehen, und er trug nach Canudos die metallischen Töne der kriegerischen Musikkapellen, vermischt und verquickt mit dem vieltausendstimmigen Triumphgeschrei …

Die Nacht fiel ein. Aus Canudos erhob sich ein lange über die kahlen Flächen schwingendes, volltönendes Klanggewoge, das allmählich die Stille der Einöden verdrängte und nach und nach, von den fernen Gebirgen zurückflutend, zu einem undeutlichen Echo verhallte – das Geläut zum Ave-Maria.

V.

Der Sturmangriff: Zurüstungen

Am 13. Juli kam der Troß auf der Favela an, und am folgenden Tage wurden die Kommandeure der Brigaden im Zelt des seit der Verwundung von Cocorobó darniederliegenden Generals Savaget zusammengerufen, um sich über den Sturmangriff zu verständigen. Das Datum war günstig: ein nationaler Feiertag.[25] Gleich morgens hatte man ihn mit einundzwanzig Salutschüssen begangen. Die vierschrötigen Hinterwäldler wurden in aller Frühe aufgeschreckt, sprangen verdutzt und schlaftrunken aus den Hängematten und von den elenden Bettstellen – weil vor etwas mehr als hundert Jahren ein paar Träumer von Menschenrechten gesprochen und für die wunderbare Utopie der Brüderlichkeit unter den Menschen gestritten hatten …

Für den Angriff auf Canudos war es höchste Zeit.

Der zurückgekehrte Kommandeur der 1. Brigade berichtete, an der vorgeblichen Operationsbasis sei nichts vorhanden. Er habe sie von allem entblößt gefunden, so daß er die mitgebrachte Maultierkarawane nur unter großen Schwierigkeiten habe zusammenstellen können. Dieser Nachschub aber werde bald verzehrt sein, und dann werde sich die gleiche kritische Lage einstellen wie zuvor.

Man hielt Rat. Die Ansichten, die nur in Einzelheiten auseinandergingen, stimmten in dem Plan überein, mit großen Truppenmassen auf einer einzigen Flanke anzugreifen. Die Befehlshaber der 3., 4. und 5. Brigade sprachen sich dafür aus, zunächst die Favela zugunsten einer weiter vorgeschobenen Stellung aufzugeben, von der man die Offensive eröffnen solle. Die übrigen Befehlshaber, bestärkt von den drei Generälen, vertraten dagegen die Ansicht, der Verbandplatz, die Artillerie sowie zwei Brigaden zu ihrer Sicherung müßten unbedingt auf der Favela bleiben.

Dieser Vorschlag, der letztlich kaum von dem ersteren abwich, setzte sich durch. Man fiel in einen alten Fehler zurück. Wiederum stellte man der Behendigkeit des Feindes die schwerfällige Wucht der Brigaden entgegen. Hartnäckig hielt sich in den meisten Köpfen, wie man sieht, die Weigerung, eine Maßregel zu ergreifen, die der Feldzug von Anfang an erforderte: die Teilung der kämpfenden Einheiten. Dies würde einen Doppelangriff ermöglichen – von rechts über den aus Jeremoabo kommenden Weg und von ganz links über die Hügelausläufer bei der Alten Fazenda, mit der Artillerie in der Mitte, die ihre Stellung beibehalten und Canudos bombardieren würde. Ein solcher Plan mußte sich intuitiv und gebieterisch als einzig denkbare Lösung auch dem flüchtigsten Beobachter des Kriegsschauplatzes aufdrängen. Man dachte jedoch nicht daran, den Kriegsschauplatz wirklich zu beobachten. Der beschlossene Plan war schlichter. Die beiden angreifenden Heeressäulen würden, vom Feldlager gesehen nach rechts, einen Flankenmarsch von beinahe zwei Kilometern unternehmen, den, wie sie als sicher annahmen, der Feind nicht stören würde, um dann linker Hand abzuschwenken zum Vaza-Barrís. Von dort würden sie mit einem nochmaligen Schwenk nach links geradewegs bis zum Kirchenplatz vorwärtsstürmen. Das anfängliche Umgehungsmanöver nähme schließlich eine geradlinige Stoßrichtung an. Doch selbst wenn die Soldaten erfolgreich wären und den *jagunços* eine vollkommene Niederlage beibrächten, stünde diesen nach drei Himmelsrichtungen der Rückzug offen. Unbehelligt könnten sie sich zu den uneinnehmbaren Stellungen im Caipã-Gebirge oder anderswo absetzen, um von dort den Widerstandskampf zu erneuern.

Dieser war mit Sicherheit und unter allen Umständen vorauszusehen.

Die jüngsten Ereignisse redeten eine deutliche Sprache. Ein zweiwöchiges Trommelfeuer auf Canudos und frischer Nachschub für die Regierungstruppen hatten die Sertanejos nicht zermürbt. Sie gingen daraus gestärkt hervor. Am 15. Juli sah man sie – als wollten sie die Ankunft des Versorgungstrosses dreist parodieren – in Scharen, samt Frauen und Kindern, rechts am Feldlager vorüber zahlreiche Rinder zur Siedlung treiben. Das gegen sie ausgeschickte 25. Bataillon vermochte sie nicht einzuholen. An ebendiesem Tage durften die Expeditionsteilnehmer, gesättigt und von neuer Hoffnung auf einen baldigen Sieg beflügelt, in ihren eigenen Stellungen nicht frei umherwandeln. Der Übergang von einer Zeltsiedlung zur andern war der Tod. Von Kugeln getroffen, fielen der Oberfeldwebel des 9. Bataillons und mehrere Gemeine. Bei einem Überfall auf das weidende Vieh, einen Steinwurf von der 2. Heeressäule entfernt, erbeuteten die *jagunços* mehrere Reit- und Zugtiere, ohne daß es dem umgehend abkommandierten 30. Infanteriebataillon gelang, sie den Feinden wieder abzujagen. Diese demonstrierten am 16. Juli die gleiche herausfordernde Kühnheit gegen die wohlverproviantierte Armee. Alle Linien nahmen sie unter Feuer. Die Pionierabteilung mußte, um kleinere Erkundungen in der näheren Umgebung durchzuführen, auf ständige Kämpfe gefaßt sein und bedurfte daher des gewaltigen Geleitschutzes zweier Einheiten, des 7. und des 5. Bataillons.

Dieses Vorgehen zeigte die *jagunços* zu energischer Gegenwehr entschlossen; und da man ihre Kräfte und Mittel nicht kannte, hing der Erfolg des geplanten Angriffs von einer wesentlichen Bedingung ab: daß nicht sofort die gesamte Truppe eingesetzt würde, wozu im übrigen die Kampfzone gar nicht geeignet war. Sie schien zwar, von der Favela-Höhe gesehen, leichtesten Zugang zu gewähren. Doch das Gelände, von Gießbachrinnen zerklüftet und von welligen Büheln übersät, machte ein rasches Entwickeln der Kolonnen unmöglich; vielmehr ließ es im voraus die Hindernisse erkennen, die einen massierten Angriff zwangsläufig aufhalten würden, und legte von sich aus, als einziges Korrektiv gegen die schwierige Bodengestaltung, die zerstreute Kampfordnung nahe. Doch wäre diese Fechtart nur dann vertretbar, wenn man den Plan zu dem massenhaften Ansturm gegen die

Hügel vollkommen aufgäbe und wenn die Schlacht ein Vorspiel bekäme in Gestalt einer vorbereitenden Kraftprobe oder einer entschlossenen Erkundungsaktion, ausgeführt von einer einzigen, frei ausschwärmenden Brigade, unbeschwert von der hinderlichen Beengtheit geschlossener und somit wirkungsloser Formationen. Dieser kämpfenden Vorhut, in dem Maße wie sie vorrückte und die auf allen Anhöhen und allen Hängen angelegten Verschanzungen unter Beschuß nähme, würden allmählich die übrigen Brigaden folgen, um sie an den geeignetsten Stellen zu unterstützen, bis schließlich alle Einheiten ganz natürlich, dem zurückweichenden Gegner auf den Fersen, sich innerhalb der Siedlung vereinigen würden. Man schickte sich an, das Gegenteil zu tun. Der Oberbefehlshaber fiel von einem Extrem ins andere. Aus der Erstarrung ging er zum Sprung über, aus der völligen Trägheit zu ungestümer Beweglichkeit. Die lähmende Zögerlichkeit, die ihm auf der Favela die Hände band, vertauschte er mit der aberwitzigen Besessenheit der Vorstöße. Diese stehen in den Kampfinstruktionen vom 16. Juli im Vordergrund. Darin spiegelt sich, während alle Vorkehrungen für einen erfolgreichen Ausgang des Gefechtes zurücktreten, die vollkommene Fixiertheit auf heftige Stoßangriffe: mehr als dreitausend Bajonette sollten sich als ein Strom aus Eisen und Flammen durch das trockene Bett des Vaza-Barrís ergießen …

> »Nach erfolgtem Angriffssignal geht niemand mehr dem feindlichen Feuer aus dem Weg. Ohne mit der Wimper zu zucken, wird mit größter Wucht gestürmt. Nach jeder Angriffswelle sucht jeder Soldat seine Kompanie auf, jede Kompanie ihr Bataillon, und so fort.«

Diese Anordnungen gaben verbreitete Stimmungen wieder. Damit vertrugen sich keine ausführlichen, konkreten Gefechtskombinationen, sorgsam erarbeitet und abgestimmt auf die außergewöhnlichen Umstände des Umfelds und des Gegners. Der lang aufgestaute Groll über vorangegangene Mißerfolge verlangte nach fulminanten Vergeltungsschlägen. Man mußte die Banditen zu Paaren treiben, so daß sie nicht wußten, wie ihnen geschah, und sie ein für allemal, schlagartig, in der Höhle von Canudos mit dem Gewehrkolben zermalmen.

Der Tagesbefehl vom 17. Juli, der den Angriff auf den 18. festlegte, wurde mit rasendem Jubel begrüßt. Unter Berufung auf die vorangegangenen Großtaten ließ der Oberbefehlshaber sich zu einer gewagten Schlußfolgerung hinreißen: Er blätterte eine Seite der Zukunft auf und stellte den Kriegern die Fata Morgana des Sieges vor Augen.

»Wackere Offiziere und Mannschaften der Expeditionsstreitkräfte im Hinterland des Staates Bahia!

Von Cocorobó bis hierher hat der Feind eurer Tapferkeit nicht standhalten können. Das bezeugen die Gefechte von Cocorobó, Trabubú, Macambira, Angico, zwei weitere auf der Favela-Höhe sowie die beiden Überfälle, die der Feind gegen die Artillerie geführt hat.

Wir werden ihn morgen in seiner Zitadelle Canudos niederringen. Das Vaterland hat seine Augen auf euch geheftet und erwartet alles von eurer Tapferkeit. Der hinterhältige Feind, der uns nicht offen entgegentritt, der uns unsichtbar bekämpft, hat dennoch empfindliche Verluste hinnehmen müssen. Er ist demoralisiert, und wenn ihr also …«

Halten wir einen Augenblick ein vor einem verfänglichen Bedingungssatz, demzufolge der Tagesbefehl, der am 17. Juli unter Beifall verlesen wurde, am Abend des 18. hätte für ungültig erklärt werden müssen.

»… wenn ihr also Durchhaltevermögen beweist, wenn ihr ein weiteres Mal zu den Tapfersten aller Zeiten gehört, wird Canudos morgen in eurer Hand sein; dann können wir uns der verdienten Ruhe überlassen, und das Vaterland wird euch Dank für eure Opfer wissen.«

Canudos würde einen Tag später fallen. Sein Schicksal war besiegelt. Selbst der Gegner schien von dem heroischen Entschluß zu wissen. Er hatte die entnervenden Beschießungen eingestellt. Dort unten verkroch er sich, furchtsam und reglos, am Vortag der Schlacht besiegt. Das Feldlager wurde nicht mehr behelligt. Des Nachmittags spielten die Blaskapellen aller Einheiten bis Sonnenuntergang ihre wohltönenden Akkorde.

Angriffsplan

Man entwarf den Angriff. Rund tausendfünfhundert Mann unter dem Oberbefehl des Generals Savaget sollten auf der Favela bleiben und die dortige Stellung halten: die 2. und die kürzlich gebildete 7. Brigade unter den Obersten Inácio Henrique de Gouveia und Antonino Nery sowie die Artilleriebrigade, die den Angriff mit einem kräftigen Bombardement unterstützen sollte.

Die 1. Heeressäule unter General Barbosa würde als erste ins Gefecht marschieren, unmittelbar gefolgt vom Kavallerieflügel und einer Geschützabteilung mit zwei 7,5er Krupp-Kanonen. Die 2. Heeressäule sollte die Nachhut bilden.

Zum Einsatz kamen 3349 Mann, auf fünf Brigaden verteilt: die 1. unter Oberst Joaquim Manuel de Medeiros, die aus nur zwei Bataillonen bestand, dem 14. und dem 30., jeweils befehligt von Hauptmann João Antunes Leite und Oberstleutnant Antônio Tupí Ferreira Caldas; die 3. Brigade unter Oberstleutnant Emídio Dantas Barreto umfaßte das 5., 7., 9. und 25. Bataillon, die alle von Hauptleuten geführt wurden, Antônio Nunes de Sales, Alberto Gavião Pereira Pinto, Carlos Augusto de Sousa und José Xavier dos Anjos; die 4. Brigade des Obersten Carlos Maria da Silva Teles bestand aus dem 12. und dem 31. Bataillon, die jeweils kommandiert wurden von den Hauptleuten José Luís Buchelle und José Lauriano da Costa; die 5. Brigade des Obersten Julião Augusto da Serra Martins, der den verwundeten General Savaget in der Führung der 2. Heeressäule abgelöst hatte, unterstand dem Kommando von Major Nonato Seixas und setzte sich aus dem 35. sowie dem 40. Bataillon zusammen, an deren Spitze Major Olegário Sampaio und Hauptmann J. Vilar Coutinho standen; und schließlich die 6. Brigade des Obersten Donaciano de Araújo Pantoja mit dem 26. und dem 32. Bataillon, befehligt jeweils von Hauptmann M. Costa und Major Colatino Góis. Das 5. Polizeibataillon aus Bahia, angeführt von Armeehauptmann Salvador Pires de Carvalho Aragão, begleitete als selbständiger Truppenteil die 2. Heeressäule.

Während das Gros der Expedition den Angriff vortrug, sollte Oberstleutnant Siqueira de Meneses rechter Hand ein leichtes Ablenkungsmanöver durchführen und mit einem kleinen Trupp die Hügelausläufer bei der Alten Fazenda stürmen.

Unter den zum Angriff eingeteilten Kämpfern gewahrte man etliche, für die der Sertão von Canudos ein recht bescheidener Schauplatz war:

Carlos Teles, dessen einsamer Stolz unter dem Büßergewand der Uniform blutete, erinnerte an die herrliche Episode der Belagerung von Bagé; Tupí Caldas, nervös, umtriebig und streitlustig, besaß einen beneidenswerten Nimbus von Tapferkeit, den er aus dem blutigen Treffen von Inhanduí[26] gegen die Föderalisten des Südens mitgebracht hatte; Olímpio da Silveira, der Chef der Artillerie – eine statuenhafte Erscheinung, mit seinem bronzefarbenen, von starren Furchen gezeichneteten Antlitz –, war das seltene Beispiel eines bescheidenen Kämpfers, der, unempfindlich gegen den Ruhm wie gegen den Feind, geradlinig seinen Lebensweg durch alle Schlachtgetümmel ging, als gehorche er einer unentrinnbaren Schicksalsmacht. Die weniger hohen Dienstgrade bestanden aus einem jungen Offizierskorps, ruhmbegierig, risikofreudig, stürmisch, heiter, unerschrocken: Salvador Pires, Kommandeur des 5. Polizeibataillons, das er persönlich aus stämmigen Dörflern vom Rio São Francisco gebildet hatte; Wanderley, zum Heldentod bestimmt in der letzten Phase eines tollkühnen Vorstoßes; Vieira Pacheco, der furchtlose Gaucho an der Spitze der Lanzenreiterschwadron; Frutuoso Mendes und H. Duque-Estrada de Macedo Soares, die Stein für Stein die Neue Kirche zertrümmern sollten; Carlos de Alencar, dessen Kommando mit dem Tode aller Soldaten seines Kavallerieflügels enden sollte; und andere …

Sie alle sahen voll Ungeduld dem Kampf entgegen. Denn dieser Kampf war der entscheidende Sieg. Nach alter Sitte baten die Streiter ihre auf der Favela zurückbleibenden Kameraden, sie möchten bei ihrer Rückkehr von dem anstrengenden Einsatz das Mittagessen bereithalten …

Der Zusammenstoss

Am 18. Juli setzten sich die Truppen noch vor Tagesanbruch in Bewegung. Ein Stück weit marschierten sie rechter Hand rückwärts, geradewegs gegen Morgen, hügelabwärts zum Weg nach Jeremoabo. Bald darauf vollführten sie einen Linksschwenk, weiterhin abwärts, zum Ufer des Vaza-Barrís. Das Manöver, im üblichen Tritt, ging ruhig vonstatten, ohne die mindeste Spur vom Feind, als ließe sich dieser von dem Umgehungsmarsch überrumpeln. Nur die beiden Krupp-Geschütze, die auf dem kaum planierten Wege mühsam ächzten, hielten die Armee mitunter auf. Es waren dies jedoch kurze, flugs behobene Stockungen. Der stampfende Schritt der Angreifer hallte dumpf, drohend, ununterbrochen …

Das Land erwachte traurig. Die Vögel hatten die seit nahezu einem Monat von Kugeln gepeitschten Lüfte schon lange erschrocken verlassen. Stumm ging der leuchtende Morgen auf. Allmählich enthüllte sich schweigend und wüst die Landschaft: kahle Hügel, kleine Hochplateaus, entlaubte *caatingas*, die schon im Juli »sich verfärbten« und mit ihren großen dunkelbraunen Flecken das allmähliche Umsichgreifen der Dürre anzeigten. Die wellige Ebene, die sich nordostwärts bis zum Fuß des Canabrava-Gebirges dehnte, nordwärts in der unbestimmten Weite verschwamm, im Süden an die Favela stieß, türmte sich gegen Westen zu immer höheren Gebirgsmassiven, bis zu den fernen Zinnen des Cambaio. Der Vaza-Barrís, in vereinzelte Pfützen zerfallen, durchzog das Hügelland mit schweifenden Kehren. In einer von diesen bog er, bisher stracks nach Westen gerichtet, schroff nach Süden ab und wandte sich nach wenigen hundert Metern ostwärts,[27] in gänzlicher Umkehrung der vorigen Richtung, so daß er eine unvollkommene Halbinsel bildete, an deren Ende die Siedlung lag. Daher brauchten deren Verteidiger nur die beiden nahen, parallelen Äste der Flußschleife durch Verschanzungen zu verbinden, gewissermaßen als Sehne des gewaltigen Ringgrabens, um dem gesamten Angriff die Spitze abzubrechen. Denn dessen Stoßrichtung würde normalerweise auf ebendie Sehne zielen und somit die Bogenhöhe jenes riesigen Halbkreises bilden: Die Angreifer würden, nachdem sie die Senke diesseits von Trabubú gequert und trockenen Fußes den Vaza-Barrís durchschritten hatten, ein weiteres, letztes Mal einen Schwenk nach links vollziehen und dann zum frontalen Stoßangriff ansetzen.

Bevor sie jedoch diese Wendung vollzogen hatten, verlegte ihnen der Feind den Weg. Es war sieben Uhr früh.

Auf die Kundschafter fielen die ersten Schüsse, als sie die Böschung am linken Flußufer erklommen. Dort in der Nähe wölbte sich das Gelände zu einem Hügel, bis zur Kuppe überzogen mit unregelmäßigen, steinernen Verschanzungen, die an eingefallene, mörtellose Mauern erinnerten. Canudos, tausendfünfhundert Meter vor ihnen, versank in einer tiefen Mulde, so daß man, knapp über die Anhöhen hinweg, gerade die Spitzen der beiden Kirchtürme erspähen konnte. Zwei drohende, hochragende Kreuze, die sich deutlich in der aufgehenden Morgenhelle abhoben …

Die attackierte Vorhut, eine Kompanie des 30. Bataillons, schoß zurück, ohne stehenzubleiben, beschleunigte vielmehr den Schritt, während der Hauptteil der 1. Brigade samt vier Bataillonen der 3. in dichten Reihen das Flußbett erreichte und es durchquerte.

Die ganze 1. Heeressäule betrat vereint die Kampfarena.

Die Kampflinie

Die kurzen Stockungen beim Transport der beiden Krupp-Geschütze hatten die Nachhut zu gelegener Stunde aufgehalten. So kam es, daß die schweren Nachteile einer drangvollen Truppenballung sich in Grenzen hielten und General Barbosa versuchen konnte, Ansätze einer Gefechtsordnung zustande zu bringen: Die 1. Brigade sollte sich nach rechts, die 3. nach links zur Schützenlinie entwickeln, während der Kavallerieflügel auf der äußersten rechten Flanke mit verhängten Zügeln vorpreschen sollte, um deren Einkreisung zu verhindern.

Doch diese ganze Truppenbewegung wurde, wie zu erwarten, mangelhaft ausgeführt. Zum einen fand sie unter den Augen des Feindes statt, zum andern auf untauglichem Gelände. Diesem fehlten die wesentlichen physischen Voraussetzungen für die gewählte Taktik. Die geplante Kampflinie, die aus einer raschen Entwicklung der Brigaden auf einer Länge von zwei Kilometern hervorgehen sollte, würde, bedingt durch die Höhenunterschiede zwischen Hügelkuppen und Talsohlen, in verschieden hoch gelegene Abschnitte zerfallen; und da die Kampflinie sich keinesfalls mit der nötigen Geschwindheit herstellen ließ, um eine Übergangszeit des Ungleichgewichts und der Schwäche möglichst abzukürzen, in die alle kämpfenden Einheiten zwangsläufig geraten würden, wenn sie sich aufteilten und somit dem Gegner bis zum Erreichen einer neuen Gefechtsstellung die Flanke darböten, war die angestrebte Schlachtordnung undurchführbar.

Undurchführbar und hochgefährlich. Das besagten alle handgreiflichen, konkreten Umstände dieses Gefechtes, von der rauhen Topographie bis zur jäh entfalteten unerhörten

Energie des Gegners, der gleich in den ersten Minuten die gesamte Angriffsspitze mit undurchdringlichem Sperrfeuer belegte. Dasselbe offenbarten die unmittelbaren Folgen der Offensive. Die Soldaten – vorwärtsstürmende Bündel von Bajonetten – stießen gegen die Flanken der Hügel, umgingen sie, erklommen sie mühsam, so daß die Schützenlinien sich atemberaubend auseinanderzogen. Doch alles ohne die Beharrlichkeit und Geschwindheit, welche die geplante Taktik erheischte. Nicht nur, daß die Umsetzung dieser Taktik, die entscheidend gewesen wäre, mißlang, sie wurde auch sogleich in zahlreichen Einzelheiten abgewandelt, die nebensächlich sein mochten, doch die beginnende Kopflosigkeit der Truppen anzeigten. Dem ursprünglichen Befehl zuwider begann anstelle der 1. Brigade die 3. auf der rechten Flanke des 30. Bataillons zu kämpfen. Das 9. Bataillon, auf der äußersten Linken, war in den Graben des Flußbettes abgeglitten, worin es, als es vorzurücken begann, von beiden Ufern heftig beschossen wurde, während das 25. Bataillon, das 5. und der rechte Flügel des 7. mühsam den Angriff im Mittelabschnitt trugen.

Unter feindlichem Beschuß und in solchem Gelände war nicht daran zu denken, sich zur zerstreuten Kampfordnung auseinanderziehen. Die Züge, Kompanien, Bataillone, die nach rechts, in die einzige zum Aufmarsch geeignete Richtung, abgeordnet wurden, stolperten in ein Labyrinth von verschlungenen Gießbachrinnen und fühlten sich bald verwirrt, getäuscht, verirrt, ohne die übrigen Kameraden zu sehen, ohne auch nur die durcheinander tönenden Hornsignale unterscheiden zu können. Bisweilen, benommen von den vielen Windungen, bewegten sie sich rückwärts, im Glauben vorzurücken, und stießen nicht selten nach wenigen Schritten unverhofft auf andere Züge, andere Kompanien, andere Bataillone, die ihnen im Laufschritt entgegenkamen …

Sie verwickelten sich. Der General selbst, der die Truppen in solche Kaudinischen Pässe[28] geworfen hatte, verstieg sich später, als er im überreichen Wortschatz unserer Sprache keine gediegene Bezeichnung für den Wirrwarr des Kampfes fand, zu einem barbarischen Gaucho-Wort – die Streitkräfte »verwurstelten sich ...«

Als daher nach Verlauf einer halben Stunde die 2. Heeressäule eintraf, waren die Verluste bereits empfindlich. Zwei weitere Brigaden griffen in die Kämpfe ein, die 4. und die 5., wobei nur eine, die 6., als Reserve im Hintertreffen blieb, unmittelbar dem Befehl des Oberkommandierenden unterstellt. Die neu angekommenen Truppen sollten sich, dem einzigen von den Umständen aufgenötigten Plan gemäß, weiter nach rechts auseinanderziehen; damit würden sie nicht nur das gesamte Vordertreffen des Feindes aufhalten und ihm jedwedes Umfassungsmanöver vereiteln, sondern der Armee gleich darauf den endgültigen Sturmangriff in konzentrischen Vorstößen ermöglichen, wozu die Kampfstätte selbst die Anregung gab, da sie sich als riesiger Kreisausschnitt darbot, dessen Radien auf dem Kirchenplatz zusammenliefen. Doch nicht einmal dieses, übrigens schlichte, taktische Konzept wurde in die Tat umgesetzt. Als die zu Hilfe kommenden Brigaden unter ohrenbetäubendem Kugelhagel das Getümmel erreichten, konnten sie sich an keinerlei Plan mehr halten – etwa indem sie sich ihren Vorgängern anschlössen, deren Schlagkraft erhöhten, sie an ihren Schwachstellen verstärkten oder ihre Manöver ergänzten; oder auch, indem sie die äußersten Flügel ausbauten und verlängerten, um gegen die rohen Feinde die machtvolle und pulsierende, eisenstarrende Angriffsfront zu erweitern.

Oberst Carlos Teles äußerte unverblümt in seinem späteren Gefechtsbericht, einem nie angefochtenen Dokument, er habe bei seinem Eintreffen die kämpfenden Truppen nicht in den gehörigen Aufstellungen vorgefunden.

»Dennoch gab es zum damaligen Zeitpunkt nur eine Pflicht: vorgehen und angreifen ...«

Sie gingen vor und griffen an.

Es war acht Uhr morgens. Der prächtige, warme Morgen,

typisch für jene Sertãostrecken, verströmte ein herrliches, funkensprühendes Licht, das von der entblößten und quarzreichen Erde zurückflutete … Wenn daher, wie geplant, die Truppe diesem Geflimmer das metallische Blitzen von dreitausend Bajonetten hinzufügte, entstünde eine Szene von erhabener Majestät.

Doch es bot sich ein klägliches Bild. Zehn Bataillone stolperten durcheinandergewürfelt die Hügel hinunter. Füllten die Senken. Erklommen die sie einengenden Böschungen. Wimmelten auf den Hügeln und glitten wieder abwärts, lärmend und in wilder Hast, um weitere Hügel zu stürmen, die zahllos weit und breit aufeinanderfolgten – ein Auf und Ab von Menschenwogen, die aufgewühlt, entfesselt, brausend gegen die Erhebungen brandeten, in den kleinen Ebenen ausliefen, an den Böschungen schäumten, in den Schluchten sich stauten …

Die *jagunços* in der Runde nahmen die Truppen unter Feuer, unsichtbar, wichen vielleicht zurück, sammelten sich vielleicht an deren Flanken, um vielleicht sie einzukreisen …

Nichts war vorherzusehen. Zwar machten die Soldaten von Anbeginn tapfer Geländegewinne. Eine Höhe nach der anderen nahmen sie ein. Alle Augenblick betraten sie den Rand eines neuen Schützengrabens und fanden auf dessen Boden noch heiße Patronenhülsen, die ihnen anzeigten, daß der Feind soeben geflohen war. Nach einiger Zeit jedoch hatten sie den Überblick über die eigentliche Richtung ihres Angriffs verloren. Die feindliche Gegenwehr, die abwechselnd von allen Seiten kam, schien ihrerseits es darauf anzulegen, sie irrezuleiten. Geschlossener und deutlicher trat sie erst mitten im Kampf zutage, und zwar auf der äußersten Rechten, wo man ihr so viel Ausdauer schlechterdings nicht zugetraut hatte; so daß die Soldaten nunmehr einen heftigen Flankenangriff befürchteten, der, würde er mit allem Nachdruck vorgetragen, die Sertanejos unweigerlich als Sieger mitten unter die zerschlagenen Bataillone führen mußte. Jedoch erwies sich ihr Vorstoß als flüchtiges Scheinmanöver; die Gelegenheit zu einer ernsthaften Offensive ließen sie ungenutzt verstreichen. Dies erkannte die Lanzenreiterschwadron bei einem tollkühnen Aufklärungsritt. Als sie dem Feind entgegensprengte, stieß sie, hangabwärts reitend, unvermittelt auf etwa achtzig *jagunços*, die sich in einem Viehgatter verborgen hielten, von wo sie die Truppe seitlich beschossen. In einer stürmischen Attacke trieb die Schwadron sie mit Lanzenstößen und Huftritten auseinander. Im Galopp ihnen nachsetzend, erklomm sie eine mäßig steile Halde, bis sie auf einer Hochfläche stand, die sich nordostwärts dehnte. Und weniger als dreihundert Meter entfernt lag unversehens vor ihnen Canudos ...

Unterdessen trafen dort Hals über Kopf auch mehrere Infanteriepelotons ein.

Die Ereignisse hatten ihren Scheitelpunkt erreicht.

Der Saum des Ortes mit den ersten verstreuten Häusern auf einer Hügellehne, etwa dreihundert Meter vor den beiden Kirchen, bot den Soldaten ein wegsameres und flacheres Gelände. Sie erreichten es jedoch in bunt zusammengewürfelten Haufen, schlecht gegliedert innerhalb des folgenden weiträumigen Aufmarschs der Brigaden: Die 5. Brigade ging auf der rechten Seite vor, die 3. und 4. in der Mitte, und die 6., die als letzte in die Kämpfe eingriff, zur Linken am Fluß entlang.

Die Schlacht stand nunmehr auf des Messers Schneide.

Auf jener Erhebung war die Truppe, namentlich rechts von der Mitte, völlig ungedeckt, überragt von den Kirchtürmen und auf gleicher Höhe mit dem nordwärts ansteigenden Teil der Siedlung. Und von diesem letzten Punkt bis zum äußersten Ende des Kirchenplatzes im Westen, aus einem Viertelkreis von wenigstens zwei Kilometer Länge, schlug den Soldaten ein fürchterliches Gewehrfeuer konzentrisch entgegen. Dennoch gingen die Brigaden weiter vor. Doch sie taten es unkoordiniert, unter fruchtloser Verschwendung von Munition und Tapferkeit, ohne die Folgerichtigkeit eines Planes, ohne einheitliche Lenkung des Aufmarschs. Im Gewühl der Schützenketten kam es zu plötzlichen Stockungen.

Die lediglich hundertfünfzig Patronen, die jeder Soldat im Sturmgepäck hatte, waren bald verschossen. So mußten ganze Bataillone anhalten – mitten im Gefecht und auf jener vollständig bestreichbaren Anhöhe –, damit man die Munitionskisten mit Beilhieben öffnen und ihren Inhalt austeilen konnte.

Ergänzt wurde das anhaltende Gewehrfeuer aus der Siedlung, wo jede Mauerspalte zur Schießscharte wurde, durch verwegene Freischärler, die aus nächster Nähe auf die Eindringlinge zielten und durch Einzelfeuer erschreckende Lükken in ihre Reihen rissen. Sie beschossen die Soldaten auch an der rechten Flanke. Die geringe Schußdichte verriet die geringe Zahl der dortigen Heckenschützen. Nichtsdestoweniger gelang es diesen, dank ihrer Zielsicherheit ganzen Pelotons den Weg zu versperren.

Eine bezeichnende Episode bringt dies zum Ausdruck.

Es war beim letzten Vorstoß des Sturmangriffs. Die Streitmacht, soeben verstärkt von der vierten Brigade unter Oberst Carlos Teles, dessen Stab fast vollständig gefallen war, hatte die letzte Steigung erklommen, als die vorgeschobensten Züge auf jener Flanke unter heftigen Beschuß gerieten und im Laufschritt nach rechts zusammenliefen, um Feinde zurückzuwerfen, die sie nicht sahen, wiewohl das kahle und flache Plateau sich mit einem Blick überschauen ließ. Sie stürmten blindlings auf einen *umbuzeiro* zu, der noch dicht belaubt war, der einzige dort vorhandene Baum. Die Schüsse, die kurz nacheinander fielen, doch so, als stammten sie von einem einzigen Schützen, kamen nunmehr von vorn. Sie trafen die Reihen der Soldaten, lichteten sie, fällten unnachsichtig einen nach dem anderen. Viele blieben wie angewurzelt stehen, starr vor Verblüffung über das Unfaßliche dieses Beschusses in einer offenen und baumlosen Ebene, wo nicht die sanfteste Bodenwelle dem unerbittlichen Gegner Dekkung bot. Andere hingegen ließen sich nicht beirren und rannten weiterhin auf den frei stehenden Baum zu. Und schließlich sahen sie, wenige Schritte davon entfernt am

Boden, aus einer runden Grube ein bronzefarbenes und hartes Gesicht auftauchen. Mit einem Satz und ohne die Waffe loszulassen, sprang der *jagunço* aus seinem Versteck, glitt leichtfüßig quer über die Hänge abwärts, entschwand in der Tiefe der Schluchten. Die über dreihundert Patronenhülsen, die sich in dem Schützenloch befanden, berichteten davon, daß der grimmige Jäger eine ganze Weile in jenem schlau gewählten Ansitz auf der Lauer gelegen hatte. Andere, ebenso angelegte Erdlöcher kamen da und dort zum Vorschein, sprenkelten den Boden ringsum. Und in allen enthüllten die gleichen Munitionsreste den soeben beendeten Aufenthalt eines Scharfschützen. Sie waren wie gefährliche, auf Schritt und Tritt ausgelegte Minen. Der Boden explodierte unter den Füßen der Soldaten. Die Sertanejos, waren sie aus diesen Schlupfwinkeln vertrieben, zogen sich in andere zurück; und bald spien die neuen Schützenlöcher ebenfalls ein lebhaft krachendes Feuer, bis sie ihrerseits aufgegeben wurden, so daß die Verteidiger nach und nach sich in der Siedlung sammelten, deren erste Häuser man endlich um zehn Uhr vormittags erreichte.

Diese, im Osten locker aneinandergereiht, ergossen sich über einen ausgedehnten Rücken, der annähernd im Sinne der Mittagslinie verlief und dessen westliche Lehne sanft bis zum Kirchenplatz abfiel. Als die Truppe jenes beherrschende Gelände erreichte, bildete sie eine unzusammenhängende, gewundene Linie, nach links verlängert bis zum Vaza-Barrís hinunter. Manche der Soldaten suchten Deckung in den eroberten Hütten. Die meisten jedoch, angespornt von Offizieren, die in dieser Lage sich ruhmvollerer Taten würdig zeigten, stießen, von heftigen Salven ringförmig eingedeckt, weiter vor bis zur Rückseite der Alten Kirche. Die 6. Brigade und das 5. Polizeibataillon, die durch das trockene Flußbett vorrückten, ergänzten diesen Sturmangriff, welcher der letzte Kraftakt der Truppe war.

Von nun an tat sie keinen Schritt mehr vorwärts. Sie hatte ein winziges Außenviertel der barbarischen Stadt erobert und fühlte sich ohnmächtig, das Unternehmen zu vollenden. Die Verluste waren beträchtlich. Die rückwärtigen Truppenteile, wo die Toten und Verwundeten sich sammelten, vermittelten den erschütternden Eindruck der Niederlage. Trotzdem rollten, von Menschenfäusten geschoben, die beiden Krupp-Geschütze immer noch zwischen ihnen hindurch. Bald darauf oberhalb der Kirchen in Stellung gebracht, eröffneten sie ein kraftvolles Feuer; und gleichzeitig donnerten von der Favela-Höhe, aus einem Kranz von Rauchschwaden wie aus einer Gewitterwolke, die Geschützbatterien des Obersten Olímpio da Silveira. Doch getroffen von den Granaten, die von dort herabgefeuert wurden, getroffen von Gewehrsalven, die ihr den gesamten östlichen Ortsrand entrissen, wehrte sich die Siedlung dennoch um so heftiger. Die zahllosen Kugeln, die sie nach vielen Richtungen aussandte, zerschlugen die Lehmwände jener Häuser, worin manche der Angreifer Unterschlupf suchten, und töteten sie darinnen. Die Neue Kirche nahe dem Flußufer ließ Gewehrfeuer auf die 6. Brigade prasseln. Das hart bedrängte 5. Polizeibataillon glitt schließlich in eine schmale und gewundene Schlucht, die es vor einer Massenerschießung bewahrte.

So schlimm und ungewiß war die Lage, als die Sonne ihren Scheitelpunkt erreichte. Die in zwei Kilometern Entfernung begonnene Schlacht tobte am Saum des Häusergewirrs mit wachsender Erbitterung fort.

In dieser zugespitzten Situation verlangten die Kommandeure der 3. und 4. Brigade, die bis zum Friedhof bei der Alten Kirche vorgedrungen waren, nach der Gegenwart des Generals Artur Oscar. Dieser überquerte, kaum gedeckt von den vereinzelten Häuschen am Hang, das Schlachtfeld in einem Fußmarsch, der eine Bravourtat war. Bei seinem Eintreffen fand er zwei Offiziere vor, die in ebender Behausung, wo sie Schutz gesucht hatten, schwer verwundet worden waren, den Obersten Carlos Teles, Befehlshaber des 5. Linienbataillons, und den Hauptmann Antônio Sales. Die – kurze – Besprechung fand in der winzigen Hütte statt. Ringsherum tobte das

Chaos: dröhnende Schüsse, Getrappel von wahnwitzigen Galoppritten, schrille Hornsignale, sich überschlagende Kommandostimmen, Wutschreie, Schmerzensrufe, Flüche und Jammerlaute. Der heillose Wirrwarr.

Nach Auflösung der Bataillone kämpfte jeder um sein Leben. In den zufällig gebildeten Kampftrupps aus Soldaten aller Einheiten, die hinter brüchigen Lehmwänden oder an Häuserecken sich zusammenfanden und unter Aufbietung aller Kräfte fochten, vollzog sich eine natürliche Auslese der Tapferen. Als alle Hoffnungen zunichte waren, schlüpfte der animalische Selbsterhaltungstrieb, wie stets in solch düsteren Kampfepilogen, in das Ehrenkleid des Heldentums, unter brutaler Entfaltung primitivsten Mutes. Gleichgültig gegen das Schicksal der übrigen Kameraden, beschränkten die kämpfenden Haufen das Gefecht auf das schmale Areal, wo es um ihr Leben ging, drängten sich in den Lehmkaten zusammen, brachen Schießscharten durch ihre Wände, wie die *jagunços* es taten, lauerten an den Häuserecken, rannten kreuz und quer durch die ungedeckten Gassen, zwei Schritt vom Gegner entfernt, verwickelten sich fast in ein Ringen Mann gegen Mann, handelten planlos, auf eigene Faust. Wenn sie ausgehungert und fast verdurstet in die kleinen Behausungen drangen, wo sie im Halbdunkel der engen und fensterlosen Gelasse anfangs nichts zu erkennen vermochten, hatten sie deren Bewohner vergessen. Umherirrend tasteten sie nach einem Krug Wasser oder einem Korb Maniokmehl. Und brachen nicht selten zusammen, aus nächster Nähe erschossen. Kräftige Soldaten, die nach vierstündigem Kampf verschnaufen wollten, fanden so den Tod, bisweilen von der Hand gebrechlicher Frauen, von denen einige es den Männern gleichtaten. Alte Megären, mit braungebrannter Haut, welkem Gesicht, funkensprühenden Augen, wehenden strähnigen Haaren, stürzten sich auf die Eindringlinge wie rasende Furien. Und wenn sie unter der Faust der Soldaten niedersanken, von mächtigen Händen gewürgt und fast erdrosselt, an den Haaren geschleift, zu Boden geschleudert und vom Stiefelabsatz zertreten – dann gaben sie nicht auf, starben laut röchelnd wie Raubtiere, spieen ihren Feinden einen schmerzerfüllten und unseligen Fluch ins Gesicht …

Wieder ein unheilvoller Sieg

Inmitten dieser unheilvollen Verwirrung entschied der Oberbefehlshaber, die eroberte Stellung zu halten. Dieser Ratschluß ergab sich von selbst, unausweichlich. Wieder einmal sah sich die Expedition nach einem heftigen Angriff zum Stillstand gezwungen, steckengeblieben in einer ausweglosen Lage. Beides war gleichermaßen unmöglich, der Vormarsch wie der Rückzug.

Als es dämmerte, saß die Truppe auf einem schmalen Streifen am östlichen Ortsrand fest, der ein Fünftel der Gesamtfläche von Canudos ausmachte, auf dem breiten, von Nord nach Süd verlaufenden Hügelrücken, der westwärts zum Kirchenplatz sich senkte. Die dortigen Häuser, weniger dicht gedrängt als in den übrigen Ortsteilen, waren jüngsten Datums. Canudos war in seinem verblüffenden Wachstum über die Talsenke, in der es entstanden war, hinausgetreten und hatte die umliegenden Bühel erklommen.

Die Truppe hielt eines dieser Außenviertel besetzt. Die eigentliche Zitadelle, mit ihrem absonderlichen, barbarischen Anblick, hatte man nicht wirklich erreicht. Dort lag sie zum Greifen nahe, drohend, ohne Festungsmauern, doch uneinnehmbar, und stellte den Eroberern Tausende von offenen Türen entgegen, Tausende von bequemen Zugängen zum unentwirrbaren Netz der gewundenen Gassen.

Doch die tollkühne Kraftanstrengung der Truppe war nicht mehr zu steigern. Die Frontlinie, von den vorgeschobensten Abteilungen gebildet, lag nunmehr endgültig fest. In einer tiefen Schlucht auf der äußersten Linken, die in der Regenzeit die Flanken der Favela-Höhe entwässerte, hatte sich das 5. Polizeibataillon verschanzt, auseinandergezogen bis hin zum rechten Ufer des Vaza-Barrís, wo es sich mit dem 26. Infanteriebataillon berührte. Dieses nun sollte sich so entwickeln, daß es mit dem fünften Linienbataillon auf dem anderen Ufer zusammenging, dicht beim Friedhof. Der Reihe nach schlossen sich an: das 25. Bataillon auf der Rückseite der Alten Kirche; das 7. parallel zur Ostseite des Platzes; dann das 25., das 40. und das 30., die nordwärts in ein Hüttenlabyrinth eingetaucht waren. Von dort her wandte sich die Frontlinie rückwärts und bildete mit den zur Linie entwickelten Truppen des 12., 31. und 38. Bataillons eine konvexe Kurve, die sich von der Häusermasse entfernte und die rechte Flanke des Heerlagers sicherte, wo auf einer dem Ort abgewandten Hügellehne das Hauptquartier lag, geschützt durch das 14., 32., 33. und 34. Bataillon sowie durch den Kavallerieflügel.

Den restlichen Tag und einen Großteil der Nacht verwendeten sie für den Bau von Verschanzungen, wofür sie die Wände der Häuser mit Brettern und Steinen befestigten oder die wenigen schwächer bestrichenen Stellen im Gelände aussuchten. Diese Arbeiten erforderten äußerste Umsicht. Die Expeditionssoldaten waren an der Flanke der Siedlung eingezwängt, und der Feind bewachte sie, unerbittlich. Er hatte seine Beschießung abgeschwächt, doch nur, um die alte Praxis der Hinterhalte wiederaufzunehmen: In jeder Wandspalte lauerten ein Gewehrlauf und ein forschender Blick. Jeder Schritt des Soldaten aus dem Schutz einer Hausecke war der Tod.

Die Armee begann das Bedrückende einer Lage zu spüren, die noch mißlicher war als die vorangegangene auf der Favela. Dort hatte zumindest die Hoffnung auf Sturm und auf Sieg bestanden; noch hatte man den Gegner geringgeschätzt, der sich nur von ferne und hinterrücks wehrte. Jetzt blieb nicht einmal diese Selbsttäuschung übrig. Dort stand der *jagunço,* unbezwinglich, und forderte sie zum Nahkampf Mann gegen Mann heraus. Ihn schreckte keineswegs die Nähe von Widersachern, die Fachleute des Krieges waren, gegen ihn ausgesandt von den Menschen der »großen Länder«.[29] Diese standen jetzt in nächster Nähe, auf Tuchfühlung, unter den gleichen Lehmdächern des heiligen Dorfes, dessen Einwohnerschaft sie plötzlich, binnen Minuten, um dreitausend Seelen vermehrten. Und doch konnten sie nicht einmal die ursprüngliche Lebensweise des *jagunço* verändern. Als der Tag zur Neige ging, läutete die Glocke der Alten Kirche in aller Ruhe zum Ave-Maria, und wenig später drang aus dem weitläufigen Schoß der andern Kirche das schwermütige Psalmodieren der Gebete.

Alle Unruhe des verflossenen Tages war gewissermaßen ein gewöhnlicher und erwarteter Zwischenfall gewesen.

Die Expedition hingegen hatte eine schlimme Krise erlebt. Fast tausend Mann, genau 947, hatte sie an Toten und Verwundeten verloren, zusammen mit den vorherigen Verlusten eine erhebliche Schwächung. Bestürzend waren die konkreten Folgen des Angriffs: drei Brigadenführer, Carlos Teles, Serra Martins und der am Nachmittag mit der 7. Brigade eingetroffene Antonino Nery waren außer Gefecht. Mit abnehmendem Dienstgrad wuchsen die Verluste an Offizieren wie Mannschaften. Leutnants und Fähnriche hatten mit unglaublicher Furchtlosigkeit ihr Leben auf ganzer Linie bedenkenlos eingesetzt. Von einigen erzählte man sich später die verwegenen Bravourtaten: Cunha Lima, Kadett der Militärschule von Porto Alegre, bei einer Lanzenreiterattacke mitten in die Brust getroffen, war unter Aufbietung seiner letzten Lebensgeister mit einem letzten Lanzenwurf unter die Feinde geschossen wie ein Pfeil; Wanderley, im Galopp die höchst unwegsame Steigung des letzten Hügels hinaufgesprengt, war auf der Scheitelhöhe mit seinem Pferd zusammen niedergeschossen worden und in gewaltigem Sturz hangabwärts gerollt, wie ein vom Blitz gefällter Titan; und ebenso andere, die alle als tapfere Krieger gefallen waren – unter laut schallenden Hochrufen auf die Republik, wodurch sie dem Gefecht den sonderbaren Anstrich altertümlicher Heldenhaftigkeit verliehen und den krankhaft übersteigerten Opfersinn der mystischen Streiter des Mittelalters wiederbelebten. Die Analogie ist vollkommen. In den Gesellschaften kommt es bisweilen zu beträchtlichen atavistischen Rückschritten; und in unserem Lande lösten die aufgewühlten Tage der jungen Republik vor allem beim militärischen Nachwuchs einen patriotischen Überschwang aus, der sein seelisches Gleichgewicht störte, ihn verwirrte und zu Phantastereien nach Art von Schwarmgeistern hinriß. Der Kampf für die Republik und gegen ihre imaginären Feinde war ein Kreuzzug. Die modernen Tempelritter, auch ohne die Rüstung unter dem Gewande und ohne das in den Schwertknauf eingravierte Ordenskreuz, stritten mit dem gleichen unbeugsamen Glaubenseifer. Jene, die solcherart auf der Schwelle von Canudos dahinsanken, trugen alle, ohne jede Ausnahme, links auf der Brust eine Bronzemedaille mit dem Bildnis des Marschalls Floriano Peixoto, und sterbend huldigten sie seinem Andenken – mit der gleichen überspannten Begeisterung, mit der gleichen verzehrenden Inbrunst, mit der gleichen fanatischen Verirrung, mit der die *jagunços* den barmherzigen und wundertätigen Guten Herrn Jesus anriefen.

Diese fiebrige Begeisterung aber, ungeachtet der dadurch bedingten unheilvollen Überstürzung, war am 18. Juli die Rettung ...

Eine allein der Disziplin verpflichtete Truppe, in einem solchen Grade aufgelöst, wäre verloren. Doch die rauhen Soldaten, an deren angegriffenen Gemütern Zweifel und Mutlosigkeit nagten, kamen zum Stehen unter der hypnotischen Wirkung, die der persönliche Mut der Truppenführer auf sie hatte, oder sie wurden mitgerissen durch das Vorbild jener Offiziere, die, schwerverletzt und bisweilen kaum imstande, den Degen zu halten, vorwärts in die Feuerlinie wankten, um todwund den Tod herauszufordern.

Die Soldaten wurden gewissermaßen von zwei Seiten belagert, von ihren Offizieren und von den *jagunços*.

Die Nacht vom 18. zum 19. Juli verlief, wider alles Erwarten, verhältnismäßig ruhig. Die Sertanejos ihrerseits wankten. Den Expeditionschef plagte die Furcht vor einem nächtlichen Überfall, gegen den eine Abwehr unmöglich wäre. Die brüchigen Verteidigungslinien, selbst dann, wenn sie an keiner Stelle rissen, wären seitlich zu umgehen und könnten, aus zwei Richtungen unter Feuer genommen und vorne durch die unzugängliche Siedlung aufgehalten, ohne weiteres vernichtet werden. Die Lage jedoch entspannte sich dank der Untätigkeit der *jagunços*. Tags darauf bezeichnete eine Linie aus roten Militärdecken, die wie Signalflaggen wirkten, das winzige Bruchstück eines Belagerungsrings: ein Fünftel der gewaltigen Peripherie von Canudos. Notdürftig war dieses nach Osten abgeriegelt. Selbst auf dieser Seite klaffte weit rechts eine Lücke; desgleichen sah man linker Hand, zwischen den Abhängen der Favela und dem Oberlauf des Providencia-Baches, wo die Polizeitruppe sich lagerte, einen breiten, ungesicherten Abschnitt. Um den Kreis zu schließen, bedurfte es eines Frontverlaufs, der rechter Hand geradewegs nach Norden führte, dann sich nach Westen kehrte, dem Flusse mit seiner Wendung nach Süden folgte, die ersten wellenförmigen Ausläufer des Calumbí und des Cambaio erklömme und schließlich ostwärts über den spornartigen Pelados-Hügel zurückkehrte. Ein Ring von etwa sechs Kilometern Umfang. Diese Expedition freilich, auf wenig mehr als dreitausend kampffähige Männer geschrumpft, von denen einige Hundert zur Bewachung der Favela abzuziehen waren, könnte eine so weiträumige Einschließung unmöglich leisten, selbst wenn der Gegner sie zuließe. Es war zwingend geboten, die Operationen vorübergehend einzustellen und sich auf die Verteidigung des besetzten Areals zu beschränken, bis bedeutendere Verstärkungen neue Initiativen ermöglichen würden.

General Artur Oscar beurteilte den nunmehrigen Stand

der Dinge zutreffend. Er verlangte eine Hilfsarmee von fünftausend Mann und traf Vorkehrungen zum Schutz der Expedition, die auf so eigenartige Weise triumphiert hatte, daß sie am Rande einer Niederlage stand. Nach einem weiteren Triumph befand sie sich in der peinvollen Konstellation, weder einen Schritt vor noch einen Schritt zurück riskieren zu dürfen. Offiziell verfügten die Tagesbefehle den Beginn der Belagerung. Doch in Wirklichkeit war, und zwar ununterbrochen seit dem 27. Juni, die Expedition belagert. Im Westen wurde sie durch die Siedlung abgeriegelt. Im Süden war der Weg versperrt durch die mit Verwundeten und Kranken übersäten Favela-Höhen. Nach Norden und Osten dehnte sich die undurchdringliche Wüste. Der Handlungsspielraum der Truppe hatte scheinbar zugenommen. Zwei verschiedene Feldlager versprachen mehr Bewegungsfreiheit, die Lösung von den einschnürenden Verschanzungen. Diese Illusion allerdings zerstob noch am Tage des Sturmangriffs. Die Anhöhen ringsum, Stunden zuvor in Bajonettattacken leergefegt, zeigten sich erneut von *jagunços* besetzt. Die Verbindung zur Favela wurde binnen kurzem äußerst schwierig. Die dorthin sich schleppenden Verwundeten fielen, aufs neue getroffen, und ein Arzt, Dr. Tolentino, am Gefechtsnachmittag von dort herabgekommen, brach schwer verwundet auf der Uferböschung des Flusses zusammen. Das eroberte Gelände zu durchqueren wurde für die Eroberer zu einem ernsten Problem. Andererseits übernahmen diejenigen, die das kleine Areal der Siedlung besetzt hatten, in allen Punkten die Zurückgezogenkeit der *jagunços*. Wie diese drängten sie sich in den ofenheiß glühenden Hütten zusammen, wenn die Mittagssonne drückend gleißte, lagen endlose Stunden auf der Lauer, das Auge an die Risse in den Wänden gedrückt, verfielen zu ihrer Schande in dieselbe *guerrilha*-Taktik voller Hinterhalte, ließen die Blicke forschend über den Häuserwirrwarr schweifen und feuerten alle zugleich – hundert, zweihundert, dreihundert Schuß! – auf eine Gestalt, auf irgendein Lumpenbündel, das plötzlich in der Ferne vorüberhuschte, schemenhaft und flüchtig im Gewimmel der Gäßchen.

Nach Verteilung der letzten Ration – ein Liter Maniokmehl für sieben Soldaten und ein Ochse für ein Bataillon, die letzten Reste von dem rettenden Hilfskonvoi – war es ihnen nicht einmal vergönnt, das karge Mahl gehörig zuzubereiten. Eine dünne weißliche Rauchfahne, die aus dem Dach der Hütte stiege, wäre ein Magnet für feindliche Kugeln! Ein des Nachts entzündetes Streichholz würde ein Lauffeuer von Salven entflammen.

Die *jagunços* wußten, daß sie die ungebetenen Gäste in den Hütten – brüchige Unterstände aus Lehm – zerschmettern konnten. So wurde der Oberst Antonino Nery verwundet, als er soeben mit seiner Brigade die gefährliche offene Kampfzone durchquert und in einer der Hütten Unterschlupf gesucht hatte. Diese wurden daraufhin zu Kasematten ausgebaut. Man verstärkte ihre Wände von innen mit Steinmauern oder kleidete sie mit Brettern aus. Hinter dieser verbesserten Deckung lagen die Soldaten einen Großteil des Tages bäuchlings auf den *jiraus* und spähten durch die Luken der Strohhütten, den Finger am Gewehrabzug: So lauerten die verängstigten Sieger den Besiegten auf ...

Über das Hauptquartier auf dem jenseitigen Abhang, mit dem Zelt des Oberbefehlshabers in der Mitte, surrten die Geschosse gefahrlos hinweg, durch den toten Winkel hinter der Hügelkuppe entschärft. Und die ganze Nacht über, die seinen mühevollen Tag beschloß, hörte der General das scharfe Zischen der Kugeln über dem Zelt und das Krachen des Gewehrfeuers auf der anderen Seite des Hügels bei den vorgeschobenen Linien. Deren Kommandeure, die Oberstleutnants Tupí Caldas und Dantas Barreto, so unerschrocken beide waren, spürten dennoch, daß sie am Rande eines Debakels standen, und begriffen, »daß ein Schritt zurück an einem beliebigen Punkt des mittleren Frontabschnittes ihr vollständiger Untergang wäre«.* Diese Besorgnis vor einer unverkennbar

* Oberst Dantas Barreto, *Última Expedição a Canudos.*

nahenden Katastrophe wurde von niemandem verhehlt. Sie ergab sich zwangsläufig aus der Abfolge bisheriger Ereignisse. Sie drängte sich auf. Viele Tage lang beherrschte sie alle Gemüter.

»Ein im regulären Kampf geübter Feind hätte unsere taktischen Nachteile zu nutzen verstanden und gewiß nicht diesen günstigen Augenblick verstreichen lassen, ohne mit raffiniertester Grausamkeit Rache und Vergeltung zu üben.«

Doch mit dem regulären Kampf war der *jagunço* nicht vertraut. Man übertrieb sogar, wenn man ihn als »Feind« bezeichnete, ein unpassender Begriff und merkwürdiger Euphemismus, der den Ausdruck »berüchtigter Bandit« aus der martialischen Prosa der Tagesbefehle verdrängte. Der Sertanejo verteidigte sein überfallenes Heim, weiter nichts. Solange die Angreifer es aus der Ferne bedrohten, umkreiste er sie mit seinen Nachstellungen, um ihren Vormarsch zu hindern. Doch als sie schließlich an seine Tür pochten, sie mit dem Gewehrkolben aufbrachen, blieb ihm als einziger Behelf der unbeirrbare Widerstand, mit dem er ihnen Mann gegen Mann die Stirn bot, beseelt von der ehrenwerten Sorge um die Verteidigung und von der vornehmen Pflicht zur Vergeltung. Canudos war nicht anders denn Haus um Haus zu erobern. Die gesamte Expedition sollte drei Monate aufwenden, um das hundert Meter breite Gelände zu durchmessen, das zwischen ihr und der Apsis der Neuen Kirche lag. Und am letzten Tag dieses unfaßbaren Widerstandes, der in der Geschichte kaum seinesgleichen hat, sollten die letzten Verteidiger, drei oder vier namenlose Gestalten, drei oder vier dürre Titanen, ausgehungert und zerlumpt, die letzten Patronen gegen sechstausend Mann verschießen!

Diese grauenhafte Hartnäckigkeit begann am 18. Juli und ließ von da an nicht mehr nach. Der Angriff war vorüber, doch die Schlacht ging weiter, nicht enden wollend, eintönig, schreckenerregend, mit den gleichen Stockungen wie auf der Favela-Höhe: sie pflanzte sich in Schüssen fort, die im Minutenabstand durch das Gelände peitschten, oder auch in

Schießereien, die wütend alle Linien erfaßten, in plötzlichen Handstreichen, schlagartigen Plänkeleien von einer Viertelstunde Dauer, die jäh entbrannten und jäh erloschen, noch bevor die aufrüttelnden Alarmsignale verstummten. Diese Überraschungsangriffe, zwischen denen lange Stunden relativer Ruhe lagen, brachten stets eine Umkehrung der Rollen zum Ausdruck. Die Angreifer waren für gewöhnlich die Angegriffenen. Es war der in die Enge getriebene Feind, der dem Heer den angstvollen Augenblick der Scharmützel vorschrieb, und diese brachen immer unerwartet aus. Tief in der Nacht wurde bisweilen eine minutenlange Feuerpause, welche die Soldaten, mit umarmtem Karabiner eingenickt, zu trügerischer Ruhe nutzten, unterbrochen durch das scharfe Zischen einer aufsteigenden Rakete, die wie ein Riß durch das schwarze Firmament fuhr. In ihrem flüchtigen Schein gewahrte man auf den Dachgesimsen der Kirchen einen dunklen, wimmelnden Saum. Der Kampf tobte in der Finsternis, im zuckenden Licht der Schüsse.

Andere Male wählten die *jagunços,* anders als zu erwarten, den Tagesanbruch, den strahlenden und glühenden Morgen, für einen wagemutigen Angriff vor aller Augen.

Ein gewissenhaftes Tagebuch[30] über diese ersten Tage des Kampfes enthüllt dessen barbarischen Charakter. Zeichnen wir ihn in großen Zügen bis zum 24. Juli nach, lediglich mit dem Ziel, einen Zustand zu schildern, der von diesem Tag an unverändert blieb.

19. Juli: Das feindliche Feuer setzt um fünf Uhr morgens ein. Den ganzen Tag über hält es an. Und dauert fort bis in die Nacht. Zur Stärkung der Abwehrkraft läßt der Befehlshaber der 1. Heeressäule zwei weitere Krupp-Geschütze von den rückwärtigen Stellungen herbeischaffen, die abends gerichtet werden sollen. Mittags um halb eins wird der Befehlshaber der 7. Brigade in einer zu seinem Feldlager gehörenden Hütte verwundet, wo er in der Hängematte ruhte. Um zwei Uhr nachmittags, nachdem er das rechter Hand stehende Geschütz auf einen Turm der Neuen Kirche gerichtet und

abgefeuert hat, stirbt, von einer Kugel durchbohrt, der Oberleutnant Tomás Braga. Am Nachmittag werden unter mancherlei Schwierigkeiten mehrere Stück Rindvieh zur Ernährung der Truppe von der Favela herbeigetrieben. Die Herde läuft, von Schüssen verschreckt, beim Durchqueren des Vaza-Barrís auseinander und läßt sich nur mit Mühe einfangen, so daß mehrere Tiere verlorengehen. Beim Zapfenstreich unternehmen die *jagunços* einen Angriff auf unsere Linien, der bis halb zehn Uhr andauert, wonach sie das Feuer abgeschwächt fortsetzen. Resultat: ein Kommandeur verwundet, ein niederrangiger Offizier gefallen, zehn oder zwölf Gemeine außer Gefecht.

20. Juli: Das Lager wird plötzlich angegriffen, während die Hörner aller Einheiten das Wecksignal blasen. Den ganzen Tag über Schußwechsel. Nur eines der herbeigeschafften Geschütze läßt sich richten. Verluste wie am Vortag; ein Soldat gefallen.

21. Juli: In der Frühe alles still. Tagsüber wenige Angriffe. Die Geschütze auf der Favela feuern bis zum Einbruch der Nacht. Verhältnismäßig ruhiger Tag. Kaum Verluste.

22. Juli: Ohne die Initiative des Gegners abzuwarten, eröffnet die Artillerie um fünf Uhr früh die Beschießung und löst damit augenblicklich ein wütendes Gegenfeuer von Schützen aus, die sich auf den Kirchenmauern versteckt halten. Unter großen Beschwernissen überführt man die letzten Verwundeten vom Kampffeld zum Lager bei der Favela. Oberstleutnant Siqueira de Meneses bricht zu einer Rekognoszierung der näheren Umgebung auf. Bei seiner Rückkehr erklärt er, der Feind sei sehr stark und nur sehr wenige Häuser von Canudos im Verhältnis zu ihrer Gesamtzahl seien in unserer Hand. Erst abends wird es möglich, den Soldaten an der Frontlinie kärgliche Lebensmittelrationen zukommen zu lassen, was tagsüber aufgrund der Wachsamkeit des Gegners unmöglich war. Um neun Uhr abends heftiger Überfall auf beide Flanken. Resultat: fünfundzwanzig Mann außer Gefecht.

23. Juli: Ruhiger Tagesanbruch. Plötzlich, eine Stunde später, um sechs Uhr früh, stürzen sich die *jagunços* nach einem unbemerkt gebliebenen Umgehungsmanöver ungestüm auf die rückwärtigen Einheiten. Vom 34. Bataillon und von der Polizeitruppe zurückgeworfen, lassen sie auf dem Kampfplatz fünfzehn Tote, eine sogleich gefangengenommene *cabocla* und einen Hirtenbeutel voll Maniokmehl zurück. Abends dichtes Gewehrfeuer. Die drei Geschütze haben aus Munitionsmangel nur neun Schüsse abgegeben.

24. Juli: Das Bombardement setzt bei Sonnenaufgang ein. Die Ortschaft nimmt es, anders als üblich, ohne Gegenwehr hin. Die dort niedergehenden, von der Favela abgeschossenen Schrapnells zerplatzen, als schlügen sie in eine verödete Wüstung ein. Geraume Zeit morden die Kanonen straflos. Um acht Uhr jedoch vernimmt man rechter Hand vereinzelte Schüsse, und bald darauf werden auf der dortigen Flanke die Kanonen angefallen. Es entspinnt sich ein Treffen Mann gegen Mann, Karabinerläufe auf die Brust gesetzt, ein Handgemenge, das mit furchtbarem Crescendo um sich greift. Von einem Ende zum andern schmettern Dutzende von Trompeten. Die gesamte Truppe formiert sich zur Schlacht. Mit ihrem Überfall verfolgen die *jagunços* den Zweck, die Nachhut vom Vordertreffen abzuschneiden. Ein tollkühnes Unterfangen. Gelänge es ihnen, würden sie über das Hauptquartier herfallen und die Belagerer von zwei Seiten unter Feuer nehmen. Der Plan ging auf Pajeú zurück, der die übrigen Anführer beiseite gedrängt und selbst das Regiment im Kampf übernommen hatte. Dieser Angriff dauerte eine halbe Stunde. Die *jagunços* wurden zurückgeworfen, fielen jedoch Minuten später wiederum über die Truppe her, mit noch größerer Vehemenz, diesmal auf der rechten Flanke. Mit Mühe erneut zurückgeworfen, weichen sie bis zu den ersten nicht eroberten Häusern zurück, von wo sie die Beschießung wiederaufnehmen, mit dichtem und anhaltendem Feuer. Der Kommandeur des

33. Bataillons, Antônio Nunes Sales, bricht zusammen, desgleichen zahlreiche Offiziere und Gemeine. Mittags endet das Kampfgetümmel.

Plötzliche Stille senkt sich über beide Kriegsparteien. Um ein Uhr – ein neuer Überfall, stürmischer noch als zuvor. Alle Bataillone nehmen Aufstellung. Es ist wie das Beben eines Sturmbocks. Ein neuer Schlag erschüttert nachhaltig die Linien auf der rechten Flanke. Der ungestüme Pajeú bricht tödlich getroffen zusammen. Auch auf unserer Seite sinken viele Kämpfer dahin, tot der Oberleutnant Figueira aus Taubaté und verwundet der Kommandeur des 33. Bataillons, Hauptmann Joaquim Pereira Lobo sowie zahlreiche andere Offiziere. Um den Gegner abzulenken, gibt der Oberbefehlshaber den bisher nicht überfallenen Einheiten auf der linken Flanke Feuerbefehl. Die gesamte Streitmacht entlädt ihre Waffen gegen Canudos. Eilends wird eine Mitrailleuse herangeschafft, um den rechten Flügel zu verstärken.

Und darüber donnern aus allen Rohren die Batterien der Favela …

Der Feind wird zurückgeworfen. Nachts beständiges Gewehrfeuer bis zum Morgengrauen.

25. Juli: Die gleichen Szenen wie an den voraufgegangenen Tagen, mit geringen Abweichungen, was den Feldzug quälend einförmig macht. In den Kampfpausen wurde an den Verschanzungen des Belagerungsrings gearbeitet; und erst abends konnten die hungernden Soldaten ihre unzureichende Verpflegung erhalten oder, mit Feldflaschen und Töpfen bewaffnet, das Heldenstück einiger Schritte zu den Gruben des Vaza-Barrís wagen, um Wasser zur Linderung ihres lang ertragenen Durstes zu holen. So gingen die Tage dahin.

Die Nachrichten, welche über diese Ereignisse in der Hauptstadt der Republik und in denen der Gliedstaaten eintrafen, waren völlig entstellt.

Aus dem Dargelegten läßt sich unschwer folgern, daß dies unvermeidlich war.

Wenn selbst die Streiter vor Ort inmitten der widersprüchlichen Geschehnisse sich über ihre eigene Lage kaum einen Überblick verschaffen konnten, so ist es nur natürlich, daß die fernen Beobachter des in den Tiefen des Sertão versunkenen Dramas sich in Mutmaßungen ergingen, die nicht allein fragwürdig, sondern falsch waren. Zunächst sprach alles vom Sieg. Die Durchquerung der Talenge von Cocorobó, zuerst bekanntgeworden, war ein gutes Omen für die schlagartige Niederwerfung der Aufrührer. Verstreute Meldungen aus dem Kampfgebiet und forsche Telegramme kündigten darüber hinaus den Abschluß des Feldzugs binnen dreier Tage an.

Als deren aber fünfzehn verstrichen waren, stellte sich heraus, wie nichtig die Anstrengungen all jener waren, die sich in den Kopf gesetzt hatten, Triumphe vorzuspiegeln. Man sah nun ein, daß die *jagunços* erneut den schneidenden Ring der Bajonette durchbrochen hatten. Während also die Expedition in der Ödnis der Favela sich immer mehr erschöpfte und, vom tiefen Aderlaß entkräftet, bei Canudos kurz vor dem Zusammenbruch stand, verstieg sich die öffentliche Meinung der Nation in der Presse zu den abenteuerlichsten Hypothesen, die je eine Druckerei verließen.

Der Popanz der monarchistischen Restauration verdunkelte erneut den politischen Horizont, an dem ohnedies Unwetter grollten. Den Tagesbefehlen zum Trotz, die ›Viktoria‹ jubelten, erschienen die Sertanejos wie die *chouans* nach Fontenay.

Die Geschichte betrachtete man durch ein umgekehrtes Fernglas: der rohe Pajeú bot das herrische Erscheinungsbild eines Cathelineau.[31] João Abade war ein Charette mit Lederhut.

Nach dem 18. Juli nahm die allgemeine Beunruhigung zu. Die Nachricht von diesem Angriff löste, ebenso wie die von den vorherigen, anfangs Siegeshymnen aus, warf später immer mehr quälende Zweifel auf und wurde endlich fast zur Gewißheit der Niederlage. Nichtsdestoweniger kamen aus dem Operationsgebiet paradoxe Telegramme von beklagenswerter Überspanntheit.

Sie folgten alle demselben Muster: »Banditen umzingelt! Sieg gewiß! Binnen zwei Tagen wird Zitadelle von Canudos in unserer Hand sein! Fanatiker sichtlich angeschlagen!«

Wahrheitsgetreuer jedoch war, was seit dem 27. Juli zur Küste fuhr, nach der Hauptstadt von Bahia: die lebenden Zeugnisse der Katastrophe.

VI.

Auf den Wegen. Die Verwundeten.

Die Überführung der Kranken und Verwundeten nach Monte Santo war dringend geboten.

Daher zogen bald, von Infanteristen geschützt, erste Gruppen nach Juá im äußersten Süden der Gefahrenzone.

Der Rückstrom des Feldzugs begann sich kläglich über die Wege zu ergießen, ausgespien vom Favela-Hügel. Täglich gingen von dort in einer dichten Folge von Schüben alle Hinfälligen und alle Kampfunfähigen ab, die Schwerkranken getragen in Hängematten aus *caroá* oder auf *jiraus*, primitiven Bahren aus Rundhölzern, während andere mühsam auf untauglichen und lahmenden Kleppern ritten oder zusammengedrängt auf schwerfälligen Karren saßen. Die allermeisten gingen zu Fuß.

Fast ohne Vorräte brachen sie auf, niedergeschlagen, von den Drangsalen erschöpft, und tauchten resigniert in die vom Krieg verödete Landschaft ein.

Man stand an der Schwelle der Hitzeperiode. Der Sertão begann eine melancholische, wüstenartige Fazies zu zeigen. Von der Sonne ausgelaugt, neigten sich die kraftlosen Bäume, entkleideten sich von Tag zu Tag der Blätter und Blüten; und auf dem Boden kündete schon das um sich greifende dunkle Graubraun der welken Gräser von der schleichenden, lautlosen Feuersbrunst der Dürren. Das grelle, pralle Licht der gleißenden, glühenden Tage fiel blendend und gnadenlos von den wolkenlosen Himmeln herab, ohne nennenswerte Übergänge, ohne Morgenröte und ohne Abenddämmerung; jäh erstrahlte es im hellem Gold der Frühe und erlosch urplötzlich mit einbrechender Nacht, nachdem es die Erde versengt hatte. In den Brunnen fiel der Wasserstand. Die kurzlebigen Bäche versiegten, in deren kieselübersäten Betten dünne Rinnsale kaum merklich flossen, ähnlich den afrikanischen Wadis; und an der siedenden Atmosphäre, am rissigen und staubigen Boden spürte man das Nahen des periodischen Überfalls der Wüste auf diese unglücklichen Lande.

Das Klima zeitigte extreme Schwankungen: heißglühend gingen die Tage auf, bitterkalt fielen die Nächte ein.

Das Marschieren war nur in den frühen Morgenstunden und am späten Nachmittag möglich. Kaum war die Sonne emporgestiegen, sah man sich zum Innehalten genötigt: Ihre volle Glut schien die makellos reine Lufthülle ungehemmt zu durchdringen und, zurückgeworfen von dem Boden, den ein lichter Pflanzenwuchs kaum beschützte, um so heftiger zu brennen. Gleichzeitig flimmerten, reflektiert von allen Geländefalten, ihre Strahlen blendend über die Gebirge; und durch die heißen, stickigen Lüfte flogen Funken wie von gewaltigen Buschfeuern, die auf den Tafelebenen um sich griffen. Ab zehn Uhr vormittags rasteten also die Karawanen an den dafür am wenigsten ungeeigneten Orten, am Ufer von Wasserläufen, die zu vereinzelten, ganglienartigen Lachen geschrumpft waren und deren Restfeuche das Laub der hochgewachsenen *caraíbas* und *baraúnas* nährte; oder sie ruhten, wo diese Wasserläufe fehlten, am Saume flacher Tümpel inmitten kleiner Niederungen, beschattet vom grünenden Gezweig der *icozeiros*.

Sie kampierten.

Noch am selben Tag, wenn es zu dunkeln begann, machten sie sich, kaum erholt, wieder auf den Weg, ohne Marschordnung, ein jeder so rasch, wie seine Kräfte es ihm erlaubten. Die gemeinsam von der Favela aufgebrochenen Scharen zogen sich nach und nach unterwegs auseinander, zerfielen in kleine Gruppen und schließlich in einzelne Wanderer.

Die Stärksten oder am besten Berittenen gewannen schnellen Vorsprung und hasteten allein nach Monte Santo, ohne Rücksicht auf die nachhinkenden Gefährten. Ihnen folgten in kurzem Abstand, in Hängematten getragen, die auf den Schultern kräftiger Soldaten ruhten, die verwundeten

Offiziere. Mit ihnen konnte die große Mehrheit keineswegs Schritt halten; sie kam nur schleppend voran und zerfaserte sich unterwegs. Etliche, wenn die übrigen nach kurzer Ruhepause aufbrachen, blieben reglos im Schatten der welken Büsche zurück, von den Strapazen gänzlich übermannt, während andere, gegeißelt vom Durst, den das verunreinigte Wasser in den Regengruben der Sertanejos kaum zu stillen vermochte, und getrieben vom Hunger, die Marschroute verließen und über ein Gewirr von Nebenpfaden in die *caatinga* drangen, um auf die Vorräte jener einzigartigen, an Früchten und Dornen überreichen Flora zurückzugreifen; und so verliefen sie sich, rissen die Wurzelknollen der *umbú*-Bäume aus, saugten an den schwellenden Kladodien der dornenübersäten Disteln und suchten die entlaubten Bäume nach den letzten Früchten ab.

Der Feind entschwand ihrem Sinn. Die Grausamkeit des *jagunço* trat zurück vor der Wildheit des Landes.

Binnen weniger Tage füllte sich der windungsreiche Pfad nach Rosário mit Fliehenden. Über dieselbe Piste waren sie einen Monat zuvor gekommen, ohne jede Furcht vor einem Zusammenstoß mit dem ausweichenden Gegner, gebannt vom Glitzern der viertausend Bajonette, mitgerissen vom fieberhaften Rhythmus der Vorstöße. Jetzt erschien der Weg ihnen holpriger und ungangbarer – mit seinen ständigen Schlangenlinien, seinen rutschigen Gefällestrecken, schroffen Anstiegen, Schleifen zur Umgehung von Bergwänden, tief eingeschnittenen Engpässen.

Und voller Bestürzung sahen sie erinnerungsträchtige Stätten wieder.

Bei Umburanas die zerstörte Hütte, wo die Sertanejos gelauert hatten, um gegen den Gesamttroß der Expedition Artur Oscar einen Überraschungsschlag zu führen; hinter Baixas, in grausamer Inszenierung am Wegesrand aneinandergereiht, die bleichen Gerippe, die an das Blutbad vom März gemahnten; die Wegbiegung vor Angico, wo Salomão da Rocha minutenlang die brüllende Flut, die der Heeressäule

Moreira César nachstürzte, mit der stählernen Sperrmauer seiner Artillerie aufgehalten hatte; eine Strecke weiter die steile Böschung eines Trockenbachs, wo mit schwerem Fall Oberst Tamarindo tot vom Pferd gestürzt war; in Trümmern liegende Behausungen bei Aracatí und Juetê, verkohlte Balken und Sparren, niedergerissene und vom Busch überwucherte Zäune, verödete Äcker – plastische, unauslöschliche Spuren der früheren Expeditionen …

Und nahe Rancho do Vigário kamen sie wieder an der Stelle vorbei, wo die *jagunços* ihre schauerliche Ironie auf die Spitze getrieben und die verkümmerte und verwelkte Flora zu einer phantastischen Blüte gebracht hatten: An den krummen Ästen der *angicos* hingen Überbleibsel roter Tressen, Fetzen blauer und weißer Dolmane, Lumpen aus karminroten oder schwarzen Hosen und Lappen hochroter Satteldecken – als sprösse überall aus dem toten Geäst ein blutiger Flor …

Ringsumher, ohne die mindeste Variante in dem betrüblichen Bild, dieselbe barbarische Natur. Rissige Hügel, Schwundformen von Gebirgen, durch heftige, jähe Platzregen zernagt, mit geborstenen Flanken, an denen das innere Skelett der Erde offen zutage tritt, in schroffen Apophysen vorspringt oder zu Stapeln von Blöcken zerfällt – gewaltsame Spuren von Kataklysmen; kahle, flache Ebenen gleich unermeßlichen Llanos; und allerorten, selbst auf dem Grund der feuchten Niederungen kaum der Abzehrung widerstehend, eine dahinsiechende, rachitische Vegetation mit ihrem Gewirr verstümmelter, krummer Äste, die über den Boden kriechen oder sich in der Luft verrenken und fuchteln wie unter der Folter …

Ärmlichste Hütten mit offenstehenden Türen tauchten da und dort auf, trotz der noch unzerstörten Dächer unbewohnt, denn sie waren verlassen vom Viehtreiber, den der Krieg erschreckt hatte, und vom Fanatiker, der nach Canudos gezogen war.

Sogleich wurden sie stürmisch besetzt, während andere

Gäste verdutzt das Weite suchten: scheue, schreckhafte Füchse, die mit glühenden Augen und gesträubtem Fell aus Fenstern und Dachluken sprangen und mit großen Sätzen im Gesträuch verschwanden; oder Hunderte von Fledermäusen, die verstört aus den dunklen Räumen flatterten, benommen, mit schwirrendem Geräusch.

Für einige Stunden belebte sich das verwaiste Anwesen. Hängematten wurden in den winzigen Kammern aufgespannt, im fußbodenlosen Stübchen und draußen zwischen den Baumstämmen auf dem Vorplatz; die Maultiere wurden an den gekreuzten Pfählen des ausgestorbenen Viehgatters angebunden; über die Zäune breitete man Lappen aus Militärmänteln, Decken und alten Uniformen. Gruppen von Soldaten lungerten um die Behausung und durchstöberten neugierig den übel zugerichteten Gemüsegarten, in dessen Beete die *palmatória*-Kakteen mit ihren leuchtenden Blüten eingefallen waren; und ein nahezu festliches Stimmengewirr erinnerte für einen Augenblick an die glückliche Zeit, an die freundlichen Stunden, die die *matutos* dort im Frieden des Sertão verbrachten. Die Kräftigsten unter den Soldaten strebten sofort dem unweit gelegenen Wasserloch zu, wo sie – gleichgültig gegen die Nachzügler und rücksichtslos gegen all jene, die in den nächsten Wochen oder Monaten gleichfalls dort würden rasten müssen – sich badeten, ihre schweißtriefenden und staubbedeckten Pferde säuberten und sich die Wunden auswuschen in dem kostbaren Naß, das sich wegen der kurzen Regenzeit erst nach Jahresfrist erneuern würde. Mit vollen Töpfen und Feldflaschen, die sie eifersüchtig festhielten, kehrten sie zurück.

Nicht selten geschah es, daß einige Rinder – Überreste der vom Kriegsgetümmel versprengten großen Herden – von weitem das wiedererwachte Treiben auf dem Fleck Erde gewahrten, wo sie heimisch geworden waren und wo sie das erste Brandzeichen empfangen hatten, und so trabten sie hurtig dorthin. Laut brüllend und ausgelassen vor Freude, kamen sie näher. Sie suchten ihren Freund, den *vaqueiro*, der sie einst gehütet hatte und der sie aufs neue unter den vertrauten Liedern oder dem schwermütigen Klang des *aboiado* zu ihren bevorzugten Weideplätzen bringen würde, zu den nahrhaften Triften und zu den frischen Tränken.

Sie stürmten im Trab auf den Vorplatz ...

Dort wurden sie grausam empfangen. Ungestüm umringte sie die ausgehungerte Horde unter schrillem Geschrei. Gewehre krachten. Die ermatteten Leiber erwachten zu neuem Leben, stürzten sich in rasender Jagd auf die verdutzten Tiere, die sogleich verstört, Hals über Kopf, ins Dickicht des wildwuchernden Buschs zurückstoben. Entkräftet vom erschöpfenden Gerenne, bei dem sie ihre frischen Wunden an den Dornen schürften und ihr Fieber verschlimmerten, erlegten die Soldaten endlich ein, zwei oder höchstens drei Rinder mit so heftigem Gewehrfeuer, als wären sie im Gefecht. Sie zerlegten die Tiere. Und nach einem solchen von der Vorsehung gefügten Zwischenfall pflegten sie auszuruhen, gesättigt, beinahe glücklich vor dem Hintergrund ihrer sonstigen Not, und sie warteten auf den nächsten Morgen, um den Exodus fortzusetzen.

In diesen kurzen Augenblicken der Geruhsamkeit befiel sie ein aufschreckender Gedanke: ein Überfall der *jagunços*! Die Flüchtlinge sahen sich wehrlos, ausgezehrt, zerlumpt und beinahe widerwärtig, bleich vor Hunger, ausgestoßen in die Wüstenei wie unnützer Plunder – und sie ängstigten sich wie Kinder. Der Gegner, der es mit kriegserprobten Brigaden aufgenommen und in seinem blindwütigen Eifer Geschütze mit der bloßen Faust gepackt hatte, würde in Minutenschnelle zur Stelle sein und ihnen den Garaus machen. So brachen die Nächte voller Drohungen herein ...

In blutigen Schlachten abgehärtete Haudegen fuhren aus dem belanglosesten Anlaß erschrocken auf, blieben hellwach auf der Hut, den erlittenen Strapazen zum Trotz, um auf die wirren, fernen Geräusche zu horchen, die von den Hochplateaus kamen ...

Grausame Sinnestäuschungen quälten sie. Die aufspringenden Schoten der *catingueiras*, die scharf und vernehmlich knackten, hörten sich an wie das Spannen eines Gewehrhahnes und das Platzen eines Zündhütchens, Auftakt zu den plötzlichen Salven irgendeines nächtlichen Handstreichs; und die in der Ferne phosphoreszierenden Girlanden der *cunanãs* irrlichterten in der Dunkelheit wie Überreste von Lagerfeuern, in deren Umkreis unzählige Feinde geräuschlos lauerten …

Der Morgen war die Erlösung. Sie verließen den schauerlichen Ort. Zurück blieben jedoch bisweilen, ein wenig abseits, in vollkommener Ruhe, die vom Tod erlösten Gefährten. Man ließ sie unbeerdigt. Die Zeit drängte. Der harte Boden würde kraft der Konsistenz des Buntsandsteins die Spitzhacken zerspringen lassen. Einigen Flüchtlingen schwanden nach den ersten Schritten die Kräfte für immer. Erschöpft ließen sie sich zu Boden sinken, irgendwo an einer Wegbiegung. Niemand vermißte sie. Sie gingen unter, auf ewig vergessen, in ihrem Todeskampf ganz und gar sich selbst überlassen. Sie starben. Und noch Tage, Wochen, Monate später sahen Wanderer sie in der nämlichen Lage: hingestreckt im hell gesprenkelten Schatten des dürren Gezweigs, den rechten Arm über der Stirn gewinkelt, wie zum Schutz gegen die Sonne, mit dem vollkommenen Aussehen ermatteter Kämpfer bei der Rast. Sie verwesten nicht. Die ausgedörrte, glühheiße Atmosphäre konservierte die Leichen. Sie welkten nur, bekamen eine runzelige Haut und blieben noch lange am Wegrand liegen – grauenhafte Mumien in zerlumpten Uniformen.

Am Ende beeindruckten sie niemanden mehr. Wer in der Hitzezeit den Sertão des Nordens zu queren wagt, der gewöhnt sich an einzigartige Bilder. Wenn das Land in die zyklische Dürre eintritt – mit ihrem Wechsel von brennenden Tagen und beinahe kalten Nächten – und sich aller Feuchtigkeit entledigt, verfällt es in den Scheintod und läßt die auf ihr lebenden Wesen nur erstarren, ohne sie zu zersetzen. So verwirklicht es auf großer Stufenleiter den physiologischen

Tatbestand einer virtuellen, unmerklichen und lautlosen Existenz, deren Energien nur gefesselt und eingeschläfert sind, sämtlich bereit, bei der Rückkehr günstiger Witterungsverhältnisse unversehens aufzukeimen und eine verblüffende Auferstehung hervorzurufen. Und ebenso wie die verglühten und nackten Bäume nach den ersten Regenfällen saftstrotzend sich mit Blüten bedecken, ohne auf die Blätter zu warten, und binnen weniger Tage jene Wüsten in Auen verwandeln – so scheinen auch die Vögel, nachdem sie tot aus den stehenden Lüften fielen, und das widerstandsfähige Getier der *caatingas*, nachdem es verendete, und der Mensch, nachdem er den flammenden Sonnenstrahlen erlag, geraume Zeit unversehrt zu ruhen, ohne daß die Würmer das Gewebe entstellten, um gleichfalls die Wiederkehr der erquicklichen Jahreszeit abzuwarten. Mitunter zeigen sich sonderbare Scheinformen des Lebens: Die Pumas, außerstande, den Flammenkreis der Dürren zu überwinden und in andere Gegenden auszuweichen, ducken sich gekrümmt, die Krallen in den Boden gestemmt, wie im Sprung erstarrt; und am Rande versiegter Wasserlöcher liegen, mit langgezogenem Hals, als suchten sie nach einer nicht existenten Flüssigkeit, die abgemagerten Rinder, seit drei Monaten oder länger tot, über ihren dürren Beinen zusammengebrochen, und bilden reglose Herden …

Die ersten Platzregen verscheuchen auf der Stelle diese unheimlichen Schreckgestalten. Sie verwesen nun atemberaubend schnell, als würden sie von gefräßigen Flammen vertilgt. Mit furchtbarer Saugkraft entreißt ihnen die Erde gierig alle Elementarstoffe für den Triumph der wiederauflebenden Flora.

Die Fliehenden warfen im Vorbeigehen einen kurzen Blick auf jene grausigen Szenerien. Sie waren ganz beherrscht von dem einen Gedanken: wie sie dem wüsten und grausamen Sertão schnellstmöglich entkommen könnten. Das Entsetzen und das Bild des eigenen Elends gewannen schließlich die Oberhand gegen die von Gewaltmärschen überanstrengten

Muskeln, elektrisierten die Soldaten, trieben sie verzweifelt fort auf den endlosen Wegen …

Ohne den leisesten Anflug von militärischer Ordnung zogen sie dahin. Nachdem die meisten von ihnen zur besseren Anpassung die Kleider des Sertanejo übernommen hatten, waren sie nicht einmal an ihrer ausgeblichenen und zerfetzten Uniform erkennbar. Mit ihren harten Sandalen und baumwollenen Hemden, mit Lederhüten anstelle von Mützen oder Tschakos, wirkten sie wie Familien von *retirantes*, die Hals über Kopf zur Küste drängten, von der Dürre gegeißelt.

Etliche Weiber, Soldatenliebchen, Marketenderinnen-Hexen, hohlwangig und gealtert, machten den Schein vollkommen.

Illustre Offiziere, der General Savaget, die Obersten Teles und Nery und andere, die verwundet oder krank aus dem Kampfgebiet zurückkehrten, stießen, wenn sie an diesen Haufen vorüberkamen, auf eine ungesunde Gleichgültigkeit. Niemand salutierte. Sie waren Kameraden, die es im Unglück besser hatten, mehr nicht. Sie überholten die Soldaten und entschwanden eilig, ihnen weit voraus, hinter aufgewirbelten Staubschwaden. Drohende Blicke trafen sie in den Rücken, worin die kaum gezügelte Verbitterung jener funkelte, die ihnen die schnellfüßigen Pferde neideten.

Wer Glück hatte, erreichte schließlich nach viertägigem Fußmarsch das an der Dreigabelung der Wege nach Rosário, Monte Santo und Calumbí gelegene Anwesen Juá, ein weiteres Lehmhäuschen an der Abdachung eines Höhenrückens, beschattet von hochgewachsenen *juazeiros*, mit Blick auf die unendliche Weite der Plateaus. Sie glaubten sich gerettet. Noch eine Tagesreise, und sie wären in Caldeirão Grande – die beste Fazenda jener Gegenden, ein nahezu herrschaftliches Gutshaus, errichtet auf einem breiten Hügel, zu dessen Füßen die Wasser eines Baches zu einem wohlgefüllten Teich gestaut waren. Auf wenige Kilometer in der Runde ist dort die Natur eine andere. Sie verwandelt sich, belebt sich mit kleinen Höhenzügen und frischerem Pflanzenwuchs an ihren Hängen, und für einige Stunden waren die Wanderer befreit von der niederdrückenden Allgegenwart der leblosen Ebenen und wüsten Gebirge.

Sie standen an der Schwelle dessen, was man die »Operationsbasis« des Feldzugs nannte.

Anderntags zogen sie weiter nach Monte Santo. Und nach zweistündigem Marsch beflügelte sie der Anblick des Städtchens, das sie eine Meile vor sich gewahrten. Heiter erhob es sich aus dem flachwelligen Tafelland – eine Ansammlung von Häusern auf einer sanft geneigten Terrasse zu Füßen des schroffen Gebirges, von dessen fernem Gipfel die weiße hochragende Kapelle, deutlich umrissen vor dem blauen Himmelszelt, sie freundlich und liebevoll zu grüßen schien.

Bei ihrer Ankunft freilich kehrte ihre Verzweiflung zurück. Auch dort war Wüstenei. Der ausgestorbene, leere, von allem entblößte Flecken konnte sie kaum einen Tag lang beherbergen. Die Bewohner hatten ihn verlassen, waren »in die *caatinga* gestürzt«, wie die *matutos* sich ausdrücken, geflohen aus Angst sowohl vor dem *jagunço* wie vor dem Soldaten. Die winzige Garnison dieses höchst bescheidenen Waffenplatzes hatte dort untätig die Tage durchgebracht, in einer Tagedieberei, die unerträglicher war als die Märsche und Schlachten. In einem geräumigen Haus, geduckt und finster, hatte man ein Lazarett simuliert. Doch dieses war das Entsetzen und die höchste Verdammnis aller Verwundeten und Kranken. So verschlimmerte der Flecken, dessen krumme Sträßchen klingende Namen trugen – Rua Moreira César! Rua Capitão Salomão! – die Unwirtlichkeit der Gegend; er war die von Mauern eingefaßte Wüste, erstickt in einem Gewirr von schmutzstarrenden Gassen voll Unrat und widerlicher Abfälle der Bataillone, die dort kampiert hatten – trostloser als die eigentliche Wüste, die von den Sonnen gereinigt und von den Winden gefegt wird.

Die Ankömmlinge, um der mißlichen Gesellschaft der Fledermäuse in den verwahrlosten Häusern zu entgehen, biwakierten auf dem einzigen Platz des Ortes, der viereckig und weitläufig dalag, wo sie einander den Schatten des alten Tamarindenbaums neben dem Marktdach streitig machten. Anderntags in der Frühe zog man weiter, ein jeder auf eigene Faust, in Richtung Queimadas. Vor ihnen lagen weitere sechzehn kraftzehrende Meilen, weitere sechs oder acht Tage voller Bitternisse unter dem Kauterium der sengenden Gluten, mit zwangsläufigem Halt bei den Wasserstellen; der Weg führte sie über Quirinquinquá, zwei triste, von schweigenden *mandacarús* umstandene Behausungen auf einem breiten Buckel aus anstehendem Granit; über Cansanção, ein winziger Weiler, ein Dutzend Häuser, von Tümpeln umgeben; über Serra Branca, einer Herberge für Maultiertreiber ähnlich, festlich geschmückt im Schatten bewimpelter *ouricurí*-Palmen; über Jacuricí; an allen Teichen vorbei mit ihrem grünlichen und fragwürdigen Wasser …

Und jene Piste, bisher belebt, verödete. Die rabiaten Banden der Flüchtlinge richteten unterwegs Verheerungen an, als wären sie Reste einer Karawane fußlahmer Barbaren. Verletzt und krank, bildeten sie bedrohliche Rotten, die in haarsträubenden Schreien, Flüchen und Redensarten ihre unbezwinglichen Qualen und Empörungen hervorstießen und die auf Hütten zugingen, um die bedingungslose Gastfreundschaft der Dörfler in Anspruch zu nehmen. Anfangs pflegten sie cholerische Bitten zu äußern, die noch aufreizender wirkten als Forderungen. Dann der offene Übergriff. Angesichts ihrer peinigenden Lage erregten und ärgerten sie sich zutiefst über das beschauliche Bild jener ärmlichen Heime, in denen das Leben der *matutos* ruhig dahinfloß. Und sie verwüsteten alles – blindlings, unter einem unwiderstehlichen, hypnotischen Zerstörungsdrang –, sprengten die Türen mit Kolbenschlägen, während die Familie des Sertanejo entsetzt ins innerste Dickicht floh. Darauf verlangte es sie nach irgendeiner töricht-dramatischen Kurzweil, die sie einen Augenblick lang von ihren tiefen Nöten ablenkte, und so ergriffen sie brennende Holzscheite und hielten sie an die Strohdächer aus *sapê*. Auf der Stelle loderten die Flammen empor. Die kräftigen Böen des

Nordosts verwehten die Funken über die dürre *caatinga*. Binnen kurzem knisterten, eilig fortgerissen vom Wind, eingehüllt in Rauchschwaden, die durch Lohen zerrissen wurden, die Feuersbrünste, wälzten sich in Schluchten hinab und stiegen daraus empor, umfaßten alle Erhebungen, stürmten die Hügel bis zum Scheitel, flammten unversehens auf wie plötzlich feuerspeiende Vulkane und und griffen unlöschbar viele Meilen in der Runde um sich.

Während die Flüchtlinge, nun schon gerettet, die letzten Nöte ihres überaus leidvollen Exodus durchstanden und der Küste entgegenhasteten, trieben sie die Gewalttaten auf die Spitze und erweiterten den Umkreis der Kriegsverwüstungen, so daß sie – hart Gepeinigte und rücksichtslose Peiniger – gleichzeitig beklagenswert und bösartig waren, Mitleid und Haß erregten. Vereinzelt und ausgezehrt trafen sie in Queimadas ein, einige dem Tode nahe. In überfüllten Eisenbahnzügen fuhren sie hinunter nach Salvador da Bahia.

Erste zuverlässige Nachrichten

Bange Neugier erwartete sie.

Endlich sollten die ersten Opfer des Kampfes eintreffen, der das ganze Land in Atem hielt. Eine Menschenmenge, die die Endstation der Bahnlinie im Stadtteil Calçada überflutete und sich über die umliegenden Straßen bis zum Fort von Jequitaia ergoß, betrachtete nun täglich den Durchzug des glücklosen Heldentums. Sie hatte es sich niemals in so dramatischen Szenen vorgestellt.

Nie empfundene Gefühlsschauer durchzuckten sie.

Die Verwundeten trafen in erbarmungswürdigem Zustand ein. Bis in die Straßen der Stadt verlängerten sie die widerwärtige Flut aus Lumpen und Gerippen, die der scheußliche Rückstrom des Feldzugs über die Pfade des Sertão daherschwemmte.

Es war eine schmerzliche Parade. Offiziere und Mannschaften, vom Elend uniformiert, trugen unterschiedslos die gleiche Einheitsmontur: zerschlissene Hosen, die kaum ihre Blöße deckten, einem Lendenschurz gleich; zerrissene Hemden; Fetzen von Dolmanen über den Schultern; in Streifen gerissene Uniformjacken, die von den ausgezehrten Oberkörpern herabhingen und der ganzen Erscheinung das Gepräge tragischen Elends gaben. Wenn sie mühsam hinkend sich daherschleppten, torkelnd, schwankend und kampfuntauglich, zeigten ihre eingefallenen Gesichter und ihre gebeugte Haltung die erschütternde Spur des Krieges. Dieser enthüllte erstmals seinen wirklichen Charakter, in jenen zerschlagenen Leibern, die von Kugeln und Dornen durchbohrt waren und von Hieben zerschnitten. Und täglich trafen sie zu Hunderten ein: am 6. August 216 Gemeine und 26 Offiziere; am 8. August – 150; am 11. – 400; am 12. – 260; am 14. – 270; am 18. – 53; und so fort.

Die Bevölkerung der Hauptstadt von Bahia empfing sie erschüttert. Wie stets bei derartigen Vorkommnissen verstärkte das kollektive Gefühl die individuellen Eindrücke. Die große Anzahl derjenigen, die sich in derselben Erschütterung trafen, wurde zum Multiplikator der Empfindungen des einzelnen; und da alle Seelen im Gleichklang schwangen, von derselben Stimmung angesteckt und von denselben Bildern gebannt, gingen alle individuellen Regungen auf in der erhebenden Anonymität der mitleidigen Volksmenge, die höchst selten in der Geschichte mit so viel Würde auftrat. Die große Stadt wurde zu einem weitläufigen Heim. Man bildete allenthalben vaterländische Ausschüsse, um Spenden zu sammeln, die spontan, reichlich und stetig flossen. Im Zeughaus, in der Medizinischen Fakultät, in den Krankenhäusern, selbst in den Klöstern richtete man behelfsmäßige Krankenstationen ein. In allen wurden die ruhmreichen Kriegsversehrten der Schirmherrschaft eines erlauchten Namens unterstellt: Esmarch, Claude Bernard, Duplay, Pasteur[32] – niemals war diesen eine so schöne Ehrung der Nachwelt zuteil geworden.

Im Vorgriff auf Maßnahmen der Regierung hatte das Volk

sich zum selbstverständlichen Vormund der Leidenden gemacht, stand ihnen bedingungslos bei, öffnete ihnen seine Wohnungen, umringte sie, ermunterte sie, stützte sie beim stolpernden Gang durch die Straßen. An Besuchstagen strömte es scharenweise in die Krankenhäuser, schweigend, andächtig. Dann näherten sich die Besucher den Betten, als lägen dort alte Bekannte; mit den weniger schwer Verwundeten unterhielten sie sich über die erlittenen Heimsuchungen und bestandenen Gefahren; und wenn sie jene tragischen Zeugnisse des Krieges mit ihren entsetzlichen Beschwerden und Traumata verließen, hatten sie endlich eine deutliche Vorstellung von dem grausamsten Kampf unserer Zeit gewonnen. Doch dieses tiefe, weit verbreitete Mitgefühl wurde – ein unerklärlicher Gegensatz – überlagert von starker, glühender Begeisterung. Die Märtyrer umjubelte man wie Triumphatoren. Und diese Beifallsbekundungen ergaben sich von ungefähr, ohne Absprache, schnell, spontan, heftig, sie kamen und gingen in einer Viertelstunde, intermittierend wie unwillkürliche Bewegungen. Tagtäglich setzten sich allenthalben lärmende Massen in Bewegung, die unter gegensätzlichen Gefühlsaufwallungen auf Straßen und Plätzen wimmelten und mit eigenartigem, tränenbenetztem Frohsinn den düsteren Gedenkfeiern auf das Heldentum beiwohnten. Die Verwundeten waren gewiß eine höchst schmerzliche, doch in mancher Hinsicht auch ermutigende Offenbarung. In diesen Torturen kam die Energie eines Menschenschlages zum Vorschein. Die von den Krallen des *jagunço* und den Dornen der Natur zerrissenen Männer waren die Lebenskraft eines Volkes, das die Eisenprobe, die Feuerprobe und die Hungerprobe bestanden hatte. Vom Erdbeben des Krieges erschüttert, brachen die obersten Schichten des Nationalcharakters auf, dessen Tiefenstrukturen in jenen leidensfähigen und stoischen Titanen ans Licht kamen. Hinzu trat ein anderer, nicht einmal geflüsterter, doch ebenso beherrschender Gedanke, insgeheim gegenwärtig in allen Gemütern: die Bewunderung für die Verwegenheit der ungebildeten Sertanejos, Menschen desselben Volkes, bei deren Bekämpfung ganze Bataillone derart zerschlagen wurden …

Und ein langer, kraftspendender Schauer ließ die Seelen erbeben. Man wallfahrte zur Kaserne von Palma, wo Oberst Carlos Teles verwundet lag; nach Jequitaia, wo General Savaget auf dem Wege der Genesung war; und als dieser ein paar Schritte auf der Straße riskieren durfte, kam die rege Geschäftstätigkeit in der Unterstadt ganz zum Erliegen, da ein spontaner und grenzenloser Beifallssturm plötzlich um sich griff, der die Einwohner um den heldenhaften Anführer der 2. Heeressäule scharte und einen gewöhnlichen Werktag in einen nationalen Festtag verwandelte.

Verluste

Diese Erregung wurde beständig durch das Bekanntwerden neuer Einzelheiten geschürt. Endlich wußte man positiv, mit arithmetischer Genauigkeit, über das Ausmaß der Katastrophe Bescheid. Es war bestürzend.

Vom 25. Juni, dem Tag des ersten Schußwechsels mit dem Feinde, bis zum 10. August hatte die Expedition 2049 Mann verloren.

Die amtlichen Verzeichnisse listeten sie auf.

Die Gesamtverluste der 1. Heeressäule betrugen 1171 Mann und die der 2. Heeressäule 878 Mann. Hier die Zahlen in Einzelaufstellung:

»1. Heeressäule – Artillerie: 9 Offiziere und 47 Mann verwundet, 2 Offiziere und 12 Mann gefallen; Kavallerieflügel: 4 Offiziere und 46 Mann verwundet, 30 Offiziere und 16 Mann gefallen; Pioniere: 1 Offizier und 3 Mann verwundet, 1 Mann gefallen; Polizeibataillone: 6 Offiziere und 46 Mann verwundet, 3 Offiziere und 24 Mann gefallen; 5. Infanteriebataillon: 4 Offiziere und 66 Mann verwundet, 1 Offizier und 25 Mann gefallen; 7. Bataillon: 8 Offiziere und 95 Mann verwundet, 5 Offiziere und 52

Mann gefallen; 9. Bataillon: 6 Offiziere und 59 Mann verwundet, 2 Offiziere und 22 Mann gefallen; 14.: 8 Offiziere und 119 Mann verwundet, 5 Offiziere und 42 Mann gefallen; 15. Bataillon: 5 Offiziere und 30 Mann verwundet, 10 Mann gefallen; 16.: 5 Offiziere und 24 Mann verwundet, 10 Mann gefallen; 25.: 9 Offiziere und 134 Mann verwundet, 3 Offiziere und 55 Mann gefallen; 27.: 6 Offiziere und 45 Mann verwundet, 24 Mann gefallen; 30.: 10 Offiziere und 120 Mann verwundet, 4 Offiziere und 35 Mann gefallen.

2. Heeressäule – 1 General verwundet; Artillerie: 1 Offizier gefallen; 12. Infanteriebataillon: 6 Offiziere und 128 Mann verwundet, 1 Offizier und 50 Mann gefallen; 26. Bataillon: 6 Offiziere und 36 Mann verwundet, 2 Offiziere und 22 Mann gefallen; 31. Bataillon: 7 Offiziere und 99 Mann verwundet, 4 Offiziere und 48 Mann gefallen; 32.: 6 Offiziere und 62 Mann verwundet, 4 Offiziere und 31 Mann gefallen; 33.: 10 Offiziere und 65 Mann verwundet, 1 Offizier und 15 Mann gefallen; 34.: 4 Offiziere und 18 Mann verwundet, 7 Mann gefallen; 35.: 4 Offiziere und 91 Mann verwundet, 1 Offizier und 22 Mann gefallen; 40.: 9 Offiziere und 75 Mann verwundet, 2 Offiziere und 30 Mann gefallen.«

Und die Hekatombe wuchs mit einem täglichen Durchschnitt von acht außer Gefecht gesetzten Soldaten. Die Feinde hingegen verfügten anscheinend über unermeßliche Kräfte.

Deutungen und Legenden

Ihnen wurden zudem von der Phantasie erhitzter Gemüter maßlos weit verzweigte Verbindungen angedichtet. Wenn selbst der Senat der Republik, gleichfalls von der landesweiten Welle der Erschütterung erfaßt, soeben in einer Anfrage an die Regierung, gestützt auf schwere Anschuldigungen, Aufklärung über Waffen forderte, die aus Buenos Aires nach den

Häfen von Santos und Bahia verschifft worden seien und ganz offensichtlich die *conselheiristas* als Adressaten hätten, so mußte ein solcher angeblicher Zwischenfall, auf den die phantasierende Menge hereinfiel und den die Massenneurose aufblähte, den Schein von Wirklichkeit annehmen.

Ergänzt wurde dieses Gerücht, das die Geisteshaltung der amerikanischen Republiken gleichzeitig widerspiegelte und bestätigte, durch eine Fülle von Meldungen ihrer seriösesten Presseorgane. Deren vielleicht gewichtigstes in ganz Südamerika, *La Nación* aus Buenos Aires, fügte in seiner Ausgabe vom 30. Juli einem Bericht über die Merkwürdigkeiten des Feldzugs Einzelheiten von befremdlicher und furchtbarer Bedeutungsträchtigkeit hinzu:

»Innerhalb von zwei Tagen sind uns zwei Schreiben der Sektion Buenos Aires des Internationalen Bundes der Freunde des Brasilianischen Kaiserreichs zugegangen, die uns im Auftrag der geschäftsführenden New Yorker Sektion mitteilen, daß besagter Bund eine Reservetruppe von nicht weniger als 15 000 Mann allein im Staate Bahia hat, um nötigenfalls das Heer der Fanatiker zu verstärken; nicht gerechnet 100 000 Mann in verschiedenen Staaten Nordbrasiliens und über 67 000 in gewissen Gegenden der Vereinigten Staaten von Nordamerika, alle bestens für den Krieg gerüstet und ausgebildet und jederzeit bereit, sich zu den Küsten des ehemaligen Kaiserreichs einzuschiffen. Auch verfügen sie, setzen die Schreiben hinzu, über Waffen der modernsten Systeme sowie über Munition und Geld im Überfluß.

Korrekt in Formulierung, Kalligraphie und Orthographie, sind Briefkopf und Unterschrift der beiden rätselhaften Mitteilungen gleich gestaltet, mit einer Tinte geschrieben, die an die violette Färbung von Leichen erinnert, wobei die Majuskeln rot hervorgehoben sind, rot wie Blut.

Angesichts dieses fürchterlichen Aufgebots an Kämpfern und Waffen, dessen Bild uns die geheimnisvollen

Freunde des Kaiserreichs auf nicht minder geheimnisvolle Weise vor Augen stellen, wissen wir nicht, ob wir es mit einem jener schrecklichen Geheimbünde zu tun haben, die im Finsteren ihre zerstörerischen Machenschaften ausbrüten, oder mit einigen Herrschaften, die ihre Mitmenschen zu nasführen belieben.

Gleichwohl berichten wir in Hinblick auf einen etwaigen realen Kern der ganzen Geschichte hiermit über Eingang und Inhalt der beiden Schreiben.«

Derlei wurde geglaubt. Die vierte Expedition war in der aufrührerischen Gegend völlig abgeschnitten und stand vor einer Katastrophe. Dies besagten unverdächtige Mitteilungen. Allein aus dem Landkreis Itapicurú, so wurde versichert, waren 3000 Fanatiker nach Canudos unterwegs, unter der Führung eines Priesters, der von rechtgläubigen Grundsätzen abgeirrt war und dort die aberwitzigen Narreteien des Schismatikers absegnen wollte. Durch Barroca zogen Hunderte von bewaffneten Wegelagerern zu demselben Ziel. Neue Anführer wurden genannt. Sie hatten abstruse Spitznamen, gleich denen der *chouans*: Pedro »der Unsichtbare«, José »der Hirsch«; »Goldsplitter« und andere.

Verschlimmert wurden diese Spekulationen durch wahrheitsgemäße Nachrichten. Die *jagunços* überzogen den Sertão mit verwegenen Handstreichen: Sie suchten, geführt von Antônio Fogueteiro, den Gerichtsbezirk von Mirandela heim; stürmten, eroberten und plünderten das Städtchen Vila de Santana do Brejo; schwärmten nach allen Seiten aus. Sie vergrößerten das Kampfgebiet und ließen sogar deutliche Umrisse einer soliden Strategie erkennen. Außerhalb der Siedlung hatten sie zwei neue erstrangige und gut zu verteidigende Stellungen bezogen: die chaotischen Hänge des Caipã und die Hügelketten um die Várzea da Ema. Damit griff der Aufstand über Canudos hinaus und erfaßte eine Fläche von der Gestalt eines Dreiecks, das 50000 Bajonette binden konnte. Und er weitete sich immer mehr aus.

Die von Monte Santo abgehenden Hilfstrosse, wenn gleich

nicht mehr von Bataillonen, sondern von Brigaden eskortiert, kamen nur mühsam vorwärts, immer wieder von Anschlägen aufgehalten. Wenn sie Aracatí erreichten, waren sie darauf angewiesen, von zwei oder drei aus Canudos kommenden Bataillonen zusätzliche Bedeckung zu erhalten. Das unheimliche Wegstück zwischen Rancho do Vigario und Baixas war zum Schrecken der erprobtesten Haudegen geworden, zum klassischen Ort des »Ausbruchs« der Rinderherden und des Auseinanderstiebens der Packtiere, die bei den heftigen Schießereien scheuten und in panischer Flucht ganze Pelotons überrannten.

Und bei diesen wiederholten Scharmützeln, absichtsvollen Störmanövern gegen den Vormarsch, tauchte schließlich eine Variante des *jagunço* auf, welche diesen mittelbar unterstützte, wenn auch mit anderen Zielen. In dem lichten Geäst erspähte man Reflexe von Uniformknöpfen, die mit der schwindelerregenden Leichtfüßigkeit von Freischärlern vorüberhuschten, sowie leuchtende Tupfer karminroter Hosen …

Der ausgehungerte Deserteur überfiel die einstigen Kameraden.

Dies beklagenswerte Symptom war ein neuer Aspekt in dem Feldzug, dessen Erscheinungsbild sich von Tag zu Tag verfinsterte, da die trivialsten Vorfälle unmäßig ausgemalt wurden.

Von den verletzten Soldaten, die im beständigen Umgang und Gespräch mit dem Volk übrigens selbst zu grobschlächtigen Chronisten jener Ereignisse wurden, wurden diese mit der phantasievollen Ausschmückung bestätigt, die ihnen gerade ihre Einfalt beim Erzählen eingab, wahrhaftig im Kern, doch voll entstellender Übertreibungen. Merkwürdige Episoden wurden ersonnen. Der *jagunço* begann als Wesen eigener Art zu gelten, ungestalt und monströs, halb Mensch, halb Schrat; ein Wesen, das mit seinen unfaßlichen Widerstandskräften gegen die biologischen Gesetze verstieß; das, ungesehen und nicht zu greifen, sich auf den Gegner warf;

unsichtbar nach Schlangenart durch die *caatinga* schlich; gespenstergleich von hohen Felswänden glitt oder sich fallen ließ; leichter als seine eigene Flinte; eine magere, dürre, phantastische Gestalt, die zu einem Kobold schrumpfte, der weniger wog als ein Kind und dem eine bronzefarbene Haut an den Knochen haftete, rauh wie die Epidermis einer Mumie ...

Fortan überschlug sich die Einbildungskraft des Volkes in einem Taumel wundersamer Vorfälle, die phantasiereich ausgesponnen wurden.

Einige verbreiteten sich wie ein Lauffeuer und hinterließen einen tiefen Eindruck von der unbeugsamen Kampfkraft dieser Jäger ganzer Heere.

»Es lebe der Gute Herr Jesus!«

Bei einem der Scharmützel, die auf den Sturmangriff folgten, wurde ein noch junger Mestize gefangengenommen, der alle Fragen mechanisch beantwortete, mit hochmütiger Gleichgültigkeit:

»Weiß ich nicht!«

Schließlich fragte man ihn, wie er sterben wolle.

»Durch die Kugel!«

»Dann also durchs Messer!« entgegnete furchtbar der Soldat.

So geschah es. Und als knirschend die stumpfe Schneide ihm durch die Knorpel des Kehlkopfes drang und schäumend der erste Blutstrahl hervorsprudelte, entfuhr seinem bluttriefenden Mund ein letzter, gegurgelter Schrei:

»Es lebe der Gute Herr Jesus! ...«

Andere Episoden hatten Umrisse epischer Größe:

Am 1. Juli wandte sich der älteste Sohn des Joaquim Macambira, ein achtzehnjähriger Bursche, an den verschlagenen Rädelsführer:

»Vater! Ich will die ›Schlächterin‹ zerhauen!«

Der listige *guerrilheiro*, eine Art derber Imanus,[33] kupferhäutig und vierschrötig, faßte ihn unbewegt ins Auge:

»Frag den Ratgeber – und geh!«

An der Spitze von elf entschlossenen Gefährten brach der tapfere Kämpfer auf. Sie querten den Vaza-Barrís, der in Wasserlöcher zerschnitten war. Stürmten die breite, wellige Lehne zur Favela empor. Schlängelten sich wie Nattern durch die schüttere *caatinga*.

Es war um die Mitte des Tages. Die Sonne gleißte im Lot über der Erde und schleuderte schattenlos, bis auf den Grund der tiefsten Abgründe, ihre senkrechten, glühenden Strahlen …

In jenen Landstrichen ist der Mittag lautloser und düsterer als die Mitternacht. Gespiegelt vom bloßliegenden Gestein, zurückgeworfen von den nackten Hochflächen, abgestrahlt vom gerösteten und harten Boden, strömt alle erdwärts entsandte Hitze in aufsteigenden Säulen unatembarer und feuriger Lüfte verdreifacht in die Atmosphäre zurück. Die Natur steht still, erschöpft bis zu völliger Reglosigkeit. Es weht nicht der leiseste Hauch. Kein Fittich schlägt in den Lüften, die nahe dem Boden ihre Durchsichtigkeit verlieren, getrübt durch rasche, siedende Wallungen. Die Fauna der *caatingas* ruht im Sommerschlaf. Abgewelkt hängen die Zweige der entrindeten Bäume herab.

Die Truppe rastete auf dem Scheitel der Anhöhe, niedergeworfen von der Hundstagshitze. Aufs Geratewohl an den Hängen lagernd, die Mützen zum Schutz vor der Sonne ins Gesicht gezogen, eingenickt oder mit den Gedanken beim fernen Zuhause, nutzten die Mannschaften die wenigen Augenblicke der Feuerpause, um Kräfte zu sammeln für das mühsame Ringen. Vor ihnen, über die Bühel gebreitet – winzige, zusammengewürfelte Häuschen, ohne Straßen oder Plätze, eine regellose Ballung von Hütten –, lag Canudos, öde und stumm, gleich einer alten Wüstung.

Die gesamte Streitmacht ruhte …

Unterdessen erscheinen, vorsichtig lauernd, am Saum des kriechenden und verschlungenen Gehölzes voll ästestarrender Zwergbäume, am Rand der Lichtung auf der Kuppe, wo die Artillerie ihre Stellung hat, zwölf unruhige Gesichter, deren Raubtierblicke hurtig nach allen Seiten wandern. Nur zwölf Gesichter von noch liegenden, kriechenden Männern, im Dickicht der Bromelien. Langsam kommen sie hervor. Niemand sieht sie; niemand kann sie sehen. Mit selbstsicherer Gleichgültigkeit kehren zwanzig Bataillone ihnen seelenruhig den Rücken zu. Vor sich erblicken die *jagunços* die begehrte Beute. Einer phantastischen, sprungbereiten Bestie gleich, erhebt sich auf der soliden Lafette das Whitworth-Geschütz, die »Schlächterin«. Auf Belo Monte [34] richtet sie ihren grauenhaften, brüllenden Feuerschlund, der so viele Granaten schon auf die hochheiligen Kirchen gespien hat. Die Sonnenstrahlen zieren ihren schwarzglänzenden Rücken mit schimmerndem Gefunkel. Die Fanatiker betrachten sie eine Zeitlang. Dann richten sie sich am Saum der Lichtung auf. Sie stürmen auf das Ungetüm zu. Überfallen es, umklammern es, würgen es. Einer trägt eine Brechstange. Hebt sie drohend mit raschem Schwung …

Und der Schlag trifft, schrill und laut, nachklirrend …

Und ein Warnschrei platzt in die allgegenwärtige Stummheit der Dinge; vervielfacht sich in den Schluchten; erfüllt die gesamte Atmosphäre; und zerbirst in Echos, welche die Täler erschüttern und von den Bergen mit triumphierendem und dröhnendem Nachhall zurückprallen und mit einem derben Ruck das ganze Heerlager aufrütteln …

Im Laufschritt formieren sich die Abteilungen. In Sekundenschnelle sehen sich die Angreifer von Gewehren und

Bajonetten umringt, inmitten eines Hagels von Hieben und Schüssen. Einer nur entkommt – angesengt, angeschossen, angeschlagen –, rennt, springt, überschlägt sich, ungreifbar zwischen den verdutzten Soldaten, stürmt durch Kugelvorhänge, überwindet spitzige Zäune aus Seitengewehren, bis er ins Dickicht eintaucht, das er in Windeseile durchquert, und, endlich gerettet, über luftigen Abgründen die schroffen Berghänge hinuntergleitet.

Solche und andere Erzählungen – romanhaft ausgesponnene Vorfälle trivialster Art –, die dem Krieg einen Zug ins Großartige und Sagenhafte verliehen, erschütterten die Öffentlichkeit in der ehemaligen Hauptstadt und schließlich im ganzen Land …

VII.

Besorgnisse

Ein energischeres Einschreiten der Regierung war dringend vonnöten. Die wachsenden Besorgnisse geboten es ebenso wie die jüngsten Peripetien des Feldzugs und die Unwissenheit über den wirklichen Verlauf der Operationen. Die Meinungen gingen, wie stets, diametral auseinander. Nach Ansicht der Mehrheit konnten die Rebellen auf ernstzunehmende Kräfte zurückgreifen. Dies leuchtete ein. Anders war nicht zu begreifen, warum sie, in allen – heroisch formulierten – Tagesbefehlen geschlagen, jetzt, da ihnen der Fluchtweg in die Weiten des Sertão am São Francisco, wo sie unauffindbar wären, immer noch offenstand, hartnäckig in Canudos blieben und darauf warteten, daß man ihnen mit der Vollendung des Belagerungsrings die letzten Schlupflöcher verstopfte. Daraus zog man mit zwingender Logik weitreichende Schlüsse. Abgesehen von der Hypothese übermenschlichen Opfermutes, der die *jagunços* unter den Trümmern der hochheiligen Gotteshäuser umkommen lassen werde, unterstellte man ihnen andererseits furchtbare Kriegslisten, welche die reguläre Strategie vollkommen vereitelten. Die – als gering bezeichnete – Anzahl der in Canudos Ausharrenden und dort allen Fährnissen Trotzenden war gewiß ein Köder, um das Heer eben dorthin zu locken und es in fruchtlosen Kämpfen hinzuhalten, bis man mit anderwärts massierten starken Kontingenten von allen Seiten zum endgültigen Angriff auf die Belagerer übergehen und sie unter Kreuzfeuer nehmen würde.

Dem standen allerdings ermutigendere Einschätzungen gegenüber. In einem offenen Brief wies Oberst Carlos Teles mit allem Nachdruck auf die beschränkte Zahl der *jagunços* hin – zweihundert kampftaugliche Männer, vielleicht von allen Hilfsmitteln entblößt –, nur mit dem bewaffnet und ausgerüstet, was sie von den vorausgegangenen Expeditionen erbeutet hätten. Der Optimismus dieses Haudegens, in der Tat aufs höchste übertrieben, ging jedoch in der allgemeinen Ungläubigkeit unter. Ihn dementierten alle Tatsachen und vor allem jene täglich hereinbrechenden Schübe von Verwundeten, welche die Nation immer tiefer erschütterten.

Die Brigade Girard. Absonderliches Heldentum

Andere Ereignisse waren ebenso unheilvoll. Den ersten Forderungen des Generals Artur Oscar entsprechend hatte die Regierung unverzüglich eine Hilfsbrigade aufgestellt, die übrigens im Gegensatz zu den vorigen nicht mit einer dürren, farblosen Nummer ins Feld zog. Nach einem löblichen, bei uns jedoch unüblichen Brauch, wonach der Ruhm des Befehlshabers die von ihm Befehligten einschließt, trug sie einen Namen – Brigade Girard.

An ihrer Spitze stand General Miguel Maria Girard; und sie bestand aus drei Abteilungen, die aus der Garnison der Bundeshauptstadt kamen: dem 22. Bataillon des Obersten Bento Tomas Goncalves, dem 24. des Oberstleutnants Rafael Tobias und dem 38. des Obersten Filomeno José da Cunha. Es waren 1042 Mann und 68 Offiziere, vollständig bewaffnet und für den unersättlichen Rachen des Kampfes versorgt mit dem üppigen Futter von 850 000 Mauser-Patronen.

Doch aufgrund einer Reihe von Umständen, die aufzuzählen langatmig wäre, wurde diese Truppe, statt Hilfe zu leisten, zu einem Faktor der Schwächung. Unter dem Befehl ihres Namengebers fuhr sie von Rio de Janeiro nach Queimadas, wo sie sich am 31. Juli sammelte. Am 3. August brach sie von Queimadas auf, bis Monte Santo unter der Führung eines Obersten. Am 10. August machte sie sich von Monte Santo auf den Weg nach Canudos, unter dem Kommando eines Majors. In Bahia hatte sie einen Obersten und weitere Offiziere zurückgelassen – krank. In Queimadas einen General, einen Oberstleutnant und weitere Offiziere – krank. In Monte Santo einen Obersten und weitere Offiziere – krank …

Sie zerfiel unterwegs. Die Krankmeldungen aus ihrer Mitte waren alarmierender als die Vernichtung einer ganzen Brigade. Eine ungewöhnliche Art Beriberi hatte sie befallen, die weniger das Können erfahrener Ärzte als eine Untersuchung durch scharfblickende Psychologen erforderte. Denn endlich hatte dort die Angst ihre großen Helden gefunden, die den verblüffenden Mut bewiesen, einem ganzen Land ihre Feigheit zu offenbaren.

Als die Streitmacht hinter Queimadas den Sertão betrat und auf die ersten Scharen Verwundeter stieß, wurde sie vom Schrecken des Krieges berührt. In Contendas zogen mitten durch ihr Biwak General Savaget, Oberst Nery, Major Cunha Matos, Hauptmann Chachá Pereira und andere Offiziere. Noch empfing die Truppe sie voll Begeisterung: Offiziere und Soldaten standen aufgereiht am Wegesrand und salutierten. Doch bald erlahmte ihr Eifer. Nach nur dreitägigem Marsch begann die Brigade unter Entbehrungen zu leiden, da die mitgeführten Lebensmittelvorräte, die sie mit den ständig entgegenkommenden Scharen Verwundeter teilte, zusehends dahinschmolzen, so daß sie erschöpft und zermürbt in Monte Santo eintraf.

Unterwegs nach Canudos

Nach Canudos, wo sie sehnsüchtig erwartet wurde, machte sich die Brigade am 10. August auf den Weg, der prächtigen Hierarchie vollständig entkleidet, mit der sie ursprünglich angetreten war. Geführt wurde sie vom stellvertretenden Kommandeur des 24. Bataillons, Henrique de Magalhães, während die drei Abteilungen dem Befehl des Majors Lídio Porto sowie der Hauptleute Afonso de Oliveira und Tito

Escobar unterstanden. Der Marsch war mühsam und schleppend. Ab Queimadas hatte man mit ernsten Transportproblemen zu kämpfen. Die Lasttiere – unbrauchbare, alte und erschöpfte Maulesel, ausgemusterte Zugtiere der Kutschen von Bahia, geführt von unerfahrenen Treibern – schwankten und stolperten über die Wege, lähmten die Bataillone und verzögerten das Vorwärtskommen.

So gelangte die Brigade nach Aracatí, wo sie mit der Bedeckung einer Versorgungskarawane bis Canudos beauftragt wurde.

Unterdessen lichteten die Blattern ihre Reihen. Täglich wurden zwei oder drei Neuerkrankte zum Lazarett nach Monte Santo zurückgeschickt. Andere, überanstrengt durch den jähen Wechsel von den gepflasterten Straßen der Bundeshauptstadt zu jenen holprigen Pfaden des Sertão, fielen immer mehr zurück, entschwanden der Truppe aus dem Blick und mengten sich schließlich unter die Verwundeten, die ihnen entgegenkamen.

So war es für die Brigade eine glückliche Fügung, daß sie am 14. August bei Juetê mit dem kampferprobten 15. Infanteriebataillon zusammentraf, das eben aus Canudos kam. Denn anderntags, nach dem Aufbruch von Baixas, wo sie am Vortag haltgemacht hatte, um auf zahlreiche Nachzügler unter den Mannschaften zu warten, wurde sie bei Rancho do Vigario heftig angegriffen. Von einem beherrschenden Hügel herab beschossen die *jagunços* die rechte Flanke und aus einer seitlichen Verschanzung die Spitze der Brigade. Sie bestrichen sie zur Gänze mit einer einzigen Gewehrsalve. Bei der Vorhut fielen ein Fähnrich vom 24. Bataillon und bei der äußersten Nachhut ein anderer vom 38. Bataillon. In den Reihen dazwischen brachen mehrere Gemeine zusammen. Mehrere Pelotons gerieten heillos durcheinander und zeigten sich unter den wilden Freischärlern als überrumpelte Neulinge. Die meisten feuerten verzweifelt aus ihren Waffen. Trompeten erdröhnten, bebend hervorgestoßene, laute Kommandorufe erschollen, kreuzten sich, widersprachen sich. Erschrocken jagten die

Packtiere davon. Die Rinderherde brach aus und tauchte in der *caatinga* unter.

Das 15. Bataillon übernahm die Vorhut und damit die Führung der wankenden Kämpfer. Der Feind wurde nicht zurückgeworfen. Als die Nachhut dieselbe Stelle passierte, wurde sie noch einmal beschossen.

Nach dieser Schlappe – denn darum handelte es sich, schon deshalb, weil von den hundertzwei Rindern des ihr anvertrauten Trosses nur elf übrigblieben – wurde die Brigade bei Angico erneut überfallen. Sie unternahm einen symbolischen Bajonettangriff, bei dem sie nicht einen Soldaten verlor, und langte endlich in Canudos an, wo sie von den abgehärteten Recken, die der tyrannischen Disziplin beständiger Feuergefechte unterstanden, als die »Zimperliche« begrüßt wurde, eine Bezeichnung, die dank der Tapferkeit ihrer Offiziere später allerdings ebenso verschwand wie ihr ursprünglicher Name.

VIII.

Neue Verstärkungen

Dieser Angriff nahm bei seinem Bekanntwerden in Bahia die Größenordnung einer verlorenen Schlacht an, versetzte den durchweg unausgeglichenen Gemütern einen weiteren Stoß und schleuderte ein weiteres Dutzend Gerüchte in den Hexenkessel der Mutmaßungen; und endlich begann die Regierung mit der nach Lage der Dinge erforderlichen Schnelligkeit zu handeln. Sie hatte die Unwirksamkeit der jüngsten Verstärkungen eingesehen und veranlaßte nunmehr die Aufstellung einer neuen Streitmacht, wofür sie die letzten über die Bundesstaaten verstreuten Bataillone zusammenzog, die einer raschen Mobilisierung fähig waren. Und sie beschloß, um der Krise aus der Nähe zu steuern, eines ihrer Mitglieder zur Operationsbasis zu entsenden, den Minister für das Kriegswesen, Marschall Carlos Machado de Bittencourt.

Dieser begab sich im August nach Bahia, als aus allen Winkeln des Landes sich neue Kämpfer aufmachten. Mit einemmal hatte die kriegerische Bewegung sich ausgeweitet und die Form einer *levée en masse* angenommen …

Aus dem äußersten Norden und dem äußersten Süden strömten die Truppen zusammen, verstärkt durch Polizeiaufgebote aus den Staaten São Paulo, Pará und Amazonas. Bei dieser konzentrischen Wanderung zur einstigen Metropole trafen sich dort der Paulistaner, ferner Nachfahre des abenteuerlustigen *bandeirante*; der Riograndenser, ritterlicher und tapferer Sproß der *gaúchos*; der *curiboca* aus dem Norden, zäh wie nur wenige; Männer verschiedenster Wesensarten, gegensätzlicher Klimazonen, abweichend in Gebräuchen und ethnischen Veranlagungen, vom dunklen Mischling über den hellbraunen *caboclo* bis zum Weißen – sie alle verbunden durch das gleiche Anliegen. Die frühere Hauptstadt beherbergte sie im Schutze ihrer alten Festungen, umsorgte mit der gleichen liebkosenden und inbrünstigen Zärtlichkeit ihre unermeßliche, seit drei Jahrhunderten verstreute Nachkommenschaft. Nach langer Sonderung kehrten die verschiedenen Bestandteile unseres Volkes plötzlich zu ihrem Ausgangspunkt zurück, um sich aufs schönste zu verbünden. Bahia hatte sich zu ihrem Empfang herausgeputzt. Jener Hin- und Rückstrom des Feldzuges – abrückende Kämpfer, ankommende Märtyrer – verwandelte die Stadt, so daß die gewöhnliche Apathie von ihr abfiel und sie ihr kriegerisches Antlitz vergangener Zeiten wiedergewann. Die nutzlosen Festungen, mit denen sie durchsetzt ist, zur Gemeinschaft mit bürgerlichen Häuserfluchten herabgekommen, erstrahlten, unverzüglich instand gesetzt und von den in ihren Mauerspalten wurzelnden Bäumen befreit, bald wieder im alten Glanz und erinnerten an jene Zeitläufte, da von ihren Zinnen die langrohrigen, bronzenen Feldschlangen dröhnten.

Dort wurden die neu angekommenen Truppen einquartiert: das 1. Polizeibataillon aus São Paulo mit 458 Mann und 21 Offizieren unter dem Befehl von Oberstleutnant Joaquim Elesbão dos Reis; das 29., 39., 37., 28. und 4. Bataillon unter der Führung des Obersten João César de Sampaio, der Oberstleutnants José da Cruz, Firmino Lopes Rego und Antônio Bernardo de Figueiredo und des Majors Frederico Mara, mit einer jeweiligen Stärke von 240 Mann und 27 Offizieren, 250 Mann und 40 Offizieren, 332 Mann und 51 Offizieren, 250 Mann und 11 Offizieren, nebst den ihnen zugeordneten 36 Fähnrichen, wobei dem 4. Bataillon mit 219 Mann 11 Fähnriche angehörten, die sein ganzes Offizierskorps bildeten, da es weder Hauptleute noch Oberleutnants hatte. Hinzu kamen zwei weitere Einheiten: das Polizeiregiment aus dem Staate Pará mit insgesamt 640 Kämpfern, befehligt von Oberst José Sotero de Meneses, und ein Polizeibataillon aus dem Staate Amazonas, unter dem Befehl von Oberleutnant Cândido José Mariano, mit 328 Mann.

Diese Verstärkungen, die sich unter Einschluß von beinahe 300 Offizieren auf insgesamt 2914 Kombattanten beliefen, wurden in zwei Brigaden eingeteilt, in eine aus Linientruppen bestehende unter Oberst Sampaio und in eine Polizeibrigade, allerdings ohne das bereits gesondert vorausgefahrene Polizeikorps aus São Paulo unter Oberst Sotero; und zusammen bildeten sie eine Division unter der Führung von Brigadegeneral Carlos Eugênio de Andrade Guimarães.[35]

Den ganzen August verwendete man zu ihrer Mobilisierung. Die Truppen kamen schubweise in Bahia an, versorgten sich mit Munition, fuhren nach Queimadas und brachen von dort nach Monte Santo auf, wo sie sich in den ersten Septembertagen sammeln sollten.

Die Linienbataillone waren nicht nur unter Sollstärke, auf beinahe zwei Kompanien geschrumpft, wie aus den obigen Zahlen hervorgeht, sondern es fehlte ihnen an allem, selbst an den einfachsten Kriegsgerätschaften – sieht man ab von den alten Flinten und verblichenen Uniformen aus dem jüngst beendeten Feldzug gegen die Föderalisten im Süden.

Der Marschall Bittencourt

Marschall Carlos Machado de Bittencourt machte sich zum Herrn der Lage und entfaltete eine bemerkenswerte Tätigkeit. Er kam gerade recht zur Lösung aller anstehenden Schwierigkeiten.

Er war ein kaltsinniger Mann, erfüllt von ruhiger und unaufdringlicher Skepsis. Seine durchaus plebejische Schlichtheit dämpfte alle hochgestimmten Gefühlsaufwallungen. Als aufrechter Militär war er fähig – und er bewies es hernach beim tragischen Ausgang seines Lebens –, größte Gefahren auf sich zu nehmen.[36] Doch er tat es kaltblütig, beherrscht, in den unverrückbaren Gleisen der Pflicht. Er war kein Draufgänger, und er war kein Feigling.

Niemand konnte sich ihn vorstellen, wie er einer Heldentat entgegenstürmte. Niemand konnte sich ausmalen, wie er aus einer gefährlichen Konstellation heimlich davonschliche.

Ohne eine vollständige und in sich gefestigte militärische Persönlichkeit zu sein, hatte er sich gleichwohl die typische Eingespieltheit jener Muskel- und Nervenmaschinen angeeignet, deren Handeln dem unerbittlichen Druck der Gesetze mechanisch gehorcht.

Dies verdankte er weniger einer gründlichen Ausbildung im Geiste der Disziplin als seinem Naturell, das, träge und phlegmatisch, sich zwanglos in das komplexe Räderwerk der Erlasse und Dienstordnungen fügte. Ansonsten war er ein Nichts. Er huldigte dem Fetisch der schriftlichen Anordnungen. Er interpretierte sie nicht, kritisierte sie nicht: er befolgte sie. Mochten sie gut oder schlecht sein, absurd, überspannt, anachronistisch, töricht oder nutzbringend, gedeihlich, hochherzig und ehrenvoll – sie machten ihn, vielschillernd wie er war, zu ihrem Spiegelbild: gut oder abscheulich, überspannt oder hochherzig und ehrenvoll. Geschrieben war geschrieben. Daher zog er sich jedesmal, wenn die politischen Erschütterungen ihm die Vorschriften durcheinanderbrachten, behutsam in den Hintergrund zurück.

Marschall Floriano Peixoto – ein gründlicher Kenner der Menschen seiner Zeit – überging ihn systematisch in allen kritischen Phasen seiner Regierungszeit, wenn die individuelle Wesensart von Anhängern wie Gegnern eine wichtige Rolle spielte. Er berief ihn nicht, entfernte ihn nicht, verhaftete ihn nicht. Als Gegner wie als Parteigänger hielt er ihn für gleichermaßen unerheblich. Er wußte, daß der Mann, dessen Laufbahn, unauffällig und unbeirrbar, auf einer dürren Geraden verlief, im Wirrwarr der Belagerungszustände weder für noch gegen ihn eingreifen würde.

Die Republik war für ihn ein unerwarteter Zufall gegen Ende seines Lebens. Er mochte sie nie. Alle, die mit ihm zu tun hatten, wissen es. Sie blieb ihm stets eine ärgerliche Neuerung, nicht weil sie die Geschicke eines ganzen Volkes veränderte, sondern weil sie etliche Verordnungen und etliche Erlasse und etliche Formalitäten modifizierte, alte Vorschriften, die er in- und auswendig wußte.

Auf der Fahrt nach Bahia erstickte Marschall Bittencourt jegliche Begeisterung. Wer sich ihm näherte und einen aufmunternden, gelungenen Geistesblitz oder eine mannhafte Haltung erwartete, ein klärendes Wort zur aufwühlenden und ernsten Situation, die ihn dorthin führte, bekam zu seiner Verwunderung eine Handvoll leerer Trivialitäten zu hören, langatmige Banalitäten von quälender Fadheit über Truppenparaden, endlose Auslassungen über die Verteilung von Lebensmitteln und die Beschaffung von Pferden, als wäre diese Welt eine unermeßliche Schreibstube und die Geschichte ein Fall für die Buchhaltung von Feldwebeln.

Als er in der Hauptstadt von Bahia landete, war der vaterländische Überschwang aller Bevölkerungsklassen auf seinem Höhepunkt; und in gewisser Weise dämpfte er ihn. Lärmende Kundgebungen, flammende Gedichte, donnernde Redner zogen an ihm vorüber, umtosten ihn, brandeten an sein Ohr, begleitet von prasselndem Applaus und stürmischen Jubelrufen. Dies alles vernahm er teilnahmslos und verlegen. Nichts wußte er darauf zu antworten. Seine Rede war stockend und dürftig. Es kam hinzu, daß alles, was vom gewöhnlichen Gang der Dinge abwich, ihn keineswegs ergriff, sondern störte und ärgerte.

Wer, soeben aus dem Kampfgebiet eingetroffen, Versetzung oder Urlaub beantragte, erreichte bei ihm nichts, wenn er die Formalität eines ärztlichen Attestes vergaß und ihm lediglich den Einschuß einer Flintenkugel, einen blutigen Schnitt übers Gesicht oder das Leichenantlitz eines Malariaopfers vorzeigte. Es waren dienstliche Routineangelegenheiten.

Ein herzzerreissender Anblick

Einst erregte diese beklagenswerte Fühllosigkeit tiefes Befremden. Es war bei einem Lazarettbesuch.

Der geräumige Saal bot ein bewegendes Bild …

Man stelle sich zwei lange Reihen weißgrauer Betten vor,

auf denen – in allen erdenklichen Haltungen, steif unter leichentuchartigen Laken; bäuchlings, das Gesicht ins Kopfkissen gedrückt, von stummen, schmerzvollen Paroxysmen ergriffen; sitzend oder gekrümmt oder unter Gestöhn sich windend – vierhundert Schußverletzte lagen! In blutige Streifen gewickelte Köpfe; gebrochene, in Binden getragene Arme; geschiente, starr gestreckte Beine; unförmig angeschwollene Füße, von Dornen zerstochen; von Kugeln durchbohrte oder von Messern zerschnittene Brustkörbe, alle Traumata und alle Leiden …

Das Gefolge des Ministers – höhere Dienstgrade der Landesregierung von Bahia sowie der Armee, Journalisten, Menschen verschiedenen Standes – trat schweigend ein, starr vor Schrecken.

Der schauerliche Besuch begann. Der Marschall trat an das eine oder andere Bett, las mechanisch das Krankenblatt am Kopfende, dann ging er weiter.

Doch einen Augenblick lang mußte er innehalten. Vor ihm war, aus den Decken sich herausschälend, das niedergedrückte Gesicht eines Alten aufgetaucht, eines Korporals mit fünfunddreißig Kommißjahren. Ein vom Rückstoß der Waffen geschütteltes Leben, von den Sümpfen Paraguays zu den Dornbuschgehölzen von Canudos … Und auf dem ausgemergelten Gesicht des Unglücklichen leuchtete ein schönes Lächeln, freudig und lebhaft. Er hatte den Minister erkannt, dessen Ordonnanz er in besseren Zeiten als junger Mann gewesen war, als er ihn überall begleitete, in Schlachten, bei Einquartierungen, auf langen, strapazenreichen Märschen. Und ebendies sprach er aus, aufgeregt, mit bebender und heiserer Stimme, mit unendlich schmerzlicher Freude, in einem Taumel von ungelenken und ehrlichen Worten, und mit Augen, die vor Fieber und Begeisterung glänzten, mühte er sich aufzustehen, den welken Leib auf die dünnen und zitternden Arme gestützt, während unter dem halbgeöffneten Baumwollhemd, am Schlüsselbein, eine alte Narbe zum Vorschein kam.

Es war eine ergreifende Szene. Allen ging lautlos der Atem, und es schnürte ihnen die Brust zu. Allen trübte sich der Blick vor Tränen ... Und der Marschall Bittencourt schritt seelenruhig weiter und setzte die mechanische Lektüre der Krankenblätter fort.

Denn alles dies – starke Gemütsbewegungen oder herzzerreißende Auftritte – stand nicht auf dem Programm. Nichts konnte ihn ablenken.

Er war tatsächlich der richtige Mann für diese Notlage. Keinen Besseren hätte die Regierung finden können, um ihre Beschlüsse uneingeschränkt in die Tat umzusetzen und auf geradestem Wege die tumultreiche Krise anzugehen.

In seiner Selbstverleugnung verzichtete er auf alle Vorrechte seines Ranges und machte sich, im eigentlichen Sinne des Wortes, zum Generalquartiermeister eines Feldzugs, dessen Oberbefehlshaber einer seiner Untergebenen war.

Denn sein gesunder Menschenverstand, gepanzert mit einer Kaltblütigkeit, die ihm jede innere Unruhe ersparte, ließ ihn mit einem Blick die wirklichen Erfordernisse des Kampfes erfassen. Dieser – das erkannte er sogleich – bedurfte am allerwenigsten einer Truppenverstärkung. Weitere Gefechtsteilnehmer würden beim Einrücken in die Kriegsregion die Lage ihrer Gefährten, denen sie zu helfen gedachten, eher verschlimmern, wenn sie ihre Entbehrungen teilten, ihre knappen Vorräte schmälerten und die gemeinsame Not verschärften. Der um jeden Preis zu bekämpfende und zu besiegende Feind war nicht der *jagunço*, sondern war die Wüste. Als unerläßlich erwies es sich, dem Feldzug etwas zu geben, was er nie besessen hatte: eine Nachschublinie und eine Operationsbasis. Am Ende tat man, womit man hätte beginnen sollen. Eben dieses Unterfangen trieb der Minister erfolgreich voran. Während seines Aufenthaltes in Salvador da Bahia von zahlreichen Detailfragen beansprucht – Ausrüstung der eintreffenden Bataillone, Unterbringung der nicht endenden Scharen Verwundeter –, blieb seinem Geist jenes Hauptziel stets gegenwärtig, die wichtigste, vielleicht einzige Voraussetzung zur Lösung der schweren Krise. Schließlich meisterte er die Aufgabe durch zähes Niederringen einer Fülle von Schwierigkeiten.

In den letzten Augusttagen war endlich und endgültig eine reguläre Nachschubabteilung aufgebaut, deren Versorgungskarawanen kontinuierlich unterwegs waren und im Abstand weniger Tage das kämpfende Heer effektiv mit Monte Santo verbanden.

Dieses Ergebnis deutete auf das baldige Ende des Ringens. Denn von Anfang an, das lehren die vorausgegangenen Expeditionen, gingen die Mißerfolge großenteils auf die Isoliertheit zurück, in welche die Truppen bei der Querung der leblosen Gegend blindlings hineinstolperten, von allen Verbindungen abgeschnitten im Angesicht eines Feindes, gegen den sie spektakuläre Polizeiaktionen ohne die leiseste Spur einer strategischen Richtschnur unternahmen.

Demgegenüber leistete der Marschall Bittencourt zumindest dieses: Einen ausgeuferten Konflikt verwandelte er in einen regelrechten Feldzug. Die bisherige Kriegführung hatte sich als sinnlose Verschwendung von Tapferkeit dargestellt, und selbst die unerhörteste Heldenhaftigkeit und Selbstaufopferung würden keinen Fortschritt bringen. Der Feldzug war zu einer symbolischen und fragwürdigen Belagerung erstarrt, durchsetzt mit nutzlosen Schießereien, worin die Soldaten ebenso edelmütig wie töricht ihr Leben aufs Spiel setzten.

Und diese Belagerung würde unbefristet fortdauern, bis die unheimliche Siedlung ihre Belagerer einen nach dem anderen verschlänge. Unter diesen Umständen wurde die bloße Ersetzung der Verluste – acht bis zehn pro Tag – durch neue Kämpfer zu einem mörderischen Teufelskreis. Im übrigen bedeutete eine Vielzahl von Angreifern eine Belastung. Zwar würden sie den gesamten Flecken einkreisen und alle seine Ausgänge verriegeln, doch nach wenigen Tagen wären sie von den latenten Linien einer anderen, ungreifbaren und fürchterlichen Umzingelung eingeschnürt: Die ausgeglühte Wüstenei der *caatingas* würde sie zunehmend und unausweichlich mit Hungersnöten umklammern.

Der Marschall Bittencourt sah dies voraus.

Allzu prosaische Mitstreiter

Ein überragender Feldherr, von der professionellen Herausforderung und Bedeutsamkeit der Aufgabe fasziniert, würde großartige taktische Einsatzpläne entwerfen, ohne das Problem zu lösen. Ein glänzender Heerführer würde weitere, ungestüme Angriffe ersinnen, um ein für allemal den Aufruhr niederzuwerfen, und er würde die Truppe mit Eilmärschen durch die *caatingas* nutzlos zermürben. Der Marschall Bittencourt – unempfindlich gegen dies alles, gleichmütig in der allgemeinen Ungeduld – organisierte Nachschubkarawanen und kaufte Maultiere …

Tatsächlich gab es für jenen blutigen und wahrhaft dramatischen Feldzug nur eine Lösung, und diese war von merkwürdig humoristischer Art.

Tausend sanftmütige Esel wogen in dieser Lage zehntausend Helden auf. Der Krieg mit seinem ganzen Gefolge von mörderischen Kämpfen sank auf ein beklagenswert prosaisches und glanzloses Niveau herab.

Der Minister verwarf das Heldentum, verschmähte das militärische Genie, verzichtete auf den Schneid der stürmenden Brigaden und verlangte nach Treibern und Lasttieren. Diese Sicht der Dinge ärgerte den lyrischen Patriotismus und schmerzte wie ein böswilliges Epigramm der Geschichte, doch sie war die einzig angemessene. Das wenig schmeichelhafte Eindringen solcher Mitstreiter in unsere nationalen Geschicke war zwingend geboten. Die meistgeschmähten aller Tiere sollten mit ihren keilförmigen Hufen die Krise zertreten …

Nur sie konnten den Operationen die von den Umständen erheischte Geschwindheit verleihen. Der Feldzug nämlich ließ sich höchstens um zwei weitere Monate verlängern. Drei weitere Monate – an dieser unumstößlichen Erkenntnis war nicht zu deuteln – wären die Niederlage, die Preisgabe alles bisher Erreichten, die zwangsläufige Lähmung.

Im November würde in jener Gegend die Periode der Sturzregen einsetzen, woraus sich unausräumbare Hindernisse ergäben.

In den bislang trockenen Flußbetten würden Ströme von lehmigen Wassern brodeln, und der Vaza-Barrís, plötzlich angeschwollen, würde zu einer gewaltigen und langgezogenen Flut, die überschwappend sich dahinwälzte und unüberquerbar alle Verbindungen abschnitte. Hernach, wenn alle Gewässer versiegten – rasch, denn die wirbelnden Wasser, die zum Rio São Francisco und zum Meere abfließen, erschöpfen sich mit derselben Geschwindheit, wie sie entstehen –, würden noch schlimmere Hürden auftauchen. Unter der Lohe der glutheißen Tage ist jeder Morast, jeder kurzlebige Tümpel, jeder wassergefüllte *caldeirão*, jede Lache ein höllisches Laboratorium zur Destillierung des Sumpffiebers aus den Keimen dieser Seuche, die in verschwenderischer Fülle in den Lüften schweben, zahllos von jeder Stelle emporsteigen, wohin ein Sonnenstrahl trifft, und auf die Truppen niedergehen, auf Tausende von Organismen, in denen die Strapazen eine verhängnisvolle Anfälligkeit hinterlassen haben.

Den Konflikt galt es vor der gefährlichen Jahreszeit zum Abschluß zu bringen, das heißt, man mußte Anstalten zu einer wirklichen und konsequenten Belagerung treffen, um die alsbaldige Kapitulation zu erzwingen. Und nach dem Sieg über den besiegbaren Feind galt es auf der Stelle den Rückzug anzutreten vor dem unbesiegbaren und immerwährenden Feind – dem trostlosen, unfruchtbaren Land. Zu diesem Zwecke aber war es unerläßlich, die Verpflegung des Heeres zu gewährleisten, das mit den jüngsten Verstärkungen sich auf etwa achttausend Mann belaufen mußte.

Dies gelang dem Kriegsminister.

Als er daher Anfang September von Bahia nach Queimadas

reiste, waren alle Vorkehrungen für einen baldigen Schlußakt getroffen: In Monte Santo erwarteten ihn die Brigaden der Hilfsdivision; und die ersten regelmäßigen Nachschubkarawanen gingen, wenngleich noch selten, nach Canudos ab.

Die Lage in Canudos

Sie kamen noch rechtzeitig zur Wiederbelebung der Expedition, die, an die Flanken der Siedlung gefesselt, mehr als vierzig Tage in gefahrvoller und nutzloser Aufregung zugebracht hatte. Diesen Zeitraum haben wir schon in einem kurzgefaßten Tagebuch dargestellt, das wir nicht fortführen möchten, um dem betrüblichen Einerlei von Episoden zu entgehen, die ohne nennenswerte Abwechslung aufeinanderfolgten.

Die gleichen plötzlichen Schießereien, heftig, augenblicklich, unregelmäßig; die gleichen trügerischen Waffenpausen; die gleiche von Alarmen durchbrochene Apathie; die gleiche befremdliche und bedrückende Stille, immer wieder zerrissen von Gewehrgarben …

Tägliche Gefechte, bald todbringend, so daß sie die Reihen lichteten und vortrefflicher Offiziere beraubten, bald lärmend und anhaltend, doch so, daß sie gleich den Fehden zwischen Söldnern des Mittelalters sich im Verschießen Tausender von Kugeln erschöpften, ohne eine Wunde, ohne auch nur eine Schramme auf beiden Seiten. Schließlich die vom Zufall abhängige Ernährung, mit gedrittelten Rationen, sofern es sie überhaupt gab, denn ein Ochse kam auf ein Bataillon, und ein Liter Maniokmehl auf einen Zug; und, wie in den schlimmen Tagen auf der Favela, die täglich abkommandierten Trupps, die Rinder auftreiben sollten.

Die Nachschubkonvois blieben selten und unsicher. Mit dürftiger Ladung trafen sie ein, da ihnen ein Teil unterwegs abhanden kam. Vor den Expeditionssoldaten erhob sich erneut die einzige echte Gefahr: der Hunger.

In die Hütten oder die Zelte hinter den Anhöhen eingepfercht oder gegen die Böschungen der Schützengräben gepreßt, fürchteten sie wenig vom *jagunço*. Gefährlich wurde es ausschließlich dann, wenn dieser Jagd auf die Leichtsinnigen machte, welche die Deckung verließen. Dort in der Nähe ragten stolz die beiden Türme der Neuen Kirche empor, wie zwei unheimliche Ansitze über dem Heer. Und nichts entging der Treffsicherheit ihrer Besatzungen, welche diese *mutãs* unter dem heftigsten Kanonendonner keineswegs aufgaben. Der Gang zur Favela blieb daher gefährlich, so daß es notwendig wurde, eine Wache am Ufer des Flusses aufzustellen, dort, wo der Weg ihn kreuzte, um unvorsichtige Soldaten von seiner Begehung zurückzuhalten. An dieser Stelle erhielten die ankommenden Verstärkungen die Feuertaufe: am 15. August die Brigade Girard, auf 892 Mann und 56 Offiziere geschrumpft; am 23. August das Polizeibataillon aus São Paulo mit 424 Mann und 21 Offizieren; das 37. Infanteriebataillon, das der Hilfsdivision vorausmarschiert war, mit 205 Mann und 16 Offizieren unter dem Kommando des Oberstleutnants Firmino Lopes Rego. Die bäurischen Feinde ließen sie in aller Ruhe von den letzten Ausläufern des Gebirges herabsteigen, denn es war ihr Ehrgeiz, sie unten im Flußbett dröhnend und theatralisch mit einem Kugelhagel zu empfangen, der unweigerlich von schrillen und gräßlich ironischen Pfiffen unterbrochen würde.

Denn durch die neuen Widersacher ließen sich die *jagunços* nicht schrecken. Sie behielten ihre herausfordernde Wesensart bei, blieben unbeugsam. Und es hatte den Anschein, als lernten sie Disziplin. Von einem Ende der Siedlung zum anderen, über die Behausungen hinweg, verständigten sie sich mit Hilfe vereinbarter Flintenschüsse. Mit größerer Ordnung und Sicherheit als früher warfen sie sich in die Offensiven. Versorgt wurden sie ebenfalls von Nachschubkarawanen, die unbehelligt durch die Várzea da Ema eintrafen, da die angreifende Truppe sie nicht abfing, um ihre eigenen Stellungen nicht zu entblößen oder, eine triftigere Überlegung, um gefährliche Hinterhalte zu meiden. Denn unsichtbar in der Nähe streiften rasche Stoßtrupps der *jagunços* umher, zogen über die Hügel im Norden und von dort zu den Gebirgen von Canabrava und Cocorobó, umkreisten, an untrüglichen Zeichen erkennbar, von weitem die Bataillone. Nicht selten geschah es, daß der ahnungslose Soldat, der sich auf einem Hügel zeigte, zusammenbrach, von einer Kugel gefällt, die von außerhalb der Siedlung kam, von den unfaßbaren Linien jenes anderen Belagerungsrings, der die Truppe umschloß. Die Reit- und Zugtiere wurden häufig von Schüssen aufgeschreckt, wenn sie beiderseits des Flusses weideten; und eines Augusttages fingen die *jagunços* 20 Maultiere der Artillerie ein, trotz ihrer Bewachung durch eine kriegserprobte Einheit, das 5. Linienbataillon, das mit einer der Beute entsprechenden Heftigkeit attackiert wurde.

Diese Zwischenfälle verrieten den ungemein langen Atem der Aufrührer.

Die Angreifer indessen gewährten ihnen keine Waffenpause. Die drei Krupp-Geschütze, seit dem 19. Juli auf der Hügellehne in Stellung, an deren Fuß die Vorhut des 25. Bataillons lag, hoch über dem Kirchenplatz, beschossen die *jagunços* Tag und Nacht, entzündeten Brände, die nur mühsam zu ersticken waren, und zertrümmerten vollständig die Alte Kirche, deren Gebälk unter dem halb eingestürzten Dach schon gänzlich bloßlag und deren Turm der unerschrockene Glöckner unbegreiflicherweise immer noch des Abends bestieg, um mit weihevollen Klängen zum Ave-Maria zu läuten.

Als reichte dieses Bombardement aus nächster Nähe nicht aus, kam den 23. August das Whitworth 32 von der Favela herab. An demselben Tage war General Barbosa verwundet worden, als er die mittlere Batterie inspizierte, nahe dem Hauptquartier der 1. Heeressäule. So bot die Ankunft des Ungetüms von Kanone eine willkommene Gelegenheit zu einem unverzüglichen Gegenschlag. Dieser wurde im ersten Morgengrauen des folgenden Tages geführt. Und in der Tat war er fürchterlich. Das mächtige Geschütz erdröhnte: Man sah, wie das gewaltige Schrapnell krachend zwischen den Mauern der Kirche zerplatzte, ihr Dach zerfetzte, die Überreste des Turmes einriß und dabei – unter schrillem Geläut, als schlüge sie zum letzten Male Alarm – die alte Glocke wirbelnd durch die Lüfte sprengte, die bisher in der Abenddämmerung die Kämpfer zum Gebet rief …

Gleichwohl, diese Episode abgerechnet, war es ein verlorener Tag: ein geborstener Teil der Verschlußvorrichtung brachte das Geschütz für immer zum Verstummen. An den Frontlinien kamen acht Soldaten um, und ein dichtes, verblüffendes, unerhörtes Gewehrfeuer dauerte die ganze Nacht über bis zum Morgengrauen an. Bei Tage setzte es aufs neue ein und forderte, nach einer flüchtigen Feuerpause, vier weitere Opfer, die mit den sechs Mann, die das Durcheinander zur Fahnenflucht nutzten, die Tagesverluste auf zehn erhöhten. Den 26. über hielt das Feuer an und fällte fünf Gemeine; es tötete vier am 27.; vier am 28.; am 29. vier Soldaten und einen Offizier; und so fort, in dem gleichen unerbittlichen Rhythmus, der die Truppe ausbluten ließ.

Die Verluste, die sich tagtäglich mit geringfügigen Abweichungen addierten, vergrößerten die von den früheren Kämpfen gerissenen Lücken und erzwangen schon Mitte August die Neugliederung der schrumpfenden Streitkräfte. In der Verringerung der Brigaden von 7 auf 5 und im sinkenden Dienstgrad der Kommandeure zeigte sich trotz der jüngsten Verstärkungen diese Schwächung der Expedition.*

* »Hauptquartier des Oberkommandos. Gefechtsfeld von Canudos, 17. August 1897. Tagesbefehl Nr. 102 – Neugliederung der im Innern des Bundesstaates Bahia operierenden Streitkräfte.
Mit dem heutigen Datum erhält die meinem Oberbefehl unterstellte Streitmacht folgende Gliederung: 14. Infanteriebataillon unter dem Befehl des Hauptmanns des 32. Antônio da Silva Paraguaçú, 22. Bataillon unter dem Befehl des Majors ebendieser Einheit Lídio Porto, 24. Bataillon unter dem Befehl des Majors ebendieser Einheit Henrique José de Magalhães, 38. Bataillon unter dem Befehl des Hauptmanns ebendieser Einheit Afonso Pinto de Oliveira, die, alle zur Infanterie gehörig, die 1. Brigade bilden, unter dem Befehl des Obersten des 14. Bataillons Joaquim Manuel de Medeiros; 15. Bataillon unter dem Befehl des Hauptmanns des 38. José

Von den zwanzig Infanteriebataillonen, die dort standen – abgerechnet das 5. Artillerieregiment, das 5. Polizeibataillon von Bahia, eine Schnellfeuerbatterie und eine Schwadron Kavallerie –, unterstanden fünfzehn dem Befehl von Hauptleuten und zwei der Brigaden dem Befehl von Oberstleutnants, und wenn die Kompanieführer in der Rangordnung

Xavier de Figueiredo Brito, 16. unter dem Befehl des Hauptmanns vom 24. Napoleão Felipe Aché, 27. unter dem Befehl des Hauptmanns vom 24. Tito Pedro Escobar; 33. unter dem Befehl des Hauptmanns José Soares de Melo, die zusammen die 2. Brigade bilden, unter dem Befehl des Obersten des 27. Bataillons Inácio Henrique de Gouveia; 5. Bataillon, befehligt vom Hauptmann Leopoldo Barros e Vasconcelos von ebendieser Einheit, 7. Bataillon unter dem Befehl des Hauptmanns ebendieser Einheit Alberto Gavião Pereira Pinto, 25. Bataillon unter dem Befehl des Majors Henrique Severiano da Silva, 34. befehligt vom Hauptmann Pedro de Barros Falcão, die zusammen die 3. Brigade unter dem Befehl des Oberstleutnants vom 25. Bataillon Emídio Dantas Barreto bilden; 5. Artillerieregiment, befehligt vom Hauptmann ebendieser Einheit João Carlos Pereira Ibiapina, Batterie des 2. Regiments unter dem Befehl des Oberleutnants des 5. Positionsbataillons Afrodísio Borba und Schnellfeuerbatterie unter dem Hauptmann des 1. Positionsbataillons Antônio Afonso de Carvalho, die zusammen die Artilleriebrigade bilden, unter dem Befehl des Obersten des 5. Regiments Antônio Olímpio da Silveira; diese Einheiten kommen zur 1. Heeressäule unter dem Befehl des Brigadegenerals João da Silva Barbosa, 9. Infanteriebataillon unter dem Befehl des Hauptmanns des 31. Bataillons José Lauriano da Costa, 26. Bataillon unter dem Befehl des Hauptmanns vom 40. Bataillon Francisco de Moura Costa, 32. Bataillon unter dem Befehl des Majors ebendieser Einheit Florismundo Colatino dos Reis Araújo Góis, 35. Bataillon befehligt von Hauptmann Fortunato de Sena Dias, die zusammen die 4. Brigade unter dem Befehl des Obersten des 32. Bataillons Donaciano de Araújo Pontoja bilden; 12. Infanteriebataillon unter dem Befehl des Hauptmanns des 31. Joaquim Gomes da Silva, 30. Bataillon befehligt vom Hauptmann Altino Dias Ribeiro, 31. Bataillon unter dem Befehl des Majors ebendieser Einheit João Pacheco de Assis, 40. Bataillon unter dem Befehl des Majors Manuel Nonato Neves de Seixas, die zusammen die 5. Brigade bilden unter dem Befehl des Oberstleutnants des 30. Bataillons, Antônio Tupí Ferreira Caldas; diese Einheiten machen die 2. Heeressäule aus, unter dem vorübergehenden Befehl des Obersten Joaquim Manuel de Medeiros, während die 1. Brigade vorübergehend vom Major des 16. Bataillons Aristides Rodrigues Vaz befehligt wird.
Das Kavalleriekontingent, befehligt vom Fähnrich der 1. Kavallerieschwadron João Batista Pires de Almeida, wird die 1. Brigade integrieren, deren Kommando auch das Pionierkontingent und das 5. Polizeikorps unterstellt werden. – Artur Oscar de Andrade Guimarães, Brigadegeneral.«

nicht bis zum Feldwebel hinabreichten, so deshalb, weil die Fähnriche ihnen an Zahl überlegen waren.

Bald jedoch sollte sich die Lage ändern. Canudos sollte, in genauen Zahlen ausgedrückt, von dreißig Infanteriebataillonen eingeschlossen werden, abgesehen von den Einheiten anderer Waffengattungen.*

Die rettende Division war im Anmarsch.

* Es handelt sich um folgende Linienbataillone: das 4., 5., 7., 9., 12., 14., 15., 16., 22., 23., 24., 25., 26., 27., 28., 29., 30., 31., 32., 33., 34., 35., 37., 38., 40.; das 5. aus Bahia, eines aus São Paulo; zwei aus Pará; eines aus Amazonas. Insgesamt 30.
Hinzu kommen: 5. Artillerieregiment, Batterie des 2. Regiments der selben Waffengattung, eine Schnellfeuerbatterie, eine Kavallerieschwadron; das 4. Polizeikorps aus Bahia und das patriotische Bataillon »Moreira César«, welche den Nachschub sicherten.

Neue Phase des Kampfes

I. Queimadas. In der Fremde. Vaterland – eine geographische Fiktion. Neues aus Canudos. Gefangene. Der Anblick eines Kindes. Auf dem Weg nach Monte Santo. Schmähende Palimpseste. In Monte Santo. Ermutigende Neuigkeiten. Ein »begeistertes Hohngeschrei«. Verschanzung »Siebenter September«. Der Weg durchs Çalumbí-Gebirge.

II. Anmarsch der Hilfsdivision. Ruhmredige Furcht. Caxomongó. Alarm. Hoffnung auf eine halbe Ration Ruhm. Canudos. Anblick des Heerlagers. Scharlatanerie des Wagemutes.

III. Als Botschafter zum Himmel. Schließung des Belagerungsrings. Schauplatz einer Tragödie.

I.

Queimadas

Queimadas, zu Beginn des 19. Jahrhunderts gegründet, doch in gänzlichem Verfall begriffen, wurde zu einem geräuschvollen Heerlager. Die Ansammlung ärmlicher Häuser, unbeholfen um den regellosen, von Sturzbächen gepflügten Dorfplatz gruppiert – eine Lichtung inmitten des unwirtlichen Buschwalds –, sowie vor allen Dingen die Einförmigkeit der Hochebenen, die ringsum zwischen kahlen Hügeln sich dehnen, verleihen dem Ort einen trübseligen Zug und ergänzen das Bild eines sterbenden Weilers, der unaufhaltsam zu einer Wüstung herabkommt.

Außerdem knüpften sich daran leidvolle Erinnerungen. Dort hatten alle bisher im Kriege eingesetzten Truppen haltgemacht, auf immer demselben Gelände, wo der Dorfplatz in die *caatinga* überging, die mit den graubraunen und weißlichen Farbtönen ihres verbrannten Laubes den Ortsnamen angeregt hatte.[1] Abstoßende Haufen von Lumpen und Fetzen; bunte und schmutzstarrende Lappen von einstigen Uniformen; Stiefel und Knobelbecher mit schiefgetretenen Absätzen; Käppis und Mützen; geborstene Feldflaschen; alle erdenklichen Kasernenabfälle, über eine weite Fläche verstreut, wo die Asche von Lagerfeuern weißlich schimmerte, zeugten vom Durchzug aller Kämpfer, die seit der Expedition Febrônio de Brito dort ihre Zelte aufschlugen. Über jenen Boden, dem die Fußstapfen von zehntausend Mann sich eingedrückt hatten, war im Stimmenlärm der Zeltlager ein Wirbel von Gefühlen gegangen – Leidenschaften, Beklemmungen, Hoffnungen, Entmutigungen unbeschreiblicher Art.

Überstieg man eine niedere Bodenwelle, gewahrte man einen Schnitt durch das Strächerdickicht, eine breite Schneise, geradlinig und langgezogen, mit einer Zielscheibe als Abschluß – den Schießplatz, wo die Division Artur Oscar exerziert hatte. Nahebei, dicht daneben, die winzige, niedere Kapelle, einer gemauerten Baracke gleich. Und an ihren Wänden, in närrischen Kapriolen, die ungelenke Kalligraphie und die derbe Literatur des Soldaten. Alle Bataillone hatten an diesen Seiten mitgeschrieben, sie mit dem Seitengewehr geritzt oder mit einem Stück Kohle geschwärzt und so ihre Augenblickseindrücke festgehalten. Dämonische Seiten waren diese geheiligten Mauern: Kurze, schneidende, haarsträubende Perioden; donnernde Lästerungen; Verwünschungen und Aufschreie und begeisterte Hochrufe bedeckten sie kreuz und quer, entweihten sie, besudelten sie mit ihren schwarzen Buchstaben zwischen Ausrufungszeichen, die lang wie Speere waren.

Von dort unmerklich abwärts verläuft ein schmaler und berüchtigter Pfad, der Weg nach Monte Santo, den nacheinander drei Expeditionen voller Zuversicht eingeschlagen hatten, und auf dem nunmehr nacheinander jämmerliche Haufen Geflüchteter daherkamen. Hinter der Furt durch den Jacurici mit seinen flachen und sanften Wassern tauchte er mit einer Biegung in die Weite der Hochebenen ein, zunächst begleitet von einem anderen Weg, kenntlich an den Masten der kürzlich errichteten Telegraphenleitung.

Auf der andern Seite verläuft die den Ort berührende Eisenbahnlinie. Jenes Band des Fortschritts indessen bringt der Siedlung keinerlei Nutzen und mildert nicht einmal ihren wahrlich bäurischen Zuschnitt. Man steigt aus dem Zug, legt wenige hundert Meter zwischen geduckten Häusern zurück und stößt sogleich, am Saum des Dorfplatzes, auf den – Sertão …

In der Fremde. Vaterland – eine geographische Fiktion

Man steht am Berührungspunkt zweier Gesellschaften, die sich ganz und gar fremd sind. Der ledergewandete Viehtreiber tritt aus der *caatinga* hervor, zieht durch die schäbige Häusergruppe und hält seinen »Renner« vor den Gleisen an, auf denen in schwindelerregender Fahrt seine Landsleute aus dem Küstenstrich vorüberrollen, ohne ihn kennenzulernen.

Die neuen Expeditionsteilnehmer bemerkten bei ihrer Ankunft diesen gewaltsamen Wechsel. Dieses absolute und tief verwurzelte Mißverhältnis zwischen den Städten der Küste und den ziegelgedeckten Eingeborenendörfern des Hinterlandes, das den Rhythmus unserer fortschreitenden Entwicklung so sehr aus dem Gleichgewicht bringt und die nationale Einheit so bedauerlich stört. Sie sahen sich in einem fremden Land. Andere Sitten. Andere Szenen. Andere Menschen. Eine andere Sprache sogar, von urwüchsiger und bildkräftiger Ausdruckskraft. Es überkam sie das unverwechselbare Gefühl, in einen auswärtigen Krieg zu ziehen. Sie fühlten sich außerhalb Brasiliens. Der gesellschaftliche Abstand steigerte die räumliche Entfernung und weckte ein Heimweh wie eine lange Abwesenheit vom Vaterland.

Überdies machte der Auftrag, der sie herführte, die ganze Tiefe des Antagonismus deutlich. Dort stand der Feind, in östlicher und nördlicher Richtung, verborgen in den endlosen Weiten der Hochflächen, an deren fernem Saum sich ein grauenvolles Drama abspielte …

Es war, man mußte es zugeben, ein erschreckend paradoxes Vaterland, in das seine eigenen Söhne bis an die Zähne bewaffnet und mit Kriegsfanfaren einmarschierten, um seine Eingeweide mit Krupp-Kanonen zu zerfetzen, ohne es im mindesten zu kennen, ohne es je gesehen zu haben, verwundert schon angesichts der Oberflächengestalt des heißtrockenen und aufgewühlten und gewalttätigen Landes, das Dornsträucher wie Eiterbeulen hervortrieb, Geröllhalden aufwarf, in Gebirgstrümmer zerfiel, in Schluchten klaffte, in ausgedörrten Tafellanden fortwogte, in nackten Ebenen sich dehnte, steppengleich …

Was man zu tun sich anschickte, war dasselbe, was die vorherigen Truppen getan hatten – eine Invasion in fremdes Territorium. Hier von Vaterland zu reden war eine geographische Fiktion. Die faßbare, von allen Ereignissen bestätigte Wirklichkeit, die auch bei flüchtigster Betrachtung ins Auge sprang, war eben diejenige, die vor ihnen lag. Die neu angekommenen Recken spürten ihre Macht. Und da jenes unbekannte Volk von Hinterwäldlern ihnen täglich die Kameraden verstümmelt und gebrochen zurücksandte, die wenige Monate zuvor voll Kraft und Übermut gen Canudos vorgerückt waren, gab es kein mannhaftes Gemüt, das kalten Blutes den geheimnisvollen und rauhen Sertão beobachtete …

Neues aus Canudos. Gefangene

Glücklicherweise stießen sie bei ihrer Ankunft in Queimadas auf anderslautende, ermutigende Nachrichten, die soeben aus dem Kampfgebiet eingetroffen waren.

Kein neues Unheil war geschehen. Die Truppe hielt, dem tagtäglichen Gewehrfeuer zum Trotz, die eroberten Stellungen. Die Brigade Girard und das Bataillon aus São Paulo waren zur rechten Zeit gekommen, um die Lücken im noch dünnen Belagerungsring zu schließen. Das Eingreifen dieser Verstärkungen fiel mit den ersten Anzeichen von Entmutigung auf seiten der Rebellen zusammen: Nicht länger läutete mit triumphierender Gelassenheit die Glocke der Alten Kirche, die nunmehr eingestürzt war; nicht länger hörte man die schwermütigen Litaneien in den Pausen zwischen den Feuergefechten; die verwegenen Überfälle auf die Frontlinien blieben aus; und nächtens, wenn kein einziges Licht mehr flackerte, versank Canudos in lautloses Dunkel. Das Gerücht lief um, der Ratgeber sei nunmehr ein gefangener Mann, verhaftet von seinen eigenen Anhängern aus Empörung über seine angeblich geäußerte Bereitschaft zur Übergabe und zum Märtyrertod.

Und man führte Einzelheiten an, die übereinstimmend auf ein schnelles Nachlassen des Kriegsbrandes deuteten.

Dieser werde, so wähnten die Neuankömmlinge, bei ihrem Eintreffen in Canudos bereits erloschen sein. Dafür sprach alles. Schließlich auch die eintreffenden Gefangenen, nach so vielen Kriegsmonaten die ersten, die man zu Gesicht bekam. Es fiel lediglich auf, ohne daß man für diesen sonderbaren Umstand eine Erklärung hatte, daß unter ihnen kein einziger erwachsener Mann war. Die Besiegten, unter wackerer Bedeckung herangeführt, waren äußerst hinfällig: ein Halbdutzend Frauen mit Kindern auf dem Arm, die runzlig waren wie Föten, begleitet von den älteren Geschwistern, Sechs- bis Zehnjährigen. In Queimadas zogen sie durch ein dichtes Spalier von Schaulustigen, unter denen sich Uniformen aller Truppengattungen und aller Dienstgrade drängten. Ein trauriges Schauspiel.

Die unglücklichen Frauen, zerlumpt, die Hemden zerschlissen, an deren Löchern gierige Blicke sich weideten, betraten den Platz, an der Hand ihre mühsam nachgezogenen Kleinen.

Sie waren wie seltene Tiere bei einer Jahrmarktsbelustigung.

Ringsum erhoben und kreuzten sich in allen Tonlagen Kommentare jeglicher Art, ein Gesumme von Stimmen, durchbrochen von Ausrufen lebhaftester Verwunderung. Der bejammernswerte Haufen war eine vorübergehende Ablenkung, eine glückliche Unterbrechung der langweiligen Stunden des Lagerlebens.

Er reizte die allgemeine Neugier, ohne aber die Herzen zu rühren.

Einer der Jungen, dünn und taumelig, trug auf dem Kopf ein – diesen ganz verdeckendes und bis zu den Schultern reichendes – altes Soldatenkäppi, das er unterwegs gefunden hatte. Die allzu breite und große Kopfbedeckung rutschte bei jedem Schritt grotesk auf dem ausgezehrten Oberkörper hin und her, den es zu einem Drittel bedeckte. Und mehrere Zuschauer hatten den eigenartigen Mut zu lachen. Das Kind hob das Gesicht, um sie zu sehen. Die Lacher verstummten: Der Mund in seiner ganzen Breite war eine offene Schußwunde!

Die Frauen waren überwiegend abscheulich. Herbe Physiognomien von Mannweibern, mit scheelen und bösartigen Augen.

Eine indessen hob sich ab. Das Elend hatte ihr Antlitz abgezehrt, ohne seine Jugendlichkeit zu zerstören. Olympische Schönheit stand wieder auf in dem unvergänglichen Bildnis mit dem jüdischen Profil und den makellosen Zügen, wiewohl beeinträchtigt durch die kantig hervortretenden Knochen in dem ausgemergelten und bleichen Gesicht, das aufgehellt wurde von großen, schwarzen Augen voll erhabener und tiefer Traurigkeit.

Diese Frau stillte die Neugierde mit einer einfachen Geschichte. Eine Tragödie in einem Halbdutzend Worten. Ein damals eigentlich triviales Drama, mit dem unweigerlichen Epilog einer Kugel oder eines Granatsplitters.

Ins Stübchen einer engen Hütte mit gestampftem Erdboden gezwängt, die am Dorfplatz lag, wurden die unglücklichen Frauen, umstanden von aufdringlichen Gruppen, Opfer nicht endender Fragen.

Damit wandte man sich schließlich an die Kleinen. Von kindlicher Einfalt erwartete man Aufrichtigkeit.

Doch eines von ihnen, neun Jahre alt, ein stämmiger Knirps und Athlet im Embryonalzustand – das Antlitz kupferfarben, die Augen tiefdunkel und lebhaft –, verblüffte die Fragesteller durch Dreistigkeit und frühreife Verschlagenheit. Er antwortete zwischen dichten Qualmwolken aus einer Zigarette, an der er mit der Behaglichkeit eines eingefleischten Schmauchers sog. Und seine Auskünfte sprudelten in einem fort, beinahe sämtlich falsch, und ließen die Schliche eines abgebrühten Spitzbuben erkennen. Die Befrager nahmen seine Worte andächtig auf. Es sprach ja ein Kind. Mit einem Mal jedoch, als ein Soldat mit einer Comblain in der Hand hereintrat, unterbrach der Knabe sein Geplapper. Selbstsicher stellte er zur allgemeinen Verdutztheit fest, daß die »Comblé« nichts tauge. Es sei eine Allerweltswaffe, eine »Pipiknarre«: Sie mache einen »verdammten Krach«, habe aber keine Durchschlagskraft. Er nahm sie, handhabte sie mit der Fertigkeit eines gefechtsbereiten Soldaten und gab schließlich zu, er schieße lieber mit der »Manulische«, das sei nämlich eine »wuchtige« Flinte. Man reichte ihm also eine Mannlicher. Behende nahm er ihr Schloß auseinander, als sei es sein liebstes Kinderspielzeug.

Man fragte ihn, ob er damit in Canudos geschossen habe.

Darauf versetzte er mit einem wunderbar überlegenen Lächeln:

»Warum denn nicht? Wenn es dort andauernd Zoff gab! ... Sollte ich mich etwa prügeln lassen, wie ein gehetzter Ochse, oder faul herumstehen, wo unsere Kerle den Soldaten den Samba verdarben?!«

Dieses Kind war gewiß ein bestürzendes Scheusal. Aber auch eine Lehre. Mit einer fürchterlichen Erbschaft von Irrungen auf seinen schmalen Schultern ging es als fertiger Bandit aus dem Kampf hervor. In seinen neun Lebensjahren verdichteten sich drei Jahrhunderte Barbarei.

Unbedingt erheischte der Feldzug von Canudos eine vornehmere Zielsetzung als die stumpfsinnige und sehr wenig ruhmvolle Zerstörung eines Fleckens im Sertão. Einen ernsteren Feind galt es zu bekämpfen, in einem langwierigeren und ehrenhafteren Krieg. Der ganze Feldzug bliebe ein sinnloses, barbarisches Verbrechen, wenn man die der Artillerie gebahnten Wege nicht für eine beharrliche, nachhaltige Unterweisungskampagne nutzte, um jene rohen, zurückgebliebenen Landsleute in unser Zeitalter zu holen und unserer Lebensart einzugliedern.

Doch unter dem Druck von Schwierigkeiten, die einer sofortigen, eindeutigen Lösung bedurften, war kein Platz für solche langfristigen Zukunftsvisionen. Nachdem der Kriegsminister bei seinem viertägigem Aufenthalt in Queimadas die letzten Hindernisse für die Mobilisierung der Truppen ausgeräumt hatte, brach er nach Monte Santo auf.

Auf dem Weg nach Monte Santo

Nur von seinem Generalstab und dem des Generals Carlos Eugenio begleitet, hatte er bis zur Operationsbasis ein von Verletzten wimmelndes Gebiet zu durchqueren, und an den Strapazen, die sein wohlberittenes und wohlverproviantiertes Gefolge auf einer leicht zu begehenden Strecke heimsuchten, konnte er die Qualen derer ermessen, die zu Fuß über die fürchterlich rauhen Pisten des Sertão dahinzogen. Auf dem bequemen dreitägigen Ritt begegnete dem Reitertrupp an jeder Wegbiegung eine düstere Spur des Krieges, der die Szenerie immer stärker prägte, ergänzt von der zunehmenden Rauheit des ausgeglühten, kargen Landes. Der erste Rastplatz, Tanquinho, bot einen Vorgeschmack der folgenden. Er war der beste weit und breit, und er war unerträglich: ein halb zerstörtes Gehöft, zwei verödete, vom dünnen Gezweig des *alecrim-dos-tabuleiros* überwucherte Häuser, aus denen schlanke, melancholische Säulenkakteen ragten. Der Teich, von dem der Ortsname rührt, verdankt sich einer kleinen, undurchdringlichen Fläche aus anstehendem Granit, worauf die abflußlosen Wasser sich sammeln, geschützt vor dem gierigen Sog der umliegenden Sandsteinböden. An seinem Rand, wie an allen Tümpeln längs des Weges, rasteten Dutzende Verwundeter sowie die Bewacher der Nachschubkarawanen. Doch alles ging ohne das in Zeltlagern übliche lärmende

Treiben vonstatten, vielmehr gedrückt und schweigend: eine traurig stimmende Ansammlung ausgezehrter Männer, regungslose Gruppen in der lähmenden Stille vollkommener Erschöpfung.

Des Nachts vor allem, wenn die Lagerfeuer im dunklen Wasser widerschienen, bildeten jene Gestalten – die teils am Feuer hockten, vom Sumpffieber geschüttelt, teils schwerfällig umherkrochen oder humpelten und auf die riesige Kulisse des Teiches ihre unförmigen Schatten warfen – ein tragisches, ergreifendes Ensemble. Offiziere, die der Durst zum Rand des Sumpfes trieb, trafen unversehens auf mühsam sich aufrichtende Gespenster, die zu salutieren versuchten, und kehrten betrübten Sinnes zurück. Von nun an boten sich stets die gleichen Bilder: auf den Wegen die gleichen ermatteten *retirantes* und am Ufer der schwarz-grünen, algenbedeckten Moräste die gleichen bejammernswerten Haufen.

Einen Gegensatz dazu bildete der erhebende Anblick von Kraft und Stärke, den immer wieder jene ruhigen und friedlichen Männer boten, die vereinzelt zwischen den Karawanen überwältigter Krieger auftauchten. An einer Wegbiegung traf man mitunter auf einen befreundeten *vaqueiro*, einen Verbündeten, der sich beim Transportwesen verdingt hatte. Zu Pferde, in Leder gekleidet, die Krempe des breiten Hutes über der gebräunten und offenen Stirne keck zurückgebogen; im Gürtel das lange »Kaimanmesser«; in der Rechten den Harpunenspeer des Treibstachels – so verharrte der *matuto* regungslos am Wegsaum, um die Reiterschar ungehindert vorüberziehen zu lassen, der er mit der stolzen Ehrerbietung und der Selbstzucht des Tapferen auswich, aufrecht in seinem rotbraunen Küraß, der einem bronzenen Harnisch gleichsah, wie eine kraftvolle Reckengestalt, noch staubbedeckt von der Schlacht.

Die Gruppe zog weiter und vergaß sogleich das Bild des kraftvollen Sertanejo, da endlose flüchtende Haufen ständig ihre Blicke auf sich zogen; schwerfällig trottende Soldaten, auf ihre Gewehre gestützt; in Hängematten getragene Offiziere, den Hut über die Augen gerutscht, taub gegen das lärmende Getrappel des Reitertrupps, reglos, leichenstarr; und da und dort, große schwarze Flecken in der *caatinga*, dunkle Brandspuren, aus denen Pfosten und Dachbalken verkohlter Hütten ragten, zu einem Netz von Ruinen gehörig, das jene Einöden zu einer fürchterlich unsinnigen Szenerie des Krieges machte.

Cansanção bescherte eine Atempause von diesen grausamen Eindrücken. Zwei Stunden lang genoß man eine tröstliche Ruhe. Der Weiler war ein Clan. Er gehörte einer einzigen Sippe. Ihr Oberhaupt, ein echter Patriarch, hatte Kinder, Enkel und Urenkel zu einer geräuschvollen Huldigung für den Marschall zusammengerufen, den »Monarchen«, wie er im Brustton der Überzeugung ausrief, erfüllt von treuherziger und natürlicher Fröhlichkeit, worauf er mit seinen von achtzigjähriger Plackerei ermüdeten Armen den verdutzten Minister emporhob.

Dieser Halt war ein Segen. Cansanção bedeutete eine glückliche Parenthese in jener Trostlosigkeit. Und der ihm vorstehende rüstige Greis, der eine erquickende Freude über Menschen bezeigte, die er nie gesehen hatte, und ihnen einen weißhaarigen Sohn sowie fast grauhaarige Enkel vorstellte, war selbst eine Offenbarung. Als Antithese zum frühreifen Unhold von Queimadas offenbarte er diese beflügelnde, wunderbare Kraft, diese organische Vornehmheit, vervollkommnet durch ein Gemüt ohne Falsch – Eigenschaften, die so bezeichnend sind für die Hinterwäldler, wenn nicht Fanatismus und Verbrechen sie verderben.

Daher ist dieser winzige Ort, ein Dutzend aneinandergedrängter Häuser an einer Straße von wenigen Klaftern Länge, der einzige, der in den Kriegserzählungen keine schmerzlichen Erinnerungen weckt. Die einzige Zone der Stille in jenem Gedröhne. Ein kleines Spital unter der Obhut zweier Franziskaner[2] empfing die kraftlosen Pilger auf ihrem Weg nach Queimadas.

Mit dem Aufbruch von Cansanção kehrten die Reisenden

bald zu den Beschwernissen der staubigen Piste zurück, die sich in zahllosen Biegungen verzweifelt wand und in Nebenpfade zerfiel, gesäumt von zerstörten Katen und, soweit das Auge reichte, bevölkert von immer neuen Flüchtlingsscharen.

Schmähende Palimpseste

Und überall ab Contendas wurde mit jeder sich bietenden getünchten Wand einer ansehnlicheren Behausung oder – seltener – einer Lehmhütte eine Seite voll höllischer Proteste aufgeschlagen. Jeder vorüberkommende Verwundete hinterließ, mit Kohle gekritzelt, in äußerst freizügigen Worten ein Zeugnis der ihn peinigenden Bitternisse, geschützt von der Anonymität. Die eherne Faust der Streitmacht hatte sich dort geöffnet, um in gewaltigen Lettern den Knoten des Dramas nachzuzeichnen und auf jenen riesigen Platten das grauenhafte Antlitz des Krieges präzise abzulichten, so daß die kernigen Worte und plumpen Schriftzüge ein lebhaftes Stimmungsbild ihrer Schreiber vermittelten.

Ohne formale Ansprüche, ohne beschönigende Schnörkel hinterließen die grobschlächtigen Chronisten in jener Gegend ein unvergeßliches, wahrhaftiges Protokoll des größten Skandals unserer Geschichte, freilich brutal, wütend, unerhört lästerlich abgefaßt: rohe Schmähschriften, worin empörende Zoten mit verzweifelten Notschreien sich paarten, ohne einen einzigen Satz von Würde und Mannesmut. Die dunkle Woge von Verbitterungen, die sich über die Wege ergoß, brandete gegen jene Mauern, drang in die Häuser, überschwemmte sie bis ans Dach …

Der Minister und sein Gefolge rasteten unter einem stummen Chor von Schimpfreden und Verwünschungen. Stammelnde Verse, holprig gereimt, voll unglaublicher Schamlosigkeiten inmitten gräßlicher Zeichnungen; Flüche, die im phantastischen Veitstanz torkelnder Buchstaben von einer

Ecke zur anderen zuckten, mit wild dazwischen fahrenden Ausrufungszeichen gleich harten Degenstößen; Ausrufe wie »Er lebe hoch!«, »Nieder mit ihm!«, die sich allenthalben auf erlauchte Namen stürzten, sich unter Beleidigungen und Preisungen stießen; bissige Kalauer, ätzende Beleidigungen; gewagte Anspielungen; makabre Kasernenwitze ...

Und plötzlich verblaßte der heroische Anstrich des Feldzugs, sein Glanz, seine Erhabenheit. Umsonst würden künftige Erzähler ihn mit glorreichen Schilderungen zu übertünchen suchen. Auf jeder Seite würden unauslöschlich jene schmähenden Palimpseste durchscheinen.

In Monte Santo

Bei ihrer Ankunft in Monte Santo drängte es die neuen Kämpfer nicht mehr so sehr, den Degen zu zücken. Sie waren niedergeschlagen. Immerhin belebte der Einzug in die Operationsbasis ihr Gemüt.

Binnen weniger Tage hatte das Städtchen den üblichen Ausdruck von Erstarrung und Lähmung der Sertãosiedlungen, wo seit hundert Jahren kein Haus gebaut wird, abgestreift, hatte sich ausgeweitet und an seiner Flanke, hell über die Hochflächen schimmernd, einen neuen Ortsteil gewonnen, größer als es selbst – zweitausend an langen Straßen aufgereihte Zelte, deutlich erkennbar auf dem sauberen und von Steinen geräumten Grund, in sechs Abteilungen gegliedert, über denen wogende Fahnen flatterten und von wo alle Augenblick das metallische Schmettern der Hörner und das rhythmische Wirbeln der Trommeln hervordrang.

Eine Vielzahl neuer Einwohner hatte die Ortschaft mit einem Mal bevölkert, drängte sich auf dem Platz, schob und stieß sich durch die Gassen; und wer sie betrachtete, fand eine heterogene Menge, worin alle Rangstufen der Gesellschaft sich nivellierten. Offiziere aller Grade und Truppengattungen; von langen Tagereisen staubbedeckte Fuhrleute; unter der Last ihrer Ausrüstung gebeugte Soldaten; hinkende Verwundete und Genesende; zerlumpte Frauen; geschäftige Lieferanten; muntere Studentengruppen; sowie unentwegt forschende und nach Neuigkeiten lechzende Journalisten – sie alle gaben Monte Santo den Anstrich eines Ortes am Tag einer vielbesuchten Parade. Der Marschall Bittencourt unterwarf ihn einem straffen Regiment und traf eine Überfülle von Maßregeln, um den vielschichtigen Erfordernissen der Lage gerecht zu werden. Das Lazarett wurde Wirklichkeit, vorzüglich ausgestattet und geleitet von Chirurgen, denen mehrere Studenten der medizinischen Fakultät von Bahia selbstlos zur Seite standen.[3] In alledem begann eine vorschriftsmäßige Disziplin zu walten. Schließlich wurde die vordringliche Aufgabe, die den Minister nach Monte Santo gerufen hatte – das Transportwesen –, endgültig gelöst. Beinahe täglich kamen und gingen kleinere Maultierkarawanen von und nach Canudos.

Die Ergebnisse dieser Anstrengung traten sofort ein. Das besagten alle aus dem Kampfgebiet einlaufenden Meldungen, und sie berichteten übereinstimmend von der verbesserten Moral, welche die Belagerer schon zu entscheidenden taktischen Bewegungen veranlasse.

Denn dieser begeisterungsunfähige Mensch, der nicht einmal in Monte Santo den Überzieher aus Alpaka ablegte, wenn er in bürgerlicher Haltung den Ehrengruß der Brigaden entgegennahm, war dank seinem beispiellosen Diensteifer und dank seinem schonenden Umgang mit den Empfindlichkeiten jener, die vor dem Feind ihr Leben in die Schanze schlugen, zum obersten Lenker des Krieges geworden. Sechzehn Meilen von dessen Brennpunkt entfernt, war er es, der ihn tatsächlich leitete, ohne Aufhebens davon zu machen, ohne strategische Überlegungen abzuwägen, vielmehr tagaus, tagein in der rauhen Gesellschaft der Maultiertreiber von Monte Santo geschäftig, in deren Mitte er nicht selten ungeduldig mit der Uhr in der Hand erschien, um den Befehl zum Aufbruch zu geben.

Denn jeder Nachschubkonvoi, der Monte Santo verließ, wog Bataillone auf, war eine gewonnene Schlacht. Er erfüllte die Kombattanten mit Siegeszuversicht und löste allmählich die Erstarrung, worin die Belagerung steckengeblieben war. Dies war den jüngsten Nachrichten zu entnehmen.

Ermutigende Neuigkeiten

Wahrhaftig, der September begann verheißungsvoll.

Gleich zu Anfang, am 4., fällte eine Karabinerkugel einen wichtigen Rädelsführer in Canudos. Bei den Kirchen war er zusammengebrochen, und die Hast, mit der die Bewohner zu seiner Leiche stürzten und sie forttrugen, verriet seinen Rang.

Am 6. des Monats ein Geschehnis von größerer Tragweite: Es fielen, einer nach dem anderen, die Türme der Neuen Kirche. Vorausgegangen war ein sechsstündiges Trommelfeuer. Ganz überraschend war alles gekommen.

Die Veranlassung hatte sogar ein mißlicher Umstand gegeben, eine irrtümliche Munitionslieferung, bei der anstelle von Granaten massive Geschosse für die Krupp-Geschütze eingetroffen waren, zur Bombardierung wenig geeignet, so daß man beschloß, sie umgehend aufzubrauchen und in einem Zuge auf die Kirchen zu verschießen.

Das Ergebnis war verblüffend, festgehalten in zwei überschwenglichen Tagesbefehlen. Endlich war das Heer von den hochragenden Schießscharten befreit, von wo die Belagerten es tödlich beschossen hatten, da die beiden Türme die gesamte Belagerungslinie beherrschten und überall den toten Winkel in den Schützengräben reduzierten.

Seit dem 18. Juli hatten sich erfahrene Scharfschützen auf den Glockentürmen abgelöst – allesdurchdringende Späheraugen, denen auch der unscheinbarste, aus der Deckung der Häuser sich lösende Schemen nicht entging.

Von dort oben wurden die eintreffenden Karawanen auf ihren letzten Schritten, beim Durchqueren des Flusses, bevor sie die Deckung der zum Lager führenden Gießbachrinne erreichten, unter heftiges Feuer genommen. Die frisch angekommenen Streitkräfte, die Hilfsbrigade, das Bataillon aus São Paulo und das 37. Infanteriebataillon, hatten, wie wir sahen, von der Höhe jener Zinnen den ersten bitterbösen Gruß des Feindes empfangen.

Ein »begeistertes Hohngeschrei«

Nun endlich waren die Türme gefallen. Und als man sah, wie sie einstürzten, gewaltig, einer nach dem anderen, wie sie mächtige Mauerstücke mit sich rissen, in große Blöcke zerbarsten, an denen verwegene Schützen vornüberfallend sich festklammerten, und wie sie schwer auf den Platz schlugen und Staubwolken aus zerbröselndem Mörtel aufwirbelten – da ließ das gesamte Heer die Waffen verstummen und die Lüfte mit ohrenbetäubendem Gebrüll erdröhnen.

Der Befehlshaber der 1. Heeressäule gab im entsprechenden Tagesbefehl eine treffende Schilderung:

»... bei welcher Gelegenheit die Fronttruppen an der Sicherheitslinie und die Verstärkungen im Lager ein begeistertes und grimmiges Hohngeschrei auf die *jagunço*-Bande ausstießen.«*

* »Hauptquartier des Kommandos der 1. Heeressäule. – Canudos, den 6. September 1897. Tagesbefehl Nr. 13.
Den meinem Kommando unterstellten Truppen gebe ich folgendes bekannt:
Nachdem ich die Artilleriekommandeure heute angewiesen hatte, die Türme der Neuen Kirche zu bombardieren, auf denen der Feind sich verschanzt hatte, um uns besonders wirksam und unbehelligt von unseren Kugeln zu beschießen, so daß er uns zahlreiche Verluste an Toten und Verwundeten zufügte, hatte ich die Genugtuung, nach sechsstündigem fortwährendem Trommelfeuer die Türme einstürzen zu sehen, dank den Treffern der Leutnants Manuel Félix de Menezes und Frutuoso Mendes sowie des Fähnrichs H. Duque-Estrada de Macedo Soares,[4] ungeachtet der Krankmeldung des erstgenannten.
Ich belobige daher diese tapferen Offiziere, die erneut ihr Können beim Richten der ihrem Kommando anvertrauten Kanonen unter Beweis ge-

Ebendies war der Feldzug. Von Anfang bis Ende ein schauriges Spektakel. Ein »begeistertes Hohngeschrei ...«

Wie dem auch sei, der Bann des Feindes war gebrochen. Die gewaltige Siedlung war plötzlich geschrumpft und herabgesunken und in die Knie gegangen, schien noch tiefer sich in der Mulde zu ducken, worin sie zusammengedrängt lag – ohne die beiden hellen Wahrzeichen, die den Hirten den Weg dorthin wiesen, als sie hoch und schlank ins blaue Firmament ragten, weiß in den sternklaren Nächten schimmerten, geheimnisvoll an den Spitzen sich auflösten, die einfältige Mystik der rohen und abergläubischen Sertanejos verkörpernd und ihre Bittgebete himmelwärts tragend ...

Verschanzung »Siebenter September«

Darüber hinaus war das Ereignis für die *jagunços* ein übles Vorzeichen. Tags darauf geschah ein noch größeres Unglück. Seit längerer Zeit bei der Alten Fazenda eingegraben, spotteten mehrere Dutzend Freischärler der Kanonen des Obersten Olímpio, die am oberen Saum der Favela in Stellung waren. Zwei Schritt von der Artillerie und ihren Verstärkungen entfernt, hatten sie länger als zwei Monate die Umzingelung an jener Stelle verhindert, dem Geschoßhagel zum Trotz, der auf sie herunterdröhnte. Andererseits konnten sie aus ihrer beherrschenden Position, oberhalb eines Großteils der Belagerungslinien, diese von einem Ende zum anderen bestreichen, so daß sie erheblich zu den täglichen Verlusten der

stellt haben, und zusätzlich möchte ich hervorheben, daß Leutnant Manuel Félix trotz seiner Krankschreibung sich zum Einsatz gemeldet hat, von der Wirkung der Artillerie mit Begeisterung erfüllt, in welche die gesamte, voll Spannung zuschauende Truppe einstimmte, worauf der ganze Belagerungsring sowie die Verstärkungen im Feldlager ein begeistertes und grimmiges Hohngeschrei gegen die *jagunço*-Bande ausstießen, wobei ich hinzusetzen möchte, daß besagter Offizier als erster das Bombardement eröffnete und als letzter auf den rechten Kirchturm feuerte, während der Fähnrich Duque-Estrada als letzter den linken Turm beschoß, den er zum Einsturz zu bringen vermochte«, und so fort.

Truppe beitrugen und ebenso wachsam wie die Turmbesatzungen die verdecktesten Unterstände und Brustwehren bespähten. Am 7. September jedoch, um 10 Uhr abends, wurden sie unversehens überwältigt.[5] Vom Erfolg des Vortags ermutigt und dem Befehl des Kommandos der 1. Heeressäule gehorchend, rückte besagter Oberst mit einer Truppe vor, die sich zusammensetzte aus dem 27. Bataillon unter Hauptmann Tito Escobar, einem Kontingent der 4. Batterie des 2. Regiments, einem weiteren des 5. Regiments sowie einem Geschütz. Vorhut und Nachhut wurden von ehemaligen Kadetten der Militärschulen gebildet. Den übrigen Teil seiner kleinen Streitmacht stellte Oberst Olímpio da Silveira auf beiden Flanken in Schützenlinien auf. Er ließ sie in aller Stille die obersten Schrägungen der Abhänge hinuntergleiten. Schließlich warf er seine Truppe, einer Lawine gleich, hügelabwärts. Überrumpelt, einknickend unter der Wucht von dreihundert Bajonetten, die an zwei Flanken vorstießen, mit der Kugelspritze in der Mitte, die sie aus nächster Nähe dahinraffte, setzten sich die *jagunços* kaum zur Wehr und wurden flugs aus den steinernen Schanzen rund um das zertrümmerte Wohnhaus der Alten Fazenda vertrieben.

Fünf Minuten dauerte das Scharmützel.

Die zurückgeworfenen Gegner, zersprengt, von der Vorhut bis zum Pelados-Hügel verfolgt, stolperten von dort zum Fluß hinab, durchquerten ihn und tauchten in Canudos unter.

Auf seiten der Truppe wurden nur zwei Soldaten außer Gefecht gesetzt.

Nach Eroberung der Stellung, eines breiten Absatzes an der Hügellehne zwischen der zuvor besetzten Mário-Höhe und dem Vaza-Barrís, schlug erwähnter Oberst sein Zelt an eben der Stätte auf, wo sechs Monate vorher der Anführer der 3. Expedition verschieden war. Die ganze restliche Nacht wurde darauf verwandt, die Steine der feindlichen Schanzen zusammenzutragen und daraus eine starke Befestigung von ungefähr einem Meter Höhe zu errichten, welche die vorgeschobene Terrassenlaube der Länge nach säumte. Und anderntags in der Frühe beherrschte die »Verschanzung Siebenter September« die Siedlung. Die Einkreisung war linker Hand, südwärts, um etwa fünfhundert Meter vorangeschritten, so daß die beiden östlichen Quadranten nun gänzlich abgeriegelt waren.

An ebendiesem Nachmittag sollte der Belagerungsring sich nochmals verlängern, und zwar von der eroberten Stelle mit einer Wendung nach Sonnenuntergang bis zum Ende des Weges vom Cambaio, nahe der Einmündung des Mucuím, und so die ganze westliche Seite umschließen.

Der Weg durchs Calumbí-Gebirge

Es gab eine noch belangvollere Leistung, vielleicht die einzige wahrhaft strategische Operation des ganzen Feldzuges. Erdacht, geplant und ausgeführt hatte sie Oberstleutnant Siqueira de Meneses. Durch mehrere regierungstreue Viehtreiber hatte dieser Offizier von den Vorzügen eines anderen Überlandweges erfahren, nämlich durchs Calumbí-Gebirge, der bisher unbekannt war und zwischen dem Weg über Rosário und dem durch den Cambaio verlief und der, kürzer als diese beiden, ein geschwinderes Vorankommen nach Monte Santo ermöglichte, wohin er in beinahe gerader Linie führte, immerzu südwärts. Und er nahm sich vor, den genannten Weg trotz größter Gefahren zu erkunden.

Dieser Aufgabe entledigte er sich binnen dreier Tage. Am 4. August verließ er Canudos an der Spitze von fünfhundert Mann, denn dies war zusammengenommen die Stärke des 22., 9. und 34. Bataillons, die dem unmittelbaren Kommando des Majors Lídio Porto unterstanden. Er stieß auf dem neuentdeckten Wege vor und kehrte am 7. August auf dem durchs Cambaio-Gebirge zurück, eine rasche, gewagte, geglückte Bewegung, mit außerordentlichen Resultaten für den Ausgang des Krieges.

In der Tat verkürzte die neue Piste, die den Truppen wie den Nachschubkarawanen nunmehr offenstand, den *jagunços* aber, die sie mit Vorliebe für ihre Streifzüge nach dem Süden bisher benutzt hatten, nunmehr versperrt war, die Verbindung nach Monte Santo um mehr als einen Tag. Von allen Wegen hatte er den Verteidigern die günstigsten Voraussetzungen geboten, um der Invasion zu trotzen. Von Monte Santo gesehen, begann er in Juá, wo er mit dem Weg nach Rosário eine Gabelung bildete, deren linken Ast er hart nach Norden führte, und begleitete viele Kilometer hindurch den Caraíbas-Bach oder kreuzte seine zahllosen Mäander. Unbeirrbar die Richtung haltend, berührte er mehrere kleine Anwesen, bis er einen anderen kurzlebigen Bach erreichte, den Caxomongó. Von dort an war er eine Route von unvergleichlicher strategischer Bedeutung.

Rechter Hand flankiert ihn ein gutes Stück weit, im Abstand von weniger als dreihundert Metern, die Bergkette des Calumbí, die sich südostwärts fortsetzt. Eine durchziehende Truppe böte dem Feind, der an seinen Abhängen in Stellung wäre, ihre ganze Flanke dar. Und kaum dieser hochgefährlichen Lage entronnen, würde die Armee in eine noch schlimmere geraten. Denn der Weg, nachdem er einen ausgedehnten Rücken erklommen, verengt sich plötzlich zu einem schmalen Durchlaß. Nichts verrät den kurzen Hohlweg, den die krummen und brüchigen Äste der davorstehenden *umburanas* tarnen. Es handelt sich um eine Festungsmauer aus Kieselmarmor von geringer Höhe, einem plumpen Wehrgang gleich, der, in der Mitte durch Diaklase gespalten, sich zu einer engen Pforte öffnet. Dort gab es keine Schützengräben.

Sie waren entbehrlich. Eine Anzahl Gewehre, über den Kamm dieses natürlichen Vorwerks verteilt, würde die anrückenden Kolonnen nacheinander dahinmähen. Und sollten diese sich hindurchwinden – ein unwahrscheinlicher Glücksfall gegen so vorzüglich gedeckte und unbehelligt feuernde Widersacher –, würden sie zu ihrer Überraschung gleich nach den ersten Schritten auf nahezu ungangbares Terrain geraten.

Auf diese Erhebungen folgten unmittelbar – ein im Sertão des Nordens häufige geologische Erscheinung – Hindernisse von gleicher Widrigkeit. Hat man also den Engpaß hinter sich gelassen, scheint das zum Sítio da Várzea abfallende Gelände leicht begehbar, ist jedoch in Wahrheit überaus schwierig für eine ins Kampfgewühl verstrickte Truppe. Dort dehnt sich eine breite Kalksteinschicht von äußerster Rauhigkeit, ein bemerkenswertes Verwitterungsphänomen. Zerfressen von zahllosen Höhlungen, deren schroffe, scharfkantige Wände dicht beieinander liegen, zernagt von tiefen Spalten mit langen, spröden Graten, schneidend wie Messerklingen; von spitzen Vorsprüngen starrend; hart und schrundig allerorten; da und dort ausgehöhlt zu breiten, glänzenden Felswasserbecken – so spiegelt das Karstgebiet eindrucksvoll die uralten energischen Reagenzien, die es immerfort bearbeiten. Von den sauren Gewitterregen nach den anhaltenden Dürren wurde es ausgelaugt und durchbohrt und untergraben. Wie es daliegt, reglos und zerfressen, offenbart es den wütenden Aufruhr der Elemente.

Träte man auf dieses Gewirr von kräftigen Fußangeln, würden auch die haltbarsten Stiefel zerfetzt, und niemand wäre gegen hochgefährliche Stolperschritte und Stürze gefeit. Kämpfen wäre ein Ding der Unmöglichkeit in einem Gelände, wo selbst unbehelligte Wanderer nur im Gänsemarsch den quer hindurch führenden Pfad nach Várzea beschreiten konnten, das in einer weiten, mit Flintsteinen übersäten Mulde lag, umschlossen von dichten *caatingas*. Dort eindringende Truppen würden daher von Gewehrfeuer umzingelt. Und gesetzt, sie vermöchten dennoch vorzurücken, so erwartete sie nach einem Kilometer unweigerlich die Vernichtung. Der abschüssige Weg verschwindet im gewundenen und tiefen Bett des Rio Sargento, an dessen Böschungen große, dunkelblau leuchtende, übereinandergeschichtete Talkschieferplatten zutage treten, von weißen Quarzadern durchzogen, die stellenweise waagerecht von einem Ufer fast zum anderen hinüberragen, so daß sie den Eindruck einer gewaltigen, zertrümmerten Rohrleitung erwecken, von deren einstigem Gewölbe streckenweise Reste erhalten wären. Diese ausgedehnte Rinne, die, wie die übrigen der Umgebung, kein Flußbett ist, sondern ein Abzugsgraben, der sich vorübergehend mit Sturzfluten füllt und diese zum Vaza-Barrís kanalisiert, ersetzt den Weg auf einer Länge von einer halben Meile. Und an beiden Uferböschungen waren in geringen Abständen die Verschanzungen der *jagunços* zu sehen, die eine durchziehende Truppe unter Kreuzfeuer nehmen, seitlich bestreichen und in allen Kehren frontal beschießen könnten.

Die dreitausend Mann der Heeressäule Artur Oscar hätten unmöglich durch diesen Einschnitt vorrücken können. Der Marsch über Rosário war ihre Rettung gewesen. Die vorherigen Expeditionen, die jeweils über Uauá, durch den Cambaio, über Maçacará oder über Rosário gezogen waren, jedesmal eine andere Route wählend, hatten die Sertanejos glauben lassen, die letzte Expedition werde getreu dieser Regel die Route über das Calumbí-Gebirge einschlagen, die noch unbegangen war. In diesem Falle wäre kein einziger Soldat in Canudos angekommen. Eine schwere Katastrophe hätte den Feldzug getroffen. Durch Zufall, in vollständigster Unkenntnis dieser furchtbaren Umstände, war man schweren Gefahren aus dem Weg gegangen.

Oberstleutnant Siqueira de Meneses, der auf seinem großartigen Marsch die neue Route erfolgreich zurücklegte, da die nach Canudos zurückweichenden *jagunços* ihre Stellungen geräumt hatten, sicherte Zug um Zug die wichtigsten Wegstellen bis Juá durch Besatzungen. Darauf wandte er sich zum Cambaio-Gebirge. Dessen verlassene Schanzen besetzte er mit einem Flügel des 22. Bataillons, den er dort zurückließ. Als er an der Lagoa do Cipó vorüberkam, erinnerten umherliegende bleichende Gerippe an die Blutbäder der Expedition Febrônio de Brito. Dort überrumpelte er mehrere feindliche Streiftrupps, von denen er dreizehn Lasttiere erbeutete. Danach erschien er am Zusammenfluß des Mucuím und Vaza-Barrís, wo er zwei feindliche Schützenstellungen im Handstreich nahm.

Die Einschließung hatte sich erweitert. Zur Heranführung von Truppen stand nunmehr ein rascher und sicherer Überlandweg zur Verfügung. Sein wichtigster Abschnitt vom Rio Sargento bis zum Anwesen Suçuarana, vorbei an Várzea und Caxomongó, wurde sogleich mit dem 33., dem 16. und dem 28. Bataillon von der 2. Brigade sowie mit einem Flügel des Bataillons aus São Paulo besetzt.

Canudos war nunmehr, vom äußersten Norden südwärts zur Alten Fazenda und von dort nach Westen bis zum Endpunkt des Weges vom Cambaio, umschlossen von einer riesigen, halbkreisförmigen Belagerungslinie.

Den *jagunços* standen nur noch die Pfade im nordwestlichen Quadranten offen, nach Uauá und zur Várzea da Ema.

Das baldige Ende des Feldzugs kündigte sich an.

II.

Anmarsch der Hilfsdivision. Ruhmredige Furcht

Die neuen Expeditionsteilnehmer, die von Monte Santo auf der soeben eröffneten Route abmarschierten, erfüllte eine höchst eigenartige Sorge: die grausam beklemmende Furcht, keinen einzigen *jagunço* mehr vorzufinden, der zu bekämpfen wäre. Sicherlich würde bei ihrer Ankunft alles erledigt sein; und sie fühlten sich von den Ereignissen schändlich hintergangen.

Als erste brach am 13. September die aus den Polizeiabteilungen des Nordens gebildete Brigade auf, und ein solcher Vorrang, ausschließlich administrativen Gründen geschuldet, kränkte zutiefst die Angehörigen der Linienbrigade, die unter dem General Carlos Eugênio de Andrade Guimarães einige Tage später abrücken sollte.

Denn die Rebellen wurden täglich so sehr geschwächt, erlitten so viele Rückschläge, wurden so oft aus ihren besten Stützpunkten verjagt, steckten so tief im Würgegriff der Umzingelung, daß mit jeder verstreichenden Stunde die Aussichten des verspäteten Heroentums auf Teilhabe an den Siegeslorbeeren aufs quälendste dahinschmolzen.

Die Brigade aus dem Norden stürmte daher mit schwindelerregender Eile vorwärts, nahm stets im ersten Morgengrauen den Weg unter die Füße und hielt erst inne, wenn die brennenden Sonnenstrahlen das Kriegsvolk erschöpften. Die Linienbrigade folgte ihr auf den Fersen, mit gleicher Geschwindheit, entfesselten Schrittes, getrieben von derselben aberwitzigen Begierde, zumindest in einem flüchtigen Geplänkel sich mit jenen kläglichen Gegnern zu messen.

So hasteten sie dahin, die wackeren Recken – wohlgenährt, stattlich und gesund –, stürmten der Lehmzitadelle entgegen, die seit drei Monaten von Kanonaden zermalmt, von Angriffen zerrissen, von Feuersbrünsten verzehrt und von immer derselben Besatzung verteidigt wurde.

Als sie beim Gehöft Suçuarana eintrafen, sechs Meilen vor Canudos, hob sich wieder ihre Stimmung. Bis dorthin reichte der schaurig dröhnende Geschützdonner der Artillerie. In Caxomongó vernahm man bei günstigem Wind sogar das Krachen und Knallen des Gewehrfeuers ...

Caxomongó.

Indessen wurde dieser kriegerische Frohsinn noch immer von unerwarteten Schrecknissen gestört. Seinen gespenstischen Zug hatte der Krieg im Sertão noch nicht ganz eingebüßt, und er sollte ihn bis an sein Ende behalten. Beim Vorrücken ins Hinterland wurden die Reihen der kampfbegierigen Soldaten, je verlorener sie sich fühlten auf den menschenleeren Hochflächen, wo sie an trübseligen, zerstörten Behausungen vorüberkamen, inmitten der Wüstenei bisweilen, wie kriegserprobt sie auch waren, von ununterdrückbaren Schauern des Entsetzens überrieselt. Ich war Zeuge eines dieser Vorfälle.

Die Brigade des Obersten Sotero erreichte am dritten Marschtag, dem 15. September, das Anwesen Caxomongó an der Schwelle der Gefahrenzone. Dem Durchreisenden, der sich von Boa Esperança näherte, inmitten einer wegsamen, von malerischen Bergketten umsäumten Niederung, oder von Suçuarana, das an einer wohlgefüllten *ipueira* lag, mußte dieser Halteplatz öde und traurig vorkommen. Der rote, grobkörnige Sandsteinboden, dessen Schichten mit einem Neigungswinkel von 45 Grad besonders stark fallen und infolgedessen die seltenen Regenfälle umgehend aufsaugen, verschärfte die Sprödheit der *caatinga*.

Der *sítio,* eine elende Rasthütte, lag am Ufer des Flusses, eines Grabens mit senkrechten, drei Meter tiefen Böschungen, der, angefüllt mit Geröll jedweder Größe, völlig ausgetrocknet war und alsbald sich zwischen mäßig hohen und nackten Buckeln verlor.

Am hellichten Vormittag kam die Truppe dort an, die beiden Polizeikorps aus Pará, diszipliniert wie die besten Linienbataillone, sowie das aus Amazonas, mit der eigentümlichen Kopfbedeckung, die es in Salvador da Bahia angenommen hatte: Offiziere wie Mannschaften trugen große Hüte aus *carnaúba*-Blättern mit breiter, heruntergeschlagener Krempe, was ihnen das Aussehen eines zahlenstarken Holzfällertrupps verlieh.

Der morgendlichen Stunde unerachtet, schlugen sie dort, da sie genügend Wasser in einem nahen Brunnen fanden, dessen abgründige Tiefe und Dunkelheit an den Schacht eines Bergwerks gemahnte, ein Lager auf. Es war der letzte Zwischenhalt. Anderntags würden sie Canudos erreichen. Nun belebte sich unversehens die tote Landschaft mit großen und kleinen Zelten, Gewehrpyramiden und dem lärmenden Treiben von 968 Kombattanten. Beiderseits des Flusses ragten hochgewachsene *ingaranas* auf und kreuzten über seinem Bett ihre noch belaubten Zweige. An den biegsamen Ästen wurden, schwingenden Schaukeln gleich, Dutzende von Hängematten aufgespannt.

Und der Tag verlief beschaulich.

Es stand nichts zu befürchten. Die Nacht brach herein. Aus weiter Ferne, von Norden, vernahm man, im schauerlichen Takt, die dumpf durch die Stille grollende Bombardierung von Canudos …

Der dort umzingelte Gegner würde sich zu gewagten Anschlägen an den Wegen nicht mehr aufraffen. Die Nacht würde ebenso wie der Tag im vollkommensten Frieden verlaufen. Sollten die *jagunços* dennoch auftauchen, kämen sie einem noch unerfüllten Herzenswunsch der Soldaten entgegen.

So schlief die Truppe zeitig ein, seelenruhig … und wachte vollzählig auf, nachts um zehn Uhr, mit einem einzigen Ruck.

Auf der linken Flanke war ein Schuß gefallen. Eine Wache der das Zeltlager umgebenden Postenkette hatte einen verdächtigen Schemen durch das Dunkel schleichen sehen oder zu sehen vermeint und hatte einen Gewehrschuß abgefeuert. Sicherlich war es der ersehnte Feind. Er fiel nun über sie her, wie er über andere Expeditionssoldaten hergefallen war, unerwartet, in einem verwegenen, jähen und geschwinden Handstreich.

Da durchschauderte jene, die so sehr auf eine Kraftprobe mit dem Gegner erpicht waren, die sinnverstörende Rätselhaftigkeit des Feldzuges. Sie bekamen sie nun am eigenen Leib zu spüren. Die Bataillone übermannte ein hypnotisierendes, unbeschreibliches Entsetzen; Trompetenstöße, Warnschreie, Kommandorufe, ängstliche Fragen gellten auf; verdutzte Offiziere glitten aus ihren Hängematten, fielen auf den Schotter im Flußbett, sprangen benommen die Böschungen hoch; stießen gegeneinander; stürzten; hasteten – mit gezücktem Degen und entsichertem Revolver – durch die Reihen der Soldaten, die unter dem anhaltenden Geklapper aufgepflanzter Bajonette antraten. Dann brach das Getümmel los. Planlos formierte Züge und Kompanien; überstürzt geschaffene Karrees wie in Erwartung einer Kavallerieattacke; Rotten mit gefällten Bajonetten, zum Sturm ins Leere bereit; und zwischen den Rotten und Zügen und Kompanien etliche im Laufschritt umherirrende Kämpfer auf der Suche nach ihrer Einheit in der wirren Truppenaufstellung.

Minutenlang sahen die Streiter, in nie geahnter Erregung befangen, dem Angriff entgegen. Die Brigade war wie ein langgezogenes Kielwasser, eine aufgewühlte und schimmernde Flut, beglänzt vom ruhigen und vollen Mondschein, der die stille, schlafende Natur umschloß.

Und es war ein falscher Alarm …

Hoffnung auf eine halbe Ration Ruhm. Canudos. Anblick des Heerlagers

Bei Tagesanbruch verflogen die Ängste. Die Krieger fanden zur heroischen Ungeduld zurück. Eilig strebten sie vorwärts. Unverzagt schritten sie durch den gewundenen Graben des Rio Sargento, den eine plötzliche Uniformenflut über die Ufer treten ließ. Alsbald erklommen sie den kahlen Hügel, dessen jenseitige Hänge schroff zum Tal des Umburanas abfielen. Und plötzlich lag vor und unter ihnen, in zwei Kilometern Entfernung – Canudos.

Allgemeines Aufatmen. Dort standen die beiden eingestürzten Kirchen einander gegenüber an dem legendären Platze: die neue ohne die Türme, mit zerschossenen, von oben bis unten gespaltenen Mauern, hochragend inmitten eines Schutthaufens; die alte in Trümmern und rauchgeschwärzt, ohne Fassade, den Stumpf des eingestürzten Turmes emporreckend, von welchem der phantastische Glöckner so oft die Frommen zum Gebet und zum Kampf gerufen hatte. Ringsherum die geschlossene Häusermasse. Sie waren zur rechten Zeit gekommen. Nunmehr würde ihnen die halbe Ration vom umkämpften Ruhme nicht entgehen. Jubelnd zogen sie ins Feldlager ein, mit der schönen Aufrechtheit von Anwärtern auf einen Platz in der Geschichte, dem blutigen und leichten Waffengang entgegen.

Das Feldlager hatte sich gewandelt; hatte den verworrenen Anblick der ersten Tage abgelegt. Es war nun gleichsam eine weitere Siedlung dicht neben Canudos. Die Neuankömmlinge querten das leere Bett des Vaza-Barrís und bogen in eine gewundene Bachrinne ein; auf halbem Wege lag rechter Hand in einer breiten Mulde eine ausgedehnte Überdachung aus Leder – der Verbandplatz; und wenige Schritte weiter erreichte man das Zelt des Oberbefehlshabers.

Auf dieser Wegstrecke fühlten sie sich in ein anderes Dorf versetzt.

Den eroberten Ortsteil hatte man wieder aufgebaut. Beiderseits des Weges standen quer über die Hänge verteilt, nebeneinander aufgereiht oder in den winzigen Tälern zusammengedrängt, in Haufen oder vereinzelt, das Grau der Zelte sprenkelnde kleine Häuser von eigenartig festlichem Aussehen – ganz aus Laub verfertigt, Dächer und Wände aus grünen *juazeiro*-Zweigen, sonderbar unmilitärisch, doch als einzige milieugerecht. Die glühende Hitze, die die Zelte in Brennöfen verwandelte, hatte zu dieser bukolischen, primitiven Architektur den Anstoß gegeben.

Nichts verriet auf den ersten Blick die Anwesenheit eines Heeres. Man hatte den Eindruck, ein verdächtiges Dorf im Sertão zu betreten. Und wenn man auf die ersten Bewohner stieß – Männer in Zivil, ungepflegt, die den Degen über den Boden schleiften und das Gewehr in der Hand hielten, auf dem Kopf zumeist einen Lederhut mit Riemen trugen, barfuß oder in Sandalen gingen; da und dort auch zerlumpte Frauen, die in aller Ruhe vor der Tür ihrer Häuser nähten oder unter der Last der Holzscheite gebeugt vorübergingen –, dann war der Schein vollkommen. Der Fremdling begann zu argwöhnen, er habe sich verirrt und sei mitten unter die *jagunços* geraten, bis er, eine Strecke weiter, das Zelt des Generals erreichte. Stieg man den Hügel, an dessen Fuß es stand, empor, gelangte man auf der Kuppe zur Pionierabteilung, die in einer unzerstörten Kate untergebracht war; und spähte man durch die Ritzen der mit Gesteinsbrocken verstärkten Wände, erblickte man, dicht vor sich, hundert Meter entfernt, den Kirchenplatz. Man befand sich oberhalb der Palisaden und Pfahlwerke des gefährdetsten Abschnitts der Belagerungslinie, die in der Mitte durch das 25. Bataillon gesichert war – an der »schwarzen Linie« –, an der Seite, von wo der Sturmangriff am 18. Juli der Siedlung am tiefsten in die Weiche gedrungen war. Wandte man sich nach links, kam man, gedeckt durch eine lose Reihe verstreuter Hütten, nach einigen Schritten am Hauptquartier der 1. Heeressäule vorüber. Stieg man südwärts einen gewundenen Ausläufer hinunter, lag auf halber Höhe, ebenfalls in einer bescheidenen Kate untergebracht, das Hauptquartier der 2. Heeressäule. Weiter unten gelangte man zur Dienststelle des Quartiermeisters und zum Lager des Paulistanerbataillons, weiter unten, in einer sandigen, vom Vaza-Barrís bei Hochwasser überschwemmten Ebene. Durchschritt man das Flußbett, geschützt von der steinernen Schulterwehr, die von Ufer zu Ufer reichte und vom 26. Bataillon gesichert wurde, erreichte man den vorgeschobensten Verhau der Belagerungslinie, woran sich die Stellungen des 5. Polizeibataillons aus Bahia in der Auskehlung des Rio da Providência anschlossen. Zweihundert Meter weiter erblickte man linker Hand, auf dem Vorsprung, wo die Alte Fazenda lag, in luftiger Höhe, einem überhängenden Bollwerk gleich, die Schanze Siebenter September.

Diese Begehung der Verschanzungslinie führte den neuen Expeditionsteilnehmern in aller Deutlichkeit den Stand der Dinge vor Augen, was sich dämpfend auf ihren Optimismus auswirkte. Das besichtigte Segment des Belagerungsrings war dürftig im Verhältnis zum Geamtumfang des Ortes. Dieser verblüffte sie. An die bescheidenen Ausmaße der kümmerlichen und winzigen Städte des Sertão gewöhnt, waren sie erschrocken über jenes Lehmhütten-Babylon, das ganze Hügel beherrschte.

Canudos hatte damals – man zählte sie später eine nach der anderen – fünftausendzweihundert Behausungen; und da diese mit ihren Dächern aus rötlicher Tonerde, selbst dort, wo sie vereinzelt standen, kaum gegen den Boden abstachen, kam es vor, daß die Blicke, nachdem sie sich an die dichtstehende Masse von Elendsquartieren rings um den Kirchenplatz gewöhnt hatten, einer Täuschung erlagen und die Größe der Siedlung überschätzten. Der Anblick war bestürzend. Verschärft wurde er durch das Geheimnisvolle des Ortes. Nur widerwillig gestand man sich ein, wie viele Menschenleben es dort unten gab. Auch bei angespanntester Beobachtung, wenn eine kurze Waffenruhe sie denn erlaubte, gelang es nicht, einen einzigen Schemen, den flüchtigen Schatten eines

Menschen auszumachen; und nicht das leiseste Geräusch war zu hören. Canudos gemahnte an eine uralte Nekropolis oder auch – mit seinem Gewirr zerbröckelnder Dächer und Wände – an ein riesiges, zerfallenes Bergwerk, von Erosionen zerfressen, mit klaffenden Erdfällen und tiefeingeschnittenen Schründen.

Doch wehe dem Beobachter, der allzu weit über die Brüstung ragte: Die jäh von unten emporschnellenden Kugeln enthüllten ihm augenblicklich die Präsenz der eingegrabenen Bewohnerschaft. Es genügte, einen beliebigen Schuß zu einer beliebigen Tageszeit vom Hügel hinabzufeuern, und auf der Stelle krachte unweigerlich die Replik herauf. Denn die *jagunços*, eröffneten sie auch keine Angriffe mehr, schlugen doch mit altbewährter Kraft zurück. Sie ermatteten, ohne ihre Standvermögen zu verlieren, und setzten ihre Ehre darein, jedwedes Anzeichen von Schwächung zu überspielen. Daß diese jedoch vollkommen sein mußte, lag auf der Hand. Davon zeugten die Trümmer selbst, zwischen denen eingezwängt sie sich verbargen. Überdies befand sich dort nicht nur eine Mannschaft unverbesserlicher Haudegen. Dort waren Frauen und Kinder, über denen schon drei Monate lang Eisen- und Feuerstürme tobten, und oftmals mischten sie ins Kampfgetöse die ergreifenden Laute des Klagegeschreis.

Tage vorher war ein Schrapnell, von der Favela abgeschossen, knapp über das Dachgesims der Neuen Kirche hinweggeflogen und in den Häusern bei der Gebetslaube zerplatzt. Und sogleich war von dort eine grausame Erwiderung aufgestiegen und hatte die Kanoniere des Obersten Olímpio verstört: ein anhaltendes, unbeschreibliches Weinen; ein herzzerreißender Chor von angsterfüllten Wehlauten, die dazu führten, daß die Beschießung auf ein streng und ergriffen gerufenes Kommando des Befehlshabers eingestellt wurde.

Unter diesen Umständen, zweifach eingesperrt, zwischen Tausenden von Soldaten und Tausenden von Frauen, zwischen Gejammer und Gebrüll, zwischen Tränen und Kugeln, würden die Rebellen sich jeden Augenblick ergeben. Dies war unausweichlich. Der sichere Ausgang der Fehde ließ äußersten Tollkühnheiten die Zügel schießen. Ein Feldwebel des 5. Artillerieregiments beging zweimal nachts die Waghalsigkeit, den ganzen Platz zu überqueren und in das zertrümmerte Gotteshaus zwei Dynamitladungen zu schleudern, die nicht zündeten. Ein Fähnrich des 25. Bataillons eiferte Tage später seiner Verwegenheit nach und steckte die Reste der Alten Kirche in Brand, die ganz in Flammen aufging.

So verfielen die zur Feuertaufe in diese ungleiche Auseinandersetzung gekommenen Streiter, als sie von alledem Kenntnis erhielten, wieder in ihre alte Sorge: es könne dem Feind *in extremis* am erforderlichen Durchhaltevermögen gebrechen, um ihnen die Entfaltung ihrer Unerschrockenheit und Kampfkraft zu erlauben. Die eiserne Muskulatur der neuen Brigaden brannte darauf, sich mit den letzten Zuckungen des Aufstands zu messen. Die dort seit so vielen Monaten weilenden Kameraden dagegen hatten schon allzu viel Ruhm erworben. Triumphgesättigt, mit geschwellter Brust und dank dem täglichen Nachschub nun auch mit gesicherter Verpflegung, erachteten sie es für überflüssig, weitere Menschenleben zu opfern, um die unvermeidliche Kapitulation zu beschleunigen. Sie verharrten in aufreizender Lauheit.

Im Feldlager herrschte, von den immer selteneren Unterbrechungen durch Sturmangriffe abgesehen, die Friedsamkeit einer kleinen, wohlbehüteten Ortschaft. Nichts, was an den blutigen Feldzug erinnerte. Am Sitz der Pionierabteilung stand General Artur Oscar, dank dem unwiderstehlichen Charme seiner offenen und heiteren Wesensart, im Mittelpunkt langer Unterhaltungen. Man plauderte über vermischte Gegenstände, die mit dem Kriege durchaus nichts zu tun hatten: glückliche Ereignisse früherer Zeiten wurden beschworen, ergötzliche Anekdoten erzählt oder angeregte Diskussionen über Politik im allgemeinen geführt. Unterdessen registrierten hartnäckige Beobachter, mit beneidenswerter Treue zur Wissenschaft, Stunde um Stunde Temperatur und Luftdruck; und notierten unverändert eine Null für die

Bewölkung; und lasen sehr ernsthaft das Hygrometer ab.[6] Aus der Feldapotheke hörte man Studenten, die in Zwangsferien waren, schallend lachen und Verse rezitieren; und durch die dünnen Wände der munteren Hütten, durch ihr mit welken *juazeiro*-Blüten durchsetztes Laubwerk drangen Stimmen und Gelächter derer, denen keinerlei bange Ahnung die unbeschwerten und friedlichen Stunden trübte. Die wenigen vorüberfliegenden Kugeln, von den Hügelkuppen zu steiler Flugbahn genötigt, waren harmlos. Niemand mehr nahm sie zur Kenntnis. Sie stammten, nach der präzisen Regelmäßigkeit zu urteilen, mit der sie durch die Lüfte knallten und sirrten, von zuverlässigen Schützen, die offenbar alles daran setzten, die Belagerer an die Wachsamkeit des Sertanejo zu erinnern. Doch machten sie keinen Eindruck mehr, wenn auch manche flach daherkommenden Geschosse gleich kräftigen Peitschenhieben auf die Zeltbahnen schlugen, wie auch die starken Salven keinen Eindruck mehr machten, die zuweilen nächtens unerwartet losbrachen.

Das Leben hatte sich innerhalb dieser Anormalität normalisiert. Aberwitzige Auftritte bürgerten sich ein. Mitunter geschah es, daß die Soldaten der Schwarzen Linie am vorgeschobenen Verhau der Belagerungslinie zu vorgerückter Nachtstunde lange Gespräche mit den *jagunços* anknüpften. Der Wortführer unsererseits pflegte auf den Wall der Verschanzung zu steigen und eine beliebige Aufforderung zum Platz hinüberzurufen, einen gängigen Namen, den erstbesten, der ihm einfiel, mit freundlicher und offenherziger Stimme, wie den eines alten Kameraden; und unweigerlich erhielt er aus dem Innern des Häusergewirrs oder, näher noch, aus den Trümmern der Kirchen alsbald eine Antwort, in dem gleichen sanften Tonfall, durchsetzt mit bitterer Ironie. Und durch die Finsternis entspann sich eine eigenartige Unterhaltung, worin man sich alles mögliche mitteilte, vom Taufnamen und Geburtsort bis hin zur Familie und den Lebensumständen. Nicht selten kam die sonderbare Plauderei auf Themen von derber Komik, und die nächststehenden Posten im Dunkeln wurden von halb erstickten Lachsalven geschüttelt. Der Dialog währte fort, bis erste Meinungsverschiedenheiten auftraten. Dann brach er unter einem Halbdutzend barscher Schimpfreden zusammen, die von beiden Seiten in deftiger Gassensprache hin- und hergeschleudert wurden. Und gleich darauf der Schlußpunkt – die Kugel.

Die Soldaten vom 5. Polizeibataillon, trotz der fragwürdigen Deckung von bloßen Erdwällen als Schulterwehren, vertrieben sich die Zeit mit dem Singen von Ständchen, die ihnen das Heimweh nach den Ufern des Rio São Francisco linderten. Wenn die Beschießung heftiger wurde, sprangen sie mit kühnem Schwung in die Feuerlinie; dann kämpften sie mit dem Karabiner wie Dämonen, fürchterlich, rasend; und dabei entstiegen ihren Kehlen, im Takt der krachenden Schüsse, lauttönend die Reime ihrer Lieblingsweisen. Manche brachen singend zusammen; und sobald das Geplänkel verstummte, kehrten die andern zu ihrer Sertanejo-Kurzweil zurück, zu den schmachtenden Gesängen der *tiranas*, zum *rasgado* der Zwerggitarren, als wäre das Ganze eine weitläufige Herberge, wo heitere Maultiertreiber Siesta hielten.

Scharlatanerie des Wagemuts

Alle hatten sich an die Lage gewöhnt. Das alltägliche Schauspiel des Todes nahm ihnen die Sorge ums Leben. Die erfahrenen Kämpfer wandelten schließlich ohne die ursprünglichen Vorsichtsmaßregeln durch das Lager, von der äußersten Rechten zur äußersten Linken. Auf den ungedeckten Anhöhen beschleunigten sie kaum ihre Schritte vor den Geschossen, die ringsherum heftig in den Boden einschlugen. Sie lachten über die unerfahrenen Neulinge, die über die bestreichbaren Stellen hinweghasteten, schreckerfüllt, hasenfüßig, fast in der Hocke, fürchterlich komisch geduckt; oder über jene, die unwillkürlich zusammenzuckten, wenn eine Kugel mit sanftem Zischen nahe vorüberschwirrte wie tückisch schmeichelndes Todesgeflüster; oder über diejenigen, die erregte Ausrufe über triviale Vorfälle nicht unterdrücken konnten, wie etwa die zwei, drei oder vier Sterbenden, die man täglich aus den vorgeschobenen Linien barg.

Manche legten die Scharlatanerie des Wagemuts an den Tag. Ein makabrer Snobismus. In voller Montur – mit hell in der Sonne leuchtenden Litzen und blinkenden Uniformknöpfen – verweilten sie auf offenem, einsehbarem Gelände oder standen aufrecht auf der Kuppe eines baumlosen Hügels, zwei Kilometer von der Siedlung entfernt, um die Treffsicherheit der *jagunços* bei größtmöglicher Reichweite der Waffen auf die Probe zu stellen. Der Kampf hatte sie abgestumpft. Den neuen Gefährten erzählten sie, unter ausführlicher Schilderung aller dramatischen Einzelheiten, von den erlittenen Drangsalen. Des weiteren von den grauenvollen Begebenheiten auf der Favela, mit ihrer entsetzlichen Abfolge von Kämpfen und Bitternissen. Von den langen Tagen der Entbehrungen, denen auch Offiziere zum Opfer fielen, so ein Fähnrich, der sich verschluckte und starb, als er nach dreitägigem Hungern einige Handvoll Maniokmehl in sich hineinstopfte. Von den mühseligen Treibjagden auf die scheuen Zicklein oder vom beschwerlichen Pflücken runzeliger Früchte an den abgestorbenen Sträuchern. Von allen Zwischenfällen erzählten sie. Von den kleinsten Umständen. Und sie schlossen, daß nur noch wenig zu tun sei, ein mageres Ährenlesen auf dem gründlich gemähten Acker des Krieges, denn der in die Enge getriebene und hinfällige Gegner liege röchelnd in den letzten Zügen. Das Ganze sei nunmehr ein spektakulärer Zeitvertreib, sonst nichts.

Die Soldaten der Hilfsdivision indessen konnte sich mit solch einer Nebenrolle nicht abfinden: dreißig Meilen durch den Sertão marschieren, von Kopf bis Fuß bewaffnet, nur um als Zuschauer den Untergang von Canudos mitanzusehen, seine allmähliche, langsame Erdrosselung, ohne die fieberhaften und konvulsivischen Zuckungen einer Schlacht …

III.

Als Botschafter zum Himmel

Doch die Blockade, unvollständig und im Norden über weite Strecken lückenhaft, zwang den Gegner keineswegs in die Knie. Noch waren die Wege nach Uauá und zur Várzea da Ema offen und führten mit vielfachen Verzweigungen in die Weite der Hochplateaus hinein, dem langgestreckten Band des Rio São Francisco entgegen, durch ganz und gar unbekannte Gegenden bis zu den bedeutungslosen Dörfern an jenem Strome zwischen Xorroxó und Santo Antônio da Glória. Über diese Zugänge trafen ständig kleinere Hilfslieferungen ein und konnten ohne weiteres neue Verstärkungen anrücken. Für die *jagunços* verliefen die Pfade in günstige Richtungen, da sie ihr weites Kernland durchzogen, wo die abgelegensten Sertãostrecken von sechs Staaten sich berühren und ineinander übergehen, von Bahia bis Piauí.

So waren sie für die Sertanejos das denkbar beste Schlupfloch, denn sie führten sie zu der Brutstätte, aus der alle aufrührerischen Elemente stammten. Im äußersten Notfall erlaubten sie die rettende Flucht. Die abziehenden Einwohner würden kaum auf den ersten Meilen verfolgt, wenn überhaupt. Sie stünden unter dem Schutz der unwegsamen und unergründlichen Wüste.

Sie flohen jedoch nicht, obgleich sie spürten, wie ringsherum die Stärke der Gegner zunahm, während zugleich ihre eigenen Kräfte verfielen. Die bedeutendsten *guerrilheiros* waren verschwunden: Pajeú in den letzten Juli-Kämpfen; der unheimliche João Abade im August; der listenreiche Macambira in jüngster Zeit; des weiteren José Venâncio und andere. Von den Hauptfiguren blieben Pedrão, der furchtbare Verteidiger von Cocorobó, und Joaquim Norberto, in Ermangelung besser Geeigneter zum Anführer aufgestiegen. Außerdem wurden die Lebensmittel knapp, und es verschärfte sich immer mehr das Mißverhältnis zwischen der ständig sinkenden Zahl der einsatzfähigen Kämpfer und der ständig steigenden Zahl der Frauen, Kinder, Greise, Verstümmelten und Kranken. Diese nicht verwendungsfähige Mehrheit behinderte die Bewegungsfreiheit der Erstgenannten und schmälerte die gemeinsamen Vorräte. Sie hätte fliehen können, hätte nach und nach grüppchenweise über die offengebliebenen Pfade entschlüpfen können, um die Kämpfer von einer Bürde zu befreien und sich selbst das äußerste Opfer zu ersparen. Sie wollte es nicht. Aus freien Stücken unterwarfen sich diese gebrechlichen und niedergeworfenen Wesen, der eigenen Hilflosigkeit wohl bewußt, dem beinahe vollständigen Fasten zugunsten ihrer Verteidiger. Sie verließen sie nicht.

Das Leben in der Siedlung wurde grauenvoll. Davon zeugten später das Elend, die völlige Entkräftung und die erschreckende Magerkeit von sechshundert weiblichen Gefangenen. Angesichts der letzten offenen Tore zu Freiheit und Leben nahmen sie Tage voll unbeschreiblicher Ängste und Nöte auf sich. Und dies bliebe für alle Zeiten unerklärlich, hätten nicht in der Folge diejenigen, die sie durchstanden, den Ursprung dieses bewundernswerten Stoizismus enthüllt. Die Erklärung ist einfach.

Am 22. September war Antônio Conselheiro verstorben.

Als er sah, wie die Kirchen einstürzten, das Sanktuarium zerschossen wurde, Heiligenfiguren in Stücke gingen, Altäre brachen, Reliquien in den Schutt der geborstenen Wände stürzten und wie – ein verstörender Anblick – der Gute Herr Jesus sich plötzlich vom Hochaltar löste und mit unheimlichem Fall auf den Boden schlug, von einer Granate zerrissen, da beugte sich sein angegriffener Organismus, von heftigen Gemütsregungen zerrüttet. Er begann zu sterben. Seine gewohnte Genügsamkeit trieb er auf die Spitze, bis hin zum absoluten Fasten. Und eines Tages blieb er reglos liegen, bäuchlings, die Stirn auf die Erde gepreßt, inmitten des zertrümmerten Gotteshauses.

Dort fand ihn eines Morgens Antônio Beatinho.

Er war steif und kalt, und er trug auf der Brust ein silbernes Kruzifix.

Dieses Ereignis nun, von entscheidender Bedeutung für die Geschichte des Feldzugs, dessen unverzügliches Ende es zwangsläufig herbeizuführen schien, ließ gegen alle Erwartung die Rebellion wieder aufflackern. Denn – vielleicht vom schlauen Verstand eines Anführers ausgeheckt, der die verheerenden Folgen dieser Tatsache voraussah und abzuwenden suchte, oder auch, gleichermaßen denkbar, spontan der kollektiven Hypnose entsprungen – sobald die Schwärmerschar erschüttert der Abwesenheit des Apostels inne wurde, der in den letzten Tagen allerdings selten erschienen war, verbreitete sich eine außergewöhnliche Kunde.

Davon berichteten später die Besiegten in aller Einfalt:

Antônio Conselheiro war aufgefahren gen Himmel. Als er seine hauptsächlichen Mitstreiter sterben und immer mehr Soldaten anrücken sah, beschloß er, sich geradewegs an die Vorsehung zu wenden. Der wundersame Botschafter weilte zu jener Stunde bei Gott. Er hatte für alles gesorgt. So werde es den Soldaten auch in den schlimmsten Bedrängnissen nicht gelingen, sich vom Fleck zu rühren. Nicht einmal, um wegzulaufen, wie die vorherigen Expeditionen. Sie blieben an ihre Verschanzungen festgeschmiedet. Unverrückbar würden sie dort bis zum tödlichen Sühneopfer ausharren, just an dem Ort ihrer Missetaten. Denn der Prophet werde in Kürze wiederkehren, herabfahren mit Millionen von Erzengeln unter dem Schein der flammenden Schwerter am Himmel, und die olympische Heerschar werde sich auf die Belagerer stürzen, um sie niederzumachen und den Tag des Jüngsten Gerichtes einzuläuten …

Alle Seelen fühlten sich von einer Last befreit; die Gläubigen rüsteten sich zu den schlimmsten Prüfungen ihrer erlösenden Buße; und niemand von ihnen gewahrte, daß gleich darauf, unter verschiedenen Vorwänden, mehrere Kleingläubige, darunter Vila-Nova, die Ortschaft im Stich ließen und auf unbekannten Pfaden fortzogen.

Sie gingen noch rechtzeitig. Sie entkamen als letzte, da am 24. September eine neue Lage entstand.

Schließung des Belagerungsrings

Gleich im Morgengrauen, während die linke Frontlinie und die Geschütze der Favela einen erbitterten Angriff entfesselten, um die Aufmerksamkeit des Feindes auf diesen Abschnitt zu lenken, brach Oberstleutnant Siqueira de Meneses zu dem noch unbesetzten Segment des Belagerungsringes auf, gefolgt vom 24., 38. und 32. Linienbataillon unter Major Henrique de Magalhães, Hauptmann Afonso Pinto de Oliveira und Leutnant Joaquim Potengí, vom Bataillon aus Amazonas, vom rechten Flügel des Paulistanerbataillons unter der Führung von Major José Pedro de Oliveira und einem Kavalleriekontingent unter dem Befehl von Fähnrich Pires de Almeida. Mit diesen Einheiten überfiel er die kleinen Verteidigungstrupps in den letzten Behausungen, die nach jener Seite der Siedlung verstreut lagen.

Damit hatten die *jagunços* nicht gerechnet. Es war der Abschnitt von Canudos, welcher der Alten Fazenda diametral entgegengesetzt und am weitesten von der ursprünglichen Angriffsfront entfernt lag.

Dort war ein neuer Ortsteil zu sehen, die Roten Häuser, nach dem Fehlschlag der 3. Expedition errichtet, wozu auch solidere Bauten gehörten, zum Teil mit Ziegeln gedeckt. Die Besatzung war unzureichend. Ihr mangelte es an Schanzen mit Unterständen, die anderwärts so zahlreich angelegt waren. Und ein für die Rebellen in dieser Lage verheerender Umstand: Alle Behausungen waren, weil am abgelegensten von allen, überfüllt mit Frauen und Kindern.

Die Truppe, die mit dem 24. Bataillon an der Spitze durch das Flußbett vorrückte, fiel jäh über die Wohnungen her und belegte sie in Minutenschnelle mit heftigem Feuer. Wie gewöhnlich sahen die Freischärler sich durch den Tumult des verängstigten Weibervolkes behindert. Dennoch räumten sie nicht sogleich die Stellung. Sie wichen unter hinhaltendem Widerstand zurück, und die nachdrängenden Soldaten versanken immer tiefer im Gewirr der Gäßchen.

Ihre Offensive reproduzierte unausweichlich frühere Episoden. Sie stießen die Gewehre durch die dünnen Lehmwände und feuerten ungezielt nach innen; brachen sie dann mit Kolbenhieben auf; und auf das Gerümpel aus Lumpen und Trödel warfen sie brennende Zündhölzer. Die auflodernden Flammen bahnten ihnen den Weg. Davor wich der Sertanejo in die hinteren Gelasse zurück. Hie und da verblüffte der eine oder andere durch herausragenden Widerstand und verkaufte sein Leben so teuer als möglich. Einer von ihnen, den, als man die Hüttentür splitternd aufbrach, Gattin und Tochter umarmt hielten, schleuderte beide grob zur Seite, war mit einem Satz auf der Schwelle und fällte mit einem fürchterlichen Vergeltungsschlag den ersten Eindringling, dessen er ansichtig wurde, einen Fähnrich, Pedro Simões Pinto vom 24. Bataillon. Sogleich brach der *jagunço* unter den Stichen der ihn umringenden Soldaten zusammen. Und als er sein Leben aushauchte, sprach er einen finsteren Satz: »Wenigstens einen habe ich erledigt ...«

Ein anderer erheiterte die Soldaten. Eine possenhafte und abscheuliche Episode: Im Winkel eines gestürmten Zimmerchens lag seitlich hingestreckt ein sogar zum Sitzen zu kraftloser greiser *curiboca*, von spindeldürrer Magerkeit, halb entblößt, mit umwickelten Wunden, und mühte sich, eine alte Vogelflinte abzufeuern. Zu schwach, um sie zu spannen, vermochte er kaum sie zu heben. Dann ließ er sie aus den schlaffen Armen gleiten, verzweifelt, das knochige Antlitz in ohnmächtiger Wut zur Grimasse verzerrt. Die Soldaten umstanden ihn einen Augenblick lang; und weiter zogen sie unter schallendem Gelächter.

Doch dieser Widerstand um jeden Preis, den selbst die Sterbenden mittrugen, brachte die Angreifer schließlich zum Stehen. Binnen kurzer Zeit verloren sie dreizehn Mann. Im übrigen wich zwar der Gegner zurück, doch er floh nicht. Dicht vor ihnen harrte er aus, in zwei Schritt Entfernung, in derselben Behausung, im anstoßenden Zimmer, durch eine zentimeterdünne Lehmwand von ihnen getrennt. Ihr Angriff war ins Stocken geraten. Um den Geländegewinn nicht zu verlieren, verbarrikadierten die Soldaten die neue Frontlinie mit Möbeln und Haustrümmern. Das übliche und unerläßliche Verfahren.

Vor ihnen war keinerlei Niemandsland. Der *jagunço* klammerte sich – unbezwinglich – an die Rückseite der Brustwehr, wachsam, mit der Flinte im Anschlag.

Schauplatz einer Tragödie

Dieses Gefecht, das von Norden herüberdröhnte, schreckte das Heerlager auf. Alle Häuschen nahe der Pionierabteilung, mit Neugierigen überfüllt, bildeten den riesigen Zuschauerraum für dieses Drama. Ferngläser wurden durch alle Mauerspalten gesteckt. Man klatschte Beifall. Man trampelte zum Zeichen des Mißfallens. Bravorufe erschollen. Die Handlung – wirklich, konkret, unverkennbar – erschien ihren Augen wie ein ungeheuerliches Gaukelspiel, aufgeführt auf jener holprigen Bühne im schaurigen Rampenlicht der Feuersbrünste. Diese rückten nur langsam voran, dem heftigen Nordost sich entgegenstemmend, der ihre gelblichen Rauchschwaden zerfetzte oder in breiten Wirbeln kreisen ließ, worin Funkengarben über Flammenzungen aufsprühten und verflogen. Der Qualm besorgte die Schattierung des Bildes, das er von einer Seite zur anderen erfaßte und bisweilen gänzlich verhüllte, wie der Vorhang, der nach dem Akt einer Tragödie fällt.

In diesen Pausen entschwand die Siedlung. Es entschwand das ganze Häusergewirr. Vor den Zuschauern hing ausgestreckt, glatt und graubraun, jener Vorhang, die grundierte und relieflose Leinwand des Rauches. Ihn durchdrang, rot und glanzlos, eine glühende Scheibe – die schwach flackernde Sonne, verfinstert wie bei einer Eklipse. Unversehens jedoch zerriß ihn ein kräftiger Windstoß. Durch den riesigen Spalt, der sich von oben nach unten auftat, erkannte man einen Zipfel der Siedlung – Scharen von Frauen und Kindern, die besinnungslos nach Süden rannten, Hals über Kopf, ununterscheidbar unter dem trockenen Gezweig der Gebetslaube. Die Geschütze der Favela beschossen sie frontal. Die bejammernswerten Haufen zwischen zwei Feuern, fortgepeitscht von Gewehrgarben, zurückgetrieben von der Kanonade, verschwanden endlich eingekeilt zwischen den Trümmern hinter dem Sanktuarium. Oder sie wurden erneut verdeckt von den Rauchknäueln, welche aus dem langsam fortschreitenden, unlöschbaren Brand emporstiegen und sich träge über die Dächer wälzten, dick wie Kumuluswolken, und weit über den Boden dahinflossen und sich türmten, gleich der späten Dünung mächtiger, lautloser Wogen, und je nach dem Winde dichter wurden oder verflogen; die an den Giebelstumpf der Neuen Kirche stießen und ein Stück der geborstenen Mauern freigaben und es sogleich wieder verhüllten; und die eine Strecke weiter sich über einem wüsten Abschnitt des Flusses zerstreuten; und die in größerer Ferne sich auflösten und über den Kuppen der Hügel sich verflüchtigten ...

Die neugierigen Blicke derer, die ob ihrer Entferntheit vom Kampfgetümmel daran nicht teilnehmen konnten, wurden immer wieder gefiltert durch jenes Gespinst von Rauchschwaden. Und wenn diese sich undurchdringlich zusammenballten, dann erdröhnten aus dem ganzen Halbrund plumper Logen, aus dem ganzen monströsen Amphitheater Aufschreie der Verärgerung und Enttäuschung, unwillkürlich ausgestoßen von frenetischen Zuschauern, die immer wieder vergeblich ihre Feldstecher zückten, um den Fortgang der plötzlich verhängten Intrige zu erraten.

Denn das Kampfgeschehen zog sich in die Länge. Ungewöhnlich in die Länge zog sich das nun nicht mehr von periodischen Salven durchsetzte Gewehrfeuer, das vielmehr dicht, heftig und durchdringend prasselte wie knisternd platzende Bambusrohre im brennenden Röhricht. So beschlich die Zuhörer manches Mal die bange Sorge, die Sertanejos könnten die Verhaue im Norden durchbrechen und einen erfolgreichen Ausfall unternehmen. Die Echos der Schüsse, von den Hügelflanken wie Querschläger hin und her geworfen, kamen aus wechselnden Richtungen und hallten, vom dichten Gewölk verstärkt, immer mehr durcheinander. Sie krachten in der Nähe der Zuschauer zu ihrer Rechten und hinter ihnen, als ob der entwichene Feind zum Angriff heranrücke, zu einem ungestümen und jähen Vergeltungsschlag. Überstürzte Befehle schollen kreuz und quer. Die Reservetruppen nahmen Gefechtsaufstellung. Erregte Fragen wurden gewechselt.

Aus der Ferne indessen hörte man ein Getöse von Schreien und Hochrufen. Man eilte zu den befestigten Aussichtspunkten. Wieder hob man die Feldstecher. Ein Windstoß riß einen breiten, hellen Spalt durch den Nebel, zerschnitt ihn mittendurch und enthüllte von neuem den Schauplatz der Handlung.

Alles atmete auf. Jubel und Beifall ertönten. Die *jagunços* waren auf dem Rückzug.

Schließlich erblickte man, bis hin zum Weg durch den Cambaio, eine Linie aus roten Fähnchen.

Canudos war abgeriegelt.

Die Nachricht gelangte umgehend zum Feldlager, von wo Kuriere sie mit verhängten Zügeln nach Monte Santo brachten, damit sie der Telegraph ins ganze Land hinaustrüge.

In seinem gesamten Umfang war Canudos jetzt umschlossen von zahlreichen Schanzen und Verhauen, durch deren Lücken kein einziger Bewohner mehr entschlüpfen konnte: Im Osten lag der Kern des Feldlagers, hinter der Schwarzen Linie mit der 3. Brigade in der Mitte; im Norden die jüngst eroberten Stellungen, die abschnittweise vom 31. Bataillon, vom linken Flügel des 24. Bataillons, vom 38., vom rechten Flügel des Paulistanerbataillons und vom 32. Infanteriebataillon gehalten wurden, so daß die Verbindungswege nach Uauá und zur Várzea da Ema versperrt waren; im ganzen nordwestlichen Quadranten säumten die Belagerungstruppen, in größeren Abständen aufgestellt, den artilleriebewehrten Keil am Anfang des Weges zum Cambaio; und im Süden lag die Favela mitsamt dem beherrschenden Bollwerk Siebenter September.

Der Ring, wiewohl aus Fragmenten gebildet, war nunmehr geschlossen genug für eine tatsächliche, wirksame Belagerung.

Der Aufstand war tot.

Letzte Tage

I. Die Besiegten bäumen sich auf. Die Gefangenen. Das Abkehlen.
II. Zeugenaussage des Verfassers. Ein Protestschrei.
III. Titanen gegen Sterbende. Der Belagerungsring zieht sich zusammen. Beim Ausheben des eigenen Grabes. Rings um die Wasserstellen. Auf den Trümmern der Neuen Kirche.
IV. Spaziergang in Canudos.
V. Der Sturmangriff. Die Kanonade. Gegenaktion der *jagunços.* Das Dynamit. Beim Verbandplatz. Tagebuchaufzeichnungen. Antônio Beatinho. Tod des Ratgebers. Gefangene.
VI. Das Ende. Canudos hat sich nicht ergeben. Die Leiche des Ratgebers. Sein Schädel.
VII. Zwei Zeilen.

I.

Die Besiegten bäumen sich auf

Da begab sich etwas Außerordentliches, ganz und gar Unerwartetes.

Der gedemütigte Feind erwachte mit unglaublicher Kraft zu neuem Leben. Die Soldaten, die von Anfang an gegen ihn fochten, kannten ihn nicht wieder. Bis zu diesem Tage hatten sie ihn als listigen Widersacher gesehen – fintenreich im Wirrwarr der Hinterhalte, unbezwinglich bei der Abwehr kühnster Angriffe, unerreicht schnellfüßig, wenn es galt, den überraschendsten Vorstößen auszuweichen. Nun begannen sie ihn als Helden sehen.

Die Einschnürung durch Tausende von Bajonetten hatte ihn angefeuert, gestählt und ihm die Initiative der Angriffe zurückgegeben. Diese setzten am 23. September ein, hartnäckiger denn je, durchpflügten alle Stellungen in verwirrender Kreiselbewegung, erfaßten, Schanze für Schanze, den gesamten Einschließungsring.

Es war wie eine aufgewühlte Flut, entfesselt zu einem brausenden Strudel. Zurückgeworfen von den vorgeschobenen Pfahlwerken im Osten, wälzte sie sich als blitzende Dünung von Salven zum Cambaio-Gebirge hinüber, brandete gegen die Hänge, die steil von dort zum Fluß hinabsteigen, erhielt mit voller Wucht das Gegenfeuer der dort oben verschanzten Besatzungen und wallte, nach Norden abgelenkt, schäumend ins Bett des Vaza-Barrís, bis sie gegen die ihn stauenden Palisaden prallte und zerbrach; dann kehrte sich die Flut überstürzt nach Süden, man sah sie schnell und aufgeregt quer durch die Siedlung wogen und gleich darauf, von Schüssen gepeitscht, die unteren Ausläufer der Favela-Höhe umspülen; aufs neue sprang sie um nach Osten, gewunden, wirbelnd, tosend, und schlug gegen den linken Flügel des 5. Bataillons aus Bahia; zurückgeworfen, schwappte sie gegen die Barriere des 26. Bataillons, von dem sie abermals zurückgeworfen wurde; sie wich von dort mit einer Biegung zur Mitte des Platzes zurück, mit rascher Schlängelbewegung, und brach sich eine Minute später an der Schwarzen Linie, glitt ab, kaum erkennbar im flüchtig aufblitzenden Gewehrfeuer; dann eilte sie wiederum nordwärts, um dieselben Punkte wie vorher zu berennen, wurde immer wieder abgewehrt und griff immer wieder an, wie der unaufhaltsame, rhythmische Wirbel eines Zyklons. Die Flut verebbte. Plötzlich Stille löste den wütenden Mahlstrom ab. Vollkommenes Schweigen senkte sich über beide Kriegsparteien. Die Belagerer zogen sich aus der Gefechtsaufstellung zurück.

Doch ihre Ruhe hielt nur wenige Minuten an.

Ein Knall erdröhnte in der Neuen Kirche, und hoch auf den geborstenen Mauerkronen mit ihren schwankenden Steinen sah man flüchtige Schemen bei eiligen, aberwitzigen Wachgängen hin- und herlaufen, ohne festen Halt auf den Trümmern. Sofort prasselten, von allen Artilleriestellungen ausgespien, Kartätschen auf sie hinunter und verspritzten beim Platzen zahllose Kugeln. Dagegen konnten sich die *jagunços* nicht behaupten. Affengleich springend und gleitend, kamen sie von jenen Ruinen herab. Verloren sich in den Elendsbehausungen nahe dem Sanktuarium. Und an irgendeinem Punkt der Belagerungslinie tauchten sie unversehens wieder auf. Sie feuerten, wurden zurückgeschlagen, griffen die nächstliegenden Schanzen an, wurden zurückgeworfen, fielen über die Befestigungen daneben her, und so jagten sie ungestüm fort auf der gewaltigen Kreisbahn ihrer Überfälle.

Die Soldaten, die noch tags zuvor auf den in seinen Bruchbuden eingepferchten Gegner verächtlich hinabgeschaut hatten, waren nun bestürzt. Wie in den schlimmsten Tagen des Feldzugs, ja noch heftiger, übermannte sie der Schrecken.

Man unterließ die unbedachten Herausforderungen. Wieder erging der Befehl, nicht die Hörner zu blasen. Es blieb nur ein Signal, der unmißverständlich vom Feind selbst gegebene Alarm.

Die Hügel entvölkerten sich. Vorbei war das Gehabe der Aufschneider, die sich herausfordernd den Kugeln stellten. Notorische Draufgänger wappneten sich mit Vorsicht, preßten sich an den unteren Saum der Hänge, liefen um die Wette zu den gedeckten Wegen, duckten sich, hasteten in großen Sätzen über die bestreichbaren Stellen. Wiederum wurden die Nachschubverbindungen aufs äußerste erschwert. Kaum erschienen die Maultierkarawanen auf den Anhöhen im Süden, vom Calumbí her kommend, gerieten sie unter Beschuß; Hals über Kopf eilten sie herab, und mehrere Treiber stürzten auf den letzten Schritten, an der Schwelle des Feldlagers, verwundet zu Boden.

Die Lage wurde plötzlich unhaltbar.

Es war unerfindlich, wie die *jagunços* immer noch, nach so vielen Kampfmonaten, so viel Munition besitzen konnten. Und sie gingen keineswegs sparsam damit um. Manches Mal, in den hitzigsten Augenblicken des Feuergefechts, heulte es langgezogen über den Zelten, wie wenn es kräftig stürmte.

Geschosse jeglicher Art – das leise Sirren der Mannlicher und Mauser, das laute Pfeifen der Comblains, das scharfe Zischen der Stutzbüchsen, hart wie das von Revolverkanonen – schwirrten überall hin: auf den Kreis der Belagerungslinien, auf die Zelte bei den Hauptquartieren, auf alle Hügel bis zur geschützten Mulde an der Favela, wo Tragtiere und Verwundete rasteten, auf alle Pfade, auf das lange, gewundene Flußbett und auf die verborgensten Senken; prasselnd glitten sie über das Lederdach des Verbandplatzes und weckten die schreckerfüllten Kranken, ließen Gläser in der anstoßenden Feldapotheke zerspringen; sie durchbohrten, ohne daß man sich solch flache Flugbahnen erklären konnte, die Laubhütten, eine Handbreit von den Hängematten entfernt, aus denen voller Bestürzung erschöpfte Kämpfer sprangen; sie durchschlugen wie heftig geschleuderte Steine die dicken Wände der Hütten, in denen die Pionierabteilung und das Hauptquartier der 1. Heeressäule untergebracht war; wie zischende Gertenhiebe peitschten sie die Zeltbahnen; auch krachten sie außerhalb der

Behelfshütten, der Katen, der Sonnendächer, der Zelte, schlugen quer, prallten ab, griffen auf die Hügelflanken über, auf die Schieferplatten, die sie zerschlugen und in eine Unzahl von Splittern zersprengten, so unerhört reichlich, als kämen sie aus einer Kugelspritze ...

Der Feldzug erreichte fiebernd seinen Höhepunkt, die abschließende Entscheidungsschlacht. Doch dieser unerhörte Paroxysmus benahm den Siegern den Mut.

Die Gefangenen. Das Abkehlen

Am 24. September trafen die ersten Gefangenen ein.

Die im Triumph zurückkehrende Truppe, die zunächst unterwegs ein halbes Dutzend versprengter und schreckgelähmter Kinder zwischen vier und acht Jahren aufgegriffen hatte, stieß beim genaueren Durchsuchen der eroberten Hütten auf mehrere Frauen und mehrere verwundete Kämpfer.

Letztere waren gering an Zahl und kamen in jammervollem Zustand daher: stolpernd, lahmend, ausgezehrt.

Einer von ihnen, von zwei Soldaten untergefaßt, halb ohnmächtig, zeigte quer über der entblößten Brust den tiefen Einschnitt des Seitengewehrs, das ihn niedergehauen hatte. Ein anderer, jener greise *curiboca*, der vor lauter Hinfälligkeit nicht seine Flinte auf die Soldaten hatte abdrücken können, sah aus wie ein hinkendes Grabgespenst. Vor Monaten durch Granatsplitter verwundet, wies sein Unterleib zwei rotumrandete und vernarbte Löcher auf, wodurch die Gedärme austraten. Die Stimme erstarb ihm in der Kehle zu einem gepreßten Röcheln. Man verhörte ihn nicht. Im Schatten eines Zeltes überließ man ihn der Agonie, die ihn schon seit drei Monaten verzehren mochte.

Einige Frauen machten aufschlußreiche Mitteilungen: Vila-Nova war tags zuvor in die Várzea da Ema entwichen. Seit geraumer Zeit schon wurde in der Siedlung gehungert, wobei fast alle noch verfügbaren Lebensmittel den Kämpfern vorbehalten blieben; und – eine Enthüllung von größerer Tragweite – der Ratgeber tauchte seit längerem nicht mehr auf.

Mehr noch, mit der Sperrung aller Schlupflöcher hatte für alle Bewohner die wachsende Marter des Durstes begonnen.

Weiter gingen die Auskünfte nicht. Die sie gaben, waren gänzlich ermattet und beantworteten kaum die ihnen gestellten Fragen. Ein einziger zeigte nicht die gedrückte Haltung, worin sich bei den übrigen die erlittenen Heimsuchungen niederschlugen. Stark, von mittelgroßer, untersetzter Statur – makelloser Vertreter der Herkulesgestalten auf den Jahrmärkten des Sertão, deren eisernes Knochengerüst zusammengehalten wird von knotigen Gelenken mit eckigen Apophysen –, war er, ganz offensichtlich ein Kämpfer ersten Ranges, womöglich einer jener akrobatischen *guerrilheiros*, die behende an den bröckelnden Zacken der Neuen Kirche sich forthangelten. Ursprünglich weiß, war sein Gesicht vollkommen verbrannt und von Sommersprossen übersät. An seinem Gürtel baumelte die leere Scheide eines Haumessers, so lang, daß sie ihm an die Unterschenkel stieß. Mitten im Kampfgewühl hatte man ihn ergriffen. Es war ihm gelungen, in einem tüchtigen Handstreich drei oder vier Soldaten niederzuwerfen, und er wäre entkommen, wäre er nicht betäubt zu Boden gestürzt, von einer seitlichen Kugel in die linke Augenhöhle getroffen. Gewürgt wie ein wildes Tier, betrat er das Zelt des Kommandeurs der 1. Heeressäule. Dort ließ man ihn los. Sein hastiges Keuchen verriet die Ermattung vom Kampf. Er hob den Kopf, und der eigentümliche Blick seiner Augen – das eine funkensprühend, das andere blutgefüllt – war schaudererregend. Unbeholfen stammelte er einige kaum verständliche Sätze. Er nahm den breiten Lederhut ab und machte in aller Unbefangenheit Miene, sich zu setzen.

Der Halunke trieb die Unverfrorenheit wirklich auf die Spitze!

Brutal zurückgestoßen, fiel er torkelnd durch die andere Tür, krümmte sich unter starken Fäusten.

Draußen ließ er sich ohne Widerrede einen Roßhaarstrick um den Hals legen. Unter Püffen zur rechten Flanke des Lagers gestoßen, verschwand der Unglückliche mit den finsteren Gesellen, die ihn in den geheimnisvollen Schoß der *caatinga* führten.

Wenn sie die erstbeste, den Blicken entzogene Gießbachrinne erreichten, spielte sich eine gängige Szene ab. Ausnahmslos verlangten die Soldaten von ihren Opfern ein Hoch auf die Republik, das ihnen selten gewährt wurde. Dies war der unabänderliche Prolog einer unmenschlichen Handlung. Man packte das Opfer an den Haaren, bog ihm den Kopf nach hinten und entblößte ihm den Hals; und sobald die Kehle offen dalag, schnitt man sie ihm durch. Nicht selten verschmähte die Ungeduld des Mörders diese schaurigen Anstalten. Dann wurde ein umstandsloseres Verfahren gewählt: Man durchbohrte das Opfer sofort mit dem Buschmesser.

Ein einziger Hieb in den Unterleib. Ein rasches Bauchaufschlitzen …

Manche unserer Draufgänger lechzten nach solch feigen Scheußlichkeiten, die sie mit stillschweigender oder ausdrücklicher Billigung ihrer militärischen Vorgesetzten begingen. Die Sertanejos, wiewohl um drei Jahrhunderte zurückgeblieben, übertrumpften die Soldaten keineswegs im Verüben derlei barbarischer Greuel.

II.

Zeugenaussage des Verfassers

Enthüllen wir schonungslos diese Greueltaten.

Legen wir Zeugnis ab.

Der Vorgang war alltäglich. Eine belanglose Begleiterscheinung.

Ausgelöst und angestachelt durch die Erbitterung über die ersten Rückschläge, wurde daraus schließlich eine kaltblütige, gewohnheitsmäßige Praxis, ein nebensächliches Detail auf der untersten Stufe der Kriegswichtigkeit. Hatte man einen gesunden und dem Gewicht einer Flinte gewachsenen *jagunço* gefangen, war nicht eine Sekunde mit nutzloser Fragerei zu vergeuden. Da hieß es abkehlen; da hieß es aufschlitzen. Der eine oder andere Befehlshaber machte sich die Mühe eines Handzeichens. Eine verwunderliche, da überflüssige Geste.

Der ohnehin bereitwillige Soldat bedurfte ihrer nicht.

Seine Aufgabe war, wie wir sahen, einfach: Er legte dem Opfer einen Lederriemen um den Hals, der an einem Halfter oder einer Peitsche befestigt war; stieß es zwischen den Zelten vorwärts, ohne daß übrigens irgend jemand sich darüber wunderte, und er brauchte nicht zu besorgen, daß ihm die Beute entkommen könnte, denn beim leisesten Anzeichen von Widerstand oder Flucht genügte ein kräftiger Ruck, damit die Schlinge dem Messer zuvorkäme und die Erdrosselung der Abkehlung. Dann hieß es weitergehen bis zur ersten tieferen Mulde, was bereits eine ausgesuchte Förmlichkeit war, und das Opfer abschlachten. Dabei ergaben sich, je nach Stimmung der Scharfrichter, leichte Varianten. Wovor, wie man wußte, den Sertanejos am meisten graute, war der Tod durch die blanke Waffe, nicht aus Angst vor dem Sterben schlechthin, sondern vor dessen Folgen, da sie durch diese Todesart ihr Seelenheil zu verlieren glaubten.

Diesen naiven Aberglauben beutete man aus. Nicht selten versprach man ihnen das Almosen einer Kugel im Austausch gegen Enthüllungen. Wenige gingen darauf ein. Die meisten blieben stumm, stoisch, unerschütterlich – ewige Verdammnis vor Augen. Hochrufe auf die Republik verlangte man von ihnen. Oder man ging von diesem bitteren Spott über zu offenem und beleidigendem Hohn, zu grausamen Anzüglichkeiten, zu den schneidenden Späßen eines rohen und ausgelassenen Chores. Dann kehlte man sie ab, oder man stach sie ab. Fertig. Über der namenlosen, unbekannten Tragödie, die sich vor der kläglichen und trübseligen Szenerie der kaktus- und felsstarrenden Hügellehnen abspielte, erdröhnten grausige Lachsalven, und die Bluttäter kehrten zum Lager zurück. Niemand erkundigte sich nach Einzelheiten. Der Vorgang war zu beklagenswerter Banalität verkommen. Auch die gefangenen *jagunços* kannten das Los, das ihnen bevorstand. In Canudos wußte man von diesem höchst summarischen Prozeß, was erheblich zu dem irrsinnigen Widerstand der Bewohner beitrug. Sicherlich würden sie vor anderen Feinden die Waffen strecken und so die Verwüstungen und das abscheuliche Bild des Krieges in Grenzen halten. Gegen diese aber würden sie kämpfen bis in den Tod.

Und wenn sie, endlich bezwungen, den Kommandeuren vorgeführt wurden, gingen sie gefaßt ihrem bejammernswerten Schicksal entgegen. Sie wappneten sich alle mit der gleichen seltsamen Gelassenheit, unbegreiflich bei Kämpfern so vielfältiger Schattierungen und so ungleichartiger Charaktere, bei Mischlingen jeglichen Schlages, die in Hautfarbe und Gemütsart weit auseinandergingen.

Einige nahmen eine aufrechte, hochfahrende Haltung ein, unfaßlich bei Menschen, die auf der allerniedersten Stufe unseres Volkes standen. Nennen wir Beispiele.

Ein Neger, einer der wenigen reinblütigen Neger, die es dort gab, Ende September gefangengenommen, wurde vor den Befehlshaber der 1. Heeressäule geführt, General João da Silva Barbosa. Außer Atem kam er an, erschöpft vom Gehen unter Püffen und Stößen sowie vom Geplänkel, worin man ihn ergriffen hatte. Er war hochgewachsen und hager. Sein abgezehrter Organismus zeugte von den Strapazen des Hungers und des Kampfes. Die Magerkeit zog seine leicht gebeugte Gestalt in die Länge. Der wirre, unmäßige Haarschopf überwucherte seine schmale, fliehende Stirn; und seine Physiognomie mit dem auffallend vorspringenden Oberkiefer verschwand unter dem dichten Bartflaum, gleich einer zerknitterten, schmutzstarrenden Maske. Schwankend trat er näher. Der hinkende, unsichere Gang, der wollige Kopf, das verschwindend kleine Gesicht, eine platte Nase, wulstige Lippen, die wegen der schiefen, vorstehenden Zähne halbgeöffnet blieben, die winzigen, aus tiefen Höhlen lebhaft funkelnden Augen, die lang herabbaumelnden, bloßen Arme – alles das verlieh ihm das abstoßende Aussehen eines kränklichen Orang-Utans.

Er setzte den Fuß nicht über die Schwelle des Zeltes.

Er war ein Tier. Ihn zu verhören lohnte nicht.

Aus der Hängematte, in der er von jüngst erlittener Verwundung genas, gab Brigadegeneral João da Silva Barbosa einen Wink. Ein der Pioniertruppe zugeteilter Korporal, bekannt für derlei Heldenstücke, erriet seine Absicht. Er nahte mit dem Strick. Kleinwüchsig, wie er war, hatte er freilich Mühe, ihn dem Verurteilten um den Hals zu legen. Dieser indessen ging ihm seelenruhig zur Hand; er löste die verknotete Schlinge, knüpfte sie eigenhändig, um sich selbst zu würgen ...

In der Nähe standen ein Oberleutnant vom Generalstab sowie ein Student der Medizin und betrachteten die Szene.

Und sie sahen, wie der Unglückliche sich verwandelte, kaum hatte er die ersten Schritte zur Hinrichtung getan. An diesem besudelten und abstoßenden Gerippe, das sich mühsam auf dürren Beinen aufrecht hielt, traten unversehens großartige, bestürzend plastische Linien einer staunenswerten Skulptur hervor.

Ein Meisterwerk der Bildhauerkunst, modelliert aus Schlamm.

Mit einem Male hatte sich die zusammengesunkene Gestalt des Negers gestrafft und lotrecht emporgereckt zu einer schönen Haltung von einzigartigem Stolz. Fester wuchs das Haupt aus den Schultern, die zurücktretend die Brust wölbten, und hob sich mit einem trotzigen Ausdruck hochmütiger Vornehmheit; und sein mannhaft funkelnder Blick erleuchtete ihm die Stirn. Gleichmütig und sicher schritt er vorwärts, stumm, unbewegten Antlitzes, die verbrauchte Muskulatur auf den Knochen hart herausgemeißelt, makellos aufrecht wie ein Standbild, ein altes Titanenstandbild, das vier Jahrhunderte lang verschüttet war und jetzt, besudelt und verstümmelt, ans Tageslicht kam in jener ungeheuren Trümmerstätte namens Canudos. Es war eine Vertauschung der Rollen. Eine beschämende Antinomie ...

Und alles das beeindruckte niemanden.

Ein Zugeständnis gewährte man der menschlichen Spezies: Frauen und Kinder wurden nicht abgeschlachtet. Sie durften sich allerdings nicht als gefährlich erweisen. Ebendies jedoch tat eine in den Vierzigern stehende Mestizin, die eines Tages gefangen ins Zelt des Oberkommandierenden gebracht wurde. Der General war krank. Er verhörte sie von seinem Feldbett aus, umringt von zahlreichen Offizieren. Die Vernehmung beschränkte sich auf die üblichen Fragen – nach der Zahl der Kämpfer, nach deren Zustand und Hilfsmitteln, nach anderen Dingen –, die sie zumeist mit einem entschiedenen »Weiß ich nicht!« oder einem zögerlichen und zweideutigen »Was weiß ich?« beantwortete. Überdies jedoch erging sich die Frau, ungeniert, reizbar und energisch, wie sie war, in unvorsichtigen Betrachtungen: derlei Fragen seien zwecklos. Die Frager wüßten doch, daß sie verloren seien. Keine Belagerer seien sie, sondern Gefangene. Anders als den Soldaten der vorigen Expeditionen werde es ihnen nicht gelingen, heimzukehren; und bald werde sie ein schlimmeres Unglück treffen – sie alle würden blind und ziellos über die Hügel dort umhertappen ... Dabei gestikulierte sie ungehörig, grob und frech.

Sie erregte Verdruß. Ein gefährliches Mannweib. Des Wohlwollens der Sieger unwürdig. Beim Hinausgehen wurde sie von einem Fähnrich und mehreren Gemeinen abgeführt.

Dieses Weib, dieser Dämon in Unterröcken, diese Hexe, die Unheil weissagte statt des nahen Sieges – sie wurde abgekehlt.

Man schonte die Zaghaften, die allerdings durchweg als lästige Hemmschuhe galten, als das Lager verstopfende unnütze Schabracken.

Solches traf auf eine Alte zu, die mit zwei etwa zehnjährigen Enkeln sich an der Hügellehne niedergelassen hatte, wo der Bereitschaftstrupp der Kavallerie sein Biwak hatte. Die hinfälligen Knaben waren im Zustand absoluter Auszehrung und konnten nicht mehr gehen; sie hatten wieder zu krabbeln begonnen. Untröstlich wimmerten sie vor Hunger. Und die Großmutter, die außer sich vor Verzweiflung zwischen den Zelten Reste aus den Kochgeschirren zusammenbettelte und sogleich zu den Kindern eilte, um sie zu beruhigen und ihre Leiber mit Hemdlappen zu wärmen; die erneut sich aufmachte, fieberhaft, von rastloser Fürsorge getrieben, da und dorthin lief, um eine alte Jacke aufzutreiben, ein den Soldaten aus der Rocktasche gefallenes Stück Zwieback oder ein wenig Wasser; die, gebeugt von Leid und Alter, wankend kam und ging, krummbeinig, immerzu von einem hartnäckigen, tuberkulösen Husten geschüttelt – diese Großmutter schnürte auch den Kaltsinnigsten das Herz zusammen. Ihre Erscheinung gemahnte auf unbenennbare Weise an ein Strafgericht; sie huschte hin und her wie der aufdringliche und störrische Schatten eines bösen Gewissens ...

Das Abkehlen sei aus all diesen Gründen unendlich praktischer, hieß es unverhohlen. Das Ganze war kein Feldzug, es war eine Schlächterei. Es war nicht das strenge Walten der Gesetze, es war die Rache. Auge um Auge. Dort in den Lüften schwebte immer noch die Asche Moreira Césars; also mußte man einäschern. Eine Strecke weiter lag der kopflose Rumpf von Tamarindo; also mußte man köpfen. Die Niederschlagung des Aufruhrs bewegte sich zwischen zwei Polen: Feuer und Messer.

Zur Rechtfertigung wurde angeführt: Oberst Carlos Teles habe einem gefangenen Sertanejo einst das Leben geschenkt. Die Grausamkeit der Mordgesellen sei zurückgedrängt worden von der großmütigen Seele eines Helden.

Doch dieser habe die unverzeihliche Schwäche, gutmütig zu sein, teuer bezahlt. Just der von ihm verschonte *jagunço* habe fliehen können und dann den Schuß auf ihn getan, der ihn vom Kriegsschauplatz fortriß. Derlei wurde geglaubt. Und erfunden. Es waren vorweggenommene Entlastungsmanöver. Anderes wurde vorsätzlich übertrieben: die Martern der in heimtückischen Hinterhalten gemordeten Freunde, deren Leichen geschändet und wie Vogelscheuchen am Wegrand aufgehängt wurden. Die gefühllose Vertiertheit der Soldaten berief sich auf das Mitgefühl für die toten Kameraden. Diese Roheit trug purpurne Trauer nach Art der Chinesen, und die Tränen, in denen sie schwamm, schwemmte sie hinweg mit Blut.

Ein Protestschrei

Im übrigen war das schreckliche Urteil der Zukunft nicht zu befürchten.

Die Geschichte würde nicht bis dorthin gelangen.

Sie hatte sich angewöhnt, die fürchterliche Physiognomie der Völker auf den majestätischen Trümmerfeldern gewaltiger Städte zu suchen, in der überwältigenden Erhabenheit zyklopischer Arenen, in den glorreichen Blutbädern klassischer Schlachten und in der epischen Wildheit großer Heerfahrten. Nichts hatte sie zu suchen auf der Schlachtbank von Canudos.

Der Sertão ist eine Freistätte. Wer ihn durchmißt und am

Wegrand das Kreuz auf dem Grab des Gemordeten sieht, forscht nicht nach dem Hintergrund des Verbrechens. Er nimmt den Hut ab, dann zieht er weiter.

Und sicherlich würde der züchtigende Arm der Gesetzesorgane nicht bis dorthin reichen. Dabei war der Rechtsbruch öffentlich. In Monte Santo wußte das maßgebliche Regierungsmitglied Bescheid – und schwieg. Mit seiner schuldhaften Gleichgültigkeit verlieh der Minister der Untat einen ehrbaren Anstrich. Das Bewußtsein der Straflosigkeit, verstärkt durch die Anonymität der Schuldigen und durch die stillschweigende Komplizenschaft derjenigen, die als einzige dem Verbrechen hätten steuern können, verquickte sich daher mit allen aufgestauten Haßgefühlen und führte dazu, daß über die bejammernswerte Sertão-Gesellschaft eine bis an die Zähne bewaffnete verbrecherische Horde herfiel, gedungen zum Töten.

Canudos hatte ringsum eine höchst willkommene Umwallung durch Gebirge. Es war eine Parenthese, ein Hiatus, ein Vakuum. Es existierte nicht. Innerhalb dieses Gürtels aus Höhenzügen konnte niemand mehr sündigen.[1]

Der Feldzug war ein unerhörter Schritt zurück in die Vergangenheit, ein schwindelerregender Rückfall in frühere Jahrhunderte.

War man die Hänge hinabgeschritten, zwischen denen die ungeheure Grube eingezwängt lag, konnte man darin unbemerkt ein blutiges Drama aus dem Höhlenzeitalter aufführen. Der Schauplatz war suggestiv. Die Akteure beider Seiten – Schwarze, *caboclos,* Weiße und Gelbe – zeigten in ihrem Angesicht ungeschmälert die unauslöschlichen und vielfältigen Charakterzüge ihrer Rassen, und ihre einzige gemeinsame Grundlage waren ihre niederen und bösartigen Instinkte.

Die ursprüngliche Tiernatur, von der Zivilisation allmählich verwischt, tauchte zur Gänze wieder auf. Endlich rächte sie sich. Statt Dioritaxt und Knochenharpune fand sie in den Händen der Streiter Degen und Karabiner. Lebhafter jedoch erinnerte sie das Messer an den einstigen Dolch aus Feuerstein. Also schwang sie es. Nichts hatte sie zu befürchten. Nicht einmal das ferne Urteil der Nachwelt.

Doch über die künftigen Verklärungen komme erbittert und schonungslos – ohne Erhabenheit, da vom Thema herabgezogen; grob und heftig, da ein Protestschrei; finster, da Abbild eines Schandflecks – dieser glanzlose Bericht.

III.

Titanen gegen Sterbende

Das Gefecht vom 24. September beschleunigte das Ende. Den nunmehrigen Druck von Norden ergänzte seit dem 25. ein ebenso kraftvoller von Süden. Der Belagerungsring zog sich in einem Zangengriff zusammen. An diesem Tage stiegen die beiden Bataillone aus Pará sowie das 37. Linienbataillon von der Mário-Höhe hinab, wo sie in einer gedeckten Mulde hinter der Schanze Siebenter September gelegen hatten, und griffen in das Kampfgeschehen ein. Sie handelten eigenmächtig, ohne jeglichen Befehl des Oberkommandos.

Gewichtige Gründe bewogen sie zu diesem Schritt.

Canudos stand in ihren Augen kurz vor dem Zusammenbruch.

Von der Höhe, hinter der sie im toten Winkel der Hangoberkante zelteten, bespähten sie fortwährend die Siedlung; und sie sahen, wie sich dort unten der Gürtel der Einschließung enger schnürte und wie der schauerliche Feuerrahmen sich zusehends vergrößerte und wie das Dorf allmählich zu dem großen, immerzu menschenleeren Kirchenplatz zurückgedrängt wurde, zu jener weiten Lichtung, die zu betreten die Kämpfer beider Lager sich gleichermaßen scheuten. Dicht vor den Ungeduldigen donnerte, sie anfeuernd, die artilleriebewehrte Pfeilschanze; weit unten krachte unablässiges Gewehrfeuer ... und sie selbst standen untätig dort oben, sogar von den verirrten Kugeln verschmäht, die über ihre Köpfe hinwegschwirrten, turmhoch und harmlos.

Jeden Augenblick konnte alles vorüber sein, und ihnen selbst bliebe nichts als der ruhmlose Rückmarsch – mit jungfräulichen Degen, unversehrten Fahnen, ohne die kostbare Lochstickerei der Schlachten. Denn der Oberkommandierende General machte keinen Hehl aus der Absicht, eine Überstürzung der Ereignisse mit sinnloser Aufopferung von Menschenleben zu vermeiden, jetzt, da die Kapitulation eine Sache weniger Tage war. Dieser unmißverständlich geäußerte Vorsatz war nicht nur zweckmäßiger als der sofortige Sturm, sondern auch humaner. Doch gefährdete er den zu erwerbenden Kriegsruhm derer, die noch nicht gefochten hatten. Er würde ihr Ansehen verdunkeln, würde sie zu der Peinlichkeit nötigen, unverdient den Siegerkranz in Empfang zu nehmen, den Mütter, Gattinnen, Bräute und Schwestern ihnen sehnsuchtsvoll in der Heimat flochten. Da konnten sie nicht an sich halten. Lärmend zogen sie talwärts.

Der Kampf, den sie entfesselten, war eine Überraschung, weniger für die Angegriffenen als für die übrigen Belagerer. Er entspann sich auf der dem Cambaio zugewandten Seite, unterstützt durch die Artillerie des Obersten Olímpio da Silveira, und steigerte sich binnen kurzem zu unerhörter Heftigkeit.

Wie später verlautete, hatten diese ungeduldigen Helden, angeführt von den Obersten Sotero de Meneses und Firmino Rego, es darauf angelegt, die Siedlung einzunehmen. Sie würden vorstoßen bis zum Fluß. Würden ihn, pausenlos feuernd, in einem Zuge durchqueren. Würden über den leeren Kirchenplatz stürmen. Würden im Laufschritt Schüsse und Bajonettstöße austeilen und in die von dort abgehenden Gäßchen eindringen. Würden sie leerfegen. Würden über die rauchenden Schutthaufen hinwegsetzen und die betäubten *matutos* zertreten. Und dann würden sie – unter tosendem Beifall – vor der Verschanzung im Norden auftauchen, mitten unter den maßlos verblüfften Kameraden …

Ein unerhört kühner Streich. Doch seine Urheber kannten die Sertanejos schlecht. Diese traten ihnen kraftvoll in den Weg. Brachten sie zu Fall. Durchkreuzten bald ihre Absicht. Und rächten sich, ohne es zu wissen. Denn es lag durchaus etwas Verletzendes, Dreistes, Empörendes in dem Ungestüm, in der Ungeduld, in dem entfesselten Eifer, womit die beherzten Krieger – robust, wohluniformiert, wohlgenährt, wohlbewaffnet, wohlaufgelegt – vampirgleich über die ausgemergelten Leiber von Gegnern herfielen, die seit drei Monaten dahinsiechten, ausgehungert, zerschossen, angesengt, Tropfen um Tropfen ausgeblutet, der Kraft und des Mutes und der Hoffnung beraubt, Tag für Tag Opfer äußerster Erschöpfung. Dem Verröchelnden würden die Soldaten den letzten Bajonettstich in die Brust geben, dem Niedergeschossenen den Fangschuß ins Ohr. Ohnehin errängen sie mit dieser Heldentat nur mäßigen Ruhm.

Doch nicht einmal dieser wurde ihnen zuteil.

Zwar schnürte man dadurch den Belagerungsring weiter zu, doch ohne daß der Erfolg für die erbrachten Opfer entschädigte: Beinahe achtzig Kämpfer waren außer Gefecht, davon verwundet der Oberst Sotero und gefallen der Hauptmann Manuel Batista Cordeiro vom Regiment aus Pará.

Der Belagerungsring zieht sich zusammen

Dafür waren, so hieß es, die Verluste des Feindes gewaltig: Hunderte von Toten, Hunderte von verlorenen Häusern. In der Tat befand sich nur noch ein knappes Drittel der Siedlung in der Hand der *jagunços*: der nördliche Saum des Platzes und die Hütten nächst der Kirche.

Elf Bataillone – von den Linienbataillonen das 16., 22., 24., 27., 32., 33., 37., 38., ferner das Bataillon aus Amazonas, der rechte Flügel des Bataillons aus São Paulo und das 2. aus Pará –, mehr als zweitausendfünfhundert Mann, hatten in den vergangenen Tagen etwa zweitausend Häuser in ihre Gewalt gebracht und drängten die Sertanejos gegen die Hügellehne unterhalb der Alten Fazenda im Süden und im Osten gegen die gleichgroße Zahl von Bajonetten des 25., 7., 9., 35., 40., 30., 12., 26. Linienbataillons und des 5. Polizeibataillons.

Rund fünftausend Soldaten waren im Einsatz, nicht gerechnet diejenigen, die man als Wachposten im Feldlager und am Heerweg nach Monte Santo zurückgelassen hatte.

Die bekämpfte Bewohnerschaft war nun nicht mehr von

den lockeren Linien einer weitläufigen Belagerung umgeben, sondern von einem geschlossenen Ring aus 20 Bataillonen umklammert; und sie hielt sich in weniger als fünfhundert Hütten verborgen, hinter der Kirche bei der letzten Flußbiegung. Zudem beschnitten die Brände stündlich ihren Raum. Und wiewohl die Häuser mit ihrem dürftigen Gebälk die Flammen kümmerlich nährten, rückten diese allmählich vor, unter graubraunen Qualmwolken schwelend, die an die unvollständige Verbrennung in Hunderten von Rennöfen erinnerten und mit ihren dichten Knäueln sich über die Dächer breiteten, den Himmel rußig schwärzten und den trübseligen, eintönigen Schauplatz noch trostloser machten. Nur selten feuerte die Artillerie von den Höhen, erforderte doch das Richten der Geschütze äußerste Sorgfalt, da die geringste Abweichung oder Schwankung des Visiers die Geschosse auf die Angreifer lenken würde.

Dennoch blieb der Kirchenplatz gänzlich verödet. Noch hatte niemand sich getraut, die am nördlichen Rand im rechten Winkel zur Gebetslaube angrenzenden Häuser einzunehmen; in diesen jedoch und in der sich anschließenden dichten Häusermasse suchten die letzten Verteidiger Zuflucht. Noch hielten die Verwegensten die Stellung hinter den geschleiften Mauern des Gotteshauses. An ihrer Spitze standen keine wohlbekannten Anführer. Diese namenlosen Helden allerdings postierten ihre Leute zum Sterben, und von einer Stelle zur andern fliegend, ergriffen sie alle erdenklichen Maßregeln und schürten einen unbegreiflichen Widerstand, um das Ende auf unabsehbare Zeit hinauszuschieben.

So lösten sich die Kämpfer seit dem 26. September in ihren Verschanzungen ab, von wo sie den Abwehrkampf führten, um andere, womöglich schwerere und gefährlichere Aufgaben zu übernehmen.

Nahe dem Sanktuarium legten sie das letzte Rückzugswerk an: einen großen, viereckigen Aushub. Sie schaufelten ihr eigenes Grab. Von allen Seiten bedrängt, sollten alle Verteidiger – Fußbreit für Fußbreit, Mann für Mann – zu jener Grube zurückweichen, um sich dort zu beerdigen, unzähmbar bis zuletzt.

Auf der Suche nach dem so bitternötigen Wasser schachteten sie tiefe Brunnen aus. Bei diesen Plackereien arbeiteten Frauen und Kinder und Greise und Kranke zusammen. Doch gelang es ihnen kaum, tiefer als zwei Meter in den steinharten Boden einzudringen und jene Schichten zu erreichen, auf denen sich dünne Rinnsale von Grundwasser fanden, durchgesickert von den letzten Pfützen im Fluß. Bisweilen waren sie erfolgreich, doch nur um eine Stunde später festzustellen, daß diese Reste versiegt waren, mit der Gier eines Schwammes aufgesogen von der ausgedörrten Atmosphäre. Und bald begann der Durst sie zu quälen, gesteigert von der seelischen Erschütterung und von der glühenden Hitze.

Unter diesen Umständen wurde ihnen der Kampf zu einer unheilbringenden Zerstreuung, zu einem Linderungsmittel gegen noch schlimmere Drangsale. Wahllos schossen sie nach allen Seiten, auf gut Glück, ohne die frühere Sorgfalt beim Zielen und mit einer Munitionsverschwendung, die das bestgefüllte Arsenal in Kürze geleert hätte. Die in der Neuen Kirche Verschanzten bestrichen weiterhin die Anhöhen, während die übrigen den Bataillonen, die sich wenige Schritte entfernt im Häusergewirr eingenistet hatten, den Weg verlegten. Dort spielten sich mörderische Szenen ab. Die Beschränktheit des Kampffeldes und die Enge der Gassen beraubten auch die winzigsten Rotten der Bewegungsfreiheit und reduzierten die Kampfführung auf wüstes Draufgängertum. Manche Offiziere lösten beim Vorrücken das Wehrgehänge und warfen den Degen von sich. Sie fochten mit dem Messer.

Die Offensive jedoch geriet am Ende in größte Bedrängnis. Die Verteidiger, durch die zunehmende Einschnürung in den Häusern zusammengepfercht, leisteten von dort aus wachsenden Widerstand. Wenn sie hier und da zurückwichen, so bereiteten sie den Siegern immer noch böse Überraschungen. Selbst in diesem schmerzvollen Augenblick der Not überrumpelte bisweilen die Gerissenheit der Sertanejos ihre Gegner.

Dies war der Fall, als eine Hütte nach zäher Verteidigung erobert wurde. Mit wildem Getümmel brachen die Soldaten in sie ein. Und sie standen vor einem Leichenhaufen – sechs oder acht übereinander gefallene Tote, eine Barriere hinter dem Eingang. Das Bild ließ sie ungerührt. Sie strebten den dunklen Kammern zu. Da jedoch traf sie von hinten, abgefeuert aus jenem Stapel blutgetränkter Lumpen, ein Schuß. Als sie bestürzt sich umwandten, krachte ihnen ein weiterer Schuß hautnah von vorn entgegen. Da sahen sie, ihren Schreck bezwingend, in der drangvollen Enge der Stube den gespenstischen Kämpfer aufspringen und fliehen, der die pietätlose Kriegslist anwandte, hinter einer Schutzwehr aus Leichen zu kämpfen …

Rings um die Wasserstellen

Der langsame Vormarsch der Belagerer kam erneut ins Stocken. Zum letzten Mal hielt der Besiegte ihn auf. Im übrigen forderte die Lage von der Truppe keine besonderen Anstrengungen. Der Sieg würde sich von selbst ergeben. Sie brauchten nur ihre Stellungen zu halten. Nach Sperrung aller Ausgänge und nach kräftiger Beschießung der Wasserstellen am Fluß war der Untergang der Siedlung binnen höchstens zweier Tage unausweichlich – sofern überhaupt die Belagerten an den glühheißen Tagen die Geißel des Durstes so lange aushalten würden.

Doch der Widerstand sollte noch eine Woche fortdauern.

Denn der machtvolle Ring aus Bataillonen wurde von den Sertanejos nächtens wiederholt durchbrochen.

In der Nacht vom 26. September gab es vier heftige Angriffe; in der vom 27. achtzehn; in den darauffolgenden Nächten jeweils einen einzigen, der ohne Unterbrechung von sechs Uhr abends bis fünf Uhr morgens anhielt.

Es kam den Verteidigern nicht darauf an, einen Fluchtweg freizukämpfen. Die Aufbietung aller Kräfte im Süden galt der kurzzeitigen Eroberung der *cacimbas* oder vielmehr der sumpfigen Rinnsale und Pfützen des Flusses. Während die Masse ihrer Genossen es durch Kampfhandlungen darauf anlegte, den Großteil der Belagerer ins Herz der Siedlung zu locken, wagten sich einige Tapfere, anstelle von Waffen mit leeren Eimern versehen, zum Vaza-Barrís. Behutsam pirschten sie voran. Suchten die über das Flußbett verstreuten Lachen auf, und kaum hatten sie die ledernen Behältnisse gefüllt, kehrten sie im Laufschritt um, gebeugt unter der kostbaren Last.

Dieses Unterfangen, zunächst nur schwierig, wurde allmählich unausführbar.

Als die Belagerer den einzigen Beweggrund der Angriffe entdeckten, vereinten diejenigen, deren Stellungen in Flußnähe lagen, ihr Feuer auf die leicht erkennbaren Wasserlöcher – flüssige Plättchen, die im Mondglanz schimmerten oder bei Finsternis im Sternenlicht blinkten …

Wenn daher die Sertanejos ihren Rand erreichten, wurde um sie herum und vor ihnen der Boden mit Kugeln gepflastert.

Sie kamen und fielen, mitunter alle, einer nach dem andern.

Manche traf es, bevor sie die ausgeschöpften, zu widerlichen Schlammpfützen geschrumpften Tümpel erreichten; andere, während sie bäuchlings die brackige Flüssigkeit schlürften; und wieder andere, während sie in der Endphase ihres Auftrags zurückstrebten, gebeugt von der Last der randvollen *bogós*. Andere traten an ihre Stelle, durchbrachen verzweifelt den Kugelhagel, forderten den Tod heraus. Meist aber warteten sie ab, bis das heftige und todbringende Sperrfeuer sich legte und die Wachsamkeit der Soldaten erlahmte. Doch diese kannten die Kriegslisten der *jagunços* und wußten, daß sie binnen kurzem wiederkommen würden. Sie lauerten ihnen auf, regungslos das Gewehr im Anschlag, die Ohren auf die leisesten Geräusche gerichtet, die Augen forschend auf die Schatten geheftet, wie Jäger beim Ansitz. Und tatsächlich erspähten sie nach Ablauf weniger Minuten undeutliche, im Dunkel zerfließende Schemen an der gegenüberliegenden Böschung; und nach und nach sahen sie, wie sie dicht am Boden bäuchlings heruntерglitten, langsam sich schlängelnd wie große, stumme Echsen; und sie sahen sie weiter unten durch das sandige Flußbett kriechen ...

Die Soldaten blieben im Anschlag. Sie ließen die Gegner bis zu den Wasserstellen herankommen, dem einzigen Köder dieser ungeheuerlichen Falle.

Da blitzte das Mündungsfeuer jäher Salven! Ihre Wirkung war verheerend. Aus fünfzehn Metern Entfernung vernahm man herzzerreißende Wut- und Schmerzensschreie; zwei oder drei Gestalten zappelten neben den Wasserlöchern; andere suchten entsetzt das Weite; wieder andere torkelten verwundet umher; und andere trotzten der Beschießung und sprangen, nunmehr ohne jede Vorsicht, die Böschungen herab – behende, schrecklich, herausfordernd –, um über die todwunden Gefährten hinweg gegen die höllische Barriere auf der anderen Seite anzurennen, die sie verschlang.

Ein einziger entkam bisweilen in raschem Lauf. Mit einem Satz erklomm er die Uferböschung und verlor sich in den Trümmern des Häusergewirrs, um den Gefährten ein paar Liter Wasser zu bringen, die Hekatomben gekostet hatten. Dabei war es eine fragwürdige Brühe, durch organische Zerfallsstoffe verseucht, von ekelhaftem Geschmack, worin man die giftigen Phosphate und Ptomaine der verwesenden Leichen ahnte, die überall an den Ufern des Vaza-Barrís unbestattet umherlagen.

In diesen Begebenheiten erreichte das Heldentum der *matutos* seinen Scheitelpunkt. Sie erschütterten endlich sogar ihre Gegner.

Auf den Trümmern der Neuen Kirche

Nicht selten, wenn die Belagerungslinie im Norden die Luft mit dichten Salven erdröhnen ließ, ohne daß einzelne Schüsse zu unterscheiden waren, gleich dem mächtigen Tosen plötzlich geöffneter Schleusen, verstärkt durch das von den Hügeln herabdonnernde Geschützfeuer – dann wurden die Soldaten im mittleren Abschnitt des Feldlagers, wenn sie die Gefahr der versprengten, aus dem Gefecht emporspritzenden Projektile nicht scheuten, Zuschauer einer unerhörten Szene.

Viele ergriff am Ende unwiderstehliche und aufrichtige Begeisterung für die gemarterten Recken. Daraus machten sie keinen Hehl. Das Bild, das sich ihnen darbot, verlieh den Besiegten Unsterblichkeit. So oft sie diesen zusahen, wuchs ihre Verblüffung:

Unheimlich wurde das zertrümmerte Häusergewirr überragt von der Silhouette der Kirche. Und unerschrocken gegen die darauf zufliegenden Kugeln glitten die *matutos* im flüchtigen Flackerschein der Schüsse über ihre Mauern und Schutthaufen, erstiegen die Turmruinen oder stürzten, die geborstenen Blöcke umklammernd, mit diesen herab, gefällten Titanen gleich – so sah man unter zuckenden Blitzen unsere rohen, unzähmbaren Landsleute …

IV.

Spaziergang in Canudos

Indessen spürte man ihre von Stunde zu Stunde wachsende Erschöpfung.

Tagsüber vegetierte der Flecken stumm vor sich hin, von der Blockade gelähmt. Bisweilen ohne jeden Angriff. Am 28. September ließen die Sertanejos die beiden Salven aus 21 Salutschüssen unbeantwortet, mit denen man schändlicherweise am Vor- und am Nachmittag das herrliche Datum beging, das eines der mannhaftesten Kapitel unserer Geschichte bezeichnet.[2] Das Ende war gekommen.

Schon traf man im Heerlager Vorkehrungen zum Rückmarsch; unbekümmert erschollen die Hörner; allenthalben erging man sich zwanglos; unbehelligt trafen die täglichen Geleitzüge wie auch die Kuriere ein, welche die Hoffnungen und Sehnsüchte der Sieger zu den fernen Heimstätten trugen; sorglose Gruppen wandelten durch die nähere Umgebung; man improvisierte Festmähler; und bei Sonnenuntergang nahmen die Blaskapellen mehrerer Einheiten vor ihren Befehlsständen Aufstellung und spielten den Zapfenstreich.

Schließlich konnte man fast in der gesamten Siedlung umhergehen.

Am 29. unternahmen der Oberkommandierende General und der Befehlshaber der 2. Heeressäule, von ihrem jeweiligen Generalstab begleitet, einen solchen hochinteressanten Spaziergang.

Sie schritten zunächst über die Höhen rechts des Lagers, dann nach einer Linkswendung abwärts durch eine gewundene Gießbachrinne, der große überhängende Tonschieferplatten den Charakter eines langen gedeckten Weges verliehen, bis sie auf die ersten Häuser stießen und zugleich auf die ersten – kreuz und quer auf Bergen von verkohlten Pfosten,

Balken und Sparren umherliegenden – unbestatteten Leichen des Feindes.

In diesem Augenblick war einem zumute, als beträte man eine alte Nekropolis, die unversehens aufstiege und ans Tageslicht käme. Die Ruinen verschlimmerten den Wirrwarr der kleinen, planlos errichteten Behausungen an den nur einen Meter breiten Gäßchen, die durch eingestürzte Lehmdächer versperrt waren. So sah man sich zu längeren, windungsreichen Umwegen genötigt. Und auf Schritt und Tritt, wenn sie an den noch stehenden Hütten vorüberkamen, die, wacklig und löcherig, noch von den Flammen verschont waren, tauchten vor den bestürzten Besuchern die ergreifenden Spuren des angstvollen Lebens auf, das sich dort drinnen abgespielt hatte.

Das beredteste Zeugnis waren die nackten Leichen. Sie nahmen die verschiedensten Lagen ein: ausgestreckt auf dem Rücken, das Angesicht himmelwärts, mit dem Reliquientäschchen auf der entblößten Brust; den Körper verrenkt von den letzten Todeszuckungen; bisweilen kaum sichtbar unter dem eingestürzten Gebälk; oder bäuchlings auf den behelfsmäßigen Schanzen, in der Kampfhaltung, worin der Tod sie ereilt hatte.

An allen Toten, an den abgemagerten Körpern und den zerfetzten Kleidern, waren die erlittenen Heimsuchungen ablesbar. Einige schwelten langsam vor sich hin, weithin angezeigt von den dünnen Rauchfäden, die da und dort aufstiegen. Andere waren eingeäschert und bildeten deutliche Silhouetten, die sich an mehreren Stellen weiß vom staubigen und graubraunen Erdboden abhoben, gleich plumpen, lebensgroßen, mit Kreide gezeichneten Karikaturen.

Die Spaziergänger schritten weiter. Allmählich wurde es immer beschwerlicher, zwischen den vielen Trümmern dieses gräßlichen Abfallhaufens sich einen Weg zu bahnen. Die Soldateska hatte beim Durchstöbern der Häuser, die Gassen mit Müll verstopfend, das ganze Gerümpel des zerschlagenen Hausrats vor die Türen geworfen, einen Wust von undefinierbarem Plunder: kleine Truhen aus Zedernholz; plumpe Bänke und *jiraus*; zerfetzte Hängematten; Wiegen aus Lianen und Körbe aus *taquara*; *jacás* ohne Boden; Baumwollkleider von unbestimmbarer Farbe; eingedrückte Blechgefäße; Scherbenhaufen aus Tellern und Tassen und Flaschen; Betschreine jeglicher Art; Fellkoffer; unbrauchbare Sandalen; zerbeulte Öllampen; geborstene Läufe von Stutzbüchsen; Bruchstücke von Hütestäben oder Wagenbäumen; stumpfe Messerklingen …

In diesen Schutthaufen war nichts, nicht die geringfügigste Habseligkeit, die nicht von einem elenden und primitiven Dasein zeugte. Es wimmelte von Rosenkränzen aller Art, von den schlichtesten aus bunten Glasperlen bis zu den phantasievollsten aus *ouricurí*-Nüssen; und ebenso zahllos fanden sich Rocken und Spindeln, Zeugnisse eines altertümlichen Brauchs, wie so viele andere zäh bewahrt von den Frauen des Sertão. Und zu alledem kamen – unzählbar über den Boden verstreut, zertreten, zerrissen – Heiligenbilder, Segenssprüche, Mariengebete in zusammengenähten Heftchen, uralte Katechismusfibeln, zerdrückte Stiche von Nothelfern, besudelte Christusbildnisse, zersprungene Kruzifixe; und Faustamulette und Kreuze und schmutzstarrende Reliquientäschchen …

Mancherorts fand sich eine kahle Fläche, sorgsam gefegt, eine Schneise, um die Brände von den Verschanzungen fernzuhalten. An solchen Stellen war das Durchkommen leichter, so daß man tiefer ins Häusergewirr vordringen konnte, hin zu den Befestigungen an der Frontlinie.

Eine Strecke weiter stieß man auf einen Wachposten, der mit gedämpfter Stimme zur Vorsicht beim Weitergehen mahnte: der *jagunço* stehe dicht vor ihnen, keine drei Meter entfernt, auf der anderen Seite der Palisade …

Die Besucher – Generäle, Obersten, Offiziere bis hin zu den untersten Rängen –, beklommen wie jeder, der einen Hinterhalt umschleicht, gingen in gebückter Haltung vor, watschelten flink in der Hocke voran, heldenhaft komisch. Sie überschritten die gefährliche Linie, kreuzten zwei oder drei

Gassen, gelangten zu einer anderen Schanze: regungslose Soldaten, die stumm abwarteten oder sich im Flüsterton unterhielten. Dann die gleiche Durchquerung der Gefahrenzone mit fliegendem Herzen und fliegenden Beinen, der gleiche ängstliche Laufschritt bis zum nächsten Verhau: Kämpfer desselben Schlages, vorsichtig, schweigsam, den Karabiner auf die schützende Brustwehr gestützt oder durch eine Spalte geschoben.

Nach fünfhundert Metern, als sie die Roten Häuser hinter sich ließen und sich nach links wandten, erlebten sie eine Überraschung – eine Straße, eine wahrhaftige Straße, Rua do Monte Alegre[3] geheißen, die als einzige solchen Namen verdiente und die, etwa drei Meter breit, schnurgerade von Nord nach Süd die ganze Siedlung bis zum Kirchenplatz durchzog. Dort standen die besten Wohnhäuser, teils mit Ziegeldach und Fußboden versehen, darunter das von Antônio Vila-Nova, wo man Tage zuvor Munitionsreste von der Heeressäule Moreira César gefunden hatte.

Die Besucher folgten dem sanften Gefälle der Straße und gewahrten an ihrem Ende, am Platz, ein Bruchstück der zertrümmerten Kirche. Doch bald hielt man vor einer neuen Verschanzung, besetzt mit einer größeren Zahl von Kämpfern. Es war die letzte Befestigung nach dieser Seite hin. Einen Schritt weiter, und man würde mit Sicherheit beschossen. Der gesamte rechts und geradeaus gelegene Abschnitt der Siedlung war noch in der Gewalt der Verteidiger. Die Kriegsparteien waren in Tuchfühlung. Durch die Lehmwände hörte man dumpf das unbestimmbare Rumoren der verschanzten Bewohnerschaft: hastige, vorsichtige, raunende Stimmen, gedämpft vom Blätterdach der Hütten; das Knirschen geschobener Möbel; das Geräusch von Schritten; und, scheinbar von ferne, Klagen und Seufzer; und bisweilen – Laute von herzzerreißender Dramatik – Geschrei und Gewimmer und Gelächter von Kindern …

Von dort begann mit einer Wendung nach links die Rückkehr zum Ausgangspunkt, zwischen den am Vortag eingenommenen Häusern hindurch; und der Spaziergang wurde immer erschreckender. Auf diesem neuen Abschnitt des Einschließungsrings, der seit den Kämpfen der vorhergegangenen Woche den größten Geländegewinn ausmachte, lagen die Hütten nicht in Trümmern. Nur Zwischenwände und Giebelwände waren niedergerissen, so daß sich die Lehmdächer fortlaufend oder in geringen Abständen aneinanderreihten, gleich der Überdachung eines sehr langgestreckten, barackenartigen Kaufladens. Die Barriere aus Pfosten und Balken, Körben und Hausgerätschaften jeglicher Art, hinter der die Bataillone in Stellung waren, zog sich unter den Dächern fort, lang und gewunden, und ging nach dreißig Metern ganz im Zwielicht unter. Man ahnte die Nähe der Soldaten, die auf dieser Seite die Verschanzung besetzt hielten. In den dunklen, rückwärts gelegenen Winkeln gewahrte man die Leichen der in den letzten Tagen gefallenen *jagunços*, die zu verbrennen zwischen den überall verstreuten Haufen von Lumpen und zersplitterten Hölzern gefährlich gewesen wäre.

Über allem lag ein ekliger, höhlenartiger Modergeruch.

Es brauchte Mut, diese Art Tunnel zu durchwandern, dessen fernes Ende kaum an einem fahlen Lichtschimmer zu erkennen war. Denn zwei Schritt entfernt verlief parallel, Wand an Wand, jenseits der rissigen Lehmmauer, die unsichtbare Verschanzung des Feindes. So kam die geringste Unachtsamkeit, der flüchtigste Blick über diese Brustwehren teuer zu stehen. Denn beiderseits lauerte dieselbe Verschlagenheit, von demselben Haß geschürt. In der düsteren Schlußphase des Kampfes fürchteten die Widersacher einander gleichermaßen. Sie mieden gleichermaßen das offene Gefecht. Sie täuschten einander mit den gleichen Schlichen und mit der gleichen trügerischen Ruhe. Wenn sie sich lange reglos gegenüberstanden, im Schutze desselben Dunkels, schienen sie von demselben Kräfteverfall und derselben Erschöpfung gezeichnet – und doch bespähten sie sich, schlau, hinterhältig, lauernd. Und keinen geeigneteren Schauplatz konnten beide Seiten, Soldaten wie *jagunços*, für die widerwärtigste Form des Heldentums finden als diesen Kehrichthaufen aus Leichen und Fetzen, eingetaucht in grottenartige Düsternis.

Von schauerlicher Stille umfangen, schritten die Besucher weiter. Zerlumpte, schmutzstarrende Soldaten waren zu sehen, ohne Mütze, ohne Uniform, auf dem Kopf einen Leder- oder Strohhut, an den Füßen alte Sandalen, in der gleichen Montur wie der Gegner. Und man fürchtete, mit einiger Geistesgegenwart könne sich der Sertanejo durch die Spalten in der weitläufigen Trennwand einschleichen und mitten unter ihnen auftauchen und mit seiner Flinte an die Brustwehr herantreten, um sich den Martern der Blockade unerkannt zu entziehen – übrigens eine Gefahr, der die Vermengung der verschiedenen Bataillone Vorschub leistete. Ihn würde nicht einmal eine handgreifliche Unkenntnis der Pflichten und Aufgaben des soldatischen Dienstes verraten, denn dieser hatte sich vollkommen verflüchtigt. Es gab keinen Appell und keine Aufstellung, weder Trompetensignale noch Kommandorufe. Waren die Patronen verteilt, lehnte sich ein jeder gegen die Schulterwehr aus Gerümpel, auf alles und jedes gefaßt.

Waren die täglichen, nunmehr üppigen Rationen ausgeteilt, bereitete sich jeder das Essen zu, wann immer sich ihm die Gelegenheit bot. Da und dort, weiter weg von der Frontlinie oder innerhalb der engen Gelasse, auf Dreifüßen aus Luftziegeln oder Steinen, summten die Wasserkessel für den Kaffee; brodelten Töpfe; schimmerten mächtige Rinderviertel rot im Dunkeln, die an Dachsparren aufgehängt über Feuerbecken brieten. Ringsum sah man Gruppen von Kombattanten hocken, den Karabiner unter den Arm geklemmt, welche die flüchtige Waffenpause zum Frühstück oder Mittagessen nutzten. Nicht selten sprangen sie tumultartig auf, warfen die mit *jacuba* gefüllten Becher oder die Bratenstücke fort und stürmten zur Frontpalisade, wenn plötzlich weiter vorn ein Schuß fiel und gleich darauf die Kugeln zischend vorübersurrten, die Dächer durchschlugen, Sparren und Balken zersplitterten, Wände ramponierten, Kessel umstürzten und die Soldaten auseinandertrieben wie ein Windstoß einen Strohhaufen. Weiter vorn an der Brustwehr schossen diejenigen, die schon an Ort und Stelle waren, sogleich zurück, feuerten wahllos auf das lehmverkleidete Holzgeflecht, vor dem sie standen und von wo der Anschlag ausgegangen war. Die Waffengefährten neben ihnen taten es ihnen gleich. Dann schüttelte ein einziger nervöser Ruck die Frontlinie, flog von dort nach rechts und links, das blitzschnelle Zucken einer Salve; und das Gefecht entspann sich – unerwartet, wütend, planlos – zwischen Gegnern, die sich nicht sahen …

Mehrere Soldaten stürzten zu Boden, tot oder verwundet. Man eroberte zwei oder drei weitere Hütten und schob unverzüglich den ganzen Rumpelkram vorwärts, so daß die Verschanzungslinie sich zu einem vorspringenden Winkel ausbuchtete, einem Wellenbrecher gleich. Umgehend kehrten die Streiter, die sich am weitesten vorgewagt hatten, zu den ursprünglichen Stellungen zurück. Und wiederum sank Stille herab, waltete dieselbe fürchterliche Stille: Soldaten, die stumm und regungslos das Gesicht gegen den Rand des unheimlichen Gatters drückten, abwartend, lauernd; oder die, weiter hinten, um die Feuerbecken geschart den unterbrochenen Imbiß fortsetzten, zuweilen mit tragischen Gästen, den in den Winkeln umherliegenden ermordeten Bewohnern …

Endlich verließen die Besucher diesen grauenerregenden Abschnitt des Belagerungsrings, der beinahe den gesamten nördlichen Quadranten abriegelte. Sie schritten, nunmehr unter freiem Himmel und bei hellem Tageslicht, durch armselige Gärtchen mit eingerissenen Zäunen und plattgetretenen Beeten ohne eine einzige Blume, wo sich das gleiche undefinierbare Gerümpel stapelte. Auch darauf lagen Leichen von Kriegsopfern: steif emporragende Beine; entblößte Arme, in angstvoller Verkrampfung gereckt; gespreizte und starre Hände, krallenartig verrenkte Hände, verwesend, grausig, mit entsetzlich drohenden oder jammervoll flehenden Gebärden.

Man stieß auf weitere Lebewesen: spindeldürre Köter, ausgehungerte Hasenhunde, räudig, voll eitriger Krätze, die in jenen Abfallhaufen mit der Gier von Schakalen schnüffelten und wühlten, um vielleicht ihre eigenen Herren zu verschlingen. Sie rannten schnell davon. Einige Wachhunde jedoch, große, starkknochige und grimmige Molosser, wichen nur langsam, unter drohendem Knurren, zurück, denn sie witterten im Besucher den Feind, den störenden und bösartigen Eindringling.

Immer noch ging es abwärts, bis zu der ausgewaschenen Rinne weiter unten, die lotrecht zur Marschrichtung verlief und in der Regenzeit die Fluten von den beiderseitigen Lehnen dem fernen Vaza-Barrís zuleitete. An dieser Rinne endete, unterhalb des Hügels, wo die Pionierkommission lag, der am 18. Juli eroberte Teil der Siedlung. Man konnte auf direktem Wege das Feldlager erreichen, wenn man geradeaus ging, den Graben überquerte, hangaufwärts weiterschritt und auf halber Höhe die Batterie der Krupp-Geschütze passierte, die hinter dem Hauptquartier der 1. Heeressäule in Stellung lag; oder man machte einen weiten Umweg, indem man mit einer Wendung nach rechts dem Graben folgte, der längs der ursprünglichen Belagerungslinie südwärts abfiel. Dieser Gang durchs Gelände war ungefährlich. Die Häuser – ungeordnet aufgereiht am Saum der Erosionsfurche, deren Gefälle sie folgten, mit deren Steilhängen sie sich senkten, mit deren scharfen Biegungen sie sich wanden – waren überwiegend eingerissen, einige wenige, und zwar die besten, ausgenommen, in denen man Dienststellen der Brigaden improvisiert hatte, Unterkünfte und Eßräume für das Offizierskorps. Eines dieser Häuser war bemerkenswert. Es hatte einem Schmied als Werkstatt gedient. Davon zeugten abgenutzte Vorschlaghämmer, zerbrochene Zangen und eine geborstene Esse aus Luftziegeln. Und diese armselige Schmiede des Sertão besaß einen prachtvollen Amboß aus allerfeinstem, in Essen gegossenem Stahl: eine

Kanone, eines der Beutestücke von der Expedition Moreira César.

Ging man weiter, stieß man auf die Schwarze Linie, ein durch zurückliegende Ereignisse gerechtfertigter Name, jetzt aber demjenigen unverständlich, der von den finsteren Schanzen im Norden kam.

Man folgte ihr auf der Sohle eines Grabens, bis auf halbem Wege rechter Hand sich eine weite Lichtung auftat, der Kirchenplatz, verödet, eingeebnet, kahlgefegt; dergestalt, daß ein Bauwerk um so größer, beherrschender, brutaler, unheimlicher hervortrat mit seinen schiefen, von oben bis unten gespaltenen dicken Mauern, mit seiner gewaltigen, in Monolithe zerbröckelnden Fassade, mit seinen geborstenen Türmen, mit seinem Vorplatz voll kalkstaubbedeckter Blöcke und mit seinem leeren, dunklen, geheimnisvollen Innern – das monströse Gotteshaus der *jagunços*.

Einige Schritte weiter erhob sich vor dem Betrachter die Alte Kirche, völlig abgebrannt, geschrumpft auf die vier Außenmauern.

Linker Hand erblickte man nun den allererbärmlichsten Kirchhof, Hunderte von Kreuzen – je zwei durch Lianen verknüpfte Rundhölzer – auf flachen Gräbern.

Danach durchquerten die Spaziergänger den Vaza-Barrís, bogen in die tiefe Furche des Rio da Providência ein, passierten, seinen vielen Windungen folgend, die gelichteten Reihen des 5. Polizeibataillons, das auf ein Drittel der ursprünglichen Mannschaftsstärke zusammengeschmolzen war, und erreichten an der Lehne der Favela eine abschüssige Lichtung. Hoch oben schob sich die Bastion Siebenter September vor, einer beherrschenden Tribüne gleich. Nach eiliger Überquerung des gefährlichen Vorfelds langte man dort an.

Man betrachtete die Siedlung im Tal. Letzthin bot sie einen veränderten Anblick – verschattet von großen dunklen Brandflecken, starrend von Balken, die aus durchlöcherten Dächern ragten, wimmelnd von Lehmhaufen, ganz und gar zermalmt, verwüstet, verbrannt, vernichtet …

Nur ein schmaler Saum an der nördlichen Seite des Platzes sowie ein Kern von Häusern bei der Gebetslaube hinter der Kirche schienen unbeschädigt. Doch waren sie gering an Zahl, vierhundert vielleicht, auf engem Raum zusammengedrängt. Und die darin Deckung suchten, würden sicherlich keine Stunde dem Ansturm von sechstausend Soldaten trotzen.

Ein Versuch war die Mühe wert.

V.

Der Sturmangriff

In diesem Sinne entschied der Oberkommandierende, womit er den ursprünglichen Vorsatz umstieß, die Kapitulation als Folge zunehmender Ermattung des Feindes abzuwarten und unnötige Verluste an Menschenleben zu vermeiden.

In ihrer Besprechung vom 30. September einigten sich die maßgeblichen Befehlshaber auf die für das Gefecht am folgenden Tag zu treffenden Vorkehrungen. Und dem beschlossenen Plan entsprechend setzten die Kampfeinheiten sich noch am selbigen Tag in Bewegung, so daß sie am Vorabend der Offensive die Ausgangsstellungen einnahmen.*

Der Angriff sollte von zwei Brigaden eröffnet werden, der 3. und der 6., unter dem Befehl der Obersten Dantas Barreto und João César Sampaio; die erstere war durch dreimonatige, fortwährende Scharmützel abgehärtet, die letztere, soeben eingetroffen, setzte sich aus Kämpfern zusammen, die darauf brannten, sich mit den *jagunços* zu messen. Die 3. Brigade also verließ ihre alte Stellung an der Schwarzen Linie, wo sie von drei Bataillonen, dem 9., 22. und 34., abgelöst wurde, und marschierte mit einer Rechtswendung zur Alten Fazenda, von wo sie gemeinsam mit der 6. Brigade, bestehend aus dem 29., 39. und 4. Bataillon, vorrückte, bis sie hinter und neben der Neuen Kirche Stellung bezog, dem wichtigsten Angriffsziel.

Dieser Hauptstoß war durch weitere Bewegungen zu ergänzen: Im Augenblick des Sturmes sollten das 26. Linienbataillon, das 5. aus Bahia und der rechte Flügel des Paulistanerbataillons sich sofort an der linken Böschung des Vaza-Barrís festsetzen, am Saum des Kirchenplatzes, um dort weitere Befehle abzuwarten. Hinter ihnen sollten zu ihrer

* Den Bataillonslisten zufolge standen am 30. September 5871 Mann unter Waffen.

Unterstützung die beiden Bataillone aus Pará aufmarschieren, bereit, sie zu ersetzen oder zu verstärken, je nach Verlauf des Kampfes. Dieser würde also hinter und beiderseits der Kirche beginnen und sich allmählich zur Bajonettlinie verlagern, die sich südlich des Platzes eng der Uferböschung anlehnte.

Es war, wie man sieht, ein kraftvoller Würgegriff, an dem auch die übrigen Einheiten, welche die neu eroberten Stellungen und das Feldlager hielten, mitwirken sollten. Sie würden in das Kampfgeschehen eingreifen, soweit es die Umstände erforderten oder sobald die abgedrängten Feinde in Scharen ihnen vor die Schützengräben und Böschungen gerieten.

Darüber hinaus war – als unentbehrliche Einleitung – ein Trommelfeuer vorgesehen, bei dem alle Kanonen der Belagerer das zu erobernde schmale Gelände etwa eine Stunde lang beschössen. Erst wenn sie verstummten, sollten die Sturmbrigaden angreifen, und zwar mit gefälltem Bajonett und ohne zu feuern, es sei denn, die Umstände geböten anderes. In diesem Falle aber sollten die Angreifer ausschließlich nord- oder südwärts schießen, um die der Kampfzone zunächst stehenden Bataillone nicht zu gefährden. Die 3. Brigade sollte, sobald das Oberkommando das allgemeine Signal »Infanterie vorwärts!« gäbe, im Laufschritt zur linken Seite der Kirche vorrücken, um sich dort über eine Entfernung von 150 Metern auseinanderzuziehen, während zwei Bataillone der 6. Brigade, das 29. und das 39., das Gelände hinter der Kirche zu erstürmen hatten und das 4. Bataillon ebenfalls den Vaza-Barrís überschreiten und gegen die rechte Seite der Kirche vorstoßen sollte. Die übrigen Soldaten wären, sofern nicht eine unvorhergesehene Entwicklung nachträgliche Maßregeln erheischte, bloße Zuschauer des Kampfes.

In der Frühe des 1. Oktobers begann die Kanonade.

Konzentrisch fielen die Geschosse auf den geschrumpften Kern der übriggebliebenen Hütten, abgefeuert aus einem zwei Kilometer langen Halbkreis, der sich von den Batterien beim Heerlager nach links bis zur letzten Pfeilschanze auf der gegenüberliegenden Seite erstreckte, wo der Weg vom Cambaio endete. Die Beschießung dauerte lediglich achtundvierzig Minuten, hatte jedoch verheerende Folgen. Die Geschütze waren seit dem Vortag gerichtet. Ausgeschlossen, das unbewegte Ziel zu verfehlen.

Im übrigen war es die letzte Lektion, die man dem verstockten Rebellentum erteilte. Hatte man den Boden für den Angriff erst einmal umgepflügt, durfte es keinerlei böse Überraschung mehr geben, und der Stoß war daher blitzartig zu führen, niederschmetternd und unerbittlich, ein allenfalls durch Trümmer gehemmter Sturmschritt. Und für Trümmer wurde gesorgt.

Man sah, wie der gemarterte Abschnitt des Ortes sich verwandelte: einstürzende Dächer, von denen die darunter Schutzsuchenden in den engen Kammern sicherlich erdrückt wurden; zerbröselnde Wände, die in Splitter und Lehmklumpen zerstoben; und hie und da, zunächst vereinzelt und bald sich rasch zusammenschließend und den aufsteigenden Trümmerstaub mit Flammen zerteilend, neue, plötzlich auflodernde Brände.

Darüber – ein Schleier für den strahlenden Morgen des Sertão – das vibrierende Netz parabolischer Flugbahnen …

Nicht eine Granate konnte verlorengehen. Sie schlugen in die geborstenen Mauerkronen der Kirchen ein, detonierten splitternd oder sprangen als Querschläger weiter auf Sanktuarium und Gebetslaube; sie zerplatzten in den Lüften; zerplatzten auf dem Kirchenplatz; zerplatzten auf den Hütten und zerbröselten ihre Lehmbedachungen; schlugen zerplatzend ins Hütteninnere ein; fegten durch die verschlungenen

Gäßchen und pflügten die dort verstreuten Abfälle um; und ebenso unerbittlich pflügten sie das letzte Teilstück von Canudos um, von einem Ende zum anderen, Haus um Haus. Es gab keinerlei Schutzwehr oder Deckung. Der von den Mauern der Neuen Kirche gebildete tote Winkel, eine Zuflucht vor den Geschossen der Schanze Siebenter September, war durch die Flugbahnen der östlich und westlich postierten Batterien völlig beseitigt. Die letzten *jagunços* erlitten, ohne daß ein einziger Stahlsplitter fehlging, die ungeteilte, zerschmetternde Wucht des gnadenlosen Bombardements.

Indessen war kein unwillkürlicher Schmerzensschrei, kein fliehender Schemen oder auch nur die leiseste Unruhe zu bemerken. Und als der letzte Schuß gefallen und das Krachen der Detonationen verstummt war, ließ die unerklärliche Stille in der zerschossenen Häusergruppe die Siedlung verlassen erscheinen, wie wenn die Bewohner nächtens wundersamerweise entflohen wären.

Eine kurze Weile schwieg alles. Eine Trompete ertönte von der Anhöhe der Alten Fazenda. Der Sturm begann.

Planmäßig rückten die Bataillone von drei verschiedenen Punkten auf die Neue Kirche zu. Unsichtbar schlüpften sie zwischen den Hütten hindurch oder gingen auf der Sohle des Vaza-Barrís voran. Ein einziges bot sich aufgrund seiner Marschrichtung dem Blick der übrigen Truppe dar: das 4. Infanteriebataillon. Man sah es im Sturmschritt, mit erhobenen Waffen, den Fluß durchqueren, das andere Ufer erreichen, die Böschung erklimmen, am Rand des Platzes auftauchen, unerschütterlich in Reih und Glied.

Zum ersten Mal gelangten dorthin Soldaten in militärisch korrekter Haltung.

Nach Abschluß dieser Bewegung marschierte die erwähnte Einheit heroisch vorwärts. Doch nach einigen Schritten löste sie sich auf, plötzlich aus dem Gleichgewicht geraten. Mehrere Soldaten stürzten bäuchlings zu Boden, als suchten sie bessere Schußmöglichkeiten hinter den Blöcken der zerstörten Fassade; andere sah man in aufgelöster Ordnung zurückweichen, wieder andere weiter vorwärtsstürmen; sodann ein Gewühl von gegeneinanderstoßenden Bajonetten in den umherirrenden Gruppen. Und gleich darauf zerriß die noch schweigenden Lüfte ein Knall wie von detonierenden Minen …

Jäh wie immer erwachte der *jagunço*, überraschend, spektakulär und glorreich, um den Angreifern den Weg zu verlegen.

Das 4. Bataillon kam ins Stocken, mit voller Wucht vom Feind beschossen, der am Saum des Platzes lauerte; es stockten das 39. und das 29. Bataillon, Zielscheiben der hautnahen Salven, die aus den hinteren Wänden des Sanktuariums hervorbrachen; und zu ihrer Linken kam die Offensive der Brigade Dantas Barreto zum Stehen. Diese mußte, auf einer der Flanken heftig angegriffen, sich dorthin wenden und somit von der ursprünglichen Stoßrichtung abweichen, die lediglich von drei einzelnen, vom Gros der Bataillone detachierten Kompanien unvollkommen eingehalten wurde.

Alle taktischen Bewegungen gerieten anders als vorher festgelegt. Anstatt konzentrisch gegen die Kirche vorzurücken, standen die Brigaden still, oder sie zersplitterten und verhedderten sich im Gassengewirr.

Etwa eine Stunde lang konnten die Truppen, die das Gefecht von den umliegenden Hügeln betrachteten, nichts erkennen, abgesehen vom anschwellenden Getöse der Schüsse und fernen Schreie – ein wirres Getümmel, woraus beständig, immer wieder, fast angsterfüllte, dumpfe Hörnerrufe erschollen. Beide Brigaden verschwanden, aufgesogen von der formlosen Häusermasse. Doch wider Erwarten blieben die Sertanejos unsichtbar, und nicht einer war zu sehen, der zu dem Kirchenplatz eilte. Und doch hätten sie, von drei Seiten angegangen, dorthin zurückweichen und auf der Flucht Hals über Kopf den Bajonetten entgegenstürzen müssen, die an den mittleren Frontlinien und an den Flußufern standen. Ebendies war, wie wir sahen, der Hauptzweck des Sturmangriffes. Er wurde gänzlich verfehlt. Und dieser Mißerfolg kam einer Niederlage gleich. Denn die Angreifer, als sie auf unvermuteten Widerstand stießen, blieben stehen, verschanzten sich, handelten ihrem Auftrag vollkommen zuwider. Eindeutig verharrten sie in der Defensive. Da brach ein Sturm aus den rauchenden Hütten hervor und fiel über sie her: die *jagunços.*

Nur die Neue Kirche hatte man genommen, und in ihrem eingestürzten Schiff hatten die Soldaten des 4. Bataillons Haufen von mörtelüberrieselten Steinblöcken erklommen, in einem heillosen Durcheinander mit Kompanieangehörigen der 3. Brigade. Dieser Erfolg jedoch erwies sich als nutzlos. Seitlich krachten wütend, ausdauernd, ohrenbetäubend die Donnerbüchsen der *guerrilheiros* aus dem Sanktuarium.

Und der Kirchenplatz, wo der zurückgeworfene Feind hätte auftauchen müssen, von Bajonettspitzen angespornt, blieb verödet.

Es war höchste Zeit, den ursprünglichen Angriffsplan zu erweitern und neue Kämpfer ins Gefecht zu werfen. Hoch von der Schanze Siebenter September erscholl das Signal des Oberkommandos und gleich darauf das Zeichen zum Vorstoß für das 5. Bataillon aus Bahia. Man warf *jagunço* gegen *jagunço.*

Das aus Sertanejos bestehende Bataillon ging vor. Es war dies keine militärisch korrekte Offensive, nicht taktmäßig, im Eilschritt, in ehernem Rhythmus. Was man sah, war ein pfeilschnelles Dahinschlängeln wogender Bajonette, das sich wie ein blitzendes Lauffeuer entwickelte und in Sekundenschnelle einen funkelnden Streifen vom Flußbett bis zu den Kirchenmauern zog.

Sie stürmten nach Art der *jagunços* vor: geschwind, verwirrend, jeder Geradlinigkeit spottend, in unbeschreiblichen Windungen. Es war kein Angriff, es war ein Zustoßen. Im Nu umschlang ein geschmeidiges, stählernes Band das heilige Bollwerk des Feindes. Ein Blitz von zweihundert Bajonetten zuckte auf: dann verschwand das 5. Bataillon, tauchte unter zwischen den Trümmern.

Doch an der Lage änderte sich nichts. Jenes widerspenstige Bruchstück der Siedlung, für dessen Eroberung zwei Brigaden mehr als ausreichend schienen, hatte sie aufgesogen; hatte die abkommandierte Verstärkung aufgesogen; schickte sich an, weitere Bataillone aufzusaugen. Gleich darauf setzten sich das 34., das 40., das 30. und das 31. Infanteriebataillon in Bewegung. Damit verdoppelten sich die Angriffstruppen. Im Crescendo hallte das Getöse der unsichtbaren Schlacht; die Brände griffen um sich; das ganze Spalierdach der Gebetslaube ging in Flammen auf. Doch hinter dem dichten Rauchvorhang der verfinsterten Lüfte schimmerte dort unten der vollkommen leere Platz.

Nach dreistündigem Kampf erwies sich die Mobilisierung von zweitausend Mann als völlig ergebnislos. Unsere Verluste stiegen. Neben zahlreichen Gemeinen und Offizieren unterer Dienstgrade fielen gleich am Vormittag der Befehlshaber des 29. Bataillons, Major Queirós, und derjenige der 5. Brigade, Oberstleutnant Tupí Ferreira Caldas.

Des letzteren Tod gab den Anstoß zu einer unvergleichlichen Bravourtat. Die Soldaten des 30. Bataillons vergötterten ihn. Er war eine seltene militärische Begabung. Unruhig, erregbar und ungestüm, paßte sein Temperament vortrefflich zum Taumel der Sturmangriffe und zur Rauheit der Kasernen. In diesem Feldzug hatte er sein Leben mehrfach aufs Spiel gesetzt. Am 18. Juli hatte er die Vorhut geführt; und seit jenem Tage war er heil aus den tödlichsten Feuergefechten hervorgegangen. Die Kugeln hatten ihn bislang geschont, hatten ihn gestreift, ihm den Hut verziert, ihm den Beschlag des Degengehänges zerbeult. Die letzte Kugel fällte ihn. Sie traf ihn an einem der Arme, den er gehoben hatte, um den Angriff durch den Feldstecher zu beobachten, und durchbohrte ihm die Brust. Von ihr zu Boden geschleudert, war er auf der Stelle tot. Das 30. Bataillon setzte alles daran, ihn zu rächen. Ein Schauer von Schrecken und Zorn durchfuhr seine Reihen, und dann überwand es mit einem Satz den Verhau, der ihm Deckung bot. Es warf sich gegen die verschanzten Hütten, aus denen das Geschoß gekommen war, und stürmte im Laufschritt in eine der gewundenen Gassen. Kein Gewehrknall war zu hören. Und doch sanken hautnah aus den Hütten beschossene Soldaten brüllend zu Boden, während ihre Kameraden über sie hinweghasteten und gegen die Türen stießen, sie mit dem Kolben einschlugen, in die dunklen Kammern drangen, sich in Faustkämpfe Mann gegen Mann verwickelten.

Dieser Vorstoß jedoch, einer der tollkühnsten des gesamten Kampfes, blieb, wie die vorigen, im ersten Anlauf stecken. Ihn lähmte die unbezwingbare Zähigkeit der *jagunços*. Das 30. Bataillon, erheblich gelichtet, flutete in zerrütteter Ordnung zur Ausgangsstellung zurück.

Allenthalben die gleichen Vorstöße und die gleichen Rückzüge. Die letzte Zuckung der Besiegten zerschlug die eiserne Muskulatur der Brigaden.

Dennoch wurden diese kurz vor neun Uhr von der begeisternden Illusion des Sieges beflügelt. Beim Vorrücken eines der Verstärkungsbataillone hatte ein Kadett des 7. in eine Fuge der geborstenen Kirchenmauern die Nationalflagge gerammt. Dutzende von Hörnern schmetterten, und ein Hoch auf die Republik brach Tausenden schallend aus der Brust. Verblüfft von dieser unerwarteten Kundgebung, verringerten die Sertanejos das Feuer und stellten es ein. Und erstmals wimmelte der Platz von Soldaten. Viele Zuschauer eilten die Hänge hinunter. Hinunter eilten die drei Generäle. Als sie die Mulde der Schwarze Linie passierten, sahen sie, wie zwei gefangene *jagunços* von vier Soldaten unter Püffen und Stößen abgeführt wurden. Weiter vorne und seitwärts – Hüte schwenkend, Degen und Gewehre schwingend, rennend, sich kreuzend, zusammenprallend, sich umarmend, auf dem Platz sich tummelnd – Kämpfer aller Ränge, die wie von Sinnen brüllten und lärmend jubelten.

Endlich war der mörderische Krieg vorüber …

Doch während die Generäle mühsam voranschritten und sich durch die stürmische und tobende Masse einen Weg zur Gebetslaube bahnten, hörten sie, als sie einen davorliegenden großen Kalkhaufen erreichten, zu ihrer Verblüffung über ihren Köpfen das scharfe Zischen von Kugeln …

Der Kampf ging weiter. Im Nu verödete der Platz.

Er war leergefegt.

Das Dynamit

Und die Sieger – die plötzlich zu den Schanzen zurückeilten, zu den Deckung bietenden Stellen zurückhasteten, hinter Schutzwehren niederkauerten, dicht gegen die schirmenden Flußböschungen gedrückt davonschlichen, schreckerfüllt, bitter enttäuscht, beispiellos gedemütigt im Angesicht des nahen Triumphes, übertölpelt von den sterbenden Besiegten – diese Sieger, die eigenartigsten unter allen Siegern, von denen die Geschichte weiß, erkannten, daß sie, rückten sie weiter dieserart vor, schließlich einer nach dem anderen verschlungen würden von dem letzten umkämpften Rückzugswerk. Ihnen genügten weder sechstausend Mannlicher noch sechstausend Bajonette; weder der Stoß von zwölftausend Fäusten noch der Tritt von zwölftausend Militärstiefeln; noch sechstausend Revolver; noch zwanzig Kanonen, noch Tausende von Granaten, noch Tausende von Schrapnells; noch die Abkehlungen, noch die Feuersbrünste, noch der Hunger, noch der Durst; noch zehnmonatige Kämpfe, noch eine hunderttägige fortwährende Kanonade;

noch die Verwüstung der Ruinen; noch das unbeschreibliche Bild der geschleiften Gotteshäuser; noch genügte am Ende, inmitten des Scherbenhaufens aus zersprungenen Heiligenbildern, zerschlagenen Altären, zerstückelten Nothelferfiguren – unter der Gleichgültigkeit des ruhigen und heiteren Himmels –, der Zusammenbruch eines glühendes Ideals, das gänzliche Erlöschen eines trostreichen und starken Glaubens.

Andere Maßregeln taten not. Dem unnachgiebigen Feind war nur mit Hilfe der stärksten Naturkräfte beizukommen, eingesetzt zur Vernichtung und Verheerung. Vorsorglich hielt man sie bereit. Diesen entsetzlichen Epilog des Dramas hatte man vorausgesehen. Ein Leutnant, Adjutant des Oberbefehlshabers, ließ aus dem Feldlager Dutzende von Dynamitbomben holen. Es war nur recht und billig, war absolut unerläßlich. Die Sertanejos stellten die gesamte Kriegspsychologie auf den Kopf: Die Rückschläge ertüchtigten sie, der Hunger stärkte sie, die Niederlage härtete sie ab.

Im übrigen schnitzte man am Kernholz einer Nation.

Tief schlug man ins Urgestein unseres Volkes. Das Dynamit kam gerade recht ... Es war eine Apotheose.

Das Gewehrfeuer verstummte; und über alle Fronten senkte sich das tiefe Schweigen banger Erwartung ... Gleich darauf ging ein starkes Beben durch die Belagerungslinien, pflanzte sich fort auf ihrem weiten Ring, fuhr zuckend durch das Lager, durchfuhr mit plötzlichem Ruck die Batterien auf den Hügeln und erfaßte das umgebende Gelände, ein zitterndes Schwanken wie von Erdbebenwellen, die kreuz und quer den Boden durcheilten. Die bröckelnden Zacken der Kirchen fielen herab; Mauern kippten und stürzten um; unzählige Dächer wirbelten durch die Luft; eine Kumuluswolke blähte sich aus Staub und verdichtete die Rauchschwaden über der Siedlung; und Hunderte von maßlosen Entsetzensschreien mischten sich in das Getöse heftigster Explosionen. Nun schien alles vorüber. Der letzte Rest von Canudos flog in tausend Stücke.

Die Bataillone, in den Gassen außerhalb der tödlichen Zone zusammengedrängt, wo die Splitter von Balken und Firsten umherzischten und nach allen Richtungen den Luftraum pflügten, warteten darauf, daß jene Wolkenwand aus Flammen und Staub sich lichtete, um den letzten Angriff vorzutragen.

Doch dazu kam es nicht. Vielmehr vollzogen sie einen plötzlichen Rückzug. Von Salven beschossen, die unbegreiflicherweise aus jenen Glut- und Schutthaufen hervorbrachen, suchten die Angreifer hinter allen Häuserecken Schutz, schlichen sich unter den Dachtraufen davon und sprangen mehrheitlich hinter ihre Verschanzungen.

Von vorn umfing sie ein ohrenbetäubendes, unbeschreibliches Gelärme, Schreie, Wehklagen, Tränen und Flüche, worin Schrecken, Schmerz, Erbitterung und Wut der gequälten, brüllenden und weinenden Menge zum Ausdruck kamen. Zwischen den Lohen sah man undeutlich Schatten hin und her zucken: aus den brennenden Behausungen fliehende Frauen, die Kinder trugen oder hinter sich herschleiften und die in vollem Lauf ins Innerste der Häusermasse eintauchten; umherirrende Schemen, die aufs Geratewohl nach allen Seiten flohen; andere, die am Boden zappelten, die Kleider in Flammen; verschmorte Leichen, gekrümmt unter rauchenden Glutscheiten. Und über dieser bestürzenden Szenerie erschienen mitunter gebieterisch, ohne sich verbergen zu wollen, über Gluthaufen springend oder auf den noch unzerstörten Hütten aufrecht stehend, die letzten Verteidiger von Canudos. Man vernahm ihre rauhen Zurufe, durch den Qualm erspähte man undeutlich ihre schwankenden Silhouetten; und allenthalben, da und dort, tauchten mit einem Mal unheimliche, rußgeschwärzte Physiognomien auf, angesengte, entblößte, zerschundene Oberkörper, wenige Schritte von den Feuerlinien entfernt, denen sie sich in tollkühnen und aberwitzigen Überfällen entgegenwarfen …

Sie kamen, um die Soldaten in deren eigenen Schanzen zu töten. Diese erlahmten. Sie erkannten die Wirkungslosigkeit des Bombardements, der mehrfachen Bajonettangriffe und des Extremmittels Dynamit. Ihnen sank der Mut. Ihnen entglitt die Einheitlichkeit von Aktion und Kommando. Hörnersignale prallten aufeinander, unstimmig, überschnitten sich, so daß niemand sie begriff. Sie waren nicht zu befolgen, da die taktischen Voraussetzungen sich in jeder Minute und mit jedem Schritt veränderten. Die verschiedenen Züge ein und derselben Kompanie marschierten vorwärts oder rückwärts oder standen still, unterteilten sich an allen Gassenecken; vermengten sich mit denen anderer Einheiten; stürmten gegen die Häuser oder umgingen sie; oder zersplitterten sich, schlossen sich anderen Gruppen an und verfielen nach wenigen Schritten in das gleiche Vor und Zurück und in die gleiche Zersplitterung wie zuvor. So irrten sie am Ende in ziellosen Haufen umher, mit bunt zusammengewürfelten Mannschaften aus allen Bataillonen.

Dieses Durcheinander nutzten die *jagunços* und nahmen sie unter Feuer, unbehelligt und gnadenlos. Binnen kurzem drängten sich die Kombattanten, die keine Deckung hinter Schulterwehren fanden, unter den Traufen der noch unzerstörten Behausungen, oder verteilten sich in den Gassen des eroberten Teils der Siedlung, um die gefährliche Zone zu meiden. Diese aber weitete sich aus. Selbst Soldaten außerhalb des Verschanzungsringes brachen zusammen, fielen weit jenseits des flammenden Kampfbereiches, und wie in den schlimmen Tagen der ersten Belagerungswoche waren die geringste Unachtsamkeit und das flüchtigste Heraustreten aus jenen brüchigen Unterständen Akte der Tollkühnheit.

Der Hauptmann und Schriftführer beim Kommando der 2. Heeressäule, Aguiar e Silva, trat, als ein Peloton in der Nähe vorübermarschierte, für einen Augenblick aus dem schützenden Winkel heraus, schwenkte, um die Angreifer anzufeuern, begeistert seinen Hut und brachte ein Hoch auf die Republik aus. Doch er gelangte nicht bis zu den letzten Silben. Eine Kugel durchbohrte ihm die Brust und fällte ihn.

Den Kommandeur des 25. Bataillons, Major Henrique

Severiano, ereilte das nämliche Schicksal. Er war ein prachtvoller Mensch, vom Schlage der Tapferen. Mitten im Getümmel sah er ein Kind zwischen den Flammen zappeln. Er kämpfte sich durch die Feuersbrunst. Nahm es in seine Arme, barg es an seiner Brust – eine schöne und liebevolle Geste, die einzige heroische Szene dieses blutigen Gefechtstags – und rettete es.

Doch er hatte die Deckung verlassen. Schwer getroffen brach er zusammen und verstarb nach wenigen Stunden.

Und so ging es fort. Für beide Parteien war der Kampf zu einer unerträglichen Tortur geworden.

Unsere Verluste stiegen. Die Zuschauer, dicht gedrängt in den kasemattierten Beobachtungsständen auf dem Hügel am Rande des Lagers, ersahen dies aus der düsteren Prozession von Traggestellen, Bahren und Hängematten, die von dort heraufkam. Sie verließ die Gießbachrinne, stieg schwerfällig den Hang empor, umging die dort verstreuten Häuser, zog über die Anhöhe, mitten durch die Zuschauer hindurch und stieg zum Verbandplatz hinunter, wo um 1 Uhr mittags schon ungefähr dreihundert Verwundete eingetroffen waren.

Beim Verbandplatz

Doch jene Überdachung aus Leder, in einer Mulde zwischen Hügeln geschützt gelegen, konnte sie nicht fassen. Der Verbandplatz war überfüllt mit Verwundeten; sie quollen heraus bis zum Fuß der umliegenden Hänge, der Sonne ausgesetzt, auf bloßen Steinen; oder sie krochen, im Streit um den Schatten der Zelte, bis zur benachbarten Feldapotheke und zur Ärztebaracke, wo Sanitäter und Ärzte hin und her eilten, viel zu wenige, um allen gerecht zu werden. Hinten im Großzelt, bäuchlings liegend und auf die Ellenbogen gestützt, schauten die Kranken und Verwundeten der Vortage beunruhigt zu ihren neuen Unglücksgefährten herüber. Seitlich auf dem spröden Boden lagen mehrere steife Körper in der prallen

Sonne – die Leichen von Offizieren, von Oberstleutnant Tupí, Major Queirós, den Fähnrichen Raposo, Neville, Carvalho und anderen.

Immer wieder kamen und gingen keuchende und schweißtriefende Soldaten, gebeugt unter Tragbahren. Sie entledigten sich ihrer Last, um auf der Stelle zurückzueilen und fortzufahren in ihrer traurigen Geschäftigkeit, die den ganzen Tag über anzuhalten drohte. Denn bis zur Stunde hatte die Lage sich keineswegs entspannt. Sie blieb unentschieden. Die wütende Gegenwehr der Feinde dauerte an. Hartnäckig ertönten mit grausamer Monotonie über alle Kampflinien hinweg die Hörnersignale, die zu den Angriffen bliesen; und diese folgten dicht aufeinander, rasch, ungestüm – Züge, Bataillone, Brigaden, die als Metall- und Flammenwogen gegen unüberwindliche Staumauern blitzten, rollten, brandeten und krachten.

Die Dynamitbomben, von denen neunzig an diesem Tag geschleudert wurden, detonierten alle Augenblicke, doch ohne den geringsten Erfolg. Flankierende Maßnahmen wurden ergriffen: Man vergoß kanisterweise Benzin über den ganzen Saum der umkämpften Häusergruppe, um die Brände zu schüren.

Dieses barbarische Mittel aber erwies sich ebenfalls als zwecklos.

Schließlich, um zwei Uhr nachmittags, kam der Angriff völlig zum Erliegen; die Bajonettvorstöße hörten ganz auf; und die Belagerer, in ihren Ausgangsstellungen eindeutig in die Defensive gedrängt, fühlten die herbe Enttäuschung einer drohenden Niederlage. Aus der Mulde östlich vom Kirchenplatz strömte noch lange der mühselige Pilgerzug der Verwundeten zum Verbandplatz. Auf Bahren, in Hängematten oder untergefaßt von zwei Gefährten, kamen sie erschöpft herauf, gingen schwankenden Schrittes, immer wieder gegen Hauswände sich lehnend. Und auf die Verwundeten, auf die Hügel, auf die Artilleriestellungen und auf das gesamte Feldlager prallten und peitschten am späten Nachmittag, bei Sonnenuntergang und die ganze Nacht hindurch die feindlichen Kugeln, die, auf alle Punkte des Belagerungsrings gerichtet und in allen Tonlagen durch die Lüfte pfeifend, aus der winzigen Zone hervorbrachen, wo die *jagunços* sich verschanzt hielten.

Der Kampf war ebenso blutig wie fruchtlos gewesen. Er hatte uns fünfhundertsiebenundsechzig Mann gekostet, ohne nennenswertes Ergebnis.

Wie immer legte sich nach und nach das heftige Tosen der Schlacht, flaute ab zu vereinzelten Schußwechseln; und die ganze Nacht über blieb die entkräftete Truppe auf der Hut, in quälender Erwartung weiterer Zusammenstöße, weiterer nutzloser Opfer und weiterer vergeblicher Anstrengungen.

Nichtsdestoweniger hatte die Lage der Sertanejos sich verschlechtert. Mit dem Verlust der Neuen Kirche hatten sie die letzten Wasserstellen verloren. Gewaltige Feuergluten umschlossen sie, griffen um sich, rückten aus drei Richtungen auf sie zu – von Norden, Osten, Westen – und schnürten sie im letzten Bollwerk ein.

Doch in der Frühe des 2. Oktobers weckte die ermatteten Sieger eine trotzige und entschlossene Salve.

Tagebuchaufzeichnungen

Antônio Beatinho. Tod des Ratgebers. Gefangene

An diesem Tage …

Geben wir, ohne eine Zeile zu ändern, die letzten Eintragungen eines »Tagebuchs« wieder, niedergeschrieben während der laufenden Ereignisse.*

»… um 1 Uhr treffen zahlreiche neue Gefangene ein – deutliches Symptom des Kräfteverfalls der Rebellen. Sie wurden erwartet. Kurz nach 12 Uhr hatte man inmitten

* Diese Aufzeichnungen, tagsüber im Feldlager skizziert und abends auf der Favela vervollständigt, spiegeln gerade in ihrer Fehlerhaftigkeit das Getümmel, worin sie entstanden.

der letzten Hütten eine weiße Fahne geschwenkt, und auf der Stelle waren unsererseits die Angriffe eingestellt worden. Endlich ergaben sie sich. Gleichwohl erschollen keine Hörner. Ein großes Schweigen erfaßte Kampflinien und Feldlager. Die Fahne, ein nervös geschwenkter Lappen, verschwand; und wenig später traten zwei Sertanejos aus einem undurchdringlichen Verhau und suchten den Befehlshaber eines der Bataillone auf. Sie wurden umgehend zum Oberbefehlshaber geführt, der sich bei der Pioniertruppe aufhielt.

Einer der beiden war Antônio Beatinho, der »Gottselige«, Ministrant und Gehilfe des Ratgebers, ein heller und großgewachsener Mulatte, außergewöhnlich blaß und hager; den abgezehrten Oberkörper hoch aufgerichtet. Erhobenen Hauptes stand er da, mit dem Stolz des Schicksalsergebenen. Der schüttere und kurze Bart umrahmte sein kleines Gesicht, das kluge und freimütige Augen belebten. Er trug ein blaues Hemd aus grober Baumwolle, und nach dem Vorbild des Hirten der Gemeinde stützte er sich beim Gehen auf einen Stab. Er kam mit einem Gesellen, von mehreren Soldaten umringt, mit einem Gefolge von Schaulustigen.

Als er dem General vor die Augen trat, nahm er bedächtig seine blaue, leinene Mütze vom Kopf, die mit weißen Streifen und Quasten besetzt war, und wartete in gehöriger Haltung, bis der Triumphator ihn anredete.

Von dem sogleich begonnenen Dialog ist nicht eine Silbe verlorengegangen.

Wer bist du?

Herr Doktor General* sollen wissen, daß ich Antônio Beato bin, und ich bin auf meinen eigenen Füßen hierher

* Die eigenwillige Anrede ist wörtlich wiedergegeben. Sie wird allen erinnerlich sein, die der denkwürdigen Unterredung beiwohnten. Im übrigen finden sich in der vorliegenden Niederschrift ausschließlich phonetische Änderungen, da der Sertanejo beispielsweise zu einer korrekten Aussprache des r und l außerstande war. Der Dialog ist ungekürzt wiedergegeben.

gekommen, um mich zu ergeben, weil wir keine Sturheit mehr haben und es nicht mehr aushalten.

Dabei drehte er langsam seine Mütze in den Händen und warf den Umstehenden einen gefaßten Blick zu.

Nun gut. Und der Ratgeber? ...

Unser guter Ratgeber ist im Himmel ...

Hierauf erklärte er, daß dieser, zunehmend geschwächt durch eine alte Wunde, die ein Granatsplitter ihm einst beim Gang von der Kirche zum Sanktuarium zugefügt habe, am 22. September an der Ruhr gestorben sei, am »Schnellmarsch«, ein Ausdruck von gräßlicher Komik, der sogleich ein prustendes, unverhohlenes Gelächter inmitten dieser leidvollen, ernsten Szene auslöste.

Der Selige bemerkte es nicht. Vielleicht gab er vor, es nicht zu bemerken. Er verharrte reglos, das undurchdringliche und ruhige Angesicht geradewegs auf den General gerichtet, demütigen und zugleich festen Blickes. Der Dialog nahm seinen Fortgang:

Und eure Männer sind zur Übergabe nicht bereit?

Ich habe mich mit einer ganzen Menge von ihnen herumgestritten und ihnen gesagt, sie sollten kommen, und sie sind nicht gekommen, weil es dort eine Bande gibt, die nicht will. Sie haben viel Sturheit. Aber sie halten nicht mehr durch. Fast alles läßt den Kopf hängen vor lauter Not. Fast alles ist ausgedörrt vor Durst.

Und du kannst sie nicht herbringen?

Kann ich nicht. Sie wollten schon auf mich schießen, als ich rausging.

Hast du schon gesehen, wieviel Leute hier sind, alle gut bewaffnet und kampfbereit.

Das hat mich verblüfft!

Die Antwort mochte aufrichtig oder auch hervorragend berechnet sein. Das Gesicht des Altardieners verzog sich rasch und drastisch zu einem Ausdruck der Verblüffung.

Nun ja, deine Leute können weder Widerstand leisten

noch fliehen. Geh dorthin zurück und sag ihnen, sie sollen sich ergeben. Sie werden nicht sterben. Ich garantiere ihnen das Leben. Sie kommen in die Obhut der Regierung der Republik. Und sag ihnen, daß die Regierung der Republik es gut meint mit allen Brasilianern. Sie sollen sich ergeben. Aber ohne Bedingungen; ich akzeptiere keinerlei Bedingung.

Antônio Beatinho allerdings sträubte sich hartnäckig gegen den Auftrag. Ihn schreckten die eigenen Gesellen. Er führte die triftigsten Gründe an, um nicht zu gehen.

Da ergriff der andere Gefangene das Wort, der bisher stumm geblieben war.

Erstmals erblickte man einen *jagunço*, der wohlgenährt war und vom Einheitstypus der Sertanejos abwich. Er hieß Bernabé José de Carvalho und war ein nachgeordneter Anführer.

Er gehörte dem flämischen Typus an, vielleicht, was durchaus keine allzu gewagte Mutmaßung ist, eine Reminiszenz an die Holländer, die so viele Jahre hindurch in den nördlichen Territorien mit den Eingeborenen Handel und Wandel trieben.

Männlich blitzten seine großen, blauen Augen; reichlich fiel ihm das blond schimmernde Haar über das gedrungene und kraftvolle Haupt.

Durch sein Auftreten empfahl er sich sogleich als ein Mann von besserer Abkunft. Er war kein hergelaufener Hinterwäldler. Seine Frau war eine Nichte des Hauptmanns Pedro Celeste aus Bom Conselho …

Mit unbefangener Selbstsicherheit und großem Nachdruck widersprach er dem störrischen Beatinho:

Komm schon, Mann! Los, komm! … Ich werd ihnen schon Bescheid sagen. Überlaß mir die Sache. Komm schon!

Und sie gingen.

Das Ergebnis dieses Auftrags jedoch war gänzlich unerwartet. Nach einer Stunde kehrte der Beatinho zurück, gefolgt von ungefähr dreihundert Frauen und Kindern und einem Halbdutzend untauglicher Greise. Es hatte den Anschein, als spielten die *jagunços* mit unnachahmlicher Meisterschaft ihre letzte Kriegslist aus. Tatsächlich sahen sie sich nun von dieser nutzlosen Masse befreit, die mit ihnen um die womöglich noch vorhandenen knappen Vorräte konkurrierte, und von nun an konnten sie um so ungestörter den Kampf in die Länge ziehen.

Damit hatte der Beatinho vermutlich einen Meisterstreich geführt. Vollendeter Diplomat, der er war, bewahrte er auf diese Weise so viele bejammernswerte Kreaturen vor Flammen und Kugeln und befreite gleichzeitig die übriggebliebenen Gefährten von einem hinderlichen Ballast.

Geht man die Ereignisse noch einmal kritisch durch, drängt sich in der Tat die Vermutung auf, daß dies ein Winkelzug war. Dem widerspricht keineswegs die Tatsache, daß der verschlagene Asket, der ihn ausgeheckt hatte, zurückgekommen ist. Vielmehr war dies ein vorteilhafter Umstand, mit Bedacht und Hinterlist eingefädelt als untrüglicher Beweis für seine ehrliche Absicht. Mochte man es auch anders sehen, so beseelte ihn gleichwohl ein durchaus statthafter Herzenswunsch: das letzte Opfer für den gemeinsamen Glauben zu erbringen; durch die Rückkehr zum Feldlager sich der Weihe des Martyriums zu überliefern, das er vielleicht voller Inbrunst, mit krankhaftem, schwärmerischem Mystizismus ersehnte. Nicht anders läßt sich diese Begebenheit deuten, auf die im übrigen das Verhalten des anderen Unterhändlers ein Licht wirft, der nicht zurückkam, sondern bei den Kämpfern blieb und sie zweifellos über die Aufstellung der Belagerungstruppen unterrichtete.

Der Einzug der Gefangenen war ein bewegender Anblick. Vorneweg schritt feierlich Beatinho, den ausgemergelten Oberkörper statuengleich gestrafft, die Augen auf den Boden geheftet, mit dem langsamen Gang, den er seit jeher bei den schleppenden Prozessionen eingeübt hatte. Der lange Wanderstab, der in seiner Rechten gleichmäßig wie ein riesiger Taktstock zuckte, dirigierte diesen wahrhaften Trauermarsch. Als langgedehnte Einerreihe kam der Zug in einer Wellenlinie den Hügel herauf, dem Feldlager entgegen, am Hauptquartier der 1. Heeressäule vorbei, und staute sich hundert Meter weiter zu einer abstoßenden Masse abscheulicher, zerlumpter Leiber.

Die Soldaten sahen ihnen bekümmert zu. Sie waren erstaunt, waren erschüttert. Von der Siedlung *in extremis* wurde während dieser flüchtigen Feuerpause eine waffenlose Legion gegen sie aufgeboten, verstümmelt, verschmachtend und hinkend – ein schlimmerer Überfall als der an den brennenden Verschanzungen. Es wollte ihnen kaum in den Sinn, daß noch so viele kampfuntaugliche und gebrechliche Menschen aus Hütten hervorkamen, die seit drei Monaten bombardiert wurden. Als sie die stumpfen Gesichter betrachteten, die verdorrten und schmutzigen Gerippe, deren zerrissene Lumpen die Schnitte, Schorfe und Schrammen nicht deckten, da verblaßte mit einemmal der so lang ersehnte Sieg. Sie ekelte dieser Triumph. Er beschämte sie. In der Tat, ein widersinniger Lohn für einen so verschwenderischen Aufwand an Kämpfen, Rückschlägen und Tausenden von Menschenleben war die Gefangennahme dieses menschlichen Scherbenhaufens – ebenso abstoßend wie unheimlich, tragisch wie schmutzstarrend –, der sich ihren Augen darbot als langer Strom von Skeletten und Lumpen …

Kein mannhaftes Antlitz, kein waffenfähiger Arm, keine heftig atmende Brust eines bezwungenen Recken: Frauen, ungezählte Frauen, gespenstische Greisinnen, gealterte Mädchen, Greisinnen und Mädchen ununterscheidbar in ihrer Häßlichkeit, knochendürr und schmutzig, mit Kindern, die auf ihren fleischlosen Hüften saßen, Kindern, die auf ihrem Rücken hockten, Kindern, die an den welken Brüsten hingen, Kindern, die an der Hand geschleift wurden, so zogen sie vorüber; Kinder, ungezählte Kinder; Greise, ungezählte Greise; wenige Männer, wurmkranke Invaliden, die Gesichter gedunsen und abgestorben, wächsern, die Oberkörper gebeugt, mit taumelndem Schritt.

Man gewahrte Einzelheiten. Ein völlig gebrochener Alter, von einigen Gefährten aufrecht gehalten, störte den Zug. Er kam wider Willen, suchte sich loszureißen und umzukehren. Mit zitternden und fuchtelnden Armen wandte er sich um zur Siedlung, wo er gewiß seine kräftigen Söhne zurückgelassen hatte, im letzten Gefecht. Und er weinte. Als einziger weinte er. Die übrigen schritten gleichmütig voran. Den standhaften Greisen war jener blutige Ausgang, auf dem Scheitelpunkt ihres Alters, nur eine Episode unter den Schrecknissen des Sertãolebens. Manche lüfteten ehrerbietig die Mütze, wenn sie an Gruppen Neugieriger vorbeikamen. Einer stach für wenige Augenblicke von den übrigen ab. Ein Achtzigjähriger von ungebeugtem Wuchs. Sein Schritt war langsam, und von Zeit zu Zeit blieb er stehen. Eine kurze Weile blickte er nach der Kirche und machte sich wieder auf den Weg; nach einigen Schritten blieb er aufs neue stehen, wandte wieder den Blick zurück auf das in Trümmern liegende Gotteshaus und schritt weiter, mit immer neuen Unterbrechungen, dem Rhythmus folgend, mit dem die Perlen des Rosenkranzes ihm durch die Finger glitten. Er betete. Ein gläubiger Mensch. Noch immer wartete er vielleicht auf das verheißene große Wunder …

Einige Schwerkranke wurden vorübergetragen. Gleich bei den ersten Schritten gestürzt, hingen sie nunmehr, an Armen und Beinen gehalten, zwischen vier Soldaten. Kein Stöhnen, kein Sichverrenken; stumm und reglos zogen sie vorüber, die Augen ganz aufgerissen und ganz starr, totengleich. Nebenher liefen ratlos – auf der Suche nach ihren Eltern, die unter diesen Menschenhaufen waren oder dort unten tot lagen – dürre Kinder, die weinten, schrien, rannten. Die Kleineren saßen auf dem Rücken der Soldaten, festgeklammert an dem seit drei Monaten ungekämmten Haarschopf jener Tapferen, die noch eine halbe Stunde zuvor bei den Schanzen ihr Leben aufs Spiel gesetzt hatten und die nunmehr sich linkisch mühten, unbeholfenen Kindermädchen gleich, das schwierige Problem zu lösen, wie ein Kind zu tragen sei. Eine abschreckende Megäre, eine garstige, dürre Hexe – vielleicht die scheußlichste Alte dieser Sertãostrecken –, trug als einzige den Kopf erhoben und versprühte auf die Zuschauer drohende Blicke, glühenden Funken gleich; und aufgeregt fuchtelnd, rüstig trotz ihres Alters, die weißen und erdverkrusteten Haare zerzaust, die bis auf die entblößten Schultern herabfielen, so drängte sie sich mit rüttelndem Gang durch die erbärmlichen Gruppen und weckte allgemein Aufsehen. In ihren dünnen Armen hielt sie ein Mädchen, Enkelin, Urenkelin, Ururenkelin vielleicht. Und dieses Kind erregte Grauen. Seine linke Gesichtshälfte war vor längerer Zeit von einem Granatsplitter fortgerissen worden, so daß die Kieferknochen hellweiß zwischen den roten Rändern der schon vernarbten Wunde hervorschienen … Die rechte Gesichtshälfte lächelte. Entsetzlich war dieses unvollständige, unendlich schmerzliche Lächeln, das die eine Gesichtsseite mit Anmut überzog und auf der anderen plötzlich im Krater einer Wunde versank.

Jene Greisin trug das monströseste Geschöpf des Feldzugs. So zog sie dahin mit ihrem ruckartigen Schritt, gleich einer an Ataxie Erkrankten, und folgte der langgestreckten Reihe von Unglücklichen …

Der Zug der Gefangenen kam weiter vorn zum Stillstand, bei den Zelten der Reiterschwadron, gestaut zwischen den Linien eines Gevierts. Zum ersten Male konnte man einen Teil der Bevölkerung von Canudos beieinander sehen; und ließ man die durch unterschiedliches Leid eingeprägten Abweichungen außer acht, so trat eine ungewöhnliche Gleichförmigkeit der prägnantesten physiognomischen Merkmale hervor. Kaum ein Weißer oder ein reiner Neger. Eine allgemeine Familienähnlichkeit bezeugte unübersehbar die vollkommene Verschmelzung dreier Rassen.

Vorherrschend war der echte Braunhäutige, eine Mischung aus Kaffer, Portugiese und *tapuio* – bronzene Gesichter, strähniges und hartes oder auch gekräuseltes Haar, anmutloser Wuchs, hie und da ein vollkommenes Profil als Reminiszenz an das höherwertige Element der Rassenkreuzung. Ringsum die Sieger, ungleich und unterschiedlich, der Weiße, der Neger, der Zambo und der Mulatte, proteushafte Gestalten aller Schattierungen … Welch ein Gegensatz: die starke und einheitliche Rasse, niedergeworfen inmitten eines Karrees aus undefinierten und verzagten Mischlingen. Durch den Kampf war sie gänzlich gebrochen. Sie demütigte sich. Aus dem erbarmungswürdigen Haufen drangen weinerliche und jammervolle Bitten um Almosen. An der Rasse zehrten Durst und Hunger vieler Tage.«

An diesem Tage hatte der Oberbefehlshaber den letzten Aufrührern einen Waffenstillstand von wenigen Stunden gewährt. Doch dessen zweckwidriges Ergebnis waren lediglich der Abzug dieser unbrauchbaren Bewohner aus dem umkämpften Abschnitt und ihre Gefangennahme gewesen.

Als es dämmerte, waren die Verteidiger von ihrer Bürde befreit.

Sie ließen die Waffenruhe verstreichen. Und als deren Ende ihnen durch die strenge Mahnung zweier blinder Schüsse angezeigt wurde, gefolgt von einem weiteren, mit einem nicht explosiven Geschoß, da überzogen die *jagunços* die Belagerer mit einer breitgestreuten und nachdrücklichen Salve.

Die Nacht des 2. Oktobers fiel geräuschvoll ein, durchzuckt von heftigen Schießereien.

VI.

Das Ende

Unmöglich läßt sich berichten, was am 3. und 4. geschah.

Der Kampf, der tagtäglich immer mehr den militärischen Charakter einbüßte, artete schließlich vollkommen aus. Die letzten Spuren unnützer Förmlichkeit verschwanden: Lagebesprechung beim Oberkommando, kombinierte Manöver, Verteilung der Truppeneinheiten, ja selbst Trompetensignale und schließlich sogar die Hierarchie, schon äußerlich abgeschafft in einem Heere ohne Rangabzeichen und ohne Uniformen.

Man wußte nur eines: Die *jagunços* würden den Widerstand nur noch wenige Stunden durchhalten. Mehrere Soldaten hatten sich ihrem letzten Rückzugswerk genähert und mit einem Blick die Lage der Gegner erfaßt. Sie war unglaublich: in einem viereckigen Aushub von wenig mehr als einem Meter Tiefe, neben der Neuen Kirche, sah man etwa zwanzig Kämpfer, ausgehungert und abgerissen, gräßlich anzuschauen, bereit zu einem grauenhaften Selbstmord. Man nannte jene Stellung den »Verbandplatz« der *jagunços*. Es war ein Grab. Tatsächlich bestand die Mehrheit dort aus Toten, von denen einige schon seit etlichen Tagen entlang den vier Grubenwänden aufgereiht lagen und das entsetzliche Geviert bildeten, worin ein Dutzend Sterbender alle Lebenskraft auf die letzte Krümmung des Fingers am Abzug konzentrierte, um eine ganze Armee zu bekämpfen.

Dabei fochten sie noch immer vergleichsweise erfolgreich.

Zumindest brachten sie die Soldaten zum Stehen. Wer von diesen sich am weitesten vorwagte, blieb am Rand der Grube liegen und vergrößerte die unheimliche Verschanzung aus zerfetzten und blutigen Leibern. Als Tupfer auf dem Berg zerlumpter *jagunço*-Leichen sah man rote Uniformstreifen und darunter die Litzen des Oberfeldwebels vom 39. Bataillon, der beim Herantreten an die Grube sofort zusammengebrochen war. Andere ereilte das gleiche Schicksal. Sie hegten die Illusion, das letzte Treffen werde glücklich und mühelos verlaufen: Sie brauchten nur zwischen den letzten umstehenden Hütten vorzustoßen und jählings über die entkräfteten Titanen herzufallen, um sie zu zerschmettern und zu zermalmen …

Doch es wurden Szenen voller Schrecknisse, für alle Zeiten verborgen. Nur wenige der Akteure kehrten zurück. Standen sie vor dem Graben, wurde ihr Schneid übermannt vom Grauen vor einem Bild, dessen handgreifliche Wirklichkeit – eine Verschanzung aus Toten, mit Blut gemörtelt und vor Eiter triefend – alle Auswüchse der verwegensten Vorstellungskraft überstieg. Und es befiel sie lähmendes Entsetzen.

Canudos hat sich nicht ergeben

Schließen wir dieses Buch.

Canudos hat sich nicht ergeben. Einzigartig in der Geschichte, hat es bis zur vollständigen Ausblutung Widerstand geleistet. Fußbreit um Fußbreit erobert, im wahrsten Sinne des Wortes, fiel es am 5. Oktober gegen Abend, als seine letzten Verteidiger bis auf den letzten Mann fielen. Es waren ihrer nur vier: ein Alter, zwei ausgewachsene Männer und ein Knabe, vor denen fünftausend Soldaten wütend brüllten.

Ersparen wir uns die Mühe, die letzten Augenblicke der Siedlung zu schildern. Wir könnten es gar nicht. Dieses Kapitel haben wir uns stets als zutiefst ergreifend und tragisch vorgestellt; doch nun, da wir es abschließen, ist es schwankend und glanzlos.

Wir sind wie jemand, der einen himmelhohen Berg erklimmt. Auf dem Gipfel erwartet ihn neben der Fernsicht der Schwindel …

Wäre es im übrigen nicht eine Zumutung für die ungläubige Nachwelt, wenn wir in allen Einzelheiten erzählten, wie Frauen ihre Kleinen umschlangen und sich in die Flammen des eigenen Heimes stürzten? …

Und wie sollten wir, nur auf die Schwachheit des menschlichen Wortes gestützt, die sonderbare Tatsache kommentieren, daß seit dem Morgen des 3. Oktobers die Tauglichen unter den männlichen Gefangenen des Vortags nicht mehr gesehen wurden, darunter jener Antônio Beatinho, der sich uns vertrauensvoll ergeben hatte und dem wir wertvolle Aufschlüsse über diese dunkle Phase unserer Geschichte verdanken?

Canudos fiel am 5. Oktober. Am 6. zerstörte man es vollends und riß seine Häuser nieder, 5200, wie eine sorgfältige Zählung ergab.

Die Leiche des Ratgebers. Sein Schädel

Zuvor, in der Frühe desselben Tages, hatte eine zu diesem Zweck gebildete Kommission den Leichnam Antônio Conselheiros exhumiert.*

Er war in einer der Hütten neben der Gebetslaube begraben und wurde dank dem Hinweis eines Gefangenen entdeckt. Nachdem man eine dünne Erdschicht abgetragen hatte, kam – in einem schmutzstarrenden Laken als kläglichem Schweißtuch, worüber fromme Hände ein paar welke Blumen gestreut hatten, und auf einer alten Binsenmatte ruhend – der tote Körper des »berüchtigten und barbari-

* Auszug aus dem Gefechtsbericht des Befehlshabers der 1. Heeressäule: »… weswegen ich befahl, den Verstorbenen aus jener Grube mit aller Sorgfalt zu bergen und ihn zum Platz zu bringen, um eine bessere Überprüfung seiner Identität zu ermöglichen. Dabei wurde festgestellt, daß es sich um den berüchtigten und barbarischen Antônio Vincente Mendes Maciel (*vulgo* »Guter Jesus Ratgeber«) handelte, wie dem aufgesetzten Protokoll zu entnehmen ist; ich ließ ihn photographieren, damit alle, die ihn kannten, sich davon überzeugten, daß er es wirklich war.«

schen« Rädelsführers zum Vorschein. Er war in einem scheußlichen Zustand. Gekleidet in sein altes blaues Gewand aus grober Baumwolle, die Hände auf der Brust gefaltet, das Gesicht gedunsen und verschmutzt, die Augenhöhlen voll Erde – kaum erkannten jene ihn wieder, die zu seinen Lebzeiten mit ihm verkehrt hatten.

Man grub ihn vorsichtig aus. Das wertvolle Geschenk – die einzige Trophäe, die einzige Ehrenbeute eines solchen Krieges! – erheischte äußerste Behutsamkeit, damit es nicht zerfiele oder sich verformte, nicht zu einer ekelhaften Masse verfaulten Gewebes verkäme.

Anschließend photographierten sie ihn. Und man setzte ein gewissenhaftes Protokoll auf, um seine Identität zu beglaubigen: Es galt, das ganze Land mit Nachdruck davon zu überzeugen, daß er endlich ausgetilgt war, jener grauenhafte Erzfeind.

Sie übergaben ihn wieder der Grube. Dann jedoch kam ihnen der Gedanke, den so viele Male verfluchten Kopf aufzubewahren – und da eine erneute vollständige Exhumierung Zeitverschwendung gewesen wäre, trennte ein geschickt geschwungenes Messer ihn so, wie er dalag, vom Rumpfe ab; und das grausige Antlitz, von Grind und Eiter verklebt, erschien erneut vor den Triumphatoren.

Anschließend brachte man den Schädel in die Küstenregion, wo jubelnde Volksmengen vor Begeisterung rasten. Mochte die Wissenschaft das letzte Wort sprechen. Jenes Relief bedeutungsvoller Gehirnwindungen barg die Grundlinien des Verbrechens und der Tollheit …

VII.

Zwei Zeilen

Noch aber gibt es keinen Maudsley für die Tollheiten und Verbrechen der Nationen …

Anhang

Anmerkungen

Sämtliche Angaben, soweit nicht anders angegeben, beziehen sich auf das Kriegsjahr 1896/97 bzw. auf die damalige Epoche.

Vorbemerkung

1 Ludwig **Gumplowicz** (1838-1909), aus Polen stammender Jurist; beteiligt am polnischen Aufstand von 1863; ab 1875 Professor für Verwaltungslehre in Graz. G., ein einflußreicher Vertreter des Sozialdarwinismus, lehrte die Enstehung des Staates aus dem Kampf ethnischer Gruppen (Rassen) um die Herrschaft (*Der Rassenkampf*, 1883, ins Französische übersetzt). Sein Werk war von Einfluß auf die Entwicklung der Soziologie zur Einzelwissenschaft. G. verwendete als erster den von A. Comte geprägten Begriff ›Soziologie‹ (in: *Grundriß der Sociologie*, 1885, ins Französ. übersetzt). Weitere Werke: *Die sociologische Staatsidee* (1892); *Geschichte der Staatstheorien* (1905); *Sozialphilosophie im Umriß* (1910). Euclides da Cunha las Schriften von G. in französischer Übersetzung.

Thomas **Hobbes** (1588-1679), englischer Philosoph und Staatstheoretiker. Nach seiner auf dem Naturrecht beruhenden Staats- und Gesellschaftstheorie sind alle Menschen gleich und haben die gleichen Rechte. Das Streben nach ihrer Ausübung führt zum Kampf aller gegen alle. Um ihn einzudämmen, fordert H. den Rechtsverzicht des einzelnen gegenüber dem Staat, auf den alle Gewalt übertragen werden soll, zur notwendigen Sicherung des Friedens und der Rechtsgüter.

2 **Taine:** Euclides da Cunha zitiert in der Originalsprache: »… il s'irrite contre les demi-vérités qui sont des demi-faussetés, contre les auteurs qui n'altèrent ni une date, ni une généalogie, mais dénaturent les sentiments et les mœurs, qui gardent les dessins des événements et en changent la couleur, qui copient les faits et défigurent l'âme; il veut sentir en barbare, parmi les barbares, et, parmi les anciens, en ancien.«

In: Hippolyte **Taine**, *Essai sur Tite-Live* (Essay über Titus Livius), 1856, S. 30. H. Taine (1828-1893), französischer Kulturkritiker, Philosoph und Historiker. Wurde unter dem Einfluß von Auguste Comte und John Stuart Mill zum Begründer des Positivismus in der Kultur- und Literaturgeschichte. Nach seiner Theorie bestimmen die Faktoren ›Rasse, Milieu und Moment‹ jedes soziale und geistige Phänomen. Das Dreierschema prägt den Aufbau von *Krieg im Sertão*, wie die drei ersten Kapitel zeigen: *Das Land, Der Mensch, Der Kampf.*

Das Land

1 **Rio Grande bis Minas:** Brasilien wurde mit der Proklamation der Republik von 1889 – zumindest formal – zu einem föderativen Staat nach dem Vorbild der USA. Die Provinzen des Kaiserreichs wandelte man in Staaten um, damals 20 an der Zahl. Der Bundesstaat Rio Grande do Sul, von Euclides da Cunha kurz als ›Rio Grande‹ bezeichnet, ist der südlichste Gliedstaat; ›Minas‹ ist der Gliedstaat Minas Gerais in der heutigen Großregion Südosten, wozu auch die Staaten Rio de Janeiro, São Paulo und Espírito Santo gehören. Heutzutage ist Brasilien für statistisch-administrative Zwecke in fünf Großregionen aufgeteilt: Norden, Nordosten, Südosten, Süden und Mittelwesten mit gegenwärtig 27 Bundesstaaten. Bei E. da Cunha werden als Großregionen immer wieder Norden und Süden genannt. Unter Norden verstand man damals vor allem den heutigen Nordosten, also die Küstenstaaten von Bahia bis Maranhão mit ihrem ariden Hinterland, dem Sertão. Überdies meinte man damit gelegentlich auch Amazonien. Als Süden bezeichnete man vor allem die Küstenstaaten von Rio de Janeiro südwärts bis Rio Grande do Sul, meist unter Einschluß des küstenfernen Minas Gerais, da es überwiegend von São Paulo her besiedelt wurde und wirtschaftlich wie politisch eng mit Rio de Janeiro und São Paulo verflochten war. Der Gegensatz zwischen Nord- und Südbrasilien im zuletzt genannten Sinne spielt im vorliegenden Buch eine große Rolle.

2 Der **Rio São Francisco** (Länge 2624 km), auch »Fluß der nationalen Einheit« genannt, weil er die Staaten Minas Gerais, Bahia, Pernambuco, Sergipe und Alagoas und somit die Großregionen Südosten und Nordosten (zur Zeit von E. da Cunha: »Süden« und »Norden«) verbindet, entspringt in der Serra da Canastra im Bundesstaat Minas Gerais, durchquert große Teile des brasilianischen Hinterlandes in süd-nördlicher Richtung, wendet sich vor Juazeiro im nördlichen Bahia allmählich nach Osten und dann nach Ostsüdost, um zwischen den Staaten Sergipe und Alagoas in den Atlantischen Ozean zu münden. Er ist einer der wenigen ganzjährig wasserführenden Flüsse, die den Sertão durchqueren.

3 Sebastião da **Rocha Pita** (1660-1738), Jurist und vor allem Dichter und Chronist, Mitglied der *Academia Brasílica dos*

Esquecidos (Brasilische Akademie der Vergessenen) in Bahia, einer der zahlreichen Akademien des Barocks (und später der Aufklärung), in denen sich Gelehrte und Dichter zur Pflege der Sprache, der Kultur und der Wissenschaften zusammenfanden. Sein Buch *História da América Portuguesa* (Geschichte des portugiesischen Amerikas) ist eine wichtige Geschichtsquelle für die Zeit von 1500-1724, gleichzeitig eine überschwengliche Lobpreisung Brasiliens und Inspirationsquelle für den literarischen Patriotismus späterer Jahrhunderte.

Gongorismus: Bezeichnung für die nach dem spanischen Dichter Luis de Góngora y Argote (1561-1627) benannte Strömung des *culteranismo*, eine spanische Variante des barocken Schwulststils, bekannt für eine überladene, gekünstelte, gedrechselte, gelehrte und antikisierende Ausdrucksweise in Wortwahl, Syntax und Wahl rhetorischer Figuren. Auch bei E. de Cunha selbst haben Kritiker immer wieder auf gongoristische Elemente hingewiesen.

Henry Thomas **Buckle** (1821-1862), britischer Kulturhistoriker. B. versuchte in seinem Hauptwerk *History of the Civilization in England* (Geschichte der Zivilisation in England) im Sinne des Positivismus naturwissenschaftl. exakte Gesetze der geschichtl. Entwicklung aufzustellen. Er übte, obwohl er nie in Brasilien war, neben H. Taine größten Einfluß auf die brasilianische Geisteswelt der zweiten Hälfte des 19. Jhs. aus. Die daraus resultierende, für den europäischen Imperialismus des 19. Jhs. typische negative Sicht auf die ehemaligen Kolonien und ihre Einwohner, vornehmlich die Mestizen und Mulatten, wurde von vielen Brasilianern bis weit ins 20. Jh. übernommen; Gegenströmungen in Literatur und Essay dazu waren u. a. der »Modernismo« (ab 1922 ausgehend von São Paulo) und der »Regionalismo« (ab 1926 ausgehend von Recife).

4 Der **Rio Iguaçú** und der **Rio Tietê** sind zwei wichtige Flüsse, die wie der Rio São Francisco als Wege zur Eroberung des brasilianischen Hinterlandes dienten. Beide entspringen in der Serra do Mar, dem Küstengebirge zwischen Santa Catarina und Rio de Janeiro, fließen binnenwärts, also nach Westen, und münden in den Rio Paraná. Der Rio Tietê durchfließt Stadt und Staat São Paulo und mündet nahe Três Lagoas in den Rio Paraná, während der Rio Iguaçú weiter südlich im Staate Paraná entspringt und bei den berühmten Iguaçú-Wasserfällen in den Rio Paraná mündet.

Der Rio **Paraná** ist ein wichtiger Strom des südlichen Lateinamerikas. Er entsteht durch den Zusammenfluß des Rio Paranaíba und des Rio Grande, die aus Minas Gerais kommen, und durchfließt das südliche Brasilien; bildet streckenweise die Grenze zwischen Brasilien und Paraguay sowie zwischen diesem und Argentinien; mündet in Argentinien mit einem großen Delta in den Río de la Plata.

Der Rio **Paraíba** ist ein weiterer Fluß, der für die ersten Entdeckungsfahrten ins Hinterland von Rio de Janeiro und São Paulo von Bedeutung war; der Lauf führt vom Staat São Paulo durch das Innere des Staates Rio de Janeiro bis nach Espírito Santo, wo er in den Atlantik mündet. Sein Tal war im 19. Jahrhundert Zentrum des Kaffeeanbaus.
Nicht zu verwechseln mit dem gleichnamigen Fluß und Staat im Nordosten Brasiliens.
Der in der Serra da Mantiqueira liegende Gebirgsstock des **Itatiaia,** nahe dem Berührungspunkt der Staaten São Paulo, Rio und Minas Gerais, ist mit einer Höhe von 2787 m eines der höchsten Gebirge Brasiliens.

Minas Gerais und **São Paulo** sind Glied- bzw. Bundesstaaten in der Großregion Südosten, **Paraná** gehört zur Großregion Süden. Neben Bahia und Pernambuco gehört São Paulo zu den Gebieten der ersten Besiedlung Brasiliens. Es ist die ursprüngliche Heimat der *bandeirantes* und Ausgangspunkt ihrer Raub- und Erkundungszüge. Minas Gerais (wörtlich: »Allgemeine Bergwerke«) wurde von ihnen im frühen 18. Jahrhundert besiedelt.

Der **Rio Grande** durchfließt das südliche und westliche Minas Gerais, einer der Quellflüsse des Rio Paraná; nicht zu verwechseln mit dem Staat Rio Grande do Sul oder mit dem weiter nördlich fließenden Rio Grande, einem linken Nebenfluß des Rio São Francisco.

Die **Serra da Canastra** befindet sich im Südwesten des Bundesstaates Minas Gerais. Dort entspringt der **Rio São Francisco.**

Der **Rio das Velhas** ist ein wichtiger rechter Zufluß des Rio São Francisco im Bundesstaat Minas Gerais, nördlich von Belo Horizonte.

5 **Ouro Preto, Ouro Branco** und **Sabará** sind Städte im Bundesstaat Minas Gerais, alle relativ nah beieinander, östlich und südlich von Belo Horizonte. In der Kolonialzeit waren sie sowohl Zentren des Gold- und Diamantenabbaus als auch der sich formierenden Unabhängigkeitsbewegungen. Ouro Preto (»Schwarzes Gold«), während der Kolonialzeit Hauptstadt der *capitania* Minas Gerais, wurde ob seines Reichtums auch Vila

Rica (»Reiche Stadt«) genannt, gilt als Wiege der *Inconfidência Mineira* (»Verschwörung von Minas Gerais«) von 1789, einer der ersten Unabhängigkeitsbewegungen Brasiliens.

Serra do Espinhaço, ein sehr langer Höhenzug, von der Mitte des Staates Minas Gerais nordwärts bis weit nach Bahia hinein.

Wilhelm Ludwig von **Eschwege** (1777-1855), Geologe und Geograph, arbeitete 28 Jahre in Portugal als Oberberghauptmann; 1810-1821 leitete er die geologisch-bergmännische Erschließung Brasiliens ein, verbesserte z. B. die Eisenverhüttung. E. erforschte und benannte die Serra do Espinhaço (»Gebirge des Rückgrats«).

Der Fluß Rio **Jequitinhonha** entspringt in der Serra do Espinhaço, fließt in nordöstlicher Richtung durch Minas Gerais und Bahia, wo er in den Atlantik mündet. Der **Rio Doce,** weiter südlich verlaufend, entspringt in Minas Gerais, fließt in östlicher Richtung durch Espírito Santo und mündet dort in den Atlantik.

6 Peter Wilhelm **Lund** (1801-1880), dänischer Paläontologe, entdeckte in den Höhlen am Rio das Velhas Überreste tierischer und menschlicher Fossilien aus dem Pleistozän, vor allem den sogenannten »Lagoa-Santa-Menschen«. Gilt als Vater der brasilianischen Paläontologie.

Serra do Grão-Mogol, Gebirgszug hoch im Norden von Minas Gerais, reicht bis zur Südgrenze von Bahia.

7 **Monte Alto,** im Süden des Staates Bahia unweit der Grenze zu Minas Gerais gelegene Ortschaft, am Rande des gleichnamigen Gebirges.

Açuruá-Gebirge: Bergkette im Zentrum des Staates Bahia, nahe dem Fluß São Francisco.

Bom Jesus da Lapa, bahianische Stadt am rechten Ufer des Rio São Francisco, nicht identisch mit dem von Antônio Conselheiro gegründeten Bom Jesus, heute Crisópolis, bei Itapicurú, das Euclides da Cunha später ebenfalls erwähnt. Bom Jesus da Lapa mit seiner berühmten Grotte (›lapa‹ – ›Höhle‹) war und ist einer der wichtigsten brasilianischen Wallfahrtsorte, insbesondere für die Bewohner des *Sertão.*

Serra Geral, Höhenzug im Osten des Bundesstaates Bahia, östlich der Serra do Sincorá.

8 Das **Diamantengebiet** (»região diamantina«, meist genannt Diamantenplateau, Chapada Diamantina) liegt ungefähr in der Mitte von Bahia, östlich des Rio São Francisco, und zieht sich in nordsüdlicher Richtung.

Die Serra da **Tromba** und die Serra do **Sincorá** liegen im Bundesstaat Bahia und bilden die südöstlichen Ausläufer des Diamantenplateaus.

Rio Paraguaçú ist ein Fluß im mittleren Bahia, der im Diamantenplateau entspringt und in die Bahia de Todos os Santos (Allerheiligenbucht) bei Salvador mündet.

Itiúba-, Furna-, Cocais- und Sincorá-Gebirge sind kleinere Bergketten im Bundesstaat Bahia. Die Bergkette von Itiúba befindet sich zwischen Queimadas und Monte Santo, nahe bei Canudos, ca. 150 km davon entfernt.

Sobradinho, Ortschaft am Rio São Francisco, südwestlich von Juazeiro in Bahia; heute erstreckt sich dort ein riesiger, ca. 200 km langer Stausee, der von Sobradinho stromauf bis nach Xique-Xique reicht.

9 **Monte Santo:** Städtchen in Bahia, ca. 60-80 km (je nach Route) südlich von Canudos, ca 350 km nordnordwestlich von Salvador. Der Name (Heiliger Berg) bezeichnet sowohl die kurze, schroffe Bergkette wie auch die Kleinstadt zu ihren Füßen und deutet auf ihre Rolle als Wallfahrtsstätte. Im Krieg gegen Canudos war Monte Santo neben Queimadas der wichtigste Truppenstützpunkt (2.-4. Expedition). Die Armee unterhielt dort ein Lazarett. E. da Cunha traf in M. S. am 7. September 1897 ein, als Kriegsberichterstatter unterwegs nach Canudos. M. S. ist einer der markantesten Punkte des ganzen Sertão. Dort und in Canudos wurden u. a. der Film *Deus e o Diabo na Terra do Sol* (Gott und Teufel im Land der Sonne) von Glauber Rocha und die Fernsehkurzserie *O Pagador de Promessas* (Der Gelübdeerfüller) von Alfredo Dias Gomes gedreht, mit einigen Motiven aus »Krieg im Sertão«. Canudos gehörte zum Munizip Monte Santo.

10 **Paulo Afonso:** Großer Wasserfall des Rio São Francisco, der für die Schiffahrt in diesem Abschnitt ein unüberwindliches Hindernis bildet. Heute befindet sich dort ein Wasserkraftwerk. An dieser Stelle berühren sich die Gliedstaaten Bahia, Sergipe, Pernambuco. Ca. 100 km nordöstlich von Canudos gelegen. Stromauf der riesige Stausee von Itaparica, bei dessen Bau es in den letzten Jahren zahlreiche Landkonflikte gegeben hat.

Itapicuruaçú: Flüßchen in Bahia, das sich westlich von Queimadas mit dem Itapicuru-mirím zum Rio Itapicurú vereint und sich ostwärts zum Atlantik zieht, mehr oder weniger parallel zum Rio Vaza-Barrís und südlich von diesem. Wie fast alle Bäche und Flüsse im Sertão führt es nur nach Regenfällen Wasser, bildet also meist ein mit Pfützen gesprenkeltes Trockenbett.

Vaza-Barrís: Ebenfalls ein Fluß, der nur in Regenzeiten Wasser führt. In seinem Tal zwischen Jeremoabo und Uauá lag das historische Canudos, das heute von einem Stausee bedeckt ist. Verläuft parallel zum Itapicurú, nördlich von diesem, von Westen nach Osten; mündet südlich von Aracajú in den Atlantik.

Mit **Tapuio** oder **Tapuia** bezeichneten die Tupí-Indianer Mitglieder anderer Stämme. In der Kolonialzeit oft Bezeichnung für akkulturierte Indianer; also nicht Name eines eindeutig identifizierbaren Indianerstammes.

Jeremoabo: Alte bahianische Kleinstadt, ca. 80 km östlich von Canudos am Rio Vaza-Barrís gelegen. Strategisch wichtig für die Feldzüge gegen Canudos.

Maçacará, Cumbe, Bom Conselho: Ortschaften südöstlich von Canudos. In Cumbe, ca. 60 km von Canudos entfernt, inzwischen umbenannt in Euclides da Cunha, steht eine von Antônio Conselheiro errichtete Kirche. Der Gemeindepfarrer von Cumbe war Ende des 19. Jahrhunderts auch für Canudos zuständig. Bom Conselho heißt heute Cícero Dantas. Maçacará war ein von Antônio Conselheiro viel besuchter Ort.

Uauá, Capim Grosso, Santo Antônio da Glória: Das Dorf Uauá, ca. 40 km westlich von Canudos am Vaza-Barrís gelegen, war für den Zugang nach Canudos und als Knotenpunkt weiterer Straßen von einiger strategischer Bedeutung; hier fand das erste Gefecht des ganzen Krieges statt, das mit dem Rückzug der 1. Expedition endete. Capim Grosso, heute Curaçá, liegt nordwestlich und Santo Antônio da Glória nordöstlich von Canudos, beide am rechten Ufer des Rio São Francisco.

11 Die portugiesische bzw. brasilianische **Meile** (*légua*) war je nach Epoche und Region 5-6,6 km lang. (Zum Vergleich: 1 preußische Meile hatte 7532 m.) Euclides da Cunha rechnet offensichtlich, wie aus anderen Textstellen hervorgeht, mit einer Meilenlänge von 6 km. Seine Entfernungsangaben sind allerdings oft recht ungenau und manchmal widersprüchlich. In Wirklichkeit ist der hier erwähnte Teil des Sertão, westlich von Jeremoabo, nicht weniger als vierzig, sondern mehr als fünfzig Meilen von Salvador entfernt, weit über 300 km.

Salvador da Bahia: Hauptstadt der portugiesischen Kolonie Brasilien bis 1763. Seitdem Hauptstadt der Provinz bzw. seit 1889 des Bundeslandes bzw. Bundesstaates Bahia. Die Stadt wird oft ebenfalls kurzerhand Bahia genannt. Ausgangspunkt fast aller Expeditionen gegen Canudos. Ausgangspunkt der Eisenbahnlinie nach Juazeiro am Rio São Francisco. E. da Cunha traf dort am 7. 8. 1897 ein, im Gefolge des Kriegsministers.

Pernambuco, Piauí, Maranhão: Bundesstaaten im Nordosten Brasiliens, nördlich von Bahia. Nach Euclides da Cunhas geographischer Terminologie gehörten sie zum Norden Brasiliens.

12 **»Einfälle«** (*entradas*) nannte man die Erkundungs- und Raubzüge der *bandeirantes* und *sertanistas* im 16., 17., und 18. Jahrhundert, durchgeführt von bewaffneten Expeditionen ins Landesinnere. Ihr Interesse galt der Entdeckung von Bodenschätzen sowie der Gefangennahme und Versklavung von Eingeborenen. Auf diese Weise erkundeten und eroberten die *bandeirantes* ein gewaltiges Gebiet für die portugiesische Krone, weit über die zwischen Portugal und Spanien im Vertrag von Tordesillas vereinbarte Linie hinaus, die etwa vom heutigen Belém im Bundesstaat Pará zum heutigen Florianópolis im Bundesstaat Santa Catarina verlief. Die meisten *bandeirantes* stammten aus São Paulo, daher die häufige Verwendung des Ausdrucks *paulista* für *bandeirante*. Eine Gruppe mehrerer *bandeirantes* hieß *bandeira* (»Fahne« bzw. »Fähnlein«). Die Begriffe *bandeira* und *entrada* wurden oft synonym gebraucht für »bewaffnete Expedition ins Landesinnere«. Die Figur des *bandeirante* gehört zu den Gründungsmythen des brasilianischen Staates, fast wie die *pilgrim fathers* und *pioneers* in den USA. Vgl. Glossar.

Der *sertanista* ist ebenfalls eine Art Waldläufer, ein Erkunder des Hinterlandes, Goldsucher und Sklavenjäger, jedoch ist die Bezeichnung nicht regional auf São Paulo und nicht historisch auf die frühe Kolonialzeit festgelegt.

13 **Camaçarí, Alagoinhas** und **Inhambupe** sind Städtchen in der nördlichen Umgebung von Salvador da Bahia, die man auf dem Weg von dort in Richtung Canudos berührt.

Pojuca: Name sowohl eines Ortes als auch eines Flusses nördlich von Salvador da Bahia, bei Alagoinhas.

massapé oder ***massapê***: Schwerer, dunkler Tonerdeboden, der vor allem im Küstenstrich des Nordostens vorkommt und sich gut für Zuckerrohranbau eignet.

Die **Serra da Saúde** und **Serra da Itiúba** erstrecken sich in nordsüdlicher Richtung westlich bzw. nordwestlich von Queimadas. Itiúba ist eine Bahnstation wenige Kilometer nordwestlich von Queimadas.

Serrinha, Vila Nova da Rainha, Juazeiro: Städtchen an einem alten Überlandweg zum Rio São Francisco und an der ca. 500 km langen Eisenbahnlinie zwischen Salvador und Juazeiro.

Diese Eisenbahnlinie war im Krieg gegen Canudos von höchster strategischer Bedeutung. Ansonsten diente sie hauptsächlich dem Transport von Baumwolle und Vieh und natürlich Menschen. Vila Nova da Rainha wurde mittlerweile umbenannt in Senhor do Bonfim. Juazeiro am Rio S. Franscisco, in Bahia, eine für die damaligen Verhältnisse recht ansehnliche Stadt, darf nicht verwechselt werden mit Juazeiro do Norte im Süden des Gliedstaates Ceará. Ein wichtiger anderer Überlandweg führt von Serrinha über Bom Conselho und Jeremoabo nach Santo Antônio da Glória, ebenfalls am São Francisco. Mitten zwischen diesen beiden sich gabelnden Wegen liegt der Sertão von Canudos, dessen Wüstenhaftigkeit E. da Cunha besonders betont.

14 **Queimadas:** Flecken am Oberlauf des Itapicurú und an der Bahnlinie Salvador-Juazeiro, Telegraphenstation, Hauptort eines Munizips (Gemeinde und Landkreis), ca. 150 km südlich von Canudos. Der diesem Ort nächstgelegene Bahnhof; daher wichtiger Armeestützpunkt für die 2., 3. und 4. Expedition gegen Canudos. Zusammen mit Monte Santo die entscheidende Operationsbasis. Euclides da Cunha traf dort am 1. 9. 1897 ein.

Cansanção: Häusergruppe zwischen Queimadas und Monte Santo, auf dem Anmarschweg in Richtung Canudos; während des Krieges wurde hier unter der Leitung der deutschen Mönche Pedro Sinzig und Gabriel Grömer und des Kapuzinerpaters Jerônimo de Montefiore ein durch das »Patriotische Komitee von Bahia« finanziertes ziviles Lazarett zur Behandlung verletzter Soldaten eingerichtet, in dem nach Beendigung der Kämpfe ebenfalls verletzte *jagunços* versorgt wurden. Zu Pedro Sinzig siehe *Neue Phase des Kampfes*, Anm. 2.

Quirinquinquá: Kleine Häusergruppe bzw. Anwesen zwischen Cansanção und Monte Santo, auch Quirinquinqual genannt.

15 Carl Friedrich Philipp (von) **Martius** (1794-1868), Botaniker, Naturforscher und Ethnograph, bereiste zwischen 1817-1820 mit Johann Baptist (von) Spix Brasilien; ab 1826 Professor und ab 1832 Direktor des Botanischen Gartens in München. Hauptwerk: *Reise in Brasilien.* 3 Bde. (1824-31); *Flora Brasiliensis.* 15 Bde. (1840-1906). In seinem Reisebericht zeigt sich Martius von Monte Santo weit weniger begeistert als E. da Cunha, was diesen offenbar ein wenig verdrossen hat. Tatsächlich hat Martius die Serra de Monte Santo nicht nur nicht mit Rundungen gezeichnet, sondern gar nicht. Nur den Ausblick von dort oben hat er wiedergegeben, als monoton. »Im Jahre 1832 veröffentlichte Martius, der ebenso wie sein Reisegefährte Spix nie mehr nach Brasilien zurückgekehrt war aber eine lebhafte Korrespondenz mit brasilianischen Gelehrten führte, die Abhandlung *Von dem Rechtszustande*

unter den Ureinwohnern Brasiliens und 1867 in zwei Bänden die *Beiträge zur Ethnographie und Sprachenkunde Amerikas, zumal Brasiliens*«. Von großer Bedeutung für die brasilianische Geschichtsschreibung und Ideengeschichte war seine Abhandlung darüber, wie die Geschichte Brasiliens zu schreiben sei, worin er die ethnische Mischung als eine Grundlage der gesellschaftlichen Entwicklung des Landes erkannte. Mit dieser Studie gewann er ein Preisausschreiben des Instituto Histórico e Geográfico Brasileiro; sie erschien unter dem Titel *Como se Deve Escrever a História do Brasil* im Jahre 1844 in der Zeitschrift dieses unter der Schirmherrschaft des Kaisers Dom Pedro II. stehenden Instituts, das für die nationale Identitätsbildung überaus wichtig war.

16 ***Loggans***, in manchen Ausgaben auch *loghans*, meint hochragende, schwankende Felsen. Von engl. logan stone = rocking stone, locker aufliegender, leicht beweglicher Felsblock, im älteren Deutsch auch Wagstein genannt.

17 Emmanuel **Liais** (1825-1900), französischer Astronom, von Pedro I., Kaiser von Brasilien bis 1889, mit Forschungen in Brasilien beauftragt; ab 1858 Direktor des Observatoriums von Rio de Janeiro, außerdem mit mineralogischen, botanischen, zoologischen und klimatologischen Studien befaßt; publizierte u.a. *Explorations scientifiques au Brésil* (1865) und *Climat, géologie, faune et géographie botanique du Brésil* (1872).

Thomas Henry **Huxley** (1825-1895), englischer Zoologe, Anatom und Physiologe, bereiste 1846-1850 als Schiffsarzt Australien und Ozeanien; einer der ersten Verfechter der Abstammungslehre Darwins und des Evolutionismus.

Charles Frederick **Hartt** (1840-1878), kanadischer Geologe, Geograph und Ethnograph, kam nach Brasilien auf Einladung von Agassiz; Teilnahme an der Expedition Thayer (1865). Ab 1868 ständiger Aufenthalt in Brasilien; arbeitete außer mit Agassiz auch mit O. Derby (vgl. Anm. 33 im Kap. *Der Mensch*) zusammen, starb in Brasilien. Erforschte vor allem NO-Brasilien und Amazonien.

Jean Louis Rodolphe **Agassiz** (1807-1873), schweizerisch-amerikanischer Anatom, Zoologe und Paläontologe, ab 1846 in den USA; gründete in Cambridge/Mass. das Museum of Comparative Zoology; A. war Mitbegründer der Eiszeitforschung und Anhänger einer Katastrophentheorie bzw. Kataklysmentheorie, deshalb Gegner des Darwinismus. Auch E. da Cunha deutet Sympathien für derartige Ansätze zur Erklärung von Veränderungen in der Lebewelt an, obwohl er doch andererseits Anhänger des Evolutionismus ist. Der erwähnte Gumplowicz

(*Vorbemerkung*, Anm. 1) hielt große Stücke auf Agassiz. Nach dieser Theorie wurde die Lebewelt mehrmals durch Katastrophen vernichtet und dann durch eine neue ersetzt.

Jonpied Heumich **Gerber**, Naturforscher; nähere Angaben über seine Person sind schwer zu finden; er untersuchte im 19. Jahrhundert die geologischen Verhältnisse Brasiliens; stellte die Hypothese auf, das Goiás-Massiv sei das älteste Gebirge der Welt.

18 **Caldas:** Stadt im Süden von Minas Gerais. Ein sprechender Name: Er bedeutet soviel wie »heiße Quellen« bzw. »Bäder«.

19 Der Rio **Parnaíba** zählt zu den größten Brasiliens und ist nach dem Rio São Francisco der größte des Nordostens; er bildet die Grenze zwischen den Bundesstaaten Piauí und Maranhão auf der gesamten Länge von Süden bis Norden, bevor er in den Atlantik mündet.

20 Der ursprüngliche, indianische Name des Rio **Vaza-Barrís** war Irapiranga (»roter Honig«), vielleicht wegen der lehmigen Färbung seiner Fluten in der Regenzeit. Was der Name Vaza-Barrís der ursprünglichen Bezeichnung voraushaben soll, leuchtet nicht vollkommen ein. Das darin vorkommende Verb *vazar* bedeutet soviel wie »auslaufen, lecken, versickern« etc., was natürlich zu einem Trockenfluß paßt. *Barrís* heißt »Fässer«. Die Zusammensetzung *Vaza-Barrís* kann u. a. bedeuten: Vergeudung, Untergang, Faß ohne Boden, u. U. aber auch soviel wie Schatzversteck oder gefährliches Riff, Schiffsfriedhof. *Vaza-Barrís* hieße wörtlich übersetzt ungefähr: »Etwas, das Fässer zum Auslaufen bringt.« Wir erinnern daran, daß an diesem Fluß Canudos liegt. Der Autor hat den Leser also auf den letzten Seiten zum Brennpunkt des Krieges geführt.

Der Bach und das Anwesen **Bendegó**, Nebenform Bendengó, spielen eine wichtige Rolle im Krieg. Diesen Namen trägt auch der Meteorit, der Ende des 18. Jahrhunderts dort gefunden wurde und u. a. Ziel von Spix und Martius war. Heute wird dieser ehemalige Himmelskörper im Museu Nacional von Rio de Janeiro aufbewahrt. Teile davon haben die beiden bayrischen Forscher nach München mitgenommen.

21 Die **Favela-Höhe** liegt nahe am südöstlichen Ortsrand von Canudos, 1200 m vom Kirchenplatz entfernt, und spielte im Krieg eine zentrale Rolle, ebenso wie im vorliegenden Buch. Der Gang von Höhe zu Höhe, also von der Serra de Monte Santo zum Morro da Favela ist in der Realität nicht ganz so geschwind zu leisten wie im Bewußtsein des Autors und des Lesers an dieser Textstelle, wo E. da Cunha gewissermaßen einen Vogelflug unter-

nimmt, nicht den einzigen vom »Heiligen Berg«. Es sei daran erinnert, daß die Entfernung von Monte Santo nach Canudos mehr als 50 km beträgt, auf dem Weg über Cumbe sind es sogar etwa 80 km.

Der Favela-Hügel (Morro bzw. Alto da Favela), wo sich die ersten Gefechte der 3. und 4. Expedition abspielten, bekam während des Krieges um Canudos besondere strategische Bedeutung als Artilleriestellung und zeitweise auch als Feldlager; er war die höchste Erhebung in unmittelbarer Ortsnähe; in einer nahen Mulde wurde ein wichtiger Verbandplatz eingerichtet. Die heutige Bedeutung von *favela* als Elends- oder Randviertel geht darauf zurück, daß nach Beendigung des Krieges gegen Canudos einige der Veteranen Grundstücke auf einem Hügel in Rio de Janeiro übereignet bekamen, den sie in Erinnerung an den Feldzug ebenfalls *Favela* nannten. Ursprünglich handelt es sich um einen Pflanzennamen, siehe Glossar. Die Favela-Höhe ist in Wirklichkeit durchaus nicht so hoch und schroff, wie sie bei E. da Cunha gelegentlich erscheint. Das gilt auch für andere Erhebungen, z. B. für die im folgenden genannten, nicht aber für die Serra de Monte Santo.

E. da Cunha selbst traf am 16. 9. 1897 bei der Belagerungsarmee vor Canudos ein und hielt sich in den folgenden Tagen häufig auf der Favela-Höhe auf.

22 **Canabrava, Poço de Cima, Cocorobó, Calumbí, Cambaio, Caipã:** Diese *serras* umgeben Canudos in wenigen Kilometern Entfernung und spielten eine wichtige Rolle im Krieg. Erstaunlich, daß fast alle alliterieren, insofern sie mit dem Laut /k/ beginnen, die letzten drei sogar mit /ka/. Das verstärkt die Idee der Verkettung der Gebirge zu einem Festungsgürtel.

Das Anwesen am westlichen Abhang der Serra de Cocorobó wurde später zu einer kleinen Siedlung und ist heute eine kleine Stadt, die vor wenigen Jahren den Namen Canudos erhielt, Hauptort des gleichnamigen neugeschaffenen Munizips (Kreises). Die Stätte des früheren Canudos, gut 10 km westlich davon, war ab 1968 vom Stausee von Cocorobó überflutet worden.

23 William Hyde **Wollaston** (1766-1828), britischer Naturwissenschaftler, beschäftigte sich neben der Mineralogie besonders mit optischen Untersuchungen, erfand 1807 die *Camera lucide* und das nach ihm benannte Wollaston-Prisma (1820).

F. **Mornay** (genauere Angaben nicht zu ermitteln) hat als Mineraloge in Bahia gearbeitet. Er soll Wollaston Gesteinsproben aus dem 1784 entdeckten Meteoriten von Bendengó (bzw. Bendegó) nach Europa geschickt haben.

Zu **Martius** siehe Anm. 15.

24 Einer der wenigen Hinweise des Autors auf seine Augenzeugenschaft. Er durchquerte das Gebiet zwischen Queimadas und Canudos im Zeitraum vom 31. August bis zum 16. September. Dies läßt sich anhand seiner Artikel für die Tageszeitung *O Estado de São Paulo* verfolgen; einen Teil schickte er während der Zugfahrt aus Alagoinhas am 31. August ab, einen weiteren am 1. September aus der Bahnstation Queimadas, von wo er mit den Verstärkungstruppen für die 4. Expedition nach Canudos ritt. Aus seinem Feldtagebuch (*Caderneta de Campo*) geht der 16. September als Ankunftsdatum bei der belagerten Siedlung hervor. Dort hielt sich E. da Cunha ungefähr bis zum 5. Oktober auf, dem Tag des Falls von Canudos.

25 Ein Vorgriff auf den Krieg: am **18. Juli** 1897 fand der – gescheiterte – Sturmangriff der vierten Expedition unter dem Oberbefehl des Generals Artur Oscar auf die Siedlung des Antônio Conselheiro statt. Siehe das Kapitel *Vierte Expedition*, V. Unterkapitel.

Die Szene erinnert an das Gedicht *Le Dormeur du Val* (Der Schläfer im Tal) von Arthur Rimbaud aus dem Jahre 1870.

Das **Mannlicher** ist ein Repetiergewehr österreichischer Herkunft mit Paketladung für 5 Schuß; es wurde im Krieg um Canudos häufig benutzt.

26 Die Sertãogebiete des **Nordens**: nach heutiger Definition die Sertãogebiete des Nordostens. Die heutige sogenannte Nordregion ist weitgehend identisch mit dem Amazonasgebiet.

São Roque: Dieses Kap im Bundesstaat Rio Grande do Norte ist der Punkt, wo die atlantische Küste die süd-nördliche Richtung verläßt und eine nordwestliche Wendung nimmt. Da die Grenzen der Nordoststaaten – grob gemessen – im rechten Winkel zur Küste verlaufen und diese, von Süden gesehen, zunächst nordostwärts verläuft und dann sich allmählich nordwärts und ab dem besagten Kap nach Nordwesten wendet, müssen diese Grenzen im Hinterland konzentrisch zusammenlaufen. Diese im Prinzip natürlich richtige Überlegung trifft die realen Verhältnisse nur sehr ungefähr, wie ein Blick auf die Karte zeigt, da die einzelnen Staaten Streifen bzw. kompakte Flächen von sehr verschiedener Länge ausmachen.

27 Tomás **Pompeu** de Sousa Brasil (1818-1877), Politiker, Historiograph, Geograph, Essayist. Seit 1845 Abgeordneter und seit 1864 Senator. Vertrat die Ideen der liberalen Partei.

28 **Baron von Capanema:** Titel des brasilianischen Ingenieurs, Mathematikers und Physikers Guilherme Schuch (1824-1909);

er führte 1852 den Telegraphen in Brasilien ein, errichtete zahlreiche meteorologische Stationen und leitete die Kommission zur Einführung des metrischen Dezimalsystems in Brasilien; veröffentlichte zahlreiche Schriften zur Geologie Brasiliens.

Sir Friedrich Wilhelm (William) **Herschel** (1738-1822), brit. Astronom deutscher Herkunft. Ursprünglich Musiker, wandte sich H., nach England ausgewandert, 1757 über die Musiktheorie der Astronomie zu. Entdeckte den Planeten Uranus (1781), die Bewegung des Sonnensystems (1805) und das Infrarot (1801).

29 Der frühere Bundesstaat **Mato Grosso**, inzwischen geteilt in Mato Grosso und Mato Grosso do Sul (beide zur heutigen Großregion Mittelwesten gehörig), liegt im Westen Brasiliens, angrenzend an Bolivien und Paraguay.

30 **dynamic cooling:** dynamische Abkühlung; Abkühlen von aufsteigenden Luftmassen, das zu Steigungsregen führt. Bei E. da Cunha: *dynamic colding*.

31 John **Tyndall** (1820-1893), britischer Physiker, der sich mit Thermoelektrizität sowie der Absorption von Wärmestrahlung in Gasen und Dämpfen sowie der Streuung von Licht an feinen Partikeln und Molekülen beschäftigte; er fand dadurch die Erklärung für die Himmelsfarbe.

32 Augustin François César **Saint-Hilaire**, auch genannt Auguste de Saint-Hilaire (1779-1853), französischer Botaniker, war ein vielseitiger, wacher Beobachter. Bereiste Brasilien zwischen 1816 und 1822, veröffentlichte 1830 seine *Voyages dans l'intérieur du Brésil*, (Reisen durchs Innere von Brasilien), eine wichtige Quelle zur brasilianischen Geschichte.

33 Georg Friedrich Wilhelm **Hegel** (1770-1831); die erwähnten Kategorien finden sich in seinem Werk *Philosophie der Geschichte; Einleitung, III.*: *Die Alte Welt*. Dort heißt es: »[...] Dieser charakteristischen Unterschiede gibt es namentlich drei:

1. das wasserlose Hochland mit seinen großen Steppen und Ebenen,
2. die Talebenen (das Land des Überganges), welche von großen Strömen durchschnitten und bewässert werden,
3. das Uferland, das in unmittelbarem Verhältnisse mit dem Meere steht.

Diese drei Momente sind die wesentlichen, und nach ihnen werden wir jeden Weltteil sich in drei Teile teilen sehen. Das eine ist das gediegene, indifferente, metallische Hochland, unbildsam in sich abgeschlossen, aber wohl fähig, Impulse von sich auszuschicken. Das zweite bildet Mittelpunkte der Kultur, ist die noch unaufgeschlossene Selbständigkeit. Das dritte hat den Weltzusammenhang darzustellen und zu erhalten.« (Reclam-Ausgabe, Stuttgart 1961, S. 148 f.).

34 **Kataklysmus** (griech.-lat.): erdgeschichtliche Katastrophe; plötzliche Zerstörung bzw. Vernichtung durch Überschwemmung, u. U. auch durch Erdbeben. E. da Cunha scheint der im 19. Jahrhundert in der Geologie noch verbreiteten Kataklysmentheorie zuzuneigen. Außerdem scheint er tief beeindruckt vom Neptunismus, einer geologischen Theorie des 18. und 19. Jahrhunderts, wonach alle wesentlichen Gesteine der Erdkruste im Wasser entstanden seien. Gegensatz: Vulkanismus.

Alexander Freiherr von **Humboldt** (1769-1859), Naturforscher, einer der vielseitigsten Gelehrten seiner Zeit; führte 1799-1804 zusammen mit dem französischen Botaniker Aimé Bonpland im damaligen spanischen Amerika, also nicht in Brasilien, vielfältige naturwissenschaftliche Forschungen durch, darüber hinaus auch ethnologische, historische, ökonomische und sprachwissenschaftliche Untersuchungen. Nach seiner Rückkehr wertete er in Paris zusammen mit Wissenschaftlern aus aller Welt seine Amerikareise aus. Daraus entstand sein Hauptwerk »*Voyage aux régions équinoxiales du Nouveau Continent*« (Reise zu den Gegenden der Tagundnachtgleiche auf dem Neuen Kontinent), 30 Bde. (1805-1834).

35 **Linie der Tagundnachtgleiche** und **gedachte Scheidelinie zwischen den Halbkugeln** sind Umschreibungen für: Äquator. Ersterer Ausdruck hier vielleicht eine Anspielung auf das berühmte Reisewerk Humboldts.

Hyläa: Auf Humboldt zurückgehende Bezeichnung für den tropischen Regenwald im Amazonasgebiet (von griech. hyle – »Holz, Wald«).

36 **Tupí** ist die Sprachfamilie, zu der neben Guaraní auch Tupinambá (Alt-Tupí) gehört. Tupinambá ist außerdem der Name eines nicht mehr existierenden Indianerstammes, ursprünglich an der Küste zwischen São Paulo und Bahia beheimatet, vor allem in der Gegend um Rio de Janeiro.

37 **Waldläufer,** *sertanista*, in der Kolonialzeit und auch später Erkunder des Hinterlandes, Goldsucher, Sklavenjäger, oft synonym für *bandeirante*, doch weniger festgelegt auf die Herkunft aus São Paulo und dem Süden; heute: Indianerkenner.

Melchior (Belchior) Dias **Moréia**, ein *sertanista* im 17. Jahrhundert, der behauptete, reiche Silberminen entdeckt zu haben, deren Geheimnis er jedoch ins Grab mitnahm.

38 Der Waldläufer **Barbosa Leal** wandte sich an Vasco Fernandes César de Menezes (1673-1741), der ab 1729 den Titel eines Grafen

von Sabugosa trug und von 1720-1735 Vizekönig der Kolonie Brasilien mit Sitz in Salvador da Bahia war.

39 **Samum:** trockener und heißer, staub- oder sandbeladener Wüstenwind in Nordafrika.

40 Die Stadt **Quixadá** befindet sich im Hinterland des Bundesstaates Ceará, ca. 160 km südlich von Fortaleza, an der Bahnlinie Fortaleza-Crato. In der Nähe wurde einer der ersten größeren Stauseen des Sertão angelegt.

41 Henrique de **Beaurepaire Rohan** (1812-1894), Geograph, Militär und Gouverneur der Provinzen Paraíba, Paraná, Rio Grande do Norte und Pará. Setzte sich für die Abschaffung der Sklaverei und die Alphabetisierung der ländlichen Bevölkerung ein.

André Pinto **Rebouças** (1838-1898), brasilianischer Mathematiker und Ingenieur schwarzer Hautfarbe. Vorkämpfer für die Aufhebung der Sklaverei.

42 Irineu **Joffily** (1843-1902), Politiker und Historiker aus Campina Grande im Bundesstaat Paraíba. Das zitierte Buch wurde erstmals 1892 veröffentlicht.

Der Mensch

1 **Homo americanus:** Die Verteidigung der im 19. Jahrhundert viel diskutierten These vom autochthonen Ursprung der amerikanischen Urbevölkerung, entgegen der These von ihrem asiatischen Ursprung, stützt sich auf die bereits genannten Wissenschaftler Peter Wilhelm **Lund** und Charles Frederick **Hartt** sowie auf den amerikanischen Paläontologen und Anthropologen Samuel George **Morton** (1799-1851), auf den deutschen Naturwissenschaftler Adolf Bernhard **Meyer** (es könnte aber auch der Paläontologe Hermann von Meyer gemeint sein), auf den brasilianischen Arzt Júlio **Trajano de Moura** sowie auf die amerik. Forscher Josiah Clark **Nott** und Geo **Gliddon**, die Schüler von Morton waren. Der Name Gliddon könnte ein Lapsus für Gordon sein, wie manche Herausgeber meinen.

Aleutische Landbrücke: Die Aleuten sind eine Inselkette zwischen Alaska und der Halbinsel Kamtschatka, Sibirien; gehören überwiegend zu den USA. Eine vorgeschichtliche Landbrücke hat es tatsächlich gegeben, die sogenannte Bering-Landbrücke, allerdings viel weiter nördlich gelegen. Im übrigen waren die steinzeitlichen Einwanderer von Asien her nicht auf eine Landbrücke angewiesen.

Sambaquís: »Muschelhaufen«, Bezeichnung für uralte Aufschüttungen aus Austern und anderen Muschelsorten, Küchenresten und Skeletten, die Indianerstämme in prähistorischen Zeiten (Muschelhaufenkulturen) an der Küste Brasiliens aufgehäuft haben. Eine ähnliche Kulturstufe aus der Steinzeit ist in Europa als Kökkenmöddinger (dänisch: »Küchenabfälle«) bekannt.

2 **Raimundo Nina Rodrigues** (1863-1906), Professor für Gerichtsmedizin an der Medizinischen Fakultät Bahias. Beschäftigte sich als einer der ersten in Brasilien ausführlich mit der Kultur der Schwarzen, allerdings mit einem rassistischen Einschlag, obgleich er selbst unter seinen Vorfahren Schwarze hatte. In einer Studie stellte er das Gemeinwesen von Canudos gewissermaßen als psychiatrischen Fall dar: *A Loucura epidêmica de Canudos*, 1897, womit er E. da Cunha beeinflußte. Nach Beendigung des Krieges von Canudos erhielt er den Auftrag, das Gehirn des Antônio Conselheiro zu untersuchen, konnte aber keine Anormalität feststellen. Gegen Ende seines Buches scheint sich E. da Cunha stärker von den vorurteilsbeladenen Auffassungen Nina Rodrigues' zu lösen. In seinem Roman *Tenda dos Milagres* (Basar der Wunder, 1969) läßt Jorge Amado eine Figur mit den Zügen von Nina Rodrigues auftreten und bietet eine ebenso amüsante wie satirische Darstellung des akademischen Rassismus um die Jahrhundertwende.

Homo afer (lat.): Mensch aus Afrika.

3 Pierre Paul **Broca** (1824-1880), französischer Mediziner, beschäftigte sich besonders mit der Physiologie des Gehirns und physischer Anthropologie. Bekannter Phrenologe; stellte Theorien über Rassenmischung und Hybridität auf.

4 Antônio **Gonçalves Dias** (1823-1864), brasilianischer romantischer Dichter, Hauptvertreter der literarischen Strömung des *indianismo*, erhöhte den Ureinwohner der Kolonial- und Vorkolonialzeit zum fast idealen und vor allem zutiefst brasilianischen Helden, analog und im Kontrast zur Verklärung des mittelalterlichen Ritters in der europäischen Romantik. Mit einer Parteinahme für die realen, zeitgenössischen Indianer hatte dieser Indianismus kaum etwas zu tun; er diente als Stütze des Patriotismus, Mittel zur Suche nach nationaler Identität und vor allem zur Schaffung einer eigenständigen, nationalen Literatur.

5 **Kordillere** bezieht sich wiederum auf die Serra do Mar, das »Seegebirge« zwischen den Gliedstaaten Santa Catarina und Rio de Janeiro, das vor allem bei São Paulo eine beeindruckende Scheidewand zwischen Küste und Hinterland bildet und zusammen mit den recht fruchtbaren und wegsamen Hochflächen die

Binnenorientierung der *paulistas* seit der Kolonialzeit gefördert hat, worauf E. da Cunha insistiert, den im übrigen dieser lange und zum Meere hin schroffe Gebirgszug fasziniert.

6 ***manageability of nature*** (engl.): Handhabbarkeit, Bearbeitbarkeit der Natur. Zu Henry Thomas **Buckle** siehe: *Das Land*, Anm. 3.

7 **Severiano da Fonseca** (1836-1867), Arzt, Geograph und Historiker, Bruder des ersten Präsidenten der Republik von Brasilien, des Feldmarschalls Deodoro da Fonseca.

8 Henry Walter **Bates** (1825-1892), englischer Botaniker und Zoologe, bereiste 1848-59 das brasilianische Amazonasgebiet und sammelte dort zahlreiche, zum großen Teil unbekannte Arten von Pflanzen und Insekten; veröffentlichte seine Ergebnisse unter dem Titel *The naturalist on the River Amazon* (Der Naturforscher am Amazonas) (1863).

9 Frederico Maurício **Draenert**, Meteorologe (genauere Angaben nicht zu ermitteln, u. U. auch: Daenert.).

10 Die **Holländer** hielten von 1624-54 wechselnd große Teile Nordostbrasiliens besetzt, um die Produktion des Zuckerrohrs in ihre Hand zu bekommen, nachdem sie bereits dessen Vermarktung in Europa weitgehend beherrschten. Ihr Hauptstützpunkt war Recife (Pernambuco). Im übrigen war diese Invasion auch Teil ihres Krieges gegen Spanien, das 1580-1640 den portugiesischen Thron in Personalunion innehatte.

Der Schwarze **Henrique Dias** (1600-1662), der Eingeborene Antônio Felipe **Camarão** und der Portugiese João Fernandes **Vieira** (1613-1681) waren Führer einer drei Ethnien umfassenden Koalition im Guerrillakampf gegen die Holländer. Die Verbündeten errangen 1648 in der Schlacht von Guararapes einen entscheidenden Sieg. Dieser erfolgreiche Krieg gegen die Fremden begründete den Mythos einer Union der unterschiedlichen Rassen und Kulturen als Basis des brasilianischen Nationalstaates, dessen sich insbesondere die Geschichtschreibung des 19. Jahrhunderts bediente. In Wirklichkeit zerbrach das Bündnis gegen die Holländer gleich nach dem Krieg an der »Notwendigkeit« der Sklaverei.

Palmares, der größte und wichtigste *quilombo* Brasiliens, lag in der Serra da Barriga auf dem Gebiet des heutigen Bundesstaates Alagoas. Palmares war ein Zusammenschluß mehrerer Fliehdörfer, in denen sich zeitweise bis zu 20000 ehemalige Sklaven aufhielten. Trotz mehrerer Feldzüge, auch seitens der Holländer, gegen diese – übrigens ethnisch und religiös relativ tolerante – Schwarzenrepublik konnte sich Palmares über 60 Jahre (1630-

1695) bis zur Zerstörung durch den *bandeirante* Domingos Jorge Velho behaupten, der dazu von der Kolonialregierung den Auftrag erhalten hatte. Berühmtester Anführer der Freiheitskämpfer war Zumbí, der bei der Zerstörung von Palmares getötet wurde, heute eine Identifikationsfigur der Schwarzenbewegung in Brasilien.

11 **Duarte Coelho** (?-1554), portugiesischer Adliger, erhielt von König Dom João III. das Gebiet von Pernambuco als *capitania* zugewiesen, wo er die Städte Igaraçú und Olinda gründete; betrieb Zuckerrohranbau und errichtete die ersten Zuckermühlen in Brasilien. Der zitierte Satz ist seinem Brief an König Dom João III. vom 20. Dez. 1546 entnommen.

12 Thomas **Cavendish** und Edward **Fenton**, englische Korsaren des 16. Jahrhunderts, die während der spanischen Vorherrschaft über Portugal 1580-1640 Siedlungen an der brasilianischen Küste angriffen (England und Spanien waren verfeindet). 1583 und 1591 wurde der Hafenort Santos zu Füßen der Serra do Mar (Seekordillere) bei São Paulo von ihnen geplündert.

13 Beide Jesuiten fuhren nach Europa, um dort Beschwerde über *bandeirantes* zu führen, welche die Reduktionen – Schutzdörfer und Regionen unter jesuitischer Herrschaft – angriffen und Indianer als Sklaven verschleppten. Antonio **Ruiz de Montoya** (1584-1651) reiste 1637 nach Madrid, Franzcisco **Díaz Taño** 1639 nach Rom, um den Protest beim spanischen König und beim Papst vorzutragen. Ruiz de Montoya war Verfasser einer vielbeachteten Grammatik der Guaraní-Sprache sowie der Chronik *Conquista espiritual hecha por los religiosos de la Compañía de Jesús en las provincias del Paraguay, Paraná, Uruguay y Tapé* (Madrid 1639). 1620-1637 war er oberster Vorsteher (»Superior General«) des Jesuitenstaates in Paraguay, zu dem auch Teile des heutigen Rio Grande do Sul gehörten. 1759 wurde die Auseinandersetzung zwischen *bandeirantes* und Großgrundbesitzern einerseits und Jesuiten andererseits endgültig zu Ungunsten der letzteren entschieden, da der Minister Pombal den Orden in allen portugiesischen Besitzungen verbot. Die Auflösung der jesuitischen Schutzsiedlungen war eine Katastrophe für einen Großteil der indianischen Bevölkerung.

14 Sigismund van (bzw. von) **Schkoppe**, deutscher Herkunft, war General der holländischen Truppen. **Moritz von Nassau**, bzw. Johann Moritz von Nassau-Siegen, 1604-1679, ebenfalls aus Deutschland stammend, war von 1637 bis 1644 im Auftrage der Westindischen Handelskompanie Statthalter des holländisch besetzten Teils von Brasilien. Sein Bild in der brasilianischen Ge-

schichtsschreibung ist überwiegend positiv. Unter seiner bis heute als modern geltenden Verwaltung herrschte relativer Wohlstand; urbane Kultur und Technik florierten, die Religionsausübung war frei. Wirtschaftliche Grundlage war allerdings weiterhin Sklavenarbeit, weswegen er zur Sicherstellung des Nachschubs das Gebiet um Luanda (Angola) eroberte. Die Stadt Recife wurde ausgebaut. Es entstanden mächtige Küstenfestungen wie Fort Orange (auf der Insel Itamaracá). Moritz von Nassau beauftragte nicht weniger als 46 europäische Künstler und Wissenschaftler mit der Beschreibung und Erforschung Brasiliens, seiner Flora, Fauna, Landschaften, Menschen – Bemühungen, die natürlich auch dem Ruhm und Nachruhm des Auftraggebers dienen sollten. Berühmt sind heute u. a. die Bilder von Albert Eckhout, die großenteils in Kopenhagen hängen. Die Nachfolger Moritz von Nassaus im Statthalteramt setzten seine Reformen nicht fort, ein Grund für das Scheitern der holländischen Herrschaft in Brasilien. In seinen letzten Lebensjahren war Moritz von Nassau übrigens brandenburgischer Statthalter in Kleve. Begraben liegt er in Siegen.

15 **Guaíra,** jesuitische Siedlung an der Einmündung des Flusses Pequerí in den Rio Paraná; wurde von Paulistanern 1629 zerstört, die ein entsetzliches Blutbad unter den dort ansässigen Indianern anrichteten.

Restauration in Portugal: die Wiederherstellung der portugiesischen Unabhängigkeit dank der Vertreibung der Spanier im Jahre 1640, die seit 1580 Portugal in Personalunion mitregiert hatten. Der Führer der erfolgreichen Revolte, João II., Herzog von Bragança, wurde als Dom João IV. zum König von Portugal gekrönt. Spanien erkannte die neue portugiesische Unabhängigkeit erst nach kriegerischen Auseinandersetzungen im Frieden von Lissabon (1668) an.

Amador Bueno war ein Paulistaner, der von der Bevölkerung von São Paulo im Jahre 1641 zum König ausgerufen wurde, dieses Ansinnen jedoch zurückwies und vor den Massen in das Benediktinerkloster der Stadt flüchtete. Dieses Ereignis ist jedoch nicht mit letzter Sicherheit verbürgt.

16 **Sebastião Tourinho** war ein *sertanista,* der 1572, ausgehend von Porto Seguro an der südlichen Küste Bahias, die Täler des Rio Doce und des Jequitinhonha erkundete. **Bastião Álvares** tat etwa zur selben Zeit ein gleiches im Tal des São Francisco. Berühmter als beide wurde der *sertanista* **Gabriel Soares** (1540-1591), obwohl seine Suche nach den Silberminen scheiterte. Sein *Tratado Descritivo do Brasil* (Beschreibende Abhandlung über Brasilien)

aus dem Jahre 1587 ist dagegen bis heute eine wichtige Quelle für die Geschichtsschreibung.

Der *bandeirante* **Belchior Dias**, auch genannt Melchior Moréia, wurde in diesem Buch bereits erwähnt, siehe das Kapitel *Das Land*, Anm. 37. **Anhangüera** ist der Beiname aus der Tupí-Sprache für den *bandeirante* Bartolomeu Bueno da Silva, den Älteren, der 1682 zu einer langen *entrada* über das zentralbrasilianische Hochland bis zum Gebiet des späteren Goiás aufbrach. Dieser Beiname bedeutet soviel wie »alter Teufel« oder »früherer Teufel«. Nach diesem Teufel also ist die heutige Autobahn von São Paulo Richtung Campinas benannt. Über **Pascoal de Araújo** ließ sich wenig in Erfahrung bringen. Er durchquerte das Innere Brasiliens von São Paulo bis zum Rio Tocantins, im heutigen Bundesstaat Tocantins (Amazonien).

Der Autor vergleicht an dieser Stelle die »Einfälle« ins Hinterland, die zu Beginn der Kolonisation von der Stadt Salvador da Bahia ausgingen und nur geringe Entfernungen erreichten, mit den entsprechenden späteren Unternehmungen der *bandeirantes* aus São Paulo, die ganz Brasilien durchquerten bzw. neue Territorien in Besitz nahmen. Bei diesem Vergleich schneidet der Norden unvorteilhaft ab. Dabei ist zu berücksichtigen, daß der Autor selbst aus dem Süden (in seiner Terminologie) kam und auf seine Wahlheimat São Paulo stolz war.

17 Daniel de la Touche, Sieur de **La Ravardière** gründete 1612 die Stadt Saint-Louis auf der von ihm ebenso benannten Insel, woraus das spätere São Luís do Maranhão entstand. Ihren Herrschaftsbereich in Brasilien nannten die Franzosen France Équinoxiale, also das »Frankreich der Tagundnachtgleiche«. Erst nach langen Kämpfen gelang es Portugiesen und Spaniern, die Franzosen zum Abzug zu bewegen. Schon im 16. Jahrhundert hatten diese unter starker Beteiligung von Hugenotten, angeführt von Villegaignon, einen Teil der Bucht von Guanabara bei Rio de Janeiro erobert (1555-1567).

18 Manuel **Aires de Casal**, gelegentlich auch Aires do Casal (1754-1822), portugiesischer Priester, der nach langjährigem Aufenthalt in Brasilien das Buch *Corografia Brasílica, ou Relação histórica e geográfica do reino do Brasil* (Landschaftsbeschreibung Brasiliens oder Historischer und geographischer Bericht aus dem Königreich Brasilien) veröffentlichte. 2 Bde. (1817).

Dom Sebastião, Enkel und Nachfolger von König Dom João III., geboren 1554, regierender König 1568-1578, fiel in der Schlacht von Alcácer-Quibir gegen die marokkanischen Mauren. Sein Tod führte, da er ebenso wie sein 1580 gestorbener Nachfolger kinderlos war, zur Personalunion Spaniens und Portugals unter Philipp II. (vgl. Anm. 50, S. 718).

Die Insel **Itamaracá** nördlich von Recife gehörte zu den ersten von Portugiesen besiedelten Landesteilen Brasiliens.

Pater **Fernão Cardim,** (1548?-1625), aus Portugal stammender Jesuit; bekleidete hohe Ämter im Orden; Chronist und Historiker Brasiliens. Unternahm zahlreiche Reisen durch die Kolonie. Hauptwerk: *Tratados da Terra e Gente do Brasil* (Traktat über das Land und die Menschen in Brasilien), zuerst 1625 in London veröffentlicht.

19 *Ultra aequinoctialem non peccari* (lat.), etwa: »Jenseits des Äquators gibt es keine Sünde«, Aphorismus, der sich bei dem holländischen Geschichtsschreiber und Dichter **Barlaeus** (1584–1648), aber auch bei früheren Autoren findet. Gemeint ist etwa: Weit weg von Europa, in den Kolonien, kann man straflos sündigen, haben Gesetz und Moral des Abendlandes keine Gültigkeit. Die Klage über die Sittenlosigkeit in der Neuen Welt war ein Topos vor allem in Briefen und Chroniken von Geistlichen. Barlaeus, Schriftstellername des Holländers Gaspar van Baerle, der übrigens nie in Brasilien war, hat in lateinischer Sprache eine lobpreisende Chronik über die sieben (fast acht) Statthalterjahre des Moritz von Nassau in Pernambuco abgefaßt: *Rerum per octennium in Brasilia nuper gestarum sub praefectura Illmi Nassoviae Comitis Historia,* Amsterdam 1647.

Jesuitenpater Manuel da **Nóbrega** (1517-1570), Gefährte von Pater José Anchieta, gründete 1554 das Jesuitenkolleg São Paulo, Keimzelle der spätere Stadt gleichen Namens. Sein umfangreicher Briefwechsel und sein Werk *Diálogo sobre a Conversão do Gentio* (Dialog über die Bekehrung der Heiden), 1559, informieren den Leser nicht nur über die Indianer in den Missionen, sondern auch über die Sitten und Gebräuche in den Kolonien.

20 Francisco Adolfo **Varnhagen** (1816-1878), Visconde de Porto Seguro, bedeutender brasilianischer Historiker, überdies Schriftsteller und Diplomat; sein Hauptwerk ist die *História Geral do Brasil* (Allgemeine Geschichte Brasiliens) (1857).

21 Das **Einschreiten Pombals** bestand in der Vertreibung der Jesuiten aus Brasilien im Jahre 1759. Veranlaßt wurde sie vom ersten Minister des Königs Dom José I., Sebastião José de Carvalho e Mello, Graf von Oeiras, Marques de Pombal (1699-1782). Pombal gilt als bedeutender Vertreter des aufgeklärten Absolutismus. Er regierte Portugal mit eiserner Hand und setzte dabei zahlreiche progressive Neuerungen durch. In seiner Regierungszeit wurde das durch das Erdbeben von 1755 teilweise zerstörte

Lissabon wiederaufgebaut, er führte Reformen im Erziehungs-, Finanz-, Rechts- und Heerwesen durch. Im religiösen Bereich erließ er neben oben erwähntem Dekret eine Verfügung zur Aufhebung der Trennung zwischen Neuchristen (konvertierten Juden) und Altchristen. Die Indianer allerdings paßten schlecht in sein Fortschrittsdenken. Als Dom José I. 1777 starb und seine Tochter Dona Maria I. den Thron bestieg, verlor Pombal sein Amt.

Reduktionen, span. *reducciones,* portugies. *aldeamentos*, Siedlungen, Schutz- und Wehrdörfer für missionierte Indianer im kolonialen Südamerika, zumeist unter jesuitischer Leitung, die manchmal größere autonome Gebiete bildeten; dienten der Verteidigung gegen die noch heidnischen Ureinwohner wie auch und vor allem gegen Sklavenjäger, Goldsucher, *bandeirantes.* Die Reduktionen nahmen den Indianern ihre Religion und Kultur, schützten aber ihr Leben. Die größten Reduktionen gab es im heutigen Paraguay, in Südbrasilien, Nordargentinien und Uruguay sowie im Amazonasgebiet. Mit dem Verbot des Jesuitenordens in Spanien und Portugal zerfielen sie.

22 **João Francisco Lisboa** (1812-1863), Journalist, Schriftsteller und Historiker aus Maranhão, ein liberaler, satirischer Moralist. Autor einer unvollendeten Biographie über den Jesuitenpater Antônio Vieira aus dem 17. Jahrhundert: *Vida do Padre Vieira.*

23 Im Jahre 1850 wurde die Einfuhr von Sklaven nach Brasilien verboten. Die Zahl der bis dahin nach Brasilien verschleppten Sklaven schätzen Historiker auf 3-8 Millionen. Endgültig wurde die Sklaverei in Brasilien erst 1888 abgeschafft. In Canudos gab es zahlreiche ehemalige Sklaven.

24 Der portugiesische Seefahrer und Entdecker **Gil Eanes** versuchte bereits in der ersten Hälfte des 15. Jahrhunderts, afrikanische Gefangene in Portugal als Sklaven zu verkaufen; auf Geheiß des Prinzen Dom Henrique, also Heinrichs des Seefahrers, mußte er sie nach Afrika zurückbringen. Der Seefahrer **Antão Gonçalves** führte 1442 zehn afrikanische Gefangene nach Portugal ein, um sie als Feldsklaven zu verkaufen. **Garcia de Rezende** (1470-1536), Chronist der Regierung des Königs Dom João II. und Mitarbeiter der portugiesischen Gesandtschaft in Rom, außerdem Verfasser zahlreicher Romanzen, die er selbst vertonte.

Ohne die Widersetzlichkeit des Indianers: ein zähes Klischee über den Schwarzen, trotz der zahllosen Sklavenrevolten und *quilombos.* Diese Rollenverteilung – der passive, sich in die Sklaverei fügende Schwarze einerseits und der unbezähmbare Indianer andererseits – war lange Zeit im brasilianischen Gedankengut, in Presse, Wissenschaft und Literatur verwurzelt. Erst seit den fünfziger Jahren des 20. Jahrhunderts wird dieses Vorurteil in Brasilien verstärkter Kritik unterzogen. Die Figur des ohnehin aussterbenden Indianers benötigte man für die nationale Identität. Den Schwarzen aber brauchte man als Sklaven und Arbeiter. Siehe Anm. 4.

25 **Diogo de Campos Moreno** (1566-1617), portugiesischer Militär und Chronist; kämpfte 1614 gegen die Franzosen in Maranhão und half bei der Erschließung dieser Provinz. Er ist Autor des Werkes *Jornada no Maranhão feita por Jerônimo de Albuquerque em* 1614 (Reise durch Maranhão, durchgeführt von Jerônimo de Albuquerque im Jahre 1614).

Domingos Afonso **Sertão**, *bandeirante* des 18. Jahrhunderts. Seine Abenteuer im Hinterland waren so bekannt, daß er den Beinamen des von ihm durchstreiften Gebietes – eben des Sertão – bekam. Später ließ er sich als Großgrundbesitzer im Gebiet des heutigen Bundesstaats Piauí nieder, in der Gegend zwischen den Flüssen Piauí und Canindé.

26 **João Ribeiro** (1860-1935), vielseitiger Essayist, Historiker und Dichter, der wichtige Beiträge zur portugiesischen Grammatik und zur Geschichte Brasiliens verfaßte.

27 Die **Wegbeschreibungen** und Karten (*roteiros*), welche die *bandeirantes* mitunter anfertigten, waren oft schwer verständlich oder irreführend. Sie wollten einerseits glaubhaft machten, daß sie Bodenschätzen auf der Spur seien, andererseits Konkurrenten fernhalten. Da sich die Hoffnungen der *sertanistas* und *bandeirantes* auf Edelmetall- oder Edelsteinfunde in den ersten beiden Jahrhunderten sehr oft zerschlugen, stand für sie die Versklavung der Indianer im Vordergrund. Erst ab Ende des 17. Jahrhunderts fand man in großem Maßstab Gold und Diamanten, vor allem in Minas Gerais, wo ein regelrechter ›Goldrausch‹ einsetzte.

Guilherme **Glimmer**: ein aus Holland stammender *bandeirante*, ansässig in São Vicente an der Küste von São Paulo, erkundete in der 2. Hälfte des 16. Jahrhunderts das Tal des Rio Tiete und den Oberlauf des Rio São Francisco.

Bruzzo Spinosa (oder Franzisco Braza): ein in Porto Seguro, im Süden Bahias, ansässiger Spanier, der um die Mitte des 16. Jahrhunderts die erste Expedition tief ins Landesinnere Brasiliens anführte.

Antônio **Dias Adorno:** ein bekannter *sertanista* italienischer Abstammung, der im 16. Jahrhundert den Nordosten durchstreifte.

Antônio Raposo Tavares (1598-1658), einer der bekanntesten *bandeirantes*, erbitterter Feind der Jesuiten; seine Streif- und Raubzüge führten zu einer bedeutenden Vergrößerung der portugiesischen Besitzungen und somit letztlich des brasilianischen Territoriums. So hat er die Ehre verdient, daß eine von São Paulo ausgehende Fernstraße heute seinen Namen trägt.

Fernão Dias **Paes Leme,** ein bekannter *bandeirante* im 17. Jahrhundert, oft »Smaragdjäger« genannt, fand letztlich nicht das ersehnte Smaragdgebirge, doch ging er ebenfalls als Namenspender für eine Autobahn in die Geschichte ein.

28 João de **Lencastre,** Generalgouverneur Brasiliens mit Sitz in Salvador da Bahia von 1692-1702. Es gab allerdings auch einen Fernando de Lencastre, Gouverneur von Rio zur Zeit des *Emboaba*-Kriegs.

29 ***Emboabas*** (eigentlich eine Vogelart) war der Spitzname, den die *bandeirantes* den Portugiesen oder den ihnen loyalen Brasilianern in Minas Gerais im 18. Jahrhundert gaben. Die kriegerischen Auseinandersetzungen zwischen der Kolonialverwaltung und den *paulistas* (1707-1711), ausgelöst durch die Erhöhung der königlichen Abgabequote für Gold und Edelsteine, hießen deshalb »*emboaba*-Kriege«.

30 Alfredo **d'Escragnolle Taunay** (1843-1899), brasilianischer Schriftsteller, Militär und Politiker französischer Abstammung, schildert in seinem halb romantischen, halb realistischen Roman *Inocência* (Unschuld) (1872) die Lebensverhältnisse im Hinterland. Für E. da Cunha interessanter war möglicherweise sein autobiographischer Bericht über eine Episode aus dem Paraguay-Krieg (1865-70), einen heldenhaften Rückzug, *A Retirada da Laguna*, 1871 zuerst in französischer Sprache veröffentlicht.

31 **Pedro Taques** de Almeida Pais Leme (1714-1777), aus São Paulo, war hoher Verwaltungsbeamter, betrieb Studien zur Geschichte und Geographie Brasiliens. Das hier erwähnte Buch über die Familien in São Paulo trägt den Titel *Nobiliarquia Paulistana ou genealogia das Principais Famílias de São Paulo.* (Adelsbuch von São Paulo).

Bartolomeu Bueno ist bekannter unter seinem Beinamen Anhangüera, s. Anm. 16.

32 **Caeté,** Ortschaft in der goldhaltigen Region von Minas Gerais, nahe bei Ouro Preto, Ouro Branco und Sabará.

33 **Orville** Adelbert **Derby** (1851-1915), amerikanischer Geologe, schrieb zahlreiche geographische und historische Arbeiten über Brasilien; war Freund von E. da Cunha und wiss. Berater bei der Abfassung von *Os Sertões.*

Der von ihm erwähnte **Antonil** ist das Pseudonym, unter

dem der aus Italien stammende Pater João Antônio Andreoni, S. J., (1650-1716?) sein Buch *Cultura e Opulência do Brasil* (Kultur und Überfluß in Brasilien) 1711 in Lissabon veröffentlichte, eine wichtige Quelle vor allem für das Wirtschaftsleben in der damaligen Kolonie.

34 **Garcia d'Ávila** (?-1609), portugiesischer Adliger, *sertanista, fazendeiro*, Empfänger unermeßlicher Landzuteilungen (*sesmarias*); führte im 16. Jahrhundert die Rinderzucht im Nordosten ein und begründete damit eine Dynastie von Rinderzüchtern. Das von ihm errichtete Ensemble aus befestigtem Herrenhaus und Kirche und schließlich die Dynastie selbst erhielten den Beinamen Casa da Torre; die Ruinen des Anwesens unweit Salvadors sind heute noch zu besichtigen.

Itapicurú de Cima ist eine Kleinstadt im Norden von Bahia, an der Grenze zu Sergipe, an den Ufern des Flusses Itapicurú, der aus Richtung Queimadas kommt.

Der Sertão von **Rodelas** erstreckt sich im hohen Norden von Bahia, nördlich von Canudos; die Ortschaft **Cabrobó** liegt in Pernambuco, am linken Ufer des São Francisco, an seiner nördlichsten Biegung. Das schon mehrfach erwähnte **Jeremoabo** liegt etwa in der Mitte zwischen Itapicurú und der Gegend von Rodelas und Cabrobó.

35 Das Dorf **Pambú** liegt bzw. lag im Norden Bahias, am rechten Ufer des São Francisco, **Jacobina** ist eine Kleinstadt am Fluß Itapicurú-mirím, südwestlich von Queimadas.

36 **Barra:** Kleinstadt an der Mündung des Rio Grande in den Rio São Francisco, an dessen linkem Ufer gelegen. **Acaroazes** und **Mocoazes** waren Indianerstämme in dieser Region.

37 **Apolônio de Todi** (1748-1820), italienischer Kapuziner und Missionar, der 1785 in Monte Santo die *Via Sacra* mit den Kreuzwegstationen aufwärts zum »Heiligen Berg« und mit der Kapelle auf seinem Gipfel anlegen ließ. Er machte Monte Santo zu einem bedeutenden Wallfahrtsort. Bis zu seinem Tod besuchte er das Städtchen regelmäßig. Er predigte einen Katholizismus der Bußfertigkeit; förderte die Integration und Fügsamkeit der Indianer.

38 **Guedes de Brito** (1627-1694), reicher Großgrundbesitzer mit unermeßlichen Besitzungen im Westen von Bahia, am São Francisco, organisierte 1650 eine *bandeira* zur Durchquerung und Erschließung der Gegend von Jacobina. Als königlicher Richter stellte er nach dem Tod von Afonso Furtado einen Verwaltungsrat auf, mit dem er Brasilien von 1675-78 provisorisch regierte.

39 Die **Cariris** waren zur Zeit der Landnahme ein großer indiani-

scher Volksstamm im Gebiet von Bahia und der nördlich angrenzenden Staaten. Der Name hat sich als Bezeichnung für eine Region im südlichen Ceará, um Crato und Juazeiro do Norte, erhalten.

40 **Tupí** und **Tapuio** werden von E. da Cunha irrtümlich als Bezeichnungen für zwei genau identifizierbare indianische Stämme benutzt. Tatsächlich verwendeten die *Tupí*-Indianer, die die größte Sprachfamilie Brasiliens darstellten, den Begriff Tapuio zur Kennzeichnung fremder oder feindlicher Indianer, selbst wenn sie der gleichen Sprachgruppe angehörten wie sie. Gegen Ende des 19. Jahrhunderts teilten Anthropologen die brasilianischen Indianer in vier große Sprachgruppen ein – *Tupí*, *Jê*, *Karib* und *Aruak* – neben einigen nicht zu klassifizierenden wie z. B. den Bororos. Einige Namen, die in der Liste von Teodoro Sampaio auftauchen, sind heute als Tupí-Wörter erkannt. Oft bezeichnete man mit dem Wort Tapuio während der Kolonialzeit gebändigte, mehr oder weniger akkulturierte Indianer. Der Begriff Tapuio wird in Bahia immer noch zur Benennung von Personen mit »indianischem« Aussehen verwendet, nähert sich der Bedeutung von *caboclo* an. **Teodoro Sampaio** war Ingenieur, Historiker, Ethnograph; befreundet mit E. da Cunha, den er beim Schreiben von *Os Sertões* wissenschaftlich beriet.

41 Achille-Louis **Foville** (1799-1878), französischer Neurologe, verbrachte einige Zeit in Rio de Janeiro. Arbeitete nach seiner Rückkehr in der bekannten psychiatrischen Anstalt von Charenton. Er vertrat die Theorie, daß der Europäer als »reine Rasse« dem Mischling, den er mit dem Hysteriker auf eine Stufe stellte, überlegen sei. Der Mischling sei also ein anormales Wesen. Der Einfluß dieser und ähnlicher Anschauungen, die wohl nicht zufällig im Zeitalter des Imperialismus so recht in Mode kamen, auf Nina Rodrigues und Euclides da Cunha ist unverkennbar.

42 Aus dem **Gesichtswinkel** und der ***norma verticalis*** glaubten die im 19. Jahrhundert verbreiteten kraniometrischen Theorien Rückschlüsse auf den Charakter von Individuen und ethnischen Gruppen ziehen zu können. Die Kraniometrie (Lehre vom Schädelbau) ging davon aus, daß alle Charaktereigenschaften sich am Schädel oder am Gehirn abmessen lassen. So wurden z. B. Schwarze oder Frauen kurzerhand als intellektuell minderbegabt erklärt, weil sie kleinere Gehirne hätten. Auf solchen Ansichten beruhte auch der Entschluß, den Kopf des toten Antônio Conselheiro abzutrennen und zu weiteren Untersuchungen an Dr. Raimundo Nina Rodrigues. (vgl. *Der Mensch*, Anm. 2) nach Salvador zu schicken, Untersuchungen, die allerdings keine

verwertbaren Ergebnisse brachten. Die Gestalt des Anarchisten Gall im Roman *Der Krieg am Ende der Welt* von Mario Vargas Llosa, der bekanntlich auf dem Buch von Euclides da Cunha fußt, erinnert u. a. an die »wissenschaftliche« Mode der Schädelmessung. Je steiler die Profillinie des Gesichtes verlief, um so höherwertig waren Individuum und Rasse, je mehr das Gebiß vorsprang, um so näher stand der Mensch bzw. seine Rasse den Affen. In Konversationslexika aus dem frühen 20. Jahrhundert ist zu lesen: Gesichtswinkel des Affen: 60%, des Negers: 70%, des Weißen: 80%.

43 Bei den **Herausforderungen** (*desafios*) handelt es sich um eine populäre Form von Duellen zwischen zwei Sängern, die aus dem Stegreif ihre Texte formulieren, wobei sie jeweils die letzte Zeile ihres Widersachers in der ersten Zeile ihrer eigenen Strophe wiederaufnehmen. Gewinner ist, wer die größere Formulierungsgabe und Schlagfertigkeit hat. Eine Herausforderung kann sich über viele Stunden hinziehen.

Die meisten Feste des Sertão sind portugiesischen Ursprungs. Dort werden darüber hinaus Traditionen der portugiesischen Volksliteratur gepflegt wie etwa die balladenhaften Verserzählungen, die auch E. da Cunha gelegentlich erwähnt. Die Heftchenliteratur (*folhetos* bzw. *literatura de cordel*) setzt diese Tradition bis heute fort.

44 **Rio Tocantins:** Fluß, der im Staat Goiás entspringt, durch den heutigen Staat Tocantins nach Pará fließt und bei Belém in das Amazonasdelta und damit in den Atlantik mündet.

Porto Nacional: Ortschaft, heute Stadt, an den Ufern des Tocantins im heutigen Bundesstaat Tocantins, der bis vor wenigen Jahren zu Goiás gehörte.

45 Die vorhergehenden Informationen zu Festen und Gebräuchen entnahm E. da Cunha dem Werk des bedeutenden Kulturhistorikers **Sílvio Romero** (1851-1914): *Estudos sobre a Poesia Popular no Brasil* (1888). Trotz der verdienstvollen Zusammenstellung und Erforschung populärer Gebräuche und Feste Brasiliens erweist sich Romero einem Schema von Höher- und Minderwertigkeit verhaftet: Kulturelle Phänomene werden weitgehend als rassisch determiniert betrachtet. Die Volkskultur ist Gegenstand neugieriger und bestenfalls freundlicher Herablassung des Gebildeten.

46 Die **Heilig-Geist-Fahnen** mit dem Symbol der weißen Taube gehören zum Heilig-Geist-Kult, der in der brasilianischen Volksfrömmigkeit von großer Bedeutung war und z. T. noch ist. Höhepunkt ist der Pfingstsonntag. Das ganze Jahr hindurch

wird die Heilig-Geist-Flagge in Begleitung von Musikern unter heiteren Gesängen durchs Land getragen, und es werden Spenden für das Fest gesammelt. Auch dieser Brauch stammt aus Portugal.

47 ***In partibus infidelium*** (lat.): »In den Gebieten der Ungläubigen«. Titel eines Bischofs ohne eigene Diözese (Titularbischof); der Autor benutzt diesen Ausdruck scherzhaft, um darauf anzuspielen, daß St. Campeiro nicht von der Kirche als Heiliger kanonisiert wurde (bei E. da Cunha steht abgekürzt nur *in partibus*).

48 **Dom Manuel I.** (1469-1521), König von Portugal, regierte von 1495 bis 1521, zur Zeit der großen Entdeckungsfahrten. Unter seiner Herrschaft erreichte Portugal die größte Macht- und Prachtentfaltung. Sein Zeitalter und den damals geprägten Kunststil vor allem in Architektur und Skulptur, der weit über seinen Zod hinausreichte, nannte man manuelinisch. Nach Entdeckung des Seewegs nach Indien um das Kap der Guten Hoffnung durch Vasco da Gama (1498) beherrschten die Portugiesen kurzzeitig den Handel mit Indien, Hinterindien und den Inseln des heutigen Indonesiens, bis ihnen auch dort Holländer und Engländer die Hegemonie streitig machten. Immerhin behielten sie zahlreiche Faktoreien und Stützpunkte an den afrikanischen Küsten, so daß die günstige Voraussetzungen für einen regen Skalvenhandel besaßen.

Unter seiner Regierung wurde von Pedro Álvares Cabral im Jahre 1500 Brasilien entdeckt, gewissermaßen als Nebenprodukt einer Erkundungs- und Handelsreise nach Indien.

Unter **Dom João III.** (1502-1557), König von Portugal 1521-1557, begann der zunächst langsame Machtverfall Portugals. Als er starb, war sein Nachfolger und Enkel Dom Sebastião ein Kind. In dem Machtvakuum gewannen Kirche und Inquisition, die schon den frömmelnden Dom João III. stark beeinflußt hatten, eine noch stärkere Stellung. Immerhin setzte unter der Regierung von Dom João III. die tatsächliche Kolonisierung Brasiliens ein, das 1534 in vierzehn *capitanias* aufgeteilt wurde; diese Art Statthalterschaften waren im Grunde Konzessionen zur Kolonisierung und Ausbeutung, aber auch zur Verwaltung und Verteidigung riesiger Landstreifen von der Küste ins Hinterland. Den meisten Konzessionären fehlte letztlich das Kapital für eine effektive Inbestitznahme, so daß andere europäische Mächte sich für Brasilien zu interessieren begannen. Nur die *capitanias* von São Vicente (São Paulo) und Pernambuco erwiesen sich als rentabel. Daher zog die Regierung die Verwaltung

Brasiliens 1549 wieder an sich und schickte in die *capitania* von Bahia einen Generalgouverneur, den von E. da Cunha mehrfach erwähnten Tomé de Souza, dem die übrigen *capitanias* untergeordnet wurde. Aus den capitanias entwickelten sich die Provinzen und heutigen Staaten Brasiliens. So begann Portugal, darauf insistiert E. da Cunha, die Kolonisierung Brasiliens zu einer Zeit, als es selbst in eine Periode des Verfalls geriet.

49 Von dem **indischen Wunder**, dem erträumten Handelsimperium in Südasien, blieben bald nur die wenigen asiatischen Kolonien Portugals: Goa, Diu, Timor, Macau. Letzteres war bis 1999 formal in portugiesischer Hand.

50 **Alcácer-Quibir:** Ort der Schlacht, in der die Portugiesen 1578 den marokkanischen Mauren unterlagen und König Dom Sebastião starb, ohne daß seine Leiche gefunden wurde. Der Name bezeichnet eine der schlimmsten Katastrophen der portugiesischen Geschichte. Religiöse Überspanntheit hatte großen Anteil an der konfusen Planung und Durchführung dieses von Anbeginn zum Scheitern verurteilten Unternehmens, das als Fortsetzung der Kreuzzüge gedacht war. Infolge dieser Niederlage gelang es Spanien unter Philipp II. im Jahre 1580, Portugal in Personalunion zu regieren und seinem Herrschaftsbereich einzuverleiben (vgl. Anm. 18). In Portugal wie auch in Brasilien entstand bald darauf der später so genannte Sebastianismus, eine Folge messianischer Bewegungen, nach deren Vorstellungen König Sebastião wiederauferstehen und heimkehren werde, um Portugal von der spanischen Herrschaft und anderen Übeln zu befreien.

Joaquim Pedro de **Oliveira Martins** (1845-1894), portugiesischer Historiker, Journalist und Politiker liberaler Prägung; veröffentlichte zahlreiche Bücher und Artikel zu kultur- und religionsgeschichtlichen Themen; publizierte auch in Brasilien, u. a. im *Jornal do Comércio*. Autor u. a. der Bücher *História da Civilização Ibérica* und *Sistema dos Mitos Religiosos*.

In **Penamacor** und **Ericeira** (Portugal) traten 1582 und 1585 falsche Dom-Sebastião-Gestalten auf.

Bandarra (ca. 1500-ca. 1545) war Schuhmacher und Dichter, messianischer Schwärmer und Prophet, sagte angeblich die Wiederherstellung der portugiesischen Unabhängigkeit (»Restauration«) von 1640 voraus, siehe Anm. 15. (Zu Miguelinho war Verläßliches nicht in Erfahrung zu bringen).

Der **Sebastianismus** als Bewegung messianischer oder millenaristischer Heilserwartung vor allem der unteren Volksschichten hat lange über die erwähnte »Restauration« Portugals hinaus weitergelebt, dort wie in Brasilien bis ins 20. Jahrhundert hinein. Auch in Kunst und Literatur spielte er eine große Rolle. Er klingt u. a. im Werk von Fernando Pessoa (1888-1935) nach. Auch in Canudos spielte der Sebastianismus eine Rolle, obwohl das Oberhaupt der Gemeinde, Antônio Conselheiro, soweit man weiß, niemals sebastianistische Ideen vertreten oder gar sich selbst als Propheten ausgegeben hat.

51 **Haussa** und **Joruba** sind häufig auftauchende Stammesbezeichnungen für die nach Brasilien verschleppten Sklaven, geben aber oft nicht präzise die ethnische Herkunft an. Jedenfalls kam der Großteil der Sklaven aus dem westlichen Afrika zwischen dem Senegal-Fluß und dem Kongo-Fluß, außerdem aus Angola.

52 Die »**Engelchen**« (portug. *anjinhos*), die verstorbenen Kinder, gelangen nach einem in Brasilien (und anderen Ländern Lateinamerikas) weit verbreiteten Volksglauben geradewegs in den Himmel, wo man sie sich oft als Schutzengel denkt.

53 Die **Aschanti** sind ein Volk im zentralen Süd-Ghana, dessen matrilineares Königtum vom späten 17. Jahrhundert bis Ende des 19. Jahrhunderts bestand, bevor es von britischen Truppen vernichtet wurde. Bekannt sind die Aschanti wegen ihrer künstlerisch bedeutenden Goldblecharbeiten.

54 **Muribeca,** eigentlich Belchior Dias, ist der Tupí-Name für den Urenkel des *bandeirante* Belchior Dias Moréia; war ebenfalls *bandeirante* und führte unter dem Gouverneur Afonso Furtado (1671-75) eine *bandeira* an, um die sagenhaften »Silberminen« zu suchen.

Die **Potiguara-Indianer** lebten im Gebiet der heutigen Bundesstaaten Paraíba und Rio Grande do Norte..

55 **Crato** ist eine Stadt im Süden des Gliedstaates Ceará, nahe Juazeiro do Norte, Endpunkt einer in Fortaleza beginnenden Eisenbahnlinie; Mittelpunkt der relativ fruchtbaren Landschaft Carirí.

56 **Fallen** und **Streichen** sind geologische Fachausdrücke, die die Lagerungsverhältnisse der Gesteine kennzeichnen, d. h. ihre Abweichung von der horizontalen Lage: Fallen ist der Neigungswinkel einer Schichtfläche gegen die Horizontale; Streichen ist die Richtung der Horizontalen auf einer geneigten Schichtfläche, gemessen als Abweichung von der Nordrichtung. Fallinie und Streichlinie bilden einen rechten Winkel.

Diathese und Synthese hören sich an wie spiegelbildliche Begriffe, haben hier aber wenig miteinander zu tun. Diathese bedeutet Krankheitsbereitschaft, Veranlagung für eine bestimmte Krankheit, die unter verschiedenen Symptomen auftreten kann.

Wie der Leser bereits bemerkt hat, liebt E. da Cunha paradoxe Formeln.

57 Eugenio **Tanzi** (1856-?) und S. **Riva** (weitere Angaben schwer zu ermitteln) waren italienische Mediziner und Psychiater; im 19. Jahrhundert angesehene Fachleute für forensische Medizin.

58 **Montanisten:** Anhänger des phrygischen Mystikers Montanus (gestorben um 179 n. Chr.); eine millenaristische, auf Askese aufbauende Glaubensgemeinschaft. **Ophiten:** Sammelbezeichnung verschiedener Richtungen der Gnosis im 2. Jahrhundert. Die Schlange (griech. ophit) galt als Trägerin sowohl der Erkenntnis als auch der Verderbnis. **Adamiten:** Christliche Sekte des 2. Jahrhunderts, die den Gottesdienst zum Zeichen ihrer – paradiesischen – Unschuld angeblich nackt feierte; ihre Existenz ist nicht sicher verbürgt; im 15. und 16. Jahrhundert auch Bezeichnung für die Taboriten in Böhmen und Mähren sowie für die Wiedertäufer in Deutschland. **Manichäer:** Mitglieder einer von Mani aus Babylon im 3. Jahrhundert gegründeten dualistisch-gnostischen Religion, mit christlichen Elementen durchsetzt; von der Kirche heftig verfolgt, im 13. Jahrhundert verschwunden. Die **Markosjünger** waren Anhänger von Markos, einem Ketzer des 2. Jahrhunderts, in Kleinasien und Europa verbreitet; er ersetzte die Dreieinigkeit durch eine Viereinigkeit, bestehend aus dem Unsagbaren, dem Schweigen, dem Vater und der Wahrheit; die kirchlichen Sakramente verschmähte er. **Enkratiten:** Sekte des 2. Jahrhunderts, von Tatian gegründet, die extreme Askese als Grundlage des Christenlebens forderte; lehnte sogar die Ehe ab. Tatian ist auch als Verfasser einer in der Kirche viel benutzten Evangelienharmonie hervorgetreten.

Alexander Abnoticus war ein Magier aus Phrygien, der im Jahre 174 nach Rom kam, wo er sich bald der Gunst Mark Aurels erfreute.

Mark Aurel regierte von 161 bis 180 n. Chr.; hielt sich oft in Vindobona (Wien) auf, wo er auch gestorben sein soll.

Gnostiker: Anhänger der Gnosis, des Strebens nach Erlösung auf dem Wege der Erkenntnis; diese stammt aus dem Menschen selbst und ist nicht durch Offenbarung gegeben, beschränkt sich allerdings bei manchen Sekten zunächst auf wenige Eingeweihte. Den im frühen Christentum zahlreichen Sekten des Gnostizismus gemeinsam war eine dualistische Kosmologie: Mensch und Kosmos enthalten Teile einer jenseitigen (guten) Lichtwelt, die aus der gottfeindlichen (bösen) Materie erlöst werden müssen. Diese Erlösung geschieht durch Gesandte des Lichts, z. B. durch Christus. Diese dualistische Struktur war es vermutlich, die E.

da Cunha zur Gleichsetzung von Canudos mit den gnostischen Sekten veranlaßte, ein ansonsten recht gezwungen wirkender Vergleich.

Der reale **Antônio Conselheiro** verstand sich als rechtgläubigen Anhänger der katholischen Kirche; nie hat er sich priesterliche Befugnisse wie z. B. die Austeilung der Sakramente angemaßt; ebenso wenig beanspruchte er prophetische oder wundertätige Fähigkeiten. Allerdings wurden diese ihm von vielen seiner Anhänger zugeschrieben. Erst ab 1895 geriet er in offenen Konflikt mit der Kirche, jedoch nicht wegen Glaubensfragen, sondern weil er sich weigerte, die von ihm 1893 gegründete Siedlung Canudos aufzulösen und seine Anhänger fortzuschicken. Daß Laien als Prediger auftraten, war angesichts des Priestermangels nichts Besonderes im Sertão. Sein Konflikt mit der Kirche war, auch nach den Behauptungen der Kirche selbst, nicht theologischer Art, sondern letztlich ein Machtkampf.

59 Henry **Maudsley** (1835-1918), englischer Psychiater, Professor für Gerichtsmedizin in London, Direktor des *Journal of Mental Sciences*. Entwickelte Theorien über die Verbindung von Wahnsinn und Verbrechen. Seine Schriften waren großenteils ins Französische übersetzt, die Fremdsprache, die die meisten brasilianischen Gebildeten jener Zeit lasen. E. da Cunha erwähnt ihn mehrfach; offenbar hielt er seine Untersuchungen für wichtig, aber unabgeschlossen, und hoffte Maudsleys Studien mit *Krieg im Sertão* in mancher Hinsicht fortzusetzen. Siehe den Schlußsatz dieses Buches.

60 **Quixeramobim,** Kleinstadt in Ceará, nahe Quixadá, ca. 200 km südlich von Fortaleza an der Eisenbahnlinie Fortaleza–Crato gelegen; dort wurde Antônio Conselheiro im Jahre 1830 geboren.

61 Anspielung auf den Frauenverführer Robert **Lovelace,** finsterer Gegenspieler der Heldin in dem Roman *Clarissa, or the History of a Young Lady* (1747) von Samuel Richardson (1689-1761), dessen Thema der Kampf zwischen aristokratischem Laster und kleinbürgerlich-puritanischer Unschuld ist. Über Euclides' eigenes Ehedrama siehe Nachwort.

62 *Missão Abreviada* und **»Marianisches Stundenbuch«** (*Horas Marianas*): Zwei Gebetbücher, mit dem Imprimatur der katholischen Kirche versehen, die im damaligen Brasilien und vor allem im Hinterland sehr verbreitet waren. Die Marienverehrung spielte darin eine große Rolle.

63 **Tertullian** (ca. 160-220 n. Chr.), Kirchenschriftsteller aus Karthago, der sich um 207 den Montanisten anschloß und eine

montanistische Gemeinde um sich versammelte. Trotz seiner Trennung von der römischen Kirche gilt Tertullian heute wegen der Neuprägung theologischer Begriffe als Schöpfer der lateinischen Kirchensprache.

64 Ernest **Renan** (1823-1892), französischer Orientalist, Religionshistoriker und Schriftsteller; führte im Auftrag der französ. Regierung 1860/61 Ausgrabungen im Orient durch; verfaßte unter dem Eindruck seines dortigen Aufenthaltes das monumentale Geschichtsgemälde *Histoire des origines du christianisme*, 7 Bde. 1863-1883, mit einer romanhaft-sentimentalen Darstellung des Lebens Jesu, das er als Weg zu einer Art Anarchismus versteht. *Marc-Aurèle,* woraus E. da Cunha viel zitiert und paraphrasiert, ist der 7. Band dieser Geschichte des frühen Christentums.

65 Alfred **Fouillée** (1838-1912), französischer Autor philosophischer und sozialwissenschaftlicher Werke, z. B. *L'idée moderne du droit en Allemagne, en Angleterre et en France* (1878); *Critique des systèmes de morale contemporaine, la propriété sociale et la démocratie* (1884). Euclides da Cunha zitiert ihn auf französisch: Die Nachzügler seien zu vergleichen »*à des coureurs sur le champ de la civilisation, de plus en plus en retard*«.

Themison, griechischer Arzt im 1. Jahrhundert n. Chr.; u. U. liegt ein Irrtum des Autors vor; Tatian (der Syrer), der um 172 mit der römisch.-kath. Gemeinde brach, würde eher in den Kontext passen. Siehe Anm. 58.

66 **Millenarismus,** von lat. *millenium* (»Jahrtausend«); Lehre von einer tausendjährigen Herrschaft Christi auf Erden am Ende der geschichtlichen Zeit und vor dem Jüngsten Gericht. Diese Lehre beruht auf der *Offenbarung des Johannes* bzw. *Apokalypse* (Apk. 20, 1-10), in der von einer Fesselung Satans für eine Zeit von tausend Jahren, vor dem Jüngsten Gericht, gesprochen wird.

Millenaristische Bewegungen sind im allgemeinen mit einer Heils- oder Friedenserwartung verbunden, oft auch mit einer Messiaserwartung; die Übergänge zum Messianismus sind manchmal fließend. Zur luso-brasilianischen Tradition des Sebastianismus vgl. Anm. 50. Die in Canudos gefundenen Prophezeiungen mit millenaristischen und messianischen Tendenzen stammen nicht von Antônio Conselheiro, brachten aber gewiß die Sehnsüchte vieler seiner Anhänger zum Ausdruck. Deutliche Anklänge an die folgenden Textpassagen finden sich in dem Film *Deus e o Diabo na Terra do Sol (*1964*)* von Glauber Rocha.

67 Die **sibyllinischen Orakeldeuter** beziehen sich nicht auf die klassischen römischen Orakel, sondern auf die 14 Bände umfassenden *Oracula Sibyllina* in griechischen Hexametern, die vom 2. vorchristl. bis zum 3. nachchristl. Jahrhundert entstanden, verfaßt von unbekannten Autoren aus dem griechischen, römischen, jüdischen und christlichen Kulturbereich. Die christlichen Teile enthalten Bußmahnungen und Weissagungen über den kommenden Messias und das Weltende.

68 Gemeint ist der **Präsident der Provinz** Bahia, denn wir befinden uns noch in der Kaiserzeit. Nach der Ausrufung der Republik im Jahre 1889 wurden die bisherigen Provinzen nach dem Vorbild der USA in Staaten (Estados) umgewandelt, an deren Spitze nun ein Gouverneur (governador) stand. So ist es bis heute geblieben.

69 Den Ausdruck **Wüstung** (*tapera*) verwendet der Autor an dieser und anderen Stellen mehr oder weniger hyperbolisch. Tatsächlich scheint Canudos um 1890, drei Jahre vor seiner Neugründung durch Antônio Conselheiro, der ihm den Namen Belo Monte gab, nicht so verwüstet und verlassen gewesen zu sein, wie E. da Cunha den Leser glauben läßt. Nach José Calasans: *Canudos – origem de desenvolvimento de um arraial messiânico* (Canudos – Ursprung und Entwicklung einer messianischen Siedlung), Belo Horizonte 1974, gehörten die Ländereien von Canudos ursprünglich zum Gut Casa da Torre der Familie Garcia d'Ávila. Zu dem Zeitpunkt, als Antônio Conselheiro sich dort niederließ, waren vermutlich einige Parzellen der Ländereien von Canudos im Besitz von Dr. Fiel de Carvalho, Eigentümer der Nachbargüter Corcorobó und Velha. Canudos war immerhin ein kleiner Verkehrsknotenpunkt des Sertão, ein bescheidener Handelsplatz mit Übernachtungsmöglichkeiten.

70 **Barão de Jeremoabo:** aus der Kaiserzeit stammender Titel des Dr. Cícero Dantas Martins, eines Großgrundbesitzers und Landesabgeordneten von Bahia 1869-75, der den Ratgeber bekämpfte. Sein Familienarchiv ist bis heute interessant für die Canudos-Forschung. Er war das Vorbild für die Figur des Baron von Canabrava in dem Roman *Der Krieg am Ende der Welt* von Mario Vargas Llosa 1981 (dt. 1982).

71 **Tote Natur:** Im Original *natureza morta*, was zugleich »Stilleben« bedeutet.

72 **Morro dos Pelados:** zu deutsch etwa »geschorener, kahler Hügel«, letzter Ausläufer einer unregelmäßigen, abfallenden Kammlinie von der Favela-Höhe zum Ufer des Vaza-Barrís gegenüber dem Kirchenplatz, der nur einen Steinwurf entfernt lag. Daher war dieser kleine Buckel im Krieg strategisch außer-

ordentlich wichtig. Heute steht auf dem nunmehr Monte Alegre genannten Hügel ein winziges Museum, außerdem einige Fischerhäuser. Das Tal zu seinen Füßen ist seit etwa 1970 auf einer Länge von etwa 20 km von einem Stausee bedeckt, so daß man die Stätte des einstigen Canudos nicht betreten kann.

73 Die nahe Kleinstadt **Cocorobó,** am östlichen Ende des Stausees und westlich des gleichnamigen Höhenzugs gelegen, wurde vor wenigen Jahren in **Canudos** umbenannt und zum Hauptort des gleichnamigen Munizips (Kreises) erhoben.

74 Sébastien le Prestre de **Vauban** (1633-1707), französ. Marschall und Festungsbaumeister; seit 1678 Generalinspekteur des Festungwesens; V. legte im gesamten Norden und Osten Frankreichs Sperrfestungen an, darunter Metz und Straßburg, begründete so den Ruf Frankreichs als größter Militärmacht Europas; Verfasser zahlreicher militärwissenschaftlicher und volkswirtschaftlicher Schriften.

75 Daß es in Canudos keine **Institutionen** und keine Zukunftsvorsorge gegeben hätte, stimmt nicht ganz. Wenn man bedenkt, daß die Siedlung insgesamt nur vier Jahre bestand, davon ein Jahr unter den verschärften Bedingungen eines Krieges, so kann man das Gemeinwesen ein relativ erfolgreiches Ansiedlungs- und Entwicklungsprojekt nennen. Canudos war mit seinen vielleicht 20000 (manche Zeitgenossen sprachen von 30000) Einwohnern die zweitgrößte Stadt Bahias, größer als jede Ortschaft im Umkreis bis zum heutigen Tage, einschließlich der jetzigen Kreisstadt desselben Namens. Der Autor beschreibt in späteren Kapiteln selbst, wie erstaunlich leistungsfähig Wirtschaftsleben, Verwaltung und Verteidigung von Canudos waren. Wie man aus anderen Quellen weiß, reichten die Handelsbeziehungen bis nach Salvador da Bahia. Es gab sogar Ansätze eines Schulwesens und einer gemeinschaftlichen Gesundheitsversorgung.

76 ***Bänklinge***, in manchen Ausgaben *bancklings*, waren wahrhaftig keine Besonderheit von Canudos. Warum Euclides da Cunha ein germanisches bzw. frühneuhochdeutsches Wort für diese nicht nur in Brasilien alltägliches Erscheinung benutzt, leuchtet nicht recht ein. Offensichtlich hielt er die Teutonen für besonders sittenstreng, fast scheint er sie zu loben für ihre vermutete Diskriminierung unehelicher Kinder. Die Behauptung, deren Zahl sei in Canudos besonders groß, und die daraus abgeleitete These von einer besonders laxen Sexualmoral wurden in der damaligen Öffentlichkeit immer wieder erhoben, hatten aber mit der Wirklichkeit wenig zu tun, scheinen vielmehr der Phantasie lüsterner Zeitgenossen entsprungen zu sein. Die vorübergehend in der Tat

relativ große Zahl unverheirateter Paare läßt sich auf Priestermangel zurückführen. Viele Orte im Sertão wurden nur etwa einmal pro Jahr von einem Priester besucht, der Massentrauungen, Massentaufen etc. vornahm. Dann waren die vielen in »freier Liebe« lebenden Paare plötzlich verheiratet und die Bankerte waren eheliche Kinder. Zwar wurden die Standesregister seit der Ausrufung der Republik (1889) von den weltlichen Behörden geführt, doch die gab es in Canudos nicht; um sie aufzusuchen, hätten die Sertanejos mehrere Tagereisen unternehmen müssen, abgesehen davon, daß der Ratgeber ihnen das Recht dazu bestritt. Er setzte sich aber wiederholt dafür ein, eheähnliche Verbindungen unter den Segen der Kirche zu stellen. Die in Canudos herrschende Moral war eher puritanisch zu nennen.

77 **»Staub«:** Die Herkunft dieser Bezeichnung für »Gefängnis« ist unklar; vielleicht rührt sie von der populären Bedeutung von *poeira* als »Prahlerei, Lärm, Krawall« oder »Krawallbruder«.

78 Jacques Bénigne **Bossuet** (1627-1704), französ. Theologe, Bischof und Historiker; unter Ludwig XIV. ab 1670 Erzieher des Thronfolgers, für den er eine vom Standpunkt der christl. Heilsgeschichte geprägte Darstellung der Erschaffung der Welt bis zum Reich Karls des Großen schrieb (*Discours sur l'histoire universelle*, 1681); war berühmt für seine Predigten; schrieb ein Buch »Über die außerordentliche Würde der Armen« (*Sur l'éminente dignité* des *pauvres*, 1659).

79 **Imanus** war der Beiname einer Figur aus dem historischen Roman *Quatrevingt-Treize* (»1793«) von Victor Hugo, aus dem Jahre 1874, der, wie der Titel andeutet, den Höhepunkt der Kämpfe zwischen den royalistisch-klerikalen Bauern der Vendée und den Revolutionstruppen zur Zeit des Terrors unter Robespierre darstellt. Ebenso wenig wie Euclides da Cunha unterscheidet hier V. Hugo zwischen der eigentlichen Vendée südlich von Nantes und den Kämpfen der *chouans* in der Bretagne. Ob es eine historische Gestalt dieses Namens oder Beinamens gegeben hat, ließ sich nicht herausfinden. Allerdings fällt auf, daß der Hugosche Held in Aussehen und Wesensart wenig mit dem hasenfüßigen, aber verschlagenen Macambira zu tun hat, den E. da Cunha mit dieser Benennung charakterisieren will. Hugos Imanus ist ein häßlicher, grausamer, tapferer, aber nicht klug abwägender Bauernführer. Beiden gemeinsam ist vielleicht die teuflische Bosheit. Trotz dieser wohl mißglückten Gleichsetzung war E. da Cunha ein fleißiger Leser Victor Hugos, vor allem in stilistischer und kompositorischer Hinsicht. Ein Nachhall seiner Hugo-Lektüre findet sich auch in der Kennzeichnung

des Sertanejo als Herkules-Quasimodo S. 131. Die gerade in Kreisen mit fortschrittlichem und modernem Anspruch, z. B. unter den Anhängern von Floriano Peixoto verbreitete Meinung, der Putsch für die Schaffung der brasilianischen Republik (1889) sei gleichzusetzen mit der Französischen Revolution (1789) und das 1893 gegründete Canudos (1893) mit der Vendée (1793), hat vielleicht auch etwas mit Zahlen- und Datenmystik zu tun.

80 In dem Ort **Verzegnis** in Venetien kam es 1878 und 1879 aufgrund kollektiver Dämonenbesessenheit zu Unruhen, die durch das Eingreifen italienischer Truppen beendet wurden.

Die **Stundisten** waren eine protestantische Sekte im Rußland des 19. Jahrhunderts, deren meist deutschstämmige Mitglieder sich zu festgesetzten, regelmäßigen Stunden zur Bibellektüre trafen. Der Name hängt mit dem Wort Stunde zusammen. Die Perfektionisten bzw. *Perfectionists* waren eine 1831 in Oneida (Staat New York) von John Humphrey Noyes gegründete Sekte. Sie wurden auch Bibelkommunisten genannt.

Wenn der Autor diese und auch andere religiöse Bewegungen aus der halben Weltgeschichte mit den zuvor erwähnten Predigten Antônio Conselheiros in Verbindung bringt, gibt er zu erkennen, daß er sie nicht gelesen hat, obwohl sich das Manuskript zeitweise in seinem Besitz befand, allerdings erst, als die dritte Auflage von *Os Sertões* bereits erschienen war. Die Predigten wurden mittlerweile veröffentlicht von Ataliba Nogueira, *Antônio Conselheiro e Canudos: Revisão histórica.* 2. Auflage, Brasília 1978. Sie zeigen den Ratgeber wohl als schwärmerischen Marienverehrer, doch nicht als Häretiker oder Geistesgestörten.

81 Der Satz, den wir in der Übersetzung hinter »Industriewesens Nordamerikas auf« mit einem Punkt abschlossen, wird von Euclides da Cunha ohne Zäsur folgendermaßen weitergeführt: »und die düsteren ›Stürmischen‹, die unerklärlicherweise sich auf das Genie eines Klopstock berufen, teilen die Wiege der deutschen Wiedergeburt.«

Hier liegt offenkundig ein Irrtum des Autors vor. Wahrscheinlich verwechselte er die literarische Bewegung des »Sturm und Drang« mit einer religiösen Sekte und verlegte sie außerdem ins 19. Jahrhundert. Mit der »deutschen Wiedergeburt« ist offenbar die Reichsgründung von 1871 gemeint.

82 In der Sprache des einfachen Volkes im brasilianischen Nordosten steht der Ausdruck »**Hund**« für »Teufel«. Grundlage ist vielleicht Apokalypse 22,15, vielleicht auch afrikanische Mythologie.

83 Siehe den 1. **Petrusbrief,** 2, 13-17; sowie den Römerbrief des Paulus, 13,1-7.

84 **Santa Cruz:** Sehr wahrscheinlich geht dieser Ausdruck zurück auf den baskischen Priester Don Manuel Santa Cruz Loidi (1842-1927), der im letzten der Karlistenkriege (Thronfolgekrieg 1872-76) eine Freischärlertruppe anführte. Er stand auf seiten der Karlisten, war aber offenbar so kampflustig, daß er auch gegen sie focht und ihnen zur Last fiel. 1874 schwor er der *guerrilla* ab, trat dem Jesuitenorden bei und verbrachte die letzten Jahrzehnte seines Lebens friedlich als Missionar in Kolumbien. Siehe die Roman-Trilogie *Der Karlisten-Krieg* von Ramón del Valle-Inclán.

Pater João Evangelista de **Monte Marciano** (1843-1921) war beileibe nicht so kriegerisch wie sein baskischer Amtsbruder, doch in der Tat höchst ungeschickt, ein undiplomatischer Eiferer, ein Droh- und Strafprediger. Er stammte aus Italien, war wenige Jahre zuvor nach Brasilien gekommen und der portugiesischen Sprache offenbar unvollkommen mächtig. Die Niederschrift seines Berichtes besorgte ein anderer Geistlicher. Man kann sich fragen, warum der Erzbischof von Salvador einen so ungeeigneten Unterhändler nach Canudos schickte. Seine beiden Begleiter waren ein weiterer ital. Kapuziner sowie der Pfarrer von Cumbe, der früher schon Canudos seelsorgerisch betreut hatte, Padre Vicente Sabino dos Santos.

Der Kampf

1 **Dona Maria I.** (1734-1816): Königin von Portugal von 1777 bis 1816; wegen ihrer Geisteskrankheit übernahm ihr Sohn Prinz João seit 1792 als Regent die Regierung; nach ihrem Tod 1816 wurde er als Dom João VI. König. Beide kamen mit dem gesamten portugiesischen Hof 1808 nach Rio de Janeiro, auf der Flucht vor den napoleonischen Truppen. Sie war die Königin, die Pombal gleich nach ihrer Thronbesteigung entlassen hatte, was möglicherweise den wirtschaftlichen Verfall Portugals beschleunigte.

2 **Frederico Solon** Ribeiro (1842-1900), brasil. Militär, Teilnehmer am Krieg gegen Paraguay (1865-70), wegen Tapferkeit zum Hauptmann, später zum Major befördert; als Oberst beteiligt am Umsturz, der am 15. 11. 1889 zur Ausrufung der Republik führte. Bundesabgeordneter von Mato Grosso. Zu Beginn des Krieges gegen Canudos General und Kommandant des Wehrbezirks

Salvador, zu dem neben Bahia auch die Staaten Sergipe und Alagoas gehörten. Damals war Brasilien in 7 Wehrbezirke (*distritos militares*) eingeteilt. Für sein Bild im vorliegenden Buch vielleicht nicht unerheblich ist der Umstand, daß er Schwiegervater von Euclides da Cunha war. Als dieser im Kriegsgebiet eintraf, war General Solon allerdings schon abberufen worden.

Sein Kontrahent war der **Gouverneur von Bahia**, Luís Viana, von 1894-98 im Amt, der die Ablösung von General Solon mit Nachdruck betrieb. Luís Viana und die Konservativen in Bahia mußten sich immer wieder gegen den aus heutiger Sicht absurden Vorwurf zur Wehr setzen, sie begünstigten Antônio Conselheiro, um die Republik zu schwächen und einer Restauration der Monarchie den Weg zu bereiten. Eine Zusammenarbeit zwischen lokalen Machthabern und dem Ratgeber hat es allenfalls sporadisch gegeben. Antônio Conselheiro war kein Realpolitiker. An der Auseinandersetzung zwischen prorepublikanischen Liberalen und angeblich monarchistischen Konservativen hat er sich nicht beteiligt.

3 **Buschhauptleute** (*capitães-do-mato,* Sing.: *capitão-do-mato),* Bezeichnung für Sklavenjäger, da sie auf der Suche nach flüchtigen Sklaven diesen in die Wälder folgten (*mato* – »Busch, Wald«). Vielfach waren Buschhauptleute ehemalige Sklaven.

4 Die **Thugs** (oder Thags) waren eine indische Raubmördersekte, die vom 12. Jahrhundert bis ca. 1855 bestand; ihre Mitglieder verehrten die blutdürstige Göttin Kali; der Geheimbund wurde auf Befehl des britischen Generalgouverneurs Lord W. Bentinck vernichtet.

5 **Antäus** ist in der griech. Mythologie ein Riese in Libyen, Sohn des Poseidon und der Gäa (griech. »Erde«). Er zwingt alle Ankömmlinge zum Kampf und bleibt stets siegreich, da er bei jeder Berührung des Bodens neue Kraft von seiner Mutter erhält. Erst Herakles bezwingt ihn, indem er ihn vom Boden hebt und in der Luft erwürgt.

6 Antoine Henri Baron de **Jomini** (1779-1869), General und Militärschriftsteller schweiz. Herkunft. Kämpfte unter Napoleon und unter Zar Alexander. Begründer der Petersburger Militärakademie.

7 Zum royalistischen Aufstand der **Vendée** siehe Anm. 79 im Kap. *Der Mensch.* In Canudos angekommen, sah der Autor bald ein, daß es der religiösen Bauernbewegung von Canudos nicht eigentlich um die Wiederherstellung der Monarchie ging und daß sie von den Monarchisten oder gar von ausländischen Mächten keinerlei Unterstützung erhielt und keinen monarchistischen

Umsturz plante, sondern schlicht in Ruhe gelassen werden wollte von Behörden, Polizei und Militär, von denen sie niemals Gutes erfahren hatte. Trotzdem mochte E. da Cunha auf die metaphorische Gleichsetzung von Canudos und Vendée nicht ganz verzichten. Diese behauptete Übereinstimmung war eine Art Arbeitshypothese und ging für ihn der näheren Beschäftigung mit dem Themenkomplex voraus. Das Erkennen des eigenen Landes bedurfte des Umwegs über Analogien mit Phänomenen der Alten Welt. Am 14.3. 1897 und am 17.7. 97 veröffentlichte er je einen Artikel im *Estado de São Paulo* über den Feldzug gegen Canudos, die beide mit *Unsere Vendée* überschrieben waren. Aufgrund dieser beiden Artikel erhielt er im August den Auftrag, vom Kriegsschauplatz für die Zeitung zu berichten. Ursprünglich hatte Euclides da Cunha sogar die Absicht, dem ganzen Buch den Titel *Unsere Vendée* zu geben, bevor er sich zu dem sehr brasilianischen Titel *Os Sertões* entschloß, der ohne Vergleich und Metapher aus Europa auskommt.

Louis-Marie de Garambouville, Baron de **Tourreau**, (1756-1816): französ. General, der sich bei der Niederschlagung der konterrevolutionären Erhebungen in der Vendée hervortat. Euclides da Cunha unterscheidet nicht zwischen den in der Tat eng zusammenhängenden klerikalen Bauernaufständen in der Vendée und in der Bretagne, der Bewegung der ***chouans.***

8 Der **Chef der Bundestruppen** in Bahia, d. h. Kommandant des 3. Wehrbezirks, war der bereits erwähnte General Solon Ribeiro, Schwiegervater von Euclides da Cunha, siehe Anm. 2 in diesem Kapitel.

Überquerung des Cambaio

1 Von dem Kapuzinerpater **Apolônio de Todi**, dem Erbauer des Kreuzwegs zum Gipfel der Serra de Monte Santo, war bereits die Rede, siehe das Kapitel *Der Mensch*, Anm. 37.

José de **Anchieta** (1534-1597): Jesuitenpater, Lehrer, Dichter, Historiker und Philologe der Tupí-Sprache; seit 1553 in Brasilien, vor allem in São Vicente (São Paulo), Rio de Janeiro, Espírito Santo, Bahia; errichtete in den ersten Jahren der Kolonisierung zahlreiche indianische Missionen; war zeitweise in Gefangenschaft bei den Tamoio-Indianern; wirkte neben Manuel da Nóbrega (vgl. Anm. 19 im Kap. *Der Mensch*) an der Gründung von São Paulo und Rio de Janeiro mit; verfaßte Predigten auf Latein und Tupí. Für die Nachwelt wichtig, u. a. für die ethnologische Forschung, sind seine Briefe und die *Fragmentos históricos* (1584-86). Pater Anchieta ist eine bis heute in Brasilien recht bekannte Gestalt. Zumindest kennen alle Autofahrer in São Paulo seinen Namen, weil eine der beiden Autobahnen nach Santos durch die Serra do Mar nach ihm benannt ist. Der Vergleich Apolônio de Todis mit Anchieta will sagen, daß ersterer für die Missionierung Nordbrasiliens ebenso wichtig war wie letzterer für diejenige Südbrasiliens.

2 Colmar Freiherr **von der Goltz**, (1843-1916), deutscher Generalfeldmarschall (1911). Kriegsgeschichtslehrer an der preuß. Kriegsakademie (1878-83). Reorganisierte zwischen 1883-96 die türkische Armee, ab 1898 die deutsche Pioniergruppe und das Festungswesen. Verfasser zahlreicher militärischer Schriften, u. a. *Volk in Waffen* (1883), das in mehrere Sprachen übersetzt wurde.

3 ***sine calcis linimento*** (*lat.*) wörtlich: »ohne Kalkverschmierung; mörtellos, unverputzt«; hier Metapher für das Cambaio-Gebirge, das mit einer rohen, grob aufgetürmten, urzeitlichen Festung gleichgesetzt wird. In seinem Feldtagebuch verwendet E. da Cunha den Ausdruck zur Kennzeichnung der Bergkette von Monte Santo, die er sich als von Zyklopenhand errichtet vorstellt; (im Original fälschlich *sine calcii linimenti).*

4 ***Legio Fulminata*** (*lat.*): »die vom Blitz getroffene Legion«

Expedition Moreira César

1 Das **neue Staatswesen** war die 1889 durch Militärputsch errichtete Republik. Sie zog keine gesellschaftlichen Umwälzungen nach sich, doch führten die mit ihr verbundene Schwächung der Zentralgewalt gegenüber regionalen Machthabern, der allmähliche Abbau patriarchalischer Verhältnisse sowie Verwaltungsreformen vor allem auf der Ebene der Kreise und Kommunen zu zahlreichen Unruhen, nicht zuletzt in der Gegend von Canudos. Die im Vorjahr freigelassenen Sklaven fanden häufig keinen Platz in der Gesellschaft, vor allem keinen Arbeitsplatz. Die staatlich geförderte Einwanderung von Europäern war oft zunächst ein zusätzlicher Unruhefaktor. Die Jahre 1890-94 waren eine Zeit schwerer Finanz- und Wirtschaftskrisen.

Besonders gefährlich für die Regierung waren der Föderalisten-Aufstand (*Revolução Federalista*) mit teils monarchistischen, teils separatistischen Tendenzen in Südbrasilien, ein regelrechter Bürgerkrieg vor allem in Rio Grande do Sul, sowie die Revolte kaisertreuer Teile der Marine (1893-1894) gegen die junge Republik; dabei bombardierte zeitweise die Flotte die Stadt Rio de Janeiro. Euclides hat als Militäringenieur am Bau von Befestigungen gegen das z. T. etwas operettenhafte Bombardement mitgearbeitet.

Die ersten beiden Präsidenten der am 15. 11. 89 ausgerufenen Republik waren Feldmarschall Deodoro da Fonseca und Floriano Peixoto. Ab 1894 regierte der erste zivile Präsident, Prudente de Morais, Vertreter der modernen Kaffeepflanzerbourgeoisie aus São Paulo; mit ihm begann eine Zeit wirtschaftlicher und politischer Konsolidierung Brasiliens, die jedoch den ländlichen Unterschichten kaum zugute kam.

2 **Floriano Peixoto** (1849-1896), Feldmarschall, erster Vizepräsident der brasilian. Republik; er gelangte 1891 an die Staatsspitze, als Feldmarschall Deodoro da Fonseca nach einem gescheiterten Staatsstreich von seinem Amt zurücktrat. Er bekämpfte die soeben erwähnten regionalen und militärischen Aufstände (Anm. 1). Aufgrund seiner autoritären und sogar diktatorischen Regierung erhielt er den Beinamen »der eiserne Feldmarschall«; vor allem die Aufstände im Süden ließ er äußerst blutig niederschlagen; andererseits galt er als scheu, zögerlich, rätselhaft. E. da Cunha, der ihn persönlich kannte, hat sich in seinen Schriften mehrfach kritisch mit ihm auseinandergesetzt.

3 Der **Septemberaufstand** war die soeben erwähnte Marinerevolte, die im September 1893 begann und im März 1894 beendet wurde. Zwischen ihr und den Föderalisten im äußersten Süden gab es Verbindungen, obwohl ihre Ziele verschieden waren. Vgl. Anm. 1. zu diesem Kapitel.

4 **Scipio Sighele** (1868-1913): einer der wichtigsten Vertreter der italien. Anthropologie des 19. Jahrhunderts; versuchte, Erkenntnisse aus Soziologie, Kriminologie und Psychologie zu integrieren. Interessierte sich besonders für kriminelles Verhalten von Menschenmengen, seit der Französischen Revolution ein fast obsessives Thema der entstehenden Sozialwissenschaften.

5 **Jakobinismus:** Ideologie und Politik der Jakobiner, des radikalen Flügels der Französischen Revolution, der, wenngleich in sich gespalten, unter Robespierre 1793/94 an der Macht war und die Schreckensherrschaft ausübte. Allgemein bzw. metaphorisch: Bezeichnung für radikale, zentralistisch orientierte, autoritäre, sozialreformerische kleinbürgerliche Republikaner; die radikalen Anhänger Floriano Peixotos, vor allem junge Offiziere und Angehörige der unteren Mittelschichten, nannten sich in den 90er Jahren des vergangenen Jahrhunderts gern Jakobiner. Wirt-

schaftspolitisch gesehen, waren sie industrialisierungsfreundlich und nationalistisch, also protektionistisch. Nach der Rückkehr der traditionellen, mit dem Großgrundbesitz verbundenen Politikergruppen an die Macht, also ab 1894, als die gefährlichsten Aufstände niedergeschlagen waren, wurden sie zunehmend entmachtet. Durch den Krieg gegen Canudos glaubten sie, ihren Einfluß wieder steigern zu können. Man beachte auch hier die Symbolik der Jahreszahlen, die sich, wenn man will, beim Vergleich der Regierungszeiten von Robespierre und Floriano Peixoto einstellt.

6 **Gumercindo Saraiva** und **Gomes Carneiro** waren herausragende Führer im Bürgerkrieg zwischen Föderalisten und Regierungstruppen in Südbrasilien (1893-94). Während Gumercindo Saraiva auf seiten der Aufständischen kämpfte, war General Gomes Carneiro mit der Niederschlagung der Aufstände beauftragt; er fiel 1894 bei Lapa. Gomes Carneiro war mit Oberst Moreira César eine Zeitlang in Santa Catarina stationiert.

7 Die erwähnten Kämpfe fanden während der Föderalisten-Aufstände in Santa Catarina und Rio Grande do Sul statt.

8 **Ludwig XII.:** König von Frankreich von 1498 bis 1515. Pierre du Terrail du **Bayard** (1476-1524): einer der besten Heerführer seiner Zeit, Inbegriff des bereits im Untergang befindlichen Rittertums, der »Ritter ohne Furcht und Tadel«. **Fra Diavolo** (d. i. Michele Pezze) (1771-1806), ursprünglich Straßenräuber, kämpfte im Dienst Ferdinands IV. von Neapel als Freischärler gegen die Franzosen, 1806 Gefangennahme und Hinrichtung. Eine höchst eigenwillige Zusammenstellung also.

9 **São João d'El Rei:** Stadt in Minas Gerais, ca. 180 km südlich von Belo Horizonte.

10 **phalanstère:** Lebens- und Produktionsgemeinschaft nach den Vorstellungen des französischen utopischen Sozialisten Charles Fourier (1772-1837); Arbeits- und Heimstätte für die Mitglieder einer Genossenschaft.

11 ***calangros*** hießen die Mitglieder einer Bande von Wegelagerern, die zwischen 1873 und 1880 in Ceará ihr Unwesen trieb. ***Balaios*** waren die Teilnehmer an der *Balaiada*, einem Volks- und Sklavenaufstand in Maranhão (1838-1841), so genannt nach einem ihrer Führer M. Francisco dos Anjos Ferreira Balaio. Die ***cabanos*** waren ebenfalls Teilnehmer an einem Volksaufstand, und zwar in Pernambuco 1832-35. ***Cabanos*** nannten sich auch die Rebellen der *Cabanagem* in Pará 1835-40, die für die Rückkehr des ersten Kaisers Pedro I., aber auch für soziale Forderungen und größere Autonomie gegenüber der Zentralregierung strit-

ten. Alles in allem sehr heterogene Unruhen, die in die Zeit nach der Abdankung des Kaisers Dom Pedro I. (1831) und der damit verbundenen Schwächung der Zentralgewalt fielen. Erst 1840, mit dem Regierungsantritt von Dom Pedro II., der 49 Jahre lang den Thron innehaben sollte, setzte eine Epoche relativer politischer Ruhe und wirtschaftlicher Prosperität ein, gestört erst durch den Paraguay-Krieg 1865-70.

12 **Luftziegel** (*adobe*) sind luftgetrocknete Lehmziegel, oft mit Strohbestandteilen; eine bis heute sehr verbreitete Bauweise, die im Sertão von bescheidenem Wohlstand zeugt, vor allem, wenn das betreffende Haus ein Ziegeldach besitzt. Einfacher und häufiger sind die Hütten mit Wänden aus *taipa,* einer Art Astgeflecht bzw. Fachwerk, dessen Zwischenräume und Flächen mit Lehm gefüllt bzw. verkleidet werden. Sind die Mittel vorhanden, werden diese Wände danach geglättet, getüncht oder farbig angemalt. Das Dach besteht aus Zweigen und Blättern, meist Palmzweigen, oft mit einer Lehmschicht darauf, oder aus bestimmten Gräsern, selten auch aus gebrannten Ziegeln. Die meisten Häuser in Canudos waren in *taipa*-Bauweise errichtet. Außerdem gab es einige wenige Steinhäuser in Canudos.

13 Major Rafael Augusto da **Cunha Matos** war Kommandeur des 7. Infanteriebataillons und Vertreter des sterbenden Obersten Tamarindo. Dessen letzter Befehl konnte ihn nicht erreichen, da er zu diesem Zeitpunkt mit den flüchtenden Truppen schon weit vorausgeeilt war. Die Bemerkung des Erzählers läßt sich als Kritik an der Unkameradschaftlichkeit, wenn nicht gar an der Feigheit des Majors Cunha Matos verstehen. Im folgenden Kapitel *Vierte Expedition* tadelt E. da Cunha dessen unpräzisen, rhetorisch aufgeblasenen Bericht über die Niederlage (S. 409). Bei der 4. Expedition führt Cunha Matos wiederum das 7. Bataillon, das offensichtlich durch besondere Bravour sein schmachvolles Verhalten wiedergutmachen möchte. Im Juli wird er verwundet und muß den Kriegsschauplatz verlassen.

14 Die **Aschanti** sind ein Volk in Westafrika; siehe *Der Mensch,* Anm. 53.

Vierte Expedition

1 **Coblentz** ist eine historische Schreibweise für Koblenz, das zur Zeit der Französischen Revolution ein Sammelpunkt der französischen Adelsemigration war, die von hier aus die Gegenrevolution plante.

Karl Wilhelm Ferdinand, Herzog von **Braunschweig** (1735-1806), galt als größter General der gegenrevolutionären Truppen der Zeit (im Original nach französ. und engl. Vorbild Brunswick geschrieben); er kommandierte das deutsch-österreichische Heer, das bei dem Versuch, die Revolution in Frankreich zu ersticken, 1792 in der Kanonade von Valmy geschlagen und zum Rückzug gezwungen wurde; prominenter Augenzeuge: Goethe.

George **Monk**, Herzog von Albemarle (1608-1670), engl. General, unterstützte die Restauration der Monarchie nach dem Tode Cromwells durch das engl. Parlament; verhalf Karl II. zur Rückkehr nach England und zur Thronbesteigung.

2 Marschall **Floriano Peixoto**, Präsident Brasiliens 1891-1894, siehe *Expedition Moreira César*, Anm. 1 u 2.

3 Die **Rua do Ouvidor** war eine Hauptgeschäftsstraße in der damaligen Bundeshauptstadt, wo zahlreiche Zeitungen, darunter auch die im Text erwähnten, ihren Sitz hatten.

4 Major **Cunha Matos** war nach dem Tod seiner beiden Vorgesetzten Moreira César und Tamarindo formell Befehlshaber der 3. Expedition. Siehe *Expedition Moreira César*, Anm. 13.

5 Die Episode um den **Korporal Roque** ist der ursprüngliche Handlungskern des Theaterstücks *O Berço do Herói* (1964) von Alfredo Dias Gomes (geb. 1922), der dieses Stück wiederum in der Telenovela *Roque Santeiro* verarbeitet hat, einem der größten Fernseherfolge der achtziger Jahre (1985).

6 Es sind die Namen von Symbolfiguren des brasilianischen Patriotismus, die mit Canudos auch mittelbar nicht das geringste zu tun haben. **Tiradentes** war Hauptfigur und Märtyrer der antiportugiesischen Verschwörung von Minas Gerais, der *Inconfidência Mineira*, nach deren vorzeitiger Entdeckung 1789 er hingerichtet wurde. **Benjamin Constant** (1836-1891), ein Wegbereiter des Positivismus und des republikanischen Umsturzes von 1889, erster Kriegsminister der provisorischen Regierung der Republik, war vorher zeitweise Lehrer des jungen Euclides da Cunha an der Militärschule von Rio de Janeiro. Der Mönch **Frei Caneca** (1779-1825) war Anführer einer republikanischen und antiportugiesischen Revolte in Pernambuco (1817) und des republikanischen Aufstandes *Confederação do Equador* von 1824. 1825 wurde er deswegen hingerichtet.

7 Zum sog. **Septemberaufstand** der Flotte von 1893 s. das Kapitel *Expedition Moreira César*, Anm. 3.

8 Marschall Manuel **Deodoro** da Fonseca (1828-1892), rief die brasilianische Republik am 15. 11. 1889 aus; erster Präsident der Republik Brasliens. Siehe *Expedition Moreira César*, Anm. 1 u. 2.

9 **Padre Cícero** Romão Batista (1844-1934), Priester, bedeutender religiöser und politischer Führer im Nordosten Brasiliens. Der Legende nach begann am 1. März 1889 in Juazeiro do Norte eine von Padre Cícero gesegnete Hostie zu bluten. Solche übernatürliche Fähigkeiten und die wunderhafte Heilung verschiedener Kranker brachten ihm außerordentliche Verehrung in der Bevölkerung ein. Schon zu Lebzeiten wurde er als Heiliger angesehen, so daß Juazeiro do Norte, im Süden von Ceará gelegen, sich zu einem der größten Wallfahrtsorte Brasiliens entwickelte, was es bis heute geblieben ist. Mit den Geschehnissen von Canudos hatte er nichts zu tun. Dessen bedrängten Einwohnern hat er keinerlei Hilfe geleistet. Im Unterschied zum Ratgeber war er Realpolitiker; er arrangierte sich mit allen, die im Nordosten Macht hatten, mit der Landoligarchie, mit den *cangaceiros* und letztlich auch mit Regierung und Kirche, und wurde selbst ein wichtiger Machthaber im System des regionalen und nationalen Klientelismus. Der **Mönch aus Paraná** ist vielleicht eine Anspielung auf den *beato* João Maria, einen selbsternannten Mönch und Wundertäter, der die Förderalisten 1893 unterstützt hatte. Kurz darauf entstand an der Grenze zwischen Savaná und Santa Catarina eine messianische Bewegung, die in einem blutigen Krieg 1912-1916 zerschlagen wurde, bekannt als *Guerra do Contestado.*

10 **Tomé de Sousa** war von 1549 bis 1553 erster Generalgouverneur von Brasilien mit Sitz in Salvador da Bahia, dem die übrigen, bis dahin autonomen *capitanias* unterstellt wurden. Bis 1763 blieb Salvador Hauptstadt der Kolonie. Zu **Fernão Cardim** und **Gabriel Soares** s. *Der Mensch*, Anm. 18 *und* 16.

11 **Aracajú** ist die Hauptstadt des Bundesstaates Sergipe.

12 **Capua:** Stadt in Campanien (Italien), eine der größten Städte der Antike, verbündete sich 216-211 v. Chr. mit Hannibal; wurde lange von den Römern belagert und von ihnen nach ihrer Rückeroberung zur Staatsdomäne, später zur Kolonie (83 v. Chr.) gemacht und erhielt 58 v. Chr. römisches Bürgerrecht. Tertium comparationis ist wahrscheinlich der Umstand, daß Capua einer der wichtigsten Waffenplätze der Antike war.

13 **J. Vial,** Oberst, war Autor militärischer Fachbücher, wie *Aplicação de Táctica e de Estratégia* (Anwendung von Taktik und Strategie), das in brasilianischen Militärschulen des 19. Jahrhunderts verwendet wurde.

14 Einen Militärschriftsteller namen **Ther Brun** scheint es nicht gegeben zu haben. Wohl gab es im 19. Jahrhundert in Frankreich einen General Jean Jules Brun, geb. 1849. Ob dieser gemeint ist,

steht dahin. Vielleicht gemeint: Barthelmy Louis Joséph Lebrun, französ. General und Militärschriftsteller im 19. Jh.

15 **Buschhauptmann:** eine Art Sklavenfänger, s. Anm. 3 im Kapitel *Der Kampf*.

16 Der **»Krieg der Tripel-Allianz«** der Staaten Brasilien, Argentinien und Uruguay gegen Paraguay dauerte von 1865-1870. Er wurde einer der blutigsten Kriege in der Geschichte Lateinamerikas, ein regelrechter Ausrottungskrieg; Paraguay verlor durch seine Niederlage mehr als drei Viertel seiner Bevölkerung und war bis 1876 von brasilianischen Truppen besetzt. Finanziert wurde der Krieg von Großbritannien, bei dem sich die drei Verbündeten hoch und nachhaltig verschuldeten, vor allem Brasilien. Danach war Brasiliens Wirtschaft schwer erschüttert. Seit dem Krieg verlangte das Offizierskorps einschließlich seiner unteren Ränge nach mehr politischem Einfluß. Positivistische, republikanische, abolitionistische Ideen prägten vor allem die jüngeren Offiziere und bereiteten das geistige Klima für den Umsturz von 1889.

Die Beteiligung Brasiliens am Krieg und die von den Siegern begangenen Massaker an den Gefangenen und an der Zivilbevölkerung werden von modernen brasilianischen Historikern kritisch aufgearbeitet. Bis vor wenigen Jahrzehnten jedoch galt der Krieg als Motiv patriotischen Stolzes.

17 José Joaquim **Andrade Neves** (1807-1869), Baron von Triunfo, ein wichtiger militärischer Führer im Krieg gegen Paraguay, wurde in der Schlacht bei Lomas 1868 schwer verletzt, starb 1869 in Asunción.

18 **Bagé** ist eine Stadt in Rio Grande do Sul, die 1893/94 hart umkämpft wurde; sie war von den Föderalisten besetzt und wurde von Regierungstruppen belagert und schließlich eingenommen. Heute ist die Stadt vor allem durch die humoristischen Histörchen von João Luís Veríssimo bekannt: *O Analista de Bagé*.

19 Michail Iwanowitsch **Dragomiroff** (1830-1905), russ. General, Direktor der russ. Heeresakademie 1878-1889, Teilnahme am serbisch-türk. Krieg, Kommandant von Kiew 1889-1898; Militärschriftsteller. D. war einer der wichtigsten Verfechter und Theoretiker von Bajonettangriffen. (Bei E. da Cunha taucht der Name verkürzt als Damiroff auf, doch einen Militär dieses Namens hat es offenkundig nicht gegeben, so daß ein Irrtum vorliegen muß.)

20 Manuel Luiz **Osório** (1808-1879), brasilianischer General, der sich im Paraguaykrieg besonders hervortat.

Henri de la Tour d'Auvergne, Vicomte de **Turenne** (1611-1675): französ. Marschall und Militärtheoretiker; kämpfte im Dreißigjährigen Krieg, führte das franz. Heer im Krieg gegen Spanien (bis 1659) und im niederl.-franz. Krieg (ab 1672).

21 Die **Parther** waren ein iranischer Stamm südöstlich des Kaspischen Meeres. Nach der Eroberung durch Arsakes I. Ausbreitung des Partherreiches unter der Dynastie der Arsakiden Richtung Osten bis nach China und Indien, Richtung Westen bis zum Euphratbogen; infolge der Expansion kam es zu Konflikten mit Rom, dem die P. in einem ihrer zahlreichen Kriege bei Carrhae (Charran) eine schmachvolle Niederlage beibrachten (53 v. Chr.), in welcher Crassus fiel.

22 Der **Zug der Zehntausend** war der Rückmarsch von etwa zehntausend griechischen Söldnern aus Mesopotamien, die in persischen Diensten gestanden hatten. Ihr Anführer war der Feldherr, Philosoph und Geschichtsschreiber Xenophon, der dieses Ereignis, das um 400 v. Chr. stattfand, in seinem Buch *Anabasis* dargestellt hat.

23 **Marschall Ney,** Michel, (1769-1815), einer der wichtigsten Reitergeneräle Napoleons; verhalf der Grande Armee zu einem blutigen und knappen Sieg über die Russen unter Kutusow bei Borodino (1812) und ebnete damit Napoleon den Weg nach Moskau.

24 **Edom** heißt im Alten Testament das Land am südlichen Rand Israels sowie südlich des Toten Meeres. **Asphaltsee** bedeutet Totes Meer. Es ist also eine Gegend am Rand der Wüste. Vgl. Psalm 60,11.

25 Den französischen **Nationalfeiertag** des 14. Juli, der an den Sturm auf die Bastille, den Auftakt zur Französischen Revolution erinnert, führten die den Idealen von 1789 verpflichteten Republikaner von 1889 auch als brasilianischen Nationalfeiertag ein. Viele glaubten aufrichtig, sie müßten bei Canudos die Monarchie, den Aberglauben und die Barbarei bekämpfen. Anfangs redete man sich im Heerlager oft mit »Bürger« an, wie zur Zeit der Revolution. Der Chef der Pioniere, Oberstleutnant Siqueira de Meneses, schrieb Zeitungsartikel unter dem Pseudonym Hoche, s. S. 434, Fußnote. Es ist der Name eines französ. Revolutionsgenerals, der an der Bekämpfung der *chouans* beteiligt war.

26 **Inhanduí** ist der Name eines Flusses in Rio Grande do Sul, an dem im Bürgerkrieg zwischen Republik und Föderalisten entscheidende Kämpfe stattfanden.

27 Nach der von Siqueira de Meneses, dem Chef der Pionierabtei-

lung, angefertigten Kartenskizze müßte es hier statt **ostwärts** nordwärts heißen. Der Blick des Erzählers, der sich auf dem Weg von Jeremoabo der Siedlung nähert und wohl etwa zwischen dem Riacho do Mota und dem Riacho da Providência steht, folgt dem Vaza-Barrís gegen die Fließrichtung und sieht, daß der Fluß hinter dem Ort eine Wendung nach Norden vollzieht, immer vorausgesetzt, daß die Karte stimmt. Siehe Anhang.

28 Die **Kaudinischen Pässe** liegen bei dem antiken Caudium (heute Montesarchio), einer samnitischen Stadt; das römische Heer wurde dort von den Samniten 321 v. Chr. in eine Falle gelockt und mußte waffenlos unter einem aus Speeren gebildeten Joch, dem »Kaudinischen Joch«, hindurchgehen, als Zeichen der Demütigung und der bedingungslosen Kapitulation.

29 Die **»großen Länder«** sind für die *matutos* die ferne Welt der Zivilisation. Siehe S. 264, Fußnote.

30 Dieses **Tagebuch** wurde von einem Adjutanten des Oberbefehlshabers geführt, Fähnrich Praxedes, der es dem Journalisten Euclides da Cunha, als er im September nach Canudos kam, zur Verfügung stellte. Euclides hat diese Aufzeichnungen leicht überarbeitet und seinem Buch auf den folgenden Seiten einverleibt. Die Tagebucheintragungen von Praxedes behandeln den Zeitraum vom 9. Juni bis zum 18. September, der im wesentlichen vor der Ankunft E. da Cunhas in Canudos liegt. Dort kam er am 15. 9. 1897 an.

31 **Fontenay-le-Comte:** Ort in der Vendée, in dessen Nähe eine Schlacht stattfand. In »1793« von Victor Hugo heißt ein royalist. Anführer Vicomte de Fontenay, ein Befehlshaber der »Vendée«.

Jacques **Cathelineau** (1759-1793), bekannter Führer der »Vendée« bäuerlicher Herkunft, genoß hohes Ansehen bei der Landbevölkerung. François-Athanase **Charette** de la Contrie (1763-1796); einer der wichtigsten Führer des Aufstands. Wurde gefangengenommen und in Nantes erschossen. Vgl. *Der Kampf*, Anm. 7.

32 Es handelt sich um berühmte Namen aus der Medizin des 19. Jahrhunderts: Friedrich v. **Esmarch** (1823-1908), dt. Chirurg, Spezialist in Unfall- und Kriegschirurgie; **Claude Bernard** (1813-1878), frz. Physiologe; Simon **Duplay** (1836 bis 1924), frz. Chirurg; Louis **Pasteur** (1822-1895), frz. Chemiker und Mikrobiologe, entwickelte diverse Impfstoffe, u. a. gegen Tollwut, Erfinder des Pasteurisierens.

33 **Imanus**, romanhafte Gestalt aus der Vendée, siehe *Der Mensch*, Anm. 79.

34 **Belo Monte**, zu deutsch »Schöner Berg«, ist der Name, den

Antônio Conselheiro dem von ihm 1893 neugegründeten Canudos gab. Euclides da Cunha benutzt ihn hier zum einzigen Mal.

35 **Carlos Eugênio de Andrade Guimarães** war Bruder des Oberbefehlshabers der 4. Expedition, General Artur Oscar de Andrade Guimarães; seine Abteilung erhielt die Bezeichnung »Hilfsdivision«.

36 **Marschall Carlos Machado de Bittencourt** (geb. 1840), Kriegsminister, starb am 5. November 1897, als die Kämpfer von Canudos bei ihrer Rückkehr offiziell vom brasilianischen Staatspräsidenten, Prudente de Morais, im Hafen von Rio de Janeiro empfangen wurden. Ein Attentat auf den Präsidenten, ausgeführt vom Gefreiten Marcelino Bispo de Melo, der zu den radikalen »Jakobinern« gehörte, verfehlte diesen und traf den neben ihm stehenden Bittencourt tödlich. Euclides reiste im Gefolge des Ministers bis Monte Santo. Von diesem Unterkapitel an ist er also Augenzeuge.

Neue Phase des Kampfes

1 **Queimadas** bedeutet »Waldbrände, Brandrodungen, durch Feuer entstandene Lichtungen«.

2 Einer der beiden **Franziskaner** in Cansanção war der aus Deutschland stammende Pedro Sinzig, (1876-1952), der später als Schriftsteller, Journalist und Kirchenkomponist hervortrat; er war 1893 nach Brasilien gekommen, erlebte den letzten Feldzug gegen Canudos als Diakon und Krankenpfleger. Später tätig im Bereich des kathol. Pressewesens, Mitbegründer u. a. der Zeitschrift *Vozes*, die noch heute besteht.

3 **Studenten:** Zahlreiche Medizinstudenten des sechsten, letzten Ausbildungsjahres meldeten sich freiwillig als Helfer für die Lazarette, die während des Feldzugs von Canudos errichtet wurden. Man nannte sie »das akademische Bataillon«. Sie protestierten als erste gegen das Niedermetzeln der Gefangenen.

4 Henrique **Duque-Estrada de Macedo Soares** veröffentlichte im selben Jahr wie E. da Cunha seine Erinnerungen an Canudos unter dem Titel *A Guerra de Canudos* (Der Krieg von Canudos), Rio de Janeiro 1902. Die Ermordung der Gefangenen wird darin verschwiegen; ansonsten wichtige Geschichtsquelle. Auch der von Euclides mehrfach zitierte Oberst Dantas Barreto, der später mehrere Bücher über den Krieg schrieb, übergeht darin die Morde.

5 Der **Siebente September** ist brasilianischer Staatsfeiertag, zur

Erinnerung an die Proklamation der Unabhängigkeit durch den späteren Kaiser Dom Pedro I. am 7. 9. 1822.

6 **Hygrometer** abzulesen war auch eine Lieblingsbeschäftigung von Euclides da Cunha. Sein Feldtagebuch enthält lange Spalten mit Meßergebnissen. Man kann daher vorstehende Bemerkung auch als Selbstironie auffassen.

Letzte Tage

1 Die Soldaten konnten in Canudos ebenso wenig **sündigen** wie die Kolonialherren in Brasilien in früheren Jahrhunderten. Es war moralisches und rechtliches Niemandsland. Vergl. *Der Mensch,* Anm. 19.

2 Die **21 Salutschüsse** am 28. September erinnerten an zwei wichtige Etappen auf dem Weg zur Abschaffung der Sklaverei: Am 28. 9. 1871 war das Gesetz vom »Freien Bauch« erlassen worden, das allen von Sklaven geborenen Kindern die Freiheit gab; am 28. 9. 1885 das »Gesetz der Sechzigjährigen«, wonach alle Sklaven über sechzig freikamen. Endgültig aufgehoben wurde die Sklaverei erst mit dem »Goldenen Gesetz« von 1888. Der Kampf gegen die Sklaverei war wichtiger Bestandteil der republikanischen und positivistischen Ideologie der meisten Offiziere.

3 **Rua do Monte Alegre** bedeutet etwa »Straße vom fröhlichen Berg«.

Aboiado, *aboio*: Eintöniger Singsang der Rinderhirten beim Treiben der Herde.

Agreste 1. (hier): rauhes, unwirtliches Land, baumloses Gelände. 2. (heute meist spezifischer): landwirtschaftlich relativ gut nutzbares Übergangsgebiet zwischen der feuchten und fruchtbaren Küstenzone des Nordostens, *der zona da mata,* und dem heißtrockenen, eher unfruchtbaren Sertão.

Aguilhada: Siehe *guiada.*

Aió: Jagdtasche aus *caroá*-Fasern.

Alecrim-dos-tabuleiros (*Rosmarinus officinalis* Linn.): bodenbedeckendes, rosmarinartiges Kraut aus der Familie der Lippenblütler (*labiatae*).

Amaryllen (griech., nach dem Namen einer Schäferin bei Vergil): Gattung aus der Familie der Narzissengewächse (*amaryllidaceae*).

Anacardium humile (lat.): Anarkadiengewächs; Baumart aus der Familie der Sumachgewächse (*Anacardiaceae*); bekannt sind vor allem diejenigen Arten, die Cashewnüsse, Pistazien oder Mangos hervorbringen. Vgl. *cajuí.*

Angico (*Piptadenia macrocarpa* Benth.): Familie der Hülsenfrüchtler (*Leguminosae*), Mimosenbaum; Blätter werden im getrockneten Zustand als Viehfutter verwendet.

Araquã (*Ortalis spec.*): Art Guan; Hühnervogel; Jakuhuhn.

Araticum, pl. *araticuns* (*Anona crassiflora* Mart.): Baumart aus der Familie der Schuppenapfelgewächse (*Anonnaceae).* Wird angepflanzt wegen der Früchte (Sauersack) und der aromatischen Öle.

Araxá: Hochebene, vor allem in Minas Gerais, Goiás und Mato Grosso.

Baião: Volkstümlicher Tanz im Norden und Nordosten Brasiliens.

Bandeira: Trupp von *bandeirantes.*

Bandeirante (Von *bandeira* – Fahne; bewaffneter Haufen): bewaffneter Erkunder des Hinterlandes auf der Suche nach Bodenschätzen und indianischen Sklaven. Siehe *Das Land*, Anm. 12.

Baraúna: Baum aus der Familie der Hülsenfrüchtler (*Leguminosae*), der gutes Bauholz liefert.

Beato: Selig, gottselig; jedoch auch Frömmler, Betbruder; jemand, der ein mönchsähnliches Wanderleben im Nordosten führt. (Weibl. Form *beata*).

Bejaban (Aus dem Persischen, in Brasilien nicht gebräuchlich): Einöde, Wüste.

Bendito: Gesegnet, gepriesen. Marienlitanei, die mit diesem Wort beginnt.

Bogó: Ledereimer zum Wasserholen. (E. da Cunha gibt als Synonym *borracha* an, was gewöhnlich Lederschlauch für Getränke bedeutet).

Bró: Eine Art primitives Brot, das aus den Wurzeln des *umbuzeiro* hergestellt wird.

Bromelien: Gattung der Ananasgewächse (nach dem schwed. Botaniker Olaus Bromel aus dem 17. Jahrhundert).

Burití (*Mauritia vinifera* Mart.): Mauritiuspalme; Weinpalme; gehört mit einer Höhe bis zu 50 m zu den größten Palmenarten Brasiliens. Hoher Nutzwert: Öl, Nüsse und Palmenherzen dienen als Nahrungsmittel; ihre bis zu 6 Meter langen Palmwedel werden zum Dachdecken verwendet.

Caapão: Baumgruppe, kleines Waldstück auf freier Flur; inselartiges Gehölz.

Caapora, *caipora:* Kobold, je nach Region Frau, Kind oder Mann, manchmal ein Riese; meist mit nur einem unförmigen Fuß, oder auch mit Füßen, an denen Ferse und Fußspitze vertauscht sind. In letzterem Fall meist *curupira* genannt. Das Fabelwesen reitet auf einem Wildschwein und ist manchmal eine Art Schutzgeist der Jagd, dem man Tribut zollen muß.

Caapuera, *capoeira*: Durch Brandrodung oder Abholzung verwüstetes Waldstück, worauf Sekundärwald nachwächst; Jungholz.

Caatanduva, *catanduba*, *catanduva*: besonders schüttere und kümmerliche Art der *caatinga*; spärliche Vegetation aus Dornbüschen und Kakteen auf sandigem Boden.

Caatinga (in der Tupí-Sprache »weißer Wald«): trockener, lichter Buschwald, Dornbuschwüste, Dornendickicht; laubwerfend während der Dürre; vorherrschend ist Dornbusch- und Kakteenvegetation. Das Wort ist gleichzeitig der Name einer Pflanze aus der Familie der Trompetenbaumgewächse (*Bignoniaceae*).

Cabeça-de-frade (»Mönchskopf«): melonenförmige, ca. 50 cm hohe Kakteenart. (Vgl. die Bischofsmütze aus Nordmexiko.)

Caboclo, weibl. *cabocla*: 1. Mestize bzw. Mestizin, *cariboca*; Mensch mit kupferfarbener Haut und glattem Haar (vor allem auf dem Lande). 2. (oft abschätzig): primitiver, ungebildeter Landbewohner, Kleinbauer; armer Teufel, *caipira.*

Caçatinga: Strauchart aus der Familie der Nachtschattengewächse (Solanaceae).

Cacimba: Wasserstelle, Wasserloch; Brunnen (in letzterem Falle meist mit Holzbohlen ausgekleidet).

Caçuá: Offener Tragkorb aus Lianengeflecht für Lasttiere.

Cafuzo, *cafuz:* Nachfahre von Schwarzen und Indianern, Zambo; Nachfahre von Mulatten und *caboclos*; (allgemein:) Mensch mit sehr dunkler Hautfarbe und glattem Haar.

Caiçara: Abgehauene Äste; primitiver Zaun aus Ästen.

Caipira: Einfacher Bewohner ländlicher Gegenden, Landarbeiter, Kleinbauer; (abschätzig): ungeschlachter, ungebildeter, rückständiger Mensch; vor allem in Süd- u. Südostbrasilien gebräuchlich, z. B. in São Paulo und Minas Gerais, vgl. *caboclo.*

Caititú (*Dicotyles torquatus*): Pekari, Waldschwein; Art Nabelschwein, vgl. *queixada.*

Cajú, *cajueiro* (*Anacardium occidentale* Linn.): Nierenbaum. Immergrüne Anarkadie, Frucht ist die Cashewnuß, ebenfalls *cajú* genannt.

Cajuí: Baum aus der Familie der *Anacardiaceae.* Vgl. *Anacardium humile.*

Caldeirão (»Großer Kessel, Topf«): Kleines, oft schattiges Felsbecken, wo sich Regenwasser oder Flußwasser lange hält; Art natürliche Zisterne.

Calumbí (*Mimosa malacocentra* Mart.): Großer, mit Dornen versehener Strauch. Die Blätter werden bei der Behandlung von Rheumakranken verwendet.

Campo cerrado, *cerrado* (oft im Plural verwendet): Baumsavanne, bestehend aus mehr oder weniger weitständigen, oft mehr buschals baumartig entwickelten, teils laubwerfenden Hölzern, die im allgemeinen keine Bedornung tragen; mit Grasböden dazwischen, günstig für Viehzucht, aber auch für Landwirtschaft; findet sich vor allem in Minas Gerais, Goiás, Mato Grosso, auch im westlichen Bahia. Z. T. extreme Temperaturunterschiede zwischen Sommer und Winter.

Campos gerais (meist kurz *gerais*): Ausgedehnte Grasfluren mit Baumgruppen zwischen den Hochebenen im brasilianischen Hinterland, vor allem im zentralbrasilianischen Hochland in den Bundesstaaten Minas Gerais und Goiás, z. T. geprägt durch *campos limpos*, lichte, dünn bewaldete Savannen; einsame, endlose, oft flachwellige Ebenen.

Candombá (nicht eindeutig identifizierbare Pflanze, vielleicht): *Iriartea ventricosa* (Mart.), eine Palmenart; (vielleicht): *Chrysobolannus ardens*, ein Rosengewächs, dessen Zweige als Fackeln benutzt werden; (vielleicht): Strauch aus der Familie der Korbblütler.

Candomblé: Afrobrasilianischer Kult, hervorgegangen aus der Religion vor allem der Joruba; besonders in Bahia verbreitet.

Cangaceiros: Stark bewaffnete Banditen des brasilianischen Nordostens, die häufig mit Lokalpolitikern oder Großgrundbesitzern paktierten, z. T. in ihrem Auftrag Verbrechen ausführten, häufig aber auch gewissermaßen auf eigene Rechnung tätig wurden. Waren meist in größeren Banden organisiert. Der *cangaço*, also die Umtriebe der *cangaceiros,* waren bis in die dreißiger Jahre des 20. Jahrhunderts im Nordosten – »Norden« bei E. da Cunha – verbreitet; oft und meist zu Unrecht wurden sie als Sozialbanditen vom Schlage eines Robin Hood verklärt, vor allem in der Volkskultur, aber auch im Film; Bezeichnung vor allem nördlich des Rio São Francisco gebräuchlich, heute nur noch historisch.

Canhembora (urspr.): fliehender Indianer; (später:) *quilombola,* geflohener schwarzer Sklave.

Cansanção (*Jatropha urens* Linn.): Bis zu drei Meter hoher Strauch aus der Familie der Wolfsmilchgewächse (*Euphorbiaceae*); verursacht durch seine mit Nesseln versehenen Blätter bei Berührung Verbrennungen der Haut.

Canudo-de-pito: Hinter diesem Namen verbergen sich mindestens fünf ganz verschiedene Pflanzenarten, die alle aufzuzählen dem Leser erspart sei; für die Behauptung des Autors, es handele sich um ein Nachtschattengewächs, fanden sich allerdings keine Hinweise; jedenfalls muß es in der Gegend von Canudos ein Gewächs mit hohlen Stengeln oder Zweigen gegeben haben, denn *canudo* bedeutet so viel wie »Röhrchen, hohler Halm«, *canudo-de-pito* wäre also so viel wie »Tabakröhrchen«.

Capitania: Die *capitanias* waren riesige Erblehen zu Beginn der Kolonisierung. 1534-36 eingeführt, bildeten sie 15 unterschiedlich breite Landstreifen, die sich von der Küste längs der Breitengrade ins Hinterland erstreckten und deren Inhaber eine Art Generalunternehmer und Statthalter waren, mit hoheitlichen Rechten versehen, nur dem König verantwortlich und abgabepflichtig. Aus den *capitanias* gingen später die Provinzen und heutigen Gliedstaaten hervor. Die meisten *capitanias* waren unwirtschaftlich, so daß die Krone ab 1549 nach und nach selbst ihre Verwaltung übernahm und kleinere, aber immer noch sehr große Besitzungen zur landwirtschaftlichen Nutzung vergab, die *sesmarias.* Siehe *Der Mensch,* Anm. 48.

Caraíba (*Tabebuia Caraiba* Bur.): In den *campos cerrados* häufig vorkommende Baumart aus der Familie der Trompetenbaumgewächse (*Bignoniaceae*); besitzt eine dicke, korkartige Rinde, gutes Bauholz.

Carandá (*Copernicia australis* Becc.): Palmenart, verwandt mit der *Carnaúba*-Palme, aus der Wachs gewonnen wird.

Caravatá, *caraguatá, gravatá* (*Bromelia Karatas* Linn.): Im Nordosten häufig vorkommende Pflanze aus der Familie der Ananasgewächse (*Bromeliaceae*), die in ihren Blättern große Wassermengen speichern kann. In Zeiten der Dürre werden sie als Trinkwasserspender verwendet.

Cariboca: siehe *curiboca.*

Carnaúba (*Copernicia cerifera* Mart.): Karnauba, Art Kopernikus- oder Wachspalme mit einer Höhe von 10-20 m., vor allem in Ceará, Piauí und Maranhão verbreitet.

Caroá (*Neoglaziovia variegata* Metz.): Pflanze aus der Familie der Ananasgewächse (*Bromeliaceae*). Ihre Blattfasern werden zur Herstellung von Stoffen oder Seilen verwendet.

Cata: Schürfstelle, Schürfgrube, vor allem in der Kolonialzeit.

Cateretê: Ländlicher, insbesondere von Männern unter Begleitung von Gesang und *viola* gepflegter Tanz, dessen Schwerpunkt auf der Kunstfertigkeit von Bein- und Fußarbeit liegt.

Catingueira (*Caesalpinia Gardneriana* Benth.): Hülsenfrüchtler, dessen Blätter einen scharfen Geruch verströmen. Typisch für die *caatinga*-Gebiete.

Cauterium (*lat.*): 1. Brenneisen (med.) 2. Ätzmittel (chem.).

Chapada: Hochplateau, oben abgeflachtes Gebirge, das im Vergleich zum *tabuleiro* meist stärker durch Schluchten eingeschnitten oder durch Steilhänge abgegrenzt ist und normalerweise größere Höhen erreicht; mitunter mehr oder weniger synonym mit *tabuleiro* verwendet, so auch gelegentlich bei E. da Cunha.

Choradinho: Volkstanz; Art *baião.*

Chouan (*frz.*): Gegner der Französischen Revolution in Maine, der Normandie und vor allem der Bretagne. Erkennungszeichen war der Ruf des Waldkauzes (*frz. chat-huant*). Der Aufstand der *chouans*, der vor allem von Bauern getragen wurde, begann 1793 und zog sich über mehrere Jahre hin. Siehe *Der Mensch,* Anm. 79.

Civitas (*lat.*): Bürgerschaft, Gemeinwesen; hier vor allem Siedlung bzw. Stadt im gesellschaftlichen und politischen Sinn.

Conselheiristas: Anhänger des Antônio Vicente Mendes Maciel, genannt *Antônio Conselheiro* (»Ratgeber«), Gründer und religiöses Oberhaupt der Gemeinschaft von Canudos.

Conselheiro: Wanderprediger, der in der Volksfrömmigkeit des Nordostens als besonders fromm und weise galt; eine Art Steigerung des *beato.* Antônio Conselheiro war nicht der erste »Ratgeber« dieser Art.

Coquilhos: Nüsse verschiedener Palmensorten.

Croá, *croatá*: Siehe *Caroá.*

Curiboca, cariboca: Mestize; vgl. *caboclo, mameluco.*

Cunanã, Cumanã (*Euphorbia phosphorea* Mart.): Schlingpflanze, die bei Berührung leichte Verbrennungen zufügen kann. Nachts verströmt sie ein phosphoreszierendes Licht.

Desertus australis (*lat.*): Südliche Wüste. Bezeichnung für den Sertão bei Martius; zu diesem s. *Das Land*, Anm. 15.

Divortium aquarum (*lat.*): Wasserscheide.

Dji, dgi (*Herkunft unklar, event. arab.*): Scharfe Steinsichel oder Beil; Wort in Brasilien nicht gebräuchlich.

Entradas, Sg. *entrada*: Während der ersten Phasen der Kolonisierung Vorstöße oder Einfälle der *bandeirantes* in das Landesinnere; Raubzüge, bewaffnete Expeditionen; praktisch gleichzusetzen mit *bandeira* bzw. *bandeiras.*

Eritrina (*Erythrina*): Korallenstrauch oder Korallenbaum; Gattung der Fabaceae, Familie der Schmetterlingsblütler; mit meist großen, roten Blüten in dichten Trauben und mit z. T. roten Samen. Bekannt ist der Korallenstrauch (*Erythrina crista-galli*) mit dicken, dornigen Zweigen und scharlachroten Blüten mit bis zu 5 cm langer Fahne (*Vexillum*). Siehe *mulungú.*

Estância (aus dem Span.): Landgut, Großgrundbesitz vornehmlich mit Viehzucht, besonders in Rio Grande do Sul, vgl. *fazenda.*

Estancieiro: Viehzüchter, Besitzer einer Viehfarm, vor allem in Südbrasilien.

Faca de arrasto: Buschmesser mit nach hinten gebogener Klingenspitze.

Famanazes no desafio: Bekannte Stegreifsänger.

Favela (*Jatropha phyllacantha* Mart.): Strauchartiger Baum, aus der Familie der Wolfsmilchgewächse (*Euphorbiaceae*), 3-5 m hoch, mit ätzenden Dornen versehen. E. da Cunha weist ihn irrtümlich der Familie der Hülsenfrüchtler (*Leguminosae*) zu. Vgl. *Das Land*, Anm. 21.

Fazenda: Landgut, (oft) Großgrundbesitz, Ländereien wie auch die dazugehörigen Gebäude.

Fazenda de criação: Viehzuchtfarm, vor allem zur Rinderhaltung (Ausdruck aus der Kolonialzeit).

Fazendeiro: Gutsbesitzer. Meist Großgrundbesitzer, auf dessen Ländereien Ackerbau und / oder Viehzucht betrieben wird. Der f. des Nordostens lebte häufig in der Stadt und zwar auf großem Fuße. Die begüterten *fazendeiros* nahmen oft eine wichtige Stellung im Klientelsystem ein und waren mächtige Lokalpotentaten.

Furo (im Amazonasgebiet): natürliche Wasserverbindungen zwischen Flüssen oder Seen, vor allem bei periodisch auftretenden Überschwemmungen.

Garimpeiro: Gold- und Diamantensucher, Goldwäscher; in der Kolonialzeit auch Diamantenschmuggler.

Gaúcho: 1. Rinderhirte oder Viehtreiber im südlichen Brasilien; entspricht dem argentin. Gaucho, vgl. *vaqueiro*.
2. Einwohner von Rio Grande do Sul.

Gens *(lat.)*: Sippe, Geschlecht; Volksstamm, Volk

Gravatá: Siehe *Caravatá*.

Guerrilheiro: Freischärler, Guerrillero

Guiada: Regionale Bezeichnung für den mit einer Eisenspitze bewehrten langen Hütestab der *vaqueiros*, Treibstachel; *aguilhada*, *ferrão*.

Homo afer (*lat.*): Mensch aus Afrika, Afrikaner.

Icó, icozeiro (*Colicodendron Icó* Mart.): Strauchart aus der Familie der Kaperngewächse (*Capparaceae*), wächst in der *caatinga*.

Igapó (im Amazonasgebiet): Am Fluß gelegenes Waldstück, das bei Hochwasser längere Zeit überflutet ist.

Igarapé (im Amazonasgebiet): Natürlicher schmaler Kanal zwischen zwei Inseln oder zwischen Insel und Festland.

Ingarana (Pithecolobium trapezifolium Benth), Baum aus der Familie der mimosenartigen Leguminosen.

Ipueira: Tümpel; flache Senke, in der sich Wasser aus Regenzeiten und Überschwemmungen lange hält.

Jabutí (*Testudo tabulata*): Schildkrötenart.

Jacá: Tragkorb aus *taquara* oder Schlingpflanzen für Lasttiere.

Jacuba: Erfrischungsgetränk oder flüssiger Brei aus Wasser, Maniokmehl, Zucker oder Honig, gegebenenfalls mit Zuckerrohrschnaps

Jagunço: 1. Bandit, Messerheld, Schläger, Bravo, Pistolero, meist als Individuum oder als Mitglied einer Bande im Dienste von Großgrundbesitzern stehend; *cangaceiro*. Der Ausdruck *jagunço* wurde überwiegend südlich des Rio São Francisco gebraucht, in Bahia und Minas Gerais, und hat weniger den Hauch von Sozialbanditentum als die Bezeichnung *cangaceiro.* Auch heute noch bezeichnet man Schläger und Lohnmörder im Dienste von lokalen Machthabern als *jagunços*.
2. Nach Beginn des 1. Feldzugs gegen Canudos im Nov. 1896 wurde das Wort zum Schimpfwort für die Anhänger des Antônio

Conselheiro und die Bewohner von Canudos, gewissermaßen als Bestandteil einer psychologischen Kriegführung, die von einer in der brasilianischen Geschichte bislang beispiellosen Pressekampagne unterstützt wurde. Gegen Ende des Krieges wurde die verächtliche Konnotation des Wortes durch den häufigen Gebrauch und durch eine gewisse Achtung vor den militärischen Leistungen dieser *jagunços* ein wenig neutralisiert. Bei E. da Cunha z. T. synonym für Sertanejo.

Jandaia (*Aratinga jantaya*): Sittichart.

Jerimum (Jurumum; *Curcubita Pepo* Linn.): Riesenkürbis.

Jirau: Holzgeflecht, Holzgestell; primitives Bett aus Rundhölzern; ein im Raum freihängendes Küchenregal zur Aufbewahrung von Lebensmitteln, typisch für Hütten im Sertão; einfache Tragbahre aus Ästen bzw. Rundhölzern.

Juazeiro (*Zizyphus joazeiro* Mart.): Baum aus der Familie der Kreuzdorngewächse (*Rhamnaceae*), sehr dürreresistent, immergrün, Höhe bis zu 10 m.

Jurema (*Mimosa verrucosa* Benth.): Mimosenbaum aus der Familie der Hülsenfrüchtler (*Leguminosae*); die Wurzeln wurden von den Indianern für zeremonielle Rauschgetränke verwandt.

Kaiman-Messer, *facão-jacaré:* Buschmesser, in dessen Griff das Firmenemblem, ein Kaiman, eingraviert ist. Derartige Messer werden heute noch, offenbar in derselben Form wie früher, vertrieben und benutzt.

Lavra: Lagerstätte von Bodenschätzen; Bergwerk in der Kolonialzeit; Förderung von Bodenschätzen; größere Goldwäscherei.

Lazarina: Ein dünnläufiges, leichtes Gewehr, ursprünglich belg. Herkunft, viel in Afrika eingesetzt.

Lecidea (lat.): eine Flechtengattung.

Leguminosen: Hülsenfrüchtler.

Levée en masse (*franz.*): Massenaufgebot, Massenaushebung; Begriff aus der Französischen Revolution: allgemeiner Aufruf zu den Waffen im Jahre 1793 gegen die ins Land einfallenden ausländischen Truppen, Schaffung eines Volksheeres gegen Söldnerarmeen; im Original *levantamento em massa*, offensichtlich Lehnübersetzung aus dem Französischen, weshalb in der deutschen Fassung der französ. Ausdruck verwendet wird, zumal die brasil. Armee vor Canudos sich in der Tradition der französischen Revolutionstruppen sah. Siehe *Vierte Expedition*, Anm. 1.

Loggans (Herkunft und genaue Bedeutung nicht zu klären): offensichtlich versteht der Autor darunter schwankende, spitze Felsschroffen, hochragende Klippen. Vgl. *Das Land*, Anm. 16.

Macambira (*Bromelia laciniosa* Mart.): Dornenbewehrte Pflanze aus der Familie der Ananasgewächse, typisch für die trockensten Teile der *caatinga*; tritt oft in dichtstehenden, aufgrund der Dornen undurchdringlichen Gruppen auf.

Machete: Kleine *viola*, Art Zwerggitarre; hat meist 5 Doppelsaiten, ist flacher und hat längeren Hals als das *cavaquinho*.

Mameluco (*mamaluco*): Mestize, vor allem Nachfahre eines weißen Vaters und einer indian. Mutter in der Kolonialzeit. Vgl. *curiboca*.

Mandacarú (*Cereus jamacaru* Dc.): Riesenkaktus mit weitverzweigten, kandelaberartigen Ästen von 3-7 m Höhe, Art Säulenkaktus.

Mangaba, *mangabeira* (*Hancornia speciosa* Gomes): Baum aus der Familie der Hundsgiftgewächse (*Apocynaceae*) von 2-5 m Höhe. Der Milchsaft des Baumes wird zur Herstellung von Kautschuk genutzt. Früchte (*mangabas*) eßbar.

Mangará (eigentlich): Fruchtansatz der Bananenstaude, hier offenbar: Fruchtfleisch, das eßbare Mark des Stengels.

Maritaca (*Aratinga aurea* Gmel.): Sittichart.

Marizeiro, marí (*Geoffraea spinosa* Jacq.): Baumart aus der Familie der Hülsenfrüchtler. Die etwas bitteren Früchte werden in Dürrezeiten als Nahrungsmittel verwendet. Das Fruchtinnere kann zudem als Husten- oder Wurmmittel benutzt werden.

Massapé, *massapê:* Dunkle, fruchtbare Tonerde in Bahia und anderen Nordoststaaten, vor allem in Küstennähe; bevorzugt für Zuckerrohranbau.

Mata-pasto (*Cassia sericea* Swartz): Strauch aus der Familie der Hülsenfrüchtler (*Leguminoseae*). Trägt gelbe Blüten und zylinderförmige Früchte, deren Schalen zu medizinischen Zwecken verwendet werden; in getrocknetem Zustand Viehfutter.

Matuto (*mato* »Busch, Wald«, oft abschätzig gemeint): Buschbewohner, Hinterwäldler; Bauerntölpel, Dörfler.

Mimoso, *capim mimoso:* diverse Grasarten (*Graminaceae*), vor allem Futtergräser.

Mocó: Nagetier, dem Meerschweinchen ähnlich.

Modinha: Liedform des 19. Jahrhunderts; ein mit der Gitarre begleitetes sentimentales Volkslied, Liebeslied. Nicht zu verwechseln mit den ebenso bezeichneten Kunstliedern der Salons des 18. und 19. Jahrhunderts.

Morro: 1. Hügel; kleiner, manchmal steiler Berg; 2. heute oftmals ein auf einem Hügel gelegenes Elendsviertel; Favela.

Mula-sem-cabeça (wörtl.: »Mauleselin-ohne-Kopf«, auch *mula-sem-padre*, »Mauleselin ohne Priester«): Figur der mündlichen Volksüberlieferung, Geist einer Frau, die zu Lebzeiten Geliebte eines Geistlichen war und die in Gestalt einer kopflosen Mauleselin, mit Glöckchen oder Ketten behängt, durch die Buschwälder des Sertão irrt und nur erlöst werden kann, wenn sie auf ihrem Weg ein geweihtes Kreuz antrifft.

Mulungú (*Erythrina glauca* Willd.): Korallenstrauchart; vgl. *Eritrina*.

Muricí (*Byrsonima crassifolia* H. B. K.): Strauch oder kleiner Baum aus der Familie der Kreuzblumenarten (*Malphigiaceae*). Das Mark seiner Früchte, vermischt mit Mehl, gilt insbesondere im Hochland als eines der wichtigsten Nahrungsmittel der armen Bevölkerung aufgrund seines hohen Nährstoffgehalts. Im zitierten Sprichwort wohl nur wegen des Reimes genannt.

Mutã: Primitiver Hochsitz der Indianer, Ansitz für die Jagd.

Nandu (tupí *nhandú*; portug. *ema)* (*Rhea americana*): amerikanischer Strauß, Pampasstrauß, *ñandu*. Hier wird das spanische Wort benutzt, da es im Deutschen bereits eingeführt ist.

Oiticica (*Licania rigida* Benth.): Baum aus der Familie der Rosengewächse (*Rosaceae*). Die sehr ölreichen Samen finden Verwendung in der Farben- und Lackindustrie.

Opuntie (*Cactus ficus indicus* Linn.): Gattung aus der Familie der Kakteen (*Cacteae*). Feigenkaktee.

Ouricurí, *uricurí* (*Cocos coronata* Mart.): Palmenart von 6-10 m Höhe; mit auffallend kleinen Nüssen.

Paçoca: Gericht aus in Fett geröstetem Maniokmehl und kleinen gebratenen Fleischstückchen.

Palmatória (*Opuntia vulgaris* Mill.): Feigenkaktusart, z. T. als Futter benutzt.

Palmatória-do-inferno (*Opuntia monacanthia* Haw.): Feigenkaktusart; wörtl: Höllenklatsche.

Panasco, *capim panasco* (*Aristida setifolia* H. B. K.): Grasart; als Weidegras geschätzt.

Paranamirim: Im Amazonasgebiet: Nebenarm eines wasserreichen Flusses, kleiner Flußarm. Vgl. *furo*.

Pardo: Braun, grau, graubraun; hellerer Mulatte.

Parnaíba: Langes, spitzes, breitschneidiges Messer; Bedeutung auch innerhalb des Nordostens regional verschieden, z. T. synonym für Fischmesser oder Schlachtermesser; nach E. da Cunha die Lieblingswaffe der *cangaçeiros*. Die Bezeichnung rührt vielleicht her von dem gleichnamigen Fluß zwischen Piauí und Maranhão.

Paulista: Aus dem Staat São Paulo stammender Mensch; Paulistaner, aus São Paulo stammender Besiedler anderer Gegenden, wie z. B. Minas Gerais, in der Kolonialzeit; damals häufig Synonym für *bandeirante*.

Picuá: Hohler und zylindrischer Behälter zur Aufbewahrung von Diamanten, hergestellt aus Bambusrohr, Horn oder Knochen.

Planalto: Hochfläche, Hochebene; das zentralbrasilianische Hoch- und Tafelland oder Teile davon; großräumiger als *chapada*, manchmal jedoch damit gleichbedeutend.

Pombeiro: Händler, Bote, Hausierer, Kerl. In der Kolonialzeit jemand, der mit Indianern Handel trieb.

Poracê: Indianischer religiöser Tanz.

Queixada (*Tayassu pecari*): Weißbart-Pekari; Nabelschwein, eine unter dem langborstigen Fell verborgene Rückendrüse (»Nabel«) sondert ein stark riechendes Sekret ab. Der Name weist auf die auffällige Kinnlade des Tieres hin (»*queixada* – Kinnlade«). Verwandt mit dem *caititú*.

Quilombo: Fliehdorf; auch Zusammenschluß von Siedlungen geflüchteter schwarzer Sklaven, meist verborgen in dichten Wäldern, vor allem in der Kolonialzeit, doch auch noch im 19. Jahrhundert; vielfach befestigt. Palmares in Alagoas (17. Jahrh.) ist das berühmteste Beispiel eines *quilombo*. Siehe *Der Mensch*, Anm. 10.

Quilombola: Bewohner eines *quilombo*; geflüchteter schwarzer Sklave. Vgl. *canhembora*.

Quipá (*Opuntia inanoena* K. Schum.): Kleinere, heckenartig wuchernde Kakteenart, kann ca 1,5 m. hoch werden.

Quixabeira (*Bumelia sartorum* Mart.): Art Sapotillbaum aus der Familie der Breiapfelgewächse (*Sapotaceae*).

Rabo-de-raposa (»Fuchsschwanz«, *cereus bahiensis* Britt. & Rose): Kakteenart der *caatingas*.

Rasgado (*rasgar* »reißen, schrappen«): Bestimmte Spielweise auf der *viola*, bei der die Fingernägel rasch über die Saiten fahren, ohne an ihnen zu zupfen. Damit erzeugt man einen Arpeggio-Effekt.

Retirante: Dürreflüchtling; Sertanejo, der allein oder in einer Gruppe in andere Regionen des Landes emigriert, um der Dürre des Sertão zu entfliehen.

Rhipsaliden: Rutenkakteen. Meist hängende oder mit Luftwurzeln kletternde, strauchige Kakteen mit im Winter erscheinenden unscheinbaren weißen, gelben oder grünlichen Blüten.

Rodeador: Fläche, auf der die Rinderherden nach dem Einfangen der halb verwilderten Tiere zusammengetrieben, gemustert, sortiert werden; Viehsammelplatz.

Rodeio: Zusammentreiben des Viehs. Ein eher in Südbrasilien geläufiger Ausdruck, vgl. *vaquejada*.

Sací: Bekannte brasilianische Märchengestalt indian. Ursprungs; tritt auf als kleiner einbeiniger Kobold mit schwarzer Hautfarbe und roter Mütze, der nachts die Viehtreiber verfolgt oder sie in einen Hinterhalt lockt.

Samba: ländlicher Tanz mit stark afrikanischem Einfluß, der in Bahia entstand; einfaches, ausgelassenes Tanzfest. Diese Form des Tanzes hat wenig mit dem heutigen Samba des kommerzialisierten Karnevals etwa in Rio zu tun. Vielmehr eine Art Vorläufer des *forró*.

Sapateado: Tanz, dessen besonderes Merkmal das rhythmische Klappern und Stampfen mit den Schuhen oder Sandalen ist (*sapato* – »Schuh«).

Sapê, *capim sapé* (*Imperata brasiliensis* Trin.): Grasart, kein gutes Futtergras; zum Dachdecken verwendet.

Sericóia (*Aramides cajanea*): Cayenne-Ralle. Wasservogel.

Seriema (*Cariama cristata*): Schlangenstorch, Stelzvogel.

Serra: Bergkette, Höhenzug.

Sertanista: Waldläufer, Erkunder und Kenner des Sertão im weiteren Sinne dieses Wortes; in der Kolonialzeit oft Synonym für *bandeirante*, doch regional nicht festgelegt auf São Paulo als Heimat. Heute auch: Indianerkenner.

Sertão: 1. (Im allgemeinen Sinne): Landesinneres, Hinterland, Wildnis. 2. (Im engeren Sinne): das heißtrockene Hinterland Nordostbrasiliens und eines Teils von Minas Gerais. Der Sertão in letzterer Bedeutung, klimageographisch heute definiert als »Vieleck der Dürre«, war über Jahrhunderte das Viehzuchtgebiet, von dem die fruchtbaren Küstenregionen und die Bergbauregion in Minas Gerais mit Fleisch, Last- und Zugtieren beliefert wurden. Häufigste Vegetation: *caatinga*. Rund 1 Mio. km^2 groß.

Sertanejo: Bewohner des Sertão; oft auch: einfacher Landbewohner Nordostbrasiliens, Kleinbauer.

Sesmaria (Ursprünglich »Brachland«): Land, das ab 1549 von der portugiesischen Krone an Personen vergeben wurde, die sich bereit erklärten, es urbar zu machen und landwirtschaftlich zu nutzen, vor allem für den Zuckerrohranbau; Landzuteilung, de facto meist eine Landschenkung. Der *sesmeiro* hatte allerdings keine Hoheitsrechte wie der Empfänger einer *capitania*. Die *sesmarias* wurden eingeführt, nachdem die *capitanias* aufgrund ihrer enormen Größe und des ungeheuren Kapitalbedarfs sich als schwer bewirtschaftbar erwiesen hatten. Die *sesmarias* waren entgegen den ursprünglichen Bestimmungen oft weit größer als die tatsächlich genutzte Fläche; sie bildeten die Keimzelle des Latifundienwesens.

Sesmeiro: Landnehmer; Empfänger einer *sesmaria*.

Silva aestu aphylla (*lat.*): durch Hitze blattlos gewordener Wald.

Silva horrida (*lat.*): entsetzlicher Wald.

Sítio: Häusergruppe, Gehöft, Anwesen; Teil einer Fazenda; kleine Fazenda; Hütte eines Kleinbauern oder Pächters.

Tabaréu (Urspr. »unerfahrener Soldat, Neuling, Anfänger«): Hinterwäldler, Provinzler, ungebildeter Landbewohner, Dörfler. Vgl. *matuto* und *caipira*.

Tabuleiro (meist im Pl. *tabuleiros*): Tafelebene, Tafelfläche, Tafelland; mit sandigem oder steinigem Boden und spärlicher Vegetation bedeckt, in der Regel flacher und niedriger als die *chapada*, oft ohne deutliche Ränder, meist mit schütterer *caatinga* bewachsen. Bisweilen aber auch Synonym für *chapada*.

Taquara (*Guadua tagoara* Kunth.): Art Bambus.

Tejupá, *tejupar:* urspr. Indianerhütte in Amazonien, im weiteren Sinne Hütte mit Stroh- oder Blätterdach; in Nord- und Nordostbrasilien auch verwendet für Bruchbude, Hütte.

Tibicuera: Friedhof der Eingeborenen.

Tillandsien: Gattung der Ananasgewächse, meist Epiphyten, also auf Bäumen lebende, nicht schmarotzende, oft bartartig herabhängende Pflanzen (nach dem finn. Botaniker Elias Til-Lands, 1640-1693).

Tirana: langsames, schmachtendes Liebeslied.

Umburana: Baumart aus der Familie der *Burseraceae*. Aus dem Stamm wird ein grün-bräunliches Harz gewonnen, das im Sertão als Terpentin-Ersatz dient. *Umburana* bedeutet »falscher *umbú*«.

Umbú: 1. Frucht des *umbuzeiro*, ca. aprikosengroß. 2. *umbuzeiro*.

Umbuzada: Traditionelles, erfrischendes und Vitamin-C-reiches Getränk des Nordostens, das aus Milch und *umbús* hergestellt wird.

Umbuzeiro, *imbuzeiro* (*Spondias tuberosa* Arr.Cam.): Rote Mombinpflaume, Rote Ciruela. Baum aus der Familie der Sumachgewächse (*Anacardiaceae*), mit wasserspeichernden Wurzeln.

Urbs (*lat.*): Stadt; hier im Sinne der baulichen Anlage.

Vaqueiro: Rinderhirte, Viehhirte oder Viehtreiber im brasilianischen Nordosten.

Vaquejada: Zusammentreiben der Rinderherden. Vgl. *Rodeio*.

Várzea: Tal, Niederung, Flußniederung, Flußaue.

Viola: Eine Art Gitarre, hier auch meist so übersetzt; im Unterschied zur klassischen Gitarre besitzt die *viola* aber meist mehrere (4–10) kreisförmig angeordnete Schallöcher. Zudem ist sie je nach Region mit zehn oder zwölf paarweise angeordneten Saiten versehen.

Vis a tergo (*lat.*): Die von hinten kommende Kraft oder Gewalt; Triebkraft.

Xiquexique (*Cereus Gounellei* K. Schum.): (Bei E. da Cunha *cactus peruvianus*, was möglicherweise ein Irrtum ist). Kakteenart, die hauptsächlich in den ariden Gebieten des Nordostens verbreitet ist. In Dürrezeiten wichtiges Nahrungsmittel für Vieh und Mensch, da der Stamm der Kaktee ein Wasserspeicher und das Mark der Stengel genießbar ist; ca. 1-3 m hoch. Bildet oft Dickichte.

Nachbemerkungen

Eine Reihe brasilianisch-portugiesischer Wörter und Namen, deren letzte Silbe von den Vokalen i oder u getragen wird und die daher endungsbetont sind, ohne nach der heutigen Orthographie ein Akzentzeichen zu benötigen, erscheinen in diesem Buch mit einem Akut, um dem deutschen Leser die richtige Betonung zu erleichtern, z. B.: *sací*, Vaza-Barrís, *umbú*, Trabubú.

Im übrigen entspricht die heutige Graphie in vielen Fällen ohnehin nicht der historischen Schreibung, selbst im Falle von Eigennamen. So schrieb man um 1900 Antonio statt wie heute Antônio, Euclydes statt Euclides, Trabubú statt Trabubu, Monte-Santo statt Monte Santo, Joazeiro statt Juazeiro und so fort.

Die Zwischenüberschriften, die sich so im Original nicht finden, sollen dem Leser die Orientierung in dem Buch erleichtern. Sie wurden, vereinfacht gesagt, nach folgenden Regeln erstellt:

Für die Stichworte, die der Autor jedem Kapitel als eine Art Inhaltsverzeichnis vorangestellt hat, habe ich jeweils die passenden Textstellen gesucht. Andererseits habe ich bei Zäsuren im Text, denen kein Stichwort im Inhaltsverzeichnis entsprach, ein solches der betreffenden Passage selbst entnommen und als Zwischenüberschrift eingefügt. In einigen Fällen erwies es sich als notwendig, die Reihenfolge der Stichworte entsprechend der realen Themenfolge im Text zu verändern. Da sie logisch durchaus nicht immer gleichgeordnet sind, sondern sich z. B. oft genug wie Allgemeines zu Besonderem verhalten, war ihre Zuordnung zu bestimmten Textstellen mitunter nicht leicht. Die der jeweiligen Passage selbst entnommenen Zwischentitel wurden ihrerseits in die Stichwortverzeichnisse aufgenommen, die also hier umfangreicher sind als im Original. Entscheidende Anregungen verdanke ich der von Fernando Nery besorgten brasilianischen Ausgabe von 1933, die erstmals Zwischenüberschriften einführte. Allerdings habe ich versucht, das dort anzutreffende Übermaß an Zwischentiteln, das die Aguilar-Ausgabe übernommen hat, zu vermeiden, um den Textfluß nicht allzu häufig zu unterbrechen.

Für die Übersetzung wurden folgende Ausgaben herangezogen:

Euclides da Cunha, Obra Completa, Hg. von Afrânio Coutinho. Rio de Janeiro: Aguilar 1966, 2 Bde.

Euclides da Cunha, Os Sertões. Campanha de Canudos. Rio de Janeiro: Francisco Alves (29. Aufl.) 1979.

Euclydes da Cunha, Os Sertões. Campanha de Canudos. Rio de Janeiro: Francisco Alves (12. Aufl.) 1933.

Euclides da Cunha. Os Sertões. Edição crítica. Hg. von Walnice Nogueira Galvão. São Paulo: Brasiliense 1985.

Auch des Portugiesischen unkundige Leser können weiterführende Literatur finden. Hier eine Auswahl:

Maureen Bisilliat, *Sertões. Licht und Finsternis.* Eine fotografische Folge von M. B. zu Texten von Euclides da Cunha. Mit einer Einführung von Edgar von Buettner und einer Würdigung Euclides da Cunhas von Mario Vargas Llosa. St. Gallen / Wuppertal: Dia 1984.

Luiz Costa Lima, *Die Kontrolle des Imaginären. Vernunft und Imagination in der Moderne.* Frankfurt am Main: Suhrkamp 1990.

Walnice Nogueira Galvão, *Os Sertões für Ausländer.* In: Mechtild Strausfeld (Hg.), *Brasilianische Literatur.* Frankfurt am Main: Suhrkamp 1984, S. 76-101.

Robert M. Levine, *Vale of Tears. Revisiting the Canudos Massacre in Northeastern Brazil (1893-1897).* Berkeley / Los Angeles / Oxford: University of California Press 1992.

Roberto Ventura, *»Unsere Vendée«. Der Mythos der Französischen Revolution und die Konstitution nationalkultureller Identität in Brasilien (1897-1902).* In: Hans Ulrich Gumbrecht und Ursula Link-Heer (Hg.): *Epochenschwellen und Epochenstrukturen im Diskurs der Literatur- und Sprachhistorie.* Frankfurt am Main: Suhrkamp 1985, S. 441-466.

Mario Vargas Llosa, *Der Krieg am Ende der Welt.* Frankfurt am Main: Suhrkamp 1982.

Die sozioreligiöse Bewegung Canudos (1893-1897). In: *ABP: Zeitschrift zur portugiesischsprachigen Welt.* Frankfurt am Main: IKO-Verlag für interkulturelle Kommunikation. Teil I Heft 2/1997; Teil II Heft 2/1998.

Die Kartenskizzen des vorliegenden Buches wurden folgender Quelle entnommen:

Canudos. Subsídios para a sua reavaliação histórica. Fundação Casa de Rui Barbosa, Rio de Janeiro 1986.

Zum Schluß möchte ich für freundliche Unterstützung danken:

Die Berliner Senatsverwaltung für Kultur gewährte mir einen Zuschuß für eine Studienreise nach Salvador da Bahia und in die Region von Canudos. Auch der Stiftung Casa de Rui Barbosa bin ich zu Dank verpflichtet, u. a. für das benutzte Kartenmaterial. Walnice Nogueira Galvão, der wohl gründlichsten Kennerin des Werkes von Euclides da Cunha, verdanke ich zahlreiche Anregungen und die Klärung einer Reihe historischer und philologischer Detailfragen. Wolfgang Roth, Dorothée Oehm-Häneke und Leon Krauthausen sowie José Calasans, Teresa Graupner, Kathrin Hohmann, Klaus Mehring, Antonio Olavo, Telma Savietto, Margarethe Born Steinberger haben praktische oder fachliche Hinweise gegeben. Michi Strausfeld vom Suhrkamp Verlag hat mich in den letzten Jahren immer wieder angespornt, und ohne die unermüdliche kritische Begleitung durch ihren Kollegen Jürgen Dormagen wäre das Buch jetzt nicht zustande gekommen.

Solveig, Frederik und Christian Zilly haben mich mit vielen kleinen Hilfeleistungen unterstützt, vor allem aber mit ihrem Verständnis dafür, daß ihr Vater in den letzten anderthalb Jahren vor Abschluß der Arbeit wenig Zeit für sie hatte.

B. Z.

Nachwort

Am 8. Oktober 1897 meldete die *Vossische Zeitung* in ihrer Morgenausgabe auf der ersten Seite:

»Die brasilianische Regierung läßt offiziell verkünden, ihre Truppen hätten die Stadt Canudos im Staate Bahia genommen und den Führer der Fanatiker, Conselheiro, gefangen. Bestätigt sich diese Nachricht – und sie tritt diesmal in sehr bestimmter Form auf –, so kann sich die Republik zu dem Erfolge beglückwünschen, denn noch vor wenigen Tagen waren die Regierungstruppen vor Canudos zurückgeschlagen worden. Die sogenannte Fanatikerbande gefährdete ernstlich die Republik, sie stand mit der monarchistischen Partei in engen Beziehungen.

Der Urheber der Bewegung war der ›Prophet‹ Antonio Conselheiro, mit seinem wirklichen Namen Antonio Maciel. Den Namen Conselheiro (Berather) erhielt er erst von seinen Anhängern. Er steht im 63. Lebensjahr und predigt als Prophet schon seit dem Jahre 1875. [...] Nachdem er viele Jahre einsam und menschenscheu gelebt, erschien er als Prediger im Innern des Staates Bahia. Unter den armen unwissenden Bewohnern dieser Gegenden galt er als Heiliger, und er hatte bald so viele Gläubige um sich versammelt, daß er ein eigenes Dorf gründen konnte. In dieser Ansiedlung herrschte er als absoluter Fürst über Tod und Leben. Er verweigerte alle Zölle und Steuern an die Regierung und verjagte die Beamten. Nach einigen Jahren gab Conselheiro die erste Ansiedlung auf und gründete weiter im Innern die Stadt Canudos. Heute zählt diese Stadt über 10 000 Bewohner und hat mehrere Kirchen mit außerordentlich starken Befestigungsmauern. Alle Gläubigen sind stets bewaffnet, auch die Weiber in den Waffen geübt. So lange das Kaiserreich bestand, predigte Conselheiro nur das Heil der Seelen, aber nach Einführung der Republik erklärte er diese für ein Werk des Teufels und verkündete die baldige Wiederkehr eines Prinzen, der die

Monarchie in neuem Glanze erstrahlen lassen werde. [...] Bei aller Geduld sah sich die brasilianische Regierung doch endlich genöthigt, mit Waffengewalt gegen den Fanatikerhäuptling einzuschreiten, da er bei der wirthschaftlichen Nothlage täglich Schaaren von Anhängern gewann. [...] Ob die Bewegung mit der Gefangennahme und wahrscheinlichen Hinrichtung Conselheiros endet, wird sich erst zeigen. Vielleicht hat der ›brasilianische Messias‹ für einen Nachfolger gesorgt.«

Der Artikel aus der großen liberalen Berliner Tageszeitung enthält neben belanglosen Ungenauigkeiten die entscheidenden Tatsachen und Propagandalügen des Konfliktes. Am 5. Oktober 1897 war der Krieg gegen Canudos im tiefen Sertão von Bahia, etwa 400 km nördlich von Salvador und 2000 km nördlich von Rio de Janeiro, nach elfmonatiger Dauer und zahlreichen verfrühten Siegesmeldungen tatsächlich zu Ende gegangen, weitaus blutiger, als der deutsche Redakteur, von internationalen Agenturen mit Nachrichten beliefert, es sich vorstellen mochte. Hinrichtungen im juristischen Sinne gab es zwar nicht – Brasilien hatte die Todesstrafe längst abgeschafft –, doch wer von den Besiegten nicht durch Kampf, Hunger, Durst oder Krankheit umgekommen war, den ermordeten die siegreichen Soldaten an Ort und Stelle, mit Billigung ihrer Vorgesetzten bis hinauf zum Kriegsminister. Nur wenige hundert Frauen und Kinder blieben verschont, die zum Teil von Armeeangehörigen wie Sklaven an Geschäftsleute oder Bordelle verkauft oder wie Souvenirs an Freunde verschenkt wurden. Auch Euclides da Cunha erhielt einen *jagunço*-Jungen, den er allerdings förderte und – gewiß mit Bedacht – später zum Lehrerberuf bewog.

Canudos, das innerhalb der vergangenen vier Jahre mit seinen 20 000–30 000 Einwohnern zur zweitgrößten Stadt Bahias angewachsen war, gab es am 8. Oktober bereits nicht mehr. Die Ruinen seiner beiden Kirchen und 5200 Behausungen hatte man gesprengt, verbrannt, Stein für Stein, Balken für Balken, Lehmmauer für Lehmmauer abgerissen und dem Erdboden gleichgemacht, um jede Spur des unbotmäßigen Gemeinwesens auszutilgen. Einen unmittelbaren Nachfolger für den »Ratgeber« konnte es daher nicht geben, doch die soziale Not und das geistige Umfeld, denen er Ausdruck verliehen hatte, bestanden fort, und so war er nicht die letzte Messiasgestalt der vom Klima, von den Großgrundbesitzern und von den Behörden drangsalierten Kleinbauern, Pächter, Hirten, Armen des unwirtlichen Sertão.

Im übrigen erscheinen die tatsächlichen Vorgänge im zitierten Artikel nicht tendenziöser dargestellt als in vielen Presseorganen Brasiliens. Denn der Krieg beim abgelegenen Canudos war – ebenso barbarisch wie modern – ein Vernichtungs- und Ausrottungskrieg. Von Anfang an hatten die Bewohner keinerlei Chance, denn ihre bloße Zugehörigkeit zur Gemeinde verurteilte sie zum Tode, sofern sie nicht rechtzeitig geflohen waren. Regierung und Armee hielten es nicht einmal für nötig, sie zu warnen, ihnen zu drohen, Forderungen und Bedingungen zu stellen, mit ihnen zu verhandeln; sie ließen ausschließlich die Waffen reden. Es war ein Angriff ohne Kriegserklärung. Und die Angreifer kämpften nicht nur mit den neuesten Waffen der europäischen Rüstungsindustrie, sondern auch mit psychologischen Mitteln, um die öffentliche Meinung zu mobilisieren, unterstützt von den Zeitungen, die gewissermaßen aus allen Rohren auf die Einwohner der armseligen Hüttenstadt schossen und die Weltpresse zum Verbündeten hatten. Auch der Kriegsberichterstatter Euclides da Cunha beteiligte sich zunächst an dieser Kampagne. Im Namen der Republik und des Fortschritts, sogar im Namen der Revolution von 1789, brandmarkte man die Anhänger des Conselheiro als Verrückte, Verbrecher, Staatsfeinde und stellte damit propagandistisch ihr Lebensrecht in Frage. Wie in den meisten modernen Kriegen gab es auch in dem von Canudos eine strenge Pressezensur und eine gezielte Irreführung der Öffentlichkeit. Von den Kriegsverbrechen durfte nichts durchdringen; statt dessen verbreitete die Armee abstruse Behauptungen über Verbindungen der Verteidiger zur monarchistischen Partei und über internationalen Waffennachschub.

Elf Monate hatte dieser lokale Bürgerkrieg das riesige Land mit wachsender Heftigkeit erschüttert und sieben Monate lang selbst die Weltöffentlichkeit beunruhigt, hatte insgesamt 12000 Soldaten, fast die Hälfte des damaligen brasilianischen Heeres, samt Krupp-Kanonen und anderem schweren Kriegsgerät in Bewegung gesetzt, hatte die Armee etwa 1100 Tote und 4000 Verwundete gekostet. Er hatte die Konsolidierung der jungen, 1889 ausgerufenen Republik unter ihrem ersten zivilen Präsidenten, seit 1894 im Amt, ebenso gefährdet wie ihre wirtschaftliche Erholung und damit auch ihren internationalen Kredit. Die Erleichterung über den Sieg war verständlich. Nun begannen tatsächlich Jahre relativer politischer Stabilität und wirtschaftlicher Prosperität.

Allerdings kam es, kaum war der letzte Schuß gefallen, bei einem Teil der öffentlichen Meinung zu einem Umschwung in der Beurteilung des Krieges. Nun erschienen Zeitungsartikel, Pamphlete und Bücher mit Berichten über Greueltaten der Armee, verfaßt vor allem von Studenten und Absolventen der juristischen und auch der medizinischen Fakultät von Bahia. Sogar der Sinn des ganzen Krieges wurde mitunter in Zweifel gezogen. Doch auch wer so weit nicht ging, äußerte oft sein Bedauern über den Tod der vielen Sertanejos, die man vorher als *jagunços*, als »Banditen« verunglimpft hatte und die man nun, da sie tot waren, zu Mitbürgern erklärte und der Nation einverleibte. Ansätze zu einer Würdigung der Feinde fanden sich sogar in den letzten militärischen Tagesbefehlen. Auch eine Reihe von Offizieren, die bei Canudos gekämpft hatten und später Schriften über den Feldzug verfaßten, gestanden nachträglich den primitiven Sertãobewohnern Heldentum und Brasilianertum zu. So konnte die Armee doppelt stolz sein, auf sich selbst wie auf den Gegner.

Und nach wenigen Jahren begann die Nation die fragwürdigen und empörenden Aspekte des Krieges zu vergessen. Andere Aufgaben drängten. Man befand sich in einer

Modernisierungseuphorie. Rio de Janeiro und andere große Städte »zivilisierten sich«. Das Informationsbedürfnis im Hinblick auf den *Krieg am Ende der Welt* – so der Titel eines Romans von Mario Vargas Llosa, der auf *Krieg im Sertão* zurückgeht – war gestillt. Seine wesentlichen Aspekte waren durch Reportagen, militärische Berichte und Analysen, Erinnerungsbücher von Augenzeugen unterschiedlicher Observanz beleuchtet und einigermaßen geklärt, sogar mit visueller Unterstützung durch ein verkäufliches Photoalbum; und auch das Ergriffenheits- und Unterhaltungsbedürfnis war durch etliche Gedichte, Theaterstücke und Romane zunächst befriedigt. Man konnte das beklagenswerte, doch seltsamerweise auch erhebende Ereignis allmählich auf sich beruhen lassen.

Da erscheint, Ende 1902, *Os Sertões* von Euclides da Cunha.

Der Autor befürchtet Mißerfolg oder gar Repressalien, denn zum einen hat sein Buch über den Krieg im Sertão inzwischen, fünf Jahre nach den dargestellten Begebenheiten, an Aktualität verloren, zum anderen kritisiert es mächtige Institutionen, darunter die Presse und vor allem die Armee, verschont nicht einmal den Oberkommandierenden des letzten Feldzugs.

Doch *Os Sertões* wird eine Sensation, eines der in der Literaturgeschichte nicht allzu häufigen Bücher, deren Bedeutung von Anbeginn erkannt wird und deren Wirkung über die Jahrzehnte unvermindert fortdauert. Binnen acht Tagen sind 500 Exemplare verkauft, die Hälfte der Auflage, die zweite folgt nach wenigen Monaten – erstaunlich für ein Land mit 18 Millionen Einwohnern, von denen die allermeisten Analphabeten sind und nur wenige Tausende jene Akademikerschicht ausmachen, die allein in der Lage ist, das mit viel Bildungsgut befrachtete Werk zu lesen. Bis heute sind in Brasilien über vierzig Auflagen des Buches erschienen, und es ist überdies in mehr als ein Dutzend Sprachen übersetzt. Ferner gibt es Nacherzählungen von Episoden in Form von Comics,

Jugendbüchern oder *folhetos*, der traditionellen Heftchen-Literatur. Maler und Zeichner fühlen sich durch *Os Sertões* inspiriert. Interpreten der *brasilidade* erklären das Buch zur Bibel der Nation, Literaturkritiker zum Nationalepos. Auszüge des sprachlich als schwierig geltenden Werkes finden Eingang in Schulbücher und Anthologien, und die seit den dreißiger Jahren entstehenden geistes- und sozialwissenschaftlichen Studiengänge machen es ebenfalls zur Pflichtlektüre. Eine Flut von journalistischer und akademischer Sekundärliteratur erscheint bis zum heutigen Tag. Kurz – *Krieg im Sertão* ist von Anbeginn eines der berühmtesten Bücher Brasiliens, obschon nicht eines der meistgelesenen, mehr bewundert als geliebt, von Schülern zuweilen auch gefürchtet, ein Klassiker, ein Monument.

Der Verfasser wird mit Ehren überhäuft; selbst die Militärs machen, bis auf wenige Ausnahmen, gute Miene zum bösen Spiel. Ein Jahr nach Erscheinen ist der bis dahin völlig unbekannte Ingenieur und Gelegenheitsjournalist Euclides da Cunha, gerade 37 Jahre alt, zum Mitglied der beiden bedeutendsten Autorenvereinigungen des Landes gewählt, der *Academia Brasileira de Letras* – eine Art *Académie Française* Brasiliens – und des *Instituto Histórico e Geográfico Brasileiro*. Diese doppelte Ehrung deutet auf die doppelte Rezeption des Buches: Der anspruchsvollste Literaturkritiker Brasiliens, José Veríssimo, hat es gleich nach Erscheinen begrüßt als »das Buch eines Wissenschaftlers, eines Geographen, Geologen, Ethnographen; eines Denkers, eines Philosophen, Soziologen, Historikers; und zugleich eines Gefühlsmenschen, eines Dichters, eines Romanciers, eines Künstlers, der zu sehen und zu beschreiben versteht, der mitschwingt und mitfühlt beim Anblick der Natur ebenso wie bei der Begegnung mit dem Menschen und der durch und durch erbebt, tief in der Seele erschüttert und zu Tränen gerührt, wenn er menschlichen Schmerz gewahrt, komme dieser nun von den ›Dürren‹, welche die Sertãogebiete des brasilianischen Nordens heimsuchen, oder von der Unvernunft und Schlechtigkeit der Menschen wie im Feldzug von Canudos«. Allerdings rügt José Veríssimo das Übermaß an Fachbegriffen und Archaismen, eine Kritik, die bis heute nicht verstummt. Betrachtet man seine Analyse genauer, erkennt man, daß er die Wissenschaften in die eher messenden und in die eher verstehenden unterteilt, so daß *Os Sertões* drei Arten geistiger Produktion in sich vereint, die exakten Wissenschaften, die Geistes- und Sozialwissenschaften und die schöne Literatur. Diese »drei Kulturen«, wie Wolf Lepenies sie nennt, die ein Diderot und ein Goethe noch zu überschauen vermochten, waren auch im damaligen Brasilien auseinandergetreten, doch längst nicht so weit wie in Europa, weil in Brasilien das Hochschulwesen noch nicht alle Fakultäten besaß und überhaupt die geistige Arbeitsteilung weniger fortgeschritten war. Hinzu kommt, daß Euclides als Forschungsreisender, der er ja in Canudos gewissermaßen war, Gelehrte als Vorbilder hatte, die sich in allen drei Bereichen auskannten, wie Alexander von Humboldt, Martius, Saint-Hilaire, Teodoro Sampaio, die er mehrfach zitiert.

Krieg im Sertão bündelt Stimmungen, Meinungen, intellektuelle Vorlieben der Jahrhundertwende, kleidet die Reue gegenüber den Kriegsopfern und die Selbstkritik der Nation in das Gewand einer klassischen Rhetorik, worin Züge parnassischen Formkultes, naturalistischer Beschreibungsfreude und positivistischer Wissenschaftsgläubigkeit eingegangen sind. Auch kommt es mit seiner Hinwendung zur eigenen Wirklichkeit dem Bedürfnis nach nationaler Selbsterkundung entgegen, das weniger zeitgebunden ist als der literarische Geschmack und seither zu einem immer wichtigeren Grundzug des brasilianischen Geisteslebens geworden ist. Vor allem wird das Buch – dessen Titel der Plural von »Sertão« ist – als entscheidender Schritt zur Entdeckung des bisher kaum zur Kenntnis genommenen Hinterlands gewürdigt. Der von São Paulo ausgehende avantgardistische Modernismo der zwanziger Jahre und der kurz darauf sich herausbildende sozialkritische Roman des Nordostens standen zwar Sprache und Stil von Euclides da Cunha eher verständnislos gegenüber, knüpften aber an sein emphatisches Bestreben an, die weitverbreitete Europafixiertheit zu überwinden, die eigenen Landsleute im Hinterland und ihre Denkart kennenzulernen, ihnen Gehör zu verschaffen und sie in die Nationalkultur einzugliedern. Und wenn der Beobachter und Erzähler Euclides da Cunha den Sertanejo aufwertet, jenen Mischling dreier Rassen, den er doch als Gesellschaftstheoretiker für einen atavistischen Nachzügler hält, so arbeitet er gewissermaßen den Sozialwissenschaftlern und Künstlern der dreißiger Jahre vor. Den Mischlingscharakter von Volk und Kultur, der bisher als Makel gegolten und Generationen von brasilianischen Intellektuellen in Pessimismus und Selbsthaß getrieben hatte, deuten sie um zu einem Vorzug und zu einem Faktor der Bereicherung.

Euclides stellte Fragen und gab Antworten, die vor allem um ein Problem kreisten: Wer sind wir Brasilianer, geteilt durch den Gegensatz zwischen Süden und Norden, Zivilisation und Barbarei, Modernität und Zurückgebliebenheit, Stadt und Land, Küste und Sertão? Die Lehre von den »zwei Brasilien« ging in den fünfziger und sechziger Jahren von derartigen Beobachtungen aus. Wurde sie auch zu Recht von der Dependencia-Theorie kritisiert, da sie die strukturellen Ursachen der nunmehr so genannten »Unterentwicklung« vernachlässigte, so waren doch die Beschreibungen der Phänomene zutreffend und sind es teilweise heute noch. Weiter fragte Euclides: Wer sind unsere so ganz fremdartigen ländlichen Unterschichten? Welche Zukunft hat Brasilien angesichts des internationalen Konkurrenzkampfes und der Dominanz der europäischen Mächte und Nordamerikas? Alles das sind aktuell gebliebene »entwicklungspolitische« Fragen, wenngleich man heute die Faktoren Klima und ethnische Zugehörigkeit anders bewertet als um 1900, da sozialdarwinistische Rassentheorien fast überall wissenschaftlich ernst genommen wurden. Und in den letzten Jahren hat die Modernisierung der Landwirtschaft die Sertãobewohner in einem

Ausmaß, wie es zur Zeit von Euclides kaum denkbar war, in die Städte an der Küste und im Süden getrieben, was neue Probleme geschaffen hat, ohne daß die alten auf dem Land verschwunden wären. Ein Teil des Sertão ist in die Stadt gekommen.

Nachdrücklich hat Euclides das brasilianische Geschichtsbewußtsein mitgeformt. Die Niederschlagung der religiösen Bauernbewegung im kargen Hinterland von Bahia war nicht die einzige und nicht einmal die schwerste, opferreichste oder aufwühlendste Erschütterung des jungen Landes, das sich 1822 die Unabhängigkeit und 1889 die republikanische Staatsform gegeben hatte. Und wenn der Krieg von Canudos im kollektiven Gedächtnis und im Geistesleben Brasiliens weitaus präsenter ist als vergleichbare andere Krisen – Aufstände, Kriege, Bürgerkriege, präsenter auch als die blutige Niederschlagung der messianischen Bewegung von Contestado in Südbrasilien 1910-1916 –, so liegt das gewiß am Buch von Euclides da Cunha. Canudos wurde niemals vergessen. So wenig, daß der Name dieser Trümmerstätte vor wenigen Jahren auf eine andere, benachbarte Ortschaft überging. Wer aber in Brasilien Canudos sagt, sagt meistens auch Euclides da Cunha, und so verwundert es nicht, daß man, übrigens lange vor der Wiederbelebung des alten Ortsnamens, eine Kleinstadt etwa 70 km weiter südlich, das alte Cumbe, in Euclides da Cunha umbenannte.

Auch die Militärs haben Canudos nie vergessen. Alle paar Jahre schreibt ein pensionierter Oberst oder General ein Buch über jenen Krieg, meist um Euclides da Cunha zu »korrigieren«. Und jahrelang versuchte die Armee, dort eine erneute Ansiedlung von Menschen zu verhindern, zunächst vergeblich, bis es ihr gelang, den Bau eines Stausees just an der Stätte des früheren Canudos durchzusetzen, eine Pervertierung praktisch-zivilisatorischer Gedanken von Euclides da Cunha, der zwar immer wieder derartige Bauten empfahl, dessen ganzes Buch jedoch darauf abzielt, den Krieg im Sertão vor dem Vergessen zu bewahren. Und Ende der sechziger Jahre befürchtete die Militärdiktatur (1964-1985), bei Canudos könne sich eine Guerrillabewegung bilden. Daß es tatsächlich eine Gruppe gab, die solche Überlegungen anstellte, mutet nur dann merkwürdig an, wenn man nicht bedenkt, daß natürlich auch die Guerrilleros *Os Sertões* gelesen hatten.

Vor allem aber wurde der Ratgeber letzthin zum Symbol eines selbstbestimmten und kämpferischen Christentums der ländlichen Armen. Denn im Grunde ist keines der Probleme von 1897 gelöst. Diese gehen keineswegs nur von der Dürre aus. Die Konflikte haben sich in der letzten Zeit verschärft, da immer mehr Familien von ihrem seit Generationen genutzten Land vertrieben werden. Darauf weiden nunmehr, nachdem man es eingezäunt hat, statt Ziegen der Kleinbauern die Kühe der *fazendeiros*. Seit Anfang der achtziger Jahre besteht im Sertão von Canudos eine aus der Basisgemeinde von Monte Santo hervorgegangene religiöse Bewegung, die für eine Landreform streitet und sich auf Antônio Conselheiro beruft. Ihr Spiritus rector ist der mittlerweile von der Kirche suspendierte Priester Padre Enoque José de Oliveira.

Für die meisten Historiker und Sozialwissenschaftler war und ist die Verwobenheit Canudos-Euclides so groß, daß sie sich, wenngleich sie vielen seiner zeitbedingten Deutungen nicht folgen, auf sein Buch als hauptsächliche Quelle stützen. Sie gingen kaum hinter Euclides zurück, und bis vor kurzem wagte niemand, erneut eine anspruchsvolle und umfassende Darstellung vorzulegen. Der Autor von *Krieg im Sertão* schien das Thema, von Spezialuntersuchungen abgesehen, erschöpft zu haben. Das könnte auf den ersten Blick verwundern. Liest man die relativ zahlreichen zeitgenössischen Berichte über den Feldzug, stellt man fest, daß alle wesentlichen Tatsachen, von denen Euclides da Cunha erzählt, sich auch in jenen anderen Quellen finden, teilweise sogar mit größerer Exaktheit und Vollständigkeit. Ein wenig überspitzt: Gäbe es *Krieg im Sertão* nicht, wüßten wir trotzdem über Canudos alles, was wir auch jetzt wissen. Es würde sich aber, von Fachleuten abgesehen, kaum jemand dafür interessieren. Nicht die Fakten und nicht einmal viele der Überlegungen machen die Einzigartigkeit des Buches aus, sondern ihre ästhetische Darbietung. Wenn kein Historiker und kein Sozialwissenschaftler an *Os Sertões* vorbeigehen kann, so ist dies ein Triumph der Literatur.

Wer war der unbekannte Autor, dessen erstes und in gewisser Hinsicht einziges Buch *Krieg im Sertão* blieb? Denn was er nach diesem Debüt in den wenigen Jahren bis zu seinem frühen Tod 1909 verfaßte, waren Berichte, Artikel, Essays über diverse historische, geographische und politische Themen, Arbeiten, von denen er einige in zwei Büchern versammelte, *Contrastes e Confrontos* (Gegensätze und Gegenüberstellungen, 1907) sowie *À Margem da História* (Am Rande der Geschichte, 1909), das vor allem von Amazonien handelt.

Euclides da Cunha, 1866 im Innern des Staates Rio de Janeiro geboren, kam aus kleinbürgerlicher Familie, verlor früh die Mutter, wuchs bei Verwandten auf, besuchte ab 1886 die kostenlose Militärakademie in Rio de Janeiro, ein typischer Bildungsweg für begabte und mittellose junge Männer.

Seit den siebziger Jahren des 19. Jahrhunderts war diese Schule ein Hort der Modernität, wo die Studenten nicht nur gediegenes mathematisch-naturwissenschaftliches Wissen, sondern auch eine ansehnliche Allgemeinbildung erwerben konnten. Der einflußreiche positivistische Dozent Benjamin Constant (Botelho de Magelhães) betrachtete den Soldaten als »bewaffneten Bürger« mit zivilisatorischem Auftrag. An dieser Schule diskutierte man über literarische Werke und Theorien ebenso wie über Mißstände in der brasilianischen Gesellschaft und Politik. Für die jungen Männer aus der unteren Mittelschicht kam der Positivismus wie gerufen, sah er doch Gesellschaftsreformen durch Fachleute vor, ohne die Oligarchie, wenn auch nicht unbedingt gegen sie, und vor allem ohne die Volksmasse. Ideen, Fragestellungen, Denkmuster, ästhetische Modelle, von der Revolution über die Romantik bis zur Gegenwartsphilosophie, kamen großenteils aus Frankreich. Ungeduldig warteten die Intellektuellen von Rio auf die Ankunft der Schiffe aus Europa, welche die begehrten Zeitschriften und Bücher brachten. Während Kultur von den herrschenden Schichten hauptsächlich als Repräsentation und Ornament geschätzt war, galt sie allen sich als fortschrittlich Verstehenden, auch und gerade an der Militärschule, als Inspirationsquelle im Kampf für die großen Forderungen der Zeit: für die Republik, die Abschaffung der Sklaverei, die Zivilisation, den Fortschritt. Und alledem stand das Kaisertum im Wege, das außerdem den vielen im Heer vertretenen Kleinbürgersöhnen den Aufstieg und einen ihrer Tüchtigkeit angemessenen Platz in der Gesellschaft verwehrte. Die angehenden Offiziere fühlten sich als patriotische Vorhut, berufen zur Reformierung des Landes im Sinne des Positivismus, dessen Motto »Ordnung und Fortschritt« ab 1889 die republikanische Staatsflagge zieren sollte. Viele glaubten sich vor die Aufgabe gestellt, die bürgerliche Revolution von 1789 mit hundertjähriger Verspätung endlich auch in Brasilien durchzusetzen.

Ein Zwischenfall aus jener Zeit (1888) wirft ein Schlaglicht auf Euclides' Charakter. Mehrere Kadetten hatten beschlossen, den Besuch des Kriegsministers in der Schule für eine antimonarchische Protestaktion zu nutzen und vor ihm den Degen zu Boden zu schleudern. Doch im entscheidenden Augenblick tat dies nur einer – Euclides da Cunha. Die Schulleitung legte ihm nahe, zu seiner Entlastung eine Nervenkrise vorzuschützen, doch mutig beharrte der von den Kameraden im Stich Gelassene auf dem politischen Charakter seiner Geste. Zur Strafe mußte er die Schule verlassen. Sein Name jedoch war in aller Munde.

Die oppositionelle Tageszeitung *A Província de São Paulo*, ab 1889 *O Estado de São Paulo*, lud ihn, der schon in jungen Jahren literarische Ambitionen hatte – als Schüler schrieb er Gedichte über Saint-Just, Danton und andere französische Revolutionäre –, zur Mitarbeit ein. Damit begann seine journalistische Tätigkeit, die bestimmend für sein Leben werden und ihn der Literatur näherbringen sollte. Die ersten Artikel zeichnete er mit dem Pseudonym Proudhon.

Mit der Ausrufung der Republik konnte er in die Militärschule zurückkehren, die er als Heeresingenieur im Range eines Oberleutnants 1892 abschloß. Als Republikaner der ersten Stunde hätte er mühelos Karriere machen können, vor allem in den turbulenten Jahren der Präsidentschaft von Marschall Floriano Peixoto (1891-1894), doch alle über das Reglement hinausgehenden Angebote schlug er aus. Wegen seiner Geradlinigkeit, seines Gerechtigkeitssinnes und seiner Reizbarkeit eckte er immer wieder an. Der Militärdienst widerstrebte ihm. Vom Karrierismus, der Geschäftemacherei und der Selbstherrlichkeit mancher republikanischen Weggefährten, die nunmehr wichtige Posten in der Politik bekleideten, war er enttäuscht. 1896 verließ er die Armee, um als Straßen- und Brückenbauingenieur in den Dienst der Landesregierung von São Paulo zu treten, doch sollte er weder in diesem noch einem anderen Beruf eine längerfristige Stellung erhalten. Nebenher schrieb er wieder für die Presse. Auch gegen diese Tätigkeit hatte er starke Vorbehalte. Er dachte zu gründlich und schrieb nicht leicht genug für den Tagesjournalismus. Flüchtig spielte er mit dem Gedanken, Abgeordneter zu werden, erhoffte sich ein andermal eine Stellung als Gymnasiallehrer. Seine eigentliche Berufung aber sah dieser unruhige Geist, ein Enkel der Aufklärung und ein Sohn gleichermaßen der Romantik und des Positivismus, in der Literatur, im literarisch anspruchsvollen essayistischen Schreiben. Einem Freund vertraute er an, seine Phantasie sei wie ein Vogel, der nicht vom Boden abheben, sondern nur von einem Baum den Flug beginnen könne. Und dieser Baum sei die Tatsache.

Eine solche Tatsache tritt im März 1897 ein: die Niederlage der 3. Expedition unter Oberst Moreira César bei Canudos. Nachdem Euclides zwei Artikel über den Krieg im Sertão geschrieben hat, schickt ihn der *Estado de São Paulo* im August als Berichterstatter ins Kriegsgebiet. Als früherer Offizier begleitet er den Kriegsminister zu Schiff nach Salvador, per Bahn nach Queimadas, dann zu Pferd bis Monte Santo, wo der Minister bleibt, um den Nachschub zu organisieren, während Euclides nach Canudos weiterreitet, wo er Mitte September eintrifft. Zum ersten Mal sieht er den Sertão. Der Auftrag gibt seiner intellektuellen Entwicklung die entscheidende Wendung. Noch während oder vielleicht sogar vor seiner Korrespondententätigkeit, die mit dem Fall von Canudos am 5. Oktober endet, faßt er den Plan zu einem Buch über diese ihn aufwühlenden Ereignisse.

Nach seiner Rückkehr verdingte Euclides sich erneut als Ingenieur, diesmal in São José do Rio Pardo, einer Kleinstadt 250 km nördlich von São Paulo, wo er von 1898-1901 eine Brücke wiederaufbaute und gleichzeitig an *Os Sertões* schrieb. Die Stadt war ihm ein Ruhepunkt, vielleicht der einzige Ort, wo dieser scheue, schwierige, bisweilen heftige Mensch sich annähernd glücklich fühlte, umgeben von Frau und Kindern, die er allerdings oft vernachlässigte, und von Freunden, die seinem Buchprojekt zuarbeiteten und ihn bereitwillig mit Sekundärliteratur und Informationen aller Art versorgten. Ende 1901 waren beide Projekte beendet, Brücke und Buch. Bis heute ist die Stadt Mittelpunkt einer fast kultischen Verehrung des Autors. Nicht nur, daß sein früheres Wohnhaus heute der Öffentlichkeit und der Forschung als Museum dient, man hat über der Zinkblechhütte neben der Brücke, wo *Os Sertões* entstand, einen nahezu schreinartigen kleinen Pavillon errichtet, und alljährlich zum Todestag des Autors finden in dem Städtchen Gedenkveranstaltungen statt, an denen keineswegs nur Gelehrte und Gebildete, sondern auch einfache Leute teilnehmen.

An Euclides' literarischer Berufung gab es nun keinen Zweifel mehr. Doch die gesellschaftliche Anerkennung ersparte ihm weder materielle noch häusliche Sorgen. Offenbar zögerte man höheren Ortes, ihm eine wohldotierte, feste Stelle zu geben. Er war zu geradeheraus, zu spröde, vielleicht auch zu ehrlich, zu undiplomatisch. Der Außenminister Barão do Rio Branco beauftragte ihn mit der Vermessung der Landesgrenzen im Amazonasgebiet, bot ihm aber kein festes Arbeitsverhältnis. Gerade als Euclides endlich eine sichere Anstellung errungen hatte – eine Dozentur für Philosophie an einer staatlichen Eliteschule in Rio de Janeiro – und weitgehend das hätte sein können, was er immer schon sein wollte, nämlich ein Homme de lettres, endete sein Leben jäh mit einer Katastrophe. Dieses von ihm selbst provozierte Ende steht in seltsamer Analogie zu seiner Auffassung von der Natur- und auch Menschheitsgeschichte, die er von Katastrophen durchwirkt sah.

Die seit langem angestauten ehelichen Spannungen entluden sich schließlich auf dramatische Weise. Euclides war kein Liebender, eher ein zum Leiden, zum Erkennen von Leiden anderer und zum Mitleiden Geborener. Gewiß wurde die Fremdheit zwischen den Eheleuten verschärft durch die beruflich bedingte Unstetigkeit und wohl auch durch seinen brennenden literarischen Ehrgeiz. Damit, daß seine Frau einen anderen liebte, von dem sie sogar ein Kind hatte, schien er sich als aufgeklärter und zivilisierter Mann einigermaßen abgefunden zu haben – im Widerspruch zu dem archaischen Ehrenkodex, den es für solche Fälle selbst in den modern geprägten Küstengegenden damals gab. Doch eines Tages, wenige Wochen nach der ersehnten Ernennung zum Gymnasialdozenten, am 15. 8. 1909, versuchte er, den Rivalen zu erschießen. Dieser, ein Kadett und geübter Scharfschütze, tötete ihn auf der Stelle. Im anschließenden Prozeß wurde der Todesschütze wegen Notwehr freigesprochen, obwohl die öffentliche Meinung ihm feindselig gesonnen war. Diese dunkle Seite von Euclides' Vita verhüllen manche Literaturgeschichten, indem sie von der »Mörderkugel« sprechen, die den großen Schriftsteller mitten aus dem Schaffen gerissen habe, als könne eine literarische Berühmtheit nicht schuldig sein. Gerade der Autor von *Os Sertões* wußte nur allzu gut, wie nah beieinander Gesittung und Roheit liegen können. Im übrigen hat sich die Unterhaltungsindustrie vor Jahren der Begebenheit angenommen und sie zum Höhepunkt einer rührseligen Fernsehserie gemacht. Und bis heute streiten die Nachkommen der beteiligten Familien in Büchern, Presseerklärungen und sogar Verleumdungsklagen öffentlich über die Schuld ihrer jeweiligen Vorfahren.

Im März 1897, wenige Tage nach dem Bekanntwerden der Niederlage der 3. Expedition, schrieb Euclides seinen ersten Artikel über Canudos, unter dem scheinbar merkwürdigen Titel *Unsere Vendée*, der im Juli eine ebenso betitelte Fortsetzung bekommen sollte. Was aus heutiger Sicht verblüfft, ist der Umstand, daß diese beiden Artikel bereits in nuce *Os Sertões* enthalten: die Ansicht von der gesellschaftsprägenden und kriegsentscheidenden Macht des Klimas und der Landschaft, den Vergleich des Feldzugs mit einem Kolonialkrieg, die Auffassung vom Sertanejo als Verkörperung früher Entwicklungsstadien der Menschheit, den Widerspruch zwischen der fachmännischen Kritik an der Kriegführung der Armee, der er den Sieg wünscht, einerseits und der insgeheimen Bewunderung für die Guerrillataktik der Verteidiger andererseits. Bemerkenswert schon hier die plastische, anthropomorphe, pathetisch-dramatisierende Schilderung der gemarterten Natur des Sertão, mit so genauen Einzelheiten, mit so einprägsamen Bildern, als wäre der Verfasser schon dort gewesen. Von den Tagesbegebenheiten ist kaum die Rede. Der Anspruch, wenngleich in den Artikeln sehr lückenhaft eingelöst, ist von vornherein umfassender, gründlicher, ehrgeiziger. Er zielt auf geographische und historische Einordnung der Geschehnisse, auf Ursachenforschung, auf die präzise Schilderung ausgewählter Vorgänge und darüber hinaus auf die fast beschwörende Vergegenwärtigung kleiner Szenen und großer Tableaus. Erstaunlich, daß eine Tageszeitung wissenschaftlich und poetisch so anspruchsvolle Artikel veröffentlichte, und zwar nicht im Feuilleton. Sie sind, ebenso wie die bald folgenden Reportagen, deshalb so lehrreich, weil sie die Gedankengänge und literarischen Verfahrensweisen des werdenden Schriftstellers in statu nascendi vorführen.

Euclides hatte gewissermaßen das Buch über den Sertão im Kopf, bevor er dort ankam, er hatte ihn geschaut, ehe er ihn sah. Zwischen dem Sertão und seinem Seelenleben bestand eine Wahlverwandtschaft. Gilberto Freyre hat es so formuliert: »Die Landschaft, die aus *Os Sertões* hervorbricht, ist [...] diejenige, die der gepeinigte Charakter Euclides da Cunhas übertreibend schildern mußte, um darin seine Ergänzung und seinen Ausdruck zu finden; um – mit ihr zusammen – sich in einer Welt zu behaupten, die auf dramatische Weise brasilianisch ist und wo die *mandacarús* und die *xiquexiques* auftreten, um dem einsamen Schriftsteller Gesellschaft zu leisten, der mit ihnen verwandt ist durch seine quichotteske Verbundenheit mit der Erde und durch seinen Mut zum Standhalten und zur Wehklage um sie. Standhalten, wenn alle aufgeben. Immerfort standhalten. In der Wüste klagen. Um der Wüste willen klagen.« Und zu dieser Wüste gehören auch der Mensch und der Krieg. Wer die Naturschilderungen in *Das Land* gelesen hat, die tragischen Bilder von Schöpfung und Untergang, von Leben und Kampf und Tod, der weiß, warum sie nicht überflüssig sind; sie bereiten, unter anderem, die Charakterzeichnung des Sertanejo und die tragische Erzählung des Krieges vor. Auf der dort erkennbaren Verbundenheit mit der geschundenen Kreatur beruht Euclides' mitfühlendes Verständnis für die Leiden der *jagunços*.

Was auffällt im Wortschatz, ist das Ineinander von regionaler Ausdrucksweise, wissenschaftlichem Duktus und bildungsbürgerlichem Rückgriff auf Analogien mit der Alten Welt, eine Dreiheit, die auch das spätere Buch charakterisiert und die sich aus drei verschiedenen Erkenntnis- und Darstellungsweisen ergibt. Von Anbeginn steht der um Wahrheit ringende Autor vor einem methodischen Problem, das alle seine Schriften über Krieg und Sertão durchzieht: Wie soll er sich und den europaorientierten Lesern die seines Erachtens nicht nur unwirtlichste, sondern unbekannteste Gegend Brasiliens und das ungeheuerlichste Ereignis der jüngeren brasilianischen Geschichte begreiflich machen, wenn es dafür noch nicht die rechten Begriffe gibt? Wobei er, nebenbei bemerkt, den Grad der Unbekanntheit des Sertão von Canudos ebenso übertreibt wie seine Einzigartigkeit. Doch auch die Übertreibung ist ein altehrwürdiger und legitimer literarischer Kunstgriff.

Er versucht also, Unbekanntes mit Hilfe von Bekanntem zu erklären, wozu er zahllose Vergleiche, Anspielungen, Metaphern und andere uneigentliche Redeweisen aufbietet, das ganze Arsenal der klassischen Rhetorik. Und bekannt ist den Gebildeten Brasiliens die abendländische Tradition, besonders die Antike, das Christentum, Literatur und Geschichte Frankreichs. So erklärt Euclides den Sertão zum Teil auf dem Umweg über Europa, er »übersetzt« den unbekannten Teil Brasiliens in abendländische Begriffe und Vorstellungen, denen seine Vergleichsmaßstäbe und Deutungsmuster entstammen. Als Bezugsrahmen für den Kampf um Canudos betrachtet er vor allem die Französische Revolution, worin er sich einig weiß mit den radikalen Republikanern und dem Offizierskorps. Den ständigen Rückgriff auf die Alte Welt behält Euclides auch später bei. Vorübergehend denkt er sogar daran, das geplante Buch mit »Unsere Vendée« zu überschreiben, bevor er sich für den urbrasilianischen, metaphernlosen Titel *Os Sertões* entscheidet, in diesem Punkt eine Abwendung von der vergleichenden Betrachtungsweise. Auch lenkt er damit das Augenmerk weniger auf den Krieg selbst als auf dessen Schauplatz, der fast zum Handlungsträger aufsteigt.

Keineswegs immer verwandelt der Verweis auf Ähnlichkeiten zwischen Sertão und Alter Welt Unbekanntes in Vertrautes. In seiner maßlosen Suche nach Korrespondenzen versteigt sich der Autor mitunter zu Ineinssetzungen, die auch der Bestunterrichtete nicht nachvollziehen kann und die einen allwissenden Idealleser voraussetzen. So führt der Vergleich gelegentlich vom Unbekannten zum noch Unbekannteren. Vollkommene Aufklärung widerspricht seiner Vorstellung vom Sertão und wäre unpoetisch. Vielleicht sind die vielen halb rätselhaften Stellen im Text auch eine Art Selbstgespräch eines kontemplativen Denkers.

Doch Euclides ahnte auch: *comparaison n'est pas raison.* Um sich dem weißen Fleck auf der Landkarte, genannt Sertão, wovon der Mensch ein Teil ist, anzunähern, benötigt er auch den Begriff, die Systematik, die Wissenschaft, und als Polyhistor, der er ist, bietet er ein gewaltiges Arsenal natur- und sozialwissenschaftlicher Kenntnisse und Kategorien auf, eine Diskursebene, die ihn ebenfalls mit dem abendländischen Kulturkreis verbindet, wenngleich sie nur einem kleineren Publikum zugänglich ist. In seinem besessenen Drang zur Ausführlichkeit und Genauigkeit nimmt der Wortverliebte auch hier oft wenig Rücksicht auf den Leser und überschreitet gelegentlich die Grenzen der eigenen Kompetenz. Damit dürften wir Heutigen, in Deutschland wie in Brasilien, wegen des weiteren Auseinandertretens der erwähnten »drei Kulturen« noch größere Schwierigkeiten haben als die Kultivierten unter den Zeitgenossen des Autors. Freilich dient die Wortwahl nicht nur der Klärung und Mitteilung, sondern will beeindrucken durch Klang und Fülle und vielleicht sogar durch Fremdheit, denn auch die wissenschaftliche Sprache steht letztlich im Dienst des poetischen Ausdrucks. So entspricht der überreichliche Gebrauch von Synonyma keineswegs dem wissenschaftlichen Ideal der eindeutigen Entsprechung von Wort und Sache, erzeugt vielmehr eine merkwürdige und sicherlich gewollte Mischung von Überdeutlichkeit und Unübersichtlichkeit. Eine ähnliche Wirkung tritt ein, wenn Fachbegriffe aus Mathematik und Naturwissenschaft, zumal aus der Geologie, metaphorisch verwendet werden und die Sphären von Belebtem und Unbelebtem, von Mensch und Natur sich vermengen.

Einen dritten Zugang zum Sertão bieten Wissen, Sprache und Fertigkeiten des Sertanejo selbst, deren Bedeutung Euclides früh erkennt und anerkennt. Gern verwendet er regionale Bezeichnungen für Pflanzen, Tiere, Gegenstände, Tätigkeiten aus Landwirtschaft und Handwerk, scheut auch vor derben Dialektwörtern nicht zurück. Da der Einheimische seine eigene Welt am besten kennt, begibt sich der wissenschaftliche Autor in seine Schule, und der Armee empfiehlt er ein Gleiches. Manches davon übersetzt er in die Sprache der städtischen Gebildeten, doch viele Wörter aus dem Sertão bleiben unerklärt, sie stehen einsam und geheimnisvoll im Text wie die Säulenkakteen in der *caatinga.*

Und alle diese Wissenssphären und Terminologien, hochmoderne und uralte, gehen ebenso wie die Rassen im Sertão eine innige Mischung ein, die einen unverwechselbaren Stil formt. Es ist, von den Regionalismen abgesehen, ein nur leicht brasilianisiertes, in Wortschatz und Syntax traditionelles, fast manieriertes Portugiesisch, das die Zugehörigkeit von Buch, Autor und Publikum zum europäischen Kulturkreis unterstreicht.

Kannte Euclides den Sertão, bevor er ihn sah, so bedurfte er für seine Phantasie und seinen Stil eines gründlichen Studiums der einschlägigen Literatur, die ihm den Rohstoff der Tatsachen und mancher Bilder lieferte. Dieses Studium hatte schon vor der Abreise von São Paulo Bücher der verschiedensten Wissenschaften umfaßt, Chroniken, Reiseberichte, Belletristik. So gesehen, ist *Os Sertões* auch ein Buch über Bücher. Darüber hinaus wurde Euclides, dieser exakte Visionär des Sertão, auf dem Wege dorthin und nach seiner Ankunft zum unermüdlichen Beobachter und »Feldforscher«. Als er im August in Salvador eintraf und dort zu mehrwöchigem Aufenthalt gezwungen war, nutzte er die Zeit für Archivstudien und für die Befragung von Soldaten und Gefangenen, so daß er bald über die Hintergründe des Krieges, die Lage in der Kampfzone und sogar über das Leben innerhalb von Canudos in mancher Hinsicht besser Bescheid wußte als seine Kollegen und daher lange vor Erreichung des Ziels höchst anschauliche Berichte an seine Zeitung schicken konnte. Trotz seines Insichgekehrtseins war Euclides offensichtlich ein ausgezeichneter Fragensteller, der seine Gewährsleute zu einem Maximum an Auskünften zu bewegen vermochte. Lücken schloß er mit seinem eigenen Vorwissen und seiner Phantasie, oder er ließ sie stehen.

Auf der weiteren Reise über Queimadas nach Monte Santo setzt er dieses rastlose Sammeln und Registrieren aller erreichbaren Informationen fort. Alles, was er sieht und hört, notiert und zeichnet er in das einzige erhalten gebliebene »Feldtagebuch«: Exzerpte aus Chroniken und Zeitungen, Beschreibungen von Gebrauchsgegenständen, Satzfetzen und Redensarten der *jagunços*, meteorologische Messungen, Gerüchte, visuelle Eindrücke, Gebirgsprofile, Volkspoesie der Sertanejos – es ist das Notizbuch eines Naturforschers, Ethnographen und Chronisten. Die Spannweite der Interessen verblüfft. In dem Maße, wie er sich Canudos nähert, ergänzt er das vorher angelesene Wissen, ohne, von der größeren Konkretheit mancher Einzelheiten abgesehen, die Reportagen grundlegend zu verändern. Im ganzen steht Euclides' Sicht des Sertão und seiner Menschen vor dem Eintreffen in der Gegend fest und bedarf keiner wesentlichen Änderung; die mit dem inneren Auge geschauten Landschaften, Ereignisse und Charaktere sind von den tatsächlich gesehenen anhand ihrer Darstellung in den Texten kaum zu unterscheiden. Anders wäre es im übrigen nicht möglich, daß Euclides, von der Vorgeschichte abgesehen, elf Monate Krieg erzählt, obgleich er nur knapp drei Wochen auf dem eigentlichen Kriegsschauplatz zubrachte.

Die politische Beurteilung der Ereignisse allerdings ändert sich. So gibt Euclides die These von der monarchischen Verschwörung allmählich auf und beginnt, den Krieg immer kritischer zu beurteilen. Vor allem setzen sich seine Beobachtung und das von Empathie getragene Verständnis für die Sertanejos immer mehr gegen die aus heutiger Sicht sehr zeitgebundenen anthropologischen Theorien durch. Dabei hat er diese, wie wir aus späteren Schriften wissen, niemals völlig aufgegeben, trotz gewisser Sympathien für sozialistische Anschauungen. Man könnte von einem Sieg der Beobachtung und zugleich des Gefühls über theoretische Voreingenommenheit sprechen.

Seine Parteinahme für alle Kreatur treibt ihn dazu, nicht nur gegen die Kriegsverbrechen zu protestieren, sondern diesen Krieg überhaupt für ein Verbrechen zu halten, was er jedoch erst im Buch in aller Deutlichkeit sagt. Und dies, ohne daß er die Notwendigkeit eines rücksichtslosen, sogar imperialistischen Vormarschs der Zivilisation auch mit kriegerischen Mitteln in Frage stellte, wie man aus späteren Publikationen weiß. Was ihn erschreckt, sind die barbarischen, atavistischen Rückfälle der Zivilisation selbst, wo doch solche Makel unter den »höherwertigen« Rassen gar nicht ins evolutionistische Schema passen wollen. Er bejaht die Zivilisation und beklagt ihre Opfer, eine Vermittlung zwischen den gegensätzlichen Positionen ist nicht in Sicht. So kann er die Geschichte, ebenso wie die Natur, nicht anders als tragisch sehen.

Doch der Autor ist nicht nur zwischen Theorie und Sympathie oder zwischen den Kriegsparteien gespalten, sondern häufig zieht er sich zunächst hinter die Darstellungen anderer zurück. Er ist kein naiver Geschichtsschreiber, der behauptet, er könne die Ereignisse und Umstände als solche erzählen. Die Geschichten sind Teil der Geschichte. Er zitiert, paraphrasiert, resümiert, stilisiert schriftliche und mündliche Texte, bei deren Auswahl er keinerlei Vorbehalte kennt. Gerüchte, Artikel, Verlautbarungen, Wandkritzeleien, Legenden, Volkspoesie – alles verwendet er, oft unkommentiert, bisweilen ironisch, so daß diese Texte zu einem polyphonen Chor anschwellen, der die beim Autor selbst vorhandene Mehrstimmigkeit steigert, und er überläßt es dem Leser, sich ein eigenes Bild von der Wirklichkeit zu machen und die Wahrheit herauszufiltern. Ausführlich müht er sich, die Vorstellungswelt sowohl der Zeitungsleser des Südens wie der Sertanejos des Nordens wiederzugeben. Und so nähert er sich immer wieder der Wirklichkeit über Darstellungen der Wirklichkeit. In einer der Reportagen schreibt er mit der Strenge des kritischen Chronisten: »Ich systematisiere den Zweifel.« Oft aber erliegt er dem poetischen Reiz der Geschichten. Wenn er unkommentiert abergläubische Erzählungen und Sagen der Sertanejos oder auch der Soldaten wiedergibt, gewahrt man Elemente des *real maravilloso*, des Wunderbar-Wirklichen der neueren lateinamerikanischen Literatur.

Oftmals wird sogar der poetische Charakter von Landschaften, Menschen oder Ereignissen selbst behauptet. Der Sertão und sein Krieg suggerieren Lobpreisungen, Tragödien, Sagen, oder sie stellen Tableaus und Szenerien dar, die nach poetischer Beschreibung verlangen. Rastlos ist der Schriftsteller bemüht, diese poetischen Bilder und Ereignisse festzuhalten.

Von Anfang an haben Kritiker und Leser sich an der »schwerverständlichen« Sprache des Buches gestoßen. Und obgleich ein Euclides-Übersetzer mit dieser Problematik leidvolle Erfahrungen hat, darf und muß er sagen, daß die dem Urteil zugrundeliegenden Stilmerkmale überwiegend, von manchem Wortgeklingel abgesehen, unentbehrlich sind und zum Wesen des Buches gehören. Würde man *Os Sertões* aller »Schwierigkeiten« entkleiden, aller stilistischen Pracht, aller kühnen Metaphern, aller seltenen Wörter, aller rhetorischen Figuren und aller Wiederholungen, wäre es womöglich ein Kriegsbericht oder eine Landeskunde wie viele andere. Anhand der Übersetzung kann man allerdings nur erahnen, welche Schwierigkeiten das Original dem brasilianischen Leser bereitet. Insbesondere die vielen archaischen Wörter und wissenschaftlichen Termini, oft genug gleichnishaft verwendet, lassen auch den gebildeten Leser des Originals wiederholt stocken. Hinzu kommen die vielen nicht auf Anhieb erkennbaren syntaktischen Bezüge, wie etwa scheinbar verloren herumstehende Fürwörter. Eine Tendenz zur Hermetik ist unverkennbar, der offensichtlich die häufigen Redundanzen entgegenwirken sollen. Die vorliegende Übersetzung versucht demgegenüber, bei größtmöglicher Nachbildung der stilistischen Eigenart des Originals, den Text erheblich lesbarer zu machen. Hierzulande hat er nicht den Nimbus des Klassikers, der in Brasilien manchen Leser dazu bringt, die Mühsal der Lektüre auf sich zu nehmen – oder gerade davon abhält.

Die beabsichtigte Wirkung ginge ins Leere, würde man die Syntax mit ihrer oft ungewöhnlichen Wortstellung und ihrer Folge von langen, pausenreichen, kaum überblickbar sich auftürmenden Perioden und stakkatohaften, lakonischen Sätzen schlanker gestalten. Und mag das ausschmückende Beiwort einer veralteten Ästhetik entsprechen – hier ist es unentbehrlich. Denn das Buch hat den Gestus der öffentlichen Rede, die so ehern und so laut tönt, weil sie weit und lange nachhallen, die Zeiten überdauern und Grenzen überschreiten soll, und das traut der Autor am ehesten den klassischen ästhetischen Verfahren zu. Was schon so lange Bestand hat, wird noch lange weiterbestehen und wird auch auf andere Völker wirken. Man weiß, daß Euclides, noch bevor *Os Sertões* vollendet war, sich um eine Übersetzung ins Französische bemühte. In der Tat, dieser Bericht über einen barbarischen Akt der Zivilisation wendet sich an die ganze zivilisierte Menschheit. Eines der brasilianischsten aller Bücher ist – nicht so sehr aus literarischem Ehrgeiz, sondern aufgrund seines Stils und seiner Botschaft – von Anfang an konzipiert als ein Buch der Weltliteratur.

Das Maßlose, Ausschweifende in Stil und Komposition ist Ausdruck dieser fast übermenschlichen Anstrengung des Eingedenkens, gewiß aber auch Ausdruck der Freude an Klang, Rhythmus und am evozierten Bilderreichtum. Euclides begeistert sich nicht nur für Menschen und Dinge, sondern auch für die Sprache; die seine ist ungemein sinnlich, akustisch wie optisch, zum einen als Zeichen, als Hörbild und Druckbild, zum andern als Vergegenwärtigung von Sichtbarem und Hörbarem. Als Bearbeiter der ersten drei Auflagen hat er nicht weniger als 10000 Emendationen vorgenommen, fast alle die Rechtschreibung, Wortwahl,

Syntax oder das Schriftbild betreffend. Dagegen hat er sich um die Berichtigung sachlicher Irrtümer kaum gekümmert. Bei der Verbesserung stand für ihn zweifellos der ästhetische Aspekt im Vordergrund.

Das Aufgebot an Stilmitteln ist jedoch kein L'art pour l'art, vielmehr erzeugt Euclides damit eine Art Hyperrealismus von phantasmagorischer Intensität, eine Wirklichkeit hinter der Wirklichkeit von traumartiger Eindringlichkeit. Das Gesehene will er bannen und festhalten. Er bemüht sich verzweifelt, das Unsagbare zu sagen, den unerforschten, vielleicht unerforschbaren Sertão und den geheimnisvollen Charakter des Krieges zu beschwören; er will die Unvernunft der Menschen zur Sprache bringen, umfassend und exakt, eindrücklich und erschütternd.

Hinter dem Chor aus eigenen und fremden Stimmen steht der Autor mit zeigender, drohender und flehender Gebärde, als Lehrer, Tribun und Prediger. Euclides erklärt den Sertão, klagt die Mörder an, bittet für den Sertanejo. Obwohl als Figur im Buch kaum präsent, spricht er aus jeder Zeile, vor allem aus dem Stil, der hier tatsächlich Ausdruck der Persönlichkeit ist und dieses in so vieler Hinsicht heterogene Buch zusammenhält. Manches ist geschrieben worden über die Analogien zwischen dem Conselheiro und Euclides, vor allem, was ihre unglücklichen Ehen betrifft. Doch beide sind auch Künder, die ihre Zuhörer durch den Sertão führen. Beide erklären, mahnen, bitten. Euclides aber ist ein unsicherer Ratgeber. Ihm fehlt die Gewißheit eines Glaubens oder einer festgefügten Weltanschauung. Der Leser wird mit seiner Aufgewühltheit allein gelassen. Ratschläge und Handlungsperspektiven bringt Euclides fast nebenher vor: dem Sertão könnten nur Stauseen und Bildung helfen. Auf die profanen Gottheiten der Moderne scheint jedoch wenig Verlaß. Die mörderische Zivilisation, die den Soldaten geschickt hat, soll nun den Ingenieur und den Schulmeister schicken. Das hätte sie auch schon vor dem Krieg gekonnt, weswegen dieser überflüssig und ein Verbrechen war. Und die Wissenschaft soll die

Psyche der irrationalen Massen noch besser erforschen. Welcher Massen? Derjenigen des Sertão oder derjenigen des Küstenstrichs? Der zurückgebliebenen oder der zivilisierten? Das bleibt offen. Wie aber soll die Zivilisation den ungebildeten Sertãobewohnern helfen, wenn sie selbst barbarische und irrsinnige Züge trägt?

Euclides' Rede ist eher ein Plädoyer, dessen Stil in der Tradition des *genus sublime* steht, worüber Manfred Fuhrmann in seinem Buch *Die antike Rhetorik*, Quintilian erläuternd und zitierend, schreibt: »Der pathetisch-erhabene Stil ist Gegenständen von hinlänglicher Bedeutsamkeit vorbehalten; er kommt nur in Betracht, wenn es um hohe und höchste Werte, um Tod und Leben, um Ehre und Schimpf der Beteiligten oder um das Wohl und Wehe des Staates geht. Er häuft Glanz, Pracht und Großartigkeit, oder [...] er strebt nach düsterer Leidenschaftlichkeit. Er verfügt – innerhalb der Grenzen, die der Prosa gesetzt sind – souverän über das erlesenste Vokabular; er nimmt die kunstvollsten Figuren in seinen Dienst und türmt kühn scharf rhythmisierte Perioden. Bei richtiger Verwendung aller dieser Mittel wird der erhabene Stil [...] ›Tote ins Leben zurückrufen ... und sogar das Vaterland selbst seine Stimme erheben lassen‹.«

Nun, da die Gemeinde von Canudos vernichtet ist, dient die Rede dem Totengedenken. *Os Sertões* ist eine Totenrede im doppelten Sinne, denn zum einen sind die Anhänger des Ratgebers bereits umgekommen, zum andern fürchtet Euclides, die zur Homogenität neigende Mischrasse der Sertanejos, die Grundstock und Urgestein der noch werdenden Nation sein könnte, werde vor der Zeit von der Zivilisation zermalmt, in einem säkularen Prozeß, von dem der Krieg gegen Canudos ein Kettenglied sei. Dringend mahnt er die Nation, sie möge es so weit nicht kommen lassen und sich nicht ins eigene Fleisch schneiden. So klingt die Verteidigungsrede für die noch lebenden Sertanejos seltsam verdüstert, als glaubte der Autor selbst nicht an die Rettung und als wäre sie eine vorweggenommene Totenrede.

Das Gedenken schließt die gefallenen Soldaten ein, wie es auch den verdorrten Pflanzen und den verdursteten Tieren gilt, dem ganzen gepeinigten Sertão, denn Natur und Menschheit sind erfüllt von Schöpfung und Untergang, Geburt und Tod, Kampf und Sieg und Niederlage, von kurzen Freuden und langen Leiden. Der Einschluß anderer Opfer mag das Gedenken an die Sertanejos auf den ersten Blick schmälern, dennoch stehen diese zweifellos im Mittelpunkt, sie sind die Hauptopfer, sie werden gerühmt und zu Helden verklärt im Angesicht des Todes. Und die Tapfersten unter den Soldaten sind ebenfalls Sertanejos, die gegen ihre Landsleute zu Felde ziehen. Ein weiterer tragischer Zug.

Wendet sich der Ratgeber an seine Sertãogemeinde und als oberste Instanz an Gott, so ist die Zuhörerschaft von Euclides unendlich zahlreicher, unbestimmter und anonymer. Er richtet sein Wort an die öffentliche Meinung der Nation in den Städten des Küstenstrichs, darüber hinaus an die Gebildeten der Welt und an eine in gewisser Weise metaphysische und doch reale Instanz, die Nachwelt der Leser.

Berthold Zilly

Karten

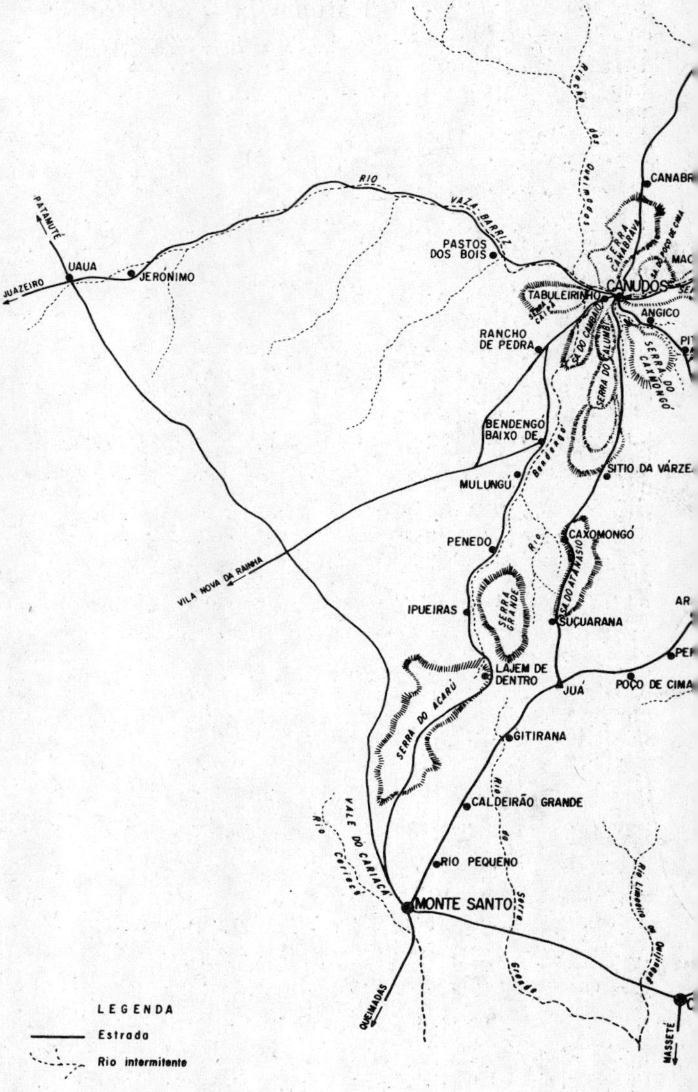

Überlandweg
periodischer Wasserlauf

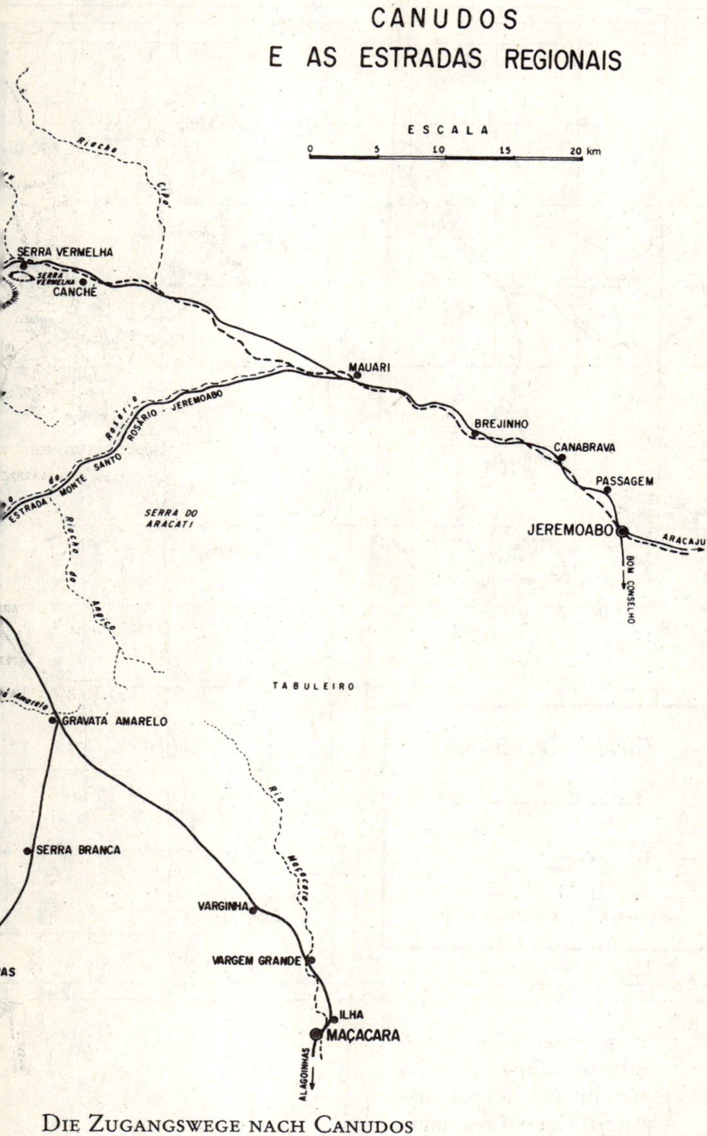

Die Zugangswege nach Canudos

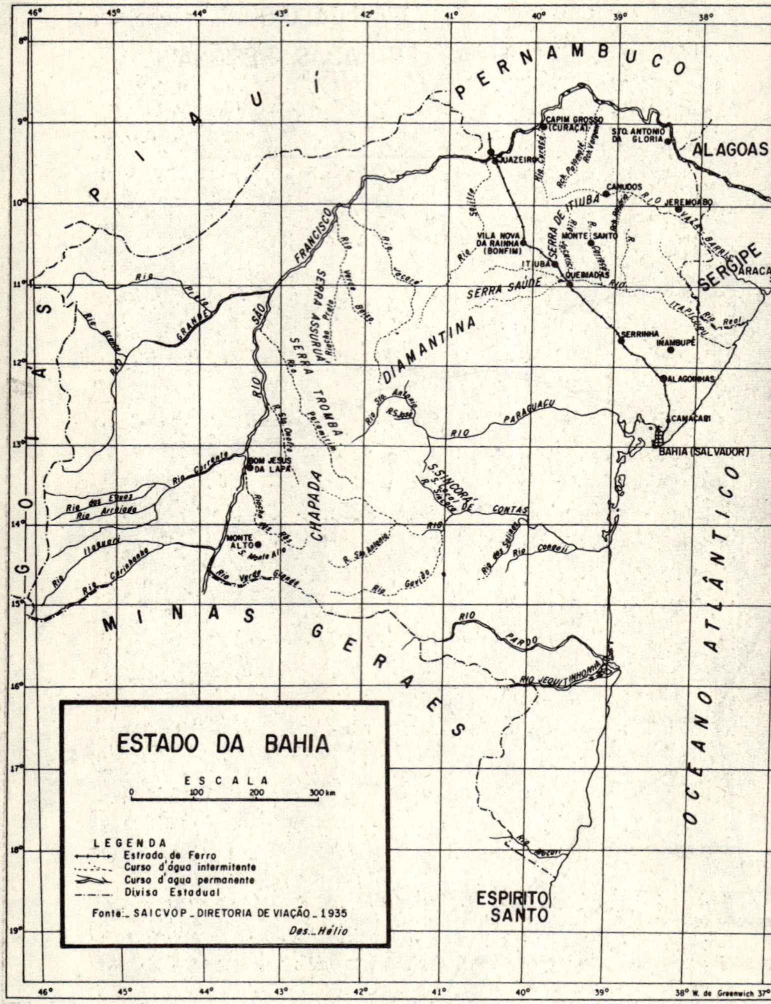

Staat Bahia
Eisenbahnlinie
periodischer Wasserlauf
ganzjähriger Wasserlauf
Grenze des Staates Bahia

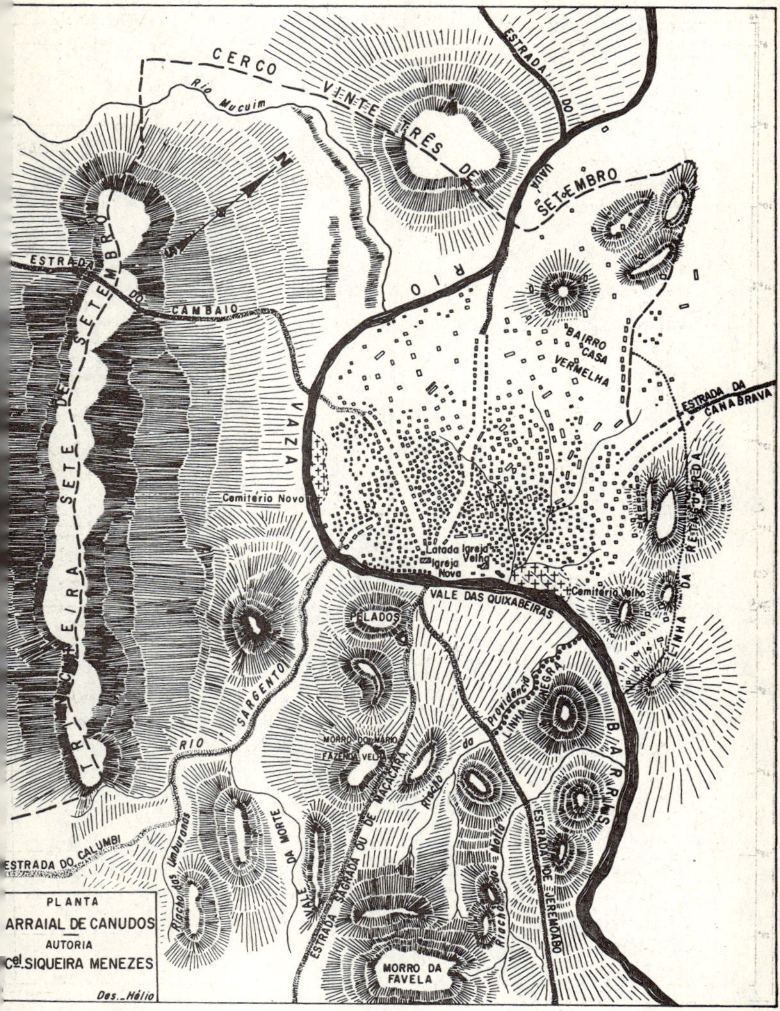

KARTENSKIZZE DER SIEDLUNG CANUDOS, angefertigt von Oberst Siqueira de Meneses
Igreja Nova = Neue Kirche; Igreja Velha = Alte Kirche; Latada = Gebetslaube; Bairro Casa Vermelha = Rote Häuser

112/1/7.95

Lateinamerikanische Literatur in der edition suhrkamp und in den suhrkamp taschenbüchern

Alejo Carpentier: Die Methode der Macht. Roman. Aus dem Spanischen von Elke Wehr. st 1979
– Le Sacre du printemps. Roman. Aus dem Spanischen von Anneliese Botond. st 2480
– Stegreif und Kunstgriff. Essays zur Literatur, Musik und Architektur in Lateinamerika. Aus dem Spanischen von Anneliese Botond. es 1033
– Die verlorenen Spuren. Roman. Aus dem Spanischen von Anneliese Botond. st 808
José Cândido de Carvalho: Der Oberst und der Werwolf. Roman. Aus dem brasilianischen Portugiesisch von Curt Meyer-Clason. st 1092
Julio Cortázar: Alle lieben Glenda. Erzählungen. Aus dem Spanischen von Rudolf Wittkopf. st 1576
– Das Feuer aller Feuer. Erzählungen. Aus dem Spanischen von Fritz Rudolf Fries. st 298
– Die geheimen Waffen. Erzählungen. Aus dem Spanischen von Rudolf Wittkopf. st 672
– Geschichten der Cronopien und Famen. Aus dem Spanischen von Wolfgang Promies. st 1981
– Die Gewinner. Roman. Aus dem Spanischen von Christa Wegen. st 1761
– Ein gewisser Lukas. Aus dem Spanischen von Rudolf Wittkopf. st 1937
– Letzte Runde. Aus dem Spanischen von Rudolf Wittkopf. es 1140
– Das Observatorium. Aus dem Spanischen von Rudolf Wittkopf. Mit Fotos von Julio Cortázar unter Mitarbeit von Antonio Gálvez. es 1527
– Passatwinde. Erzählungen. Aus dem Spanischen von Rudolf Wittkopf. st 1370
– Rayuela. Himmel und Hölle. Roman. Aus dem Spanischen von Fritz Rudolf Fries. st 1462
– Reise um den Tag in 80 Welten. Aus dem Spanischen von Rudolf Wittkopf. es 1045
– Der Verfolger. Erzählung. Aus dem Spanischen von Rudolf Wittkopf. st 2319
Laura Esquivel: Bittersüße Schokolade. Mexikanischer Roman um Liebe, Kochrezepte und bewährte Hausmittel in monatlichen Fortsetzungen. Aus dem Spanischen von Petra Strien. st 2391 und st 2534
Carlos Fuentes: Nichts als das Leben. Roman. Deutsch von Christa Wegen. st 343

112/2/7.95

Lateinamerikanische Literatur in der edition suhrkamp und in den suhrkamp taschenbüchern

Sérgio Buarque de Holanda: Die Wurzeln Brasiliens. Aus dem brasilianischen Portugiesisch von Maralde Meyer-Minnemann. es 1942

Lateinamerikaner über Europa. Herausgegeben von Curt Meyer-Clason. es 1428

Der Lauf der Sonne in den gemäßigten Zonen. Brasilianische Erzählungen. Herausgegeben von Marianne Gareis. Aus dem brasilianischen Portugiesisch von Marianne Gareis und Karin von Schweder-Schreiner. st 2353

José Lezama Lima: Die amerikanische Ausdruckswelt. Aus dem Spanischen von Gerhard Poppenberg. es 1457

– Paradiso. Roman. Aus dem Spanischen von Curt Meyer-Clason unter Mitwirkung von Anneliese Botond. st 1005

Angeles Mastretta: Frauen mit großen Augen. Aus dem Spanischen von Monika López. st 2297

– Mexikanischer Tango. Roman. Aus dem Spanischen von Monika López. st 1787

Álvaro Mutis: Ilona kommt mit dem Regen. Roman. Aus dem Spanischen von Katharina Posada. st 2419

– Der Schnee des Admirals. Roman. Aus dem Spanischen von Katharina Posada. st 2291

– Ein schönes Sterben. Roman. Aus dem Spanischen von Katharina Posada. st 2525

Juan Carlos Onetti: Das kurze Leben. Roman. Aus dem Spanischen von Curt Meyer-Clason. st 661

– Lassen wir den Wind sprechen. Roman. Aus dem Spanischen von Anneliese Botond. st 1763

– So traurig wie sie. Erzählungen. Aus dem Spanischen von Wilhelm Muster. st 1601

Octavio Paz: Gedichte. Spanisch und deutsch. Übertragung von Fritz Vogelgsang. st 1832

– Der menschenfreundliche Menschenfresser. Geschichte und Politik 1971-1980. Aus dem Spanischen von Rudolf Wittkopf und Carl Heupel. es 1064

– Nackte Erscheinung. Das Werk von Marcel Duchamp. Aus dem Spanischen von Rudolf Wittkopf. st 1833

– Sor Juana Inés de la Cruz oder Die Fallstricke des Glaubens. Aus dem Spanischen von Maria Bamberg. Versübertragungen von Fritz Vogelgsang. Mit zahlreichen Abbildungen. st 2294

– Suche nach einer Mitte. Die großen Gedichte. Spanisch und deutsch. Übersetzung Fritz Vogelgsang. Nachwort Pere Gimferrer. es 1008

112/3/7.95

Lateinamerikanische Literatur in der edition suhrkamp und in den suhrkamp taschenbüchern

Octavio Paz: Zwiesprache. Essays zu Kunst und Literatur. Aus dem Spanischen von Elke Wehr und Rudolf Wittkopf. es 1290

Manuel Puig: Der Kuß der Spinnenfrau. Roman. Aus dem Spanischen von Anneliese Botond. st 869 und st 2541

– Der schönste Tango der Welt. Ein Fortsetzungsroman. Aus dem Spanischen von Adelheid Hanke-Schaefer. st 474

Horacio Quiroga: Weißer Herzstillstand. Erzählungen. Aus dem Spanischen von Astrid Schmidt-Böhringer. st 2393

José Revueltas: Die schwarze Katze der Verfassung im dunklen Zimmer der mexikanischen Politik. Literatur und Politik 1950-1976. Aus dem mexikanischen Spanisch von Hans-Otto Dill. es 1975

– Die Schwester, die Feindin. Erzählungen. Aus dem Spanischen von Monika López. es 1155

Darcy Ribeiro: Wildes Utopia. Sehnsucht nach der verlorenen Unschuld. Eine Fabel. Aus dem brasilianischen Portugiesisch von Maralde Meyer-Minnemann. es 1354

João Ubaldo Ribeiro: Ein Brasilianer in Berlin. st 2352

– Brasilien, Brasilien. Roman. Aus dem brasilianischen Portugiesisch von Curt Meyer-Clason und Jacob Deutsch. st 1835

– Der Heilige, der nicht an Gott glaubte. Ganz einfache Geschichten. Aus dem brasilianischen Portugiesisch von Ray-Güde Mertin. st 2498

Manuel Rojas: Der Sohn des Diebes. Roman. Aus dem Spanischen von Anton Maria Rothbauer. st 2218

Murilo Rubião: Der Feuerwerker Zacharias. Erzählungen. Aus dem brasilianischen Portugiesisch und mit einem Nachwort von Ray-Güde Mertin. st 2151

Sérgio Sant'Anna: Das kosmische Ei. Drei Geschichten. Aus dem brasilianischen Portugiesisch von Frank Heibert. es 1894

Antônio Torres: Diese Erde. Aus dem brasilianischen Portugiesisch übertragen und mit einem Nachwort versehen von Ray-Güde Mertin. es 1382

Dalton Trevisan: Ehekrieg. Erzählungen. Aus dem brasilianischen Portugiesisch von Georg Rudolf Lind. es 1041

Mario Vargas Llosa: Die Anführer. Erzählungen. Aus dem Spanischen von Elke Wehr. st 2448

– Gegen Wind und Wetter. Literatur und Politik. Aus dem Spanischen von Elke Wehr. es 1513

– Der Geschichtenerzähler. Roman. Aus dem Spanischen von Elke Wehr. st 1982

112/4/7.95

Lateinamerikanische Literatur
in der edition suhrkamp und
in den suhrkamp taschenbüchern

Mario Vargas Llosa: Gespräch in der Kathedrale. Roman. Aus dem Spanischen von Wolfgang A. Luchting. st 1015
– Das grüne Haus. Roman. Aus dem Spanischen von Wolfgang A. Luchting. st 342
– Der Hauptmann und sein Frauenbataillon. Roman. Aus dem Spanischen von Heidrun Adler. st 959
– Die jungen Hunde. Erzählung. Aus dem Spanischen von Alexander Luchting. Mit einem Nachwort von José Miguel Oviedo. st 1841
– Der Krieg am Ende der Welt. Roman. Aus dem Spanischen von Anneliese Botond. st 1343
– La Chunga. Ein Stück. Aus dem Spanischen von Dagmar Ploetz. es 1555
– Lob der Stiefmutter. Roman. Aus dem Spanischen von Elke Wehr. st 2200 und st 2542
– Maytas Geschichte. Roman. Aus dem Spanischen von Elke Wehr. st 1605
– Die Stadt und die Hunde. Roman. Aus dem Spanischen von Wolfgang A. Luchting. st 622
– Tante Julia und der Kunstschreiber. Roman. Aus den Spanischen von Heidrun Adler. st 1520
– Die Wahrheit der Lügen. Aus dem Spanischen von Elke Wehr. Erstausgabe. st 2283
– Wer hat Palomino Molero umgebracht? Roman. Aus dem Spanischen von Elke Wehr. st 1786

112/5/7.95

Lateinamerika im Suhrkamp Verlag und im Insel Verlag

Miguel Angel Asturias: Legenden aus Guatemala. Mit einem Vorwort von Paul Valéry. Illustrationen nach alten indianischen Motiven. Aus dem Spanischen von Fritz Vogelgsang. Erweiterte Ausgabe. BS 358

Aus der Welt der Azteken. Die Chronik des Fray Bernardino de Sahagún. Mit einem Vorwort von Juan Rulfo. Übersetzungen von Leonhard Schultze Jena, Eduard Seler und Sabine Dedenbach-Salázar. Ausgewählt und mit einem Nachwort versehen von Claus Litterscheid. Mit zahlreichen Abbildungen. Leinen

Autorenlexikon Lateinamerika. Herausgegeben von Dieter Reichardt. Leinen und st 2328

Augusto Boal: Theater der Unterdrückten. Übungen und Spiele für Schauspieler und Nicht-Schauspieler. Aus dem brasilianischen Portugiesisch von Henry Thorau und Marina Spinu. es 1361

Hernán Cortés: Die Eroberung Mexikos. Drei Berichte von Hernán Cortés an Kaiser Karl V. Mit 112 Federlithographien von Max Slevogt. Übersetzungen von Mario Spiro und C.W. Koppe. Herausgegeben von Claus Litterscheid. it 393

Bernal Díaz del Castillo: Geschichte der Eroberung von Mexiko. Herausgegeben und bearbeitet von G.A. Narciß. Mit zahlreichen Abbildungen. it 1067

Tulio Halperin Donghi: Geschichte Lateinamerikas von der Unabhängigkeit bis zur Gegenwart. Aus dem Spanischen von Elke Wehr. Leinen und st 2327

Klaus Eßer: Lateinamerika. Industrialisierungsstrategien und Entwicklung. es 942

Sérgio Buarque de Holanda: Die Wurzeln Brasiliens. Aus dem brasilianischen Portugiesisch von Maralde Meyer-Minnemann. es 1942

Alexander von Humboldt: Reise in die Äquinoktial-Gegenden des Neuen Kontinents. 2 Bände in Kassette. Herausgegeben von Ottmar Ette. Mit Anmerkungen zum Text, einem Nachwort und zahlreichen zeitgenössischen Abbildungen sowie einem farbigen Bildteil. Leinen

Christoph Kolumbus: Bordbuch. Mit einem Nachwort von Frauke Gewecke und zeitgenössischen Illustrationen. it 476

Bartolomé de Las Casas: Kurzgefaßter Bericht von der Verwüstung der Westindischen Länder. Herausgegeben von Hans Magnus Enzensberger. Deutsch von D.W. Andreä. it 553

Lateinamerikaner über Europa. Herausgegeben von Curt Meyer-Clason. es 1428

Lateinamerikanische Literatur. Herausgegeben von Michi Strausfeld. stm. st 2041

113/1/7.95

Lateinamerika im Suhrkamp Verlag und im Insel Verlag

Carlos Monsiváis: Mexiko – eine Chronik in Bildern, Szenen und Porträts. 1969-1989. Aus dem mexikanischen Spanisch von Hans-Otto Dill. Herausgegeben von Hans-Jürgen Schmitt. es 1976

Octavio Paz: Sor Juana Inés de la Cruz oder Die Fallstricke des Glaubens. Aus dem Spanischen von Maria Bamberg. Versübertragungen von Fritz Vogelgsang. Mit zahlreichen Abbildungen. Leinen und st 2294

Darcy Ribeiro: Amerika und die Zivilisation. Die Ursachen der ungleichen Entwicklung der amerikanischen Völker. Aus dem brasilianischen Portugiesisch von Manfred Wöhlcke. Leinen

– Unterentwicklung, Kultur und Zivilisation. Ungewöhnliche Versuche. Aus dem brasilianischen Portugiesisch von Manfred Wöhlcke. es 1018

Hans Werner Tobler: Die mexikanische Revolution. Gesellschaftlicher Wandel und politischer Umbruch. 1876-1940. Leinen

Tzvetan Todorov: Die Eroberung Amerikas. Das Problem des Anderen. Aus dem Französischen von Wilfried Böhringer. es 1213

Stefan Zweig: Brasilien. Ein Land der Zukunft. Sonderausgabe, versehen mit sechzehn Farbfotografien und einem Nachwort von Volker Michels. Leinen

113/2/7.95